CONTRA O DIA

THOMAS PYNCHON

Contra o dia

Tradução
Paulo Henriques Britto

1ª reimpressão

Copyright © 2006 by Thomas Pynchon

Grafia atualizada segundo o Acordo Ortográfico da Língua Portuguesa de 1990, que entrou em vigor no Brasil em 2009.

Proibida a venda em Portugal.

Título original
Against the day

Capa
Elisa V. Randow

Preparação
Carlos Alberto Bárbaro

Revisão
Renata Del Nero
Carmen T. S. Costa

Dados Internacionais de Catalogação na Publicação (CIP)
(Câmara Brasileira do Livro, SP, Brasil)

Pynchon, Thomas
Contra o dia / Thomas Pynchon ; tradução Paulo Henriques Britto. — 1ª ed. — São Paulo : Companhia das Letras, 2012.

Título original: Against the Day.
ISBN 978-85-359-2039-0

1.Ficção norte-americana I. Título.

12-01304   CDD-813.5

Índice para catálogo sistemático:
1. Ficção : Literatura norte-americana   813.5

Todos os direitos desta edição reservados à
EDITORA SCHWARCZ S.A.
Rua Bandeira Paulista, 702, cj. 32
04532-002 — São Paulo — SP
Telefone: (11) 3707-3500
www.companhiadasletras.com.br
www.blogdacompanhia.com.br
facebook.com/companhiadasletras
instagram.com/companhiadasletras
twitter.com/cialetras

É sempre noite, senão a gente não precisaria de luz.
— Thelonius Monk

UM

A luz acima da serra

"Agora, reduzir todo o cordame!"
"Ânimo... com jeito... muito bem! Preparar para zarpar!"
"Cidade dos Ventos, lá vamos nós!"
Foi em meio a tais exclamações animadas que o aeróstato de hidrogênio *Inconveniência*, sua gôndola enfeitada com bandeirolas patrióticas, levando uma tripulação de cinco rapazes pertencentes à célebre agremiação aeronáutica denominada Amigos do Acaso, ascendeu célere no céu matinal e logo foi levado pelo vento sul.

Quando a nave atingiu a altitude de cruzeiro, e todos os acidentes geográficos deixados para trás na terra já haviam se reduzido a dimensões quase microscópicas, Randolph St. Cosmo, o comandante, ordenou: "Forme-se o Destacamento Especial de Voo", e os rapazes, todos eles envergando seus elegantes uniformes de verão — túnica com listras vermelhas e brancas e calça azul-celeste —, obedeceram com entusiasmo.

Naquele dia, seguiam em direção à cidade de Chicago, onde recentemente fora inaugurada a Exposição Internacional Colombina. Desde que fora dada a ordem, não se falava de outra coisa naquela tripulação empolgada e curiosa que não da célebre "Cidade Branca", sua enorme roda-gigante, templos alabastrinos do comércio e da indústria, lagoas reluzentes e muitos milhares de maravilhas tais, de natureza tanto científica quanto artística, que lá os aguardavam.

"Oba!", gritou Darby Suckling, debruçado sobre os cabos-guias para contemplar o interior do país, transformado num borrão confuso e esverdeado, muitos metros abaixo, enquanto seus cabelos cacheados cor de estopa balançavam-se ao vento que atravessava a gôndola, como se formassem uma bandeira desfraldada a sota-vento. (Darby, como meus leitores fiéis hão de se lembrar, era o "caçulinha" da tripulação, atuando ao mesmo tempo como faz-tudo e mascote, e além disso assumia a difícil voz de soprano sempre que esses aeronautas adolescentes não conseguiam reprimir o ímpeto de cantar.) "Não vejo a hora de nós chegar lá!", exclamou ele.

"Pelo qual você acaba de perder mais cinco pontos!", ralhou uma voz severa bem próxima a seu ouvido, no momento exato em que ele foi de súbito agarrado por trás e arrancado dos cabos-guias. "Ou então, digamos, dez? Quantas vezes", prosseguiu Lindsay Noseworth, o subcomandante, famoso por sua impaciência para com todas as manifestações de frouxidão, "você já não foi advertido, Suckling, a respeito de formas gramaticais informais?" Com a destreza advinda de longa prática, virou Darby de cabeça para baixo e segurou o rapazinho peso-mosca pelos tornozelos, dependurado no espaço vazio — estando a terra firme, naquele momento, tranquilamente um quilômetro abaixo — e pôs-se a lhe passar um sermão a respeito dos muitos males que advêm da frouxidão verbal, sendo um dos piores deles a facilidade com que tal prática pode levar ao uso de obscenidades, e coisas piores ainda. Como, porém, o tempo todo Darby gritava de terror, é duvidoso que aqueles conselhos proveitosos tenham surtido algum efeito.

"Já chega, Lindsay", aconselhou Randolph St. Cosmo. "O rapaz tem trabalho a fazer, e se você o assustar desse jeito, ele certamente não vai conseguir fazer muita coisa."

"Está bem, baixote, ao trabalho", murmurou Lindsay, recolocando em pé, com relutância, o apavorado Darby. Na qualidade de contramestre, responsável pela disciplina a bordo, ele executava suas funções com uma severidade desprovida de humor que, a um observador imparcial, poderia muito bem parecer uma forma de monomania. Considerando-se, porém, a facilidade com que esta tripulação alegre encontrava pretextos para fazer traquinices — que mais de uma vez só por um triz não haviam resultado em desastre, o tipo de incidente que deixa um aeronauta paralisado de terror —, Randolph normalmente preferia que seu subordinado imediato pecasse mais pelo excesso.

Da outra extremidade da gôndola veio agora um estrondo prolongado, seguido de uma imprecação murmurada que fez Randolph, como sempre, franzir o cenho e levar a mão ao ventre. "Eu só tropecei numa dessas cestas de piquenique", gritou o aprendiz de encarregado de manutenção, Miles Blundell, "aquela onde estava toda a louça, é o que parece... Acho que eu não vi a cesta, professor."

"Talvez sua familiaridade", arriscou Randolph, desolado, "a tenha tornado temporariamente invisível para você." Essa repreensão, embora se aproximasse do cáustico, não era infundada, pois Miles, ainda que munido de boas intenções e possuidor do melhor coração de todo aquele pequeno grupo, sofria por vezes de uma confusão em seus processos motores, o que com frequência resultava em animação, mas em outras tantas vezes comprometia a segurança física da tripulação. Enquanto Miles catava os cacos da porcelana danificada, ria-se um certo Chick Counterfly, o mais novo membro da tripulação, que estava apoiado num estai, observando-o.

"Ah, ah", exclamava o jovem Counterfly, "eu nunca vi ninguém mais desajeitado não! Ah, ah, ah!" Uma réplica irada subiu aos lábios de Miles, porém ele a conteve, dizendo a si próprio que, como os insultos e as provocações eram naturais em meio à classe da qual provinha o recém-chegado, era a seu passado insalubre que se deviam atribuir seus hábitos verbais.

"Por que é que você não me dá esses talheres chiques, Blundell?", prosseguiu o jovem Counterfly. "Aí, quando nós chegar em Chicago, vamo lá no prego e..."

"Gostaria de chamar a sua atenção", retrucou Miles, polido, "que todos os utensílios de mesa com a insígnia dos Amigos do Acaso são de propriedade da organização, devendo ser mantidos a bordo da nave para utilização nas refeições oficiais."

"Isso aqui tá parecendo uma escola dominical", murmurou o jovem maganão.

Numa extremidade da gôndola, indiferente aos que iam e vinham pelo tombadilho, batendo de vez em quando a cauda de modo expressivo contra as tábuas do assoalho, o focinho enterrado nas páginas de um volume do sr. Henry James, um cão de nenhuma raça em particular parecia absorto no texto à sua frente. Desde o dia em que os Amigos, no decorrer de uma missão na capital da nação (ver *Os Amigos do Acaso e o pateta perverso*), salvaram Pugnax, na época ainda um mero filhote, de um conflito furioso, à sombra do Monumento a Washington, entre duas matilhas rivais de cães sem dono, ele tinha o hábito de perscrutar as páginas de qualquer material impresso que porventura encontrasse a bordo do *Inconveniência*, desde abordagens teóricas das artes aeronáuticas até leituras bem menos apropriadas, como folhetins sensacionalistas — embora, ao que parecia, ele gostasse mais de narrativas sentimentais a respeito de sua própria espécie do que de histórias que destacassem os extremos do comportamento humano, que lhe pareciam um tanto extravagantes. Ele aprendera, com aquela facilidade característica dos cães, a virar as páginas do modo mais delicado, utilizando o focinho ou as patas, e todo aquele que o visse entretido dessa forma não podia deixar de perceber as mudanças de expressão em seu rosto, em particular as sobrancelhas excepcionalmente articuladas, que contribuíam para o efeito geral de interesse, envolvimento e — impossível evitar a conclusão — compreensão.

Já havendo se tornado um aeróstata experiente, Pugnax também aprendera, como o resto da tripulação, a sempre fazer as suas "necessidades" do lado da gôndola a favor do vento, o que resultava em surpresas para a população que habitava a superfície lá embaixo, mas isso não se dava com frequência suficiente, e sequer despertava atenção suficiente, para que alguém tentasse registrar essas agressões celestiais excrementícias, muito menos coordenar os relatos a seu respeito. Elas simplesmente penetravam a esfera do folclore, da superstição ou talvez, se ninguém se importar com o alargamento da definição, do religioso.

Darby Suckling, havendo se recuperado de sua recente excursão na atmosfera, dirigiu-se ao canino estudioso: "Diz lá, Pugnax — o que é que você está lendo agora, meu velho?".

"Rr Rff-rff Rr-rr-r*ff*-rrf-rrf", respondeu Pugnax sem levantar a vista, e Darby, que como os outros tripulantes já se acostumara com a voz de Pugnax — na verdade, mais fácil de entender do que alguns dos sotaques regionais que os rapazes ouviam em suas viagens —, interpretou aquela fala como "A *princesa Casamassima*".

"Ah. Uma espécie de... romance italiano, imagino?"

"O livro", ele foi prontamente informado pelo sempre alerta Lindsay Noseworth, que entreouvira aquele colóquio, "versa sobre o crescimento inexorável do Anarquismo Internacional, o qual, aliás, parece estar particularmente vicejante no destino desta viagem — trata-se de um mal sinistro que espero não termos oportunidade de conhecer de algum modo mais imediato do que, tal como ocorre com Pugnax no momento, o contato inofensivo com um relato ficcional num livro." Dava à palavra "livro" uma ênfase cujo nível de desprezo talvez só possa ser encontrado nas falas dos oficiais comandantes. Pugnax farejou rapidamente em direção a Lindsay, tentando detectar aquela combinação de "notas" olfativas que estava acostumado a encontrar em outros seres humanos. Porém, como sempre, aquele cheiro lhe escapava. Talvez houvesse uma explicação para o fenômeno, mas ele não sabia se deveria insistir até encontrá-la. As explicações, ao que lhe parecia, não eram coisas que os cachorros procurassem, ou mesmo tivessem direito de procurar — especialmente os cães que passavam tanto tempo no céu, muito acima do inesgotável complexo de odores que floresce na superfície do planeta abaixo.

O vento, que até então vinha se mantendo constante, soprando a estibordo, começou a mudar de direção. Como tinham ordem de seguir diretamente até Chicago sem atrasos, Randolph, após examinar uma carta aeronáutica do terreno que estavam a sobrevoar, gritou: "Suckling — consulte o anemômetro — Blundell e Counterfly, vão para o Parafuso", referindo-se a um dispositivo de propulsão aérea do qual meus jovens leitores mais interessados em ciência talvez se lembrem, por terem lido as aventuras anteriores dos nossos rapazes (*Os Amigos do Acaso em Krakatoa*, *Os Amigos do Acaso em busca de Atlântida*), usado para aumentar a velocidade de cruzeiro da nave *Inconveniência* — inventado pelo velho amigo da turma, o professor Heino Vanderjuice de New Haven, sendo movido por um engenhoso motor de turbina cuja fornalha era aquecida queimando-se o excesso de hidrogênio extraído do balão através de certas válvulas especiais —, embora a invenção, como era de se esperar, fosse criticada pelos inúmeros rivais do dr. Vanderjuice, os quais alegavam que ela não passava de um moto-perpétuo, que claramente violava as leis da termodinâmica.

Miles, com seus problemas de coordenação motora, e Chick, cuja falta de empenho não era menos conspícua, ocuparam seus postos diante dos painéis de controle do aparelho, enquanto Darby Suckling, nesse ínterim, galgava os enfrechates e as enxárcias do gigantesco envelope elipsoidal do qual pendia a gôndola, até chegar ao alto, onde o fluxo aéreo corria sem interrupção, para obter, num anemômetro de Robinson, informações precisas a respeito do vento, para calcular a velocidade da nave, transmitindo essas informações à ponte de comando via um bilhete colocado dentro de uma bola de tênis amarrada a uma linha. Os leitores hão de lembrar que esse método de transmitir informações fora adotado pela tripulação durante sua passagem rápida, ainda que inconclusiva, pelo território mexicano, onde a viram ser utilizada pelos maus elementos que desperdiçam suas existências fazendo apostas em partidas de pelota basca. (Para os leitores que estão tendo seu primeiro contato com nosso grupo de jovens aventureiros, é preciso deixar claro desde já que — talvez com exceção de Chick Counterfly, ainda não suficientemente conhecido — nenhum deles jamais adentraria a atmosfera moralmente envenenada de um *"frontón"*, o nome dado a tais antros naquelas paragens, se isso não fosse essencial para as atividades de levantamento de informações que os Amigos haviam sido contratados para realizar pelo Ministério do Interior do presidente Porfirio Díaz. Para mais detalhes a respeito dessa aventura, ver Os *Amigos do Acaso no Velho México*.)

Embora o perigo extremo fosse evidente para todos, o entusiasmo de Darby na execução de sua tarefa criava, como sempre, uma aura mágica em torno de seu vulto infantil, que parecia protegê-lo, ainda que não do sarcasmo de Chick Counterfly, o qual gritava para o mascote enquanto ele subia: "Ê, Suckling! Só mesmo um *boboca* arrisca a vida pra ver a velocidade do vento!".

Ao ouvir isso, Lindsay Noseworth franziu o cenho, perplexo. Mesmo fazendo-se os descontos necessários para um rapaz com tal passado — a mãe, dizia-se, desaparecera quando ele ainda era um bebê — o pai se tornara um vagabundo que caminhava sem rumo pela antiga Confederação —, a insistência de Counterfly em lançar insultos gratuitos começara a constituir uma ameaça à sua situação de novato nos Amigos do Acaso, se não ao moral do grupo.

Duas semanas antes, à margem de um rio de águas negras no extremo Sul, quando os Amigos tentavam resolver uma questão dolorosa e jamais resolvida desde os tempos da Rebelião, de trinta anos antes — sobre a qual ainda não seria aconselhável registrar-se nada nesta página —, Chick aparecera uma noite no acampamento dos rapazes em estado de pavor extremo, sendo perseguido por um grupo de cavaleiros envoltos em vestes brancas e sinistros capuzes pontudos, que foram de imediato reconhecidos pelos Amigos como membros da temível "Ku Klux Klan".

Sua história, no que foi possível compreender de sua típica voz de adolescente e suas abruptas mudanças de registro, exacerbada pelo perigo da situação, era a que se segue. O pai de Chick, Richard, mais conhecido como "Dick", originário do Norte, havia alguns anos atuava na antiga Confederação, envolvendo-se numa série de projetos comerciais, nenhum dos quais, lamentavelmente, tivera sucesso, e muitos dos quais, há que registrar, haviam-no levado até bem próximo, como se diz, dos portões da penitenciária. Por fim, quando estava prestes a chegar um grupo de cidadãos organizado pelo xerife, que ficara sabendo de seu plano de vender o estado do Mississippi a um misterioso consórcio chinês sediado em Tijuana, México, "Dick" Counterfly escafedeu-se mais que depressa e desapareceu na noite, deixando para o filho uma pequena quantia em espécie e um conselho amoroso: "Vou ter que 'vispar-me', moleque — se arranjar emprego, escreva". A partir daí, Chick passou a viver com uma mão na frente e outra atrás, até que, no lugarejo de Thick Bush, não muito longe do acampamento dos Amigos, alguém, reconhecendo-o como filho de um famigerado aventureiro nortista, o qual estava sendo procurado por toda parte, sugeriu que lhe fosse aplicada a tradicional punição de ter o corpo coberto de piche e depois ser obrigado a rolar sobre penas de galinha.

"Por mais que nos inclinemos a oferecer nossa proteção", disse Lindsay ao jovem assustado, "quando estamos em terra firme somos obrigados a seguir os termos da nossa Carta, segundo a qual jamais podemos interferir nos costumes legais de qualquer localidade onde por acaso tenhamos pousado."

"Vocês não é mesmo daqui", replicou Chick, um tanto áspero. "Aqui quando eles quer pegar alguém, não tem nada a ver com legal, não — é sebo nas canelas, nortista, porque se ficar o bicho come."

"As pessoas educadas", Lindsay mais que depressa o corrigiu, "dizem 'vocês não são' e 'eles querem'."

"Noseworth, por piedade!", exclamou Randolph St. Cosmo, que o tempo todo olhava de relance para os vultos encapuzados que circundavam o acampamento, levando na mão archotes que iluminavam cada dobra e ruga de suas túnicas toscas com uma precisão quase teatral, projetando sombras fantasmagóricas entre os pés de nissa, cipreste e cária. "Não há mais o que discutir — este rapaz deve receber asilo e, se assim o desejar, ser admitido em caráter provisório como membro de nossa Unidade. Não há dúvida de que ele não terá futuro algum aqui."

Todos passaram aquela noite em claro, para evitar que fagulhas oriundas dos archotes da turba caíssem perto do aparelho gerador de hidrogênio, o que resultaria em devastação. Com o tempo, porém, os labregos de traje macabro, talvez por temor supersticioso àquela maquinaria, foram se dispersando para suas casas. E Chick Counterfly, para o bem ou para mal, permaneceu...

O Parafuso em pouco tempo acelerou a nave de tal modo que sua velocidade, acrescida à do vento que soprava diretamente à popa, tornava-a quase invisível para os observadores situados no solo. "Estamos voando a quase dois quilômetros por minuto", disse Chick Counterfly do console de controle, sem conseguir disfarçar um tom de admiração temerosa.

"Desse jeito podemos chegar a Chicago antes do anoitecer", calculou Randolph St. Cosmo. "Você está bem, Counterfly?"

"Supimpa!", exclamou Chick.

Como ocorria com a maioria dos "calouros" da organização, no início a maior dificuldade para Chick era menos a velocidade do que a altitude, e também as mudanças de pressão atmosférica e temperatura por ela acarretadas. Durante seus primeiros voos, ele cumpriu suas obrigações sem se queixar, porém um dia foi encontrado remexendo sem autorização um armário que continha diversas peças de indumentária ártica. Quando Lindsay Noseworth o surpreendeu, a única coisa que o rapaz pôde balbuciar em defesa própria foi: "F-f-frio!".

"Não vá você pensar", esclareceu Lindsay, "que a bordo do *Inconveniência* você está na esfera do contrafactual. Aqui pode não haver mangues nem linchamentos, mas não obstante somos obrigados a conviver com as exigências do mundo real, entre as quais se destaca a diminuição da temperatura com o aumento da altitude. Aos poucos, a sua sensibilidade com relação ao frio haverá de se moderar, e enquanto isso" — jogando-lhe um abrigo preto de pele de cabra japonesa, em que se liam as palavras PROPRIEDADE DOS A. DO A., num tom vivo de amarelo, em estêncil, nas costas —, "isso deve ser considerado um traje de transição, até o momento em que você se adaptar a essas altitudes e, se tiver sorte, aprender as lições ensinadas pela vida em tais condições."

"Resumindo", confidenciou-lhe Randolph mais tarde, "subir é como ir para o norte." E ficou piscando, como quem aguarda um comentário.

"Mas", ocorreu a Chick, "quem segue sempre pro norte acaba passando por cima do polo, e aí começa a voltar pro sul."

"É." O comandante do aeróstato deu de ombros, constrangido.

"Isso quer dizer que quem sobe muito acaba *descendo*?"

"Shh!", alertou-o Randolph St. Cosmo.

"Chegando perto da superfície de *outro planeta*, seria isso?", insistiu Chick.

"Não exatamente. Não. Outra 'superfície', sim, porém terrestre. Muitas vezes, para infelicidade nossa, terrestre até demais. Agora, mais do que isso, eu não gostaria —"

"São os mistérios da profissão", arriscou Chick.

"Você vai ver. Com o tempo, é claro."

Enquanto desciam, sobrevoando os Matadouros, o cheiro subia até eles, o cheiro e a zoeira de carne descobrindo sua mortalidade — como a contraparte escura de alguma ficção diurna que, como parecia cada vez mais provável, eles haviam ido até lá para ajudar a promover. Em algum lugar lá embaixo estava a Cidade Branca prometida pelas brochuras da Exposição Colombina, em algum lugar em meio às chaminés altas sempre a vomitar uma fumaça negra e gordurosa, eflúvios da carnificina incessante, na qual desapareciam os topos dos edifícios das léguas de cidade que se estendiam na direção do vento, como crianças a mergulhar num sono que não traz descanso do dia. Nos Matadouros, os operários que terminavam seus turnos, em sua maioria esmagadora da fé romana, podendo desprender-se da terra e do sangue por alguns segundos preciosos, olhavam para o aeróstato maravilhados, imaginando um destacamento de anjos não necessariamente benignos.

Sob os olhares curiosos dos Amigos do Acaso espalhavam-se ruas e becos numa grade cartesiana, esboçada em tom de sépia, por quilômetros a fio. "A Grande Cidade Bovina do Mundo", murmurou Lindsay, maravilhado. De fato, os lombos dos bois eram muito mais numerosos do que as copas de chapéus de seres humanos. Daquela altitude, era como se os Amigos, que em aventuras passadas amiúde contemplaram imensas manadas de gado a vagar pelas planícies do Oeste, formando desenhos sempre a modificar-se, como nuvens, viam ali aquela liberdade informe sendo racionalizada, obrigada a mover-se apenas em linhas retas e ângulos retos, numa progressiva redução de opções, até a curva final, passando pelo portão final, que levava ao local da matança.

Já próximo à hora do pôr do sol, ao sul da cidade, quando o *Inconveniência* oscilava numa brisa instável sobrevoando uma ampla extensão de pradaria onde teria lugar naquela semana um grande congresso internacional de aeronautas, em conjunção com a Exposição Internacional, o "professor" St. Cosmo, encontrando por fim um trecho livre de prado em meio à enorme população de aparelhos de voo já aterrissados, deu a ordem: "Preparar para o pouso". O estado de atenção reduzida em que ele pareceu entrar em seguida foi pouco depois interrompido por Lindsay, o qual o advertiu, irascível: "Como certamente o senhor deve ter percebido, a inépcia de Blundell ao lidar com a Válvula Principal, inépcia essa que, infelizmente, já se tornou costumeira, teve o efeito de aumentar a velocidade de nossa descida num grau notável, se não alarmante".

De fato, Miles Blundell, que apesar de bem-intencionado estava longe de ser destro, havia conseguido enrolar a corda atada ao mecanismo da válvula em torno do próprio pé, e estava agora sacudindo essa sua extremidade de um lado para outro, com uma expressão perplexa no rosto largo e honesto, na esperança de que a válvula, acionada por uma mola, de algum modo se fechasse por si própria — pois ela já deixara uma quantidade enorme de hidrogênio escapar do invólucro numa súbita lufada, fazendo com que a nave caísse em direção à margem do lago como um brinquedo largado por um petiz cósmico.

"Blundell, mas o que é isso!", exclamou Randolph. "Você vai causar a destruição de todos nós!"

"É que ela enroscou, professor", explicou Miles, mexendo de modo aleatório na corda de cânhamo, que tanto mais se enroscava quanto mais ele persistia.

Com uma imprecação involuntária, ainda que inócua, St. Cosmo havia saltado para junto do jovem Blundell, agarrando-o pela cintura larga e tentando levantá-lo, na esperança de conseguir assim reduzir a tensão na corda e permitir que a válvula se fechasse. "Venha cá, Counterfly", disse o subcomandante, ríspido, a Chick, que contemplava a cena com um sorriso irônico, encostado num armário, "saia dessa inércia por um momento e venha levantar o Blundell", pois o desajeitado rapaz, um tanto cosquento, havia começado a gritar e se debater na tentativa de escapar do abraço de Lindsay. Chick Counterfly aproximou-se, indolente, da dupla que se debatia, com certa cautela, sem saber que parte de Miles deveria segurar, para não aumentar ainda mais a sua agitação.

Enquanto o gás vital continuava a escapar da válvula com um silvo perturbador, e a nave descia cada vez mais depressa em direção à terra, Randolph, contemplando os esforços inúteis de sua tripulação, deu-se conta de que a responsabilidade pelo desastre tão próximo era, como sempre, exclusivamente sua, desta vez por ter ele delegado funções a pessoas que não tinham a competência necessária...

Suas reflexões melancólicas foram interrompidas por Darby, que chegou correndo e puxou-lhe a manga da túnica. "Professor, professor! O Lindsay acaba de fazer um comentário difamatório sobre a mãe do Miles, e no entanto ele vive implicando comigo por usar 'gíria', o senhor acha isso justo?"

"Sua impertinência insubordinada, Suckling", afirmou Lindsay, severo, "vai lhe render mais dia, menos dia, aquilo que os marujos da mais baixa extração chamam de 'beijo de Liverpool', muito antes de você receber um beijo mais convencional, com exceção, talvez, daquelas raras ocasiões em que a *sua* mãe, sem dúvida num momento de distração, lhe conceder essa prova de afeição surpreendente, e no entanto, creio eu (pobre mulher!), imerecida."

"Está vendo, está vendo?", guinchou Darby, "Atacando a mãe dos outros —"

"Agora não!", gritou Randolph, livrando-se com um safanão da mão inoportuna do jovem mascote, proporcionando-lhe tamanho susto que ele quase perdeu a razão. "Counterfly, o lastro, rapaz! Deixe esse idiota espernear e lance fora nossos sacos de areia, senão é o fim!"

Chick deu de ombros e largou Miles, seguindo sem nenhuma pressa em direção à amurada mais próxima para desamarrar os sacos de areia que lá havia, fazendo com que Lindsay, sem ter tempo de ajustar-se ao aumento do peso de seu fardo, desabasse no tombadilho com um grito de pânico, com Miles Blundell, já próximo à histeria, por cima dele. Com um estalo ruidoso que parecia anunciar o Final dos Tempos, a corda enroscada em seu pé desprendeu-se da Válvula Principal, mas só depois de puxar além do limite de sua elasticidade a mola que a faria fechar-se em segurança. Agora a válvula permanecia escancarada — era a própria boca do Inferno!

"Suckling! Suba, e depressa!"

Presto, o rapazinho subiu pelas cordas enquanto Randolph, assustado com a crise e tentando atravessar o tombadilho, de algum modo tropeçou em Lindsay Noseworth, o qual se esforçava para desvencilhar-se da massa espernante de Miles Blundell que o cobria, e subitamente viu-se na horizontal, tal como seus comandados. Levantando a vista, Randolph observou que Darby Suckling olhava para ele, curioso.

"O que é que eu tenho que fazer aqui em cima, professor?", indagou o ingênuo mascote.

Enquanto lágrimas de frustração começavam a se formar nos olhos de Randolph, Lindsay, percebendo em seu comandante uma inércia característica, com à voz apenas temporariamente abafada pelo cotovelo de Miles, mais que depressa, ou o mais rápido possível, preencheu o vácuo de autoridade que se formara. "Recoloque a válvula manualmente", gritou ele para Darby, "na posição de fechada", acrescentando "garoto pateta" num tom quase inaudível. Darby, o uniforme agitado pelo jato de gás, corajosamente apressou-se a cumprir a ordem.

"Quer que eu pego um desses paraqueda, Noseworth?", sugeriu Chick.

"*Senhor* Noseworth", corrigiu-o Lindsay. "Não, Counterfly, melhor não, já que o tempo é escasso — ademais, as complexidades que envolveriam a tarefa de ajeitar em Blundell toda a parafernália necessária seriam demais até mesmo para o gênio topológico de *Herr* Riemann." Porém sua ironia não foi compreendida nem por Chick nem por seu alvo, o qual, tendo por fim conseguido ficar de pé, foi, sereno e despreocupado, até a amurada, aparentemente para apreciar a vista. Lá no alto, com um grito triunfante de "Hurra!", Darby logrou fechar a válvula, e o enorme aeróstato diminuiu a velocidade de sua queda, que passou a ser tão pouco perigosa quanto a de uma folha no outono.

"Poxa, a gente assustou mesmo aquele pessoal lá embaixo, hein, professor", comentou Miles, olhando pela amurada. "Quando a gente largou os sacos de areia, eu aposto."

"O quê?", Randolph, começando a recuperar seu ar de competência fleumática. "Como assim?"

"Por que estão correndo que nem formigas", prosseguiu Miles, "e olha só, um deles está sem roupa, pelo menos parece!" De um armário de instrumentos próximo ele retirou uma luneta poderosa, apontando-a para os objetos de sua curiosidade.

"Venha, Blundell", Randolph, levantando-se no lugar onde estava caído, "temos muito que fazer no momento, em vez de ficar aprontando —" Foi interrompido por uma exclamação de terror de Miles.

"Professor!", gritou o rapaz, não acreditando no que via pelo cilindro reluzente, "a pessoa despida que eu mencionei — não é um homem, não, e sim... *uma mulher!*"

Houve então um verdadeiro "estouro da boiada" em direção à amurada, e uma disputa coletiva em torno da luneta, a qual, no entanto, Miles agarrava com tenacidade. Ao mesmo tempo, todos olhavam ou apertavam os olhos, ávidos, na tentativa de confirmar aquela aparição anunciada.

Por toda a extensão verdejante que se descortinava abaixo, à luz declinante da tarde, por entre as formas estelares dos sacos de areia estourados, correndo a todo vapor, como se por um firmamento terreno, seguia um cavalheiro corpulento de paletó esporte e calções de golfe, apertando o chapéu de palha contra a cabeça com uma das mãos e com a outra mantendo equilibrada no ombro uma câmara fotográfica presa a um tripé. Logo atrás dele vinha a mulher que fora vista por Blundell, carregando uma trouxa de roupas femininas, embora no momento trajasse pouco mais que uma espécie de diadema floral, vistosamente inclinado em meio à farta cabeleira loura. A dupla parecia dirigir-se a um bosque próximo, dirigindo de vez em quando um olhar apreensivo ao enorme invólucro de gás do *Inconveniência*, que descia, como se fosse ele um imenso globo ocular, talvez o próprio olho da Sociedade, sempre a vigiar do alto, num espírito de censura construtiva. Quando Lindsay conseguiu arrancar o instrumento óptico das mãos úmidas de Miles Blundell e induzir o jovem consequentemente frustrado a lançar fateixas e ajudar Darby a afixar o grande aeróstato à "Mãe Terra", o casal indecoroso já havia desaparecido em meio à vegetação, tal como em breve toda essa parte da República haveria de desaparecer na escuridão crescente.

* * *

    Darby balançava-se como um macaquinho, descendo a corda da âncora, chegando ao chão e, com movimentos lépidos sob o bojo do *Inconveniência*, agarrando com gestos precisos cada uma das amarras que lhe eram lançadas por Miles Blundell. Com um martelo, uma por uma, prendeu as resistentes estacas de madeira nos laços nas pontas das cordas de cânhamo, e em pouco tempo fez com que o gigantesco veículo, como se encantado por um minúsculo domador de feras, pairasse imóvel sobre ele.
    A escada de cordas foi lançada com estrépito, e por ela desceu pouco depois, com passos inseguros, Miles, arcando com o peso de um gigantesco saco de roupa suja. Para os lados do poente, restava no céu apenas um tom de carmesim escuro, contra o qual se destacavam a silhueta de Miles e também as cabeças dos outros rapazes acima da borda curva da gôndola.
    Desde aquela manhã, quando ainda estava escuro, uma multidão alegre de aeromaníacos de todas as espécies, munidos de equipamentos de piquenique, haviam ficado a desenvolver *vol-à-voiles* até muito depois do pôr do sol, durante toda aquela tarde estival no Meio-Oeste, ocupados demais para perceber o que havia de melancólico naquele arrebol, com asas imóveis ou a bater, asas que imitavam as de gaivotas, albatrozes e morcegos, asas de membrana de bate-folha e bambu, asas laboriosamente recobertas de penas de celuloide, que chegavam cobrindo o céu de lampejos, trazendo aviadores de todos os graus, desde o cético de laboratório até o ascensionário inspirado por Jesus, muitas vezes acompanhados por aerocães, que haviam aprendido a permanecer imóveis ao lado de seus donos das cabines das pequenas máquinas voadoras, observando painéis de instrumentos e latindo ao perceber algo que havia escapado da atenção do piloto — embora outros fossem vistos nas amuradas e passadiços, com a cabeça mergulhada no fluxo de ar e uma expressão de êxtase no rosto. De vez em quando um aeronauta chamava o outro através de um megafone, e assim o entardecer vibrava, tal como as árvores de muitas ruas da cidade próxima, com os sons de gracejos aéreos.
    Em pouco tempo os rapazes montaram a tenda de refeições, recolheram lenha e acenderam o fogão da nave, contra o vento em relação à *Inconveniência* e seu gerador de hidrogênio. Miles pôs mãos à obra na cozinha minúscula, e em pouco tempo preparou para a tripulação uma "panelada" de bagre, pescado naquela manhã e conservado durante todo o dia em gelo, cujo derretimento fora retardado pelo frio da altitude. Ao seu redor, outros grupos fraternais de aviadores estavam ocupados em atividades culinárias, assando carne, fritando cebolas e preparando pão, com odores deliciosos que se espalhavam por todo o enorme acampamento.
    Após o jantar e a formatura vespertina, os rapazes dedicaram uns poucos momentos ao canto, tal como um outro grupo teria feito à prece. Desde suas aventuras havaianas alguns anos antes (*Os Amigos do Acaso e a Maldição do Grão Kahuna*),

Miles tornara-se um adepto entusiástico do uquelele, e após guardar todos os utensílios e deixar o refeitório em seu estado costumeiro de limpeza impecável, pegou um dos muitos instrumentos de quatro cordas que guardava em seu baú e, após dedilhar uma breve introdução, acompanhou os rapazes, que cantavam:

> Há pessoas que onde nascem
> Passam todas suas vidas,
> Sempre ao alcance dos braços
> Das pessoas mais queridas —
> Elas sabem bem quem são
> E aonde vão chegar —
> E há outras que, como nós,
> Dizem "adeus" antes de "olá",
> Pois nós somos
> Os Ases das Altitudes,
> Vagamundos do Vazio...
> Onde outros gritam de horror
> Nós não damos nem um pio.
> Que os ventos arrebentem
> A escala de Beaufort,
> Que estourem os trovões,
> Pois na noite escura
> A alegria perdura
> Sempre em nossos corações!
> Pois...
> O Amigo do Acaso não sabe o que é me-do,
> E não geme nem chora diante de naaa-da!
> Pois seu sangue é vermelho e sua mente é tão pura
> Quanto a sua fa-ar-da i-ma-cu-laaa-da!

Naquela noite, Chick e Darby, que cuidavam do bombordo da nave, haviam permanecido de plantão, enquanto Miles e Lindsay tiveram licença para circular por Chicago. Entusiasmados, cada um a seu modo, pela perspectiva de visitar a Exposição, os dois rapazes mais que depressa vestiram seus uniformes de gala, se bem que Miles teve tanta dificuldade em amarrar as perneiras, dar o laço no lenço de pescoço com a simetria necessária e abotoar corretamente os quarenta e quatro botões do peitilho, um para cada Estado da União, que Lindsay, após aplicar gotas de brilhantina a suas melenas e penteá-las com todo o cuidado, viu-se na obrigação de auxiliar seu desajeitado colega.

Quando por fim Miles encontrou-se em condições de ser visto pelo populacho da "Cidade dos Ventos", os dois rapazes assumiram a posição de sentido, um junto ao outro dentro do círculo de luz em torno do fogo, para aguardar a revista. Pugnax juntou-se a eles, com a cauda imóvel e um olhar de expectativa. Randolph emergiu de sua barraca à paisana, tão guapo quanto seus subordinados em licença, pois também ele tinha seus compromissos terrenos, para os quais havia substituído seu uniforme dos Amigos do Acaso por um elegante terno xadrez de cânhamo de Kentucky e plastrão, com um vistoso chapéu de feltro coroando o *ensemble*.

"Puxa vida, Randolph", exclamou Darby, "até parece que você vai se encontrar com uma garota!"

Como, porém, seu tom de provocação vinha acompanhado de um toque de admiração máscula, Randolph optou por não reagir àquela "chincada" com o "ataraú" a que ela teria feito jus em circunstâncias outras, limitando-se a retrucar: "Eu não sabia que fedelhos da sua idade já reconheciam alguma diferença entre os sexos", o que arrancou de Lindsay um risinho satisfeito, após o qual ele imediatamente retomou sua seriedade moral.

"No entorno", advertiu Randolph seus comandados, "de qualquer aglomerado da magnitude dessa Exposição, é fatal que vicejem maus elementos cujo único objetivo é aproveitar-se dos incautos. Recuso-me a dignificar, ao identificá-lo, o bairro sinistro em que tais perigos costumam ser encontrados com maior frequência. Bastará a própria vulgaridade de sua aparência, principalmente à noite, para que todos, com exceção dos mais afoitos, se sintam desinclinados a contemplar, e muito menos investigar, as dúbias delícias lá oferecidas. Para bom entendedor... ou melhor, no caso em questão... hã, bom, seja lá o que... aproveitem a licença, rapazes, e boa sorte." Em seguida, Randolph bateu continência, deu meia-volta e desapareceu silenciosamente na imensa escuridão odorífera.

"Você está de plantão, Suckling", Lindsay admoestou-o antes de partir. "Sabe quais os castigos aplicáveis aos dorminhocos — não deixe de advertir a esse respeito o seu companheiro Counterfly, o qual ou muito me engano ou é inclinado à indolência. Uma ronda a cada hora, bem como uma leitura da pressão do gás dentro do envelope, corrigida, nem é preciso acrescentar, para compensar a queda de temperatura à noite." Virou-se e foi embora para juntar-se a Miles, enquanto Pugnax, cuja cauda havia recuperado sua animação costumeira, ficou a explorar a região limítrofe do acampamento, buscando sinais da presença de outros cães e de seus donos que porventura tentassem entrar sem permissão.

Darby, deixado a sós à luz do fogo, aplicou-se com sua vivacidade costumeira ao reparo da válvula principal, cujo mau funcionamento pouco antes quase causara o fim de todos. Aquela lembrança desagradável, tal como o defeito que os dedos ágeis de Darby ora consertavam, logo seria desfeita... como se fosse apenas algo a respeito do qual o rapazinho lera em algum livro de aventuras para jovens... como se aquela página de suas crônicas tivesse sido virada, e a ordem de "meia-volta" houvesse sido pronunciada por algum poderoso, ainda que invisível, Comandante dos Dias Terrenos, para o qual Darby, numa obediência dócil, tivesse se voltado mais uma vez...

Mal havia ele terminado o reparo quando, levantando a vista, encontrou Chick Counterfly preparando café junto ao fogo.

"Você quer?", ofereceu Chick. "Ou eles ainda não deixam você beber isto?"

Algo no seu tom de voz lhe indicava que esse tipo de provocação jocosa era apenas o que um garoto da idade de Darby era obrigado a suportar. "Obrigado, quero um pouco, sim."

Permaneceram em silêncio por algum tempo junto ao fogo, como dois tropeiros acampados nas pradarias do Oeste. Por fim, para a surpresa de Darby: "Tenho muita saudade do meu pai" — Chick confidenciou-lhe, sem mais nem menos.

"Imagino que deve ser terrível pra você, Chick. Já eu nem me lembro do meu."

Chick contemplou o fogo com tristeza. Após um momento: "O negócio é que eu fico achando que ele não ia me largar. Se pudesse. A gente era amigos, sabe? Ele sempre arrumava alguma coisa. Um jeito de ganhar um dinheirinho. Nem sempre do agrado do xerife, mas sempre dava para pôr feijão na panela. Eu nem ligava se tinha que viajar de repente no meio da noite, mas aqueles tribunais de cidade do interior, com isso eu nunca consegui me acostumar não. O juiz olhava pra gente uma vez só, pegava o martelo dele e antes mesmo dele bater a gente já estava na estrada outra vez."

"Era um bom exercício, eu imagino."

"É, mas eu acho que meu pai estava começando a perder a disposição. Eu ficava achando que a culpa era minha. Você sabe, uma preocupação a mais."

"Pois eu acho que foi mais aquele cambalacho com os chineses que você mencionou", disse Darby, "nada que tenha a ver com você. Você fuma isso?", acendendo uma espécie de cigarro e oferecendo-o a Chick.

"Pela minha tia-avó Petunia!", exclamou Chick, "que cheiro é esse?"

"Ora, é cubeba. Uma erva puramente medicinal. Proibido fumar tabaco a bordo, como você deve se lembrar do seu Juramento do Amigo do Acaso."

"Eu jurei não fumar? Eu devia estar com a cabeça meio atrapalhada. Proibido fumar! Puxa, isso aqui é que nem o tal Método Keeley. Como é que vocês aguenta passar o dia?"

De súbito, foi como se todo um canil começasse a latir ao mesmo tempo, furiosamente. "É o Pugnax", explicou Darby, percebendo a expressão assustada de Chick.

"Ele e mais o quê?"

"Só o Pugnax. É um dos muitos talentos dele. Melhor a gente ir lá dar uma olhada."

Encontraram Pugnax em pé, tenso e alerta, a atenção fixa na escuridão exterior — pelo que parecia aos rapazes, pronto para desencadear um contra-ataque avassalador dirigido ao que quer que estivesse se aproximando do perímetro da nave.

"Vem cá", exclamou uma voz invisível, "cachorrinho simpático!" Pugnax manteve-se em seu posto mas parou de latir, pelo visto por julgar que os visitantes eram nasalmente aceitáveis. Diante dos olhares de Darby e Chick, surgiu no meio da noite um bife gigantesco, descrevendo um arco no céu, girando lentamente, até cair no chão quase exatamente entre as patas dianteiras de Pugnax, o qual ficou a encará-lo por algum tempo, arqueando uma única sobrancelha, com uma expressão, não há outro termo, desdenhosa.

"Ô, tem alguém aí?" Surgiram à luz do fogo dois rapazes e uma moça, com cestas de piquenique e envergando uniformes de aeronáutica de alpaca índigo com listras escarlate, e chapéus que não conseguiam igualar a geometria mais simples do conhecido fez dos Shriners, por serem muito mais enfeitados e, mesmo para seu tempo, de não muito bom gosto. Havia, por exemplo, uma espécie de espeto enorme no cocuruto, à moda alemã, e certo número de plumas tingidas de verde-claro. "Olá, Darb! Como vão e como vêm as coisas?"

Darby, reconhecendo-os como membros dos Andarilhos do Azul Atlético Club, uma organização de ascensionários de Oregon, com os quais os Amigos do Acaso muitas vezes voavam em manobras conjuntas, recebeu-os com um sorriso de boas-vindas, dirigido em particular à srta. Penelope ("Penny") Black, cuja aparência frágil disfarçava um espírito intrépido e uma vontade indomável, e pela qual ele nutria um "rabicho" desde que se entendia por gente. "Olá, Riley, Zip... Penny", acrescentou, tímido.

"'Capitão', dobre a língua." Ela exibiu a manga da túnica, onde brilhavam quatro faixas douradas, nas bordas das quais se viam sinais de costura recente. Os Andarilhos eram conhecidos e respeitados por concederem ao sexo loquaz absoluta igualdade de condições com os rapazes, inclusive oportunidades para promoção. "Isso mesmo", sorriu Penny, "eles me deram a *Tzigane* — acabei de trazer a nossa velha banheira lá de Eugene, aterrissei logo depois daquele arvoredo ali, e todo mundo escapou sem um arranhão."

"Puxa! Seu primeiro comando! É suruba!" Percebeu que agitava as mãos nervoso, sem ter ideia do que fazer com elas.

"Você devia me beijar", disse Penny. "É a tradição, essas coisas."

Apesar do coro de vaias que o beijo arrancou dos outros rapazes, Darby achou que o rápido contato daquela bochecha sardenta com seus lábios valeu a pena, e muito. Feitas as apresentações, Chick e Darby pegaram cadeiras dobráveis, os Andarilhos abriram suas cestas de delícias e os colegas deram início a uma noitada de mexericos, conversas técnicas e "causos" de voos.

"Quando descíamos, sobrevoando o 'Egito' — é o sul de Illinois, Darb —, pegamos uma corrente ascensional perto de Decantur; cheguei a pensar que a gente ia parar lá na lua — com licença" — fazendo uma pausa para espirrar — "muco escorrendo do nariz até chegar à cintura, todo mundo ficando azul com a luz daquele fluido elétrico, e um redemoinho dentro da cabeça da gente... ahh-pffêgg!"

"Ah, saúde, Riley", disse Zip, "mas da última vez que você contou essa história, tinha vozes estranhas e não sei que mais —"

"Nós também ficamos com uma auréola galvânica quando chegamos aqui", disse Chick, "por causa da velocidade."

"Aah, isso não é nada!", exclamou Riley. "Pior é passar o dia inteiro se esquivando de tornado! Você quer ver o que é eletricidade de verdade, vá a Oklahoma, que a barulhada infernal que você vai ouvir vai abafar tudo que é voz estranha."

"Por falar em vozes", disse Penny, "vocês ouviram falar alguma coisa sobre essas... 'visões' que estão sendo relatadas agora? E não são só os aviadores, não, mas também civis na terra?"

"Além das histórias de sempre", indagou Darby, "miragens, auroras boreais, essas coisas?"

"É diferente", Zip, com uma voz baixa, soturna. "Tem luzes, mas também tem som. Principalmente quando a altitude é maior, quando fica aquele tom de azul-escuro mesmo de dia, sabe? Vozes chamando todas juntas. Todas as direções ao mesmo tempo. Como um coral na escola, só que não tem música, é só esses..."

"Alertas", disse Riley.

Darby deu de ombros. "Pra mim, é novidade. Nós do *Inconveniência* somos os caçulas da organização, os últimos a saber, ninguém nunca nos conta nada — eles dão as ordens e nós obedecemos, e pronto."

"Pois nós estávamos lá sobrevoando o monte Etna na primavera", disse Penny, "e você se lembra daqueles Garçons de 71, eu imagino." Para que Chick pudesse acompanhar a conversa, Darby explicou que aquele grupo se formara mais de vinte anos antes, durante o Cerco de Paris, quando os balões tripulados eram muitas vezes a única maneira de estabelecer comunicação entre quem estava dentro e quem estava fora da cidade. À medida que o cerco se prolongava, ficava cada vez mais claro para alguns desses balonistas, que viam tudo do alto e estavam sempre na fronteira do perigo mortal, que o Estado moderno dependia para sua própria sobrevivência da manutenção de um *estado de sítio permanente* — circundando de modo sistemático as populações, impondo a fome aos corpos e espíritos, degradando de modo implacável a civilidade até que os cidadãos se voltassem uns contra os outros, a ponto de cometer atrocidades como a dos infames *pétroleurs* de Paris. Quando terminou o Cerco, esses balonistas resolveram continuar voando, livres agora das ilusões políticas que permaneciam mais vivas do que nunca sobre a terra, comprometendo-se com toda a solenidade apenas uns com os outros, agindo como se o mundo inteiro estivesse eternamente em estado de sítio.

"Hoje em dia", disse Penny, "eles vão voando para onde forem chamados, muito acima das muralhas dos fortes e das fronteiras nacionais, furando bloqueios, levando comida a quem tem fome, dando abrigo aos doentes e perseguidos... assim, é claro, eles fazem inimigos em todos os lugares aonde vão, são alvos de tiros desferidos da terra, o tempo todo. Mas nesse dia foi diferente. Por acaso estávamos voando com um deles na ocasião, e foi uma coisa muito estranha. Ninguém viu nenhum projétil, mas havia... uma espécie de força... uma energia que sentíamos, dirigida pessoalmente a nós..."

"Alguém lá fora", disse Zip, muito sério. "O espaço vazio. Porém habitado."

"Essa conversa está deixando você nervoso, Chick?", provocou Darby.

"Não. Estou pensando em quem vai querer comer aquele último bolinho de maçã."

Nesse ínterim, Miles e Lindsay seguiam rumo à Exposição. O veículo puxado por cavalos que haviam tomado atravessava as ruas apinhadas da zona sul de Chicago. Miles contemplava tudo com uma curiosidade intensa, mas Lindsay encarava a cena com um olhar mal-humorado.

"Você parece meio aborrecido, Lindsay."

"Eu? Não, em absoluto — tirando a inevitável apreensão referente ao fato de estar Counterfly tomando conta da nave sem ninguém a supervisioná-lo, estou alegre como uma lebre."

"Mas o Darby está lá com ele."

"Faça-me o favor. Qualquer influência que o Suckling possa ter sobre um caráter depravado como aquele seria desprezível, na melhor das hipóteses."

"Ah, espere aí", argumentou Miles, bonachão. "O Counterfly até que parece ser boa praça, e eu aposto que logo, logo ele vai aprender tudo direitinho."

"Na qualidade de contramestre", murmurou Lindsay, talvez falando com seus botões, "minha visão da natureza humana é necessariamente menos otimista."

Por fim, o veículo deixou-os numa esquina a partir da qual, garantiu o condutor, era apenas uma caminhada rápida até a Exposição — ou melhor, acrescentou ele, rindo, "se já estiver escuro, uma corrida animada", e seguiu em frente, com um estrépito de metal contra metal e cascos contra o pavimento. Ao longe os rapazes divisavam no céu o brilho elétrico da Exposição, mas o local onde se encontravam estava imerso na sombra. Por fim acharam uma abertura na cerca, e um portão de entrada com algo de improvisado, iluminado por um único toco de vela, onde um funcionário, uma espécie de anão asiático de cara amarrada, embora recebesse com avidez as moedas de cinquenta centavos que os dois lhe ofereceram, teve de ser pressionado pelo escrupuloso Lindsay para que lhes desse em troca os recibos devidamente preenchidos. A diminuta sentinela, em seguida, estendeu a palma da mão, como se solicitasse uma gratificação, gesto esse que foi ignorado pelos rapazes. "Caloteiros!", gritou o funcionário, como se os saudasse ao adentrarem nas comemorações do quarto centenário da chegada de Colombo a estas plagas.

De algum lugar à frente, invisível na escuridão, vinha a música de uma pequena orquestra, curiosamente sincopada, cada vez mais alta, até que os rapazes divisaram uma pequena pista de dança ao ar livre, mal iluminada, em que casais dançavam, e em torno da qual fluía uma multidão densa, espalhada para todos os lados, exalando odores de cerveja, alho, fumaça de cigarro, perfume barato e, vindo dos lados do Wild West Show de Buffalo Bill, mais adiante, o cheiro inconfundível de gado amontoado.

Os observadores da Exposição comentavam que quem se deslocasse pela avenida central do evento se dava conta de que as atrações mais europeias, civilizadas e... bem, para ser franco, *brancas*, ficavam mais perto da "Cidade Branca", e à medida que se afastava dessa Metrópole alabastrina, mais evidentes se tornavam os sinais de escuridão cultural e selvageria. Os rapazes tinham a impressão de estarem atravessando um mundo separado, onde não havia lampiões, de terem transposto algum obscuro limiar e penetrado num mundo com vida econômica, hábitos sociais e códigos próprios, cônscio de que pouco ou nada tinha em comum com a Exposição oficial... Como se a meia-luz reinante nessa periferia que talvez sequer constasse nos mapas não fosse apenas uma questão de ausência de iluminação de rua, e sim algo de intencional, motivado pela piedade, fornecendo um véu necessário para o rosto dos dali, marcados por uma urgência intensa demais para a luz plena do dia e os inocentes visitantes americanos, munidos de Kodaks e sombrinhas, que porventura lá fossem parar. Em meio às sombras, os rostos que passavam por Lindsay e Miles sorriam, faziam caretas ou os encaravam de frente como se de algum modo os conhecessem, como se em sua longa carreira de aventuras nos recantos mais exóticos do mundo, sem que os rapazes disto se dessem conta, houvesse se acumulado um tesouro de traduções errôneas, ofensas cometidas, dívidas assumidas, tudo isso se manifestando aqui como um estranho Limbo que seria necessário atravessar, esperando a qualquer momento uma "trombada" com algum inimigo de um período anterior, antes que chegassem ao porto seguro iluminado que viam ao longe.

"Leões de chácara" armados, recrutados nos quadros da polícia de Chicago, patrulhavam as sombras, inquietos. Uma companhia teatral zulu encenava o massacre das tropas britânicas em Isandhlwana. Pigmeus cantavam hinos cristãos no dialeto pigmeu, conjuntos judaicos de música *klezmer* enchiam a noite com solos insólitos de clarineta, índios brasileiros deixavam-se engolir por gigantescas sucuris e depois saíam de dentro delas, sem ter sido digeridos e, ao que parecia, sem causar qualquer desconforto à cobra. Pânditas hindus levitavam, boxeadores chineses se esquivavam, chutavam e lançavam seus adversários de um lado para outro.

As tentações, para o grande constrangimento de Lindsay, estavam à espreita a cada passo. Os pavilhões quase pareciam representar não nações do mundo, e sim Pecados Mortais. Os mascates, no afã de persuadir, só faltavam agarrar os jovens perambulantes pelas lapelas das túnicas.

"Práticas fumatórias exóticas de todo o mundo, da maior importância antropológica!"

"Uma exposição científica aqui, rapazes, os mais recentes aperfeiçoamentos da seringa hipodérmica e suas mil e uma utilidades!"

Havia waziris do Waziristão, demonstrando uns nos outros diversas técnicas de assaltar viajantes, atividade essa que era uma das principais fontes de renda do país... Havia índios tarahumara do norte do México, aparentemente nus em pelo, acocorados dentro de réplicas feitas de sarrafos e gesso das cavernas em que viviam na Sierra Madre, fingindo comer cactos que produziam visões e os faziam entrar em convulsões violentas, muito semelhantes às exibidas pelos "homens-feras" tão comuns nos parques de diversões americanos... Pastores de renas tunguses gesticulavam apontando para uma placa gigantesca em que se lia ESPETÁCULO ESPECIAL DE RENAS, falando alto no seu idioma nativo para a multidão, enquanto duas jovens com trajes muito reveladores — as quais, sendo louras etc., na verdade não pareciam ter muitas características raciais em comum com os tunguses — giravam ao lado de uma rena macho muito paciente, acariciando o animal com uma intimidade escandalosa, e abordando os passantes com frases sugestivas em inglês, como por exemplo "Entre e venha ver dezenas de maneiras de se divertir na Sibéria!" e "Veja o que realmente acontece nas longas noites de inverno!".

"Isso aqui não parece", Lindsay perdido entre o fascínio e o ceticismo, "muito... sei lá, autêntico."

"Entrem aqui, rapazes, a primeira vez é de graça, ache a vermelha e ganhe um carinho na orelha, ache a preta e ganhe uma careta!", gritava um negro alegre, com um chapéu de abas reviradas, atrás de uma mesa dobrável, mexendo com cartas de baralho.

"Se eu fosse desinformado, eu diria que isso aí é o tal do jogo de monte", murmurou Lindsay, contendo por delicadeza uma manifestação de reprovação.

"Não, doutor, é um antigo método africano de adivinhação, que permite que a pessoa mude o destino." O vigarista que se dirigia a ele começou a manipular as cartas numa velocidade estontenante. Ora as cartas eram numerosas demais para serem contadas, ora não havia nenhuma à vista, como se todas tivessem desaparecido ao passar para uma dimensão muito além da terceira, se bem que isso talvez fosse efeito de um truque possibilitado pela parca iluminação.

"Quem sabe hoje é o seu dia de sorte! Me diga agora onde é que está a vermelha." Havia três cartas diante deles, viradas para baixo.

Após um momento de silêncio, foi Miles quem proclamou, com voz límpida e firme: "As cartas que você botou aí são todas pretas — a sua 'vermelha' é o nove de ouros, a maldição da Escócia, e ela está aqui", e, estendendo a mão, levantou o chapéu do vigarista, retirando do alto da sua cabeça, e exibindo, a carta em questão.

"Deus tenha piedade! A última vez que isso aconteceu, fui parar no xilindró do condado de Cook, onde passei férias prolongadas. Parabéns pelos seus olhos atentos, meu rapaz, e não vamos brigar por causa disso", estendendo-lhe uma nota de dez dólares.

"Ah, mas isso é...", Lindsay foi dizendo, hesitante, porém Miles já havia embolsado a oferta, dizendo, simpático: "Boa noite, senhor", enquanto os dois se afastavam.

Havia uma expressão de surpresa no rosto de Lindsay. "Foi... muito bem executado, Blundell. Como é que você sabia onde estava a carta?"

"Às vezes", Miles, com um tom estranhamente apreensivo na voz, "sou cercado por umas sensações estranhas, Lindsay... como se uma luz elétrica se acendesse — e eu enxergasse com clareza, como se fosse dia, como é... como é que tudo se encaixa, se interliga. Mas não dura muito tempo, não. Daí a pouco já estou tropeçando nos meus próprios pés outra vez."

Pouco depois já viam os holofotes varrendo os céus, instalados no telhado do imenso Prédio das Manufaturas e Humanidades — uma cidade em miniatura, instalada dentro da cidade dentro de uma cidade que era a própria Exposição — e também a Guarda Colombina a patrulhar o terreno, uma visão tranquilizadora, pelo menos para Lindsay.

"Vamos lá, Lindsay", Miles, brandindo a cédula que haviam ganhado de modo tão inesperado. "Vamos aproveitar essa sorte e tomar um refrigerante e provar o tal 'pé de moleque', também. Pois sabe o que mais? Nós estamos aqui! Estamos na Exposição!"

Enquanto isso, Randolph St. Cosmo, embora à paisana, ainda estava a serviço. A agência de detetives que ele procurava ficava num quarteirão decrépito do bairro de New Levee, entre um teatro de variedades e um fabricante de charutos explosivos. Lia-se na placa: WHITE CITY INVESTIGATIONS. Randolph puxou mais para baixo a aba do chapéu, olhou rapidamente para um lado e para o outro da rua suja e escura, e entrou de fininho. Uma jovem datilógrafa, que conseguia ter um ar ao mesmo tempo recatado e atrevido, levantou a vista da sua máquina de escrever com decalques de flores. "Já passou a hora de ir pra cama, meu filho."

"A porta estava aberta —"

"É, mas aqui não é a Liga de Epworth."

"Eu vim aqui falar com o senhor Privett."

"Nate!", ela berrou, fazendo Randolph dar um salto. O sorriso dela não era desprovido de malícia. "Você trouxe um bilhete dos seus pais, menino?"

Na sala de Nate havia uma combinação de aparador, estante e arquivo, com algumas garrafas de *bourbon*, um sofá-cama no canto, duas cadeiras de palhinha, uma escrivaninha com porta corrediça e cerca de mil escaninhos, uma janela de onde se via o bar alemão do outro lado da rua, prêmios e depoimentos dados por organizações locais espalhados pelas paredes revestidas de madeira escura, juntamente com fotografias de clientes notáveis, alguns deles posando ao lado do próprio Nate, entre eles Doc Holliday, diante do Occidental Saloon em Tombstone, Doc apontando um Colt 44 para a cabeça de Nate e vice-versa, os dois fazendo cara de mau. Na foto estava escrito: *Com os cumprimentos de um pistoleiro de verdade, Doc*.

"Desde a bomba do Haymarket", explicava Nate, "estamos sobrecarregados de serviço, e a coisa deve piorar mais ainda se o governador resolver perdoar aquela súcia de assassinos anarquistas. Só Deus sabe o que vai acontecer nesse caso aqui em Chicago, na Exposição em particular. Será essencial um esquema de segurança antiterrorista, mais do que nunca. E vocês, bom, vocês têm um ponto de observação que todos nós da comunidade de informações gostaríamos de ter — ou seja, lá do alto. Não podemos pagar vocês tão bem quanto a agência Pinkerton, mas talvez seja possível um acordo a longo prazo, uma pequena percentagem dos lucros ao longo do tempo em vez de uma 'bolada' agora. Pra não falar nas gorjetas e outras rendas não declaradas que vocês conseguirem."

"Isso é entre o senhor e o nosso Escritório Central", supôs Randolph. "Pra nós, aqui no nível da nossa Unidade, a remuneração não pode ser superior aos gastos legítimos."

"Isso é uma loucura. Mas vou mandar a nossa equipe de advocacia preparar um documento que seja aceitável pra todas as partes. Está bem assim?" Olhava agora para Randolph com aquele misto de desprezo e piedade que os Amigos, em seus contatos com a população terrena, mais cedo ou mais tarde acabavam provocando. Randolph já se habituara a isso, porém estava decidido a agir de modo profissional.

"Qual seria, exatamente, a natureza dos nossos serviços?"

"Tem lugar na sua nave pra mais um passageiro?"

"Já levamos até doze adultos bem alimentados sem nenhuma perda de poder de ascensão", respondeu Randolph, sem conseguir desviar o olhar das carnes opíparas do sr. Privett.

"Vocês só vão ter que levar o nosso homem em uma ou duas viagens curtas", disse o investigador, agora parecendo um pouco mais esquivo. "Talvez até a Exposição, ou então até os Matadouros — é sopa."

Perambulando por entre os aparelhos voadores na manhã seguinte, sob um céu de circo que pouco a pouco ia ficando apinhado à medida que naves de toda espécie ascendiam, reencontrando muitos com quem haviam compartilhado aventuras e desventuras, os Amigos foram abordados por um casal que não demoraram a reconhecer como o fotógrafo e a modelo que haviam, sem querer, bombardeado na véspera.

O boa-praça da lente apresentou-se como Merle Rideout. "E a minha bela companheira aqui é a... espere aí, só um minuto —"

"Seu cabeça de vento." A moça encenou um pontapé gracioso, o qual, porém, não era de todo desprovido de afeto, e disse: "Meu nome é Chevrolette McAdoo, e para mim é um grande prazer conhecer vocês, muito embora por um triz vocês não tenham dado cabo de nós ontem com aqueles sacos de areia." Inteiramente vestida, ela parecia recém-saída de uma revista feminina, trajando o *dernier cri* em matéria de moda de verão, pois a volta das mangas bufantes resultara numa profusão de blusas de corte masculino com ombros translúcidos "grandes como balões, por toda a cidade" — como diria Chick Counterfly, dedicado observador das formas femininas — sendo, no caso da srta. McAdoo, saturado num tom vivo de magenta e acompanhado de um longo boá de penas de avestruz, tingido da mesma cor. E o chapéu, inclinado num ângulo maroto, plumas de garça que se inclinavam cada vez que ela mexia a cabeça, teria encantado mesmo o mais aguerrido defensor das aves.

"Traje x.p.t.o.", comentou Chick, admirado.

"E você ainda não viu o número dela no Pavilhão dos Mares do Sul", declarou Merle Rideout, galante. "Perto dela, a Little Egypt parece uma beata."

31

"A senhora é artista?"

"Eu faço a Dança de Lava-Lava, a Deusa dos Vulcões", respondeu ela.

"Tenho muita admiração pela música dessa região", disse Miles, "especialmente pelo uquelele."

"Tem muitos tocadores de uquelele no meu conjunto", disse a srta. McAdoo, "tenor, barítono e soprano."

"E é música nativa autêntica?"

"É mais uma mistura, creio eu, com temas havaianos e filipinos e concluindo com uma adaptação de muito bom gosto da maravilhosa 'Bacanal' de monsieur Saint-Saëns, tal como foi recentemente executada pela Ópera de Paris."

"Eu sou só um amador, é claro", disse Miles, modesto, embora fosse havia muito tempo membro da prestigiosa Academia Internacional de Uquelelistas, "e me perco de vez em quando. Mas se eu prometesse voltar à tônica e esperar, a senhora acha que eles me deixariam participar?"

"Vou fazer o possível para ajudá-lo", disse Chevrolette.

Merle Rideout havia trazido uma câmara portátil, e estava tirando "instantâneos" das máquinas voadoras, tanto as que estavam no ar quanto as pousadas, pois elas continuavam a chegar e decolar de modo aparentemente incessante. "Uma festa e tanto! Puxa, parece que tudo que é aviador, daqui até Timbuctu, resolveu aparecer."

A fumaça das fogueiras onde se preparava o café da manhã elevava-se no ar, cheia de fragrâncias. Ouviam-se bebês tanto se queixando quanto se regozijando. Das lonjuras o vento trazia ruídos de trens e embarcações lacustres. Contra o sol, ainda bem baixo do outro lado do lago, as asas projetavam sombras compridas, as bordas luminosas de orvalho. Havia naves a vapor, elétricas, máquinas voadoras de Maxim, naves com motores movidos a algodão-pólvora e nafta, e hélices voadoras de desenho estranho, hiperboloidal, que subiam no céu perfurando o ar, e aeróstatos alados, de forma aerodinâmica, e verdadeiros milagres de orniturgia, capazes de bater asas. Depois de algum tempo, ficava-se sem saber para que lado olhar...

"Papai!" Uma linda menininha de quatro ou cinco anos, cabelos cor de fogo, corria em direção a eles em alta velocidade. "Papai! Me dá uma coisa pra beber!"

"Dally, sua cara de fuinha", saudou-a Merle, "o *bourbon* já foi todo embora, de modo que você vai ter que beber suco de vaca, me desculpe", enquanto remexia uma marmita especial cheia de gelo. A criança, entrementes, tendo dado com os Amigos com seus uniformes de verão, ficou olhando para eles com olhos arregalados, como se tentando decidir se devia ou não se comportar bem.

"Então o senhor envenena este *anjo indefeso* com bebida destilada?", exclamou Lindsay Noseworth. "É impossível não protestar!" Dally, intrigada, correu até ele e parou à sua frente, como se esperasse a próxima etapa de alguma brincadeira complicada.

Lindsay piscou. "Isso não é possível", murmurou. "As crianças pequenas me odeiam."

"Uma linda menina", Randolph, exsudando avuncularidade. "O senhor decerto é um avô orgulhoso."

"Ha! Ouviu essa, Cenourinha? Ele acha que eu sou o seu avô. Obrigado, rapaz, mas essa aqui é a minha filha Dahlia, tenho muito orgulho em dizer. A mãe dela, infelizmente —" Suspirou, com o olhar voltado para cima e perdido na distância.

"Nossas sinceras condolências", Randolph mais que depressa, "mas o Céu, por mais inescrutável —"

"Que Céu, nem meio Céu", disparou Merle Rideout. "Ela está em algum lugar nos Estados Unidos, com aquele hipnotista de teatro de variedade com quem ela fugiu, um tal de Zombini, o Misterioso."

"Esse eu conheço, olha só!", disse Chick Counterfly, acenando com a cabeça vigorosamente. "Ele faz a mulher sumir dentro de um funil de cozinha! *Imbottigliata!* Não é isso? E depois faz um floreio com a capa? Eu vi lá em New Orleans com esses olhos que a terra há de comer! É um número impressionante!"

"É esse mesmo o cidadão", Merle sorriu, "e aquela bela assistente de mágico que você viu é muito provavelmente a própria Erlys, e é melhor você fechar logo essa sua boca antes que entre nela alguma coisa voando!" — pois aquela menção despreocupada ao adultério produziu no rosto de Randolph um grau de estupefação que, triste dizê-lo, era bem característico dele. Já Chick Counterfly, menos afetado, foi perspicaz o bastante para sair-se com esta: "É, mas era uma senhora realmente admirável, seja ela quem for".

"Admiração registrada — e você podia examinar a Dahliazinha, que é a mãe dela cuspida e escarrada, que caia um raio em cima de mim se ela não for, aliás, se você estiver de passagem por aqui daqui a uns dez ou doze anos, pode me procurar, dê mais uma olhada e faça uma oferta, pode dar um preço, não vou ficar ofendido se for baixo demais, não. Ou então, se estiver disposto a esperar, pode fazer um lance já agora, hoje o preço é especial, somente hoje e amanhã, um dólar e noventa e oito centavos e pode levar, com sorriso enternecedor e tudo o mais. É isso mesmo — olha só a carinha dela. Ainda leva de lambuja uma touca, porque eu sou um sujeito razoável, e assim que ela apagar as dezesseis velinhas do bolo, ela pega o trem expresso e vai direto pra onde você estiver."

"Parece que a espera vai ser meio longa, não é?", debochou Chick Counterfly.

"— pode ser aos quinze, também", prosseguiu Merle, piscando diretamente para Lindsay Noseworth, trêmulo de indignação, "mas tem que pagar em ouro, e cobrir os gastos de transporte quando vier buscar a moça... Mas será que vocês deixam eu tirar um instantâneo de vocês todos aqui na frente dessa hélice de Trouvé?"

Os rapazes, sempre fascinados com as ciências modernas, tal como a fotografia, naturalmente posaram com prazer. Chevrolette conseguiu apaziguar até Lindsay, pegando emprestado seu chapéu e segurando-o, num gesto coquete, em frente a seus rostos, como se para ocultar um beijo furtivo, enquanto o traquinas Darby Suckling, sem cujas "reinações" animadas nenhuma fotografia de grupo ficaria completa, ameaçava o casal com um taco de beisebol e uma expressão cômica que supostamente exprimia sua engenhosa concepção de ciúme raivoso.

Chegou a hora do almoço, quando então Lindsay anunciou uma licença diurna.

"Oba!", exclamou Chick Counterfly, "eu e o Suckling, a equipe de estibordo de licença, vamos direto lá pra Midway Plaisance, pra ver a tal da Little Egypt e aquela exposição da Polinésia, e se der tempo também aquelas amazonas africanas — ah, preocupa, não, garoto, qualquer coisa que você não entender é só me perguntar que eu explico!"

"Vamos lá, rapazes", Chevrolette McAdoo gesticulando com o cigarro numa piteira incrustada de pedras falsas, "estou indo pro trabalho agora, eu levo vocês pros bastidores dos Mares do Sul também."

"Oba, oba!" O nariz de Darby começava a escorrer.

"Suck*linggg?*", berrava Lindsay, mas de nada adiantou. Multidões de aeronautas de roupas coloridas já haviam se interposto entre eles, enquanto naves chegavam e partiam, e o grande aeródromo improvisado fervilhava de novidades e encontros casuais...

E justamente então, quem haveria de chegar, a bordo de um aeróstato majestoso, semirrígido, com projeto italiano, senão o velho amigo e mentor dos rapazes, o professor Heino Vanderjuice da Yale University, com um olhar de terror mal contido estampado no rosto, desesperadamente preocupado durante o pouso de sua nave em manter presa à cabeça uma cartola cujas mossas, cicatrizes e desvios do cilíndrico eram testemunhos tão eloquentes quanto seu estilo antiquado de uma história longa e cheia de aventuras.

"Macacos hidráulicos me mordam! É uma delícia voltar a ver vocês!", saudou-os o professor. "A última notícia que tive, vocês estavam com problemas lá em New Orleans, certamente por ingerirem excesso de crocodilo *à l'étouffée* antes de embarcar no pobre *Inconveniência*!"

"Ah, uma ou duas horas de ansiedade, talvez", admitiu Randolph, com uma expressão facial que evocava lembranças gástricas. "Diga lá, professor, como está indo o seu trabalho? Quais as últimas maravilhas que emergiram do Laboratório Sloane?"

"Bem, tem um aluno do professor Gibbs fazendo um trabalho que vale a pena conferir, o jovem De Forest, um verdadeiro mago da eletricidade... e também um visitante japonês, o senhor Kimura — mas me diga uma coisa, onde é que um pedagogo faminto e seu piloto podem provar os famosos bifes de Chicago? Rapazes, quero apresentar a vocês Ray Ipsow, sem o qual eu continuaria perdido lá naquele cafundó de Indianápolis, esperando um trem interurbano que não chega nunca."

"Uma vez quase encontrei com vocês, lá naquela história de Cartum", informou-os o simpático aeronauta, "tentando escapar da cidade um pouco à frente do exército do Mádi — vi vocês passando pelo céu, pena que eu não estava a bordo da nave de vocês, o jeito foi pular dentro do rio e esperar que a barafunda acalmasse um pouco."

"Na verdade", relembrou Lindsay, o Historiador da Unidade, "pegamos um vento no sentido contrário e acabamos no meio de uma situação desagradável em Oltre Giuba, em vez de ir para Alex, onde esperávamos passar algumas semanas entretidos com atividades educativas, para não falar numa atmosfera mais salubre."

"Mas não é possível", exclamou o professor, "que aquele ali seja o Merle Rideout!"

"O mesmo canalha de sempre", sorriu Merle.

"Então não é preciso apresentar ninguém a ninguém", arriscou Lindsay.

"Não, somos companheiros no crime desde os velhos tempos de Connecticut, muito antes de vocês existirem, rapazes, eu já consertava umas coisas pra ele de vez em quando. Será que um de vocês podia tirar um instantâneo de nós dois juntos?"

"Claro!", ofereceu-se Miles.

Foram comer bifes num restaurante próximo. Embora os reencontros com o professor sempre fossem agradáveis, dessa vez algo de diferente, um mal-estar outonal por trás do clima de comemoração alegre, produziu em Randolph pontadas psicogástricas que, como a experiência lhe havia ensinado, era bom não ignorar.

Tendo participado de alguns interessantes simpósios para pilotos a respeito de técnicas para evitar a manifestação de suscetibilidade ferida, Randolph percebeu que alguma coisa estava incomodando o professor. Apesar de ter um "estilo" jovial característico, durante todo o almoço o professor limitou-se a fazer comentários cada vez mais breves, chegando mesmo às raias da secura, e tão logo foi servida a torta com sorvete ele pediu a conta.

"Desculpe, pessoal", ele franziu a testa, tirando do bolso e consultando seu velho relógio do modo mais ostensivo. "Eu gostaria muito de poder ficar para conversar mais um pouco, mas tenho um probleminha pra resolver." Levantou-se abruptamente, seguido por Ray Ipsow, o qual, com um dar de ombros dirigido aos rapazes e murmurando a Randolph, "Vou ficar de olho nele", foi atrás do eminente sábio de Yale, que tão logo saiu chamou uma carruagem, estendeu uma cédula e pediu velocidade máxima, e assim, mais que depressa, os dois foram despachados, chegando logo ao Palmer House, onde o recepcionista bateu continência, levando a mão à aba de um chapéu inexistente. "A suíte da cobertura, professor, pegue aquele elevador ali, ele só faz uma parada. Estão esperando o senhor." Se havia em sua voz um toque de desprezo bem-humorado, o professor estava preocupado demais para percebê-lo.

Logo ficou claro para Ray Ipsow que seu amigo tinha vindo a Chicago para fechar um negócio com forças que poderiam ser qualificadas, com pouca chance de incorrer em exageros, de malévolas. Na suíte encontraram a janela que dava para a vista da cidade em festa coberta por cortinas pesadas, parcas luminárias distribuídas num lusco-fusco perpétuo de fumaça de tabaco, nenhum vaso de flores nem plantas, um silêncio pontuado apenas de vez em quando pela fala, quase sempre telefônica.

Seria mesmo improvável que um magnata célebre como Scarsdale Vibe não viesse visitar a Exposição Internacional. Além do interesse óbvio de suas milhares de possibilidades comerciais, a feira de Chicago também proporcionava um vasto fluxo de anonimato, em que era possível realizar reuniões e fechar negócios sem necessariamente ser observado. Naquele mesmo dia, Vibe tinha chegado em seu trem particular, o "Jagrená", saltando numa plataforma reservada para ele na Union Station, tendo partido da Grand Central Station de Nova York na noite anterior apenas. Como sempre, estava disfarçado, acompanhado por um guarda-costas e secretários. Levava uma bengala de ébano com um cabo encimado por uma esfera de ouro e prata, entalhada de modo a representar um mapa preciso e detalhado de todo o globo terrestre, e dentro de cuja haste havia uma mola, um pistão e um cilindro de tal forma dispostos que lhe era possível disparar com ar comprimido um tiro de pequeno calibre em qualquer um que o ofendesse. Aguardava-o um veículo motorizado fechado, e ele foi transportado, como se por meios sobrenaturais, para o magnífico hotel entre os logradouros State, Monroe e Wabash. Quando ele entrava no saguão, uma senhora idosa, vestida de modo respeitável, ainda que não suntuoso, abordou-o, exclamando: "Se eu fosse sua mãe, eu o teria estrangulado no berço". Tranquilo, Scarsdale Vibe concordou com a cabeça, levantou a bengala de ébano, engatilhou-a e disparou. A anciã inclinou-se, balançou e caiu como uma árvore.

"Avise o médico do hotel que a bala só atingiu a perna", explicou Scarsdale Vibe, prestativo.

Ninguém havia se oferecido para ficar com o chapéu do professor Vanderjuice, e por isso ele ficou a segurá-lo no colo, como se fosse um ator jovem e inseguro às voltas com um objeto cênico.

"O senhor está sendo bem tratado lá no Stockmen's Hotel?", indagou o magnata.

"Na verdade, é o Packer's Inn, na esquina de Forty-seventh com Ashland. Bem ali no meio dos Matadouros e —"

"Vem cá", ocorreu a um indivíduo grandalhão e mal-encarado, que estava entalhando a imagem de uma locomotiva num pedaço de lenha, usando uma dessas facas conhecidas em todas as prisões de nosso país como *palito de Arkansas*, "você não é vegetariano, não, eu espero."

"Esse aí é o Foley Walker", disse Scarsdale Vibe, "a quem a mãe atribui certas virtudes que não são imediatamente visíveis pras outras pessoas."

"Deve dar pra ouvir toda aquela balbúrdia de onde você está", prosseguiu Foley. "Deve ter até hóspede que não consegue dormir por causa dela, não é? Mas também deve ter outros que acham o barulho curiosamente sedativo. Aqui no Palmer House é a mesma coisa, pensando bem. O nível de barulho acaba dando mais ou menos no mesmo."

"O mesmo tipo de atividade também", murmurou Ray Ipsow. Estavam reunidos em torno de uma mesa de mármore numa espécie de sala de estar, munidos de charutos e *bourbon*. O assunto da conversa era agora a riqueza acumulada. "Eu conheço um sujeito lá em New Jersey", disse Scarsdale Vibe, "que coleciona estradas de ferro. Não coleciona só trens, não, mas estações, galpões, trilhos, pátios de manobras, funcionários, a coisa toda."

"Um *hobby* caro", admirou-se o professor. "Existe mesmo gente assim?"

"Pro senhor ter uma ideia do dinheiro que tem por aí dando sopa. Não dá pra doar tudo pra sua igreja predileta, e mansões e iates e casinhas de cachorro forradas de ouro e não sei o quê. Não, chega uma hora em que isso tudo fica pra trás, não dá mais... e mesmo assim ainda tem uma pilha imensa de dinheiro que não foi gasto, se acumulando cada vez mais a cada dia, e o pobre do comerciante não sabe o que fazer com isso tudo, o senhor entende."

"Ora, é só mandar pra mim", interveio Ray Ipsow. "Ou então pra alguém que realmente precisa, pois isso é o que não falta."

"Não é assim que a coisa funciona", disse Scarsdale Vibe.

"É o que os plutocratas reclamam sempre."

"Com base na crença, certamente sondável, que não basta ter necessidade de uma quantia para merecê-la."

"Só que, nos tempos em que vivemos, a 'necessidade' decorre diretamente dos atos criminosos dos ricos, e por isso ela 'merece' toda e qualquer quantia que sirva de reparação. É ou não é sondável?"

"O senhor é um socialista."

"Como é obrigado a ser todo aquele que não é isolado pela riqueza das preocupações cotidianas. Senhor."

Foley interrompeu sua atividade manual e ficou olhando, como se de repente sua curiosidade tivesse sido espicaçada.

"Ora, Ray", admoestou-o o professor, "estamos aqui pra discutir eletromagnetismo e não política."

Vibe soltou uma risada tranquilizadora. "O professor teme que o senhor me espante com essas afirmativas radicais. Mas eu não sou uma alma tão sensível. Sou sempre guiado pela Segunda Epístola aos Coríntios." Olhou a sua volta, cauteloso, estimando o nível de conhecimentos bíblicos.

"Tolerar os insensatos é inevitável", replicou Ray Ipsow, "mas não me peçam para fazer isso 'de boa mente'."

Os guardas junto à porta pareceram ficar mais alertas. Foley pôs-se de pé e foi se chegando até a janela. Scarsdale apertou a vista, sem saber com certeza se o comentário deveria ser encarado como uma afronta à sua fé.

Ray pegou seu chapéu e levantou-se. "Tudo bem, eu espero lá embaixo no bar", e saiu pela porta acrescentando, "pedindo sabedoria a Deus."

No bar luxuoso, Ray encontrou Merle Rideout e Chevrolette McAdoo, que davam início a uma "noitada", graças a uma aposta feliz que Merle fizera algumas horas antes.

Casais com flores na lapela e chapéus de plumas de avestruz desfilavam plácidos por entre as palmeirinhas ou paravam junto à Fonte Italiana como se estivessem pensando em pular dentro dela. Em algum lugar uma pequena orquestra de cordas tocava um arranjo de "Old Zip Coon".

Ray Ipsow contemplava a superfície de sua cerveja. "Ele está diferente, de uns dias para cá. Você reparou alguma coisa?"

Merle concordou. "Alguma coisa está faltando. Antes ele ficava empolgado com tudo — a gente estava fazendo um projeto, se acabava o papel ele arrancava o colarinho da camisa e continuava a rabiscar nele."

"Agora ele não conta pra ninguém as ideias que tem, como se finalmente tivesse aprendido o quanto elas podem valer. Já vi isso acontecer muitas vezes, Deus sabe. Essa grande parada de invenções modernas, são como marchas animadas, e o público se derretendo todo, mas em algum lugar nos bastidores sempre tem um advogado ou contador, marcando o tempo, 2/4, como um metrônomo, comandando o espetáculo."

"Alguém quer dançar?", propôs Chevrolette.

Na sua suíte na cobertura do hotel, Scarsdale já tinha entrado no assunto. "Na primavera, o doutor Tesla conseguiu fazer leituras de até um milhão de volts no transformador dele. Não é preciso ser profeta pra adivinhar onde isso vai dar. Ele já está conversando, a portas fechadas, a respeito do que ele chama de 'Sistema Mundial' pra produção de quantidades imensas de eletricidade que qualquer pessoa vai poder utilizar de graça em qualquer lugar do mundo, porque o planeta vai funcionar como elemento num gigantesco circuito ressonante. Ele é tão ingênuo que acha que vai conseguir financiamento pra esse projeto, com o Pierpoint ou comigo, ou mais uma ou duas outras pessoas. Com toda a inteligência dele, não percebeu que ninguém vai pôr dinheiro numa invenção dessas. Investir na pesquisa de um sistema de energia gratuita seria jogar dinheiro fora, e violar — mais que isso, trair — a essência de todo o sentido da história moderna."

O professor estava literalmente sofrendo um ataque de náusea. Toda vez que o nome de Tesla era mencionado, o efeito previsível era sempre esse. Vômito. A audácia e a grandiosidade dos sonhos do inventor sempre faziam com que Heino Vanderjuice voltasse cambaleando a sua sala no Laboratório Sloane, sentindo-se não exatamente um fracassado, mas uma pessoa que entrou num corredor errado no labirinto do Tempo e não consegue mais voltar ao momento em que deu esse passo em falso.

"Se tal coisa realmente chegar a ser feita", dizia Scarsdale Vibe, "será o fim do mundo, não apenas do mundo 'tal como o conhecemos', mas de qualquer mundo imaginável. É uma arma, professor, certamente o senhor compreende — a arma mais terrível já vista no mundo, feita para destruir não exércitos e equipamentos, mas a própria natureza da troca, o longo percurso da nossa Economia, partindo da anarquia do mercado de peixes, em que todos lutam contra todos, até chegar aos sistemas racionais de controle de cujas maravilhas todos nós somos beneficiários hoje em dia."

"Mas", excesso de fumaça no ar, em breve ele teria de pedir licença para sair, "não sei como é que eu posso ajudar."

"Posso falar às claras? Invente para nós um contratransformador. Um equipamento que seja capaz de detectar se está funcionando algum aparelho do Tesla, e se estiver, ponha em ação alguma coisa igual e em sentido contrário que anule o efeito do outro."

"Hmm. Seria mais fácil se eu pudesse ver os desenhos e cálculos do doutor Tesla."

"É exatamente por isso que o Pierpoint está na jogada. Isso e também o acordo que ele tem com o Edison — mas chega, que já estou começando a revelar segredos. Por financiar o Tesla, o Pierpoint Morgan tem acesso a todos os segredos técnicos dele. E tem gente atuando a qualquer momento, dia ou noite, pra nos enviar cópias fotográficas de tudo aquilo que precisarmos saber."

"Bom, em teoria, não vejo nenhum grande obstáculo. É apenas uma inversão de fase, se bem que pode haver fenômenos não lineares de escala que só possam ser previstos quando construirmos um Equipamento que —"

"Os detalhes o senhor me dá depois. Mas, sim — quanto o senhor acha que uma coisa dessas, hm", baixando a voz, "custaria?"

"O custo? Ah, eu realmente não poderia... quer dizer, eu não devia..."

"Ora, professor", trovejou Foley Walker, segurando uma garrafa ornamental de *bourbon* do hotel como se pretendesse beber no gargalo dela, "arredondando pro milhão mais próximo, só uma estimativa aproximada?"

"Hmm... deixa eu ver... pra ter uma base de cálculo... apenas por uma questão de simetria... que tal mais ou menos a quantia que meu colega Tesla está recebendo do senhor Morgan?"

"Pelas escamas de Netuno!" Os olhos de Vibe brilharam com desprezo, o que indicava, como já aprenderam seus colegas, ter ele conseguido o que queria. "Eu pensando que vocês passam o tempo todo com o pensamento lá na lua, longe de tudo, e não é que o senhor, professor, é igualzinho a um comerciante de cavalos desses que arrancam o couro, sem tirar nem pôr. Acho que é melhor eu consultar minha equipe de advocacia, senão vou terminar pendurado na vitrine do açougue, totalmente depenado. Foley, pede uma ligação interurbana aí no telefone — liga pra Somble, Strool & Fleshway, por obséquio? Quem sabe eles não dão uma ideia pra gente 'deslanchar' um projeto dessa magnitude."

Conseguiram a ligação imediatamente, e Scarsdale pediu licença e recolheu-se para falar num aparelho num outro cômodo. O professor ficou olhando para as profundezas de seu velho chapéu, como se fosse ele uma expressão indumentária da situação em que seu dono se encontrava. Cada vez mais, nas últimas semanas, ele dava por si se aproximando da condição de um cilindro vazio, ocupado apenas de vez em quando por pensamentos inteligentes. Estaria ele fazendo a coisa certa? Seria correta até mesmo sua presença ali? A criminalidade daqueles elementos era quase palpável. Ray certamente não estava gostando daquilo, e mesmo os rapazes hoje, apesar de desligados do mundo como sempre, haviam-no encarado com certa apreensão. A quantia que talvez estivesse sendo oferecida naquele momento pelos advogados de Nova York, por maior que fosse, valeria a perda daquela amizade?

Os Amigos do Acaso não poderiam ter recebido folga mais digna desse nome do que a ida à Exposição de Chicago, pois a grande comemoração nacional tinha ficção na medida certa para propiciar acesso e ação aos rapazes. O cruel mundo não fictício aguardava fora dos limites da Cidade Branca, e lá foi mantido durante este breve verão, tornando toda aquela temporada comemorativa às margens do lago Michigan ao mesmo tempo onírica e real.

Se houvesse algum complô no sentido de soltar bombas ou cometer outras indignidades contra a Exposição, o *Inconveniência* era ideal não apenas para vasculhar o terreno de cerca a cerca, mas também para detectar quaisquer ataques planejados a partir do lago. As pessoas na Exposição viam o aeróstato no ar e ao mesmo tempo não o viam, pois na Exposição, onde os milagres haviam-se tornado rotineiros, naquele verão nada era grande demais, rápido demais nem fantástico demais para impressionar ninguém por mais de um minuto e meio, quando então aparecia a próxima maravilha. O *Inconveniência* se encaixava perfeitamente, sendo apenas mais um efeito com o único objetivo de proporcionar entretenimento.

Os rapazes começaram a fazer voos de reconhecimento em caráter regular no dia seguinte. O "farejador" da White City Investigations chegou ao amanhecer, trazendo equipamento telescópico suficiente para abastecer um pequeno observatório. "Estreei esses instrumentos na roda-gigante", ele explicou, "mas não consegui compensar o movimento. A imagem fica borrada, essas coisas."

Lew Basnight parecia um rapaz sociável, embora em pouco tempo se tornasse claro que, até aquele momento, ele nunca ouvira falar dos Amigos do Acaso.

"Mas todo menino conhece os Amigos do Acaso", afirmou Lindsay Noseworth, perplexo. "O que é que você lia quando garoto?"

Lew tentou se lembrar. "Histórias do Velho Oeste, exploradores da África, essas coisas de aventura que todo mundo lê. Mas vocês — vocês não são personagens de livros de histórias." Uma ideia lhe ocorreu. "Ou são?"

"Tanto quanto Wyatt Earp e Nellie Bly", arriscou Randolph. "Se bem que, quando a pessoa está aparecendo há muito tempo nas revistas, fica difícil distinguir ficção de não ficção."

"Acho que eu leio mais a seção de esportes."

"Antes assim!", declarou Chick Counterfly. "Pelo menos não vamos ter que falar sobre a questão Anarquista."

O que era bom para Lew, que nem sabia direito quem eram os tais anarquistas, embora sem dúvida a palavra estivesse em todas as bocas. Ele não tinha sido levado a se tornar detetive por suas posições políticas. Fora parar naquele emprego por conta de um pecado que supostamente havia cometido. Quanto aos detalhes específicos desta falta, bom, boa sorte. Lew não conseguia se lembrar do que havia feito, ou deixado de fazer, nem mesmo quando. Os que também não sabiam continuavam perplexos, como se ele emitisse raios de iniquidade. Os que afirmavam ainda se lembrar dirigiam-lhe olhares melancólicos que em pouco tempo — pois, afinal, estavam em Illinois — converteram-se naquilo que é denominado horror moral.

Lew foi denunciado nos jornais locais. Os meninos jornaleiros inventavam manchetes espalhafatosas sobre ele, as quais eles gritavam por entre as multidões de manhã e de tarde, fazendo questão de pronunciar seu nome de modo desrespeitoso. Mulheres com chapéus intimidadores lhe dirigiam olhares de repulsa.

Lew se tornou conhecido como a Fera de Todo o Estado.

Ajudaria se ele conseguisse lembrar, mas a única coisa que lhe ocorria era uma névoa estranha. Peritos que consultou pouco tinham a lhe dizer. "Vidas passadas", afirmaram alguns. "Vidas futuras", disseram outros confiantes sábios hindus. "Alucinação espontânea", diagnosticavam os mais científicos. "Talvez", sugeriu um oriental radiante, "seja *você* a alucinação da *coisa*."

"Muito elucidativo. Obrigado", murmurou Lew, e tentou sair, porém constatou que a porta não abria.

"Uma formalidade. Muitos cheques foram devolvidos."

"Tome, é dinheiro vivo. Posso sair?"

"Quando a sua raiva esfriar, pense no que eu lhe disse."

"Pra mim, não adianta."

Saiu correndo por entre os arranha-céus de Chicago, deixando uma nota no trabalho avisando que voltaria logo. Não adiantou. Um colega de trabalho o seguiu, enfrentou-o e denunciou-o publicamente, derrubando seu chapéu e chutando-o para o meio da Clark Street, onde foi atropelado por uma carroça de cerveja.

"Eu não mereço isso, Wensleydale."

"Você destruiu o seu nome." E sem dizer mais nada se virou, ali mesmo, no meio do tráfego da cidade, e foi embora, em pouco tempo desaparecendo no meio dos ruídos e luzes do verão.

O pior de tudo foi que sua jovem esposa, Troth, que ele adorava, quando encontrou seu breve recado, pegou direto um trem interurbano e foi até Chicago, com a intenção de implorar para que ele voltasse, mas, quando saltou na Union Station, o efeito do pulso das ferrovias já atuara sobre ela.

"Nunca mais, Lewis, você compreende, sob o mesmo teto, nunca mais."

"Mas o que é que estão dizendo que eu fiz? Juro, Troth, que não me lembro."

"Se eu lhe dissesse, eu teria que ouvir mais uma vez, e uma vez já foi demais."

"Então onde é que eu vou morar?" No decorrer de toda aquela longa discussão, estavam caminhando, caminhantes na cidade imapeável, e haviam chegado a um trecho remoto e pouco conhecido — na verdade, um bairro enorme de cuja existência nem ele nem ela jamais haviam suspeitado até aquele momento.

"Pra mim, tanto faz. Volte pra uma das suas outras esposas."

"Meu Deus! Quantas esposas dizem que eu tenho?"

"Fique aqui em Chicago se quiser, pra mim não faz diferença. Esse bairro em que a gente está agora mesmo é perfeito pra você, pois garanto que *eu* é que nunca mais vou voltar aqui."

No fundo de sua ignorância negra como a noite, a única coisa que Lew compreendia é que havia magoado Troth profundamente, que nem sua compreensão nem sua contrição teriam o efeito de salvá-los. Não conseguia mais suportar o sofrimento dela — as lágrimas, através de alguma magia desesperada, mantinham-se gélidas junto às pálpebras inferiores, porque ela se recusava a deixá-las cair enquanto ele estivesse à sua frente.

"Então vou procurar um lugar aqui mesmo na cidade, boa ideia, Troth, obrigado..." Mas ela já havia chamado uma carruagem de aluguel e entrado nela sem olhar para trás, e rapidamente se afastava.

Lew olhou a sua volta. Ali ainda era Chicago? Enquanto começava a caminhar, a primeira coisa de que se deu conta foi o fato de que poucas das ruas dali seguiam a grade do resto da cidade — tudo era torto, becos estreitos que se irradiavam como raios de uma roda a partir de praças pequenas, linhas de bonde com curvas fechadas que faziam os passageiros voltar de repente para o lado de onde estavam vindo, maiores chances de colisões de tráfego, e nenhum dos nomes que ele via nas placas de rua era reconhecível, nem mesmo os das vias principais... era como se estivessem escritos em línguas estrangeiras. Não pela primeira vez, Lew experimentou uma espécie de *desmaio acordado*, que não propriamente o lançou, e sim o deixou entrar, num ambiente urbano, *semelhante* ao mundo do qual ele havia saído, mas diferente dele quanto a certos detalhes que não demoraram para se revelar.

De vez em quando uma rua dava numa pracinha, ou numa convergência com outras ruas, onde se haviam instalado titereiros, músicos e dançarinos, vendedores das coisas mais variadas — livros sobre a adivinhação do futuro, churrasco de pombo servido com torradas, ocarinas e trombetas de brinquedo, espigas de milho assado, bonés de verão e chapéus de palha, limonada e sorvete de limão, alguma coisa nova em cada lugar para onde ele olhava. Num pequeno pátio dentro de um pátio, Lew encontrou um grupo de homens e mulheres executando um lento movimento ritual, uma dança camponesa, quase — embora, quando parou para assistir, Lew não soube dizer de que país. Pouco depois os dançarinos começaram a olhar para ele também, como se de algum modo o conhecessem e soubessem tudo a respeito de seus problemas. Terminada a dança, convidaram-no para sentar-se com eles a uma mesa sob um toldo, onde de repente, tomando salsaparrilha e comendo batatas fritas, Lew deu por si confessando "tudo", que na verdade não era muita coisa — "O que eu precisava era uma maneira de expiar o que eu fiz, seja lá o que for. Não posso continuar com essa vida...".

"Nós podemos ensinar você", disse um deles, que parecia ser o chefe, apresentando-se apenas como Drave.

"Mesmo se —"

"O remorso sem objeto é um caminho para a libertação."

"Certo, mas eu não posso pagar você, não tenho nem onde morar."

"Pagar!" Toda a mesa de seguidores achou graça nisso. "Pagar! É claro que você pode pagar! Todo mundo pode!"

"Você vai ter que ficar não apenas até aprender como é que se faz", explicaram-lhe, "mas também até que *nós* tenhamos certeza de que você aprendeu. Há um hotel aqui perto, o Esthonia, que é muito utilizado pelos penitentes que nos procuram. Fale em nós que vão lhe dar um bom desconto."

Lew foi para o Esthonia Hotel, um prédio alto e bambo. Os funcionários da recepção e os mensageiros agiam todos como se o estivessem esperando. O formulário que lhe deram para preencher era mais longo do que de costume, em particular a seção intitulada "Motivos da permanência prolongada", e as perguntas eram muito pessoais, até íntimas, e no entanto pedia-se que ele se abrisse tanto quanto possível — havia mesmo uma advertência em letras garrafais, no alto do formulário, no sentido de que qualquer confissão que não fosse completa o deixaria *sujeito a penalidades criminais*. Lew tentou ser o mais sincero possível, embora tivesse dificuldade de escrever com a caneta que o obrigaram a usar, a qual deixava borrões em todo o papel.

Quando o formulário, tendo sido enviado para alguma mesa invisível na outra extremidade de um tubo pneumático, foi devolvido, com o carimbo "Aprovado", informaram Lew de que um dos carregadores teria de levá-lo até seu quarto. Ele não poderia encontrá-lo sozinho.

"Mas eu não trouxe nada, nem bagagem nem mesmo dinheiro — aliás, por falar nisso, como é que eu vou poder pagar o hotel?"

"Esse problema está sendo resolvido, senhor. Por favor, vá com o Hershel e tente aprender o caminho, pois ele não vai querer mostrá-lo outra vez."

Hershel era grande para um membro de sua profissão, e parecia menos um jóquei uniformizado do que um ex-pugilista. Eles dois mal cabiam no pequeno elevador elétrico, que acabou sendo mais assustador do que todos os brinquedos de parque de diversão em que Lew já andara. As faíscas azuis que brotavam dos fios soltos, cujo isolante de pano estava desfiado e coberto de poeira, enchiam o pequeno espaço com um cheiro forte de ozônio. Hershel tinha suas próprias concepções de etiqueta de elevador, e tentava puxar conversa sobre política federal, distúrbios trabalhistas, até mesmo controvérsias religiosas, assuntos sobre cada um dos quais seria necessária uma viagem de elevador de algumas horas, até chegar a uma altitude jamais ousada pelo mais audaz pioneiro, para começar a discutir. Mais de uma vez foram obrigados a passar por corredores cheios de lixo, subir escadas de ferro, atravessar passarelas perigosas invisíveis das ruas, para ter que tomar outra vez aquela máquina infernal em mais uma de suas paradas, por vezes sequer viajando na vertical, até que por fim chegaram a um andar onde havia um quarto num cantiléver varrido pelo vento, hoje outonal e implacável, que vinha do lago Michigan.

Quando a porta se abriu, Lew deparou-se com uma cama, uma cadeira, uma mesa e uma ausência ressoante de outros móveis que, em circunstâncias diferentes, ele teria classificado de melancólica, mas que ali, naquele instante, pôde reconhecer como perfeita.

"Hershel, não sei como é que vou poder lhe dar uma gorjeta."

Hershel, estendendo uma cédula: "Gorjeta invertida. Me traga uma garrafa de Old Gideon e gelo. Se tiver troco, pode ficar com ele. Aprenda a ser frugal. Está começando a entender como o problema vai ser resolvido?".

"Com trabalho?"

"Isso, e também talvez um pouco de mágica. Você desaparece de repente, como um espírito, quanto mais profissionalmente melhor, e quando reaparece já traz a birita, pra não falar no gelo. Certo?"

"Você vai estar onde?"

"Eu sou mensageiro, senhor Basnight, não hóspede. Hóspede não tem muito aonde ir, mas mensageiro pode estar em qualquer lugar."

Encontrar *bourbon* para Hershel foi brincadeira, a bebida era vendida em toda parte, desde armazéns até consultórios de dentistas, e todos recusaram a nota de Hershel, parecendo curiosamente satisfeitos de ver Lew abrir uma conta-corrente com eles. Quando Lew conseguiu encontrar o mensageiro outra vez, o gelo já havia derretido. De algum modo, este fato chegou até Drave, o qual, achando naquilo uma graça enorme, ainda que talvez doentia, bateu em Lew repetidamente com um "bastão da lembrança". Tomando isso como sinal de aceitação, Lew continuou assumindo as tarefas que lhe eram impostas, algumas corriqueiras, outras difíceis de compreender, realizadas em idiomas que ele nem sempre entendia, até que começou a sentir que algo se aproximava, nas fímbrias de sua consciência, algo assim como um bonde ao longe, e um convite decisivo, talvez perigoso, para tomá-lo e ser levado para um destino desconhecido...

Durante todo o inverno, embora parecesse, como qualquer inverno em Chicago, uma versão abaixo de zero do Inferno, Lew viveu da maneira mais econômica possível, vendo sua conta bancária minguar em direção ao nada, atormentado tanto dormindo quanto acordado por evocações extraordinariamente vívidas de Troth, todas carregadas de uma ternura que ele jamais havia vivenciado na sua vida em comum com ela. Pela janela, ao longe, contradizendo a planície, uma miragem do centro de Chicago ascendia até uma espécie de acrópole lívida, uma luz como se oriunda de uma imolação noturna distorcida em direção à extremidade vermelha do espectro, ardendo em brasa como se estivesse sempre prestes a explodir em chamas.

De vez em quando, sem se fazer anunciar, Drave aparecia para verificar o progresso de Lew.

"Pra começar", ele aconselhou, "Deus eu não sei, mas a sua mulher não vai perdoar você. Ela nunca vai voltar. Se era isso que você achava que ia acontecer em troca do que você faz aqui, é bom fazer uma reavaliação."

As solas dos pés de Lew começaram a arder, como se quisessem ser levadas até o centro da terra.

"E se eu topasse qualquer coisa pra ela voltar?"

"Penitência? Isso o senhor vai fazer de qualquer maneira. O senhor não é católico, não, senhor Basnight?"

"Presbiteriano."

"Muita gente acredita que há uma correlação matemática entre o pecado, a penitência e a redenção. Mais pecado, mais penitência, e por aí vai. Nosso ponto de vista sempre foi o de que não há conexão. Todas as variáveis são independentes. Você faz penitência não porque pecou, mas porque esse é o seu destino. Você é redimido não porque fez penitência, mas porque a coisa acontece. Ou não acontece.

"Não é nada de sobrenatural. A maior parte das pessoas tem uma roda subindo num arame, ou uns trilhos na rua, alguma coisa que as mantém na direção de seu destino. Mas o senhor está sempre se soltando. Evitando a penitência, e portanto a definição."

"Saindo dos trilhos. E o senhor está tentando me ajudar a voltar a viver como vive a maior parte das pessoas, é isso?"

"'A maior parte das pessoas'", sem levantar a voz, embora algo em Lew desse um salto como se ele tivesse gritado, "é obediente e burra, como os bois. O delírio significa literalmente sair do sulco que você cavou. Encare esta situação como uma espécie de delírio produtivo."

"O que é que eu faço com isso?"

"É uma coisa que o senhor não quer?"

"O senhor ia querer?"

"Não tenho certeza. Talvez."

* * *

Chegou a primavera, gente sobre rodas surgiu nas ruas e parques usando meias listradas espalhafatosas e chapéus longos de ciclistas na cabeça. Os ventos que vinham do lago moderaram-se. As sombrinhas e os olhares esquivos reapareceram. Troth já havia sumido havia muito tempo, tendo voltado a se casar, ao que parecia, assim que saiu o divórcio, e dizia-se que estava agora morando na Lake Shore Drive, ao norte da Oak Street. Um vice-presidente ou coisa parecida.

Na manhã amena e normal de um dia de semana em Chicago, Lew estava por acaso num coletivo público, cabeça e olhos voltados para nenhum lado em particular, quando entrou, por um breve instante, num estado que não se lembrava de jamais ter buscado, e que mais tarde passou a considerar como um estado de graça. Apesar do histórico lamentável do transporte público naquela cidade, da má conservação dos veículos e da alta probabilidade de colisões, ferimentos e mortes, aquela manhã de dia útil seguia ruidosamente como sempre. Os homens cofiavam os bigodes com dedos recobertos por luvas cinzentas. Um guarda-chuva fechado fez uma mossa num chapéu-coco, trocaram-se impropérios. Moças amanuenses, com chapeuzinhos de palha de aba larga e camisas listradas com ombreiras enormes que ocupavam mais lugar no bonde do que asas de anjos, sonhavam, presas de sentimentos contraditórios, com o que as aguardava nos andares mais altos dos "arranha-céus" de estrutura de aço recém-construídos. Os cavalos seguiam em frente em seu próprio tempo e espaço. Os passageiros bufavam, coçavam-se e liam o jornal, às vezes tudo ao mesmo tempo, enquanto outros imaginavam que iriam conseguir retomar uma espécie de sono vertical. Lew deu por si cercado por uma luminosidade que lhe era nova, jamais observada nem mesmo em sonhos, que dificilmente podia ser atribuída ao sol matizado pela fumaça que começava a iluminar Chicago.

Ele compreendeu que as coisas eram tais como eram. Essa ideia lhe parecia insuportável.

Certamente saltou do bonde e entrou numa charutaria. Era de manhã cedo, naquela hora em que em todas as charutarias da cidade meninos traziam tijolos que tinham passado toda a noite imersos em baldes de água, para serem colocados dentro das vitrines com o fim de manter umidificados os produtos em exposição. Um sujeito gorducho, bem-vestido, estava dentro da loja comprando charutos domésticos. Ficou algum tempo observando Lew, com um olhar quase fixo, até que perguntou, indicando a vitrine: "Aquela caixa na prateleira de baixo — quantos colorados claros ainda tem dentro dela? Não vale olhar."

"Dezessete", disse Lew, sem qualquer hesitação que o outro homem pudesse perceber.

"O senhor sabe, nem todo mundo consegue fazer isso."

"Isso o quê?"

"Reparar nas coisas. O que foi que acabou de passar pela rua?"

"Uma sege pequena, de um negro reluzente, três molas, ferragens de latão, capão baio de cerca de quatro anos, um sujeito corpulento com um chapéu de feltro e guarda-pó amarelo, por quê?"

"Extraordinário."

"Não. É só porque ninguém nunca pergunta."

"Já tomou o café da manhã?"

No café ao lado da charutaria a primeira onda de fregueses já tinha ido embora. Todos ali conheciam Lew, normalmente conheciam seu rosto, mas naquela manhã, por estar ele transfigurado e tudo o mais, ele meio que passou despercebido.

Seu companheiro apresentou-se como Nate Privett, diretor de pessoal da White City Investigations, uma agência de detetives.

Vindo de perto e de longe, o som de explosões, nem sempre identificadas nos jornais do dia seguinte, de vez em quando causava estremecimentos suaves na textura do dia, e Nate Privett fazia menção de escutá-las com atenção. "Sindicato dos Trabalhadores em Ferro", balançando a cabeça. "Depois de algum tempo, o ouvido da gente vai aprendendo." Derramou melado sobre uma pilha gigantesca de panquecas da qual escorria manteiga derretida. "Olha, não são arrombadores de cofres, nem estelionatários, nem assassinos, nem cônjuges em fuga, nada dessas coisas de revista de crime, pode tirar tudo isso da cabeça. Aqui em Chi, neste ano de Nosso Senhor, é tudo coisa dos sindicatos, ou, como a gente prefere dizer, dessa ralé de anarquistas", disse Nate Privett.

"Não tenho experiência com nada disso."

"Pois eu acho que o senhor parece qualificado." Nate fez um bico maroto por um segundo. "Não acredito que ninguém da Pinkerton nunca veio convidá-lo para trabalhar lá, eles pagam tão bem que é quase bom demais pra pessoa *não* aceitar."

"Não sei, não. É excesso de economia moderna para mim, porque deve haver outra coisa na vida além do salário."

"Ah, é? O quê?"

"Bom, deixa eu pensar um minutinho."

"Se o senhor acha que trabalhar como detetive é uma vida moralmente desprezível, precisa dar uma olhada na nossa agência."

Lew fez que sim e resolveu levar o convite a sério. Quando deu por si já estava empregado, percebendo que cada vez que ele entrava numa sala alguém sempre comentava, aparentemente para terceiros: "Nossa, o sujeito pode *morrer* lá!". Quando aprendeu a decodificar todos esses gracejos, Lew constatou que era perfeitamente capaz de ignorá-los. Sua competência no escritório e na rua não era a pior da agência, mas ele sabia que o que o distinguia era uma afinidade intensa com o invisível.

Na White City Investigations, a invisibilidade era uma condição sagrada, uma porrada de andares de prédios dedicados a essa arte e ciência — recursos para disfarces que deixariam no chinelo qualquer camarim de teatro a oeste do rio Hudson, fileiras de cômodas e espelhos que se estendiam até desaparecer na sombra ao longe, hectares de fantasias, florestas de cabides para chapéus contendo um verdadeiro Museu da História do Chapéu, incontáveis armários abarrotados de perucas, barbas falsas, massa, pó de arroz, *kohl* e ruge, tinturas para a pele e o cabelo, luz de gás ajustável em cada espelho, que podia ser levada de uma festa ao ar livre na casa de campo de um milionário em Newport a um bar no Oeste à meia-noite com um simples ajuste em uma ou duas válvulas. Lew gostava de ficar zanzando pela agência, experimentando apetrechos diferentes, como se todos os dias fossem o Dia das Bruxas, porém compreendeu depois de algum tempo que isso não era necessário. Havia aprendido a dar um passo para o lado e sair do dia. Onde quer que ele fosse nesses momentos, era um lugar com uma história própria, imensa e incompreensível, com perigos e êxtases, um potencial para romances inesperados e mortes precoces, mas, quando estava lá, pelo visto não era fácil para qualquer um em "Chicago" saber com certeza onde ele estava. Não exatamente invisibilidade. Excursão.

Nate aproximou-se da mesa de Lew um dia com uma pasta grossa, com uma espécie de selo real na capa, no qual havia uma águia bifronte.

"Comigo, não", Lew, esquivando-se.

"Tem um arquiduque austríaco na cidade, a gente precisa de alguém pra ficar de olho nele."

"Um sujeito como ele não tem guarda-costas?"

"Claro que tem, lá eles se chamam 'Trabants', mas pede pra um advogado explicar a você a questão da responsabilidade civil, Lew, eu sou só um velho detetive, só sei que tem uns dois mil imigrantes húngaros lá nos Matadouros que vieram pra cá com ódio mortal desse cidadão e da família dele, e vai ver até que cheios de razão. Se fosse só aqueles pavilhões educacionais lá na Exposição, eu não ia me preocupar, mas o que me disseram sobre esse jovem Francis Ferdinand é que ele gosta mais é de frequentar New Levee e os outros bairros boêmios. E lá, cada beco, cada sombra em que cabe um celerado com uma faca na mão e um ressentimento na cabeça é um convite pra reescrever a história."

"Vai ter alguém pra me dar reforço, Nate?"

"Posso mandar o Quirkel."

"Manda alguém reescrever esse trecho!", Lew fingiu gritar, num tom bem afável.

F. F., como era identificado no dossiê, estava dando uma volta ao mundo cujo objetivo oficial era "aprender a respeito dos povos estrangeiros". O que Chicago tinha a ver com isso logo ficaria mais claro. O arquiduque havia visitado o Pavilhão Austríaco, assistido ao espetáculo de Buffalo Bill com certa impaciência e ficado um bom tempo na exposição sobre a Mineração de Prata no Colorado, na qual, imaginando que onde há mineiros há rameiras, fez com que sua *entourage* se empenhasse numa animada busca a fêmeas de reputação flagrante que teria frustrado até os farejadores mais calejados, quanto mais um novato como Lew — correndo de um lado para outro, por vezes chegando até a Midway, abordando atores amadores que nunca haviam saído do estado com intraduzíveis algaravias em dialeto vienense e gesticulações que poderiam facilmente ser — e foram, de fato — compreendidas erradamente. Guardas uniformizados, dedilhando as costeletas com movimentos afetados, olhavam para todos os lados, menos para o principezinho tresloucado. Lew deslizava como uma cobra de uma a outra falsidade arquitetônica, e no final de cada jornada de trabalho seus ternos ficavam cheios de marcas brancas de tanto se esfregar em "fibra-gesso", uma mistura de gesso com fibras de cânhamo encontrada por toda parte na Cidade Branca nessa época, uma tentativa de imitar alguma pedra branca imortal.

"O que estou mesmo procurando em Chicago", o arquiduque terminou confessando, "é alguma coisa nova e interessante pra matar. Lá na Áustria a gente mata javalis, ursos, veados, as coisas de sempre — enquanto aqui na América, pelo que me dizem, existem *imensas manadas de bisões, ja?*"

"Aqui nas imediações de Chicago não tem mais, não, Alteza, lamento informar", explicou Lew.

"Ah. Mas no momento, atuando aqui nos seus famosos matadouros... existem muitos... húngaros, não é verdade?"

"É v— pode ser. Eu teria que consultar as estatísticas", Lew tentando não olhar o cliente nos olhos.

"Na Áustria", explicava o arquiduque, "temos florestas cheias de caça, e centenas de batedores que espantam os animais em direção aos caçadores, como eu, que aguardam a hora de atirar neles." Sorriu para Lew, como se estivesse matreiramente adiando o final de uma piada. As orelhas de Lew começaram a coçar. "Os húngaros ocupam o nível mais baixo na escala de vida animal", declarou Francis Ferdinand, "em comparação com eles, os porcos-do-mato exibem refinamento e nobreza — o senhor acha que seria possível eu e meus amigos alugarmos os Matadouros de Chicago por um fim de semana, para nos divertirmos? Naturalmente, nós indenizaríamos os proprietários por qualquer perda de renda."

"Vossa Alteza pode ter certeza de que vou levantar essa informação, que lhe será repassada."

Nate Privett achou que isso era apenas uma piada. "Vai ser imperador mais dia, menos dia — é ou não é demais?"

"Será que não bastam os húngaros que tem lá na terra dele pra ele se divertir?", perguntava-se Lew.

"Se bem que pra *nós* ele estaria fazendo um favor."

"Como assim, patrão?"

"Tem tantos desses anarquistas estrangeiros desgraçados morando ao sul da Forty-seventh Street", riu Nate, "que se tivesse um pouco menos seria menos preocupação pra nós, é ou não é?"

Curioso para saber quem seria sua contraparte no lado austríaco, Lew fez algumas indagações e conseguiu descobrir uma ou duas coisas. O jovem Max Khäutsch, recém-nomeado capitão dos Trabants, estava em sua primeira missão internacional, chefiando a "Segurança Especial K&K", já tendo demonstrado na Áustria sua utilidade como assassino, dos mais letais, ao que parecia. O método habitual dos Habsburgo era livrar-se dele em algum momento predeterminado em que sua utilidade estivesse diminuída, mas ninguém estava disposto a tentar. Apesar de jovem, segundo se dizia ele dava a impressão de ter acesso a recursos além dos que eram seus, de se sentir à vontade em meio às sombras e de não ter absolutamente nenhum princípio, além de nutrir um desprezo constante pela diferença entre vida e morte. A decisão de enviá-lo à América parecia apropriada.

Lew simpatizou com ele... os planos oblíquos de seu rosto revelavam uma origem em algum lugar da imensidão eslava da Europa ainda não muito explorada pelos viajantes recreativos... Eles adquiriram o hábito de tomar café bem cedo no Pavilhão Austríaco, com uma variedade de pães e afins. "E *isto* talvez seja de seu especial interesse, senhor Basnight, considerando-se a notória *Kuchenteigs-Verderbtheit*, ou fixação em confeitos do detetive americano..."

"Bom, nós... nós preferimos não falar nisso."

"So? Na Áustria, isso é muito comentado."

Apesar da perícia policial do jovem Khäutsch, de algum modo o arquiduque sempre conseguia escapulir dele. "Talvez eu seja inteligente demais para lidar de modo eficiente com a burrice dos Habsburgo", ele especulava. Uma noite, quando tudo indicava que Franz Ferdinand havia desaparecido do mapa da Grande Chicago, Khäutsch pegou o telefone e começou a fazer várias ligações, e terminou falando com a White City Investigations.

"Eu vou lá dar uma olhada", disse Lew.

Depois de uma prolongada busca, passando por lugares óbvios como o Silver Dollar e a Everleigh House, Lew encontrou por fim o arquiduque no Boll Weevil Lounge, um bar de negros na South State na altura das ruas de número trinta e tantos, o que na época era o coração do bairro de vaudevile e entretenimento da população negra, dando ordens aos berros, iniciando uma noitada que prometia no mínimo um ou dois momentos problemáticos. Piano sincopado, cerveja verde, duas mesas de sinuca, garotas nos quartos do andar de cima, fumaça de charutos baratos. "Sórdido!", gritava o arquiduque. "Adoro isso!"

Também Lew se divertia nessa parte da cidade, ao contrário de alguns outros agentes da Cidade Branca, que ficavam desconfiados na presença de negros, os quais estavam vindo do Sul em contingentes cada vez maiores. Algo naquele bairro o atraía, talvez a comida — sem dúvida o único lugar em Chicago onde se podia tomar uma soda-laranjada decente — se bem que, naquele momento em particular, não se podia dizer que a atmosfera estivesse amistosa.

"O que você está olhando, você quer roubar *eine... Wassermelone*, talvez?"

"Oooooh", exclamaram várias pessoas a seu redor. O alvo do insulto, um indivíduo grandalhão e mal-encarado, não conseguia acreditar no que estava ouvindo. Sua boca começou a se abrir devagar enquanto o príncipe austríaco prosseguia:

"Algo sobre... sua... espere... *deine Mutti*, como você diria, sua... sua mamãe, ela joga na terceira base dos Chicago White Stockings, *nicht wahr?*", enquanto os fregueses começaram a se deslocar disfarçadamente em direção às saídas, "uma mulher nada atraente, aliás, ela é tão gorda que pra ir dos peitos até a bunda dela, tem que tomar o 'Elevador'! Ela tentou uma vez entrar na Exposição, e lhe disseram, não, não, senhora, aqui é a Exposição Mundial, não é a exposição de gado zebu!"

"Ô seu mané, tu quer morrer falando desse jeito, é? Tu é ingrês ou o quê, hein?"

"Hã, Vossa Alteza?", murmurou Lew, "eu gostaria de ter uma rápida —"

"Está tudo bem! Eu sei falar com essa gente! Eu estudei a cultura deles! Veja só — *'st los, Hund? Boogie-boogie, ja?*"

Lew, visto como homem versado em coisas do Leste, não queria se dar o luxo de entrar em pânico, mas havia momentos, como aquele, em que lhe cairia bem uma dose homeopática, só para manter sua imunidade. "Louco de pedra", anunciou, apontando para F.F., "fugiu de alguns dos melhores hospícios da Europa, e não resta mais quase nada da inteligência que ele tinha quando nasceu, com a possível exceção", falando mais baixo, "quanto dinheiro Vossa Alteza tem aí?"

"Ah, entendi", murmurou o réprobo imperial. Virando-se para o salão: "Quando Franz Ferdinand bebe", exclamou, "todo mundo bebe!"

O que ajudou a estabelecer um clima de civilidade no recinto, que em pouco tempo se transformou até em animação, quando gravatas elegantes mergulharam em espuma de cerveja, o pianista saiu debaixo do balcão e as pessoas começaram a dançar um *two-step* sincopado. Depois de algum tempo, alguém começou a cantar "All pimps look alike to me", e metade dos fregueses fizeram coro. Lew, porém, percebendo que o arquiduque parecia estar de modo discreto, porém inconfundível, aproximando-se pouco a pouco da porta da rua, achou que seria prudente fazer o mesmo. E não deu outra: logo antes de escapulir pela porta afora, Der F.F., com um sorriso demoníaco, gritou: "E quando Franz Ferdinand paga, todo mundo paga!", quando então desapareceu, e por um triz Lew conseguiu se safar intacto.

Lá fora encontraram o *Trabant* Khäutsch à espera, com uma carruagem de dois cavalos pronta para partir imediatamente, e com um Mannlicher de dois canos, de uso pessoal do arquiduque, apoiado no ombro de modo displicente, porém visível. Enquanto corriam na disparada em meio a bondes que se esquivavam, carruagens particulares, carros de polícia batendo seus gongos, e coisa e tal, Khäutsch comentou, tranquilo: "Se o senhor algum dia estiver em Viena e precisar de ajuda por qualquer motivo, por favor, não faça cerimônia".

"Assim que aprender a dançar a valsa eu dou um pulo lá."

O arquiduque, emburrado como uma criança cuja travessura foi interrompida, não fez nenhum comentário.

Lew tinha acabado de sair, para jantar um bife no Kinsley's, quando Nate o chamou de volta para o escritório, abaixando-se para pegar uma nova pasta. "O F.F. vai embora daqui a dois dias apenas, Lew, mas enquanto isso tem uma coisa pra você fazer esta noite."

"Eu estava pretendendo dormir um pouco."

"A anarquia não dorme nunca, meu filho. Eles estão reunidos a duas ou três estações do Elevado daqui, e talvez você queira ir lá dar uma olhada. Até mesmo aprender alguma coisa, quem sabe?"

De início, Lew pensou que fosse uma igreja — talvez por causa dos ecos, do cheiro —, embora na verdade, ao menos nos dias de semana, o lugar funcionasse como um pequeno teatro de variedades. No palco, no momento, havia um atril, ladeado por dois bicos de gás de Welsbach, e atrás dele havia um indivíduo alto, com um macacão de operário, que logo se identificou como o reverendo Moss Gatlin, um pregador anarquista itinerante. A multidão — Lew esperava encontrar apenas um punhado de descontentes — era grande, e depois de algum tempo começou a transbordar pela rua. Desempregados vindos de outras cidades, exaustos, sujos, flatulentos, carrancudos... estudantes procurando oportunidades de traquinadas... Mulheres em número surpreendente, ostentando as marcas de suas profissões, cicatrizes deixadas pelas lâminas das máquinas de embalar carne, olhos cansados de tanto costurar além da hora de dormir em salas mal iluminadas sem relógio, mulheres de lenço na cabeça, mantilhas de crochê, chapéus extravagantes com flores, outras sem chapéu algum, mulheres que só queriam descansar os pés depois de tantas horas levantando coisas, carregando coisas, caminhando pelas avenidas dos desempregados, suportando os insultos do dia...

Havia um italiano com um acordeão. A plateia começou a cantar, canções do *Cancioneiro do Trabalhador*, se bem que na maioria das vezes sem a ajuda do texto, trechos corais que incluíam a recente versão musicada por Hubert Parry do poema de Blake "Jerusalém", lido, não sem razão, como um grande hino anticapitalista disfarçado de música de igreja, com uma pequena mudança no último verso — "Nos verdes campos *de nossa terra*" em vez de "da Inglaterra".

E mais esta canção:

Mais fria que a neve e o gelo
Feroz como a tempestade
É a fábrica da Avareza
Com olhos de crueldade...

> Onde, a mão da compaixão,
> Onde o rosto condoído,
> Onde neste matadouro
> Achar o lugar prometido?
> Suados e desprezados
> Sob o tacão do banqueiro,
> Morremos de frio lá fora —
> Enquanto ele conta dinheiro —
> Amor não salva quem peca,
> E ódio não cura santo,
> Logo chegará o dia
> Que nós esperamos tanto,
> E que todos sejam fortes
> Na noite escura qual breu,
> A vida é dos destemidos —
> A morte, pra quem se vendeu!

... passando do modo menor que caracterizara toda a canção para o maior, terminando com uma cadência em terça de Picardia a qual, se não chegou a partir o coração de Lew, ao menos deixou uma bela rachadura que, como o tempo deixou claro, não podia ser reparada...

Pois havia ali algo para o qual não cabia outro qualificativo que não insólito. Nate Privett, todos os outros empregados da W.C.I., e naturalmente a maioria dos clientes da agência, ninguém tinha nada de bom a dizer a respeito dos sindicatos, quanto mais dos Anarquistas de diferentes colorações, se é que eles chegavam a distinguir tais gradações. Havia uma espécie de pressuposto geral na agência de que os homens e mulheres da classe trabalhadora eram todos mais ou menos malévolos, certamente desencaminhados, e não de todo americanos, talvez até não de todo humanos. Porém aquele salão estava cheio de americanos, não havia dúvida, até os nascidos no estrangeiro, se se levasse em conta de onde eles tinham vindo e o que eles esperavam encontrar no país, e tudo o mais, americanos em suas preces ao menos, e mesmo que alguns não fizessem a barba havia algum tempo, era difícil encontrar um que se enquadrasse com perfeição na imagem do Comunista barbudo, de olhos arregalados, soltando bombas por aí, aliás se eles tivessem uma única noite bem dormida e uma ou duas refeições completas, mesmo um detetive veterano teria dificuldade em distingui-los dos americanos normais. E no entanto lá estavam eles manifestando as ideias mais subversivas, tal como as pessoas comuns conversavam sobre as safras ou a partida de beisebol da véspera. Lew percebeu que aquela história não terminaria quando ele saísse daquele salão e pegasse o Elevado e assumisse a próxima tarefa.

* * *

Deve ter sido o arquiduque austríaco. É só você cuidar de uma cabeça coroada para todo mundo começar a tirar conclusões. Sendo hoje em dia definidos como inimigos naturais os Anarquistas e os chefes de Estado, essa lógica fez com que Lew se tornasse o candidato óbvio para ficar de olho nos Anarquistas, onde quer que eles aparecessem no tiro ao alvo da história cotidiana. Tarefas referentes a Anarquistas começaram a aparecer em sua mesa com certa regularidade. Lew passou a frequentar cercas de fábricas onde se respirava fumaça de carvão, a percorrer piquetes usando alguns dos milhares disfarces da W.C.I., e aprendeu o bastante de várias línguas eslavas para se entrosar nos antros onde se reuniam os descontentes desesperados, os veteranos dos abatedouros com dedos decepados, as tropas irregulares do exército da dor, profetas que tiveram visões da América tal como ela podia ser, visões que não podiam ser toleradas pelos guardiões da América.

Em pouco tempo, juntamente com dezenas de gavetas de arquivos cheios de informações por ele levantadas, Lew mudou-se para uma sala própria, em cuja soleira funcionários do governo e da indústria começaram a aparecer, tendo deixado os chapéus na antessala, para pedir respeitosamente conselhos cujo valor de mercado era calculado com cuidado por Nate Privett. Como era de se esperar, isso causou certa ciumeira nos meios detetivescos, principalmente na Pinkerton's, a qual, tendo presumido que o Anarquismo americano era monopólio seu, não conseguia entender de que modo uma novata como a White City ousava aspirar a mais do que migalhas. O descontentamento também se tornou visível na própria White City, o Olho Que Não Dorme passou a atrair empregados da rival, e em pouco tempo Nate havia perdido mais agentes do que tinha condições de perder. Um dia ele entrou saltitante na sala de Lew, cercado por um halo de alegria tão falso quanto conhaque francês a cinco centavos a garrafa — "Uma boa notícia, agente Basnight, mais um progresso na sua carreira pessoal! O que você acha de... 'diretor regional'?".

Lew levantou a vista, impassível. "Pra que 'região' vão me despachar, Nate?"

"Lew, mas você é mesmo um número! É sério!" A W.C.I. tinha decidido abrir um escritório em Denver, explicou Nate, e lá, onde havia tantos Anarquistas por metro quadrado que era impossível contá-los, quem melhor do que Lew para pôr nos eixos a operação?

Como se estivesse respondendo a uma pergunta de verdade, Lew começou a recitar nomes de colegas plausíveis, todos eles mais antigos do que ele na firma, até que a testa de Nate não tinha como franzir mais. "Está bem, patrão, entendi o recado. Não é você quem decide — não é isso que você ia dizer?"

"Lew, lá é uma mina de ouro e prata. É só catar as pepitas no chão. Você mesmo vai dizer o preço."

Lew pegou um *panatela* e acendeu-o. Depois de duas ou três baforadas lentas: "Você já saiu do trabalho nesta cidade quando o céu ainda está claro e os lampiões estão começando a ser acesos nas grandes avenidas e nas margens do lago, e as garotas todas já saíram dos escritórios e lojas e estão indo para casa, e os restaurantes estão se preparando para servir o jantar, e as vitrines estão reluzentes, e as carruagens todas enfileiradas diante dos hotéis, e —"

"Não", Nate impaciente, com um olhar fixo, "raramente. Eu fico no trabalho até tarde."

Lew soprou um anel de fumaça, e mais alguns outros, concêntricos. "Pois é, que merda, Nate."

Por algum motivo, Lew sentiu-se constrangido quando comunicou aos Amigos do Acaso que ia ser transferido. No pouco tempo que passou trabalhando com eles, quase chegou a se sentir mais à vontade no *Inconveniência* do que na agência.

Hoje a visibilidade era ilimitada, o lago cintilava com milhões de reflexos, as pequenas lanchas elétricas e gôndolas, as multidões nas praças em torno dos imensos pavilhões da Exposição, a brancura do lugar quase insuportável... Vestígios longínquos de música vinham dos pavilhões da Midway, um bombo batia como o pulso de alguma criatura viva coletiva lá embaixo.

O professor Vanderjuice estava com ele naquele dia, tendo resolvido os negócios, fossem lá o que fossem, que o haviam detido em Chicago. Os reflexos de detetive de Lew alertavam-no de que havia algo de profundamente esquivo naquele acadêmico simpático, algo de que os rapazes pareciam ter consciência, também, se bem que era problema deles tirar suas próprias conclusões. A presença do professor tornava ainda mais difícil para Lew a tarefa de dar a notícia, mas por fim ele conseguiu dizer: "Poxa, mas vou sentir falta disso".

"A Exposição ainda vai ficar aberta algumas semanas", disse Randolph.

"Até lá eu já fui embora. Eles vão me mandar pro Oeste, pessoal, e por isso não vou mais ver vocês."

Randolph lhe dirigiu um olhar compreensivo. "Pelo menos você sabe para onde vai ser mandado. Quando terminarem as cerimônias de encerramento aqui, o nosso futuro é uma incógnita."

"O Oeste pode não ser exatamente o que você está esperando encontrar", interveio o professor Vanderjuice. "Em julho, meu colega Freddie Turner veio pra cá de Harvard e fez um discurso pra um grupo de antropólogos que vieram aqui pra um congresso, e também pra ver a Exposição, é claro. Ele disse que a fronteira do Oeste, que a gente tanto ouve falar nas canções e nas histórias, não estava mais no mapa, já tinha desaparecido, tinha sido dissolvida — estava mortinha da silva."

"Pra comprovar o que ele disse", disse Randolph, acionando o leme de modo a fazer com que o *Inconveniência* guinasse em direção contrária ao lago, rumo aos abatedouros Union.

"É, é aqui", continuou o professor, contemplando os matadouros lá embaixo, "é aqui que a trilha finalmente chega ao fim, ela e o caubói americano que vivia nela que era por ela sustentado. Por mais que tenha conseguido manter seu nome virtuoso, por mais malfeitores que tenha conseguido derrotar intacto, por mais que tenha feito pelos seus cavalos, por mais garotas que tenha beijado respeitosamente, homenageado em serenatas com acompanhamento de violão, ou levado pra farra, agora tudo virou pó nessa trilha, e nada mais tem importância, pois lá embaixo você vai encontrar a convergência úmida e o final dessa história de seca e trabalho ingrato, o espetáculo de Buffalo Bill virado ao avesso — espectadores invisíveis e silenciosos, nada a comemorar, as únicas armas à vista, as máquinas usadas pra abater as reses, além das lâminas dos embaladores, é claro, e os palhaços do rodeio não param de falar num jargão incompreensível não pra distrair o animal, e sim para aumentar e manter a atenção dele concentrada na única tarefa daqui, levando todos eles até os últimos portões, os insensibilizadores pneumáticos que aguardam lá dentro, o massacre e o sangue depois do último plano inclinado — e o caubói junto com ele. Aqui." Entregou um binóculo a Lew. "Aquela charabã ali, que acabou de entrar na Forty-seventh?"

À medida que o aeróstato foi descendo, Lew viu o veículo entrar pelo portão da Halstead Street e parar para descarregar seus passageiros, e compreendeu, com certa perplexidade, que era um grupo de excursionistas, pessoas que tinham vindo à cidade para conhecer os matadouros e as fábricas de salsichas, uma hora instrutiva vendo gargantas e cabeças sendo cortadas, peles descascadas, tripas arrancadas e carcaças desmembradas — "Ih, mãe, vem ver esses infelizes *aqui*!", seguindo o gado em toda a sua trajetória sinistra, desde a chegada em vagões de carga, mergulhando nos cheiros de merda e substâncias químicas, gordura velha e tecidos doentes, moribundos e mortos, e ao fundo um coro cada vez mais alto de terror animal e gritos em idiomas humanos que a maioria deles jamais tinha ouvido antes, até que a esteira rolante levava, num desfile majestoso, as carcaças penduradas em ganchos finalmente para as câmaras frigoríficas. Ao final, os visitantes encontravam uma loja de suvenires, onde podiam adquirir transparências estereoscópicas, cartões-postais e latas de carne tipo "Gourmet Especial", que continham dedos e outras partes dos corpos dos trabalhadores incautos.

"Não vá pensar que eu vou desistir de comer bife agora", disse Lew, "mas realmente a gente fica pensando como é que as pessoas podem ser tão desligadas."

"É isso mesmo", concordou o professor. "A fronteira termina e o desligamento começa. Causa e efeito? E eu lá sei? No tempo em que eu era jovem e da pá virada, eu morava lá naquelas bandas pra onde você está indo, Denver e Cripple Creek e Colorado Springs, naquele tempo ainda havia fronteira, a gente sempre sabia onde ela ficava e como se chegava nela, e não era sempre só entre nativos e estranhos, ou anglos e mexicanos, ou soldados de cavalaria e índios. Mas dava pra sentir, sem qualquer dúvida, como se fosse uma linha divisória, tal que, se você pisasse nela, dava para mijar nos dois lados ao mesmo tempo."

Mas se a Fronteira já não existia, isso queria dizer que Lew também em breve ia se desligar de si próprio? Partir para o exílio, para algum silêncio além do silêncio como retribuição por algum pecado remoto e antigo, sempre prestes a ser lembrado, meio aparvalhado, num semissono como um nó de cirurgião bem apertado depressa no tecido do tempo, entregue ao controle de agentes poderosos que não desejavam o seu bem?

Os rapazes deram a Lew um alfinete de ouro e esmalte que representava seu *status* de membro honorário dos Amigos do Acaso, para ele usar espetado sob a lapela e exibir, em qualquer lugar do mundo, a fim de que lhe fossem concedidos todos os privilégios devidos aos visitantes nos termos da Constituição dos A. do A. Em troca, Lew lhes deu um minúsculo telescópio de detetive disfarçado de corrente de relógio de bolso, contendo também uma única bala calibre 22 que podia ser disparada numa emergência. Os rapazes o agradeceram com sinceridade, mas naquela noite, depois do quarto de prima, ficaram discutindo até tarde a eterna questão de se permitir ou não a presença de armas de fogo a bordo do *Inconveniência*. Quanto ao presente de Lew, a solução era fácil — mantê-lo descarregado. Mas a questão mais geral permanecia em aberto. "No momento, somos todos amigos e irmãos", arriscou Randolph, "mas a história mostra que o arsenal do navio é uma fonte constante de problemas em potencial — um atrativo para possíveis amotinados, e mais nada. Lá está ele, aguardando a hora, ocupando um espaço que poderia, principalmente numa nave, ser usado para fins mais úteis." O outro perigo não era tão fácil de mencionar, e todos — com a possível exceção de Pugnax, cujos pensamentos era difícil descobrir — acabavam recorrendo a eufemismos. Pois se sabia de casos, que eram comentados em voz baixa pelos membros da organização, com mais certeza do que meros boatos ou história de aviadores, de missões tão extensas, impondo ônus tão terríveis ao moral da tripulação, que de vez em quando, não conseguindo mais continuar, um infeliz Amigo do Acaso decidira dar fim à própria vida, sendo de longe o método favorito o "mergulho da meia-noite" — simplesmente pular da amurada num voo noturno —, e no entanto, para aqueles que preferissem depender menos da altitude, qualquer arma a bordo representaria um atrativo irresistível.

A alegria, outrora encarada como uma condição da vida a bordo do *Inconveniência*, na verdade estava se revelando pouco a pouco um bem precário, nestes últimos tempos. Os rapazes pareciam mantidos ali como se presas de um encantamento misterioso. À medida que o outono se aprofundava entre os quarteirões desolados da cidade, uma tensão surgia no ritmo da vida dali, por vezes invisível e furtiva como saltos de botas gastos desaparecendo nas esquinas das majestosas galerias que os rapazes frequentavam, nos enormes salões decrépitos em meio a cheiros de gordura rançosa e amônia no chão, onde mesas aquecidas por vapor ofereciam três opções de sanduíche, cordeiro, presunto ou carne, todos com muita banha e cartilagem, cheiros rançosos, mulheres de cenho franzido jogando carne dentro de pão, uma colher batendo num molho de carne tão espesso de farinha que parecia gesso, olhos voltados para baixo o dia inteiro, atrás deles, diante do espelho, uma pirâmide de garrafas em miniatura, conhecidas ali como "Mickeys", contendo três opções de vinho barato, tinto, branco e moscatel.

Quando não estavam zanzando de modo incontrolável como bêbados, os rapazes se reuniam para comer esses horríveis sanduíches secos e molhados, bebendo o vinho vagabundo e observando, com um humor obstruído, que cada um estava engordando depressa diante dos olhos dos outros. "Mas que diabo, pessoal", insistia Randolph, "nós temos que sair disso!" Começaram a imaginar, em grupo e individualmente, algum salvador que penetraria nos espaços da tripulação, caminharia entre eles, pesando, escolhendo uma criatura de fantasia que lhes restituiria a inocência, que os retiraria daqueles corpos pouco confiáveis e daquela inusitada perda de coragem, coragem que levara tantos anos para se construir — e que não era, por mais que ele houvesse conquistado a admiração unânime dos tripulantes, Lew Basnight. Ele havia seguido em frente, como tantos outros em suas vidas, e os rapazes continuavam naquele devaneio fragmentado que, eles haviam aprendido, muitas vezes anunciava alguma mudança em andamento.

E não deu outra: certa manhã os rapazes encontraram, enfiadas de qualquer jeito entre duas amarras, como sempre desconectadas de qualquer atividade que eles estivessem planejando, ordens entregues na calada da noite.

"Ir para leste, é quase que só isso que diz", Randolph numa consternação discreta. "Leste quarta a sudeste."

Lindsay pegou os mapas. O dia começou a encher-se de especulações. Antes bastava conhecer os ventos, saber a direção de cada um deles em cada estação do ano, para ter uma ideia geral de aonde estavam indo. Em pouco tempo, à medida que o *Inconveniência* começasse a adquirir suas próprias fontes internas de força, seria necessário levar em conta outras correntes globais — linhas de força eletromagnética, alertas de tempestade no Éter, movimentos de população e capital. Não era mais a profissão de baloeiro tal como os rapazes a haviam aprendido.

Mais tarde, após o encerramento da Exposição, enquanto o outono se adensava sobre a pradaria corrompida, e o mal-afamado Gavião, voando a quilômetros de altitude, ensaiava invisível seu repertório ártico de mergulhos rápidos, ataques impiedosos, sequestros de almas — as estruturas abandonadas da Exposição viriam a dar abrigo aos desempregados e famintos que sempre estiveram ali, mesmo quando estava no auge a temporada de milagres recém-encerrada. O pavilhão da Mineração de Prata no Colorado, como os outros, estava agora ocupado por vagabundos, posseiros, mães com crianças de colo, valentões contratados durante a Exposição que agora, tendo desaparecido seu valor de mercado, retomavam os consolos da bebida, cães e gatos que preferiam a companhia de membros de suas próprias espécies, alguns dos quais ainda se lembravam de Pugnax e suas conversas, das excursões que haviam feito. Todas se aproximando das fogueiras feitas com os restos da Exposição, outrora substância de maravilhas, agora que a temperatura estava caindo.

Não muito tempo depois de Erlys fugir com Zombini, o Misterioso, Merle Rideout sonhou que estava num grande museu, uma súmula de todos os museus possíveis, em meio a estátuas, quadros, porcelanas, amuletos folclóricos, máquinas antiquadas, aves e outros animais empalhados, instrumentos musicais obsoletos, corredores inteiros cheios de coisas que ele não chegaria a ver. Ele estava lá com um pequeno grupo de pessoas que não conhecia, mas que no sonho era como se conhecesse. De repente, diante de um mostruário de armas japonesas, um indivíduo com jeito de autoridade, à paisana, maltrapilho, barba por fazer, desconfiado e ressentido, que podia ou não ser um guarda do museu, agarrou-o sob a alegação de que ele havia roubado um pequeno objeto de arte, e obrigou-o a esvaziar todos os seus bolsos, inclusive uma velha carteira de couro de vaca, surrada e abarrotada, a qual o "guarda" deixou claro que também deveria ser esvaziada. Havia se formado uma multidão a seu redor, e dela fazia parte o grupo de pessoas conhecidas-desconhecidas com as quais ele havia ido ao museu, todos olhando em silêncio. A carteira em si era uma espécie de museu em escala reduzida — um museu de sua vida, abarrotado de canhotos, recibos, lembretes para si próprio, nomes e endereços de pessoas semi- ou completamente esquecidas de seu passado. No meio desse entulho biográfico, apareceu *um pequeno retrato dela*. Merle acordou, dando-se conta na mesma hora de que todo o objetivo daquele sonho era fazê-lo pensar, de uma maneira diabolicamente indireta, em Erlys Mills.

    O nome dela nunca deixava de ser mencionado ao longo do dia. Quase desde o momento em que aprendeu a falar, Dally passou a fazer toda uma série de perguntas interessantes.

"Mas, então, qual foi a primeira coisa que o senhor achou atraente nela?"

"Não sair correndo gritando quando eu lhe disse o que sentia."

"Amor à primeira vista, alguma coisa do gênero?"

"Achei que não fazia sentido tentar esconder. Mais um minuto e meio, ela ia acabar descobrindo mesmo."

"E..."

"O que era que eu estava fazendo em Cleveland, mesmo?"

Era assim, normalmente, que Dally ouvia falar de sua mãe, em comentários esparsos. Um dia Merle leu no *Hartford Courant* a respeito de uma dupla de professores do Case Institute de Cleveland que estava planejando realizar um experimento para ver se o movimento da Terra teria algum efeito sobre a velocidade com que a luz se propagava no Éter luminífero. Ele já ouvira falar vagamente no Éter, mas por ser uma pessoa mais do tipo prático não via muita utilidade naquilo. Existe, não existe, e o que é que isso tem a ver com o preço do nabo? E o que quer que acontecesse na velocidade da luz estaria associado a toda uma série de coisas incognoscíveis — mais religião do que ciência. Merle conversou sobre o assunto um dia com seu amigo de Yale, o professor Vanderjuice, o qual, tendo acabado de emergir de mais uma daquelas suas desventuras no laboratório pelas quais se tornara famoso, como sempre cheirava a sal amoníaco e cabelo chamuscado.

"Um pequeno entrevero com a Máquina de Influência de Töpler, nada sério."

"Melhor eu dar uma olhada. Provavelmente aquele trem de engrenagem outra vez."

Caminhavam por entre as sombras dos olmeiros, comendo sanduíches e maçãs que traziam em sacos de papel, um "piquenique peripatético", no dizer do professor, que em seguida ingressou em sua modalidade de sala de aula.

"O senhor tem toda razão, é claro, o Éter sempre foi uma questão religiosa. Alguns não acreditam nele, outros acreditam, e uns não conseguem convencer os outros, no momento é tudo uma questão de fé. Lorde Salisbury afirmou que era apenas um substantivo para o verbo 'ondular'. *Sir* Oliver Lodge o definiu como 'uma substância contínua que preenche todo o espaço, capaz de vibrar a luz... ser dividida entre eletricidade positiva e negativa', e assim por diante, uma lista longa, quase como o Credo dos Apóstolos. Sem dúvida, a ideia depende da crença na natureza ondulatória da luz — se a luz fosse composta de partículas, ela poderia disparar pelo espaço vazio sem precisar de nenhum Éter para lhe dar apoio. De fato, encontramos nos Eteristas devotos uma propensão para o contínuo em oposição ao discreto. Para não falar numa enorme paciência com todos aqueles minúsculos vórtices que a teoria acaba exigindo."

"Acha que vale a pena ir até Cleveland por causa disso?"

"Senhor Rideout, no momento estamos caminhando no crepúsculo do Vorticismo, elevando a lanterna das Equações de Campo de Maxwell e apertando a vista para conseguir enxergar. O Michelson já fez esse experimento antes, em Berlim, mas não de modo tão cuidadoso. Este novo experimento pode acabar sendo o gigantesco arco voltaico que precisamos para iluminar nosso caminho no século que vai se iniciar. Não conheço o homem em pessoa, mas vou lhe dar uma carta de apresentação de qualquer maneira, mal não faz."

Merle nascera e fora criado no noroeste de Connecticut, uma região de relojoeiros, armeiros e inventores inspirados, e assim sua viagem à Western Reserve era apenas uma manifestação pessoal da tendência geral dos nortistas a migrar. Essa faixa de Ohio imediatamente a oeste de Connecticut era de longa data, desde antes da independência dos Estados Unidos, considerada parte das terras originais concedidas a Connecticut. Assim, apesar de dias e noites de viagem, Merle teve a estranha sensação de que não havia saído de Connecticut — as mesmas casas simples com cumeeiras, igrejas congregacionalistas com pináculos brancos, muros uniformes de pedra — mais Connecticut, só que deslocada para o oeste.

Merle encontrou a "Cidade-Floresta" obcecada pela busca do simpático facínora Blinky Morgan, que estava sendo procurado sob a acusação de ter assassinado um detetive da polícia quando tentava salvar um membro de sua gangue que havia sido detido, sob a acusação de roubar peles. Meninos jornaleiros anunciavam a notícia, e havia boatos pipocando por todos os lados, como insetos no verão. Os detetives falavam grosso, com seus chapéus pretos rígidos que brilhavam como capacetes de guerreiros de outrora. Os comandados do chefe de polícia Schmitt, de uniforme azul, estavam detendo e submetendo a interrogatórios prolongados e quase sempre aleatórios qualquer pessoa cuja aparência não os agradasse, inclusive Merle, que foi parado na Rockville Street quando seguia em direção ao Case Institute.

"O que é que tem nessa carroça, meu filho?"

"Nada de importante. Pode olhar à vontade."

"Puxa, isso é novidade, quase sempre as pessoas vêm com piadas sobre o Blinky."

Merle fez um longo e confuso relato do experimento de Michelson e Morley, explicando seu interesse por ele, que não era compartilhado pelos policiais, os quais começaram a ficar distantes, e por fim truculentos.

"Mais um candidato pra Newburgh, pelo visto."

"Bom, vamos verificar. Olhos vesgos, língua pra fora, chapéu de Napoleão?" Estavam falando sobre o Hospício do Norte de Ohio, alguns quilômetros a sudeste da cidade, onde estavam internados no momento alguns dos mais problemáticos dos pseudocientistas que acorriam cada vez mais a Cleveland nos últimos tempos, entusiastas de todos os cantos da nação e também do estrangeiro, ansiosos para se banhar na radiância do célebre experimento sobre o desvio do Éter que estava sendo realizado no Case. Alguns eram inventores de motores movidos à luz que faziam uma bicicleta rodar o dia inteiro, mas ao cair da noite paravam de repente, o que tinha o efeito de derrubar a bicicleta e quem estivesse nela, se não fosse cuidadoso. Uns afirmavam que a luz tinha consciência e personalidade, sendo possível até mesmo conversar com ela, e que muitas vezes ela revelava seus segredos mais profundos àqueles que a abordavam da maneira correta. Grupos destes últimos eram vistos no Monumental Park à hora da alvorada, sentados na relva orvalhada em posições desconfortáveis, movendo os lábios de modo inaudível. Havia adeptos de dietas extravagantes que se autodenominavam Luminários, os quais se alimentavam apenas de luz, e chegavam a montar laboratórios que viam como cozinhas, onde preparavam refeições com receitas de luz, luz frita, fricassê de luz, luz *à la mode*, cada uma exigindo um tipo diferente de filamento e cores diferentes para o invólucro de vidro, pois a lâmpada de Edson fora inventada recentemente, mas não era o único modelo sendo estudado. Havia viciados em luz que na hora do pôr do sol começavam a suar e se coçar e se fechavam em banheiros com lanternas elétricas portáteis. Alguns passavam a maior parte do tempo em serviços de telegrafia, contemplando longas tripas de "boletins meteorológicos" de origem misteriosa, referentes não às condições da atmosfera e sim do Éter luminífero. "É, está tudo aqui", disse Ed Addle, um dos *habitués* do Oil Well Saloon, "velocidade do vento de Éter, pressão etérea, instrumentos pra medir essas coisas, até mesmo uma analogia com a temperatura, que depende de vórtices ultramicroscópicos e da interação energética entre eles..."

Merle voltou com mais uma rodada de cervejas. "E a umidade?"

"Assunto polêmico", disse Ed. "O que, no Éter, ocuparia o lugar do vapor de água no ar? Alguns de nós acreditam que é o Vácuo. Gotículas de puro nada, misturadas ao Éter predominante. Até chegar ao ponto de saturação, é claro. Então ocorre a condensação, e tempestades em que uma determinada área é varrida não por chuva e sim por uma precipitação de nada, ciclones e anticiclones de vazio, não apenas na superfície do planeta mas também fora dela, por todo o espaço cósmico."

"Existe um departamento do governo federal encarregado de relatar essas coisas?", perguntou Roswell Bounce, que tirava seu sustento do trabalho de fotógrafo. "Uma rede de estações? Aeronaves e balões?"

Ed ficou desconfiado. "Isso é só um balde de água fria, ou o senhor realmente quer saber a resposta?"

"Se houvesse um medidor de luz confiável", disse Roswell, "talvez fosse relevante saber de que modo a luz está sendo transmitida, só isso."

Era uma espécie de pequena comunidade Eterista, talvez a experiência mais próxima que Merle teve em sua vida de fazer parte de uma igreja. Frequentavam os bares de Whiskey Hill e eram tolerados, ainda que não particularmente amados, pelos *habitués*, operários que não tinham muita paciência com crenças extremadas, com exceção do Anarquismo, é claro.

A essa altura, Merle também já estava gastando muito tempo, para não falar em dinheiro, com duas irmãs chamadas Madge e Mia Culpepper, que trabalhavam no bar na Hamilton Street que pertencia à namorada de Blinky Morgan, Nelly Lowry. Ele chegou a ver algumas vezes Blinky, vestido com roupas espalhafatosas, entrando e saindo, e a polícia, sem dúvida, também o via, pois o lugar estava sendo intensamente vigiado, mas naquela época a assiduidade dos policiais era negociável, havendo intervalos de invisibilidade para todos os que pudessem pagar o preço.

Mais de uma vez Merle se viu na situação de intermediário, tentando acalmar o fervor perigoso de uns, encontrando trabalho para os que estavam sem dinheiro, abrigando na sua carroça pessoas cujos proprietários estavam engrossando, tentando ao mesmo tempo na medida do possível não se envolver com esquemas de ganhar dinheiro que, para falar com franqueza, embora tão abundantes quanto cogumelos depois da chuva, na maioria das vezes eram impraticáveis de tão excêntricos: "... quantidade de luz no universo sendo finita, e estando diminuindo tão depressa que atividades como represar, desviar, racionar, pra não falar em poluir, como os direitos referentes ao uso da água, só que é diferente, e sem dúvida alguma vai haver uma disputa internacional no sentido de *monopolizar a luz*. Nós temos o *know-how*, os engenheiros e mecânicos mais inventivos do mundo, a gente só precisa é subir bastante pra pegar aqueles fluxos lá no alto..."

"Aeróstatos?"

"Coisa melhor. Antigravidade psíquica." Os Eteristas que chegavam a esse ponto de modo geral acabavam passando uma temporada em Newburgh, tornando-se necessário depois tirá-los de lá, e Merle após algum tempo passou a ser visto como uma pessoa que valia a pena conhecer, pois ele já havia desenvolvido um relacionamento com os funcionários do manicômio que não se incomodavam com uma ou outra fuga de vez em quando, já que a carga de trabalho não era pequena.

"Fugi!"

"Ed, eles vão ouvir você, tenta não gritar assim..."

"Livre! Livre como um pássaro!"

"Shh! Cala essa..." A essa altura, guardas uniformizados já estavam se aproximando numa velocidade que poderíamos chamar de razoável.

De algum lugar Merle tirou a ideia de que o experimento de Michelson e Morley e a caçada a Blinky Morgan estavam relacionados. Que se Blinky fosse um dia capturado, seria também constatada a inexistência do Éter. Não que uma coisa fosse causa da outra, exatamente, mas que ambas seriam manifestações diferentes do mesmo princípio.

"Isso é bruxaria primitiva", protestou Roswell Bounce. "Melhor você se meter no meio da selva e conversar sobre isso com as árvores, porque aqui nesta cidade esse tipo de pensamento não tem vez, não senhor, de jeito nenhum."

"Mas você viu a foto dele nos jornais." Cada um dos olhos de Blinky, segundo os relatos da imprensa, via o mundo de uma maneira diferente, tendo o esquerdo sofrido um trauma obscuro, ou por causa de uma detonação prematura durante o arrombamento de um cofre ou por efeito de um obus na Marinha quando ele lutava na Rebelião. Blinky contava uma série de histórias.

"Um interferômetro ambulante, por assim dizer", sugeriu Ed Addle.

"Um birrefringente, talvez."

"Lá vai você. Seja como for, uma assimetria com relação à luz." Um dia Merle vira a verdade surpreendente do caso, ainda que seja necessário admitir que ele passara boa parte da noite indo de um bar de Whiskey Hill a outro, bebendo. Como ele não percebera isso antes? Era tão óbvio! O professor Edward Morley e Charles "Blinky" Morgan eram a mesma pessoa! Separados por duas ou três letras do nome, como se houvesse uma birrefração alfabética, por assim dizer...

"E os dois têm cabelo comprido e despenteado e bigodão ruivo —"

"Não, não, impossível, o Blink é um janota, enquanto o professor Morley, pelo que dizem, tende a se vestir de maneira mais informal..."

"Está bem, está bem, mas imagine só, imagine que quando eles partem aquele raio de luz, que metade dele é Michelson e a outra metade é o parceiro dele, Morley, que por acaso é a metade que volta com as fases perfeitamente casadas — só que sob condições um pouco diferentes, axiomas alternativos, poderia haver outro par que *não* é casado, entende?, até milhões de pares, que às vezes a culpa seria do Éter, sem dúvida, mas em outros casos talvez a luz *vá pra um outro lugar*, ela pega um desvio e é por isso que chega atrasada e fora de fase, porque ela foi lá onde o Blinky estava quando estava invisível, e —"

No final de junho, exatamente quando Michelson e Morley estavam fazendo suas observações finais, Blinky Morgan foi preso em Alpena, Michigan, um balneário construído num lugar que era antes um cemitério indígena. "Porque Blinky *emergiu da invisibilidade*, e, no momento em que ele voltou ao mundo que continha Michelson e Morley, o experimento estava fadado a ter um resultado negativo, o Éter estava condenado..."

Pois viera à tona que Michelson e Morley não haviam verificado nenhuma diferença na velocidade da luz indo ou vindo da Terra ou se deslocando paralelamente a ela em sua órbita. Se o Éter existia, em movimento ou em repouso, ele não estava tendo nenhum efeito sobre a luz que nele se propagava. Nos bares frequentados pelos Eteristas, instaurou-se um clima melancólico. Como se ele possuísse a substância de uma invenção ou batalha, o resultado negativo entrou para a história de Cleveland, como mais um dos mistérios revelados da luz.

"É como essas seitas que acreditam que o mundo vai terminar em tal dia", opinou Roswell, "eles se livram de todos os bens terrenos e vão todos pro alto de uma montanha pra esperar, e aí o fim do mundo não acontece. O mundo continua. Que decepção! Todo mundo tem que descer a montanha arrastando no chão a cauda espiritual, menos um ou dois bobos alegres incuráveis que encaram a coisa como uma oportunidade de começar uma vida nova, do zero, sem nenhum ônus do passado, renascer, em outras palavras."

"É o caso do resultado do experimento de Michelson e Morley. Nós todos tínhamos investido muita fé. Agora parece que o Éter, esteja em movimento ou não, simplesmente não existe. O que é que vamos fazer agora?"

"Adotando uma posição oposta", disse O. D. Chandrasekhar, que fora de Bombaim, Índia, até Cleveland, e não dizia muita coisa, mas quando dizia ninguém entendia o que ele queria dizer, "esse resultado nulo pode também perfeitamente ser entendido como *prova da existência* do Éter. Não há nada lá, e no entanto a luz se propaga. A ausência de um meio em que a luz se propague é o vazio daquilo que minha religião chama de *akasa*, que é a base de tudo que imaginamos que 'existe'."

Todo mundo ficou em silêncio por um momento, como se pensando nisso. "O que me preocupa", disse Roswell por fim, "é a possibilidade de que o Éter acabe sendo uma coisa parecida com Deus. Se podemos explicar tudo o que queremos explicar sem ele, então por que não descartá-lo?"

"A menos", observou Ed, "que ele seja *mesmo* Deus." Por algum motivo, essa discussão acabou dando num quebra-quebra geral, em que os móveis e os copos acabaram em estado tão deplorável quanto os participantes humanos, um comportamento raro entre os Eteristas, mas todos andavam se sentindo meio perdidos nos últimos tempos.

Para Merle, aquilo fora uma espécie de movimento sem direção definida, o que Mia Culpepper, adepta da astrologia, denominava "fora de curso", uma situação que se prolongou até meados de outubro, quando então houve um incêndio no hospício de Newburgh, onde por acaso Merle estava naquela noite, aproveitando um baile dos pacientes para libertar Roswell Bounce, o qual havia ofendido um policial tirando uma foto dele no momento exato em que ele saía de um randevu. O hospício virou um caos. Doidos e funcionários corriam de um lado para outro aos gritos. Era o segundo grande incêndio em Newburgh em quinze anos, e o horror do primeiro ainda não fora esquecido. Multidões de curiosos do bairro haviam se reunido para assistir ao espetáculo. Fagulhas e brasas explodiam e caíam. Clarões de luz vermelha percorriam o terreno, com reflexos brilhantes nos olhos desesperados a rodar nas órbitas, sombras se agitando para todos os lados, mudando de forma e tamanho. Merle e Roswell foram até o riacho e se juntaram a uma corrente humana munida de baldes, mangueiras foram acopladas a hidrantes, e mais tarde alguns carros de bombeiro vieram de Cleveland. Quando conseguiram controlar o fogo, a exaustão e a confusão eram tamanhas que ninguém reparou na fuga de Merle e Roswell.

Foram para Whiskey Hill, diretamente para o bar de Morty Vicker. "Que noite desgraçada", comentou Roswell. "Eu podia perfeitamente estar naquela capela durante o baile onde começou o incêndio. Acho que você salvou a minha pele."

"Me paga a próxima cerveja que estamos quites."

"Melhor ainda — meu aprendiz fugiu quando a polícia chegou. Você gostaria de aprender os segredos mais misteriosos dos fotógrafos profissionais?"

Como Roswell só havia passado um ou dois dias no hospício, constataram que seus equipamentos não haviam sido levados por ladrões nem pelo proprietário. Merle não era um ignorante no assunto, já tinha visto câmaras antes, ele próprio havia tirado uma ou duas fotografias. Aquilo sempre lhe parecera uma coisa para idiotas, pôr todo mundo em fila, apertar a borracha e recolher o dinheiro. Como todo mundo, é claro, tinha curiosidade de saber o que acontecia durante aquela transição misteriosamente guardada da chapa fotográfica para a cópia pronta, mas a curiosidade nunca foi tanta que o tivesse levado a transpor a porta proibida de uma câmara escura. Mecânico que era, respeitava qualquer cadeia direta de causas e efeitos que pudessem ser vistos e manipulados, mas uma reação química como essa se dava numa região longe demais do controle humano, era algo que a gente simplesmente deixava que acontecesse, uma coisa tão pouco interessante quanto ver o milho crescendo.

"Certo, vamos lá." Roswell acendeu uma luz vermelha. Pegou uma chapa seca num estojo. "Segura isso um minuto." Começou a medir quantidades de líquidos tirados de dois ou três vidros diferentes, falando o tempo todo coisas quase todas incompreensíveis para Merle. "Pirogálico, não-sei-quê cítrico, brometo de potássio... amônia..." Misturou tudo num bécher, pôs a chapa numa bacia de revelação e despejou a mistura sobre ela. "Agora olha só." E Merle viu a imagem aparecendo. Surgindo do nada. Surgindo de um Invisível pálido, surgindo neste mundo de coisas explicáveis, mais nítida do que qualquer ser real. Era a imagem do hospício de Newburgh, com dois ou três pacientes parados à sua frente, olhando fixamente. Merle examinou a fotografia com um certo mal-estar. Havia algo de errado nos rostos. Os brancos dos olhos tinham um tom de cinza-escuro. O céu atrás da linha irregular do telhado estava quase negro, janelas que deviam estar iluminadas pareciam escuras. Como se a luz tivesse sido transformada, num passe de bruxaria, em seu oposto...

"O que é isso? Eles parecem almas penadas, sei lá."

"É um negativo. Quando a gente fizer a cópia, tudo vai ficar normal. Primeiro a gente tem que fixar. Me dá aquele vidro de fixador ali."

E assim a noite foi passando, a maior parte do tempo gasto lavando coisas em soluções diferentes e depois esperando que elas secassem. Quando a luz do sol surgiu em Shaker Heights, Roswell Bounce já havia apresentado a fotografia a Merle. "Fotografia, este aqui é o Merle, Merle..."

"Está bem, está bem. E você jura que isso é feito de prata?"

"Igualzinho à que você tem no bolso."

"No meu bolso não tem nada."

Porra.

"Faz mais uma." Ele sabia que estava parecendo um caipira numa quermesse, mas não conseguia se conter. Mesmo que fosse apenas um truque de prestidigitação, algo puramente secular, ele queria aprender.

"É exatamente o que se vem reparando desde que a primeira pessoa se queimou no sol", Roswell deu de ombros, "ou seja, que a luz faz as coisas mudarem de cor. Os cientistas chamam isso de 'fotoquímica'."

Aquela noite em claro de descobertas se prolongou num brilho inexplicável que começou a manter Merle acordado. Ele estacionou sua carroça num terreno baldio em Murray Hill e passou a dedicar-se ao estudo dos mistérios da fotografia tal como era compreendida na época, reunindo informações colhidas com o maior descaramento em todas as fontes possíveis, desde Roswell Bounce até a biblioteca de Cleveland, a qual, como Merle constatou, cerca de dez anos antes havia tomado a medida revolucionária de abrir suas estantes, de modo que qualquer pessoa podia entrar nela e passar o dia inteiro lendo o que precisava ler para aprender a fazer o que quisesse fazer.

Depois de passar por todos compostos de prata possíveis, Merle passou para os sais de ouro, platina, cobre, níquel, urânio, molibdênio e antimônio, abandonando os compostos metálicos por um tempo em troca das resinas, insetos esmagados, corantes de coltar, fumaça de charuto, extratos de flores silvestres, urina de várias criaturas, inclusive dele próprio, reinvestindo o pouco dinheiro que ganhava com os retratos que tirava em lentes, filtros, chapas de vidro, ampliadores, de modo que em pouco tempo sua carroça se transformou num verdadeiro laboratório de fotografia sobre rodas. Fazia imagens de tudo que via, pouco ligando para o foco — ruas cheias de pessoas, colinas iluminadas pelo céu nublado em que tudo parecia imóvel, vacas no pasto que o ignoravam, esquilos malucos que faziam questão de subir até a lente e fazer caretas, pessoas em piqueniques à margem do Rocky River, carrinhos de mão abandonados, estacas enferrujadas de cercas de arame farpado, relógios nas paredes, fogões nas cozinhas, lampiões de rua acesos e apagados, policiais correndo em direção a ele brandindo cassetetes, moças de braços dados olhando vitrines na hora do almoço ou caminhando na brisa à margem do lago, barcos a motor, privadas com descargas, dínamos de bondes de mil e duzentos volts e outras maravilhas da modernidade, o novo viaduto em construção, gente aproveitando o fim de semana à margem da represa, e quando viu, inverno e primavera já haviam passado e ele estava tentando viver, por conta própria, como fotógrafo itinerante, às vezes levando sua carroça, às vezes levando apenas uma câmara de mão e uma dúzia de chapas, pegando os trens interurbanos, de Sandusky a Ashtabula, de Brooklyn até Cuyahoga Falls e Akron, jogando muito baralho no trem e obtendo um lucro modesto após cada viagem.

Em agosto, ele estava por acaso em Columbus, onde os jornais só falavam na iminente execução de Blinky Morgan na penitenciária estadual e nas diversas tentativas de última hora de impedi-la. Um sonambulismo sufocante envolvia a cidade. Era impossível obter uma refeição decente, mesmo um lanche que fosse, em qualquer lugar, e o melhor que se conseguia era uma panqueca queimada ou um bife vulcanizado. Além disso, em pouco tempo, tornou-se claro — horrivelmente claro — que ninguém naquela cidade sabia fazer café, como se houvesse uma espécie de consenso aparvalhado, ou mesmo uma postura municipal, no sentido de que as pessoas não deviam acordar nunca. As amuradas das pontes viviam apinhadas de pessoas vendo o rio Scioto passar preguiçosamente. Os bares estavam cheios de gente bebendo em silêncio, bebendo bem devagar até cair, o que costumava ocorrer por volta das oito da noite, hora em que tudo costumava fechar na cidade. Dia e noite, milhares de pessoas se aglomeravam diante dos portões do Capitólio, tentando conseguir ingressos para o enforcamento. Os vendedores de suvenires lucravam bastante com baralhos de pôquer e jogos de tabuleiro ostentando a imagem de Blinky, correntes de relógio e cortadores de charutos Blinky, medalhões e pingentes Blinky, louça e papel de parede comemorativos, brinquedos Blinky, entre eles bonecos Blinky que vinham pendurados em pequenas forcas de brinquedo, e o item mais vendido, os livrinhos cujas páginas mostravam reconstituições em cores, realizadas por um artista, dos assassinatos sangrentos em Ravenna, e que quando folheados rapidamente com o polegar davam a impressão de que a imagem estava em movimento. Por algum tempo, fascinado, Merle ficou caminhando por entre as bancas, instalando sua câmara e tirando chapas e mais chapas dessas lembranças de Blinky Morgan, todas idênticas, exibidas às dúzias, até que alguém lhe perguntou por que ele não estava tentando entrar para fotografar a execução. "Ora", como se caísse em si, "não sei." Havia pessoas que trabalhavam no *Plain Dealer* a quem ele poderia ter enviado telegramas, imaginava agora, e talvez pudesse cobrar delas algum favor... Assustado com aquele esquecimento que lhe parecia perigosamente mórbido, pegou todas as chapas que havia tirado e deixou-as expostas à luz do dia, para devolver-lhes a brancura e a inocência.

Como se a luz dos céus tivesse realizado uma tarefa semelhante com seu cérebro, Merle compreendeu que, se possível, jamais colocaria os pés naquele lugar outra vez. "Se os Estados Unidos fossem uma pessoa", ele adquiriu o hábito de dizer mais tarde, "e resolvesse se sentar, Columbus, Ohio, imediatamente, mergulharia na escuridão."

Merle nem chegou a usar a carta de apresentação do professor Vanderjuice dirigida a Michelson. Quando conseguiu voltar aos eixos, como ele próprio diria, os resultados do experimento sobre o movimento do Éter já haviam sido publicados nos periódicos científicos, e Michelson já se tornara professor da Clark University e estava famoso demais para ficar dando as coordenadas a técnicos itinerantes.

Assim sem mais nem menos, como se um período de irresponsabilidade juvenil tivesse terminado, parecia que era hora de tocar para a frente — Madge e Mia haviam ambas encontrado namorados ricos, a polícia voltara sua atenção para o Anarquismo no sindicato dos funcionários dos bondes, os Blinkistas tinham saído da cidade, muitos deles tendo ido para o condado de Lorain, onde se dizia que Blinky e sua gangue haviam enterrado um imenso tesouro, os Eteristas e demais obcecados pela luz haviam se dispersado para retomar os desequilíbrios de cada um que os haviam levado até ali — entre eles Roswell Bounce, que fora intimado a aparecer em Pittsburgh com relação a uma certa disputa sobre patentes. E foi exatamente durante essa abençoada pausa na sua piração cotidiana que Merle conheceu Erlys Mills Snidell, e quando deu por si havia avançado quilômetros numa estrada desconhecida, como se tivesse se deparado no escuro com uma bifurcação que não estava no mapa. "O Éter podia ainda ser uma questão em aberto", disse ele a Dally, anos depois, "mas nunca tive nenhuma dúvida a respeito da Erlys."

"Então —"

"Por que ela foi embora? Me diga, minha berinjelazinha, como é que eu posso saber? Cheguei em casa um dia, e ela simplesmente tinha desaparecido, só isso. Você estava deitada na sua caminha, entregue ao primeiro sono sem cólica de toda a sua vida jovem —"

"Peraí. *Ela* me fazia ter cólica?"

"Eu não disse isso. Eu disse isso? Só uma coincidência, tenho certeza. A sua mãe ficou o quanto pôde, Dally, até que ela foi corajosa, levando-se em conta a vida que a gente estava tentando levar, funcionários da justiça trazendo ordens judiciais antes do café da manhã, advogados de patentes, milícias armadas, e o pior de tudo, aquelas senhoras da cidade, que nem um bando de gafanhotos, era madame que não acabava mais, manifestações à noite, com archotes, brandindo placas com os dizeres: 'Fera desavergonhada', e por aí vai — ela conseguia tocar pra frente quando eram só os homens que estavam atrás de mim, mas com mulheres indignadas, ora, isso pra ela era insuportável, mulher tem medo é de mulher quando a coisa fica feia. Ah, me desculpa, você em breve vai ser uma delas também, não é, perdão —"

"Peraí, peraí, volta pra trás um pouquinho, me conta como foi que esse tal de Zombini entrou na história, mesmo?"

"Ah, pois é. Eu até gostaria de dizer que ele foi esse tipo de malfeitor que apareceu de repente no meio da história e levou sua mãe embora, sedução, essas coisas, mas acho que você já tem idade suficiente pra saber a verdade, quer dizer, isso se eu soubesse o que é a verdade, já que eu tenho que falar pela sua mãe também, por conta dos sentimentos interiores, essas coisas, o que não apenas seria uma injustiça com ela, mas também seria impossível pra mim —"

"Está bem, papai. Não fica se enrolando desse jeito, eu espero e um dia pergunto a ela mesma."

"Quer dizer —"

"Tudo bem. Falando sério. Um dia."

Pouco a pouco, porém, ela lhe foi arrancando a história. Luca Zombini naquele tempo estava tendo uma carreira razoável como mágico, percorrendo o circuito de variedades do Meio-Oeste. Um dia, em East Fullmoon, Iowa, a assistente de palco dele, Roxana, fugiu com o saxofonista tenor da banda da ópera local, e naquele caixa-pregos não havia como encontrar alguém para substituí-la. Então, para completar o dia, um dos aparelhos magnéticos usados por Luca nas suas mágicas pifou. Arrancando os cabelos, disposto a topar qualquer coisa que parecesse um golpe de sorte, viu a carroça de Merle parada nos arredores da cidade. Erlys estava consertando uma meia e quando levantou a vista viu Luca parado à porta, chapéu na mão. "Será que por acaso a senhora teria uma bobina elétrica dando sopa aí?"

Merle já tinha ido à ópera e o reconheceu. "Pode procurar, leve o que o senhor precisar — é pra quê?"

"O Efeito Misterioso de Hong Kong. Posso lhe mostrar como é se o senhor quiser."

"Prefiro manter o mistério. Estamos almoçando. Está servido?"

"Cheiro de minestrone."

"Acho que era isso mesmo que eles chamavam lá em Cleveland, onde me ensinaram a fazer. O negócio é fritar tudo antes."

"Murray Hill? Ora, eu tenho uns primos lá."

Os dois homens se deram conta de que um silêncio audível havia descido sobre Erlys, embora cada um o interpretasse a sua própria maneira. Jamais ocorreu a Merle que Zombini, o Misterioso, fosse a causa, especialmente porque ele não demonstrava ter nenhuma daquelas marcas denunciadoras dos italianos, cabelos cacheados, olhos negros faiscantes, cortesias untuosas — nada disso, apenas um cavalheiro de aparência normal que não parecia sequer ter se dado conta da presença de Erlys enquanto não foi mencionado o assunto da vaga para assistente de mágico, quando subitamente ele se virou para ela fervendo como uma panela de sopa na outra ponta da mesa — "Perdão, *signora*, pela pergunta que pode parecer estranha, mas... alguma vez já teve a sensação de desejar desaparecer de repente, mesmo de uma sala cheia de gente, assim" — com um gesto que imitava fumaça se esvaecendo — "puf?".

"Eu? O tempo todo, por quê?"

"A senhora seria capaz de permanecer absolutamente imóvel enquanto uma pessoa crava facas a seu redor?"

"Já fiquei imóvel em situações piores que essa", olhando rapidamente de relance para Merle. Quando então Dally acordou, como se estivesse acompanhando os eventos e houvesse escolhido aquele exato momento.

"Eu cuido dela." Merle passou por Erlys, falando de modo inaudível, percebendo constrangido a beleza que havia irrompido na jovem, coisa que ocorria de vez em quando, só que sempre de modo inesperado, como uma sombra galvânica, quer dizer, no rosto, enquanto o corpo alongado não se tornava luminoso, porém adquiria uma densidade escura e vibrante, uma dimensão que tinha de ser observada diretamente, com atenção, quando isso era justamente a última coisa que se estava pensando em fazer no momento. Ele não sabia o que estava acontecendo. Ele sabia o que estava acontecendo.

Roxana, talvez por insistência do saxofonista, levara sua roupa de trabalho, de modo que naquela noite Erlys apareceu com um traje que ela própria montou, pedindo emprestados uma malha a uma das dançarinas e um vestido curto com lantejoulas a uma das acrobatas. Quando ela apareceu no palco iluminado, Merle sentiu-se esvaziado do pescoço até a virilha, de desejo e desespero. Talvez fosse apenas o batom, porém ele julgou ver um sorriso, quase cruel, em que nunca havia prestado muita atenção antes, autossuficiente, sem dúvida, porém decidido agora, não havia como negá-lo, a seguir um destino separado. Em seus olhos, pálpebras e cílios laboriosamente escurecidos com fuligem e vaselina, ele não conseguia ler nada. No dia seguinte, sem palavras místicas nem equipamento especial, ela e o mágico desapareceram, e Dally foi deixada com um bilhete preso a seu cobertor com um alfinete, *Volto para pegá-la quando puder*. Nem "Boa sorte" nem "Amor para sempre, Erlys", nada disso.

Merle ficou esperando em East Fullmoon enquanto pôde, esperando uma carta, um telegrama, um mensageiro, um pombo-correio voando em círculos no céu hibernal, e nesse ínterim entendeu que a coisa era aquilo mesmo, tomar conta do bebê, desde que não ficasse se preocupando com o tempo ou qualquer necessidade que ele julgava ter de tocar para a frente com algum plano maior — agora que Erlys tinha sumido, qualquer coisa desse tipo tinha sido jogada fora pela janela e já estava rolando pela estrada — e que enquanto ele simplesmente conseguisse respirar tranquilamente, inspirar, expirar, apenas se mantendo dentro dos limites da tarefa de cada momento, a vida com a pequena Dahlia lhe proporcionaria muito poucas ocasiões para fazer queixas, amargas ou não.

Depois que a Exposição Colombina fechou, tendo saído de Chicago e penetrado o interior outra vez, Dally e Merle começaram a ver refugiados dos pavilhões "nacionais" que se estendiam ao longo da Midway Plaisance, todas essas variedades do ser humano estranhas ao Meio-Oeste, algumas formando duplas, outras sozinhas. Em meio à neve que caía, Dally julgava ver parelhas de cães e esquimós numa caminhada silenciosa rumo ao norte. Ela chamou a atenção de Merle para os pigmeus que olhavam para eles por entre os troncos dos bosques de vidoeiros. Nos bares à margem do rio nas cidades menores, tatuadores das Ilhas dos Mares do Sul cujos rostos ela julgava reconhecer traçavam nos bíceps dos barqueiros imagens hieráticas que algum dia, quando menos se esperasse, ocasionariam atos de magia, pequenos, porém cruciais. Dally supunha que essa gente sem eira nem beira também havia sido banida da Cidade Branca sem qualquer motivo, de modo que ela e seu pai eram apenas uma espécie diferente de esquimó, e as terras pelas quais passavam nunca seriam mais do que lugares de exílio. Atravessando uma cidade depois da outra, St. Louis, Wichita, Denver, ela dava por si em cada ocasião tendo esperança de que em algum lugar ali, em algum bairro na estação final de algum bonde elétrico, estaria à sua espera a Cidade Branca verdadeira outra vez, toda iluminada, espectral e fresca à noite e reluzente de dia na umidade luminosa de sua rede de canais, percorridos por lanchas elétricas silenciosas levando senhoras com sombrinhas e homens com chapéus de palha e crianças com pedaços de pé de moleque nos cabelos.

À medida que os anos se acumulavam, essas lembranças cada vez mais pareciam ter origem numa existência anterior, deformada, disfarçada, com grandes trechos omitidos, a capital de sonhos em que ela vivera outrora, na qual talvez ela até fizesse parte da nobreza legítima. De início Dally implorava a Merle, usando as lágrimas como ela bem sabia usá-las, para que ele trouxesse tudo de volta, por favor, e Merle jamais conseguiu achar a maneira certa de dizer à filha que os prédios da Exposição já teriam sido quase todos derrubados, despedaçados, levados para serem desmontados e vendidos, desmoronados, fibra-gesso e caibros à mercê dos elementos, dos tempos difíceis causados pelo homem que haviam desabado sobre Chicago e todo o país. Depois de algum tempo, as lágrimas de Dally apenas refletiam a luz mas não fluíam, e ela mergulhava em silêncios, os quais, também, foram aos poucos perdendo o que tinham de ressentimento.

Fileiras de plantações passavam por eles como raios de uma roda gigantesca, uma por uma, enquanto eles seguiam estrada abaixo. Os céus eram interrompidos por nuvens cinzentas de tempestade que fluíam como pedra derretida, líquidas, e a luz que conseguia atravessá-las perdia-se nos campos escuros mas aglomerava-se resplandecente ao longo da estrada clara, de tal modo que havia ocasiões em que tudo que se podia ver eram a estrada, e o horizonte ao qual ela levava. Às vezes Dally era dominada pela vida verdejante que passava por ela em tamanha turbulência, abundante demais para ser vista, tudo querendo se impor. Folhas denteadas, deltoides, alongadas, rombudas, felpudas e cheias de nervuras, oleosas e cobertas pela poeira do dia — flores em forma de sinos e em cachos, roxas e brancas ou amarelas como manteiga, samambaias esteliformes em lugares úmidos e escuros, milhões de véus verdes cobrindo os segredos nupciais que havia no musgo e sob os troncos caídos, seguiam em frente com rodas que rangiam e se prendiam nas pedras dos sulcos na estrada, fagulhas visíveis apenas quando passavam pela sombra, uma formação constante de pequenos vultos à beira das trilhas a se amontoar com uma precisão que não podia senão ser disposta de modo consciente, ervas cujos nomes e preços de mercado eram conhecidos pelos herbalistas e cujos poderes mágicos eram conhecidos pelas mulheres silenciosas que viviam na serra, suas contrapartes as quais na maioria das vezes eles nem chegavam a encontrar. Viviam para futuros diferentes, mas eram uns a metade desconhecida dos outros, e quando por acaso brotava um fascínio entre eles, era sempre iluminado, fora de qualquer dúvida, pela graça.

Merle havia trabalhado por algum tempo nesse ofício ingrato, discutindo com os atacadistas que comerciam com plantas nos armazéns do porto, aprendendo algumas coisas, mas jamais adquirindo o dom dos herbanários de verdade, os pés seguros, o faro preciso.

"Ali. Está sentindo o cheiro?"

Uma fragrância nas fímbrias da memória de Dally, espectral como se uma presença de uma vida anterior houvesse acabado de passar... Erlys. "Lírio-do-vale. Parece."

"É ginseng. Vale um bom dinheiro. Vamos poder comer bem por um tempo. Olha. Está vendo aquelas frutinhas vermelhas ali?"

"Por que é que estamos cochichando?" Levantando a vista sob a aba do toucado de florzinhas.

"Os chineses acreditam que a raiz é uma pessoinha, capaz de ouvir a gente se aproximando."

"Nós somos chineses?"

Ele deu de ombros, como se não tivesse certeza. "Não quer dizer que não seja verdade."

"E mesmo que isso aqui valha muito, mesmo assim nós não vamos usar o dinheiro pra procurar a mamãe, não é?"

Ele devia ter previsto aquilo. "Não."

"Então quando?"

"Vai chegar a sua vez, soldada. Mais cedo do que você pensa."

"Promete?"

"Não depende de eu prometer. É ver como as coisas se resolvem."

"O senhor não parece muito alegre com a ideia."

Seguiram viagem na manhã, por campos ondulados que se estendiam em direção a todos os horizontes, o Mar Interno Americano, onde galinhas formavam cardumes como arenques, e os porcos e bezerros fuçavam o chão feito garoupas e bacalhaus, e os tubarões atuavam em Chicago ou Kansas City — as casas de fazenda e cidadezinhas surgiam ao longo da viagem como ilhas, todas elas cheias de garotas, Merle não tinha como não reparar, as promessas das moças insulares, cumpridas de modo extravagante, garotas nos bondes elétricos que ligavam uma cidadezinha confortável à outra, ou serenamente dando as cartas nos bares à beira-rio, servindo os fregueses de restaurantes baratos situados nos subsolos dos prédios de tijolo vermelho, contemplando a rua com olhar perdido através das portas teladas de Cedar Rapids, garotas nas cercas diante de campos extensos imersos numa luz amarelada, Lizas e Chastinas, garotas das planícies e das estações abundantemente floridas que talvez nunca tivessem existido de verdade, preparando comida para os debulhadores até tarde nas noites da época de colheita, por vezes até a madrugada, vendo os bondes chegando e partindo, sonhando com rapazes da cavalaria a descer as estradas, bebendo o tônico cerebral da região, cuidando de banheiras fumegantes cheias de espigas de milho nas esquinas com os olhos radiantes sempre inquietos, num quintal em Ottumwa batendo um tapete, esperando nas tardes cheias de mosquito do sul de Illinois, esperando junto à cerca onde os azulões faziam um ninho para que um irmão errante voltasse para casa, olhando por uma janela em Albert Lea quando os trens passavam lá fora fazendo coro.

Nas cidades, rodas de carruagens com aros de ferro batiam estridentes nos paralelepípedos, e um dia Dally haveria de relembrar a vez em que os cavalos se viraram e piscaram para ela. Aves-trepadeiras subiam e desciam os troncos das árvores assobiando nos parques. Debaixo das pontes, as escoras ressoavam cada vez que as barcas apitavam. Às vezes eles ficavam por um tempo, às vezes partiam novamente antes que o sol tivesse descrito um arco de um minuto, tendo iluminado grades de pontes e trilhos de bondes sujos de fuligem, mostradores de relógios no alto das fachadas dos prédios, tudo que eles precisavam saber — se bem que, após algum tempo, ela já não se incomodava nem com as cidades grandes, estava até disposta a perdoá-las por não serem Chicago, divertia-se nas lojas do centro que cheiravam a cortes de fazenda e desinfetante, soalhos de parquê de linóleo preto, descia escadas de arenito para cortar o cabelo em barbearias olorosas nos subsolos de hotéis, fortemente iluminadas em dias escuros de tempestade, sentindo os cheiros de charutos de todas as qualidades, hamamélis preparada nas salas de fundos, poltronas de couro com escabelos antigos, enfeitados, com desenhos de botões de rosas e pássaros entrelaçados do século que estava chegando ao fim, como se pousada entre as hélices espinhosas de trepadeiras... Quando ela dava por si, o cabelo estava cortado, uma escova tirava os pelos de suas costas e havia nuvens de talco perfumado no ar. Uma mão estendida pedindo uma gorjeta.

Quando Merle a via dormindo, surpreendia-se ao sentir um calor nada viril em torno dos olhos. Os cabelos cor de fogo dela, na cabeça descuidadamente despenteada de uma criança. Ela estava em algum lugar por aí, vagando por entre aqueles campos escuros e perigosos, talvez até encontrando lá alguma versão dele, de Erlys, das quais ele nunca ficaria sabendo, em meio às verdades dolorosas, perdendo-se, encontrando-se, fugindo, indo a lugares detalhados demais para não serem reais, conhecendo o inimigo, morrendo, nascendo e renascendo... Ele queria achar uma maneira de entrar, cuidar dela ao menos, protegê-la do pior se pudesse...

Esperando lá fora por eles a cada alvorada, verde e úmido ou despido de folhas e congelado, era sempre o mesmo mapa riscado de estradas principais e secundárias e locais, esperando que suas pálpebras comichosas se abrissem e olhassem como se de cima, como se tivessem ascendido no céu alaranjado do amanhecer e pairassem lá no alto, procurando como gaviões o trabalho de mais um dia, que cada vez mais se limitava a um pequeno estúdio fotográfico na esquina em mais uma cidadezinha da planície para custear mais duas refeições para eles. À medida que os anos passavam, o filme tornava-se mais rápido, os tempos de exposição mais curtos, as câmaras mais leves. A Premo lançou um filme de celuloide que possibilitava tirar doze fotografias de uma vez só, o que sem dúvida era muito melhor do que trabalhar com chapas de vidro, e a Kodak começou a vender sua "Brownie", uma pequena câmara caixote que não pesava praticamente nada. Merle podia levá-la a qualquer lugar, era só manter tudo imóvel dentro do enquadramento, e àquela altura — os velhos modelos que usavam chapas de vidro pesavam quase um quilo e meio, sem contar com as chapas — ele já aprendera a respirar, imóvel como um pistoleiro, e isso se refletia nas imagens, firmes, profundas, por vezes, Dally e Merle achavam, mais reais, embora nunca tivessem se aprofundando muito no "real".

Sempre havia bastante serviço de instalação de campainhas — por todo o Meio-Oeste se espalhava uma súbita demanda por campainhas elétricas, nas portas das casas, nos hotéis, nos elevadores, alarmes contra incêndio e ladrões — ele vendia e instalava a campainha na hora, ia embora da casa contando a comissão enquanto a freguesa apertava o botão, como se não conseguisse parar de ouvir aquele som. Também substituía ripas, e consertava cercas, e nunca faltava serviço de preparar cruzamentos de trilhos nas cidades que eram grandes o bastante para ter bondes, e muitas máquinas para consertar nas estações de força e garagens... Um verão Merle trabalhou por uns tempos como vendedor de para-raios, mas abandonou esse serviço ao constatar que, ao contrário de seus colegas, não conseguia mentir descaradamente a respeito da natureza da eletricidade.

"Qualquer tipo de raio, meus amigos — reto, forqueado, difuso, qualquer um, a gente manda ele de volta para a terra, que é o lugar dele."

"Relâmpago-bola", disse uma voz após um silêncio. "Esse é o tipo que preocupa a gente aqui. O que é que o senhor tem pra isso?"

Imediatamente Merle ficou sério. "Aqui já teve relâmpago-bola?"

"Não dá outra coisa, isso aqui é a capital nacional do relâmpago-bola."

"Eu pensava que fosse East Moline."

"O senhor pretende ficar aqui por uns tempos?"

Ainda naquela semana, Merle arranjou seu primeiro, que acabou sendo também o último, emprego como especialista em relâmpago esférico. O fenômeno estava assombrando o andar de cima de uma casa de fazenda, persistente como um fantasma. Merle trouxe todo o equipamento que lhe veio à mente, espigões de cobre para fazer aterramento, cabos, uma jaula isolada instalada no local e ligada a uma bateria de sal amoníaco para tentar prender a criatura ali dentro.

A bola movia-se de um cômodo para outro, percorria o corredor, e ele a observava com cuidado e paciência. Não fazia nenhum movimento ameaçador. Aquilo o fazia pensar num animal selvagem noturno que ficava mais desconfiado ainda na presença de seres humanos. Pouco a pouco a bola veio chegando mais perto, até que por fim estava bem junto a seu rosto, rodopiando devagar, e então ficaram assim por algum tempo, naquela casinha de madeira, bem próximos, como se estivessem aprendendo a ter confiança um no outro. Pela janela emoldurada por cortinas via-se o capinzal ao vento como em todos os dias. As galinhas ciscavam no quintal e trocavam impressões. Merle tinha a impressão de que sentia um pouco de calor, e naturalmente seus cabelos estavam em pé. Não sabia se devia tentar conversar, pois aquele relâmpago esférico aparentemente não sabia falar, pelo menos não como fala uma pessoa. Por fim resolveu arriscar e disse: "Olhe, não estou querendo lhe fazer nenhum mal, e espero que você retribua o favor".

Para sua surpresa, o relâmpago-bola respondeu, ainda que não exatamente em voz alta: "Faz sentido. Eu me chamo Skip, e você?".

"Muito prazer, Skip, eu sou o Merle", disse Merle.

"Só peço pra não me mandar pra terra, lá não tem graça nenhuma."

"Está bem."

"E pare com essa história de jaula."

"Combinado."

Pouco a pouco se tornaram amigos. A partir daí, o relâmpago-bola, ou "Skip", nunca estava longe de Merle. Merle compreendeu que estava sujeito a um código de comportamento cujos detalhes ele desconhecia quase por completo. Qualquer pequena violação que desagradasse Skip poderia ter o efeito de espantar aquele fenômeno elétrico, talvez para sempre, talvez não sem antes fritar Merle dos pés à cabeça, ele não tinha como saber. Quanto a Dally, de início parecia-lhe que seu pai finalmente havia saído dos trilhos de tal modo que ela não podia imaginar um jeito de ele voltar.

"As outras crianças têm irmãos", ela observou, cautelosa. "O que é isso?"

"É mais ou menos a mesma coisa, só que..."

"Diferente, é, mas..."

"Você devia dar a ele uma oportunidade..."

"'Ele'? É claro, o senhor sempre quis um menino."

"Golpe baixo, Dahlia. E você não faz a menor ideia do que eu sempre quis."

Dally era obrigada a reconhecer que o danadinho do Skip era até bem prestativo, com a maior rapidez fazia uma fogueira na hora de preparar o jantar, acendia os charutos de Merle, entrava na lanterna de trem que ficava pendurada atrás da carroça quando eles precisavam viajar à noite. Depois de algum tempo, às vezes, quando ela ficava lendo até tarde, Skip instalava-se a seu lado, iluminando a página, inclinando-se um pouco, como se estivesse lendo também.

Até que uma noite, durante uma terrível tempestade elétrica em algum lugar do Kansas:

"Estão me chamando", disse Skip. "Tenho que ir."

"A sua família", arriscou Dally.

"Difícil explicar."

"Logo agora que estou começando a gostar de você. Será que..."

"Que um dia eu volto? A gente meio que se funde no todo, é assim que a coisa funciona, quer dizer, não seria mais eu."

"Melhor eu soprar um beijo pra você, não é?"

Nos meses que se seguiram, Dally deu por si pensando mais do que nunca em ter irmãos, e se Erlys e Zombini o Misterioso teriam tido mais filhos, e quantos, e como seria morar com eles. Jamais lhe ocorreu que não devia comunicar esses pensamentos ao pai.

"Olha aqui", Merle pegando um vidro de picles vazio e colocando duas moedas dentro dele. "Agora, toda vez que eu me comportar como um idiota, eu ponho mais uma. Algum dia a gente vai ter o bastante pra pagar a sua passagem até o lugar onde ela está, seja lá onde for."

"Pelos meus cálculos, só vai levar uns dois dias."

Num dos últimos dias que passaram no campo aberto, o vento agitava o capinzal, e seu pai disse: "Olha aí o seu ouro, Dahlia, ouro de verdade". Como sempre, ela lhe dirigiu um olhar especulativo, já sabendo mais ou menos àquela altura o que era um alquimista, e sabendo que nenhum membro dessa tribo esquiva jamais falava às claras — suas palavras sempre queriam dizer outra coisa, às vezes até porque a "outra coisa" estava mesmo além do domínio das palavras, talvez do mesmo modo como as almas dos mortos estão além do mundo. Ela observava a força invisível atuando em meio a milhões de talos da altura de um cavalo com um cavaleiro em cima, fluindo por quilômetros afora sob o sol do outono, mais forte que o fôlego, que o acalanto das marés, os ritmos necessários de um mar escondido bem longe de todos aqueles que poderiam querer buscá-lo.

Terminaram chegando à divisa do Colorado, atravessando a região carbonífera, indo em direção aos montes Sangre de Cristo — e continuaram seguindo em direção ao oeste até que um dia se viram nos montes San Juan e Dally entrou por uma porta e Merle levantou a vista e viu uma jovem transformada e compreendeu que agora era apenas uma questão de tempo para que ela começasse a tornar a vida mais difícil para todo palhaço de rodeio que cruzasse com ela.

E como se isso não bastasse, um dia em Denver Merle por acaso entrou numa tabacaria e viu numa estante de revistas um exemplar da *Dishforth's Illustrated Weekly*, publicada no Leste alguns meses antes, com um artigo sobre o célebre mágico Luca Zombini e sua linda noiva, que antes fora sua assistente de palco, e seus filhos e o lar maravilhoso deles em Nova York. Não havia muita prata no bolso de Merle naquele momento, mas ele encontrou o bastante para comprar a revista, desistiu do *panatela* cubano que pretendia fumar e levou em vez dele um nacional de três centavos, acendeu-o e foi lá fora ler o artigo. A maior parte das fotografias, impressas por meio de um processo de gravação aparentemente novo, com uma granulação tão fina que por mais que ele apertasse a vista não dava para ver a textura, mostrava Erlys cercada por um monte de crianças, talvez uma dúzia. Merle ficou parado na esquina de um beco, protegido do pior vento que sentia desde os tempos de Chicago, cheio de cristais de gelo e péssimas intenções, e imaginou que aquele vento estava lhe dizendo para acordar. Não tinha ilusões a respeito do que podia ser feito num laboratório fotográfico para realçar uma imagem humana, mas Erlys, que sempre fora bela, agora estava muito além da beleza. Os anos de ressentimento motivado pela ideia de que ela nunca o amara de verdade se dissolveram, e Merle compreendeu, com muito atraso, a verdade pura e simples de que Erlys nunca pertencera a ele, tanto quanto jamais pertencera ao infeliz Bert Snidell, e que continuar a insistir nessa crença era aproximar-se dos portões da bobolândia.

O pensamento seguinte que lhe ocorreu foi: é melhor Dally não ver isso, e em seguida, imediatamente: está bem, Merle, está bem, boa sorte. E quando a viu naquele exato momento subindo a rua a procurá-lo, com os cabelos ao vento formando a única bandeira a que ele jamais penhorara sua lealdade, acrescentou, com relutância: e eu é que vou ter que contar pra ela.

Dally encarou a coisa com espírito esportivo, contornou com jeito os sentimentos dele, leu o artigo até o fim, e embora Merle jamais voltasse a ver a revista, Merle compreendeu que Dally a havia guardado com cuidado entre seus objetos. E daí em diante, como uma carga se formando lentamente num condensador, seria apenas uma questão de tempo para ela partir rumo a Nova York numa grande e irreprimível explosão de energia.

No Colorado encontraram uma construção numa fazenda, abandonada havia anos depois que a fazenda faliu e a casa principal pegou fogo, restando apenas aquele galpão grande, que Merle conseguiu encher até o teto com equipamentos de fotografia, ou, vá lá, de alquimia — recipientes que iam de latas de legumes amassadas a potes e garrafas contendo líquidos e pós das cores mais variadas, até gigantescas jarras de louça vitrificada, com capacidade de duzentos litros ou mais, que talvez fosse possível, ainda que não necessariamente desejável, levantar quando vazias, tubos de vidro cuidadosamente dobrados e bobinas de cobre por toda parte, uma fornalha pequena num canto, um gerador elétrico ligado a uma bicicleta velha, pilhas secas e úmidas, eletroímãs, bicos de Bunsen, um forno de recozimento, uma bancada de trabalho cheia de lentes, bacias de revelação, fotômetros, molduras para cópias, lâmpadas de *flash* de magnésio, um brunidor rotativo aquecido a gás e outras coisas que Merle mal se lembrava de que ainda possuía. Trepadeiras se insinuavam nas fendas, e as aranhas enfeitavam os caixilhos da janela com teias que, quando a luz do amanhecer as atingia no ângulo certo, deixavam o espectador estupefato. A maioria das pessoas que apareciam por lá achava que Merle tinha uma destilaria clandestina, os homens do xerife gostavam de dar incertas, e às vezes, dependendo do ritmo do dia, Merle começava a jogar pesado no jargão científico, o que tinha um efeito hipnótico sobre os homens e os fazia ir embora, decepcionados como sempre. Havia outros dias em que os visitantes eram de polarização oposta, do ponto de vista legal.

"Não dá pra não sentir o cheiro do que o senhor está preparando aqui. Aliás, desde lá da serra, do outro lado do rio. É nitroglicerina, não é?"

Merle já tinha vivência das loucuras do interior para ficar sempre de olho na espingarda que guardava embaixo da mesa. "Quase isso. É da mesma família. Um parente distante, desses que a gente paga pra não ver de perto."

"Eu encontro isso no meu trabalho de vez em quando."

"O senhor é..."

"Meio que engenheiro de mineração. Não tão bem pago assim, mas é por aí. Sabe a mina de Little Hellkite perto de Telluride?"

Ele falava de modo abreviado, não levava nenhuma arma aparentemente, e se apresentava como Webb Traverse.

Dally entrou de cara amarrada, algum encontro que tivera no campo a deixara de mau humor. "Ora, papai, eu não sabia que nós tínhamos visita. Deixe que eu vou preparar um chá com biscoitos. Volto já."

"Mas não", disse Webb olhando-a desconfiado, "o que é que deu em mim, o senhor deve estar ocupado..."

"Jogando conversa fora, cumprindo a cota da semana. Pode ficar, já vi que o senhor está realmente interessado." Merle sorrindo como um pregador itinerante para um pecador promissor.

Webb indicou um pote de mercúrio comprado em loja sobre a mesa. "Vejo muito disso na sala de análise química." Com cuidado, como se aguardasse uma contrassenha.

"O pessoal da antiga", Merle também pisando em ovos, "acreditava que se você tirasse do mercúrio tudo que não é essencial, a parte líquida e metálica, o brilho, a viscosidade, o peso, tudo o que faz do mercúrio mercúrio, o que ia restar seria uma forma pura, etérea, que não podia ser guardada em nenhuma copela já feita, uma coisa que em comparação com ela isso aqui ia aparecer escória. Mercúrio Filosófico, era o nome que eles davam, uma coisa que não se encontra em nenhum lugar entre os metais da metalurgia, os elementos da tabela periódica, os catálogos da indústria, se bem que muitos acham que é mais uma figura de linguagem, como a famosa Pedra Filosofal — que na verdade representa Deus, o Segredo da Felicidade, a União com o Todo, essas coisas. Conversa de chinês. Mas na verdade essas coisas todas sempre existiram, são coisas materiais, mesmo, só que não são fáceis de conseguir, embora os alquimistas estejam sempre tentando, é isso que nós fazemos."

"Trabalho de 'alquimista', é isso que o senhor faz aqui? Pois é, mas o tal do mercúrio tem um composto que volta e meia eu encontro, parece que o nome é fulminato..."

"Ingrediente básico do detonador da du Pont, pra não falar na bala da 44 que todo mundo conhece. Tem também o fulminato de prata, que não é exatamente a mesma coisa que 'prata fulminante', que explode se a gente encosta nela uma pena de galinha. Ouro fulminante, também, pra quem tem gostos mais caros."

"Difícil de preparar?"

"É pegar ouro e amônia, ou prata e ácido nítrico, ou minério de mercúrio e ácido fulmínico, que é a mesma coisa que o ácido prússico velho de guerra, o amigo do suicida, patriarca da família dos cianetos a que se acrescenta oxigênio, e é também venenoso, basta aspirar o cheiro."

Webb sacudiu a cabeça, como se desencantado com o mundo e suas ironias, mas Merle já percebera em seu olhar aquele brilho de galinheiro de porta aberta. "O senhor está dizendo que ouro, prata, esses metais brilhantes maravilhosos, que são a base da economia mundial, o senhor pega eles no laboratório, mexe com eles um pouco, põe ácido, não sei que mais, e vira um explosivo tão forte que se a pessoa errar na hora certa, pronto, *adiós, muchachos*?"

Merle, já percebendo mais ou menos aonde aquela conversa ia dar, fez que sim. "É o lado *infernal* da história, por assim dizer."

"É quase como se, havendo uma Pedra Filosofal, então também deve haver —"

"Cuidado", disse Merle.

Webb olhou para ele de soslaio, quase sorrindo. "Uma coisa que vocês não gostam de falar?"

"Não podemos. Pelo menos é essa a tradição."

"Pelo visto, é mais fácil assim."

"Fácil pra quem?"

Talvez Webb percebesse o toque desconfiado na voz do outro, mas prosseguiu assim mesmo. "Se surgir a tentação..."

"Hmmn. E quem diz que não surge?"

"Eu é que não vou saber." Um momento de reflexão então, como se não conseguisse levar adiante o pensamento. "Mas se uma é uma figura de linguagem que quer dizer Deus, salvação e todas essas coisas boas, então a outra —"

"Está bem. Mas, pro bem de todos, diga 'Anti-Pedra'. Ela tem outro nome, mas é só a gente pronunciar em voz alta que já dá confusão. Claro, provavelmente tem tanta alma perdida procurando isso quanto tem alquimista. Imagine só o poder que a pessoa ganharia, é uma coisa tão promissora que é difícil resistir."

"O senhor está resistindo, não está?"

"E como."

"Não é nada de pessoal." Webb correu a vista pelo galpão.

"Isso é provisório", explicou Merle, "deu rato na nossa mansão e os nossos agentes estão procurando uma nova."

"E se uma camisola de dormir de elefante custasse dois centavos", acrescentou Dally, "não dava pra gente comprar uma touca de bebê pra uma formiga."

"Sabe trabalhar com azougue? Já fez trabalho de amalgamação?"

"Um pouco", respondeu Merle, cauteloso. "Leadville, e mais uns outros lugares, é divertido enquanto dura, mas não dá pra fazer carreira, não."

"Lá na Little Hellkite estão precisando de um amalgamador, porque por conta da altitude e dos gases tóxicos, o atual cismou que ele é o presidente."

"Ah. De quê?"

"Pra se ter uma ideia, onde ele vai, vai um menino com uma gaita tocando 'Salve nosso líder'. Desafinando. Faz uns discursos enormes que ninguém entende, declarou guerra ao estado do Colorado na semana passada. Tem que ser substituído depressa, mas ninguém quer usar a força, pois dizem que nesses casos a pessoa fica com poderes sobre-humanos."

"Sem dúvida. Isso é lá pelos lados de Telluride, não é?"

"Uma cidadezinha ótima, igrejas, colégios, um ambiente saudável pra mocinha."

Dally bufou. "Deve ser o inferno com luz elétrica, e escola não é meu forte, não, moço, se eu quisesse perder tempo eu ia procurar trabalho cuidando dos explosivos, é ou não é?"

"Claro, esse trabalho a senhorita pode arranjar", disse Webb. "Mas não precisa mencionar o meu nome na Little Hellkite, não, está bem? No momento, lá eu não sou exatamente o mineiro do mês."

"Está bem", disse Merle, "desde que também não se fale lá em alquimia."

Os dois homens se entreolharam, um compreendendo muito bem quem o outro era. "Os engenheiros de minas não levam a sério", Merle fingiu explicar, "velhas superstições do tempo da Idade das Trevas, é uma coisa muito menos científica que a metalurgia moderna." Fez uma pausa, como se para recuperar o fôlego. "Mas se a gente examina a história, a química moderna só começa a substituir a alquimia mais ou menos na mesma época que o capitalismo começa a ganhar força de fato. Estranho, não é? Como é que o senhor vê isso?"

Webb concordou com a cabeça. "Quem sabe o *capitalismo* resolveu que não precisava mais da magia antiga." Uma ênfase com um toque de desprezo feito para atrair a atenção de Merle. "E pra quê? Eles tinham a mágica deles, estava dando muito certo, em vez de transformar chumbo em ouro eles pegavam o suor dos pobres e transformavam em dólares, e o chumbo servia pra impor a lei."

"E o ouro e a prata..."

"Talvez seja uma maldição pra eles, mesmo eles não sabendo. Tudo aquilo empilhado na caixa-forte, esperando —"

"Melhor não dizer!"

Mas Webb foi embora com a grande possibilidade se repetindo em sua mente como um coração a pulsar — a Anti-Pedra. A Anti-Pedra. Uma magia útil que talvez fosse ainda melhor que o princípio mexicano, tão admirado, de política através da química. Não que a vida já não fosse um bocado estranha naquelas montanhas, mas aquele mago do azougue cheio de lábia trazia umas novidades que talvez, com sorte, viesse a fazer as coisas ficar ainda melhores, e o dia do bem-estar comum e da promessa, os templos do Capital reduzidos a destroços — os pobres marchando, mais numerosos do que o exército de Coxey, pisando o entulho —, estaria mais próximo. Ou então ele acabaria se revelando tão maluco quanto o amalgamador da Little Hellkite — que em breve seria o ex-amalgamador, pois a próxima vez que Webb passasse por lá certamente constataria que "o presidente" fora substituído por Merle Rideout.

E foi assim que Merle e Dally, depois de uma longa temporada vagando de um trabalho para outro, conseguiram parar no condado de San Miguel pelos dois anos que se seguiram — que por acaso vieram a ser dos piores anos da história daquelas infelizes montanhas. Ultimamente Merle vinha tendo a sensação estranha de que "fotografia" e "alquimia" eram apenas duas maneiras de obter o mesmo resultado — redimir a luz da inércia dos metais preciosos. E talvez o longo caminho que levara Dally e ele até ali não fosse consequência de um movimento aleatório e sim uma necessidade secreta, como a força da gravidade, advinda de toda a prata que ele vinha utilizando nas fotos tiradas nos últimos anos — como se a prata fosse viva, dotada de alma e voz, e ele estivesse trabalhando para ela tanto quanto ela para ele.

O Quatro de Julho começou quente e foi ficando ainda mais quente, a primeira luz da manhã nos picos veio descendo, ocupando as poucas nuvens brilhantes e formosas sem qualquer promessa de chuva, a nitroglicerina começando a escorrer das bananas de dinamite muito antes que o sol cobrisse a serra de alto a baixo. Os vaqueiros e cavaleiros de rodeio chamavam aquele dia de "Natal dos caubóis", mas para Webb Traverse era mais o Feriado Nacional da Dinamite, se bem que muitos dos católicos argumentavam que deveria ser o Quatro de Dezembro, festa de santa Bárbara, padroeira dos artilheiros, armeiros e também, sem grande esforço de imaginação, dos dinamiteiros.

Naquele dia, todos, tropeiros e donos de bares, funcionários de escritórios e criminosos, velhinhos pacíficos e jovens estouvados, mais cedo ou mais tarde seriam arrastados pela mania de dinamite que imperava na época. Pegavam um pedacinho de uma banana de dinamite, acrescentavam um detonador e um pavio, acendiam e jogavam uns nos outros, ou dentro de uma represa para passar o resto do dia comendo peixe frito, explodiam na paisagem desenhos pitorescos que no dia seguinte praticamente não existiam mais, colocavam dinamite dentro de barris de cerveja vazios, rolavam-nos morro abaixo e apostavam a que distância da cidade eles haveriam de explodir — um dia perfeito sob todos os aspectos para uma boa Propaganda pelo Ato, que combinaria muito bem com todos os outros efeitos de percussão.

Webb emergiu trôpego de sua cama improvisada depois de uma daquelas noites em que menos dormia que ficava intermitentemente consciente do tempo. Já se ouviam as primeiras explosões a percorrer o vale, só para esquentar. O serviço do dia seria mais ou menos rotineiro, e Webb já antegozava a ida ao bar que encerraria a jornada. Zarzuela estava à sua espera junto à cerca, e conhecendo Webb há um bom tempo sabia que, independentemente de qualquer outra coisa que acontecesse naquele dia, haveria explosões, com as quais a potra já estava acostumada, até mesmo as aguardando com expectativa.

Webb montou e subiu o vale, passando pela garganta de Red Mountain, cigarras zumbindo como ricochetes prolongados. Ao parar por um momento para beber água, encontrou um tropeiro com luvas, perneiras de couro e um chapéu com a aba virada para baixo, acompanhado de seu cachorro e uma fileira de burricos soltos, animais conhecidos ali como "canários das Montanhas Rochosas". As simpáticas bestas, que carregavam caixas de dinamite, detonadores e pavios, comiam flores silvestres. Webb sentiu uma falta de ar e uma certa confusão mental que pouco tinham a ver com a altitude. Uma glória, aquele cheiro de nitroglicerina. Não havia chinês que tivesse mais intimidade com seu ópio do que tinha Webb com a química delicadamente equilibrada de uma banana de dinamite. Deixou seu cavalo beber um pouco, mas na presença desconcertante do desejo nasal, temendo que sua voz se descontrolasse, permaneceu montado, com o rosto impassível, ansioso. O tropeiro também se contentou em apenas acenar com a cabeça, guardando a voz para seus animais. Depois que Webb se afastou, o cachorro se levantou e latiu por algum tempo, não para alertar ninguém nem por estar zangado, apenas por profissionalismo.

Veikko o aguardava, conforme o combinado, junto a um monte de escória da velha mina de Eclipse Union. Webb, que era capaz de calcular de uma distância de cem metros o grau de loucura do finlandês naquele dia, reparou na presença de um cantil de oito litros que sem dúvida continha aquela aguardente de batata feita em casa que todos eles apreciavam, pendurado no santantônio de sua sela. Além disso, parecia haver chamas brotando de sua cabeça, mas isso Webb atribuiu a algum efeito de luz. Com base na expressão que viu em seu rosto, Webb detectou sinais de uma dor de cabeça por vir, causada por excesso de inalação de cheiro de nitroglicerina.

"Está atrasado, irmão Traverse."

"Por mim, eu preferia estar num piquenique", disse Webb.

"Estou de péssimo humor."

"E o que é que eu tenho a ver com isso?"

"Normalmente você só me faz piorar."

Tinham esse tipo de conversa uma ou duas vezes por semana. Ajudava o relacionamento, pois a irritação, para eles dois, atuava como um lubrificante social.

Veikko era um veterano dos calabouços de Coeur d'Alene e da greve de Cripple Creek, que reivindicara uma jornada de trabalho de oito horas. Em pouco tempo, tornou-se conhecido pelos guardiães da lei de todos os escalões, sendo particularmente querido pela milícia estadual, que gostava de testar até que ponto ele aguentava porrada. Por fim foi preso junto com vinte e tantos outros membros do sindicato dos mineiros dentro de um vagão-dormitório fechado por fora, sendo todos levados para o sul na linha Denver & Rio Grande até atravessarem a divisa invisível do Novo México. Em cima do vagão iam guardas armados com metralhadoras, e os prisioneiros eram obrigados a mijar onde fosse possível, às vezes, na escuridão, um em cima do outro. No meio da noite, no alto dos montes San Juan, o trem parou, ouviu-se um estrondo metálico vindo de cima, a porta se abriu. "Fim da linha pra vocês", gritou uma voz pouco amistosa, e quase todos interpretaram aquilo da pior maneira possível. Porém estavam apenas sendo abandonados para irem embora a pé, sendo suas botas confiscadas num toque final de maldade, e foram avisados para não voltar ao Colorado, a menos que quisessem sair de lá dentro de uma caixa da próxima vez. Constataram que estavam perto de uma reserva apache, e os índios deram guarida a Veikko e alguns outros por uns tempos, compartilhando com eles uma quantidade infindável de cerveja de cacto. Eles achavam estranho os homens brancos agirem de modo tão desagradável com outros brancos, tratando-os quase como se fossem índios, alguns deles convictos de que o Colorado, por conta de sua forma, tinha sido criado como uma reserva para brancos. Alguém pegou um velho livro escolar de geografia com o mapa do estado, incluindo as divisas da reserva apache, o qual revelava a forma retangular do Colorado, sete graus de longitude de largura por quatro graus de latitude de altura — quatro linhas retas no papel formavam as divisas que Veikko estava proibido de cruzar — não havia rios nem serras onde a milícia pudesse ficar à sua espera para matá-lo assim que ele ultrapassasse a linha — com base no qual ele concluiu que, se estar exilado do Colorado era algo tão abstrato, então desde que ele não se aventurasse nas estradas seria possível voltar para o estado a qualquer momento e continuar na luta.

Quando se conversava com Veikko, havia dois tópicos possíveis, técnicas de detonação ou o país longínquo de Veikko e sua atribulada constituição, não tendo Webb jamais o visto fazer um brinde, por exemplo, que não fosse à queda do czar da Rússia e seu perverso vice-rei, o general Bóbrikov. Porém às vezes Veikko se animava e enveredava pela filosofia. Jamais vira muita diferença entre o regime czarista e o capitalismo norte-americano. Lutar contra um, concluíra, era lutar contra o outro. Uma espécie de visão de mundo. "Foi um pouco pior pra nós, talvez, vir pros Estados Unidos depois de tanto ouvir falar na 'terra da liberdade'." Crente que havia fugido de uma coisa, para constatar que a vida ali era tão dura e fria quanto na sua terra, a mesma riqueza sem consciência, os pobres na mesma miséria, exército e polícia livres como lobos para cometer crueldades a mando dos patrões, patrões dispostos a fazer qualquer coisa para defender o que haviam roubado. A principal diferença, até onde ele podia ver, era que a aristocracia russa, depois de passar séculos acreditando apenas nos seus próprios direitos, se tornara fraca, neurastênica. "Já a aristocracia americana tem menos de cem anos, está em plena forma, fortalecida pelos esforços necessários pra adquirir sua riqueza, um desafio maior. Um bom inimigo."

"Você acha que eles são fortes demais para os trabalhadores?"

Ao ouvir isso, os olhos de Veikko ficavam pálidos e iluminados por dentro, sua voz vinha de dentro de uma barba abundante e desleixada que parecia indicar, mesmo nos dias em que ele estava mais calmo, um fanatismo enlouquecido. Nós somos a força deles, sem nós eles são impotentes, nós somos eles", e por aí afora. Webb já havia aprendido que, se ficasse em silêncio, só esperando, esses ataques passavam e em pouco tempo o finlandês voltava a ser a mesma pessoa de sempre, impassível, sociável, tomando mais uma dose de vodca.

No momento, porém, Webb percebeu que Veikko estava sentado lendo e relendo em silêncio um cartão-postal finlandês desbotado, com uma expressão de sofrimento no rosto, a pele em torno dos olhos se avermelhando pouco a pouco.

"Olha aqui. Não são selos de verdade, não", disse Veikko. "São cópias de selos. Os russos não permitem mais o uso de selos finlandeses, temos que usar selos russos. Esses carimbos postais? Também não são de verdade. São fotos de carimbos. Este aqui, catorze de agosto, 1900, foi o último dia em que nós pudemos usar nossos selos em correspondência para o exterior."

"Então isso é um cartão-postal com uma foto do que era um cartão-postal antes dos russos. É isso o que quer dizer '*Minneskort*'?"

"Cartão de memória. Lembrança de uma lembrança." O cartão fora enviado por sua irmã, lá da Finlândia. "Nada em particular. Eles censuram tudo. Nada que pudesse criar problema pra ninguém. Notícias da família. Minha família maluca." Gesticulou para Webb com o cantil de vodca.

"Eu vou esperar."

"Eu não vou."

Veikko, o tipo de dinamiteiro que gosta de ver a coisa acontecendo, havia trazido um magneto numa caixa de madeira e um carretel grande de fio, enquanto Webb, mais circunspecto, preferindo ficar bem longe do local, tendia a usar um Ingersoll de dois dólares, ou método da temporização. O alvo deles era uma ponte ferroviária que atravessava um pequeno desfiladeiro, num ramal entre a linha principal e Relâmpagos, uma cidadezinha de mineração a nordeste de Silverton. Serviço simples, quatro cavaletes de madeira de alturas diferentes sustentando umas escoras de ferro Fink. Como de praxe, Webb e Veikko ficaram discutindo se seria melhor explodir a coisa logo ou esperar até que viesse um trem. "Você sabe como são os proprietários", disse Veikko, "um bando de filhos da puta preguiçosos, que não se dão ao trabalho de montar num cavalo, vão de trem pra todos os lados. Se a gente explode o trem, quem sabe a gente não leva uns dois ou três deles."

"Não estou disposto a ficar o dia inteiro esperando sentado passar um trem que pode nem passar, já que estamos num feriado de três dias."

"*Aitisi nai poroja*", replicou Veikko, um gracejo que havia muito tempo se tornara rotineiro, cujo sentido é: "Sua mãe fode com os alces".

O mais difícil, Webb pensava ultimamente, era escolher um alvo, já não sendo nada fácil encontrar tempo para elaborar um plano do início ao fim, em meio ao cotidiano com todas as suas obrigações e trabalhos e, mais vezes do que se pensa, sofrimentos. Claro que os proprietários e administradores das minas mereciam ser dinamitados, só que eles tinham aprendido a andar sempre muito protegidos — não que fosse uma ideia muito melhor atacar propriedades deles, como fábricas e minas, pois, dada a natureza da ganância das empresas, nesses lugares normalmente havia três turnos de trabalhadores, e quem mais acabava morrendo normalmente eram os próprios mineiros, inclusive crianças que trabalhavam carregando pólvora e descarregando vagões de minério — as mesmas pessoas que morrem quando um exército ataca. Não que os patrões se importassem a mínima com a vida dos trabalhadores, é claro, menos quando podiam defini-los como Vítimas Inocentes em nome das quais os brutamontes uniformizados saíam para caçar os Monstros Que Cometeram a Atrocidade.

Pior ainda, o tipo de coisa que deixa muito irritado um dinamiteiro de verdade, algumas dessas explosões, aliás as que mais matavam gente, na verdade eram obra não dos Anarquistas e sim dos próprios patrões. Imagine só. A nitroglicerina, esse veículo da verdade, sendo usada por esses cachorros criminosos para contar mentiras. Porra. A primeira vez que viu uma prova incontestável de que isso realmente acontecia, Webb sentiu-se como um menino prestes a se debulhar em lágrimas. Como era que o mundo podia desconhecer de tal modo o que era bom para ele?

Assim, restavam muito poucos alvos além da estrada de ferro. O que era justo, pensava Webb, pois a ferrovia sempre fora o inimigo, há muitas gerações. Fazendeiros, vaqueiros, índios que caçavam búfalos, chineses que montavam os trilhos, passageiros em desastres ferroviários, quem quer que fosse mais cedo ou mais tarde tinha uma experiência desagradável com a ferrovia. Webb havia trabalhado o bastante como turmeiro ao longo dos anos, ao menos para saber qual o melhor lugar para colocar os explosivos de modo que eles atuassem com o máximo de eficácia.

Com uma corda amarraram as bananas, formando feixes. Webb era bem mais a favor de gelatina, que permitia amoldar a carga explosiva até certo ponto e direcionar melhor a explosão, mas isso só fazia sentido quando estava mais fresco. Atentos para a presença de cobras, foram subindo o vale, colocando as cargas na sombra sempre que possível e empilhando pedras e terra em torno delas. O dia estava tranquilo, sem vento. Um gavião pairava no ar e parecia olhar para eles, o que os colocaria na mesma categoria dos roedores. O que por sua vez colocaria o gavião na mesma categoria que os administradores de minas... Webb sacudiu a cabeça de irritação. Não tinha muita admiração por si próprio quando seus pensamentos vagavam dessa maneira. Era sempre minuto a minuto, passo a passo, e ele vira muitos bons companheiros e companheiras terminarem na lama ou no fundo escuro de algum poço, o preço da desatenção. Na verdade, se antes ele soubesse qual seria o preço, o preço total, ao longo de toda sua existência, às vezes ele se perguntava se teria de fato embarcado naquela vida.

A trajetória de Webb que o levara ao trabalho comunitário que agora absorvia sua vida havia iniciado bem no meio de Cripple Creek, brotando naquele tempo como uma flor de delícias venenosas em meio a montes de terra, bordéis e salões de jogatina. Era uma época, em Cripple e Victor, Leadville e Creede, em que os homens estavam encontrando as costuras impossíveis de romper em suas próprias naturezas secretas, aprendendo os nomes verdadeiros do desejo, que se pronunciados, eles sonhavam, abririam caminho por entre as montanhas, levando-os a tudo aquilo que lhes tinha sido negado. Principalmente nos sonhos fragmentados, prestes a serem interrompidos, que precedem o nascer do dia, Webb via-se num divisor de águas, voltado para o oeste, diante de um grande fluxo de promessas, algo semelhante ao vento, algo semelhante à luz, livre das esperanças feridas e da fumaça pestilenta que havia para os lados do leste — fumaça de holocausto, talvez, mas que não subia para o Céu, porém apenas o bastante para ser aspirada, para fazer adoecer e interromper prematuramente incontáveis vidas, para mudar a cor do dia e negar aos caminhantes noturnos as estrelas de que eles se lembravam dos tempos da juventude. Webb acordava para o dia e o temor do dia. O caminho de volta àquele lugar elevado e àquela promessa luminosa não passava por Cripple, mas Cripple teria de servir, esperanças reduzidas a fragmentos — noites banhadas em uísque, filhas de escravos, rodadas de faraó com cartas marcadas, as mulheres que trabalham na linha.

Uma noite, no salão de bilhar de Shorty, um jogador de sinuca ao dar a tacada inicial impelira a tacadeira com força talvez excessiva, quase sem puxada, e o triângulo contendo as bolas reluzentes por acaso era feito de alguma variedade recém-patenteada de celuloide. Ao ser atingida, a primeira bola explodiu, dando início a uma cadeia de explosões semelhantes em toda a mesa. Pensando que fossem tiros, vários dos clientes sacaram suas pistolas e começaram, de modo um tanto impensado, a contribuir por sua vez à comoção geral. "Bela tacada", ouviu-se alguém dizer antes que o barulho ficasse alto demais. Webb, paralisado de terror, foi adiando a hora de se abaixar para se proteger até que tudo houvesse terminado, só depois de algum tempo se dando conta de que tinha permanecido em pé numa sala com chumbo voando para todo lado sem ter sido atingido uma só vez. Como pudera tal coisa acontecer? Quando deu por si estava andando na rua, sem chapéu e confuso, até esbarrar no reverendo Moss Gatlin, que estava descendo trôpego a longa escada de madeira do Fleurette's Cloudtop Retreat, não estando no momento exatamente procurando almas desencaminhadas, o que não impediu Webb, numa torrente, de contar ao reverendo sua aventura milagrosa com todos os detalhes. "Irmão, nós somos bolas na mesa de sinuca da existência terrena", explicou o reverendo, "e Deus e seus anjos são os jogadores que nos mantêm sempre em movimento." Em vez de considerar esse comentário como o tipo de bobagem de pregador que muito provavelmente era mesmo, Webb, que estava num estado que poderíamos qualificar como de receptividade acentuada, ficou parado como se tivesse levado um soco profissional, por um quarto de hora depois que o reverendo foi embora, sendo ignorado pela azáfama perniciosa da Myers Street, e no domingo seguinte foi visto na sala dos fundos do salão de jogatina em que o reverendo Gatlin pregava para sua congregação, ouvindo, como se muita coisa, talvez tudo, dependesse daquilo, o sermão, que por acaso partia do texto de Mateus 4, versículos 18 e 19: "E Jesus, andando junto ao mar da Galileia, viu a dois irmãos, Simão, chamado Pedro, e André, os quais lançavam as redes ao mar, porque eram pescadores.

"E disse-lhes: Vinde após mim, e eu vos farei pescadores de homens."

"E Jesus", comentou Moss, "caminhando à margem de algum lago americano, alguma represa nas montanhas — olhe lá o Billy e o irmão dele, o Pete, jogando bananas de dinamite no lago, pois eles são dinamiteiros — e colhendo tudo aquilo que sobe pra superfície. O que é que Jesus pensa disso, e o que é que ele diz a eles? Ele vai fazer deles pescadores do quê?

"Pois a dinamite é ao mesmo tempo a maldição do mineiro, o sinal externo e audível de sua escravização à extração de minério, e o equalizador do trabalhador americano, o agente de sua libertação, desde que ele ouse usá-la... Toda vez que uma banana de dinamite explode a serviço dos patrões, uma explosão que se converte ao final de uma cadeia de equivalências numa quantia que nenhum mineiro jamais viu, terá de haver um registro correspondente no outro lado do livro-razão de Deus, o equivalente em termos de liberdade humana que nenhum patrão está disposto a conceder.

"Vocês já ouviram dizer que não existe burguesia inocente. Um desses Anarquistas franceses, segundo alguns, teria sido Emile Henry quando estava subindo à guilhotina, outros dizem que foi Vaillant quando estava sendo julgado por jogar uma bomba na Câmara dos Deputados. Respondendo à pergunta, como é que alguém pode lançar uma bomba que vai destruir vidas inocentes?"

"Pavio comprido", gritou alguém, tentando ajudar.

"É mais fácil com relógio!"

"Encarem isso", depois que os comentários começaram a diminuir, "como o Pecado Original, só que com exceções. Quem nasce aqui não é inocente automaticamente. Mas quando você chega a uma certa altura da vida em que você compreende quem é que está fodendo com quem — perdão, Senhor —, quem é que está ganhando e quem não está, é aí que você é obrigado a escolher até que ponto vai ser conivente com essa situação. Se você não dedica cada instante de cada momento de cada dia, acordado ou dormindo, à destruição daqueles que massacram os inocentes com a mesma facilidade com que assinam um cheque, então até que ponto pode se considerar inocente? Isso tem que ser negociado com o dia, a partir desses termos absolutos."

Teria sido quase como nascer de novo, só que Webb nunca fora dos mais religiosos, nem ele nem ninguém de sua família, um velho clã de fazendeiros do sul da Pensilvânia, perto da Linha Mason-Dixon. A Guerra da Secessão, que devorou boa parte da infância de Webb, dividiu a família também, e assim pouco depois do final da guerra ele se viu dentro de uma carroça indo para o oeste, mais ou menos na mesma época em que outros Traverse Irreconciliáveis estavam optando pelo México. Mas, que droga — dá no mesmo.

Do outro lado do rio Ohio, numa cidade serrana cujo nome Webb logo esqueceu, havia uma moça de cabelo negro da mesma idade que ele, cujo nome, Teresa, ele jamais esqueceria. Estavam caminhando pelos sulcos deixados pelas rodas da carroça, do outro lado de uma cerca em que as montanhas se perdiam ao longe, o céu estava nublado, tinha talvez chovido pouco antes, e o jovem Webb estava prestes a abrir seu coração, o qual, como o céu, ia revelar alguma coisa além de si próprio. Ele por um triz não disse a ela. Os dois pareciam estar esperando por aquilo, e mais tarde, seguindo para o oeste, Webb levou consigo aquele silêncio que havia se estendido entre os dois até que não adiantava mais. Caso contrário, talvez ele tivesse ficado, escapulido da carroça, voltado para Teresa. Também ela talvez tivesse encontrado uma maneira de ir atrás dele, mas isso na verdade era um sonho, Webb não sabia, jamais saberia, quais eram os sentimentos dela.

Foram necessários talvez mais nove ou dez anos de deslocamentos em direção ao oeste, pelas pradarias onduladas, atravessando a cevadinha, explosões de galos silvestres em direção ao céu, silêncios terríveis em que os céus enegrecem no meio daquele descampado todo, fugindo de ciclones e incêndios na mata, subindo em zigue-zague a encosta leste das Montanhas Rochosas, atravessando prados cobertos de margaridas e ervas-espirradeiras, até chegar à crista da serra, imensa e rasgada, para finalmente chegar àquelas montanhas malditas onde Webb se fez homem e de onde nunca mais saiu, em cujas profundezas ele se aventurara em busca de prata e ouro, cujos píncaros ele subira, sempre, ofegante.

Àquela altura seus pais já estavam mortos, não lhe tendo legado muito mais do que o velho Colt de doze cilindros que seu tio usara lutando pela Confederação, o qual ele sempre mantinha polido, e que o obrigava a engolir comentários do tipo "A arma é maior que você, Webbie", embora ele continuasse a praticar sempre que podia, até chegar o dia em que ele conseguiu acertar mais de metade de uma fileira de latas de feijão.

Em Leadville, no ano em que instalaram a luz a gás, ele viu Mayva Dash, dançando no balcão do bar de Pap Wyman com botas compridas e um colar de azeviche, enquanto ferroviários, carregadores e mineiros com barbas imundas berravam a cada pontapé e rodopio seu, chegando mesmo a tirar da boca o charuto antes.

"É, crianças, por estranho que pareça, a mãe de vocês era uma dançarina de bar quando a gente se conheceu."

"Você está dando a elas uma impressão errada", ela fingia protestar. "Eu sempre trabalhei por conta própria."

"Você estava pagando o que devia ao homem do bar."

"Eu e todo mundo."

"Na cabeça dele, você trabalhava pra ele."

"Ele que te disse isso?"

"O Adolph, não. Mas o outro, o Ernst?"

"Aquele do bigodão enorme, sotaque estrangeiro?"

"Esse mesmo."

"Um sujeito solitário. Achava que nós todas íamos acabar sendo concubinas dele, o que era comum, ele dizia, na terra dele, sei lá onde."

A cidade, recentemente fundada, já estava ficando negra de escória, em cada beco até chegar ao campo aberto havia enormes montanhas envenenadas de escória. Não era o tipo de lugar que a gente imagina que brote uma paixão, mas o fato é que quando eles se deram conta já estavam juntos, morando na East Fifth Street em Finntown em meio às pilhas de escória. Uma noite, saindo de seu turno, Webb ouviu uma tremenda confusão no beco estreito chamado de St. Louis Avenue, e lá estava Veikko Rautavaara, cuidadosamente segurando um garrafão de vodca com uma das mãos e enfrentando vários guardas da mina com a outra. Apesar de mirrado e magricela, Webb costumava sair-se bem nessas situações, se bem que quando ele entrou na briga a maior parte do trabalho pesado já tinha sido feita, Veikko sangrava mas tinha os pés firmemente plantados no chão, enquanto os mercenários ou estavam estendidos na calçada ou então se afastavam mancando. Quando Webb levou Veikko para sua casa, Mayva arqueou talvez uma sobrancelha. "É bom ver que a vida de casado não está diminuindo o seu ritmo, meu bem."

Ela continuou trabalhando no bar de Pap Wyman até ter certeza de que estava grávida de Reef. Todos os meninos nasceram no tempo em que a prata estava em alta, e já estavam correndo pela casa quando a Lei da Prata foi revogada. "Tirei um *full hand* completo", Webb gostava de dizer, "valetes e damas... quer dizer, até que não, se a mãe de vocês for o ás de espadas."

"A carta da morte", ela murmurava, "obrigada."

"Mas querida", Webb com toda a inocência, "pra mim é um elogio!"

Houve talvez um ano ou dois em que a situação não estava muito desesperada. Webb levou a família toda a Denver e comprou para Mayva um cachimbo de urze para substituir o velho cachimbo de espiga de milho que ela costumava usar. Tomaram sorvete. Foram até Colorado Springs, ficaram no Antlers Hotel e subiram o Pike's Peak num trem de cremalheira.

Embora nesses quase dois anos de idas e vindas na ferrovia Webb pudesse ter visto algo da luz do dia, ele sempre acabava enfiado num buraco em alguma montanha, limpando escavações, cortando lenha, o que desse. Leadville, considerando-se escolhida por Deus quando o antigo filão foi redescoberto em 1892, foi praticamente arrasada com a revogação da Lei, tal como Creede, nocauteada logo depois da grande festança que durou toda uma semana por ocasião do enterro de Bob Ford. As cidades da ferrovia, Durango, Grand Junction, Montrose, coisa e tal, eram muito aborrecidas em comparação com as outras, e delas o que mais ficou na lembrança de Webb foi a luz do sol. Telluride era uma espécie de parque de diversões depravado, em que a luz elétrica à noite era de uma brancura extrema e impiedosa, produzindo um bairro de malandros num tom onírico de prateado, cheio de partidas de pôquer infindáveis, práticas eróticas em barracos nos fundos dos terrenos, antros de ópio chineses evitados pela maioria dos chineses da cidade por uma questão de bom senso, estrangeiros loucos gritando em línguas diferentes a descer encostas de esqui no escuro, pensando em demolições.

A partir de 1893, depois que toda a nação, de uma maneira ou de outra, fora obrigada a viver um cansativo exercício moral em torno da revogação da Lei da Prata, terminando com a restauração da antiga tirania do Padrão-Ouro, as coisas correram mais devagar por algum tempo, e Webb e sua família se mudaram várias vezes, para o condado de Huerfano por algum tempo para escavar carvão, quando o xerife ainda era Ed Farr, ele que depois foi morto pelos ladrões que assaltaram o trem perto de Cimarron, e Webb chegava em casa com a cara toda preta, de tal modo irreconhecível que as crianças ou riam de rolar no chão ou fugiam aos gritos. Mais tarde, em Montrose, todos eles moraram num misto de tenda com galpão nos fundos de uma casa de cômodos que era pouco mais do que um barracão, Lake ajudando na casa, Reef e Frank trazendo sacos de batata da carroça, às vezes fazendo serviço de cozinha no terceiro turno ou, quando as minas de ouro se tornaram mais ativas, em uma daquelas escavações na montanha, Reef, antes de sair de casa de uma vez por todas, trabalhando por uma época no mesmo turno que o pai, catando minério solto e carregando os vagões e os empurrando até o monta-cargas, vez após vez. Passou a odiar aquele trabalho em bem pouco tempo, e Webb, entendendo seu ponto de vista, jamais o criticou por isso. Quando Webb e os meninos estavam em turnos diferentes, Mayva passava o dia inteiro cozinhando, preparando dezenas de pastéis de carne com legumes que eles levavam para dentro do buraco — ela aprendera com as mulheres córnicas de Jacktown a colocar fatias de maçã junto com a carne e as batatas. Depois, mais uma refeição quente quando cada um deles voltava da mina, todos esfomeados como ursos.

Tendo subido na hierarquia, passando de operador de monta-cargas a marteleiro e depois a assistente de capataz, Webb sabia os detalhes mais arcanos a respeito de dinamite. Ou ao menos agia como se soubesse. Mesmo quando estava de folga, adorava mexer com aquela substância desgraçada, levava Mayva às raias da loucura, mas nada do que ela dizia adiantava, ele vivia procurando um prado elevado ou um depósito de rejeitos e lá ficava, acocorado atrás de uma pedra, com aquele brilho de raposa nos olhos, trêmulo, aguardando mais uma de suas explosões. Quando achava que um de seus filhos já havia chegado à idade, ensinava-lhe o ofício, que cada filho encarava por um ângulo diferente. É claro que só de olhar não havia como prever qual deles ia se tornar bom em matéria de bombas. No fundo, Webb não tinha certeza se queria mesmo que eles levassem aquilo às últimas consequências.

Reef falava pouco, mas apertava os olhos de tal modo que levava quem o via a se cuidar. Frank era mais curioso, o tipo do engenheiro-mirim, tentando explodir todo tipo de terreno que convencia o pai a explorar, só para ver se havia uma regra geral. Quando chegou a vez do pequeno Kit, ele já estava com aquilo na cabeça desde que fora a um parque de diversões em Olathe, onde vira um sujeito ser impelido por dinamite e sair dali pronto para outra, era possível uma pessoa passar por um monte de explosões e o efeito era na pior das hipóteses cômico, e assim após uma das aulas ele um dia decidiu que ia dinamitar professores, capatazes, lojistas, qualquer um que o irritasse naquele dia em particular, e todos tiveram que ficar mais do que atentos para que ele não entrasse nos barracões onde Webb guardava seus equipamentos. Lake, diga-se isto a favor dela, não fazia careta, nem tapava os ouvidos, nem suspirava de tédio, nem fazia nada do que os meninos imaginavam que seria sua reação. Ela compreendeu o processo na mesma hora, e logo na primeira vez desencadeou uma bela explosão num raio bem extenso, criando toneladas de trape... talvez sorrindo com seus botões, daquele jeito que dera para sorrir nos últimos tempos.

Webb não sabia a quem deveria ser leal — o que era diferente de saber a quem era leal de fato — e a questão o incomodava boa parte do tempo desde a época do salão de bilhar de Shorty em Cripple, uma questão que ele nunca conseguiu resolver direito, no fundo. Se pudesse se dar ao luxo de ter tempo para pensar, para não fazer nada além de colocar os pés sobre uma grade de madeira, enrolar um cigarro, ficar olhando para a serra, deixando que as brisas passassem por ele — é claro —, mas na vida que levava não havia um minuto que não pertencesse a outra pessoa. Qualquer discussão sobre assuntos mais sérios, como em que ele devia insistir, de que devia abrir mão, quanto devia a quem, tinha de ser travada em meio à correria, com pessoas que ele esperava que depois não fossem traí-lo.

"Sei lá, às vezes eu fico achando, quem sabe não seria melhor pra mim se eu não tivesse todas essas obrigações familiares", ele admitiu uma vez ao reverendo Moss, o qual, embora não tivesse autoridade para absolver os pecados de seu rebanho de dinamitadores, em compensação tinha um apetite inesgotável para escutar queixas. "Poder apenas trabalhar sozinho", murmurou Webb, "ter um pouco mais de margem pra manobra."

"Talvez não." E o reverendo explicitou sua teoria e prática de resistência ao poder. "Se tem alguma coisa escondida na sua vida, eles vão atrás de você. Eles odeiam os solitários. Eles sentem o cheiro de longe. O melhor disfarce é não ter disfarce nenhum. Você tem que pertencer ao mundo cotidiano — estar nele, ser dele. Um homem como você, com mulher e filhos — eles nunca vão desconfiar, você tem coisas demais a perder, ninguém pode ser tão empedernido assim, eles pensam, ninguém está disposto a correr o risco de perder isso."

"Pois eles têm razão. Não estou, mesmo."

Ele deu de ombros. "Então é melhor ser só o que você parece ser."

"Mas não dá pra eu —"

O reverendo, que raramente sorria, agora estava esboçando um sorriso. "Não, não dá, não." Ele balançou a cabeça. "E que Deus o abençoe por isso, irmão de classe."

"Então me diga, quando é que eu durmo?"

"Dormir? é quando você dorme. É só isso que preocupa você?"

"É que eu não quero ser descoberto quando estiver num lugar onde possam me pegar — vou precisar de um lugar seguro para dormir."

"Algum lugar secreto. Mas lá vem essa palavra de novo — não é bom você ter muito segredo, não, não é? se você está tentando parecer normal."

E no entanto o Mundo Normal do Colorado, daria mesmo para confiar nisso, com a morte à espreita em cada esquina, quando tudo poderia terminar antes de ele prender a respiração, rápido como uma avalanche? Não que o reverendo quisesse o Céu, ele se contentaria com algum lugar em que não fosse necessário atiçar os homens como cachorros de briga em empregos que destruíam os pulmões e pagavam no máximo preciosos três dólares e meio por dia — tinha que haver um salário que desse para viver e o direito de se sindicalizar, porque sozinho um homem era uma mula despencando da beira da trilha de montanha desta vida, pronta para ser esmagada ou então chutada para o vazio.

Acabou vindo à tona que o reverendo era mais um sobrevivente da Rebelião. "Então é assim que nós voltamos a encontrar o nosso querido Sul perdido, talvez não exatamente a redenção que a gente queria. Em vez da fazenda de antigamente, dessa vez uma mina de prata, e os escravos negros somos nós. Os patrões descobriram que podiam lidar com a gente da mesma maneira, até com menos piedade, eles riam da gente e tinham medo da gente tanto quanto os nossos faziam com os escravos na geração anterior — com a grande diferença que se a gente fugisse, eles é que não vinham correr atrás de nós, pra nós não tinha lei do negro fujão, não, eles só iam dizer que bom, já vai tarde, tem outros aí querendo trabalhar por menos..."

"Isso é maldade, reverendo."

"Talvez, mas nós fizemos por merecer."

Naquela época, a atmosfera no Colorado estava tão venenosa que os patrões estavam dispostos a acreditar em qualquer coisa que se dissesse a respeito de qualquer um. Contratavam uns tais "detetives", que preparavam dossiês sobre pessoas de interesse. Essa prática em pouco tempo se tornou generalizada. Em matéria de técnicas burocráticas, não foi nada de muito radical nem mesmo no começo, e antes que as pessoas se dessem conta já tinha virado uma rotina praticamente invisível.

Webb foi então devidamente registrado, se bem que à primeira vista o que havia de tão perigoso assim nele? Apenas um membro da Federação de Mineiros do Oeste — mas era possível que aqueles Anarquistas filhos da puta estivessem escondendo os registros deles. Talvez ele estivesse conspirando *em segredo*. Juramentos à meia-noite, tinta invisível. Não seria o primeiro nem o único. E ele parecia viajar muito, demais para um pai de família, e além disso sempre tinha dinheiro, não muito, mas mais do que era de se esperar para um sujeito que ganha salário de mineiro... bom trabalhador, não é desses que vivem sendo despedidos, não, ele é que sempre pede demissão, mudando de uma mina para outra, e onde ele vai sempre leva confusão. Bom, nem sempre. Mas quantas vezes era preciso uma coisa acontecer para que ela deixasse de ser uma coincidência e começasse a ter um sentido?

Assim, começaram a cutucá-lo. Coisas pequenas. Observações do chefe de turno. Chamadas para entrevistas no escritório. Tarefas humilhantes para punir deslizes como roubar no peso do minério ou esticar as horas de folga. Expulsões de bares, contas em vendas encerradas abruptamente. Imposição de trabalhos em lugares menos promissores, pedreiras e poços até mesmo perigosos. As crianças cresceram vendo Webb ser expulso de lugares, com frequência cada vez maior à medida que passavam os anos, muitas vezes quando elas estavam junto com ele, especialmente Frank, quando a coisa acontecia. Pegando o chapéu para ele, ajudando-o a voltar à verticalidade. Sempre que ele sabia que tinha uma plateia, Webb tentava fazer com que a cena ficasse o mais cômica possível.

"Por que é que eles fazem isso, pai?"

"Ah... quem sabe tem algum fim educativo. Vocês têm anotado, que nem eu pedi a vocês, quem é que está fazendo isso?"

"Lojas, bares, restaurantes, principalmente."

"Nomes, caras?" E eles lhe diziam o que lembravam. "E vocês repararam como é que tem uns que dão umas desculpas complicadas enquanto os outros simplesmente me mandam cair fora?"

"É, mas —"

"Pois é, vocês devem prestar bastante atenção, crianças. Variedades de hipocrisia, não é? É como aprender os diferentes tipos de plantas venenosas que tem, umas matam o gado, outras matam gente, mas se a gente usar direito, acreditem ou não, tem umas que curam. Não existe nada vegetal ou humano que não tenha alguma serventia, eu digo a vocês. Fora os donos das minas, e os fura-greves deles, esses cachorros."

Ele estava tentando passar para os filhos o que julgava que eles deviam saber, sempre que tinha algum tempo, se bem que tempo nunca havia. "Ó aqui. A coisa mais preciosa que eu tenho." Tirou do bolso a carteira do sindicato e mostrou a eles, um por um. "Essas palavras aqui" — apontando para o slogan no verso da carteira — "é a coisa fundamental, vocês não vão aprender isso na escola, não, lá vocês vão aprender a Oração de Gettysburg, a Declaração de Independência, essas coisas, mas mesmo se vocês não aprenderem mais nada na vida, decorem isso que está escrito aqui — 'O trabalho gera toda a riqueza. A riqueza pertence a quem a produz'. Isso é que é falar às claras. Não é essa conversa mole dos patrões, não, porque quando eles falam você tem sempre que entender o contrário do que eles dizem. Se eles falam em 'liberdade', então é a hora de começar a se preocupar, porque quando menos se espera os portões estão fechados e o chefe está olhando pra você de esguelha. 'Reforma'? Vai ter focinho novo comendo na gamela. 'Compaixão' quer dizer que a população que passa fome e não tem onde morar e está morrendo vai ter que sofrer mais ainda. E por aí afora. Ora, dava pra escrever um livro inteiro de expressões estrangeiras traduzidas só com as frases que os republicanos dizem."

Frank sempre julgara que Webb era mesmo o que parecia ser — um mineiro honesto e dedicado, explorado até não poder mais, que só recebia uma fração do valor de seu trabalho. Desde cedo estava decidido a se sair melhor que o pai, talvez um dia tirar licença de técnico, para ter um pouco mais de autonomia, pelo menos não ter que trabalhar tanto assim. Não via nada de errado na sua maneira de pensar, e Webb não conseguia criar ânimo para discutir com ele.

Já Reef desde cedo havia percebido que por trás daquela máscara simpática de pai de família trabalhador havia muita raiva, uma raiva que também ele conhecia bem, desejando, à medida que os insultos se multiplicavam, desejando desesperadamente adquirir a capacidade de destruir, apenas pela força de seu desejo, apontar o olhar com fúria para um desses patrões e fazê-lo explodir e pegar fogo, de preferência com um estrondo bem grande. Reef enfiou na cabeça que Webb possuía, se não exatamente esse poder de fazer a justiça de modo imediato, ao menos uma vida secreta na qual, quando escurecia, ele colocava, por exemplo, um chapéu e um guarda-pó mágicos que o tornavam invisível, e em seguida enveredava pelas trilhas, implacável e concentrado, para realizar o trabalho do povo, se não de Deus, duas forças que tinham, segundo o reverendo Gatlin, a mesma voz. Ou mesmo algum poder sobrenatural, como o de se multiplicar de modo a poder estar em vários lugares ao mesmo tempo... Mas Reef não conseguia descobrir uma maneira de conversar sobre essas coisas com Webb. Ele teria implorado para trabalhar como aprendiz e ajudante de seu pai, aceitaria qualquer trabalho, por mais humilde que fosse, mas Webb era imune — às vezes, mesmo, com muita aspereza. "Nada de implorar, ouviu? Não quero nunca ver nenhum de vocês implorando, a mim ou a qualquer outra pessoa, por porra nenhuma." Um palavrão bem colocado para marcar a lição fazia parte da teoria educacional de Webb. Mas um obstáculo ainda maior, que impedia Reef de se tornar o compadre noturno de seu pai, era o fato de que ele relutava em desencadear um daqueles esporros homéricos que são um privilégio dos pais, que ele pudesse reconhecer às vezes como um papel mal representado, algo feito apenas por conveniência, porém, conhecendo as veras profundezas da raiva de Webb, não se dispunha a expor-se a ela. Assim, contentava-se com as confidências que lhe chegassem por acaso de vez em quando.

"Existe uma lista geral", anunciou Webb um dia, "em Washington, D.C., de todo mundo que eles acham que é capaz de estar tramando alguma coisa, uma lista mantida pelo Serviço Secreto Federal."

"Eu pensava que o trabalho desses caras era não deixar o presidente levar um tiro", disse Reef.

"Por lei, sim, isso e também prender moedeiros falsos. Mas não tem nenhuma lei que proíba eles de emprestar agentes pra quem está precisando, sei lá, de um sujeito secreto. É por isso que esses detetives federais estão aí em tudo que é lugar, principalmente aqui nas montanhas do Colorado."

"Ora, pai, onde é que a gente está, na Rússia?"

"Olha, abre bem os olhos senão você vai acabar caindo num abismo aí qualquer."

Aquilo era mais do que uma brincadeira como as de costume. Webb estava preocupado, e Reef imaginava que ele tivesse medo de estar naquela lista. Quando Webb não sorria, e cada vez mais ele passava dias sem sorrir, parecia ser bem mais velho do que era. É claro que, quando sorria, as orelhas, o nariz e o queixo pontudos, as rugas fundas que se abriam de um lado ao outro, as sobrancelhas que se arqueavam alegres, tudo isso revelava um charme astuto que se estendia às práticas de guardar confidências, dar conselhos e pagar rodadas de cerveja sem hesitação. Mas sempre, Reef reparava, havia uma parte guardada dentro dele, uma parte que parecia inacessível. O outro Webb que cavalgava à noite, invisível. Ele queria dizer: não vá enlouquecer por causa disso, pai, você tem vontade de matar uma meia dúzia deles, e continuar matando, e como é que esse pessoal todo daqui deixa eles fazerem o que eles fazem? Começou a andar com rapazes da sua idade ou um pouco mais velhos que, como todos sabiam, usavam a dinamite para fins recreativos, rapazes que quando queriam se divertir iam para os depósitos de ganga, bebendo *bourbon* e jogando um para o outro uma banana de dinamite com o pavio aceso, de tal modo que ela não estivesse muito perto de ninguém quando explodisse.

Assustada, Mayva falou a respeito dessa prática a Webb, que se limitou a dar de ombros. "São só garotos brincando com dinamite, em cada condado o xerife conhece pelo menos uns dez assim. O Reef sabe usar esse negócio com cuidado. Eu confio nele."

"Mas só pra me tranquilizar —"

"Claro, eu converso com ele, se você quiser."

Encontrou Reef num local onde ocorrera uma avalancha pequena perto de Ouray, sentado, como se estivesse esperando alguma coisa. "Ouvi dizer que você, o Otis e os outros descobriram o segura-o-abacaxi. Divertido, não é?"

"Até agora." O sorriso de Reef era tão falso que até Webb o percebeu.

"E você não tem medo, não, meu filho?"

"Não. Só um pouco. Mas não muito", com uma daquelas gargalhadas adolescentes malucas, rindo dos tropeços de sua própria língua.

"Pois *eu* tenho."

"Ah, é claro." Olhou para o pai, esperando o resto da piada. Webb se deu conta de que mesmo se um dia Reef viesse a levar aquele assunto a sério, ele próprio jamais conseguiria encarar a dinamite de modo tão descontraído quanto seu filho. Olhou para Reef com uma inveja quase indisfarçada, sem perceber em absoluto a coisa mais escura, o desejo, a necessidade desesperada de criar um raio de aniquilação que, se não pudesse incluir aqueles que a mereciam, então que incluísse a ele próprio.

Webb não era professor, só sabia repetir para os filhos mecanicamente as velhas lições de sempre, apontar para as mesmas injustiças óbvias, na esperança de que alguma coisa daquilo tudo conseguisse brotar, e continuar com seu próprio trabalho totalmente escondido, mantendo o rosto indevassável, sem companhia, deixando que sua raiva fosse acumulando pressão até que estivesse pronta para realizar algum trabalho útil. Se a dinamite era necessária, bem, então que fosse — e se isso implicava se tornar cada vez mais um estranho para aqueles meninos, fazer papel de maluco, aos gritos, quando aparecia em casa, e então um dia mais cedo ou mais tarde perdê-los, perder aqueles olhares jovens e límpidos, o amor e a confiança deles, o modo sem hesitação com que pronunciavam seu nome, tudo aquilo que é capaz de partir um coração de pai, bom, os filhos crescem, e isso teria que ser incluído como parte do preço, também, juntamente com a cadeia, os calabouços, as surras, os locautes e tudo o mais. Era assim mesmo. Webb teria que deixar de lado seus sentimentos, não apenas o sentimentalismo infantil mas também aquele vazio terrível e real a inchar como um balão no centro de seu ser quando ele parava para pensar o que seria perdê-los. Quando ele podia parar. E além de tudo eram bons meninos. A única coisa que ele sabia fazer era quebrar as coisas a seu redor, impotente, correndo o risco de fazer com que eles pensassem que o alvo era eles, não podia contar com Mayva para salvá-lo, pois era ela o alvo, muitas das vezes, e não sabia como dizer a eles o contrário. Não que eles acreditassem se ele dissesse. Depois de algum tempo, muito pouco tempo, não acreditariam mais.

"Estamos prontos?"
Veikko deu de ombros e pôs a mão no botão do magneto.
"Vamos lá."
Quatro explosões, uma logo depois da outra, rachaduras no tecido do ar e do tempo, impiedosas, de sacudir os ossos. Respirar parecia irrelevante. Nuvens de um amarelo sujo subindo, cheias de fragmentos de madeira, não havia vento para levá-las para outro lugar. Trilhos e dormentes despencaram na ravina sufocada de pó.
Webb e Veikko ficaram olhando do outro lado de um prado coberto de esporinhas e *castillejas*, e atrás deles um riacho descia a encosta com águas rápidas. "Já vi piores", disse Webb após algum tempo.
"Uma beleza! O que é que você quer, o fim do mundo?"
"Basta a cada dia o seu mal", Webb deu de ombros. "Claro."
Veikko estava servindo vodca. "Feliz Dia de Independência, Webb."

Durante os anos que se seguiram, muito se falou no Colorado sobre a noite extraordinária do Quatro de Julho de 1899, em que o mundo virou. O dia seguinte seria cheio de rodeios, bandas de música e explosões de dinamite — mas naquela noite houve relâmpagos artificiais, cavalos enlouquecidos correndo pelas pradarias num raio de muitos quilômetros, com a eletricidade invadindo seus corpos conduzida pelo ferro das ferraduras, as quais, quando finalmente foram retiradas para ser usadas pelos caubóis no jogo da malha, inclusive em torneios importantes realizados em piqueniques, de Fruita até Cheyenne Wells, voavam em linha reta e grudavam nas estacas fincadas no chão, ou a qualquer outra coisa de ferro ou aço que houvesse por perto, isso quando não colecionavam suvenires em pleno voo — as armas dos pistoleiros saltavam fora dos coldres e as facas escapuliam de dentro das calças, e também chaves de quartos de hotel de senhoras em viagem e de cofres de escritórios, plaquetas de identificação de mineiros, pregos de cercas, grampos de cabelos, tudo isso buscando a memória magnética daquela visita em tempos idos. Veteranos da Rebelião que se preparavam para desfilar não conseguiam dormir, de tanto que os elementos metálicos zumbiam na trajetória de seu sangue. Crianças que beberam o leite das vacas que pastavam nas redondezas foram encontradas de ouvido colado nos postes de telégrafo, escutando a movimentação que passava pelos fios acima de suas cabeças, e mais tarde foram trabalhar em firmas de corretores de ações onde, providas de uma intimidade assimétrica com o fluxo diário dos preços, conseguiram amealhar fortunas antes que alguém se desse conta do fato.

O jovem Kit Traverse por acaso estava presente no experimento de alta voltagem que fora a causa de tudo aquilo, pois naquele verão trabalhava para ninguém menos que o dr. Tesla, em Colorado Springs. A essa altura Kit já se considerava um Vetorista, tendo se convertido a essa seita não por vias abstratas e sim, como ocorrera com a maioria dos seguidores até então, através da Eletricidade, e da sua introdução prática, no tempo de sua infância, num ritmo cada vez mais frenético, em vidas que antes nada sabiam a seu respeito.

Naquela época ele era um aprendiz de eletricista ambulante — "Fazendo o *circuito* regional" — indo de um vale a outro, decidido a nunca mais entrar numa mina, aceitando qualquer serviço que lhe fosse oferecido, desde que tivesse alguma coisa, qualquer coisa, a ver com eletricidade. A eletricidade era na época o grande acontecimento no sudoeste do Colorado, praticamente todos os riachos mais cedo ou mais tarde passavam por uma pequena usina elétrica privada que abastecia uma mina ou uma máquina fabril ou iluminava uma cidadezinha — basicamente um gerador de turbina localizado sob uma cascata, coisa que, naquela altitude, podia ser encontrada quase onde quer que se fosse. Kit era grandinho para sua idade, e os capatazes aceitavam qualquer idade que ele preenchesse no formulário, isso quando havia formulário.

Alguma coisa, alguma devoção ou necessidade que, naquele tempo, entre trabalhadores com pouca habilitação, se manifestava na lealdade a um sindicato, levava os alunos de engenharia um pouco mais velhos que ele, que normalmente iam ali para passar o verão, vindos da Costa Leste, Cornell, Yale etc., a ajudar Kit, a emprestar-lhe livros de que ele necessitava, o *Tratado sobre eletricidade e magnetismo* de Maxwell, de 1873, e a mais recente *Teoria do eletromagnetismo* de Heaviside (1893) etc. Assim que Kit aprendeu a lidar com a notação, o que não demorou, ele tomou impulso.

Para ele, era como se fosse uma religião — o deus era a Corrente, trazendo a luz, prometendo a morte aos maus praticantes, as Escrituras e os mandamentos e a liturgia, tudo expresso na sagrada linguagem Vetorial, cujos textos ele precisava assimilar à medida que os obtinha, estudar quando devia estar dormindo, à luz de uma vela de mineiro ou lanterna a querosene, muitas vezes à luz da incandescência mesma cujo mistério elétrico ele estava estudando, compreendendo através do método da tentativa e erro, premido pelo desejo, despertado por um dia de trabalho, de *ver* de alguma maneira — diretamente, sem equações, tal como ocorrera com Faraday, ou ao menos era o que dizia o folclore — o que se passava dentro dos circuitos que ele era obrigado a utilizar no trabalho. O que parecia bem razoável. Depois de algum tempo, de vez em quando, ele se dava conta de que era ele quem estava dando explicações aos sabichões universitários — não tudo, é claro, pois eles sabiam tudo —, mas quem sabe um detalhezinho aqui e ali, manipulando símbolos de vetores que representavam forças invisíveis — se bem que elas se faziam sentir facilmente, por vezes perigosamente —, pois os eventos elétricos não eram nada de muito diferente de instalar rotores debaixo de cachoeiras, nivelar e fixar turbinas, ajeitar a forma de suas pás, encaixar comportas, tubos de sucção, rotores e tudo mais, basicamente uma questão de suor, músculos exaustos e discussões com capatazes, subindo e descendo o terreno para encontrar pontos de apoio e instalar aparelhos, para não falar nos serviços ocasionais de pedreiro, carpinteiro, rebitador e soldador — passando noites em claro e recebendo ordens dadas aos berros, mas nada daquilo era muito misterioso, até que uma noite, em algum lugar a oeste de Rico, uma janela abriu-se para ele no Invisível, e uma voz, ou alguma coisa semelhante a uma voz, sussurrou-lhe: "Cachoeiras, fluxos de eletricidade — um fluxo se transforma no outro, e vira luz. Assim, a altitude se transforma, o tempo todo, em luz". Palavras neste sentido, bom, talvez não exatamente palavras... E ele notou que fixava o olhar no brilho do filamento de uma lâmpada, o qual em circunstâncias normais teria o efeito de cegá-lo, mas que lhe pareceu estranhamente suave, como a luz que se vê pela fenda de uma porta entreaberta, convidando-o a entrar numa casa hospitaleira. Sendo que a corrente em questão rugia, numa queda majestosa, a poucos metros dali. Não fora um sonho, nem o tipo de iluminação que, como ele viria a saber um dia, Hamilton vivenciara na ponte de Brougham na Irlanda em 1845 — porém representava um salto de um lugar para outro com sabe-se lá que ameaçadora fenda no éter abrindo-se entre um lado e outro, lá embaixo. Ele viu. As expressões vetoriais nos livros, integrais de superfície e funções potenciais e tudo o mais, doravante seriam para ele nada mais do que reproduções toscas da verdade que ele agora possuía no interior de seu ser, sólida e inabalável.

Um dia espalhou-se pela comunidade de eletricistas a notícia de que o célebre doutor Nikola Tesla estava a caminho de Colorado Springs, com o intuito de estabelecer uma estação experimental. Jack Gigg, companheiro de Kit, não conseguia parar quieto. Ficava o tempo todo correndo de lá para cá em torno dele. "Eh, Kit, será que você ainda não está pronto não, vamos lá, Kit, a gente acampa lá mesmo, tem que ter um montão de emprego pra dois veteranos que nem nós."

"Jack, nós temos dezessete anos."

"Pode escrever isso que eu estou falando. É Pike's Peak, ou vai ou racha!"

Kit lembrava-se de uma ida a Colorado Springs quando era menino. Bondes e um prédio de sete andares. Pores do sol de um vermelho violento atrás do Pike's Peak. O vagão do trem de cremalheira, com teto da mesma cor. A estação no pico e o mirante frágil lá no alto, Frank teve tanto medo de subir até lá que por conta disso os outros passaram a zombar dele implacavelmente pelo resto de sua vida.

Encontraram a equipe de Tesla instalada a pouco mais de um quilômetro da cidade, perto da sede do Sindicato dos Tipógrafos. Foram recebidos por um sujeito brusco, com jeito de quem se graduou na penitenciária de Cañon City, o qual se apresentou como Foley Walker. Kit e Jack imaginaram que ele seria a pessoa encarregada das contratações. Mais tarde ficaram sabendo que era o assistente especial do famoso capitalista Scarsdale Vibe, e que estava ali para controlar o modo como o dinheiro, boa parte dele pertencente ao sr. Vibe, estava sendo gasto.

No dia seguinte, a caminho do refeitório, Kit foi abordado por Foley. "A meu ver, é maluquice sua", disse aquele representante da Riqueza, "sair de casa pra fazer outra coisa que não seja descarregar vagão na mina, é ou não é?"

O tipo de abordagem que se tenta com uma garota, pensou Kit — ele próprio já usara aquela frase e nunca dera certo. "Eu já saí de casa", murmurou, "faz anos."

"Nada de pessoal", retrucou Foley. "Mas não sei se você já ouviu falar do Programa de Bolsas para Tenentes da Indústria, criado pelo senhor Vibe."

"Claro. Na última estalagem em que eu passei, não se falava em outra coisa."

Foley explicou, pacientemente, que o programa estava sempre procurando rapazes com talento para engenharia, para financiar seus estudos.

"Escola das Minas, essas coisas?" Kit, sem poder conter o interesse.

"Melhor ainda", disse Foley. "O que você acha de Yale?"

"Como quem diz 'Senhor Merriwell, nós precisamos que o senhor marque um tento'", disse Kit com uma imitação razoável de sotaque do Leste.

"Falando sério."

"Mensalidades? Casa e comida?"

"Tudo incluído."

"Automóvel? Champanhe entregue no quarto dia e noite? Suéter com um Y grandão na frente?"

"Eu arranjo", disse Foley.

"Conversa. Só o poderoso Scarsdale Vibe arranja uma coisa dessas, moço."

"Está falando com o homem."

"O senhor não é o homem. Eu leio jornal e revista, e o senhor não é nem parecido com o homem."

"Permita-me explicar esse ponto." Foley mais uma vez teve que contar a história de sua atuação como substituto na Guerra da Secessão, tarefa essa que, com o passar dos anos, tornava-se cada vez mais cansativa. Durante a Rebelião, logo após a batalha de Antietam, bem quando estava começando seu segundo ano de faculdade em New Haven, Scarsdale Vibe, por estar na idade certa, recebera um chamado para se recrutar. Como era de praxe, seu pai obteve um substituto para lutar em seu lugar, julgando que, tendo obtido um recibo no valor de trezentos dólares, corretamente formulado, não haveria mais o que discutir. Imagine-se a surpresa geral quando, duas décadas depois, Foley apareceu, numa manhã bem cedo, nos escritórios da Vibe Corporation, afirmando ser o substituto em questão e apresentando documentos que comprovavam suas palavras. "Sou um homem ocupado", Scarsdale poderia ter respondido, ou então "Quanto é que ele quer, e ele aceita cheque?". Em vez disso, curioso, resolveu ir ver o homem em pessoa.

Foley tinha uma aparência sem nada de excepcional, não tendo ainda adquirido o aspecto mais ameaçador que o tempo, com uma piedade curiosa, haveria de lhe conceder — o que pode ter parecido excepcional foi sua concepção de conversação social ou fática. "Levei uma bala dos Rebeldes pelo senhor", foi a primeira coisa que lhe escapou da boca. "É um prazer conhecê-lo, é claro."

"Uma bala. Onde?"

"Cold Harbor."

"Sim, mas onde?"

Foley levou a mão à têmpora esquerda. "Já estava bem fraquinha quando chegou em mim — não deu para sair do outro lado, e ninguém até hoje conseguiu extrair. Eles ficavam a minha volta, falando como se eu não estivesse presente a respeito do Cérebro e Seus Mistérios. Bastava prestar bastante atenção que era que nem fazer escola de medicina de graça. Aliás, com base só nas coisas que ouvi nessas conferências junto do meu leito de hospital, eu até cheguei a realizar umas cirurgiazinhas na cabeça."

"Quer dizer que ela continua lá?"

"Bala Minié, a julgar pelas feridas de todo mundo que estava perto de mim na hora."

"Incomoda?"

Seu sorriso de satisfação pareceu horrível até mesmo a Scarsdale. "Não chega a incomodar. O senhor nem imagina as coisas que eu vejo."

"E... ouve?"

"Digamos que são comunicações de muito, muito longe."

"A pensão que o senhor recebe no exército dá pra cuidar disso? Precisa de mais alguma coisa?"

Foley viu que as mãos de Scarsdale estavam prestes a pegar algo, fosse uma pistola ou um talão de cheques. "Sabe em que os índios lá do Oeste acreditam? Que quem salva a vida de uma pessoa passa a ser responsável por ela o resto da vida."

"Não é preciso. Eu cuido de mim. Guarda-costas é o que não me falta."

"Não é exatamente pelo seu bem-estar *físico* que me dizem que eu devo zelar."

"Ah. Sei, claro, aquelas vozes que o senhor ouve. Pois sim, o que é que elas lhe dizem, senhor Walker?"

"Nos últimos tempos, o senhor quer saber? Falam muito numa companhia de querosene lá em Cleveland. Aliás, não tem um dia em que o assunto não venha à tona. O senhor deve saber melhor que eu. Será 'Standard Oil'? Parece que estão 'expandindo o capital', seja lá o que isso for. Dizem as vozes que agora é uma boa época para investir."

"Está tudo bem aí, senhor Vibe?"

"Tudo bem, sim, Bruno, obrigado. Mas vamos fazer a vontade deste cavalheiro. Vamos comprar umas cem ações dessa tal companhia de querosene, se é que ela existe, pra ver no que dá."

"As vozes dizem que quinhentas seria melhor."

"Já fez o desjejum, senhor Walker? Bruno, tenha a bondade de levá-lo até o refeitório da companhia, por favor."

O conselho dado por Foley Walker naquele dia resultou numa aceleração crítica do crescimento da lendária fortuna Vibe. Ele já havia consumido uma peça de bacon e toda a produção daquele dia do galinheiro da companhia, instalado na cobertura da sede, mais um pão inteiro e quarenta litros de café, mais ou menos, quando Bruno, achando que nunca mais o veria mais gordo, conseguiu levá-lo até a rua, fumando um dos havanas de segunda linha de Scarsdale, dos quais havia levado um punhado. Uma semana depois, após uma busca frenética em diversos antros de ópio e teatros de revista, ele foi localizado e contratado como "consultor investigativo", e a partir de então Scarsdale nunca mais tomava uma decisão empresarial sem recorrer a ele, com o tempo expandindo o conceito de decisão empresarial a ponto de abarcar lutas de boxe, partidas de beisebol e especialmente corridas de cavalo, em relação às quais os palpites de Foley quase nunca falhavam.

Os gêmeos Vibe, como em pouco tempo passaram a ser chamados, eram com frequência vistos juntos em Monmouth Park e Sheepshead Bay, bem como em hipódromos mais distantes, usando trajes esporte idênticos, xadrez amarelo-canário e índigo, gritando e sacudindo bilhetes de apostas — quando não estavam subindo e descendo em alta velocidade as avenidas de Manhattan num fáeton grená cujas peças de metal eram sempre mantidas tão lustradas que chegavam a cegar, lado a lado, envergando guarda-pós claros, parecendo a um espectador desinformado um par ineluctável de cavaleiros do apocalipse.

"De modo que se pode dizer", concluiu Foley, "que eu sou Scarsdale Vibe mais até que o próprio Scarsdale Vibe."

Kit ouviu-o respeitoso, mas não convencido. "O senhor entende qual é o meu problema, não é? Imagine que eu soubesse que ia receber uma mesada todo mês, na hora certa, por três ou quatro anos seguidos. Se eu tivesse uma fé como essa, eu podia estar numa barraca em algum lugar aí manipulando cobras e ganhando fama de verdade."

O célebre inventor estava neste momento passando rapidamente da esquerda para a direita. "*Izvinite*, doutor Tesla!", exclamou Foley. "Será que a gente podia usar o seu telégrafo?"

"No escritório", respondeu o sérvio esganiçado, virando a cabeça para trás, seguindo em frente para tratar do próximo problema insolúvel do dia.

"*Hvala!* Vamos lá, caubói, prepare-se pra se deslumbrar."

Na sala de Tesla, Foley mais que depressa pegou o telégrafo e entrou em contato com os escritórios de Vibe na Costa Leste. Alguns momentos depois, como se lembrando da existência de Kit: "Quanto você pretende ganhar nesse negócio?".

"Como assim?"

"Será que quinhentos dólares davam pro gasto por ora?" O dedo de Foley já estava na tecla outra vez, mais rápido do que a vista podia acompanhar — depois, uma imobilidade atenta enquanto vinha a resposta do outro lado. "Está bem, tudo combinado. Vai estar amanhã no Bank of Colorado Springs, um cheque nominal pra você. É só entrar e assinar."

Kit manteve o rosto impassível. "Uma longa noite pela frente."

Mais longa do que ele esperava. Por volta das oito, um rolamento secundário de um dos transmissores explodiu, tendo sido atacado repetidamente, em algum lugar nos quilômetros de extensão exigidos pelas frequências baixas então em uso, por um alce enlouquecido. Quase à meia-noite, dois tornados varreram a pradaria, como se procurassem, na torre de transmissão de sessenta metros de altura, um companheiro de esbórnia elétrica, e mais ou menos por volta das duas da madrugada dois freteiros alcoolizados em Leadville começaram a brigar e trocaram tiros, os quais, como sempre, não deram em nada, porque os campos magnéticos ali eram tão fortes e imprevisíveis que a toda hora os canos das armas eram desviados dos alvos. Explosões feéricas de luzes azuis, vermelhas e verdes, com seus trovões artificiais, mantiveram o céu animado até o nascer do dia. Na Escola para Surdos e Cegos, ali perto, as crianças diziam ter ouvido e enxergado frequências até então não registradas pela medicina.

De manhã, após um café de acampamento, Kit montou no cavalo e foi até o banco, onde tudo ocorreu tal como Foley prometera. Um caixa com um objeto de celuloide verde preso à testa levantou a vista e olhou para Kit com um interesse que até então pouca gente havia manifestado. "Mais um dos garotos do doutor Tesla, não é?" Kit, tendo passado sem dormir trinta e seis horas de frenesi voltaico e comportamentos estranhos de seres humanos e animais, tomou a pergunta como uma mensagem de origem mais remota do que tinha na realidade. Em algum lugar na East Platte Street, no caminho de volta, orientando-se pela torre, com sua esfera de cobre de um metro de diâmetro a refletir o sol da pradaria, Kit foi subitamente acometido por um anseio, ou pelo menos era assim que ele relembraria o incidente depois — a clareza do desejo — de fazer parte daquele grupo de aventureiros do Éter e seus mistérios, tornar-se, por toda a vida, um dos garotos do dr. Tesla. A menos de dois quilômetros do local de testes ele deu por si, inexplicavelmente, disposto a aceitar o plano de Foley como um compromisso de vida.

"Depois que terminar a faculdade eu venho trabalhar pro senhor Vibe até que a dívida seja paga, não é?"

"Isso mesmo — e se você assinar aqui também, é só um documento-padrão... É, encare a coisa como um serviço militar pago. Nós que somos do tempo da Rebelião, pra nós é assim que o mundo funciona, um elemento da sociedade querendo evitar uma situação desagradável — no seu caso, ter de aprender todas essas coisas na faculdade — pagando um outro elemento pra que ele o substitua. É basicamente isso. Os que estão lá no alto ganham um período de tranquilidade e liberdade, nós aqui embaixo ganhamos a nossa grana na hora e, dependendo do serviço, talvez até uma emoção de vez em quando."

"Mas depois da guerra, pelo que o senhor conta, o senhor achava que a pessoa que foi substituída ainda era sua devedora."

"Talvez por observar como o senhor Vibe e tantos outros substituídos do tempo dele tinham liberdade de ação. Pra não falar nos lucros e resultados que eles recebiam enquanto simplesmente levavam a vida na flauta, sendo que alguns deles até hoje não conseguem nem mesmo conceber o que seria um problema sério de verdade. Nós que fomos, e que encontramos mais problemas do que era possível suportar, ficamos achando que era o caso buscar uma compensação, pois os danos corporais e espirituais que sofremos eram o débito que equivalia à boa sorte deles, eu poderia dizer."

"Se fosse socialista, era o que o senhor diria", arriscou Kit.

"É claro, e não é justamente assim que funciona o sistema de classes sociais? Juventude eterna comprada ao preço de doença e morte alheias. Chame isso do que você quiser. Se você voltar para o Leste, vai encontrar mais pessoas pensando dessa maneira, de modo que se isso ofende você, é melhor dizer logo que a gente combina uma coisa diferente."

"Não, não, comigo não vai ter problema, não."

"É o que o senhor Vibe pensa também."

"Ele não me conhece."

"Isso vai mudar."

Mais tarde, na sala de Tesla, Kit viu o professor olhando de cenho franzido para um desenho a lápis. "Ah. Desculpe. Eu estava procurando —"

"Esse toroide está com a forma errada", disse Tesla. "Venha cá, dê uma olhada nisso."

Kit olhou. "Talvez tenha uma solução vetorial."

"Como assim?"

"Nós sabemos como é que o campo tem que ser em cada ponto, não é? Pois bem, quem sabe a gente não pode gerar uma forma de superfície que dê esse campo."

"Você vê isso", Tesla meio que perguntou, olhando para Kit com certa curiosidade.

"Estou vendo alguma coisa", Kit deu de ombros.

"A mesma coisa começou a acontecer comigo na sua idade", relembrou Tesla. "Quando eu tinha tempo para ficar parado, as imagens me vinham. Mas a questão é achar tempo, não é?"

"Claro, tem sempre alguma coisa... tarefas, alguma coisa."

"O dízimo", disse Tesla, "pago ao dia."

"Não estou me queixando do expediente daqui, não, nada disso, não senhor."

"Por que não? Eu me queixo o tempo todo. Da falta de tempo, principalmente."

Quando Kit voltou de Colorado Springs na maior animação, falando sobre a proposta de Foley, Webb foi taxativo. "Você está maluco? Vou mandar alguém escrever pra eles que nada feito."

"Não foi o senhor que eles convidaram."

"Eles estão atrás é de mim, meu filho."

"Eles nem conhecem o senhor lá", argumentou Kit.

"Eles são os donos das minas daqui. Você acha que eu não estou na lista deles? Eu estou na lista de todo mundo. Eles estão tentando me comprar pra eu sair daqui com a minha família. E se o ouro não funcionar, mais cedo ou mais tarde eles vão apelar pro chumbo."

"Acho que o senhor não está entendendo."

"Todo mundo é ignorante sobre algum assunto. Pra mim, é a eletricidade. Você, pelo visto, é gente rica."

"Isso pra eles é uma merreca. E pro senhor?"

Não tinha jeito. Webb percebia que estava perdendo a discussão, perdendo o filho. Mais que depressa, retrucou: "E como é que você vai pagar?".

"Vou trabalhar para a Vibe Corporation depois que eu me formar. Qual o problema?"

Webb deu de ombros. "Eles ficam donos de você."

"Vai ser um emprego confiável. Não é como..."

"Como isso aqui." Kit limitou-se a olhar para ele. Tudo estava terminado, Webb concluiu. "Está bom. Ou você é meu, ou você é deles, não pode ser as duas coisas."

"As opções são essas?"

"Você não vai, Kit."

"Ora se não vou." A frase escapuliu, aquele tom de voz, antes que o rapaz tivesse tempo de pensar, e ele também não registrou muito a fundo, naquele momento, a dor que se espalhou pelo rosto de Webb, que nos últimos tempos estava sempre um pouco virado para cima, por efeito do crescimento ainda em curso de Kit.

"Se é assim", Webb, fingindo estar consultando sua papelada de chefe de seção, "pode ir quando você quiser. Por mim, não tem problema." A partir daí, adotaram a prática de um nunca olhar nos olhos do outro, coisa que nunca mais voltou a acontecer, aqui nessa desolada costa a sota-vento cujo interior é a morte.

"Você está sendo muito duro com ele", julgou Mayva.

"Você também? Olha bem pra ele, May, ele não é mais um bebê, não, você vai acabar estragando esse garoto de tanto mimar."

"Mas ele é o nosso bebê, sim, Webb."

"Bebê, o cacete. Ele já tem idade e tamanho pra entender isso aqui. Saber como as coisas funcionam."

Levou algum tempo — foi só depois que Kit foi embora e as emoções perderam um pouco aquele fio de faca — para que Webb pudesse começar a se lembrar de ocasiões em que ele e seu pai, Cooley, deram voltas e mais voltas, falando alto, e não chegando a lugar nenhum, tal como agora, e ele nem mesmo se lembrava qual tinha sido o motivo, pelo menos não todas as vezes. E embora Webb fosse mais moço quando Cooley morreu, jamais lhe tinha ocorrido, até aquele momento, que Cooley talvez tivesse se sentido como ele, Webb, se sentia agora. Perguntava-se se a coisa ficaria assim para o resto da vida — nunca havia feito as pazes com seu pai, e agora a mesma situação, como se fosse uma porcaria de uma maldição, estava surgindo entre ele e Kit...

Mayva foi levar Kit até a estação, mas foi uma despedida fria, e as esperanças eram parcas. Ele fingia não entender por que ninguém mais viera, nenhum dos homens. Ela estava com seu chapéu de ir à igreja — como a "igreja" muitas vezes fora ao ar livre, o velho veludo grená havia acumulado alguns anos de poeira de trilha e ficara desbotado nos seus inúmeros picos em miniatura. Até não muito tempo antes, Kit era pequeno demais para ver aquele chapéu de cima e reparar nisso. Ela entrava e saía da estação, para certificar-se que o relógio estava funcionando mesmo, informando-se a respeito da localização do trem com a telegrafista e sua assistente, perguntando a Kit mais de uma vez se ele achava que ela lhe preparara uma matula suficiente para a viagem. Pastéis de carne com legumes e tudo o mais.

"Não é pra todo o sempre, não, mãe."

"Não. Claro que não. É que eu, porque, não sei..."

"Pode até não dar certo. Aliás, é bem capaz de isso acontecer."

"Mas não deixe de caprichar na letra. Na escola você sempre escreveu tão bonito."

"Vou lhe escrever sempre, mãe, e aí a senhora vai poder controlar minha letra."

Uma movimentação na fila de observadores de trens, como se tivessem recebido sinais vindos de uma distância invisível naquele devaneio coletivo deles, ou talvez, como algum deles afirmavam, como se tivessem percebido um movimento nos trilhos, por um fio de cabelo, muito antes que surgisse fumaça acima da lombada ou se ouvissem apitos de vapor ao longe.

"Nunca mais vou ver você." Não. Ela não disse isso. Mas poderia ter dito, com muita facilidade. Um olhar dele. O menor gesto de fraqueza naquela postura cuidadosa de rapaz que lhe devolvesse o menino que ela queria, afinal de contas, guardar para si.

O chamado viera apenas uma semana antes, no quarto da meia-noite às quatro, que os Amigos do Acaso, mesmo nesta época de dessuetude, observavam todas as noites. Aparecera um rapaz com rosto de anjo de pintura antiga sob um boné amassado com a pala virada para o lado, segurando um aparelho de telefone cujo fio saía pela porta afora e se perdia na escuridão quase completa. Podia muito bem ser alguém que ainda não fora dormir, querendo pregar uma peça. Na manhã seguinte, as opiniões, trocadas entre bocados de mingau de aveia aguado, toucinho e café da véspera requentado, se dividiram. Não havia cartas de navegação para ajudá-los a encontrar o caminho. As únicas instruções eram no sentido de seguir para o sudoeste e aguardar a correção de curso que viria de uma estação não especificada, numa distância indeterminada, que chegaria pelo novo dispositivo de Tesla instalado na aeronave, o qual permanecera silencioso desde o dia da instalação, embora desde então estivesse sendo mantido eletrificado e muito bem calibrado.

Era difícil acreditar que as vozes que chegaram nos dias seguintes tinham origem na esfera material. Até Lindsay Noseworth, pessoa de parca imaginação, afirmou que sentia uma prolongada sensação de frio nos ombros toda vez que o instrumento começava a sussurrar, rouco.

Em pouco tempo começaram a ser impelidos pelos ventos oeste que os levariam, com precisão quase geométrica, às ilhas desabitadas e pouco conhecidas de Amsterdã e São Paulo, no Oceano Índico, recentemente anexadas pela França.

Sobrevoavam, a poucas dezenas de metros de altura, um mar revolto e hostil, pontuado aqui e ali por ilhas de rocha negra nua, desabitadas, desprovidas de vegetação. "Outrora", relatava Miles Blundell, "no tempo dos primeiros exploradores, cada uma dessas ilhas, por menor que fosse, recebeu um nome, tão surpreendente era sua abundância no mar, tamanha a gratidão a Deus dos descobridores por encontrarem terra à vista, fosse qual fosse essa terra... mas hoje em dia os nomes estão se perdendo, este mar está voltando ao anonimato, cada ilha que dele se eleva é apenas mais um deserto escuro." Tendo perdido seus nomes, uma por uma as ilhotas foram desaparecendo das cartas náuticas, até um dia sumirem também do mundo iluminado, para retornar ao Invisível.

Em algumas dessas rochas assoladas pelo vento, os Amigos vislumbravam destacamentos de marujos, equipados com cordas de segurança, esgueirando-se por superfícies úmidas onde mal cabiam todos eles, com movimentos rápidos e decididos, muito embora aparentemente não houvesse nada, nem mesmo guano, que justificasse correr aquele risco. Os navios ancorados ali perto eram de grande porte e pareciam levar armamentos a que só tinham acesso as Potências Europeias. Sua presença nessas águas, que não era sequer sugerida em nenhum dos extensos comunicados enviados aos rapazes do Quartel-General dos Amigos, era um mistério tão insondável quanto aquela paisagem marítima iluminada por relâmpagos.

A última ilha em que podiam obter suprimentos perecíveis, como leite, era St. Masque, a qual de início, quando aterrissaram, parecia desabitada. Então, lentamente, uma por uma ou em duplas, pessoas começaram a aparecer, e logo os Amigos se viram cercados por uma população considerável e pela cidade que a ela pertencia, como se sempre tivesse estado ali, aguardando sua chegada... uma cidade de um tamanho razoável, em que os habitantes falavam inglês, e o chão era tão limpo que todos andavam descalços, por mais formal que fosse sua vestimenta — ternos, *négligés*, o que fosse —, e era o visitante calçado que atraía olhares surpresos. No centro da cidade, uma enorme obra subterrânea estava em andamento, havia cidadãos nas passarelas olhando para dentro das escavações de concreto cheias de máquinas a vapor, animais de tração e entulho. Quando lhes perguntavam o que era aquilo, as pessoas franziam as testas, perplexas, como se não tivessem ouvido direito a pergunta. "Nosso lar", disseram algumas delas, "é o nosso lar. De que lar vêm vocês?" Porém foram se afastando antes que os rapazes pudessem responder.

Numa taverna de marujos perto do cais do porto, um desses antros sórdidos a que seu instinto infalível sempre o levava em qualquer parte do mundo em que os rapazes estivessem, Chick Counterfly conheceu um marinheiro esquivo, decadente, que afirmava ser um sobrevivente da fragata britânica *Megera*, que havia naufragado na ilha Amsterdã quase trinta anos antes. "Lugar desgraçado. Levamos meses pra ser resgatados. Era igual a trabalhar no navio... ah, sem o movimento, é claro, um pouco mais de peixe no rancho, como vocês podem imaginar... A gente continuava a fazer vigia e a dividir o espaço com as mesmas pessoas que a gente já estava acostumada a tolerar, ou odiar, ou as duas coisas ao mesmo tempo, o que, do ponto de vista da sobrevivência pura e simples, foi até muito bom — imagine se a *Meg* fosse um navio de passageiros cheio de desconhecidos — metade dos sobreviventes teria assassinado a outra metade ainda na primeira semana, e talvez até uma comesse a outra. Mas quatrocentos de nós sobrevivemos."

"Curioso", disse Chick. "Foi mais ou menos o que eu calculei que seria a população de St. Masque."

E apenas poucas horas depois de deixar para trás esses fragmentos desbatizados, perdidos no vazio oceânico que se reinstaurara, eles avistaram o vulcão, escuro e desmoronado, que era seu destino. A missão era observar o que aconteceria no ponto da Terra exatamente antípoda a Colorado Springs, durante os experimentos do dr. Tesla lá realizados. Os Serviços Logísticos dos Amigos do Acaso, jamais questionados, sempre pontuais, lhes haviam fornecido diversos instrumentos elétricos caros, que representavam tudo que havia de mais avançado no campo da técnica, entregues sem fatura por trabalhadores orientais que entravam e saíam do acampamento em formação militar, turno após turno, muitas vezes carregando fardos pesadíssimos. Em pouco tempo, estrados e pregos de engradados abertos se espalharam por toda parte. Pedaços de colmo caídos dos chapéus dos cules recobriram o chão, formando uma camada que ia até a altura dos tornozelos. Animais daninhos que vieram junto com o carregamento, alguns deles oriundos da Califórnia, rapidamente se instalaram nas encostas do vulcão, só descendo até o acampamento em incursões noturnas.

Havendo terminado o serviço de estiva, as equipes de trabalhadores itinerantes foram levadas embora em silenciosos barcos a remo, rumo ao navio sem bandeira que aguardava ali próximo, no qual seriam transportados para outro ponto do hemisfério. Muito provavelmente, a África do Sul. Deixando os rapazes reunidos, à sombra do vulcão mefítico, que se elevava a uma altitude de mais de trezentos metros, numa praia tão fortemente ensolarada que parecia não ter cores, como a cegueira que havia no cerne de um diamante, enquanto ondas oceânicas imensas se quebravam uma por uma, como se medidas pelo fôlego de algum deus local. De início, ninguém tinha nada a dizer, mesmo se fosse possível ouvir o que se dizia em meio ao estrondo do mar.

Nos últimos tempos, as refeições eram marcadas por instabilidade política, por efeito de uma disputa interminável sobre a escolha da nova figura de proa da nau. A anterior, que representava a efígie do presidente McKinley, fora seriamente danificada numa colisão imprevista com um arranha-céu em Chicago, o qual, ao que parecia, não estivera naquele lugar na noite anterior.

Chick Counterfly e Darby Suckling defendiam a escolha de uma mulher nua, "E-e quanto mais cheia de curvas, melhor!", exigia Darby em cada uma das frequentes reuniões *ad hoc* sobre o tema, provocando a intervenção já automática de Lindsay

Noseworth: "Suckling, Suckling... a lista dos seus defeitos cresce numa taxa tristemente vertiginosa".

"E não tem nenhum que não tenha a ver com política de bordo", protestou Darby com o cenho franzido e o rosto inflamado. Desde que sua voz mudara, seu simpático tom de insubordinação, antes tolerável, se anuviara em algo mais circunspecto e, consequentemente, perturbador. O alegre mascote de antes, politicamente inocente, tendo atravessado um curto período de incerteza adolescente, agora se tornara um descrente na autoridade, aproximando-se mais e mais do abismo do Niilismo. Seus camaradas, até o sempre bem-humorado Chick Counterfly, agora pensavam duas vezes antes de pronunciar o chiste mais rotineiro na presença de Suckling, temendo ofendê-lo.

Randolph St. Cosmo continuava, quanto à questão da escolha de uma figura de proa, a promover a Ave Nacional, por ser uma opção incontroversa e patriótica. Já Miles Blundell, por sua vez, não estava interessado no que a figura de proa representasse, desde que fosse algo comestível — enquanto Lindsay, como se ofendido pelo que havia de materialista nessas opções, defendia como sempre uma abstração pura — "Um dos poliedros platônicos, por exemplo".

"Esse fulano", zombou Darby, "nunca pôs a 'piça' pra fora senão pra mijar, eu aposto!"

"E quem ia querer?", exclamou Chick, com uma gargalhada de deboche.

A controvérsia da figura de proa, que de início não envolvia nada mais profundo do que as divergências de gosto em matéria de decoração, havia se tornado um combate encarniçado e complexo, e rapidamente atingiu uma intensidade que deixou a todos atônitos. Velhas rixas se reacenderam, encontraram-se pretextos para trocar "safanões" e, não raro, socos. Uma placa com letras garrafais, em fonte Clarendon, apareceu no refeitório:

ATIVIDADES QUE ENVOLVAM MÃO NAS NÁDEGAS NA "FILA DO RANCHO"
NÃO SERÃO TOLERADAS!!!
AS TRANSGRESSÕES SERÃO PUNIDAS COM DEZ SEMANAS DE SERVIÇO
EXTRAORDINÁRIO!!! A CADA VEZ!!!
Por ordem do Imediato.
P.S. — Isso mesmo, dez SEMANAS!!!

Não obstante, continuaram a resmungar e xingar, pegando punhados de musse de aspargos, frango com quiabo ou purê de nabo sempre que achavam que o Suboficial não estava olhando — não para comê-los, e sim para sub-repticiamente *jogá-los uns nos outros*, na esperança de provocar uma reação. Miles Blundell, como Intendente, assistia a tudo aquilo com uma perplexidade alegre. "Zumzaravim boing-boing", gritava ele, animando os contendores. "Vapt-vupt!"

Perambulando pelos corredores do espectral, Miles cada vez mais preocupava seus companheiros. No mais das vezes, durante as refeições ele mergulhava em cismas de incerteza profunda, até mesmo fatal, dependendo de onde tivesse ido naquele dia para obter seus ingredientes. Por vezes sua comida era nada menos que *cordon bleu*, por vezes não era sequer comestível, devido a suas divagações de ânimo, cuja polaridade jamais se podia prever por completo com base no dia anterior. Não que Miles tivesse o propósito de estragar a sopa ou queimar o bolo de carne — raramente agia de modo tão transparente, porém era dado a omissões por esquecimento, ou erros de cálculo quanto a quantidades e tempos. "Se existe uma coisa que é um processo irreversível, é a culinária!", pontificava Chick Counterfly, o Oficial de Termodinâmica, tentando ajudar, ainda que, inevitavelmente, com certo nervosismo. "Não se pode desassar um peru nem desmisturar um molho que não deu certo — o tempo é intrínseco a toda e qualquer receita, e quem não leva isso em conta está sempre correndo um risco."

Por vezes Miles replicava: "Obrigado, Chick, pelo sábio conselho... companheiros... vocês todos têm uma paciência enorme comigo, eu vou me esforçar ao máximo para melhorar", e às vezes chegava a chorar. "Do metagorjeio do zipo blibiflótico!", gesticulando violentamente com seu chapéu de mestre cuca, o rosto iluminado por um sorriso enigmático.

O único tripulante que nunca se decepcionava na hora da refeição, porém, era Pugnax, cujos escrúpulos dietéticos Miles, qualquer que fosse seu estado de espírito do momento, sempre respeitava. Juntamente com uma série de preferências humanas que incluíam champanhes de boa cepa, tartaruga ensopada e gulache de aspargo, Pugnax fazia questão de que os pratos fossem trocados entre uma e outra iguaria, pratos esses que deveriam ser de porcelana de ossos que tivesse uma certa antiguidade e cuja origem fosse autenticada, o que dava um significado todo novo à expressão "comida de cachorro".

Nos Estados Unidos, já era quase Quatro de Julho, o que significava que à noite, como mandava a praxe, teria de haver uma comemoração a bordo da aeronave, querendo-se ou não.

"Luzes e barulhos, só pra gente ficar pulando que nem macaco de circo", era a opinião de Darby.

"Todo aquele que tem um mínimo de instrução", protestou Lindsay, "sabe que a queima de fogos no Quatro de Julho é o símbolo patriótico de episódios importantes de explosão militar na história de nossa nação, considerado necessário para manter a integridade da pátria americana contra ameaças vindas dos quatro cantos de um mundo ignorante e hostil."

"A explosão sem objetivo", declarou Miles Blundell, "é a política em sua forma mais pura."

"Se a gente não se cuidar", opinou Counterfly, o Oficial Científico, "as pessoas vão começar a confundir a gente com os Anarcossindicalistas."

"E já não era sem tempo", rosnou Darby. "Proponho que soltemos nossos fogos hoje em homenagem à bendita bomba do Haymarket, marco da história da nação, a única maneira como os operários vão conseguir conquistar uma oportunidade justa dentro desse sistema econômico miserável — graças às maravilhas da química!"

"Suckling!", Lindsay Noseworth atônito, tentando com esforço manter a compostura. "Mas isso é antiamericanismo deslavado!"

"Iaaaaa, e a sua mãe é caguete."

"Ora seu comunistazinho de uma —"

"Eu queria entender qual o motivo da discussão", queixou-se Randolph St. Cosmo, dirigindo-se a ninguém em particular. Talvez, naqueles confins remotos, ao vento.

No entanto, a pirotecnia daquela noite não se limitou a uma simples explosão. Enquanto um por um os pistolões violentos explodiam com um ruído ensurdecedor acima do vulcão em ruínas, Miles pedia aos companheiros, num tom veemente que poucas vezes empregava, que pensassem na natureza da ascensão de um foguete, em particular naquela parcela invisível da trajetória visível, depois que o propelente se extingue, porém antes que o rastilho acione a queima propriamente dita — aquele momento implícito de ascensão, no céu escuro, uma linha contínua de pontos invisíveis e no entanto presentes, um instante antes do súbito aparecimento de centenas de luzes...

"Para, para!", Darby agarrando as próprias orelhas num gesto cômico, "isso parece chinês!"

"De fato, foram os chineses que inventaram os fogos de artifício", concordou Miles, "mas o que isso sugere a respeito das trajetórias de suas próprias vidas? Alguém acha alguma coisa? Pensem, verborronautas, pensem!"

Aproximava-se a hora do grande experimento no outro lado do mundo. Cheiros que não eram exatamente de cozinha acumulavam-se a sota-vento do vulcão destruído, como se algum procedimento químico prolongado tivesse fracassado após várias tentativas sucessivas de chegar a um resultado inequívoco. Eletrodos espirravam e brilhavam, e gigantescas bobinas de transformadores zumbiam aflitas, num tom quase humano, alimentadas por geradores elétricos, cujo vapor era fornecido pelas fontes de águas termais do local. Antenas de transmissão e recepção para o equipamento de rádio haviam sido instaladas nos lados do cone de lava, e a comunicação havia iniciado, no momento em que, quase exatamente do lado oposto da Terra, membros da equipe de monitoramento dos Amigos do Acaso aguardavam numa tenda à prova de chuva no alto do Pike's Peak, embora as opiniões variassem quanto à natureza da estranha ligação — o sinal estaria contornando o planeta ou atravessando-o, ou a progressão linear não teria nada a ver com o fenômeno, pois tudo estava acontecendo simultaneamente em todos os pontos do circuito?

* * *

Quando o *Inconveniência* preparou-se para ascender ao céu mais uma vez, a disputa em torno da figura de proa já havia sido resolvida de modo amistoso — os rapazes haviam concordado em adotar uma figura feminina vestida, talvez mais maternal do que erótica —, trocaram-se pedidos de desculpas, os quais foram reiterados de modo tão cansativo que chegou a causar irritação, novas desculpas por essas reiterações se tornaram necessárias, e os dias de trabalho ficaram saturados de etiqueta aeronáutica. Depois de algum tempo, os rapazes passariam a relembrar aquele episódio tal como outros rememoram um período de doença, ou de estultice juvenil. Como Lindsay Noseworth fazia questão de lembrar a todos, dificuldades como essas sempre surgiam por um bom motivo — isto é, para proporcionar lições de vida.

"Qual a lição?", Darby debochou. "'Seja educadinho'?"

"Esperam de nós — ainda que não esteja bem claro quem são esses que esperam — que estejamos sempre acima dessas coisas", afirmou o imediato, em tom grave. "Literalmente acima. Esse tipo de banzé pode ser apropriado para as pessoas lá de baixo, mas não para nós."

"Ah, sei não, eu até que me diverti", disse Darby.

"Não obstante, devemos sempre nos esforçar no sentido de minimizar o contágio do secular", Lindsay declarou.

Cada um dos rapazes concordou à sua maneira. "Nós escapamos por um triz, companheiros", disse Randolph St. Cosmo.

"Vamos criar uns protocolos", acrescentou Chick Counterfly, "para evitar que isso volte a acontecer."

"Gloimbrugnitz sidifuspe", concordou Miles, sacudindo a cabeça com vigor.

Não era de se esperar, pois, que, quando surgisse a oportunidade, o que viria a acontecer em breve, os rapazes impensadamente tentariam aproveitar a chance de transcender "o secular", mesmo correndo o risco de trair sua própria organização, sua pátria e até mesmo a humanidade?

Como sempre, as ordens haviam chegado sem nenhuma cerimônia, nem mesmo um mínimo de educação, via o Ensopado de Ostras tradicionalmente preparado todas as quintas-feiras como Plat du Jour por Miles Blundell, o qual, naquela manhã, bem antes de o dia nascer, fora até o mercado de frutos do mar nas vielas estreitas e apinhadas da cidade velha de Surabaia, onde os rapazes estavam aproveitando uns poucos dias de licença. Lá, Miles fora abordado por um cavalheiro de origem japonesa e excepcionais poderes de persuasão, o qual lhe vendera, por um preço que de fato parecia muitíssimo atraente, dois baldes cheios do que ele chamou diversas vezes de "Ostras Japonesas Especiais", sendo estas, aliás, as únicas palavras em inglês que Miles posteriormente se lembraria de tê-lo ouvido pronunciar. Miles não pensou mais sobre o caso até que o almoço foi interrompido por um grito agoniado de Lindsay Noseworth, seguido por uma explosão atípica de palavrões que durou trinta segundos. Na bandeja à sua frente, sobre a qual ele a havia expelido vigorosamente da boca, encontrava-se uma pérola de tamanho e iridescência incomuns, dando a impressão de que seu brilho vinha de dentro, e a pérola foi imediatamente reconhecida pelos rapazes, reunidos em torno dela, como uma comunicação dos Altos Escalões dos Amigos do Acaso.

"Imagino que você não tenha anotado o nome do vendedor de ostras nem o endereço dele", disse Randolph St. Cosmo.

"Só isso aqui." Miles apresentou-lhe o pequeno cartão de visitas recoberto de caracteres japoneses, os quais, infelizmente, nenhum dos rapazes havia aprendido a ler.

"Isso vai ajudar muito", debochou Darby Suckling. "Mas que diabo, a essa altura todos nós já entendemos tudo." Chick Counterfly tirou do armário uma estranha geringonça óptica cheia de prismas, lentes, lâmpadas de Nernst e parafusos de ajuste, colocando a pérola num recipiente apropriado dentro dela, com todo o cuidado. Lindsay, ainda acariciando o maxilar, em pleno desconforto dentário, e murmurando com indignação, baixou os estores das janelas do refeitório para bloquear a entrada do sol tropical, e os rapazes concentravam sua atenção sobre uma tela refletora instalada sobre uma borda-falsa, na qual, pouco a pouco, como uma imagem fotográfica surgindo dentro da solução, uma mensagem impressa começou a aparecer.

Através de um processo técnico altamente secreto, criado no Japão mais ou menos na mesma época em que o dr. Mikimoto produziu suas primeiras pérolas cultivadas, porções da aragonita original — que compunha as camadas nacaradas da pérola — haviam sido, através do "paramorfismo induzido", conforme diziam os engenhosos filhos da Nipônia, modificadas aqui e ali para uma forma diferente de carbonato de cálcio — a saber, cristais microscópicos da calcita que apresenta o fenômeno da dupla refração conhecida como espato da Islândia. A luz comum, ao atravessar esse mineral, dividia-se em dois raios separados, denominados "ordinário" e "extraordinário", propriedade essa que os cientistas japoneses haviam explorado com o objetivo de criar um canal adicional de comunicação óptica em cada local da estrutura nas camadas da pérola em que ocorresse um dos milhares de diminutos cristais, engenhosamente dispostos. Quando iluminada de um modo especial, sendo a luz, refratada de modos complexos, projetada numa superfície adequada, qualquer pérola que sofresse a modificação poderia ser utilizada para portar uma mensagem.

Para a inteligência diabólica desses orientais, fora apenas um passo trivial combinar esse método de codificação paramórfica com o processo de Mikimoto, por meio do qual cada ostra que aparecesse nos mercados de todo mundo de súbito passava a ser um veículo em potencial para mensagens secretas. Se pérolas modificadas de tal modo fossem então incorporadas em joias, raciocinaram os astuciosos nipônicos, os pescoços e orelhas de mulheres ricas do Ocidente industrializado poderiam fornecer um meio ainda mais impiedoso do que o oceano em cujo fluxo imenso mensagens de anseio ou pedidos de socorro, introduzidos em garrafas, continuavam a ser abandonados. Que libertação do infinito potencial maléfico das pérolas, que ex-votos em troca, não se tornariam possíveis?

A mensagem dos Altos Escalões fez com que a tripulação imediatamente levantasse voo e seguisse, via Interior Telúrico, rumo às regiões árticas, onde deveriam interceptar a escuna *Étienne-Louis Malus* e tentar convencer seu comandante, o dr. Alden Vormance, a abandonar a expedição na qual estava envolvido no momento, utilizando qualquer meio, menos a força — recurso esse que, embora não expressamente vedado aos Amigos do Acaso, tinha o efeito de demonstrar fortes indícios de Mau Gosto, algo que todo Amigo, seguindo uma antiquíssima tradição, jurava e esforçava-se por evitar.

Alguns dos maiores cérebros da história da ciência, entre eles Kepler, Halley e Euler, haviam tecido especulações a respeito da existência de uma suposta "Terra oca". Um dia, esperava-se, a técnica de utilizar "atalhos" intraplanetários a que os rapazes estavam prestes a recorrer se tornaria rotineira, tão prática, a seu modo, quanto o canal de Suez ou o do Panamá haviam se tornado para a navegação de superfície. Na época da qual falamos, porém, nossa pequena tripulação não pôde conter uma sensação de deslumbramento quando o *Inconveniência* abandonou o reino ensolarado do Oceano Índico Sul, cruzou a borda do continente antártico e começou a atravessar uma imensa extensão de brancura interrompida por enormes cordilheiras negras, rumo ao vasto e tenebroso interior que se abria quilômetros a sua frente.

Algo, no entanto, parecia estranho. "A navegação não está muito fácil desta vez", comentou Randolph, debruçado sobre o mapa, um tanto perplexo. "Noseworth, você se lembra como era antigamente. Nós ficávamos sabendo horas à frente." Ali os aeróstatas estavam acostumados a encontrar revoadas de aves regionais descrevendo longas curvas helicoidais, como se para não serem sugadas por algum vórtice no interior do planeta que só elas fossem capazes de perceber, bem como a constatar o desaparecimento, antes de penetrarem no clima mais temperado que havia no interior, das neves eternas, substituídas primeiro pela tundra, depois campinas, árvores, plantações, por fim até mesmo um e outro povoado, exatamente na Borda, como cidadezinhas de fronteira, onde em tempos idos havia mercados anuais, em que moradores do interior saíam para trocar peixes luminosos, gigantescos cristais com propriedades geomânticas, quantidades de minério não refinado de vários metais úteis e cogumelos desconhecidos pelos micólogos do mundo da superfície, os quais outrora empreendiam viagens até lá em caráter regular, na expectativa de descobrir novas espécies com novas e extraordinárias propriedades de acuidade visual.

Nesta viagem, porém, o gelo polar persistia até muito próximo ao grande portal, o qual parecia haver se tornado *perceptivelmente menor*, com uma estranha espécie de névoa gelada, quase da cor da paisagem de superfície, pairando sobre ela e em seu interior, logo se tornando tão espessa que por algum tempo a tripulação do *Inconveniência* ficou praticamente voando às cegas, guiada apenas pelo olfato, em meio aos odores de combustão sulfurosa, colheita de cogumelos e transpiração resinosa das imensas florestas de coníferas semelhantes a espruces que começavam a emergir, aqui e ali, em meio ao nevoeiro.

Com seus motores zumbindo com esforço, a aeronave penetrou no interior do planeta. As antenas e o cordame viam-se em silhueta contra uma radiância azul-clara muito mais evidente do que em ocasiões anteriores. "Mesmo no inverno austral", observou Chick Counterfly, às voltas com os registros fotométricos, "está muito mais escuro aqui dentro do que das outras vezes, o que sem dúvida é coerente com o fato de que a abertura para o exterior está menor, e portanto está entrando menos luz da superfície."

"Qual será a causa disso?", perguntou-se Randolph, com o cenho franzido. "Não estou gostando nem um pouco."

"Excesso de atenção vinda das latitudes médias", proclamou Miles, com uma inflexão vática na voz. "Quando o interior se sente ameaçado, esta é uma reação de autoproteção reflexiva, todas as criaturas vivas a exibem de uma maneira ou outra..."

À medida que iam "descendo" mais e mais naquela penumbra intraplanetária, começaram a divisar, na imensa concavidade interior que se perdia nas lonjuras, as cadeias e teias fosforescentes que indicavam os povoados, riscando trechos escuros ainda inexplorados, enquanto, com o máximo de silêncio que permitiam os motores de nitrolicopódio, os aeronautas realizavam sua travessia. "Você acha que eles sabem que estamos aqui?", sussurrou Lindsay, como sempre fazia nessas travessias, olhando por sua luneta noturna.

"Na ausência até agora de qualquer sinal de outros veículos aéreos", respondeu Randolph, dando de ombros, "a questão é puramente acadêmica."

"Se alguém aqui embaixo tivesse armamentos de longo alcance", observou Chick, malicioso, "— raios de destruição, quem sabe, ou lentes que focalizassem a energia das auroras sobre o nosso balão que é tão vulnerável — eles podem estar só esperando que nos aproximemos mais."

"Nesse caso, talvez fosse melhor decretar estado de alerta", propôs Lindsay Noseworth.

"Iiiiiih, mas que bando de maricas vocês são", zombou Darby Suckling. "Se continuarem arengando sobre essas coisas, vão acabar provocando um desastre de verdade."

"Está havendo tráfego no dispositivo de Tesla", Miles, que estivera às voltas com o equipamento de rádio do *Inconveniência*, disse em voz baixa.

"Como é que você sabe disso, seu bocó?"

"Ouça." Miles, sorrindo tranquilo diante de algo que uma pessoa mais presa às coisas terrenas facilmente entenderia como uma provocação, acionou uma série de chaves-faca no console à sua frente, e um amplificador de som elétrico começou a chiar.

De início o "ruído" parecia ser apenas um emaranhado de distúrbios magnetoatmosféricos, coisa com que os rapazes já estavam habituados havia muito, talvez intensificados ali dentro pelo imenso espaço de ressonância no qual se aprofundavam cada vez mais. Mas pouco a pouco as emissões começaram a condensar-se em timbres e ritmos humanos — lembrando menos fala do que música, como se as léguas e mais léguas de penumbra pelas quais a nave passava estivessem unidas por canções.

Lindsay, que era o Oficial de Comunicações, estava com o ouvido colado ao dispositivo de Tesla, apertando a vista, atento, mas por fim afastou-se, sacudindo a cabeça. "Algaravia."

"É um pedido de socorro", afirmou Miles, "inconfundível e desesperado. Eles afirmam que estão sendo atacados por uma horda de gnomos hostis, e colocaram uma série de lâmpadas sinalizadoras vermelhas formando círculos concêntricos."

"Lá estão!", exclamou Chick Counterfly, apontando para estibordo.

"Nesse caso, não há o que discutir", declarou Randolph St. Cosmo. "Somos obrigados a pousar e prestar socorro."

Estavam descendo sobre um campo de batalha em que pululavam minúsculos combatentes, munidos de chapéus pontudos e levando nas mãos armas que, como se verificou mais tarde, eram bestas elétricas, com as quais periodicamente eles soltavam relâmpagos de uma luz esverdeada intensa, que iluminava momentaneamente a cena com a morbidez de uma estrela cadente.

"Não podemos atacar esses sujeitos", protestou Lindsay, "porque eles são menores do que nós, e as Regras de Combate deixam muito claro que —"

"Em caso de emergência, quem decide é o Comandante", retrucou Randolph.

Agora sobrevoavam a pequena altitude as guaritas e parapeitos de uma espécie de castelo, no qual ardiam as luzes rubras da angústia. Divisavam-se vultos lá embaixo olhando para o *Inconveniência*. Vendo-os por uma luneta noturna, Miles, na casa do leme, estava petrificado diante da visão de uma mulher numa sacada elevada. "Mas ela é linda!", ele exclamou por fim.

A decisão fatídica de aterrissar imediatamente os envolveria na política bizantina da região, e por fim eles se veriam aproximando perigosamente de uma violação incontestável das Diretrizes referentes a Não Interferência e Discrepância de Altura, o que poderia ocasionar um interrogatório oficial e até a expulsão dos rapazes da Organização Nacional. Para um relato detalhado do modo como eles conseguiram escapar por um triz das atenções cada vez mais alucinadas da Legião de Gnomos, das intrigas absurdas de um certo cartel internacional de mineração, da perversidade sensual que caracterizava a corte real de Ctônica, Princesa de Plutônia, e do fascínio quase irresistível que essa monarca subterrânea viria a exercer, como uma nova Circe, sobre as mentes dos tripulantes do *Inconveniência* (particularmente, como já vimos, Miles), recomendamos aos leitores a obra Os *Amigos do Acaso nas profundezas da Terra* — a qual, por algum motivo, é uma das que menos sucesso tiveram de toda a série, havendo chegado cartas de lugares tão distantes quanto Tunbridge Wells, Inglaterra, manifestando seu repúdio, muitas vezes intenso, pelo meu inofensivo divertimento intraterrestre.

Depois que escaparam das hordas inimigas de indígenas atarracados, após mais uma noite e um dia, sendo calculado o tempo tal como se faz da superfície do planeta, os Amigos atravessaram rapidamente o interior da Terra e por fim saíram pelo portal norte, o qual se apresentou a eles como um minúsculo círculo iluminado na distância. Tal como antes, todos comentaram a redução da saída planetária. Não foi nada fácil, ao sair, localizar o ponto exato, naquela superfície luminosa que crescia rapidamente, em que poderiam com um mínimo de gasto de tempo encontrar-se na vizinhança da escuna *Étienne-Louis Malus*, para conduzir os membros da expedição Vormance a um destino que poucos de seus membros teriam escolhido por livre e espontânea vontade.

DOIS
Espato da Islândia

Além de ficar ele próprio atento, no passadiço, Randolph St. Cosmo havia também colocado vigias à proa e à popa, munidos dos binóculos mais poderosos da nau. Ali, ao norte do Círculo Polar Ártico, a ordem geral para todas as aeronaves dos Amigos do Acaso era: "Até prova em contrário, todo e qualquer veículo aéreo desconhecido deve ser considerado hostil". Agora escaramuças diárias estavam sendo travadas, não mais por território ou recursos naturais, e sim por informações eletromagnéticas, numa corrida internacional para medir e mapear com um máximo de precisão os coeficientes de campo de cada ponto daquela misteriosa rede matemática que, como já se sabia naquela época, circunda a Terra. Tal como a Era do Navio à Vela dependera do mapeamento dos mares e costas marítimas do mundo e dos ventos da rosa dos ventos, seria da mensuração de variáveis cada vez mais novas que dependeria a história que se faria ali, em meio a recifes de anomalias magnéticas, canais de impedância mínima, tempestades de raios ainda sem nome lançados pelo sol. Havia uma espécie de "Corrida dos Raios" — luz e magnetismo, bem como toda sorte de raios extra-hertzianos estavam à disposição do primeiro que os conquistasse, e toda uma multidão de exploradores surgira em campo, muitos deles profissionais da apropriação, dispostos a conseguir o que queriam pela força bruta, uns pouquíssimos capazes de descobrir raios de todas as frequências, homens em sua maioria desprovidos de talento e de escrúpulos, apenas contagiados por uma obsessão irracional generalizada, tão doentios quanto os participantes das corridas do ouro e da prata de outrora. Ali, nas camadas mais elevadas da atmosfera, ficava a próxima fronteira virgem, com pioneiros chegando em aeronaves em vez de carroças, desencadeando disputas de propriedade fadadas a perdurar por gerações. A Aurora Boreal, que arrancara muitos deles de seus leitos na infância, em latitudes mais baixas, em tantas noites escuras de inverno, ao mesmo tempo que provocava em seus pais obscuros sentimentos de pavor, podiam ser vistas ali a qualquer momento, de dentro, do alto, em pulsações de cor que tomavam todo o céu, densas cortinas e ondas e colunatas de luz e corrente elétrica, numa transfiguração incessante.

Em recantos pequenos e remotos do planeta aos quais ninguém dava muita atenção, entre facções sobre as quais pouco se sabia, aquela guerra não declarada e quase imperceptível estava em andamento havia anos. Por todas as latitudes setentrionais, transmissores clandestinos haviam sido instalados em meio a picos de gelo, em minas abandonadas, nos pátios secretos de antiquíssimos fortes da Idade do Ferro, uns operados por técnicos, outros automáticos, solitários e insólitos à luz refletida pelo gelo. Em penhascos que rasgavam o céu, muitas vezes compostos de guano em vez de rocha, investigadores do Campo da Terra, desesperados, insones, interrogavam os horizontes à procura de sinais da equipe que viria rendê-los, a qual muitas vezes chegava com anos de atraso... E para alguns a noite polar haveria de durar para sempre — eles desapareceriam da Terra em meio a um esplendor incomunicável, a aurora boreal a espraiar-se por todo o espectro, em frequências visíveis e invisíveis. Almas presas às linhas de força do planeta fluíam de polo a polo, atravessando também as fabulosas regiões interiores...

Realizando manobras em naus com pintura de camuflagem que tinham o efeito de fazer com que áreas da estrutura desaparecessem e aparecessem em nuvens de cromatismo tremeluzente, cientistas-aeróstatas reuniam laboriosamente todos seus dados, da maior importância para os inúmeros empresários reunidos léguas abaixo, em centros de informação na superfície terrestre, tais como o Grupo de Escambo Laboratorial para a Observação Optomagnética (G.E.L.O.O.), uma agência interinstitucional, dedicada a informações sobre radiações, localizada no norte do Alasca, que na época estava cada vez mais virando uma espécie de Lloyd's das frequências mais altas do espectro, enquanto todos aguardavam ansiosamente a próxima batida do sino do *Lutine*.

"A situação anda perigosa."

"Puxa, tem dias que a gente preferia um bom ataque dos índios."

"Estou lhe dizendo, isso não pode continuar desse jeito."

Algumas cabeças se viraram, embora o tom de lamúria já fosse costumeiro havia muito. "Seu fedelho presunçoso, você não sabe de nada, você nem estava aqui no último eclipse."

Era uma sala de reuniões escura, com postigos de ferro nas janelas, iluminada aqui e ali por lâmpadas elétricas e lampiões a gás com quebra-luzes verdes, uma penumbra atenuada apenas pelo brilho efêmero de correntes de relógio contra o fundo de coletes escuros, penas de aço, moedas, talheres, copos e garrafas. Lá fora, nas ruas de neve pisada, lobos, vindos de longe em busca de comida, soltavam uivos quase eloquentes.

"É, sim — hoje em dia no nosso ramo tem pessoas demais da sua idade. Agem sem pensar, com consequências danosas, não dão importância à história nem ao sacrifício dos que vieram antes, e por aí afora..."

"É sempre assim, vovô."

"Você quase fritou o meu pessoal no outro dia. Quer explicar isso?"

"A área foi notificada. Eles tinham sido muito bem avisados. Você sabe que não se deve enviar uma nave em dias de teste."

"Justamente o contrário, como sempre. Não se faz teste quando tem uma nave passando, mesmo que seja um mísero cúter indefeso —"

"Indefeso! Totalmente equipado como navio de guerra, senhor."

"— e inocente, como um iate, quando você o atacou com seus raios infernais."

"Ele fez um Movimento Furtivo. Nós seguimos os procedimentos de praxe."

"Olha aqui, ó — e então, isso também é furtivo, é?"

"Rapazes, rapazes!"

Disputas assim estavam se tornando tão comuns que Randolph nem se surpreendeu quando começou a soar a campainha do telégrafo do vigia de popa, que estava amarrado à cauda de Pugnax.

"Rápido, o binóculo... Mas que diabo é isso?" A nave vista ao longe se caracterizava por um envoltório com a forma de cebola — e as dimensões muito próximas — de uma cúpula de igreja ortodoxa, e contra este fundo de um vermelho-vivo destacava, em negro, o timbre dos Románov, e acima dele, em caracteres cirílicos dourados, a legenda BOLCHÁIA IGRÁ, ou seja, "O Grande Jogo". Todos imediatamente reconheceram o dirigível como a nau capitânia da misteriosa contraparte — e frequente nêmesis — russa de Randolph: o capitão Ígor Pádjitnov, cujos encontros anteriores com os rapazes (ver, em particular, *Os Amigos do Acaso e os Piratas do Gelo*, *Os Amigos do Acaso quase colidem com o Kremlin*) neles despertaram lembranças preocupantes.

"O que será que pretende o velho Padji?", murmurou Randolph. "Eles estão se aproximando muito depressa."

A organização paralela sediada em São Petersburgo, cujo nome era Továrischi Slutcháinie, era tristemente famosa por promover nos quatro cantos do mundo ações perturbadoras, por motivos quase sempre obscuros para os rapazes, sendo a especialidade de Pádjitnov a prática de lançar tijolos e alvenaria, sempre em fragmentos de quatro blocos, que haviam se tornado sua "marca registrada", sobre alvos designados por seus superiores, danificando-os. Esse entulho letal costumava ser colhido nos destroços das paredes estruturais dos alvos anteriores.

"É bom nos desviarmos desses sujeitos", concordou Lindsay, irritado. "Eles certamente vão cismar que estamos invadindo seu 'espaço aéreo' mais uma vez. Levando-se em conta a ligeira irritação causada por aquele contratempo polonês — se bem que nisso não tivemos culpa alguma — não obstante, no momento é melhor deixar claro qual é o nosso objetivo antes mesmo que eles nos interceptem, o que, pelo visto, pode acontecer a qualquer momento— hm, aliás —". Abruptamente, um tranco violento abalou toda a estrutura do *Inconveniência*, quando a nau russa achegou-se de modo nada delicado.

"Ah, diacho", murmurou Randolph.

"Ó de bordo! Baloeiros!" O capitão Pádjitnov era um homem atlético com cabelos cor de palha, e estava saltitante de alegria — muito mais do que é comum se ver entre aeróstatas. "Tentando passar perna em mim de novo, hein? Que aconteceu? Estou velho demais para isso?" Seu sorriso, ainda que não parecesse ter nada de excepcional na superfície da Terra, digamos, num conclave de lunáticos, ali, a milhares de metros de altitude, longe de qualquer posto avançado da Razão, parecia ainda mais sinistro do que a falange de fuzis, aparentemente modelos recentes do Mauser turco, bem como armas mais difíceis de identificar, que sua tripulação estava agora apontando para o *Inconveniência*.

"*Na sobrátia po nebo!*", saudou-os Randolph, com o máximo de serenidade de que era capaz.

"Aonde vocês vão?", gritou o comandante russo através de um gigantesco megafone de prata chinesa.

"Para o sul, como você vê."

"Autoridades acabam de decretar Zona de Emergência", Pádjitnov indicando com um gesto largo uma ampla extensão de território congelado lá embaixo. "Melhor vocês mudarem de rumo."

"Autoridades?", indagou Lindsay, atento, como se tivesse reconhecido o nome de um conhecido íntimo.

"G.E.L.O.O." O comandante russo deu de ombros. "Não damos atenção a eles, mas vocês, pode ser."

"Que espécie de emergência", indagou Randolph, "eles mencionaram?"

Os aeronautas moscovitas sacudiram-se de hilaridade sinistra. "Em região de Rússia onde nasci", o capitão Pádjitnov conseguiu articular depois de algum tempo, "todos animais, por maiores ou mais perigosos que fossem, tinham nomes — ursos, lobos, tigres siberianos... Todos, menos um. Criatura que metia medo em outros animais, inclusive seres humanos, porque se os encontrasse ela os comia, sem sequer matá-los antes. Ela gostava de dor. Dor era como... sal. Tempero. Essa criatura, nunca demos nome a ela. Nunca. Você entende?"

"Que coisa!", sussurrou Lindsay para seu chefe. "A gente só fez perguntar."

"Obrigado", respondeu Randolph. "Vamos seguir em frente com cautela redobrada. Vocês precisam de algum suprimento? Alguma coisa que esteja acabando?"

"Respeito por sua inocência cega", sorriu sua contraparte — não pela primeira vez, pois essa despedida já estava se tornando de praxe. O *Bolcháia igrá* começou a se afastar, com o capitão e os oficiais superiores ainda junto à amurada, deliberando, enquanto olhavam para o *Inconveniência*. Quando as naus já estavam tão afastadas que quase não era mais possível se ouvir de uma o que se dizia na outra, o capitão Pádjitnov acenou e gritou "Boa viagem!", com uma voz minúscula e melancólica na imensidão do céu ártico.

"Mas então, que história é essa? Se eles estavam mesmo tentando nos alertar..."

"Ele não mencionou a equipe de Vormance, você percebeu."

"Era outra coisa", disse Miles Blundell, o único tripulante que parecia ter levado a sério a advertência, voltando, enquanto os outros rapazes retornavam às suas atividades, a preparar o almoço, e Pugnax reenfiou o focinho entre as páginas de um folhetim de M. Eugène Sue, que ele parecia estar lendo no original, em francês.

Assim, seguiram em direção à Zona de Emergência, de ouvidos atentos para o dispositivo de Tesla, examinando com cuidado a superfície desértica e sem cor que sobrevoavam. E durante horas, até bem depois da hora do jantar, seu rival enigmático, o *Bolcháia igrá*, continuou a segui-los, ainda que à distância, a estibordo, vermelho como um rubi maldito que representasse o terceiro olho na testa de algum ídolo incompreensível.

Tendo por um triz se desencontrado do vapor da expedição em Ísafjörðr, os rapazes tomaram novamente o rumo do norte, continuando sua busca, porém a cada passo desencontrando-se do navio por um átimo, ora por conta de um vento contrário, ora por efeito de uma notícia errada transmitida pelo rádio ou da espera num porto motivada pelo atraso de um tripulante, o qual acabava sendo sempre, na melhor das hipóteses, um espectro, o "homem a mais" dos mitos árticos. Uma história bem conhecida ali. Mas nem por isso menos perturbadora, pois agora tinham a impressão, de vez em quando, de que havia um tripulante a mais no *Inconveniência*, embora ele jamais fosse encontrado na formatura matinal. Por vezes um dos rapazes se dava conta, tarde demais, naturalmente, de que o rosto com quem ele julgava estar se comunicando não era de modo algum o rosto verdadeiro — sequer um rosto reconhecível.

Um dia o *Inconveniência* sobrevoou um pequeno povoado cujas ruas e travessas pareciam cheias de figuras de cera, de tão imóveis, fixando a atenção no veículo gigantesco que as sobrevoavam.

Randolph St. Cosmo resolveu conceder licença à tripulação. "Lembre-se de que são gente do Norte", aconselhou ele. "Provavelmente não vão achar que somos deuses nem nada semelhante, ao contrário daqueles indivíduos que encontramos nas Índias Orientais daquela vez."

"Foi mesmo um paraíso, não foi?", exclamou Darby Suckling.

Depois que o aeróstato aterrissou e foi ancorado, os rapazes desembarcaram mais que depressa, ansiosos para gastar seu soldo em qualquer coisa.

"Isto é turquesa?"

"Nós chamamos de Marfim Azul. Ossos preservados de mamutes pré-históricos de verdade, e não de celuloide, como você vai encontrar mais para o sul."

"Isto aqui —"

"É uma cópia em miniatura de um *inukshuk* que fica num espinhaço no interior, muito longe daqui, pedras empilhadas mais ou menos em forma de um ser humano, não para ameaçar os desconhecidos, mas para servir de guia no lugar onde os barcos de referência são ou muito poucos ou tantos que nem dá para contar."

"Parece um dia típico da minha vida."

"Talvez seja por isso que essas cópias vendem tanto. Pois qualquer dia, mesmo nas cidades do Sul, pode a qualquer momento se transformar num deserto."

De vez em quando, nos dias difíceis que se seguiram, cada um dos rapazes daria por si contemplando a enigmática miniatura que havia comprado, representando um longínquo arranjo de pedras que provavelmente ele jamais veria, e tentaria apreender, mesmo de um modo tão indireto, alguma manifestação de uma verdade além do secular.

O *Étienne-Louis Malus* recebera esse nome em homenagem ao engenheiro e físico do exército napoleônico que, no final do ano de 1808, olhando através de um pedaço de espato da Islândia para o pôr do sol refletido de uma janela do Palácio de Luxemburgo, descobriu a luz polarizada. O navio era feito de carvalho e ferro, 114 metros e 75 centímetros de comprimento, com convés de embarcações e convés superior, dois mastros, dois paus-de-carga e uma única chaminé alta e negra. Os cabos de ancoragem de dezenas de antenas transmissoras e receptoras prendiam-se a inúmeros pontos fixos nos conveses descobertos. A proa da nave era inclinada de modo a recuar da linha d'água, afastando-se um pouco da vertical, como se para a eventualidade de ter de quebrar gelo.

Enquanto seguia para o norte em sua longa viagem até a costa da "Islândia", aos penhascos de gelo desabitados, quem não estava em vigia nem dormindo ficava sentado no convés à ré, vendo as latitudes mais baixas se afastando, e tocando bandolins e pequenas sanfonas de mogno, e cantando:

Não tem mais garotas,
Que não as garotas da Islândia,
Não tem mais noites,
Que não as noites mais frias...
Pois navegamos
Sem a certeza de voltar,
Enfrentando ventos
Que nossas almas vão gelar...

Trocavam boatos — o comandante havia enlouquecido outra vez, piratas do gelo estavam caçando o *Malus* como se fossem baleeiros, e se o pegassem seus tripulantes seriam tratados com mais crueldade do que se fossem baleias —, alguns acreditavam que o objetivo da expedição era encontrar uma nova fonte de espato da Islândia, tão pura quanto os lendários cristais de Helgustaðir, mais puros do que qualquer coisa que estava sendo encontrada naquele momento no Missouri ou em Guanajuato... mas essa era apenas mais uma suspeita entre muitas. Talvez não tivesse nada a ver com espato da Islândia.

Um dia, muralhas de gelo verde, quase invisíveis no crepúsculo setentrional, começaram a passar por eles. A nau aproximou-se de um promontório verde, um desfiladeiro íngreme de gelo verde, em que o verde mais próximo da água era também um *cheiro*, um cheiro de maresia, de profunda podridão e reprodução.

De seu lar ancestral numa ilha que ficava do lado oposto do promontório em relação à cidade, Constance Penhallow, agora uma figura lendária, embora sequer ambicionasse o respeito local, assistia à chegada do *Malus*. Quando necessário, ela era capaz de fazer pose na luz refletida do gelo tanto quanto os mais nobres do local, como se destacando-se nervosa da moldura de um retrato, olhos pedindo não ajuda mas compreensão, os tendões do pescoço esboçados em branco de titânio, vista de trás em perfil de três quartos, o rosto aparecendo apenas como um crescente, a umbra do cabelo escovado e o volume do crânio, a sombra cor de bronze voltada, convidativa, para uma estante de livros descoberta, sem porta de vidro que refletisse as imagens de um rosto, apenas essa vista dorsal implacável. Fora assim que seu neto Hunter a pintara, em pé, com um vestido simples, largo, com estampado de florzinhas, verde e amarelo, vista como se através de uma nuvem de poeira, poeira de outra terra observada no final da tarde, levantada pelo vento ou por cavalos numa estrada que passasse do outro lado dos muros do jardim... ao fundo, uma casa de madeira e alvenaria, cumeeiras íngremes em diversos ângulos estendendo-se para trás numa imbricação de ardósia cinzenta, como o dorso de um lagarto, luzidia como se molhada de chuva... a terra ignota dos telhados, regiões inexploradas, estendendo-se até o poente...

Ali ainda sobreviviam histórias do primeiro milênio, o primeiro pequeno bando de foras da lei fugitivos, ainda não assombrados pela promessa do Segundo Advento, pensando apenas nos vingadores munidos de machados que os perseguiam, seguindo para o oeste, num entusiasmo suicida, quase descuidados... histórias de Harald, o Severo, filho do rei Sigurd, navegando rumo ao norte, movido por um desejo inexplicável, a cada pôr do sol mais distante de todos os confortos, todas as bondades, até chegar ao terrível desfiladeiro, a poucas remadas de cair dentro do Ginnungagap, o abismo da treva, visto de relance por entre as obscuridades setentrionais e mencionado no decorrer dos anos por pescadores perdidos, saqueadores, fugitivos possuídos por Deus... Harald jogou no mar a cana do leme, os homens recuaram com os remos, enquanto a terrível circunferência passava por eles em meio à névoa, e Harald Hårdråde, tendo mudado de rumo no momento exato, compreendeu, com base naquele momento de piedade não solicitada, com o fim do mundo agora às suas costas, talvez mais do que pretendera, o que era o desejo, e o que era abrir mão do desejo submetendo-se às obrigações que se tinha para com a história e o sangue. Alguma coisa o chamara em meio àquela imensidão vaporosa, e ele respondera, num sonho, e no último momento despertara e voltara atrás. Pois, na linguagem dos antigos nórdicos, "*Gap*" era não apenas aquele abismo em particular, o caos de gelo do qual brotaram, através do gigante Ymir, a Terra e tudo que nela há, mas também uma boca humana escancarada, mortal, gritando, berrando, chamando, clamando.

É o que relata Adão de Bremen em sua *Historia Hammaburgensis Ecclesiæ*.

E a atual expedição, ainda que não fosse sua missão oficial chegar até o Ginnungagap, não obstante teria de reconhecer a sua presença à frente, na neblina, no possível escurecimento das nuvens ao refletirem um Interior mítico, a possibilidade, na época em que vivemos, de navegar até sair da superfície do Mundo, atraídos para uma outra ordem, toroidal, topologicamente mais atualizada do que qualquer mero disco ou esferoide.

Já no tempo de Harald Hårdråde pouco restava do outrora terrível vazio, resíduo vaporoso da criação do mundo e da dramática era de Ymir e Audumla, não mais a interseção do gelo de Niflheim e do fogo de Muspellheim, e sim os destroços de um nascimento calamitoso.

Ainda que os ancestrais Penhallow tivessem empreendido alguma expedição semelhante, todos, até agora, haviam encontrado motivos para não fazer tal coisa. Havia até indícios de uma conspiração de ancestrais, contra o futuro, certamente contra esta viagem... O dinheiro dos Penhallow provinha do espato da Islândia — eles possuíam grandes jazidas por todo o Ártico, pois eram magnatas do cristal desde que os primeiros Penhallow chegaram na Islândia no final do século XVII, participando de uma corrida da calcita desencadeada pela famosa chegada do mineral de dupla refração em Copenhague, trazido por um marinheiro que o descobrira perto da baía de Röerford.

A Expedição Vormance chegou na época em que o neto de Constance, Hunter Penhallow, ia todos os dias de *ferryboat* ao continente, num ócio extático, abandonando o cavalete e os pincéis, arranjando trabalhos avulsos no cais do porto entre aqueles cientistas com sotaques esquisitos de quem vive numa latitude de oitenta e poucos graus. Seus pais, quando ele ainda era pequeno demais para guardar lembranças deles, haviam "se recolhido" para o sul, migrando para aquela região de "causos" de marinheiros e exotismos jamais confirmados, e Constance — impetuosa, incapaz de se conter, mesmo sabendo, como a pitonisa que se esperava que ela fosse, que tão logo pudesse ele seguiria o exemplo dos pais, ainda que não a trilha exata por eles percorrida — passou a ser tudo que ele tinha em matéria de lar. Sem dúvida, ele haveria de partir — era fácil prever esse seu destino —, isso não poderia interferir no amor dela. Hunter fugiria como clandestino no *Malus*, partiria com a Expedição Vormance, tal como Constance sempre soubera e temera que um dia, em algum navio, ele iria embora. Ninguém entre os tripulantes ou cientistas havia tentado impedir que ele o fizesse — pois não se tornara costume nessas expedições que nativos de confiança fossem incorporados, muitas vezes na condição de mascote apenas? Quando finalmente contornou o Cabo e se viu em alto-mar, ele levou embora consigo, primeiro para o norte e depois de volta para as latitudes mais baixas, a maldição da terrível luta silenciosa que era a base da história daquele lugar, ao menos desde que fora descoberta a primeira caverna apinhada de cristais.

Construído havia uns poucos anos, com fachada de sarrafos de um tom vivo de creme, com telhado de madeira cinzenta um pouco mais clara que os afloramentos e muros de pedra que o cercavam, o Hotel Borealis, onde a Expedição havia instalado seu quartel-general, exibia num dos cantos uma estrutura curiosa, uma espécie de torreão aberto com colunas brancas esguias que sustentavam sacadas semicirculares no segundo e no terceiro andares, e no alto de tudo um telhado cônico, quase um campanário, encimado por um remate que incluía um cata-vento e também algumas antenas de rádio. Nos fundos do hotel elevava-se uma encosta íngreme e verde. Por toda parte a névoa se espalhava e deslizava. No final da rua começava o fiorde, súbito e profundo.

Hunter instalou seu cavalete ao ar livre, do outro lado da rua, e começou a tentar pintar o hotel, embora gotículas microscópicas de névoa salgada inevitavelmente se juntassem, sem se misturar, ao cinza de Payne e ao amarelo Nápoles, e nos anos que se seguiriam, à medida que as pequenas telas desse período foram se espalhando pelo mundo com valor crescente, esse fator introduziria modelagens, sombras e redefinições de espaço que, embora fisicamente presentes, Hunter não tinha visto na época — de fato, só viria a reconhecê-las nas suas fases "veneziana" e "londrina", tempos depois.

A noite inteira, no enorme fiorde, ouviam o gelo, acordavam, adormeciam de novo, as vozes do gelo penetravam seus sonhos, ditavam o que eles haveriam de ver, o que aconteceria a cada olho sonhador a contemplar, impotente. Ao norte elevava-se uma geleira que se espalhava pela distância, a única em toda essa região de gelo que jamais recebera nome, como se pelo reconhecimento temeroso de sua nobreza antiquíssima, de estar ela realizando um projeto aparentemente consciente...

"Não vai dar pra invernar aqui, vamos ter que seguir viagem enquanto ainda é possível navegar."

"Por mim, tudo bem. Acho que não aguento mais nem uma semana aqui. A comida —"

"Pelo visto, Bolo de Peixe Seco não é seu forte."

"Dá pra fazer alguma coisa?"

"Bom, na verdade isso era só para caso de emergência, mas acho que se pode dizer que estamos numa emergência." Destrancando uma valise preta e olhando dentro dela por um momento. "Tome aí", entregando uma velha garrafa soprada a mão cujo rótulo, com uma gravura e uma inscrição num espectro de cores tropicais que não haviam desbotado, representavam um vulcão em erupção e um papagaio com um sorriso desdenhoso, com a legenda ¡*Cuidado Cabrón! Salsa Explosiva La Original*. "Bastam duas gotinhas pra dar uma boa aliviada no tal do peixe seco, e não é que eu seja pão-duro, não, falando sério. Herdei esta garrafa do meu pai, que herdou do pai dele, e não chegamos a consumir nem um centímetro ainda, por isso é bom ter cuidado."

Tal como ele esperava, o conselho não foi levado a sério, e na refeição seguinte a garrafa passou de mão em mão e todo mundo derramou molho. O resultado disso foi uma noite notável por sua histeria e troca de recriminações.

O mundo luxuriante do papagaio do rótulo, embora aparentemente tão distante daquela paisagem ártica quanto se podia imaginar, na verdade estava separado dela por uma finíssima membrana. Para passar de um mundo para outro bastava concentrar a atenção de modo implacável na imagem da ave, ao mesmo tempo humilhando-se diante de seu olhar de desprezo, e repetindo a expressão "¡*Cuidado Cabrón!*", de preferência com sotaque de papagaio, até a expressão perder o sentido — se bem que na prática, é claro, o número de repetições chegava aos milhões, ao mesmo tempo que a tolerância dos ouvintes caía para zero. Adquirindo assim a força de uma roda de orações tibetana, a prática era considerada um abre-te-sésamo também para a bacia do Tsangpo-Bramaputra, um detalhe que os membros mais antigos da Expedição não relutavam em mencionar.

À primeira vista apenas uma sala cheia de cavalheiros barbudos com ternos escuros e coletes da mesma cor, esses cientistas na verdade formavam uma gama internacional de motivações e excentricidade. O dr. Vormance estava tirando férias sabáticas da Universidade Candlebrow, onde atuava como diretor do Departamento de Mineralogia. Um famoso Quaternista, o dr. V. Ganesh Rao, da Universidade de Calcutá, estava tentando encontrar uma passagem para o Ulterior, como costumava dizer, tendo concluído que o melhor a fazer era simplesmente encontrar o silêncio e deixar que a Matemática e a História tomassem o rumo que bem entendessem. Já Dodge Flannelette, por outro lado, que atuava em firmas de corretagem fraudulentas, estava ali principalmente por interesse nas possíveis aplicações práticas de quaisquer descobertas que pudessem ocorrer, tendo sido secretamente informado, por exemplo, de que o espato da Islândia era de importância central para o desenvolvimento de métodos de enviar imagens animadas a distâncias de milhares de quilômetros, talvez até a qualquer ponto do mundo. E o jovem sr. Fleetwood Vibe estava ali por ordem do pai, Scarsdale Vibe, o magnata de Wall Street que era o verdadeiro financiador da Expedição. Um dos encargos de Fleetwood era observar e anotar todas as ocorrências de gastos exorbitantes, para que algum dia seu pai pudesse vingar-se de modo apropriado.

"Mas você tem que ficar particularmente atento", o magnata olhava para vários planos ao longe, nenhum dos quais incluía seu filho, um gesto cujo significado, como Fleetwood e seus irmãos aprenderam desde cedo, era que ele não confiava de todo nos filhos e não estava lhes dando todas as informações, longe disso, "é pra possibilidade de construir estradas de ferro no terreno. No momento exato em que estamos conversando, o Harriman está comprando cientistas a rodo, acertando uma grande viagem ao Alasca. Ele e o velho Schiff, como sempre, mancomunados. É quase certo que estejam tramando uma ligação ferroviária pelo estreito de Bering, do Alasca à Sibéria, ligando-se com a Transiberiana, e de lá Deus sabe com o quê. Sem falar, é claro, nas condições terríveis que seriam encontradas por qualquer trem que tentasse passar por uma ponte ferroviária transpondo o estreito de Bering".

Aquilo parecia uma revelação franca de segredos comerciais importantes, mas o significado real era o de que dados importantes estavam sendo ocultados, e se quisesse se informar melhor Fleetwood deveria investigar a situação por conta própria. "Então... o senhor quer chegar lá na frente dele."

"Deles", corrigiu Scarsdale. "Um alpinista social e um judeu. Dá pra entender por que é que o mundo está indo por água abaixo."

O Grupo de Discussão Transnoctial reunia-se num dos salões no subsolo do hotel, onde não incomodaria os outros hóspedes que poderiam desejar, por exemplo, dormir. O tema para discussão daquela noite era "A natureza das expedições".

"Outrora aprendemos a domesticar os cavalos e a cobrir grandes distâncias montados neles, com os navios oceânicos deixamos para trás as superfícies planas e penetramos no espaço riemanniano, atravessamos a terra sólida e os mares profundos, e colonizamos o que encontramos", dizia o dr. Vormance. "Agora estamos começando a bater asas para dar início à conquista do Céu. Em algum lugar nele, Deus vive em Sua Cidade Celestial. Por quantas léguas teremos de avançar nesse mundo inexplorado até conseguirmos encontrá-Lo? Ele se afastará diante da nossa aproximação, recolhendo-se cada vez mais no Infinito? Ele nos enviará Agentes divinos, para nos ajudar, nos enganar, nos afastar? Deixaremos colônias no Céu, ao longo das rotas de nossa invasão, ou preferiremos atuar como nômades, montando acampamento a cada manhã, não nos contentando com nada que esteja aquém de Sião? E que tal colonizar outras dimensões além da terceira? Colonizar o Tempo. Por que não?"

"Porque, senhor", argumentou o dr. Templeton Blope, da Universidade das Hébridas Exteriores, "— somos limitados a três."

"Isso é conversa de Quaternista", gritou sua nêmesis acadêmica, Hastings Throyle. "Tudo, carnal e espiritual, investido nas três dimensões dadas — para que servem, para repetir a famosa pergunta do seu professor Tate, mais do que três?"

"Mil desculpas. O mundo dado, caso o senhor não tenha percebido. O planeta Terra."

"O qual, não faz muito tempo, imaginava-se que seria uma superfície plana."

E assim por diante. Uma discussão recorrente. Naquele tempo, o Quaternismo ainda desfrutava a luz e o calor de um alegre meio-dia. Os sistemas rivais eram reconhecidos de vez em quando, normalmente por conta de alguma propriedade considerada incômoda, mas os seguidores de Hamilton sentiam-se imunes a qualquer ameaça de obsolescência, crianças certas de que não morreriam nunca — embora o número considerável deles a bordo do *Malus* não soubesse muito bem o que o Documento da Missão, guardado com todo cuidado, queria dizer ao afirmar que a atual viagem estava sendo realizada "em ângulo reto com o fluxo do tempo".

"O tempo se move num único eixo", o dr. Blope insistia, "do passado para o futuro — a única volta possível é de cento e oitenta graus. Nos Quatérnios, uma direção de noventa graus corresponderia a um *eixo adicional* cuja unidade é $\sqrt{-1}$. Uma volta em qualquer outro ângulo exigiria como unidade um número complexo."

"No entanto, mapeamentos em que um eixo linear se torna curvilíneo — funções de uma variável complexa tal como $w=e^z$, em que uma linha reta no plano *z* é mapeada como um círculo no plano *w*", disse o dr. Rao, "de fato apontam para a possibilidade de o tempo linear se tornar circular, obtendo-se o eterno retorno desse modo simples, ou talvez, melhor dizendo, complexo."

O ar estava cheio de fumaça de charuto barato, e terminaram as garrafas de aquavita importada da Dinamarca, a quinze centavos cada, as quais foram substituídas por um produto destilado ali mesmo, guardado em potes de barro um tanto maiores. Lá fora, no escuro, o gelo antiquíssimo continuava rangendo, como se tentasse ele próprio exprimir um argumento.

Como se a própria hora, cada vez mais tardia, tivesse revelado alguma fatalidade obscura, a discussão passou para o tema do Éter luminífero, com relação ao qual as trocas de opiniões — as quais, tal como os Quatérnios, fundavam-se basicamente na fé — muitas vezes não conseguiam conter uma certa veemência.

"Grandessíssimos idiotas!", berrava o dr. Blope, que pertencia àquela escola britânica, surgida na esteira do Experimento Michelson-Morley, para a qual alguma Força secreta da Natureza estava conspirando para impedir toda e qualquer mensuração da velocidade da Terra em seus deslocamentos através do Éter. Se essa velocidade produzia, como afirmava Fitzgerald, um encolhimento da dimensão na mesma direção, seria impossível medi-la, pois o instrumento usado para a medição também encolheria. "Claro está que Algo não quer que adquiramos conhecimento!"

"Não poderia esperar outra coisa de um britânico", redarguiu, pensativo, o dr. Vormance. "Metade das unidades residenciais dessa ilha já foram comprovadamente assombradas em uma ou outra ocasião. Eles veem fantasmas, veem fadas debaixo de cada cogumelo, comestível ou não. Acreditam em projeção astral, premonição, reencarnação e outras provas de que se pode ser imune ao Tempo."

"O senhor está a falar de mim, não?"

"Mas não, Blope, não, de modo algum."

Todos riram baixinho, condescendentes, menos, é claro, o dr. Blope.

"O que não pode ser resolvido dentro da psique", comentou o alienista da Expedição, Otto Ghloix, "certamente penetra o mundo externo e se torna fisicamente, objetivamente 'real'. Por exemplo, aquele que não consegue dar conta da, digamos, *sinistra incognoscibilidade* da Luz, projeta um Éter, real sob todos os aspectos, só que não é detectável."

"Me parece uma propriedade importante para ser uma exceção, não é? Fica na mesma classe que Deus, a alma —"

"Fadas debaixo de cogumelos", gritou um engraçadinho em algum lugar em meio ao grupo, o qual ninguém, coisa estranha, conseguiu localizar.

Os islandeses, porém, tinham uma antiga tradição de fantasmices em comparação com a qual os ingleses seriam modelos de racionalismo. Membros anteriores da Expedição haviam visitado a grande Biblioteca da Islândia por trás das paredes verdes translúcidas voltadas para o mar ensolarado. Alguns desses espaços eram oficinas ou refeitórios, alguns eram centros de operações, empilhados até o alto do grande desfiladeiro, doze níveis no mínimo, provavelmente mais. Nas estantes da biblioteca encontrava-se *O livro do espato da Islândia*, que costumava ser caracterizado como "parecido com a Y*nglingasaga*, só que é diferente", contendo histórias de famílias que remontavam à descoberta e exploração do mineral eponímico até o presente, incluindo o registro de cada dia da Expedição ora em andamento, *até mesmo dos dias que ainda não se haviam passado*.

"Previsão do futuro! Impossível!"

"A menos que se reconheça que certos textos —"

"Estão fora do tempo", propôs um dos Bibliotecários.

"São Sagradas Escrituras ou coisa parecida."

"Ou pelo menos têm uma relação diferente com o tempo. Talvez até devam ser lidos através de uma lente, ou mediados por uma lente, feita com a exata calcita que, segundo os boatos, vocês estão aqui procurando."

"Mais uma Busca de mais uma porcaria de Cristal Mágico. Conversa, digo eu. Pena que eu não sabia antes de me comprometer com a Expedição. Me diga uma coisa, você não é um desses partidários das Pedras Sensíveis, não, hein?"

Já naquele tempo a consciência dos minerais era uma fonte de chistes — se eles soubessem o que estava por vir nessa área... aguardando a hora de agir contra eles, os sorrisos teriam ficado petrificados, e os risinhos virariam pigarros.

"É bem verdade", disse o Bibliotecário, "que o espato da Islândia existe em todo mundo, muitas vezes na vizinhança de zinco, ou prata, e boa parte dele funciona perfeitamente em instrumentos óticos. Mas o daqui é essencial, de uma outra categoria. É o artigo legítimo, e a subestrutura da realidade. A reduplicação da Criação, cada imagem sendo límpida e crível... E os senhores, todos versados em matemática, certamente terão percebido que o curioso advento desse mineral se deu poucos anos depois da descoberta dos Números Imaginários, os quais também tiveram o efeito de duplicar a Criação matemática.

"Pois isto aqui não é *apenas* a Islândia geográfica, mas é também uma entre várias convergências entre os mundos, que se encontram aqui e ali por trás das aparências, como essas passagens subterrâneas por baixo da superfície, que dão para as cavernas de espato da Islândia, caminhos cegos entre cristais que nunca foram tocados, e talvez jamais venham a ser tocados, pela luz. Lá onde vive o 'Povo Oculto', dentro de suas moradas secretas de pedra, onde os seres humanos que os vão visitar podem ficar fechados e nunca mais conseguir sair. O espato da Islândia é o que mantém oculto o Povo Oculto, o que lhes permite deslocar-se pelo mundo que se considera 'real', o que dá aquela importantíssima volta de noventa graus na luz *deles*, para que eles possam existir paralelamente ao nosso mundo sem serem vistos. Eles e outros também, visitantes de outro lugar, de aspecto não humano.

"Eles têm vindo aqui, fazendo a travessia, de um mundo ao outro, desde muitas gerações atrás. Nossos ancestrais os conheceram. Olhando para mais de mil anos atrás, há um momento em que as incursões deles nas nossas costas por fim convergem, como se num ponto de fuga, com as dos primeiros visitantes nórdicos.

"Eles chegam aqui na situação de criminosos, tal como os primeiros nórdicos, que vinham ou fugindo da punição por crimes que haviam cometido em seus lugares de origem ou então buscando novas costas para saquear. Os quais nós, excessivamente civilizados, agora julgamos bárbaros, impiedosos. Em comparação com esses outros Invasores, porém, eles são a quintessência da civilidade."

O sol se levantou, uma mancha sinistra no céu, não inteiramente informe, na verdade capaz de assumir a aparência de um emblema imediatamente reconhecível, porém inominável, tão conhecido que a incapacidade de lhe dar nome passou de simples frustração a temor palpável, cuja complexidade se aprofundava quase de um instante ao outro... seu nome era uma palavra poderosa, que não deveria ser pronunciada em voz alta, nem sequer relembrada em silêncio. Por toda parte havia emboscadas de gelo traiçoeiro, presenças latentes, assombrando todas as transações, cada uma semelhante ao círculo infinitesimal que converge em direção ao zero, o qual os matemáticos de vez em quando utilizam. Uma saída cinza-prateada, inodora, silenciosa, do mundo superior... O sol podia ser visto de vez em quando, com ou sem nuvens, mas o céu era mais de um cinza de densidade neutra do que azul. Lá no promontório crescia uma folhagem de textura uniforme, que àquela luz era de um verde reluzente, praticamente sem sombra, e na base da rocha despedaçava-se o mar verde-mar, o mar verde-gelo, verde-vidro.

Hunter tinha passado todo o dia ao ar livre com seu caderno de esboços, registrando tudo que podia registrar, para levar consigo. Aquela noite era a última em que ele e Constance estariam juntos antes de sua partida. "Eu queria fazer uma festa de despedida", disse ela, "mas não há nada pra se comer."

"Posso ir lá no Narvik."

"Está tarde. O gelo é traiçoeiro depois da meia-noite."

"Hoje não está tão escuro, vovó. Não vou demorar."

Normalmente havia barqueiros no cais, os quais levavam passageiros depois que os *ferryboats* encerravam o expediente — sempre havia um fluxo constante, ainda que não numeroso, de passageiros durante toda noite, como se houvesse no continente alguma atração glamorosa e obscura conhecida apenas por um público selecionado. O inverno se aproximava, e era cada vez mais difícil encontrar passagens de água não congelada. O pequeno vapor seguia de um lado para o outro, emitindo um ruído que lembrava uivos de cães de caça frustrados, e os pilotos trocavam gritos por entre as banquisas flutuantes. Alguma coisa fosforescente que havia no gelo mantinha a noite bem iluminada.

Mas hoje a cidade era um lugar melancólico. Não havia muita coisa acontecendo. A partida iminente do *Malus* parecia ter tido o efeito de deixar a todos desconcertados. Havia luzes acesas por toda parte, como se recepções invisíveis de alguma espécie estivessem em andamento. A insônia envolvia a cidade como um cobertor suado. Gangues de marginais pés de chinelo passavam de vez em quando, não cometendo nenhuma transgressão mais séria do que olhar fixamente para as pessoas. Como estalajadeiros temporários, os moradores insones traziam para suas próprias salas de visita os recém-chegados, e lá ficavam sentados, sem falar, raramente oferecendo álcool por causa do preço exorbitante, pago na escuridão e apenas em dinheiro vivo, pois a notícia de que havia dinheiro em espécie se espalhava muito longe, sem haver perda de informação, nos silêncios imensos.

O único restaurante aberto àquela hora da noite era o Narvik's Lanches Rápidos Cozinha Setentrional, cheio de fregueses a qualquer hora, normalmente com fila na porta. Hunter previa uma longa espera. Não apenas a fila andava a uma velocidade insuportavelmente lenta, como também, quando andava, avançava apenas *uma fração do espaço* ocupado por um corpo. Como se alguns dos que estavam esperando ali estivessem presentes, sabe-se lá como, de modo fracionário.

Paralelamente à fila lerda, em direção oposta, passava constantemente um engenhoso trem a vapor de vagões que eram como panelas grandes dotadas de rodas, para que os que estavam à espera soubessem qual era o cardápio do dia, gordura de baleia assada no vapor com framboesas, ovos de gaivota fritos, cozidos ou mexidos, costeletas de morsa e *parfaits* de neve, para não falar no decantado Bolo de Peixe Seco, que era o Prato do Dia — aliás, de Todo Dia —, tudo isso passando dentro do vidro do mostruário, a poucos centímetros dos fregueses cheios de água na boca, embora, dada a ausência de controle de impulsos que caracterizava a população local, mal protegido. Juntamente com casos de roubo de lanches, a espera era animada também por ocorrências de pulação de fila, arremesso de comida e difamação materna, bem como corridas não premeditadas até a extremidade do píer de Narvik.

O próprio Narvik, que tinha fama de jamais dormir, continuava andando de um lado para outro tal como fizera durante toda a noite, saudando clientes, trazendo pedidos da cozinha, recebendo dinheiro e tentando animar com tiradas de humor ártico aqueles que estavam na fila havia muito tempo. "Um canadense entra num bar e pede: 'Se tem cana, dá!'. Dois italianos estão procurando ouro no Yukon, e um deles volta correndo para o acampamento. 'Eu encontrei ouro!' — e o outro responde: 'Ecco, e tua mama também'. Sabe qual é a cantada mais comum no Alasca? 'Não quer esquentar um pouquinho não?'"

"Dois Bolos de Peixe Seco", disse Hunter por fim, "e mais salada de aipo, ah sim, e mais uma porção de Molho Misterioso?"

Voltou para a ilha no meio da noite agora fria e despovoada, promessa do inverno vindouro, fazendo uma travessia perigosa entre blocos de gelo que tentavam, como se por maldade consciente, pegar os desprevenidos tal como areia movediça, sem aviso prévio.

E no movimento incessante do gelo, as incontáveis translações e rotações, degelos e congelamentos, havia um momento, talvez dois, em que as formas e tamanhos das massas ali naquela "Veneza do Ártico" seriam exatamente iguais às da verdadeira Veneza, com suas ilhas. Nem todas essas formas seriam de terra firme, é claro, algumas eram de gelo, porém, considerando-as como espaços com interconexões múltiplas, as duas seriam idênticas, Murano, Burano, San Michele, o Grande Canal, cada pequena via aquática nos menores detalhes, e durante aquele instante breve seria possível passar de uma versão para outra. Durante toda sua infância, Hunter Penhallow havia permanecido atento para aquele momento fatídico, rezando por aquele ataque eletrizante a seu sensório, por aquele transporte imediato para quilômetros e anos dali, até a Cidade do Silêncio e Rainha do Adriático. Ele "acordaria", se bem que seria mais semelhante a chegar após uma viagem que não foi sentida, num quarto do Bauer-Grünewald, com um tenor em pleno dó de peito melancólico acompanhado por uma sanfona logo abaixo da janela, e o sol se pondo por trás de Mestre.

Mas o gelo sempre acabava infiltrando-se de novo em seu sonho noturno. Os canais congelados. A segurança do gelo. Voltar ao gelo a cada noite, como quem volta para casa. Reclinar-se, horizontal como gelo, abaixo da superfície, chegar ao sono sem trancas, sem brechas, tão ansiado... Lá no outro mundo da infância e dos sonhos, em que os ursos polares não são mais seres pesadões e assassinos, porém, uma vez na água, nadando por baixo do gelo, transformam-se em grandes criaturas anfíbias, alvas, graciosas como golfinhos.

Quando sua avó era menina, contou-lhe ela uma vez, as irmãs anunciaram na escola um dia que o tema do estudo seria Os Seres Vivos. "Eu sugeri o gelo. Elas me expulsaram da sala."

Por volta do meio da manhã, Constance foi até o alto da serra, olhou para o longo declive da encosta dos morros nus e viu que o navio em miniatura que antes estava ali, à espera, preso ao porto apenas pelo mais leve dos ancoretes, por vezes parecendo tremer com seu desejo de se afastar, havia partido por fim, rumo a mares mais esmeraldinos, ventos aromáticos, redes armadas no convés. Visto lá de cima, o mar continuava cinzento como sempre, o vento não era mais frio do que o normal, talvez um mínimo de vegetação austera, tudo em tons de branco, creme e cinza, capim pálido, que por um triz não chegava a ser verde, curvando-se ao vento, todos juntos, um milhão de caules inclinados exatamente no mesmo ângulo, o qual não seria medido por nenhum instrumento científico. Ela olhava para o horizonte, sem pressa, guardando o sul para o fim. Sequer um fiapo de fumaça, nem mesmo o último apito de vapor abafado pelo vento, apenas a carta de despedida que a aguardara esta manhã em sua mesa de trabalho, agora em seu bolso como um lenço amassado, na qual ele lhe dera seu coração — mas que ela não podia abrir de novo e reler com medo de que, graças a uma mágica terrível que ela jamais aprendera a desfazer, a carta houvesse se transformado, no final das contas, em uma folha em branco.

Extraído dos Diários do sr. Fleetwood Vibe —

Não era nenhum Êxtase Setentrional. Pergunte a qualquer pessoa que estava lá. Eles aportaram. Eles conversaram. Eles compartilharam suas cestas de piquenique. Patê de *fois gras* gelatinado, faisão com trufas, pudim Nesselrode, um champanhe safra 1896 que eles haviam resfriado em gelo local...

A primeira coisa de que nos demos conta foi a cantoria. Em tais casos, antes de mais nada é preciso excluir a hipótese de demência coletiva, ainda que nenhum dos presentes conseguisse concordar sequer a respeito *do que estava sendo cantado*. Foi apenas depois de prolongadas sessões com o binóculo apontado na direção daquela música estridente e estranha que alguns de nós puderam detectar uma mancha escura, a baixa altitude num céu congelado, que aos poucos foi crescendo, ao mesmo tempo que o coral ensandecido, paradoxal mas felizmente, parecia morrer aos poucos, muito embora a canção ficasse gravada em todos os cérebros. Tendo se originado por volta de 1897, ela comemorava o reaparecimento na costa setentrional da Noruega de Fridtjof Nansen e Frederik Hjalmar Johansen, após uma viagem de três anos nas silenciosas regiões polares, poucas semanas antes do navio em que eles haviam partido, o bravo *Fram*. Apenas por uma questão de objetividade científica, sinto-me obrigado a incluí-la aqui.

O mundo enlouqueceu,
Só dá Nansen

E seu amigo Johansen,
Que deram um pulo no Po-o-olo!

Ninguém mais sossega,
Só quer saber
Dos heróis da Noruega,
E carregá-los no co-o-o-lo!

Faz três anos que os dois
Partiram a bordo do *Fram*.
Estão de volta, e agora é festa
Até amanhã de manhã!

É por isso que o Nansen
E mais o Johansen
Querem que todos dancem
De Oslo até Amsterdã!

Ficamos atônitos diante da imensidão do veículo que por fim estacionou acima de nós. Por um triz nossos tripulantes não foram suficientes para manejar as amarras que eles lançaram. Para eles, certamente parecíamos insetos todos iguais, a correr de um lado para o outro.

"Não estamos em perigo", repetimos com insistência, "nem tampouco precisamos de qualquer ajuda."

"Vocês estão correndo perigo *de vida*", afirmou o Oficial Científico deles, o dr. Counterfly, homem de aparência professoral, barbudo e agasalhado tal como os outros, os olhos ocultos por trás de óculos protetores engenhosos, cujas lentes, como ficamos sabendo depois, eram pares de prismas de Nicol, que podiam ser ajustados de modo a controlar com precisão a quantidade de luz admitida em cada olho. "Talvez vocês estejam tão próximos do perigo que não consigam enxergá-lo... Nós, por outro lado, não vemos outra coisa desde que ultrapassamos o Paralelo Oitenta. Foi declarada Zona de Emergência com um raio de centenas de quilômetros. O pico a sota-vento do qual vocês instalaram seu posto de comando é de forma regular demais para ser o *nunatak* que vocês estão pensando que ele é. Será que nenhum de vocês desconfiou que fosse uma estrutura artificial? Na verdade, ele não está aqui por acaso, e vocês não poderiam ter escolhido um lugar mais perigoso."

"Ah", o dr. Vormance piscou o olho, "então vocês conseguem enxergar através da neve da base, não é?"

"Hoje em dia, como o senhor sabe, existem Raios e mais Raios, e é possível fazer com que outros comprimentos de onda que não os da luz atravessem até mesmo os meios mais opacos."

No idioma esquimó, *nunatak* significa literalmente "terra ligada", e se refere a um pico de montanha alto o bastante para se destacar do deserto de gelo e neve que cobre o resto do terreno. Acredita-se que cada um tenha seu próprio espírito guardião e seja um ser vivo, uma arca que abriga todos os liquens, musgos, flores, insetos e até mesmo aves que sejam levados até lá pelos ventos da Região. Durante a última Idade do Gelo, muitas das nossas montanhas lá nos Estados Unidos, que agora são conhecidas e até mesmo famosas, eram *nunataks*, que tal como eles elevavam-se acima de uma ampla extensão congelada, mantendo acesas as chamas das espécies até o momento em que o gelo recuasse e a vida reocupasse seus domínios.

A convite deles, amontoamo-nos todos dentro da espaçosa cabine de controle da grande aeronave, onde equipamentos científicos ocupavam cada centímetro cúbico — talvez hipercúbico. Em meio a fantásticos estojos de vidro e emaranhados de fios de ouro tão enigmáticos para nós quanto os painéis de controle de ebonite, escrupulosamente lustrados, que refletiam o céu ártico, conseguimos reconhecer aqui e ali alguns objetos mais cotidianos — aqui caixas de resistores de manganina e bobinas de Tesla, ali pilhas de Leclanché e ímãs de solenoides, com cabos elétricos revestidos de guta-percha estendendo-se por toda parte.

Lá dentro, o teto era bem mais alto do que esperávamos, e quase não se podia divisar as paredes naquela luz atenuada por três lentes de Fresnel que havia penduradas, sendo as mangas atrás de cada uma delas iluminadas cada uma por uma cor primária diferente, luz essa que era emitida por chamas sensíveis as quais emitiam silvos em frequências diversas. Sons estranhos, harmonias complexas e dissonâncias, ressoantes, sibilantes e percussivas ao mesmo tempo, sendo monitorados de algum lugar muito exterior àquele onde estávamos, saíam de uma enorme corneta de latão, com tubos e válvulas do mesmo material, tão complexos quanto os que podemos encontrar numa banda militar norte-americana, tubos esses que iam dar num extenso painel de controle no qual se alinhavam diversos reguladores, com ponteiros em delicado estilo Breguet, tremendo ao subir e descer, descrevendo um arco em que estavam alinhados números em itálico. O brilho das bobinas elétricas transbordava os cilindros de vidro em que estavam encerradas, e quem delas aproximasse as mãos viam-nas como que imersas numa poeira azulada de giz. Um Telegrafone de Poulsen, registrando os dados que estavam sendo recebidos, movia-se constantemente de um lado para o outro ao longo de um fio de aço reluzente que era periodicamente removido e substituído.

"Impulsos do Éter", explicava o dr. Counterfly. "Para a estabilização do vórtice, precisamos de uma membrana suficientemente sensível para reagir às menores perturbações. Usamos um âmnio — que alguns chamam de 'coifa'."

"Não dizem que uma criança que nasce com uma coifa na cabeça tem poderes de predição?", indagou o dr. Vormance.

"É verdade. E uma nave em que haja uma coifa jamais afunda — ou, no nosso caso, cai."

"Já se fizeram coisas para obter uma coifa", acrescentou, lúgubre, um jovem oficial, o sr. Suckling, "das quais nem se pode falar."

"Interessante. Como vocês conseguiram esta?"

"É uma longa história, longa e complexa." A essa altura, o Oficial Científico nos avisou que o Gerador de Raios Especiais havia atingido a velocidade de uso, o que nos permitiria ver o *"nunatak"* a uma luz diferente, por assim dizer. Levou-nos a um compartimento adjacente, onde telas translúcidas brilhavam com cores e intensidades variadas, e instalou-se diante de um painel.

"Vamos ajustar o ganho... Bom. Vocês estão vendo? Olhem para o anteparo, ali, logo abaixo do prisma de quartzo."

Passaram-se alguns momentos antes que fosse possível interpretar o que revelava a curiosa câmara lúcida. De início, só se via um emaranhado com um estranho tom de verde-amarelado, em que áreas de luz e escuridão agitavam-se o tempo todo, ao que parecia penetrando lentamente, e ao mesmo tempo envolvendo, uma a outra. Mas depois que sucumbimos àquela hipnose serpentina, demo-nos conta de que o limiar da visibilidade descia incessantemente, e ao mesmo tempo aquele caos glauco começou, aqui e ali, a coalescer numa série de inscrições, que passavam, num movimento ascensional, depressa demais para que pudéssemos lê-las, mesmo se conhecêssemos o idioma.

"Acreditamos que sejam advertências", comentou o Comandante da aeronave, o professor St. Cosmo, "talvez com referência ao sítio de alguma espécie de cemitério sagrado... alguma tumba especial..."

"Será uma referência assustadora", o dr. Vormance riu, "imagino, às recentes desgraças sofridas por certos egiptólogos que tiveram a imprudência de penetrar aqueles reinos de descanso eterno?"

"Creio que se trata mais de simples diligência", replicou o dr. Counterfly, "e respeito pelas probabilidades." Indicou com um gesto a imagem transmitida pelos prismas do instrumento, cada vez mais nítida, como o amanhecer de um dia fatídico que ninguém está muito interessado em ver nascer. Em pouco tempo nos demos conta de que não conseguíamos desviar a vista. Embora não fosse fácil distinguir os detalhes, a Figura parecia estar reclinada de lado, uma odalisca das neves — se bem que seria por demais perigoso perguntar a que prazeres ela seria dada — havendo discordâncias entre nós a respeito de suas "feições", alguns rotulando-as de "mongoloides", outros de "ofídicas". Os olhos, de modo geral, se eram deveras olhos, permaneciam abertos, o olhar ainda não direcionado — porém unia-nos o terror comum daquele momento em que ela poderia *tornar-se consciente de nosso interesse* e, com um movimento suave, girar a cabeça terrível e nos encarar.

Curiosamente, a questão de ser ela ou não um ser "vivo" ou "consciente" jamais pesou em nossa decisão de resgatá-la. A que profundidade estaria?, nos perguntávamos. Haveria apenas neve entre a superfície e aquela profundeza ou encontraríamos alguma espécie de rocha? Questões práticas. Uma abordagem dinâmica. Não havia nenhum sonhador em meio a nós, para ser franco, muito menos uma pessoa dada a pesadelos — e a presença de ao menos um membro pertencente a essa categoria, em quaisquer expedições desse tipo, deveria no futuro ser exigida por estatuto. O que quer que julgássemos ter visto no instrumento, já havíamos, em nosso temor mútuo, deixado de lado.

Os estudiosos das Eddas, havendo recentemente explorado os textos em sua forma original na Biblioteca da Islândia, mais tarde — tarde demais — haveriam de sugerir uma comparação com Buri, avô de Odin e dos primeiros deuses, congelado no gelo de Niflheim por milênios incontáveis, até ser despertado pelas lambidas da vaca mítica Audumla. Qual de nós, então, descuidado como uma criança num parque de diversões, não teria feito coisa análoga com nossa Visitante congelada? Que deuses, que raças, que mundos estariam prestes a nascer?

Os alpinistas que havia entre nós qualificariam o resgate como um feito nem um pouco mais árduo do que penetrar numa fenda. A tripulação da grande aeronave, tendo nos feito todas as recomendações de cautela que lhes pareceram possíveis, agora guardavam distância de nós. Ao que parecia, sua obrigação era apenas a de nos alertar — eles sacudiam as cabeças, melancólicos, olhavam-nos da grade da gôndola, porém não interferiam nem levantavam sequer um dedo no sentido de nos ajudar. E nós, intrépidos e inocentes, nós mergulhamos naquela sombra, de súbito deixando para trás o vento, à medida que paredes de neve inodora elevavam-se a nossa volta, e fomos seguindo, insensatos, o declive excessivamente regular do que continuávamos a chamar, teimosamente, de *"nunatak"*, rumo a nosso destino. Os esquimós pareciam ansiosos, por vezes até demais, a adiantar nosso trabalho. Mas toda vez que encontrávamos um grupo deles conversando, todos se calavam e só voltavam a falar depois que nos afastávamos. Em pouco tempo, um por um, por motivos que não pudemos descobrir, todos eles partiram, murmurando, deslizando pelo gelo, desaparecendo naquele brilho amarelado, para não voltar jamais.

Teve início para nós um período de regozijo acrítico, impulsionado pela submissão a um destino comum de fama e fortuna. Compartilhávamos sentimentos óbvios — "Até o tempo está colaborando." "Ainda bem que todo mundo tem contrato." "O Vibes vai vender a coisa, seja ela o que for, assim que olharem para ela." Trabalhávamos na treva polar, nossos rostos expostos à terrível chama alaranjada da Aurora. De vez em quando, os cães enlouqueciam — rígidos, apavorados, com olhar fixo, fugiam e tentavam esconder-se ou morder qualquer coisa que deles se aproximasse. Em alguns casos, havia explicações realistas — teriam sentido o cheiro de algum urso polar ou morsa ao longe. Porém às vezes não havia nenhuma explicação imaginável. Fosse o que fosse, era algo invisível.

E, vez por outra, os cães não latiam quando deveriam latir. Um dia veio caminhando em nossa direção pela planície branca um vulto com um traje de pele de urso, que não era da região, uma coisa estranha, preocupante, *vindo em nossa direção do norte*. O sr. Dodge Flanelette, num impulso, levou a mão ao fuzil, quando o sr. Hastings Throyle, se não me engano, gritou algo em tungue, acrescentando: "Macacos me mordam se não for o velho Magyakan. Eu o conheci na Sibéria".

"Ele não pode ter vindo até aqui a pé", replicou o dr. Vormance, incrédulo.

"O mais provável é que tenha vindo numa aeronave, e que esteja aqui não apenas nos visitando, mas também, ao mesmo tempo, sem dúvida, no divisor de águas do Ienissei, numa tenda com a sua gente."

"Você está começando a me preocupar, Throyle."

Throyle deu-nos uma explicação a respeito do misterioso poder xamanístico denominado bilocação, o dom de estar literalmente em dois ou mais lugares, por vezes muito distantes um do outro, de modo simultâneo. "Ele diz trazer uma mensagem para nós."

"Parece ter medo de algo."

"Histeria ártica", disse o dr. Ghloix, o oficial psicomédico da Expedição. "Uma espécie de melancolia setentrional, que não raro antecede o suicídio."

Magyakan não aceitou alimento, porém tomou uma xícara de chá e pegou um havana, sentou-se, semicerrou os olhos e começou a falar, sendo traduzido por Throyle.

"Talvez eles não nos queiram fazer mal. Talvez até de algum modo nos amem. Mas não têm opção, tal como os cães que puxam os seus trenós, na terra terrível, para eles vazia, que eles optaram por invadir, em que os seres humanos são a única fonte de alimento. Temos permissão de viver e trabalhar até cairmos de exaustão. Mas eles sofrem tanto quanto nós. Suas vozes são suaves, eles só causam dor quando tal é necessário, e quando pegam suas armas, objetos que nunca vimos antes, ficamos olhando, mudos como cães, não as reconhecemos, talvez pensemos que sejam brinquedos ou algo assim, para nos divertir..." Calou-se, ficou fumando e por fim adormeceu. Em algum momento após a meia-noite ele despertou, levantou-se e foi caminhando até desaparecer no vazio do Ártico.

"Uma espécie de profecia, então?", indagou o dr. Vormance.

"Não exatamente, tal como entendemos o conceito", respondeu Throyle. "Para nós, trata-se pura e simplesmente da capacidade de enxergar o futuro, com base no nosso modo linear de encarar o tempo, uma linha reta que vem do passado, atravessa o presente e aponta para o futuro. O tempo cristão, dir-se-ia. Mas os xamãs têm uma visão diferente. O conceito de tempo para eles se espalha não numa única dimensão, e sim em muitas, que existem todas num único instante atemporal."

Demo-nos conta do fato de que estávamos observando os cães com mais atenção. Muitas vezes eram observados na companhia de outro cão, grande, de raça indefinida, que viera com a tripulação da aeronave. Os cães do trenó costumavam reunir-se em torno dele num círculo organizado, como se ele de algum modo estivesse se dirigindo a eles.

O que os incomodava em particular era a tarefa de puxar o trenó improvisado que utilizávamos para transportar o objeto pela superfície do gelo até o navio. Era como se fosse um sindicato de cães. Talvez fosse isso mesmo, um sindicato dirigido por Pugnax, pois era esse o nome do cão da aeronave.

Trazer de volta para o navio o que havíamos resgatado foi apenas a primeira das nossas dificuldades. Guardar o objeto no porão foi uma tarefa amaldiçoada desde o início. Um fracasso sucedia o outro — quando não era uma estralheira que desabava, uma espia, por mais grossa que fosse, se rompia — e no entanto, cada vez que algo assim ocorria, misteriosamente, o objeto era salvo antes de cair, e dessarte se espatifar... como se de algum modo ele estivesse *fadado a sobreviver* a todos nossos percalços. Tentando encaixá-lo dentro do navio, medíamos e remedíamos, e a cada vez as dimensões eram diferentes — não por uma pequena diferença, mas por uma margem enorme. Ao que parecia, não havia como fazer com que o objeto passasse por uma das escotilhas da nau. Por fim, fomos obrigados a utilizar nossos maçaricos. O tempo todo a coisa olhava para nós manifestando o que mais tarde, quando já havíamos nos dado conta da gama de suas emoções, facilmente teríamos identificado como desprezo. Estando seus "olhos" um ao lado do outro, como os olhos de seres humanos e outros predadores binoculares, seu olhar permanecia voltado exclusivamente para cada um de nós, onde quer que estivéssemos, aonde quer que fôssemos.

Da nossa viagem de volta rumo ao sul, deveríamos lembrar mais, das vigílias que se sucediam com rapidez, o som melódico da ocarina de um tripulante num corredor emoldurado por vigas de madeira com cavilhas de aço, o cheiro do café matinal, a presença gibosa da aeronave que viera nos alertar, sempre a nossa retaguarda, a estibordo, como uma lua deslocada, até que por fim, como se desistissem de esperar bom senso de nós, partiram com uma saudação de fogos de bengala em que talvez houvesse um toque de ironia.

Qual de nós estava disposto a virar-se, a encarar o futuro, a recorrer se necessário ao motim para obrigar o capitão a dar meia-volta e recolocar o objeto no local em que o havíamos encontrado? O que restava de nossa mesquinha inocência se esvaía cada vez que soava o sino do navio. Ainda que não pudéssemos prever de modo detalhado o que estava prestes a acontecer, não poderia haver entre nós sequer um, nem mesmo o menos imaginativo, que não sentisse que havia, lá embaixo, sob nossos pés, abaixo da linha-d'água onde jazia, paciente, derretendo, algo de terrível, que se tornaria mais terrível ainda.

Voltando por fim ao porto, pouco nos preocupamos quando começamos a ouvir aqueles primeiros gemidos profundos de metal contra metal. Ali, naquele porto marítimo, como em qualquer outro, ser invisível, pensamos, era o mesmo que estar seguro, invisíveis em meio a todo o ímpeto impessoal do Comércio, o ir e vir de escaleres, a selva de mastros, chaminés e cordas, os conhecimentos de embarque, as presenças rotineiras de carpinteiros, merceeiros, corretores de seguros, funcionários do cais do porto, estivadores e por fim uma delegação do Museu, para receber o que havíamos trazido, a qual nos ignorou, praticamente não se deu conta da nossa presença.

Talvez por estarem com pressa para se livrar de nós, os homens do Museu não haviam percebido, como nós percebêramos, que o objeto na verdade estava *guardado de modo muito imperfeito*. Como se fosse a concretização de um "campo" recém-descoberto, calculado apenas de modo aproximado, era este nosso pecado original — nossa incapacidade, mesmo após várias tentativas, ainda lá no norte, de determinar a distribuição do peso da coisa no espaço comum, o que deveria ter atuado como forte indício, para qualquer um de nós disposto a dar atenção ao problema por um instante que fosse, de que alguma fração do total necessariamente teria escapado ao confinamento. O fato de que essa parte livre não havia sido detectada nem medida implicava que *nenhuma* parte dela tinha sido encerrada — e que desse modo nós, na nossa nuvem de ignorância e sonho, a havíamos trazido *já à solta*.

Os que afirmam que a ouviram falar no momento em que fugiu estão agora bem guardados num recinto seguro em Matteawan, no interior do estado, recebendo os mais avançados cuidados da ciência médica. "Nada articulado — apenas silvos, uma serpente, vingativa, implacável", eles deliravam. Outros afirmavam ter ouvido idiomas desaparecidos há muito em todo o mundo, embora, é claro, conhecidos por aqueles que os testemunharam. "A luz em forma de homem não vos salvará", ela teria afirmado, e mais: "As chamas sempre foram vosso destino, meus filhos". Filhos *dela* — estaria alguém disposto agora a viajar até aqueles corredores em forma de estrela-do-mar onde eles sofrem, cada um por trás de uma porta de carvalho e ferro, a penitência que cumprem por terem testemunhado algo tão terrível?

Imaginando que minha participação naquele fatídico transporte estava encerrada, era minha intenção seguir de trem direto para a Capital Federal, deixando o crédito e as recompensas para serem disputados pelos outros. Como, de qualquer modo, meu relatório deveria ser entregue a uma Entidade em Washington, a meu ver não haveria qualquer dificuldade em redigir para eles ao menos um resumo durante a viagem. Ledo engano! Uma vez iniciado o terror, até chegar à estação tornou-se uma Odisseia.

Pois as ruas estavam numa desordem enlouquecida. Tropas irregulares, com bonés e calças em estilo zuavo, montando cavalos confusos e apavorados, zanzavam de um lado para outro, impotentes, talvez prestes, se houvesse o menor incremento em seu nível de ansiedade, a atirar uns nos outros, ou mesmo nos civis inocentes. As sombras dos edifícios altos estremeciam à luz avermelhada do fogo. Senhoras, e em muitos casos cavalheiros, gritavam incessantemente, sem qualquer efeito. Vendedores de rua, os únicos que ainda manifestavam um mínimo de equanimidade, corriam de um lado para outro tentando vender estimulantes de álcool e amoníaco, engenhosos capacetes-máscaras para proteger das inalações de fumaça, mapas ilustrados que supostamente revelariam lugares secretos, túneis e subterrâneos e outras arcas seguras, bem como trajetórias para sair da cidade sem risco. O ônibus que eu havia tomado praticamente não se movia, os mastros de bandeira que se elevavam da estação ao longe continuavam imóveis contra o céu, tão inatingíveis quanto o Paraíso. Meninos jornaleiros corriam ao redor do veículo, sacudindo exemplares com manchetes cheias de pontos de exclamação.

Chegando por fim à estação, juntei-me à multidão de cidadãos que tentavam entrar em trens que os levassem para longe da cidade. Na entrada, a massa caótica de que eu fazia parte num passe de mágica converteu-se em fila indiana, seguindo então com uma lentidão preocupante a percorrer o labirinto de mármore do interior, sem que pudéssemos ver nossa meta. Guardiões sem uniforme, que mais pareciam valentões de rua trajando roupas de trabalho sujas, impediam que qualquer um de nós violasse as regras, as quais, ao que parecia, eram em número excessivo. Lá fora, ouviam-se disparos intermitentes.

Os relógios elevados nos diziam, a cada leva de passageiros que entrava, que estávamos chegando tarde, cada vez mais tarde.

Hoje, no Clube dos Exploradores, o menos chique deles, buscando refúgio das chuvas pestilentas do Distrito, todos se misturando nas antessalas, aguardando os pigmeus de libré que viriam com seus gongos chineses de bronze anunciar o famoso Almoço Gratuito. Quem haja percebido meu tremor ocasional tê-lo-á atribuído à terça de sempre.

"Boa tarde, general... madame..."

"Ora, se não é o velho 'Wood! Com que então, os nativos ainda não deram cabo de você? Pensava que você ainda estivesse na África."

"Eu também. Nem imagino o que estou fazendo aqui."

"Desde aquela aventurazinha do doutor Jim, as coisas andam muito esquisitas por aqui. Se estourar uma guerra de repente, eu é que não vou me admirar." Começou a citar os versos comemorativos do poeta laureado britânico, com uma rima questionável entre "pelt" e "*veldt*".

Tenho observado, em particular em homens que já serviram no sul da África, esse vernáculo de intranquilidade e alucinação. Será a crescente tensão política no Transvaal, e as imensas quantias que mudam de mãos graças ao tráfico de ouro e diamantes? Será que devo investir em ações do Rand?

Durante o almoço, participei de um colóquio engraçado sobre o mal civilizado em terras longínquas.

"Talvez nos trópicos", disse alguém, provavelmente o general, "mas nunca na região polar. Lá é branco demais, matemático demais."

"Mas no nosso ramo de trabalho sempre há nativos, e nativos são nativos, não é mesmo? Nós e eles. Qual é a tribo, os detalhes, isso se perde na questão geral — quem está trabalhando e quem está lucrando, esse tipo de coisa."

"Isso jamais está em questão. As máquinas, os prédios, todas as estruturas industriais que instalamos lá. Eles veem essas coisas, eles aprendem a operá-las, e compreendem o quanto elas são poderosas. E letais. O quanto *nós* somos letais. As máquinas podem esmagá-los. Os trens podem atropelá-los. No Rand há minas com mais de mil metros de profundidade."

"Diga lá, 'Wood, eu soube de uma história a seu respeito por lá, você teria despachado um cule ou seja o que for com um Borchardt?"

"Ele estava me olhando de um modo estranho", respondi. Isso foi tudo que jamais falei a respeito dessa história.

"Como assim, 'Wood? 'De um modo estranho'? O que é isso?"

"Ora, eu não ia perguntar exatamente o que era, não é? Ele era chinês."

Os comensais, volúveis, nervosos, meia dúzia deles sofrendo de alguma espécie de febre, deram de ombros e continuaram a falar sobre outros assuntos.

"Em 95, o Nansen havia planejado, na sua última viagem para o norte, à medida que fosse diminuindo o peso da bagagem, matar os cães de trenó um por um para alimentar os outros. De início, segundo ele, os cães se recusavam a comer carne de cachorro, mas aos poucos foram aceitando.

"Imagine se isso acontecesse conosco, no mundo civilizado. Se 'outra forma de vida' resolvesse usar os seres humanos com objetivos semelhantes, e estando *numa missão tão desesperada quanto essa*, vendo eles que seus suprimentos estavam minguando, talvez nós, animais humanos, fôssemos também abatidos um a um, e os sobreviventes fossem obrigados, de algum modo, a comer a carne dos mortos."

"Ah." A esposa do general largou os talheres e ficou olhando para o prato.

"Meu senhor, isso é repulsivo."

"Não literalmente, então... mas o fato é que usamo-nos uns aos outros, muitas vezes com efeito mortal, desligando os sentimentos, a consciência... cada um de nós sabendo que em algum momento há de chegar a nossa vez. Não haverá para onde fugir, apenas um deserto hostil e morto."

"O senhor se refere à atual situação do mundo sob o capitalismo e os Trustes."

"Não parece haver muita diferença. Senão, como teríamos chegado a isso?"

"Evolução. O macaco evolui e vira homem — pois bem, qual será o próximo passo? O homem vira o quê? Algum *organismo composto*, a Empresa Americana, por exemplo, à qual até mesmo o Supremo Tribunal já concedeu o status de pessoa jurídica — uma nova espécie viva, que é capaz de fazer melhor praticamente qualquer coisa que um indivíduo possa fazer sozinho, por mais inteligente ou poderoso que seja."

"Se isso o tranquiliza, então acredite. Eu acredito em incursões de seres vindos de fora. Eles nos têm atacado ao longo de uma frente extensa, não sabemos 'quando' eles chegaram, o próprio Tempo foi perturbado, houve uma abjuração total e impiedosa do Tempo tal como o conhecíamos, sempre passando para nós de um momento para outro, tranquilo, com uma inocência que eles souberam contornar..."

A certa altura, todos compreenderam que estavam falando dos infelizes eventos transcorridos ao norte, o pesadelo de que até hoje tentam despertar, a grande cidade desgraçada e destruída.

Deixando para trás os desertos árticos, o *Inconveniência* seguiu para o sul, gastando tanto combustível quanto ousava gastar, livrando-se de todo o peso dispensável, numa tentativa desesperada de chegar à cidade antes que o vapor *Étienne-Louis Malus* o fizesse.

"Não consigo deixar de pensar no que há de acontecer com aqueles pobres-diabos", matutava Chick Counterfly.

A paisagem parda e sombria do norte do Canadá, perfurada por milhares incontáveis de lagos, passava veloz por eles, uma légua abaixo. "Um ótimo lugar para comprar uma propriedade à beira-lago!", exclamou Miles.

Os cientistas da Expedição Vormance continuavam acreditando que o que estavam trazendo de volta era um meteorito, tal como haviam feito Peary e outros recentes heróis da ciência. Dada a longa história de quedas de meteoritos nas regiões setentrionais, mais do que uma reputação fora feita com navios alugados e pagamentos atrasados, e umas poucas semanas felizmente livres de tempestades lá no norte, seguindo um brilho amarelado nas nuvens. Logo antes da descoberta, a equipe Vormance, examinando o céu, certamente tinha visto sinais suficientes. Mas quem poderia imaginar que o objeto caído era munido não apenas de uma consciência como também um objetivo antigo, e um plano para atingi-lo?

"Ele nos enganou, levando-nos a *classificá-lo* como meteorito..."

"O objeto?"

"O visitante."

"Então toda a expedição foi hipnotizada por uma rocha? É isso que você quer que a gente acredite?" A Comissão de Inquérito estava reunida no segundo andar do Museu de Museologia, dedicado à história das instituições que colecionam, classificam e exibem. A decisão de racionar o uísque só teve o efeito de fazer com que a coisa descambasse mais depressa para a grosseria, fato que todos os jornais, quaisquer que fossem suas relações com o poder, comentariam nos dias seguintes. Daquelas janelas altas podiam-se ver umas boas fatias da cidade, aqui e ali, até o horizonte — árvores queimadas ainda fumegando um pouco, flanges de aço caídos ou perigosamente tortos, as ruas perto das pontes e embarcadouros de *ferryboats* entupidas de carruagens, carroças e bondes, nos quais a população de início tentara fugir e depois abandonara, e que ainda permaneciam largados, capotados, danificados por colisões e incêndios, atrelados a animais mortos havia meses e ainda não retirados.

Antes do desastre, os rostos barbudos alinhados em torno dessa longa mesa curva, que manifestavam tanta indignação moral, pertenciam a assessores de um prefeito que não era mais desonesto do que a média da época — membros de uma máquina partidária, capazes, quando necessário, de obter os votos requeridos numa escala adequada aos membros da Comissão de Supervisores desse novo museu. Ao contrário dos que pertenciam às diretorias de instituições mais excelsas, nenhum dos presentes possuía fortuna nem *pedigree* familiar — sendo criaturas urbanas, poucos deles já haviam visto uma estrela estacionária que fosse, muito menos uma cadente. Eminentes testemunhas científicas, que antes dos Eventos talvez não levassem a sério esses politiqueiros, agora não conseguiam encarar seus olhares fixos, por vezes inquisitoriais. Hoje todos eles, sem exceção, haviam se tornado Arcanjos da vingança municipal, quanto mais não fosse por não haver ninguém mais disponível para essa tarefa — o prefeito e a maior parte da Câmara de Vereadores contavam-se entre as primeiras vítimas da Figura incendiária, os grandes bancos e casas de comércio continuavam em estado de profunda confusão, a Guarda Nacional, desmoralizada, estava refugiada, jurando se reorganizar, em New Jersey. As únicas unidades organizadas que enfrentaram as consequências imediatas da catástrofe eram as Asas Brancas, que com fortitude exemplar continuavam a mergulhar na inconcebível tarefa de limpeza urbana com a mesma alegria e disciplina de sempre. Naquele dia, na verdade, os únicos sinais de movimento humano em toda aquela extensão desolada pós-urbana que se viam dali eram alguns daqueles guerreiros com capacetes de cortiça, acompanhados por uma carroça de lixo e um dos únicos cavalos vivos de toda a região metropolitana.

Por vezes, essa comissão de inquérito se reunia em sessões noturnas, entrando pela porta lateral, onde os fracos e desprotegidos haviam aprendido a se instalar e ficar aguardando o tempo que fosse necessário. À noite, o Museu apresentava uma paisagem de contrafortes cercados de terra, escuros e imensos, portas secretas entre colunas, diversas pequenas cervejarias ao nível da rua lá dentro, as quais permaneciam abertas até tarde, graças à bondade e à sabedoria da polícia do distrito — blocos e mais blocos inclinados de alvenaria, de um amarelo sujo na escuridão crescente, indistinto, como se impressos fora de registro.

"Os esquimós acreditam que cada objeto que há no mundo deles tem seu guardião invisível — de modo geral, um ser não amistoso, que impõe uma lei antiga, pré-humana, e portanto um Poder que é necessário induzir a não fazer mal aos homens, através de várias formas de suborno." Ao ouvir essa menção a uma prática tão tradicional, os ouvidos dos membros da Comissão visivelmente tornaram-se pontudos e inclinaram-se para a frente. "Assim, o que queríamos trazer para o Museu era menos um objeto visível em si do que o seu *componente guardião* invisível. Para os esquimós, alguém da nossa equipe, por não cumprir as devidas normas, manifestou um profundo desrespeito, e fez com que o Poder seguisse sua natureza, realizando uma vingança apropriada."

"Apropriada? Tendo em vista as grandes perdas materiais, para não falar em vidas inocentes... apropriado a quê, meu senhor?"

"À civilização urbana. Porque retiramos a criatura de seu território de origem. As sanções de sempre — gelo traiçoeiro, tempestades, fantasmas malévolos — não eram mais possíveis. Assim, os termos da retribuição assumiram caráter mais adequado ao novo ambiente — fogo, estruturas abaladas, multidões em pânico, perturbação dos serviços públicos."

A coisa tinha ficado feia naquela noite. A cidade, mesmo nos melhores momentos, sempre fora famosa pelo seu rumor de ansiedade ao fundo. Todo aquele que morava ali com consciência de causa apostava a cada dia que o que quer que estivesse prestes a acontecer haveria de acontecer num ritmo lento o bastante para que fosse possível fazer ao menos uma consulta a alguém — que "sempre haveria tempo", como diziam os cidadãos. Mas naquele crepúsculo implacável, os acontecimentos se sucediam depressa demais para serem assimilados, quanto mais examinados, ou analisados, aliás, só dava tempo de fugir torcendo para não morrer. Era mais ou menos assim que todo mundo estava encarando a situação — todos na cidade, e, o que era particularmente inconveniente, ao mesmo tempo, estavam vitimados pelo medo Pânico. Durante tantos anos de prosperidade econômica e corrupção, eles haviam sido alertados mais de uma vez a respeito de uma possibilidade como essa. A cidade cada vez mais vertical, a população em densidade crescente, todos reféns de uma incursão como aquela... Quem, fora da cidade, os teria imaginado vítimas tomadas de surpresa — aliás, pensando bem, quem, mesmo dentro da cidade? Se bem que após a catástrofe muitos lucraram por algum tempo adotando justamente uma postura como essa.

Poucos fatos haviam sido esclarecidos. Bem no Centro, onde uma estreita via navegável ainda penetrava na cidade, um navio cargueiro havia chegado, vindo em seu porão, presa mais por expectativas do que por amarras eficazes, uma Figura dotada de poderes sobrenaturais que ninguém em sua história ainda não escrita jamais aprendera a neutralizar. Todos na cidade pareciam saber o que era a criatura — sabê-lo desde sempre, uma história com que se convivia havia tanto tempo que sua concretização era a última coisa que todos esperavam — inclusive o que representariam seus poderes impiedosos para qualquer multidão sobre qual eles se soltassem — embora, coisa curiosa, nenhum dos cientistas que a trouxera ali, com toda sua experiência em expedições polares, separados da Figura por apenas uns poucos corredores de metal, em toda a viagem para o sul, não houvesse desconfiado de nada.

Agora, sabendo perfeitamente que o navio chegara ao porto, tendo por um esforço de vontade se aquecido até a temperatura necessária, ela começou, metódica e implacável, a queimar tudo aquilo que a envolvia. Os que haviam optado por permanecer a bordo do navio o máximo de tempo possível, um por um, como se por uma espécie de exaustão moral, foram fugindo, saindo correndo aos trambolhões, subindo as escadas, escapando pelas escotilhas, saltando fora do navio para as ruas da cidade. Mas, restando apenas uns poucos momentos de história normal, onde poderiam ter encontrado refúgio a tempo? Nenhuma gangue de valentões da zona de meretrício, nenhuma câmara de privilégio nas profundezas de nenhuma das grandes pontes, nenhum túnel ferroviário ou hidroviário poderia ter preservado um único desses refugiados impuros do que estava por vir.

Fogo e sangue estavam prestes a desabar como o destino sobre as multidões complacentes. No auge da hora do *rush* vespertino, faltou energia elétrica em toda a cidade, e os encanamentos de gás começaram a explodir, e os milhares de ventos locais, diferentes em cada esquina, passaram a contradizer as previsões, pedras do calçamento foram lançadas em direção ao céu, para cair a quarteirões de distância dali, formando configurações observadas por poucos, porém belas. Todas as tentativas de contra-atacar ou mesmo evitar a Figura seriam derrotadas. Mais tarde, alarmes de incêndio não seriam atendidos, e os bombeiros na linha de frente não teriam mais reforços, nem qualquer esperança de vir a tê-los. O barulho era horrível e implacável, e foi ficando óbvio mesmo para os mais incautos que não havia refúgio.

A mobilização foi geral em toda a cidade à medida que se sucediam notícias sobre negociações com visitantes não identificados, licenças militares canceladas, apresentações de óperas interrompidas no meio — árias, mesmo as mais famosas, simplesmente omitidas — para que a plateia fosse despachada o mais depressa possível, movimentações de tropas ruidosas em estações ferroviárias, partidas de baralho e dados interrompidas brutalmente em becos na zona do meretrício, quase sempre no momento mais crítico do jogo, multidões temerosas de uma extensão abrupta das horas de crepúsculo, de rostos indistintos, de janelas altas e daquilo que, pela primeira vez na história da cidade, poderia entrar por elas...

Após a catástrofe, discutia-se o que teria acontecido com o prefeito. Teria fugido, estaria morto, haveria enlouquecido, as teorias proliferavam na sua ausência. Seu rosto aparecia em cartazes pregados em todas as cercas de madeira que cercavam os terrenos baldios, nas traseiras dos bondes, a estrutura óssea tão conhecida a reluzir com a simplicidade implacável de uma caveira. "Não saiam de casa", alertavam os boletins colados nas paredes carbonizadas, assinados por ele. "Esta noite vocês não serão bem recebidos nas minhas ruas, sejam vocês numerosos demais ou de menos."

Quando a luz do dia desapareceu da cidade naquela noite, a iluminação de rua estava muito mais fraca do que de costume. Era difícil enxergar o que quer que fosse com clareza. As barreiras sociais comuns estavam reduzidas ou simplesmente ausentes. Os gritos que prosseguiam por toda a noite, ignorados como ruído de fundo durante o dia, agora, na ausência do clamor do tráfego, assumiam um tom de urgência e desespero — um coro de sofrimento prestes a passar do domínio do invisível para algo que talvez tivesse de ser enfrentado. Vultos que tarde da noite só apareciam em níveis de cinzento, agora, constatava-se, possuíam cor, não os tons da moda que se viam durante o dia, porém matizes de vermelho-sangue, amarelo-necrotério, verde--veneno.

Numa metrópole em que a Localização era muitas vezes o princípio, o fim e tudo que havia entre um e outro, a presença de uma fonte subterrânea por baixo da Catedral da Prefiguração, abastecendo suas três pias batismais, até aquele evento inexplicável fora considerada uma defesa suficiente, ainda que não milagrosa para todos. Mas agora, à luz dos arcos voltaicos, no ponto mais elevado da igreja, as autoridades haviam começado a projetar uma imagem tridimensional e policrômica, não exatamente de Cristo mas com a mesma barba, vestes e capacidade de emitir luz — como se, caso o pior acontecesse, eles pudessem negar qualquer compromisso com o cristianismo e tornar mais fácil quaisquer mudanças de foro íntimo que viessem a ser necessárias para estabelecer um acordo com o invasor. Todas as noites, à hora do pôr do sol, a declaração luminosa era testada para verificar sua continuidade elétrica, o nível de potência, a precisão das cores etc. Lâmpadas sobressalentes estavam sempre a postos, pois todos se preocupavam com a possibilidade de que o projetor parasse de funcionar num momento crítico. "Ninguém se aventuraria a sair à noite num bairro sabidamente frequentado por vampiros sem levar uma cruz", declarara o arcebispo, "é ou não é? Pois bem, daí este Nosso Protetor", o qual, por prudência, não era identificado.

Apesar da sua recente anexação à cidade, os bairros periféricos ainda teriam mais uns poucos anos honrados de vegetação original e tranquilidade pastoral, tendo escapado ao menos por ora das elucubrações enlouquecidas dos construtores e urbanizadores que na época eram consideradas sonhos. Mas que outro futuro poderia haver para o "território do outro lado da ponte" se não, mais cedo mais tarde, a história e a cultura suburbanas?

Assim, a cidade tornou-se manifestação material de uma perda de inocência específica — não inocência sexual ou política, e sim uma espécie de sonho compartilhado do que uma cidade poderia vir a ser, no melhor dos casos —, seus habitantes se tornaram, e continuam sendo, uma raça ressentida e desmemoriada, ferida porém incapaz de conectar-se através da memória com o momento do trauma, incapaz de evocar o rosto do estuprador.

Após aquela noite e aquele dia de ira incondicional, era de se esperar que qualquer cidade, se sobrevivesse, seria inteiramente renascida, purificada pelo fogo, tendo transcendido a ganância, a especulação imobiliária, a política local — mas em vez disso, o que havia era uma viúva chorando, um comitê de luto representado por uma única mulher de preto, que haveria de guardar e registrar amorosamente, para depois cobrar impiedosamente, cada lágrima desgraçada que fora obrigada a chorar, e com o tempo, para compensar, se transformaria na mais mesquinha e cruel das cidades, mesmo não sendo as cidades em questão famosas por sua bondade.

Mantendo todas as aparências de firmeza, coragem e virilidade, a cidade não conseguiria se livrar daquele terrível estupro que durara toda uma noite, em que esta cidade-macho fora forçada a submeter-se, entregando-se, de modo inadmissível, cegamente feminina, ao abraço infernal do seu amado. Passou os anos que se seguiram esquecendo, fantasiando, tentando recuperar em parte a autoestima. Mas no fundo, bem no fundo, a cidade-macho continuava sendo o catamito do Inferno, o putinho à disposição de todos os seres infernais, a vadia vestida de homem.

Assim, na esperança de não ter de passar por mais sofrimentos, como demonstração de lealdade para com o Destruidor, como se fossem santuários votivos, a cidade havia construído uma série de estruturas propiciatórias. Muitas delas foram deliberadamente queimadas, tendo se tentado enegrecer os destroços estilizados de maneiras estéticas e interessantes. A atenção se concentrava no Centro, mantido envolto num plasma de ignorância protetora, estendendo-se por fim aos imensos baluartes de silêncio que o cercavam, um dos limites do mundo conhecido, além do qual tinha início um reino que o resto da cidade não podia sequer mencionar, como se tivesse renunciado, como parte de algum acordo plutoniano, até mesmo à linguagem que permitiria falar dele. Como a Cidade estava atravessando a grande era de construção de arcos, principalmente os triunfais, resolveu-se instalar, em algum ponto de transição que dava para o reino proibido, outro grande Portal, com a inscrição POR MIM SE VAI PARA A CIDADE ARDENTE — DANTE, em cima do qual, em cada aniversário daquele evento terrível, cobrindo todo o céu acima do porto, surgia um panorama noturno — não exatamente uma reconstrução comemorativa —, porém uma exibição de luzes multicoloridas móveis, contra um fundo escuro, de um azul um tanto marítimo, um espetáculo abstrato que cada espectador poderia entender como bem quisesse.

Na noite em questão, Hunter Penhallow estava saindo da cidade, mas sentindo que algo ocorria às suas costas virou-se para trás e testemunhou a tragédia que se desenrolava ao longo do horizonte, gravando na memória um pesadelo antigo demais para ser apenas seu, olhos brilhando com as imagens implacavelmente nítidas em tons de fogo, de um brilho tal que suas órbitas e malares absorveram uma parte daquele excesso ígneo.

Abruptamente, perdeu-se numa parte pouco conhecida da cidade — a grade de ruas numeradas que Hunter julgava entender já não fazia sentido. A grade, na verdade, fora distorcida, tornando-se manifestação de uma outra história de necessidade cívica, ruas que não eram mais numeradas em sequência, cruzando-se agora em ângulos inesperados, estreitando-se até se tornarem becos compridos e impessoais que não davam em lugar nenhum, subindo e descendo morros íngremes que não haviam sido percebidos antes. Ele seguia em frente, julgando que se persistisse chegaria a um cruzamento reconhecível, mas quanto mais andava menos familiares tornavam-se os arredores. A certa altura deu por si dentro de uma espécie de pátio aberto, ruínas verde-ferrugem e amarelentas de dez ou doze andares. Uma espécie de portão monumental, inexplicavelmente mais antigo e estrangeiro do que qualquer outra coisa que existisse na cidade conhecida. As ruas agora já haviam se tornado íntimas, mais semelhantes a corredores. Sem intenção de fazê-lo, logo se viu caminhando por quartos habitados. No final de um corredor quase vazio encontrou uma reunião em pleno andamento. Havia pessoas sentadas em torno de uma lareira, com xícaras e copos, cinzeiros e escarradeiras, porém a ocasião não era apenas social. Nem os homens nem as mulheres haviam tirado os casacos e chapéus. Hunter aproximou-se, inseguro.

"Creio que concordamos que todos nós temos que sair da cidade."

"Todo mundo de malas feitas? As crianças estão prontas?"

As pessoas estavam se levantando, preparadas para sair. Alguém percebeu a presença de Hunter. "Se você quiser vir, tem lugar."

Ele certamente parecia estupefato. Seguiu o grupo, mudo, descendo um lanço de escadas de metal em espiral, chegando a uma plataforma iluminada por luzes elétricas onde outros, aliás um bom número de pessoas, estavam entrando num curioso veículo de transporte de massa, de ferro liso pintado num tom escuro de cinza industrial, aerodinâmico e esguio, com canos de escape que se destacavam da carroceria e lâmpadas acesas em toda sua extensão. Hunter entrou e encontrou um assento. O veículo começou a mover-se, passando entre espaços de fábricas, geradores, enormes instalações de maquinarias cujo objetivo não era muito claro — por vezes havia rodas rodando, explosões de vapor em válvulas, enquanto outras fábricas permaneciam inertes, sombrias, misteriosas — até que por fim entraram num sistema de túneis e, uma vez nas profundezas dessas passagens, o veículo começou a acelerar. Os sons de movimento, o zumbido, o vento, foram se tornando mais altos, de algum modo mais tranquilizadores, como se manifestassem confiança na velocidade e na direção. Pelo visto, não havia plano de parar, e sim de seguir em frente cada vez mais depressa. De vez em quando, pelas janelas, viam-se lampejos inexplicáveis da cidade lá em cima, se bem que não era possível saber a que velocidade estavam viajando sob ela. Ou bem a pista estava se elevando ali, para em breve irromper da superfície, ou então a superfície fazia incursões cada vez mais profundas, até mesmo heroicas, para chegar até eles. Quanto mais viajavam, mais "futurista" era o cenário. Hunter seguia em direção a um refúgio, fosse o que fosse o sentido dessa palavra agora, naquele mundo humilhado.

Kit só veio a conhecer seu benfeitor no fim de semana do jogo entre Yale e Harvard, num dia nublado e sem vento no final de novembro, num saguão lateral do Taft Hotel. Foram oficialmente apresentados por Foley Walker, que usava um traje esportivo xadrez, em tons vibrantes de laranja e índigo, e uma cartola *que combinava com a roupa*, enquanto o magnata estava vestido como se fosse funcionário de uma empresa de ração com sede bem ao sul dali, e provavelmente também a oeste. Usava óculos escuros e um chapéu de palha cuja aba era larga ao ponto de parecer um disfarce, a roupa toda desfiada dos pés à cabeça. "Você há de servir", ele saudou Kit.

Tirou um peso da *minha* cabeça, imaginou Kit.

O *tête-à-tête* não chegou a ser íntimo. Havia ex-alunos de ambas as torcidas entrando e saindo do saguão, fazendo gestos descuidados com canecos de chope espumante nas mãos, com chapéus esportivos, polainas, casacos de lã em tons vivos, de densidades variáveis, das cores das duas escolas rivais. A cada cinco minutos entrava um mensageiro afobado, chamando: "Senhor Rinehart! Telefonema para o senhor Rinehart! Ah, senhor Rinehart!".

"Sujeito popular, o tal de Rinehart", comentou Kit.

"Uma brincadeira de Harvard de uns anos atrás", explicou Scarsdale Vibe, "que não dá sinal de sair de moda. Repetido dessa maneira é cansativo, mas gritado por cem vozes masculinas numa tarde de verão, tendo como câmara de ecos a Harvard Yard? Bom... com base no princípio da roda de orações tibetana, se você ficar repetindo bastante tempo vai chegar uma hora em que alguma coisa não especificada, porém milagrosa, há de acontecer. Isso é um resumo de Harvard, para falar com franqueza."

"Lá eles ensinam Quaterniões em vez de Análise Vetorial", Kit observou.

A tensão pré-jogo era elevada. Venerandos professores de Linguística que jamais haviam sequer tocado numa bola de futebol americano tinham informado seus alunos, com veemência, que através do sânscrito antigo *krimi* e da forma árabe posterior *qirmiz*, ambos os nomes do inseto que deu origem à cor, "carmesim" é cognato de "verme". Rapazes com cachecóis listrados tricotados por suas namoradas, que neles haviam incluído fileiras de bolsos em que cabiam cantis de uísque, corriam de um lado para outro, chacoalhando os frascos de metal, já se adiantando à esbórnia alcoólica que certamente haveria de prevalecer nas arquibancadas.

"Eu tinha esperança de que meu filho se dignasse a passar aqui por um minuto, mas creio que isso não vai acontecer. Ficou em alguma orgia, sem dúvida. Uma das grandes tristezas da vida é ver a universidade em que se estudou mergulhar numa bacanal de depravação."

"Creio que ele está jogando em alguma partida de calouros hoje", disse Kit. "Ele devia era estar no time da universidade."

"Sim, e é uma pena o futebol americano não ser jogado profissionalmente, senão ele teria uma carreira garantida. O Colfax é o último rebento de uma ninhada que, por mais que eu ame a todos, e apesar de todos meus esforços, está destinada a quebrar recordes mundiais de irresponsabilidade. É a velha maldição do capitalista — as aptidões mais importantes, como o jeito para negócios, não podem ser legadas aos descendentes."

"Ah, mas no campo, meu senhor, ele tem toda a iniciativa de um capitão de indústria."

"Vou lhe contar uma coisa. O Colfax trabalhava comigo nos escritórios da Pearl Street nas férias de verão, ganhando cinquenta centavos por hora, muito mais do que ele merecia. Eu o mandava entregar subornos — 'Leve isso aqui ao vereador fulano de tal. Não olhe o que tem dentro'. E não é que o paspalhão, tão literal quanto era obediente, *nunca olhava o que tinha dentro*? Esperançoso, embora cada vez mais desesperado, eu o encarregava desse tipo de tarefa vez após vez, deixando a coisa sempre mais clara, até permitindo que as pontas das cédulas saíssem da sacola, mas a ingenuidade do menino resistiu até a isso. Por fim, que Deus me perdoe, chamei a polícia, na esperança de que o choque fizesse meu filho idiota entrar em contato com o Mundo da Realidade. Ele ainda estaria largado numa cela hoje se eu não tivesse entregado os pontos e começado a procurar o herdeiro fora da minha linhagem imediata. Você está me entendendo?"

"Com todo respeito, senhor, eu li isso uma vez num romance barato, quer dizer, não uma, mas várias vezes, e o senhor sabe como essas coisas ficam na cabeça da gente..."

"Espero que menos do que nas cabeças dos pamonhas dos meus filhos. O que eu estou fazendo é uma oferta considerável."

"Era o que eu temia, senhor." Kit constatou que suas pernas continuavam firmes e que ele conseguia continuar olhando com toda tranquilidade nos olhos cada vez mais perplexos de Scarsdale.

"Sacar de um robusto fundo de reserva, herdar milhões depois que eu morrer, são coisas que não são do seu agrado, meu rapaz?"

"O senhor me desculpe, mas como não faço ideia de como o senhor ganhou esse dinheiro todo, eu não ia conseguir acrescentar muita coisa a ele — o mais provável é que eu passaria o resto da vida em tribunais lutando contra os urubus, e não é bem assim que eu queria viver, não."

"É mesmo? Então você tem um plano alternativo. Admirável, meu caro Traverse. Pode me dizer que estou interessado."

Em silêncio, Kit enumerou todos os assuntos que era melhor não mencionar na presença de Scarsdale, começando com Tesla e seu projeto de energia universal gratuita para todos, passando pelos encantos do Vetorismo, a bondade e o gênio de Willard Gibbs... Não sobravam muitos assuntos para uma conversa. E havia outra coisa... O homem olhava para ele de modo estranho. Não era um olhar paternal, nem mesmo padrastal. Não, era — Kit quase ficou vermelho só de pensar — era desejo. Ele era objeto de desejo, por motivos que iam além do que ele era capaz de atribuir àquele decadente pântano de lascívia indolente da Costa Leste.

Embora tivesse chegado ali decidido a encarar o lugar com certa boa vontade, quase de imediato Kit vira Yale tal como era. O estudo em si, dois ou três bons companheiros que ainda não haviam sido reduzidos àquela condição de cautela automática e sisuda que se exige dos líderes da nação — isso era ótimo, e quase chegava a compensar o resto. Em pouco tempo Kit se entusiasmou, e andava com os olhos brilhando de zelo, abordando garotas desconhecidas que faziam compras na Chapel Street nas noites de sábado, para lhes falar sobre o Vetorismo — à Gibbs, à Hamilton e tudo o mais — pois esse milagroso sistema a seu ver era capaz de melhorar as vidas de todos aqueles aos quais ele o ensinasse — muito embora as garotas nem sempre concordassem com ele.

"Você espanta as moças, Kit." 'Fax, prestes a encontrar-se com uma namorada, estava inspecionando sua fatiota no espelho dos quartos que os dois dividiam. "Meu primo conhece um monte de garotas que gostariam de jogar xadrez chinês com você de vez em quando, mas você intimida as coitadas com essa história de aritmética."

"Não é 'aritmética'."

"Pois é. É justamente esse o problema. As garotas não entendem a diferença, e o que é mais importante, não querem entender."

"Como sempre, 'Fax, me submeto à sua sabedoria em todas as questões recreativas."

Não havia no comentário nenhum sarcasmo, nem seria possível tal coisa. Aos dezoito anos de idade, Colfax Vibe já havia se transformado num clássico "homem de sociedade", reconhecidamente perito — e por vezes campeão — em esqui, polo, corrida à distância, tiro com pistola e fuzil, caçada e aeronáutica — a lista se estendia a ponto de deixar deprimido qualquer observador cujos talentos fossem apenas medianos. Quando por fim entrou num campo de futebol americano de uma grande universidade, nos minutos finais do jogo Yale-Princeton, 'Fax pegou a bola no fundo do campo de seu time e saiu correndo até marcar o tento que garantiu a vitória, apesar dos melhores esforços defensivos da oposição, para não falar numa certa interferência inconsciente de seus próprios colegas de time. Walter Camp viria a referir-se a seu desempenho como "a mais esplêndida corrida ao gol em toda a história do futebol americano em Yale", e a população negra de Princeton dormiu um pouco mais tranquila naquela noite de sábado, sabendo que pelo menos por uma semana estariam livres de gangues de garotos de Princeton descendo aos berros pela Witherspoon Street e arrancando varandas das casas para fazer a fogueira da vitória. "Ah, eu andava me sentindo muito preso", explicava 'Fax. "Estava precisando dar uma boa corrida."

Como 'Fax preferia passar suas horas vagas em atividades que envolviam risco de vida, o que aliás não era surpreendente, ele e Kit, no ano em que se conheceram, formaram uma dupla perfeita, Kit agarrando-se a qualquer elemento do mundo exterior sólido para não afundar numa furiosa turbulência de símbolos, operações e abstrações, e 'Fax cantando hinos cotidianos à energia rooseveltiana, encontrando no apego quase religioso de Kit ao Vetorismo uma certa gravidade e, pensava ele, talvez até uma oportunidade de escapar do que talvez lhe parecesse ser uma vida superficial e vadia, em que o tema do fracasso a qualquer momento ameaçava irromper.

Comentava-se com frequência que os filhos de Vibe eram doidos varridos. Cragmont, irmão de 'Fax, havia fugido com uma trapezista, depois a trouxera de volta a Nova York para casar-se com ela, sendo a cerimônia de casamento realizada *em trapézios*, noivo e padrinho de fraque e cartola presa com elástico balançando-se de cabeça para baixo, sustentando-se pelos joelhos numa sincronia perfeita, atravessando o éter perigoso para encontrar-se com a noiva e o pai dela, dono de uma venda num parque de diversões, os quais vieram se balançando do lado oposto do picadeiro, as damas de honra rodopiando, penduradas pelo queixo, em nuvens de lantejoulas, doze metros acima dos rostos dos convidados, plumas tingidas de verde-limão a agitar a fumaça de charuto que subia da multidão. Cragmont Vibe tinha apenas treze anos de idade naquele verão em que, no circo, tornou-se marido e deu início ao que viria a ser, mesmo para os padrões da época, uma família imensa.

O terceiro irmão, Fleetwood, padrinho na cerimônia de casamento, também saíra de casa cedo, conseguindo graças à sua lábia entrar para uma expedição que partia rumo à África. Evitava envolvimentos políticos tanto quanto qualquer empreendimento científico real, preferindo levar ao pé da letra o título de "Explorador", não fazendo outra coisa que não explorar. Sem dúvida, ajudava a sua situação um robusto fundo de reserva aberto por Vibe para cobrir suas despesas com capacetes de cortiça sob medida, tabletes de carne condensada e outras coisas mais. Num fim de semana de primavera Kit conheceu-o na mansão da família em Long Island.

"Ora, você ainda não foi no nosso chalé", disse 'Fax um dia, depois das aulas. "O que é que você vai fazer neste fim de semana? A menos que você já esteja com alguma operariazinha ou herdeira de pizzaria ou sei lá o que engatilhada."

"Você já me ouviu me referir nesse tom de voz às filhas das Sete Irmãs que são a sua especialidade?"

"Eu não tenho nada contra as raças mais novas", protestou 'Fax. "Mas pode ser que você goste da prima Dittany assim mesmo."

"A que estuda em Smith."

"Não, em Mount Holyoke."

"Não vejo a hora."

Quando chegaram, o céu estava plúmbeo e carregado. Mesmo se a luminosidade fosse mais alegre, a mansão Vibe daria a impressão de ser um lugar em relação ao qual o melhor a fazer era manter distância — uma estrutura quadrada de quatro andares, severa, fachada de pedra escura que parecia muito mais antiga do que era na realidade. Embora parecesse abandonada, ainda havia gente morando nela, intranquila, talvez um ramo colateral dos Vibe... isso não estava claro. E havia também a história do segundo andar. Ali só entrava a criadagem. O andar "pertencia", de algum modo que ninguém estava interessado em explicar, a moradores anteriores.

"Tem alguém morando lá?"

"Tem alguém lá."

... de vez em quando, uma porta se fechando após proporcionar a visão fugitiva de uma escada de fundos, um passo abafado... um movimento ambíguo num corredor distante... a ameaça de por algum motivo ser obrigado a realizar uma busca cotidiana no andar proibido, na hora do entardecer, tão detalhada que o contato com os moradores invisíveis, de alguma maneira, em algum momento imprevisto, seria inevitável... tudo limpo e arrumado, sempre sob o domínio das sombras, cortinas e estofados em tons escuros de verde, vinho e índigo, criados que não falavam, que não queriam ou não podiam olhar ninguém nos olhos... e, no cômodo ao lado, no instante seguinte, esperando...

"Muita bondade de vocês me convidarem pra vir aqui", exultava Kit no café da manhã. "A gente dorme como uma pedra. Quer dizer, menos quando..."

Uma pausa nos ruídos discretos de devorar e engolir. Interesse vindo de todos os cantos da mesa.

"É, quem foi que entrou no quarto no meio da noite assim de repente?"

"Você tem certeza", perguntou Scarsdale, "que não era só o vento, nem os móveis estalando?"

"Estavam andando de um lado para outro, como se estivessem procurando alguma coisa."

Olhares trocaram-se, deixaram de se trocar, foram lançados, mas não respondidos. "Kit, você ainda não viu os estábulos", interveio por fim a prima Dittany. "Você não quer andar a cavalo?"

Antes que Kit tivesse tempo de responder, ouviu-se uma grande comoção perto da entrada do refeitório do café da manhã. Mais tarde ele seria capaz de jurar que tinha ouvido a seção de metais de uma orquestra sinfônica executando uma fanfarra prolongada. "Mãe!", exclamou 'Fax. "Tia Eddie!", exclamou a prima Dittany. E entrou, numa de suas raras aparições, a sra. Vibe, *née* Edwarda Beef de Indianápolis. Era meio-soprano e se casara tão jovem que fora quase um escândalo, os meninos nascendo um logo depois do outro, "como entram no palco os comediantes num teatro de revista", era o que lhe parecia, e mais ou menos na época em que Colfax caçou seus primeiros faisões um belo dia ela de repente fez as malas, apenas meia dúzia de baús de roupas, e com sua criada Vaseline foi morar em Greenwich Village, numa casa com uma fachada toda enfeitada de terracota importada de algum lugar distante, com decoração interior de Elsie de Wolfe, ao lado da casa do irmão mais moço de seu marido, R. Wilshire Vibe, o qual já havia alguns anos vivia encerrado numa pequena e confortável esfera de irresponsabilidade e decadência, torrando sua parte da fortuna da família em dançarinas e suas respectivas companhias de dança, especialmente aquelas que podiam ser induzidas a produzir montagens dos horrendos "dramas musicais" que ele compunha, falsas — ele preferia dizer *faux* — operetas europeias com temas americanos — *Roscoe Conkling*, *A princesa do Oeste*, *Mutreta no México* e tantas outras. A cidade por algum tempo achou graça na mudança de domicílio de Edwarda, mas logo voltou a concentrar sua atenção em variedades de escândalo que tinham mais a ver com dinheiro do que com paixão, um tema mais adequado para óperas em idiomas que eles não falavam. Como àquela altura Scarsdale já estava se tornando perito em ocultar suas falcatruas financeiras, e como Edwarda não via problema nenhum em embonecar-se toda e aparecer em funções sociais como sua esposa mas também, à medida que crescia sua fama no mundo do teatro, participar de comissões de natureza cultural e atuar como anfitriã em inúmeras reuniões memoráveis, Scarsdale começou a vê-la mais como um trunfo do que como uma possível fonte de agruras matrimoniais.

O cunhado de Edwarda, R. Wilshire Vibe, contentíssimo em tê-la como vizinha — pois "Eddie" era acima de tudo um bom provedor de bens —, logo começou a divertir-se arrumando-lhe namorados entre os artistas, músicos, atores, escritores e outros espécimes da vida boêmia que abundavam no meio por ele frequentado. Graças a seu talento dramático inquestionável, ela convenceu o empresário de que, como era para *ele* um grande favor pessoal da parte dela ser vista entre aqueles pés-rapados, a única recompensa que ela pedia era... bem, talvez não *estrelar*, pelo menos não no primeiro momento, mas ao menos ter um bom papel de segunda *soubrette*, como por exemplo a animada bandida Consuelo em *Mutretas no México*, peça sendo ensaiada no momento — embora o papel exigisse uma interação considerável e, para falar com franqueza, nojenta com um porco treinado, Tubby, para o qual muitas das vezes ela se via atuando como "escada", "dando-lhe corda", como diziam os atores, de modo que era o porco mal-educado quem sempre provocava as risadas. No final da temporada, porém, ela e Tubby haviam se tornado "amicíssimos", como ela confidenciou às gazetas teatrais, que na época estavam muito interessadas em sua carreira.

Papéis melhores se seguiram, e em pouco tempo as árias ou "números" de Edwarda se alongaram tanto que se tornou necessário começar a peça mais cedo para que houvesse mais tempo para eles. "Fascinantemente incomparável!", proclamavam os críticos, "transcendentemente esplendorosa!", também, e logo foi batizada em champanhe como "a diva do Delmonico's". As casas vizinhas à sua, desde sempre cenários de licenciosidade e diversão, cintilavam numa agradável névoa permanente de fumaça com origens recreativas, entre elas o cânhamo e o ópio, bem como as nuvens formadas por esguichos de garrafas de soda, por vezes utilizadas em copos de bebidas, porém mais frequentemente apontadas contra amigos em brincadeiras que pareciam não ter fim. Moças, muitas das quais tinham como único traje plumas de avestruz tingidas de cores de gosto duvidoso, subiam e desciam correndo, núbeis, pelas escadarias de mármore, perseguidas por rapazes com sapatos de bico fino de verniz. No meio das saturnais de todas as noites sempre estava Edwarda, alegre, bebendo Sillery no gargalo e exclamando "Ha, ha, ha!" — por vezes sem dirigir a exclamação a ninguém em particular.

Assim, Edwarda e Scarsdale encontravam-se todos os dias, porém levavam vidas quase inteiramente dessincronizadas, cada um habitando sua própria cidade defeituosa, como cores parcialmente sobrepostas em algum novo processo de impressão a cores, sendo a de Scarsdale em tons de cinza, a de Edwarda em matizes de malva. Por vezes marrom-arroxeado.

Kit havia caminhado até os estábulos, e pouco depois se juntou a ele Dittany Vibe, olhos brilhando por baixo da aba de um chapéu quase irresistível. Numa sala adjacente ela fingia inspecionar uma coleção considerável de arreios, cabrestos, bridas, peitorais, tirantes, rebenques, chicotes, coisas assim. "Eu adoro esse cheiro daqui", ela sussurrou. Pegou um relho trançado e o brandiu uma ou duas vezes. "Você deve ter usado isso lá no Colorado, Kit."

"Normalmente, basta usar umas palavras especiais", ele respondeu. "Os nossos cavalos são muito bem comportados."

"Muito diferentes dos cavalos aqui do Leste", Dittany murmurou. "Você vê como tem chicotes, essas coisas, aqui. Os nossos cavalos são muito, muito malcriados." Ela lhe entregou o chicote. "Imagino que isso deve machucar muito." Antes que Kit tivesse tempo de piscar, ela virou-se e, levantando a saia do traje de montaria, exibiu-se, olhando para trás com um olhar que poderia ser qualificado como uma expressão de expectativa assanhada.

Ele olhou para o relho. Tinha cerca de um metro e vinte de comprimento, e a espessura de um dedo. "Esse aqui parece profissional — não seria melhor pra você uma coisa mais leve?"

"É só eu não tirar as calçolas."

"Hmm, deixe eu ver... se eu me lembro direito, tem que firmar os pés —"

"Pensando bem", disse a prima Dittany, "a sua mão enluvada serve perfeitamente."

"O prazer é meu", sorriu Kit, e acabou sendo também de Dittany, mas como a coisa começou a ficar barulhenta eles resolveram passar para um palheiro adjacente.

O resto do dia Kit tentou encontrar um momento em que pudesse falar com 'Fax a respeito de sua prima, mas como se todos estivessem conspirando no sentido de impedir uma tal conversa, sempre havia uma visita inesperada, um telefonema, uma partida de tênis improvisada. Kit começou a ficar inquieto, do mesmo modo como, após passar muito tempo resolvendo um problema de vetores, entrava num estado semelhante à embriaguez, quando então sua outra mente ou coconsciência emergia por fim para ver o que podia ser feito.

Ainda naquela tarde, depois de mais dez minutos ofegantes com Dittany dentro de uma tenda listrada durante uma partida de croqué, depois que a maioria dos convidados foi embora, Kit estava andando pela casa a esmo quando ouviu um piano, o som parecendo vir da sala de música. Foi em direção à melodia, as frases inconclusas que eram seguidas por outras que também não se fechavam, acordes que ele próprio já havia formado por acaso, sentado diante do piano e brincando com as teclas, porém jamais considerara música exatamente... Caminhava em meio a uma luminosidade âmbar cada vez mais fraca, como se a corrente elétrica da casa estivesse se esvaindo, diminuindo pouco a pouco como luz de gás quando uma mão fecha gradualmente uma válvula oculta. Olhou a sua volta à procura de um interruptor, mas não viu nenhum. Ao final de um dos corredores julgou divisar um vulto escuro desaparecendo na invisibilidade, tendo na cabeça um daqueles capacetes de cortiça supostamente usados pelos exploradores. Kit se deu conta de que deveria ser o famoso Fleetwood Vibe, a ovelha negra da família, o qual teria voltado de uma de suas expedições.

R. Wilshire Vibe não havia agradado o sobrinho com seu espetáculo do momento, *Arteirices Africanas*, que incluía a inesquecível canção

Quando os nativos 'stão em plena ebulição!
E a sua vida já não vale um tostão!
É bom você tomar cuidado, meu amigo,
Porque você está correndo o maior perigo, então
Me diz, pra onde é que você vai escapar
Quando for a hora do pega-pra-capar?
Você correndo pelo mato qual corcel,
Pra não ter o destino de virar pitéu! pois
Lá nessa terra distante

Não existe restaurante (não, senhor!)
Lá o prato mais elogiado
É miolo de ci-vi-li-za-do, e assim

Se for pra África, meu velho,
Ouça este meu conselho:
Pra não terminar cozido em pos-
-tas, melhor levar
Um automóvel veloz!

A qual todo mundo gostava de se reunir em torno do Steinway da sala para cantar. Muito divertido para todos, menos Fleetwood, que passava ao menos trinta e dois compassos por noite tentando não se ofender.

"Na verdade, eles não sabem que estou aqui", confidenciou ele a Kit. "Se sabem, é só da maneira como alguns deles detectam a presença de fantasmas — se bem que você talvez já tenha percebido que essas pessoas não são lá muito espirituais. Antigamente eu tinha esperança de que a Dittany conseguisse escapar da corrupção geral, mas nos últimos tempos ando meio desanimado."

"Ela me parece uma pessoa bem direta."

"Por outro lado, estou cada vez menos capacitado para julgar. Aliás, você não deve confiar em nada que eu disser sobre essa família."

Kit riu. "Ah, ótimo. Paradoxos lógicos. Disso eu entendo."

Haviam chegado ao alto de um morro íngreme, saindo de um arvoredo de bordos e nogueiras, algumas já velhas quando os primeiros europeus chegaram — estando a mansão escondida em meio à folhagem lá embaixo. "Antigamente nós todos subíamos até aqui no inverno e descíamos de tobogã. Naquela época, parecia uma queda quase vertical. E olha só, lá longe." Ele indicou com a cabeça a direção do oeste. Através de uma extensão de quilômetros de fumaça de carvão e maresia, Kit conseguiu entrever umas poucas torres semivisíveis na cidade de Nova York, iluminadas por detrás por feixes radiais de sol vespertino saídos de nuvens que lembravam seus próprios protótipos paradisíacos, o que os fotógrafos costumavam chamar de "céu de dois minutos", fadado a nublar-se rapidamente e até mesmo começar a chover. "Quando eu vinha aqui sozinho, era pra olhar pra cidade — e eu achava que devia existir uma passagem que desse pra um outro mundo... Eu não conseguia imaginar uma paisagem contínua que ligaria naturalmente o lugar onde eu me encontrava àquele que estava vendo. É claro que era Queens, mas quando compreendi isso já era tarde demais, eu estava possuído pelo sonho de uma passagem por um portão invisível. Poderia ser uma cidade, mas não necessariamente. Era mais uma questão de o invisível ganhar substância."

Kit concordou com a cabeça. "E..."

Fleetwood, as duas mãos enfiadas nos bolsos, sacudiu a cabeça devagar. "Existem histórias, como mapas que estão em acordo... a coerência entre muitas línguas e histórias é tanta que não pode ser só um sonho... É sempre um lugar oculto, não é fácil descobrir como se entra lá, a geografia é tão espiritual quanto física. Se você o encontrar por acaso, a certeza maior que você sente é que não descobriu o lugar, e sim voltou a ele. Num episódio único de iluminação imensa, você se lembra de tudo."

"O lar."

"Ah..." Seguindo o olhar de Kit, encosta abaixo, em direção ao "casarão" invisível, o sol de fim de tarde descendo sobre as árvores. "Há lares e lares, você sabe. E hoje em dia — os meus colegas só estão interessados em encontrar cachoeiras. Quanto mais espetacular a cachoeira, melhor o lugar para um hotel caro... Pois eu agora só estou procurando movimento, movimento só pelo prazer do movimento, o que vocês chamam de vetor, imagino... Existem incógnitas vetoriais?"

"Os vetores... pra eles a gente encontra soluções. É claro. Mas talvez você esteja se referindo a outra coisa."

"Este sempre aponta pra longe daqui, mas é lá" — indicando a metrópole reluzente com um movimento de cabeça — "que está o dinheiro." Calou-se, menos pausando do que esperando, como quem aguarda, diante de um telégrafo, uma afirmação vinda das lonjuras invisíveis.

"Sabe", ele prosseguiu, "lá você encontra umas figuras esquisitas. A gente vê quando elas chegam, mas elas só saem meses depois, ou então não saem nunca mais. Missionários, desertores, cidadãos da trilha, pois sempre acaba ficando claro que o compromisso deles era com isso — a trilha, a picada, o rio, por onde eles poderiam chegar à serra mais próxima, a próxima curva do rio a emergir naquela luz estranha e úmida. 'O lar' — o que é que isso poderia ser, que significado poderia ter pra eles? Vou lhe contar uma história sobre a Cidade Celestial. Sobre Sião."

Uma noite, na África oriental, ele já não lembrava mais exatamente onde, Fleetwood conheceu Yitzhak Zilberfeld, um agente sionista, que rodava pelo mundo em busca de uma possível pátria para os judeus. Imediatamente começaram a discutir a respeito da condição de quem não tem lar em contraposição à de quem detém propriedade. Febre, o uso de drogas locais, brigas tribais incessantes por toda parte, as milhares de ameaças à intrusão dos brancos ali, muitas delas invisíveis, tornavam o colóquio cada vez mais enlouquecido.

"O que é o Estado moderno", afirmou Yitzhak, "senão um lote de subúrbio em grande escala? O antissemitismo é uma decorrência direta do medo que os proprietários de casas têm daqueles que estão sempre em movimento, que montam acampamento por uma noite, ou pagam aluguel, ao contrário do Bom Cidadão que se acha 'dono' de seu lar, muito embora na maioria dos casos o verdadeiro proprietário seja um banco, talvez até um banco judeu. Todo mundo precisa viver num espaço bem delimitado, cercado por uma linha ininterrupta. Uns cercam o terreno com corda de crina pra afastar as cobras. E os que vivem fora dos limites de uma propriedade, pequena ou grande, são automaticamente vistos como uma ameaça à ordem suburbana, e por extensão ao Estado. Não por coincidência, os judeus historicamente não têm Estado."

"Não é uma desonra querer ser dono do pedaço de terra em que se vive, ou é?", protestou Fleetwood.

"Claro que não. Mas nenhuma pátria judaica jamais dará fim ao ódio aos que não possuem propriedade, o que é um elemento intrínseco do imperativo suburbano. O ódio é apenas transferido pra um novo alvo."

E algum dia viria a existir, bem no meio da selva mais selvagem, uma expansão tranquila de pasto, ainda virgem, livre de todos os conflitos de posse, numa região elevada, fértil, livre de doenças, com defesas naturais, etcétera e tal? Depois de uma curva na trilha, ou do outro lado de uma serra, eles encontrariam de repente a passagem até então oculta, e penetrariam na terra pura, Sião?

Permaneceram sentados enquanto o sol se punha sobre aquela abençoada possibilidade. "Isso é real?"

Um dar de ombros. "Sim... ou não."

"Ou então nós dois estamos com febre."

Montaram acampamento numa clareira, perto de uma pequena cascata, e acenderam uma fogueira para cozinhar. A noite teve início, como se tivesse sido declarada.

"O que foi isso?"

"Um elefante", disse Fleetwood. "Há quanto tempo você está mesmo aqui?"

"Parece estar meio perto, você não acha?" Quando Fleetwood deu de ombros: "Você... quer dizer, você já teve algum encontro com um elefante?"

"De vez em quando."

"Você tem uma arma que *mate* elefante?"

"Não. E você?"

"E se a gente for atacada, o que é que faz?"

"O que tem você ser atacado? De atacado e varejo você entende tudo."

"Antissemita!"

O elefante na escuridão emitiu mais uma fanfarra, dessa vez respondida por outro elefante. Em harmonia. Seria talvez um comentário, mas quem haveria de saber?

"Então eles não dormem à noite?"

Fleetwood suspirou de modo audível. "Sem querer ofender... se esse tipo de ansiedade elefantina é comum na sua gente, talvez a África não seja o lugar mais promissor pra uma colônia sionista."

Eles sentiam pelos pés a percussão no chão da selva, que de fato parecia indicar um elefante adulto aproximando-se em alta velocidade.

"Bom, a conversa está muito boa", disse Yitzhak, "mas eu acho que vou —"

"A meu ver, você devia fincar pé."

"E fazer o quê?"

"Encarar o bicho bem no olho."

"Deter um elefante assassino com o olhar."

"A tradicional sabedoria da selva", aconselhou Fleetwood, "manda não correr nunca. Quem corre acaba pisoteado."

O elefante, que tinha cerca de três metros e meio de altura, emergiu do perímetro da floresta, vindo bem na direção de Fleetwood e Yitzhak, deixando claro seu aborrecimento. A tromba estava levantada e virada para trás, uma precaução que os elefantes costumam tomar logo antes de usar a tromba contra o foco de sua irritação.

"Está bem, só pra recapitular — a gente fica parado, olhando bem no olho do bicho, e você me garante, com certeza absoluta, que o elefante vai simplesmente... parar? Dar meia-volta e ir embora, sem nenhum rancor?"

"Olhe só."

A manchete na *Gazeta do Mato* da semana seguinte seria HOMEM SALVA JUDEU DE ELEFANTE LOUCO. Yitzhak ficou tão agradecido que lhe passou uma série de informações sobre investimentos, além dos nomes de contatos úteis no mundo bancário por toda a Europa, os quais lhe teriam sido muito úteis se naquela altura de sua vida ele não estivesse voltado para metas menos financeiras. Ele tentou explicar.

"Quando menino, eu lia Dickens. A crueldade não me surpreendia, mas eu ficava intrigado com aqueles momentos de bondade não compensada, coisa que nunca tinha visto fora do mundo da ficção. Em todos os mundos que eu conhecia, havia um princípio seguido por todos desde o sempre: jamais fazer nada de graça."

"Exatamente", disse Yitzhak. "Confie em mim. Compre ações do Rand."

"África do Sul? Mas lá eles estão em guerra."

"As guerras acabam, tem cinquenta mil cules chineses prontinhos, dormindo nos cais desde Tientsin até Hong Kong, esperando a hora de embarcar pro Transvaal assim que acabar o tiroteio..."

De fato, não demorou para que os mercados do mundo fossem inundados de ouro, não apenas ouro do Rand mas também o proveniente da entusiástica corrida do ouro que estava em pleno andamento na Austrália — precisamente o tipo de renda "com origens injustificáveis" que causavam no patriarca dos Vibe um de seus acessos de comportamento indecoroso, espumando pela boca.

"Eu não entendo. Esse dinheiro não vem de lugar nenhum."

"Mas é dinheiro de verdade", observou Foley Walker. "O que eles estão comprando com ele é de verdade."

"Eu acho que estou virando socialista, porra", disse Scarsdale. "Até mesmo comunista. Sabe quando você sente que está pegando um resfriado? Minha cabeça — pelo menos a parte dela que eu uso pra pensar sobre questões de negócios — está doendo."

"Mas o senhor odeia os socialistas, senhor V."

"Detesto ainda mais esses novos-ricos filhos da puta."

* * *

Ele estava quase invisível na escuridão, numa janela do andar mal-assombrado da casa, quase como se fosse um móvel que estivesse naquele cômodo desde uma era anterior, com algum objetivo doméstico que já não existia. Era uma parte da casa da qual ninguém jamais se aproximava, dedicada ao exílio, partidas, viagens tensas, reservada para todo aquele que não podia residir lá. Ele estava relembrando, afundando numa morbidez de memória.

Na África, ele conhecera tenentes que eram verdadeiros santos, fadados a morrerem jovens, fugitivos dos destroços da Questão Oriental vindos de toda parte, traficantes de gente ou de armas indiferentes à natureza dos bens em que comerciavam, que emergiam do verdejante mundo do além meses depois, tendo seu carregamento saído não apenas de sua posse mas também de sua memória, doentes, envenenados, muitas vezes moribundos, amaldiçoados por xamãs, traídos por anomalias magnéticas, torturados pelo verme-da-guiné e pela malária, e, apesar de tudo, só queriam voltar para os braços do interior... Fleetwood queria ser como eles... Rezava para ficar como eles. Penetrava territórios que até os loucos europeus do local sabiam ser perigosos demais, na esperança de ser invadido pelo que quer que fosse... Nada "pegava". Ninguém tinha o mau gosto de dar a entender que era seu dinheiro que afastava os espíritos cuja interseção ele procurava — que mesmo aqueles agentes do mal não tinham coragem de se aproximar demais de fundos não controlados que tinham origem em atos criminosos, ainda que definidos das maneiras mais refinadas.

Em Massaua, Fleetwood havia encontrado um navio costeiro que seguia para o sul. Desembarcando em Lourenço Marques, passou uma semana em diversas cantinas locais, recolhendo informações, pois era assim que ele preferia encarar a coisa. Isso exigia uma quantidade razoável de vinho do mercado colonial português, zurrapa rejeitada de Bucelas e Dão, em meio aos olhares atônitos dos *habitués*, que por tradição eram adeptos da beberagem.

Quando Fleetwood sentiu que todas as suas predisposições americanas haviam por fim evaporado, pegou um trem e seguiu para o Transvaal. Mas durante os poucos minutos de viagem entre Ressano Garcia e Komati Poort, alguma coisa se reorganizou em seus pensamentos. No instante em que cruzou a fronteira, deu-se conta do que deveria estar fazendo ali — estava seguindo para Joanesburgo com o objetivo de fazer sua fortuna pessoal, naquele inferno de tísica crônica, restolho de *veldt*, avareza de comerciantes, tráfego fervilhante de jinriquixás, uma escassez desesperadora de mulheres brancas, uma cidade de gente sem história... "uma espécie de Baku com girafas", como ele observou numa carta para a família. O *veldt* se estendia de modo excessivo, sem uma única árvore à vista, apenas chaminés e trituradores de minério, produzindo uma barulheira infernal que se ouvia a quilômetros de distância, dia e noite, levantando uma poeira branca inescapável, horrenda, que permanecia no ar para ser respirada ou descia para cobrir as casas, as roupas, as plantas, as peles de todas as cores. Em qualquer momento no mundo, haveria um número suficiente de cidades como Joanesburgo para dar ocupação a um certo tipo de aventureiro jovem, cheio de energia. Seria necessário mergulhar fundo, fossem quais fossem o estado de estupefação burguesa, as condições meteorológicas, a narrativa de mercado e as flutuações das colheitas — inclusive a colheita da Morte — em que transcorresse seu cotidiano, e do modo mais estoico possível atirar-se na febre em questão e dançar conforme a música ditada pela sobrevivência e o lucro com respeito a coisas como inebriação, traição, brutalidade, risco (as incursões aprofundadas nos abismos do recife do ouro eram brincadeira de criança se comparadas aos mergulhos morais que havia, disponíveis, mais que isso, convidativos, em todos os cantos), obsessão sexual, disputas de caráter épico, sedução nos antros do fumante de *dagga* e escravo do ópio. Todos os brancos estavam de algum modo envolvidos nisso, era um jogo em que o céu era o limite, embora o supremo tribunal no Witwatersrand fosse uma instância de consciência pública, na prática podia-se pegar o trem que ia para Lourenço Marques e escapar para território sob jurisdição portuguesa em um dia e meio e não voltar mais se fosse o caso, tendo o dinheiro seguido na frente, depositado num lugar seguro, já parecendo ter saído de um sonho, tão limpo quanto cifras anotadas num livro-razão com a letra mais caprichada... Nada impedia que a pessoa aparecesse um dia de volta no velho botequim, pagando rodadas até a hora de fechar. "Não, nenhuma riqueza fantástica, mas você sabe... um tostão aqui, um tostão ali, depois de algum tempo vai virando dinheiro sério..."

Os cafres a chamavam eGoli, "a Cidade de Ouro". Pouco depois de chegar em Joanesburgo, Fleetwood já estava solidamente instalado no que os fumantes de *dagga* chamavam Trem dos Macacos. Rezava a lenda que ele matara um cule, mas havia outra versão segundo a qual ele pegara um cafre roubando um diamante e dera-lhe duas opções: levar um tiro ou saltar dentro de um poço com oitocentos metros de profundidade. Ele era um ladrão, afinal de contas, embora a pedra não fosse um diamante excepcional, pois teria, pela avaliação de Fleetwood, que seria o primeiro a reconhecer que não era nenhum perito, talvez menos de três quilates quando ficasse pronto em Amsterdã. "Eu não roubei isso", dizia o negro. Porém fez o que lhe ordenaram, e o colocou na mão do branco. Fleetwood gesticulou para ele com o Borchardt, indicando seu destino, e sentiu uma estranha euforia se expandindo até ocupar todo seu corpo, constatando atônito, além disso, que o cafre não apenas reconhecia esse estado porém ele próprio estava entrando nele. A mancha americana, pelo visto, jamais seria erradicada. Os dois ficaram parados durante uma fração de segundo à beira daquele terrível vazio íngreme, e Fleetwood compreendeu, tarde demais, que poderia ter obrigado o cafre a fazer qualquer coisa, mas não havia encontrado nada melhor do que isso.

A pretensão legal teria atenuado o fio de faca implacável da alegria daquele ato, mas pouca diferença fazia se o cafre havia ou não roubado a pedra, e talvez estivesse apenas esperando pelo momento exato de retirá-la do *compound*, onde o mais provável era que minutos depois alguém a roubaria dele, algum outro cafre com um pouco menos de fumaça de *dagga* no pulmão e portanto mais capaz naquele momento, quando então a situação ficaria muito mais feia e dolorosa para ele do que uma queda longa e relativamente benévola naquele abismo que atravessava o chão azul, com túneis laterais passando por ele cada vez mais depressa — até agradável, imaginava Fleetwood, pois à medida que o corpo caísse aumentaria a sensação de calor, certamente — talvez até fosse como a sensação de estar voltando para dentro de um útero escuro...

Isso veio depois, nos sonhos, juntamente com o inevitável rosto do morto, embranquecido de pó, cada vez mais próximo. Como se olhando pelos buracos de uma máscara, os olhos se mexiam e brilhavam, terrivelmente vivos numa carne que podia muito bem ser artificial. Parecia estar lhe cochichando um conselho. Advertindo-o de que havia um grave desequilíbrio na estrutura do mundo que precisava ser corrigido.

Nessas ocasiões, Fleetwood não era exatamente dominado pelo remorso, e sim deslumbrado pela oportunidade de vislumbrar os cafundós secretos da riqueza, e pela constatação de que mais cedo ou mais tarde tudo dependia de algum ato de assassinato, quase sempre mais de um. Aprendeu a esperar por essa revelação, embora às vezes acordasse cedo demais.

Dava-lhe conforto imaginar que, no livro-razão do carma, o cafre e o judeu se compensavam mutuamente. Mas na verdade, como lhe diziam esses sonhos lúcidos próximos do amanhecer, nem todo o ouro do Transvaal poderia pagar pela remissão de um único minuto daquilo que o aguardava, fosse o que fosse. Ele ria um riso irritado. "Purgatório? Uma lei mais elevada? Um cafre meu parente próximo, me perseguindo até o outro lado do mundo? Fala sério."

No Clube, os pigmeus o olhavam com uma repulsa muda. Na rua, os chineses o xingavam, e, embora só conhecesse umas poucas palavras, mesmo assim julgava reconhecer "matar", "mãe" e "foder". Dizia-se que Alden Vormance estaria montando uma expedição para ir rumo ao norte recuperar um meteorito. Não haveria ouro, nem diamantes, nem mulheres, nem fumaças oníricas, nem cules, nem negros, no máximo um ou outro esquimó. E a pureza, a geometria, o frio.

Olhando rapidamente para trás na trilha, Lew Basnight acabava vendo coisas que não existiam necessariamente. Vulto a cavalo com chapéu e guarda-pó pretos, sempre imóvel, virado para o lado ao longe no sol forte, cavalo inclinado em direção ao chão árido. Nenhum sinal de atenção, aparentemente recolhido em sua própria silhueta em forma de estrela assimétrica, como se jamais houvesse desejado outra coisa na vida. Lew logo se convenceu de que a presença atrás dele, sempre um pouco além do alcance de sua vista, era todas as vezes a mesma pessoa, o famigerado dinamitador dos montes San Juan conhecido como Kid Kieselguhr.

O Kid era alvo do maior interesse da White City Investigations. Mais ou menos no momento em que Lew estava desembarcando do trem na Union Station de Denver, e as confusões em Coeur d'Alene estavam começando a transbordar por toda a região das minas, onde já era raro o dia em que não ocorria uma explosão de dinamite imprevista em algum lugar, começou a mudar a filosofia das agências de detetives maiores, localizadas em cidades grandes, como a Pinkerton e a Thiel, por estarem agora com excesso de trabalho. Com base na teoria de que podiam encarar seus casos não resolvidos do mesmo modo como um banqueiro encara um instrumento de dívida, começaram a repassar para empresas menos tradicionais, e portanto mais esfomeadas, como a White City, seus casos que envolviam riscos maiores, entre eles o do há muito procurado Kid Kieselguhr.

Era o único nome pelo qual o conheciam, sendo *"kieselguhr"* uma espécie de argila fina utilizada para absorver nitroglicerina e estabilizá-la em forma de dinamite. A família do Kid teria vindo da Alemanha na condição de refugiada pouco depois da reação de 1849, fixando-se de início perto de San Antonio, onde o futuro Kid, sentindo uma necessidade inquieta de procurar terras mais altas, em pouco tempo foi embora, seguindo, após um período nas montanhas Sangre de Cristo, rezava a lenda, novamente para o oeste, rumo aos montes San Juan de seus sonhos, mas não em busca do dinheiro das minas de prata, nem das confusões em que ele poderia se meter, pois ambas as coisas, como ele já tinha idade suficiente na época para compreender, eram fáceis de conseguir. Não, era outra coisa. Cada um que contava a história tinha uma opinião diferente sobre isso.

"Não ande com pistolas, melhor não ter uma carabina nem um fuzil — não, a marca registrada dele, o que você vai encontrar dentro daqueles coldres dele, trabalhados a ferro quente, são sempre duas bananas de dinamite, com mais uma dúzia —"

"Duas dúzias, em bandoleiras grandes a tiracolo."

"Então é um sujeito fácil de reconhecer."

"Era pra ser, mas não tem duas testemunhas oculares que concordem em relação a ele. Parece que essas explosões todas atrapalham a memória das pessoas."

"Mas será que não dá pra um pistoleiro, mesmo que seja lerdo, acertar um tiro nele antes que ele tenha tempo de acender o pavio?"

"Sei não. Ele tem uma espécie de isqueiro engenhoso à prova de vento instalado em cada coldre, que nem fósforo de segurança, e aí é só ele sacar que a banana acende e fica pronta pra jogar."

"O pavio também é rápido. Um pessoal lá do planalto de Uncompahgre descobriu isso agora em agosto, deles não sobrou quase nada pra enterrar, só as esporas e as fivelas dos cintos. Até o Butch Cassidy, esse pessoal, põe o rabo entre as pernas sempre que o Kid aparece por aqui."

É claro que ninguém jamais soubera também quem fazia parte do bando de Butch Cassidy. O que não faltava ali eram feitos lendários, mas as testemunhas oculares jamais conseguiam jurar com certeza quem exatamente, em cada caso, havia feito o quê, e, mais do que o medo da retaliação — era como se a aparência física *realmente mudasse*, fazendo com que não apenas os apelidos fossem atribuídos de modo incoerente como também a própria identidade se modificasse. Ocorreria algo, algo de essencial, com a personalidade humana a partir de uma determinada altitude acima do nível do mar? Muitos citavam a observação do dr. Lombroso segundo a qual as pessoas das planícies tendiam a ser tranquilas e respeitadoras da lei, enquanto os territórios montanhosos geravam revolucionários e foras da lei. Isso era lá na Itália, é claro. Os autores que teorizavam a respeito da recém-descoberta mente inconsciente, para não deixar de fora qualquer variável que pudesse ser útil, sempre mencionavam a altitude, e a pressão barométrica a ela associada. Afinal, isso era espírito.

Naquele momento Lew estava realizando sua busca, em Lodazal, Colorado, conversando com Burke Ponghill, editor-chefe do *Noticiário Semanal de Lodazal*, o hebdomadário mais respeitado de uma cidadezinha que na época era pouco mais do que um sonho de agentes imobiliários otimistas. Cabia ao jovem Ponghill encher as páginas vazias com matérias-fantasmas, na esperança de que leitores de outras regiões ficassem interessados o bastante para vir fazer uma visita, e talvez até se instalar ali.

"Mas por enquanto a gente só tem uma cidade de mineração que ainda nem foi construída."

"Prata? Ouro?"

"Bom, um minério... contendo um elemento metálico que ainda não foi exatamente —"

"Descoberto?"

"Talvez já descoberto, mas não refinado?"

"Que serve pra...?"

"Aplicações ainda não pensadas?"

"É, bom, pelo visto é interessante. Onde é que a gente pode arranjar um quarto pra passar a noite?"

"Banho quente? Comida caseira?"

"Lá vai você." O vento balançava as encélias, e os dois homens acenderam charutos. Lew tentava não sucumbir ao cansaço da trilha.

"A voz dessas cartas", Ponghill pondo a mão na pilha de folhas soltas que havia à sua frente, "não pertence de modo algum a um europeu do sul, passional e enlouquecido, nem a um arrombador de cofres semialfabetizado, e sim a um sujeito que sabe muito bem que *aconteceu uma coisa com ele*, só que ele simplesmente não consegue entender o que foi — você já sentiu isso? — é claro, quem nunca sentiu? — e está tentando descobrir, escrevendo, como é que fizeram isso com ele, e melhor ainda quem foi que fez. Mas que diabo, veja só os alvos dele. Você deve ter reparado que ele sempre identifica as pessoas pelo nome e endereço, sem aquela visão geral que têm muitos jogadores de bombas, não tem essa história de 'Wall Street', 'Associação de Proprietários de Minas', não — esses malfeitores aqui são indicados de modo bem claro, um por um."

"'Malfeitores'?"

"Ele não está de brincadeira, não, senhor Basnight, nem explode pelo prazer de explodir, o que nós temos aqui é um homem de princípios. Um pouco desligado do mundo cotidiano... mais ainda do sexo frágil, o senhor sabe da influência civilizadora das mulheres..."

"Passa tempo demais sozinho, aquele acúmulo todo de fluidos porríferos pressionando o cérebro — mas, peraí, isso não se aplica a metade da população desta serra? Quer dizer, é uma teoria meio ingênua, não é, senhor Ponghill? Espero que não seja sua."

"Uma senhora que eu conheço. Ela acha que se ele saísse mais um pouco —"

"Agora que o senhor falou nisso, lá no meu escritório em Denver todo dia a gente recebe carta pra esse sujeito, quase todas de mulheres, é esquisito mas é verdade, e a maioria das cartas são pedidos de casamento. De vez em quando tem um homem que faz esse tipo de pedido, mas aí a gente guarda num arquivo diferente."

"Vocês abrem e leem a correspondência dele?"

"Quer dizer, ele não tem nome nem endereço fixo — a gente não tem obrigação de *encaminhar* as cartas a ele, é ou não é?"

"Mesmo assim, ele tem direito à privacidade."

"Direito... Ora. Bom, me sinto até de volta à juventude, uma discussão sobre os direitos do criminoso, a gente se lembra daquelas conversas em volta da fogueira, só que na época era Deus que não tinha nome nem endereço."

O garrafão pardo foi trazido, e Burke Ponghill começou a se abrir. A busca implacável do misterioso dinamitador começou a afetar famílias que não tinham qualquer ligação com o caso, inclusive a do próprio Ponghill, submetendo-a a pressões inéditas, no sentido de transformar várias ovelhas negras em possíveis suspeitos ou no de protegê-las da lei. Havia um conflito aberto entre o Estado e a lealdade para com os familiares. A residência dos Ponghill tornou-se uma casa dividida. "É idiotice moral, mãe, basta examinar o crânio dele, os lóbulos do sentimento social simplesmente não existem."

"Buddy, ele é seu irmão."

"Vão pegar e matar ele, será que a senhora ainda não entendeu como é que é essa gente desgraçada daqui?"

"E se você entregar seu irmão, ele vai ser enforcado."

"Não se a gente arranjar um bom advogado."

"Esses filhos da puta não trabalham de graça."

"Às vezes eles trabalham por uma questão de consciência."

"Ah, Buddy." Toda uma existência dedicada às expectativas otimistas e causas perdidas dele naquele suspiro, mas Buddy tocou para a frente como se não tivesse ouvido.

"Assim, Buddy entregou nosso irmão caçula", Burke disse a Lew, "e agora o máximo que o Brad pode conseguir é sobreviver até a gente dar um jeito de transferir o julgamento pra Denver, onde a nossa junta local não é levada muito a sério, e os jornais lá do Leste podem começar a noticiar o caso..."

Lew saiu do escritório do impressor, que era apenas um galpão de madeira improvisado, e voltou a descer o vale. Até agora, naquela viagem, ninguém tentara atirar nele, ou pelo menos não havia prova de tal coisa, mas o pressentimento de que isso ia acontecer havia aumentado nos últimos dias quase a ponto de se transformar num problema estomacal. Desde que arranjara aquele emprego, só dava atenção à paisagem, fosse natural ou urbana, até onde ia o alcance das armas de fogo mais comuns utilizadas pelos malfeitores possíveis — estando fora desse raio, todas aquelas montanhas e pores do sol teriam que se virar sem os olhares admirados de Lew Basnight.

À medida que a noite foi se espalhando pelo vale, e as estufas das fazendas foram abastecidas de carvão até poderem começar a funcionar, e dentro das casas foram acesos lampiões cuja luz em pouco tempo encheu as janelas, mais forte do que a luz moribunda do sol sobre os espruces que as cercavam e contornavam as fileiras de hortas, as extremidades cerradas dos troncos das pilhas de lenha com o mesmo tom intenso de amarelo-alaranjado, a casca quase negra, prateada, cheia de sombras... Lew deu por si, como era comum ocorrer nessa hora do dia, um tanto irritado com toda essa atividade detetivesca, que oprimia seu espírito e cansava seu cavalo, negando-lhe até mesmo essa hora, em que todas as outras pessoas tinham oportunidades de um pouco de relaxamento caseiro. Mas suas opções eram ou isso ou Denver, sentado a uma escrivaninha, soprando o pó de arquivos tão mortos que nem havia motivo para selar o cavalo.

Na elevação do terreno seguinte, deu uma parada e contemplou o vale tranquilo. Talvez ainda não tivesse visto tudo, mas não seria capaz de apostar mais do que um copo de cerveja de que Chicago, com todo seu frenesi urbano, levava vantagem em relação àquela região. Lew tinha a impressão de que cada cabana, cada galpão, cada taberna e casa de fazenda que ele via dali continha histórias que nada tinham de pacíficas — cavalos belíssimos enlouquecidos, retorcendo-se como cobras e arrancando de seus cavaleiros nacos de carne que nunca mais seriam recuperados, esposas servindo aos maridos iguarias preparadas com cogumelos capazes de enegrecer uma moeda de prata, fazendeiros matando pastores por conta de uma olhadela de esguelha, menininhas muito quietinhas da noite para o dia transformadas em enlouquecidas e escandalosas noivas da multidão, obrigando os homens de sua família a tomar medidas que nem sempre contribuíam para a tranquilidade pública, e, como base do contrato com seu destino, a terra continha os espíritos para sempre inquietos das gerações de utes, apaches, anasazis, navajos, chirakawas, ignoradas, traídas, estupradas, roubadas e assassinadas, prestando testemunho na velocidade do vento, saturando a luz, sussurrando sobre os rostos e penetrando os pulmões dos invasores brancos numa música tão monótona quanto a das cigarras, tão implacável quanto uma sepultura assinalada ou perdida.

Quando Lew partiu de Chicago, ninguém foi a seu bota-fora, nem mesmo Nate Privett, que era de se esperar que lá comparecesse, quanto mais não fosse para ter certeza de que ele ia mesmo embora. Relembrando os eventos que o haviam conduzido até aquele ponto em sua vida, Lew concluiu que sua partida fora quase uma fuga.

Não muito tempo antes, ele não teria sabido de que lado ficar. Durante seus tempos de caça aos anarquistas em Chicago, Lew havia conseguido chegar a um isolamento conveniente, pelo menos por algum tempo, não se solidarizando muito nem com as vítimas nem com os perpetradores. Como trabalhar no local de um atentado a bomba se você entra em parafuso pensando naquele desperdício de vida, no sangue e na dor? Foi só aos poucos que seu raciocínio agilíssimo de detetive chegou à conclusão de que essas bombas poderiam ter sido detonadas por qualquer um, inclusive por aqueles que claramente lucrariam se fosse possível pôr a culpa nos "anarquistas", sendo o termo definido da maneira mais lata possível. Ele tampouco, no decorrer de longas perseguições pelos fundos dos Matadouros e pela cidade afora, deixara de perceber o quanto eram profundamente infelizes as vidas que encontrava em meio às realidades da comunhão anarquista, embora prometesse a seus seguidores sua única redenção de um cativeiro muitas vezes tão cruel quanto a antiga escravidão negra. Mais cruel ainda, por vezes. Lew deu por si entregando-se a devaneios sedutores em que ele pegava um simulacro de bomba, um pedaço de gelo ou, melhor ainda, um monte de bosta de cavalo congelada, para jogar na próxima cartola que visse seguindo toda repimpada numa carruagem, ou no próximo policial montado que fosse visto espancando um grevista desprotegido.

Isso ficava mais evidente nos Matadouros, mas também na fábrica Pullman e nas siderúrgicas e na McCormick Reaper, e não apenas em Chicago — ele era capaz de apostar que essa mesma estrutura de Infernos industriais envolta em silêncio público poderia ser encontrada em qualquer lugar. Sempre havia alguma Forty-seventh Street, sempre alguma legião de gente invisível num dos lados do livro de contabilidade, em contrapartida com um punhado de pessoas que estavam ficando muito ou mesmo incalculavelmente ricas às custas das outras.

A altitude e a escala do terreno lá fora emprestavam uma nitidez de alucinação à vista quando esta era dirigida tanto aos proprietários das minas quanto aos trabalhadores, revelando as potências plutonianas no ato de enviar suas legiões de gnomos para o mundo subterrâneo com o fim de esvaziar o máximo possível aquele domínio depredado antes que a coisa toda desabasse, muitas vezes sobre as cabeças deles, mas as Potências pouco se importavam com isso, pois sempre havia mais anões aguardando, muitas vezes ansiosos, a hora de serem mandados lá para baixo. Fura-greves e sindicalizados, sindicalizados e fura-greves, dando voltas e mais voltas, mudando de lado, mudando outra vez, isso tudo não ajudava nem um pouco a encarar o que ele não tinha vergonha de considerar como uma disputa por sua alma.

Fosse como fosse, ele fazia seu trabalho em Denver, aprendendo quem era quem, tornando-se *habitué* do restaurante Pinhorn's Manhattan, vigiando quase todos os bares da Seventeenth Street, fazendo amigos entre os repórteres policiais que frequentavam o Tortoni's na Arapahoe Street e o bar Gahan's em frente à Prefeitura, perdendo no Ed's Arcade dinheiro suficiente para manter boas relações com os homens de Ed Chase, o chefão da zona de meretrício, passando dias inteiros sem pensar muito em Chicago nem comparar as duas cidades, mas por algum motivo não conseguia ficar preso na cidade por mais de uma ou duas semanas sem pegar um trem da Denver & Rio Grande para seguir rumo à região das minas. Não conseguia se afastar de lá, embora a cada vez tivesse a impressão de que as relações entre proprietários de minas e mineiros haviam piorado ainda mais. Naquele mundo, praticamente todos os dias havia um pequeno episódio Haymarket, pois naquelas montanhas pétreas a dinamite não era uma substância tão exótica quanto em Chicago. Em pouco tempo começou a esbarrar em pelotões na trilha, homens armados até os dentes, grupos com nomes como Aliança dos Cidadãos ou Auxiliares dos Proprietários. Levavam, alguns deles, armas de fogo bem sofisticadas, fuzis Krag-Jørgensen, rifles de repetição, obuseiros de batalha desmontados e empacotados em lombos de mulas. No início ele conseguia passar por esses agrupamentos limitando-se a uma saudação com a cabeça, levando a mão à aba do chapéu, mas a atmosfera foi ficando cada vez mais tensa, e não demorou para que o detivessem, fazendo-lhe perguntas que imaginavam ser objetivas. Passou a trazer sempre suas licenças de Illinois e do Colorado, embora muitos daqueles sujeitos não soubessem ler muito bem.

A essa altura Lew já havia sido pouco a pouco expulso de metade do seu escritório por um acúmulo de arquivos sobre anarquistas profissionais e amadores, líderes sindicais, terroristas lançadores de bombas, potenciais terroristas lançadores de bombas, pistoleiros de aluguel etc. — as moças que ele vivia contratando para ajudá-lo, datilografando e realizando serviços gerais, duravam em média um mês antes de pular fora, em desespero, trocando o trabalho pelas simplicidades confortadoras do casamento, um bordel de luxo na Row, um emprego como professora ou em algum outro escritório ou loja na cidade onde uma pessoa pudesse ao menos tirar os sapatos e depois ter uma boa probabilidade de encontrá-los outra vez.

Para Lew, era tão difícil localizar dossiês sobre casos individuais que depois não tinha paciência de tentar reconstituir os fatos, mas o que já havia começado a perceber era que ambas as partes em conflito eram organizadas, não se tratava apenas de escaramuças desconexas, uma explosão de dinamite aqui e ali, alguns tiros numa emboscada — era uma guerra entre dois verdadeiros exércitos, cada um com sua cadeia de comando e objetivos estratégicos a longo prazo — a guerra civil outra vez, com a diferença de que agora eram as ferrovias, que se espalhavam por todas as antigas fronteiras, a redefinir a nação de modo a ajustá-la exatamente à forma e ao tamanho da rede ferroviária, aonde quer que ela fosse.

Ele se dera conta disso já no tempo da greve da Pullman em Chicago, tropas federais patrulhando as ruas, a cidade no centro de vinte ou trinta linhas ferroviárias, que se irradiavam, com suas interconexões, por todo o resto do continente. Em momentos de loucura, Lew tinha a impressão de que aquela rede de aço era um organismo vivo, crescendo a cada hora, obedecendo a ordens invisíveis. Deu por si frequentando linhas suburbanas de madrugada, entre um trem e outro, ouvido colado no trilho, tentando detectar sinais de vida, como um futuro pai extremoso com o ouvido encostado no abdômen da esposa amada. Desde então, a geografia americana havia ficado um bocado estranha, e que diabo estava ele fazendo ali no Colorado, entre duas forças invisíveis, boa parte do tempo sem saber quem o havia contratado e quem poderia estar planejando acabar com ele...

Quase todo dia útil, nos botequins, restaurantes e charutarias do bairro, ele se via encontrando por acaso e por vezes mesmo conversando com pessoas, tanto do sindicato quanto das Associações de Proprietários, que para ele até então eram apenas nomes em relatórios de campo. O mais estranho de tudo que começou a reparar era que os nomes dos agentes dos proprietários também estavam aparecendo em seus arquivos referentes aos mineiros. Alguns eram procurados pelas autoridades em estados longínquos por crimes contra os proprietários, nem sempre triviais — ativistas sindicais fora da lei, até terroristas anarquistas, e no entanto estavam também sendo pagos pela Associação de Proprietários. "Estranho", murmurou Lew, tragando fundo no charuto e mordendo-lhe a ponta até reduzi-la a fragmentos entre os dentes, porque estava tendo uma sensação nauseante, não inteiramente causada pelo suco de tabaco que estava ingerindo, de que alguém o estava fazendo de otário. Quem eram esses sujeitos — dinamitadores que fingiam trabalhar para os proprietários ao mesmo tempo que planejavam mais violências? Provocadores dos proprietários infiltrados na Federação de Mineiros do Oeste para atrair seus companheiros? Seriam alguns deles, Deus, as duas coisas ao mesmo tempo — canalhas a explorar os dois lados, que só eram leais ao dólar?

"Olha o que o senhor devia fazer", sugeriu Tansy Wagwheel, a qual seria levada por esse emprego, em poucas semanas, a sair correndo aos gritos pela Fifteenth Street e cair nos braços da rede de ensino fundamental do condado de Denver. "Está aqui neste livro maravilhoso com o qual eu ando o tempo todo, *Guia do cristão moderno para as perplexidades morais*. Está logo aqui, na página oitenta e seis, a sua resposta. O senhor tem lápis? Então pode anotar: 'Dinamite neles todos, que depois Jesus faz a triagem'."

"Bom..."

"É, eu sei..." A expressão sonhadora em seu rosto certamente não seria dirigida a Lew.

"Tem alguma coisa sobre corridas de cavalo?", ele perguntou depois de algum tempo.

"Senhor Basnight, o senhor é um número."

Na vez seguinte em que se embrenhou nas altitudes aguerridas dos montes San Juan, Lew percebeu na trilha que além dos fura-greves de sempre havia agora também unidades de cavalaria da Guarda Nacional do Colorado, de uniforme, policiando as encostas e as beiras dos riachos. Ele tivera a ideia de obter, através de um dos seus contatos menos confiáveis na Associação de Proprietários de Minas, um salvo-conduto, que guardava numa carteira de couro juntamente com suas licenças de detetive. Mais de uma vez esbarrou em grupos de mineiros esfarrapados, alguns de rosto muito machucado ou inchado, sem paletó, sem chapéu, sem sapatos, sendo levados em bando em direção a alguma divisa estadual por soldados de cavalaria. Ou então fora o capitão quem falara em divisa estadual. Lew não sabia o que devia fazer. Aquilo era errado de muitas maneiras diferentes, e uma boa bomba poderia ajudar, mas não resolveria o problema nem de longe.

Não demorou para que um belo dia ele se visse cercado — antes eram apenas sombras filtradas pelos choupos, e de uma hora para outra havia um bando de cavaleiros noturnos da Ku Klux Klan, e olha que o sol ainda estava de fora. Vendo aqueles justiceiros envoltos em lençóis em plena luz do dia, com trajes que exibiam toda sorte de deficiências de lavanderia, entre elas queimaduras de charuto, manchas de comida, mijo e merda, Lew teve a impressão que eles não chegavam a ser propriamente sinistros, apesar dos capuzes pontudos. "Oi, pessoal!", exclamou, simpático.

"Crioulo esse não parece ser", comentou um.

"Alto demais pra ser mineiro", disse outro.

"E está armado. Acho que já vi a cara dele num cartaz em algum lugar."

"O que é que a gente faz? Atira nele? Enforca ele?"

"Prega a pica dele num toco de árvore e aí *quema* ele", acompanhado de uma farta quantidade de perdigotos, os quais encharcaram o capuz do boquirroto.

"Vocês estão fazendo um belo serviço de segurança aqui", Lew sorriu, passando por eles tranquilo, como se por um rebanho de ovelhas, "e pode deixar que eu falo isso pro Buck Wells a próxima vez que eu estiver com ele." O nome do administrador de minas e comandante de cavalaria da Telluride surtiu efeito.

"Não esquece o meu nome, não!", gritou o babão. "Clovis Yutts!"

"Shh! Clovis, sua besta, não era pra dizer o nome, não."

Que diabo estaria acontecendo ali, era coisa que Lew nem imaginava. Tinha a impressão nítida, dessas que provocam insônia na certa, de que devia ir direto para a estação, voltar para Denver e não botar os pés mais ali até que tudo aquilo estivesse terminado. Fosse o que fosse aquilo. Certamente parecia guerra, e certamente era isso que o mantinha ali, ele imaginava, essa possibilidade. Algo assim como querer saber de que lado ele estava, sem todas aquelas dúvidas...

Em Denver novamente, Lew voltou tarde para sua sala, descobrindo já no corredor que aquele dia estava longe de terminar, pois pela bandeira acima da porta vinha o cheiro de uma certa folha queimando que sempre despertava nele sentimentos contraditórios. Só podia ser Nate Privett, com um daqueles charutos de Key West que eram sua marca registrada, tendo vindo de Chicago em sua viagem anual de inspeção, embora Lew não conseguisse acreditar que já se passara um ano desde a última visita.

No bar dos anarquistas havia uma tremenda cantoria, começando cedo como sempre. Vozes em ritmos e tons diferentes, como um bando de congregacionalistas, não dava nem para saber qual era a canção. Moças cujas notas mais agudas audíveis tinham um toque de alegria amadorística, como se elas preferissem estar dançando a praticar até mesmo uma trapaça rotineira. Botas marcando ritmos estranhos, nada americanos. Lew havia adquirido o hábito de dar uma passada lá para tomar um chope sociável no final do dia, e pouco a pouco foi sendo seduzido de modo político e talvez até mesmo romântico, pois havia por ali um bom número de garotas anarquistas que adoravam tentar entender aqueles sujeitos sérios da agência Pinkerton e congêneres. Naquele dia Lew teria de deixar de lado esse tipo de contato para conversar com Nate, uma troca discutível.

Com desânimo, Lew preparou sua expressão fisionômica e abriu a porta. "Boa tarde, Nate. Espero não ter deixado você esperando."

"Sempre tem mais um relatório pra gente dar uma olhada. A gente nunca desperdiça tempo, Lew, quando se lembra de trazer alguma coisa pra ler."

"Estou vendo que você encontrou o Valley Tan."

"Uma busca meticulosa, a única garrafa da sala. Desde quando você toma uísque de mórmon?"

"Desde que os seus cheques começaram a ser devolvidos pelo banco. A impressão que eu tenho é que essa garrafa estava com seis dedos a mais do que agora, no mínimo."

"Um homem desesperado se consola com qualquer coisa, Lew."

"Desesperado? Por quê, Nate?"

"Eu estava lendo o seu último relatório sobre o caso Kid Kieselguhr. Aliás, li duas vezes, me lembrou muito o lendário Butch Cassidy e sua gangue, como era mesmo o nome? Hole-in-the-wall? Se bem que você não chega nunca a mencionar essa gente de modo explícito."

Sem dúvida, aquele dia tinha sido muito comprido para Lew. Nate Privett era um desses detetives de gabinete que nutriam a crença irracional na ideia de que em algum lugar nas pilhas infinitas de provas confiscadas — livros de contabilidade, itinerários, diários etc. —, de repente, como se numa visão, as respostas haveriam de se revelar, pois Deus que o livrasse da possibilidade de ter que montar num cavalo e ir para algum lugar um pouco menos iluminado.

"Engraçado", tentando não demonstrar aborrecimento na voz, "as situações tipo Butch Cassidy estão se tornando cada vez mais comuns aqui nos últimos tempos — por favor, me passa essa garrafa, está bem? Obrigado — atos nefandos cometidos por vilões semi-imaginários — talvez não seja só um Kid por aqui, mas quem sabe *um monte de conspirações* de terroristas lançadores de bombas, para não falar nesse pequeno exército de palhaços em potencial que sempre existe, doidos para cometer atos, ou então não cometer os atos mas ser culpados por eles, pelo menos, em nome do Kid —"

"Lew?"

"Este caso, pra falar com franqueza, é uma foda, e cada dia está mais difícil. Estou aqui sozinho trabalhando nele, e tem vezes que chego a pensar que se o Olho Que Não Dorme com todos os seus recursos voltasse a assumir essa porra desse caso —"

"Peraí, peraí, Lew, não é assim não, e além disso os clientes continuam pagando todo mês, você sabe — ah, eles estão satisfeitos, pode crer, não há motivo pra não continuar tocando pra frente exatamente como a gente tem —" Ele parou, como se houvesse se dado conta de que estava falando demais.

"Aha! Então é *isso*." Fazendo de conta que tinha acabado de compreender tudo. "Mas vocês, hein, seus espertalhões."

"Bem... também não precisa..."

"Esse tempo todo aqui, tão longe, tão longe das luzes da Michigan Avenue, e nem me passou pela cabeça que... ora, então essa história toda não passa de uma grandessíssima —"

"Eu não queria, Lew, que você ficasse chateado —"

"Eu estou sorrindo, não estou?"

"Sabe, lá em Chicago o que mais conta é a nossa credibilidade, e é isso que o nosso agente regional Lew Basnight tem conseguido fazer, com todo o respeito que as pessoas do ramo têm por você —"

"Ah, vá tomar no cu, Nate. Ou outro lugar qualquer que você preferir. Não estou chateado, não."

"Ora, Lew —"

"Boa sorte, Nate."

Na noite seguinte, no Walker's na Arapahoe Street, inalando uma dose de vinte e cinco centavos de *bourbon* depois da outra, entalado junto com mais cinco outros bebedores contumazes, o máximo que cabia naquele botequim de bolso, ele compreendeu numa iluminação quase religiosa que isso deveria ter acontecido anos antes, que ele ou quem quer que estivesse vivendo a sua vida estava só esperando, que ele podia ter entrado para o lado certo da guerra anos antes, e que agora talvez fosse tarde demais, talvez já houvesse passado o ponto em que alguém poderia ter alguma chance de enfrentar a besta-fera que havia assolado a região e se apossado dela.

Mais tarde voltou para o bar dos anarquistas, e lá, como mais ou menos já esperava, estava um cidadão dirigindo a ele um olhar de quem tem contas a acertar. Talvez não fosse o Kid Kieselguhr, mas àquela altura Lew estava disposto a assumir atitudes experimentais e resolveu agir com base no pressuposto de que era ele. "Posso lhe pagar uma cerveja?"

"Só se você já caiu na realidade."

"Digamos que já."

"Então em pouco tempo todo mundo vai ficar sabendo, e aí vai ser aquela história de corre-anarquista-corre pra você, companheiro Basnight."

"Posso perguntar uma coisa? Não que eu vá fazer isso agora, mas você já deve ter detonado uma ou outra banana de dinamite de modo proposital, como eles dizem. Você se arrepende disso?"

"Só se algum inocente morreu. Mas comigo isso nunca aconteceu."

"Mas se 'não existe burguesia inocente', como acreditam muitos anarquistas —"

"Pelo visto, você está informado. Bom. Eu posso até não reconhecer uma burguesia se ela vier e me der uma mordida, porque nos lugares onde eu andei isso é o que menos tem, lá o que mais dá é campesinato e proletariado. Pra quem faz o trabalho que eu faço, o mais importante é ter cuidado sempre."

"O seu trabalho." Lew escreveu um longo recado para si próprio no punho da camisa e depois, levantando a vista com um olhar inocente: "E eu? Se eu ou alguém que faz a mesma coisa que eu se machucar?".

"Você se acha *inocente*? Porra, você trabalha pra eles — você me matava se fosse preciso."

"Eu entregava você."

"Pode ser, só que vivo eu não ia estar."

"Está me confundindo com Pat Garrett, Wyatt Earp, esses dois durões da fronteira que pouco se importavam com o lado em que estavam, vai ver que nem sabiam. Como nunca tive esse luxo, eu não teria matado você naquele tempo, quanto mais agora, que eu já estou sabendo das coisas."

"Que alívio. Poxa, mas você está a seco. Herman, serve mais um pra essa terrível ameaça vermelha à sociedade."

Pouco a pouco o lugar foi se enchendo e virou uma espécie de salão de dança, e o Kid, ou fosse lá quem fosse o tal, meio que sumiu na multidão, e Lew passou um bom tempo sem voltar a vê-lo.

De volta a Chicago, Nate, reinstalado no seu império de papel, continuou gastando dinheiro da agência despachando um telegrama depois do outro. Imaginando que nada havia mudado, o representante regional continuava no serviço, tudo tranquilo. Mas agora era como se um bando de valentões tivessem sido pagos para cortar os fios de todos os postes de telégrafo nos milhares de quilômetros que os separavam, porque Nate nunca mais ia ficar sabendo de nada, pelo que dependesse de Lew.

Foi mais ou menos nessa época que começou o que Lew posteriormente passou a encarar como seu Vício Vergonhoso. Ele estava no pequeno oásis agradável de Los Fatzos, boa parte do tempo manejando explosivos, provavelmente estava sem luvas (se bem que alguns jamais acreditariam nisso), P.E.T.N, era o que sua memória lhe dizia — ou, talvez alguma coisa um pouco mais experimental, pois ele andava frequentando o respeitadíssimo cientista louco dr. Oyswharf, um fornecedor talvez desinformado dos perpetradores de atentados a bomba relacionados ao Kid Kieselguhr, o qual, diziam rumores recentes, estaria trabalhando com diferentes misturas de compostos de nitro e polimetilenos. Coisas perigosas e letais. A tarde foi virando noite, chegou a hora do jantar e Lew deve ter esquecido de lavar as mãos, porque quando ele se deu conta estava percebendo a sala de jantar do hotel numa variedade de cores, para não falar em referências culturais, que não estavam ali quando ele entrou. O papel de parede, em particular, apresentava não um padrão repetido e sim uma única vista, no estilo "panorâmico" francês, de uma terra muito distante, talvez nem mesmo no nosso planeta tal como ele é entendido atualmente, na qual seres que pareciam — ainda que não muito — humanos levavam suas vidas — *em movimento*, entenda-se — nos subterrâneos de uma imensa cidade noturna cheia de torres, cúpulas e passarelas que se destacavam contra uma iluminação sinistra cujas fontes não eram exclusivamente municipais.

Depois de algum tempo chegou a "comida" de Lew, e ela imediatamente atrai sua atenção — os detalhes do "bife", quanto mais ele o examinava, pareciam indicar não as origens animais que eram de se esperar, e sim os recônditos da cristalografia, a cada corte que ele dava com a faca novos panoramas se descortinavam, em meio a eixos e poliedros que se combinavam de formas complexas, em meio às atividades de habitantes minúsculos, embora perfeitamente visíveis, que fervilhavam e se movimentavam para todos os lados, aparentemente sem se dar conta do olhar de Lew, cantando corais mínimos, porém harmonicamente complexos, com vozinhas infinitesimais e aceleradas em que cada palavra ressoava com luminosidades de sentido cada vez mais policristalinas:

> Somos os Castores Cerebrais,
> Sempre muito, muito ocupados
> Às vespas ou abelhas em colmeias
> Somos tantas vezes comparados
> Quanto a essa pistola no seu bolso
> Melhor não mexer nela jamais
> Pra não arranjar *nenhum problema*
> Com os tais Castores Cerebrais...

Isso mesmo, Lew dando tratos à bola, e-e agora o — "*Tudo bem*, senhor B.?" Curly, o garçom, parado ao lado de Lew com uma expressão preocupada e, foi a impressão de Lew, sinistra. Era o Curly, é claro, mas em algum sentido profundo não era. "O senhor estava olhando meio esquisito pra comida."

"É, mas é porque ela é mesmo esquisita", foi a resposta razoável de Lew, ou pelo menos ele achou razoável, até que se deu conta de que todos os presentes estavam freneticamente tentando sair pela porta afora ao mesmo tempo. Teria ele dito alguma coisa? Feito? Talvez fosse o caso de perguntar...

"Ele é maluco!", berrou uma mulher. "Emmett, não deixa ele chegar perto de mim!"

Lew voltou a si no xilindró local, na companhia de um ou dois *habitués* que estavam trocando impressões, indignados, dirigindo a Lew olhares ébrios reprovadores. Assim que o chefe de polícia veio vê-lo e achou que ele não oferecia mais perigo, Lew voltou para o laboratório do doutor, com uma cara que poderia ser qualificada de um pouco constrangida. "Com relação ao tal de — como é mesmo que chama —"

"Ah, sim. É mais ou menos uma mistura de ciclopropano com dinamite", sorriu o doutor, um sorriso maroto, julgou Lew, "a gente podia até chamar de 'Ciclomite', não é? Pega aí, hoje tem amostra grátis, pode levar o quanto você quiser, é bastante estável, de modo que se você estivesse interessado em usar pra dinamitar alguma coisa, teria que trabalhar com um detonador, o número seis da DuPont funciona muito bem. Agora, *você* também pode querer um plasticizador, dizem que ele ajuda no... efeito geral." Não chegou a acrescentar: "E é melhor de mastigar também", mas Lew de algum modo percebeu que era isso que estava por vir, de modo que fez que não com a cabeça, num movimento vigoroso, pegou o produto, murmurou um agradecimento e foi embora o mais depressa possível.

"E faz um exame do coração de vez em quando", o doutor acrescentou quando ele já se afastava.

Lew parou. "Como é que é?"

"Isso um médico poderia lhe explicar, mas há uma relação química estranha entre esses explosivos à base de nitro e o coração humano."

A partir daí, sempre que ocorria uma explosão de dinamite, mesmo tão longe que não dava para ouvir, algo se desencadeava em algum lugar da consciência de Lew... depois de algum tempo, até mesmo quando a explosão estava *prestes* a acontecer. Em qualquer lugar. Em pouco tempo ele se tornou um dependente de Ciclomite, um caso sério.

A primeira explosão de dinamite que Lew testemunhou foi numa exposição agrícola em Kankakee. Havia motociclistas ousados dando voltas e mais voltas, enxergando muito pouco em meio à fumaça que geravam, dentro de um Globo da Morte. Havia moças com roupas festivas, que podiam ser vistas com menos indumentária ao preço de cinco centavos, em recintos fechados onde os olhares dos meninos só podiam penetrar de relance. Havia um Fantástico Vovô Galvânico, que emitia plumas multicoloridas de eletricidade das pontas dos pés até as orelhas agarrado a um gerador cuja manivela era rodada por um garoto sortudo. E havia uma atração denominada Lázaro de Dinamite, em que um trabalhador de aparência normal, de boné e macacão, entrava num caixão de pinho pintado de preto, e em seguida vinham homens muito sérios que enchiam o caixão de dinamite e atavam a ele um estopim de um tom vivo de laranja, que parecia curto demais. Depois que pregavam a tampa do caixão, o homem que comandava os outros exibia com floreio um fósforo desses que acendem quando friccionados em qualquer lugar, riscava-o com um gesto melodramático nos fundilhos das calças, acendia o estopim, e então todos saíam correndo como loucos. De algum lugar vinha o som de um tambor rufando cada vez mais alto, com viradas que se sucediam mais e mais depressa à medida que o estopim ficava mais curto — Lew, na arquibancada, estava tão longe que conseguiu ver o caixão começar a estourar uma fração de segundo antes de ouvir o ruído da explosão, tempo suficiente para pensar que talvez nada acontecesse, quando então a onda de compressão o atingiu. Era o fim de alguma coisa — se não de sua inocência, ao menos de sua fé em que as coisas sempre aconteceriam de modo tão gradual que daria tempo de tomar alguma medida. Não era apenas o volume do ruído, veja lá, era a *forma*.

Ele já havia conhecido um ou dois médicos homeopatas e estava ciente da teoria segundo a qual era possível curar uma doença com doses muito pequenas de alguma substância química específica que, se tomada numa dose mais elevada, produziria exatamente os sintomas em questão. Talvez ao ingerir Ciclomite estivesse se tornando imune a explosões. Ou talvez fosse apenas uma questão de sorte. Mas, como era de se esperar, no instante em que Lew mencionou a Nate Privett suas dúvidas com relação ao Kid Kieselguhr — desse modo, na prática, pulando fora do caso — foi justamente nesse momento em que *fosse lá o que fosse* resolveu atacá-lo. Ele havia deixado o cavalo rio acima e estava tranquilamente mijando num pequeno riacho quando o mundo virou do avesso. Lew conhecia a teoria do homem-bala de canhão, segundo a qual o que se deve fazer é jogar-se bem no meio da explosão assim que ela ocorre, para que a onda de choque já esteja fora dali e se afastando de você, deixando-o protegido no vácuo central — talvez desacordado por alguns instantes, porém inteiro. Mas quando chegou a hora de *agir*, não tendo outra opção senão saltar sobre as faíscas do estopim curto demais, no meio daquela passagem estreita que levava sabe-se lá aonde, com fé em que haveria alguma coisa lá, e não apenas Zero e o negrume... bom, se ele tivesse tido tempo de pensar, talvez tivesse hesitado, e com isso teria morrido na certa.

Onde quer que estivesse ao voltar a si, não parecia mais estar no Colorado, e as criaturas que estavam cuidando dele também não pareciam a espécie de gentalha que se costumava encontrar nas trilhas — mais pareciam visitantes de outro lugar, e um lugar bem distante. O tempo todo, ele começou a relembrar agora, havia permanecido acordado, fora do corpo, pairando acima da cena sem nenhuma preocupação neste mundo — fosse o que fosse o significado do termo "mundo" naquele momento —, tentando manter a coisa tal como estava, sem nada de mental, serena, pelo máximo de tempo possível — até se dar conta de que estavam prestes a desistir, a empilhar umas pedras sobre ele e abandoná-lo para os animais, e foi essa constatação que por fim o obrigou a mais do que depressa voltar para dentro de sua carcaça — a qual agora, era impossível não reparar, brilhava de modo estranho.

"Mas, Nigel, ele está a *respirar*, não está?"

"Com toda a sinceridade, Neville, não faço ideia, em tais casos deita-se-lhe um espelhito junto à boca, não é?"

"Um momento! Cá tenho um espelho no meu estojo..."

"Vaidosa criatura!"

Assim, a primeira visão que o Novo Lew teve no mundo reconstituído foi de suas próprias narinas atônitas, entupidas de pelos, a balançar-se num espelho de viagem sofisticado, uma oval emoldurada por tranças femininas de prata, ou talvez fossem algas marítimas, certamente um objeto caro, que ficava embaçado de modo rítmico, por efeito da respiração de alguém que tudo indicava ser ele.

"Toma." Um dos homens lhe ofereceu um frasco. Lew não reconheceu o que havia dentro dele, uma espécie de conhaque, foi a impressão que teve, porém tomou um bom gole assim mesmo e pouco depois conseguiu ficar em pé. Os rapazes haviam até mesmo encontrado seu cavalo por perto, fisicamente intacto, embora do ponto de vista mental a coisa talvez fosse outra.

"Obrigado, acho que vou seguir caminho."

"Nem pensar!", exclamou Neville.

"Quem tentou explodir-te lá atrás pode resolver tentar outra vez", disse Nigel.

Lew olhou para os dois. Seus salvadores, à primeira vista, não pareciam oferecer nenhuma ameaça a qualquer lançador de bombas que estivesse interessado nele. Chapéus de feltro, calções de veludo, franjas sobre a testa, bandoleiros enfeitados com eritrônios e primaveras. Influência de Oscar Wilde, ele imaginava. Desde que o famoso poeta voltara à Inglaterra após sua excursão pela América, transbordando de entusiasmo pelo Oeste e por Leadville em particular, inúmeros aventureiros exuberantes começaram a aparecer naquelas montanhas.

Mas pensando bem, onde era que ele tinha que ir mesmo, agora que havia atravessado o que se revelara com tanta clareza como a terrível linha divisória americana, entre o caçador e a presa?

Quando a noite caiu, eles estavam em meio a umas ruínas anasazi em algum lugar a oeste do Dolores Valley.

"Uma espécie de Stonehenge pele-vermelha!"

"Só que diferente!"

Sentaram-se formando um "triângulo místico" e acenderam velas aromáticas e alguns cigarros enrolados a mão de *grifa* local, e um deles apresentou um baralho estranho, ainda que não tão estranho assim.

"O que é isso? É mexicano, não é?"

"Na verdade, é inglês. Bom, a menina Colman-Smith é antilhana..."

"Isso aqui eu reconheço, é espadas, isso aqui é copas, mas o que é esse cidadão aqui, pendurado de cabeça pra baixo fazendo um quatro com a perna —"

"É o Enforcado, é claro... Ah, então quer dizer que *nunca* viste um baralho de Tarô?"

"É o sonho de todo cartomante!" e "Eia!" e por aí afora, inclusive um exame constrangedoramente prolongado do rosto de Lew. "É, sim, cabelos e olhos castanhos, normalmente é Cavaleiro de Espadas —"

"O que tens de fazer agora, Lewis, como Consulente, se não te importas, é pedir às cartas a resposta a uma pergunta específica."

"Tudo bem. Quantos chineses tem na Dakota do Sul?"

"Não, não — algo sobre a tua vida, que precises saber. Alguma coisa pessoal."

"Por exemplo, 'Que diabo está acontecendo aqui?'. Pode ser?"

"Talvez. Perguntemos." E não deu outra: a última carta que foi aberta, a que os dois sujeitos diziam ser a única realmente importante, foi o Enforcado outra vez.

No céu, com intervalos de poucos segundos, arcos de luz caíam em todas as direções. Era a chuva de meteoros das Perseidas, um evento sazonal, mas por alguns instantes tinha-se a impressão de que todo o firmamento estava se descosturando. Para não falar dos fantasmas de índios que passavam por ali a noite inteira, sempre achando graça, como fazem os índios, dos mistérios do homem branco.

Na manhã seguinte os três seguiram para o sul, pretendendo pegar o trem no Novo México — Neville e Nigel estavam voltando para a Inglaterra, seu país de origem —, e uma semana depois se viram a bordo de uma estranhamente luxuosa sequência de vagões enormes, sala de estar, vagão-restaurante e clube, sendo o carro de serviço até mais sofisticado que uma suíte num típico hotel de Chicago. O preço que se pagava por toda essa sofisticação era o boato, tão inevitável quanto a fuligem da locomotiva, de que haveria um misterioso complô com o objetivo de explodir o trem. "Provavelmente todo mundo vai ter que saltar e ir a pé", era a opinião do sr. Gilmore, o condutor-chefe.

"Uma situação nada agradável, chefe", Lew, reassumindo sua antiga identidade, a qual nos últimos tempos parecia cada vez mais ter tirado férias prolongadas, talvez até estivesse dando uma volta ao mundo. "O que é que temos aqui, bolcheviques? Italianos? Uma gangue de arrombadores de cofres?"

O sr. Gilmore tirou do bolso um lenço do tamanho de uma toalha de bar para enxugar a testa. "Isso e mais alguma coisa. O que todos eles têm em comum é só que vai ser uma explosão daquelas. Pior do que dinamite. Um pedaço inteiro do Texas, talvez até do Novo México, se transformando em queijo suíço no tempo que uma moça virgem leva pra bocejar."

E assim seguiram de uma estação para outra, aguardando o momento terrível, torres imensas de pedra esculpida e madeira trabalhada emergindo do meio do mato, surgindo de tempestades ao amanhecer, então, depois, brilhando nos aguaceiros, estradas e barracões, cercas e bares em encruzilhadas... passando por ruas centrais de cidadezinhas, acompanhados ao entrar e durante toda a passagem por homens a cavalo com capas de chuva que galopavam paralelamente ao trem por quilômetros, meninos que subiam nos vagões e saltavam sempre que a composição diminuía a velocidade numa subida ou curva, cômicos idosos que fingiam deitar-se sobre os trilhos para tirar uma pestana e rolavam para o lado às gargalhadas no último minuto, fileiras de tropeiros parados junto à ferrovia vendo o trem passar lentamente, impossível saber o que eles pensavam, reflexos das nuvens no céu estampadas em seus globos oculares, cavalos pacientes amarrados ali perto, trocando olhares de vez em quando, todos eles dando a impressão de estarem sabendo de tudo, só que o que eles sabiam variava. Às vezes o que estava se aproximando parecia ser um tornado do tamanho de um condado, um vulto que trazia consigo a noite no horizonte, atravessando a planície, enquanto outros achavam que talvez fossem luzes no céu, "Uma segunda lua, a gente não sabe a que distância ela está nem se é perigosa..." Lew estava tentando não pensar no Kid Kieselguhr ou na pessoa que resolvera assumir esse nome, porque por vezes tinha a impressão de que ele estava lá fora, um espírito pairando atrás da próxima serra, a corporificação de uma obrigação passada que não o deixava em paz, porém continuava a assombrá-lo, insistente.

Lew, perplexo, ficava só olhando, fumando charutos e, às escondidas, beliscando seu estoque cada vez menor de Ciclomite, tentando compreender as alterações que ocorriam dentro de seu cérebro, os olhos brilhando com um orvalho emocional que lhe era desconhecido.

Chegaram em Galveston sem nenhum incidente, mas o que quer que estivesse quase a desabar sobre eles esperava apenas a hora de descer. Neville e Nigel compraram bilhetes para a viagem transatlântica num navio cargueiro de aspecto um tanto sinistro, cuja bandeira nenhum dos dois reconheceu, e passaram o resto do dia tentando se comunicar com um cavalheiro chinês o qual, segundo eles haviam se convencido por algum motivo, seria comerciante de opiáceos.

"Deus meu, Nigel, quase esquecemos! Os outros hão de ficar muitíssimo aborrecidos se não lhes levarmos alguns *suvenires do Velho Oeste*, mesmo que não seja um *escalpo* de verdade nem nada assim."

"Bom, não fique olhando pra mim", disse Lew.

"É, mas tu serias perfeito!", exclamou Neville.

"Pra quê?"

"Vamos te levar pra Inglaterra", afirmou Nigel. "É o que vamos fazer."

"Não tenho passagem."

"Não há problema, levar-te-emos como clandestino."

"Eu não vou precisar de passaporte?"

"Pra Inglaterra, não. Só não podes te esquecer de levar teu *sombreiro de caubói*. É autêntico, não?"

Lew olhou atentamente para os dois. Os rapazes estavam com os olhos vermelhos, as pupilas reduzidas a pontos negros quase invisíveis, e riam tanto que era necessário pedir-lhes que repetissem tudo que diziam mais de uma vez.

Terminou passando duas semanas no porão, dentro de um baú com dois ou três discretos furos por onde entrasse ar. De vez em quando um dos N descia até lá, sub-repticiamente, com comida roubada do refeitório, embora Lew não tivesse fome.

"Esse troço está jogando muito", ele parou de vomitar o tempo suficiente para dizer.

"Dizem que vem uma tempestade terrível do sul", comentou Nigel.

Foi só quando chegaram à Inglaterra que ficaram sabendo do furacão desastroso que atingira Galveston um dia após saírem de lá — ventos de 220 quilômetros por hora, a cidade coberta d'água, seis mil mortos.

"Nós saímos na hora certa", disse Nigel.

"Sim, foi uma sorte extraordinária."

"Ah, mas olha pro Lew, ele está totalmente neurastênico."
"Ora, Lew, o que foi?"
"Seis mil pessoas", disse Lew, "só pra começar."
"Acontece na Índia o tempo todo", disse Nigel. "Afinal, estamos no mundo."
"Pois é, Lew, onde é que vivias antes daquela bomba terrível que te fez juntar-te a nós?"

Por fim Webb Traverse conseguiu subir à posição de chefe de turno na mina de Little Hellkite. Veikko e seus compadres escandinavos deram uma festa para comemorar, e como sempre ele acabou concluindo que passar a noite inteira bebendo destilado de batata não é para qualquer um. Por sorte, a neve ainda era pouca, senão poderia ter havido um repeteco do inverno anterior, em que alguns finlandeses o convenceram a calçar um par de esquis, lá depois de Smuggler, junto da gigantesca formação pré-avalanche conhecida como Elefante Grande — ele quase se borrou de medo, como seria de se esperar de qualquer pessoa sensata, e todos os presentes ficaram profundamente aliviados quando ele afundou na neve sem ter quebrado nenhum osso nem ter desencadeado um deslizamento catastrófico.

Ao que parecia, naquela época Webb conseguia se dar bem com todo mundo, menos com as duas mulheres de sua família, que deveriam ser as pessoas mais importantes para ele, como se agora que os garotos estavam todos soltos no mundo o melhor lugar para ele fosse lá fora também, como se a possibilidade de voltar a encontrá-los de algum modo fosse melhor fora de casa do que em algum interior doméstico. Assim que ele punha os pés dentro de casa, as coisas rapidamente iam de mal a pior. Uma vez Lake saiu e não voltou mais. Ele aguardou um dia e uma noite, e por fim, na hora do terceiro turno, ela emergiu da escuridão com um maço de cédulas de moeda americana.

"Onde você andou, menina? Onde você arranjou esse dinheiro?"

"Eu estava só lá em Silverton. Apostando numa luta."

"Apostando o quê?"

"O dinheiro que economizei lavando roupa."

"E quem era que estava lutando?"

"O foguista Jim Flynn."

"Ele com quem?"

"Andy Malloy?"

"Espere aí, menina. O Andy nunca foi de lutar coisa nenhuma, nem ele nem o irmão dele, o Pat. O Foguista contra ele seria brincadeira de criança. Por que é que você não experimenta contar outra história?"

"Ou será que foi o mexicano Pete Everett?"

"Quem que estava com você?"

"A Rica Treemorn."

"As garotas do Sexteto Floradora. A família dela está sabendo disso?"

Lake deu de ombros. "O senhor pense o que quiser." O rosto inclinado, os olhos voltados para o outro lado, como se sofrendo uma dor incomunicável que não tinha nada a ver com a aparência alegre que provavelmente fora o que despertara a desconfiança do pai.

"Filha da tempestade", quase um sussurro em meio à barulheira geral. Uma expressão de desespero no rosto dele. Como se possuído por algo que ela conhecia e temia desde o tempo em que as coisas ainda não tinham nomes.

"Papai, que diabo o senhor quer dizer com isso?" Ela tentou passar confiança, mas estava ficando assustada, vendo que ele se transformava em outra pessoa à sua frente —

"Vamos ver quanto tempo você aguenta ficar lá fora sozinha. *Filha da tempestade*. Pois bem. Que a porra da tempestade proteja você." Do que era que ele estava falando? Ele se recusava a explicar, embora não fosse nada de particularmente misterioso. Não muito tempo antes, numa de suas idas a Leadville, durante uma daquelas tempestades feias de lá, com raios que não param de cair, que vinham em ondas como o vento de inverno... o rostinho de Lake tão nítido para ele, a luz feroz fazendo seus cabelos ficarem quase brancos, cabelos que pareciam sacudidos por aquele vento, embora dentro da pequena cabana o ar estivesse imóvel. Sob aquele céu negro de apocalipse. Ele sentia algo na espinha que lhe dava a impressão de estar prestes a ser atingido por um raio.

Só depois compreendeu que era medo. Medo daquele jovem espírito feminino, que ontem mesmo ainda vinha correndo, de rosto sujo, para seus braços.

"O senhor enlouqueceu, pai?"

"Isso aqui não é abrigo pra mulher da vida, não." Aos berros e quase se sacudindo de prazer, por saber que não havia como conter aquela explosão.

Ela também entrou no jogo com vontade. "Abrigo? E desde quando o senhor dá abrigo pra alguém? O senhor não consegue nem dar abrigo pra sua própria família, seu fodido."

"Ah! Pois muito bem, agora deu —" Já havia levantado o punho cerrado.

May tinha acabado de acender o cachimbo, e foi obrigada a largá-lo e mais uma vez enfrentar, com seus ossos moídos, aquela tourada. "Webb, por favor, para com isso, Lake, fica ali um minuto — será que você não entende, ela não fez nada de errado."

"Passa uma semana em Silverton e volta com um dinheiro que dá pra pagar o aluguel por um ano — então você acha que eu nasci ontem, é, mulher? Quer dizer que nós temos aqui uma debutante da Blair Street, pelo visto."

Então partiu para cima da filha, e Mayva foi obrigada a pegar uma pá, e acabaram os dois, por motivos diferentes, gritando com Lake para que ela saísse de casa. A essa altura, ora, ela não queria outra coisa.

Eu sou muito má, ela dizia a si própria, mas só acreditou quando se viu de volta em Silverton, onde as meninas más encontram sua verdadeira identidade, como quem volta para casa, para sua família de verdade. Apenas uma pequena grade de ruas num planalto verdejante abaixo dos picos da serra, mas em matéria de pecado era uma das grandes metrópoles deste mundo perdido... Deus do céu. Sessenta ou setenta bares e vinte bordéis só na Blair Street. Bebendo jogando fodendo vinte e quatro horas por dia. Revogação da Lei da Prata? Que revogação? Fumando ópio com o chinês que lavava a roupa das moças. Manipulada por visitantes estrangeiros que vinham de além-mar, com rostos perigosos, bem como homens da terra, desses que corrompem as meninas e aleijam as esposas, assassinos, republicanos, era difícil dizer qual das duas, ela ou Rica, era mais imprudente na escolha de homens. De algum modo elas atravessavam aquelas noites todas como se sob uma proteção sobrenatural. Com o cuidado de jamais se entreolharem, pois sempre começavam a rir, e alguns visitantes ficavam violentos quando isso acontecia. Às vezes acordava na pequena cadeia da cidade e ouvia o mesmo sermão de sempre dado pela esposa do xerife, com uma expressão de ira inerradicável no rosto. A coisa prosseguiu até que o inverno se aproximou, e a possibilidade de ficar com neve até a altura do telhado levou todas as mulheres ao longo da Linha a fazer seus ajustes sazonais.

Lake voltou à cabana uma vez para pegar algumas de suas coisas. A casa esvaziada estava cheia de ecos. Webb estava de serviço, Mayva estava na rua fazendo compras. Todos seus irmãos homens já tinham ido embora havia muito tempo, sendo que entre eles era de Kit que ela sentia mais falta, pois eles eram os dois mais moços e tinham em comum uma espécie de teimosia, uma ânsia por um destino jamais sonhado, ou talvez apenas uma aversão implacável à vida cotidiana a que os outros haviam se acostumado.

Ela imaginava-se com uma banana de dinamite na mão, esperando por Webb algum dia numa trilha. Jogando a dinamite em cima dele, ela lá em cima, protegida, num nicho de pedra da montanha, e ele lá embaixo, pequenino, desprotegido. Colocando o detonador, acendendo o pavio e largando a dinamite, descrevendo uma longa curva, soltando faíscas, descendo da luz do sol para uma poça de sombra, e o velho filhadaputa seria destruído numa flor de terra, pedra e chama, e um grito profundo e ressoante de desespero.

* * *

Mayva sabia que ela havia passado por lá. Talvez fosse o cheiro de perfume comprado em loja, talvez alguma coisa fora do lugar, ou talvez ela simplesmente soubesse. O que lhe parecia claro era que tinha de tentar salvar ao menos um de seus filhos.

"Webb, tenho que ficar do lado dela. Pelo menos mais algum tempo."

"Deixa ela pra lá."

"Como é que eu posso deixar ela pra lá, naquele lugar?"

"Ela já está com quase vinte anos, e já sabe se virar sozinha muito bem."

"Pelo amor de Deus, lá é uma guerra, o máximo que se pode fazer é se esquivar."

"Ela não precisa de você, May."

"É de você que ela não precisa."

Eles se entreolharam, atônitos.

"Está bem, então vai você também. E com isso essa porra toda acaba de uma vez. Eu me viro sozinho, eu sei muito bem. Você e aquela puta vão se divertir bastante por lá."

"Webb."

"Quer ir, vai."

"Eu só vou —"

"Se resolver voltar, não manda telegrama, não, porque eu ainda preciso mostrar a cara por aqui, é melhor chegar de surpresa. Ou então não chegar, o que é mais provável." Ao longe, o som de minério sendo triturado. Uma tropa de mulas descendo uma encosta, aos zurros. A Guarda Nacional dando tiros perto da garganta para manter os nativos na linha. Webb em pé no meio da casa, as rugas do rosto firmes como rocha, um retalho de sol encostando em seu pé, perfeitamente imóvel. "Tão imóvel", Mayva relembraria depois, "que não era mais ele, era uma coisa que ele tinha virado e daí em diante só ia ser isso e mais nada, eu devia ter percebido na hora, ah, minha filha, eu devia..."

"A senhora não podia fazer nada." Lake apertou-lhe o ombro. "A coisa não tinha mais jeito."

"Não é verdade. Você, eu e ele, a gente ainda podia dar um jeito de voltar a ficar juntos, Lake, a gente ia embora de lá, ia pra algum lugar aonde aquelas pessoas nunca vão, um lugar que elas nem sabem que existe, longe dessa serra desgraçada, a gente encontrava um pedaço de terra —"

"E assim mesmo ele ia dar um jeito de estragar tudo", o rosto de Lake inchado, como se ela tivesse acabado de despertar de sonhos que não pudesse contar a ninguém, um rosto mais velho do que o que sua mãe conhecia. Mais vazio.

"Eu sei que você diz que não sente falta dele. Mas que Deus tenha piedade de você. Como é que você pode ficar assim? Sem perdoar?"

"A gente nunca foi importante pra ele, mãe. Pra ele era só aquela porra daquele sindicato, era isso que ele amava. Se é que amava alguma coisa."

Se era amor, não era correspondido. Não tendo mais a fachada de chefe de família responsável para usar como máscara, Webb correu para os braços do Escritório 63, o qual, alarmado diante da magnitude de sua carência, resolveu que era melhor haver uma certa distância entre ele e o Sindicato, e sugeriu-lhe passar uns tempos no Uncompahgre, na mina de Torpedo. E foi lá que ele conheceu Deuce Kindred, o qual, tendo partido de Grand Junction às pressas, fora recentemente contratado pela Torpedo, como se arranjando um emprego em que trabalharia debaixo da terra conseguisse escapar da lei, que manifestara recentemente algum interesse por sua pessoa.

Deuce fora um desses Jovens Adoentados que têm mais medo do destino óbvio dos fracotes neste país do que dos esforços físicos necessários para endurecer e evitar tal destino. Embora tivesse imposto a si próprio os rigores da Vida de Ação, ainda assim absorvera na juventude uma quantidade suficiente de insultos para que se tornasse inevitável uma volta à tona deles, mais tarde, numa frequência psíquica diferente — uma fluorescência de espírito de vingança. Ele próprio costumava encarar isso como a necessidade de vencer todos os desafios que enfrentava, *qualquer que fosse sua escala*, desde cortar um baralho até fazer uma escavação na rocha.

"Eu preferia ser pago pelo peso do minério", murmurou Deuce.

"Aqui não tem sistema de contrato, não", disse Webb, que estava no momento martelando a seu lado. "Desde a greve de 1901, e pra conseguir isso muito homem bom teve que morrer."

"Nada de pessoal. Pelo visto, o trabalho é tudo."

Foram interrompidos pela chegada de uma figura sepulcral, enfiada num terno barato. Deuce trocou um rápido olhar com Webb.

"O que é isso?", perguntou Webb.

"Sei lá. Fica olhando pra mim meio esquisito, todo mundo diz pra eu ter cuidado com ele."

"Esse aí? É só o velho Avery."

"Dizem que é espião da companhia."

"É assim que chamam os inspetores aqui. Não se preocupa, não — o pessoal aqui está sempre nervoso, pensando na hora de descer no buraco... Mas você já está sabendo disso, você não trabalhou lá em Butte?"

"Eu, não." Um olhar desconfiado. "Quem foi que disse isso?"

"Ah, sabe como é, você é novo aqui, então ficam contando um monte de histórias", Webb pôs a mão no ombro do rapaz para tranquilizá-lo, não sentindo ou não querendo sentir o movimento de recuo de Deuce. Tendo conseguido de uma maneira ou de outra afastar de si toda sua família, Webb estava entrando para o grupo de pessoas que, com as mesmas deficiências de juízo que ele, haviam se deixado enfeitiçar por Deuce Kindred, o que depois teriam ocasião de lamentar profundamente.

Duas ou três noites depois, ele esbarrou no jovem Kindred no Beaver Saloon, jogando pôquer numa mesa cheia de cidadãos cuja falta de princípios era pública e notória. Webb esperou até a hora em que o rapaz fez uma pausa e pagou-lhe duas doses.

"Como é que você está se saindo hoje?"

"Mais ou menos quite."

"A noite é uma criança. Eu não queria que você fosse o otário da mesa."

"Sou eu não. É aquele baixinho ali, o de óculos."

"O coronel? Meu Deus, rapaz, ele é de Denver, está aqui de férias porque lá não deixam mais ele jogar, não."

"Não estou vendo muita ficha na frente dele."

"Ele está só montando uma armadilha pros outros. Fica só olhando pro charuto dele, ele começa a soprar um monte de fumaça, e aí... pronto, você viu essa?"

"Ora, ora, quem diria."

"O dinheiro é seu, é claro."

"Obrigado, senhor Traverse."

"Pode me chamar de Webb."

"O senhor já fez esse tipo de coisa, senhor Kindred?"

"Se por tal o senhor quer dizer convencer os homens a aceitar melhor o pensamento do cliente —"

"Digamos que dessa vez eles querem que a coisa vá mais longe."

"Eles disseram isso?"

"Eles disseram o seguinte: imagine que tem um animal — cachorro, mula — que morde ou dá coice o tempo todo. O que é que o senhor faz?"

"Eu? Eu passava o bicho para alguém que não soubesse a diferença entre selvagem e domesticado."

"Aqui todo mundo sabe a diferença", disse o representante da companhia, em voz baixa, mas com um pouco de impaciência.

"O senhor... não vai me dizer às claras o que é que o senhor quer, não é?"

"Digamos que estamos interessados em ver até que ponto o senhor é capaz de descobrir por conta própria."

"Sei, é o que chamam de 'iniciativa'. Nesse caso, teria que haver o pagamento de uma espécie de Taxa de Iniciativa."

"Ah, é? Em torno de...?"

Ficou claro que Deuce sabia melhor do que o representante imaginava quanto a companhia estava disposta a pagar. "É claro, se o senhor não pode autorizar os gastos, a gente pode pôr ele no trem e largar lá no passo de Dallas, por exemplo, aí é o custo o da passagem até Montrose mais a minha percentagem, ou então, se quiserem pagar um pouco mais, até algum lugar fora do estado, e aí o senhor nunca mais vai ver o sujeito. Assim o senhor economiza dinheiro e evita problemas depois —"

"Se o serviço for bem-feito, não tem problema nenhum depois."

O argumento calou fundo em Deuce. "Estou ouvindo."

"Sangue-frio e iniciativa, senhor Kindred, duas coisas diferentes." Entraram em acordo quanto à quantia.

O comparsa de Deuce, Sloan Fresno, era mais ou menos duas vezes maior do que ele e achava que Deuce é que era seu comparsa. Não era a primeira vez que prestavam um serviço à Associação dos Proprietários. Segurança de mina, esse tipo de coisa. Haviam conquistado a reputação de serem sérios, de não falarem com gente que não conheciam. Em conflitos de botequim, costumavam lutar um de costas para o outro, um achando que estava protegendo o outro, e assim era mais difícil pegá-los.

Trabalharam juntos pela primeira vez em Cripple Creek durante os conflitos de 1895, por aí. Sloat já dera início à sua carreira de procurado pela polícia por levar às últimas consequências a prática então conhecida como "mamar nos milicos" — alistar-se no exército, receber o abono, desertar, aparecer em outro posto de alistamento, alistar-se, receber o abono, desertar outra vez, por todo o Oeste ocupado, por fim tornando-se tão indesejável para os militares quanto o próprio Geronimo, havendo retratos seus nada lisonjeiros pregados em bases militares desde Fort Bliss até Coeur d'Alenes. Talvez Sloat encarasse a greve de Cripple Creek como uma maneira maluca de voltar a cair nas graças das forças da lei e da ordem. Deve ter dado certo, porque a partir daí ele e Deuce foram considerados confiáveis o bastante para receber trabalhos fixos e às vezes até passagens de trem para lugares cheios de cabeças anarquistas ainda intactas.

"Fica atrás de mim, baixinho, e fica atento, porque se um dia me pegam, o que é que vai ser de você?", o tipo de comentário que Deuce havia aprendido a ignorar, se bem que às vezes tinha que engolir em seco. Referindo-se em particular a Webb Traverse: "Você cuida dos velhos e deixa que o paizão aqui se encarregue da carne fresca, que quando você olhar ele já resolveu tudo na maior tranquilidade". Embora Sloat admitisse com franqueza apreciar os sentimentos de vivacidade passional que nele brotavam no momento em que machucava os outros (não necessariamente provocando dor, porque, afinal de contas, porra, a dor faz parte de cada dia, é ou não é), Deuce, por seu lado, se divertia, e terminou conquistando respeito, no campo do domínio mental, tornando-se conhecido por ser capaz de intimidar um bando de cidadãos armados sem sequer tirar as mãos dos bolsos... Para alguns, era hipnotismo, ou coisa parecida — diziam que se você nunca vira aqueles dois olhos de cobra brilhando na sombra da aba do chapéu, fixos bem nos seus olhos, ora, então você nunca tinha encontrado um facínora de verdade.

Mas a diferença entre Deuce e o pistoleiro comum era que, no caso dele, quase sempre a coisa acabava se tornando emocional. Se não era de saída, antes de terminar o serviço ele sempre encontrava algo desprezível ou atraente o bastante para instigá-lo. Invejava os assassinos profissionais de seu tempo, até mesmo Sloat, com seu jeito de recruta, temendo o dia em que tivesse de agir a sangue-frio, sem nada que o motivasse.

Deuce começou a se imaginar numa "missão", a mando dos proprietários, agindo como uma espécie de "detetive" infiltrado entre os agitadores, um deles sendo Webb Traverse. Webb meio que imaginava ter encontrado um filho substituto, e Deuce nada fez para dissuadi-lo. Sabendo que nesses casos quase nunca há um momento nítido em que o enganador pensa que sua tarefa está concluída, tal como o enganado jamais deixa de se preocupar com a possibilidade de que a amizade seja menos sólida do que parece, Deuce foi se intrometendo com jeito, como uma serpente, na questão das atividades sindicais, para ver até onde conseguiria chegar dando todas as mostras de estar agindo às claras — algo que julgava dominar perfeitamente, com sua cara de bom moço.

Webb adquirira o hábito de aparecer na pensão da Torpedo, normalmente por volta das quatro da manhã, quando o turno da noite encerrava o expediente, e ficavam conversando pela madrugada adentro, sob o luar duro e artificial das lâmpadas elétricas estendidas ao longo de trilhas e dutos e nas janelas dos alojamentos, enquanto entravam e saíam mineiros no turno seguinte. Sombras de algum modo mais negras do que deveriam ser. Eles dois bebendo bebida forte como se fosse remédio para a tristeza. Burrice. Julgando ver algo de melancólico no rosto de Deuce, embora pudesse ser cansaço ao final do turno de trabalho, Webb disse: "Pena que minha filha pulou fora do ninho, senão eu apresentava ela a você".

Não, ele não faria isso. Mas o que era que ele tinha na cabeça? Aquela vadia tinha ido embora...

"Obrigado. Vida de solteiro até que não é tão má..." Deuce não concluiu a frase, como se não quisesse entrar no assunto.

"Tem um lado bom e um lado ruim, meu filho. Aproveite enquanto você pode."

Quando Deuce por fim se deu conta de que estava na presença de um anarquista de verdade, autêntico, com dinamite e tudo, ficou se perguntando se não deveria ter cobrado mais caro. Procurou o representante da companhia. "Já tenho a hora e o lugar certos, e por falar nisso —"

"Você enlouqueceu de vez? Não te conheço, a gente nunca se falou, cai fora daqui antes que alguém veja a gente."

Deuce deu de ombros. Não custava nada tentar.

O inspetor da companhia disse: "Você anda roubando minério, Webb".

"E quem aqui não sai com pedra dentro da marmita?"

"Isso pode ser lá em Telluride, mas não nesta mina."

Webb olhou para as "provas do crime" e disse: "O senhor sabe que puseram isso nas minhas coisas. Um dos seus fura-greves. Talvez até o senhor mesmo, capitão —"

"Veja lá o que você está dizendo."

"— nunca vi um inspetor que nunca passou a mão numa pepita quando teve oportunidade." Mostrando os dentes, quase num sorriso.

"Ah, é mesmo? Você já viu isso acontecer muitas vezes?"

"Todo mundo já viu. Afinal, onde é que o senhor quer chegar com essa conversa mole, hein?"

O primeiro golpe emergiu da escuridão, enchendo a atenção de Webb de luz e dor.

Era para ser uma trilha de dor, Deuce tentando dar início, Sloat, mais próximo às realidades da dor, tentando fazer a coisa andar.

"Eu achei que a gente ia só dar um tiro nele e largar o corpo no chão."

"Não, isso aqui é um serviço especial, Sloat. Tratamento especial. Agora a gente está virando profissional de verdade."

"Pra mim, é o mesmo lixo de sempre, Deuce."

"Pois está muito enganado. Por acaso, o companheiro Traverse é uma figura importante no mundo do anarquismo criminoso."

"Do quê, mesmo?"

"Peço desculpa pelo meu colega, palavra difícil assusta ele. É melhor você entender o que é esse tal de 'anarquismo', Sloat, porque vai virar o assunto do dia no nosso campo. Vamos ganhar muita grana com isso."

Webb permanecia em silêncio. Aqueles dois não pareciam estar se preparando para lhe fazer perguntas, porque nenhum dos dois, até onde ele podia perceber, lhe havia poupado dor, sendo a dor e as informações normalmente conversíveis, como ouro e dólares, numa taxa quase fixa. Ele não sabia quanto tempo aguentaria quando eles resolvessem começar de verdade. Mas juntamente com a dor, o pior, ele pensava, era a consciência de sua própria estupidez, que idiota, que erro fatal ele havia cometido em relação àquele garoto.

Antes, Webb encarava aquilo apenas como política, o que Veikko denominava "procedimento" — aceitando que talvez fosse necessário sacrificar sua vida, que estava tão comprometido como se tivesse assinado um contrato para morrer por seus irmãos e irmãs naquela luta. Mas agora que o momento havia chegado...

Desde que haviam formado dupla, os dois tinham uma divisão de trabalho: Sloat cuidava dos corpos, Deuce se especializava em danificar o espírito, estando agora empolgado de constatar que Webb estava tão arrasado que não conseguia sequer olhar para eles.

Sloat tinha um pino de união usado em ferrovias, que havia roubado uma vez da D.&R.G., imaginando que algum dia ele lhe seria útil. Pesava um pouco mais de três quilos, e naquele momento Sloat o estava enrolando num exemplar do *Denver Post* da semana anterior. "Já cuidamos dos dois pés, e agora vamos trabalhar nas suas mãos, meu velho." Quando dava o golpe, fazia questão de não olhar no rosto da vítima, porém se concentrava de modo profissional na coisa que estava tentando destruir.

Webb de repente se viu a gritar os nomes dos filhos. No meio da dor, constatou com surpresa uma nota de censura em sua voz, embora não soubesse se em voz alta ou apenas em pensamento. Via que a luz na serra morria lentamente.

Depois de algum tempo não conseguia falar muito. Estava cuspindo sangue. Queria que aquilo terminasse logo. Buscou os olhos de Sloat com seu único olho que ainda funcionava, tentando entrar em acordo com ele. Sloat olhou para Deuce.

"Pra onde a gente está indo, baixinho?"

"Jeshimon." Com um sorriso mau, para fazer com que Webb perdesse o ânimo que ainda lhe restasse, pois Jeshimon era uma cidade onde a principal atividade era a morte, e as torres de adobe vermelho de Jeshimon eram conhecidas e temidas como os lugares onde acabavam as pessoas quando não se queria que elas fossem descobertas. "Você vai pro Utah, Webb. Nós conhecemos uns apóstolos mórmons, você pode até acabar batizado, arranja um monte de esposas por procuração e acaba até sendo respeitado pelos santos dos últimos dias, é ou não é, enquanto você aguarda aquela história de ressurreição do corpo." Webb continuava olhando para Sloat, piscando, aguardando alguma reação, e como não houve reação alguma terminou desviando a vista.

Ao passarem por Cortez, o famigerado pistoleiro de lá, Jimmy Drop, estava nos fundos do Four Corners Saloon mijando no beco quando viu Deuce e Sloat, com Webb jogado em cima de um cavalo de carga entre eles, saindo da cidade. Ainda estava claro o bastante para que Jimmy reconhecesse Deuce, que havia feito parte de seu bando por pouco tempo. "Ei!"

"Que merda, não faltava mais nada", Sloat pegando a pistola e disparando duas salvas de tiros bem-intencionadas em direção a Jimmy.

"Não temos tempo", concordou Deuce, usando as esporas e puxando a correia do cavalo que levava Webb.

"Comigo, não, violão", disse Jimmy com seus botões. Havia entregado seu revólver ao entrar no bar. Porra. Abotoando a braguilha, voltou correndo para dentro do bar. "Desculpa, moça, mas vou precisar disso emprestado só um pouco", procurando afobado debaixo das saias da dançarina de fandango desocupada mais próxima.

Ela tinha na mão um canivete e estava, por ora, sorrindo. "O senhor por obséquio retire sua mão daí, se não eu mesmo vou ter que fazer isso."

"Pensei que talvez a senhora tivesse aí uma Derringer —"

"Aí embaixo, não, rapazinho." Enfiou a mão no decote e tirou uma 22 pequena, de cano duplo. "E eu alugo, pagamento adiantado." A essa altura, Webb e seus assassinos já haviam desaparecido nas ruas de Cortez, e a sombra se estendera por toda a planície incomensurável.

Para ajudar a custear seus estudos na faculdade de mineralogia, Frank tinha pedido dinheiro emprestado a seu irmão Reef, que na época se tornara conhecido por arranjar dinheiro num passe de mágica.

"Não sei quando é que eu vou poder te pagar, meu velho."

"Desde que eu ainda esteja vivo, por mim tudo bem, não se preocupe." Como sempre, Reef estava falando sem pensar muito no que dizia, na verdade julgando impossível imaginar um futuro em que estar morto fosse melhor que estar vivo. Era exatamente o tipo de atitude atrevida que lhe permitia ganhar sempre em jogos de azar. Ou ganhar o suficiente. Ou, pelo menos, ele pensava que ganhava.

Um dia, saindo do nada como de costume, Reef apareceu em Golden e encontrou Frank mergulhado num livro sobre metalurgia.

"Eu tenho uma missão a cumprir, uma missão meio romântica, nada de muito difícil, topa vir comigo?"

"Ir aonde? Logo agora que eu tenho prova?" Folheando o livro para enfatizar suas palavras.

"Você está com cara de quem precisa descansar um pouco. Que tal a gente ir até Castle Rock, naquele parque de diversões, e tomar uma cerveja."

Por que não? Frank não via motivo para não ir. Quando viu, já era dia, Reef havia acertado tudo com o professor e estavam seguindo para Nevada.

Depois do que pareceu uma semana inteira no trem: "Mas por que é mesmo que você precisa de mim?"

"Guarda-costas."

"Ela é tão perigosa assim?"

"É, e não é só ela, não." Depois que a paisagem mudou duas vezes, lentamente, na curva: "Você é capaz até de gostar, Francisco, tem igreja, tem escola, um monte de restaurante vegetariano que nem no Leste —".

"Ah, eu acho uma coisa pra fazer."

"Não vá ficar emburrado."

"Eu? Você acha que estou emburrado, não estou emburrado, não, como é que você pode pensar uma coisa dessas?"

"Sei lá, se fosse eu, eu podia estar."

"Você, Reefer, não se conhece nem um pouco."

"É o seguinte: todo mundo precisa de alguém pra fazer boa figura, e no momento é você."

"Claro, mas peraí... qual de nós está fazendo o outro fazer boa figura, hein?"

É, estavam mesmo passando por outro mundo, um sonho acordado. Planícies salgadas na chuva, nenhum horizonte, montanhas e seus reflexos em miragens semelhantes a animais de outras épocas, banhados num brilho branco... às vezes a vista se estendia até um horizonte planetário em arco. As tempestades que seguiam rumo ao leste costumavam trazer neve e um pouco de raios e trovões, e o nevoeiro do vale era da mesma cor que a neve.

A estação ferroviária de Nochecita tinha paredes de estuque lisas, cor de damasco, com arremates de um tom luminoso de cinzento — em torno daquele fim de linha, dos depósitos e oficinas, a cidade havia crescido, casas e lojas pintadas de escarlate, verde-amarelado e castanho-claro, e no final da rua elevava-se um gigantesco estabelecimento recreativo, cujas luzes elétricas turquesa e carmesim eram mantidas acesas dia e noite, pois o lugar jamais fechava.

Havia um depósito de gelo e um salão de bilhar, um salão de vinhos, um balcão para lanches, salas de jogo e *taquerías*. Na parte da cidade que ficava do outro lado dos trilhos, Estrella Briggs, que todos chamavam de Stray, morava no sobrado do que fora outrora o palácio doméstico de um proprietário de minas dos tempos das primeiras grandes greves de mineiros da região, agora um refúgio clandestino e mal iluminado para vidas secretas, paredes escuras, em alguns trechos já sem pintura, elevando-se contra um céu que desde aquela manhã ameaçava uma tempestade. Da rua até as entradas estendiam-se toldos de metal corrugado, íngremes para não acumular neve. O restaurante-bar no térreo, na esquina, existia desde os tempos de prosperidade, lá se podia comer o quanto se aguentasse por apenas vinte e cinco centavos, serragem no chão, louça resistente, cheiros de bife, costeleta, veado com chili, café e cerveja e tudo o mais penetrando os lambris da parede, mesas velhas sobre cavaletes, um balcão e uma fileira de bancos. Dia e noite o lugar vivia animado pelos funcionários da sala de jogos fazendo intervalos, vencedores generosos e maus perdedores, detetives, caixeiros-viajantes, aventureiras, otários e vigaristas. Uma câmara submersa, quase como uma piscina interna numa estação de águas termais, tão fresca e escura que depois de algum tempo a pessoa esquecia que lá fora havia um deserto aguardando a hora em que seria necessário voltar para lá...

Stray, como ficou constatado, estava gravidíssima. Não apenas isso era visível como também havia aquele toque de tranquilidade sonhadora que era impossível não sentir de imediato numa vizinhança que de tranquila e sonhadora não tinha nada. Nos quartos do sobrado reinava a insônia. Por acaso, era uma semana em que tudo convergia. Todos, menos Stray, já estavam quase malucos, Reef e Frank aparecerem naquela hora era apenas mais um problema. E havia ainda os pais de criação de sua amiga Sage, mórmons dos velhos tempos, um acordo "sagrado" que remontava aos problemas de sua mãe com aquela gente, a promessa de Sage de se converter àquela fé, seu atual namorado e possivelmente outro ex-namorado, que poderia ou não aparecer em breve também, talvez até já estivesse na cidade, juntamente com influências mais recentes, não exatamente pessoais, ao que parecia, e sim quase públicas, um grupo de "amigos" que haviam nascido de novo — se bem que de um modo mais oficial, talvez até mesmo policial — "amigos" mais recentes do que esses mórmons, mas que exigiam da moça tanto tempo quanto os outros, preocupados, até desesperados para vê-la bem casada, que literalmente se dispunham *em círculo* em torno do casal como se para obrigá-los a aceitar aquela escolha e nenhuma outra...

Frank rapidamente se deu conta de que Stray e seu irmão haviam tido um arranca-rabo, Reef havia caído fora mas agora se arrependera, e precisava da presença de Frank para se fortalecer. Talvez. Era quase como se ele realmente não soubesse o que estava fazendo, e quisesse consultar Frank a esse respeito. Ou como se dois vagabundos ignorantes fossem mais inteligentes do que um só.

"Assim mesmo, obrigada por vir me dizer."

"Frank, essa aqui é a Stray."

Epa, pensou Frank. "O idiota da família", ele apresentou-se, "vou sempre junto para se precisarem de alguém para babar na gravata numa situação de emergência."

A qualquer dado momento, havia sempre duas ou três moças ou fazendo ou desfazendo as malas, tendo acabado de chegar ou estando prestes a partir, por isso havia roupas recém-compradas e ainda não usadas, moldes de costura e cortes de tecido, comida em latas, jarras ou sacos, tudo ainda não guardado, espalhado pelos quartos. Ao que parecia, ali não era necessário haver qualquer sinal de arrumação feminina. Embora todas essas colegas de quarto — quantas e quais eram seus nomes, ele nunca conseguiu saber direito — fossem até simpáticas, deixando Frank entrar na cozinha e mesmo na despensa, cedendo-lhe uma das mais de dez camas vazias, ele desconfiava que talvez tivessem um pouco de pé atrás com ele por ser irmão de

Reef. Prontas, assim que alguém fizesse alguma coisa suspeita, para proteger Stray. Havia também no ar a possibilidade de que Stray e Sage simplesmente caíssem fora de repente se a situação com os namorados ficasse muito mais complicada.

Um desses jovens semiaguardados — Cooper —, quando apareceu, era um rapaz louro, tímido, com mais ou menos sete oitavos da altura que se imaginava que tivesse, rosto bastante simpático, salvo um detalhe em seu lábio superior, o qual recobria os dentes de um jeito protetor, como se ele houvesse sofrido um ferimento grave de alguma espécie num passado suficientemente remoto para ter gerado aquele reflexo. Recusou-se a entrar na casa, ficou lá fora montado em sua máquina, uma motocicleta preta e dourada com pneus de borracha branca e um farol de latão, fixando os bugalhos azul-celeste em todos os passantes — os quais, apesar da neutralidade implicada pelo lábio, de modo geral encaravam aquela expressão como um sorriso.

Cooper e sua montaria estavam estacionados do outro lado da rua. Frank, tentando ajudar, foi até lá para dar uma olhada nos dois. "Tudo bem com você?"

O facínora motorizado em escala reduzida respondeu com um aceno de cabeça, mostrando os dentes.

"Está procurando a Sage?" Frase que saiu mais áspera do que era sua intenção. A pergunta teve talvez o efeito de atenuar Cooper um pouco, se bem que, dado o diâmetro de seus globos oculares, a diminuição de brilho foi pouca. "Porque acho que ela foi lá pra estação, foi o que eu quis dizer."

"Foi receber alguém ou saiu em viagem?"

"Sei mais nada não."

"Alguém se incomoda se eu tocar um pouco?" Exibindo uma guitarra Acme, modelo "Cornell", tamanho oficial, comprada por reembolso postal da Sears and Roebuck, cujas notas, quando ele começou a tanger o instrumento, ressoavam como campainhas de escola de uma à outra extremidade da rua poeirenta daquela cidadezinha de deserto. Os fregueses que almoçavam emergiam, apertando os olhos, da penumbra do Double Jack ou esgueiravam-se pelo beco para ver o que seria aquilo. Enquanto cantava, o recém-chegado fixava o olhar perfeitamente transparente nas janelas do sobrado do outro lado da rua, tentando ver algum rosto lá, ou um rosto específico, que fosse atraído pela música, a qual de vez em quando incluía uma nota estranha no acorde de violão, como se Cooper tivesse colocado o dedo entre dois trastes errados, só que de algum modo acabava dando certo. Crianças da escola vizinha se amontoavam à sombra dos choupos ou nas varandas às portas das casas para comer ou brincar com o almoço, sendo que algumas das mais circunspectas chegaram mesmo a cantar junto com o estranho:

Solta no vento...
Pomba de Durango,
Todas as tormentas
No céu enfrentando...

Não falamos em amor
Em nenhuma hora,
Senão eu estaria
Livre e solto agora...
Quando na cidade
Se acendem os lampiões,
Vestido de cetim,
Brincos e batom...
Ah, minha pomba
Perdida de Durango
Será que a fé deles
É igual à minha?
Cairiam eles
Nesse céu que é teu,
Morreriam, pombinha,
Como morro eu...

As vozinhas sem vibrato, vento nos choupos. Os dedos de Cooper guinchando nas cordas metálicas, a percussão das carroças a ranger pelas ruas de terra. A chegada da hora da sesta. O céu perolado, sem vento. E, nesse ínterim, quem havia surgido na janela do sobrado? O lábio férreo do rapaz abriu-se no mais inesperado dos sorrisos, não muito bem controlado, com um excesso de anseio. Sage apareceu na escada externa com traje de ensaio de dançarina de bar, de um tom muito claro de cinzento, toda pernas e sobriedade, descendo até ele como se deslizando, sem pensar nos detalhes passo a passo de sua entrada em cena, tudo tranquilo e leve como uma respiração, e antes que o jovem motociclista tivesse tempo de sequer piscar ela havia enfiado o antebraço nu na manga de sua camisa, ao lado de seu próprio braço, e ele estava tentando focalizar aqueles olhos azul-bebê, tão próxima ao rapaz ela estava, embora ainda não houvesse olhado para o rosto dele.

Reef não podia acreditar. "Três semanas de salário por uma coisa dessas? Quem sabe não vale a pena. Não deve ser muito difícil aprender a tocar."

"Você acha que isso ia ajudar *você*?", indagou Frank, ingênuo.

No meio da noite, a professora que morava ao lado estava na varanda do segundo andar preparando as refeições do dia seguinte. Frank não conseguia dormir. Saiu à rua, trôpego, e por acaso olhou para cima. "A senhora ainda está trabalhando?"

"Você ainda está fazendo hora aí embaixo?"

"Acho que eu podia fazer hora aí em cima."

"Olha que eu ponho você pra trabalhar."

"Está bem."

Vista de perto, à luz que vinha dos lampiões da rua, ele não pôde deixar de reparar, ela era bem bonita — nas bochechas, sob as sobrancelhas e olhos negros, já começavam a surgir sinais de desgaste, influência do deserto, sem dúvida...

"Toma, debulhe essas ervilhas. Você conhece a Estrella há muito tempo?"

"Bom... é que ela e o meu irmão —"

"Ah meu Deus. É o tal do Reef Traverse?"

"Era, a última vez que eu olhei — eu sou o Frank... o que não é o Reef?"

"Linnet Dawes." Mão de uma senhora do deserto, um aperto de mão que não se demorava. Ou que não perdia tempo, ele pensou.

"O Reef é bem conhecido por aqui, não é?"

"A Estrella falou nele uma ou duas vezes. Se bem que nós não trocamos confidências, nada disso."

Uma brisa noturna começara a soprar, trazendo consigo o som de um riacho não muito distante. Como se a serenidade de Linnet fosse contagiante, ele contentava-se em ficar ali a debulhar ervilhas, sem sentir muita necessidade de jogar conversa fora, embora de vez em quando virasse os olhos para o lado para ver o que ela estaria fazendo à luz daquele luar fracionado, e até mesmo deu por ela olhando para ele uma ou duas vezes também de soslaio.

Seria só efeito do lugar? Algo a ver com umidade relativa, talvez? Frank sentia uma espécie de chave de força se desligando cada vez que uma mulher interessante ou até mesmo interessada aparecia, cortando de imediato qualquer possibilidade romântica. Numa época em que não era de praxe os homens suspirarem, ele expirou de modo expressivo. Só se podia confiar na Market Street até certo ponto, e mesmo assim havia um momento em que a coisa começava a ficar desanimadora, apesar do efeito de todas as cadências plagais nos pianos, luzes fortes e espelhos.

Linnet, tendo terminado suas tarefas, levantou-se e sacudiu o avental. Frank entregou-lhe a tigela cheia de ervilhas soltas. "Obrigada. O seu irmão vai ter de cortar um dobrado."

"Bom, eu digo isso a ele." Não, espere — resposta errada, na certa.

Ela sacudia a cabeça, apertando os lábios um pouco entortados. "Eu não estou preocupada com *eles*, não."

Ele imaginou que seria melhor deixar a coisa por isso mesmo, em vez de perguntar com quem, então, ela estava preocupada. Ela o observava, como se acompanhasse seus pensamentos. Virando-se para trás, logo antes de entrar no apartamento, disse: "Um dia desses vamos descascar umas cebolas, quem sabe".

Na tarde seguinte ele estava deitado numa das camas lendo a *Police Gazette* ou, mais exatamente, olhando para as figuras, quando Stray apareceu à porta, suave como uma campainha musical, olhou para ver se ele estava acordado, acenou com a cabeça, entrou, sentou-se na ponta da cama.

"Você... não estava procurando o Reef?", ele perguntou.

"Não."

"Porque eu acho que ele está do outro lado da rua, eu o vi... entrando no Double Jack, uma hora atrás?"

"Frank", na luz fraca que entrava pela vidraça empoeirada, o rosto dela no limiar de uma explosão em que ele sabia que não seria capaz de enfrentar, "se ele não fosse seu irmão, fosse só um sujeito que apareceu aí de repente, você ia saber o que fazer com ele, ia se interessar...?"

"Difícil saber." Ah. Outra resposta errada.

Ela ficou com o olhar fixo, impaciente, um ligeiro tremor nos braços e no pescoço. "Não aguento mais essa história, *isso* pelo menos eu sei."

Ele tentou divisar, contra o dia luminoso da planície que entrava pela janela, alguma coisa no rosto dela ocultado por sua própria penumbra, temendo entender sua expressão erradamente, a fronte alisada por aquela luz incerta, tornando-se tão clara quanto a de uma menina, os olhos livres para negar qualquer conhecimento da sordidez, pensou ele, se tal fosse necessário.

As atrizes sonham com uma iluminação assim. O interruptor da luz elétrica estava perto de sua mão, porém ela não fez menção de tocá-lo.

"Você já deve ter entendido mais ou menos a história. Esse bando de gente de Utah aqui na cidade insistindo com a Sage pra ela se casar com um garoto mórmon que ela quase não se lembra dele do tempo em que morava lá, e o Cooper enquanto isso quer que ela monte naquela motocicleta dele que a cada quilômetro pifa e aí ela tem que ficar ajudando ele a consertar, passando pra ele a chave disso e daquilo, quer dizer, nem adianta pedir a *ela* conselho sobre coisas do coração, e enquanto isso seu irmão acha que eu sou uma espécie de colônia de férias só pra ele, que ele visita toda vez que tem vontade. O que é que você faria? Se você fosse eu. A última vez que eu olhei, você não era, não."

"Senhorita Estrella, ele sempre foi uma pessoa difícil de entender."

Ela ficou à espera, mas pelo visto não vinha mais nada. "Ah, muito obrigada, você me ajudou muitíssimo."

"Não vá pensar que a vida dele é uma grande festança", foi o que ocorreu a Frank dizer. "Eu sei que não *parece* que ele trabalha muito —"

"É mesmo, é claro, marcar um baralho dá trabalho, não é? Qual é o futuro que você imagina para esse rato de cassino?"

"A senhorita quer saber... se... ele pode se tornar um bom provedor?"

O riso dela, acompanhado por um tapa no pé dele, tinha um toque de água salgada perceptível bastante para que até mesmo Frank se desse conta do fato. Estava deitado, e agora a única coisa que queria — mas estaria ele a sério? — era segurá-la, sim, encostar a cabeça ali onde estava o bebê e ficar só escutando, de algum modo permanecendo bem tranquilo assim para que ela, se quisesse, interrompesse o que viesse a acontecer, só que nada iria nem mesmo começar, pois de repente veio da rua uma intrusão ruidosa, um bando de gente de Utah, na maior animação, subindo as escadas, batendo os pés, um cantando para o outro trechos do que pareciam ser hinos estranhíssimos. "Ora porra", afirmou Stray, olhando rapidamente em direção ao ventre, "Você não ouviu isso — acho melhor a gente acender uma dessas luzes." À luz elétrica, os dois se entreolharam por um bom tempo, e embora ele não pudesse falar por ela, Frank sabia que, nos anos vindouros, em muitos momentos difíceis lhe bastaria evocar aqueles dois ou três segundos, alma diante de alma — bebê ou o que quer que fosse, o acorde de dó maior na melodia daquele dia para o qual ele sempre poderia voltar seria aquela moça séria sentada na ponta da cama, e o olhar que aqueles olhos pareciam por um minuto estar dirigindo a ele.

Mas então tudo montou no cavalo e partiu para o México.

No cassino, nas salas dos fundos, cheias de aparelhos de telégrafo, tanto sonoros quanto com impressão, alguns não comprados em lojas, cada um ligado a um conjunto diferente de fios que vinham de fora, dia e noite ressoando com notícias sobre corridas de cavalo em todos os hipódromos dos dois lados da fronteira, lutas de boxe e outras contendas envolvendo apostas, cotações dos mercados financeiros e de mercadorias em cidades do Leste e do Oeste, havia também um aparelho de telefone afixado à parede, usado com bastante frequência. Mas um dia ele tocou quando Reef estava por acaso a seu lado, e Reef entendeu que era para ele, e que a notícia era má. Era essa uma das características que tornavam estranhos os telefones naquele tempo em que sua utilização ainda não era rotineira. Como se fossem programados de modo a incluir características adicionais, como alarmes precognitivos.

Era Jimmy Drop ao telefone, conhecido de Reef de longa data, ligando de Cortez. Mesmo naquela distância, havendo tanta coisa atuando contra o sinal, desde roedores famintos a pistoleiros praticando tiro ao alvo, Reef percebeu o desconforto de Jimmy com o equipamento em que estava berrando. "Reef? É você? Onde que você está?"

"Jimmy, foi você que ligou pra mim."

"É, é sim, mas —"

"Como é que você ficou sabendo que eu estava aqui?"

"Você que falou em Nochecita, antes de sair."

"Eu estava bêbado?"

"Sóbrio é que não estava." Uma pausa, quando um banho turbulento de ruídos que poderiam ser fragmentos de fala ou de música dominaram a ligação. "Reef?"

Reef de repente teve vontade de fingir que a linha havia caído. Preferia não ouvir o que quer que fosse que Jimmy tinha a lhe dizer agora. Mas não.

"Conhece o Deuce Kindred?"

"Trabalha pra Associação de Proprietários lá em Telluride. Não sabe se comportar numa roda de pôquer. É esse?"

"Lamento, Reef. É o seu pai."

"Pai —"

"Eles levaram seu pai embora da cidade com uma arma apontada pra ele. Não tivemos mais notícia."

"Eles."

"Ele e mais o tal do Sloan Fresno, foi o que me disseram."

"Um velho companheiro do Bob Meldrum. Dizem que já matou mais de um."

"Mais pessoas do que o número de estados desse país, Reef, se eu fosse você eu vinha com a cavalaria dos Estados Unidos."

"É, Jim, só que você não é eu, não."

Outra pausa. "Vou fazer uma visitinha à sua mãe, quando puder."

"Você sabe pra onde é que eles foram?"

"Jeshimon."

Disse isso como se desse a entender que Reef, por uma questão de educação, não deveria tê-lo obrigado a dizer tal coisa. E agora a única coisa que separava Reef da força da gravidade era seu próprio cu. Ali naquelas bandas, mesmo quem não rezava muito rezava para não ouvir aquele nome. Para piorar, ficava a menos de um dia de cavalo de Nochecita.

Frank, apesar de tão jovem, teve a coragem de enfrentar as questões práticas em primeiro lugar e deixar os sentimentos para depois. "Trem, ou vamos a cavalo?"

"Vou só eu, Frank."

"Nem pensar."

"Imaginei que você ia lá ver a mãe e a Lake."

"Quer dizer que meu papel nessa história é só cuidar das mulheres?"

"Que história? Você sabe o que está acontecendo? Eu é que não sei."

Estavam sentados um ao lado do outro nos degraus da porta da frente, cada um com seu chapéu na mão, mexendo na aba. No céu, as nuvens estavam ficando mais pesadas, de vez em quando um relâmpago pulsava no horizonte. O vento penetrou e logo começou a agitar as folhas dos choupos. Detrás das vidraças, cobertas de pó alcalino, várias moças apareciam, olhavam para eles, sacudiam a cabeça e se recolhiam para levar adiante cada uma sua versão do dia.

"Vamos primeiro ver o que está havendo. Um passo de cada vez. Está bem?"

E o destino de Webb uma incógnita total no meio disso tudo...

Mais uma extensão de silêncio escuro, a dedilhar chapéus. "Então eu fico esperando que nem um bobalhão, até matarem você, e aí a tarefa passa pra mim, é assim?"

"Está vendo como essa faculdade está instruindo você? Antes você não era tão rápido." Mas Reef estava ficando cada vez mais calmo agora, quase como se rezasse. Como se, juntamente com aquela avalanche que descia agora no entendimento dos dois irmãos, toda uma lista de coisas tivesse se tornado muito menos importante.

Já dar a notícia a Stray eram outros quinhentos. "Eu não tenho nenhum segredo contigo, meu bem."

"Imagino que seja uma dessas coisas que você 'tem que fazer'."

"A essa altura, o negócio é... Se o pai tiver morrido..."

"Ah, pode ser que não."

"É, pode ser que não..." Ele estava olhando não para os olhos dela, mas sim mais embaixo, para o bebê.

Ela reparou. "É o neto dele. Nem quero pensar neles dois nunca se conhecerem."

"É que já faz um tempo que parecia que uma coisa assim tinha que acontecer mais cedo ou mais tarde."

Ela estava tendo uma conversa interior muito interessante, ao que parecia. Por fim: "Você volta?".

"Ah, volto, sim. Stray, eu prometo."

"Eu prometo. Não acredito. Será que o papa sabe que você disse isso? É um milagre comprovado."

As moças ficaram tristes quando eles foram embora, ou disseram que ficaram tristes, mas e Cooper? Ao que parecia, para ele era o fim do mundo. Ele desceu a escada e foi com Frank e Reef até a estação, a pé, com uma expressão de dor no rosto. "Você está bem?" Frank finalmente achou que devia perguntar. "Eu espero que você não pense que a gente está fugindo, ou..."

Cooper fez que não com a cabeça, cabisbaixo. "Aquele mulherio todo, às vezes a gente se cansa, sabe?"

"Toca 'Juanita' pra elas de vez em quando", aconselhou Reef, "elas dizem que ajuda muito."

Os irmãos viajaram juntos até Mortalidad, a estação mais próxima de Jeshimon, e então, porque sabe-se lá quem estaria olhando ou não, despediram-se com pouco mais do que o aceno rápido que damos à pessoa que acendeu nosso charuto. Nada de ficar olhando pela janela, nada de franzir a testa com pensamentos sérios, nada de tirar o frasco do bolso nem adormecer de repente. Nada disso faria parte do mundo observável.

Era bem no interior do Utah. A terra era tão vermelha que as artemísias pareciam flutuar acima dela como se vistas num estereoscópio, quase incolores, pálidas como nuvens, luminosas dia e noite. Até onde alcançava a vista de Reef, o chão do deserto era povoado por pilares de rochas, desgastadas ao longo dos séculos pelos ventos implacáveis até se transformarem em deuses-estacas, como se muito tempo atrás possuíssem membros que se movessem, cabeças que se inclinassem e se virassem para trás para ver os passantes, rostos tão sensíveis que reagissem a cada mudança do tempo, cada ato predatório a seu redor, por menor que fosse, esses seres outrora vigilantes, agora já despidos de rostos, despidos de gestos, refinados a ponto de não terem outro atributo que não a verticalidade.

"Não quer dizer que eles não estão vivos, é claro", opinou alguém num bar a caminho de lá.

"Você acha que eles estão vivos?"

"Já esteve no deserto à noite?"

"Só quando não tinha outro jeito."

Bem que o tinham avisado, mas mesmo assim Reef concluiu que aquela era a pior cidade em que já havia estado. Qual era o problema daquela gente? Numa extensão de quilômetros ao longo da ferrovia, ida e volta, em cada poste de telégrafo havia um cadáver pendurado, cada corpo num estado diferente de pilhagem e putrefação, havendo até alguns esqueletos ressequidos pelo sol, de idade considerável. Seguindo-se a tradição local, como viria a explicar o arquivista da câmara municipal, aqueles facínoras dependurados não haviam recebido nenhuma forma decente de sepultura, sendo mais barato, no final das contas, deixá-los expostos aos urubus. Quando começaram a faltar postes de telégrafo em Jeshimon, por volta de 1893, sendo raras as árvores ali, começaram a construir as estruturas de adobe. Visitantes internacionais sofisticados que passavam pela área não demoraram a identificar aquelas construções toscas com as chamadas "Torres do Silêncio" da Pérsia — torres sem escadas, bem altas e íngremes para que os parentes dos mortos não se sintam animados a subi-las, mesmo os mais atléticos, os mais decididos a prantear seus mortos — no alto delas não havia lugar para seres humanos vivos. Alguns dos condenados eram levados em carroças até a base da torre, içados por guindastes em que quando tudo estava terminado era possível continuar a levantar o corpo, inclinando-o para o lado até deixá-lo pendurado pelo pé lá no alto, entregue às aves da morte que então vinham e pousavam chiando em poleiros feitos especialmente para elas com a argila vermelha da região.

Assim, Reef caminhava sob enormes sombras de asas, por entre as colunas sinistras, as quais, a julgar por sua abundância, não tinham muito efeito no sentido de dissuadir os criminosos. "Não, muito pelo contrário", reconheceu, animado, o reverendo Lube Carnal da Segunda Igreja Luterana (Sínodo de Missouri), "nós atraímos malfeitores num raio de centenas de quilômetros — pra não falar em pastores, também, é claro, chega a ser difícil de acreditar. Você deve ter reparado que aqui há mais igrejas do que bares, o que nos torna especiais no Território. É uma espécie de desafio profissional, conseguir pegar as almas deles antes que o governador consiga pegá-los pelo pescoço."

"Governador?"

"É assim que ele gosta de ser chamado. Pra ele, isso aqui é uma espécie de estado dentro de um estado. Onde a principal atividade, digamos, é processar almas."

"Mas e os estatutos, as peculiaridades legais, alguma coisa que o forasteiro deva saber?"

"Não, senhor, nada de estatutos, leis puritanas, aqui vale tudo, senão o jogo não seria limpo. Aqui em Jeshimon não tem prazos, pode andar com a arma que você quiser onde você quiser, cometer os pecados que você escolher ou mesmo inventar. Agora, se o governador ficar sabendo, você não vai conseguir santuário em nenhuma das nossas igrejas, aliás, nenhum religioso vai ajudar. O máximo que a gente pode fazer é preparar você pros fornos do Além."

Embora Jeshimon fosse conhecida como o lugar para onde se traziam pessoas que ninguém queria que fossem encontradas tão cedo, Reef ficou sabendo através do reverendo que, por um preço, era possível obter acomodações melhores. Como tecnicamente isso era indução ao crime, é claro que contava como pecado, e quem fosse apanhado em flagrante naturalmente sofria o castigo apropriado.

À noite, vista pela primeira vez do alto da serra, Jeshimon era como um quadro religioso representando o inferno, usado para assustar as crianças na escola dominical. Em colunas densas, em diferentes partes da cena, algo de lúgubre e vaporoso, como fumaça, como poeira, mas na verdade nem uma coisa nem outra, elevava-se, acumulando-se aqui e ali no céu em volumes tão estruturados quanto nuvens. Quando a lua se escondia atrás de uma dessas manchas, dizia-se que sua luz assumia *cores* perturbadoras, cores que estavam para os céus estranhamente negros dali assim como as cores de um pôr do sol estão para um céu azul normal. Algo que nenhum visitante sentia vontade de contemplar por muito tempo — aliás, havia noites em que essa visão levava os mais sensíveis a voltar para o outro lado da serra e ir procurar alojamento em outro lugar, por mais avançada que fosse a hora.

Na cidade reinava um clima de iniquidade ilimitada, um calor sufocante dia e noite, não se passando uma hora sem que alguém disparasse uma arma de fogo apontada para alguém, ou ocorresse um ato sexual em público, muitas vezes dentro de um bebedouro de cavalos, envolvendo mais de duas pessoas, ou outras atividades como açoitamentos aleatórios, vigarices, assaltos à mão armada, recolhimentos de apostas em mesas de pôquer sem que as cartas supostamente vencedoras tivessem sido mostradas, mijadas não apenas nas paredes mas também sobre passantes, colocação de areia em açucareiros, de aguarrás e ácido sulfúrico no uísque, bordéis dedicados a uma ampla gama de preferências, entre elas a arnofilia, um interesse heterodoxo por ovelhas, sendo algumas das ninfas ovinas desses estabelecimentos bem atraentes, até para pessoas que não se entusiasmavam por tais inclinações, tendo a lã tingida numa variedade de cores da moda, inclusive as eternas favoritas — água-marinha e malva —, algumas delas usando trajes femininos ou mesmo masculinos (por algum motivo, os chapéus eram particularmente populares) com o objetivo de aumentar o atrativo sexual do animal — "se bem que algumas das reses", confessou o reverendo, "dado o nível de duplicidade deste lugar, na verdade são ovelhas disfarçadas de cordeiras, ou até cabras, pois há até quem se interesse por cabras, uma parcela pequena, mas constante, dos peregrinos que diariamente atravessa o deserto em busca dessa Lourdes da licenciosidade... Mas chega de falar nessas abominações gritantes. É hora da minha ronda, venha comigo", convidou o reverendo, "que eu lhe mostro as atrações da cidade. Ah, eis aqui o *Saloon* do Índio Escalpelado. Vamos molhar a goela?" Foi a primeira de muitas pausas no que seria um longo dia de transgressões. "O senhor conhece o princípio da medicina segundo o qual a cura é vizinha da causa. Sezão do pântano e casca de salgueiro, queimadura de sol e agave do deserto, pois é, aqui em Jeshimon é a mesma coisa, pecado e redenção."

Nos bares, as músicas preferidas eram corais a várias vozes, e havia muito mais harmônios do que pianos, e tantos colarinhos virados ao contrário quanto lenços amarrados na cabeça entre os fregueses.

"Nós costumamos dizer que Jeshimon é uma cidade sob a asa de Deus", disse o reverendo Lube Carnal.

"Mas peraí, Deus não tem asa —"

"O Deus em que você está pensando, pode ser que não. Mas aqui, o que cuida de nós é uma espécie de Deus alado, entende?"

Um grupo de homens de rostos sem expressão, montados em cavalos árabes negros, veio descendo a rua. Era Wes Grimsford, o chefe de polícia de Jeshimon, e seus auxiliares. "Reparou alguma coisa em particular?", cochichou o reverendo. Reef não havia reparado nada, e o outro lhe dirigiu um olhar quase de pena. "Nesta cidade, é bom ser observador. Veja a estrela que Wes tem no peito." Reef olhou. Era uma estrela de cinco pontas, niquelada, como era comum se usar, só que estava de cabeça para baixo. "Com as duas pontas para cima — os chifres do Demônio, representa as obras do Tinhoso."

"E a cidade parecia tão religiosa", disse Reef.

"Melhor você nem conhecer o governador. Esse não tira o chapéu nunca, você imagina por quê, e dizem também que tem rabo."

Todos tinham medo do governador, que estava sempre andando de um lado para o outro da cidade, podia aparecer em qualquer lugar inesperadamente. O que impressionava quem o via pela primeira vez não era nenhum carisma natural, pois carisma ele não tinha, e sim a forte sensação de que havia algo de errado em sua aparência, algo de pré-humano no rosto, a testa funda e o lábio superior raspado, o qual, por este ou aquele motivo, ou sem motivo algum, recuava num esgar simiesco que era imediatamente contido, produzindo uma espécie de sorriso ameaçador que muitas vezes permanecia fixo por horas, e que, quando combinado com aquele olhar penetrante, bastava para amedrontar o mais destemido dos malfeitores. Embora ele acreditasse que o poder que Deus permitira que chegasse até ele exigia um porte de confiança arrogante, seu jeito de andar não era merecido nem mesmo, apesar dos anos de prática, autêntico, pois na verdade havia evoluído pouco mais do que o passo arrastado de um macaco. O motivo pelo qual ele se autodenominava governador e não presidente ou rei era a questão da clemência executiva. O poder absoluto de vida ou morte que exerciam os governadores em seus territórios tinha seus atrativos. Ele sempre viajava com seu "secretário de clemência", um capacho servil chamado Flagg, cuja função era examinar a cada dia a lista de malfeitores identificados e indicar com sua cabecinha impecavelmente penteada aqueles que deveriam ser sumariamente executados, muitas vezes pelo próprio governador, embora, sendo conhecido por sua má pontaria, ele preferisse que não houvesse uma plateia assistindo. "Clemência" era dar um ou dois dias a mais antes da execução, sendo finitos o número de urubus e o espaço disponível nas torres.

Webb ainda não havia morrido quando seus assassinos chegaram com ele na cidade, e por esse motivo Reef chegou a Jeshimon a tempo de impedir que o cadáver de seu pai fosse entregue às aves, e agora teria de decidir se iria atrás de Deuce e Sloat ou se levaria Webb para San Miguel a fim de lhe dar um enterro condigno. Em anos futuros, Reef viria a questionar a decisão que tomou, perguntando-se se não quisera apenas evitar um encontro com os assassinos, se a covardia não estivera associada ao desejo de respeitar seu pai, e coisa e tal, e quando pôde por fim parar para pensar na questão, não havia ninguém com quem pudesse conversar.

O pior de tudo foi talvez ele chegar a ver os dois afastando-se em direção ao deserto de rocha vermelha, sombras não muito distantes que eram quase artefatos do sol implacável, o cavalo que trouxera Webb andando solto e por vezes parando para pastar. Como se ofendidos pela moralidade frouxa de Jeshimon, Deuce e Sloat não se sentiam inclinados a se envolver em mais tiroteios. Embora Reef estivesse sozinho, decidiram fugir assim mesmo. Saíram galopando, rindo, como se aquilo fosse uma brincadeira extravagante e Reef, o velho casmurro que fora seu alvo.

Os urubus voavam em círculos, solenes e pacientes. Os cidadãos de Jeshimon assistiam a tudo, com graus diferentes de distanciamento. Ninguém se ofereceu para ajudá-lo, é claro, até que Reef deu por si junto da base da torre em questão, onde um mexicano aproximou-se dele no crepúsculo e foi guiando-o, virando duas esquinas, até chegar a uma ruína sem telhado entulhada de toda espécie de ferragens enferrujadas e quebradas. "*Quieres un cloque*", o homem, pouco mais velho que o menino, repetia o tempo todo. Não parecia ser uma pergunta. Reef achou que ele estava tentando dizer *clock*, "relógio", porém, apertando a vista na escuridão, por fim viu e compreendeu — um jogo de croques. Como haviam chegado até um lugar tão longe do mar, a que espécie de navio teriam pertencido, navegando em que oceano, nenhuma dessas questões tinha qualquer sentido ali. Pela corda seria cobrada uma taxa adicional. Reef entregou ao homem os pesos sem regatear, não muito surpreso com a existência daquele mercado silencioso, pois sempre haveria um número suficiente de sobreviventes dispostos a escalar os muros proibidos, em vez de deixar a questão entregue à piedade de Jeshimon. Assim, enquanto o crepúsculo que recompunha o dia partido e a primeira estrela surgia, Reef, cada vez mais desesperado, rodopiava os ganchos de ferro como se fosse um vaqueiro, tentando esquivar-se quando não acertava a beira da torre e os ganchos voltavam caindo na escuridão, levantando poeira. Em pouco tempo, suas tentativas atraíram uma plateia, de crianças em sua maioria, crianças que em circunstâncias normais ele saberia conquistar, porém sua simpatia havia evaporado. Muitas daquelas crianças tinham urubus de estimação, davam-lhes nomes, achavam sua companhia agradável, e era bem possível que estivessem apostando neles e não em Reef.

Por fim, os ganchos se firmaram na beira da torre. A essa altura, ele já estava cansado, não estava nas melhores condições possíveis para fazer a escalada, porém não tinha opção. O mexicano que lhe vendera o *cloque* permanecera ali, cada vez mais impaciente, como se Reef tivesse alugado aqueles ganchos por hora. O que talvez tivesse de fato ocorrido.

Assim, ele subiu, na noite que crescia como as notas de um órgão de igreja. As solas de suas botas escorregavam vez após vez na superfície de adobe, um pouco menos irregular do que o necessário para facilitar a escalada. Em pouco tempo seus braços o torturavam, os músculos das pernas tinham cãibras.

Mais ou menos nesse momento ele viu Grimsford aparecendo ao longe com um pequeno grupo de cidadãos, e Reef e Webb — era assim que se sentia, como se seu pai ainda estivesse vivo e aquela fosse a última aventura deles dois juntos — precisavam fugir sem discussão. Atirou num urubu, talvez em dois, e em meio à lenta ascensão negra dos outros jogou o cadáver nos ombros, sem tempo para pensar no mistério que transformara o que havia sido Webb Traverse num carregamento ilegal a ser transportado, fugindo de autoridades que atiravam neles. Desceu em rapel pela parede escura, vermelho-sangue, roubou um cavalo, encontrou outro nas cercanias da cidade e nele colocou Webb, seguiu em direção ao sul sem nenhum sinal de perseguidores e tendo apenas uma vaga ideia de como havia chegado lá.

Durante a viagem de volta para Telluride, entre platôs e cânions e pedras vermelhas espalhadas, passando por casas de fazenda feitas de pedra e pomares e pela região mórmon de McElmo, ruínas assombradas por um povo antiquíssimo cujo nome ninguém conhecia, torres circulares e cidades construídas em barrancos abandonadas há séculos por razões que ninguém comentava, Reef por fim conseguiu pensar. Se Webb sempre fora o Kid Kieselguhr, bom, então alguém teria de assumir os negócios da família — ou seja, tornar-se o Kid, não?

Talvez fosse a falta de sono, o alívio de escapar de Jeshimon, mas Reef começou a sentir uma presença nova dentro de si, crescendo, inflando — grávido do que ele parecia ter de se tornar, achava desculpas para se afastar da trilha de vez em quando e explodir uma ou duas bananas de dinamite das que havia roubado do depósito de pedra de alguma mina. Cada explosão era como o texto de mais um sermão, pregado na voz do trovão por algum profeta do deserto, sem rosto porém implacável, que cada vez mais controlava seus pensamentos. De vez em quando virava-se para trás na sela, como se buscasse a concordância ou uma explicação nos olhos vazios de Webb, ou no ríctus do que em breve se transformaria na boca de uma caveira. "Estou só esquentando", ele disse a Webb. "Me expressando." Lá em Jeshimon ele pensara que isso seria insuportável, mas a cada explosão, cada noite envolto em suas cobertas com o cadáver estropiado e fétido cuidadosamente desamarrado e estendido no chão a seu lado, ele constatava que era mais fácil, algo que passava todo o dia alcalino esperando, conversava com Webb mais do que jamais o fizera quando ele estava vivo, assobiava ao passar pelos fantasmas de Aztlán, penetrando numa passagem de austeridade e disciplina, como se sofresse ali mesmo no mundo a mesma mudança de status que Webb estaria sofrendo onde quer que estivesse agora...

Havia trazido um romance barato, da série dos Amigos do Acaso, *Os Amigos do Acaso nos confins da Terra*, e todas as noites sentava-se à luz do fogo e ficava por algum tempo lendo em silêncio, mas logo se dava conta de que estava lendo em voz alta para o cadáver do pai, como quem conta uma história à cabeceira, algo para facilitar a passagem de Webb para o mundo onírico de sua morte.

Reef tinha aquele livro havia anos. Tinha-o encontrado, com páginas dobradas e riscadas, rasgado e cheio de manchas de vários tipos, inclusive de sangue, quando estava no xilindró de Socorro, Novo México, acusado de organizar um jogo de azar sem licença. A capa mostrava um jovem atlético (parecia ser o destemido Lindsay Noseworth) pendurado numa corda de um balão futurista em ascensão, trocando tiros com uma gangue de esquimós no chão, representados como seres animalescos. Reef começou a ler, e logo, seja lá o que seja "logo" no caso, percebeu que estava lendo no escuro, as luzes tendo sido apagadas em algum momento, ao que parecia, entre o cabo Norte e o arquipélago Francisco José. Assim que se deu conta da falta de luz, é claro, não conseguiu mais ler, e, com relutância, tendo marcado o lugar, recolheu-se para dormir sem achar nada daquilo muito estranho. Durante os dois dias que se seguiram, ele viveu uma espécie de vida dupla, ao mesmo tempo em Socorro e no Polo Norte. Os companheiros de cela entravam e saíam, o xerife vinha olhar de vez em quando, perplexo.

De vez em quando, agora, ele dava por si olhando para o céu, como se tentasse localizar em algum lugar o grande aeróstato. Como se aqueles rapazes fossem talvez agentes de uma espécie de *justiça extra-humana*, que pudessem orientar Webb na jornada que o aguardava, fosse qual fosse, até mesmo dar conselhos sábios a Reef, ainda que talvez ele nem sempre pudesse compreendê-los. E de vez em quando, no céu, quando a luz estava estranha, Reef tinha a impressão de ver alguma coisa familiar. Nunca durava mais do que alguns instantes, porém era insistente. "São eles, pai", ele comentava, virando-se para trás. "Estão olhando pra nós, sim. E hoje eu vou lhe contar mais um trecho daquela história. O senhor vai ver."

Saindo de Cortez de manhã, olhou para o alto do monte Sleeping Ute e percebeu que havia nuvens no pico. "Hoje vai chover à tarde, pai."

"É o Reef? Onde é que eu estou? Reef, que diabo é isso, onde é que eu —"

"Calma, pai. Estamos saindo de Cortez, seguindo para Telluride, a gente chega lá daqui a pouco —"

"Não. Não é lá que eu estou, não. Está tudo fora do lugar. Tudo mudando o tempo todo. Aconteceu alguma coisa com os meus olhos..."

"Tudo bem."

"Tudo bem, o cacete."

Lá estavam eles todos, juntos, no Lone Tree Cemetery, o cemitério dos mineiros nos confins da cidade, Mayva, Lake, Frank e Reef, à sombra dos picos das montanhas e, atrás deles, o risco comprido da cachoeira Bridal Veil a cochichar na manhã fria e ensolarada. A vida e obra de Webb reduzidas àquilo.

Frank tinha chegado de Golden, passara a noite viajando. Ficava o tempo todo perto de Mayva, falando pouco, pensando que sua contribuição naquele momento seria apenas, ainda que em caráter temporário, ser exatamente o contrário de tudo que havia a seu redor.

"Eu só queria estar com ele", disse Mayva, falando bem baixo, quase sem respirar.

"Mas não está", observou Frank, "e quem sabe tem um motivo pra isso."

"Ah, meninos. Eu é que não queria ser nenhum dos que fizeram isso. Deus ainda vai castigar esses dois, mesmo que às vezes Deus demore muito. Ele demora como o *diabo*. E se demorar muito, pode ser que alguém aqui embaixo tenha oportunidade de aplicar o castigo antes dele..."

Ela estava muito contida, não ia fazer o tipo de estardalhaço que faziam aquelas viúvas mexicanas. As lágrimas que surgiram foram assustadoras por serem tão súbitas e silenciosas — simplesmente apareceram no rosto de Mayva, como se fossem sintomas de um mal que nenhum médico teria ânimo de revelar. Se aqueles assassinos profissionais estivessem por perto, a força da raiva silenciosa de Mayva seria capaz de fritá-los ali mesmo. Apenas cinzas gordurosas à beira-estrada.

"Eu pensava que o sindicato ia pelo menos mandar flores."

"Eles? Nem pensar." É o tipo de desrespeito mais mesquinho, pensou Reef, e que se foda toda essa gente. Em algum momento ele levantou a vista para a serra e viu o que seria com certeza o bando de Jimmy Drop na estrada de Tomboy, com as cabeças descobertas, talvez observando um momento de silêncio, porém pelo que conhecia deles o mais provável é que estivessem brigando por alguma coisa muito menos importante do que a vida e a morte.

"Ainda bem, mãe, que é só nós e não um desses enterros que metade da cidade vem pro cortejo e o piquenique... Agora ele não tem mais nada a ver com essa história toda. Tudo bem. E eu e o Frank vamos pegar os caras que fizeram isso." Reef não gostou do som de sua própria voz. Queria parecer mais confiante. Sua irmã, que aparentemente estava atravessando toda a situação tranquila como se deslizasse sobre rodas, rodas sobre trilhos instalados durante as noites por uma equipe que ninguém nunca via, o rosto por trás do véu apenas uma máscara de mármore, de repente dirigiu a ele seu olhar fixo do tipo não-acredito-nem-um-pouquinho, e se Mayva não estivesse presente ele certamente a teria desafiado. Já que ela pouco se lixara para Webb quando ele estava vivo.

O que não queria dizer que ela não estivesse abalada, e envergonhada, pela força da dor de sua mãe. Lake viera de Silverton, e para lá não voltaria mais, isso até Reef compreendia. Usava um vestido negro elegante que deve ter disparado muitos corações entre os vagabundos da Blair Street, mas que agora estava consagrado à memória de seu pai. E Reef era capaz de apostar tudo que tinha que aquela seria a última vez que ela usaria aquele vestido. Lake percebeu seu olhar fixo. "Pelo menos vocês dois estão de chapéu preto", disse ela. "Já é alguma coisa."

"Vocês põem o luto", disse Reef, "que eu e o Frank organizamos o serviço que tem que ser feito. A ideia é você e o Kit não se envolverem com isso, e quanto menos vocês ficarem sabendo, melhor."

"E a mamãe, quanto menos ela souber?"

"Eu não quero que ela se preocupe."

"Ih, como você pensa na sua mãe. Já passou pela cabeça de vocês que quem sabe ela prefere os filhos vivos em vez de criando problema?"

"Nós estamos vivos."

"Quando é que ela vai voltar a ver você e o Frank? Vocês agora vão entrar nessa velha história de vingança de família, agora vocês dois estão comprometidos, vocês estão é perdidos numa terra que não conhecem e nem sabem como voltar dela. Como é que você acha que ela vê esse 'serviço'? É como se vocês dois já tivessem morrido. Suas bestas."

Ele ainda não sabia o que estava por trás daquela fala passional, ninguém sabia, ainda não.

Voltaram para a sala mal iluminada da casa. "Toma", disse Mayva a Reef. "Melhor você ficar com isso." Era o velho Colt de doze disparos de Webb, que pertencera ao exército confederado.

"Acho que eu não quero, não", Reef entregando-o a Frank. "É seu se você quiser."

"É, mas eu já tenho o meu 38."

"Mas só dá cinco tiros, e do jeito que você atira, metade você perde, melhor ter pelo menos doze, Francis, só pra você conseguir fazer mira."

"Bom, se é pesado demais para você, Reefer, eu entendo, não tem motivo pra ficar envergonhado."

"Mas eu sei que você sempre teve medo dele", disse Reef, pegando de volta.

Esse diálogo prosseguiu por algum tempo. Mayva olhava, fumando seu velho cachimbo, olhando ora para um, ora para o outro, como se num desespero de mãe. Sabia que eles queriam que ela os olhasse apertando a vista em meio à fumaça, sacudisse a cabeça do seu jeito habitual, *O que é que eu faço com esses dois?* Quando ouviram o trem subindo o vale, Frank pegou o chapéu e deixou a arma na mesa da cozinha. Ele e Reef trocaram um olhar rápido e silencioso, o tempo suficiente para ter certeza de que os dois sabiam que na verdade a arma pertencia a Mayva e devia ficar com ela. E assim, dois meses depois Lake ouviu tiros vindo do depósito de lixo da cidade e foi olhar, e lá estava sua mãe, apavorando os ratos que haviam saído das minas depois da Revogação — pelo menos fazendo-os pensar se a vida ali na superfície valia mesmo a pena.

Em Nochecita, depois de enterrar Webb em Telluride, explodindo alguns poucos prédios secundários da empresa no caminho de volta só para não perder a prática, depósitos de equipamentos reduzidos a pó, caixas de ligação que espalhavam verde-catástrofe nos céus, Reef encontrou Stray num estado curiosamente sereno. Os mórmons e crentes tinham todos saído da cidade, o bebê estava prestes a nascer, Reef teve juízo suficiente para compreender que no momento tudo que ele precisava fazer era ficar calado e deixar que as coisas corressem tal como estavam correndo sem ele.

Quando nasceu a criança, um menino, Jesse, Reef pagou bebidas para todos no Double Jack, e alguém disse: "Agora chega de pintar o sete, Reef, é hora de começar a se cuidar", e essa frase voltou a sua consciência mais de uma vez nas noites de vigília que se seguiram, ele a se perguntar se aquilo era mesmo verdade.

Cuidar-se? Fazia sentido, até certo ponto. Talvez mais sentido num lugar como Denver do que ali. Ali, a pessoa podia andar pisando bem mansinho, feito um bode, e mesmo assim levar um tiro, por mais que a gente se cuidasse isso não garantia nem um minuto a mais de vida. Assim, como fazer parte do sindicato era uma condenação à morte, havia um dever mais elevado, no mundo maior, a ser cumprido.

Webb era mais do que jamais parecera ser, tinha que ser, senão não o teriam matado. Reef talvez não conseguisse manter com sucesso o disfarce de homem trabalhador casado com filhos tal como Webb conseguira. Assim, ou bem ele abria o jogo com Stray ou bem fingia que estava levando sua velha vida de sempre, para que quando sumisse por vários dias seguidos ela pensasse que ele estava só bebendo e jogando, que não era nada sério.

Era um desses casos em que não se podia simplesmente pôr as cartas na mesa. Deus, sentado à sua frente na mesa do Destino, estava enfiando o dedo no nariz, coçando a orelha, dando pistas para todos os lados, aquilo tinha que ter algum significado, e era melhor tentar adivinhar e errar do que não fazer nada. Mas Reef encontraria seu caminho. Um passo desajeitado a cada vez, como sempre, e aos poucos ele haveria de penetrar naquele mistério, por que haviam matado seu pai, por que os proprietários não puderam permitir que aquilo continuasse, ali, naquela terra cheia de crimes em nome do ouro, dominada por fantasmas inquietos de Coeur d'Alene e Cripple e Telluride que vinham com a chuva e com os massacrantes ventos norte e com os rostos formados pela serra iluminados pelos relâmpagos, vinham com olhares fixos implacáveis, todos os que haviam sido usados, ameaçados, exilados, os mortos de Webb, as vítimas de Webb, os fracassados que Webb jamais deveria ter abandonado...

E o fantasma de Webb, enquanto isso, o fantasma ocupadíssimo de Webb, ficava o tempo todo zanzando de um lado para outro, fazendo o que podia para agitar a situação.

"Finalmente em casa!", exclamou Neville, "longe da inocência, da virtude opressiva da América!"

"De volta às delícias do Mal!", acrescentou Nigel, dando todos os sinais de estar aliviado.

Àquela altura, Lew já havia aprendido a permanecer com o rosto impassível quando diziam coisas assim. Em seu trabalho — seu antigo trabalho — havia entrado em choque uma ou duas vezes com aquilo que não podia ser chamado senão de Mal, tanto em quartos ao meio-dia quanto em ravinas desesperadas ao cair da tarde, e tinha certeza de que aqueles dois rapazes jamais estiveram perto de tal coisa o bastante para sequer ficarem arrepiados, apesar de todo o tempo que passavam, ou desperdiçavam, dependendo de como a coisa fosse encarada, procurando por ela. Nas raras ocasiões em que talvez houvesse chegado perto de encontrar o que procuravam, imaginava Lew, eles não saberiam o que fazer com ela, ficariam apenas dando voltas e mais voltas, tentando ver o que era que havia fincado seus dentes alvos como pérolas — ou, no caso do Mal, verdes como musgo — em seus traseiros mais ou menos incautos.

Os membros do P.A.T.A.C., o Pacto dos Adoradores do Tetractis Autêntico de Chunxton, tinham sede em Londres, no Chunxton Crescent, naquele trecho ambíguo ao norte do Hyde Park denominado Tyburnia na época, numa mansão atribuída a *sir* John Soane, a qual, desde que fora ocupada pelos atuais inquilinos, mais ou menos a partir do dia em que madame Blavatsky abandonou o plano material, se tornara um refúgio para todos os tipos de peregrinos de sandálias, visionários de blusão de *tweed* e devotos do bife vegetariano. Nesse curioso momento da história das investigações espirituais, em franca competição com a Sociedade Teosófica e seus fragmentos pós-blavatskianos, bem como a Sociedade de Pesquisas Psíquicas, a Ordem da Aurora Dourada e outras agremiações de pessoas em busca da certeza, cujo número parecia estar crescendo à medida que o século se aproximava do final, passando por algum zero impensável e saindo pelo outro lado, o P.A.T.A.C. havia optado por seguir uma doutrina neopitagórica secreta, baseada no sagrado *Tetractis*:

$$\begin{array}{c} 1 \\ 2\ 3 \\ 4\ 5\ 6 \\ 7\ 8\ 9\ 10, \end{array}$$

pelo qual seus antecessores na Antiguidade haviam feito o mais solene dos juramentos. A ideia, tal como era explicada por Neville e Nigel, era imaginar que a sequência de números ocupava não duas dimensões e sim três, dispostas num tetraedro regular — e depois em quatro dimensões, e assim por diante, até você perceber que estava ficando estranho, o que era encarado como um sinal de iluminação crescente.

No momento, os rapazes, que planejavam patrocinar o ingresso de Lew na Ordem, estavam tendo a bondade de lhe dar conselhos indumentários.

"Mas que diferença faz", indagava Lew, "se todo mundo acaba usando o mesmo traje de 'postulante', como vocês dizem?"

"Não obstante", disse Neville, "as botas de caubói são inteiramente inapropriadas, Lew — aqui no Chunxton Crescent quem não está descalço fica de fora."

"O quê? Nem mesmo meias?"

"Nem mesmo se esse xadrez escocês fosse legítimo", Nigel olhando diretamente para os pés de Lew.

Naquela noite, eles o haviam trazido ao santuário do P.A.T.A.C., cuja fachada de pedra de Caen à hora do crepúsculo tinha o curioso efeito de esvaziar de cor tudo que a cercava, recuada atrás de uma grade de ferro, no centro do que quase chegava a ser um parque em miniatura, onde massas de sombra que podiam ou não ter contrapartes no reino animal moviam-se com uma impaciência sinistra. "Beleza de ranchinho", apreciou Lew.

Lá dentro, alguém estava tocando um dueto de siringe e lira. Lew teve a impressão de que conhecia a melodia, mas a partir de certo ponto ela tomou uma direção que ele não pôde acompanhar. Havia ingleses, um povo que não parece exótico à primeira vista, deitados no tapete em poses que faziam Lew pensar em contorcionistas de circo. Havia gente andando de um lado para o outro com roupas estranhas ou praticamente sem roupa. Rostos com frequência divulgados na imprensa ilustrada passavam por ele. A luz era sujeita a modificações estranhas que não podiam ser explicadas apenas pela presença de fumaça no ar, porque presenças luminosas surgiam do nada, tornando-se visíveis com nitidez, para logo em seguida desaparecerem abruptamente. Seres humanos reencarnados como gatos, cães e ratos passavam sorrateiros ou dormiam junto à lareira. Pilares de pedra elevavam-se nos confins do lugar, dando a impressão de degraus que davam acesso a algum mistério subterrâneo.

Lew foi recebido por Nicholas Nookshaft, o Grão-Cohen do cabido londrino do P.A.T.A.C., que usava um manto místico coberto de apliques de símbolos astrológicos e alquímicos, e tinha o cabelo cortado em formato de cuia, com franjas curtas. "Neville e Nigel, com certo grau de exagero químico, disseram-me ter visto o senhor a emergir duma explosão. A questão que se levanta é: onde estava o senhor antes dela?"

Lew apertou a vista, perplexo. "Andando em direção ao riacho, cuidando da minha vida. Onde que eu podia estar?"

"Certamente não no mesmo mundo em que o senhor está agora."

"O senhor parece ter muita certeza."

O Cohen explicou-se. "Conjuntos de mundos laterais, outras partes da Criação, cercam-nos por todos os lados, cada um tendo seus pontos de passagem ou portões de transferência que os ligam um ao outro, e eles podem estar em qualquer lugar, na verdade... Uma Explosão imprevista, introduzida no fluxo costumeiro do dia, pode facilmente abrir, de vez em quando, passagens para outros lugares..."

"Claro, como a morte."

"Uma possibilidade, mas não a única."

"Quer dizer que quando saltei pra dentro daquela explosão —"

O Grão-Cohen concordou com um aceno solene. "O senhor encontrou uma passagem entre Mundos. Os seus misteriosos agressores terminaram por lhe dar, inadvertidamente, um presente."

"E quem foi que pediu a eles?", resmungou Lew.

"E no entanto não podíamos considerar a eles, assim como outros semelhantes, ao possibilitar tais passagens, como agentes do angélico?"

"Com todo respeito, meu senhor, acho que não, o mais provável é que sejam terroristas anarquistas, pelo amor de Deus."

"Ora, ora. São xamãs, senhor Basnight. O mais próximo que podemos chegar, em nosso estado decaído, da pureza do mundo ainda não civilizado, tal como ele já foi e jamais voltará a ser — pra gente como nós."

"Desculpe, mas essa não dá pra engolir, não."

"Pois vai ter que engolir", insistiu o Grão-Cohen. "Se o senhor é quem estamos a imaginar que talvez seja."

Neville e Nigel, que haviam escapulido durante esse colóquio, retornaram agora acompanhados por uma jovem muito atraente, a qual olhava para Lew com olhos dos quais uma pitada do Oriente talvez não estivesse de todo ausente.

"Permita-nos apresentar-lhe", disse Nigel, "à menina... Ou melhor, como na verdade ela é uma Adepta do décimo sétimo grau, o correto seria chamá-la de 'Tzaddik', só que evidentemente —"

"Ora, pois, mas é só a Yashmeen", acrescentou Neville.

"Muito bem dito, Neville. Por que não vais comer uma torta ou algo assim?"

"Quem sabe, Nigel, não gostavas de levar uma torta no nariz também."

"Silêncio, seus pacóvios", rosnou a moça. "Imaginem como eles haviam de ser idiotas se pudessem falar."

Os dois responderam com uma expressão a qual podia muito bem conter um toque de obsessão erótica desesperançada, e Lew teve a impressão de que ouviu Nigel comentar, com um suspiro: "O Tetractis não é a única coisa aqui que é impalpável".

"Miúdos, miúdos", ralhou o Grão-Cohen. Com a maior franqueza, como se a jovem não estivesse a poucos centímetros dali, começou a contar a Lew a história dela. Fora criada pelo tenente-coronel G. Auberon Halfcourt, antigo comandante de esquadrão do 18º Regimento de Hussardos, que fora transferido havia algum tempo para o Departamento Político em Simla para realizar algumas tarefas extrarregimentais, e supostamente estaria no momento atuando em algum lugar da Ásia Central. Yashmeen, mandada para a Inglaterra alguns anos antes para receber uma formação britânica, fora colocada sob a proteção do P.A.T.A.C. "Infelizmente, pra mais de um elemento ativo na Grã-Bretanha, a segurança física dela é vista como um meio fácil de influenciar o comportamento do coronel. Assim, nossa vigilância vai muito além dos cuidados habituais."

"Eu sei cuidar-me muito bem", afirmou a moça, não, ao que parecia, pela primeira vez.

Lew sorria, com uma admiração explícita. "Isso está na cara."

"Como *o senhor* vai descobrir em breve", ela advertiu-o.

"Uma tacada de mestre!", exclamaram Nigel e Neville ao mesmo tempo.

Mais tarde naquela noite, o Grão-Cohen chamou Lew para uma conversa em particular, e começou a lhe explicar sua concepção pessoal do Detetive Psíquico. "Com a esperança de algum dia conseguir transcender o mundo cinzento e literal dos corredores de hotel e formulários de requisição, pra adentrar *o estado ulterior* — 'Saber, ousar, querer, calar' — como é difícil para a maioria das pessoas observar esses imperativos básicos, em particular, o senhor há de ter percebido, o que diz respeito a calar-se. Aliás, estarei *eu* a falar demais? Uma situação muito desagradável pra mim, o senhor há de compreender."

"Lá nos Estados Unidos, 'detetive' não quer dizer —", Lew começou a observar.

"É bem verdade que o nosso trabalho é um tanto estranho... Há um único 'caso' que nos interessa. Os 'suspeitos' são exatamente vinte e dois em número. É esse precisamente o quadro de agentes que, atuando em segredo, fazem com que a História aconteça nesta ilha — ou ao menos permitem que tal se dê — e eles correspondem aos vinte e dois Arcanos Maiores do baralho de Tarô." Em seguida, explicou, como já fizera incontáveis vezes, que as vinte e duas cartas dos Arcanos Maiores podiam ser consideradas como agentes vivos, posições a serem preenchidas por gente de carne e osso, passando de uma geração a outra, cada uma cuidando de seu arquivo personalizado de maldades profundas ou triviais, conforme surgissem os sombrios determinantes, assassinato, peste, incapacidade de acompanhar a moda, perda de amor, à medida que, um por um, os carneiros carnívoros transpusessem a cerca entre os sonhos e o dia. "Sempre tem de haver uma Torre. Sempre tem de haver uma Sacerdotisa, uma Temperança, uma Fortuna, e coisa e tal. De vez em quando, abrindo-se uma vaga, por efeito da morte ou alguma outra desventura, surgem novos ocupantes, o que nos obriga a localizá-los e acompanhá-los, além de levantar a história de cada um. O desafio é ainda maior devido ao fato de que eles todos, sem exceção, habitam um silêncio tão implacável quanto sua relativa invisibilidade."

"E o crime, senhor, se me permite a possível indiscrição, seria exatamente o quê?"

"Ah, nada que tenha uma relação muito clara com qualquer estatuto legal, isso não acontece... não, é mais uma Transgressão constante, que se acumula com o passar dos dias, a invasão do Tempo num mundo atemporal. Que nos é revelada, lentamente, espera-se que não de modo terrível, numa convergência sinistra... a História, se preferir o termo."

"Quer dizer que nada disso, pelo visto, vai acabar num tribunal", concluiu Lew.

"Suponhamos que jamais tenha existido o Pecado Original. Suponhamos que a Serpente no Jardim do Éden não tenha sido simbólica, e sim um ser real numa história real de intrusão a partir dalgum outro lugar — digamos, 'atrás do céu'. Imagine-se que éramos todos perfeitos. Respeitávamos a lei e éramos limpos. Então, um dia, *eles* chegaram."

"E... é assim que o senhor explica a existência de vilões e facínoras em meio a uma população de gente boa?" Lew não estava absolutamente querendo discutir. Estava, isto sim, perplexo.

"O senhor há de ver na prática. Só espero que não seja uma surpresa muito desagradável."

Como se inocência fosse uma espécie de doença humorística, transmitida, como numa farsa teatral, de um personagem a outro, Lew começou a perguntar a si próprio se havia pegado tal doença, e, nesse caso, de quem. Além disso, qual o grau de gravidade do mal? A outra maneira de formular essa pergunta era: quem, em tudo aquilo, o estava fazendo de otário, e até onde ia aquele jogo deles? Se o próprio P.A.T.A.C. estava a usá-lo com fins ainda mais "ocultos" do que davam a entender, então aquilo era um monturo considerável, e era melhor cair fora assim que pudesse.

Mistérios não faltavam. Carruagens sem janelas chegavam ao Chunxton Crescent no meio da noite, sendo o ruído dos cascos dos cavalos cientificamente abafado, documentos com lacres vistosos eram empurrados para o lado sempre que Lew se aproximava da mesa do Grão-Cohen, faziam-se tentativas não muito profissionais de espionar os cadernos de Lew. Seriam maneiras amistosas de alertá-lo, ou haveria alguém *querendo* que ele ficasse desconfiado? Ou talvez até tentando provocá-lo a prejudicar-se a si próprio?

A senhorita Yashmeen Halfcourt lhe parecia a pessoa mais confiável ali, pois que ela, tal como ele, havia sido recolhida quando estava mais ou menos indefesa e levada para lá, ficando sob proteção do P.A.T.A.C., por razões que talvez não tivessem sido reveladas por completo à organização. O quanto eles teriam em comum por efeito disso tudo, é claro, era uma questão ainda em aberto.

"Isso aqui é considerado namoro?"

"Espero que não."

Estava ventando naquele dia — Lew levava consigo, como de costume, um guarda-chuva, uma capa, um par de meias secas e botas de mineiro para se proteger dos diversos eventos meteorológicos que costumam transcorrer num dia normal no sul da Inglaterra. Yashmeen recebia olhares admirados dos passantes de ambos os sexos. O que não era surpresa, embora a vestimenta dela não fosse mais glamorosa do que as das outras pessoas.

A trajetória deles atravessava o parque, seguindo mais ou menos em direção a Westminster. Por onde passavam, imediatamente por trás de um véu vegetal tão tênue quanto o véu de maia, persistia a antiquíssima paisagem londrina de altares sagrados, pedras de sacrifício e montículos misteriosos que já eram conhecidos pelos druidas e pelos que vieram antes deles, fossem quem fossem.

"O que você sabe a respeito do irmão Nookshaft?", perguntou Lew. "Por exemplo, o que é que ele era antes de se tornar Cohen?"

"Pode ter sido qualquer coisa", arriscou ela, "desde mestre-escola até ladrão de galinha. Não imagino que seja ex-militar. Faltam-lhe alguns dos sinais. A começar pelo corte de cabelo. Isto é, não parece que ele cortou no Trumper, não?"

"Você acha que ele entrou nessa história por acaso? Quer dizer, assumiu o lugar do pai no negócio?"

Ela fez que não com a cabeça, franzindo o cenho. "Essa gente — não, não, o problema é justamente esse, eles são tão desarraigados, não têm história, nem responsabilidade, um dia eles simplesmente aparecem, cada um com suas segundas intenções. Pode ser política, ou até mesmo uma tramoia criminosa."

"Você parece detetive. E se eles forem mesmo sinceros a respeito do que dizem ser?"

O toque de humor naqueles olhos interessantes. "Ah, nesse caso estou a ser muito injusta com eles."

Caminharam em silêncio, Lew de testa franzida como se estivesse raciocinando.

"Nesta ilha", ela prosseguiu, "como você já deve ter começado a perceber, ninguém jamais fala às claras. As gírias rimadas dos *cockneys*, as palavras cruzadas nos jornais — a língua inglesa, falada ou escrita, aqui é sempre vista como uma sequência de textos codificados de modo engenhoso. Nada mais do que isso. Qualquer um que se sinta traído por eles, insultado, até mesmo magoado, profundamente magoado, está apenas 'a levar a coisa a sério demais'. Os ingleses levantam as sobrancelhas e sorriem e dizem que é só 'ironia', 'uma brincadeira', porque afinal de contas tudo não passa de uma combinação de letras, não é?"

Ao que parecia, ela ia entrar para a faculdade, estudar matemática no Girton College, Cambridge.

Lew deve ter olhado para ela de modo estranho, porque a moça virou-se para ele com certa irritação. "Algum problema?"

Ele deu de ombros. "Só falta agora eles deixarem que vocês votem."

"Isso não vamos chegar a ver", ela fechou a cara.

"É só uma brincadeira", argumentou Lew. Começava a pensar que Yashmeen talvez fosse mais do que os outros davam a entender.

Caía a noite londrina, vasta ruidosa superpovoada e de algum modo monumental, uma luz descendo de modo aparentemente errático pelas praças e os vestígios mal-assombrados de algo mais antigo, varridos pelo vento, e foram jantar no Molinari's, na Old Compton Street, estabelecimento também conhecido como Hôtel d'Italie, famoso por ser frequentado pelo sr. Arthur Edward Waite, embora naquela noite o lugar estivesse cheio de suburbanos.

De início ignorante a respeito da verdadeira natureza do trabalho, Lew dependia das leituras tradicionais do baralho de Tarô, que na Londres daquela época praticamente se identificavam com os desenhos feitos pela srta. Pamela ("Pixie") Colman Smith sob orientação do sr. Waite. Mas sua ignorância não durou por muito tempo. "Na gramática de sua iniquidade", ele aprendeu, "a Icosadíade, ou Companhia dos Vinte e Dois, não observa gênero nem número. 'O Carro' pode vir a ser toda uma unidade de combate, não raro um regimento inteiro. Insista em chamar o hierofante que a porta pode facilmente se abrir para uma mulher, talvez até atraente, a qual com o tempo você pode vir a desejar."

"Oba, oba."

"Mas não necessariamente, veja lá."

Como se estivessem testando um novo policial no pedaço, os vinte e dois logo se puseram a demonstrar a Lew essa flexibilidade de nomenclatura. A Temperança (número XIV) veio a ser uma família inteira, os Uckenfay, que morava num desagradável subúrbio da zona oeste, sendo cada um de seus membros especializado num impulso patológico incontrolável, entre eles litigiosidade, dependência de cloro, masturbação em público, tiros inesperados com armas de fogo e, no caso do bebê, Des, que com apenas um ano de idade já pesava vinte e cinco quilos, aquela forma de glutonaria conhecida como *tomber de bouche*. Com base nas mais recentes informações, o Eremita (IX) era o simpático proprietário de um salão de charutos onde Lew logo se tornou parte da clientela habitual, a Roda da Fortuna (X) era um chinês, dono de uma rede de antros de ópio, que morava nos Midlands, levando uma vida de luxos financiada por estabelecimentos espalhados por toda Londres, bem como Birmingham, Manchester e Liverpool. O Julgamento (XX) era uma prostituta de Seven Dials, por vezes acompanhada por seu Cafetão, e assim por diante... Tudo bem para Lew, que sempre gostava de conhecer pessoas novas e interessantes, e as tarefas que elas lhe impunham à guisa de apresentação eram fáceis de executar. Mas então elas começaram a surgir aos pares.

Lew estava na Inglaterra havia menos de uma semana quando uma noite um neófito do P.A.T.A.C. entrou correndo, o rosto branco como cera, tão nervoso que se esqueceu de tirar o chapéu de feltro malva. "Grão-Cohen, Grão-Cohen! Perdoe minha interrupção! Pedem-me que lhe entregue isto pessoalmente." Dando ao outro um pedaço de papel azul-claro.

"Perfeitamente", disse o G.C., "hoje haverá sessão na casa de madame Eskimoff, se não me engano... vejamos... *Ah*, não." O papel estremeceu numa mão que de súbito parecia não ter nervos. Lew, que tinha a expectativa de uma noite tranquila, olhou para ele com curiosidade. O Cohen já estava despindo o manto cerimonial e procurando os sapatos. Lew calçou as meias, que guardara num bolso do paletó, pegou seus sapatos e juntos saíram à rua, tomaram uma carruagem e partiram.

No caminho, o Grão-Cohen resumiu a situação. "Provavelmente", suspirou, tirando de um bolso interior um baralho de Tarô e escolhendo uma carta, "tem a ver com... esta aqui, número XV, o Diabo" — em particular, prosseguiu o Cohen, com as duas figuras acorrentadas que aparecem na parte inferior da carta, imaginadas pela artista, a srta. Colman Smith, talvez influenciada por Dante, como um homem ou mulher comuns, nus, embora na tradição anterior fossem um par de demônios, de gênero não especificado, cujos destinos estavam unidos e que não podiam se separar nem mesmo se o desejassem. No momento, essa posição infeliz entre os Arcanos Maiores era ocupada por dois professores universitários rivais, Renfrew em Cambridge e Werfner em Göttingen, não apenas eminentes em seus contextos acadêmicos mas também supostamente poderosos no mundo extramuros. Anos antes, logo após a Conferência de Berlim de 1878, o interesse comum que tinham pela Questão Oriental fora evoluindo, passando de alfinetadas à distância através de publicações acadêmicas a um profundo ódio mútuo, implacável e obsessivo, com uma rapidez que surpreendeu a ambos. Em pouco tempo os dois passaram a ser considerados especialistas importantes, consultados pelos ministérios das relações exteriores e serviços de informações de seus respectivos países, para não mencionar outros que preferiam permanecer ocultos. Com o passar dos anos, a rivalidade foi crescendo além dos Bálcãs, além das fronteiras instáveis do Império Otomano, ocupando toda a imensa massa eurasiana e aquele conflito global incessante, com todos os seus componentes ingleses, russos, turcos, alemães, austríacos, chineses e japoneses — para não falar nos indígenas — que, numa época mais simples, o sr. Kipling denominou "o Grande Jogo". As manobras dos professores pelo menos tinham o bom senso de evitar a relação especular — se surgiam simetrias de vez em quando, elas eram atribuídas ao acaso, "alguma predisposição ao eco", no dizer de Werfner, "talvez intrínseca à natureza do Tempo", acrescentava Renfrew. Fosse como fosse, transcendendo os muros de suas instituições e lançando-se no mapa do megacosmo, os dois acadêmicos continuavam a manipular seus quadros de ajudantes enfeitiçados e discípulos escravizados. Alguns destes passaram a atuar nos ministérios de relações exteriores, outros no comércio internacional ou como aventureiros irregulares lotados em caráter temporário nos exércitos e marinhas de suas nações — todos tendo se comprometido, sob juramento, a servir suas causas, atravessando o mundo maior como presenças espirituais, invisíveis para todos, menos para os adeptos.

"Se calhar, o senhor achará esses dois toleráveis", disse o Grão-Cohen. "Já eu não os consigo tolerar por muito tempo. Ninguém no P.A.T.A.C., que atue nessa seção por mais do que uns poucos dias, os suporta. E, naturalmente, de todos os membros da Icosadíade, são eles os que têm maior capacidade de destruição, os que precisam ser observados mais atentamente."

"Obrigado, Cohen."

Chegaram por fim num prédio de apartamentos, antigo e escuro, ao sul do rio, o qual se elevava numa disposição irregular de vazios e janelas apagadas que de dia, Lew tinha esperanças, não seria tão sinistra quanto agora.

Os aposentos de madame Natalia Eskimoff abundavam em luminárias de mesquita do período mameluco e cortinados de tecidos estampados indianos, fumaça emergindo de complexos incensários de latão, móveis de madeira trabalhada e cantinhos que pareciam ter sido decorados com o intuito de afastar todo aquele cujo interesse não fosse o mais sério possível, e Lew ficou encantado de saída, pois a dama em si era simplesmente uma beldade. Olhos enormes e expressivos do tipo que se imagina encontrar mais em ilustrações de revistas do que neste mundo atribulado. Madeixas volumosas com laivos prateados que desafiavam a mão afoita a soltar todos os grampos para ver até onde elas caíam. Naquela noite ela trajava um vestido de tafetá negro que parecia simples, mas não severo, e que provavelmente lhe havia custado os olhos da cara, bem como um colar de contas de âmbar e um broche de Lalique. Em outras noites, dependendo da elegância do ambiente e do corte do vestido, também era possível observar, tatuadas numa delicada simetria abaixo da nuca de madame Eskimoff, a Árvore da Vida cabalística, com os nomes dos Sefirot em hebraico, o que já lhe valera uma dose considerável daquele antissemitismo mesquinho tipicamente britânico — "Eskimoff... mas diga lá, que raio de nome é esse?" — muito embora na verdade ela tivesse sido criada como cristã ortodoxa, e, para a decepção dos cães de guarda raciais espalhados pela ilha, fosse na verdade, por estranho que parecesse, uma clássica Rosa Inglesa.

Investigada atentamente tanto por *sir* Oliver Lodge quanto por *sir* William Crookes, ela viajara de transatlântico até Boston para visitar a sra. Piper, fora a Nápoles para sessões com Eusapia Palladino (a qual mais tarde ela viria a defender contra as acusações de fraude nos infames experimentos de Cambridge), e dela sem dúvida se podia dizer que havia participado de alguma das sessões espíritas mais célebres de seu tempo, na lista das quais em breve seria incluída mais uma, organizada pelo sr. W. T. Stead, homem ubíquo e sem papas na língua, sessão essa em que a médium, a sra. Burchell, testemunharia do modo mais detalhado o assassinato de Alexander e Draga Obrenovitch, rei e rainha da Sérbia, três meses antes do acontecimento. No P.A.T.A.C. era considerada uma "extática", uma classificação que parecia merecer um pouco mais de respeito do que a de médium pura e simples.

"Nós não entramos em transes comuns", explicou madame E.

"E sim do tipo extático", arriscou Lew.

Foi recompensado com um olhar firme e especulativo. "Seria um prazer para mim dar uma demonstração, talvez numa noite menos cansativa do que esta."

O assunto veio à tona durante a sessão daquela noite, da qual nada foi retido pela memória de madame Eskimoff, embora, como todas as sessões promovidas pelo P.A.T.A.C., tivesse sido registrada por meio de um Auxetofone Parsons-Short.

"Tiramos cópias eletrolíticas das impressões em cera originais imediatamente após cada sessão. Procedimento rotineiro. Já escutei as de hoje várias vezes, e embora os detalhes estejam obscuros em um ou outro trecho, achei que a questão era séria o bastante para chamá-lo aqui."

Ao que parecia, um certo Clive Crouchmas, funcionário semigovernamental que por acaso também era membro do P.A.T.A.C., embora num grau bem inferior de principiante, estava tentando entrar em contato com um de seus agentes em campo que morrera inesperadamente em Constantinopla, durante negociações muito exaustivas a respeito da concessão da chamada ferrovia de "Bagdá". Como se imaginava que as respostas viriam em turco, Crouchmas veio acompanhado de um intérprete.

"Ele é especializado nos territórios otomanos, que é onde Renfrew e Werfner encontram mais oportunidades para criar problemas, trabalhando como consultor, aliás, de ambos, fazendo com que cada um imagine que só ele sabe a respeito do outro, e assim por diante. Uma farsa francesa. Sendo provavelmente a única pessoa na Inglaterra que suporta a presença de cada um dos dois por mais de uns poucos minutos, nosso C. C. tornou-se extremamente útil como canal mediador, embora, devo confessar, no momento eu esteja um tanto aborrecido com ele", resmungou o Grão-Cohen. "Ele não devia estar a desperdiçar seu tempo, madame, com esse interminável regateio turco."

Lew tinha uma vaga ideia da situação. As potências europeias já haviam investido anos nas manobras de sedução e contrassedução necessárias para obter dos otomanos a tão sonhada concessão ferroviária, e se ela terminasse sendo oferecida à Alemanha, isso seria terrível para a Grã-Bretanha, a principal rival de Berlim na região. Entre as ansiedades diplomáticas envolvidas, uma das mais sérias era a possibilidade de que a Turquia aprovasse uma ferrovia alemã que atravessaria a Anatólia, os montes Tauro, correndo ao longo do Eufrates e do Tigre, passando por Bagdá e chegando a Basra e ao golfo Pérsico, que até então era considerado pela Grã-Bretanha solidamente colocado dentro de sua própria esfera de influência, abrindo assim para a Alemanha um "atalho para a Índia" ainda mais favorável ao comércio do que o canal de Suez. Toda a matriz geopolítica adquiriria desse modo um novo conjunto de coeficientes, perigosamente impossíveis de verificar.

Madame Eskimoff colocou o cilindro de cera na máquina, acionou a bomba de ar, ajustou uma série de reostatos e todos se puseram a escutar. De início, as diferentes vozes eram difíceis de distinguir, e cochichos e assobios inexplicáveis surgiam e desapareciam ao fundo. Uma voz, aparentemente da própria madame Eskimoff, era bem mais nítida, como se por obra de algum efeito sintônico misterioso entre o local de onde falava esse espírito e a máquina de gravação. Mais tarde ela explicou que não era exatamente ela a falar, e sim um "controle", um espírito que do outro lado agia em prol da alma desencarnada com quem se tinha intenção de falar, tal como um médium atua deste lado em prol dos vivos. O controle de madame Eskimoff, falando através dela, era um fuzileiro chamado Mahmoud que havia morrido na Trácia durante a Guerra Russo-Turca. Ele estava respondendo da melhor maneira possível às perguntas detalhadas de Clive Crouchmas referentes às garantias por quilômetro de cada um dos diferentes ramos e extensões da ferrovia Esmirna-Casaba, e sendo traduzido para o inglês pela terceira voz que Crouchmas havia contratado para a sessão, quando inesperadamente —

"Agora", disse madame Eskimoff, "atenção."

Não era exatamente uma explosão, embora o bocal de mogno do Auxetofone certamente ficasse sobrecarregado, por assim dizer, estremecendo, sacudindo-se em sua base, incapaz de lidar com aquele evento misterioso. Talvez fosse a forma que uma violenta libertação de energia neste mundo teria para um observador desencarnado como Mahmoud — a voz de uma explosão, ou ao menos a mesma abolição de coerência, o mesmo despedaçamento rápido... E logo em seguida, antes que o som morresse de todo, como um trem que passa pela serra mais próxima, ouvia-se alguém, uma mulher, cantando de modo nítido, em turco, ao som de um dos modos orientais. *Amán, amán...* Tende piedade.

"Pois bem. O que o senhor acha?", indagou madame Eskimoff após uma pausa.

"Ao que parece", especulou o Cohen, "embora Crouchmas não seja a voz de Alá com relação a essas questões, muito pelo contrário, as garantias quilométricas do governo otomano de uns tempos pra cá tornaram-se tão atraentes que, como se por milagre, caminhos-de-ferro-fantasma começam a florescer na Ásia Menor, em meio àqueles planaltos despidos de árvores onde nem mesmo as panteras se aventuram, ligando estações de cidades que, estritamente falando, não existem — por vezes nem mesmo em nome. E é justamente lá que estava a pessoa que falou através de Mahmoud."

"Mas normalmente não é assim", replicou a bela extática, intrigada. "Eles gostam de assombrar lugares fixos, casas, cemitérios — mas trens em movimento? Caminhos-de-ferro ainda em potencial? É muito raro. Se é que acontece."

"Há algo no ar", gemeu o Cohen, num tom que mais parecia sinal de sofrimento gástrico.

"E alguém acabou de explodir uma ferrovia?", Lew, achando que estava meio perdido ali, "ou..."

"Tentou", disse ela, "pensou nisso, sonhou, ou então viu algo — análogo a uma explosão. A morte é uma região de metáforas, é o que muitas vezes parece."

"Nem sempre decifráveis", acrescentou o Cohen, "mas esta em particular é claramente questionável, no sentido de Questão Oriental. Mais um capítulo do melodrama Renfrew *versus* Werfner. Ao que parece, os Gêmeos Maçantes estão numa bela enrascada. Não está muito claro qual deles há de assassinar o outro, mas o crime em si é certo como a lua cheia."

"Quem temos em Cambridge, a vigiar o Renfrew?", indagou madame E.

"Neville e Nigel, creio eu. Estão no King's College."

"Deus proteja o King's College."

"O período de inverno começa em breve", disse o Cohen, "e a menina Halfcourt passará a morar em Girton. Se calhar, é a ocasião perfeita pra visitar o professor..."

A empregada de madame Eskimoff havia trazido chá e bolo, bem como um uísque de malte Speyside doze anos e copos. Num agradável crepúsculo elétrico, ficaram a beber, e o Cohen, não conseguindo mudar de assunto, falava sobre Renfrew e Werfner.

"Trata-se duma consequência inevitável da própria Era de Vitória. Da augusta personagem que lhe dá nome, aliás. Se aquele empregado de mesa louco, o Edward Oxford, tivesse conseguido acertar o alvo com sua pistola há sessenta anos em Constitution Hill, se a jovem rainha tivesse então morrido sem filhos, o asqueroso Ernesto Augusto, o duque de Cumberland, havia de tornar-se rei de Inglaterra, e por força da lei sálica os tronos de Hanôver e Grã-Bretanha voltavam a se unir...

"Imagine-se um mundo lateral, deslocado apenas milimetricamente do que julgamos conhecer, no qual isso tenha ocorrido. O povo britânico sofre sob um despotismo tóri de um rigor e uma crueldade inimagináveis. Sob jugo militar, a Irlanda está literalmente destroçada — todos os católicos de algum valor ou talento são identificados quando jovens, e imediatamente presos ou assassinados. Lojas da Ordem de Orange instaladas por toda parte administram todas as regiões. Há uma espécie de contra-Natal macabro que vai de primeiro a doze de julho, os aniversários das batalhas de Boyne e Aughrim. França, sul da Alemanha, Áustria-Hungria e Rússia uniram-se numa Liga Europeia protetora, cujo objetivo é manter a Grã-Bretanha na situação de pária no concerto das nações. O único aliado de peso são os Estados Unidos, que se tornaram uma espécie de fiel companheiro, governado basicamente pelo Bank of England e o padrão-ouro. A Índia e as colônias estão piores do que antes, se tal é possível.

"Ora, temos também a determinação irredutível de Vitória no sentido de recusar-se a admitir a passagem do Tempo — por exemplo, há mais de sessenta anos que ela só se deixa representar nos selos postais com a imagem da menina dos primeiros selos adesivos de 1840, o ano em que o tal Oxford tentou assassiná-la. Sua imagem, em medalhas, estátuas ou porcelana comemorativa, era para ser o mais imperial possível, mas a rapariga nelas representada é jovem demais para assumir tal papel. Acrescente-se a isso sua incapacidade de aceitar a morte do Alberto, mantendo seu quarto tal como era, com flores renovadas todos os dias, mandando seus uniformes para a lavanderia, e coisa e tal. É quase como se naquele dia fatídico em Constitution Hill os tiros de Oxford tivessem realmente atingido o alvo, e a Vitória que julgamos conhecer e reverenciar fosse na verdade uma espécie de substituta espectral, representando alguém que é imune à passagem do Tempo em todas as suas formas, especialmente as tão conhecidas Velhice e Morte. Embora no sentido estrito ela possa ter envelhecido como todos, tornando-se a mãe poderosa e estadista admirada em todo o mundo, a baixota gorducha adorada por todos apesar de sua falta de senso de humor, imagine-se que a 'verdadeira' Vic esteja em outro lugar. Suponhamos que a menina verdadeira seja mantida cativa, imune ao Tempo, pelo rei dalgum mundo subterrâneo, a receber visitas íntimas periódicas do Alberto, nenhum dos dois a envelhecer, tão apaixonados quanto no último momento terrível em que subiam ao palácio, a princesa real para sempre com um feto de três meses e meio no ventre, a beleza primaveril da gravidez incipiente fluindo por mãe e filha num fluxo que jamais será tocado pelo Tempo. Suponhamos que tudo aquilo que agora denominamos 'Era Vitoriana' nunca tenha sido senão uma máscara agradável para encobrir as terríveis realidades da Era Ernesto-Augustana na qual na verdade vivemos. E que os administradores dessa pantomima imensa sejam justamente os professores-gêmeos, Renfrew e Werfner, atuando de algum modo como polos do fluxo temporal entre Inglaterra e Hanôver."

Lew estava chocado. "Cohen, que coisa horrível."

O Grão-Cohen deu de ombros. "Só um chiste. Vocês ianques são sérios demais."

"Esses professores não são de brincadeira", comentou madame Eskimoff, "e o senhor deve mesmo, senhor Basnight, levar a Icosadíade muito a sério. Já fui um deles, no papel do Louco — ou 'Insensato', como preferia Éliphaz Lévi —, talvez o mais exigente de todos os Trunfos Maiores. Agora tenho um bando de suburbanos que acreditam, coitados, que tenho informações que lhes serão úteis. Insensata como sempre, não tenho coragem de desiludi-los."

"A senhora trocou de lado?", perguntou Lew.

Ela sorriu, um pouco condescendente, Lew pensou. "'De lado.' Bom. Não, não exatamente. A coisa havia se tornado um obstáculo à minha vocação, e por isso pedi demissão e entrei para o P.A.T.A.C., o que vim a lamentar em mais de uma ocasião depois. Já não é fácil ser mulher, o senhor compreende, mas ser pitagórica além disso — enfim." Ao que parecia, toda ordem mística britânica que afirmava ter origem em Pitágoras tinha suas concepções próprias a respeito dos tabus e conselhos gratuitos conhecidos como *akousmata*, e o predileto de madame Eskimoff era o número 24 da lista de Jâmblico — nunca olhe para um espelho quando há uma luz a seu lado. "Ou seja, há que se reorganizar todos os dias, pra ter certeza de já se estar vestida bem antes do anoitecer — pra não falar no cabelo e na maquilagem —, afinal, tudo isso fica muito diferente quando se acende o lampião de gás ou a luz elétrica."

"Não acredito que pra senhora isso possa levar mais do que um ou dois minutos", disse Lew.

E aquele olhar demorado se fixou nele outra vez. "Horas podem ser consumidas", disse ela, fingindo queixar-se, "só com questões referentes ao alfinete do chapéu."

À medida que se adensava o outono, Lew corria mais e mais de um lugar para outro, como se um argumento mais elevado exercesse um poder crescente sobre ele — com uma verticalidade densa, preferindo sobretudos negros e estreitos, chapéus de abas flexíveis e botas resistentes, um bigode negro aparado ao longo do lábio superior. Apesar da presença crescente de iluminação elétrica nas ruas, pois que Londres emergia com lerdeza municipal do Reino do Gás, ele começara a descobrir uma estrutura naquela escuridão, que remontava a tempos muito antigos, talvez até anteriores à fundação da cidade — presente por toda parte, e apenas ratificada pela brancura extrema e implacável que substituía os tons suaves e sombras compostas da iluminação antiga, a qual possibilitava múltiplas ocasiões para o erro. Mesmo quando saía à luz do dia, normalmente dava por si passando de uma sombra a outra, em meio a sustos cotidianos que só se tornariam insuportavelmente visíveis quando a tradicional hora de acender os lampiões fosse substituída pela majestosa noite elétrica.

Esta vida ocupada não o impediu, por algum tempo, de tentar localizar em algum ponto da Grã-Bretanha uma fonte de Ciclomite, passando, em desespero, de opiáceos anticatarrais como a Collis Brown's Mixture para tônicos cerebrais à base de cocaína, cigarros impregnados de absinto, xileno em quartos sem ventilação, e por aí afora, todas essas substâncias se revelando inadequadas, às vezes de modo patético, como substitutas para o explosivo com o dom de alterar a realidade que ele desfrutara na sua existência anterior, norte-americana.

Não tinha vergonha de pedir ajuda a Neville e Nigel, os quais, ao que parecia, ultimamente nunca estavam na universidade. Dizia-se que cada um deles tinha renda de cerca de mil libras por ano, quantia essa, era a impressão que se tinha, gasta quase toda em drogas e chapéus. "Toma", saudou-o Nigel, "prova um pouco desta 'rosadinha', é muito divertida."

"Fluido de Condy", explicou Neville, "desinfetante à base de permanganato, que então se dissolve em metileno —"

"A receita, deu-nos um australiano que conhecemos na cadeia num fim de semana de regata. Acabamos gostando bastante da coisa depois dalgum tempo, se bem que a questão da saúde, é claro, nos ocorreu, motivo pelo qual só nos permitimos um frasco por ano."

"Admiro a temperança de vocês."

"Pois é, e *é hoje*, Lewis!" Abruptamente apresentando um vidro de bom tamanho contendo um líquido de um tom estranho de roxo o qual, Lew era capaz de jurar, brilhava.

"Ah, não, não, eu —"

"O que é? É a cor que não te agrada? Pronto, eu ajusto o gás", Neville, prestativo. "Melhorou?"

Um dia, tiraram Lew da cama de manhã cedo e o colocaram dentro de um cabriolé antes que ele estivesse de todo acordado.

"Aonde vamos?"

"É surpresa. Verás."

Seguiram em direção ao leste e depois de algum tempo pararam à porta de uma loja de fazendas em Cheapside que parecia estar fechada havia algum tempo.

"O que é isso?"

"O Ministério da Guerra!", exclamaram Neville e Nigel, trocando um olhar maroto.

"Deixem de brincadeira. Eu sei que eles se mudaram recentemente, mas não pra cá."

"Algumas das instalações deles nem sonham em se mudar", disse Neville. "Vamos." Lew seguiu-os por uma passagem estreita ao lado da loja, chegando a uma vila de casas inteiramente invisível da rua, onde os ruídos do trânsito se tornaram de súbito inaudíveis, como se uma porta pesada tivesse se fechado. Seguiram por uma espécie de beco coberto e chegaram a uma escada pequena, que os levou a regiões um pouco mais frias e afastadas da luz da manhã. Lew teve a impressão de ouvir água gotejando, e pronunciamentos do vento, cada vez mais alto, até que por fim se viram diante de uma entrada cheia de marcas e mossas, como se causadas por décadas de ataques.

Como Whitehall sempre acreditara que os excêntricos gozam de acesso a forças paranormais que não têm outra coisa a fazer senão cochichar sugestões visando ao aperfeiçoamento dos armamentos, há uma geração, ao menos, que por todo o império os departamentos de pessoal estavam atentos para gaguejos requintados, olhos que não paravam de zanzar de um lado para outro, cortes de cabelo que nenhuma brilhantina seria capaz de disciplinar. Na verdade, o dr. Coombs De Bottle não preenchia esses critérios. Urbano, cosmopolita, trajando um uniforme de laboratório alvo como a neve adquirido na Poole's de Savile Row, de brim russo feito em tear manual, fumando cigarros egípcios negros numa piteira de âmbar, todos os pelos de seu rosto em seus devidos lugares, o doutor parecia mais apropriado a uma profissão em que se granjeia a estima do público, o comércio internacional de armas, talvez, ou a vida religiosa. Mas havia algo, um refinamento de ator em seu modo de falar, que indicava um passado nebuloso, e a consciência grata de ter conseguido, no final das contas, encontrar ali um refúgio. Ele saudou Neville e Nigel com uma familiaridade que Lew talvez tivesse julgado suspeita se não houvesse no imenso laboratório no qual entravam agora tantas coisas a atrair sua atenção e, imaginava ele, perturbar seus sonhos no futuro.

Arcos voltaicos apunhalavam o crepúsculo arroxeado. Soluções aquecidas soluçavam, prestes a chegar ao ponto de ebulição. Bolhas subiam em helicoides, atravessando líquidos de um verde luminoso. Explosões em miniatura ocorriam em cantos remotos do recinto, lançando chuvas de cacos de vidro e fazendo os trabalhadores mais próximos proteger-se sob barracas de praia instaladas ali precisamente com esse fim. Agulhas de mostradores oscilavam de modo febril. Chamas sensíveis cantavam em tons diversos. Em meio aos brilhos e estalidos dos bicos de Bunsen e espectroscópios, funis e balões de vidro, centrífugas e extratores Soxhlet, e torres de destilação tanto no formato Glynsky quanto no Le Bel-Henninger, moças de ar sério com o cabelo preso em redes anotavam números em cadernos, e gnomos pálidos, pacientes como ladrões de cofres, olhavam através de lupas, ajustando detectores de movimento e temporizadores com chaves de fenda e fórceps minúsculos. O melhor de tudo era que alguém, em algum lugar, preparava café.

O doutor De Bottle os havia levado até uma baia distante, onde técnicos trabalhavam em mesas cobertas com bombas de preparo artesanal, em várias etapas de desmonte. "Nossa teoria era começar com dispositivos confiscados de diversos atentados fracassados, que depois alguém teve a bondade de nos entregar, e então, por meio duma análise cuidadosa de cada um deles, reconstruir, passo a passo, o ato original de sua feitura. Constatamos que quase sempre esses dispositivos são feitos em condições tão absurdamente primitivas que chegamos até a sentir uma certa pena desses miseráveis. Eles morrem em explosões causadas por si próprios numa quantidade assustadora, e só a ignorância referente à utilização correta de solventes causa dezenas de mortes de anarquistas por ano, apenas aqui em Londres. Somos obrigados a conter um certo impulso missionário de procurá-los... e talvez distribuir panfletos baratos, divulgando os princípios mais elementares de práticas de segurança em laboratório... isso faria muito bem, não é?"

Lew, contendo um impulso reflexivo de arquear as sobrancelhas, desejou neste ponto algum comentário gaiato de Neville ou Nigel, porém ao que parecia os dois haviam se afastado para cheirar alguma substância. "Não sei se entendi muito bem a sua lógica", disse Lew, "isso de salvar a vida dos terroristas, se cada vida que fosse salva poderia significar centenas de mortes de inocentes."

O doutor riu-se baixinho e examinou os punhos da camisa. "Vidas burguesas inocentes. Bom... 'inocentes'."

Um assistente chegou com um carrinho contendo café num balão de Erlenmeyer, xícaras e um prato contendo uns bolinhos estranhos. "Como americano, talvez o senhor não compreenda isto, mas um dos últimos sinais de que uma civilização existiu outrora nesta ilha é o jogo do críquete. Para muitos de nós, uma partida de críquete é uma espécie de cerimônia religiosa. O senhor sabe — 'o silêncio ansioso esta noite...', e por aí vai. Mais 'inocente' que isso, impossível. E no entanto mesmo aqui temos —" Pegou com as pontas dos dedos uma bola de críquete, que chegava a brilhar à luz elétrica. "Há algum tempo, as quadras de críquete por toda a Inglaterra e País de Gales têm sido visitadas por um gajo misterioso, todo de flanela branca, conhecido nesse laboratório como o Cavalheiro Bombardeador de Headingly, por conta da única fotografia que dele se conhece, em que aparece com a bolsa típica dos jogadores de críquete pendurada num dos ombros, dentro da qual ele leva um certo número de bombas esféricas disfarçadas de bolas de críquete. Esta cá é uma que conseguimos recuperar intacta. Se for esfregada nas calças, o dispositivo dentro dela é acionado. Talvez o senhor tenha observado que ela brilha muito mais e tem a costura mais cerrada do que as bolas daqui, lembrando mais as usadas na Austrália, chamadas '*kookaburras*'. E como o torneio Ashes está em andamento no momento, e as paixões estão no auge, os australianos, dos quais há muitos cá na Inglaterra agora, podem estar inadvertidamente a dar cobertura para o C. B. de H., bem como tornarem-se alvos fáceis de suspeita."

"Ele *lança bombas* durante partidas de críquete?"

"Tentamos não dizer 'bomba', pois que afinal de contas é mais uma espécie de granada de gás tóxico. E é bem verdade que ele costuma esperar o intervalo do chá."

"'Gás tóxico'?" Essa era novidade para Lew. Mas o dr. De Bottle tinha uma expressão séria no rosto.

"Fosgênio." Algo no modo como ele pronunciava a palavra. "Um termo francês. *Phosgène*. Preferimos chamá-lo de dicloreto de carbonila. É menos... perturbador, por algum motivo. O problema da polícia é que, dependendo da nuvem de dispersão, muitas vezes as vítimas sequer têm consciência de que estão a ser atacadas por um gás. E então, de súbito, misteriosamente, como dizem os jornais, cerca de quarenta e oito horas depois, elas morrem. Por que o senhor está a olhar pro bolinho dessa maneira?"

"O quê? Ah. A cor, imagino."

"Um belo tom de roxo, pois não? Pau-campeche, creio eu, o cozinheiro põe em tudo — pode comer, não é venenoso, um pouco de tanino talvez, no máximo."

"Bom, e essas... hm...", segurando um fragmento do bolinho e apontando para os corpos estranhos dentro dele, num tom vivo de turquesa inconfundível.

"Mas Lewis, por favor, não os comas *todos*!", exclamou Neville, imediatamente seguido por seu coadjutor, os dois num curioso estado de hilaridade, deslocando-se alguns centímetros acima do assoalho.

"E vê o que descobrimos!" Nigel, apontando para uma espécie de marmita contendo uma quantidade de uma substância bege que Lew reconheceu de imediato.

"Feliz aniversário!", todos gritaram, quase em uníssono.

"Mas quem teve a ideia brilhante —"

"Ora, ora, Lewis, tu és Gêmeos, isso logo se vê, e quanto à data exata, ora, madame Eskimoff sabe tudo."

"Por falar nela —"

No seu último encontro, o dr. De Bottle havia perguntado a Neville e Nigel, em tom de súplica, quando a Grã-Bretanha voltaria a ganhar em Ashes, e os rapazes concordaram em consultar a extática.

"No próximo ano", respondera madame Eskimoff, "mas só se tiverem o bom senso de escolher um lançador lá de Middlesex, um rapaz chamado Bosanquet, que desenvolveu um lançamento absolutamente diabólico, que parece que vai ser um *leg-break*, mas acaba indo pro lado oposto. Uma dinâmica física extraordinária, que praticamente ainda não foi estudada. Dizem que foram os australianos que a inventaram, porém eles hão de ficar atônitos quando descobrirem um inglês que conhece a técnica."

"Vou correr para o meu *bookmaker*", disse o doutor De Bottle aos rapazes, agradecido.

Decidiu-se que Lew iria a Cambridge com o Cohen para falar com o professor Renfrew.

"Ah, entendi. O senhor me quer como uma espécie de guarda-costas."

"Não, na verdade o nosso protetor é este que cá vem." Um cavalheiro de estatura mediana e aparência nada ameaçadora aproximava-se deles com um sanduíche de agrião na mão enluvada. "Clive Crouchmas. Talvez o senhor se lembre da voz dele na sessão de madame Eskimoff aquela noite."

Esta pessoa saudou o Cohen levantando a mão esquerda, depois separando os dedos, dois a dois, do polegar, de modo a formar a letra hebraica *shin*, a inicial de um dos nomes pré-mosaicos (isto é, plurais) de Deus, que jamais podem ser pronunciados.

"Na verdade, é pra desejar longa vida e prosperidade", explicou o Cohen, respondendo com o mesmo gesto.

Mais no início de sua carreira, Clive Crouchmas era o típico funcionário público, com uma ambição automática, mas ainda não tão ávido quanto em pouco tempo descobriu que era possível ser. Trabalhava na Administração da Dívida Pública Otomana, um órgão internacional que o sultão turco havia autorizado alguns anos antes a recolher e distribuir a renda tributária, como uma maneira de reestruturar a dívida de seu império excessivamente espalhado. Teoricamente, a A.D.P. recolhia os impostos sobre vendas de peixe, álcool, fumo, sal, seda e selos — as chamadas "Seis Contribuições Indiretas" — e repassava o dinheiro para diversos detentores de debêntures na Grã-Bretanha, França, Áustria-Hungria, Alemanha, Itália e Holanda. Nenhum conhecedor da segunda lei da termodinâmica, porém, imaginaria que ocorria uma transferência perfeita de fundos — uma parte daquelas libras turcas necessariamente se perderia no processo, criando oportunidades que só seriam recusadas por alguém que estivesse muito mais próximo do que Clive Crouchmas do sofrido caminho que leva à santidade.

No dia a dia, Crouchmas tinha pouca ligação com a metafísica, sequer reconheceria qualquer manifestação do metafísico nem mesmo se fosse uma *serpens mordans*. Para ele era algo tão alheio quanto a frivolidade, a qual abundava nas funções que ele andava frequentando ultimamente. "Ah, Clivey!", três ou quatro vozes femininas no limiar da risadaria endógena gritavam em uníssono do outro lado do salão de dança do hotel pontuado de palmeiras em vasos. Crouchmas nem mesmo estava disposto a dizer "o quê?" em resposta. Isso teria o efeito de abrir portas pelas quais entrariam e sairiam correndo um grande número de personagens de farsa.

Curiosamente, porém, ele estava resistindo às tentações materiais. À medida que a Questão Oriental degringolava, transformando-se numa disputa escancarada pela imensa riqueza do Império Otomano, manifestada de maneira particularmente vívida nas intrigas a respeito de qual nação haveria de obter a Concessão da Ferrovia de "Bagdá", Clive era visto com assiduidade crescente no Chunxton Crescent, silencioso, envolto em seu manto, parecendo sem sombra de dúvida alguém que buscava um caminho mais espiritual, se bem que, segundo os mexericos — essas forças profanas que o P.A.T.A.C. jamais haveria de transcender —, ele estaria ali por obra de um fascínio silencioso pela srta. Halfcourt, ávido por qualquer desculpa para desfrutar sua companhia, pois ainda não havia aprendido as artes da fornicação movida a dinheiro, encontrando-se naquela fase de sua carreira em que o trabalho ainda tinha prioridade em relação ao lazer.

Há mais de uma década, a A.D.P. vinha recolhendo os dízimos locais destinados às garantias da ferrovia, a serem pagos em caráter anual a uma taxa de tanto por quilômetro de trilho, a diversas empresas ferroviárias europeias, antes que qualquer outra parte, até mesmo o governo turco, recebesse uma mísera piastra. Esse fato não havia escapado da atenção de uma cabala que atuava dentro da A.D.P., e à qual pertencia Crouchmas. Protegidos por um pseudônimo e atuando numa relação com o grupo do Banco Imperial Otomano de Paris cuidadosamente disfarçada, haviam aberto uma pequena empresa inventada por eles com o fim de negociar principalmente emissões fraudulentas de debêntures, consideradas pelas comissões consecutivas do banco instáveis demais para serem assumidas, ou sequer tocadas com uma vara de um metro.

"É bom demais pra deixar passar", gemeu ele em voz alta para o Grão-Cohen Nookshaft, seu conselheiro espiritual. "É ou não é?"

"Estou a pensar", respondeu o Cohen, cujo dinheiro estava investido em títulos de dívida pública havia tanto tempo que ele já não se lembrava do motivo que o levara a fazer tal investimento, nem quando o fizera. "Estou a pensar."

"Jamais entendi", prosseguiu Clive Crouchmas, "por que, com todo o talento precognitivo que temos aqui, ninguém nunca..." Fez uma pausa, como se procurasse uma maneira diplomática de prosseguir.

"Uma dissonância profunda entre os dons psíquicos e o capitalismo moderno, imagino", disse o Cohen, um pouco seco. "Antagonismo mútuo, dir-se-á. Além disso, tentamos não enlouquecer demais, como fazem alguns dos seus, por conta dessa questão da Concessão ferroviária."

"Se não estivesse aqui caminhando livremente entre vocês", declarou Crouchmas, "eu estava numa camisa de forças em Colney Hatch. Uma noite dessas, por uma fração de segundos, vi... julguei ver..."

"Está bem, Crouchmas, ouve-se esse tipo de coisa o tempo todo."

"Mas..."

"A iluminação é uma proposição esquiva. Tudo depende do quanto se quer arriscar. Menos dinheiro que segurança pessoal, tempo precioso, em troca duma oportunidade muitíssimo remota. Acontece, é claro. Das nuvens de poeira, suor e hálito, do tropel de cascos, o animal eleva-se atrás do campo, o último que se imaginava, alto, reluzente, inevitável, e passa por todos eles como um raio de sol matinal pelo resíduo espectral dum sonho. Mas continua sendo como enxugar gelo, e nem todos têm a vontade ou a paciência necessárias."

"Mas suponha-se que eu consiga ir até o fim. Já faz algum tempo que estou curioso — à medida que os membros daqui aproximam-se mais da iluminação, nossa mensalidade sofre alguma espécie de abatimento?"

Chovia quando Lew chegou em Cambridge. As manchetes dos jornais anunciavam:

MAIS UMA ENCÍCLICA DO PROF. MCTAGGART
PROTESTO VEEMENTE DO VATICANO
G. H. HARDY NÃO FOI LOCALIZADO PARA COMENTAR
"Multi et unus" — Texto completo incluído

Nas paredes antiquíssimas liam-se grafitagens em giz, como QUEREMOS MAIS DUQUES e PROIBIDO DOBRAR COTOVELO NO CRÍQUETE.

Tendo deixado Yashmeen na entrada do Girton College, Lew e Clive Crouchmas seguiram em direção ao Laplacian, um bar relativamente distante, frequentado por matemáticos, perto de um canal, onde deveriam encontrar-se com o professor Renfrew.

"Aqui vêm mais os do Trinity College", explicou Crouchmas. "É pouco provável que alguém o reconheça."

"E por que é que ele não quer ser reconhecido?", perguntou-se Lew em voz alta, porém Crouchmas ignorou a pergunta, fazendo sinal para que eles saíssem. Lá fora começava a escurecer.

Lentamente, à luz impura da turfeira, o rosto do professor tornou-se claramente visível, exibindo uma luminosidade... não, uma negação da visão comum... o sorriso que jamais haveria de emergir de uma cordialidade interior.

Após três rodadas obrigatórias do líquido denso, morno e choco conhecido na ilha como cerveja, Crouchmas separou-se dos outros, para ir aprontar suas próprias travessuras, enquanto Lew e o professor foram em direção ao escritório de Renfrew, situado num dos quadrângulos menores. Depois que acenderam seus charutos e deixaram passar um minuto de silêncio atento, Renfrew falou.

"O senhor conhece a pupila de Auberon Halfcourt, creio eu."

Lew pensou que Crouchmas, em sua obsessão, não conseguira deixar de mencionar o nome da moça. Deu de ombros. "Sou apenas uma espécie de acompanhante rotineiro, levo a garota de um lado para outro, o senhor Crouchmas achou que era bom eu de vez em quando dar uma olhada, perguntar se estava tudo bem, essas coisas."

O que não o isentou por completo de um olhar de esguelha desconfiado. "Pobre do Halfcourt. O homem simplesmente não percebe como se fazem as coisas. Pior do que Gordon em Cartum. O deserto gerou nele fantasias de poder que em Whitehall, felizmente, são consideradas pouco práticas. E o senhor não imagina como os protetores da menina no P.A.T.A.C. mais de uma vez já me infernizaram a vida. Não se pode fazer qualquer coisa, por mais inocente, sem atrair a atenção excessiva, há que dizê-lo, da organização." Lew tinha a impressão de que os maxilares superior e inferior de Renfrew moviam-se independentemente, como os de um boneco de ventríloquo. De fato, por vezes a voz parecia vir de outra parte.

"Eles têm lá um jeito meio estranho. Mas pagam bem."

"Ah. O senhor já trabalhou com eles."

"Servicinhos de entrega... uma ou duas vezes, como o que vocês chamam aqui de... moço de fretes."

"Fizeram-no assinar alguma espécie de contrato?"

"Nada disso. Uma tarefa de cada vez, pago com dinheiro vivo. Melhor pra todas as partes envolvidas, não é?"

"Hm. Quer dizer que se *eu*, por exemplo, quisesse lhe pedir um serviço..."

"Isso ia depender do tipo de trabalho, não é?"

"O jovem Crouchmas diz que o senhor é confiável. Vamos. Diga-me o que pensa."

Espetada a um quadro de avisos de cortiça, Lew viu na parede a fotografia de uma figura vaga, toda de branco, com uma bolsa de críquete, tendo ao fundo um céu com um vistoso espetáculo de nuvens característico da quadra de Headingly.

O rosto não era nítido, mas Lew deu alguns passos para trás até conseguir focalizá-lo melhor.

"O senhor o reconhece?"

"Não... por um momento, achei que sim."

"O senhor reconhece, sim." Irônico, acenando com a cabeça, como se para si próprio.

Lew sentiu uma desagradável pontada gástrica, mas não via motivo para confirmar o que o professor dissera. Assim, teve que ouvir a mesma história que já lhe fora contada por Coombes De Bottle, sobre o misterioso lançador de bombas de gás.

"Quer que eu descubra o sujeito? Que eu pegue e entregue ele à polícia?"

"Não diretamente. Primeiro traga-mo a mim, se for possível. É da maior importância que eu converse com ele, cara a cara."

"E se ele estiver no meio de um daqueles famosos ataques com fosgênio?"

"Ah, nesse caso o senhor ganhava um abono de insalubridade, decerto. *Eu* é que não lhe posso pagar muita coisa, o senhor vê como tudo aqui está reduzido — é como se minha vida tivesse sido alvo dum atentado a gás —, mas haverá outros que são muito generosos, se o senhor conseguir capturá-lo."

"Quer dizer que não é uma coisa pessoal, não."

"Por ter ele sido visto numa praia, na pândega, com minha mulher... lamento, não... não se trata disso..." A expressão em seu rosto era algo que Lew já vira mais de uma vez entre os britânicos, um misto de autocomplacência e autocomiseração, que ele ainda não conseguia explicar mas já conhecia o suficiente para ter cautela em sua presença. "Não, é coisa de caráter um pouco mais, hm, geral. E é por isso que o senhor pode entrar em apuros com a polícia. Já me vieram aqui mais duma vez dizer-me que não me metesse. Vieram até de Londres para dizer-me que o 'elemento' é um problema exclusivamente deles."

"Posso me informar lá na Scotland Yard, pra descobrir o que é." Então, incapaz de resistir: "O seu colega alemão, como se chama mesmo, o Werfner — ele está tão interessado nesse cara quanto o senhor?".

"Não faço ideia." A reação de Renfrew talvez incluísse um piscar de olhos, mas tão rápido que Lew não podia ter certeza. "Se bem que a meu ver o Werfner é incapaz de distinguir uma tacada com *leg-break* duma bola alta. Ah, então o senhor ainda não o conhece? O senhor não sabe o que está a perder!"

Indicou a Lew uma sala menor, onde um globo terrestre brilhava, um pouco abaixo da altura dos olhos, pendurado numa corrente de aço fixada no teto, cercado por um éter de fumaça de charuto, poeira doméstica, encadernações e papéis velhos, hálito humano... Renfrew segurou o globo com ambas as mãos como se fosse uma taça de conhaque, e o fez rodar com um gesto firme, como se para dar mais peso à sua argumentação. Lá fora a chuva luminosa varria o campus. "Olhe cá — mantendo-se no meio o Polo Norte, imaginando-se para fins de demonstração que a área em torno dele seja sólida, algum elemento desconhecido no qual se pode não apenas caminhar, mas até mesmo passar com máquinas pesadas — gelo ártico, tundra congelada —, vê-se que tudo isso forma uma massa e tanto, não? Eurásia, África, América. Tendo no centro a Ásia Central. Quem controlar a Ásia Central há de controlar o planeta."

"E aquele outro... quer dizer, hemisfério?"

"Ah, isso aqui?" Virou o globo e deu-lhe um tapinha desdenhoso. "América do Sul? Pouco mais do que um apêndice da América do Norte. Ou do Bank of England, se preferir. Austrália? Cangurus, um ou dois jogadores de críquete mais talentosos, o que mais?" Suas feições miúdas tremiam à luz fraca do entardecer.

"O Werfner, esse desgraçado, inteligente mas *unheimlich*, tem uma obsessão pelos caminhos-de-ferro, a história emerge da geografia, é claro, mas pra ele a geografia básica do planeta são os caminhos-de-ferro, trata-se de obedecer à necessidade deles, suas interconexões, lugares escolhidos e deixados de lado, centros e radiações, gradientes possíveis e impossíveis, de que modo são ligados por canais, atravessam túneis e pontes existentes ou potenciais, capital transformado em material — e fluxos de poder também, manifestados, por exemplo, em grandes movimentos de tropas, agora e no futuro —, ele se autodenomina o profeta da *Eisenbahntüchtigkeit*, ou seja, ferroviabilidade, cada acomodação à matriz de pontos relevantes, cada uma tomada como coeficiente da equação jamais escrita do planeta..." Estava lecionando. Lew acendeu outro charuto e relaxou.

"Foi agradável a visita?", indagou o Cohen num tom ostensivamente displicente, como se estivesse prestes a pregar uma peça no outro.

"Ele me ofereceu um trabalho."

"Delicioso!"

Lew resumiu o caso do Cavalheiro Bombardeador de Headingly, que o Cohen, como todos nas ilhas Britânicas, com exceção de Lew, já conhecia de cor e salteado. "Isso quer dizer que virei um agente duplo? Devo passar a usar um nariz falso ou coisa parecida?"

"O Renfrew deve conhecer muito bem quais são suas relações com o P.A.T.A.C. A essa altura, ele já deve possuir a ficha completa a respeito de si."

"Então..."

"Ele crê que poderá usá-lo."

"Assim como vocês estão me usando."

"Ah, mas nós temos o coração puro, o senhor sabe."

Talvez fosse efeito residual do uso de Ciclomite, mas Lew seria capaz de jurar ter ouvido toda uma sala invisível cair na gargalhada, e até alguns aplausos de lambuja.

Por toda a cidade, ao meio-dia, uma campina de sinos floresceu, na hora em que os rapazes vinham descendo sobre Murano, aproximando-se das enormes chaminés de argila vermelha, de bocas largas, conhecidas como *fumaioli*, de acordo com o piloto local, Zanni. "*Muito perigosas*, as faíscas, elas podem fazer um balão estourar, *certo*", gotas de suor desprendendo-se de seu rosto em todos os ângulos, como se autopropulsionadas. Aquele italiano comicamente ansioso, porém de bom coração, havia subido a bordo algumas horas antes, depois que os rapazes conseguiram a autorização necessária concedida pelo ramo de Piacenza dos Amigos do Acaso, conhecidos ali na Itália como "Gli Amici dell'Azzardo". Estando o *Inconveniência* recolhido ao estaleiro, os rapazes estavam temporariamente usando um aeróstato italiano da mesma classe, o semirrígido *Seccatura*.

Cada um de seu posto, os rapazes contemplavam agora do alto a cidade-arquipélago de Veneza, parecendo um mapa de si própria impresso em tinta sépia antiga, apresentando à luz do dia, daquela distância, um espetáculo de ruína e tristeza, embora vista de mais perto essa cena se transformasse em um milhão de telhas de um tom de vermelho um pouco mais otimista.

"É como um enorme amuleto enferrujado", admirou-se o dr. Chick Counterfly, "caído do pescoço de um semideus, cuja magia se espalhasse pelo Adriático —"

"Ah, nesse caso", resmungou Lindsay Noseworth, "quem sabe o melhor não seria largar você lá embaixo imediatamente, para que você possa esfregá-lo, ou fazer seja lá o que fazem os colecionadores de amuletos."

"Esfregue isso aqui", sugeriu Darby Suckling, do seu assento diante do painel de controle. A seu lado, Miles Blundell olhava cuidadosamente para vários mostradores enquanto recitava, numa espécie de êxtase entorpecido: "O número italiano que parece zero é igual ao nosso 'zero' americano. O que parece o número um é "um". O que parece o dois —"

"Chega, seu mentecapto!", rosnou Darby. "A gente captou o sentido!"

Miles virou-se para ele sorrindo de orelha a orelha, as narinas aspirando o odor ambíguo de vidro derretido que se elevava das bocas fumívomas da cidade, um cheiro que só ele, em toda a tripulação, achava agradável. "Escutem." De algum lugar em meio à tênue névoa abaixo deles vinha a voz de um gondoleiro, cantando seu amor não por alguma *ragazza* de cabelos cacheados, e sim pela gôndola negra como carvão que naquele momento ele conduzia, como se em transe, com seu remo. "Vocês estão ouvindo?" Lágrimas descendo as convexidades do rosto de Miles. "Vai seguindo em tom menor, e depois em cada refrão passa para o maior, não é? Ah, essas terças de picardia!"

Seus companheiros de bordo rapidamente voltaram-se para ele, depois entreolharam-se, e por fim, com um dar de ombros coletivo, que já se tornara rotineiro, retomaram seus afazeres.

"Ali", disse Randolph. "Ali é o Lido. Agora vamos dar uma olhadinha nessa carta náutica —"

Aproximando-se do banco de areia que separava a laguna veneziana do mar Adriático aberto, desceram até umas poucas dezenas de metros de altitude (ou *quota*, conforme os instrumentos italianos) e logo se viram sobrevoando as chamadas *Terre Perse*, ou seja, Terras Perdidas. Desde os tempos da Antiguidade, inúmeras ilhas habitadas haviam afundado, de modo a formar uma considerável comunidade submersa de igrejas, lojas, tavernas e palácios para os ossos nus e as atividades indevassáveis das muitas gerações de venezianos mortos.

"Bem ao leste de Sant'Ariano e... *Ecco!* Vocês estão vendo? Ou muito me engano, senhores, ou aquilo ali é a Isola degli Specchi, a Ilha dos Espelhos em pessoa!"

"Perdão, professor", disse Lindsay, com o cenho franzido, "lá embaixo não tem nada, só água."

"Tente enxergar *abaixo* da superfície", aconselhou o aeronauta veterano. "Aposto que Blundell consegue ver, não é, Blundell, hein?"

"Uma coisa um pouco diferente hoje", disse Darby Suckling, sarcástico. "Uma fábrica de espelhos debaixo d'água. Como é que a gente vai desempenhar essa missão?"

"Com a nossa elegância costumeira", retrucou o comandante da nau num tom de cansaço. "Senhor Counterfly, pegue suas lentes — queremos o máximo de fotografias que conseguirmos obter desse pequeno *stabilimento*."

"Fotos do mar aberto — o-baa!", o mascote acerbo, rodopiando o dedo junto à têmpora — "não é que o velho finalmente ficou gira de vez!"

"Apenas desta vez, de minha parte, sinto-me obrigado a concordar com Suckling", acrescentou Lindsay Noseworth, soturno, como se falando sozinho, "ainda que eu talvez preferisse uma terminologia mais clínica."

"Raios, rapazes, raios", riu gostosamente o oficial científico Counterfly, às voltas com suas calibragens fotográficas, "as maravilhas de nossa era, e podem ter certeza que nenhum desses raios é estranho ao espectro deste famoso sol italiano. Esperem só até eu sair da câmara escura, que vocês vão ver, por Garibaldi, ah, se vão."

"*Ehi, sugo!*", exclamou Zanni ao leme, atraindo a atenção de Randolph para uma trêmula aparição ao longe, a estibordo.

Randolph pegou os binóculos da mesa. "Cáspite, rapazes, se não é a maior cebola voadora do mundo, trata-se do velho *Bolcháia igrá* mais uma vez, querendo assimilar um pouco de cultura italiana, decerto."

Lindsay deu uma olhada. "Ah! Essa infame banheira czarista. Que cargas d'água será que eles querem aqui?"

"Nós", sugeriu Darby.

"Mas nossas ordens vieram lacradas."

"E daí? Alguém deslacrou. Não vá me dizer que os Romanov não têm condição de pagar um ou dois sujeitos infiltrados."

Houve um momento de silêncio incômodo a bordo, em reconhecimento à constatação de que seria impossível explicar em termos de coincidência o fato de que nos últimos tempos, por mais que estivessem envoltas em segredo suas missões aéreas, o inexorável Pádjitnov mais cedo ou mais tarde sempre surgia no horizonte. Quaisquer que fossem as suspeitas mútuas que houvessem brotado entre os próprios rapazes — pela mais simples computação, vinte no mínimo —, suas apreensões convergiam de fato nos invisíveis escalões "superiores", em que as ordens, jamais assinadas nem atribuídas, eram formuladas e emitidas.

Em todo o decorrer do dia, os rapazes não conseguiram não conversar sobre a presença dos russos e o que os trouxera ali. Embora naquele dia não viessem a encontrar-se com o *Bolcháia igrá*, a sombra do invólucro bulbiforme, e o brilho ameaçador do metal das armas sob ele, haveriam não obstante de persistir mesmo horas depois, durante o gozo da licença em terra firme.

"Você não pode estar insinuando que Pádjitnov recebe ordens de alguém que tem intimidade com alguém de quem recebemos ordens", protestou Lindsay Noseworth.

"Enquanto ficarmos só fazendo tudo que nos mandam fazer", Darby de cara amarrada, "nunca vamos saber. É o preço da obediência cega, é ou não é?"

A tarde caía. Tendo devolvido a aeronave emprestada à sede dos A. dell'A., no continente, a tripulação estava reunida para jantar no jardim de uma simpática *osteria* em San Polo, à margem de um canal pouco frequentado, uma via estreita do tipo a que os venezianos dão o nome de *rio*. Donas de casa debruçavam-se das sacadas para recolher as roupas que haviam passado o dia a secar. Em algum lugar um acordeão partia corações. Postigos começavam a fechar-se ante a aproximação da noite. Sombras estremeciam nas *calli* estreitas. Gôndolas e barcos de entrega, menos elegantes, deslizavam sobre a água lisa como uma pista de dança. Ecoando no crepúsculo frio, pelos respiradouros dos *sotopòrteghi* e em tantos desvãos ocultos que era como se os sons viessem de sonhadores eternamente longínquos, ouviam-se os alertas estranhamente desoladores dos *gondolieri* — "Sa stai, O! Lungo, ehi!" — mesclados com gritos de crianças, merceeiros, marinheiros em terra firme, vendedores de ruas que já não esperavam mais uma resposta, porém insistentes como se quisessem chamar de volta a luz do dia a esvair-se.

"E temos outra opção?", retrucou Randolph. "Ninguém nos diria quem informou Pádjitnov. A quem poderíamos perguntar, se todos são tão invisíveis?"

"Era só a gente resolver desobedecer, uma vez que fosse — aí eles iam aparecer pra nós mais que depressa", afirmou Darby.

"Claro", disse Chick Counterfly, "apareceriam só o tempo necessário pra nos expulsar do céu."

"Quer dizer... que", Randolph com a mão no ventre como se este fosse uma bola de cristal, dirigindo-se a ele, pensativo, "é só medo? É isso que somos agora, um bando de coelhos assustados com uniformes feitos para homens?"

"A argamassa da civilização, nautas", zombou Darby. "Agora e sempre."

As moças que trabalhavam ali, recém-chegadas das montanhas ou do Sul, zanzavam por entre as mesas e entravam e saíam da cozinha numa espécie de êxtase concentrado, como se não conseguissem acreditar na sorte que haviam tido de ir ter ali, no mar pálido. Chick Counterfly, o tripulante com mais experiência das coisas deste mundo, e portanto o porta-voz inevitável sempre que havia encontros com o belo sexo que contivessem alguma possibilidade de ambiguidade, fez sinal para uma das faceiras *camariere*. "Cá entre nós, Giuseppina — um segredo de namorados —, o que você ficou sabendo esta semana sobre os outros *pallonisti* aqui dessas plagas?"

"Namorados, pois sim. Que espécie de 'namorado'", perguntou Giuseppina a si mesma, num tom agradável ainda que audível, "só pensa nos rivais?"

"Rivais! Você está dizendo que algum outro aeronauta — talvez até mais do que um! — tem direitos sobre o seu coração? *Ehi, macchè, Pina!* — que espécie de 'amada' é essa que joga os namorados friamente de um lado para outro, como folhas numa salada?"

"Quem sabe ela não está procurando um *giadrul* grande atrás dessas folhas", arriscou sua colega napolitana, Sandra.

"Capitão Pa-zi-no!", cantou Lucia do lado oposto do salão. Giuseppina pareceu corar, se bem que talvez fosse o efeito de algum vestígio de pôr do sol que vinha por sobre os telhados.

"Pazino..." disse, Chick Counterfly, tranquilamente intrigado.

"É Pá-djit-nov", pronunciou Giuseppina, olhando para Chick com um sorriso formalmente melancólico que talvez significasse, naquela cidade de eternas negociações: *E agora, o que é que eu ganho em troca?*

"Pelos joanetes de Netuno!", exclamou Darby Suckling. "Com tanta espagueteria nessa cidade, você está me dizendo que esses russos de meia-tigela estiveram *aqui*? Eram quantos?"

Porém mais do que isso a moça não queria oferecer, e dirigindo por cima do ombro nu um olhar de reprovação zombeteira ao jovem desabrido, foi cuidar de outras tarefas.

"Peru roxo", Miles Blundell sorridente, que decidira, para começo de conversa, atacar o *tacchino* com molho de romã, vestígios do qual já enfeitavam a jaqueta de seu uniforme.

"Uma notícia não muito alvissareira, capitão", murmurou Darby, correndo a vista pelos comensais em busca de consenso — "e se a gente se esquecer da boia e pular fora daqui?"

"Fora de questão", declarou Lindsay Noseworth, veemente. "Quaisquer que sejam as intenções dele —"

"Silêncio, Noseworth, por obséquio", suspirou o comandante da nau — "pois todos nós sabemos muito bem que tal como já fugimos antes, assim também poderemos voltar a fazê-lo, e negar o fato não há de nos tornar mais fortes em relação a nosso irmão do ar, o capitão Pádjitnov. Assim, enquanto podemos — *dum vivimus, bibamus* —, se você fizer as honras, Lindsay", indicando com sua taça o balde de gelo no centro da mesa onde esfriava o vinho. Emburrado, o vice-comandante escolheu e abriu duas garrafas, um Prosecco de uma vinícola a pouca distância dali, ao norte, e um Valpolicella igualmente efervescente de uma região mais afastada do litoral, e em seguida foi andando em volta da mesa, servindo em cada taça quantidades iguais de *vini frizzanti* branco e tinto.

Randolph levantou-se, elevando a taça. "Sangue vermelho, mente pura", e os outros fizeram coro, num uníssono não muito empolgado.

As taças faziam parte de um jogo de uma dúzia, cada uma delas tendo começado sua existência como uma bola reluzente de vidro semilíquido na extremidade de um canudo em Murano alguns dias antes. Ornadas, com muito bom gosto, com o brasão dos Amigos do Acaso e o lema SANGUIS RUBER, MENS PURA em prata, as taças haviam sido dadas de presente aos rapazes naquele mesmo dia pelo atual doge no exílio, Domenico Sfinciuno, cuja família em 1297, juntamente com várias outras famílias ricas e poderosas, fora proibida de jamais participar do Grande Conselho — e portanto se tornara inelegível para o dogado de Veneza — pelo então doge, Pietro Gradenigo, por meio do seu infame decreto conhecido como *Serrata del Maggior Consiglio*. Mas nem mesmo a abolição do cargo de doge, efetuada por Napoleão quinhentos anos depois, teve qualquer efeito sobre a reivindicação que há gerações os

Sfinciuni, numa curiosa inércia de ressentimento, encaravam como um direito deles. Nesse ínterim, dedicavam-se ao comércio com o Oriente. Logo após a volta dos Polo a Veneza, os Sfinciuni juntaram-se a outros aventureiros arrivistas, que também haviam sido deixados de fora pelo decreto de Gradenigo, cujo dinheiro era mais novo do que o das Case Vecchie, mas era mais do que suficiente para financiar uma primeira expedição, e seguiram rumo ao leste para fazer fortuna.

Surgiu assim na Ásia Interior um rosário de colônias venezianas, cada uma delas em torno de algum oásis distante, formando juntas um caminho, uma alternativa à Rota da Seda, que levava aos mercados orientais. Os mapas eram zelosamente guardados, sendo a morte muitas vezes o preço pago por aqueles que os divulgavam a pessoas não autorizadas.

Os Sfinciuni ficavam cada vez mais ricos, e esperavam — haviam aprendido a esperar. Domenico não era exceção. Tal como seus ancestrais, usava não apenas o clássico chapéu do doge, com a ponta de trás virada para cima, mas também, por baixo dele, a tradicional *cuffietta*, uma boina de linho que normalmente só ele sabia estar usando, a menos, é claro, que resolvesse exibi-la em público para convidados especiais, tais como, no momento, os Amigos do Acaso.

"... e assim", disse ele a seus ouvintes, "nosso sonho está agora mais perto de se realizar do que nunca, tal como, por conta dos milagres técnicos no século XX que esses ilustres jovens cientistas americanos nos trouxeram, podemos por fim recuperar a rota perdida do nosso destino asiático usurpado pelos Polo e o maldito Gradenigo. Abençoados sejam! Não se deve negar a esses *ragazzi* nenhuma manifestação de respeito, simbólica ou prática, sob pena de incorrer nossa cólera ducal, que é severa."

"Poxa, é como receber as chaves da cidade!", exclamou Lindsay.

"É mais parecido com '*Attenzione al culo*'", murmurou Chick. "Tente não esquecer que este lugar é famoso pela fabricação de máscaras." Um defensor veemente da tática de não atrair as atenções, Chick achava que cerimônias como aquela eram ao mesmo tempo desnecessárias e perigosas. A missão dos rapazes em Veneza, para a qual não contribuíam em nada eventos como aquele, que lhes ocupava o tempo e lhes dava visibilidade, era localizar o lendário Itinerário Sfinciuno, um mapa ou carta das rotas para o Oriente no período pós-Polo, que, segundo alguns, indicaria o caminho da misteriosa cidade de Shambhala.

"Antes de mais nada", aconselhou-lhes seu cicerone nesses assuntos, o professor Svegli da Universidade de Pisa, "tentem esquecer a imagem normal em duas dimensões. Não é desse tipo o 'mapa' que vocês estão procurando. Tentem colocar-se na posição de Domenico Sfinciuno ou de um dos membros de sua caravana. De que vocês precisariam para saber onde estão e onde devem ir? Sabendo que as estrelas nem sempre estariam visíveis, e tampouco os picos das montanhas, como o Khan-Tengri... Nem mesmo o monte Kailash, o paraíso de Shiva, que em certas horas do dia é uma espécie de farol quase deslumbrante, a indicar onde se está e em que direção se está indo... Pois não apenas não há pontos de referência como também há pontos de antirreferência — para cada farol, um episódio de cegueira intencional."

"Espere aí", Chick de cenho franzido, como se perplexo. "Será impressão minha ou esta conversa está ficando — como dizê-lo? — abstrata? Será que esse tal Itinerário Sfinciuno vai acabar sendo não um mapa geográfico e sim o relato de uma viagem espiritual? Tantas alegorias e simbolismos ocultos —"

"E nem mesmo um miserável oásis em que a gente possa beber água de verdade", Darby opinou, agressivo. "Muito obrigado, professor. Então agora estamos atuando no ramo do comércio religioso."

"O terreno é perfeitamente real, deste mundo — é nisso, vocês precisam entender, que reside o problema. Agora, tal como no tempo de Sfinciuno, existem duas versões diferentes de 'Ásia', uma delas um objeto de disputa política entre as Potências da Terra — e a outra, uma fé milenar em termos da qual todos os conflitos terrenos como este não passam de ilusões. Aqueles cujo objetivo exclusivo é o poder neste mundo não sentem nenhum escrúpulo em utilizar os outros, cujo objetivo, naturalmente, é transcender todas as questões referentes ao poder. Uns consideram os outros um bando de insensatos iludidos.

"O problema está na projeção. O autor do Itinerário imaginava a Terra não apenas como uma esfera tridimensional mas também, além disso, como uma *superfície imaginária*, e os recursos ópticos para realizar a eventual projeção dessa superfície na página bidimensional se revelaram muitíssimo estranhos.

"Assim, temos uma espécie de anamorfoscópio, mais propriamente, aliás, um *para*morfoscópio, pois ele nos revela mundos que se colocam ao lado daquele que tomamos, até agora, como o único mundo que nos é dado." Os anamorfoscópios clássicos, ele explicou, eram espelhos, cilíndricos ou cônicos, normalmente, os quais, quando colocados em cima ou perto de uma imagem deliberadamente distorcida, e vistos do ângulo correto, faziam com que a imagem voltasse a parecer "normal". Os anamorfoscópios entraram e saíram de moda várias vezes, a partir do século XVII, e os artesãos da Isola degli Specchi não demoraram a aprender a trabalhar para esse mercado especializado. É bem verdade que uma certa percentagem deles enlouqueceu e terminou no asilo de San Servolo. Em sua maioria, esses infelizes se tornaram incapazes de voltar a encarar um espelho, e eram mantidos escrupulosamente afastados de toda e qualquer superfície reflexiva. Porém uns poucos, tendo sem dúvida optado por aprofundar-se ainda mais nos dolorosos corredores de seu mal, constataram após algum tempo que agora sabiam polir superfícies cada vez mais exóticas, hiperboloidais e outras mais estranhas ainda, chegando mesmo a formas que somos obrigados a denominar "imaginárias", embora haja quem prefira o termo de Clifford, "invisíveis". Esses especialistas permaneceram na Isola degli Specchi numa espécie de confinamento dentro do confinamento, tão restritivo que chegava a lhes proporcionar, paradoxalmente, uma liberdade que ninguém gozava na Europa, e jamais gozou lá ou em qualquer outro lugar, antes ou depois.

O "Itinerário Sfinciuno", explicava o professor, "montado com base em fontes originais dos séculos XIV e XV, foi codificado como uma dessas distorções paramórficas, passível de ser resgatado da invisibilidade com a ajuda de uma configuração específica de lentes e espelhos, cujas especificações exatas só eram conhecidas pelo cartógrafo e aqueles outros artesãos, loucos incuráveis, que a produziram, e mais os inevitáveis herdeiros e cessionários, cujas identidades são até hoje muito discutidas. Teoricamente, cada ponto desse mapa diabolicamente codificado tinha de ser definido, mas na prática, como isso implicaria um grau do infinito que nem mesmo o doutor Cantor, em nosso tempo, seria capaz de calcular, o desenhista e o artesão se contentaram com o grau de detalhe que era fornecido pelos mais recentes microscópios compostos importados dos Países Baixos, prenunciando — e, segundo alguns, ultrapassando em qualidade — os modelos plano-convexos de Griendl von Ach."

Em algum momento antes de sua primeira menção em obra publicada, ocorrida em 1669, a calcita ou espato da Islândia chegou a Copenhague. Tendo sido descoberta de imediato sua propriedade de dupla refração, o mineral fantasmagórico passou a ser muito requisitado pelos cientistas ópticos de toda a Europa. Com o tempo, descobriu-se que certas linhas e superfícies "invisíveis", análogas a pontos conjugados no espaço bidimensional, tornavam-se acessíveis através de lentes, prismas e espelhos de calcita cuidadosamente preparados, embora os níveis de tolerância fossem ainda mais exigentes do que quando se trabalhava com vidro, fazendo com que dezenas e por fim centenas de artesãos fossem juntar-se à multidão de seus irmãos exilados, que já perambulavam pelos longes da loucura.

"Assim", prosseguia o professor, "se aceitamos a ideia de que os mapas começam como sonhos, passam por um período de vida finita neste mundo e voltam a reaparecer como sonhos, podemos dizer que esses paramorfoscópios de espato da Islândia, que não podem ser muito numerosos, se é que existem, revelam a arquitetura do sonho, de tudo aquilo que escapa da rede cotidiana de latitudes e longitudes..."

Um dia, Miles Blundell, numa de suas costumeiras escapadelas pelos meandros de Veneza, parando para contemplar afrescos semidestruídos como se fossem mapas em que as partes gastas pelo tempo fossem os oceanos, ou para contemplar alguma extensão de pedra istra e ler, em seus grafismos naturais, comentários sobre uma costa proibida, penetrou no que, como indicaria uma investigação posterior, era nada menos do que a visão profética de são Marcos, *porém ao contrário*. Ou seja, ele voltou aos pântanos e à laguna do Rialto tal como eram no primeiro século depois de Cristo, os cormorões negros descrevendo suas curvas desajeitadas, a cacofonia das gaivotas, o cheiro de charco, a imensa respiração fricativa, quase fala articulada, dos juncos agitados pelo siroco que havia desviado seu navio do rumo — onde, tornozelos mergulhados na lama, era Miles que aparecia para algum Ser que claramente não pertencia à região imediata. Ali perto, tão próxima da costa indistinta que era possível caminhar até lá a vau, estava a curiosa nau em que, aparentemente, o Ser havia chegado. Não era um navio típico de vela latina, aliás não parecia ter nem velas, nem mastros, nem remos.

"Você tem certeza de que não era só uma pessoa com máscara, uma coisa assim? E-e o tal do *leão alado?*", em que Chick Counterfly, como oficial de interrogações, estava particularmente interessado, "o Livro, em que página estava aberto?"

"Com um rosto humano, sim, o sorriso ambivalente de Carpaccio, a Porta della Carta, e tudo o mais, tudo isso capricho de artista, creio eu... A menos que você queira saber o que viu o Ser quando olhou para mim?"

"Como é que você pode saber o que ele viu quando —"

"O que me foi dado a entender. A me tornar, como dizem aqui, aptoto, indeclinado, incapaz, às vezes, de distinguir sujeito de objeto. Embora continuasse sendo eu mesmo, eu era também o Leão alado — eu sentia o peso adicional nas minhas omoplatas, as obrigações musculares imprevistas. O Livro, o que tem isso? De algum modo eu sabia de cor o Livro, o Livro das Promessas, promessas feitas a selvagens, a remadores de galés, a doges, a fugitivos bizantinos, a povos que viviam além das fronteiras conhecidas da Terra, cujos nomes são tão pouco conhecidos — em suas páginas, que importância poderia ter a 'minha' promessa, uma simples promessa de que 'aqui há de jazer teu corpo, visitante', aqui em algum deserto úmido e salgado? Se em outras páginas o Livro falava de coisas muito mais importantes a serem resolvidas, casamentos e concepções, dinastias e batalhas, convergências exatas de ventos, frotas, condições meteorológicas e taxas de mercado, cometas, aparições — qual a importância de uma promessa menor, mesmo se feita ao Evangelista? ele estava destinado a Alexandria, não era? Sabia que seu destino estava lá, aquilo ali era apenas uma interrupção, um vento caprichoso que soprava da África, um passo em falso na Peregrinação que ele já sabia, àquela altura, estar realizando."

"Sabe, Miles", debochou Darby, "estamos precisando de alguém para ocupar o cargo de capelão da unidade, se você estiver interessado."

Miles, sorridente e bem-humorado, prosseguiu. "Ele queria que soubéssemos que nós também estamos aqui numa Peregrinação. Que nosso interesse no *itineraio sfinciunese* e a cadeia de oásis nele traçada beneficia menos os que nos enviaram nessa missão do que a nós mesmos. Quando todas as máscaras são removidas, trata-se na verdade de uma investigação sobre nosso próprio dever, nosso destino. O qual consiste em não penetrar na Ásia em busca do lucro. Não morrer nos desertos do mundo sem ter atingido nosso objetivo. Não ascender nas hierarquias do poder. Não descobrir fragmentos de nenhuma Vera Cruz, seja lá como ela for imaginada. Tal como os franciscanos inventaram os Passos da Cruz a fim de possibilitar que qualquer membro da congregação vá a Jerusalém sem sair do terreno de sua paróquia, assim também nós fomos guiados a subir e descer os caminhos de um mundo que nos parece praticamente infinito, mas que na realidade não passa de um circuito de humildes imagens a refletirem uma glória tão excelsa que não podemos sequer imaginá-la — para nos salvar do terror paralisante de ter de fazer a verdadeira viagem, de um episódio ao seguinte do último dia de Cristo na Terra, para chegar enfim à vera e insuportável Jerusalém."

Chick Counterfly, cujo compromisso era com um mundo mais tangível, não obstante sentiu, como sempre, uma pontada de culpa diante da paixão com que Miles relatava suas visões. À medida que a missão veneziana se desenrolava, Chick dava por si dando menos atenção a questões da nave e sendo cada vez mais atraído pelos *sotopòrteghi* da cidade, e as oportunidades de aventura oferecidas por essas passagens tenebrosas. Numa delas, num crepúsculo brumoso e úmido, uma jovem chamada Renata fez sinal para ele com um movimento de seus cachos negros, brandindo uma cigarreira de prata russa e nigelo, a qual se abriu revelando uma coleção de cigarros austríacos, egípcios, americanos, dos mais diversos tamanhos e formas, alguns com timbres impressos em ouro e inscrições em alfabetos exóticos, como o glagolítico, antigo e novo. "Eu os pego aqui e ali, com amigos. Quase nunca vejo dois iguais na mesma noite." Chick escolheu um Gauloise, e os dois acenderam seus cigarros, ela segurando o punho dele da maneira tradicional, fingindo examinar seu isqueiro patenteado. "Nunca vi um assim. Como funciona?"

"Dentro dele há um pequeno prisma feito com uma liga radioativa, que emite certos *raios energéticos*, os quais podem ser concentrados, por 'radiolentes' especiais, e focalizados num ponto mais ou menos onde a ponta do seu cigarro está — *scusi*, estava."

Renata o encarava pensativa, com olhos enormes de uma curiosa cor de bronze verdete. "E foi o senhor, Dottore, que inventou essas lentes especiais."

"Na verdade, não. Isso ainda não foi inventado. Eu o achei — ou foi ele que me achou? —, um pescador na névoa, lançando o anzol vez após vez no rio invisível, a correnteza do Tempo, na esperança de encontrar artefatos como este."

"*Affascinante, caro*. Isso quer dizer que se eu viver ainda por um bom tempo um dia ainda hei de ver essas coisas à venda no Rialto, às dúzias?"

"Não necessariamente. Talvez o seu futuro, em particular, não inclua isso. Nem o meu. Não é assim, ao que parece, que o Tempo funciona."

"Hmmm. Meu *ragazzo* — bom, ele é mais que isso, meu sócio, também — está na polícia. Ele quer um dia virar detetive. Vive lendo sobre as mais recentes teorias criminais, e eu sei que ele ficaria interessado em —"

"Nananão, por favor, não sou um dos *mattoidi* do doutor Lombroso, só um mero balonista contratado."

"Mas não é outro russo."

"'Outro'... mas como é que você pode ter certeza?" Cofiando as barbas como um vilão.

"Quem sabe eu já não esbarrei em um ou dois e sei a diferença."

"E...?"

"Se eu me lembraria?"

"*Prego*, curiosidade profissional, só isso."

"Vamos, tem um *caffè* logo depois da próxima ponte. Espero que pelo menos me deixe ler as cartas para você."

"O seu sócio —"

Ela deu de ombros. "Lá em Pozzuoli, fazendo o que não devia."

Sentaram-se em torno de uma pequena mesa envernizada, com espaço suficiente para as xícaras e as cartas do pequeno baralho de Tarocchi, isto é, de Tarô, que Renata havia tirado de sua bolsa e embaralhado, para em seguida abrir uma fileira de oito cartas, acima dela outra de quatro, depois uma de duas e por fim uma única carta, formando uma cúspide aproximada. "Assim cada uma das cartas superiores é influenciada pelas duas que estão imediatamente abaixo dela. A última carta, como sempre, é a que importa."

No caso, acabou sendo a carta de número XVI, A Torre. A moça embaralhou e repetiu o esquema duas vezes, e em ambas as vezes tudo convergiu na Torre, o que teve o efeito de deixá-la imobilizada, respirando mais depressa. Os únicos outros Arcanos Maiores que apareceram davam apenas conselhos delicados sobre mudanças de comportamento, coisas como Temperança e Fortitude.

"Em terras protestantes, como a Inglaterra", observou Chick, "os que leem essas cartas acreditam que A Torre representa a Igreja de Roma."

"Isso já é uma ideia posterior. Os Tarocchi são muito, muito mais velhos. Muito mais antigos que Cristo e os Evangelhos, quanto mais o papado. Sempre muito diretos. Esta carta, aqui na mesa, para você, é uma torre de verdade, talvez até o velho Papà."

"O Campanile na Piazza? Ele vai ser atingido por um raio? Dois adversários vão cair dela?"

"Alguma espécie de raio. Alguma espécie de queda."

Por volta do alvorecer, como se a ideia só lhe tivesse ocorrido agora: "Mas — você não devia ter voltado para a sua unidade?"

"Até meia-noite, oficialmente eu estava 'ausente', e dependendo da hora que os rapazes estejam planejando partir, eu posso acabar enquadrado como caso de abandono do navio, também."

"O que é que vai acontecer?"

"Eles podem mandar uma patrulha me procurar, imagino... Você viu alguém suspeito lá fora?"

"Só o barco do café da manhã. Venha, vou comprar alguma coisa para você."

Dois sujeitos num barco pequeno haviam emergido do borrão luminoso do *sfumato*, que só se dissiparia algumas horas mais tarde — um deles remava e o outro cuidava de um pequeno fogão a carvão cujo brilho estava prestes a ser absorvido pela luminosidade nacarada do dia. Agora viam-se catadores de mexilhões na água, que só lhes chegava até a cintura, movendo-se como ceifeiros num campo. Barcos de hortaliças vindos da Ponte di Paglia passavam deslizando, e também outras embarcações menores cheias de caranguejos verdes, que ao se debaterem produziam um ruído audível no amanhecer.

O café da manhã foi rudemente interrompido por Darby Suckling, que apareceu descendo por uma corda presa em algum lugar no alto, dizendo em tom de deboche: "Ah, mas é típico. Vamos lá, Counterfly".

"*Pax tibi, Darbe*. Diga bom-dia à Renata."

"*Arrivederci*, maninha."

"Você era um garoto tão simpático. O que foi que aconteceu?"

"Aaarghh, foi de tanto conviver com bobalhões nos últimos anos — epa, espero não estar ofendendo —"

"E se eu *não* voltar pra nau?"

"Tudo bem — primeiro você, depois um por um, que nem na Sinfonia do Adeus, a gente vai apagando as velas, vai todo mundo embora e renuncia ao Céu. Não, eu acho que não."

"Vocês não iam nem sentir a minha falta, logo os ventos vão mudar, aí começa a rotina de inverno —"

"O Céu tem sido bom pra você, Counterfly."

"Eu estou pensando é no futuro. Não gosto muito do plano de aposentadoria." Uma velha piada do ramo — não havia plano de aposentadoria, aliás não havia aposentadoria nenhuma. Esperava-se que os Amigos do Acaso morressem trabalhando. Ou então vivessem para sempre, pois na verdade havia duas escolas de pensamento.

"Acho que eu podia derrubar você com um porrete e arrastá-lo de volta pro balão", resmungou Darby. Ele havia se juntado a eles em torno de uma pequena mesa na calçada, para fazer um desjejum de peixe grelhado, pãezinhos, figos e café.

"Muito trabalho", disse Chick.

Caminhavam ao longo da Riva, passando por uma fileira de torpedeiros que ali estavam amarrados.

"Arrumou um emprego em terra firme?", indagou Darby. "Não tem que errar, seu otário. Mas trabalhar em quê? Aqui embaixo não tem muita demanda pelo que a gente sabe fazer."

"É verdade, de tanto voar a gente não aprendeu a preparar uma mariscada", disse Chick.

"Aposto que o Pádjitnov não pensa assim."

"Aí já é trabalho de governo. De acordo com minhas fontes no Ministério da Guerra italiana, ele está do outro lado do Adriático, em Montenegro, fazendo reconhecimento aéreo das instalações austríacas na Dalmácia. O Ministério está muito interessado, pra não falar nos elementos irredentistas dos dois países."

"É um tal de Irredentismo agora em tudo que é lugar", observou Darby.

"A Áustria não tinha nada que se meter aqui no Adriático", declarou Renata. "Ela nunca foi uma nação marítima e nunca vai ser. Eles têm mais é que ficar lá nas montanhas, esquiando, comendo chocolate, judiando dos judeus, fazendo o que gostam de fazer. Nós conseguimos recuperar Veneza, e ainda vamos recuperar Trieste também. Quanto mais eles se meterem aqui, mais certa e completa será sua destruição."

O *Inconveniência* estava numa parte remota do Arsenale, tendo finalmente saído do dique seco, reluzente e em boa ordem, de algum modo maior do que antes. Chick saudou seus camaradas, que estavam na maior excitação por terem ficado sabendo que seus rivais russos tinham sido vistos preparando-se para alçar voo, levando em sua nave um certo número de engradados e tonéis misteriosos, como se estivessem prestes a enfrentar um combate.

"Com quem?" Darby deu de ombros. "Conosco é que não é. Como é que pode ser nós?"

"Haverá algum jeito de chegar até o Pádjitnov?", perguntava-se Chick.

Pugnax chegou acompanhado de Mostruccio, um cãozinho veneziano mal-humorado, marcado por uma semelhança ancestral com os cães que podem ser vistos nas obras de Carpaccio, Mansueto e outros, alguns dos quais tinham gôndolas para seu uso exclusivo. Emergindo de sonhos em que, alado como um leão, ele perseguia pombos acima dos telhados e por entre as chaminés, Mostruccio era obrigado a passar suas horas de vigília confinado ao nível do chão, atacando ressentido os tornozelos dos desprevenidos... Havia encontrado em Pugnax uma alma gêmea, pois, tendo por vezes de passar semanas preso na gôndola do *Inconveniência*, Pugnax também sonhava com a liberdade, sonhava que corria, numa madrugada de muito vento, deixando para trás quaisquer seres humanos que o tivessem acompanhado, pelas praias desertas da Flórida, duras como calçadas, ou pelos rios congelados da Sibéria, onde samoiedos corriam a seu lado, num espírito de competição amistosa. Ele aproximou-se de Randolph, dispôs as sobrancelhas em forma de petição e perguntou: "Rrr Rr-rrururu rrf rr-rrff, rr rrff rrffr?", ou seja, "Posso trazer Mostruccio a bordo como meu convidado?".

Lá embaixo, os pedestres se deslocavam em seu passo habitual, alguns sentados em torno de mesas colocadas à frente do Florian e do Quadri, os francófilos fazendo brindes ao Dia da Bastilha, alimentando, fotografando ou xingando os pombos, os quais, cônscios de alguma anomalia nefasta no céu deles, bateram asas num voo trôpego e depois, pensando bem, voltaram a pousar, para um momento depois subir em direção ao céu outra vez, como se reagissem a algum boato.

Vistas da terra, as aeronaves rivais eram mais conjecturas do que fatos — objetos de medo e profecia, aos quais se atribuíam velocidades e recursos de manobra inteiramente impossíveis para qualquer aeróstato oficial da época — condensados ou projetados de sonhos, alheamentos, solidões. Nos momentos imediatamente anteriores à derrubada do Campanile, quem pôde testemunhar o combate no céu foram apenas certos *lasagnoni*, sempre presentes na Piazza, registrados todo ano por milhares de fotógrafos turistas, nas imagens que levavam para casa em sua silenciosa diáspora outonal — fora de foco como morcegos ao entardecer, muitas vezes aparecendo como pouco mais do que gestos em sépia contra a fachada sonhadora da basílica de San Marco, ou as iterações menos sacras da Procuratie — por efeito, segundo se diz, das longas exposições que se fazem necessárias na luz úmida de Veneza, mas na verdade por conta da dupla cidadania dos aeronautas nos reinos do cotidiano e do espectral, apenas aos *lasagnoni* foi concedida a clareza de vista necessária para testemunhar o conflito. A eles e a mais ninguém. Movidos pelos sonhos, tal como os mal-afamados pombos da praça, a contemplar o céu, perceberam naquela manhã que alguma outra coisa estava prestes a emergir do *sfumato*, alguma aparição... algo que transcenderia tanto os Amigos quanto os Továrichi, pois de imediato ouviu-se um grito áspero e ensurdecedor saído do invisível, quase algo de material, uma impedância letal no ar, como se uma coisa malévola estivesse se esforçando ao máximo para ganhar forma e lançar-se sobre o mundo, em percussões prolongadas e secas, como se rasgando o tecido do quadriespaço. A cada salva, as duas aeronaves se afastavam em ângulos quase impossíveis de se registrar corretamente, tão distorcido se tornara o meio pelo qual a luz era obrigada a passar.

Uma certa embriaguez do juízo parecia dominar as duas tripulações. A questão da mira oprimia a todos, como uma maldição, com os enigmas obscuros da simultaneidade. Por uns poucos graus ou mesmo minutos de arco, os artilheiros das naves estavam abolindo o Tempo — o que viam "agora" nas alças de mira era o que na verdade ainda não existia, *porém passaria a existir* poucos segundos depois do "agora", dependendo de que a plataforma e o alvo mantivessem a direção e a velocidade — ou de idealizações de "direção e velocidade", pois os ventos agiam de tal maneira que modificavam ambos de modo não inteiramente previsível.

O Campanile deslizava imenso, numa diagonal severa, conspurcada pelos pombos, com manchas claras e escuras, claramente fora de prumo, inclinado como se prestes a contar um segredo, esquálido como o bêbado da aldeia...

No instante seguinte, Pádjitnov viu a antiquíssima estrutura desfazer-se num amontoado de agrupamentos de quatro tijolos, cada um deles cercado por um contorno luminoso, pairando no espaço por um instante, enquanto o tempo corria mais devagar e cada permutação de formas parecia dar início a uma queda suave, nada ameaçadora, rodopiando e passando por todas as modalidades possíveis, como se na tentativa de satisfazer uma enlouquecida análise de teoria dos conjuntos, até que a nuvem de poeira que se formou quando tudo havia desabado obscureceu tais considerações numa grande umbra escura e suja de incerteza.

Entre suas armas, os rapazes levavam uma peça sem par: o *torpedo aéreo*, inventado pelo dr. Chick Counterfly com o fim não de aniquilar ou mesmo danificar uma nave adversária, e sim de "alertá-la a respeito de sua suscetibilidade inata à gravitação". Seu complemento normal eram seis projéteis — aos quais os Amigos se referiam como os "peixes celestes", e eram incluídos entre os armamentos do *Inconveniência* com a designação de Dispositivos Antiflutuação. A pergunta jamais formulada, na discussão pós-combate daquele dia, logo após o almoço, era se poderia ter sido um desses projéteis — disparado contra o *Bolcháia igrá* sem que fosse levada em conta uma série de fatores críticos, tais como a umidade — que havia derrubado o Campanile.

"O que permaneceu de pé por mil anos", proclamou Randolph, "o que nem as tempestades, nem os terremotos, nem mesmo o catastrófico Napoleão Bonaparte conseguiu derrubar, nós, com nossa inépcia, destruímos num instante. Qual será o próximo alvo da nossa incompetência? Notre-Dame? As pirâmides?"

"Foi um acidente de guerra", insistiu Lindsay. "E nem tenho tanta certeza que fomos nós os responsáveis."

"Então você viu mesmo alguma coisa, Noseworth?", indagou Chick Counterfly.

"Infelizmente", resmungou Lindsay, "no calor do combate não costumo encontrar lazer suficiente para a *observação científica*, embora a conhecida tendência do outro comandante de atacar seus alvos com pedaços de alvenaria cadente seja um indício forte, ainda que não cabal —"

"E no entanto, por estarmos voando, não estávamos na trajetória da torre cadente", observou Chick, com paciência. "Nós tínhamos vantagem por estar a barlavento. Nós estávamos atacando os russos."

"— levando-se em conta ainda que eles se apressaram a fugir", Lindsay, sem ouvir o outro, prosseguia, "como se envergonhados do que haviam feito —"

"Ei, Lindsay, se você se apressar, ainda consegue pegá-los", zombou Darby.

"Ou então nós poderíamos fazer com que fossem perseguidos pela *sua genitora*, Suckling, pois bastaria vê-la ainda que de relance para que o moral do inimigo fosse comprometido de modo fatal, ou mesmo para que *eles todos se transformassem* em alvenaria —"

"Pois a *sua* mãe", retrucou o jovem, que se abespinhava com facilidade, "é *tão feia* que —"

"Cavalheiros", implorou Randolph, em cuja voz não era necessário possuir o dom da vidência para detectar sinais de uma prostração neurastênica a que ele resistia apenas com muita dificuldade, "cometemos hoje, talvez, um terrível atentado contra a História, em comparação com o qual esta rezinga mesquinha reduz-se a uma insignificância submicroscópica. Por favor, tenham a bondade de adiá-la para algum momento de lazer."

Decidiram marcar um encontro com o capitão Pádjitnov e seus oficiais num trecho de praia praticamente deserto no Lido, na costa do Adriático, perto de Malamocco. Os comandantes se abraçaram com uma curiosa mistura de formalidade e dor.

"Isso é tão terrível", disse Randolph.

"Não foi *Bolcháia igrá*."

"Não. Também não achamos que tenha sido. Também não foi o *Inconveniência*. Então quem foi?"

O aeróstata russo parecia estar se debatendo com uma questão ética. "St. Cosmo. Você sabe que há outra coisa presente lá."

"Por exemplo..."

"Você nada viu? Não detectou nada de estranho?"

"Acima da Piazza?"

"Em qualquer lugar. Geografia é irrelevante."

"Creio que não —"

"Eles saem de... algum outro estado, e depois voltam para ele, desaparecendo."

"E você acredita que foram eles que derrubaram o Campanile?", indagou Chick. "Mas como?"

"Raios de vibração, até onde podemos concluir", disse a contraparte russa de Chick, o dr. Gerasimov. "Ajustados de modo a coincidir exatamente com frequência simpática do alvo, induzindo desse modo oscilação divergente."

"É muito conveniente", murmurou Lindsay, sarcástico, "não podermos analisar os destroços para tentar encontrar sinais dos blocos quádruplos de alvenaria que você gosta de jogar em cima de todo mundo que o desagrada."

O russo, lembrando-se de sua visão da queda da torre, esboçou um sorriso. "Tetrálitos são lançados apenas em momentos de raiva", ele explicou. "Detalhe aprendido com japoneses, que jamais, a menos que queiram ofender, dão de presente nada que venha em quatro — pois o caractere japonês que representa 'quatro' é o mesmo que significa 'morte'."

"O senhor já esteve no Japão, capitão?" Randolph, dirigindo enquanto isso um olhar feroz a Lindsay.

"Hoje em dia, quem em minha área de trabalho ainda não esteve lá?"

"Por acaso não conheceu um certo senhor Ryohei Uchida..."

Concordando com a cabeça, olhos brilhando de um ódio entusiástico: "Há dois anos temos tentado assassinar esse cachorro. Quase conseguimos pegá-lo em Iokoama com belo fragmento com ângulos retos, tão perto que ele estava *dentro de ângulo*, mas erramos por milímetros — *pólni pízdiets*! Que sorte que esse homem tem!".

"Ele parecia um cavalheiro muito bem-educado quando nos entrevistou para a missão —"

Pádjitnov apertou a vista, desconfiado. "Missão?"

"No ano passado os homens dele — uma certa Sociedade do Dragão Negro? — quiseram nos contratar para uma missão rotineira de vigilância aérea."

"St. Cosmo, você enlouqueceu? Por que está me dizendo isso? Não sabe quem eles são?"

Randolph deu de ombros. "Uma espécie de organização patriótica. Está certo, são japoneses, mas têm orgulho da pátria como qualquer um."

"*Smirno*, baloeiros! Isso é situação política! O objetivo de Dragão Negro é subverter e destruir a presença russa em Manchúria. Manchúria é russa desde 1860, mas depois da guerra com a China, os japoneses agora acreditam que é deles. Ignorando tratados, Ferrovia Oriental Chinesa, desejos de potências europeias, até promessa que eles mesmos fizeram de respeitar fronteiras chinesas, os japoneses estão armando e treinando os piores criminosos de Manchúria como guerrilheiros para lutar contra nós lá. Respeito você, St. Cosmo, e não acredito que você fosse capaz de trabalhar para gente assim."

"Manchúria?", exclamou Randolph, perplexo. "Por quê? Aquilo é um pântano horroroso. Fica congelado metade do ano. Pra que alguém ia brigar por um lugar como esse?"

"Ouro e ópio", Pádjitnov dando de ombros, como se todo mundo soubesse. Randolph não sabia, embora compreendesse em teoria que havia elementos no mundo terrestre capazes de ir à guerra por causa de ouro — era o que estava acontecendo naquele exato momento na África do Sul —, dizia-se até que o "padrão-ouro" era um fator nos distúrbios sociais que estavam atormentando os Estados Unidos no momento. Ele sabia também que sessenta anos antes tinha havido as "guerras do ópio" entre a China e a Grã-Bretanha. Mas entre a história e as emoções da superfície terrestre que a impeliam, o medo de tornar-se pobre, por exemplo, a bem-aventurança de estar livre da dor, colocava-se aquele estranho intervalo onde ele não tinha permissão de penetrar. Randolph franziu o cenho. Ele e seu adversário estavam ambos num estado de silêncio perplexo.

Rememorando a conversa depois, Chick Counterfly teve a impressão de que Pádjitnov fora dissimulado. "Nenhuma consideração a respeito da questão da Manchúria poderia deixar de lado a Ferrovia Transiberiana", ele observou. "De uma grande altitude, como nós muitas vezes já constatamos, esse enorme projeto quase dá a impressão de ser um organismo vivo, eu ousaria até dizer, um ser consciente, com suas próprias necessidades e planos. Para nossos fins imediatos, ao abrir caminho para imensas regiões da Ásia Interior, seu efeito certamente será o de tornar inevitável o acesso da Rússia, e até certo ponto da Europa, a Shambhala, seja lá onde fique."

"Nesse caso..."

"Devemos concluir que eles estão aqui à procura do Itinerário Sfinciuno, tal como nós."

Nesse ínterim, como uma forma de prece arquitetônica, já estavam se fazendo planos de reconstruir o Campanile *dov'era, com'era*, como se as dilapidações do tempo e da entropia pudessem ser revertidas. A textura do coro dos sinos da cidade fora alterada — sem o mais grave de todos, La Marangona, para os ancorar, os aeróstatas sentiam-se muito mais próximos da chamada do céu e da partida iminente. Como se uma polaridade importante tivesse sido revertida e eles não estivessem mais sendo mantidos ali, e sim chamados para outro lugar. Ou, como Miles observou uma tarde, logo após o pôr do sol: "Os sinos são os objetos mais antigos de todos. Eles nos chamam das margens da eternidade".

Deuce e Sloat estavam dividindo um quarto no rancho de Curly Dee no vale, onde Curly e sua mulher mantinham uma espécie de estalagem para fugitivos, mineiros itinerantes, ameaças à sociedade e casos variados de idiotice moral — um casebre sórdido e espremido, o teto afundando entre os pilares, um telhado que parecia feito de tela de arame, tanta era a água que entrava quando caía uma tempestade.

"Que tal a gente ir até a cidade, pegar umas mulherezinhas, trazer elas pra cá —"

"Não se traz mulher pra um lugar como este, Sloat. Elas não conseguem se concentrar, ficam vendo o chão sujo de fumo de mascar, os ratos, os restos antigos de comida, aí elas não conseguem entrar no clima."

"Você não gosta deste quarto?"

"Quarto? Isso aqui não chega a ser nem uma baia."

"Não me diga que você está ficando *acomodado*."

"Melhor a gente dar um pulo na cidade. Lá no Big Billy, na Judia Fanny, sei lá."

Montaram e foram para a cidade. A luz elétrica foi se aproximando até saturá-los, virando do avesso as dobras nas roupas e na pele. Um fervilhar de vozes de homens e animais. Alguns sofrendo, outros se divertindo, outros fazendo negócios. Telluride. Creede, só que com uma única entrada e saída.

"Que tal a gente dar uma olhada lá no Cosmopolitan."

"Pra quê? Lá não tem mulher."

"Você só tem mulher na cabeça, S."

"Melhor que fumaça de ópio", esquivando-se quando Deuce de brincadeira sacou e brandiu sua pistola 44. Uma referência irônica ao namoro eventual de Deuce com Hsiang-Chiao, que trabalhava numa lavanderia naquela rua. Esse diálogo já se tornara tradicional entre os dois parceiros, e naquela noite cada um deles haveria de procurar sua recriação predileta, voltando a se encontrar após algumas horas, depois de um longo intervalo daquela claridade noturna que fazia a fama de Telluride.

O dia estava quase raiando quando Deuce entrou cambaleando na Nonpareil Eating House, com Sloat de espingarda apoiada no ombro. O restaurante estava cheio de bêbados famintos. Tropeiros de pouco traquejo social corriam por entre as mesas atrás de garçonetes não tão cansadas que não conseguissem se deslocar com a rapidez necessária. O ar estava cheio de fumaça de banha. Mayva entrava e saía da cozinha, cozinhando e cuidando das mesas que Lake não estava atendendo. As duas mulheres mantinham um nível intenso de atividade, como se para que os milhares de detalhes do dia preenchessem o que poderia se transformar num vácuo insuportável.

Deuce tomava aquilo por "inquietude feminina", a qual ele julgava compreender. Quando Lake veio lhe perguntar silenciosamente, com um arquear de sobrancelhas e movimento de queixo, se eles estavam ali para comer ou para ficar sentados, ele não comentou na hora o quanto ela lhe pareceu desejável. O que o surpreendeu foi o modo como ela conservava um certo fogo no olhar, coisa rara numa garçonete, que não esfriava nem mesmo após um longo expediente. Mais tarde, ele também perceberia uma escuridão igualmente implacável, que não podia ser, mas talvez fosse, a marca de algum pecado oculto.

"Nada de pressa, pessoal, a carroça das verduras chega antes do meio-dia, deve ter alguma coisa nela que vocês podem comer."

"Só apreciando a paisagem", disse Deuce, melífluo.

"Não tem nada parecido com isso lá em Cañon City, imagino."

"Uuuh", gemeu Sloat, prazeroso.

"Café", Deuce deu de ombros.

"Quer mesmo? Pense bem."

"Lake", gritou Mayva da cozinha, no mesmo momento em que Sloat murmurou: "Deuce". Vapor e fumaça saíam pela janela da cozinha, formando cones de luz elétrica branca que emanava das lâmpadas instaladas no alto de postes de pinheiro desgalhado. Na rua, intensas conversações transcorriam em chinês. Ecos prolongados de explosões vinham ribombando vale acima. Apitos de minas soavam nas montanhas. A manhã chegava, coada por cílios e solas de botas, tão bem-vinda quanto um xerife com o alforje cheio de mandados de prisão. Lake deu de ombros e retomou o trabalho.

Sloat, sentado, meneava a cabeça, imerso num profundo sorriso interior. "Amadoras, meu Deus. De tanto fumar esse troço, você vai acabar ficando amarelo, meu chapa."

"Estou me lixando se as pessoas gostam ou não gostam, Sloat."

Enquanto isso, na cozinha: "Cuidado com quem você flerta, Lake, esse cauboizinho não é flor que se cheire, não".

"Mamãe, eu nem peguei o nome dele direito."

"Pensa que eu não reparei, é? Por aqui passam cem homens por dia, tem uns que parecem saídos de um anúncio de colarinho de celuloide, e com eles você é a perfeita profissional, mas aí entra um sujeitinho de olhar esquivo que a gente conhece o tipo na hora, e você está pronta pra — eu sei lá o quê."

"Pois eu sei."

"Lake..."

"Brincando com a senhora, mãe?"

O que era, exatamente, que havia começado a soar daquele jeito dentro de Lake, tangendo, no fundo dos ossos, invisível na noite... seria o modo como o rosto dele, naquela manhã, apesar de toda a fumaça da sala, lentamente fora emergindo até ficar nítido? Como uma antiga lembrança, mais velha do que ela, algo que acontecera antes, que ela sabia que teria de reviver agora... E o modo como ele a encarava — *um olhar confiante*, pior do que o vagabundo mais cheio de si com quem ela já havia cruzado, o que havia ali de arrogância, e não apenas dele, porém de algo *fora deles dois*. Só podia ser a altitude.

Quanto a Deuce, é claro que ele "sabia" quem ela era — a moça *tinha o mesmo rosto que o homem*, meu Deus. Deuce era um sujeitinho abreviado, pouco mais alto que ela — se os dois se atracassem, numa luta limpa, ela era bem capaz de sair vencedora, mas a luta não era limpa. Jamais seria. A vantagem dele, Deuce pensava, vinha da auréola peçonhenta do assassinato por encomenda, a maldade pura de tudo que ele fazia quando não estava com ela. Por mais que as mulheres protestassem, de hoje até o dia em que o mijo escorresse ladeira acima, a verdade era que toda mulher, no fundo, pelava-se por um assassino.

E podia bem ser, para a surpresa da própria Lake tanto quanto para a de qualquer um, que ela se revelasse uma dessas mocinhas passionais que acreditam que, como dizem as *señoritas* mexicanas, sem amor não se pode viver. Que qualquer aparição do amor em sua vida seria como um riso inesperado ou uma conversão religiosa, um dom vindo do além, algo que ela não podia deixar que simplesmente sumisse para fazer de conta que nunca mais haveria de voltar. Infelizmente, esse algo chegara sob a forma de Deuce Kindred, por quem ela viria a nutrir uma ojeriza inseparável de sua paixão.

Para complicar a situação, ainda que isto não a fizesse perder o sono à noite, ela conhecera o jovem Willis Turnstone, médico do Hospital dos Mineiros, quando estava trabalhando lá antes de arrumar emprego fixo no restaurante. Willi era bem direto, e não foi necessário mais que uma caminhada por entre as flores silvestres para que ele declarasse suas intenções.

"Não posso dizer que amo você, Willis", achando que ele merecia uma resposta igualmente direta. Pois àquela altura Lake já havia conhecido Deuce, e o caso era bem simples, a coisa autêntica e sua sombra quase invisível, e não foi preciso ouvir seu próprio coração bater muitas vezes para saber distinguir uma coisa da outra.

"Você é um corte de chita muito desejável. Como é que ainda não está casada?", foi como Deuce acabou formulando a pergunta.

"Acho que resolvi dar um tempo."

"O tempo é uma coisa que você ganha", ele filosofou, "e não que você dá."

Não chegava a ser uma repreensão, e também não era uma súplica, mas ela deve ter percebido alguma coisa. "Do jeito que a coisa está agora — melhorar não pode. Mas e depois, quando a gente fica velha?"

"É só a gente não deixar isso acontecer. Nunca ficar velho."

Ela ainda não vira os olhos dele assim. "Espero que isso não seja conversa de Billy the Kid."

"Não. É uma coisa ainda mais maluca." Ele estava prestes a abrir o jogo com ela. As solas de seus pés lhe doíam, seus dedos latejavam, seu coração batia tão forte que dava para ouvir a dois quarteirões dali, e ela o olhava um tanto assustada, tentando não perder a compostura, esperando algo que não sabia o que era. Os dois eram alvos fáceis para essas paixões sem aviso prévio. Seus olhos ficaram ferozes, a musculatura de seus pescoços se descontrolou, eles se tornaram indiferentes ao lugar onde estavam, mesmo a quem estava por perto.

Deuce, em seu estado desarmado, sentia o coração derreter e o pênis túmido de sangue ansiar por ela, as duas coisas ao mesmo tempo... Prejudicado pela ignorância sobre as emoções humanas, viria a desejar Lake além de todo e qualquer limite que era capaz de imaginar. Viria a implorar, implorar mesmo, ele que via a si próprio como um vilão profissional, implorar para que ela casasse com ele. Até respeitando a determinação dela de só foder depois do casamento.

"Antes não era importante para mim. Só isso. Agora é. Lake? Eu vou mudar, eu juro."

"Não estou pedindo pra você começar a frequentar a igreja. Só quero que você pense bem antes de aceitar um serviço. Não precisa mudar mais do que isso." Alguns diriam que já naquele momento ela sabia o que ele havia feito. Não poderia não saber, pelo amor de Deus.

Um dia Mayva trocou de turno com Oleander Prudge, a qual, embora fosse jovem demais para atuar como consciência de Telluride, não perdeu tempo em ir atrás de Lake.

"Estão dizendo aí que o Deuce Kindred foi o que matou seu pai."

Não falara tão alto que interrompesse as conversas em curso no Nonpareil, mas finalmente a coisa viera à tona. "Quem é que está dizendo isso?" Talvez uma veia em seu pescoço começasse a pulsar de modo visível, mas ela não estava prestes a desmaiar.

"Aqui em Telluride não tem segredo não, Lake, é coisa demais acontecendo, não dá tempo de esconder, e as pessoas nem fazem questão de esconder, aliás."

"Minha mãe já ouviu essas histórias?"

"Espero que não."

"Não é verdade."

"Hm. Pergunta pro seu namorado."

"Olha que eu pergunto mesmo." Deuce bateu com tanta força com um prato que a pilha de panquecas que ele continha, todas brilhando de banha de toucinho, desabou, dando um susto num mineiro, que tirou a mão da frente, gritando.

"Quente, não é, Arvin", Lake de cara feia, "dá a mão aqui que eu dou um beijinho e passa."

"Você está desonrando a memória do seu pai", Oleander já com o nariz empinado no ar, "é isso que você está fazendo."

Reempilhando as panquecas do prato, Deuce dirigiu-lhe um olhar desabrido. "O que eu sinto a respeito do senhor Kindred", tentando falar como uma professora, "não que isso seja da sua conta, e o que eu sinto a respeito de Webb Traverse são duas coisas diferentes."

"Não pode."

"Isso já aconteceu com você? Você tem ideia do que você está falando?"

Estariam todos os olhares do balcão fixados nelas? Em retrospecto, Lake teria a impressão de que era provável que todos estivessem sabendo desde o minuto em que a notícia chegou à cidade, sendo ela e Mayva, coitadas, as últimas a saber.

Mais tarde, elas trocavam olhares ferozes, insones em meio aos cheiros de madeira recém-serrada e tinta fresca do quarto que dividiam.

"Não quero mais você metida com ele. Se ele chega perto de mim, dou-lhe um tiro nas fuças."

"Mãe, é essa cidade, gente como a Oleander Prudge, elas fazem qualquer coisa, só pra magoar os outros."

"Eu não tenho mais nem cara de aparecer, Lake. Por sua culpa nós estamos fazendo papel de bobas. Isso tem que acabar."

"Não pode."

"Mas vai."

"Ele me pediu pra casar com ele, mãe."

Não era uma notícia que Mayva quisesse ouvir. "Bom. Nesse caso, você pode fazer a sua escolha."

"Porque eu não acredito nessa conversa de gente despeitada? Mãe?"

"Você sabe muito bem. Já fui maluca do jeito que você é agora, mais maluca ainda, e a coisa acaba mais depressa que o tempo que a gente leva para assoar o nariz, e aí um dia você acorda e então, ah, pobre de você —"

"Ah. Então foi isso que aconteceu com a senhora e o pai." Lake arrependeu-se do que disse antes mesmo de abrir a boca, mas a coisa era um vagão despencando ladeira abaixo, e nem ela nem a mãe podiam detê-lo.

Mayva pegou sua velha sacola de lona verde embaixo da cama e começou a colocar coisas dentro dela. Cuidadosa, como se fosse uma tarefa qualquer. O cachimbo de urze, a tabaqueira, ferrótipos de todos os filhos quando bebês, uma blusa sobressalente, um xale, uma pequena Bíblia surrada. Não demorou muito. Toda a sua vida se resumia a esses poucos trastes. Muito bem. Levantou a vista por fim, uma dor incalculável estampada no rosto. "É que nem que você matasse o seu pai também. Não tem a menor diferença."

"Que foi que a senhora disse?"

Mayva pegou a sacola e foi até a porta. "Você vai colher o que plantou."

"Aonde que a senhora vai?"

"Pra você não faz diferença."

"O trem só chega amanhã."

"Então eu espero ele chegar. Eu não passo mais nem uma noite nesse quarto com você. Vou dormir lá na estação. E quero mais é que todo mundo fique olhando mesmo. Olha só a velha boba."

E foi-se embora, e Lake ficou sentada, as pernas tremendo, mas a cabeça vazia de qualquer ideia, e não foi atrás dela, e no dia seguinte ouviu o apito e a barulheira quando o trem chegou, e depois ouviu o trem indo embora, descendo o vale de ré, e nunca mais voltou a ver a mãe.

"Isso... é... nojento", Sloat sacudindo a cabeça. "Eu vou acabar devolvendo o que eu acabei de almoçar."

"Não posso fazer nada. Você acha que eu posso fazer alguma coisa nessa história?" Deuce correu o risco de dirigir ao companheiro um olhar rápido, um pedido de compreensão, apesar dos pesares.

Perda de tempo. "Sua besta quadrada. Você quer mesmo é se convencer do que você está dizendo — escuta aqui, quer casar com ela, casa, está todo mundo cagando pra isso, mas se você cair na asneira de fazer isso, o que é que vai acontecer quando ela ficar sabendo da história? Se é que já não está sabendo. Como é que você vai conseguir pregar o olho de noite, sabendo que foi você que matou o pai dela?"

"Acho que dá para conviver com isso."

"Não dá para conviver muito tempo, não. Quer comer a mulher, vai e come, mas *não conta nada pra ela.*"

Sloat não conseguia entender o que havia acontecido com seu parceiro. Quem visse era capaz de pensar que ele nunca tinha matado outro homem na vida. Seria possível, mesmo sendo as vidas daqueles mineiros tão baratas quanto uísque feito em casa, e tão fáceis de desaparecer na goela dos dias quanto o uísque, que Deuce estivesse sendo atormentado pelo que havia feito, e que se casar com Lake lhe parecesse uma oportunidade de talvez exorcizar aquele fantasma, uma maneira, meu Deus, de *pagar pelo que havia feito?*

* * *

As neves desciam os picos das montanhas, e logo os andorinhões bateram asas e foram embora, na cidade pioraram os casos de tiroteio e cabeças quebradas, a ocupação militar começou em novembro, e depois, mais para o meio do inverno, em janeiro, foi declarada lei marcial — os fura-greves vieram para trabalhar numa tranquilidade relativa, por uns tempos o comércio na cidade ficou prejudicado, mas logo voltou a aquecer, e Oleander Prudge fez sua estreia como *nymphe du pavé*, mineiros que achavam que já tinham visto de tudo ficavam perplexos, sacudindo a cabeça. Apesar de seu jeito de se vestir, decorosa ao ponto de se tornar invisível, apesar de estar sempre de cara amarrada, e de sua tendência de dar lições de asseio aos clientes, de algum modo ela conseguiu rapidamente ganhar muitos adeptos, e em pouco tempo passou a trabalhar num bordel, instalado em seu quarto, um quarto de esquina ainda por cima, de onde se tinha uma vista esplêndida do vale.

Lake e Deuce se casaram do outro lado da serra, numa igreja na planície cujo pináculo podia ser visto num raio de muitos quilômetros, uma igreja que primeiro era quase da cor do céu cinzento em que se destacava como pouco mais que um episódio geométrico, depois, vista mais de perto, as linhas retas começavam a se divisar, logo espalhando-se para todos os lados, como as rugas de um rosto visto muito de perto, maltratada pelas intempéries de tantos invernos que nenhum morador da região sabia quantos ao todo, desgastada a ponto de não parecer mais nem triste, fedendo a gerações de roedores mumificados, feita de abeto e tão receptiva para os sons quanto o interior de um piano. Embora fosse raro ouvir-se música ali, um ou outro gaitista ou assobiador que por acaso entrasse por aquelas portas tortas era elevado para um mundo sonoro mais excelso do que qualquer outro que já lhe fora concedido pela acústica dos lugares por onde passara.

O oficiante dali, um sueco que havia migrado para o oeste a partir das Dakotas, com vestes cinzentas pesadas de poeira e um rosto indefinido, como se ensombrado por um capuz, em vez de recitar as palavras tão bem conhecidas cantava-as, numa melopeia em harmonia menor que aquela caixa de amplificação transformava num salmo soturno. A noiva trajava um vestido simples de crepe de algodão azul-claro, fino como véu de freira. Sloat foi o padrinho. Chegado o grande momento, ele deixou cair a aliança. Teve que ficar de quatro no chão, na penumbra, para ver aonde a aliança tinha rolado. "E então, como é que estão as coisas aí embaixo?" Deuce perguntou depois de algum tempo.

"Melhor não chegar muito perto", Sloat murmurou.

Realizado o ato, quando sua mulher foi pegar uma poncheira e copos, o pastor sacou um acordeão e, como se não conseguisse se conter, tocou para todos uma barulhenta valsa camponesa de Osterbybruk, torrão natal dele e da esposa.

"O que é que tem aqui?" Sloat, curioso.

"Álcool Everclear", respondeu o pastor, muito sério. "Sessenta graus? Um pouco de suco de pêssego... mais alguns ingredientes escandinavos."

"Como assim?"

"Afrodisíaco sueco."

"Que se chama, hm...?"

"O nome? *Ja*, eu podia lhe dizer — mas no dialeto de Jämt-land é quase a mesma coisa que 'a vagina da sua mãe', de modo que se você não pronunciar com muito cuidado, você corre sempre o risco de ter um mal-entendido com algum sueco que esteja por perto. Estou só tentando proteger o senhor no futuro, entende?"

Ela casou-se virgem. No momento da entrega, percebeu que seu único desejo era se transformar em vento. Sentir-se refinada a ponto de se tornar uma quina, uma quina invisível de comprimento desconhecido, penetrar no reino do ar em eterno movimento por sobre a terra devastada. Filha da tempestade.

Acordaram no meio da noite. Ela se mexeu, encaixada nele como uma colher, não sentindo necessidade de se virar para olhá-lo, comunicando-se através da bunda, que se revelava inesperadamente eloquente.

"Porra. Nós estamos casados mesmo, né?"

"Tem gente casada", ela arriscou, "e tem gente casada de verdade. Já que estamos falando nisso, cadê aquela coisa — ah, lá vamos nós..."

"Porra, Lake."

Menos de uma semana após o casamento, Deuce e Sloat resolveram fazer uma pequena viagem de reconhecimento pela região.

"Você não se incomoda não, não é, amorzinho?"

"O quê —"

"Me vê mais um pouco de café", rosnou Sloat. Quando ela deu pela coisa, os dois já tinham saído pela porta afora e atravessado a ravina, e ainda não haviam voltado quando anoiteceu, nem tampouco uma semana depois, e quando reapareceram foi numa tempestade de gargalhadas roucas e estrepitosas que ela começou a ouvir a quase um quilômetro de distância, um riso que nem Deuce nem Sloat conseguiam controlar. Entraram e sentaram-se e continuaram rindo, seus olhos, escuros de falta de sono, perfurando Lake, sem olhar para mais nada. Ela sentiu menos medo do que náusea.

Quando conseguiram parar de rir: "Vocês vão ficar por um tempo", ela conseguiu perguntar, "ou voltaram só pra trocar as meias?". E as gargalhadas recomeçaram.

A partir daí, praticamente todos os dias havia um pega-pra-capar pós-nupcial. Pelo visto, Sloat ia ficar morando ali, e inevitavelmente surgiu a questão do interesse dele pela noiva. "Vai fundo, parceiro", Deuce ofereceu uma noite, "ela é toda sua. Eu estou precisando dar uma parada mesmo."

"Ora, Deuce, pegar sobra é coisa de capanga, todo mundo sabe disso, e eu não sou seu capanga não, porra."

"Está fazendo pouco, é, Sloat? Ela pode não valer muita coisa lá na Market Street, mas também não é de jogar fora não, dá uma olhada aqui no material."

"É só eu chegar a três metros dela que ela começa a tremer. Será que ela tem medo de mim?"

"Pergunta pra ela, ora."

"Você tem medo de mim, moça?"

"Tenho."

"É, já é alguma coisa."

Lake não entendeu na mesma hora que, para Sloat, aquilo era uma conversa amorosa. Na verdade, quando ela compreendesse ele já teria ido embora há muito tempo.

Mas até lá, que espécie de moça má ela estava virando? Quando viu, estava nua, os três numa cama no segundo andar do Elk Hotel, em Colorado Springs.

"Desde aquela chinesa lá em Reno", Deuce estava dizendo, "lembra dela?"

"Hmm! Aquela bocetinha puxada!"

"Fala sério", disse Lake.

"Juro, tive que me virar do avesso, a gente vai mostrar como é que é —"

Eles a mantinham nua a maior parte do tempo. Às vezes a amarravam na cama com tiras de couro, mas sem imobilizá-la por completo. Não que tivessem que fazer isso, pois ela topava tudo. Depois que aceitou a ideia de fazer com os dois ao mesmo tempo, deu por si procurando aquela situação, de preferência um na boca, o outro por trás, às vezes no cu, de modo que rapidamente ela se acostumou a sentir o gosto de seus próprios fluidos misturados com merda. "Acho que agora eu sou má de verdade", ela disse em voz baixa, olhando para Deuce.

Sloat agarrou um punhado de cabelos dela e obrigou-a a abocanhar outra vez o pau de seu legítimo esposo. "Não é por isso que você é má, sua puta chupadora de pica, você é má porque casou com meu compadre aqui."

"Pagou um e levou dois", riu Deuce. "Ser uma menina má vale a pena."

Ela descobriu em si própria talentos insuspeitos para agir de modo indireto e provocante, pois tinha de ter cuidado para que nada jamais parecesse ser uma exigência, para aqueles dois uma cobrança estragava o clima mais depressa do que o sangramento mensal. Na verdade, Deuce e Sloat eram os vilões mais suscetíveis que ela jamais conhecera, qualquer coisa era capaz de estragar o clima para eles. Um bonde passando na rua, um deles assobiando a música errada. Apenas uma vez ela tivera a imprudência de sugerir: "Por que é que vocês não me deixam de lado só uma vez e fazem só vocês dois, pra variar?", e o susto e a indignação ainda eram perceptíveis dias depois.

Sloat gostava da cor verde. Volta e meia aparecia com umas peças estranhas, quase sempre roubadas de algum lugar, querendo que ela as usasse, luvas, toucas para bebês, meias para ciclistas, chapéus enfeitados ou simples, qualquer coisa, desde que fosse verde.

"Deuce, esse seu parceiro é mesmo maluco."

"É mesmo, eu por mim não acho a menor graça no verde, eu gosto é de violeta", mostrando a ela um avental de riscado sujo de gordura, mais ou menos dessa cor. "Você se incomoda?"

Levaram-na até Four Corners, e fizeram-na ficar de quatro, de modo que um dos joelhos estivesse em Utah, o outro no Colorado, um cotovelo no Arizona e outro no Novo México — sendo o ponto de inserção exatamente acima do ponto mítico em que os quatro estados se encontravam. Depois trocaram sua posição, usando as quatro possibilidades. O rostinho dela apertado contra a terra, a terra vermelha como sangue.

Por algum tempo, então, viveram a três numa tranquilidade duvidosa. Os parceiros pareciam pouco inclinados a dissolver a parceria, pelo menos por ora, e Lake só deixava que eles se afastassem planalto acima até onde ela pudesse acertá-los da janela com um tiro de espingarda. Deuce roncava, mesmo acordado. Sloat não queria saber de banho, por superstição, aliás só de pensar em tal coisa ficava horrorizado, achando que bastaria lavar as mãos para que fosse dominado pelo azar. Com muito jeito, Lake conseguiu convencê-lo a se lavar uma única vez, e aquela noite, no jantar, alguma coisa atingiu o telhado com um estrondo, fazendo a sopa de Sloat espirrar para todos os lados. "Pronto! Viu? Diz que eu sou maluco agora!"

"Que coisa", disse Lake, "é só uma marmota."

"Ela tem razão", Deuce confessou ao parceiro, "de dar no saco desse jeito."

"É a sua penitência, *huevón*", Sloat com um sotaque mexicano cômico.

"Coisa de catolicismo. Não entendo, mas obrigado assim mesmo."

"Tanto faz entender ou não, tanto faz o que você pensa. Se é que você pensa, *pinche cabrón*. Matou, tem que comer."

"Ou então correr." Deuce com um sorriso distante, como se satisfeito com toda aquela situação. Sloat percebia os sinais de alerta, tal como um telégrafo recebendo a notícia de que um trem se aproxima da estação à meia-noite, cheio de dinamitadores munidos das piores intenções.

Um dia, em Telluride, Deuce foi convocado ao escritório do mesmo representante de companhia que o havia contratado para cuidar de Webb, um episódio que lhe parecia ter acontecido muitos anos antes. "O problema da dinamite continua, senhor Kindred."

Deuce não precisava fingir que estava atônito. "O velho Webb não era o único anarquista nos montes San Juan, é ou não é?"

"Exatamente o mesmo *modus operandi*, dinamite ligada a um Ingersoll de dois dólares, a mesma hora, logo antes do amanhecer... o sujeito chega mesmo a trabalhar ao luar, tal como fazia o Traverse."

Deuce deu de ombros. "Pode ser um aprendiz dele."

"Meus patrões acham que precisam lhe fazer uma pergunta um tanto delicada. Por favor, não entenda mal." Deuce sabia o que o esperava, mas permaneceu tranquilo, esperando. "O senhor tem certeza de que foi ele mesmo, senhor Kindred?"

"Enterraram ele no cemitério dos mineiros lá em Telluride, pode ir lá cavar e ver."

"Talvez não seja mais possível fazer uma identificação."

"Então o senhor está dizendo que eu matei um sujeito parecido? O primeiro bêbado que eu encontrei no botequim? E agora os proprietários querem o dinheiro de volta, é isso?"

"Eu disse isso? Ah, meu Deus. A gente sabia que o senhor ia ficar zangado."

"É claro que eu estou muito puto, quem é que vocês acham que são, seus putos..."

Deuce tinha que admitir: aquele puxa-saco de patrão não estava nem um pouco preocupado com quem ele estava provocando. "Além disso, tem a questão das suas relações pessoais com a filha do indivíduo —"

Deuce, aos berros, deu um salto, estava centímetros acima do chão, as mãos quase encostando na garganta do representante, quando foi surpreendido pelo repentino aparecimento de um 32, saído de algum lugar dentro do terno comprado pronto de seu alvo, para não falar na outra arma surgida nas mãos de um associado dele que, momentaneamente enlouquecido, Deuce sequer havia percebido estar presente. Ágil, o representante saiu do caminho e Deuce foi esbarrar num armário de máquinas de escrever.

"Normalmente, nós não somos vingativos", murmurou o representante. "É claro que nos ocorreu a possibilidade de um imitador estar em ação. Na dúvida, vamos continuar confiando no senhor, até terminarmos nossa investigação. Mas se descobrirmos que o senhor aceitou pagamento por um serviço que não foi feito, bom. Sabe-se lá o que nosso ressentimento nos levará a fazer."

Talvez fosse o cacto que explodiu misteriosamente perto da sua cabeça um dia em Cortez, ou quem sabe o ás de espadas que chegou pelo correio logo depois, mas a certa altura Deuce foi obrigado a começar a dar a entender a Lake, com todo o jeito, que havia uma possibilidade de que alguém estivesse querendo pegá-lo.

Lake ainda tinha alguns vestígios estranhos de inocência. Ocorreu-lhe que ele poderia estar devendo dinheiro a alguém, ou uma outra coisa qualquer de curto prazo, algum problema menor, que se resolveria logo.

"Quem são eles, Deuce? É alguma coisa do tempo de Butte?"

Ele não podia amolecer, especialmente quando os olhos dela estavam tão isentos de malícia. "Não deve ser isso, não", ele fingiu explicar, "o pessoal de lá pensa muito bem antes de se ofender — lá o que não falta é oportunidade de se sentir insultado, basta a cada dia o seu mal, e por aí vai. Não, se você consegue sair do perímetro urbano, tudo se perdoa em Butte."

"Então..."

"Olha, tenho certeza que seja lá quem for, é pra um desses proprietários daqui que ele está trabalhando."

"Mas —" Ela franziu o cenho. Estava tentando compreender, queria pelo menos dar a impressão de que estava tentando, mas cada vez mais tinha a impressão de estar num elevador de mina de cabo partido, numa disparada em direção ao centro da Terra. "Você andou fazendo o que não devia, Deuce?"

"Talvez. Nada que não fosse por ordem deles."

"Um soldado obediente. Então por que é que estão mandando alguém pegar você?"

Ele olhou para ela fixamente, arregalando os olhos como se perguntasse: *Será que você ainda não percebeu?* "Às vezes", ele disse por fim, "eles não querem nem mesmo correr o risco de alguém, depois, sei lá, dizer alguma coisa."

Em pouco tempo espalhou-se a notícia, sem confirmação, mas tão certa quanto a primeira neve do outono, de que os proprietários haviam encomendado o serviço a um pessoal de Utah, uns ex-danistas realmente perigosos, que provavelmente estavam entediados com a vida de aposentado. Veteranos que gostavam de andar sempre acompanhados de "anjos vingadores", que não eram outra coisa que não Colts do tempo da Guerra da Secessão, de cano serrado. Velhinhos tirando férias do Inferno. "Eles não são muito de atirar à distância, não, o negócio deles é à queima-roupa."

"Está com medo, Deuce?", indagou Sloat.

"Ora se não estou, e se você ainda tivesse o cérebro que tinha quando nasceu também estava."

"O que é que nós vamos fazer? Fugir?"

"'Nós'?"

"Então eu fico só esperando eles chegar, é? Posso ficar armado? Com umas duas balas na agulha?"

"Não é você que eles querem, Sloat."

"Eles podem achar que eu sei aonde que você foi."

Deuce estava tão assustado que não registrou bem o que estava estampado nos olhos de Sloat, fixos diretamente em seu rosto. Mais tarde isso o atormentaria, pois dia viria em que Deuce seria torturado por suspeitas de todo tipo a respeito de seu antigo parceiro. Assim, por exemplo, se aquele representante resolveu convocar Deuce, por que motivo não fez o mesmo com Sloat, talvez até com resultados mais frutíferos? Talvez Sloat, por amor à pele, tivesse feito algum acordo com os homens que o perseguiam. "É claro", Deuce podia ouvi-lo confessando, "tive vontade de matar o filho da puta na mesma hora, mas o Deuce — não quero pôr a culpa nele não, mas quem sabe ele não amarelou na hora... sei não, o fato é que um dia a gente acordou, lá em Dolores, e o Traverse tinha sumido, e o Deuce não se incomodou nem um pouco, e a gente resolveu dizer pra vocês que o velho estava morto. Só que não estava, entende o que estou dizendo?"

"Creio que percebemos aonde o senhor quer chegar, senhor Fresno."

Fosse como fosse, a coisa estava ficando complicada demais para durar muito tempo, e por fim chegou o dia em que Sloat foi subindo a trilha, seguindo vagamente em direção ao sul, havia no ar uma imobilidade anormal naquele dia, a poeira que ele levantava ao passar se recusava a descer, formando uma nuvem cada vez mais densa, até parecer transformá-lo numa criatura de poeira com quilômetros de comprimento, se afastando aos poucos, rastejando, e Deuce ficou debruçado na cerca vendo aquela partida poeirenta durante quase uma hora, permanecendo calado pelos dias que se seguiram...

Agora que eram só eles dois, Deuce entrou num período em que não dormia, ou então dormia bem pouco. Ficava acordando a toda hora durante a noite inteira. Uma vez despertou à meia-noite, não havia nenhum ponto luminoso no céu, tinham feito a cama sobre um monte de escória malévola e malcheirosa, resíduo do processamento de prata casta como a lua, e viu perto dele um rosto luminoso, suspenso acima do local onde o rosto dela deveria estar, não podia não estar, pois esse espectro flutuava lá no alto, alto demais, afastado do chão, ou de onde o chão deveria estar. E também não era exatamente o rosto dela. Pois não refletia luz, luz do céu ou de uma lareira, e sim emitia luz própria, dava aquela sensação nítida de que um recurso está sendo desperdiçado de modo imprudente, sem que se ganhe nada em troca — uma manifestação, pode-se dizer, de sacrifício. Deuce não gostou, ele não queria sacrifícios, nunca havia sacrifícios em seus planos, nem nas cartas que ele sabia jogar.

Depois que Webb foi enterrado e Reef partiu, Frank, por uma questão de segurança, havia voltado para Golden, impelido pelos ventos da inércia, e pensou em sondar por ali para ver se alguém estava à sua procura, mas concluiu que já sabia a resposta. Sendo na época jovem e não tendo outro recurso senão o atrevimento, ficou apenas o tempo suficiente para juntar suas coisas e pegar o bonde em direção a Denver. No decorrer do ano seguinte, utilizou uma série de disfarces, entre eles bigodes, barbas, cortes de cabelo nos barbeiros de alguns dos melhores hotéis da cidade, porém a única coisa que ficou disso tudo foi a mudança de chapéu, passando a usar um modelo com a aba mais estreita, com a cor mais escura da descida pelo que lhe parecia cada vez mais ser um caminho longo e árduo.

Em pouco tempo, começou a se dar conta de uma certa abordagem que se repetia — administradores de médio escalão, de estilo urbano mas também com um toque de inspetor de mina, ofereciam-se para lhe pagar uma bebida, ocupavam uma cadeira vazia numa mesa de carteado e ficavam encarando Frank como se esperassem que ele entendesse o que eles queriam dizer. De início, achou que o objetivo era Reef, que aqueles tipos tinham sido contratados para localizar seu irmão, e queriam informações. Mas logo constatou que não era isso. De um modo ou de outro, a conversa, quando havia conversa, girava em torno de questões de trabalho. Se ele estava trabalhando, e para quem estava trabalhando, e se estava pensando em mudar de emprego, e por aí afora. Depois de algum tempo — a intuição não era seu forte, como pelo menos uma dúzia de mulheres, àquela altura, já tinha tido o prazer de lhe dizer — concluiu que aqueles homens eram representantes da Vibe ou suas dependências, e por isso sua resposta imediata era sempre que-se-fodam, embora sempre tivesse cuidado de não demonstrar qualquer aborrecimento. "Por enquanto, está tudo bem comigo", ele aprendeu a sorrir, dando todos os sinais de sinceridade. "O senhor me deixa o seu cartão? Assim que precisar eu entro em contato."

Cautelosamente, começou a fazer perguntas a respeito do caso Webb. Não teve muita sorte. Aliás, já praticamente não havia um caso Webb. Por algum tempo tentou arrancar alguma coisa da Federação dos Mineiros, mas ninguém admitia ter informações, e não demorou para que Frank percebesse que não era mais bem-vindo lá.

Estranho. Era de se pensar que fossem um pouco mais receptivos lá na Arapahoe Street, mas pelo visto eles tinham assuntos importantes para tratar, o tempo passava, cada dia surgia um problema novo, era coisa demais para eles darem conta — era assim que encaravam a situação.

Frank não era detetive, e não havia passado muito tempo investigando, mas só de manter os ouvidos atentos na rua não demorou para que começasse a suspeitar que a Vibe, a qual havia dado sumiço no seu irmão mais moço, Kit, também estava por trás do assassinato de Webb Traverse. Isso tornava mais complicada para ele a possibilidade de fazer carreira como engenheiro de minas, pelo menos nos Estados Unidos. Talvez fosse o caso de ir para o estrangeiro. Cada vez que Frank entrava num escritório de contratações a oeste das Montanhas Rochosas, todo mundo já ouvira falar nele, sabia das ofertas generosas feitas por Scarsdale Vibe e não entendia por que motivo ele não era pelo menos diretor regional da Vibe àquela altura. Como Frank poderia explicar? O homem talvez tenha mandado eliminar meu pai, com o mesmo descaso com que um barman enxuga um balcão molhado, e querem que eu aceite a caridade dele? Naturalmente, todos achavam que já conheciam a história do começo ao fim, e ficavam atônitos diante da ousadia cristã da oferta que Scarsdale fizera a Frank, já que a praxe na região das montanhas na época seria montar uma emboscada e matá-lo o mais depressa possível, sabe-se lá se anarquismo é transmitido pelo sangue. O industrial nova-iorquino estava deixando para trás aquelas questões sórdidas de parentesco e vingança — por que motivo Frank não podia fazer o mesmo? Como compreender tamanha ingratidão? E se eles não conseguiam compreendê-lo, não estavam interessados em contratá-lo.

Por isso ele não queria saber de prata nem ouro. Depois de algum tempo, constatou que os estava evitando por completo. Dizia a si próprio que se tratava apenas de ser prático. Já vira muitas desgraças decorrerem dos altos e baixos dos dois metais, especialmente depois da Revogação, em 1893. A tabela periódica estava cheia de outras possibilidades, "as ervas daninhas da mineralogia" como dizia um de seus professores da faculdade, "ocupando seus lugares na Criação, esperando que alguém descubra uma maneira de utilizá-las".

E foi assim que Frank começou a trabalhar com elementos menos glamorosos, como o zinco, e consequentemente a passar mais tempo no condado de Lake do que estava nos seus planos.

Leadville já estava longe dos seus dias de glória, desde a Revogação, não era mais a cidade de Haw Tabor, se bem que sua viúva, já uma figura lendária, continuava enfurnada na mina Matchless, com uma espingarda que ela não pensava duas vezes antes de disparar se alguém chegasse perto demais, e ainda restavam por lá alguns vestígios numinosos daquela disposição, própria de lugares que já foram o centro do mundo, para inventar confusões de espécies nunca antes imaginadas. O interesse fora transferido da prata para o zinco — havia uma verdadeira corrida do zinco em andamento, e o minério de melhor qualidade no momento estava valendo mais do que ouro e prata combinados. Ao que parecia, um engenheiro brilhante inventara uma maneira de reprocessar a escória das velhas minas de prata dos tempos anteriores à Revogação, de modo que algumas usinas de concentração de zinco estavam obtendo conteúdos de zinco de até quarenta e cinco por cento. O procedimento adotado com a esfalerita comum era bem simples — primeiro eliminava-se o enxofre cozendo a esfalerita até obter óxido de zinco, e em seguida reduzia-se o óxido a zinco metálico. Mas a escória de Leadville, espalhada por toda a cidade em grandes pilhas negras, cobrindo as ruas e becos, era uma mistura exótica e pouco estudada de refugos, escumalhas, sulfetos, piritas e outros compostos de cobre, arsênico, antimônio, bismuto e uma substância que os mineiros denominavam "molha-o-bidê-Ênio" — cada elemento saía numa temperatura diferente, de modo que era necessário levar em conta questões de destilação. Os montes de escória destacavam-se em seu mistério negro, entre os interiores bem iluminados e os jogadores de faraó e as jovens insaciavelmente desejadas, e por vezes viam-se vultos furtivos ajoelhados, estendendo a mão para tocar uma dessas pilhas, num gesto reverente, como se a escória, uma espécie de Eucaristia anticristã, representasse o corpo de um ser amado do outro mundo.

"Lembra um pouco a alquimia", observou Wren Provenance, uma jovem antropóloga que se formara um ano antes no Radcliffe College, no Leste, e com a qual Frank inesperadamente acabara envolvido.

"É. Refugo sem valor vira dinheiro grosso."

"Daqui a séculos, aquelas pilhas vão continuar no lugar delas, e alguém vai passar por ali, olhar e ficar pensando. Quem sabe não vai concluir que são estruturas de algum tipo, prédios governamentais, talvez templos. Mistérios da Antiguidade."

"Pirâmides do Egito."

Ela concordou com a cabeça. "Aquela forma é comum a muitas das culturas antigas. Sabedoria secreta — os detalhes são diferentes, mas a estrutura subjacente é sempre a mesma."

Frank e Wren haviam se conhecido numa noite de sábado em Denver, num bataclã onde havia espetáculos de variedades. No palco, um grupo de negros se apresentava com banjos e colheres. Wren estava acompanhada de alguns ex-colegas de faculdade, entre eles dois sábios de Harvard interessados em visitar um bataclã chinês no trecho da cidade conhecido como Filhos do Céu. Para o grande contentamento de Frank, Wren não quis ir com eles. "E não se esqueça de provar a tal da pata de urso com tinta de polvo, pessoal!" Ficou dando adeus até o táxi desaparecer na esquina.

Quando se viram a sós: "O que eu realmente preciso ver", confidenciou Wren, "é a Denver Row, e uma casa de tolerância. Você me escolta?"

"Uma o quê? Ah." Frank reconheceu nos olhos castanho-claros da jovem uma faísca que, àquela altura, ele não tinha nada que incentivar, e por trás dessa faísca havia uma inclinação à sombra para a qual ele não podia estar mais atento. "E... isso é por motivos estritamente científicos, é claro."

"Mais antropológico que isso, impossível."

E lá se foram para a Market Street, rumo à Casa de Espelhos de Jennie Rogers. Wren foi imediatamente cercada por um bando de moças e delicadamente conduzida ao andar de cima. Pouco mais tarde, Frank olhou por acaso num dos quartos e lá estava ela, quase nua, as poucas peças que usava todas negras, um espartilho bem apertado, as meias caídas, dentro de um poliedro aberto de espelhos, examinando-se de todos os ângulos possíveis. Transformada.

"Um traje interessante, Wren."

"Depois de tanto rodar e subir encosta e andar ao ar livre, é um alívio usar um espartilho outra vez."

As garotas se divertiam.

"Olha só, você deixou o rapaz animado."

"Você empresta ele pra gente um pouquinho?"

"Ah", Frank enquanto estava sendo arrastado dali, "mas eu achei que *nós* é que íamos —" sem conseguir parar de olhar, ou, como talvez ele preferisse, "contemplar" aquela Wren caprichosamente vestida por tanto tempo quanto pudesse.

"Não se preocupe, Frankie, ela vai estar aqui quando você voltar", disse Finesse.

"Vamos tomar conta dela direitinho", Fame lhe garantiu com um sorriso maldoso. O que fez com que Wren interrompesse sua autocontemplação pelo tempo suficiente para se virar e dirigir aos olhos das moças um daqueles olhares de consternação insincera que apareciam em ilustrações eróticas de vez em quando.

Quando ela reapareceu, estava usando outra lingerie, igualmente escandalosa, segurando uma garrafa de *bourbon* pelo gargalo e tirando baforadas de um toco de havana. Um elmo do traje de gala da cavalaria, com águia de ouro, tranças e borlas, repousava, num ângulo descuidado, sobre suas melenas despenteadas.

"Está se divertindo?"

As pálpebras de Wren não se davam o trabalho de permitir que o brilho dos olhos incidisse na direção de Frank. Ela falava com uma voz aguda e musical, em que os efeitos do ópio, ele imaginava, talvez se fizessem notar. "Material fascinante... volumes... Alguns desses criadores de gado, meu Deus." Então, parecendo reconhecê-lo, sorriu devagar. "É, e o seu nome foi mencionado."

"Ih."

"Disseram que você é um amorzinho."

"Eu? É só porque elas nunca me viram de mau humor. Tem uns riscos vermelhos nas suas meias, aí, ó."

"Ruge pros lábios." Se Frank esperava que ela ficasse vermelha, decepcionou-se. O que ela fez foi encará-lo de modo direto, olho no olho. Ele percebeu que os contornos escarlate dos lábios dela estavam bordados, e o *kohl* em torno dos olhos havia escorrido aqui e ali, como se por efeito das lágrimas.

Fame entrou com estrépito, trajando uma espécie de penhoar incompreensível, porém pecaminoso, colocou-se atrás de Wren, pôs o braço na cintura dela e as moças todas se juntaram, formando um *tableau* inegavelmente encantador.

"Não consigo sair daqui", Wren cochichava, "... vocês simplesmente me estragaram para a sexualidade burguesa cotidiana. O que vai ser de mim?"

Tendo vindo para o Oeste em busca de Aztlán, a mítica terra ancestral do povo mexicano, que ela julgava situar-se mais ou menos na região de Four Corners, Wren encontrou mais do que esperava. Talvez até demais. Tinha o ar de um soldado retornando de uma longa campanha em que mais de uma vez questões de vida e morte se colocaram — vida e morte dela, de outrem, por vezes uma confusão de identidades que lhe causava insônia, e que, ao menos para Frank, não fazia o menor sentido, ainda que de vez em quando o fizesse cagar de medo.

Ele conhecia por alto os rios Mancos e McElmo, mas nada sabia a respeito do passado antiquíssimo da região.

"Bom, Frank, é bem... infeliz seria o termo mais adequado."

"Você não está se referindo apenas aos mórmons, imagino."

"Uma terra de alucinações e crueldade, é fácil de entender por que os mórmons gostaram daqui e resolveram ficar, mas estou falando de uma coisa bem mais antiga — século XIII. Havia talvez algumas dezenas de milhares de pessoas nessa época, espalhadas por toda a região, gente próspera e criativa, quando de repente, no decorrer de uma única geração — da noite pro dia, como essas coisas costumam acontecer —, elas fugiram, tudo indica que em pânico, subiram as encostas mais íngremes que encontraram e construíram as defesas mais seguras que conheciam pra se protegerem de... bom, de alguma coisa."

"Tem umas histórias sobre os ute", Frank lembrou-se, "teriam sido outras tribos, pelo que me disseram."

Ela deu de ombros. "Incursões do norte — primeiro gente buscando comida, depois forças invasoras, trazendo o gado e as famílias. Pode ser. Mas isso aqui é outra coisa, algo mais. Olhe." Wren possuía pilhas de fotografias, a maioria delas instantâneos tirados com uma câmara Brownie nos cânions da região, entre elas imagens, gravadas na pedra, de criaturas que Frank não conseguia reconhecer.

"Mas que... diaaa-bo?" Umas pintadas, outras gravadas, imagens de pessoas com asas... corpos de aparência humana com cabeças de cobras e lagartos, encimadas por aparições incompreensíveis, deixando uma trilha que parecia ser de fogo no que parecia ser o céu.

"Sim." Frank olhou para Wren, e o que quer que estivesse nos olhos dela agora, ele gostaria de ter visto antes.

"O quê?"

"Não sabemos. Alguns de nós desconfiamos, mas é uma coisa terrível demais. Pra não falar..." Ela encontrou, observou e com relutância entregou uma das fotografias.

"Ossos velhos."

"Ossos humanos. E se você olhar bem, os mais compridos foram quebrados de propósito... como se para chegar ao que há dentro deles. O tutano."

"Canibais, índios canibais?"

Ela deu de ombros, exibindo no rosto sinais de um sofrimento que, ele sabia, estava fora de seu alcance atenuar. "Ninguém sabe. Professores de Harvard, era de se esperar... mas eles só fazem teorizar e discutir. As pessoas que fugiram para os penhascos podem até ter feito isso umas com as outras. Por medo. Alguma coisa as assustou tanto que isso foi a única saída que elas encontraram pra se proteger da coisa."

"A coisa queria que elas —"

"É possível que elas nem tenham chegado a saber o que ela... 'queria'. Exatamente."

"E você —" Ele precisava se conter para não tocá-la, trazê-la para dentro de uma espécie de perímetro. Mas a umidade em seus olhos brilhava como aço, não orvalho, e nada nela tremia.

"Fiquei um ano lá. Tempo demais. Aos poucos a coisa vai penetrando você. Agora há outra pessoa lá, preparando um relatório, as expectativas de carreira vão pesar. Eu sou apenas uma das pessoas contratadas que escavaram a terra, subiram naquelas rochas e plataformas vermelhas e carregaram o equipamento, ficaram contaminadas com a loucura do lugar, e agora eles já não dão mais atenção à histeria das moças recém-formadas. Mas é preciso datar tudo aquilo de modo mais detalhado. Seja lá quem tenham sido aquelas pessoas, o fato é que ficaram só uns poucos anos naqueles penhascos. Depois disso, ninguém sabe. Pode ser que tenham seguido em frente. Se elas foram as mesmas que realizaram aquele êxodo em direção ao sul a partir de Aztlán e se tornaram os astecas, talvez isso tenha alguma coisa a ver com aqueles sacrifícios humanos que tornaram os astecas famosos."

Uma noite voltaram para a Seventeenth Street. Os *barmen* estavam preparando drinques com gim, bourbon, soda e limão. Republicanos e democratas entravam em discussões políticas que inevitavelmente terminavam em vias de fato. Wren foi obrigada a retirar a mão de um corretor imobiliário de seus seios utilizando um garfão de churrasco.

No Albany, o espelho do bar era lendário, trinta e três metros de comprimento, um mural animado da história noturna de Denver. "É como ler o jornal", disse Booth Virbling, um conhecido de Frank, repórter policial.

"Mas não matérias do Booth, que têm mais a ver com a região perto do banheiro", explicou Frank. "Primeira vez que eu vejo você fora do Gahan's, o que houve?"

"Do jeito que anda a política municipal, a qualquer minuto vamos ter um flagrante de atrocidade. Ah, esteve uma pessoa aqui procurando por você."

"Alguém a quem eu esteja devendo dinheiro?"

Um olhar cauteloso dirigido a Wren.

"Ela está sabendo de tudo. Booth, o que foi?"

"Um dos homens do Bulkeley Well."

"Veio lá de Telluride só pra me visitar?"

"Você não estava pretendendo ir lá, eu espero."

"Uma cidade meio perigosa hoje em dia, não é, Booth?"

"É o que seu irmão pensava."

"Você viu o meu irmão?"

"Alguém viu, lá em Glenwood Springs. O Reef estava com dinheiro, mas estava meio pra baixo. Foi tudo que me disseram." Viu então uma das principais testemunhas do rumoroso julgamento de assassinato do serrote de gelo do ano anterior, e foi até lá conversar com ela.

"Que história é essa?", indagou Wren.

O velho hábito de negar informações, em particular às jovens em que ele estava interessado no momento, entrou em ação mais ou menos a essa altura. Uma vez, no planalto de Uncompahgre, Frank, voltando a cavalo de Gunnison ou de algum outro lugar, viu uma única nuvem de tempestade, escura e compacta, a quilômetros de distância, e deu-se conta de que, apesar da predominância do sol e da imensidão de céu, por mais que mudasse de direção agora ia ter que cruzar com aquela nuvem, e não deu outra, menos de uma hora depois ficou escuro como se fosse meia-noite e ele ficou encharcado e congelado, momentaneamente ensurdecido pelos trovões que explodiam a sua volta, inclinado sobre o pescoço do cavalo para tranquilizar o animal, o qual, por ser cavalo de rancho, já tinha visto coisas muito piores e estava ele próprio tentando tranquilizar Frank. Agora, no Albany, Frank percebia que Wren havia chegado exatamente ali após uma infinidade de quilômetros e Passos da Cruz — na luz refletida pelo espelho enorme, seu rosto, estranhamente sem sombras, estava azul-celeste, o rosto de uma pessoa em busca de algo, foi o que pensou Frank, e que tinha vindo até ali para lhe fazer a pergunta que ele estava menos disposto a responder. Frank compreendia que havia presenças assim espalhadas pelo mundo, e que, embora fosse possível viver uma vida inteira sem cruzar com uma delas, se isso acontecesse era uma obrigação das mais sérias responder a ela.

Depois de algum tempo ele expirou e olhou-a bem nos olhos. "Não era pra ser um trabalho meu, veja bem, isso é pro Reef fazer, mas faz algum tempo que estou sem notícia dele, e sabe como é, Glenwood Springs, quem sabe ele foi perseguido e teve que cair fora dessa história, e voltou a trabalhar como banqueiro de faraó em algum lugar, mostrando às dançarinas as artemísias ao luar, tudo bem, mas tem uma hora em que a coisa passa pro próximo da fila, e aí se eu também não fizer, então alguém vai ter que ir pegar o Kit lá naquela faculdade na Costa Leste em que ele está enfiado, esse tipo de vida que você conhece melhor que eu, mas realmente eu preferia que o Kit não tivesse que entrar nessa, porque ele é um bom rapaz, mas atira mal, e se alguém acertasse ele primeiro, era mais um crime a ser vingado, e aí a coisa nunca ia ser feita."

Ela olhava para ele de modo mais frontal do que de costume. "Onde, então, que eles devem estar? Os pistoleiros."

"Pelo que fiquei sabendo, são dois pistoleiros mais ou menos famosos, chamados Deuce Kindred e Sloat Fresno, que provavelmente foram contratados pela Associação de Proprietários de Minas lá em Telluride. E agora, segundo o Booth, alguém de lá quer falar comigo. Acha que tem uma ligação?"

"É claro que é para lá que você está indo."

"Foi o último lugar onde eu vi minha mãe e minha irmã. Vai ver que elas ainda estão por lá. Eu estava mesmo precisando ir lá, pra dar uma olhada."

"É serviço pra filho e irmão. De um ponto de vista antropológico."

"E você, estava pretendendo voltar pro McElmo?"

Wren franziu a testa. "Lá não tem muito futuro, não. O lugar quente agora, pelo que me dizem, são as ilhas do Pacífico Sul."

"Então você vai se especializar em canibais, sei."

"Isso parece mais engraçado do que é na verdade."

Sem querer perguntar, mas perguntando assim mesmo: "Você quer ir a Telluride comigo?".

Bom, tecnicamente ela estava sorrindo, se bem que o sorriso parecia não chegar até os olhos. "Acho que não, Frank."

Ele teve a delicadeza de não parecer aliviado demais. "O que eu queria dizer é que, pra mim, seria bom ter mais um cérebro ajudando, porque lá é uma cidade de duas caras, armadilhas em tudo que é lugar, a partida de pôquer mais suja e interminável do mundo, dinheiro demais mudando de mão rápido demais, e você nunca sabe em quem confiar."

"Você não estava pretendendo entrar na cidade montado num cavalo com uma pistola na mão, exigindo informações, eu espero."

"Por quê? Como é que você costuma fazer essas coisas?"

"Se fosse eu? Eu fingia que estava lá a trabalho, usava um nome falso — os homens que você está procurando talvez tenham inimigos na cidade, quem sabe até entre as pessoas pras quais eles estavam trabalhando. Se você ficar com os ouvidos bem abertos, mais cedo ou mais tarde acaba ouvindo alguma coisa."

"O que vocês chamam de 'pesquisa', não é? Visitar todos os *saloons*, puteiros vagabundos e de luxo, cassinos, ora, se eu ficasse uma semana fazendo isso, alguém ia acabar me descobrindo."

"Quem sabe você não é melhor ator do que pensa."

"Você quer dizer que eu consigo ficar mais tempo sóbrio do que eu gosto de ficar."

"Nesse caso, melhor tomar alguma coisa agora, não é?"

Depois que os passageiros com destino a Telluride trocaram de composição em Ridgway Junction, o trenzinho foi subindo o Dallas Divide e depois desceu até Placerville, para por fim subir o vale do rio San Miguel, atravessando o crepúsculo e as incertezas da noite. A escuridão montanhesa, interrompida apenas pela luz das estrelas refletida pelas águas de algum riacho ou por um lampião ou fogueira furtiva numa cabana de mineiro, em pouco tempo foi substituída por uma radiância sinistra à frente, para os lados do leste. Não era a cor do fogo, e a madrugada estava fora de questão, se bem que o fim do mundo era uma possibilidade em aberto. Tratava-se, na verdade, da famosa iluminação de rua elétrica de Telluride, a primeira cidade nos Estados Unidos a receber tal coisa, e Frank lembrou que seu irmão mais novo, Kit, trabalhara por algum tempo no projeto cujo objetivo fora trazer energia do vale de Ilium até lá.

Os grandes picos vistos pela primeira vez na véspera do outro lado do planalto de Uncompahgre, formando uma longa dentadura irregular que atravessava o horizonte ao sul, agora se faziam presentes a cada momento, tornando-se pavorosos por estarem iluminados por trás, empinando-se diante dos olhares dos passageiros, que agora esticavam os pescoços em direção ao brilho cada vez mais generalizado, conversando como se fossem um bando de turistas vindos do Leste.

Em pouco tempo, a trilha que subia o vale paralelamente aos trilhos ficou apinhada de gente, como uma rua urbana — carroças cheias de minério e produtos, tropas de mulas, os xingamentos dos tropeiros atravessando a noite, muitas vezes em idiomas que ninguém no pequeno vagão enfumaçado identificava. Numa curva junto aos trilhos estava parado um dos maluquinhos da cidade, que dava a nítida impressão de estar parado ali havia anos, gritando para os trens. "Telluride é o inferno! Telluride é o inferno! Cuidado, senhoras e senhores! Avisem o condutor! Avisem o maquinista! Ainda dá pra fazer meia-volta!" Enquanto isso, a luminosidade à sua frente — cujos raios de bordas nítidas já obscureciam muitas estrelas conhecidas — ia aos poucos se tornando mais forte do que a luz dos lampiões a óleo do vagão, e os passageiros se viram cercados por uma rede regular de ruas de uma cidade que parecia ter sido encomendada toda pronta, e instalada, bem espremida, no fundo do vale.

Frank saltou e passou por uma fileira de tropeiros que tinham vindo até a cidade apenas para ficar parados aguardando a chegada do trem, o qual agora estava imóvel, resfolegando e esfriando, enquanto mecânicos iam e vinham munidos de chaves inglesas, pés de cabra, pistolas de graxa e latas de óleo.

Ele que, em circunstâncias normais, era uma pessoa cheia de bom senso, naquela incandescência sem alma sentiu-se invadido de todos os lados por presságios de violência, todos dirigidos a ele. Barbas que havia semanas não tinham contato com navalhas de aço, caninos amarelados expostos, olhos avermelhados por algum desejo incontrolável... Suando de apreensão, Frank se deu conta de que estava justamente onde não deveria estar. Em desespero, olhou para trás, em direção à estação, mas o trem já estava lentamente descendo o vale outra vez, a ré. Querendo ou não, agora ele fazia parte daqueles que seguem sua intuição diretamente até o fundo de um barril e o final de uma fila, apertados contra aquela muralha de montanhas de quatro mil, quatro mil e duzentos metros de altura, e um nível de ódio entre o sindicato dos mineiros e os proprietários de minas, perigosamente alto mesmo para o Colorado, que dava até para cheirar.

O outro cheiro, que obrigou Frank a acender um charuto para encobrir, era a origem do nome da cidade, pois a prata ali costumava ser encontrada juntamente com o minério de telureto, e os compostos do telúrio, como Frank aprendera na faculdade de mineralogia, exalavam um dos piores fedores da natureza, pior do que o pior peido já soltado numa pensão, desses que penetram as roupas, a pele, alma, e que ali, acreditava-se, subia, passando por galerias e escavações abandonadas havia muito, da atmosfera cotidiana do próprio Inferno.

Aquela noite, no hotel, durante o jantar, ele ficou contemplando pela janela uma tropa de guardas estaduais que seguia pela rua principal em direção ao vale a oeste da cidade. À frente deles, a pé, ia um pequeno grupo de homens sujos e maltrapilhos. Mesmo levando-se em conta que o chão era de terra batida, havia uma intenção calculada naquele tropel que fez Frank ficar pensando sobre as oportunidades que havia ali para refugiar-se, muito embora alguns no restaurante encarassem a coisa com absoluta naturalidade. Pelo visto, os guardas estavam à procura de desocupados, e qualquer mineiro que estivesse sem trabalho no momento e desse azar de ser visto era devidamente enquadrado por "vadiagem".

"O que não falta na cidade é militar."

"E com o Bob Dedo-no-Gatilho no comando, porra, ele sozinho já é um exército."

"Por acaso", Frank indagou, "o senhor se refere ao famoso pistoleiro Bob Meldrum? Aqui em Telluride?"

Os homens olharam para ele de esguelha, se bem que de modo razoavelmente simpático, talvez porque Frank, não tendo feito a barba naquele dia, conseguiu não dar uma impressão de inocência excessiva.

"Esse mesmo, *joven*. A coisa está feia aqui nessas montanhas, e tão cedo não vai melhorar. Isso aqui pro Bob agora é o verdadeiro paraíso."

Outros entraram na conversa. "Ele é bem surdo, mas não vale a pena gritar com ele, nem tentar adivinhar qual é o ouvido que escuta melhor."

"Não tem coisa neste mundo mais perigosa que pistoleiro surdo, porque na dúvida ele prefere pecar pelo excesso, sabe-se lá se ele não ouviu um comentário provocante que você fez..."

"E aquela vez que ele pegou o Joe Lambert lá em Tomboy, perto dos trituradores de minério? Condições perfeitas pro Meldrum, os trituradores fazendo um tremendo esporro que nem os martelos do Inferno, não dava pra ninguém ouvir nada. 'Mãos ao alto'? Ah, claro, obrigado, Bob."

"Quer saber o que eu acho, ele ouve direitinho — só que é que nem cobra, escuta pela pele."

"Espero que você tenha trazido alguma coisa mais pesada que uma pistola, meu rapaz."

"Falando sério, meu filho, não sei o que você quer aqui, mas espero que pelo menos você saiba quem é o homem a procurar em Telluride."

"O nome que me deram é Ellmore Disco", disse Frank.

"Esse mesmo. Você marcou hora com ele com bastante antecedência, imagino."

"Se eu marquei..."

"Olha só, mais um que achava que era só entrar e falar com ele."

"Tem muita gente precisando falar com o Ellmore, meu filho."

Alguns pensavam que Ellmore Disco fosse mexicano, outros diziam que ele vinha de um lugar bem-mais distante, Finlândia ou coisa que o valha. Não era exatamente um sujeito bem-vestido, seus poucos impulsos de dândi se concentravam no chapéu, de preferência cartolas pretas sofisticadas, com fitas de couro de cobra e aba encurvada, tendo sido enrolada num lápis, mandada fazer em Denver, entregue meses depois. Que se soubesse, as únicas pessoas em que ele havia atirado eram aquelas que, por palavras ou atos, manifestaram desrespeito por um de seus chapéus, e casos houve em que sem dúvida a provocação fora suficiente. Uma vez, no C. Hall & Co. em Leadville, no tempo em que ainda era Leadville, Ellmore foi dar uma mijada durante uma partida de pôquer até então amistosa, quando um chefe de turno brincalhão teve a ideia de encher o Stetson de aba larga que ele deixara na mesa, confiando nos companheiros, com *consommé* de tartaruga, uma sopa pela qual Ellmore aliás nunca morrera de amores. "Ora, ora!", ele afirmou ao voltar, "temos aqui uma situação constrangedora!" O mineiro deve ter percebido o tom de ameaça desse comentário, pois começou a caminhar pé ante pé em direção à porta. Num piscar de olhos, os dois estavam na rua, e pela Chestnut Street os disparos ressoavam. O piadista fugiu para o campo aberto a toda velocidade, apesar de um ferimento superficial na bunda e dois furos na coroa do chapéu, o qual, ao que parecia, era o principal alvo da fúria de Ellmore.

Como muitos testemunharam esse *tête-à-tête*, no próximo incidente chapelístico Ellmore foi naturalmente obrigado a reagir da mesma maneira, ou até de modo um pouco pior. "E, no entanto, no fundo sou um sujeito pacífico", ele continuava a insistir, embora ninguém levasse tal afirmação muito a sério. Para os desconhecidos, ele era Ellmore, El Malo, para os amigos era um cidadão bastante simpático, apesar desses acessos motivados por chapéus, cuja imprevisibilidade em nada afetava seu sucesso no mundo dos negócios. Na época, a E. Disco & Sons era a empresa mais bem-sucedida entre Grand Junction e os montes Sangre de Cristo. O segredo da loja, ao que parecia, era a ampla variedade de produtos e preços, de modo que no mesmo dia era possível ver empresários com cartolas de seda ao lado de vagabundos com chapelões de lã velhos, lustrosos de gordura e amassados pelo uso, procurando praticamente de tudo — chapéus-cocos e bonés, mantilhas, lornhões, bengalas, cornetas acústicas, polainas, guarda-pós, penduricalhos para correntes de relógios, corpetes e camisolões, sombrinhas japonesas, banheiras elétricas, máquinas patenteadas para fazer maionese à prova de relâmpagos, descaroçadores de cerejas, puas e lampiões de carbureto, bandoleiras femininas especiais para munição de 22, para não mencionar peças de *jaconet*, cetineta rosa, tarlatana, fustão, granadina, crepes lisos, listrados ou com estampados orientais, vindos diretamente da Liberty's de Londres.

Frank chegou por volta do meio da manhã e encontrou um interior iluminado pelo céu, circundado por um mezanino, com ferragens pintadas de um tom claro e esverdeado de cinza. O escritório de Ellmore ficava numa espécie de jirau que se projetava acima do pavimento principal, onde ecoavam os ruídos da loja e confundiam-se os cheiros de greda, de óleo para armas e da população local, que se espalhava para todos os lados.

"O patrão passou a manhã toda cercado de texanos", Frank foi informado. "Está vendo ali, atrás da seção de artigos pra cavalos? Tem uma entrada pro *saloon* vizinho, pra se a espera começar a pesar demais." Frank observou que o funcionário, de modos bastante delicados, estava munido de um dos modelos mais gigantescos da pistola Colt.

"Obrigado, mas acho que vou ficar só respirando e deixando que a altitude faça o mesmo efeito de graça."

O escritório, quando finalmente lhe fizeram sinal para que entrasse, tinha um excesso de mobília de *saloon* no estilo de Grand Rapids, comprada a preço de banana em Cortez depois daquela noite famosa em que o velho Palace foi invadido a tiros pelos Rapazes de Four Corners. Uma foto de estúdio, supostamente da sra. Disco, dirigia um sorriso opaco aos visitantes.

Frank estava à janela, olhando para a movimentada via principal da cidade, quando Ellmore entrou correndo.

"Me pegou admirando a sua vista."

"Você deu sorte de ver isso aqui em tema de prosperidade, pois o dia em que esses veios se esgotarem a única coisa que vai haver pra se vender aqui vai ser a paisagem, ou seja, bandos de visitantes vindos de lugares onde não há vistas — texanos, por exemplo. Essa rua transversal que você está apreciando é a que a gente chama de Sunny Side, está vendo aqueles barracos de mineiros ali? Tão estreitos que só mesmo um subnutrido consegue ficar em pé lá dentro, quanto mais se mexer — pois bem, um belo dia cada um desses barracos vai valer um milhão de dólares, talvez dois, daí pra cima. Pode rir, todo mundo ri, mais uma piada de Telluride, deve ser efeito da altitude. Mas espere só. Foi aqui que você ouviu alguém dizer isso pela primeira vez."

"Homem de visão."

"Ora, os anarquistas não são os únicos que têm uma visão do futuro." Ellmore Disco não parecia ter ascendência mexicana nem finlandesa, pelo menos quando, tal como agora, estava sorrindo — lembrava mais um chinês de *music hall*, talvez, aquele jeito dos olhos de recuarem para bolsas protetoras, deixando o observador com a ruína de uma oitava de dó maior em algum piano vertical abandonado, interrompida por um par simétrico de caninos de ouro a faiscar, que pareciam mais compridos e mais afiados do que o necessário, mesmo para comer num restaurante de cidade de mineração.

Ele gesticulava agora com uma xícara de café que parecia sua companheira constante, e anunciou, tão depressa que parecia nem parar para respirar: "Quanto a uma entrevista com o capitão Wells — sou a favor, meu caro, muito embora eu não seja de modo algum o secretário social do capitão, mas sei que esse é um desejo comum dos visitantes, pois a fama de Bulkeley Wells já deu a volta ao mundo, ou quase, esta semana, por exemplo, tenho uma delegação que veio lá de Tóquio, Japão, sob as ordens do próprio imperador, se vocês não conversarem com o capitão, melhor vocês nem voltarem pra cá, mais ou menos isso, e aí, é claro, eles sacam o uaquizaxi deles, que todos sempre levam pra cometer haraquiri, imagine só como o Cal Rutan ia adorar um incidente desse tipo aqui no condado *dele*. Mas é pra você ver a que ponto chega o desespero das pessoas, e não é só estrangeiro não, e por isso o que eu preciso lhe perguntar agora é se *você* vai ficar muito triste se por acaso, Deus nos livre, por algum motivo não for possível falar com o capitão nesta viagem".

Tendo se certificado de que Ellmore havia concluído sua fala, Frank comentou: "Deve ser um sujeito ocupado".

"Você vai precisar da mediação do companheiro Meldrum, pra não falar na mediação dos companheiros *dele*, pra chegar até o homem... Você falou em trabalho nas minas — o que é que você faz? Já trabalhou com explosivos?"

"Um pouco, talvez."

Trocaram um olhar frio e sólido. Ellmore balançou a cabeça, como se uma ideia tivesse acabado de lhe ocorrer. "Mas não acima do solo."

"Primeira vez que me confundem com um terrorista."

"O que é isso, indignação?"

"Até que não. De certo modo, fico lisonjeado."

"Engenheiro pode argumentar que nem sabe de que lado acende uma banana de dinamite, mas você sabe."

"Os cachorros começam logo a latir. É claro. Eu devia ter dito que era cozinheiro, sei lá."

Ellmore espalmou as mãos, como se afirmando sua inocência.

Frank espantou uma mosca imaginária. "Pra ser franco com o senhor, ouro não faz muito o meu gênero não, sou mais chegado é ao zinco, mas —"

"Zinco, bem, nesse caso, sem intenção de ofender, por que é que você não vai pro condado de Lake?"

"Obrigado, Leadville faz parte do meu circuito, sim, mas esta semana, bom, o que eu tenho é um novo sistema pra concentrar minério de ouro —"

"Falando apenas por Tomboy e Smuggler, é claro, eles estão satisfeitos com o que têm. Esmagam bem o minério, passam pelo mercúrio, dizem que funciona bem."

"Processo de amalgamação. Tradicional, sai mais ou menos em conta. Certo. Mas nesse meu sistema —"

"Ou muito me engano ou o capitão Wells vai lhe perguntar quanto custa e depois vai dizer não de qualquer modo. Mas vá conversar com o Bob, ele não é difícil de achar, se bem que chegar perto dele pode ser perigoso, e infelizmente não tem uma hora do dia que seja melhor do que a outra... Ora, vejam lá, já é hora do almoço. Venha comigo até a Lupita, lá tem o melhor *menudo* que existe, ela deixa de véspera a tripa de molho na tequila, é o segredo dela", parando junto a um gigantesco chifre de alce que funcionava como cabide de chapéus, com todas as pontas ocupadas, e escolhendo um sombreiro cinza com uma faixa de medalhões de prata com incrustações de lápis-lazúli e jaspe, aparentemente um trabalho zuñi. "Ou pelo menos um dos segredos dela. Vamos pegar o Loomis no caminho", o qual era o funcionário equipado com uma 44 que havia recebido Frank antes.

Saíram pelos fundos para a Pacific Street, acotovelando-se por entre tropas de bois e mulas, *buggies* e faetontes de três molas, *buckboards* sem molas e enormes carroças de transferência transportando cargas entre a estação ferroviária e as minas e lojas, passageiros com guarda-pós, duros e espectrais de poeira alcalina da planície, chineses puxando carrinhos de mão com grandes pilhas de roupas para lavar — Ellmore acenando, apontando com o dedo, imitando de brincadeira o gesto de disparar uma pistola, e de vez em quando agarrando um passante para resolver algum problema rapidamente. Pelo visto, todo mundo o conhecia. A maioria dos que lhe falavam fazia questão de elogiar o chapéu que ele havia escolhido.

O restaurante de Lupita ficava num trecho rochoso entre os rios Pacific e San Miguel, o lugar lembrava Creek, um amontoado de mesas feitas com tábuas e bancos compridos pintados de um tom de azul-celeste que não se encontrava em nenhum outro lugar na cidade, um galpão com um telhado enferrujado apoiado em estacas feitas de troncos de choupos. Cheiros de comida se faziam sentir no ar quase um quilômetro antes de se chegar lá. Gigantescos *chicharrones* eram empilhados como se fossem peles de ursos numa feitoria. *Ristras* de pimentas de um tom perigosamente escuro de roxo pendiam por toda parte. Dizia-se que à noite elas brilhavam no escuro. Funcionários e caixas, aves noturnas recém-despertadas, rancheiros vindos do vale, trabalhadores mexicanos sujos de pó de tijolo, tropeiros aguardando o trem sentavam-se ao lado de negrinhos jornaleiros e senhoras casadas com seus melhores chapéus, todos preenchendo os bancos de modo indiscriminado, agarrando e devorando como mineiros num refeitório, ou então em pé, aguardando uma mesa, ou esperando que um dos meninos que trabalhavam na cozinha enchessem suas marmitas ou sacos de papel com tortas de frango, *tamales* de veado, os famosos *tacos* de miolo de Lupita, garrafas de cerveja caseira, fatias de torta de pêssego com sessenta graus de circunferência, e coisa e tal, para viagem.

Frank, esperando uma figura mais maternal, ficou surpreso diante da bela proprietária da *taquería*, um tornado em miniatura, de preto e branco com toques de ouro, surgindo do nada de repente, parando o tempo suficiente para dar um beijo na testa de Ellmore, mal lhe dando tempo de levantar o chapéu, e, antes de desaparecer de novo no clima instável da cozinha nos fundos, cantarolando, aparentemente com intenção maliciosa: "*Por poco te faltó La Blanca*".

"Que diabo", exclamou Ellmore, com uma expressão preocupada surgindo-lhe no rosto, "lá se vai o resto do meu dia, o que foi que houve que eu nem estou sabendo, Loomis, pra *ela* estar aqui na cidade?"

"La Blanca", veio a se revelar, era um dos nomes locais conferidos à esposa de "Bob Dedo-no-Gatilho" Meldrum — as pessoas achavam melhor "esposa", dadas as consequências nefastas de incorrer no mau humor de Bob —, uma referência ao cavalo branco de aspecto sobrenatural que ela sempre montava, normalmente seguindo pelas trilhas da Savage Basin e das gargantas mais altas, muitas delas invisíveis, mais frequentadas apenas por gente como os membros da infame gangue Hole-in--the-Wall, sempre se mantendo escrupulosamente afastada, lábios tão exangues que na transparência do vento pareciam desaparecer, de modo que seus olhos contornados de negro eram os únicos traços que permaneciam na memória depois que ela ia embora. Segundo os visitantes, texanos e outros, em encostas como aquela não se devia sequer levar um cavalo, pois eram íngremes demais, com inclinações súbitas demais, cheias de abismos de centenas de metros e coisas assim, sendo muitas vezes impossível seguir em zigue-zague naqueles desfiladeiros desgramados, e o jeito era simplesmente mandar pau e descer ou subir em linha reta, rezando para não haver nenhum trecho com gelo, estando-se de preferência num cavalo montanhês escolado nesse tipo de declive desesperador, sendo nesses casos os pôneis de sangue índio as montarias mais indicadas. Ela habitava essa geometria do medo sem qualquer esforço, de tal modo que era quase como se Bob a tivesse encontrado num reino de história de fadas, uma terra de montanhas de vidro tão estranhas quanto os montes San Juan, e os poetas locais especulavam que ela, sempre cavalgando sozinha — o manto negro a esvoaçar, o chapéu preso às costas e a luz do Céu em seus cabelos, os lenços de seda com estampados de flores que Bob lhe trazia de Montrose a tremular como chamas frias, em nevascas ou na temporada primaveril das avalanches ou numa nevada temporã em pleno agosto —, queria matar as saudades da terra natal, uma paixão forte demais para aquela terra de prata e ouro normais, onde ninguém podia compreendê-la, quanto mais estar à sua altura.

Moravam perto da mina Tomboy, numa cabana um pouco acima da pilha de escória na boca da escavação, mas viviam isolados, se bem que não era comum os dois serem vistos juntos, o que sem dúvida estimulava muita fantasia romântica, mesmo da parte daqueles que odiavam Bob do chapéu às esporas, mas que tinham visto sua mulher ao menos, fatalmente, uma vez, numa dessas cavalgadas sem destino. Nessa época, Bob não apenas atuava como representante de Buck Wells neste mundo como também era guarda diurno da mina Tomboy, levantava-se antes do sol e ia até a Basin, os olhos — alguns diziam que eram "negros", enquanto outros afirmavam que tornavam-se cinza-claros um instante antes de ele decidir matar alguém — mais perceptivos do que o normal para compensar a audição supostamente deficiente, olhando de um lado para outro, assimilando tudo, até as pedras de menor tamanho, atento para problemas de todos os tipos, entre os quais inevitavelmente figurava a tal La Blanca. Muitos rapazes intrépidos e desmiolados da cidade gostavam de fantasiar que sabiam o que ela queria, e nos sonhos deles ela queria sempre escapar daquele seu companheiro de cabana surdo, o qual, além disso, não tinha cara de ser tão durão assim, por mais que dissessem que havia catorze ou mais marcas em sua pistola. Ora, qualquer um pode fazer uma marca numa pistola, se falar é fácil, isso é mais fácil ainda, é ou não é?

"É, mas o tal do 'Bob Dedo-no-Gatilho' não está muito interessado se o sujeito está vivo ou está morto, pra ele tanto faz..."

"Vai ver que ele não sabe que eu também penso como ele."

"Isso é conversa de *saloon*", Ellmore dirigindo um olhar rápido a Frank como se ele também talvez fosse um desses jovens Romeus. "Olhe aqui, Loomis, estou ficando intrigado com essa história. Será que o Bob vai encrencar quando souber que a mulher dele veio pra cá? A gente precisa saber o que está acontecendo bem depressa. Você está sabendo da Loopy, onde que ela está?"

Frank emergindo da sua enorme tigela de tripa apimentada: "Essa senhora Meldrum — ela cria problemas?".

"*Joven*", murmurou Ellmore com a boca cheia, "ninguém sabe nada sobre ela com precisão. Bom, *problemas*, é claro... pois bem, a questão é que o Bob..." Seu olhar, normalmente direto, agora estava se desviando em direção a Bear Creek, e não se poderia dizer que a máscara oriental que era seu rosto naquele momento estava tranquila.

Lupita apareceu com uma tigela pintada com motivos de flores, cheia de massa de farinha de milho, apoiada na dobra do cotovelo, rapidamente tirando dentro dela punhados de massa, um por um, e transformando-os em tortilhas perfeitas, finas como papel, as quais ela jogava para dentro da cozinha, diretamente sobre uma *comal* de metal laminado, recuperada após uma memorável tempestade de vento perto de Lizard Head Pass, onde ficavam cozendo um minuto para depois serem retiradas e colocadas sobre um pedaço de avental que as aguardava, enquanto isso informando Ellmore: "Acho que ela não estava procurando você, não".

"Viu o marido dela hoje?"

"Ouvi dizer que ele teve que ir a algum lugar correndo. Você não tem cara de homem mergulhado numa paixão."

"Eu estou mas é mergulhado na sopa. Como é que se diz, *en la sopa*."

"É claro que ela é jovem", disse Lupita. "É a idade em que a gente faz todas essas maluquices."

"Eu não me lembro."

"*Pobrecito*." E já saía rodopiando outra vez, cantando como um pássaro.

Frank se deu conta de que Ellmore o estava observando com um interesse mais profundo do que podia ser explicado por uma questão de sociabilidade. Quando viu que Frank devolvia o olhar, Ellmore exibiu o canino de ouro num sorriso insincero. "E então, o que achou do *menudo*? Está escorrendo ranho do seu nariz."

"Não reparei", Frank passando a manga da camisa sob o nariz.

"Os lábios já estão tão entorpecidos que você nem sente", explicou Loomis. "Se você começar a comer sempre aqui, vai precisar deixar crescer o bigode, para segurar."

"Você já reparou que quanto menor a pimenta, mais forte ela costuma ser, não é? É a primeira coisa que você aprende. Pois bem, essas que a Loopy está usando são pequenas. *Bem* pequenas, *joven*."

"Bom, Ellmore... são *muito* pequenas, mesmo?"

"A ponto de serem... invisíveis."

"Ninguém nunca... viu essas pimentas, mas as pessoas continuam colocando elas nas receitas? Como é que eles calculam quantas devem entrar?"

Seus comensais acharam a pergunta estimulante. "Você está maluco?", gritou Ellmore. "Basta *uma* pra matar você!"

"Mais todo mundo que estiver num raio de trinta metros!", acrescentou Loomis.

"Menos o Bob, é claro, ele come essas pimentinhas que nem amendoim. Diz que elas lhe acalmam os nervos."

* * *

Quando voltou rastejando para seus aposentos no Sheridan, depois de uma parada no bar para comer um bife cujo volume ele calculava ser em torno de uns quinze mil centímetros cúbicos, Frank já havia contraído uma meldrumite aguda, pois durante todo aquele dia praticamente não ouvira falar sobre outro assunto. O capitão Bulkeley Wells permanecia inacessível como sempre, cumprindo sua programação intensa — talvez em Londres, visitando seu alfaiate, ou na Argentina adquirindo pôneis para jogar polo, ou então, quem sabe, viajando por outro mundo habitado, alternativo. E até agora, como se fossem palavras que não deviam ser pronunciadas na frente de inocentes, absolutamente nada que tivesse a ver com Deuce Kindred ou Sloat Fresno.

Frank conseguiu manter os olhos fechados o tempo suficiente para testar sua cama com uma talhadeira de mineiro e apagar a luz elétrica, mas não para tirar as duas botas, antes de mergulhar em seu característico sono de viajante, menos de cinco minutos do qual haviam transcorrido quando os prazeres do olvido tiveram de ser postergados, porque sua porta foi atacada por uma zoeira infernal de batidas e gritos. "Seu ladrão de mulher amarelo-mijo, seu olho-puxado, você vai sair daí ou eu vou ter que entrar?", indagou uma voz infeliz.

"Tudo bem", bocejou Frank, num tom amistoso que, esperava ele, não traía o fato de que estava rapidamente abastecendo o tambor de sua Smith & Wesson.

"Então, vai ou não vai? Responde logo, eu não escuto muito bem, e quando não escuto eu fico muito aborrecido."

"Acho que a porta está aberta", gritou Frank. Imediatamente, ela se abriu. Lá estava uma figura diminuta, com chapéu, camisa e luvas de cor negra, Bob Meldrum sem sombra de dúvida, com um bigode tão largo que Frank seria capaz de jurar que o homem teve de virar um pouco para o lado a fim de poder passar pela porta, e uma aura de uísque McBryan que, tal como sua fama, chegava antes dele.

"Ah. Mas o que é isso, uma dessas Protetoras de Senhoras, imagino, não é? E ainda por cima niquelada! Puxa, mas é mesmo uma beleza."

"Na verdade, é um trinta e oito", disse Frank. "Modelo policial, se bem que eu serrei um pouco o cano, acho que até exagerei, porque às vezes ele não fica engatilhado exatamente como eu queria. Espero que isso não seja problema, não é?"

"Você fala inglês direitinho, e pra um fumante de ópio filho da puta você até que não tem muita cara de japonês."

"Pode me chamar de 'Frank'. Quem sabe o senhor não está no quarto errado?"

"Quem sabe você não está comendo a minha mulher aqui e mentindo descaradamente?"

"Nunca fui doido a esse ponto — quem sabe o companheiro Disco informou o senhor errado?"

"Ora, porra, você é o tal garoto engenheiro", os olhos dele, para o alívio de Frank, estavam começando a ficar menos pálidos.

"Isso mesmo, e o senhor, sou capaz de apostar que é... o senhor Meldrum, não estou certo?" Tentando não gritar de modo óbvio em nenhum dos ouvidos do outro.

"É verdade, sim, que Deus me ajude", e o pistoleiro de preto desabou, com um suspiro emocionado, no sofá. "Você acha que é fácil ser durão nesta cidade, em que o termo de comparação é Butch Cassidy? Ora, o que foi que ele fez, afinal, subiu o vale com um cavalo metido a besta, sacou a arma, pegou os dez mil dólares e foi embora, fácil que nem comer uma torta de cereja, mas os anos vão passando, as lendas do Oeste só fazem crescer, as pessoas ficam cochichando debaixo do bigode quando pensam que eu não estou vendo: 'É, ele não é moleza, mas também não é nenhum Butch', e como é que você acha que eu me sinto? E ainda por cima imagino que aqui não tem nada pra se beber."

"E se a gente for a algum lugar, e o senhor me deixar lhe pagar um drinque?"

"*Bueno*, mas que tal você apontar essa coisinha reluzente aí numa outra direção por um minuto? Afinal, tenho a minha reputação."

"Ora, eu quase que tinha esquecido..." Um tanto inseguro, Frank guardou no bolso o revólver, esperando uma reação imediata, mas Bob parecia tranquilo, pelo menos por ora, chegando mesmo a esboçar um sorriso rápido, que revelou uma fileira dupla de coroas de ouro. Frank fingiu se ofuscar, protegendo os olhos com o antebraço. "É ouro que não acaba mais."

"O pessoal da mina teve a bondade de me fazer um desconto", respondeu Bob.

Ignorando o sofisticado bar do hotel, foram para o *saloon* e cassino Cosmopolitan, a poucos quarteirões dali, onde Bob tinha certeza de que as pessoas teriam o bom senso de deixá-lo beber em paz. "Sabe", quando estavam devidamente servidos de garrafa e copos, "se eu ganhasse cinco centavos pra cada filho da puta disposto a desperdiçar o tempo do capitão Wells, eu estava agora em Denver, andando de carro pela Market Street, se você entende o que eu quero dizer, e este cânion desgraçado pra mim era só um pesadelo."

"Seria possível eu conversar com ele? Ele está na cidade?"

Bob olhou-o de alto a baixo com um olhar faiscante. "Você disse mesmo o que eu achei que ouvi? Um bando de anarquistas estrangeiros filhos da puta jogando bomba nele o dia inteiro, e me aparece um desconhecido perguntando se ele 'está na cidade'? Ora, se não fosse tão desconfiado eu caía na gargalhada. Mas vou lhe dizer uma coisa, ali está o Merle Rideout — amalgamador lá da Little Hellkite, doido de pedra de tanta merda tóxica que ele cheira todo dia, e em dobro no dia de fazer lingotes, mas mesmo assim, quem sabe ele não está disposto a conversar com um garoto que tem um novo sistema que vai fazer ele ficar sem trabalho."

Merle Rideout estava a caminho de um bordel, mas não ia com muita pressa. Ele permitiu que Frank andasse no mesmo ritmo que ele.

"... E o senhor certamente já ouviu falar no plano do senhor Edison lá em Dolores, usando eletricidade estática, embora infelizmente não com muito sucesso — a minha abordagem é diferente, eu utilizo o *magnetismo*. Lá em New Jersey estão extraindo piritas de blenda de zinco com um eletroímã de Wetherill, que dizem ser o mais poderoso que há — o instrumento que uso é uma versão modificada dele, é realmente uma teteia, com aquele exato ritmo do Wetherill. E com o nível de corrente elétrica que se pode gerar aqui nestas bandas —"

Merle estava encarando Frank com uma expressão até simpática, mas com cara de quem não se deixava enganar. "Separação de minério por meios magnéticos, está bem, isso até funciona pra uma plateia menos crítica, mas eu, que já tive alguns contatos com eletroímãs, sou mais cauteloso. Mas vou lhe dizer uma coisa. Vá até a mina que eu lhe dou uma oportunidade, a gente conversa. Pode ser amanhã."

Um silêncio se instaurou abruptamente, e só o zumbido da eletricidade se fazia ouvir. Um grupo de homens com enormes sombreiros de castor, novos em folha, havia acabado de entrar no Cosmopolitan, tagarelando e cantando num idioma estrangeiro. Cada um deles levava uma Kodak de bolso, em que o obturador estava engenhosamente conectado a um pequeno *flash* de magnésio, estando os dois sincronizados. Copos de *bourbon* ficaram imobilizados a meio caminho da boca, o negrinho engraxate parou de bater seu pano, a roleta parou de girar e a bola deu um salto e depois ficou parada em pleno ar, tal como se todas as coisas ali estivessem se esforçando para facilitar algumas fotos. Ao aproximar-se de Dieter, o *barman*, os visitantes, fazendo mesuras um por um, começaram a gesticular, indicando as diversas garrafas empilhadas numa das extremidades do balcão. Dieter, que conhecia de cor e salteado diversas misturas que ainda nem sequer tinham nome, concordou com a cabeça, esticou o braço, começou a servir e misturar, enquanto as conversas foram sendo retomadas no salão, pois as pessoas haviam reconhecido a "delegação comercial japonesa" que Ellmore havia mencionado para Frank algumas horas antes, a qual estava agora conferindo as atrações noturnas de Telluride. Frank desviou o olhar no momento exato para observar que os olhos de Bob ficaram pálidos como o céu de verão acima da linha de uma serra, e de suas orelhas saíram dois jatos de vapor superaquecido, ameaçando a cuidadosa curvatura da aba de seu chapéu. Sem conseguir se lembrar de algum comentário que o irascível pistoleiro talvez estivesse com vontade de ouvir no momento, Frank resolveu procurar um bom lugar para se proteger, tendo observado que as outras pessoas estavam fazendo o mesmo.

"E aí, Bob, qual deles você imagina que seja?", gritou um dos *habitués*, ao que parecia imaginando que sua idade avançada o protegeria das consequências do comentário impertinente.

"Boa noite, Zack", berrou Bob, "é muito frustrante, não é, tudo com a mesma cara, a gente nem sabe onde começar a atirar!"

"É, e eu não estou vendo a sua patroa em lugar nenhum, não é?", exclamou o destemido Zack, "quem sabe o tal que você está procurando está *ocupado no momento* — *hih*-hi-hi!"

"É claro que eu podia começar atirando em você, só pra testar a pontaria", sugeriu Bob.

"Ah, Bob, que é isso —"

Fascinados, os nipônicos haviam começado a se reunir em torno de Bob formando um semicírculo, estendendo ao máximo os foles de suas câmaras, já fazendo pontaria, alguns até mesmo tentando subir na mesa de bilhar para melhorar o ângulo, causando perplexidade entre os que estavam tentando jogar em sua superfície. "Garoto", os lábios de Bob sequer pareciam se mexer, "aquele *aparelhinho* seu que eu admirei tanto ainda há pouco — será que ele está à mão? Talvez eu precise da sua ajuda, pra guardar a minha retaguarda, porque isso aqui está me dando uma coceira meio braba, afinal que história é essa?"

"Eu falo um pouco a língua deles", ofereceu-se Merle.

"Você podia dizer para eles o seguinte: 'eu pretendo matar todos vocês, seus filhos da puta, um por um, pra não haver perigo de eu me enganar' — mais ou menos por aí?"

"Deixa eu ver, hm... *Sumimasen*, pessoal, esse aqui é o *Bobusan desu!*" Todos fizeram uma mesura para Bob, que hesitou e deu por si retribuindo o gesto. "*Gonnusuringaa*", acrescentou Merle, "*mottomo abunai desu!*"

"*Aa!*"

"*Anna koto!*"

Imediatamente, *flashes* de magnésio dispararam por toda parte, cada um gerando uma coluna de fumaça branca densa, cuja ascensão cilíndrica era perturbada na mesma hora por tentativas desesperadas de fregueses, alguns em pânico, no sentido de sair dali, de modo que a combinação inesperada de luz e opacidade rapidamente espalhou-se por todo o ambiente. Aqueles que, no meio da corrida, não tropeçaram nos móveis logo esbarraram em outros, os quais se viram obrigados a colidir também, cobrando juros. A irritação se generalizou. Logo objetos sólidos estavam atravessando a fulgurância, invisíveis e em alta velocidade, sendo uma grande quantidade de palavrões pronunciada por toda parte, muitos deles em japonês.

Frank resolveu ficar acocorado na extremidade do balcão até que o ar ficasse mais limpo. Ficou tentando ouvir a voz de Bob, mas no meio da confusão não dava para ter certeza. A perda de claridade e senso de escala no ambiente estava produzindo, para muitos, estranhas ilusões ópticas, sendo uma das mais comuns a visão de uma imensa paisagem recoberta por uma neblina implacável. Tornou-se possível acreditar que se havia sido transportado, na rápida cascata de *flashes* luminosos, para alguma geografia distante onde criaturas até então desconhecidas se debatiam pelo chão, urrando assustadas no escuro. Fregueses mais velhos, em cujos corações as batalhas da Rebelião ainda perduravam, ouviam nessas detonações de magnésio mais discretas as peças de artilharia de antigas campanhas que seria melhor esquecer. Até mesmo Frank, normalmente imune a todos graus do espectral, constatou que não conseguia mais se orientar com segurança.

Quando a fumaça finalmente se tornou rala o suficiente para se enxergar, Frank divisou Merle Rideout conversando com um membro da delegação comercial japonesa.

"Isto aqui", dizia o visitante, "o Oeste americano — é território espiritual! No qual queremos estudar os segredos da sua — alma nacional!"

"Ha! Ha!" Merle dava palmadas no joelho. "Vocês — essa é boa. Que 'alma nacional'? Nós não temos 'alma nacional' nenhuma! Se você acha que a gente tem, você está é caindo no conto da pirita, meu irmão."

"Um gume de aço — matematicamente sem largura, mais letal do que qualquer *katana*, envolto na precisão do rosto americano — em que a piedade é desconhecida, contra o qual o Céu cerra suas fronteiras! Não — finja desconhecer isto! Não é — um uso válido do meu tempo!" Com um olhar feroz, ele juntou-se a seus companheiros e saiu.

Frank indicou o homem com a cabeça. "Esse parece aborrecido. Você não acha que ele seria capaz de fazer alguma coisa..."

"Pouco provável", disse Merle. "Maior cara de entregador de lavanderia, não é? Na verdade, ele é *assim*, ó, com um famoso espião internacional, o barão Akashi, que é o que eles chamam de 'adido militar itinerante' — faz o circuito das diferentes capitais da Europa, dando corda pros estudantes russos de lá enfrentarem o czar. Aliás, nós também temos uma turma anticzarista aqui mesmo no condado de San Miguel, os finlandeses. Quem manda hoje na terra nativa deles, a Finlândia, é o tal, o todo-poderoso czar da Rússia. E pode crer, eles odeiam o sujeitinho. Naturalmente, eles são de grande interesse profissional pro nosso amigo ali. Além disso, eles manifestam um interesse acima do que compete a uma delegação comercial pelo que está acontecendo lá em Little Hellkite, especialmente no plano da química, por volta do dia de fazer lingotes."

"Será que estão planejando um assalto?"

"O mais provável é o que as pessoas chamam de 'espionagem industrial'. O que eles *parecem* estar procurando é o meu processo de amalgamação. Mas isso pode ser só um disfarce. É ou não é." Tirou o chapéu, fez uma mossa na copa, recolocou-o na cabeça. "Pois então. Até amanhã na mina, está bem?", e foi embora antes que Frank tivesse tempo de dizer "Certo".

Lentamente, a desordem começara a amainar. Cacos de vidro, lascas de madeira e o conteúdo de escarradeiras derrubadas atuavam como obstáculos por toda parte, enquanto os jogadores rastejavam em meio aos destroços tentando recompor baralhos completos. Acariciando os machucados, enxugando os olhos e assoando o nariz nas mangas das camisas, bebedores e jogadores saíam para a rua, onde cavalos alugados já haviam se desengatado e começado a voltar para suas estrebarias, suspirando de vez em quando. Moças-damas dos puteiros de beira-rio e dos bordéis mais chiques observavam a cena em grupos de duas ou três, fofocando como beatas na porta da igreja. Os visitantes japoneses haviam desaparecido, e dentro do Cosmopolitan Dieter reassumira seu posto atrás do balcão como se nada houvera acontecido. Frank levantou-se, cuidadoso, e estava justamente se preparando para examinar quais as garrafas que haviam sobrevivido quando Zack se aproximou dele, ágil, com uma careta de curiosidade.

"É claro, meu velho, é só dizer o que você quer. Você não viu o Bob por aí em algum lugar, não?"

"O de sempre, Dieter — uísque com salsaparrilha —, mas sim, meu jovem, a última vez que vi seu amigo brigão ele estava seguindo em direção a Bear Creek berrando que ia voltar para Baggs, Wyoming, pra recomeçar a vida, se bem que não entendi muito bem essa parte."

"Mais ou menos a mesma coisa que o resto da noite", imaginou Frank.

"Ora", Zack pegando uma toalha para enxugar o lábio, "isso que aconteceu foi só um chá de comadres. Já no verão de 89, o dia em que o Butch chegou aqui com a gangue dele..."

Na cocheira de aluguel dos irmãos Rodgers, no dia seguinte, Frank viu a maior concentração de cavaleiros sem cavalos que já vira fora do centro de Denver na hora do almoço, acotovelando-se em disputa de algum prêmio que de início não lhe era possível divisar, uns rosnando para os outros de modo ameaçador e, sempre que havia espaço para tal, andando de um lado para outro, tirando baforadas de charutos velhos e novos. O tempo todo chegavam meninos da estrebaria trazendo cavalos já selados e arreados, e também longos contratos de aluguel a serem assinados, embolsando gorjetas, policiando o que devia ser uma fila e ignorando os xingamentos dos funcionários, que tentavam acompanhar todo o processo atrás de um longo balcão dentro do estabelecimento. O sol já havia se afastado bastante do alto dos picos quando Frank conseguiu obter sua montaria, um cavalo índio pintado chamado Mescalero, de olhar travesso, e começou a subir em direção à mina Little Hellkite pela Fir Street, onde encontrou Ellmore Disco, que ia para a loja num pequeno tílburi sofisticado, com molas Timken.

"Quer dizer que foi animado ontem no Cosmopolitan, me contaram?"

"Fui lá com o Bob Meldrum, mas me perdi dele no meio da confusão."

"Ele já deve ter voltado para o trabalho. Mas" — Ellmore não chegou a dizer "quem avisa amigo é", embora fosse essa a impressão que seu rosto dava a Frank — "se você encontrar com ele hoje lá na Basin, é bom levar em conta que ele deve estar acompanhado de uma espingarda Sharps, que tem um alcance bem maior, uns dois ou três quilômetros, não é?"

"Ele está zangado comigo por algum motivo?" Frank perplexo.

"Nada de pessoal, *joven*."

E lá se foi Ellmore Disco, o tílburi a sacolejar como um *glockenspiel* numa banda de música. Frank foi subindo a Tomboy Road, a cidade lá embaixo, revelando-se nas curvas fechadas por entre as folhas trêmulas dos choupos, cada vez um pouco mais achatada à medida que se perdia na névoa de fumaça de lenha, juntamente com os sons dos martelos dos construtores e do tráfego de carroças, diante do silêncio cada vez mais intenso da Basin. O esporro das cigarras estava no auge. A estrada de Hellkite Road — que só era estrada com muita boa vontade — seguia acompanhando o leito rochoso de um riacho que descia e atravessava a pista sem se dar ao trabalho de passar por canos ou bueiros.

Quanto mais tempo Frank ficava nessa cidade, menos ele descobria. O ponto dos rendimentos decrescentes estava quase chegando. E no entanto agora, enquanto a trilha subia e a linha de neve se aproximava e o vento imperava soberano, Frank dava por si aguardando um clarão numa fração de segundo nas fímbrias de seu campo de visão, um cavalo branco contra o céu, cabelos negros soltos, tão rebeldes quanto a fumaça que traça veios escuros nas chamas da Perdição.

Até mesmo Frank, que não era o que se pode chamar de espiritualista, conseguia perceber que o lugar era mal-assombrado. Apesar da azáfama da cidade lá embaixo, que seguia ininterrupta dia e noite, a promessa escancarada do desejo a correr solto, bastava subir a encosta por menos de uma hora para encontrar os esqueletos pardacentos e arruinados das cabanas que nunca mais voltariam a ser habitadas, as molas abandonadas dos colchões dos dormitórios para mineiros, que agora enferrujavam quatro quilômetros acima, contra um céu que já era escuro em pleno dia... as presenças que se movimentavam rápidas como marmotas nas fronteiras do visível. O frio que não era apenas uma função da altitude.

Muito antes de avistar a mina Little Hellkite, Frank já lhe sentia o cheiro. O cheiro aparecia de vez em quando, aqui e ali, desde que ele chegara à cidade, mas nunca tão intenso quanto naquele instante. Ele ouviu o som de metal a gemer ladeira acima, levantou a vista e viu troles carregados de minério descendo em direção à usina Pandora nos arredores da cidade, onde seria processado, pois os proprietários haviam concluído que a encosta era íngreme demais para que se pudessem instalar ali equipamentos caros como trituradoras. Frank passou pela casa de força da Telluride Power Company, vermelho-vivo contra as encostas pardacentas, desmatadas muitos anos antes, rasgada pela trilha e cheia de tocos de árvores, agora brancos como lápides, e o zunido da voltagem era mais alto que o das cigarras.

A pequena Basin agora aparecia diante de Frank. Ele seguia em seu cavalo, passando por entre cabanas e galpões esparsos, feitos com tábuas irregulares de tamanhos diversos, pois todas haviam sido levadas até ali nos lombos das mulas, arrastando-se no chão, chegando bem mais curtas do que eram quando saíram da madeireira na cidade, descoradas pelo sol, até que por fim ele encontrou o escritório de análise metalúrgica.

"Ele está lá na Pandora, meu filho."

"Me disseram que estava aqui."

"Então deve estar na entrada de alguma mina, conversando com os gnomos."

"Ih..."

"Ah, não se preocupe, não, o velho Merle de vez em quando fica meio maluco, mas quando chega o dia de fazer lingotes, ninguém chega aos pés dele."

Mas afinal, naquele verdadeiro circo de oxigênio rarefeito, quem *não* era maluco de alguma maneira? Frank foi dar uma olhada na galeria mais próxima, ouvindo, na escuridão e no frio que abruptamente envolveram seus ouvidos, têmporas e nuca, as pancadas ressoantes de malhos e picaretas vindas de passagens distantes, suas origens cada vez menos nítidas quanto mais ele se aprofundava, deixando para trás o dia, tudo aquilo que podia ser iluminado sem problemas, e adentrando a contraparte noturna por trás de seus próprios globos oculares, onde já não havia qualquer pós-imagem de um mundo de luz.

De início tomou-a por uma daquelas criaturas sobrenaturais das minas, os duendes de que os mexicanos sempre falam — embora o bom senso de início sugerisse a hipótese de uma moça atuando como operadora de explosivos, pois ao olhá-la mais de perto percebeu que ela estava tranquilamente colocando o que só podia ser nitroglicerina em buracos perfurados naquelas profundezas vivas das montanhas. "É claro que eu não reparei nele", Dally retrucou, respondona, pouco depois, quando Merle começou a provocá-la, "todo mundo estava ocupado naquela hora, tentando soltar aquele veio. Operadora de explosivos não é boba, não. Afinal, o que é o mais importante? Num buraco que já quase chega no inferno, aguentando o dia inteiro os olhares daqueles finlandeses malucos, marmanjos que assim que largam o serviço ficam descendo as encostas com os pés amarrados em ripas, eu lá vou me interessar por um estudante de mineralogia que só quer saber de eletroímã?"

Era difícil associar a voz de Dally a alguma região dos Estados Unidos, era mais uma voz montanhesa, cheia de curvas e declives, lembranças de cidades que você achava que deveria ter esquecido ou então onde nunca tinha nem entrado, ou mesmo promessas de cidades das quais você ouviu falar e aonde pretendia ir algum dia.

Estavam sentados no galpão do amalgamador, tendo Merle voltado de suas tarefas no fundo do buraco. Ele estava com os pés em cima da mesa e parecia bem-humorado.

"Ah, um dia desses eu simplesmente pulo fora", afirmava Dally, "e nesse dia eu me livro do...", indicando Merle com uma sacudida dos cachos lustrosos, "e quanto mais cedo, melhor."

"Pois eu estou doido pra esse dia chegar logo." Merle concordou com a cabeça. "Do meu coração é que você não vai levar nenhum pedaço não, ora essa — como é mesmo que você se chama? — Ué! Então você *ainda* está aqui, mocinha, não foi embora, não? O que é que está te segurando?"

"Deve ser o café daqui." Estendendo a mão em direção à cafeteira com a graça de uma dona de casa de cidade, passando o braço por cima de um fogão de ferro que de tão quente quase chegava a brilhar, desafiando o otário a tocar nela.

Já haviam tido essa mesma conversa muitas vezes, pai e filha, de muitas maneiras. "Eu podia estar fazendo o que eu faço em qualquer lugar", dizia ele, "na cidade mais tranquila que você pode imaginar, na sala de estar do mundo, e não nesta porcaria dos montes San Juan. Agora, por que é que você acha que nós estamos aqui, nos esquivando das balas e avalanches, e não em Davenport, Iowa, ou qualquer outro lugar com paninhos bordados nas mesas?"

"Você está torcendo pra eu morrer?"

"Tente adivinhar outra vez."

"É... é tudo pro meu próprio bem?"

"É isso aí. Isso aqui é uma escola, Dally — aliás, é uma faculdade, com um bar em cada sala de aula, os professores armados de pistola 44, os alunos ou bêbados o tempo todo ou sexualmente transloucados ou então tão perigosos que ficar a um quilômetro deles chega a ser um gesto suicida, e as notas que se tiram são apenas duas: sobreviver ou não. Está bem, será que estou abusando dessa metáfora?"

"Quando você chegar nas frações, me avise."

Ela havia encontrado o boné de lona, desses que os mineiros usavam, colocou-o na cabeça e saiu em direção à porta. "Vou lá na loja da companhia, senão termina esse turno e todo mundo entra ao mesmo tempo, muito prazer em conhecê-lo, Fred."

"Frank", disse Frank.

"Claro, estava só testando sua memória."

Não fazia nem meio minuto que ela tinha saído e Merle, valendo-se, imaginou Frank, de alguma prerrogativa exclusiva dos quimicamente enlouquecidos, encarou-o e perguntou-lhe o que, exatamente, ele estava fazendo em Telluride.

Frank pensou um pouco. "Seria bem mais fácil se eu soubesse até onde não devo confiar no senhor."

"Eu conheci o seu pai, senhor Traverse. Era um cavalheiro e um excelente jogador de cartas, conhecia a dinamite como a palma da mão dele, salvou minha filha uma ou duas vezes quando a carga não explodiu direito, e certamente não mereceu o que fizeram com ele."

Frank sentou-se numa cadeira dobradiça que parecia prestes a desabar. "Bom, senhor Rideout."

"Merle é bem melhor." Empurrou em direção a Frank uma fotografia, com superfície mate, de Webb Traverse, sem chapéu, charuto aceso entre os dentes, encarando a lente com uma espécie de alegria briguenta, como se tivesse acabado de decidir exatamente de que modo ia destruir a câmara.

"Você pode não ser ele escrito e escarrado", Merle com delicadeza, "mas eu examino os rostos, faz parte do meu trabalho, e o seu é parecido com o dele."

"E com quem você comentou isso?"

"Ninguém. Pelo visto, não preciso comentar."

"Por que essa voz de quem está na igreja?"

"Se fosse eu, não ia pensar em pegar o Buck Wells, se é isso que você está pensando. É uma alma torturada. É bem capaz de fazer o seu serviço antes mesmo de você chegar a ele."

"E já vai tarde, se isso acontecer. Mas o que é que eu teria contra ele?"

"Me disseram que você está interessado em se encontrar com ele."

"Muito embora seja do maior interesse ver esse filho da puta formado em Harvard reduzido a pó, o capitão Wells não é o primeiro da minha lista, pois ele pertence a um nível mais elevado, e aqui no nível da ralé ele é menos interessante do que os pistoleiros que foram contratados pra matar meu pai, Deus nos livre de um ex-aluno de Harvard sujar as mãozinhas alvas dele num trabalho desse tipo."

"Espero que você não esteja pensando que foi o —"

"Sei perfeitamente quem foi. E pelo visto, todo mundo sabe, aqui nessa cidadezinha onde todo mundo se conhece. A questão é onde eles estão, é aí que o Buck pode me ajudar."

"É cair em cima e obrigar o sujeito a dizer o que sabe."

"Puxa, como é que é que eu não pensei nisso antes?"

"Pode pensar o que quiser, mas é melhor agir depressa." Frank já fora encarado dessa maneira por criancinhas chinesas, ainda que talvez não tão preocupadas. "As pessoas estão falando, Frank. O pessoal quer que você vá embora."

A coisa estava andando rápido. Ele esperava ainda ter pelo menos mais um ou dois dias. "Mas o que é? Alguma coisa tatuada na minha cabeça? Será que eu estou enganando *alguém* nessa porcaria desse condado? *Porra*."

"Calma." De uma gaveta num armário Merle pegou mais fotografias em gelatina e prata. "Talvez essas fotos ajudem." Uma delas mostrava dois homens, aparentemente tropeiros, comemorando o Quatro de Julho na cidade, um deles parecendo obrigar o outro a comer um fogo de artifício enorme, aceso e soltando faíscas, voando, morrendo, preenchendo o incomensurável fragmento de tempo durante o qual o obturador permaneceu aberto, causando hilaridade entre os que, ao fundo, na entrada de um *saloon*, assistem à cena.

"Você não está me dizendo que —"

"Olhe, esta aqui está mais nítida."

A foto fora tirada diante do lugar onde eles dois estavam naquele exato momento, o escritório de amalgamação. Dessa vez Deuce e Sloat não sorriam, e a luz era mais outonal, viam-se nuvens escuras no céu, e nada projetava sombra alguma. Os dois homens posavam como se numa cerimônia. Por ser um dia nublado, o tempo de exposição era um pouco maior, e seria de se esperar que ao menos um deles tivesse mexido e borrado a imagem, mas não, ambos permaneceram rígidos, uma postura quase desafiadora, permitindo que a mistura de colódio recebesse a quantidade apropriada de luz, para registrar os dois assassinos com uma fidelidade implacável, como se estivessem diante de uma emulsão lenta usada outrora, os olhos, Frank, aproximando a vista, percebia agora, reproduzidos com aquela mesma curiosa radiância enlouquecida que nas fotos antigas era produzida pela circunstância de ter de piscar mais de cem vezes durante o tempo de exposição, mas aqui, nesta forma mais moderna, causada por alguma coisa mais autenticamente espectral, para a qual essas emulsões atuavam como agentes, revelando o que nenhum outro registro até então poderia ter revelado.

"Quem tirou essas fotos?"

"É uma espécie de *hobby* meu", disse Merle. "É tanta prata e tanto ouro aqui, e ácidos e sais e não sei que mais, que eu gosto de mexer com as diferentes possibilidades."

"Cara de rato, não é?"

"Ele vivia querendo que o Bob Meldrum o adotasse como protegido. Até o Bob, que cria cascavel como bicho de estimação, não suportava esse garoto por mais de cinco minutos."

Como se o nome de Bob fosse uma espécie de senha, Dally surgiu à porta como uma pequena explosão, toda sua atenção concentrada em Frank. "Calçou as botas? Penteou o cabelo? Sua hora de ir embora está chegando."

"O que foi, Dahlia?", perguntou Merle.

"O Bob e o Rudie, lá perto da casa de máquinas, e quem está sorrindo é quem não devia."

"Estão atrás de mim? Mas ontem à noite o tal do Bob parecia tão simpático."

"É por aqui —" Merle, empurrando a mesa para o lado e abrindo um alçapão que até então permanecera invisível. "Nossa saída alternativa. Dá num túnel, e você acaba saindo perto da estação de tratamento de minério. Com sorte, você pega um trole vazio e desce até a cidade."

"O meu cavalo."

"A Rodgers tem uma estrebariazinha perto da mina Tomboy, é só amarrar as rédeas no santantônio e soltar o bicho — eles todos sabem chegar lá. Pode ficar com essas fotos, eu tenho os negativos. Ah, e mais isso."

"O que é isso?"

"O que parece ser."

"Uma espécie de... sanduíche de carne... Pra quê?"

"Pode ser que depois você descubra."

"Pode ser que eu coma."

"Pode ser que não. Dahlia, melhor você ir com ele até a cidade."

Dentro do túnel, Frank percebeu uma agitação curiosa, meio vista, meio ouvida. Dally parou e levou a mão ao ouvido. "Ih. Eles estão com toda a corda." Ela gritou numa língua estranha, melodiosa, percussiva. Do fundo do túnel obscuro, embora Frank curiosamente não soubesse qual a direção, veio uma resposta. "Você está com o sanduíche, Frank?"

Largaram o sanduíche no meio do túnel e foram embora correndo. "Por que é que a gente —"

"Você está maluco? Não sabe quem eles são?"

Saíram do túnel num crepúsculo quase compensado pela luz elétrica mais forte que uma lua cheia, círculos de cegueira do outro mundo no alto de postes elevados ladeando a estrada até o alto da serra.

"Depressa, está quase na hora da troca de turnos, vamos ser tripudiados por uma manada de escandinavos —" Subiram num trole de minério, sombras de ferro e um cheiro telúrico impossível de remover. "Isso aqui é pior que uma latrina texana, é ou não é?", ela exclamou, animada. Frank murmurou, quase desmaiando. Uma campainha soou em algum lugar e o trole começou a andar. Embora mantivessem as cabeças abaixadas, Frank sentiu o momento exato em que passaram a borda do abismo e o vale se abriu abaixo deles, deixando-os muito acima das luzes da cidade, tendo sob eles apenas o ar profundo e invisível. Justamente então, lá na mina, soou o apito que indicava a troca de turnos, baixando de tom à medida que eles desciam à toda velocidade no abismo negro. A garota gritou em resposta ao apito, deliciada. "Telluride é o inferno! Ei, Frank!"

Na verdade, voltar à cidade não seria sua primeira opção. Achava bem preferível a ideia de continuar subindo, passando da garganta, depois descendo até a estrada de Silverton, talvez saindo para Durango e, com sorte, pegar o trem, ou então seguir em frente até ir parar nos montes Sangre de Cristo, onde sabia que ao menos teria uma chance. Atravessar as manadas de bisões fantasmas, chegar às dunas enormes, e deixar que os espíritos do lugar o protegessem.

Assim que começaram a ouvir o ruído das trituradoras, primeiro abafado, como a seção de percussão de uma banda de música ao longe, a qualquer momento os pífanos e cornetas iam começar, ensaiando para algum feriado nacional não declarado que não ia necessariamente chegar, cada vez mais alto, percebido e no entanto oculto, como tantas outras coisas nessas montanhas. A certa altura a barulheira das trituradoras foi sobrepujada pela da cidade, e então Frank lembrou-se de que era noite de sábado.

O próprio Inferno seria pouco em comparação com aquilo que parecia estar se aproximando deles, e não eles daquilo, crescendo até cercá-los, o vale inteiro uma sinfonia de tiros, gritos, instrumentos musicais a todo volume, o tráfego de carroças, riso em *coloratura* de mariposas nas calçadas, vidro se quebrando, gongos chineses sendo batidos, cavalos, arreios sendo sacudidos, dobradiças de portas giratórias rangendo enquanto Frank e Dally entravam no Gallows Frame Saloon, mais ou menos no meio da Colorado Street.

"Tem certeza que vão deixar você entrar aqui?", perguntou Frank, no tom mais ameno de que era capaz.

A garota riu, uma vez só e não por muito tempo. "Olha pros lados, Frank. Veja se você encontra um único rosto aqui preocupado com quem está fazendo o quê."

Ela seguia à sua frente enquanto percorriam o balcão cheio de mineiros temporários, mineiros pagos por tarefa, vagabundos sustentados pela família, em meio à fumaça de charutos, entre mesas de carteado e dados onde fervilhavam os desafios, os insultos, as imprecações. Ao piano, alguém tocava uma música que teria sido uma marcha se não fosse uma curiosa hesitação rítmica que fez Frank, o qual costumava evitar as danças, inesperadamente sentir vontade de saber dançar.

Ela percebeu, é claro. "Isso aí é um '*ragtime*'. Nunca ouviu? Mas nem adianta perguntar. De onde mesmo que você é? Nem precisa dizer, eu não vou saber pronunciar."

Ela mantinha os braços numa certa posição, e ele compreendeu que não podia pular fora, se bem que a coisa acabou não sendo tão má assim, pois Frank era o rei do *buck-and-wing* em comparação com alguns dos mineiros com que as moças estavam dançando, em particular os finlandeses. "Eles batem com o pé no chão como se estivessem de esqui", explicou Dally. Depois de algum tempo, Frank percebeu que um ou dois estavam mesmo de esqui, e o inverno nem tinha chegado ainda.

"Ah, olha lá o Charlie, fica aqui que eu volto já." Tudo bem para Frank, o qual, já pensando que em algum momento Bob e Rudie haveriam de entrar em cena, estava precisando ficar algum tempo junto a uma estrutura de nogueira circassiana. Mal havia tomado metade da primeira cerveja da noite quando Dally reapareceu. "Conversei com o Charlie Fong Ding, que lava todas as roupas das garotas dos bordéis. Tem uma vaga lá no Silver Orchard, eu conheço o lugar, é seguro, tem um túnel pra gente fugir —"

"Você conhece o lugar?"

"Ih, olha só, ele está chocado. O Charlie queria investir lá. Eu podia comer uma semana apostando que você não vale nada."

"O Silver Orchid, Dally?"

"Tudo culpa do meu pai." A certa altura, Merle resolveu que era necessário tocar no assunto delicado do congresso sexual, ou melhor, já que ali era uma cidade de mineração, a congregação sexual. Graças a California Peg, a *sous-maîtresse* do Silver Orchid, do qual ele era frequentador habitual, Merle elaborou um programa de estudos, rápido e clandestino, "que sem dúvida vai nos expor", explicara Merle, "à indignação das comadres, mas pensando bem não é pior do que dar a uma criança um copinho de vinho diluído nas refeições, pra que ela aprenda a entender a diferença entre tomar vinho no jantar e jantar vinho. Você já está grandinha", ele vinha lhe dizendo havia alguns anos, "e isso é bem melhor do que eu ter que explicar a você, mais cedo ou mais tarde você vai juntar os trapinhos com o rapaz perfeito, e assim, aprendendo desde agora como é, vocês irão se poupar de indizíveis sofrimentos depois —".

"Sem contar que vai poupar *o senhor* de muito trabalho também", ela observou.

"Você vai conhecer o que os homens têm de melhor e pior, meu bem", acrescentou Peg, "e tudo que há entre os dois extremos, que é onde a maioria deles fica, mas pode apostar que as necessidades dos homens nunca são muito complicadas, mais complicadas do que, por exemplo, as regras do vinte-e-um."

Assim, Dally, uma garota que já era dotada de uma boa quantidade de bom senso inato, acabou adquirindo muitas informações úteis no Popcorn Alley. Ela descobriu que o ruge para lábios rachados substituía perfeitamente a cera de ouvido. Com o que ganhou trabalhando um mês na mina, comprou de uma dançarina do Pick and Gad um revólver 22, que ela ostentava o tempo todo, em parte por não ter nenhum vestido ou saia em que pudesse escondê-lo, mas também porque a simples presença da arma, não tão evidente em seu corpo miúdo quanto seria uma arma de maior porte, não deixava nenhuma dúvida quanto à sua capacidade de sacar, fazer pontaria e atirar, algo que ela praticava religiosamente sempre que tinha oportunidade, em vários montes de escória, chegando mesmo a ganhar uns trocados de vez em quando com apostas que fazia com supostos grandes atiradores entre os mineiros. "Annie Oakley!", gritavam os finlandeses quando ela aparecia, jogando pequenas moedas para cima na esperança de que ela fizesse um furo numa delas, coisa que de vez em quando ela tinha a felicidade de conseguir fazer, proporcionando a muitos dos que viriam a retornar à Finlândia um amuleto a que se apegar nos tempos de guerra civil e de Terror Branco, saques e massacres — algo que indicava a possibilidade de vencer, de vez em quando, a lei das probabilidades e realizar o contrafactual naquele mundo gélido que os aguardava.

O refinamento erótico não era uma das atrações da zona de meretrício de Telluride — para isso, ela imaginava, seria necessário ir até Denver —, mas ao menos Dally emergiu daquele curso introdutório no Silver Orchid não exatamente habituada, porém imune, às surpresas desagradáveis que costumam estragar o casamento para muitas mulheres, e, acima de tudo, confidenciara-lhe Peg, sem que o tal do "Amor", tal como era definido por gerações passionais e tumescentes de Casanovas caubóis da região, atrapalhasse muito as coisas, o que poderia ter efeito de desanimá-la por completo. O "Amor", fosse o que fosse, ocuparia um território inteiramente diferente.

"O tipo de coisa que as meninas devem conversar com as mães", ela disse a Frank, "quer dizer, quando a mãe está por perto e não escondida em algum lugar no meio de milhões de pessoas numa cidade que podia muito bem ficar em outro planeta. Mais um motivo pra eu sair daqui e ir atrás dela, quanto mais cedo melhor, e além disso a maior parte do tempo o Merle não me quer por perto, e pra falar com franqueza eu também já estou ficando cheia da presença dele, e uma cidade de mineração não é o melhor lugar do mundo pra achar um namorado, e eu estou precisando muito de uma mudança de cenário. Vamos ver, tinha mais uma coisa, mas esqueci."

"Espero que você não se sinta responsável por ele."

"É claro que eu me sinto responsável. Às vezes é como se ele fosse *meu* filho."

Frank concordou com a cabeça. "É o que se chama sair da casa paterna. Uma dessas coisas que todo mundo tem que fazer algum dia."

"Obrigada, Fred."

"Frank."

"Me enganaram outra vez! Agora você tem que me pagar uma cerveja."

A tal "vaga" no Silver Orchard era apenas um espaço entre duas paredes, bem nos fundos, a que se chegava passando por dentro de uma lareira falsa. Havia lugar para Frank e um cigarro, se o cigarro fosse partido ao meio. Ele havia pagado mais uma diária no Sheridan, mas resolveu não ir lá pedir a devolução do dinheiro.

A clientela entrava e saía ruidosamente. As garotas riam demais, um riso sem alegria. A toda hora ouvia-se vidro quebrando. O piano, mesmo para o ouvido de lata de Frank, estava seriamente desafinado. Ele deitou-se entre as paredes, tendo enrolado o paletó para formar um travesseiro, e adormeceu. Foi acordado por volta da meia-noite por Merle Rideout, que martelava a parede.

"Peguei suas coisas no hotel. Ainda bem que você não foi. O Bob Meldrum estava entrando e saindo o tempo todo, deixando todo mundo nervoso. Venha aqui se você tiver um minuto, quero lhe mostrar uma coisa." Ele levou Frank para o lado de fora, sob o cone frio e imponderável de uma luz elétrica no alto de um poste, e caminharam em meio ao discurso feroz dos puteiros, enquanto um disparo ocorria na Pacific Street, alguém que subira num telhado recitava "The shooting of Dan McGrew" e, mais perto dali, mineiros chegavam ao clímax e palomas eriçadas gemiam, até que os dois chegaram ao rio, para onde a Denver Row fora expulsa por formas mais respeitáveis de comércio, e era possível colocar-se de costas para a cidade elétrica desgovernada, de frente para a noite inexplorada, estando o rio San Miguel entre as duas, recém-saído das montanhas, lançando reflexos luminosos como se fossem declarações de inocência.

"Lá em Nova York", disse Merle, "tem um tal doutor Stephen Emmens. Muita gente acha que ele é um impostor, mas não se deixe enganar, não, ele é sério. Ele pega um pedaço de prata, com uma quantidade mínima de ouro misturada, e começa a *bater* nele, a uma temperatura muito baixa, num banho de ácido carbólico pra conservar o frio, e fica batendo, batendo dia e noite, até que pouco a pouco o conteúdo de ouro, de algum modo estranho e desconhecido, *começa a aumentar*. Ao menos até 0,300 — já houve casos de subir até 0,997."

"'De um modo desconhecido', sei, típica conversa de vigarista."

"Está bem. Não é 'desconhecido' para mim, é só que eu não gosto de assustar as pessoas se não for necessário. Já ouviu falar em transmutação?"

"Ouvi falar, sim."

"É o que talvez seja. A prata se transmuda em ouro, e por favor não faça essa cara. O doutor Emmens chama a substância de 'argentauro'." Merle exibiu uma pepita do tamanho de um ovo. "É isso aqui, argentauro, uma mistura de mais ou menos meio a meio. E isto" — na outra mão apareceu um cristal fosco mais ou menos do tamanho de uma Bíblia de bolso, porém fino como um espelho de ninfa — "isso aqui é calcita, essa forma aqui em particular é chamada por alguns dos trabalhadores visitantes daqui de *Schieferspath*, um belo espécime puro que consegui obter uma noite lá em Creede — sim, de vez em quando é noite lá em Creede — de um escocês supersticioso que tinha um nove de ouros bem razoável, mas não conseguiu se apegar a ele. Faça de conta que esse pedaço de espato é a janela da cozinha, e dê uma olhada nele."

"Ora, ora, essa não", exclamou Frank após algum tempo.

"Isso aí você não estudou na faculdade de mineralogia, não?"

Não apenas toda cena havia sido duplicada e, mais estranho ainda, *ficado mais iluminada*, como também, das duas imagens superpostas da pepita, uma era de ouro e a outra era de prata, sem dúvida alguma... A certa altura, Merle foi obrigado a tirar da mão de Frank o finíssimo paralelogramo.

"Alguns são assim mesmo", comentou Merle, "só querem saber dessa luz espectral, e mais nenhuma."

"De onde é isso?" A voz de Frank estava lenta e perplexa, como se ele tivesse se esquecido da pepita por completo.

"Esse pedaço de espato? Não é daqui, não, o mais provável é que seja do México, lá da Veta Madre, perto de Guanajuato. Guanajuato, onde as minas de prata e o espato estão juntos que nem feijão e arroz, dizem eles. Pois a outra coisa que é extraída de lá, curiosamente, é a prata com que fazem os dólares de prata mexicanos, e que é também a única prata usada pelo Emmens naquele processo secreto dele. Um filão central ao sul da fronteira cheio de prata pré-argentáurea, com todo aquele espato na mesma região — você entende aonde eu quero chegar."

"Não exatamente. A menos que você esteja dizendo que a dupla refração de algum modo *causa* isso —"

"É, e como é que uma coisa fraca e sem peso como a luz pode causar a transmutação de metais sólidos? Parece maluquice, não é — pelo menos aqui, no nosso nível térreo humilde, e mais abaixo, onde tudo é peso e opacidade. Pensemos nas regiões mais elevadas, no Éter em que a luz se propaga, que penetra em todos lugares, o meio em que mudanças desse tipo são possíveis, em que a alquimia e a ciência moderna do eletromagnetismo convergem, pensemos na dupla refração, um raio pro ouro, outro pra prata, a gente poderia dizer."

"A gente, não, *você*."

"Você acabou de ver com seus próprios olhos."

"Isso aí vai muito além do que o pessoal lá de Golden queria que os engenheiros aprendessem, me desculpe. Só espero que você não esteja se aproveitando demais da minha ignorância."

"Gostei", Merle com os olhos brilhando, "e por isso vou lhe contar uma coisa. Esse processo do Emmens, mesmo levando-se em conta o custo — e já se falou em dez mil dólares por operação, mas isso é agora, claro que depois vai baratear —, esse negócio é capaz de *derrubar a porra do padrão-ouro*. E o que é que vai acontecer com os preços dos metais então? Você acha que foi à toa que revogaram a lei da prata, aquela história toda? Se o ouro passar a valer apenas o preço da prata e mais o custo desse processo, do que é que vai ser feita a cruz pra crucificar a humanidade? Pra não falar no Bank of England, e no Império Britânico, e na Europa e todos aqueles outros impérios, e todo mundo a quem eles emprestam dinheiro — em pouco tempo vai ser o mundo inteiro, você entende?"

"'E eu vendo a você todos os detalhes do processo do Emmens por apenas cinquenta centavos' — é aí que você quer chegar? Meu cérebro não é feito de pudim, não, professor, não ainda, e mesmo que tudo isso esteja muito certo, quem é que seria bobo a ponto de comprar esse tal de Argentina-ou-lá-o-que-seja —"

"A Casa da Moeda, por exemplo."

"Ah, não."

"Se não acredita em mim, pergunte a outras pessoas. O doutor Emmens está vendendo lingotes de argentauro à Casa da Moeda desde 97, mais ou menos, desde os tempos de Lyman Gage, o defensor do padrão-ouro e presidente de banco, se você não estivesse tão obcecado pelo zinco talvez você já tivesse ouvido falar de uma coisa que todo mundo sabe. Uma fatia considerável de toda a nossa maldita *economia americana* depende disso, que tal?"

"Merle. Por que é que você está me mostrando isso?"

"Porque o que você pensa que está procurando talvez não seja exatamente o que você está procurando. Talvez seja outra coisa."

Frank não conseguia se livrar da impressão estranha de que havia entrado num teatro de variedades e um mágico, talvez chinês, o tinha chamado para subir no palco e bancar o otário num truque longo e complicado, com um falatório complexo demais para que ele conseguisse entendê-lo perfeitamente. "Procurando..."

"Não esta pepita. Nem tampouco esta janelinha de espato da Islândia. Na verdade", a voz de Merle começando a se dividir, como uma chaleira prestes a ferver, em pequenos riachos nítidos de hilaridade, "tem todo *um catálogo enorme* de coisas que você não está procurando."

"Então me diga. O que é que estou procurando, mesmo. Que não seja um *saloon*, a curto prazo."

"É apenas um chute, mas acho que é a mesma coisa que o seu pai Webb estava procurando, só que ele também não sabia, tal como você."

Mais uma vez, aquela sensação chinesa idiota.

"Vá conversar com o doutor Turnstone. Quem sabe ele não tem umas ideias."

Percebendo a mudança no tom da voz de Merle, Frank sentiu uma estranha onda de perturbação interior. "Por quê?"

Porém Merle havia recuado para trás de seu rosto de mágico profissionalmente impassível. "Lembra daqueles gnomos que você e a Dahlia encontraram lá na mina Hellkite?" Bem, numa certa época também Merle andou vendo *duendes* nas encostas, alguns vestidos de uma maneira muito estranha, chapéus diferentes, uniformes militares que não eram exatamente do exército dos Estados Unidos, sapatinhos pontudos, e por aí vai, e uma noite ele teve a imprudência de tocar no assunto com um seu colega de ciência, levando então o dr. Turnstone a afirmar com firmeza que se tratava de um caso de síndrome de Charles Bonnet, a respeito da qual ele lera recentemente na obra clássica de Puckpool, *Aventuras na neuropatia*. "Já foi atribuída a uma série de causas possíveis, inclusive degeneração da mácula e distúrbios no lóbulo temporal."

"E se forem mesmo duendes de verdade?", perguntou Merle.

"Isso não é uma explicação racional."

"Com todo o respeito, doutor, não concordo, porque eles existem mesmo."

"Você poderia me mostrar?"

O terceiro turno, é claro, a melhor hora para esse tipo de coisa. Num espírito de investigação científica, o doutor não havia tomado sua dose noturna de láudano, o que certamente não melhorou seu humor, aliás, Merle achou-o um tanto nervoso quando os dois, de macacão e capa de mineiro, munidos de lanternas elétricas, penetraram um buraco na encosta enluarada e foram passando por cima de antigos montes de escória, onde pingava água, descendo um túnel íngreme, até chegar a uma parte abandonada da escavação.

"A presença de seres humanos incomoda essas criaturas", Merle havia explicado no início da descida. "É por isso que elas frequentam lugares onde não tem gente."

Os gnomos não apenas haviam gostado daquele setor da Little Hellkite — depois que o lugar foi abandonado, eles o converteram numa espécie de *Duende Social Club*. E de repente lá estavam eles, dito e feito, um belo quadro subterrâneo. Duendes jogando pôquer e sinuca, tomando uísque e cerveja feita em casa, comendo comida roubada das marmitas dos mineiros bem como das despensas do refeitório dos solteiros, brigando, contando piadas grosseiras, tudo que se pode encontrar em qualquer clube sobreterrâneo, em qualquer noite da semana.

"Ah, essa é fácil", murmurou o doutor, como se falando sozinho. "Eu enlouqueci, é só isso."

"A gente pode estar tendo exatamente o mesmo tipo de negócio de Charles Não-Sei-Das-Quantas?", indagou Merle. "Não. Não faz sentido."

"Faz mais sentido do que isso que eu estou vendo."

Assim, tornaram-se de certo modo conspiradores, talvez não contra os proprietários, mas contra as explicações cotidianas que os proprietários e pessoas afins costumavam dar. A ideia, por exemplo, de que os gnomos não são homúnculos vestidos de modo estranho e sim "apenas" ratos das montanhas. Os proprietários gostavam dos ratos das montanhas porque eles tinham o hábito de constantemente roubar explosivos. Cada banana de dinamite roubada por um rato era uma a menos nas mãos dos anarquistas ou sindicalistas. "Em algum lugar", afirmou Dally, "deve haver pelo menos um gnomo com uma quantidade *incrível* de dinamite estocada. Um verdadeiro El Dorado de explosivos. Agora, me diga: o que é que ele quer fazer com toda essa dinamite?"

"Você tem certeza que é um só?"

"Eu sei. Eu sei o nome dele. Eu falo a língua deles."

"Não", disse o doutor, "nem me diga. O problema é se ele também está roubando detonadores. Eu ficaria preocupado era se soubesse que tem sumido muito detonador."

Frank encontrou o dr. Turnstone no turno da meia-noite à madrugada, no Hospital dos Mineiros. "O Merle Rideout disse que devia procurá-lo."

"Então você é o Frank Traverse."

Estariam ele e Merle em contato por meio de um telégrafo direto, ou o quê? Frank percebeu que o médico estava olhando para ele fixamente. "Alguma coisa?"

"Não sei se o Merle lhe disse, eu e a sua irmã Lake nos frequentamos por uns tempos."

Mais um dos admiradores de Lake. "Ela é linda", os amigos e colegas sempre faziam questão de dizer a Frank, embora ele quase nunca pudesse perceber tal coisa. Uma vez ele perguntou a Kit, que parecia passar mais tempo com ela do que qualquer outra pessoa, mas o garoto limitou-se a dar de ombros: "Eu confio nela." Como se isso ajudasse alguma coisa.

"É, mas será que um dia a gente vai ter que enfrentar um réptil desgraçado que não resista aos tais encantos dela, que todo mundo vive elogiando?"

"Acho que ela sabe se cuidar. Você já viu como ela atira, ela não é nada má."

"É *isso* que um irmão quer ouvir."

"O fato", disse Frank ao doutor, "é que a gente não tem se visto com muita frequência."

Mais um minuto, ou coisa parecida, passou até que o doutor se sacudiu como um cão emergindo de um riacho montanhês e pediu desculpas. "A Lake, ela, porra, partiu meu coração."

Ora, ora. "Já passei por isso", disse Frank, o que aliás não era verdade. "Casos como o seu", com o máximo de benevolência, "o que eu costumo recomendar é Old Gideon, doses de três dedos, pelo tempo que for necessário."

O doutor sorriu um sorriso um pouco sem graça. "Eu não estava procurando solidariedade. Não chegou a ser um terremoto na minha vida. Mas já que você se interessou..."

Em 1899, não muito tempo depois do terrível ciclone daquele ano, que devastou a cidade, o jovem Willis Turstone, que acabara de receber suas credenciais da Escola Americana de Osteopatia, partiu para o oeste saindo de Kirksville, Missouri, com uma maleta contendo uma muda de roupa de baixo, uma camisa sobressalente, uma carta elogiosa do dr. A. T. Still e uma Colt antiquada que ele estava longe de saber usar direito, chegando por fim ao Colorado, onde um belo dia, cavalgando pelo planalto de Uncompahgre, foi atacado por um pequeno bando de pistoleiros. "Espera aí, mocinha, deixa a gente ver o que tem nessa sua linda valise."

"Quase nada", disse Willis.

"Mas o que é isso? Está levando um *ferro*! Pois bem, não quero que ninguém saia por aí dizendo que o bando de Jimmy Drop não deu uma chance a uma alma delicada, então vamos lá, mocinha, você pega essa sua pistolona e nós dois resolvemos a questão, está bem?" Os outros abriram alas, formando um espaço tal que Willis e Jimmy ficaram nas duas extremidades, na postura clássica de duelo. "Vamos lá, não seja tímido, eu lhe dou dez segundos de lambuja, antes de sacar. Prometo." Perplexo demais para entrar no espírito de travessura inocente do bando, Willis lenta e incompetentemente levantou seu revólver, tentando fazer mira com duas mãos trêmulas. Depois de contar até dez, fiel à sua promessa e rápido como uma serpente, Jimmy sacou sua própria arma, e já estava quase colocando-a no nível correto quando parou abruptamente, imobilizando-se numa grotesca posição de cócoras. "Ah, pô!", gritou o meliante, isso ou coisa parecida.

"¡Ay! ¡Jefe, jefe!", exclamou seu lugar-tenente, Alfonso, "não vai dizer que são suas costas de novo."

"Seu idiota, é claro que são as minhas costas. Ah, mãe de todas as desgraças — e está pior até do que da outra vez."

"Eu dou um jeito", ofereceu-se Willis.

"Me desculpa, mas o que é que um caipira como vosmecê tem a ver com isso?"

"Eu conserto as suas costas. Pode confiar em mim, sou osteopata."

"Tudo bem, nós aqui não temos preconceito, tem até dois aqui que são evangélicos, agora, cuidado aí onde você põe essa sua mãozinha — áááá — ouviu?"

"Melhorou?"

"Macacos me mordam", endireitando as costas com cuidado, mas sem dor. "Ora, mas isso é um milagre."

"¡Gracias a Dios!", gritou o solícito Alfonsito.

"Obrigado", Jimmy inseguro, guardando a pistola no coldre.

"Minha vida é um bom pagamento", propôs Willis. "Posso pagar um drinque pra vocês todos um dia desses?"

"Vamos, é logo depois daquela lombada." Foram parar num *saloon* de rancheiros ali perto. "É de tanto andar de cavalo, tudo que eu faço em cima da sela", Jimmy explicou depois de algum tempo, "é a maldição do caubói, não há um homem que não ande a cavalo e não seja vítima da porcaria do lumbago. Essa sua mão é mágica, doutor, acho que você acaba de encontrar a sua terra prometida aqui."

Willis, que já havia perdido conta do número de uísques que tomara, adiou a semiconsciência por um momento e se pôs a considerar essa avaliação da sua carreira. "Quer dizer que eu podia pendurar minha placa numa dessas cidades —"

"Bom, não digo qualquer uma, não, é bom ver se alguém já chegou antes, tem uns médicos aí que depois que fazem clientela não gostam de concorrência. Uns ficam até bem violentos."

"Médicos diplomados?" Willis atônito. "Homens dedicados à arte de curar, violentos?"

"E mesmo não encontrando uma cidade logo de saída, ora, trabalho é que não ia faltar."

"Como assim?"

"Osteo-sei-lá-o-quê itinerante, indo de um lado pro outro, como fazem os tropeiros, um trabalho decente como outro qualquer."

E foi essa a volta que a vida deu para o jovem Willis Turnstone. Ao viajar para o oeste, apesar de seus talentos heréticos, ele não tinha outros sonhos que não os de um morador de cidades — frequentar uma igreja não muito rígida, conhecer e desposar uma moça apresentável que tivesse cursado faculdade, com o passar dos anos se tornar o "doutor" da cidade com quem ninguém se recusaria a jogar cartas, uma vez por semana e com cacife baixo, é claro... e no entanto, bastou um encontro casual com o famigerado Jimmy Drop e sua gangue, em meio a ervilhacas e chaparrais pestilentos, num planalto poeirento, para que ele tomasse uma direção muito diferente.

O que não quer dizer que os ideais de classe média tivessem deixado de atuar sobre ele. Willis se viu acrescentando métodos terapêuticos convencionais aos osteopáticos, importando livros técnicos do Leste, aprendendo a cultivar os farmacêuticos das cidadezinhas pelas quais passava, constatando que duas noites de sábado dedicadas a perder dinheiro no pôquer podiam valer um semestre numa faculdade de farmacologia. Quando os ventos o levaram para Telluride e ele começou a trabalhar no Hospital dos Mineiros ao lado do dr. Edgar Hadley e da enfermeira Margaret Perril, Willis já se transformara no típico profissional de medicina que aparecia naquelas bandas, embora já tivesse de longa data adotado o hábito de sempre diagnosticar os males mais raros possíveis para explicar os sintomas que encontrava em seus pacientes. Como os pacientes ou bem morriam ou bem se curavam por conta própria, e ninguém mantinha registros, não havia como saber até que ponto seus métodos eram eficientes, e ele estava sempre ocupado demais para fazer um estudo mais sério.

Conheceu Lake no Hospital dos Mineiros, quando foi chamado para tratar de um mineiro itinerante que levara um tiro no ombro. O primeiro suspeito cujo nome surgiu na mente de Willis, Bob Meldrum, estivera presente, porém apenas, ele jurou, na capacidade de instrutor, mostrando a um inspetor aprendiz a melhor maneira de manter a ordem nas minas. "Usar minha iniciativa", respondeu o rapaz prontamente. "Porra nenhuma", retrucou Bob, "use sua 44. Assim, ó... ih!" Tarde demais, a arma fora disparada e o sangue do mineiro que ia voltar para o coração teve sua rota desviada.

Lake usava um traje simples, cinza e branco, tinha os cabelos cobertos e um jeito profissional, e assim que olhou para ela Willis tornou-se um caso perdido, embora só se desse conta do fato duas semanas depois.

Foram a cavalo até o lago Trout para fazer um piquenique. Ele aparecia à porta da casa dela com ramos de flores silvestres. Uma noite, impensadamente, disse a Lake que queria se casar com ela. Conheceu a mãe dela, Mayva, e fez massagem em suas costas por uns tempos. Um dia, alguém mencionou o fato de que Lake havia fugido com Deuce Kindred.

O médico ficou tão desolado que Jimmy Drop se ofereceu para ir atrás do casal. "Esse otário andou com a gente, não por muito tempo, ninguém gostava dele, uma cascavelzinha é o que ele é. Quer se livrar dele, eu cuido do caso pessoalmente."

"Ah, não, Jimmy, eu não poderia pedir isso a você..."

"Nem precisa pedir, doutor, sou seu devedor pra sempre."

"É, e ela ia ficar se lamentando pra sempre, e o que seria de mim?"

Os olhos de Jimmy se apertaram, intranquilos. "Elas são assim, não é?"

"Não quero correr esse risco."

"Sei... pois é, eu entendo..."

Naturalmente, o médico jamais se acostumaria com a perda. Lake estava longe de ser o tipo de garota que ele se imaginava desposando, ela o fez jogar pela janela todos seus planos, a oportunidade de "escolher mal" cedo o bastante para lhe fazer algum bem. Agora Lake havia fugido com uma criatura que era abominável demais mesmo para a gangue de Jimmy Drop. Se ela não se tornaria o grande amor perdido de sua vida, ao menos poderia ter sido a grande comentarista de sua vida a quem ele não daria ouvidos.

"Ela o quê? Fugiu com quem?" Talvez se repetindo um pouco, porque a notícia o deixara descadeirado.

"Isso mesmo", o doutor sacudindo a cabeça lentamente. "Eu mesmo ainda não consigo entender."

"Isso não ajuda nada", disse Frank, "sério. Quem mais está sabendo?"

O olhar penetrante que ele recebeu como resposta exprimia menos piedade do que curiosidade científica.

Frank sentiu que descia sobre ele, como se fosse uma doença, a sensação febril e ressecada da vergonha. "Alguma ideia de onde eles foram?"

"Se eu soubesse, seria prudente dizer a você?"

"Você tem sentimentos pela minha irmã, por isso não me leve a mal, mas... quando eu encontrar essa filha da puta, eu *mato*. Está bem? Ele, não precisa nem dizer, mas ela — essa *escrota* —, não consigo nem dizer o nome dela. Isso é natural — quer dizer, acontecer uma coisa *dessas*, doutor?"

"Não sei. Você quer saber se é um problema mental conhecido, algo assim?" Olhou à sua volta, procurando o exemplar do Puckpool.

"Merda. Acho que vou dar uma volta por aí e matar alguém, só pra praticar."

"Você precisa se acalmar, Frank. Olha aqui", escrevendo, "... pegue isto e vá à farmácia —"

"Obrigado assim mesmo. Acho que o que eu preciso fazer é conversar com o Jimmy Drop."

"Eu sei que ele e o Kindred estiveram juntos por pouco tempo, faz anos, mas você acha mesmo que eles ainda têm contato?"

"Não... faz... sentido, puta que o pariu." Frank olhando para o fundo do chapéu, começando a exibir sintomas clássicos de melancolia galopante. "Eles brigavam muito, sim, ela e o papai, principalmente no tempo em que eu estava lá em Golden, mas isso... Ora, por que é que *ela* não deu um tiro nele logo de uma vez, se tinha tanta raiva dele? Isso faria muito mais sentido."

O médico serviu-se de mais uma dose tridigital e, convidativo, ofereceu a garrafa a Frank.

"Melhor não. Preciso pensar."

"Ao contrário do som ou da luz, um deles, as notícias se propagam em velocidades estranhas, e normalmente não em linha reta", observou o doutor.

Frank olhou para o teto, apertando a vista. "O que... você quer dizer com *isso*?"

O doutor Turnstone deu de ombros. "O Jimmy costuma passar lá no Busted Flush por volta desta hora."

Embora fosse tarde demais para essa notícia velha ter importância para qualquer pessoa que não fosse Frank, assim mesmo ele ficou caminhando pela cidade insone com o chapéu enfiado até as sobrancelhas, crente de que todo mundo com quem ele cruzava estava sabendo da história e olhando para ele com desprezo ou, pior ainda, piedade — coitado do bobo do Frank, o último a saber.

Jimmy Drop — cabelo bem curto, corte à Arapahoe Street, untado de cera de cabelo de *barman*, bigode estilo chinês, com o monóculo que era sua marca registrada perfeitamente equilibrado no lugar — estava na sala de fundos do Busted Flush com alguns de seus cupinchas, jogando um jogo complicado que envolvia uma faca comprida de aspecto ameaçador, cuja ponta e gume entravam em ação cada vez que se tornava necessário pagar uma prenda. A julgar pela cor de sua camisa, Alfonsito parecia ser o mais azarado da noite, o que muito divertia os outros.

"Reconheci você na mesma hora", disse Jimmy quando eles se instalaram atrás de uma garrafa de *bourbon* sem rótulo. "Você e o seu irmão têm o mesmo nariz, só que o do Reef foi quebrado umas duas vezes, é claro. Eu me orgulho de dizer que estava presente nas duas ocasiões."

"Não foi você que quebrou, eu espero."

"Não, não, só os professores de sempre, ensinando a nós, um bando de ignorantes, a etiqueta do pôquer."

"Por exemplo, que não se deve jogar com parceiro", Frank sorrindo mais que depressa com um dos lados da boca, sabendo que havia maneiras de deixar Jimmy irritado, mas, no momento, não se preocupando muito com isso.

"Ah, ele lhe contou essa história." O monóculo faiscou. "Eu soube que ele voltou pro Leste. Quer dizer, *bem* pro Leste, mesmo."

"Você sabe melhor do que eu."

"Faz sentido que agora seja você quem está procurando o Deuce. Se pudesse, eu ajudava, mas a essa altura eles podem... ele pode estar em qualquer lugar."

"Pode dizer 'eles'".

"Sabe, eu detesto fazer fofoca. Fofoca devia ser crime, punido até com a forca em caso de reincidência."

"Mas...?"

"Só vi sua irmã uma vez, lá em Leadville. Bem pequena na época, dez, onze anos? Foi naquele inverno em que construíram o tal Palácio de Gelo enorme, lá depois da Seventh Street."

"Eu me lembro. É difícil acreditar que ele existiu, mesmo." Mais de um hectare no alto de um morro, iluminação de arco voltaico, torres de gelo de trinta metros de altura, o maior rinque de patinação de toda a Criação, todo dia chegavam blocos de gelo para substituir os antigos, salão de baile, café, mais popular do que a Ópera enquanto durou, mas fadado a derreter quando chegasse a primavera.

"O Reef ainda cheirava a leite", relembrou Jimmy, "mas não, acho que trabalhamos juntos pela primeira vez naquela primavera. A sua irmã arranjou um par de patins e passava a maior parte do tempo lá no Palácio de Gelo. Como todas as outras crianças de Leadville. Um dia ela estava ensinando um garoto a dançar a valsa holandesa, um garoto da cidade, filho de um gerente, não muito mais velho que ela, e o Webb Traverse chegou, viu e teve um ataque. Já se vão dez anos, de lá pra cá já vi muita coisa pior, mas nunca me esqueci da cena. O seu pai realmente tinha vontade de matar alguém. Não foi só aquela história de tira-a-mão-da-minha-filha, isso aí todo mundo conhece. Não, era uma coisa de hospício."

"Eu estava no trabalho aquele dia", lembrou Frank, "retirando terra da boca da mina, e quando voltei eles continuavam brigando. Dava pra ouvir a gritaria a um quilômetro, pensei até que eram chineses."

A coisa era política. Se fosse um filho de mineiro, ou mesmo filho de um dono de *saloon* ou loja, Webb talvez tivesse resmungado um pouco, mas a coisa ficaria por aí. Mas a ideia de que um filhinho de papai rico que nunca trabalhara na vida estava pegando a filha inocente de um trabalhador — foi isso que deixou Webb possesso.

"Não foi nem por ser eu", Lake não estava zangada demais para observar depois, ela compreendia perfeitamente, "foi tudo por causa da porcaria do seu sindicato." Para a sorte de todos, havia cabeças menos esquentadas por perto, e também braços e pernas, os quais formaram uma barreira social que obrigou Webb a se afastar do gelo, enquanto Lake ficou cabisbaixa, na penumbra cinzenta do rinque, mortificada, e o garoto foi embora deslizando, à procura de um outro par.

"Como mexicano, talvez", ruminou Ellmore Disco. "Claro que você vai precisar do chapéu apropriado, e bigode também, se bem que por estar dois dias sem fazer a barba você já está chegando lá. A gente pode perguntar à Loopy sobre o resto." Estavam no Gallows Frame, e as coisas estavam se aproximando daquela típica reta final centrífuga de noite de sábado que vai dar no fim do mundo e termina com todo mundo bêbado caído pelos cantos.

"Ellmore, por que é que você está me ajudando? Eu tinha você na conta de amigo dos donos de minas."

"Se tem uma coisa que qualquer comércio precisa", explicou Ellmore, "é tranquilidade. Qualquer comportamento destrutivo aqui, que ultrapasse o nível de pega-pra-capar normal pra um sábado, vai acabar assustando os bancos lá em Denver, pra não falar nessa população de pombos que vêm passar o dia aqui, e que é tão importante pra todos nós, de repente, quando a gente vê, os negócios estão lá embaixo, e isso é melhor a gente não deixar acontecer. Ora, um sujeito como você, um rapaz que parece até inofensivo, é só você chegar na cidade que vira o centro de atenção pra muito mau elemento daqui, e por isso chegou a hora do papai aqui tentar ajudar esse sujeito a cair fora."

No Railbird Saloon, a alguns quarteirões dali, estavam se apresentando Gastón Villa e seus Bandoleiros Birutas, um bando de músicos itinerantes que usavam jaquetas de couro branco com franjas, perneiras cravadas de lantejoulas e chapéus enormes que escondiam seus rostos, com a copa circundada por bolas coloridas de todas as cores do espectro, ordenadas por comprimento de onda. O pai de Gastón outrora participara do circuito de rodeio bancando o caubói — e quando por fim, uma noite em Gunnison, deparou-se com uma plateia que manifestou sua rejeição de modo fatal, a mulher dele empacotou todos os trajes típicos do marido para Gastón, levou-o até a estação e o despachou para ir tocar saxofone num espetáculo itinerante de caubóis e índios. Obrigado mais de uma vez a pôr seus instrumentos no prego para pagar a conta do hotel e do bar e as dívidas de jogo, Gastón veio a se apresentar, com o passar dos anos, em vários tipos de espetáculos estranhos, inclusive este.

"Por favor, não se preocupe", Gastón tranquilizava Frank, "olha, sabe o que é isso?" Exibindo uma geringonça enorme de latão embaçado e amassado, coberta com válvulas e teclas, que na extremidade superior se abria como um instrumento de banda militar.

"Claro. Onde é mesmo que fica o gatilho?"

"Isso aqui é um galandrônomo — um oboé militar, que antigamente era usado em todas as bandas do exército francês — meu tio conseguiu este aqui na batalha de Puebla, dá pra ver umas marcas que ficaram de balas mexicanas, aqui, e aqui?"

"E a ponta em que a gente sopra", Frank perplexo, "espera aí só um minutinho..."

"O senhor vai aprender."

"Mas até lá..."

"*Caballero*, o senhor já esteve nessas *cantinas*, o gosto musical aqui não é exigente. Ninguém deste conjunto era músico quando entrou, todo mundo estava metido em alguma encrenca. Toque com entusiasmo, o mais alto que puder, e confie na boa vontade e no mau ouvido desses gringos turbulentos."

Foi assim que Frank virou Pancho, o fagotista. Em um ou dois dias ele já conseguia arrancar algum som daquele troço, e não demorou para tocar boa parte de "Juanita", também. Com dois trompetes fazendo a harmonia, até que a coisa não estava tão má, ele imaginava. Às vezes era até emocionante.

Pouco antes de sair da cidade, Frank entrou num estado um pouco diferente do que ele sempre considerara seu normal. Após muita procrastinação, foi visitar o cemitério dos mineiros nos arredores da cidade, encontrou o túmulo de Webb e ficou parado, esperando. O lugar estava cheio de presenças, mas não mais do que o vale e as encostas costumavam estar. Um tipo pé-na-terra, Frank nunca chegara a ser realmente assombrado pelo fantasma do pai. Os outros fantasmas costumavam gozar Webb por esse motivo. "Ah, o Frank é assim mesmo. Quando chegar a hora, ele faz a coisa certa, é que ele sempre foi um pouco prático demais, só isso..."

"É que a gente é meio assim especializada, pai. O Reef sai metendo os peitos, o Kit resolve tudo cientificamente, e eu sou o que tem que ficar quebrando a cabeça todo dia, que nem aquele sujeito lá no Leste tentando transformar prata em ouro."

"O Deuce e o Sloat não estão aqui em Telluride, meu filho. E ninguém aqui ia dizer nada a você se soubesse. Aliás, a essa altura o mais provável é que cada um tenha ido pra um lado."

"Eu quero achar é o Deuce e a Lake. Quem sabe ele já não largou a Lake e ela virou mais uma mulher que caiu na vida, e agora ele está tocando pra frente, rumo ao que ele imagina que seja o futuro. Ele pode até ter atravessado o rio Bravo."

"Ele pode querer que você pense isso."

"Capaz de ele não ficar muito tempo nos Estados Unidos, porque a essa altura já devem estar atrás dele, os antigos companheiros dele, os tempos estão difíceis, o que não falta é garoto delinquente que topa trabalhar ganhando menos, e aí nesse caso ele agora virou um peso morto. O único lugar pra ele ir é o México."

Era assim que raciocinava Frank. Webb, que agora sabia tudo, achou que não fazia sentido tentar convencê-lo do contrário. Tudo que disse foi: "Você ouviu uma coisa?".

Alguns fantasmas fazem *ú-ú-ú*. Já Webb sempre preferira se expressar através de dinamite. Frank teve então uma visão, ou sei lá como se chama uma visão quando você ouve em vez de ver... não o trovão tranquilizador de minas sendo abertas a dinamite nas montanhas, mas ali mesmo na cidade, ecoando pelo vale de uma ponta à outra, fazendo com que até as vacas leiteiras malhadas parassem por um minuto para levantar a vista antes de voltar a pastar a sério... a voz da retribuição, saída das profundezas, que tardara tanto.

Rostos que ele julgava conhecer acabavam se revelando desconhecidos, ou mesmo ausentes. As moças dos *saloons* tentavam envolvê-lo em discussões metafísicas, por exemplo, se os mortos caminham. Uma noite, na estrada de Ophir, Frank teve a impressão de que viu sua irmã, seguindo em direção ao fundo do vale, mantendo o rosto cuidadosamente virado para o outro lado, um gesto costumeiro dela, como se para ocultar uma dor que nunca ia querer explicar, se alguém lhe perguntasse. Frank acabou concluindo que devia ser uma aparição.

Frank foi com Merle levar Dally até a estação. "Eu gostaria de ir com você, pelo menos até Denver, mas o pessoal tem outros planos. Então escute o que eu vou lhe dizer — meu irmão Kit está lá no Leste, fazendo faculdade em Yale, Connecticut, não é? De lá até Nova York não é muito mais longe do que daqui a Montrose, por isso eu queria que você entrasse em contato com ele se for possível, ele é um bom rapaz, um pouco sonhador até você conseguir atrair a atenção dele, mas ainda não inventaram uma encrenca que ele não seja capaz de ajudar a gente a sair dela, e aí se precisar de alguma coisa você pode procurar meu irmão, está ouvindo?"

"Obrigada, Frank, por se preocupar comigo, você que tem tanta preocupação no momento."

"Talvez porque você e o Kit são muito parecidos."

"Ih, nesse caso eu é que não chego perto dele."

Enquanto caminhavam pela plataforma, Dally era alvo de olhares daqueles que entendem tudo da arte de criar filhos, muitos dos quais chegavam mesmo a protestar com veemência. "Permitir que uma criança viaje sem estar acompanhada por um adulto até o outro lado do continente, para um foco de depravação como Nova York, seria caso de processo em muitos tribunais do país —"

"Pra não falar no tribunal da moralidade cristã, certa e implacável, presidido por Aquilo a que todos os poderes temporais, inclusive os juízes, um dia terão que se curvar —"

"Minha senhora", observou a pirralha insolente em questão, "se eu consigo sobreviver a uma típica noite de sábado em Telluride, qualquer coisa que eu encontrar lá no Leste vai ser sopa."

Merle sorria de orelha a orelha, presa do sentimento mais próximo ao de orgulho paternal que ele jamais experimentara. "Se cuide, hein, Dahlia." Todo mundo, menos ela, já havia embarcado, o trem estava prestes a partir de ré, como se não conseguisse desprender a vista de Telluride até o último instante.

"Até logo, pai."

Os dois já haviam se abraçado tantas vezes que ela não se sentia nem um pouco constrangida com os abraços de despedida. Merle, que sabia o que estava em jogo naquela aposta, tinha consciência de que era melhor não assustá-la agora. Eles jamais haviam se interessado em partir o coração um do outro. Teoricamente, ambos sabiam que ela tinha de sair dali, muito embora naquele momento a única coisa que ele desejava era esperar, mesmo que fosse apenas mais um dia. Mas Merle conhecia esse sentimento, e imaginava que ele iria passar.

"*Tengo que salir* dessa porra desse lugar", matutava Kit. Assim que despertava pela manhã, e logo antes de se deitar à noite, surpreendia-se a repetir essa afirmação, como uma prece. O encantamento de Yale não apenas havia por fim se desgastado, mas revelava também agora suas camadas tóxicas subjacentes, à medida que Kit se dava conta de que ali tinham pouca importância o estudo e o saber, e menos ainda a busca de um mundo transcendente em números imaginários ou vetores — se bem que às vezes, era bem verdade, ele captava sinais de alguma Cabala ou de conhecimentos não verbalizados sendo transferidos como se de uma mente à outra, menos por causa de Yale do que apesar de Yale. Particularmente com relação às novas ondas invisíveis, latentes nas equações de Maxwell anos antes de Hertz descobri-las — Shunkichi Kimura, que estudara ali com Gibbs, voltara para o Japão, entrara para o corpo docente da faculdade do Estado-Maior da Marinha e ajudara a desenvolver a telegrafia sem fios a tempo de que ela fosse utilizada na guerra contra a Rússia. Vetores e telegrafia sem fio, uma conexão silenciosa.

Gibbs havia morrido no final de abril, e em meio à depressão generalizada do departamento de matemática Kit se deu conta de que aquilo fora a gota d'água, revelando que Yale não passava de uma escola técnica sofisticada em que os alunos aprendiam a ser ex-alunos de Yale, ou mesmo uma fábrica de ex-alunos de Yale, cavalheiros, mas não estudiosos, a menos que fosse por acaso, e mais nada.

'Fax não o ajudava nem um pouco em relação a isso. Kit não saberia sequer como trazer o assunto à baila, muito embora 'Fax lhe desse oportunidades mais do que suficientes.

"Você aqui esse tempo todo, e não entrou pra nenhum clube."

"Estou muito ocupado."

"Ocupado?" Os dois se entreolharam em algum nível interplanetário. "Mas Kit, até parece que você é judeu."

Isso não explicava nada. Na Yale dessa época, os judeus eram uma espécie exótica.

Ainda no início de sua estada em Yale, Kit fora um dia assistir a uma competição esportiva quando viu um rapaz de sua turma sendo saudado por um grupo de homens mais velhos que trajavam — ele compreendia agora — ternos caríssimos. Todos conversavam, sorridentes e à vontade, sem dar atenção aos jovens atletas bem a sua frente, espalhados pelo campo amplo e verdejante, a correr, saltar, rodopiar, atingindo patamares jamais antevistos de dor e dano físico, disputando o que aquele dia oferecia em matéria de simulacros de imortalidade. Kit pensou, Nunca vou ser como esse sujeito, falar desse jeito, ser procurado desse jeito. De início, essa constatação gerou um sentimento terrível de exclusão, a certeza contundente de que por efeito de suas origens geográficas e genealógicas um mundo de privilégios visíveis lhe seria negado para sempre. Um momento haveria de chegar em que, tendo recuperado a razão, Kit se perguntaria: mas afinal, por que é que desejei tanto *isso*? Se bem que, até lá, meses haviam se passado em que ele tinha a impressão de que sua vida entrara em eclipse.

Começou a ficar atento para esse tipo de contato misterioso, no campus, na cidade, nas cerimônias e eventos sociais, e logo detectava aquela dança ritualizada entre rapazes universitários e homens mais velhos cujo sucesso no mundo os rapazes queriam reencenar. Kit imaginava que a coisa se resumisse a isso.

Nas aulas, Gibbs, antes de atacar um problema, gostava de dizer: "Vamos fazer de conta que não sabemos nada a respeito dessa solução dada pela Natureza". Gerações de alunos, entre eles Kit, haviam levado a fundo aquelas palavras, com toda a promessa metafísica nelas contida. Embora o Vetorismo oferecesse o ingresso em regiões que os operadores de Wall Street dificilmente haveriam de compreender, quanto mais penetrar, havia não obstante por toda parte, onde quer que Kit olhasse, sentinelas de Vibe, olhos numa emboscada frondosa, como se Kit fosse uma espécie de investimento, e só fosse possível obter pistas a respeito de seu desempenho no futuro mediante vigilância constante, pois era piscar o olho e pronto, alguma coisa essencial poderia se perder. Pior ainda, era como se o plano o tempo todo fosse encurralá-lo no fundo de seu próprio cérebro de tal modo que ele jamais conseguiria sair de lá. Sendo o tipo de matemático que era, Kit sentia-se comprometido com lealdades contraditórias, sabendo que não devia se afastar demais da mecânica do mundo dado, e ao mesmo tempo permanecendo consciente de que não havia nenhum papel para seu destino de Vetorista dentro de quaisquer objetivos imagináveis por Vibe, tal como o magnata jamais seria capaz de imaginar o grandioso sistema de Gibbs, ou o que ele prometia num plano mais elevado.

"Só porque você é capaz de entender esses rabiscos rebuscados", Scarsdale Vibe ralhara com ele quando ficou claro que, se Kit relutava em tornar-se um herdeiro Vibe, não era apenas por estar se fazendo de rogado para melhorar sua posição, "você se acha melhor do que nós?"

"A questão, eu acho, são as implicações que isso vai ter", retrucou Kit, sem querer entrar em disputa com o sujeito que lhe estava pagando as contas.

"Enquanto nós aqui, você dá a entender, ficamos relegados a esta Criação corrompida."

"É isso que eu dou a entender? Vejamos —" num tom ainda simpático, puxou para perto de si um bloco de papel dividido em quadrados de um quarto de polegada.

"Não, não, não se dê o trabalho."

"Não é nada de muito espiritual."

"Meu jovem, você não vai achar ninguém mais espiritual do que eu na instituição outrora orgulhosa que você agora frequenta." E foi embora com passos largos, deixando uma trilha luminosa de indignação virtuosa.

Kit sonhou que estava com o pai numa cidade que era Denver, mas não era Denver, numa espécie de *saloon* de variedades, um lugar estranho com os frequentadores pés-rapados de sempre, se bem que todos estavam inexplicavelmente bem-comportados. Todos, menos Webb, que dizia aos berros: "O Éter! Mas que história é essa, quer dizer que agora eu vou ter que conviver com um Teslazinho de meia-tigela, é? O que é que você tem a ver com esse tal de Éter?".

"Tenho que descobrir se ele existe."

"Ninguém *tem* que descobrir isso."

"No momento, pai, eu preciso. Sempre achei que os filhos vinham do Céu..."

Calou-se, na esperança de que Webb completasse o pensamento que ele deixou interrompido, movido por uma tristeza súbita. Webb, como se não entendesse o que provocara toda aquela veemência, não foi capaz de responder. Todos os outros presentes, todos os beberrões, tropeiros, fumantes de ópio e vigaristas, ignoravam aqueles dois, preferindo falar sobre trabalho, trocar mexericos ou discutir sobre esportes. Kit despertou. A mão pousada em seu ombro era a de seu camareiro, Proximus. "O professor Vanderjuice mandou chamá-lo, para ir lá no laboratório Sloane."

"Que horas são, Prox?"

"Não me pergunte. Eu também estava dormindo."

Enquanto Kit subia a Prospect Street, passando pelo cemitério, foi crescendo nele a sensação de que algo terrível estava prestes a acontecer. Kit achava que não teria nada a ver com as Teorias da Luz, curso que ele estava fazendo naquele semestre com o professor Vanderjuice, o qual aprendera o assunto com Quincke em Berlim, antes de Michelson e Morley, de modo que havia ali claramente um resíduo etéreo. Saindo do campus, ao sul do Rossio, derramando cerveja para todos os lados, brandindo no ar, para enfatizar o que dizia, uma fatia tremular dos pastéis italianos de queijo com tomate vendidos em toda parte naquele bairro, o velho professor felizmente pertencia a uma espécie totalmente diversa, a relatar casos dos tempos dos primórdios da eletricidade que até o calouro mais empapuçado de cerveja escutava com atenção, de olhos arregalados.

Por fim Kit chegou ao ninho de ratos que era o escritório do professor Vanderjuice, que o aguardava com uma expressão séria no rosto. Levantando-se, entregou uma carta a Kit, que de imediato percebeu que ela trazia uma notícia para a qual ele não estava preparado. O envelope vinha com carimbo de Denver, mas a data estava ilegível, e alguém já o havia aberto e lido a carta nele contida.

Querido Kit,
Mamãe me pediu que eu lhe escrevesse para dizer que o papai morreu. Dizem que foi lá pelos lados do McElmo. E não foi de "causas naturais". Reef trouxe o corpo dele, que foi enterrado no cemitério dos mineiros em Telluride. Reef diz que não precisa você voltar agora, ele e Frank vão cuidar de tudo que precisar ser feito. Mamãe está reagindo bem, dizendo que sempre soube que isso iria acontecer, onde ele ia sempre tinha inimigo, mais dia ou menos dia, e por aí afora.

Espero que você esteja bem e que algum dia a gente volte a ver você. Continue estudando bastante, não desista e tente não se preocupar muito com o que aconteceu, porque nós aqui estamos conseguindo fazer o que temos que fazer.
Saudades.
Com amor, sua irmã,
Lake

Kit olhou para o envelope violado, cortado com um golpe tão preciso que parecia indicar uma faca de papel de qualidade. Começar pelo começo. "Quem foi que abriu isso, professor?"

"Não sei. Quando eles me entregaram, já estava assim."

"Eles."

"A vice-reitoria."

"O destinatário sou eu."

"Eles seguraram essa carta lá por algum tempo..." Pausa, como se pensando no resto da frase.

"Tudo bem."

"Meu rapaz..."

"A sua posição. Eu compreendo. Mas se isso quer dizer que eles hesitaram antes de resolver me entregar..."

"Aqui a gente faz o possível pra não ser completamente comprado e vendido..."

"Professor, mesmo assim há aqui uma implicação. Conivência, no mínimo. Talvez mais, se bem que isso é tão terrível..."

"É." Os olhos do velho estavam começando a marejar.

Kit concordou com a cabeça. "Obrigado. Tenho que pensar no que vou fazer." Sentia dentro de si próprio a presença de uma menininha machucada que estava tentando chorar — não de dor, nem para dissuadir qualquer um que quisesse machucá-la mais ainda, porém por temer ser abandonada em pleno inverno nas ruas de uma cidade onde os pobres são deixados ao deus-dará. Ele não chorava havia muito tempo.

Ficou andando de um lado para outro, sem nenhum plano, querendo ser anônimo em meio às multidões da cidade, e ao mesmo tempo querendo estar sozinho. Sabia que não havia nada conhecido no universo alternativo da análise vetorial que pudesse lhe dar conforto ou ajudá-lo a encontrar uma saída. O Moriarty's ainda não estava aberto, ele poderia comer um hambúrguer na banca de Louis Lassen se tivesse certeza de que não engasgaria. As atrações canônicas do Eli não o interessavam naquele dia. Foi subindo, caminhando pela margem do Quinnipiac, e só foi parar no alto da West Rock, onde se deitou no chão e se permitiu chorar.

Nenhum comentário de nenhum dos Vibe a respeito de seu pai, nem mesmo de Colfax — nem pêsames, nem tentativas de saber como estaria Kit emocionalmente, nada. Quem sabe eles imaginavam que ele ainda não soubesse. Ou estavam esperando que ele puxasse o assunto. Ou então pouco se importavam. Mas havia a outra possibilidade, cada vez mais provável quanto mais o silêncio persistia. A de que eles sabiam de tudo, porque — mas será que ele podia se permitir levar esse raciocínio adiante? Se suas suspeitas se revelassem fundadas, o que seria ele obrigado a fazer?

O ano letivo continuou se arrastando em direção ao verão, e as garotas se perguntavam por que motivo Kit não ia mais aos bailes. Um dia, olhando para a outra margem do Estreito, percebeu uma estranha forma geométrica escura, onde antes só havia as praias nevoentas de Long Island. A cada dia, sempre que as condições de visibilidade o permitiam, ele observava que a forma estava *cada vez mais alta*. Pediu emprestado a um colega um telescópio, levou-o até o alto da East Rock, fingiu não ver os casais de namorados e bêbados profissionais e dedicou todo o tempo de que dispunha a acompanhar o progresso vertical da estrutura. Uma torre tubular, aparentemente com oito lados, estava lentamente se elevando na ilha. Fosse o que fosse, não se falava em outra coisa em New Haven. Em pouco tempo, à noite, mais ou menos da mesma direção, vinham lampejos multicoloridos de luz que se espalhavam por todo o céu, os quais apenas os complacentes incuráveis tentavam explicar como relâmpagos longínquos. Kit não pôde deixar de se lembrar de Colorado Springs na véspera de 4 de julho de 1899.

"É o Tesla", confirmou o professor Vanderjuice, "instalando mais um transmissor. Eu soube que você já trabalhou com ele no Colorado."

"De certo modo, pode-se dizer que foi assim que eu vim parar em Yale." Kit lhe contou que conhecera Foley Walker em Colorado Springs.

"Estranho", disse o professor. "O grupo Vibe uma vez me contratou —" Olhou a sua volta. "Vamos caminhar um pouco?"

Seguiram em direção ao bairro italiano ao sul do Rossio. O professor falou a Kit sobre o acordo que fechara com Scarsdale Vibe em Chicago dez anos antes. "Nunca me orgulhei disso. Desde o início, havia alguma coisa de vagamente criminoso nessa história."

"O Vibe estava financiando o Tesla mas queria que o senhor sabotasse o trabalho dele?"

"O Morgan antes estava fazendo mais ou menos a mesma coisa, só que de modo mais eficaz. O Vibe terminou percebendo que nunca existiria um sistema prático de transmissão de força sem fio, que a economia já havia muito tempo atrás desenvolvido um meio de impedir que isso acontecesse."

"Mas o Tesla está construindo um transmissor."

"Não tem importância. Se ele se tornar uma ameaça real ao atual sistema de força, eles simplesmente mandam dinamitar tudo."

"Então no fundo eles não precisavam do seu antitransmissor."

"Pra dizer a verdade, eu nunca me esforcei muito na criação dele. Um dia, mais ou menos na época em que eu estava começando a sentir que era uma desonestidade aceitar o dinheiro do Vibe, os cheques pararam de chegar — nem mesmo uma carta me dispensando. Eu sei que devia ter parado antes, mas acabou tudo dando certo assim mesmo."

"O senhor conseguiu fazer a coisa certa", disse Kit, constrangido, "mas quanto mais essa coisa continua, mais eu devo a eles, e mais difícil pra mim vai ser voltar atrás. O que fazer? Como é que eu posso pagar pra sair dessa?"

"Primeiro você podia convencer a si próprio de que não deve a eles" — ele se recusava a dizer "ele" — "nada."

"Ora. No Colorado, vivem matando gente por causa disso. No pôquer."

O professor respirou fundo, uma ou duas vezes, como quem se prepara para levantar um peso maior do que o habitual. "Leve em conta", disse ele, no tom mais controlado de que era capaz, "a possibilidade de que forças que por ora não vamos identificar estejam corrompendo você. Essa é a política inevitável delas. Quando não podem no momento fazer mal a uma pessoa, eles a corrompem. Normalmente basta dinheiro, pois eles têm tanto que ninguém sente nenhum escrúpulo moral em aceitar o pagamento deles. Seus alvos acabam ficando ricos, e qual é o problema?"

"E se o dinheiro não funciona..."

"Nesse caso, eles põem em ação seus métodos lentos e malévolos que se tornaram a especialidade deles, sempre em silêncio. Às vezes durante anos, até que um dia, tendo trocado o dinheiro por tempo, a mesma condição de morte espiritual é provocada, sendo que enquanto isso o dinheiro passou a ir pra outro lado, com uma taxa de retorno melhor."

Estavam passando por uma loja de "apizzaria". O aroma era atraente, até mesmo irresistível. "Vamos", disse o professor, que no decorrer do ano anterior progredira de uma situação de simples tropismo para uma pizzamania crônica, "vamos comer uma fatia, o que você acha?"

À medida que suas relações com Scarsdale Vibe se reduziam primeiro a ver a cabeça do chefão enfiada na porta do laboratório Sloane uma vez por ano e por fim, para seu alívio, a coisa alguma, Heino Vanderjuice começou a achar que uma outra vez, nas margens de seu campo de visão, um objeto alado reluzente aparecia em meio às pedras rusticadas e olmos agitados pelo vento, e ocorreu-lhe a ideia curiosa de que talvez fosse sua alma, cuja localização exata era um tanto duvidosa desde 1893.

Também sua consciência dava sinais de vida, como se estivesse degelando. Um dia, conversando com o jovem Traverse, ele tirou da estante um velho exemplar do periódico científico britânico *Nature* de sua coleção, e começou a folhear um dos artigos. "P. G. Tait e os Quatérnios. Segundo ele, seu principal mérito é ser 'perfeitamente adaptado ao espaço euclidiano...' porque — atenção — 'o que é que os estudiosos da física, enquanto tais, têm a ver com mais do que três dimensões?' Peço que atente para 'enquanto tais'."

"Um estudioso da física, enquanto outra coisa, teria então necessidade de mais de três dimensões?", estranhou Kit.

"Pois é, meu caro Traverse, se algum dia você pensar em se tornar essa 'outra coisa', a Alemanha seria o lugar lógico pra você. A *Ausdehnungslehre* de Grassmann pode ser estendida para qualquer número de dimensões que for desejado. O doutor Hilbert em Göttingen está desenvolvendo sua 'teoria espectral', que exige um espaço vetorial com um número *infinito* de dimensões. Seu assistente Minkowski acredita que as dimensões vão terminar se fundindo todas num *Kontinuum* de espaço e tempo. Minkowski e Hilbert, aliás, vão realizar um seminário conjunto em Göttingen no ano que vem, sobre a eletrodinâmica dos corpos em movimento, para não falar no trabalho recente de Hilbert sobre a teoria de Eigenheit — os vetores no coração e na alma de tudo; não seria, como vocês dizem agora, 'supimpa'?"

Transbordando com a ideia quase exultante de que poderia estar fazendo algo de bom para alguém, o velho fez surgir do nada um uquelele feito com uma exótica madeira escura, enfeitado com casca de tartaruga e, após dedilhar uma introdução animada de oito compassos, pôs-se a cantar:

O RAGTIME DE GÖTTINGEN

Faça a mala bem caprichada,
Dê um beijo na namorada,
Pegue o navio de madrugada

Pra A—le—manha —
Lá entre os homens de ciência
É enorme a concorrência
Porque a sua inteligência
É tamanha!
(E haja manha!)
Pois corra num átimo
E pegue o barco, sem lenço e sem *Fraulein*,
E vá logo conhecer o Felix Klein
Que vai ser ótimo!
(Oi, Hilbert! Prazer, Min-
kowski!) E vá por mim,
Seu universitário metido,
Que se acha muito do sabido,
Você não sabe nada, meu amigo!
Isto nem se discute:
Vá logo pra terra do chucrute,
Onde tinem os sabres, e o Problema
Das Quatro Cores não é um aporema,
Lá onde quem é quem
Está sempre muito bem
Dançando o *ragtime* de Gö-ttin-gen!

"É, um lugar maravilhoso, sou velho frequentador de lá, aliás. Nunca perco o contato por completo, e se você quiser posso escrever pra eles."

Um mergulho no Vetorismo avançado. Sem ficar olhando para trás. "É, acho que o importante é estar sempre ocupado."

O professor ficou a observá-lo com cuidado por um momento, como se calculasse a distância de um lado a outro de um desfiladeiro. "Funciona pra algumas pessoas", disse ele, em voz baixa. "Mas não é uma cura universal. Quando acontece uma tragédia humana, sempre se tem a impressão de que os cientistas e matemáticos conseguem encarar a situação com mais calma do que as outras pessoas. Mas muitas vezes é só uma maneira de fugir da realidade, e mais cedo ou mais tarde há que pagar a conta."

Kit não foi capaz de levar aquele raciocínio até o fim inevitável. Queria confiar no professor, mas não tinha a quem recorrer. Respondeu: "É só tentar encarar um grupo de problemas de cada vez, professor, e não ficar bêbado demais no fim de semana".

Também queria confiar em 'Fax, que era um bom sujeito sob todos os aspectos, e no entanto os desconhecidos que o olhavam fixamente, no campus e fora dele, numerosos demais para ser apenas uma coincidência, o haviam tornado desconfiado.

Entre ele e 'Fax havia se desenvolvido um delicado estupor de suspeita a respeito de quem sabia ou não sabia o que, ramificando-se e sub-ramificando-se, nada sendo jamais dito em voz alta, tudo uma questão de olhares significativos e circunlóquios. Fosse como fosse, 'Fax nunca fora o tipo irresponsável que seu pai o julgava. Com o canto do olho, e no canto do olho do próprio 'Fax, Kit havia captado toda uma gama de atividades despercebidas a se desenrolar.

Constatou que 'Fax estava muito intrigado com a misteriosa torre do outro lado do estreito. "A gente podia pegar um barco e ir lá dar uma olhada. Você podia me apresentar ao seu amigo, o doutor Tesla."

Passaram meia hora singrando ao longo do porto, em meio aos bancos de ostras de Fair Haven, onde havia estacas cravadas no fundo para demarcar os diferentes lotes. Quando penetraram no estreito, 'Fax começou a olhar preocupado para a água e o céu. "Não estou gostando deste vento", ele repetia. "E a maré está baixando. Fique de olho na popa."

A coisa chegou de repente. Olhavam para o leste, vendo relâmpagos no céu negro acima de Connecticut, quando sem mais nem menos estavam quase adernando e sendo arrastados em direção à costa a sota-vento de Long Island e o vulto cada vez maior de Wardenclyffe. Vendo a torre, que surgia de vez em quando na névoa esgarçada, Kit poderia muito bem imaginar-se sendo levado pela tempestade para alguma ilha que não constava de nenhum mapa, num oceano muito diferente daquele, se tivesse tempo para tais devaneios — mas era preciso salvar o pequeno iate, driblar a fúria dos elementos — baldeando água freneticamente, navegando de vela solta por não ter tido sequer tempo de desarmar o botaló — enquanto o enorme esqueleto de torre se aproximava cada vez mais em meio ao turbilhão marítimo, única testemunha enigmática daquela luta desesperada.

Estavam sentados dentro da cabine do transmissor, uma estrutura de alvenaria projetada pela McKim, Mead, and White, acostumando-se aos poucos com a ideia de que estavam vivos e novamente em terra firme. A mulher de um dos trabalhadores lhes havia trazido cobertores e café importado de Trieste pelo dr. Tesla. A luz do dia chuvoso entrava por uma série de janelas altas, em arco.

O jovem cientista magro, de olhos hipnóticos e bigode de caubói, lembrava-se de Kit dos tempos do Colorado. "O vetorista."

"Era e ainda sou." Kit indicou com um gesto a direção geral de Yale.

"Fiquei triste ao saber que o professor Gibbs havia falecido. Eu tinha a maior admiração por ele."

"Espero que ele esteja num lugar melhor", comentou Kit, de modo mais ou menos automático, porém dando-se conta, cerca de um segundo e meio depois, de que também tinha em mente *melhor do que Yale*, e talvez também estivesse pensando na alma de Webb.

Quando Kit apresentou 'Fax, o rosto de Tesla permaneceu imperturbável. "Um prazer, senhor Vibe, tive contatos com seu pai muito pouco mais cordiais do que os que tive com o senhor Morgan, mas o fato é que o filho não é o guardião da bolsa do pai, como nós dizíamos lá na Granitza... aliás, como nunca dizíamos, pois quando, na nossa vida cotidiana, que um assunto desses ia surgir?"

Do outro lado do estreito, e ali mesmo na ilha, a tempestade continuava. Kit, tremendo de frio, esquecido de Rotacionais e Laplacianos, prováveis debutantes, a carícia que recebera ainda há pouco das asas do Silêncio, ouvia com atenção, sem piscar, o que Tesla dizia.

"Minha terra natal não é um país e sim um artefato da política externa dos Habsburgo, conhecido como 'a Fronteira Militar', que chamamos de Granitza. A cidade era bem pequena, perto da costa do Adriático, na serra de Velebit, e lá alguns lugares eram melhores do que os outros para... como é que vocês diriam? Experiências visuais que poderiam vir a ser úteis."

"Visões."

"Sim, mas era necessário estar com a saúde mental perfeita, senão elas não passavam de alucinações de uso limitado."

"Lá nos montes San Juan a gente sempre punha a culpa na altitude."

"Na serra de Velebit, há rios que desaparecem, correm subterraneamente por vários quilômetros, ressurgem na superfície de modo inesperado e descem até o mar. Assim, debaixo da terra há toda uma região que nunca foi explorada, toda uma extensão para o Invisível da geografia, e — não há como não perguntar — por que não das outras ciências também? Eu estava nessa serra um dia, o céu começou a escurecer, as nuvens a baixar, encontrei uma caverna de calcário, entrei, fiquei esperando. Cada vez mais escuro, como o fim do mundo — mas nada de chuva. Eu não conseguia compreender. Fiquei esperando, tentando não fumar depressa demais os últimos cigarros que me restavam. Foi só depois que uma grande explosão de relâmpagos surgiu do nada que o céu se abriu, e a chuva começou. Percebi que alguma coisa imensa estivera prestes a acontecer, exigindo uma descarga elétrica suficiente pra desencadeá-la. Naquele momento, tudo isso" — gesticulou para cima, em direção às nuvens de tempestade do presente, que quase obscureciam o gigantesco terminal toroidal mais de sessenta metros acima deles, cuja estrutura aberta formava uma espécie de cogumelo de aço — "era inevitável. Como se o tempo tivesse sido retirado de todas as equações, e o transmissor de alta potência já existisse naquele momento, completo, aperfeiçoado... Desde então, tudo que vocês veem na imprensa não passa de teatro — o Inventor Trabalhando. Para os jornais, jamais posso falar naquele tempo em que fiquei apenas esperando. Querem que eu seja *conscientemente científico*, que eu exiba apenas as virtudes que costumam atrair patrocinadores ricos — atividade, velocidade, suor edisoniano, defender minhas posições, agarrar as oportunidades... Se eu lhes dissesse o quanto há de inconsciente no procedimento, todos eles me abandonariam na mesma hora."

Apreensivo de súbito, Kit olhou para 'Fax. Mas seu colega sonolento não demonstrava nenhuma reação — a menos que, como outros seguidores de Vibe, estivesse apenas fingindo estar semiconsciente.

"Já estou com essa gente há um bom tempo, doutor Tesla. Eles não fazem ideia do que nenhum de nós está tentando realizar." Se tivesse esperado mais um instante, essa manifestação de solidariedade teria sido obscurecida por um trovão homérico vindo dos lados da baía de Patchogue, enquanto a tempestade, tendo atravessado a ilha, avançava mar adentro. Trabalhadores entravam e saíam, a cozinheira trouxe mais uma cafeteira cheia, a cabine cheirava a roupas molhadas e fumaça de cigarro, era como qualquer dia de trabalho em Long Island, napolitanos e calabreses jogando porrinha sob os beirais por onde descia a enxurrada, carroças chegando com toras de madeira e peças de aço, maçaricos de soldar cuspindo silenciosas intensidades azuis no meio da chuva.

Lugar era o que não faltava ali, e os rapazes foram convidados para passar a noite. Mais tarde Tesla veio lhes dar boa-noite.

"Lá no Colorado, aliás — aquelas modificações feitas no transformador. O senhor tinha razão a respeito delas, senhor Traverse. Ainda não tive oportunidade de agradecer."

"Pois agora o senhor tem. Com juros. De qualquer modo, estava muito claro o que o senhor pretendia fazer. As curvaturas tinham que ser exatas, tal como o planejado."

"Eu gostaria de lhe oferecer trabalho aqui, mas —", indicando com a cabeça 'Fax, que parecia estar dormindo.

Kit, com uma expressão sóbria, fez que sim. "O senhor pode não acreditar agora, mas ainda bem que o senhor está fora disso."

"Se houver alguma coisa —"

"Espero que sim."

Na manhã seguinte, os rapazes pegaram carona numa carroça que seguia em direção a Nova York. Colfax parecia estar observando Kit com mais atenção do que de costume. Seguiam balançando-se em meio a sacos de batatas e repolhos, pepinos e nabos, pela poeirenta e ruidosa estrada de North Hempstead, parando de vez em quando em diferentes estalagens nas encruzilhadas.

"A essa altura devem estar dando buscas em todos os lados", arriscou 'Fax.

"É claro. Se fosse meu filho, eu despacharia toda a frota do Atlântico."

"Procurando não a mim", insistiu 'Fax, melancólico. "Procurando você."

De repente Kit enxergou, como se iluminada por um arco voltaico, a trilha por onde poderia sair daquele lugar nada promissor em que havia se metido. "Não teria sido muito difícil se livrar de mim, 'Fax. Você poderia ter recorrido àquela sua velha manobra com o botaló, se esquecendo de me avisar pra me abaixar, e a coisa se resolvia. Deve acontecer muito disso lá no estreito."

"Não é o meu estilo". 'Fax ficou vermelho, tão constrangido que Kit imaginou haver conseguido plantar a semente direitinho. "Talvez se você fosse mais filho da puta —"

"Nesse caso *eu* é que jogaria você no mar, não é?"

"É, um de nós dois devia ser um pouco mais perverso, em vez de sermos infelizes desse jeito."

"Infeliz, eu? Estou mais feliz que um mexilhão de Long Island, que história é essa?"

"Não está, não, Kit. *Eles sabem* que você não está feliz."

"Eu aqui, me achando um verdadeiro Sunny Jim."

'Fax esperou, mas não por muito tempo, e então olhou-o nos olhos. "Eu os mantenho informados, entendeu?"

"Sobre..."

"Você. O que você faz, como você se sente, esse tempo todo eles têm recebido relatórios em caráter regular."

"Enviados por você."

"Enviados por mim."

Nem surpreso nem magoado, porém deixando que 'Fax suspeitasse o contrário: "Ora... e eu que achava que nós éramos amigos, 'Fax."

"Eu não disse que isso era agradável pra mim."

"Hummm..."

"Você está aborrecido."

"Não. Não, estou pensando... Bom, se você *dissesse a eles* que eu desapareci durante aquela tempestade de ontem —"

"Eles não iam acreditar."

"Eles continuavam a procurar?"

"Você teria que se esconder muito bem, Kit. A Cidade, você pode achar que é fácil pra você, mas não é, não. Mais cedo ou mais tarde você acaba descobrindo que está confiando em quem não merece confiança, alguém que pode até estar sendo pago pelo meu pai."

"Mas o que diabo você sugere, então?"

"Fazer o que eu faço. Fingir. Você anda falando muito sobre a Alemanha, pois aí está a sua chance. Finja que foi um verdadeiro milagre nós sobrevivermos àquela tempestade. Vá a algum lugar ao sul do Rossio, entre numa igreja católica, acenda uma vela. Diga a meu pai, que é religioso apesar das aparências, que você fez uma promessa, que se sobrevivesse à tempestade você estudaria na Alemanha. Sei lá, uma espécie de peregrinação matemática. O Foley vai ficar bem mais desconfiado, mas é também possível enganar a ele, e eu posso reforçar o seu lado."

"Você me ajudaria mesmo?"

"Não me leve a mal, mas... ora, eu tenho todos os motivos pra ajudar você, não é?"

"Acho que sim. É melhor que ser jogado no mar."

Depois de algum tempo, Colfax disse: "Tem gente que odeia meu pai, você sabe." Estava olhando meio que de lado para Kit, quase ressentido.

"Ora, o que é isso."

"Olha aqui, Kit, sarcasmo à parte, ele é meu pai." Parecia tão ansioso por dizer a verdade a Kit que quase merecia pena. Quase.

À luz forte do dia, as figuras ainda permaneciam sinistras — não gárgulas, não tão complexas, porém com algo de determinação no modo como, negando a estrutura oficial, esforçavam-se para irromper da fachada, eretas, tensas, tentando escapar das condições do abrigo humano, buscando o lado de fora, as intempéries, tudo que congela, ribomba e permanece sem lume na escuridão.

Kit foi de elevador até o último andar, e em seguida subiu uma escada em espiral de mogno trabalhado, chegando aos escritórios executivos, iluminados até o alto por janelas com vitrais que retratavam incidentes notáveis na história da Vibe Corporation. O Açambarcamento do Mercado de Picles. A Descoberta da Neofungolina. O Lançamento do Vapor *Edwarda B. Vibe*...

Eu devia ter feito uns cursos eletivos no departamento de Teatro, ele pensou. Bateu à porta de madeira escura.

Lá dentro, Foley, o dedicado substituto, posava junto à janela como se num trono, com o dia marinho ao fundo, o rosto cercado por um fino contorno prateado como se fosse tão bem conhecido pelo mundo quanto uma efígie num selo, como se proclamasse: *É isso que nós somos, é assim que é, que sempre foi, é isso que você pode esperar de nós, impressionante, não é? É para ficar impressionado, mesmo.*

"Essa história de Alemanha", disse Scarsdale Vibe.

"Senhor." Kit imaginara que ficaria tremendo como uma árvore tenra ao vento da serra, porém alguma luz inaudita, luz sob o aspecto da distância, instalara-se à sua volta, proporcionando-lhe, se não exatamente imunidade, ao menos clareza.

"Fundamental pra sua educação."

"Creio que eu devia ir pra Göttingen."

"Estudar matemática."

"Matemática avançada, sim."

"Matemática avançada *útil*? Ou..." Gesticulou no ar, indicando o informe, talvez até o afeminado.

"Às vezes o mundo real, o mundo substancial dos negócios, por possuir maior inércia, leva um tempo pra chegar lá", Kit resolveu instruí-lo com cuidado. "As equações de Maxwell, por exemplo — foi só vinte anos depois que Hertz descobriu as ondas eletromagnéticas, propagando-se na velocidade da luz, tal como Maxwell havia calculado no papel."

"Vinte anos", sorriu Scarsdale Vibe, com a insolência exaurida de quem não pretende morrer nunca. "Não sei se ainda tenho tanto tempo assim."

"Todos nós esperamos sinceramente que o senhor tenha", replicou Kit.

"Você acha que ainda terá vinte anos, Kit?" No breve silêncio, enquanto reverberava a ênfase leve, porém fatal, em "você", Scarsdale percebeu de imediato que talvez tivesse feito um lance impensado, enquanto, para Kit, as coisas se encaixaram silenciosamente nos seus devidos lugares, e ele compreendeu que não podia agora se deixar trair pela hesitação, muito menos pela raiva. "Lá no Colorado", tentando não falar de modo cuidadoso demais, "com todas aquelas avalanches e friagens, homens desesperados, desesperados e bárbaros, e cavalos também, tudo podendo de repente enlouquecer sem mais nem menos, por conta da altitude e não sei que mais, a gente aprende que não há como prever o futuro, não tem jeito, nem mesmo o que vai acontecer daqui a um minuto." E ouviu Foley, junto à janela, roncar de súbito, como se tivesse despertado de um cochilo.

Scarsdale Vibe sorriu, com esforço, como Kit agora já era capaz de perceber, um esforço de modo nenhum bem-sucedido no sentido de conter alguma raiva indefinida, de cujo potencial destrutivo talvez nem o próprio Vibe suspeitasse. "Os seus professores te recomendam com unanimidade. Você vai gostar de saber disso." Apresentou uma passagem de navio e entregou-a a Kit, com cordialidade implacável. "Cabine à frente das chaminés. Boa viagem, meu caro."

Tudo aquilo vinha em código, porém o sentido geral estava claro. Àquela altura, Scarsdale Vibe se sentiria tão satisfeito quanto Kit quando houvesse um oceano a separar um do outro, e estava disposto a pagar uma passagem de primeira classe, se necessário fosse, para que isso acontecesse. Não havia ele, em 1863, pagado para não ter de lutar — e não havia continuado a pagar para eliminar de sua vida muitas formas de inconveniência, entre elas — e que dúvida poderia restar? ah, Deus — Webb Traverse? Era isso, uma conjectura cuja verdade era evidente a todos, ainda que talvez jamais pudesse ser provada com total rigor.

Assim, não mais esperando, no decorrer da entrevista, qualquer manifestação de pêsames em relação a Webb, cônscio de que o momento para isso havia passado para sempre, um daqueles resultados negativos cuja repercussão vai muito além de si próprio, Kit sentia-se como na primeira vez em que andou de bicicleta, num ritmo lento e medido, sabendo que se continuasse a se deslocar tal como agora não havia perigo de cair. Talvez até não fosse necessário se esforçar muito para ocultar seus pensamentos, com exceção de uma única luz pura e fixa que ele mantinha bem no fundo de si — a certeza de que um dia teria de haver um ajuste de contas — o momento seria de sua livre escolha, detalhes quanto ao modo e lugar não sendo tão importantes quanto o sinal de igualdade colocado no lugar correto...

"Obrigado, senhor Vibe."

"Não me agradeça. Torne-se o próximo Edison." O homem sorria irônico, tranquilo em seu poderio inabalável, incapaz de imaginar que tudo aquilo que aparentemente o protegia acabara de se transformar em vidro — se não seria despedaçado no momento, fora por ora transformado numa lente que prometia uma observação detalhada e implacável, ou quem sabe, um dia, colocada na distância exata, a morte pela concentração de luz num ponto. E ele devia ter dito Tesla, não Edison.

Quando viu, Kit estava no portão 14 da Grand Central Station, a tempo de pegar o trem das 3h55 rumo a New Haven, sem fazer a ideia de como havia chegado lá, pelo visto tendo atravessado, com instinto de cavalo de tílburi, toda a cidade sulfurosa sem sofrer qualquer desventura proporcionada por bondes com freios defeituosos, assaltantes armados, cães hidrófobos e policiais não subornados, até chegar àquele trem expresso que, aguardando a partida, fervia. Se algumas pessoas sempre tinham um lar para onde voltar, Kit tinha portões de terminais, cais, catracas, portais de instituições.

Ainda não sabia se havia ou não conseguido escapar impune de alguma coisa, ou se havia colocado sua vida em perigo. Na Pearl Street, os dois Vibe conversavam, munidos de conhaque e charutos.

"Esse garoto é difícil de entender", opinava Foley. "Espero que não acabe virando outro comunista que nem o pai dele."

"Mesmo assim, nosso dever permaneceria claro. Há centenas de abscessos como esse a supurar no corpo da nossa República", um trêmulo de oratória infiltrando-se na voz de Scarsdale, "que precisam ser removidos, onde quer que estejam. Não há outra opção. Os pecados de Traverse pai estão bem documentados — uma vez vindos à luz, seu fim estava mais do que certo. Para que reservas morais numa guerra de classe quando se trata de escolher um inimigo como alvo? Você já está jogando esse jogo há um tempo suficiente pra compreender que são muito poderosas as asas que nos protegem. Que somos imunes às tentativas desses comunistas de sujar nossos nomes com suas denúncias. A menos que — Walker, será que eu não percebi e você está se tornando mole?"

Como a voz de Scarsdale não era a única que Foley precisava levar em conta, ele errou, como sempre, para o lado do apaziguamento. Levantou seu havana em brasa. "Se o senhor encontrar alguma coisa mole em mim, pode queimá-la com isto."

"O que aconteceu conosco, Foley? Nós éramos uns sujeitos magníficos."

"A passagem do Tempo, mas o que é que se pode fazer?"

"Uma explicação muito fácil. Não explica a fúria estranha que sinto no coração, esse desejo de exterminar todos esses socialistas desgraçados, e tudo mais que há na esquerda, sem nenhuma piedade, como se fossem micróbios letais."

"Acho muito razoável. Aliás, nós já sujamos as mãos de sangue."

Scarsdale olhava pela janela para aquela paisagem urbana outrora bela, mas que com o passar dos anos se tornava cada vez mais infestada de deficiências. "Eu queria muito acreditar. Mesmo sabendo que minha própria semente era amaldiçoada, eu queria que o argumento da eugenia tivesse alguma falha. Ao mesmo tempo, eu desejava a descendência do meu inimigo, que me parecia impoluta, eu queria aquela promessa, aquela promessa ilimitada."

Foley fingiu que o estreitamento do olhar era causado pela fumaça do charuto. "Uma atitude bem cristã", comentou por fim, no tom mais neutro de que era capaz.

"Foley, tenho tão pouca paciência com essa história de religião quanto qualquer pecador. Mas é um fardo ter de ouvir que devemos amar essa gente, sabendo muito bem que ela é o Anticristo, e que nossa única salvação é lidar com ela da maneira devida."

Para piorar o estado de espírito de Foley, ele havia despertado aquela manhã de um pesadelo recorrente sobre a Guerra de Secessão. O conflito estava confinado a uma área do tamanho de um campo de atletismo, embora uma multidão incontável de homens estivesse de algum modo concentrada nele. Tudo era pardacento, cinzento, fumacento, escuro. Teve início uma troca de tiros entre as artilharias, cujas peças estavam instaladas em locais muito além dos limites obscuros do pequeno campo. Foley se sentia oprimido pela iminência da catástrofe, de alguma carga suicida de infantaria da qual ninguém haveria de escapar. Uma pilha de explosivos ali perto, uma estrutura alta e bamba de madeira cheia de obuses e outras munições, começava a fumegar, prestes a pegar fogo e explodir a qualquer momento, um alvo óbvio para as balas de canhão do inimigo, que continuavam a chegar, com um zumbido terrível, sem trégua...

"Naquele tempo eu não estava em guerra", dizia Scarsdale. "Tanto melhor. Eu era jovem demais para entender o que estava em jogo, mesmo. Minha guerra civil ainda estava por vir. E agora estamos bem no meio dela, sem nenhum final à vista. A invasão de Chicago, as batalhas do Homestead, o Coeur d'Alene, os montes San Juan. Esses *communards* falam uma babel de línguas estrangeiras, seus exércitos são os malditos sindicatos, sua artilharia é a dinamite, eles assassinam nossos grandes homens e jogam bombas nas nossas cidades, e seu objetivo é nos privar dos bens que adquirimos com tanto esforço, dividir e subdividir entre suas hordas as nossas terras e as nossas casas, nos derrubar, a nós e as nossas vidas, tudo que amamos, até que tudo isso se torne tão sórdido e poluído quanto o que é deles. Ah, Cristo, Que nos mandou amá-los, que provação do espírito é essa, que trevas foram lançadas sobre nosso entendimento, que não podemos mais reconhecer a mão do Maligno?

"Estou tão cansado, Foley, de tanto que lutei nessas águas ingratas, sou como um navio isolado numa tempestade que jamais há de cessar, jamais. O futuro pertence às massas asiáticas, aos brutos pan-eslavistas, até mesmo, Deus nos livre, à descendência negra da África a pulular interminavelmente. Não vamos conseguir nos manter. Vamos sucumbir diante dessas marés. Onde está nosso Cristo, nosso Cordeiro? A Promessa?"

Percebendo a aflição do outro, Foley tentou apenas confortá-lo. "Em nossas preces —"

"Foley, me poupe, o que a gente precisa fazer é começar a matá-los em quantidades significativas, pois nenhuma outra solução funcionou. Todo esse fingimento — 'igualdade', 'negociação' — é uma farsa cruel, cruel para as duas partes. Quando o povo do Senhor está em perigo, você sabe o que ele exige."

"Ferir."

"Ferir fundo e forte."

"Espero que ninguém esteja nos escutando."

"Deus está escutando. Quanto aos homens, não tenho nenhuma vergonha em relação ao que deve ser feito." Uma tensão estranha surgira em seu rosto, como se ele estivesse tentando conter um grito de júbilo. "Mas você, Foley, você parece meio — quase — nervoso."

Foley pensou por um instante. "Meus nervos? Ferro fundido." Reacendeu o charuto, e a chama do fósforo não tremia. "Pronto para o que der e vier."

Consciente de que o Outro Vibe estava cada vez menos disposto a confiar em relatórios de campo, Foley, que costumava estar no campo e julgava conhecer bem a situação, de início ressentido e depois de algum tempo alarmado, agora não via mais sentido em dizer o que realmente pensava. A sede da empresa na Pearl Street assemelhava-se mais e mais a um castelo cercado por um fosso, e Scarsdale a um rei isolado numa fantasia que se confirmava a si própria, com uma luz nos olhos que não era o velho olhar direto e cúpido. O brilho antigo desaparecera, como se Scarsdale já tivesse acumulado todo o dinheiro que queria ter e agora sua biografia se encaminhasse para outras questões, para a atuação no grande mundo que ele julgava compreender, porém — até mesmo Foley o percebia — não sabia mais sequer formular as perguntas certas, o que talvez fosse fatal. Com quem Foley poderia se abrir?

Sim, com quem? Ele havia ao menos conseguido imaginar qual seria a pior consequência possível, e sempre chegava à mesma conclusão. Nada de insuportável, ainda que fosse necessário algum tempo para se acostumar com a ideia — talvez não um massacre naquela escala sanguinária e inconsequente dos búlgaros ou dos chineses, algo assim, digamos, na tradição moderada da baía de Massachusetts ou de Utah, de homens indignados que julgavam ouvir a voz de Deus a sussurrar nos momentos mais amargos da noite, e que Deus tivesse piedade daqueles que ousassem discordar deles. As vozes que ele próprio ouvia, que jamais fingiam ser outra coisa senão o que de fato eram, lembravam Foley de sua missão, que era impedir que o Outro Foley, que administrava seus negócios como Scarsdale Vibe, se entregasse à liberdade do morticínio incontido, a promessa negra revelada aos americanos durante a Guerra de Secessão, que desde então obedecia a sua própria inércia terrível, enquanto os republicanos vitoriosos atacavam os índios nas pradarias, os grevistas, os imigrantes comunistas, todos aqueles que dificilmente se tornariam material dócil para as fábricas da nova ordem no poder.

"A fronteira é sutil", o magnata observara um dia, "entre matar apenas um velho Anarquista e eliminar toda sua família maldita. Ainda não sei com certeza o que devo fazer."

"Eles são milhares, e nós já fizemos a nossa parte", disse Foley, perplexo. "Por que se dar ao trabalho de escolher mais um alvo?"

"Esse rapaz, o Christopher, por exemplo. Ele é diferente."

Foley não era nenhum inocente. Ele já estivera na Cooper Square e no Tenderloin, havia passado uma noite, talvez duas, nos lugares onde homens dançavam com homens ou se travestiam e se chamavam Nellie Noonan ou Anna Held e cantavam para multidões de "adelaides", como se autodenominavam, e isso não seria mais do que mais um exemplo da depravação urbana, se não fosse o anseio. Que não era apenas real, era real demais para ignorar. Foley havia ao menos chegado até lá, havia aprendido a não desrespeitar os anseios alheios.

Sem dúvida, tirar Kit da miséria dura dos montes San Juan e trazê-lo para cá fora um ato de salvamento, tal como converter à fé cristã o filho de algum selvagem assassino que fora necessário eliminar. Assim a razão, o que passava por razão na Pearl Street, entrou em jogo, o que terminou resultando num plano para toda a família. Mayva receberia um estipêndio mensal para si própria e Lake. Frank teria a oferta de um emprego bem pago quando se formasse na Escola de Minas no Colorado. Reef — "que aliás não dá as caras há algum tempo... Mais um jogador itinerante — ele vai aparecer mais cedo ou mais tarde e vai acabar sendo o mais barato de todos, o tipo de homem que se contenta com uma bolada modesta que jamais esperava ganhar".

Mas uma voz, diferente das outras que falavam a Foley, começara a se manifestar e, tendo começado, persistiu. "Alguns diriam que isso é *corrupção da juventude*. Não bastou assassinar o inimigo, ele faz questão de corromper os filhos da vítima também. Você passou pela batalha da Wilderness e por fim, em Cold Harbor, ficou deitado na terra de ninguém por três dias, entre um mundo e outro, e foi para isso que você foi salvo? Para esta sujeição mesquinha, nervosa, traiçoeira, a uma consciência enfraquecida?"

Na viagem de trem para o Leste, Dally ficou quieta em seu canto, pois em pouco tempo se deu conta de que o que mais havia nos trens agora eram poetas caubóis, os quais, juntamente com vigaristas, vadias e punguistas, podiam ser encontrados em todos trens a oeste de Chicago. Ficavam nos vagões-salão, deslumbrando-se com tudo que passava, apresentando-se como "Raoul" ou "Sebastian", puxando conversa com moças casadas que estavam vindo dos maridos ou indo em direção a eles, e que raramente mencionavam seus nomes. Nos vagões panorâmicos e vagões-restaurante forrados de veludo, privados e públicos, em movimento e parados, esses sujeitos sufocavam os apetites e reviravam os estômagos. O café gelava na xícara. Malfeitores se preparando para entrar em ação desanimavam, davam meia-volta e se afastavam, o sono se espalhava como um gás irresistível, e aqueles poetas do Velho Oeste seguiam em frente, entusiasmados.

Voltar a ver Chicago — ninguém lhe perguntava nada, mas se lhe tivessem pedido que dissesse como se sentia, não teria sido fácil para Dally responder, e além disso, entre um trem e outro teria pouco tempo para ver a cidade. Em algum lugar de sua cabeça, Dally guardava a ideia de que, como a Cidade Branca existira outrora à margem do lago, no Jackson Park, ela teria atuado de algum modo como o fermento no pão, fazendo com que toda Chicago florescesse, conferindo-lhe uma certa graça. Atravessando a expansão urbana, até chegar à Union Station, Dally ficou atônita diante da imensidão, do conglomerado de estilos arquitetônicos, acelerando, ascendendo, até chegar aos arranha-céus no coração da metrópole. Aquilo a fez pensar nos pavilhões da Midway Plaisance, aquela mistura de todos os povos do mundo. Olhava pelas janelas, na esperança de vislumbrar alguma coisa da sua Cidade Branca, porém via apenas a cidade escurecida ao meio-dia, e se deu conta de que algum processo inverso havia ocorrido, não fermentando e sim condensando, e o resultado era aquela gravidade pétrea.

Finalmente em Nova York, Dally afastou-se do tráfego e ficou a ver as sombras dos pássaros riscando as paredes ensolaradas. Virando a esquina, na grande avenida, viu passarem carruagens de dois cavalos, curvilíneas e suntuosas como leitos de cortesãs numa novela romântica, os cavalos dando passos cuidadosos numa simetria especular. As calçadas estavam cheias de homens de terno preto e colarinho branco alto, no sol forte e palpável do meio-dia que se projetava em direção ao norte, arrancando reflexos verticais das cartolas lustrosas, traçando sombras que pareciam quase tridimensionais... Em contraste, as mulheres usavam tons mais leves, franzidos, lapelas de cores contrastantes, chapéus de veludo ou palha cheios de flores artificiais e penas e fitas, abas largas, angulares, deixando os rostos imersos em penumbras juvenis, que embelezavam tanto quanto a maquiagem. Um visitante vindo de uma terra muito longínqua poderia quase chegar a imaginar que se tratasse de duas espécies diferentes, havendo pouco envolvimento de uma com a outra...

Chegada a hora do almoço, em seu primeiro dia na Cidade, Dally entrou num restaurante. Era um lugar animado, com ladrilhos brancos reluzentes quase por toda parte, peças de prata a chocar-se com louça grosseira. O cheiro inconfundível, que lembrava uma ceia de igreja, da culinária caseira norte-americana. Guardanapos limpos formavam rolos ao lado dos copos de água. Junto a cada mesa comprida havia um poste alto com um ventilador elétrico em cima, e um pequeno aglomerado de lâmpadas elétricas, cada um com seu quebra-luz de vidro, imediatamente abaixo do que parecia ser o motor do ventilador. Não havia escarradeiras, pelo menos que estivessem à vista, nem ninguém fumando charuto — também não havia toalhas nas mesas, embora os tampos de mármore delas fossem mantidos escrupulosamente limpos por moças de vestido branco, cinto e gravata-borboleta preta, que usavam o cabelo preso e andavam pelo salão recolhendo pratos sujos e preparando os lugares para os fregueses recém-chegados.

"Procurando serviço, meu bem? É só falar com a senhora Dragsaw, logo ali."

"Hoje só estou procurando um almoço."

"Você mesmo pega, está vendo aquela fila? Se precisar de mim, meu nome é Katie."

"O meu é Dahlia. Você é do sul do Ohio, imagino."

"Ora, Chillicothe. Você também?"

"Não, mas já passei por lá umas duas vezes, uma cidadezinha bonita, muito caçador de pato, não é?"

"Quando não era pato era galo silvestre. Meu pai sempre nos levava nas caçadas. O que a gente mais fazia era esperar e morrer de frio, mas eu tenho muita saudade. Aqui todo mundo é vegetariano, é claro."

"Ah, e eu que estava sonhando com um bife caprichado."

"Normalmente as caçarolas não são más... você tem onde ficar, Dahlia?"

"Estou me virando, obrigada."

"É que esta cidade, sabe, é gelo fino. Tem que dar cada passo com cuidado."

"Katie!"

"Não sei que bicho mordeu essa aí hoje. Bom — você sabe onde me encontrar." E recolheu-se ao brilho higiênico do restaurante.

Dally encontrou um hotel modesto para moças, que não consumiria suas economias rápido demais, e começou a bater perna nas ruas procurando trabalho. Um dia, no bairro dos teatros, depois de lhe ser negado o cargo de aprendiz de afinador de órgão, ao que parecia por não ser ela dotada de pênis, Dally viu por acaso Katie saindo de um beco com uma cara tão amarrada quanto a sua. "Mais um não", murmurou Katie. "Desse jeito, como é que eu vou ser a próxima Maude Adams?"

"Lamento. Acabo de ter a mesma experiência."

"Estamos em Nova York. O desrespeito foi inventado aqui. Mas por que é que eles ficam falando na idade da gente?"

"Quer dizer que você é atriz."

"Se eu trabalho de dia limpando mesa no vegetariano Schultz's, o que mais eu poderia ser?"

Dois dias depois, elas estavam num restaurante chinês na Pell Street discutindo a questão do emprego.

"Modelo vivo?", exclamava Dally. "É mesmo? Mas que coisa romântica, Katie! Por que é que você não aceitou?"

"Eu sei que trabalho é trabalho, e devia ter topado, mas é que meu negócio sempre foi o teatro." Havia maneiras piores de ganhar a vida naquela cidade desgraçada, tão ruins que as pessoas nem eram capazes de imaginar, insistia Katie.

Tirando o *chop suey*, que era moda na época, o lugar tinha cheiro de culinária séria. No teto, ventiladores com pás de madeira giravam devagar, misturando as fumaças de cigarro, óleo de amendoim e talvez ópio, sacudindo as tiras de papel vermelho que exibiam o cardápio do dia em caracteres chineses. Havia serragem no chão e marchetaria de madrepérola na mobília de ébano. Lanternas, bandeiras de seda, dragões dourados e imagens de morcegos espalhavam-se pelo salão. *Habitués* comiam barbatanas de tubarão, pepinos-do-mar e presunto perfumado, bebendo vinho de pera, cercados por dezenas de clientes brancos endomingados, todos comendo pratos gigantescos de *chop suey* e pedindo mais, às vezes com gritos grosseiros.

E eis que entrou em cena um grupo de jovens chineses, andando com passo acertado, silenciosos, todos de terno americano escuro, cabelo fixado com brilhantina, costeletas curtas ou inexistentes, indo em direção à sala dos fundos do restaurante, enquanto os outros clientes continuavam a falar ininterruptamente.

"São os rapazes de Mock Duck", cochichou Katie. "Os autênticos. Não atores como os que você vai conhecer."

"Se eu conseguir o emprego", lembrou Dally. "Você tem certeza que não vai querer mesmo? Mesmo não sendo no teatro?"

"Minha querida, *você* é exatamente o que eles querem."

"Eu gostaria de me sentir mais tranquila com o que você está dizendo, Kate. O que foi mesmo que você disse a eles?"

"Ah... eu meio que dei a entender que você tinha experiência como atriz."

"Ha. Xerifes e cobradores, no máximo."

"A plateia mais difícil que há."

Quando o restaurante começou a esvaziar: "A matinê começa daqui a dois minutos", disse Katie. "Vamos, a gente pega o atalho." Puxou Dally pelo braço e foi guiando-a em direção à saída dos fundos. Os rapazes de Mock Duck haviam todos se tornado invisíveis. Lá fora, as moças caminharam por ruas estreitas em meio a uma multidão de comerciantes e trabalhadores chineses, e logo se orientaram pelos gritos que vinham, conforme constaram pouco depois, de uma jovem americana loura, bem apresentável, *en déshabillé*, se debatendo com dois tipos mal-encarados, que pelo visto queriam arrastá-la para dentro de um poço subterrâneo. "Essa aí é a Modestine. Ela precisa, digamos, tirar umas feriazinhas, e você vai substituí-la."

"Mas eles estão —"

"São atores. O tráfico de escravas brancas de verdade só é recomendado pra pessoas que gostam de se preocupar o tempo todo. Chegamos. Vamos falar com o senhor Hop Fung."

Hop Fung, todo de preto, dirigiu um olhar feroz às moças e começou a resmungar em chinês. "Ele está dizendo 'oi'", cochichou Katie. O empresário celeste havia iniciado sua carreira como estafeta ou guia turístico, mas o Bairro Chinês era próximo demais da Bowery para o isolar por muito tempo dos atrativos do *show business*, e não demorou para que ele começasse a criar em sonhos — literalmente, pois nessa época ele trabalhava num antro de ópio perto da Pell Street — melodramas curtos que revelavam um instinto preciso para o que atrairia a atenção do turista ocidental. "*Chop suey* teatral!", disse ele a Dally e Katie. "É o que a gente serve em quantidade! Bem quente e apimentado! Está bem? Começa amanhã!"

"Não tem teste?", indagou Dally, constatando que Katie a estava puxando pela manga.

"Olha aqui", murmurou ela, "se você está mesmo querendo trabalhar nesse meio —"

"Cabelo ruivo! Sardas! Precisa de teste não!"

Foi assim que Dally passou a trabalhar na indústria de simulação de tráfico de escravas brancas nos túneis do Bairro Chinês, e começou a aprender alguns dos sinais e códigos quase impenetráveis de lá, uma região da vida mantida oculta, uma vida secreta das cidades que sempre lhe fora negada por aqueles anos de ciganagem com Merle... Todos os dias, de manhã, ela pegava o elevado da Third Avenue, tomava café numa carroça estacionada sob os trilhos e ia até o escritório de Hop Fung para ver a programação de *comediettas*, que costumavam mudar de um dia para outro, sempre tendo o cuidado, ao se aproximar da esquina de Mott com Canal, de olhar para todos os lados, pois ali era a sede da gangue de Tom Lee, a On Leong — e tentar evitar a Doyers Street, que era uma espécie de terra de ninguém entre a On Leong e sua inimiga mortal, a Hip Sing, cuja sede ficava na esquina de Doyers com Pell. As duas organizações estavam brigando a sério desde mais ou menos 1900, quando o pistoleiro Mock Duck chegou na cidade e entrou para a Hip Sing, e pouco depois tocou fogo no dormitório da On Leong na Mott, 18, assumindo o poder na Pell Street. Não havia como prever quando começaria um tiroteio desagradável, nem onde, embora a Doyers fosse o campo de batalha predileto, sendo a curva no meio da rua conhecida como "o ângulo sangrento".

A essa altura, Dally já estava morando com Katie, num bairro irlandês entre o elevado da Third e o da Sixth Avenue. Duas semanas depois, ela já deixava boquiabertos visitantes que vinham em charabãs do norte de Manhattan, senhoras do interior que seguravam os chapéus como se os alfinetes pudessem falhar em sua função. Pedestres do bairro que podiam ou não fazer parte do espetáculo ficavam imobilizados num *tableau vivant*, sem fazer menção de intervir. "Ah, demônios!", exclamava Dally, e também: "Tenham piedade!", e mais: "Ah, se suas mães soubessem!", porém seus sequestradores limitavam-se a sorrir e soltar gargalhadas ainda mais horrendas, arrastando-a em direção ao inelutável buraco com tampa de aço na rua, não deixando de catar, para que voltasse a ser usada no futuro, toda e qualquer peça de vestuário que fosse "arrancada" de sua pessoa, sendo sua indumentária, na verdade, apenas alinhavada antes de cada apresentação, para tornar o espetáculo mais "apimentado".

Sua fama se espalhava. Funcionários de todos os níveis do *show business* vinham observar Dally em ação, entre esses, sempre à procura de novos talentos, o inquieto empresário R. Wilshire Vibe, que na verdade já vinha frequentando o Bairro Chinês havia algumas semanas. Por vezes aparecia disfarçado, julgando que o traje habitual de um operário incluía polainas e gravatas feitas por encomenda em Londres, se bem que acabou usando suas roupas habituais, tendo o brilho talvez não devidamente atenuado de sua cartola azul-marinho tido o efeito de fazer com que Dally errasse uma ou duas falas, o que ninguém, aliás, reparou. Depois ele apresentou-se com uma timidez inusitada, enquanto os contrarregras chineses aguardavam impacientes a hora de preparar o cenário da próxima apresentação.

"Estou pensando em fazer uma coisa parecida no meu próximo projeto, *Xumbergas em Xangai*, e talvez eu tenha um papel pra senhorita."

"Hm." Olhou à volta para ver se havia alguém por perto, caso aquele cidadão se revelasse a espécie de peste que uma moça em Nova York só levava um minuto e meio para identificar.

"É um trabalho sério", apresentando a ela seu cartão. "Pode perguntar a qualquer um no meio teatral. Ou então basta caminhar pela Broadway, que a senhorita vai ver duas ou três produçõezinhas minhas lotando os teatros. Agora uma pergunta importante: a senhorita assinou algum contrato aqui?"

"Assinei um papel, sim. Mas era em chinês."

"Ah, isso é de praxe. Na verdade, o idioma chinês é de uma simplicidade cristalina se comparado com um típico contrato teatral em inglês. Não se preocupe, minha cara, nós damos um jeito."

"Certo, mas acaba de chegar o meu colega, o senhor Hop Fung, e preciso me apressar, muito prazer em conversar com o senhor." Dally ia estender a mão tal como imaginava que fizessem as atrizes quando constatou, surpresa, que aquele janota começou a falar algo que quase parecia ser chinês de verdade. Hop Fung, que quase nunca tinha outra expressão que não sua carranca de mil e uma utilidades, abriu-se num sorriso tão deslumbrante que por um minuto a moça chegou a duvidar que fosse de fato a mesma pessoa.

Pouco depois, o dinheiro da produção começou a aparecer misteriosamente em quantidades polpudas, na maioria das vezes entregue em ouro. A lista do elenco aumentou, e mais efeitos cênicos sofisticados foram acrescentados. De uma hora para outra, havia gângsteres chineses entrando e saindo de portas e bueiros mais depressa do que se podia dizer *"chop suey"*, falando a mil por hora naquele jargão impenetrável deles. Jovens soldados do submundo, de ar sinistro, usando cota de malha por baixo do paletó do terno, fingiam correr esquivando-se de balas e atirando com suas 44, gerando uma fumaça que logo conferia uma imprecisão pitoresca à cena. Cavalos devidamente treinados empinavam-se e relinchavam. Um pequeno grupo de policiais vinha correndo pela Pell Street, enquanto outros, que supostamente seriam pagos pela gangue rival, surgiam na Mott Street brandindo cassetetes, e os dois grupos entravam em choque na esquina, onde começavam a discutir a respeito de quem detinha a jurisdição naquela balbúrdia, a qual, é claro, prosseguia assim mesmo. Capacetes em formas de *glans penis*, derrubados, rolavam na sarjeta.

A essa altura, uma coisa curiosa aconteceu. Como se todo aquele faz de conta dispendioso houvesse transbordado para a "vida real", a guerra entre gangues da vizinhança começou a esquentar, ouviam-se tiros à noite, o próprio Mock Duck apareceu na rua, como sempre acocorado, atirando com dois revólveres ao mesmo tempo em todas as direções, destruindo carrinhos de legumes e levando pedestres a se jogar no chão para se proteger dos disparos, avisos eram publicados a respeito de que trechos do Bairro Chinês deviam ser evitados pelos turistas oriundos do norte de Manhattan que não queriam sofrer inconveniências, e o emprego de escrava branca de Dally foi ficando cada vez mais precário. Colegas de trabalho que ela tomara por gângsteres os mais empedernidos revelaram-se artistas sensíveis preocupados com a própria pele. Hop Fung passou a tomar às mancheias comprimidos de ópio que custavam vinte e cinco centavos cada um. Agora pairava sobre a Doyers Street um miasma sinistro de silêncio, e mais nada.

"Quem sabe eu não devia procurar outro emprego, Katie, o que é que você acha?"

"Que tal o seu velho amigo, R. Wilshire Vibe?"

"Não sei se dá pra levar ele a sério."

"Ah, o R. W. não é menos sério do que ninguém", afirmou Katie, "mas o público não tem constância nem religião, e eu pessoalmente conheço mais de uma moça que acabou mal, inclusive a nossa querida Modestine."

"As férias dela —"

"Ah, meu anjo. Tem fazendas no interior do estado pra esses casos, e às vezes esses ricaços sem-vergonha acham mais barato contratar um tranca-ruas pra despachar a coitada no rio. Até que a Moddie teve sorte."

"Bom, obrigada por me meter nessa enrascada, Katie."

"Não estou falando dos chineses, que são cavalheiros até a ponta dos dedos, eles só se metem com moças da raça deles. Mas foi a Moddie que resolveu sair desse meio mais seleto e se meter na selva cruel dos brancos endinheirados."

"É, acho que vou botar meu capacete de fibra e partir pra outro bairro."

"Se você ficar sabendo de *dois* empregos..."

Dally encontrou R. Wilshire em seu escritório na West Twenty-Eighth Street. Das janelas escancaradas que davam para a rua vinha o estridor do que parecia ser toda uma orquestra de pianos vagabundos. "Horrível, não é?", saudou-a R. Wilshire, alegre. "É assim dia e noite, e nenhum desses benditos instrumentos está afinado. É o que se chama de Tin Pan Alley."

"Eu imaginava o senhor num salão de mármore."

"Tenho que ficar perto das minhas fontes de inspiração."

"Ele quer dizer que ele rouba tudo que vê pela frente", sorriu um cavalheiro corpulento, de cabelo branco, com um terno xadrez magenta e açafrão, levando o que parecia ser um saco de ossos para fazer sopa.

"Esse aí está procurando números com cachorros que ainda não foram contratados", explicou R. W. "Con McVeety, cumprimente a senhorita Rideout."

"Eu também estou procurando uma moça de cartaz", disse Con.

"Procurando o quê?"

"Eu trabalho em vaudevile, sabe." Pelas costas de Con, R. W. agitava o polegar virado para baixo de modo frenético. "Não ligue pra ele não, é pura inveja. Preciso de uma pessoa de boa aparência, que não beba, para segurar os cartazes impressos que anunciam os diferentes números. De cabeça pra cima, se possível."

"McVeety", murmurou R. W. "Você diz a ela ou digo eu?"

Veio à tona que a fatalidade de Con, que intrigava todas as pessoas do ramo, era encontrar os piores números que havia na cidade, os que mereciam não apenas a expulsão mas também a exclusão permanente até das menos promissoras das Noites de Calouros da Bowery — nas quais havia muito tempo Con tinha o hábito de permanecer nos bastidores, aguardando a entrada em cena do Gancho fatal, conseguindo muitas vezes contratar o artista antes mesmo que o instrumento em questão entrasse em contato com sua pessoa, obtendo assinaturas em lugares tão inusitados quanto banheiros públicos, trechos de calçada diante de bares clandestinos e, durante um período breve, *fumeries* na Mott Street, até que alguém lhe fez a observação de que os fumantes de ópio não precisam de entretenimento.

"Creio que a situação no Bairro Chinês está se tornando cada vez mais perigosa, no momento exato em que falamos", disse R. W. "Mas só mesmo quem está em desespero procura trabalho nesse *bas-fond*."

"Esses magnatas das operetas estão desatualizados", Con fingiu confidenciar a Dally. "Pois a Bowery continua sendo o verdadeiro coração do *show business* americano."

"Lamento não ter nada para você", R. W. deu de ombros. "Assim que a renda melhorar, quem sabe —"

"Ele quer dizer: assim que encontrar um *bookmaker* que esqueceu de vigiar a caixa registradora", riu Con. "Eu pago sete e cinquenta por semana, em dinheiro vivo, adiantado."

"É o preço de um policial corrupto", disse Dally. "Eu pensava que a gente estava falando sobre Arte."

Os dois outros pares de sobrancelhas presentes subiram e desceram, e talvez tenha havido um momento de discussão silenciosa. Fosse como fosse, Con voltou à carga, "Dez?", e o negócio foi fechado.

A essa altura de sua carreira, Con mal conseguia levantar toda semana o dinheiro do aluguel no museu popular falido que havia comprado a preço de banana, em cuja fachada havia uma placa que renomeava o lugar: TEATRO MCVEETY. Como os proprietários anteriores haviam se escafedido com certa pressa, alguns itens do acervo tinham sido abandonados, objetos típicos como cachorros de duas cabeças em vidros de compota e os cérebros conservados em formol de figuras notáveis da história, muitas delas em períodos anteriores à invenção do formol, o bebê de Marte, o escalpe do general Custer, acompanhado de um certificado que garantia sua autenticidade, embora ele tivesse passado, desde os tempos da batalha de Little Big Horn, por toda uma odisseia de mercados secundários que incluía o México e o Lower East Side nova-iorquino, uma barata selvagem australiana do tamanho de uma ratazana de esgoto da qual ninguém fazia questão de chegar muito perto, e coisa e tal. Con exibia essas atrações num mostruário de muito bom gosto que ele chamava de Pot-pourri de Curiosidades, no saguão de seu teatro. "Porque assim o público já vai entrando no clima antes mesmo que o espetáculo comece."

Algum tipo de incentivo, Dally logo percebeu, com desânimo, certamente seria necessário. Sendo seu trabalho como moça de cartaz dificultado pelo fato de que as plateias tinham pouca paciência com a escrita, quando não a desconheciam por completo, depois de algum tempo Con permitiu que ela fizesse pequenas falas explicando, da maneira mais animadora, o que seria exibido. Entre os talentos apresentados incluíam-se o professor Bogoslaw Borowicz, que promovia o que ele chamava de "arrasta-pés", mas por desconhecer o sentido dessa expressão idiomática, o que ele fazia na verdade era literalmente *exibir assoalhos com marcas deixadas por pés* — de modo geral, apenas fragmentos de assoalhos, arrancados e roubados de vários trechos da cidade — Steeplechase Park, Grand Central Station, o McGurk's na Bowery ("... os senhores atentem para os interessantes arranhões por baixo da textura de tabaco cuspido e serragem..."), estranhas configurações de ladrilhos retiradas de demolições, que levantavam questões de matemática avançada sobre as quais o professor se estendia a ponto de deixar a plateia estupefata — e também "treinadores" de animais empalhados, cujo repertório de "habilidades" era um tanto rudimentar, narcolépticos que haviam dominado a técnica difícil, porém pouco apreciada, de adormecer em pé, exibições que, em menos de três minutos, tinham o efeito de fazer com que os espectadores, mesmo os que haviam fumado ópio em quantidade, se engalfinhassem no afã de serem os primeiros a sair dali, e inventores malucos com suas invenções, sapatos que levitavam, duplicadores de cédulas de dólares, máquinas de moto-perpétuo cujo funcionamento, como percebiam até as plateias mais desatentas, jamais poderia ser demonstrado num espaço de tempo inferior à eternidade, e, com uma frequência perturbadora, chapéus — em particular, O Fenomenal Doutor Ictibus e Seu Chapéu Anticofre. Essa engenhosa invenção tinha o objetivo de evitar a clássica contingência urbana em que um pesado cofre de aço cai de uma janela alta sobre a cabeça de algum pedestre azarado. "Levando-se em conta que toda massa concentrada é na verdade uma distorção local do próprio espaço, existe exatamente uma única superfície, definida por um tensor métrico ou, digamos assim, uma equação, registrada no Escritório de Registro de Patentes dos Estados Unidos, a qual, se for incorporada ao desenho de um chapéu, assumirá o impacto de qualquer cofre caído de qualquer altura, transmitindo a seu usuário apenas o mais trivial dos vetores resultantes, um tapinha na cabeça, no máximo, sendo o cofre desviado de modo inofensivo para o meio-fio mais próximo. Meu assistente, Odo, está disposto a levantar e deixar cair qualquer cofre que as senhoras e senhores escolham *bem na minha cabeça*, não é mesmo, Odo?"

"Unnhhrrhhh!", respondia Odo, com uma ênfase que alguns poderiam julgar imprópria, se bem que fora do palco Dally constatava que ele era um rapaz bem-educado e bem-falante, que estava tentando economizar dinheiro suficiente para abrir seu próprio museu popular, talvez um pouco mais para o norte da ilha, e eles dois adquiriram o hábito de ir juntos tomar café depois do último número da noite.

De vez em quando, em meio aos rostos barbudos e chapéus-coco da plateia, Dally dava com a presença de R. Wilshire Vibe, sempre acompanhado de uma jovem que pretendia ser atriz — ou, para usar o termo preferido de R. W., *ballerina* — nunca a mesma da vez anterior. "Vim só dar uma olhada", ele dizia a Dally, "não me esqueci da senhorita, já foi ver as *Arteirices Africanas*? É basicamente uma revista de negros, com dois rapazes que vão ser os próximos Williams e Walker. Tome, fique com esses dois convites. Quanto a *Xumbergas em Xangai*, já está praticamente pronta, as músicas já foram compostas, agora é só colocar todos os pombos-correio na linha de partida, por assim dizer."

Nesse ínterim, Con tinha resolvido encenar na Bowery uma versão do *Júlio César* de William Shakespeare, que seria intitulada *Carcamanos e canivetes*, sendo que Dally fez um teste e acabou sendo aprovada, para espanto seu, no papel de Calpúrnia, que na montagem de Con se chamaria "Sra. César", tendo disputado a vaga com uma frequentadora dos bares clandestinos conhecida como Elsie Banguela e Liu Bing, uma namorada de gângster chinês que estava procurando um trabalho diferente e que tinha muito pouco conhecimento do idioma inglês, tanto o do período isabelino quanto o contemporâneo. Depois de reprová-la no teste, porém, Con recebeu uma visita do namorado dela e alguns de seus colegas, todos eles munidos de calibres 44 e machadinhas, o que levou o produtor a de súbito encarar a questão do elenco por um novo ângulo. "Eram só duas falas, mesmo", ele desculpou-se com Dally. "Na verdade, você é muito melhor, mas é que desse jeito eu sobrevivo. Acho que a gente pode fingir que ela está falando latim."

"Que pena, estava gostando daquela história de chover sangue no Capitólio."

"Bem-vinda ao mundo do teatro", disse Katie, dando de ombros, quando Dally chegou em casa de cara amarrada. "*Courage*, Camille, ainda estamos no primeiro ato."

"A propósito", afrouxando o espartilho, "o tal do Vibe vai dar uma festa no sábado, e ele disse que eu posso levar uma pessoa. Você não deve estar interessada, a depravação dos ricos, essas coisas —"

"Interessada? A Lillian Russell gosta de chapéu? Isso são outros quinhentos, minha cara — deixe ver, a Verbena me deve um favor, sei que a gente pode pedir emprestado a ela o vestido vermelho e —"

"Katie, pelo amor de Deus."

"Não, não é para você, você fica melhor mais informal, um traje assim, como se diz, de *ingénue* —"

Foram ao centro procurar vestidos de baile. Katie conhecia uma costureira que trabalhava no subsolo do magazine I. J. & K. Smokefoot e vendia a preço de banana trajes devolvidos ou recém-saídos de moda. A Smokefoot ficava no trecho mais nobre da Broadway, mais para o norte, de modo a evitar a pecha de mau gosto, porém nem tanto que causasse inconvenientes a uma freguesa decidida a passar o dia fazendo compras. Praticamente despida de qualquer ornamentação superficial, doze andares de modernidade cinzenta, ocupando todo um quarteirão, a loja talvez fosse encarada por um visitante do interior, se tivesse a sorte de encontrar um local de observação de onde toda ela se descortinasse, mais como um monumento a ser observado com espanto do que um estabelecimento onde artigos eram vendidos. No entanto, o gigantismo do magazine devia-se não a caprichos de grandiosidade, e sim à necessidade de espaço suficiente para manter de modo rigoroso o véu que separava dois mundos distintos — os espaços ilusórios, preparados com muita arte, destinados à freguesia, e a topografia implacável entre as paredes e embaixo do subsolo das pechinchas, habitada por um regimento silencioso e numeroso de caixas, fornalheiros, empacotadores, encarregados da expedição de mercadorias, costureiras, artesãos especializados no trabalho com penas, estafetas uniformizados, varredores, espanadores e mil e um paus para toda obra, a zanzar, invisíveis, por toda parte, como gnomos industriosos, às vezes separados por apenas uns poucos centímetros, a respirar com cuidado, da azáfama teatral dos Pavimentos iluminados e sussurrantes.

Como se duas representações arquitetônicas de figuras humanas houvessem por um momento ganhado vida e começado a trocar amabilidades, indiferentes à vista majestosa que se elevava acima delas, as duas jovens seguiam em direção à entrada da Sixth Avenue, ladeada por dois porteiros com uniformes esplêndidos, pilares vivos cuja inércia serena ou bem tinha o efeito de intimidar o passante, levando-o a seguir em frente, ou bem não o tinha. Que o "leão de chácara" de cabelo emplastrado de brilhantina exercesse suas funções na Bowery, que nas mansões da Fifth Avenue os portões elétricos se abrissem e fechassem ao toque de um botão distante — ali na I. J. & K. Smokefoot, sem uma palavra, sem mesmo qualquer movimento físico, dadas as posturas e localizações dos Pilares, o visitante ficava sabendo num instante não muito demorado qual a sua exata situação.

"Jaquin e Booz", sorriu Katie, indicando-os com um movimento de cabeça. "Guardiões do Templo, primeiro livro dos Reis, sei lá qual capítulo."

"Mas esses dois vão nos deixar entrar, você acha? E se não deixarem?"

Katie deu-lhe um tapinha no ombro. "Aqui é mais fácil do que na entrada dos empregados, minha querida. É só encarar os dois fixamente com um esboço de sorriso, e ao passar fique olhando pra eles de lado, como se estivesse flertando."

"Eu? Eu sou uma criança."

O cá-dentro era o contrário do lá-fora — luminoso, ornamentado, minuciosamente varrido, cheio de fragrâncias de perfumes e flores em vasos, tenso com a concentração de elegância, como se as multidões das Avenidas adjacentes houvessem sido vasculhadas e as mulheres mais chiques entre elas tivessem sido naquele exato momento levadas em bando para dentro da loja. Dally ficou parada, respirando a cena, até que Katie a segurou pelo braço. "Veja só esse bando de frangalhonas, meu Deus."

"Hein? Você acha mesmo?"

"Bem, já que estamos aqui, vamos dar uma olhada."

Subiram pelo elevador Otis, uma inovação recém-inaugurada que Dally achou milagrosa, mesmo depois que julgou ter entendido mais ou menos como funcionava. Katie, que já havia andado de elevador, não ficava mais impressionada. "Vale ficar embasbacada, mas sem exagero, por favor, estamos em Nova York. Tudo parece muito mais maravilhoso do que é na verdade."

"Mas é bem diferente de Chillicothe, é ou não é?"

"Está bem, está bem."

Sendo essa sua primeira vez num magazine, Dally passou pelas pequenas humilhações de costume, confundindo um ou dois manequins com mulheres de verdade, não conseguindo encontrar as etiquetas com os preços em nenhum artigo, olhando assustada para duas moças que se aproximavam, a caminhar de braços dados, que pareciam exatamente ela própria e Katie, ambas encarando Dally com uma familiaridade muito estranha, cada vez mais próximas, até que Katie foi obrigada a segurá-la e sacudi-la, cochichando: "Entrar num espelho é coisa de tabaroa, menina". Quando chegaram ao andar de cima, Dally estava numa espécie de estupor.

Na verdade, não era nada, quase nada, poderia ser só mais um manequim visto à distância, do outro lado do amplo e profundo pátio central que atravessava, vertiginoso, todos os doze andares, com apenas uma grade de ferro trabalhado a separar os fregueses de uma queda livre até o andar térreo, passando pelas diagonais das escadas rolantes que subiam tranquilas e uma réplica em escala da cachoeira de Yosemite, com uma harpista pequenina nas sombras projetadas pelas palmeiras lá embaixo, parecendo, vista do alto, uma visão do Outro Mundo. Do outro lado daquela Profundeza hipnótica e dos arpejos que dela subiam destacava-se uma figura vestida como se vestem as mulheres para fazer compras, com um vestido xadrez violeta e cinzento e uma pluma de garça no chapéu, articulada e sensível como uma mão, não olhando para Dally em particular, mas de algum modo exigindo sua atenção. Diante da nitidez daquela aparição, Dally se deu conta de que precisava controlar-se imediatamente, pois se não o fizesse ia dar por si própria correndo até lá aos gritos e abraçando uma mulher que sem dúvida se revelaria uma desconhecida, o que resultaria em constrangimentos e talvez até processos legais, sendo que a palavra que estaria gritando seria "mamãe!".

O resto do passeio pela loja decorreu numa incoerência nebulosa. Dally tinha uma vaga lembrança de chá com sanduíches de pepino, uma harpa executando uma versão terrivelmente sentimental de "Her mother never told her", duas jovens senhoras elegantes escandalizando o salão de chá ao acender cigarros — mas todos esses detalhes pareciam desconexos, eram como cartas largadas sobre uma mesa que, ao serem examinadas, não formavam uma mão com que se pudesse jogar.

A caminho do subsolo, Dally em cada andar fez questão de procurar a mulher, porém aquela figura alta, clara, talvez irreal, havia desaparecido. Além disso, a pessoa que estava tocando harpa no andar térreo se revelou não uma mocinha etérea de vestido longo, e sim um brutamontes que fumava charuto, recém-saído do xilindró de Tombs, onde passara uma boa temporada, chamado Chuck, o qual dirigiu um olhar cobiçoso e simpático a Katie e Dally quando elas passaram.

No subsolo, Katie pediu informações, e sua amiga Verbena emergiu do cenário que havia por trás do cenário e levou-as para um pavimento ainda mais profundo, um lugar escuro e frio onde não se conversava, ou por ser proibido conversar ou por haver muito trabalho a ser feito, canos imundos presos por mãos-francesas enferrujadas corriam ao longo do teto, todo o espaço era tomado pelo cheiro de produtos de limpeza e corantes e pelo vapor das mesas de passar, empregados esgueiravam-se silenciosos como espíritos, portas escuras levavam a salas cheias de mulheres que trabalhavam em máquinas de costura e só levantavam a vista, apreensivas, quando sentiam a aproximação do supervisor.

Pegaram o elevado da Sixth Avenue e saltaram na Bleecker Street. Ainda restava no céu um pouco de luz de um tom adamascado de rosa, e um vento sudeste trazia da South Street um aroma de café sendo preparado, e ouviam-se os ruídos do trânsito fluvial. Era uma noite de sábado em Kipperville. Jovens barbudos passavam correndo atrás de moças com vestidos estampados vermelho-alaranjado. Malabaristas faziam proezas em monociclos na calçada. Negros abordavam transeuntes, exibindo pequenos frascos com um pó branco e rostos esperançosos e interrogativos. Nas esquinas vendiam-se espigas de milho e pombos grelhados com torradas. Crianças berravam pelas janelas abertas dos cortiços. Moradores do norte de Manhattan procurando diversão em espeluncas como o Maria's na MacDougal conversavam animados, perguntando uns aos outros: "Você sabe aonde estamos indo?".

R. Wilshire Vibe morava numa casa em estilo italiano cujo construtor não conseguira resistir ao impulso de acrescentar-lhe detalhes Beaux-Arts. Ficava no lado norte da rua, com nogueiras-do-japão à sua frente, uma pérgula e uma fileira de cocheiras atrás.

Um ou dois mordomos receberam as moças à porta com mesuras, e elas subiram até um salão de baile dominado por um imenso lustre a gás, a emitir uma luz ofuscante, diretamente atrás do qual havia uma espécie de sofá circular de pelúcia vinho, com borlas douradas e almofadas de cetim em tons que combinavam, na qual podiam se acomodar de oito a dezesseis não dançarinos, todos virados para fora, um móvel a que se referiam, e não apenas por pilhéria, como um dispositivo antichádecadeira, pois aqueles que não quisessem participar da dança eram obrigados a ocupar o lugar nada confortável de centro morto do grande salão enquanto o espetáculo se desenrolava em torno deles numa pista de dança cujo polimento fora calibrado de modo preciso através de aplicações repetidas de fubá e pedra-pomes — sendo as paredes reservadas para a coleção de arte de R. W., a qual exigia um olhar tolerante e por vezes um estômago treinado para resistir a manifestações do nauseabundo.

Havia palmeiras por toda parte, arecas, sabais, livistonas, desde espécimes mirrados criados em estufas, em vasos protegidos com vime, passando por pés de quatro metros de altura, até majestosos coqueiros e tamareiras, cujas raízes ficavam muito abaixo do salão e que chegavam até aquela altura através de buracos feitos especialmente para eles nos andares e tetos inferiores, criando uma espécie de selva onde formas exóticas de vida passavam deslizando, desfilando e por vezes serpeando, *demi-mondaines* com pálpebras escurecidas, homens com o cabelo até a altura dos ombros, artistas de circo, criadas com trajes nada pudicos oferecendo bandejas de Perrier Jouët, senhoras da alta sociedade com broches alaranjados em forma de orquídea comprados na Tiffany, renegados da Wall Street que se congregavam perto dos banheiros gigantescos, onde, segundo se dizia, R. Wilshire havia instalado um teleimpressor ao lado de cada privada.

Uma pequena orquestra, num palco em uma das extremidades do salão, tocava seleções de várias produções de R. Wilshire Vibe. A senhorita Oomie Vamplet cantou "Ah, when you talk that talk", que a tornara famosa no papel de Kate Chase Sprague em *Roscoe Conkling*.

Tendo sido abandonada por Katie, que a trocara por um sujeito com um terno barato que se apresentou como um caçador de talentos, mas que não enganaria nem mesmo a sua avó, Dally acabou saindo do salão por uma porta de vidro. Do jardim no telhado, além das massas sujas de sombras cinza e marrom no primeiro plano, das janelas iluminadas a gás e lampiões de rua na sua vigília esquecida abaixo das pistas do elevado, bem ao longe a cidade iluminada destacava-se contra o tom profundo de índigo de céu, como se lá a noite de algum modo tivesse se esquecido de descer, poupando aquelas fachadas iluminadas com um tom onírico de dourado.

O rapaz estava debruçado sobre um parapeito contemplando o céu. Dally havia reparado nele ao entrar no salão, mais alto do que os outros convidados a seu redor, mas não "crescido", vestido de modo quase excessivamente discreto, como se para anunciar sua inexperiência. Talvez fosse apenas efeito da fumaça do ambiente, mas Dally tinha a impressão de que suas feições, mesmo vistas de perto, não haviam sido tocadas — e talvez jamais o fossem — pelo que ela julgava já saber a respeito da dureza do mundo. O rapaz a fazia pensar nos meninos com que ela havia brincado, uma hora com cada um, em cidadezinhas por onde passara havia muito tempo, e na inocência implacável dos jornaleirinhos que caminhavam por entre as multidões no final da tarde anunciando grandes roubos, incêndios, assassinatos e guerras com vozes tão puras quanto a que esse cidadão devia ter — não, não era duro o bastante, de modo algum, para o que ele teria de encarar, mais cedo ou mais tarde, mesmo que fosse rico, embora Dally achasse que não era esse o caso, àquela altura já sabia como eram esses rapazes de sociedade, aquele ali apenas exibia o estilo da Bowery com as mudanças de classe estritamente necessárias, mais nada.

O rapaz virou-se e sorriu, um pouco distraído, talvez, e de repente Dally se deu conta de que ela estava usando uma roupa juvenil demais, que Katie quase a obrigara a comprar, sem nenhum decote e um babado imenso de caipira... e violeta-escuro ainda por cima! Com arremates xadrez! Aaahhh! O que ela tinha na cabeça? Se é que tinha alguma coisa na cabeça. Fora no momento quase sobrenatural na Smokefoot's, ela imaginava, em que o espectro materno em violeta e cinza a deixara completamente fora de prumo. Ela nem lembrava mais quanto custara o vestido.

O jovem abrira uma cigarreira e estava lhe oferecendo um cigarro. Isso jamais acontecera antes com Dally, e ela não sabia o que fazer. "A senhorita se incomodaria..."

"Me incomodo não", foi a resposta dela, ou algum outro comentário igualmente sofisticado.

Do salão veio um rufar de tambores, depois um bater de pratos e um arranjo resumido de "Funiculì, Funiculà", enquanto as luzes diminuíram de modo misterioso, criando um agradável crepúsculo artificial.

"Então, vamos?", indicando com um gesto que ela fosse primeiro. Mas quando olhou a sua volta, Dally constatou que o rapaz havia desaparecido.

Puxa, esse aí foi rápido.

Perto do palco, um homem mais velho, bonitão, com o tradicional traje de mágico e uma taça de vinho na mão, bateu na taça com sua vara de condão, afirmando: "É difícil beber pedras semipreciosas, mas num mundo de pedra, beber qualquer outra coisa é um luxo caro". Emborcou a taça, e dela rolou um punhado de ametistas e granadas. Quando recolocou a taça de pé, mais uma vez ela continha vinho, o qual ele bebeu.

Dally sentiu uma pressão inesperada contra a perna e olhou para baixo. "Vestido bonito", comentou uma voz melíflua que parecia vir, e de fato vinha, da altura de seu cotovelo, voz essa que pertencia a um tal de Chinchito, um recém-surgido anão de circo que no momento estava se apresentando num teatro da Bowery, e cujo valor nessas funções sociais, segundo Katie, tinha a ver com seu apetite sexual, o qual, tal como seu órgão idem, era muitíssimo desproporcional à sua estatura. "Vá ver se eu estou na esquina", sugeriu Dally, porém num tom não inteiramente livre de fascínio. Chinchito recebeu o comentário com uma tranquilidade que era fruto de muitos anos de recusas sumárias. "Você não sabe o que está perdendo, ruivinha", e com um piscar de olhos se afastou, logo desaparecendo no meio da multidão.

Porém os problemas de Dally não terminaram aí. Em seguida, aproximou-se dela um cavalheiro afetado, com cabelos grisalhos tão cheios de brilhantina que chegavam a doer na vista e um gigantesco anel de esmeralda no dedo mindinho, e ele fez Dally beber vários copos de um estranho líquido incandescente que havia numa poncheira, até que ela começou a ver imagens de cinematógrafo no papel de parede.

"Eu sempre a vejo lá no Bairro Chinês. Tento não perder nenhum espetáculo. A senhorita faz uma cativa tão cativante", e quando ela se deu conta o cavalheiro já a havia segurado pelo pulso e começava a colocar neste uma delicada algema de prata.

"Acho que não", disse uma voz tranquila vinda de algum lugar, e Dally se viu sendo guiada em direção a uma caixa enfeitada com os dizeres CABINE MISTERIOSA por uma figura alta, trajando um manto, que vinha a ser a assistente do mágico.

"Vamos, depressa. Aqui dentro." Dally não era dada a desmaios, mas no caso teria sido até bom, pois logo antes que a porta se fechasse o ar pareceu ficar transparente e ela reconheceu a mesma mulher que vira na véspera na Smokefoot's, agora com uma malha de dançarina e um manto de veludo cheio de lantejoulas. E, passando pelo nariz de Dally, uma outra coisa, além do tempo, além de suas mais remotas lembranças da primeira infância, a fragrância naso-subversiva de lírios-do-vale.

Dally teve talvez tempo suficiente para murmurar, "Ora essa, o que aconteceu com meu cérebro?", quando, por efeito de algum narcótico que alguém colocara no ponche — e se era verdade o que Katie dizia sobre os frequentadores da casa de Vibe, isso certamente teria acontecido —, ela não chegou propriamente a desmaiar, porém vivenciou um estranho eclipse do tempo, no final do qual ela percebeu uma porta que deveria ter visto o tempo todo, mas que só agora pôde alcançar e abrir. Quando saiu, estava no Lower East Side, bem à frente da sua pensão, e sentada na escada da entrada estava Katie, com seu traje escarlate, fumando um Sweet Caporal. O dia tinha nascido fazia ainda pouco. Os mágicos que a haviam salvado não estavam por perto, tal como a Cabine Misteriosa, que Dally tentou encontrar por perto e constatou ter desaparecido.

"Você está bem?", Katie bocejando e espreguiçando-se. "Não vou lhe perguntar se você se divertiu, mas sei que *eu* me diverti."

"Isso é muito estranho, porque não faz nem um minuto —"

"Nem precisa explicar, ele era um rapaz muito atraente."

"Quem?"

"Eu bem que disse que aquele vestido era mágico. Como assim, 'quem'? Comigo você não precisa bancar a ingênua."

"Katie." Dally sentou-se ao lado da amiga, com um grande farfalhar de tafetá. "Não me lembro de coisíssima nenhuma."

"Nem mesmo o *nome* daquela mágica, imagino." Com um tom tão excepcionalmente melancólico que Dally, intrigada, estendeu a mão para lhe dar um tapinha no ombro, quando então se lembrou de sua salvadora alta, cheia de lantejoulas.

"Agora você vai embora", Katie inconsolável, soltando uma baforada de fumaça, "talvez pra sempre."

"Nem pensar."

"Ah, Dahlia. Você sabia desde o início."

"É estranho. Sabia, sim. Mas eu não sabia que sabia. Até que ela" — sacudindo a cabeça, ainda espantada — "veio me pegar?"

A residência dos Zombini, que Dally reconheceu com base na foto reproduzida no seu exemplar já um tanto surrado da *Dishforth's Illustrated Weekly*, era um espaçoso apartamento num prédio recém-construído no trecho norte da Broadway, o qual Luca escolhera por lembrar o palácio Pitti em Florença, Itália, e ao qual ele se referia como um *grattacielo*, ou seja, arranha-céu, pois tinha nada menos do que doze andares de pé-direito alto. Os cômodos pareciam estender-se por vários quarteirões, cheios de autômatos humanos e animais montados e desmontados, cabines para desaparecimentos, mesas que flutuavam no ar e outros móveis especiais, bibelôs com olhos de contornos escuros e rostos sinistros, cortes de veludo inteiramente negros e de brocado de seda multicolorido apinhado de cenas orientais, espelhos, cristais, válvulas e bombas pneumáticas, eletroímãs, megafones, garrafas que nunca se esvaziavam e velas que se acendiam sozinhas, pianolas, projetores de Zoetrope, facas, espadas, revólveres e canhões, um pombal cheio de pombos brancos na cobertura...

"É o que se chama de uma casa de mágico", disse Bria, que mostrava o apartamento a Dally. Tendo chegado de alguma matinê, com seu traje de lançadora de facas enfeitado com lantejoulas, ela conseguia parecer uma freira capaz de perpetrar uma traquinagem, se as circunstâncias exigissem. O tempo todo dirigia sorrisos assimétricos a Dally, a qual imaginava que eles tivessem algum sentido, só que não sabia qual era.

De modo geral, teve a impressão de que seus meios-irmãos e irmãs eram crianças bem informadas e educadas, salvo nos momentos em que se tornavam insuportáveis e de convivência impossível. As mais velhas trabalhavam no palco com os pais, frequentavam a escola, tinham empregos de meio expediente no centro da cidade e podiam perfeitamente estar rolando no chão, um batendo com a cabeça do outro no tapete, ou então todas juntas, tranquilas, uma no colo da outra, lendo os quadrinhos de Little Nemo no jornal. Entre outros hábitos nojentos, elas bebiam a água do gelo derretido da geladeira. Os menorzinhos, Dominic, Lucia e Concetta, ainda bebê, viviam num caos alegre de bonecas e móveis de casa de boneca, brinquedos musicais, tambores, canhões e blocos de madeira, pitorescas escarradeiras de cerâmica e frascos vazios de laxante.

Dally não tinha chegado havia dez minutos quando Nunzi e Cici a abordaram.

"Quer trocar uma moeda de vinte e cinco centavos?", perguntou Cici.

"Claro."

"Duas de dez e uma de cinco, está bem?"

Dally percebeu que Nunzi estava revirando os olhos, e quando olhou para a própria mão, é claro, constatou que Cici, a especialista em moedas da família, pegara as duas moedas de dez e as substituíra por moedas de três centavos, desse modo incrementando a pequena fortuna que já havia amealhado.

"Muito bem", disse Dally, "mas dê uma olhada naquela moeda de vinte e cinco."

"Peraí, cadê ela? Eu acabei de —"

"Ha, ha, ha", Dally fazendo a moeda passar por cima dos dedos, indo de um para o outro, duas ou três vezes, e por fim retirando-a do nariz de Cici.

"Ei — conhece o truque da corda indiana?", anunciou Nunzi, tirando do bolso um pedaço de corda e uma tesoura gigantesca, enquanto ele e Cici cantarolavam a duas vozes o conhecido tema d'*A força do destino*, dando um laço complicado na corda, cortando-a em vários pedaços, agitando um lenço de seda e por fim fazendo com que toda a corda aparecesse inteira, nova em folha.

Reconhecendo o que era um truque tradicional: "Uma belezura, sim", disse Dally, "mas espere aí, eu pensava que o truque da corda indiana era aquele em que você vai subindo numa corda solta no ar até desaparecer sem deixar vestígio."

"Não", disse Cici, "esse é o 'truque indiano da corda', e este aqui é o truque da *corda indiana*, porque a gente comprou a corda lá na Bowery, e o vendedor é indiano, não é? Quer dizer, a corda é indiana, não é —"

"Ela entendeu, *imbecille*", o irmão, dando-lhe um tapa na cabeça.

Concetta entrou de gatinhas, viu Cici e levantou a vista para ele, os olhos enormes brilhando, cheios de expectativa. "Ah, minha Concertina-zinha!", exclamou Cici, pegando no colo a irmã e fingindo tocá-la como se fosse uma sanfona, cantando uma das muitas canções de Luigi Denza de seu repertório, enquanto a pequenina guinchava, sem fazer nenhuma tentativa séria de escapulir.

Dally imaginara uma vez que, se algum dia conseguisse encontrar Erlys, ela simplesmente não conseguiria respirar, ou coisa parecida. Mas tendo sido aceita no caos familiar sem muita comoção, em pouco tempo, como se fosse uma visita simpática, estava sempre procurando oportunidades de perscrutar elas duas — Erlys, quando parecia não estar olhando para a filha, e ela própria, num dos espelhos que havia por toda parte no apartamento —, tentando encontrar semelhanças.

Mesmo sem os sapatos que usava em cena, Erlys era mais alta que Luca Zombini, e prendia os cabelos claros num coque do qual as mechas mais rebeldes continuavam a escapar no decorrer do dia. Dally, supondo que o modo como a mulher, no seu contínuo de Asseio, lida com suas irregularidades capilares fornece uma pista a respeito de alguma personalidade alternativa que ela talvez esteja mantendo em segundo plano, constatou, com certo alívio, que Erlys na maioria das vezes passava o dia inteiro sem se incomodar com aquelas mechas ingovernáveis, ainda que de vez em quando soprasse um ou outro fio que entrava em sua linha de visão.

Erlys zanzava de um lado para outro, passando pelos cômodos mais remotos, realizando suas tarefas, quase invisível, sorrindo, falando pouco, embora as crianças parecessem conhecer, e respeitar, seus desejos mais do que os do pai. Dally permitiu-se perguntar a si própria se isso não seria mais um "efeito", havendo uma assistente razoavelmente gêmea há muito tempo substituído a verdadeira Erlys, a qual teria entrado na Cabine das Ilusões Derradeiras, também conhecida como Nova York, onde teria desaparecido de verdade, o tipo de desaparecimento que mesmo as plateias mais céticas levam a sério. Naquele apartamento curiosamente desprovido de limites, a única plateia era, pelo visto, Dally. Alguma coisa, que lembrava a camada de prata de um espelho, permanecia entre elas. Se Dally quisesse se jogar naqueles braços de mangas muito bem cuidadas, ela não seria repelida, pelo menos disso tinha certeza, mas tirando isso, que deveria ser a questão mais importante de todas, via apenas uma ausência de sinais, como se em veludo negro. Estaria ela sendo uma otária? Seriam aquelas pessoas apenas uma trupe de artistas da Bowery, sem trabalho no momento, fingindo que formavam uma família? Quem seria ali o mais indicado para puxar essa conversa?

Certamente não Bria. Mesmo depois que começou a trabalhar como ajudante dela no número de jogar facas, Dally não conseguia confiar o suficiente em Bria. Percebia a expressão de indiferença dela quando seu pai a chamava de *"bella"*, embora nem por isso ele deixasse de tratá-la assim. Claramente, Luca estava enfeitiçado por todos os seus filhos, desde o que claramente estava destinado a se tornar criminoso até o santo mais radiante.

"Não me confunda com esses carcamanos de Nápoles", Nunzi, imitando o pai de modo razoável. "Eu sou de Friul, no norte. Somos uma gente alpina."

"Gente que fode cabra", explicou Cici. "E come salame de carne de burro. Iguais aos austríacos, só que gesticulam o tempo todo."

Luca Zombini gostava de explicar seu trabalho, diversas vezes, àqueles de seus filhos que ele se iludia pensando que estavam ansiosos para aprender, e até mesmo algum dia herdar, sua profissão. "Os que zombam de nós, e zombam de si próprios por pagarem pra que os enganemos, o que eles nunca veem é o anseio. Se fosse um anseio religioso, um anseio por Deus — ninguém pensaria em desrespeitar tal coisa. Mas como é um anseio *apenas* pelo milagre, *apenas* pela contradição ao mundo que é dado, eles o desprezam.

"Lembrem-se: Deus não disse: 'É, acho que agora vou fazer a luz', e sim: 'Faça-se a luz'. Seu primeiro ato foi *permitir que a luz iluminasse* o que até então era o Nada. Tal como Deus, vocês têm também que sempre trabalhar com a luz, pra que ela só faça o que vocês querem que ela faça."

Desenrolou um corte de um negrume fluido absoluto. "Veludo especial pra mágicos, absorve a luz perfeitamente. Importado da Itália. Caríssimo. Tingido, aparado e escovado à mão, muitas e muitas vezes. No acabamento, leva uma aplicação de negro de platina por um método secreto. As inspeções de fábrica são implacáveis. Igual a um espelho, só que o contrário. O espelho perfeito tem que *refletir tudo*, a mesma quantidade de luz, exatamente as mesmas cores — mas o veludo perfeito *não pode deixar nada escapar*, tem que reter até a última gota de luz que cai nele. Porque se a menor quantidade de luz imaginável for refletida por um único fio, todo o espetáculo... *affondato, vero?* A questão toda está na luz — controlou a luz, controlou o efeito, *capisci?*"

"Tá no papo, pai."

"Cici, olha o respeito, algum dia eu faço *você* desaparecer."

"Agora!", exclamaram dois ou três pequenos Zombini, pulando sobre o sofá. "Agora mesmo!"

Há muito tempo Luca vinha se interessando pela ciência moderna e os recursos que ela oferecia aos prestidigitadores, entre eles o prisma de Nicol e as utilizações mágicas da dupla refração. "Qualquer um sabe serrar ao meio a assistente", disse ele.

"É um dos efeitos mais antigos na profissão. O problema é que ela sempre termina inteira outra vez, sempre tem um final feliz."

"'Problema'? Então o final devia ser *infeliz*?", Bria intrigou-se. "Que nem aqueles espetáculos sanguinolentos de horror que tem lá em Paris?"

"Não exatamente. Você já está sabendo disso aqui." E pegou um cristal pequeno, quase perfeito, de espato da Islândia. "Duplica a imagem, as duas ficam superpostas, e se a luz for exatamente a necessária, e as lentes estiverem corretas, você pode separar as imagens em etapas, cada vez um pouquinho mais, passo a passo, até que se torna possível serrar uma pessoa ao meio *opticamente*, e em vez de ficar com dois pedaços diferentes do mesmo corpo, temos dois indivíduos completos andando de um lado pro outro, sendo os dois idênticos sob todos os aspectos, *capisci*?"

"Não muito bem. Mas..."

"O quê." Talvez um pouco na defensiva.

"O final é feliz? Os dois indivíduos voltam a ser um só?"

Luca olhou para os sapatos, e Bria compreendeu que ela era talvez a única pessoa da casa que ele sabia que faria essa pergunta.

"Não, esse problema está em aberto até agora. Ninguém sabe —"

"Ah, papai."

"— como reverter a separação. Já estive em tudo quanto é lugar, perguntei a todo mundo, professores universitários, gente do meu ramo, até mesmo o próprio Harry Houdini, e nada. Enquanto isso..."

"Nem me diga."

"Pois é."

"Mas então quantos?"

"Talvez... dois ou três?"

"*Porca miseria*, então são *quatro ou seis*, não é? O senhor não sabe que pode ser processado por isso?"

"Era um problema óptico, eu achava que seria completamente reversível. Mas segundo o professor Vanderjuice, lá de Yale, eu me esqueci de levar em conta a questão do tempo, a coisa não acontecia de repente, de modo que houve um ou dois segundos em que o tempo continuou a passar, processos irreversíveis de algum tipo, essa espécie de fenda se abriu um pouco, e foi o que bastou pra se tornar impossível voltar exatamente pro ponto de início."

"E eu achando que o senhor era perfeito. Imagine só a minha decepção. Quer dizer que as suas cobaias estão por aí vivendo vidas duplas. Não devem estar gostando muito dessa história."

"Advogados, gritos durante minhas apresentações, ameaças de violência. O de sempre."

"O que é que a gente faz?"

"Só tem um lugar no mundo onde essas unidades são fabricadas. A Ilha dos Espelhos lá na laguna de Veneza, talvez hoje seja só o nome de uma *holding*, mas o fato é que eles continuam a produzir e vender os melhores espelhos pra mágicos em todo o mundo. Alguém lá deve ter uma ideia."

"E por mera coincidência nós temos uma apresentação programada no Teatro Malibran de Veneza daqui a duas semanas."

Sim, Luca Zombini chegara em casa naquele dia com a notícia surpreendente de que seu espetáculo ia fazer uma turnê europeia, e toda a família, Dally incluída, embarcaria no transatlântico *Stupendica*, em apenas duas semanas! Como se uma válvula numa parte longínqua do porão tivesse sido aberta, todo o apartamento de repente foi inundado por febris preparativos para a viagem.

Quando Dally teve um minuto para conversar com Erlys entre uma e outra de suas tarefas: "Vocês têm certeza que querem que eu vá, mesmo?".

"Dahlia." Ela parou de repente no meio do que estava fazendo, a flanela prestes a cair de seus dedos.

"Quer dizer, do jeito que eu entrei aqui —"

"Não... não, na verdade, quer dizer, eu acho que nós estávamos contando com você. Dally, meu Deus, você acaba de chegar aqui — mas sim, e o truque do gongo chinês?"

"Ah, a Bria sabe fazer isso dormindo."

"Não sei se você vai querer ficar aqui, vamos sublocar o apartamento para aqueles acrobatas da Rumélia Oriental, eles podem não ser a companhia ideal pra você."

"Eu dou um jeito, em algum lugar. A Katie, ou outra pessoa."

"Dahlia, olhe pra mim." Seria mais fácil se não tivesse de olhar, mas a menina obedeceu. "Eu sei que você veio sem intenção de ficar. Seria exigir demais. De nós duas."

Um pequeno dar de ombros. "Nunca tive certeza de que a senhora ia me deixar entrar."

"Mas você veio, e talvez, quem sabe, você *deva* ficar conosco? De algum modo...?"

Um silêncio, grave e antinatural, havia se espalhado por todo o longo apartamento, como se para indicar, sem que nenhum Zombini estivesse por perto, que este era o momento perfeito para deixar escapar, num cochicho feroz, o que era contido havia muitos anos: "Eu ainda era um bebê — como é que a senhora foi capaz de ir embora desse jeito?".

Uma espécie de sorriso, quase de agradecimento. "Eu sabia que a questão ia acabar surgindo."

"Não vim aqui procurando nada."

"Claro que não." Haveria um toque de secura nova-iorquina em sua voz? "Pois bem. O que foi que Merle lhe contou?"

"Nada de mau a seu respeito. Só que você nos abandonou."

"O que já é bem mau, eu diria."

"Ele sabia que eu tinha que voltar pra cá. Nunca tentou me impedir."

"Mas não mandou nenhum recado pra mim. Assim, 'o que passou, passou', nada disso."

"Se houve alguma coisa assim, eu não fiquei sabendo. Talvez..." Levantou os olhos para Erlys, insegura.

"Quem sabe ele não achou que era melhor você ficar sabendo por mim."

"Será? Então quer dizer que ele acredita que a senhora vai me dizer a verdade."

Erlys lembrou-se de que ainda estavam paradas diante dos cantos opostos de um lençol. Graciosas como se num baile, aproximaram-se uma da outra, terminando de dobrar o lençol, dobrando-o mais uma vez, e se afastaram. "Não sei se agora seria a melhor hora de falar nisso tudo..."

Dally deu de ombros. "Quando é que vai ser a melhor hora?"

"Está bem." Olhou ao redor pela última vez, na esperança de que um Zombini pequeno, qualquer Zombini, entrasse em cena e adiasse aquela conversa — "Quando conheci o Merle, eu já estava grávida de você. Então..."

Pronto. Quando viu, Dally estava inesperadamente sentada no sofá. Poeira levantou-se, almofadas rangeram e anáguas suspiraram a seu lado. Duas ou três possibilidades de respostas prontas lhe brotaram na mente. "Está bem", a boca seca de repente, "o meu pai verdadeiro — onde é que ele está?"

"Dahlia", acenando vigorosamente com a cabeça, como se para não relaxar num distanciamento fácil, "ele faleceu. Pouco antes de você nascer. Acidente de bonde em Cleveland. Sem mais nem menos. O nome dele era Bert Snidell. Esse seu cabelo ruivo, você puxou dele. A família dele mais ou menos me expulsou. O Merle nos deu um lar. E o seu pai 'verdadeiro', ora, é mesmo o Merle, mais até do que o outro teria sido. Se é que isso ajuda."

Não muito. "A senhora acha que é isso que eu quero ouvir? Um lar? Que belo lar. A senhora pulou fora assim que pôde, não é? Então por que não me largou no depósito de lixo da cidade ao ir embora?" De onde saíra aquilo? Não exatamente de lugar nenhum, mas de um lugar mais longe do que tudo que ela já sentira até então...

Mas, como era de se esperar, antes que Dally conseguisse se irritar ainda mais, os semideuses do *timing* teatral que pareciam governar aquela casa resolveram mais ou menos nesse momento intervir na situação, e eis que entraram em cena Nunzi e Cici, usando idênticos ternos de tropical branco, praticando técnicas de embaralhamento de cartas e desaparecimento de objetos, ignorando com sua alegria a fúria e a consternação presentes no recinto, cheios de notícias frescas a respeito da viagem. E Dally e Erlys foram obrigadas a deixar as coisas tal como estavam por algum tempo. Na verdade, eram tantos os afazeres que esse tempo se estendeu até quando já estavam todos a bordo do *Stupendica*, em alto-mar.

A única vez em que Mayva e Stray se encontraram foi por mero acaso, em Durango.

"Vocês dois não estão casados, não, hein?"

"Engraçado, a senhora perguntar", foi dizendo Reef, mas Stray respondeu na mesma hora.

"Ultimamente, não, senhora Traverse."

Mayva riu e tomou-a pela mão. "Eu queria lhe dizer que pra você seria um ótimo negócio, mas acho que pra isso preciso de um tempo."

"Ah, eu sei que a culpa não é da senhora, não", disse Stray. "A influência dos pais só vai até certo ponto."

"Lá no condado de Ouray tinha uns Briggs, mas não eram parentes seus, não, não é? Que trabalhavam na mina de Camp Bird, quem sabe?"

"Pode ser que uns primos meus, do lado da tia Adelina, tenham morado em Lake City por uns tempos..." E Reef virou-se a tempo de ver as duas entrarem numa espécie de loja de tecidos, falando pelos cotovelos, como dois pássaros no telhado.

No dia seguinte Reef e Stray estavam na linha Denver & Rio Grande, tendo como destino final o Arizona, juntos primeiro, para logo em seguida se separarem. O amigo dela, Archie Dipple, tinha um plano, não tão desesperadamente maluco quanto alguns outros, de arrebanhar os camelos que tinham sido importados anos antes em Virginia City, Nevada, com o objetivo de transportar sal, que depois tinham sido levados para o Arizona para trabalhar nas minas, mas por fim, considerados onerosos, foram abandonados, tendo depois voltado ao estado selvagem e se espalhado por uma área de milhares de quilômetros quadrados no deserto de Sonora, onde, devido a fatores naturais não muito bem conhecidos, segundo se dizia, eles haviam se reproduzido com uma velocidade extraordinária — "Mesmo a, sei lá, meio dólar a cabeça, já dá pra você se aposentar e ir morar lá pros lados do Leste — e ficar no tal Hotel Ritz, onde aqueles meninos com chapéus cilíndricos trazem tudo que você pedir, dia ou noite —" O único encargo de Reef seria fisgar os otários, todas as tarefas de pesquisa e todos os riscos seriam assumidos por Archie como principal envolvido, "tarefas ingratas, todas elas, mas sem risco não tem recompensa, é ou não é?".

"Assim é no mundo dos negócios", concordou Reef, tentando parecer irônico o bastante para evocar os perigos da extravagância, mas não tanto que parecesse provocação — pois a experiência lhe ensinara que aqueles sabe-tudo nunca eram tão tímidos quanto pareciam ser, aliás alguns deles eram até bem enfezados.

Se os "amigos" de Reef, no trabalho e na vida pessoal, eram de modo geral gente sofrida e fácil de entender, os de Stray, que costumavam viver nas sombras, tendiam a praticar as artes da obliquidade — muitos acabaram se revelando cafetões de vários tipos. Agentes, intermediários, por assim dizer, e nem todos eram homens, é claro. Esses "amigos" de Stray, de modo geral, viviam envolvendo Reef em enrascadas, enquanto os "amigos" dele até então raramente haviam feito o mesmo com ela. E nem pensar em coisas tão simples quanto ser perseguido pelos agentes da lei, ou ter que fugir para uma jurisdição mais segura, não, esses rostos desconhecidos que surgiam do passado de Stray estavam sempre decididos a fazê-lo *se tornar sócio* de várias negociatas, poucas das quais eram promissoras.

No decorrer de todas aquelas confabulações, na maioria das vezes Stray estava presente, observando, junto à grade no jirau de algum cassino, ou então olhando pelo vidro gravado da porta de um escritório, como se apenas movida por uma curiosidade infantil, querendo saber de que modo aquelas duas figuras que entraram em sua vida em momentos tão diferentes poderiam estar se entendendo, embora nunca deixasse de cobrar uma comissão, normalmente em torno de cinco por cento, sobre qualquer um daqueles negócios que realmente desse fruto. Cafetizando os cafetões, por assim dizer.

Foi assim que durante anos, por todo aquele trecho do continente, eles haviam lutado, fugido, seduzido, retomado... Quem pegasse um mapa e tentasse acompanhar a trajetória deles, traçando zigue-zagues de uma cidade a outra, para a frente e para trás, talvez não conseguisse compreender, mesmo tendo em mente como era selvagem lá, como era muito melhor do que "selvagem" não muitos anos antes, ali nos cafundós, mesmo com dias de trabalho que davam saudade dos confortos da prisão do território, tão pesado era o trabalho, quando tudo aquilo que ia se tornar seu — sua terra, seu gado, sua família, seu nome, fosse o que fosse, por mais ou por menos que você possuísse, seria seu por merecimento, sem que você jamais pensasse duas vezes antes de fazer algo tão simples quanto matar alguém, bastando que a vítima *parecesse* estar interessada em tomar o que era seu. Talvez o fato de que um cachorro farejava o cheiro dessa pessoa no vento, ou o modo como um peão estava usando a capa de chuva, bastasse — não importava, sendo tudo novo em folha e o trabalho tão duro, cada um despertando a cada dia sem nunca saber como estaria na hora de se deitar, a ideia de morrer nunca estava muito longe dos pensamentos, pois qualquer doença, ou animal selvagem ou domesticado, ou bala vindo de qualquer direção, poderia ser bastante para levá-lo para o mundo do além... ora, qualquer trabalhinho que se fizesse vinha carregado do mesmo temor mortal — Karl Marx e os outros, tudo muito bem, mas era esse o único Capital que as pessoas tinham naquela época, naquela região — nada de comprar ferramentas a crédito, nem capital semente oferecido por algum banqueiro, apenas um fundo comum de medo que brotava a partir da mera visão do dia nascendo. Isso dava às coisas um aspecto do qual a vida de salão jamais se aproximaria, e assim sempre que ela e Reef chegavam ou partiam, quando não se tratava, bem entendido, de simplesmente fugir às pressas, era porque um deles ficara sabendo de um lugar, algum lugar, mais um lugar nos confins, que ainda não havia sido tomado, onde se podia viver por um tempo no limiar daquela velha questão da mão para a boca, pelo menos até que as noites de sábado se tornassem tranquilas o bastante para que se pudesse ouvir o sino do relógio da cidade dando as horas antes que em algum domingo a coisa se tornasse terrível demais para querer ficar sóbrio... Assim, com o tempo surgia uma população de embaixadores errantes de lugares assim, que ainda eram livres, e onde quer que eles parassem ali se tornava um pequeno trecho soberano daquele território longínquo, e eles teriam um santuário mais ou menos do tamanho de suas próprias sombras.

A primeira coisa que Reef procurava em qualquer lugar era a turma dos jogadores. Embora ele dissesse não gostar de fazer o que chamava "levar carneiro pra tosquia", Stray o viu uma ou duas vezes topar assim mesmo, normalmente quando ele ou ela já estavam começando a se aprontar para sumir da cidade. "Só quero umas duas horas no vagão-restaurante", era como ele dizia, "é o mínimo que a gente merece, não é?" Iam somente a lugares onde não se sabia, entre uma carta e outra, quem seria o próximo a sacar uma pistola ou um punhal. Onde tais instrumentos não eram guardados na gaveta de alguma escrivaninha fabricada em Chicago, mas sempre junto ao corpo.

Se alguma vez ele dizia o quê? Por exemplo, "Por favor?". Não, o mais provável era algo assim: "O pessoal todo está lá em Butte" — suspiro profundo — "tomando uísque com cerveja sem mim", ou então: "Estou pensando em ir domar os burros selvagens de novo lá nas margens do Uncompahgre", sendo que Stray seria bem-vinda se quisesse ir com ele, etcétera e tal. Mas ela também não teria suas razões para não ir? Às vezes ela simplesmente não queria ir com ele até a estação para se despedir, acrescentar mais umas lágrimas à choradeira já em andamento na plataforma, não, muito obrigada.

Eles haviam morado em estrebarias, barracas de acampamento do exército ainda com manchas de sangue antigas, hotéis em cidades com camas de baldaquino, haviam acordado em quartos de fundos de cassinos onde o balcão do bar tinha marcas de dentes de uma ponta à outra. Às vezes o cheiro era de poeira e bichos, às vezes óleo de máquina superaquecido, raramente de flores no jardim ou comida caseira. Mas no momento estavam vivendo numa cabana pequena e simpática perto do Uncompahgre. Jesse ficava à vontade em meio a travesseiros de penas e edredons de avós emprestados num engradado para dinamite — perfeito para bebês porque nele não havia pregos que o espetassem, sabe-se que os pregos atraem a eletricidade, coisa muito comum naquela serra cheia de tempestades, de modo que a caixa do bebê era toda montada só com pinos de madeira e cola. Contemplando Jesse, Stray tinha no rosto uma expressão, um sorriso mais do que pronto para que o fulgor do fogão da velha parceria se reacendesse, como se estivesse prestes a dizer: "É, pelo visto vamos passar uns tempos longe dos trens", só que o mais provável era que Reef retrucasse: "Ora, meu bem, você não vê que ele está doido pra levar um vento na cara, não é mesmo, filhote", pegando o bebê e dançando com ele uma dança de caubói, tão rápido que os cabelos finos da criança eram jogados para trás. "Esse menino é estradeiro, não é mesmo, Jesse, um menino estradeiro!" Assim, os pais de Jesse mantinham-se em silêncio, mesmo na presença daquele milagre inegável, cada um pensando seus próprios pensamentos, um a quilômetros do outro.

Jamais fora intenção de Reef fazer parte de uma dinastia de foras da lei. "Eu achava que tinha direito a ter uma vida normal como todo mundo", era o que ele dizia. Isso lhe proporcionava alguns dias difíceis, pois ele jamais perdoava o que quer que fosse que lhe distribuíra aquelas cartas para que ele jogasse com elas. Preparava-se para fazer uma coisa e, sem mais nem menos, ela era retirada, e então havia aquela outra coisa que tinha de ser feita, querendo-se ou não, não tinha jeito...

Fingir que estava levando vida de boêmio funcionou por algum tempo, o bastante para irritar Stray, mas não para fazê-la vir atrás dele ou, pior ainda, tentar contratar alguém que o seguisse.

Porém, um dia, menos de um ano depois, ele aprontou uma relativamente perto demais de sua casa, e Stray virou uma curva na estrada, a caminho de visitar sua irmã Willow, e deu com Reef preparando um estopim — nada de muito grande, uma ou duas bananas, apenas o bastante para detonar uma caixa de ligação que pertencia a uma mina perto de Ophir — um sorriso bobo no rosto e a mão coçando o saco. Stray sentou-se, com Jesse amarrado nas costas, e ficou de braços cruzados, esperando algo que, ele imaginou depois de algum tempo, deveria ser uma explicação sua. E então, querendo ou não, seria necessário abrir-se com ela.

"E quando era que você ia contar isso pra mim? Quando estivessem passando o laço no seu pescoço?"

Ele fingiu se irritar. "Não é da sua conta, Stray, porra."

"Querido, sou eu."

"Eu sei, o problema é justamente esse."

"Deve ser desse jeito que os Kid não-sei-das-quantas falam com as mulheres deles."

Não era apenas a perseguição, os letais representantes da lei, da Pinkerton e da polícia, atrás dele, e mais os outros desconhecidos e invisíveis dos quais ele ainda não sabia nada, nenhum desses, e sim o implacável e inatingível adversário interior, que acreditava piamente, coitado, na vindoura guerra entre as classes, a comunidade de luta que um dia virá, como dizia a canção, "sinto o cheiro no vento", ele gostava de murmurar com seus botões, "eu pareço até um desses crentes com essa história de salvação. Irmãos, o dia se aproxima. Os sinais são claros, não há como negar".

Isso a maior parte do tempo. Às vezes ele só queria mesmo era a explosão, era como dizer a eles, numa voz alta demais para ser ignorada, que fossem se foder. E por vezes era para que ele não sentisse a remoer por dentro aquela história inacabada envolvendo Deuce e Sloat onde quer que os dois estivessem agora. Se os próprios livros do Capital mostravam que no final das contas o saldo era a favor da perdição, se esses plutocratas eram inegavelmente maus, então muito piores seriam aqueles que resolviam seus problemas para eles, por mais que ignorassem o motivo, nem todos os rostos deles estavam nos cartazes de procurado vivo ou morto, naquele estilo de textura escura que era mais uma espécie de evocação, o anseio malsinado que campeava por lá, do que um retrato verossímil de um facínora...

É, pois é, ele e Stray, eles podiam conversar sobre isso. Um pouco. Podiam, sim, e não podiam.

Agora não era mais só cuidar de Webb. Os montes San Juan tinham virado um campo de batalha, eram mineiros sindicalizados, fura-greves, milícias, pistoleiros contratados pelos proprietários, um atirando no outro e de vez em quando acertando num cidadão que ganhava uma passagem só de ida para aquela terra de trevas onde todos se reuniam. Eles queriam a atenção de Reef, esses e os que tinham morrido nos outros lugares, Coeur d'Alene, Cripple Creek, mesmo lá em Homestead, a leste, pontos intermediários, todos se manifestavam. Eram os mortos de Reef agora, sem dúvida, e voltavam para refrescar-lhe a memória em clima de ópera. Merda. Não dava para deixá-los na mão, era como se todo um orfanato passasse a ser responsabilidade sua inesperadamente. Esses mortos, esses cavaleiros brancos da fronteira, já atuando impávidos como agentes de forças invisíveis dali, podiam assim mesmo, como crianças, conservar uma inocência só deles — a inocência dos recém-chegados ao Além, de novatos que precisavam ser protegidos das agressões da implacável trilha do outro mundo, onde não há placas. Eles confiavam tanto em Reef — como se ele fosse mais informado que eles — confiavam nele para guiá-los... confiavam no vínculo que os unia, e, para Reef, subverter essa confiança seria o mesmo que questionar sua própria fé...

Às vezes ele cometia o erro de dizer essas coisas em voz alta, quando Stray estava por perto. Ela fazia questão de olhar para a criança, como se Reef de algum modo a tivesse colocado em perigo, e aí começava.

"Isso não é a mesma coisa que pôr flores num túmulo, Reef."

"Não é não? Eu pensava que cada morto era de um jeito. Claro que tem uns que gostam de flores, mas tem outros que preferem sangue, será que você não sabia disso, não?"

"Tem xerife pra essas coisas."

Não. Era algo que pertencia a eles, aos que estavam do outro lado do Muro, nada tinha a ver com o Estado nem com as leis do Estado, e certamente com nenhum xerife de merda.

"Meu trabalho é não deixar que os adversários briguem", um desses xerifes tentou instruir Reef uma vez.

"Não, Burgess, o seu trabalho é deixar eles matarem gente do Sindicato, a gente nunca podendo revidar."

"Reef, se eles infringem a lei —"

"Ah, conversa. A lei. Você é só um vagabundo mendigando comida no palácio deles, Burge. Então você acha que se alguém der um tiro em você aqui e agora, que eles vão se incomodar com isso? Que eles vão mandar flor pra Laureen e pros *chavalitos*? Que nada, eles vão mais é enfiar um pedaço de papel num tubo pneumático, depois sai outra cavalgadura do tubo, piscando, prega no peito essa estrela, e não tem nem um formulário pra anotar o seu nome, quanto mais notícia no jornal. Claro que se você quiser continuar chamando isso de lei, pode continuar."

O que ele disse a Stray foi: "Isso é precioso demais pra deixar na mão de um bando de palhaços de escritório".

"Ah, meu Senhor Jesus."

"Precisa chorar não, Stray."

"Não estou chorando, não."

"A sua cara está toda vermelha."

"Você não sabe o que é choro."

"Meu bem, você deve estar com essa história de forca na cabeça há algum tempo, desculpe, eu conheço toda essa conversa de mulher, ah, benzinho não quero que enforquem você não, está bem, obrigado, mas me diz lá, tem mais alguma coisa?"

"Mais alguma coisa? Já que hoje você está tão animado, quer saber qual é essa alguma coisa? Olha aqui, Reef — você ir pra forca eu até entendo, mas eles podem querer também botar *eu* na forca. Taí a 'alguma coisa'."

O que ele naturalmente não percebeu nessa fala foi a promessa que Stray sabia muito bem estar fazendo, de ficar ao lado dele, até a forca, se a sorte deles desse nisso. Mas Reef não queria ouvir mais nada, de jeito nenhum, e mais que depressa passou a fingir que o problema era só a segurança dela. "Amor, ninguém vai querer enforcar você. Eles vão querer é comer você."

"Claro. E *depois* me enforcar."

"Não, porque até lá você vai enfeitiçar todos eles, vão todos querer cair de joelho na frente dos seus pezinhos famosos."

"Ah. Você é mesmo um criançăo."

"Não fica com pena de mim, não."

"Fico não. Mas cresce, Reef, cresce."

"Crescer pra ficar que nem você? Eu, não."

Isso que dá a gente querer se abrir e dizer o que está sentindo. Reef sabia que seus dias estavam contados como praticante das artes explosivas que ele herdara do pai, se bem que tinha de haver outras maneiras de lutar pela sua causa sem ser com dinamite. A única coisa de que ele tinha certeza era que precisava levar a coisa adiante e endireitar o que estava torto. Mas era hora, mais do que hora, de Frank assumir parte da responsabilidade.

"Vou lá em Denver tentar achar o Frank."

Stray imaginava o que ele pretendia fazer, e pelo menos daquela vez não fez seus comentários, apenas se despediu dele à porta, fazendo questão de estar com Jesse nos braços na ocasião.

Ele partiu no advento do inverno, sob os lençóis e capuzes de cavaleiros noturnos grandes como montanhas, rasgados, varridos pelo vento, parando apenas para acumular montes de neve ou formar uma avalanche prestes a se soltar e eliminar da face da Terra tudo que encontrasse em seu caminho. Correntes de água congelada na superfície vertical de rocha lembravam arvoredos de álamos-brancos e vidoeiros, sem folhas. O pôr do sol costumava ser uma tempestade de fogo roxo, riscada por listras alaranjadas de brilho deslumbrante. Os outros cavaleiros que encontrava no caminho eram amistosos, como militantes da causa dos que não descem aos vales, às pastagens do sul, que permaneciam, como se houvesse algo a ser obtido ali por uma questão de honra, alguma desventura montanhesa infindável, e tivesse de ser ali, em meio àquelas verticalidades alvas, pois não teria sentido em nenhum outro lugar. Que amarravam seus casebres miseráveis à montanha com cabo de aço e parafusos, e o vento que urrasse e se danasse. E na manhã seguinte saíam para catar os pedaços de telhado e chaminé e sabe-se lá mais o quê, tudo que ainda não havia sido levado para o México pelo vento.

Quando essas altitudes passavam para a esfera do sobrenatural, as oportunidades de sucesso da vida que se debatia pareciam parcas demais para se levar em conta. À medida que as neves se aprofundavam nas cidades, cobrindo as janelas dos rés do chão e depois as dos sobrados, e os ventos sopravam do norte com ferocidade crescente, nada ali, nenhum prédio nem traçado de ruas, parecia mais permanente do que um acampamento provisório — quando chegasse a primavera, tudo se reduziria a fantasmas e dor, ruínas de madeira escurecida e pedras esparramadas. Naturalmente, parte disso era justamente a concepção que tinham alguns do que era possível — pessoas que tinham vindo do Texas, do Novo México ou mesmo de Denver, a impressão delas era que nada poderia sobreviver, que diabo tinha na cabeça essa gente que pensava em se fixar aqui.

A montaria de Reef era um potro chamado Borrasca, mais para pequeno, porém rápido e esperto e treinado, como a maioria dos cavalos daquela região — sendo o terreno como era — a se deixar montar de um lado ou do outro, morro acima ou abaixo, o que mais o ajudasse a manter o equilíbrio. Passaram por um vale em que havia dos dois lados avalanches prestes a desabar.

Como as montanhas e riachos e outros traços permanentes da paisagem, toda avalanche tinha nome nos morros San Juan, mesmo que havia muito tempo permanecesse estável. Em alguns lugares havia vários deslizamentos de terra por dia, em outros quase nunca, mas eram todos eles semelhantes a reservatórios de pura energia potencial, aguardando tensos seu momento. Naquele instante, Reef estava passando exatamente por um que recebera o nome de Bridget McGonigal, dado por um proprietário de mina que já havia voltado para o Leste, em homenagem a sua esposa, que também tinha o hábito de destrambelhar-se nos momentos mais imprevisíveis.

Reef ouviu uma explosão ao longe, vindo do alto, ecoando de uma encosta à outra, e seu ouvido de dinamitador percebeu na mesma hora que dinamite aquilo não era, por não ter contornos bem nítidos — aquela concussão tinha o aspecto irregular de pólvora negra, e assim não era impossível que se tratasse de membros da Guarda Nacional se divertindo com seus morteiros, se bem que normalmente o único motivo para fazer explodir pólvora era deslocar uma grande massa de neve em vez de apenas fazer furos nela, e por que motivo num dia tão cinzento e desabitado como aquele haveria necessidade de fazer isso, especialmente num lugar tão alto, com o risco de desencadear uma avalanche...

Ah, não, que *merda?*

Lá vinha ela, com um rugido de esmagar a alma, a toda velocidade, tão imensa que enchia todo o dia, uma nuvem clara elevando-se até o alto do pouco céu que lhe era dado ver naquela direção, lá embaixo havendo se instalado uma súbita penumbra, ele e Borrasca bem no meio da trajetória. Nada por perto para servir de barreira. Borrasca, um animal muito bem-dotado de senso comum, soltou um relincho dos que querem dizer "essa não!" e começou a se afastar dali o mais depressa possível. Calculando que o potro se safaria melhor sem arcar com o peso de um cavaleiro, Reef tirou os pés dos estribos e saltou fora, escorregou na neve, caiu e se levantou outra vez na hora H para se virar e ver a enorme muralha a despencar.

Mais tarde Reef perguntaria a si próprio por que motivo não saíra correndo morro abaixo tão rápido quanto podia, planejando uma maneira de sair dali a nado, se conseguisse sobreviver até lá. Ao que parecia, não resistira ao impulso de dar uma última olhada. E o que reparou de imediato foi que a avalanche agora estava seguindo numa direção um pouco diferente, mais para sua esquerda, e não tão depressa quanto ele imaginara de início. Depois concluiu que fora salvo pelo tempo, pois a temperatura estava anormalmente amena naquela semana, quase como se fosse primavera, de modo que a massa semiderretida não desceu muito depressa e formou uma espécie de represa de neve em algum lugar, onde havia algum obstáculo providencial no terreno, e isso teve o efeito de desviar dele todo aquele volume gigantesco, o suficiente para não atingi-lo. Essas coisas aconteciam. Todo mundo ali tinha uma história de avalanche para contar, ser coberto de neve por uma avalanche e em seguida descoberto por outra era um dos milagres mais populares, em meio a outras incontáveis ocasiões...

A grande nuvem, agora um véu de misericórdia, separava Reef de tudo que havia encosta acima, oferecendo-lhe uns poucos minutos para escapulir de quem o estivesse vendo lá no alto e torcer para que parecesse que ele havia sucumbido na armadilha. Saiu correndo, tanto quanto era possível correr naquela neve úmida, em direção ao lugar em que a trilha ziguezagueava, e a primeira coisa que viu quando fez a curva e se sentiu protegido foi Borrasca, seguindo em frente sem pressa, já no trecho seguinte de estrada mais abaixo, voltando para a estrebaria em Ouray. Sem ter como calcular a profundidade da neve, e não tendo na meninice praticado nenhuma das idiotices comuns no inverno naquelas montanhas, Reef tirou a capa impermeável, dobrou-a de modo a formar uma espécie de trenó improvisado, subiu nela, agarrou o chapéu e, esforçando-se para não gritar, saiu da trilha e começou a escorregar por aquela brancura íngreme e desconhecida, com a vaga ideia de evitar cruzar o caminho de Borrasca, rezando como jamais rezara para que não houvesse nenhuma pedra escondida no caminho. Ao se aproximar da trilha lá embaixo, imaginou que talvez estivesse indo um pouco depressa demais, e pôs para fora um pé, depois o outro, e por fim rolou para fora de modo a frear seu próprio corpo, e por um triz não cruzou a pista e despencou na encosta seguinte, que era íngreme *mesmo*, seria possível até chamá-la de vertical. Mas conseguiu parar antes do abismo e deslizar mais cerca de dois metros até chegar à pista. Ficou deitado por um minuto, de barriga para cima, olhando para o céu. Borrasca, aproximando-se, contemplou-o com curiosidade, mas sem nenhum espanto por vê-lo ali.

"Acho que não avisei que ia voltar", Reef saudou o potro, "mas de qualquer modo é bom voltar a ver você, e vamos ver até onde aquela coisa desceu."

O potro não se importou, e ficou parado, revirando os olhos, até que Reef voltou a se instalar nele e retomaram a viagem.

Descem até Ouray sem cruzar com nenhum outro viajante, se bem que sempre era possível que alguém estivesse olhando por um binóculo. Reef tirou a conclusão otimista de que, para a Associação dos Proprietários (e quem mais poderia ter sido?), ele estava morto, e portanto havia nascido de novo, "em verdade vos digo, nascido de novo", murmurou para o cavalo, o qual, a julgar por sua expressão acentuadamente humana, talvez entendesse, no sentido hinduísta, algo do que Reef tinha em mente.

"Você voltou depressa."

Reef contou a ela o acontecido. "Só posso fazer uma coisa."

"Sei. Me deixar sozinha aqui, com o inverno pela frente, e um bebê chorando."

Ele sentiu uma vibração vazia de medo, uma sensação bem conhecida, ao longo da sua linha de centro, até chegar às palmas das mãos e aos dedos. Era só por ela o estar olhando daquela maneira. Nada ajudaria naquele momento. Porém Reef disse: "A gente sempre acaba dando um jeito de voltar a ficar junto. É ou não é?".

Ela continuava a olhá-lo daquele modo.

"O que foi que mudou? O bebê, certo, mas o que mais?"

"Eu falei alguma coisa, Reef?" Levantar a voz, ah, isso ela não fazia. Nunca. Nunca mais, puta que o pariu, e desse jeito é claro que ela se aproximava mais ainda de deixar que as coisas andassem, enquanto ele não conseguia parar de falar.

"Não quero que você nem ele se machuquem, não é, sei lá, esses caras podem muito bem estar agora mesmo ali em frente, naquela crista, só esperando alguém abrir essa porta. Você, por favor, não me faça nenhum sermão desta vez, não, está bem? Deixa para a próxima vez que a gente se encontrar?"

Ela não queria, não: "A Willow pode tomar conta do Jesse por uns tempos, com ela e o Holt ele vai estar protegido, mas você, não sei, não, seu paspalhão, vai precisar de alguém para proteger você...". Ora, ora, isso depois de tantos anos, jurando que ela nunca ia fazer isso. Uma covardia, essa choradeira de mulher. Sabendo que ele já estava indo, sua sombra, do outro lado da soleira, com aquela carcaça condenada que ela amava, a pança de cerveja e tudo o mais agora não passava de um detalhe. Deus! como ela, que nunca rezava, estava rezando agora para que a tal pessoa, fosse quem fosse, não houvesse chegado ainda na crista, pois ela queria que houvesse um mínimo de possibilidade de que ele continuasse vivo, em algum lugar.

"O primeiro trovão vindo do leste, amor. É aí, segundo os Zuñis, que o inverno termina, e é aí que eu vou voltar..."

Jesse estava dormindo, por isso Reef apenas lhe deu um beijo bem suave na cabeça antes de sair pela porta afora.

E foi assim que Reef assumiu a identidade de um tal Thrapston Cheesely III, um sujeito da Costa Leste doente dos nervos, aprendendo a parecer mais doente do que estava, a se vestir como um cidadão que seria incapaz de montar num cavalo de carrossel, penetrando sorrateiramente em Denver para ter aulas de dança com uma certa madame Aubergine, fazendo-a jurar segredo, invocando uma velha maldição de um xamã Ute. Começou a usar colônia e o mesmo tipo de brilhantina que usava o cáiser Guilherme da Alemanha, e guardava sua dinamite, detonadores e demais equipamentos explosivos num jogo de malas de couro de crocodilo, todas com seu monograma, que lhe fora dado pela provocante e voraz Ruperta Chirpingdon-Groin, uma viajante inglesa fascinada pelo que ela via como contradições em seu caráter, e de modo algum repelida pelos sinais de perigo que acabou captando.

"Minha cara, minha *caríssima* senhora Chirpingdon-Groin, não fique muito contrariada comigo, admito que me comportei mal na cozinha com a Yup Toy, e tudo o mais, mas a senhora precisa me perdoar, pois que significado pode ter uma flor de lótus ainda em botão para um homem que passou um momento, que seja, na sua companhia, minha encantadora, *desejável* senhora Chirpingdon-Groin..."

A própria Yup Toy, aguardando ao lado de uma enorme máquina de fazer gelo em meio a uma fileira de entregadoras de gelo orientais, todas com trajes sumários ornados com lantejoulas, seu rosto pintado, uma máscara de porcelana à luz de nafta que vinha de algum lugar, lá embaixo, olhava fixamente, chupando uma unha pintada de escarlate, não parecendo inescrutável a nenhum observador que não os que são costumeiramente desdenhosos, tais como Ruperta. Na opinião de outros que apreciavam mais as suas virtudes, sua mente era um livro aberto, e muitos começaram a se afastar, antevendo problemas pela frente. Nas profundezas escuras da grande máquina, um implacável martelo a vapor atacava grandes blocos de gelo, vapores elevavam-se e dissipavam-se, uma confusão de água em todas as suas fases ao mesmo tempo, em meio à qual as entregadoras, dirigidas por um *maître* com um par de castanholas, deslizavam de patins por entre as mesas, entregando baldes de aço galvanizado, assinalados com o nome do estabelecimento, cheios, a ponto de transbordar, deste sólido de baixa temperatura.

Reef tornou-se um membro do salão informal de neurastênicos que se formara em torno de Ruperta, a viajar de uma fonte a outra de águas termais, em busca da juventude eterna ou para fugir do peso morto do tempo, encontrando jogadores de cartas impulsivos ou desatentos o bastante para lhe garantir o consumo regular de havanas e champanhe de três dólares e meio a garrafa, e surpreendendo Ruperta de vez em quando com bijuterias indígenas de prata e lápis-lazúli e uma ou outra cesta de flores para mantê-la na dúvida, pois Ruperta havia descoberto que ele era um selvagem branco tentando se fazer passar por um janota. O que não impedia que os dois tivessem um bom arranca-rabo cerca de uma vez por semana, bate-bocas memoráveis que faziam todos correr para a periferia, sem saber direito qual a distância mínima que garantia a segurança. Entre um e outro conflito, Reef tinha conversas longas e erráticas com seu pênis, dizendo-lhe que não havia muito sentido em ter saudades de Stray naquele momento, afinal, pois isso só teria o efeito de embotar a lâmina do desejo, não apenas por Ruperta como também por qualquer outra, Yup Toy ou lá quem fosse, que aparecesse no decorrer daquelas viagens.

Terminaram separando-se em New Orleans após uma noite confusa e repetitiva, uma verdadeira dor de cabeça que começou no estabelecimento de *monsieur* Peychaud, onde os *sazeracks*, supostamente inventados lá, não chegavam aos pés, na opinião de Reef, dos que eram servidos no bar de Bob Stockton em Denver, ainda que os *frappés* de absinto fossem outros quinhentos. Devidamente calibrados, todos foram para o Bairro Francês em busca de formas de inebriação "mais exóticas", o que significava, se alguém cobrasse uma explicação, alguma espécie de pó de zumbi.

Naquela noite, Ruperta estava usando um traje justo de bengala negra, com um colarinho renascentista e punhos de chinchila falsa. Nada por baixo além do espartilho e das meias, como Reef já tivera oportunidade de constatar antes, no habitual encontro que os dois tinham ao final da tarde.

Em pouco tempo tornou-se claro naquela cidade que o que era possível se ver na rua não apenas não chegava "da missa a metade" mas na verdade nem era missa nenhuma. A vida verdadeira do lugar estava escondida nas profundezas dos quarteirões, por trás de imponentes portões de ferro, seguindo-se por passagens ladrilhadas que pareciam se estender por quilômetros. Ouviam-se acordes fracos de música, um som maluco, banjos e cornetas, glissandos de trombones, pianos tocados por músicos de puteiros os quais davam a impressão de que havia teclas adicionais entre cada duas teclas comuns. Vodu? Vodu era o de menos, estava por toda parte. Sentinelas invisíveis faziam questão de assinalar sua presença, e até o pescoço mais grosso era ali suscetível às comichões monitórias do Invisível. Do Proibido. E nesse ínterim os cheiros da culinária local, chouriço, quiabo, lagostim, camarão cozido em sassafrás, vindo de lugares invisíveis, tinha o efeito de perturbar o que restava do bom senso. Para todos os lados havia negros a se esbaldar na rua. Como as Confusões Italianas, que se seguiram ao assassinato do chefe de polícia, supostamente cometidas pela Máfia, ainda estavam frescas na memória cívica, as crianças costumavam abordar os desconhecidos, fossem ou não italianos, com "*Ma che*, quem matou *il* chefe?" para não dizer "*Vaffanculo* tua irmã".

Terminaram no Maman Tan Gras Hall, um café-concerto perto da Perdido Street, no coração da zona do meretrício.

"Sem dúvida, uma *guinguette* muito simpática", exclamou Ruperta, "mas, meus caros, a música!"

"Dope" Breedlove e seus Negões Alegres eram a banda da casa, e todos estavam se divertindo tanto que não se incomodavam com uma figura como Ruperta. Alguns fregueses até a convidavam para dançar, o que tinha o efeito de fazê-la mergulhar numa estranha cataplexia marcada por um sorriso de desdém, o que levava os homens a se afastar em perplexidade, quando então ela virou-se para Reef no auge da indignação, se não em pânico total. "Então ficas parado aí enquanto esses escurinhos sorridentes nos humilham a nós dois?"

"Como assim?" Reef com razoável bonomia. "Olha só — então você não vê o que essas pessoas estão fazendo? Isso se chama dançar. Eu sei que você dança, já vi você dançando."

"Esta música", murmurou Ruperta, "só é compatível com a copulação mais animalesca."

Ele deu de ombros. "Também já vi você fazer isso."

"Meu Deus, como és vil. Onde eu estava com a cabeça? Pela primeira vez meus olhos abriram-se e revelaste-te a mim tal como és — tu e todo esse teu país enlouquecido, que ficou a se despedaçar por cinco anos por causa dessa raça de selvagens. Algernon, tire-nos daqui, por favor, e depressa."

"Então, nos vemos no hotel?"

"Acho pouco provável. Teus trastes estarão em algum lugar no saguão." E assim, sem mais nem menos, ela se foi.

Reef acendeu um cigarro de cânhamo com tabaco e considerou sua situação, enquanto a seu redor melodias e ritmos irresistíveis continuavam a transformar a noite. Depois de algum tempo, dando de ombros, aproximou-se de uma jovem sorridente, que usava um espantoso chapéu com plumas, e tirou-a para dançar. Percebeu que a moça o olhava de alto a baixo, mas mesmo assim, em um segundo e meio, era mais atenção do que Ruperta jamais lhe dera.

Quando "Dope" e sua orquestra fizeram um intervalo, Reef perguntou-lhe: "O que era que você e todos na sua mesa estavam bebendo? Posso lhe pagar mais um?".

"*Ramos gin fizz*. Pegue um pra você também."

O *barman* preparou os drinques demoradamente numa comprida coqueteleira de prata, com lentos movimentos sincopados. Quando Reef trouxe as bebidas, toda a mesa estava no meio de uma discussão sobre a teoria anarquista.

"Aqui mesmo, o Benjamin Tucker escreveu sobre a Liga da Terra", dizia um jovem de voz inconfundivelmente irlandesa, "com entusiasmo — nunca o mundo jamais viu algo tão próximo de uma organização Anarquista perfeita."

"Se a expressão não fosse uma contradição em termos", comentou "Dope" Breedlove.

"E no entanto é o mesmo que eu percebo quando sua banda está tocando — a mais extraordinária coerência social, como se todos vocês tivessem um único cérebro em comum."

"É verdade", concordou "Dope", "mas você não pode chamar isso de organização."

"Então você chama de quê?"

"*Jazz*."

O irlandês apresentou-se a Reef como Wolfe Tone O'Rooney, um revolucionário itinerante — mas não, apressou-se a acrescentar, um feniano, o modo de agir dos fenianos era correto dentro de suas limitações, mas na opinião dele, que vinha de uma família vinculada à Liga da Terra, pois seu pai e tios dos dois lados tinham sido membros fundadores, os fenianos eram muito limitados.

"Foi a Liga que inventou o boicote, não é", arriscou Reef.

"Que é uma técnica fantástica, quando se está no interior, em Sligo e Tipperary, esses lugares. Os desgraçados dos britânicos ficam enlouquecidos, e de vez em quando até desistem de fazer suas barbaridades odiosas. Mas nas cidades..." Após uma pausa curta, Wolfe Tone deu a impressão de que animava a si próprio — "Mas graças a Deus existe este imenso e bondoso país, que não para de enviar a nós uma profusão de moedinhas, pois sem elas íamos todos congelar e morrer, como batatas num inverno rigoroso". Ele havia recentemente viajado por várias cidades dos Estados Unidos, angariando fundos para a Liga, e ficara particularmente impressionado com a luta dos mineiros no Colorado.

"Eu tinha esperanças de ter uma oportunidade, quando estava lá, de conhecer o grande dinamitador do Oeste conhecido como Kid Kieselguhr, mas infelizmente há algum tempo que não se tem notícias dele."

Reef, sem saber como responder mas consciente de que desviar a vista de repente naquele momento não seria uma boa ideia, permaneceu em silêncio, olhando o irlandês nos olhos, e por um momento julgou perceber que uma certa luz se acendia nele. Logo em seguida, porém, Wolfe Tone pareceu mergulhar de volta em seu estado predileto, uma introspecção carrancuda, que mais tarde Reef viria a identificar como um recurso metafórico cujo teor sempre incluía implementos letais utilizados na calada da noite.

"Esses branco são um bocado macambúzio", observou "Dope" Breedlove.

"E vocês sorriem o tempo todo", retrucou Wolfe Tone. "Não acredito que uma pessoa possa ficar feliz desse jeito."

"Hoje", disse "Dope", "é porque a gente acabou de se apresentar lá na Rampart Street, no Red Onion", revirando os olhos por um instante ao pronunciar aquele nome que significava perigo para toda a irmandade musical, "e sobreviveu pra contar a história. Além disso, não queremos decepcionar os inúmeros caucasianos amantes da música que vêm aqui na esperança de vislumbrar dentes reluzentes. Ah, mas nós gosta *mesmo* é de costeleta de porco!", acrescentou, num tom mais alto, tendo percebido que o proprietário havia se aproximado, tentando fazer com que a banda retomasse o trabalho.

Quando a banda voltou a tocar: "De início pensei que você era mais um idiota inglês como as pessoas que estavam no seu grupo", disse Wolfe Tone O'Rooney.

"Ela me deu o fora", confidenciou Reef.

"Precisando de um lugar pra ficar? Talvez não tão chique como os que você está acostumado —"

"Também não era muito chique o tal do Hotel St. Charles, não, pensando bem." Wolfe Tone estava no Deux Espèces, uma estalagem que ficava bem no meio da zona de meretrício, cheia de bandidos de todos os tipos, que estavam, em sua maioria, aguardando navios para ir embora do país.

"Este aqui é o Flaco, que talvez tenha uma paixão em comum com você."

"Ele se refere à química", disse Flaco, com um olhar significativo.

Reef virou-se para o irlandês, que fez cara de inocência indignada.

"Há uma espécie de comunidade", disse Flaco, "em que os membros aprendem a reconhecer um colega depois de algum tempo."

"Eu sou mais um aprendiz", disse Reef.

"No momento todo mundo só fala na Europa. Todas as Potências estão tentando descobrir qual a melhor maneira de deslocar as tropas, e de saída a gente pensa nas estradas de ferro, mas tem montanha pra tudo que é lado, dificultando o movimento, e aí o jeito é fazer um túnel. De repente, por toda a Europa passou a ser necessário abrir túneis pequenos ou grandes. Você já trabalhou em túnel?"

"Um pouco", disse Reef. "Talvez."

"Ele —", começou Wolfe Tone.

"Sim, irmão O'Rooney. Eu...?"

"Não é político como nós, Flaco."

"Não sei, não", disse Reef. "E, pensando bem, nem você. Tenho que pensar nisso."

"Todos nós", disse Wolfe Tone O'Rooney. Com a mesma luz nos olhos que surgira, na véspera, ao vir à tona o assunto do Kid Kieselguhr.

Era uma manobra já bem conhecida, tão natural quanto engolir saliva. Em seu íntimo, ele deu de ombros. Resistiu ao impulso de pensar em Stray e Jesse.

"Observamos o mundo, os governos de todos os tipos, uns com mais liberdade, outros com menos. E constatamos que quanto mais repressivo é o Estado, mais a vida que se leva lá se assemelha à Morte. Se morrer é ser lançado numa condição de total falta de liberdade, então o Estado tende, no limite, à Morte. A única maneira de enfrentar o problema do Estado é utilizar a anti-Morte, também conhecida como Química", disse Flaco.

Ele era um sobrevivente das lutas anarquistas em diversos lugares dos dois lados do Atlântico, em particular Barcelona na década de noventa. Provocada pelo bombardeio do Teatro Lyceo durante uma execução de uma ópera de Rossini, *Guilherme Tell*, a polícia havia prendido não apenas os anarquistas mas também todo aquele que de alguma maneira se opusesse ao regime, ou mesmo pensasse em se opor a ele. Milhares foram arrebanhados e levados para "a montanha", ou seja, a fortaleza de Montjuich, que se debruçava sobre a cidade com a arrogância de um bandoleiro, como se tivesse acabado de tomá-la, e quando as masmorras de lá ficaram cheias os prisioneiros passaram a ser mantidos acorrentados em navios de guerra transformados em prisões, ancorados no porto.

"A filha da puta da polícia espanhola", disse Flaco. "Na Catalunha, é um exército de ocupação. Todos os prisioneiros de 1893 que não eram anarquistas antes de ser levados para Montjuich em pouco tempo viram a luz. Era como reencontrar uma religião antiga, já quase esquecida. O Estado é mau, seu direito divino provém do Inferno, o Inferno é o lugar aonde todos nós éramos levados. Alguns saíram de Montjuich arrasados, moribundos, a genitália destruída, silenciados pelo medo. Sem dúvida, chicotes e ferros em brasa funcionam muito bem nesse sentido. Mas todos nós, mesmo os que antes votavam e pagavam os impostos como bons burgueses, passamos a odiar o Estado. Eu incluo nessa palavra obscena a Igreja, os latifúndios, os bancos e as grandes empresas, é claro."

* * *

Lá no Deux Espèces, cada um estava esperando seu próprio navio clandestinófilo, dos quais havia vários nas rotas marítimas em qualquer dado momento... como se outrora tivesse havido um glorioso tempo mítico de Anarquismo americano, agora em seus estertores finais depois que o anarquista Czolgosz assassinou o presidente McKinley — para todos os lados era corre, anarquista, corre, o país se entregava mais uma vez a mais um ciclo de paranoia anticomunista, tal como ocorrera nos anos 1870 em reação à Comuna de Paris. Mas também como se talvez existisse um refúgio, no alto, onde o ar era fresco, ou além-mar, algum lugar para onde todos os anarquistas pudessem fugir, agora que o perigo era tão arrasador, um lugar fácil de encontrar até num mapa-múndi barato, algum grupo de ilhas vulcânicas verdejantes, cada uma falando um dialeto diferente, longe demais das rotas marítimas para servir de posto de abastecimento de carvão, onde não houvesse depósitos de nitrato, combustível, minérios desejáveis, nem preciosos nem práticos, e assim eternamente imunes ao azar e aos desmandos que infestavam a política dos Continentes — um lugar que lhes fora prometido não por Deus, o que seria pedir demais de um anarquista típico, mas por certas geometrias ocultas da História, entre as quais haveria de existir em algum lugar, ao menos num único ponto, um eixo conjugado protegido de tudo que transbordava dos malditos meridianos, os quais passavam todos os dias, desolados, um depois do outro.

Wolfe Tone O'Rooney estava indo para o México, onde tinha esperança de encontrar uma partida de "implementos agrícolas" que parecia ter desaparecido no meio do caminho, destinada a elementos vinculados à Liga que ele não especificou muito bem. Flaco procurava no jornal todos os dias alguma referência ao *Despedida*, um cargueiro sem rota fixa que estava seguindo para o Mediterrâneo, onde um de seus prováveis portos de escala seria Gênova, um lugar razoável para começar a procurar trabalho em escavação de túneis. Tinha convencido Reef a ir com ele. Os dois costumavam se congregar num café perto do Maman Tant Gras aonde "Dope" Breedlove e seus músicos de *jazz* iam de manhã cedinho depois de passar a noite em claro tocando em meio à fumaça e à névoa que subia do rio, entrando pelas portas e janelas... Em meio aos primeiros cheiros do mercado, ficavam a comer sonhos e tomar café de chicória e discutir sobre Bakúnin e Kropótkin, permanecendo a maior parte do tempo, percebia Reef, bem-humorados, apesar das diferenças que surgissem, porque era importante não atrair as atenções. Afinal de contas, estavam nos Estados Unidos, e o medo pairava no ar.

Uma tarde, Reef entrou e encontrou Wolfe Tone O'Rooney cortando ao meio uma batata com uma expressão culpada, como se estivesse montando uma bomba. "Misteriosos e múltiplos são os Desígnios da Batata", declarou Wolfe Tone. Apertou a superfície recém-exposta pelo corte num documento que estava sobre a mesa, e ao retirar a batata ela se transformara num carimbo perfeito. Em seguida, transferiu o que nela estava escrito ao passaporte que ele parecia estar forjando.

"O seu navio chegou", adivinhou Reef.

Wolfe exibiu o documento. "Eusebio Gómez, *a sus órdenes*."

Na véspera da partida de Wolfe, ele, Reef e Flaco plantaram-se à beira do rio, tomando cerveja local e apreciando o cair da noite, "leve como um véu de viúva", observou o jovem irlandês, "e é essa a maldição do vagabundo, essa desolação íntima que sentimos todas as tardes ao pôr do sol, o laço lento do rio lá longe só por meio minuto, refletindo os últimos raios de sol, captando a cidade com toda a sua densidade e maravilha, possibilidades que jamais serão contadas, muito menos vividas, por gente da nossa laia, é ou não é, porque a gente está aqui só de passagem, já somos fantasmas."

Frank passaria meses que pareceriam anos vagabundeando a esmo por um mapa vazio de sombras, uma versão folhetinesca do velho México, com vilões que eram gringos exilados, mortes súbitas, um governo que já havia caído mas ainda não sabia, uma revolução que jamais começaria, embora milhares já estivessem morrendo e sofrendo em seu nome.

Conheceu Ewball Oust uma noite num *saloon* em algum momento da turnê — seria talvez demais chamá-la de amaldiçoada, mas fora no mínimo abençoada de modo incompetente — de Gastón Villa e seus Bandoleiros Birutas. Para os Bandoleiros, a fronteira era de algum modo assimptótica — eles podiam aproximar-se dela o quanto quisessem, mas não podiam jamais atravessá-la. Como se o fato de que seu pai interpretava o papel de *charro* tivesse imposto uma proibição a seus descendentes, Gastón compreendia que para penetrar no velho México ele precisaria de um dom de graça que sua alma provavelmente não merecia.

Ewball era um jovem do condado de Lake que estava a caminho da Veta Madre. A família, nadando em dinheiro de Leadville, havia concordado em lhe enviar duzentos dólares por mês, em dinheiro americano e não pesos, para ficar lá e tentar se valer de sua formação em engenharia de minas. Se ele conseguisse sobreviver à água de má qualidade e aos bandidos, talvez até lhe fosse permitido voltar para os Estados Unidos, quem sabe mesmo ter um futuro marginal no Comércio.

"Mais metalurgista do que engenheiro de minas", confessou Ewball.

Frank tinha a impressão de que tivera contato profissional com um certo Toplady Oust.

"O tio Top. Concebido numa galeria de igreja quando a congregação estava cantando o hino 'Rocha das Eras'. Você por acaso é o tal dos ímãs?"

"Era. Recentemente fui obrigado a procurar um trabalho diferente."

Ewball olhou para o galandrônomo, começou a dizer alguma coisa, achou melhor ficar calado. "Você conhece o processo do pátio?"

"Já ouvi falar. Método mexicano de extração de prata. Nós, gringos, chamamos de amalgamação sob pressão. Dizem que é meio lerdo."

"Normalmente a recuperação de cem por cento leva mais ou menos um mês. Minha família tem umas duas minas lá em Guanajuato, e me mandaram pra lá pra eu dar uma olhada nelas, eles dizem que querem modernizar, acelerar um pouco o processo."

"Ensinar aos mexicanos as maravilhas do processo Washoe — será que eles vão topar?"

"Eles estão acostumados a fazer tudo devagar, lá na região de Guanajuato a tradição é usar o processo do pátio — o azougue é barato, as minas são de fácil processamento, não tem muito motivo pra mudar, só o fator tempo. Quer dizer, eu acho que eles querem mais é me tirar do país."

Ele parecia menos irritado que perplexo, mas Frank achava que isso podia mudar. "Pode ser que eles queiram ter um retorno mais rápido do investimento", observou, cauteloso. "É compreensível."

"Você conhece essa região?"

"Não, mas tenho pensado em ir lá, e vou explicar por que, já que você entende de metalurgia." Começou a falar sobre o argentauro, mas Ewball já estava muito mais adiantado do que ele.

"A mim me parece que você está interessado mesmo é no espato da Islândia", disse Ewball.

Frank deu de ombros, como se fosse constrangedor admitir o quanto estava mesmo interessado.

"Em espanhol se diz *espato*. Às vezes o que sai é *espanto*, que é alguma coisa que assusta ou surpreende, conforme o caso."

"Por exemplo, olhar para uma pessoa através de um espécime bem puro e ver não apenas o homem mas também o fantasma dele a seu lado?"

Ewball olhou para Frank com certa curiosidade. "O que não falta lá é ocasião para se arrepiar. *Espantoso, hombre.*"

"O que eu quero dizer é que a calcita é um mineral interessante, mas estou precisando mesmo é de trabalho."

"Mas é claro, eles estão sempre contratando gente. Venha comigo."

"Dá pena abandonar o meu instrumento", pegando o galandrônomo, "logo agora que eu aprendi... escute só isto." Era uma melodia que parecia mexicana, com um ritmo de marcha subjacente, mas com aquelas típicas hesitações e síncopes dos latinos. Alguns bandoleiros se aproximaram com violões e começaram a tocar alguns acordes, e depois de algum tempo Paco, o trompetista, substituiu Frank como solista.

Ewball achou graça. "Tem lugares no México onde você vai direto pro xilindró se assobiar essa música."

"'La Cucaracha'? É só a história de uma garota que gosta de fumar *grifa*, qual é o problema?"

"É o general Huerta", explicou Ewball, "coração brutal, mente sanguinária, e ainda que ele prefira matar mexicanos não vale a pena cruzar o caminho dele, porque um gringo assobiando essa música ele não vai deixar passar. Não vão lhe pôr venda nos olhos, e aposto que você não vai nem ter o direito de fumar o último cigarro."

Assim, ferro contra ferro, implacáveis como o destino, Frank e Ewball penetraram o Bajío na véspera de um momento histórico. Cruzaram a fronteira em El Paso, foram até Guanajuato de trem, Torreón, Zacatecas, León, fazendo a última baldeação em Silao, a essa altura já insones, temerosos, camisas manchadas, sinistramente, com o suco dos morangos locais. Durante toda a travessia do chaparral, sob as asas estendidas dos gaviões da Sierra Madre, ravinas, pilhas de escória, choupos, atravessando os campos negros onde *tlachiqueros* levavam às costas peles de carneiros cheias de suco de agave fresco a ser fermentado, e camponeses de branco ladeavam a ferrovia, alguns armados, outros de mãos vazias só apreciando a passagem do trem, "rostos sem expressão", como costumavam dizer os gringos, sob as abas dos chapéus, esperando, esperando a chegada de um dia de festa, uma mensagem decisiva que viria da Capital, a volta, ou a partida, definitiva, de Cristo.

Na estação de Guanajuato, os norte-americanos, fumando charutos Vera Cruz, desceram do vagão e se viram no meio de uma tempestade vespertina, correndo para se abrigar sob um telhado de ferro não galvanizado, e o barulho do temporal sobre a chapa era tamanho que ninguém conseguia ouvir nem falar. Nos lugares em que o metal havia enferrujado, a água descia quase furiosa. "Com um pouquinho de zinco, coisa de dois pesos, dava pra resolver esse problema", comentou Frank, e Ewball, sem conseguir ouvi-lo, deu de ombros.

Foram abordados por vendedores de goma de mascar, de óculos escuros, de chapéus de palha, de opalas de fogo, e por moças escandalosamente jovens, por crianças que se ofereciam para carregar sua bagagem e engraxar suas botas, por cocheiros de carruagens de hotéis dispostos a lhes sugerir onde passar a noite, todos os quais foram dispensados com um delicado movimento negativo de indicador.

A velha cidade de pedra cheirava a gado, água de poço, esgoto, enxofre e outros subprodutos do processo de mineração e extração da prata... Ouviam-se ruídos de todas as partes invisíveis da cidade — vozes, trituradores, sinos de igrejas dando as horas. Os sons ecoavam nos prédios de pedra, e as ruas estreitas os amplificavam.

Frank foi trabalhar nas Empresas Oustianas, S.A., e em pouco tempo pegou o jeito da amalgamação. Ele e Ewball logo se adaptaram à vida nas *cantina*s, sendo que Frank só se incomodava com os olhares suspeitos que julgava receber de vez em quando, como se as pessoas achassem que o reconheciam, se bem que podia ser efeito do pulque ou da falta de sono. Quando dormia, tinha sonhos curtos e intensos, nos quais Deuce Kindred quase sempre figurava. "Não estou aqui não", Deuce dizia sempre. "Estou muito, muito longe daqui, seu bobalhão. Não, não se meta naquele *callejón*. Você não vai me encontrar, não. Também não tome essa *subida*, que não vai levar a nada. Aliás, a sua vida não vai levar a nada. O México é o lugar perfeito pra você. Mais um gringo fodido." Mas com a sucessão de sonhos, coisa estranha, era sempre o mesmo caminho, ladeira acima, primeiro ruelas de paralelepípedos, depois terra batida, curvas, de vez em quando telhados surgindo rapidamente e se transformando em passagens estreitas — e escadarias entre casas decrépitas, muitas delas abandonadas, pequenas, cinzentas, poeirentas, a se desmanchar, empilhadas, o teto de uma na altura do assoalho da outra na encosta íngreme. Frank acordava todas as vezes convicto de que deveria existir uma contraparte real daquilo em algum lugar da cidade diurna.

Chegou a Semana Santa, quando ninguém trabalhava, e assim Frank e Ewball tiveram oportunidade de perambular pela cidade procurando encrencas que ainda não tivessem experimentado. Sendo as ruas estreitas como becos, ladeadas por muros altos, a maior parte da cidade ficava imersa na sombra. À procura de sol, foram subindo a encosta, e em pouco tempo, ao virar uma esquina, Frank foi dominado pela estranha sensação de que já estivera ali antes. "Já sonhei com isso", ele disse.

Ewball apertou os olhos um pouco. "O que é que tem lá em cima?"

"Alguma coisa a ver com o Deuce."

"Ele está aqui?"

"Ora, Ewb, é só um sonho. Vamos lá."

Subiram a encosta avermelhada, onde havia sol e artemísias roxas, cães selvagens vagando entre as pedras sem telhado, até chegarem a um lugar de onde dava para se ver, sob o brilho áspero daquele céu de Sexta-Feira Santa, onde os cirros esgarçados pelo vento formavam riscos longos e finos, paralelos, a cidade lá embaixo, esparramando-se do leste para o oeste, como se petrificada por raios misteriosos e reduzida a um silêncio que até Frank e Ewball tinham de respeitar — a paixão de Cristo, o silêncio sem vento... mesmo os trituradores estavam silenciosos, até a Prata observava o dia de descanso, como se para reconhecer o preço que fora pago a Judas Iscariotes. Sol nas árvores.

No momento exato em que parecia que alguma revelação surgiria naquele céu intensamente luminoso, eles foram presos por homens com uniformes esfarrapados, sujos, de aparência nada oficial, todos munidos de Mausers do mesmo modelo — evitando olhá-los nos olhos, como se não soubessem até que ponto estariam protegidos pelas opacidades de seus próprios olhos.

"O que —", Ewball começou a perguntar, porém os *rurales* faziam gestos no sentido de que eles se calassem, e Frank lembrou-se da prática católica de manter silêncio na Sexta-Feira Santa entre o meio-dia e as quinze horas, sendo este o período em que Cristo permaneceu pregado na cruz. Num silêncio devoto, os homens confiscaram o revólver de Frank e a pistola semiautomática alemã de Ewball, e conduziram os dois, em meio a uma santidade impenetrável, até o *juzgado*, perto da Calle Juárez, onde foram jogados juntos numa cela profunda, abaixo do nível da rua, escavada em rocha primordial. Água pingava, e ratazanas passavam o tempo atravessando as áreas abertas.

"Problema de *mordida*", arriscou Ewball.

"Não acha que o pessoal da sua companhia vem atrás de nós mais cedo ou mais tarde?"

"Pouco provável. Ser gringo nestas bandas não é a vantagem que você pensa que é."

"É, mas eu é que fico lhe dizendo isso o tempo todo."

"Ah. E eu fui o que veio descendo a trilha até aqui assobiando, achando que nada ia acontecer."

"Pelo menos eu sei onde fica a segurança daquela semiautomática, Ewb."

"Onde 'ficava', é o que você quer dizer. A meu ver, essas armas já sumiram há muito tempo."

"Quem sabe esses caras vão se enrolar com a sua também, aí eles desistem e devolvem a você."

Em algum momento no meio da noite, foram acordados e arrastados por uma série de corredores, por fim subindo uma escada e chegando a uma rua que nem Frank nem Ewball haviam percebido antes. "Não estou gostando muito disso", murmurou Ewball, andando de modo estranho por causa de um tremor nos joelhos.

Frank tirou dos bolsos as mãos, que não estavam algemadas, e exibiu ao outro o polegar levantado. "Não estamos com *esposas*, tudo bem."

Entraram na rua mais larga da cidade, a qual, como sabiam bem os dois norte-americanos, ia dar direto no Pantéon, o cemitério municipal. "Você ainda acha que está tudo bem?" Ewball, com uma expressão de pavor.

"Ora, a gente podia fazer uma aposta."

"Claro, ótimo para você, depois não vai precisar me pagar."

"Não tenho nem um tostão. Por isso que eu propus."

No sopé do Cerro del Trozado, quase conseguindo divisar os muros do cemitério no luar parco, entraram numa abertura na encosta, quase invisível por trás de uma muralha de cactos. "¿Dónde estamos?" Frank julgou que não faria mal perguntar.

"*El Palacio de Cristal*."

"Já ouvi falar neste lugar", disse Ewball. "Não sei de que é que somos acusados, mas só pode ser uma coisa política."

"Pois no meu caso pegaram o caubói errado", disse Frank. "Nem votar eu voto."

"*La política*", disse um dos *rurales*, balançando a cabeça e sorrindo.

"*Felicitaciones*", acrescentou seu companheiro.

A cela era um pouco mais espaçosa do que a do *juzgado*, com dois colchões recheados de palha de milho, um balde para dejetos e uma enorme caricatura pouco lisonjeira de Don Porfirio Díaz riscada em carvão na parede. "Como eles não vão fuzilar a gente antes do sol raiar", disse Frank, "acho que vou me acomodar com os *chinches* e tirar um cochilo."

"E isso faz sentido?", protestou Ewball. "Quer dizer, se vamos ficar dormindo por toda a eternidade..." Mas Frank já estava roncando.

Ewball ainda estava acordado uma hora depois quando mais um norte-americano se juntou a eles, um homem que se apresentou como Dwayne Provecho, bêbado, mas não muito sonolento, e deu início a um monólogo que atraiu a atenção de Ewball mais de uma vez com suas referências a túneis secretos, os quais existiriam desde o tempo das antigas minas de prata de Guanajuato, e através dos quais certamente conseguiriam escapar dali. "O fim do mundo está próximo, sabe? Nessa última travessia, vindo lá de Tucson, dava pra ouvir no ar, até Nogales e mesmo do outro lado da fronteira, não para nunca. Uma espécie de ronco, feras no céu, ninguém nunca viu nada tão grande, asas se agitando contra a lua como se fossem nuvens, de repente tudo fica escuro e você não sabe se quer mesmo que a coisa passe depressa, pois quando a luz voltar, sabe-se lá o que é que a gente vai ver lá em cima?"

"Muito obrigado", Frank abrindo um olho para agradecer, "mas quem sabe se a gente conseguisse dormir um pouco —"

"Ah — não, não, não, nem um minuto a perder, pois o Senhor está no caminho da volta, vocês têm que entender, ele começou a ir embora, depois diminuiu o passo, como quem teve uma ideia, e parou, e virou, e agora ele está voltando para nós, vocês não veem aquela luz, não sentem aquele calor irradiando dele, quanto mais ele se aproxima", e por aí afora.

Apesar da presença de um número inesperadamente grande de religiosos maçantes, com o passar do tempo aquele xilindró mexicano, longe de ser o inferno pintado pelas lendas da fronteira, revelou-se um lugar flexível, por vezes até simpático, em grande parte por efeito do dinheiro que surgiu misteriosamente nos bolsos de Ewball. "De onde está vindo isso? Ewb, estou começando a ficar nervoso..."

"¡*No se preocupe, compadre!*"

"Está bem, mas alguém está trazendo isso aqui o tempo todo, *alguém que você conhece*."

"Com a maior pontualidade e segurança, como se fosse o Morgan Bank."

Ewball estava tentando exibir paz de espírito, mas Frank sentia-se menos saltitante. "Certo. E quando é que eles vão cobrar a devolução?"

"Algum dia, talvez, depois que a gente sair daqui, mas quem está com pressa?"

Para falar francamente, nenhum dos dois. Aquilo ali era um verdadeiro sonho, muito tranquilo em comparação com o lugar de onde haviam sido trazidos, tranquilo como parecia a cidade acima deles vista de longe, mas nunca de perto — sem mineiros bêbados e explosões inesperadas, o ruído dos trituradores a bater a noite inteira sendo atenuado ao atravessar a rocha, em polirritmias tão inspiradoras de sono quanto o fluxo constante do mar para um tripulante numa cabine abaixo da linha-d'água — nas bordas da abençoada horta do sono... Ali embaixo as ansiedades cotidianas eram deixadas de lado, enquanto as oportunidades de recreação se multiplicavam incessantemente, um desfile de atrações subterrâneas — uma *cantina* completa, com música e dançarinas de fandango, um pequeno cinema, roleta e faraó, vendedores de *grifa* e *fumoirs* de ópio onde trabalhavam membros da comunidade chinesa, quartos para hóspedes que eram dos mais luxuosos da cidade, com o equivalente subterrâneo de uma sacada da qual se podia ver, aparentemente por quilômetros, as paredes enegrecidas pela fumaça e as atalaias cheias de rebites de ferro e os corredores pardacentos, muitos deles sem telhado, daquele cativeiro cada vez mais confortável, com a tradicional pequena quantidade de adeptos do punhal, bêbados e a costumeira ralé das minas — não, dada a situação da política nacional naquele momento, os demais prisioneiros mais pareciam, como dizê-lo, trabalhadores honestos com um brilho perigoso nos olhos. Professores universitários sem papas na língua, e também cientistas desgarrados do bando. Além disso, tudo indicava que certas dinâmicas penitenciárias, como aquelas que dizem respeito à integridade do esfíncter anal, sequer se aplicavam ali, o que sem dúvida simplificava as coisas para os dois norte-americanos.

Mais uma surpresa: o carcereiro do turno da noite era na verdade uma jovem de aparência agradável, que trajava um uniforme caprichado, nada típico, e se chamava Amparo — ou, como ela preferia, sargento — Vásquez. Certamente teria boas relações com alguém no alto da hierarquia, imaginava Frank. Era raro vê-la sorrindo, no sentido estrito da palavra, mas por outro lado jamais se comportava como cem por cento carcereira. "Cuidado", cochichou Frank, não se dirigindo apenas a si próprio.

"Ah, não sei, não", respondeu Ewball. "Acho que ela gosta de nós."

"Gosta mais é desses *hidalgos* que você está espalhando pra todos os lados."

"Porra. Você é coerente, mesmo."

"Obrigado. Ou será que eu devia perguntar: 'como assim?'"

"Mulher. Você já conheceu uma em que na história não entrasse dinheiro?"

"Me dê um mês ou dois que eu lhe mostro uma que ficou por menos de um dólar."

O que a sargento deixou claro de saída é que eles podiam fazer qualquer coisa, desde que pagassem e se lembrassem de lhe pedir permissão. Menos, é claro, fugir da cadeia, embora todos os dias ela prometesse uma solução rápida para o caso deles dois.

"Então a senhora saberia dizer por que é que estamos aqui? Até agora ninguém explicou isso direito."

"Aliás, a senhora hoje está uma teteia, com esse negócio de prata prendendo o cabelo."

"*Ay, lisonjeros*. Dizem que foi uma coisa que um de vocês fez muito tempo atrás, lá no Outro Lado."

"Mas então por que prender nós dois?"

"Isso mesmo, e qual dos dois foi?"

Ela limitou-se a olhar para eles, um de cada vez, um olhar direto e de modo algum antipático, como as mulheres fazem às vezes na Capital.

"Eles devem estar atrás é de mim", supôs Frank. "Você não pode ser, Ewball, você ainda não tem idade pra ter se metido com a polícia."

"É, mas eu já estive envolvido numas atividades de suborno..."

"Não iam pôr você aqui por causa disso."

"Então você não devia estar mais preocupado?"

Frank acordou bem cedo na manhã seguinte, no meio de um sonho em que viajava pelos ares, num veículo cujo funcionamento constituía um mistério para ele, e viu a sargento Vásquez, com olhos cálidos, à porta, trazendo numa bandeja um desjejum de mamão e limões frescos, já cortados para evitar qualquer travessura envolvendo facas, *bolillos* saídos do forno, cortados e recobertos de feijão e queijo de Chihuahua, levados ao forno até o queijo derreter, um molho de tomate e cebola contendo uma pimenta local muito energética conhecida como El Chinganáriz, um jarro contendo uma mistura de sucos de laranja, manga e morango, e café de Vera Cruz com leite quente e pedaços de açúcar mascavo.

"Poxa, vocês comem direitinho, hein", comentou Dwayne Provecho, escolhendo aquele momento para enfiar a cabeça porta adentro, exibindo um fio de baba a escorrer pelo queixo e a camisa.

"Claro, Dwayne, está servido?" Frank percebeu que do corredor a sargento estava lhe enviando mensagens via heliógrafo ocular. "Volto já..."

"Melhor não ficar muito amigo dele", ela o aconselhou. "Esse aí está à sombra do *paredón*."

"Por quê? O que foi que ele fez?"

Ela deixou transcorrer uma pausa de um minuto. "Fez umas incursões pro lado norte da fronteira. Trabalhando pra... umas pessoas perigosas. Você sabe, gente do" — baixando o tom de voz e fixando nele um olhar que tornava fútil qualquer tentativa de enganar-se a si próprio — "P.L.M.?"

Epa. "Deixa eu ver, seriam os irmãos Flores Magón, *¿verdad?*... e o tal do Camilo Arriaga também, que se não me engano é daqui mesmo...?"

"Camilo? Esse é *potosino*. E os patrões do senhor Provecho — eles talvez considerem os Flores Magón um pouco... o senhor diria *delicados*?"

"É, mas olhe só pra ele. Comendo feito um porco — não parece um bocado alegre pra quem vai ser fuzilado?"

"Há duas escolas de pensamento. Uns gostariam de soltá-lo, mandar segui-lo, fazer anotações, descobrir alguma coisa. Outros só querem eliminar um elemento encrenqueiro, quanto mais rápido, melhor."

"É, mas tem gente aqui muitíssimo mais perigosa do que o Dwayne, *muñeca*, gente que está cumprindo pena de cinquenta anos pelo menos, por que é que o tempo se tornou tão importante de repente? Tem alguma coisa *muito séria prestes a acontecer*, talvez?"

"Os seus olhos", cochichando como ela costumava fazer quando estavam a sós, "nunca vi olhos assim."

"Sargento, está me dizendo que nunca teve tempo para olhar nos olhos de um gringo antes?"

A sargento permaneceu em silêncio, fazendo com seus próprios olhos ilegíveis, de íris negras, aquela coisa que sempre o deixava embatucado. Ela lhe dera um aviso, fora até onde podia ir — assim, quando por fim Dwayne deu o serviço completo, Frank não ficou muito surpreso.

Dwayne cheirava a *caldereros y sus macheteros* de tequila e cerveja em quantidades incalculáveis, se bem que Frank não sabia o quanto ele havia de fato ingerido — havia em torno de seus olhos, agora incandescentes, um excesso de claridade. "Estou aqui numa missão", dizia ele, "especificamente pra oferecer a você um contrato de trabalho, pois muita gente acredita, aqui e do outro lado, que você, me desculpe se estou sendo muito direto, não é ninguém mais, ninguém menos do que o lendário Kid Kieselguhr."

"Que ideia, Dwayne, logo você que parecia saber das coisas, um sujeito que já rodou por todo esse território, e não sei que mais."

"Você... é só um engenheiro de minas, mais nada."

"Isso mesmo, mas tem muita gente que conhece bem as substâncias perigosas que você tem em mente que estaria interessada, de modo que quando você sair daqui, o que você devia fazer era escolher qualquer mina lá na Veta Madre e entrar na primeira *cantina* que você achar, que vai sobrar gente qualificada em serviços de demolição antes mesmo que você descubra quem é que vai pagar a próxima rodada."

"Como metade deles, meu irmão, tem empregos que só vão existir enquanto o porfiriato se perpetuar, basta eu fazer um único erro de cálculo, e pronto."

"Quem sabe você não acaba de fazer esse erro."

"Nesse caso, estou à sua mercê, é ou não é?"

"Não sei se você ia brincar desse jeito com o verdadeiro Kid Kieselguhr... você não ia demonstrar mais respeito, sei lá, até um pouco de medo?"

"Olha, Kid, se você não se incomoda de eu tratar você assim, medo é o que eu sinto o tempo todo."

"O que eu queria saber era se não pensa na possibilidade de ter encontrado o sujeito errado."

"Os *federales* têm fotos, eu já vi."

"Ninguém nunca parece com o que sai nessas fotos de 'procura-se', você já devia saber isso."

"Falei também com o Irmão Disco lá em Telluride. Ele previu que você estaria aqui, e também quem estaria com você."

"O Ellmore acha que eu sou o Kid?"

"Ele diz que se não fosse isso o Bob Meldrum tinha furado você logo na primeira vez que vocês se cruzaram."

"Quer dizer que eu *meti medo* no Bob Gatilho?"

"É mais uma questão de cortesia profissional", opinou Dwayne Provecho, com uma certa bonomia bem ensaiada. "E só pra mostrar que está tudo nos conformes, hoje à noite vamos fugir daqui."

"Logo agora que eu estava começando a gostar. Por que você não vai sozinho?"

"Porque todo mundo aqui acha que você é o Kid Kieselguhr, e está todo mundo contando com uma fuga."

"Pois eu não estou."

"Mas algum dia vai ter um bandido que não vai resistir à tentação de cravar o *cuchillo* no seu coração, só pra se cobrir de glória."

"Gostei do seu tato", disse Ewball, entrando na conversa, "mas já é hora da gente retomar a viagem, Frank."

"Até você? Eu pensava que o seu pessoal ia conseguir comprar a nossa saída."

"Foi o que eu pensei por algum tempo."

"Epa."

Levando lanternas furta-fogo, entraram num corredor de paredes lisas e teto abobadado. Sombras saltavam, formas brancas apareciam à frente. "Ah, meu Deus", exclamou Ewball.

"Você não vai vomitar, não, não é?", perguntou Dwayne, preocupado. "Pessoal, essas aqui são as *momias*."

Elas eram cerca de trinta, penduradas em pinos, formando duas longas fileiras, por entre as quais seria necessário passar. Os corpos eram cobertos por lençóis — apenas as cabeças ficavam de fora, inclinadas para baixo, rostos em diferentes estágios do processo de mumificação, alguns surgindo à luz da lanterna sem qualquer expressão, outros contorcidos numa agonia terrível. Todas pareciam estar esperando alguma coisa, com uma paciência sobrenatural, os pés a poucos centímetros acima do chão, magras e tensas, conservando a dignidade e o distanciamento, serenamente convictas de que estavam no México, ainda que não pertencessem inevitavelmente a ele.

"No Panteón está faltando espaço", Dwayne apressou-se a explicar, "por isso esses camaradas ficam uns cinco anos curtindo no chão, e aí, se as famílias não pagam a tal da taxa tumular, eles são tirados de lá e ficam pendurados aqui até alguém pagar."

"Eu achei que era alguma coisa religiosa", disse Ewball.

"Não deixa de ser, tudo vira uma questão de pesos e centavos, da água pro vinho, por assim dizer, de dia eles cobram para mostrar aos visitantes, mas nós estamos pagando o preço de ingresso das três da madrugada, se bem que pelas caras que elas estão fazendo a gente deve... *ter interrompido alguma coisa*."

"Está bem, Dwayne", murmurou Frank. Chegaram a uma escada espiral numa extremidade da cripta e subiram, saindo na noite enluarada.

Desceram o cânion até a velha estação de Marfil, tomaram o trem logo após o nascer do sol, e a viagem se estendeu pela tarde afora, Frank imerso no silêncio, recusando-se a beber, a pagar drinques, a fumar, a sequer compartilhar as cigarrilhas que ele não fumava com seus companheiros de cela, os quais começaram a ficar preocupados.

"Espero que você não esteja apaixonado, *compinche*."

"Você está atormentado", explicou Dwayne. "Tem todos os sinais. Alguma coisa no seu passado de aventuras que precisa ser resolvido."

"Sabe, mano Provecho, lá na prisão essa história de Kid era uma coisa, mas aqui fora é simplesmente uma aporrinhação. Lamento não ser o sujeito que você procura, e seria bem melhor pra você passar a incomodar outra pessoa que goste mais de ser incomodada."

"Tarde demais." Dwayne sacudia a cabeça olhando pela janela. "Segundo meus cálculos, falta no máximo uns cinco minutos pra você pôr em prática seus conhecimentos lendários sobre dinamite... Kid."

O trem estava se preparando para parar, naquele exato momento, e Frank começou a ouvir um tremendo alvoroço por perto. Olhou pela janela e viu uma escolta se aproximando a cavalo, vinte e tantos homens que pareciam ter feito uma espécie de voto de sobriedade quanto à aparência pessoal — bigodes raspados, chapéus de abas modestas que nenhum *charro* teria coragem de ousar, camisas de algodão e calças de trabalhador numa gama de tons terra, nenhuma insígnia, nenhum sinal de que faziam parte de coisa alguma.

"Tudo isso pra mim, não é?", exclamou Frank.

"Eu vou junto", anunciou Ewball.

"Mas é claro." Em algum lugar, nas últimas horas, ao que parecia, Dwayne tinha obtido uma pistola.

Alguns segundos depois, Ewball disse: "Ah. Dinheiro de resgate? É isso, é com isso que você está contando, a lendária fortuna dos Oust? Não é um bom plano, *vaquero*".

"Ora, o que vier pra eles é lucro. É um pessoal feliz. O que você está vendo lá fora por enquanto é só um empreendimento modesto, da mão pra boca, qualquer refém não é de jogar fora, desde que seja da burguesia e possa pagar alguma coisa."

"*Ay, Jalisco*", murmurou Frank.

"Ah, e você vai querer conhecer El Ñato." Uma presença enérgica havia entrado no vagão — túnica de oficial do exército extinto de algum país não muito próximo, óculos escuros, utensílios práticos onde seria de se esperar ornamentos de prata e, empoleirado numa dragona, um papagaio tropical enorme, tão desproporcional que, para conversar com seu dono, ele precisava se abaixar e gritar dentro de seu ouvido.

"E este aqui é o Joaquín", El Ñato sorrindo para a ave. "Fala um pouco sobre ti, *m'hijo*."

"Eu gosto de comer boceta de gringa", confidenciou o papagaio.

"Como é que é?" Ewball, piscando ao ouvir o teatral sotaque britânico do bicho, que o fazia pensar em Shakespeare de vaudevile e noites de esbórnia.

Um riso horroroso. "Não gostou, não, *pendejo*?"

El Ñato sorria, irritado. "Ora, ora, Joaquín, a gente não deve causar uma má impressão aos nossos visitantes — foi só aquela gata, uma vez, em Corpus Christi, há muito, muito tempo."

"*Sin embargo, mi capitán*, a aventura me marcou."

"Claro, Joaquín, e agora, cavalheiros, se não se incomodam..."

Havia cavalos selados aguardando por Ewball e Frank, e foi-lhes sugerido que montassem. "Você não vem, não, Dwayne?" Frank subindo numa sela de couro negro com armação em estilo militar, ele percebeu, um pouco inesperado num lugar tão longe da cidade, sem nenhum entalhe, nenhum enfeite, apenas as barbelas do freio e *tapaderos* usados no México. "Se cuidem", gritou Dwayne da porta do vagão, "e quem sabe a gente não se vê de novo um dia no trem." Quando a composição entrou em movimento, El Ñato jogou para ele um saco de couro, pequeno, mas com um certo peso, fez seu cavalo empinar-se de modo teatral e deu meia-volta, gritando "¡*Vámonos!*" para seus homens. O papagaio bateu asas, como se dando um sinal para algum cúmplice seu ao longe. Cercando os americanos, os *guerrilleros* partiram, alertas, em silêncio, em passo de viagem, até que o trem que deixaram para trás parecia apenas mais um inseto de verão a chiar no meio do mato, ao longe.

"Andando com anarquistas, ora essa, nunca imaginei que um dia eu ia acabar assim..."

"Qual o problema?", provocou Ewball, "você ficaria mais à vontade com bandidos comuns?"

"Os bandidos atiram, machucam, mas pelo menos não vivem explodindo tudo que eles veem pela frente."

"Nós nunca que ecsplodimos nada!", protestou El Ñato. "Ninguém aqui entende nada de explossibos! De vez em quando robamos um poquito de dinamite nas minas, e hogamos uma bananita aqui, otra ali, mas agora isso tudo mudou, agora *o senhor* está conosco, ¡*el Famoso Chavalito del Quiselgúr!* — agora bão nos respeitar!"

Viajaram até bem depois do pôr do sol, comeram, dormiram, levantaram acampamento, partiram horas antes que o sol raiasse. Os homens do bando eram sisudos, e em pouco tempo foi descartada a possibilidade de tomar uma *copa* entre amigos. Passaram-se dias assim, aprofundando-se mais e mais no México sem jamais encontrar o mar, coisa que Frank não imaginava ser possível, Ewball nesse ínterim agindo cada vez menos como um refém e mais como um irmão que passara muitos anos afastado e que agora estava tentando voltar a cair nas graças de uma família que ele considerava sua. Mais estranho ainda, El Ñato e seus lugares-tenentes pareciam estar gostando dessa representação, e logo começaram a convidar Ewball a entrar para o bando de guerrilheiros. "Você vai ter que viajar rápido, acompanhar o grupo. Mas nem sempre conseguimos comer, nem encontramos uma cidade para beber, e a regra é que o primeiro que encontra uma coisa é o primeiro a aproveitá-la, *pues*... acho que você vai conseguir."

Seguiam por avenidas de cidadezinhas ladeadas por palmeiras antiquíssimas, passavam por cânions íngremes, a serra índigo se espalhando como um recorte de papel na névoa longínqua. Um dia, olhando do alto de uma cordilheira, Frank viu uma cidade cor de ferrugem se derramando pelas encostas de uma ravina profunda. Havia pilhas de escória para todos os lados, que Frank identificou como subproduto da mineração de prata. Vagando por entre os muros altos e retilíneos da cidade, constatava-se que os becos se transformavam em escadarias.

Montaram acampamento nos arredores da cidade, perto de uma ponte que transpunha um desfiladeiro. O vento que descia afunilado pela ravina jamais parou de soprar durante todo o tempo que permaneceram ali. A iluminação de rua era acesa logo no começo das tardes pardacentas e escuras, e por vezes permanecia ligada durante todo o dia seguinte. Frank, parecendo penetrar um vácuo parcial na passagem do tempo, encontrou meio minuto para perguntar a si próprio se era ali mesmo que ele devia estar. A pergunta era de tal modo inesperada que resolveu consultar Ewbank, o qual estava acocorado junto a uma metralhadora Maxim desmontada, as peças espalhadas sobre um cobertor, tentando decorar o modo de juntá-las outra vez.

"*Compinche*, velho — sabe, você está bem diferente, não sei como. Espere aí, não me diga nada. O chapéu? Ou então todos esses cinturões de munição com balas de metralhadora? A tatuagem? Deixa eu ver — "*¡Qué guapa, qué tetas fantásticas, ¿verdad?*"

"Esse pessoal sabia desde o começo", disse Ewball. "Só eu demorei pra entender."

"Epa! Espera aí. Não se precipite. A gente, sabe, a gente pode trocar. Isso mesmo! É, você fica sendo o Kid e eu, o cupincha do Kid. Tudo bem? Eles nunca acreditam em nada que eu digo a eles, mas quem sabe em você eles acreditam."

"Quem, eu? Ser o Kid? Ah, sei não, Frank..."

"Me dê cinco minutos que eu lhe ensino tudo. Curso de Dinamitação Avançada, baratinho, as mais modernas técnicas — por exemplo, você já se perguntou em qual dos lados que a gente acende?"

"Porra, Frank, tira esse troço de perto de mim —"

"Ora, isto aqui, veja bem —"

"Ahhh!" Ewball saiu da barraca mais depressa do que qualquer projétil conhecido. Frank colocou o cilindro fumegante — que visto de perto talvez não fosse nada mais do que um gigantesco *claro* cubano embrulhado numa embalagem de Partidos — entre os dentes e saiu caminhando pelo meio da tropa, e os homens, achando que ele estava mesmo fumando uma banana de dinamite, abriam alas com interjeições de admiração. O único que estava disposto a conversar com ele era o papagaio Joaquín.

"Você nunca quis saber por que é que Zacatecas se chama Zacatecas, e Guanajuato, Guanajuato?"

Frank, que a essa altura já adquirira o hábito discutível de Conversar com Papagaios, deu de ombros com irritação. "Um é uma cidade, o outro é um estado."

"¡*Pendejo*!", gritou o papagaio. "Pense! Dupla refração! A sua propriedade óptica favorita! Minas de prata, cheias de espato duplo-refratando o tempo todo, e não apenas raios de luz, não senhor! Cidades, também! Pessoas! Papagaios! Você aí flutuando nessa nuvem de fumaça de gringo, pensando que só existe um exemplar de cada coisa, *huevón*, você não vê essas luzes estranhas a seu redor. Ay, *Chihuahua*. Melhor dizendo: Ay, *Chihuahua*, *Chihuahua*. Jovens engenheiros! Todos iguais. Mente fechada. O problema sempre foi esse." Entregando-se por fim a uma histeria psitacídea, sinistra em sua indiferença prolongada.

"Olha aqui o *seu* problema", Frank aproximando-se de Joaquín com as mãos em posição de estrangulamento.

O comandante, sentindo no ar sinais de psitacídio, veio correndo.

"Mil desculpas, senhor Chavalito, mas como só faltam umas poucas horas —"

"Só faltam umas poucas horas pro quê, Ñato?"

"¡*Caray*! Será que eu esqueci de lhe dizer? Às vezes eu me pergunto como é que eles me deixam comandar uma unidade. Ora, pra sua primeira missão, é claro! Queremos que o senhor dinamite o Palacio del Gobierno hoje à noite, ¿o.k.? Com aquele toque especial d'El Chavalito?"

"E você vai estar por perto?"

El Ñato ficou evasivo, ou, como ele próprio teria dito, constrangido. "Pra falar com franqueza, esse não é o alvo principal."

"Então por quê?"

"O senhor seria capaz de guardar um segredo?"

"Ñato —"

"Está bem, está bem, é a Casa da Moeda. Enquanto o senhor desvia as atenções —"

Mais tarde, Frank não conseguia se lembrar se a palavra *loco* surgira na conversa, se bem que o eufemismo mexicano *lucas* talvez tivesse sido empregado. O argumento dele, que era bem simples, na verdade, era que uma grande quantidade de moedas de prata pesaria muito. Se um peso pesava vinte e cinco gramas, uma boa mula seria capaz de carregar cinco mil pesos, e um burro talvez três mil e quinhentos, mas a questão era saber quantos quilômetros a mula avançaria antes de desabar e ter de ser substituída. Mesmo se dispusessem de uma tropa de mulas grande o suficiente para que um assalto à Casa da Moeda valesse a pena, seria facílimo para os federais encontrar o bando depois.

"Eu sei disso", concordou El Ñato. Mas Frank percebeu que ele estava magoado.

Na verdade, tudo que fizeram foi tentar roubar a dinamite necessária de uma das minas de prata na encosta do monte El Refugio, a sudeste da cidade. Antes que alguém tivesse tempo de dar o alerta, teve início um tiroteio, envolvendo talvez guardas da mina, talvez *rurales*, era difícil saber quem era quem na escuridão.

"A gente, também, não chegou na cidade em silêncio", murmurou Ewball entre um tiro e outro. "O que é que ele esperava?"

Voltaram ao acampamento e lá enfrentaram outro tiroteio, em que El Ñato defendia um dos flancos, contendo o que parecia ser um ataque não muito sério. Ninguém queria dar tiros à noite, porém era óbvio que à luz do dia a coisa seria diferente, e talvez fosse melhor ir embora enquanto estava escuro.

"¡Ay, *Chavalito!*", guinchava o papagaio Joaquín, num frenesi tenebroso e inacessível de dentro de sua gaiola, que estava sendo colocada no lombo de uma mula, "estamos numa boa *mierda, pendejo*."

"Huertistas", disse o comandante. "Eu sei pelo cheiro." Frank deve ter feito cara de quem não estava entendendo, porque Ñato, com uma expressão irritada, acrescentou: "Como sangue de índio. Como plantação queimada e terra roubada. Como dinheiro de gringo".

Saíram antes do amanhecer, deslocando-se num ângulo rumo ao oeste a partir da estrada de ferro e chegando ao planalto árido, rasgado por sulcos, seguindo em direção a Sombrérete e à Sierra mais além. Cada vez que subiam uma lombada, as orelhas pontudas dos cavalos se destacando em silhueta contra o céu, todos aguardavam tiros. Atrás deles, após algum tempo, surgiu uma nuvem de poeira.

Começaram a discutir se deviam parar em Durango, Durango, mas concluiu-se que era melhor tocar para a serra. Por volta do meio-dia, no dia seguinte, Ewball aproximou seu cavalo do de Frank e apontou para dentro de uma pequena garganta.

De início, Frank achou que fossem antílopes, porém corriam mais depressa do que qualquer criatura que ele já vira correr. Desapareceram numa caverna na base de um barranco baixo, e Frank, Ewball e El Ñato aproximaram-se para olhar. Três pessoas nuas acocoradas junto à entrada da caverna, olhando para eles, nem com medo nem com expectativa, apenas olhando.

"São Tarahumares", disse El Ñato. "Vivem em cavernas ao norte da Sierra Madre — o que será que estão fazendo aqui, tão longe da terra deles?"

"O pessoal do Huerta não deve estar muito longe daqui. Será que estão fugindo deles?"

El Ñato deu de ombros. "O Huerta só costuma perseguir os Yaquis e os Maias."

"É, mas se ele pegar esses três, é o fim deles", disse Frank.

"Salvar índios é tudo que eu não preciso fazer agora. Já não chega ter que cuidar dos meus homens."

Ewball fez sinal aos três para que ficassem escondidos dentro da caverna. "Pode tocar pra frente, Ñato, eu vou ver o que posso fazer, e depois alcanço vocês."

"Gringo maluco, merda na cabeça", opinou o papagaio Joaquín.

Frank e Ewball avançaram até um monte de pedras de onde se descortinava o vale. Menos de dez minutos depois, uma fileira de soldados apareceu lá embaixo, comprimindo-se, dobrando-se, estendendo-se, repetindo o movimento, como uma asa sem corpo contra um céu cinzento tentando lembrar-se dos protocolos do voo.

Ewball, cantarolando "La Cucaracha", começou a fazer mira.

"Melhor economizar a nossa munição", sugeriu Frank, "porque não dá pra fazer muita coisa dessa distância."

"Olhe só."

Depois do disparo, e um segundo de silêncio, lá embaixo, no vale, uma pequena figura montada de repente inclinou-se para trás, tentando agarrar o sombreiro que fora arrancado de sua cabeça.

"Pode ter sido um pé de vento."

"O que é que eu tenho de fazer, começar a matar esses caras pra ser tratado com respeito?"

"Se eles chegarem mais perto, vão tentar nos pegar."

O destacamento parecia estar confuso, cavaleiros seguindo em várias direções, mudando de ideia a cada instante. "Formigas num formigueiro", riu Ewball. "Deixa ver se eu consigo arrancar o fuzil na mão daquele ali..." Colocou mais uma bala na câmara e disparou.

"Beleza. Quando foi que você ficou bom assim? Será que eu posso —"

"Experimente um ângulo diferente, só pra eles ficarem tentando entender."

Frank conseguiu afastar-se o bastante, na direção em que estavam indo antes, para dar início a um bom tiroteio, até que, largando no chão dois ou três Mausers, os perseguidores deram meia-volta e foram embora, tendo como destino algum *saloon* de fandango na cidade, se tivessem sorte.

"Acho que vou lá dar uma olhada nesses índios", disse Frank. Não era só isso. Ewball, resignado, esperou. "Depois eu vou seguir pro norte, voltar pro Outro Lado. Pra mim, é *adios*, México. Você está interessado? Ou..."

Ewball sorriu, bufou, indicou com a cabeça os cavaleiros que o aguardavam, tentando dar a entender que não tinha opção. "*Es mi destino, Pancho.*" O cavalo de Ewball, impaciente, já começava a se afastar.

"Bom", disse Frank, como se falasse sozinho, "*vaya con Dios.*"

"*Hasta lueguito*", retrucou Ewball. Os dois trocaram um aceno de cabeça, levando a mão à aba do chapéu, e se afastaram.

Frank conduziu seu cavalo até o lugar onde vira o grupo de índios pela última vez, e encontrou-os numa caverna pouco profunda, menos de um quilômetro vale acima. Um homem e duas mulheres, vestidos com pouco mais do que lenços vermelhos amarrados na cabeça.

"Você salvou nossas vidas", disse o homem, em espanhol mexicano.

"Eu? Não", Frank, indicando com um gesto vago os anarquistas que já tinham ido embora havia muito tempo. "Mas eu queria saber se vocês estão bem, e depois vou seguir meu caminho."

"Alguém salvou nossas vidas", disse o índio.

"É, mas ele já foi embora."

"Mas você está aqui."

"Mas —"

"Você vai para o norte. Nós também. Vamos juntos por algum tempo. Com permissão. Você pode achar uma coisa que está procurando."

Ele se apresentou como El Espinero. "Não é meu nome verdadeiro — quem me deu foram os *shabótshi*." Desde pequeno manifestara a capacidade de localizar água examinando a configuração formada por espinhos de cacto espalhados aleatoriamente, e em pouco tempo tornou-se um *brujo* profissional, consultando os espinhos e dizendo às pessoas o que aconteceria com elas no futuro próximo, o tempo gramatical que mais importava naquela época na Sierra.

Uma das mulheres era sua esposa, e a outra a irmã mais moça dela, cujo marido havia sido levado e provavelmente assassinado pelos huertistas.

"O nome *shabótshi* dela é Estrella", disse o xamã. Balançou a cabeça, esboçando um sorriso. "O nome diz algo a você. Ela está buscando um homem novo agora. Você salvou a vida dela."

Frank olhou para a mulher. Era um lugar estranho para ser lembrado abruptamente da outra Estrella, a namorada de Reef em Nochecita, que àquela altura, se tudo tivesse corrido bem, já seria a mãe de um serzinho que andava e falava. Aquela Tarahumare era ainda bem jovem, com cabelos negros abundantes, olhos grandes e expressivos que ela fazia faiscar. Vestida para a caminhada — ou seja, quase nua —, não se podia dizer que ela ofendesse a vista. Mas também não era nenhuma Estrella Briggs.

"Não fui eu quem salvou a vida dela", disse Frank, "o rapaz que fez isso foi embora ainda há pouco, e acho difícil a gente poder encontrá-lo agora."

"*Qué toza tienes allá*", comentou a jovem, apontando para o pênis de Frank, o qual no momento parecia de fato um tronco pequeno — bom, de tamanho médio. Era a primeira vez que ela mencionava Frank diretamente. Sua irmã e El Espinero também examinaram o membro, e depois os três tiveram uma conversa na língua deles, se bem que o riso era fácil de traduzir.

Após um dia e meio de viagem, El Espinero levou Frank a uma mina de prata abandonada havia muito, num lugar elevado acima da planície, cheio de cactos e lagartos ao sol.

Frank deu-se conta de que estivera aguardando o rosto ininteligível do exato duende ou gnomo mexicano que o levaria a subir uma encosta como aquela, mais alta do que a última parede sem telhado, adentrando um domínio de gaviões e águias, levando-o além de sua necessidade de luz ou cota de dia, para dentro de alguma boca com espinhos na entrada, passando por baixo de forcas quebradas e escoras tortas, e por fim, em vez de penetrar ativamente, deixando-se ser engolido pelo mistério imemorial dessas montanhas — e agora que o momento de submissão havia chegado, ele nada faria no sentido de impedi-la.

A essa altura, Frank já vinha examinando cristais de calcita havia algum tempo, através de prismas de Nicol de instrumentos de laboratório cujos nomes ele já tinha esquecido, em meio à ganga de zinco das minas do condado de Lake, ou ali em meio aos filões de prata da Veta Madre etcétera, mas parecia-lhe que nunca ninguém vira algo semelhante àquele pedaço de espato em toda a Terra, talvez até desde o início de tudo na própria Islândia, um espécime e tanto, um cristal gêmeo, puro, incolor, sem jaça, sendo cada metade identicamente espelhada mais ou menos do tamanho de uma cabeça humana, sendo, como diria Ewball, "de hábito escalenoédrico". E emitia um brilho profundo, embora ali não houvesse luz ambiente bastante para justificá-lo — como se dentro do cristal residisse uma alma.

"Tenha cuidado. Olhe dentro dele, veja coisas."

Estavam no fundo de uma caverna na montanha, e no entanto uma luminescência insólita lhe permitia ver o quanto — a ideia se impunha a Frank — lhe era necessário ver.

Nas profundezas da calcita, sem ter de esperar muito tempo, ele via agora, ou depois diria que julgava ter visto, Sloat Fresno, exatamente onde Sloat deveria estar. Porém não havia uma mensagem semelhante a respeito de Deuce. Dois anos depois, voltando a encontrar-se com Ewball e lhe falando sobre essa experiência, Ewball franziria a testa, com um pouco de malícia. "Não sei, não, mas não era pra ser um pouco mais assim, mais *espiritual*? Sabedoria profunda, verdades antiquíssimas, luzes do além, e em vez disso só mais um tiroteio numa *cantina*? Cristal mágico meio melancólico, esse, não é?"

"O que o índio disse foi que a vida dele e as vidas das mulheres foram salvas, quem tinha salvado não fazia diferença — no caso, você, *compinche* — e que não era exatamente um pedaço de espato de verdade, e sim a ideia de duas metades gêmeas, de equilibrar vidas e mortes."

"Quer dizer que ainda faltam mais duas mortes pra você, uma é a de Deuce, e se eu puder escolher a outra *devia* ser a do velho Huerta, porque esse fiadaputa continua solto por aí infernizando a vida de todo mundo."

"Com fome?", perguntou El Espinero.

Frank olhou a sua volta e, como sempre, não viu nada de comestível num raio de trezentos quilômetros.

"Está vendo aquele coelho?"

"Não."

El Espinero tirou de seu alforje e brandiu um bastão descorado pelo sol, com uma curva elegante no meio, olhou para a distância e lançou o bastão. "Está vendo agora?"

"Lá está. Como é que você faz isso?"

"Você adquiriu o hábito de ver coisas mortas melhor do que coisas vivas. Todos os *shabótshi* são assim. Você precisa ganhar prática em ver."

Depois que comeram, Frank distribuiu seus últimos cigarros. As mulheres foram fumar em separado. El Espinero remexeu suas coisas e apresentou uma espécie de lanche vegetariano. "Coma isto."

"O que é?"

"*Hikuli*."

Parecia ser um cacto do tipo conhecido no Norte como mamilária. Segundo El Espinero, a planta ainda estava viva. Frank não se lembrava de jamais ter comido alguma coisa que ainda estivesse viva.

"Isso serve pra quê?"

"Remédio. Para curar."

"Curar o quê?"

"Isto", disse El Espinero, indicando com um movimento econômico da mão toda a circunferência visível do descampado cruel.

Demorou para bater, mas quando bateu Frank foi expelido de si próprio, não apenas de seu corpo por meio de um acesso espetacular de vômitos, mas também de tudo mais que ele julgava ser, sua mente, seu país, sua família, até mesmo sua alma.

Quando viu, estava no ar, de mãos dadas com a jovem Estrella, deslocando-se bem depressa, em baixa altitude, sobrevoando o campo iluminado pelas estrelas. Os cabelos da moça flutuavam atrás dela. Frank, que jamais tinha voado, a toda hora queria guinar para a direita ou para a esquerda a fim de explorar ravinas cheias de uma escuridão líquida e latejante, e cactos altos e dramas de perseguição predatória e coisas assim que de vez em quando também pareciam brilhar com cores estranhas, mas a moça, que já voara muitas vezes, sabia aonde tinham de ir, e depois de algum tempo Frank se deu conta de que estava sendo guiado por ela, e assim relaxou e seguiu-a.

Mais tarde, no chão, ou melhor, curiosamente, debaixo do chão, Frank se viu vagando num labirinto de pedra, de uma caverna a outra, oprimido por uma sensação crescente de perigo — cada vez que escolhia um caminho, achando que este o levaria para o ar livre, terminava aprofundando-se ainda mais na terra, e em pouco tempo chegou às raias do pânico. "Não", disse a moça, com cuidado, acalmando-o de algum modo com uma inexplicável clareza de toque, "não tenha medo. Eles querem que você tenha medo, mas você não tem que lhes dar tudo que eles querem. Você tem o poder de não ter medo. Encontre esse poder, e quando conseguir, tente lembrar onde ele fica." Embora continuasse a ser Estrella, a moça Tarahumare, ela também ao mesmo tempo havia se transformado em Estrella Briggs.

Chegaram a uma caverna dentro da qual chovia, uma chuva tranquila porém constante. Dentro daquela caverna, ela explicou, vinha caindo havia milhares de anos toda a chuva que deveria cair no deserto do Sudoeste — uma chuva vaporosa e cinzenta, que não vinha de nenhuma fonte dentro da montanha, nem de nuvens que estivessem do lado de fora, imediatamente acima dali, e sim como resultado do crime ou erro ou pecado original que produzira o próprio deserto...

"Acho que não", discordou Frank. "O deserto é uma coisa que se formou ao longo do tempo geológico. Não é um castigo imposto a uma pessoa."

"Antes do princípio de tudo, quando eles estavam projetando o mundo —"

"'Eles'."

"'Eles'. A ideia é que a água deveria estar em todos os lugares, gratuita para todos. Era a vida. Mas aí alguns ficaram cheios de ganância." Ela explicou então que o deserto foi criado para servir de penitência para essas pessoas. E assim, para compensar, em algum lugar, oculta naquela imensa extensão de terra vazia, surgiu aquela única caverna, cheia de água eternamente a cair. Se quisessem procurá-la, é claro que podiam fazê-lo, embora o mais provável fosse que passassem toda a vida perambulando sem encontrá-la. Histórias que se ouviam a respeito de minas mal-assombradas de ouro e prata na verdade eram a respeito dessa exata caverna oculta, cheia de chuva, preciosa mais que tudo, porém a gente louca do deserto acreditava que era necessário falar nela por meio de uma espécie de código, pois outras pessoas estariam escutando, que dizer qualquer coisa em voz alta faria com que o lugar se tornasse ainda mais remoto, mais perigoso de se alcançar...

Durante todo esse tempo, Frank em momento algum julgou estar sonhando, provavelmente porque era raro ele lembrar-se dos sonhos, e mesmo quando o fazia não costumava lhes dar atenção. E embora tudo isso tivesse a intensidade imediata do México à luz do dia, numa infindável disputa com sua história, aquela experiência algum dia também seria relegada ao registro de vivências para as quais ele jamais encontrara qualquer utilidade.

Voltaram para o acampamento no deserto em meio a turbilhões de cores, entre elas magenta, turquesa fosco e um tom curiosamente pálido e estrebuchante de violeta, que aparecia não apenas ao redor dos contornos mas também borrado e sangrando dentro deles, fornecendo vislumbres ocasionais de um grupo solitário de figuras na hora do pôr do sol, na planície cujas profundezas intactas eram varridas pelo vento por uma extensão de centenas de quilômetros, até mesmo aquele ar puríssimo já começando, nos laivos finais da luz que vinha de sua própria espessura a congelar-se, a tornar indistinta a serra longínqua, transformando-a num esboço que apontava para outros mundos, cidades míticas no horizonte...

* * *

Frank sabia que a mulher de El Espinero não era nem muda nem tímida, já tendo ouvido muitas conversas animadas no idioma Tarahumare, imaginava ele, entre os três; porém, ela jamais dirigia uma palavra a Frank, limitando-se a olhar para ele de modo direto com muita simpatia, como se houvesse algo tão óbvio que ele deveria estar vendo, que ela queria lhe dizer, mas por algum motivo, algum imperativo espiritual, não podia fazê-lo. Frank tinha certeza, uma certeza que não passava pelas palavras, de que era ela o coração invisível do que quer que fosse que havia trazido a família para o sul, expondo-a ao perigo do exército mexicano, mas nenhum deles iria explicar a razão disso a Frank.

Chegaram a uma bifurcação quase invisível, e o grupo de Tarahumares seguiu para o oeste, em direção à Sierra Madre.

Frank sorriu para Estrella. "Espero que você encontre o *hombre* certo."

"Ainda bem que não é você", ela retrucou. "Você é um homem bom, mas dá um pouco de nojo, todos esses pelos na cara, e você sempre cheira a café." Quando se separaram, El Espinero lhe deu um colar feito de sementes translúcidas da cor do céu, que Frank reconheceu como lágrimas-de-jó. "Não protege, mas melhora a saúde. É bom para a respiração."

"Ah, por falar nisso, e o tal de *hikuli*? Você tem mais?"

El Espinero apontou, rindo, para um cacto junto ao pé de Frank, e ele e as mulheres se afastaram em seus cavalos rindo, por um bom tempo, até passarem para o outro lado da cordilheira e não ser mais possível ouvi-los. Pedindo desculpas ao cacto, tal como lhe ensinara o *brujo*, Frank retirou-o vivo da sua terra nativa e guardou-o no alforje. Nos dias que se seguiram, de vez em quando ele o pegava e mordiscava, ou então limitava-se a olhar e aguardar instruções. Mas nunca mais teria a mesma sensação de certeza que teve quando sobrevoou com Estrella/Estrella o deserto palpitante, ou o chão coberto de pedras inóspitas.

Foi seguindo para o norte por entre arbustos e cactos altos, tomando cuidado para não ser visto da ferrovia, até que um dia se deu conta de que as montanhas haviam se tornado imitações geométricas de si próprias, absurdamente pontudas e íngremes, tão difíceis de aceitar quanto aquela planície desproporcional que ele vinha atravessando. O que havia para fazer ali se não correr e perseguir? Que outra coisa faria sentido? Permanecer imóvel sob aquela imensidão de céu? Secar, ficar imóvel como os arbustos, como um cacto, cada vez mais lerdo, até entrar numa espécie de estado mineral...

Aconteceu que um dia Frank emergiu de uma plantação irrigada de algodão, à beira do Bolsón de Mapimí, desceu em plena luz do dia a única rua de um pequeno *pueblo* cujo nome ele logo esqueceria, entrou numa *cantina* específica como se fosse um dos antigos frequentadores do lugar (paredes de adobe, perpétua penumbra das quatro da madrugada, vapores de pulque no ar, nenhum panorama do massacre de

Little Big Horn, patrocinado pela Budweiser, e sim um mural semidestruído ilustrando a antiga narrativa de origem, da mitologia asteca, sobre a águia e a serpente, que representava de modo insólito a cobra enroscada em torno da águia, prestes a matá-la, enquanto posavam em meio àquele cenário antigo, muito pitorescas, apreciando a luta, algumas *señoritas* atraentes com penteados do século XIX e indumentária asteca tal como era imaginada pelo artista — fora isso, as paredes não tinham nenhuma decoração, havia trechos em que a pintura estava descascada e cicatrizes antigas de tiros ou móveis arremessados contra a parede), e ali encontrou, bem à sua frente, jogado numa cadeira, o rosto inchado, como se à espera, finalmente disponível, Sloat Fresno, o qual mais que depressa já estava com a pistola na mão, dando a Frank apenas o tempo suficiente para pegar sua própria arma e começar a disparar na hora, sem oportunidade de despertar aquelas emoções de família, nada disso — o velho Sloat, que talvez nem tivesse reconhecido Frank, não conseguindo sequer dar um tiro —, jogado para trás, um dos pés da cadeira quebrando-se sob seu peso já morto, de modo que ele rodopiou, dando meia-volta, lançando um risco escuro de sangue no ar que formou uma espécie de pluma e caiu, com um estalo que não foi ouvido em meio aos tiros, sobre a sujeira antiga do assoalho da *pulquería*. *Fín*. Um silêncio prolongado, ofegante, de pólvora queimada, fumaça subindo, ouvidos zumbindo, olhos mexicanos negros aparentemente voltados para o recém-aceito membro da irmandade da morte, embora qualquer um dali fosse capaz de reconhecer Frank se voltasse a vê-lo, se alguém viesse para lhes fazer perguntas da maneira adequada.

Frank, cujos pensamentos de imediato haviam convergido na possibilidade de que Deuce Kindred estivesse por perto e mirasse nele, gritou mais alto do que necessário, não se dirigindo a ninguém em particular, como se para saber o quanto estavam assustados os presentes: "*¿Y el otro?*".

"*Él se fué, jefe.*" Um ancião do local, com um *jarrito* de barro na mão, começando o dia cedo.

"*¿Y cuándo vuelva?*"

Mais um dar de ombros facial do que um sorriso. "*Nunca me dijo nada, mi jefe.*"

E àquela altura não havia mesmo como saber quem seria o tal *otro*, se Deuce ou alguém diferente. Como o efeito desse fato sobre os nervos de Frank não era nada tranquilizador, ele permaneceu num estado de atenção tensa, evitando beber ou mesmo guardar a droga da pistola, que agora aparecia amarrada à sua mão. De todos os lados da rua chegavam vagabundos frequentadores de *saloons*, conversando com os curiosos a respeito do que fazer com os restos mortais de Sloat, tendo vários indivíduos já manifestado interesse pelo conteúdo de seus bolsos, embora Frank, disso não havia dúvida, tivesse o direito de ser o primeiro a explorá-los.

"*Si el caballero quisiera algún recuerdo...*"

Isso mesmo, se ele quisesse um suvenir — era notório que os *pistoleros* da região costumavam retirar partes do cadáver, o escalpe, as orelhas, às vezes o pênis, para contemplar nos tempos de aposentadoria, tirar de uma gaveta, inspecionar, exibir.

Ora, porra.

A coisa fora muito rápida, até mesmo, podia-se dizer, fácil. Podia-se. Logo ele ficaria sabendo no que aquilo haveria de dar, ele já estava começando, muito antes de dar as costas para aquela cidadezinha desgraçada, a se arrepender.

De licença em Nova York por algumas semanas, os rapazes haviam montado acampamento no Central Park. De vez em quando chegavam mensagens do Alto Comando pelos métodos usuais, pombos-correio e médiuns, pedras lançadas por janelas, mensageiros vendados a recitar textos decorados, cabos submarinos, fios de telégrafos e, em tempos mais recentes, o rádio sintônico, assinadas, se e quando o eram, apenas com um número cuidadosamente cifrado — era esse o contato mais próximo que todos eles jamais tiveram, e jamais teriam, com a pirâmide de escritórios que haveria de se elevar nas névoas estratosféricas. Sem qualquer interesse em conhecer os rapazes em pessoa, seus patrões permaneciam desconhecidos, e contratos que eles sequer chegavam a assinar eram-lhes simplesmente entregues, sem aviso prévio, e muitas vezes, ao que parecia, às cegas, de cima para baixo. "Nós somos o proletariado deles, não é?", rosnava Darby, "os bobalhões que fazem o 'trabalho sujo' pra eles quase de graça? E se eles são refinados demais pra fazer o nosso *trabalho*, então está na cara que são refinados demais pra nós."

Uma vez, à meia-noite, com a falta de cerimônia de sempre, um menino de rua com um chapéu rígido e uma variedade de tatuagens apareceu, e com um sedutor olhar de soslaio entregou-lhes um envelope engordurado. "Tome, meu rapaz", Lindsay colocando uma moeda de prata na mão do mensageiro.

"Epa! Quê qu'é isso? E inda tem um *barquinho* desenhado! Isso aqui é de que país, hein?"

"Permita-me ler a inscrição para você. Diz o seguinte: 'Exposição Colombina Chicago 1893'. E aqui, no anverso, você pode ler com prazer: '*Meio dólar* colombino'. Na verdade, logo quando lançada esta moeda era vendida por um dólar."

"Intonces 'cês 'tão me pagando o dobro dum troço que só valia em Chicago dez anos atrás. Muito bom, né? É só eu arranjá a máquina do tempo que 'tá tudo bem, né?" O rapazola, jogando com destreza a moeda de uma mão para a outra, deu de ombros e preparou-se para ir embora.

Seu comentário, porém, produzira um silêncio quase petrificante entre os Amigos, inteiramente desproporcional ao que parecia apenas uma demonstração de ingratidão, por motivos que nenhum deles, se tal lhe fosse perguntado, teria sido capaz de expressar. O rapaz já estava atravessando uma ponte ornamental ali próxima quando Chick Counterfly recuperou-se o bastante para chamá-lo: "Espere aí, um momento!".

"Tenho mais o que fazê", respondeu o jovem. "Diz logo o que é."

"Você falou em 'máquina do tempo'. O que você quis dizer com isso?"

"Nada." Seus pés, porém, diziam algo diferente.

"Precisamos conversar mais sobre isso. Onde podemos encontrá-lo?"

"Tenho que resolvê uns pobrema agora. Dispois eu vorto." Antes que Chick pudesse protestar, o impertinente núncio desapareceu em meio ao ambiente silvestre.

"Ele estava *transmitindo um comentário*, vão por mim, eu sei muito bem identificar um comentário", rezingou Darby Suckling, mais tarde, na sessão plenária realizada após o turno do entardecer. O jovem contencioso, tendo recentemente se tornado o Especialista em Questões Legais da aeronave, vivia ansioso por explorar suas prerrogativas, e se possível abusar delas. "Devíamos procurar um juiz, obter uma intimação e fazer esse guri contar tudo que ele sabe."

"O mais provável", palpitou Lindsay, "é que o *jeu d'esprit* especulativo do senhor H. G. Wells sobre o tema tenha sido adulterado com fins lucrativos pelos folhetins de que nosso visitante, se souber ler, sem dúvida há de ser um consumidor habitual."

"E no entanto", Randolph gesticulando com a folha única que fora entregue pelo jovem, "isto aqui foi assinado pelo Alto-Comando dos Amigos do Acaso. A respeito do qual, na verdade, há anos vêm circulando boatos em torno de um programa altamente secreto, de algum modo relacionado ao conceito de viagem no tempo. É bem possível que esse sujeito seja um empregado deles, regular ainda que talvez um tanto descontente, sendo que neste caso seu curioso comentário poderia ser um convite disfarçado para que investiguemos a questão mais a fundo através dele."

"Se as preferências dele em matéria de bebidas forem tão baratas quanto seus hábitos de leitura", estimou Lindsay, que era o Tesoureiro da Unidade, "talvez o que temos na nossa verba para a obtenção de informações baste para custear um pequeno copo de cerveja."

"Naaaaaão, é só preencher mais um comprovante do Sistema Nacional de Fundo Fixo", debochou Darby, afetado. "Os Chefões vão carimbar, como sempre, e quem sabe até nos ajudar a descobrir o que eles preferiam que a gente não soubesse." Ele relembraria essas palavras no futuro com certo azedume, com a pequena equipe já engajada numa jornada que levaria a uma descoberta fatal, uma viagem que todos eles, cada um a seu modo, viriam a lamentar ter empreendido.

Fiel ao prometido, o mensageiro, um tal de "Plug" Loafsley, voltou no dia seguinte com instruções longas e detalhadas sobre o itinerário que levava a seu quartel-general, a Pensão Pirulito, que não era outra coisa senão um bordel infantil no Tenderloin, um entre vários estabelecimentos que compunham um império sórdido administrado por Plug, império esse que também incluía *fumoirs* de ópio para meninos jornaleiros e uma espécie de jogo do bicho envolvendo escolas dominicais. Ao saber disso, Lindsay Noseworth, como era de esperar, "subiu nos tamancos". "Temos imediatamente de romper toda e qualquer ligação com esse pequeno monstro. O que está em jogo aqui não é nada menos do que nossa sobrevivência moral."

"Dentro do espírito de investigação científica", obtemperou Chick Counterfly, para apaziguá-lo, "eu, pessoalmente, não me oponho a que nos encontremos com o jovem Loafsley, por mais desagradável que venha a ser tal encontro, qualquer que seja a pocilga de iniquidade que ele chama de seu escritório."

"E talvez seja bom eu ir junto como garantia", sugeriu Darby Suckling. Teria havido uma troca de olhares cúmplices? Os relatos divergem. Seja como for, mais tarde, naquela mesma noite, os dois tripulantes, disfarçados com trajes esportivos semelhantes, índigo e amarelo-creme, e chapéus-coco cinza-pérola, seguiram em direção ao Tenderloin, conforme as instruções fornecidas pelo jovem Loafsley, e em pouco tempo se aprofundaram mais na negra topografia do Vício do que jamais supunham possível — até que, por volta da meia-noite, em meio a uma neblina marinha cada vez mais espessa, viram-se diante de uma porta de ferro corroído, guardada por um ser que pareceria um menino pequeno, não tivesse ele quase dois metros e trinta de altura, sendo o aspecto corpóreo proporcional, talvez até tendendo à corpulência. Ao que parecia, um problema glandular.

Ajeitando um boné do tamanho de uma tina de lavar roupa, de modo a situá-lo num ângulo mais autoritário: "Ó, todo mundo me chama de Pinguinho. 'Cês tá precisano de alguma coisa?".

"Tente não pisar em nós", murmurou Darby.

"Hora marcada com o Plug", disse Chick, tranquilizador.

"Então 'cês é os Amigo do Acaso!", exclamou o "leão de chácara" avantajado. "Poxa, é uma grande honra conhecer 'ocês, eu leio todas as história d'ocês, é mesmo x.p.t.o. — quer dizer, tirano o tal do Noseworth, ach'que dele eu não gosto muito, não."

"A gente conta pra ele", disse Darby.

No instante em que entraram, foram atingidos por uma forte lufada poliaromática, como se fosse o próprio bafo dos pulmões corrompidos da Depravação, uma mistura de álcool, tabaco e cânhamo, um espectro de perfumes baratos dos quais se destacavam o costo-bastardo e a verbena, com indícios sinistros de excrementos corporais, ligas metálicas superaquecidas e pólvora recém-detonada. Uma pequena orquestra, centrada num saxofone-contrabaixo mas também incluindo corneta de vara, bandola e piano "de bordel", tocava *ragtime* de modo incansável em algum lugar, envolta numa camada protetora de fumaça. Em meio à penumbra, por toda parte deslizavam huris pré-púberes, em trajes mais ou menos sumários, dançando a sós, ou com clientes, ou uma com a outra, arrancando de Darby olhares entusiásticos, se não mesmerizados.

Uma *chanteuse* rechonchuda e cheia de energia, com cerca de dez primaveras de idade, de cabelos incandescentemente louros, emergiu nesse instante de um recinto nos fundos trajando um vestido de lantejoulas douradas costuradas não a um tecido e sim apenas — de modo precário — *uma à outra*, criando um efeito perverso ainda mais surpreendente do que a nudez, e acompanhada pela pequena orquestra de "*jazz*" começou a cantar:

>Uns riem da gente,
>Mas 'té nos subúrbios
>O povo conhece
>As "Aves Noturnas" —
>Somos virginais
>Em comparação
>Com esses olhares
>Que os homens nos dão!
>Vem, dança conosco e
>Depois pede bis,
>Não ligues se as beatas
>Torcerem o nariz,
>Traz tua família,
>Que não é o-bis-táculo,
>Os tios vão amar
>O nosso es-pe-táculo!

"Se 'ocês gostá de alguma coisa aqui, é só pedi que nós dá um jeito", ofereceu Plug.

"Na verdade —", ia dizendo Darby, de olhar fixo na "ave canora" menor de idade, porém foi interrompido por Chick Counterfly.

"No outro dia você disse uma coisa —"

"É mesmo, é? Eu sou só um guri, cumé que eu posso lembrá de tudo?"

"Que você só precisava de uma 'máquina do tempo'..."

"E daí? Quem que não ia gostá de tê?"

"Na verdade", corrigiu Darby, "foi mais o jeito como você disse '*a* máquina do tempo'. Quase como se você soubesse da existência de uma máquina *específica*, em algum lugar."

"'Ocês trabalha pros hômi?"

"A informação pode lhe valer um bom dinheirinho, Plug", comentou Chick, como quem não quer nada.

"É mermo? Quanto?"

Chick apresentou-lhe um envelope cheio de verdinhas, que o jovem meliante evitou segurar, porém sopesou com um olhar sensível como uma balança de laboratório. "Moleque!", ele gritou. Meia dúzia de pirralhos se materializaram diante de sua mesa. "'Ocê! Sebinho! Traz o dotô aqui agorinha mesmo, pode sê?"

"Mandô, 'tá mandado, chefe!"

"Então cai fora, e avisa ele que vai gente lá visitá ele!"

"Certo, chefe!"

"Ele chega já, já. Enquanto isso, 'ocês toma alguma coisa, é por conta da casa a bebida. Ah, e a Angela Grace tamém é."

"Boa noite, rapazes." Era ninguém menos que a cantora com traje de lantejoulas que havia de tal modo capturado a atenção de Darby minutos antes.

"Nós vai saí do território dos Gophers e mudá pro dos Hudson Dusters... qué dizê, que era deles antes desse bando de burguêis aparecê e fazê uma limpa lá", disse Plug aos rapazes enquanto o grupo seguia para o sudoeste, em meio à neblina, que agora se tornara geral. Do porto ao longe vinham o clangor melancólico das boias de sino e as fanfarras ásperas das buzinas de nevoeiro e sirenes de vapores. "Num enxergo porra nenhuma", reclamou Plug. "Tem que í pelo cheiro. 'Cês conhece o cheiro do tal do 'ozônio'?"

Chick fez que sim com a cabeça. "Então estamos procurando uma usina elétrica?"

"Ela é do Elevado da Ninth Avenue", explicou Plug, "mas o dotô tamém usa ela. Tudo combinado com o seu Morgan. A Máquina gasta energia que é uma coisa, né."

Ouviu-se um impacto metálico seco, abafado pela neblina. "Deve ser o tal do Elevado", gritou Darby, num tom irritado. "Acabo de esbarrar numa porcaria de um pilar, aqui."

"Ah, tadinho!", exclamou Angela Grace, "posso dar um beijinho?"

"Se você conseguir enxergar", murmurou Darby.

"Agora é só segui o trem da linha sul", explicou Plug, "e depois se guiá pelo nariz."

Aproximaram-se de um arco comemorativo, cinzento e corroído pelo tempo, que parecia datar de alguma catástrofe antiquíssima, muito mais antiga do que a cidade. A névoa dissipou-se por alguns instantes, o suficiente para que Chick pudesse ler a inscrição num entablamento, POR MIM SE VAI PARA A CIDADE ARDENTE — DANTE. Passando por baixo do arco colossal, continuaram a seguir tateando, pisando paralelepípedos úmidos de neblina, em meio a animais em putrefação, pilhas de lixo e fogueiras acesas por cidadãos sem teto do bairro, até que por fim, tendo se tornado avassalador o cheiro pungente que era a assinatura da substância triatômica, e também um zumbido estridente que enchia toda a vizinhança, chegaram a um portão de pedra encharcado de umidade, estando a casa atrás dele invisível senão por uma constelação de luzes elétricas azuladas a brilhar em pleno quarto de meia-noite, luzes essas que nenhum dos aeronautas foi capaz de situar em termos de distância ou elevação. Plug apertou um botão no mourão, e uma voz metálica vinda de algum lugar retrucou: "É mais tarde do que o senhor pensa, senhor Loafsley". Um relé solenoidal entrou em ação, e o portão, rangendo, abriu-se.

Lá dentro, numa estrebaria com uma cocheira convertida em laboratório, encontraram uma espécie de gnomo, que foi apresentado por Plug como dr. Zoot, o qual usava traje de faxina, pantufas, óculos protetores de lentes escuras e um capacete estranho, pontuado na extensão de boa parte de sua superfície, mas não de toda ela, por dispositivos elétricos não muito familiares.

"Ora, ora! Recém-chegados das vacas e galinhas, aposto, procurando mais uma *novidade urbana* pra depois contar aos amigos naquelas reuniões da igreja! É, acho que vamos conseguir entreter vocês. Milhares de fregueses satisfeitos, todos gente da melhor qualidade, pois o senhor Loafsley até hoje não me desapontou nenhuma vez, não é mesmo, meu rapaz?"

Como se tivesse vislumbrado através da obscuridade das lentes do dr. Zoot algo insuportavelmente agourento, Plug, com o rosto pálido na iluminação implacável do laboratório, segurou Angela Grace com firmeza e juntos foram saindo, andando para trás, como se estivessem se afastando de um rei.

"Obrigado, Plug", despediram-se os rapazes, "até logo, Angela Grace", mas os dois filhos das profundezas já haviam desaparecido.

"Venham comigo, então."

"Não acordamos o senhor, espero", disse Chick.

"Quanto mais tarde, melhor", replicou o dr. Zoot. "A esta hora da noite não há muitos trens em atividade, de modo que a corrente é mais confiável, se bem que não se compara com o produto alemão, é claro... mas sim, senhores, *voilà* — me digam o que vocês acham."

O aspecto da Máquina não pareceu aos rapazes particularmente avançado. Em meio a um ronco rouco, faíscas azuis violentas saltavam ruidosas entre eletrodos pesados que não pareceriam deslocados num dínamo do tempo da vovó. O exterior, outrora liso, já estava havia algum tempo esburacado e marcado por detritos eletrolíticos. O *design* dos números que ainda eram visíveis nos mostradores cobertos de poeira devia muito ao gosto de uma geração anterior, tal como os ponteiros ornamentais em estilo Breguet. O mais preocupante era que até mesmo um olhar superficial seria capaz de detectar por toda parte soldas de emergência, calços malfeitos, presilhas descasadas, trechos em que a primeira demão ficara por receber uma segunda, e outros sinais de improviso. A impressão geral era de que as verbas de manutenção tinham sido desviadas, e que só os reparos inadiáveis estavam sendo feitos.

"É isso?" Darby, piscando.

"Algum problema?"

"Não posso falar em nome do meu colega", o jovem implacável deu de ombros, "mas pra uma máquina do tempo é uma coisa meio desengonçada, não é?"

"Então que tal um passeio, só a título de exemplo, no futuro, de ida e volta, só vou cobrar a metade, e aí, se vocês gostarem, a gente pode tentar uma coisa mais audaciosa."

Com uma ostentação alegre um pouco comprometida pelos horrendos rangidos das dobradiças e pela frouxidão visível da gaxeta de guta-percha em torno da braçola, o dr. Zoot abriu a escotilha da cabine de passageiros e indicou, com um gesto de cabeça, que eles deveriam entrar. Lá dentro, os rapazes sentiram um cheiro de uísque derramado — uísque sintomaticamente barato, para um faro apurado. Os bancos de passageiros pareciam ter sido adquiridos num leilão muitos anos antes, cada um com estofado diferente, manchados e gastos, estando o acabamento de madeira todo arranhado e marcado por brasas de charutos.

"Vai ser divertido", disse Darby.

Pela única e imunda janela de quartzo da cabine, os rapazes viam o dr. Zoot zanzando frenético de um lado a outro do laboratório, avançando os ponteiros de todos os mostradores que encontrava, inclusive o de seu relógio de bolso. "Ah, essa não", gemeu Darby, "isso chega a ser um insulto, não é? Como é que a gente destranca essa escotilha e sai daqui?"

"Não dá", replicou Chick, indicando a ausência de instalações necessárias para tal, mais com ar de curiosidade acadêmica do que com a expressão de pânico que, dadas as circunstâncias, seria mais do que justificável — "como também não dá pra controlar a nossa 'viagem' daqui de dentro. Tudo indica que estamos à mercê desse tal de doutor Zoot, e o jeito agora é apostar na possibilidade de que ele não seja de todo diabólico."

"Que ótimo. Uma coisa meio diferente para os Amigos do Acaso. Um dia desses, Counterfly, nossa sorte não vai —"

"Suckling, olhe — a janela!"

"Não estou vendo nada."

"Isso mesmo!"

"Ele deve ter apagado todas as luzes."

"Não — não, há uma luz. Talvez não a luz que conhecemos, mas..." Os dois rapazes apertaram a vista e olharam em direção ao lugar onde antes havia o pedaço de quartzo translúcido, tentando entender o que estava acontecendo. Uma espécie de vibração, que vinha menos da cabine física em que estavam do que de algum lugar insuspeito dentro da própria organização nervosa dos dois, começava a ganhar intensidade.

Pareciam estar no meio de uma grande tempestade, e naquela luminosidade parca conseguiram divisar, depois de algum tempo, passando de modo incessante pelo campo de visão, inclinadas no mesmo ângulo que a chuva, se chuva aquilo era — alguma precipitação material, cinzenta e acentuada pelo vento —, inconfundíveis identidades humanas, multidões de almas, acumuladas, montadas, a pé, estendendo-se aos milhões por toda a paisagem, acompanhadas por uma imensidão comparável de cavalos. A multidão se estendia muito além de onde a vista alcançava — uma cavalaria espectral, rostos sinistramente desprovidos de detalhes, olhos que não eram muito mais do que órbitas borradas, roupas mudando de posição constantemente num fluxo invisível que talvez fosse apenas o vento. Configurações brilhantes de pontos metálicos surgiam e moviam-se em três dimensões, talvez mais, como estrelas espalhadas pelas ondas de choque da Criação. Estariam aquelas vozes gritando de dor? Por vezes, quase pareciam estar cantando. De vez em quando uma palavra ou duas, num idioma quase reconhecível, se faziam ouvir. Assim, galopando num fluxo incessante, sempre para a frente, sem nenhum controle sobre seu destino, aquela multidão desconsolada era arrastada de modo aterrador para além da borda do mundo visível...

A cabine estremeceu, como se num furacão. O ozônio penetrou seu interior como um cheiro almiscarado que acompanhasse uma dança de acasalamento entre autômatos, e os rapazes sentiam-se cada vez mais desorientados. Por fim, até o ambiente cilíndrico em que haviam sido confinados parecia ter desaparecido, deixando-os num espaço ilimitado em todas as direções. Tornou-se audível um rugido contínuo, como o do oceano — mas não era o oceano —, e logo gritos que pareciam ser de feras no descampado, grunhidos ferozes e estridentes passando por cima deles, às vezes tão perto que se tornavam preocupantes — mas não eram feras. Por toda parte, um odor de excremento e tecidos mortos.

Na escuridão, os rapazes entreolhavam-se fixamente, como se prestes a perguntar um ao outro qual seria o momento apropriado para começar a gritar, pedindo socorro.

"Se é esta a concepção que tem do futuro o nosso anfitrião —", ia dizendo Chick, porém foi interrompido de modo abrupto pelo surgimento, em meio à sombra assustadora que os cercava, de um pau comprido com um grande *gancho de metal* na ponta, do tipo utilizado para arrancar do palco de um espetáculo de variedades um artista que não havia agradado, gancho esse que, encaixando-se com firmeza no pescoço de Chick, no instante seguinte puxou-o para regiões indecifráveis. Antes que Darby tivesse tempo de dirigir-lhe um grito, o Gancho reapareceu e repetiu a operação sobre sua pessoa, e assim, sem mais nem menos, os dois jovens se viram de volta no laboratório do dr. Zoot. A infernal "máquina do tempo", ainda inteira, estremecia no seu lugar de sempre, como se a rir-se gostosamente.

"Tenho um amigo que trabalha num dos teatros lá da Bowery", explicou o doutor. "Este gancho é muito prático às vezes, especialmente quando a visibilidade não é das melhores."

"O que foi aquilo que a gente acabou de ver?" Chick com toda a tranquilidade de que era capaz.

"Pra cada um, é diferente, mas não se dê ao trabalho de me contar, eu já ouvi demais, tanto que chegou a me fazer mal, pra falar com franqueza, e pode não ser bom pra você até mesmo comentar o assunto."

"E o senhor tem certeza de que a sua... máquina... está de fato correspondendo às especificações, e tudo o mais."

"Bem..."

"Eu sabia!", gritou Darby. "Seu psicopata miserável, quase nos assassinou, pelo amor de Deus!"

"Olha, pessoal, eu nem vou cobrar nada pela viagem, está bem? O fato é que esta porcaria nem mesmo segue um dos meus projetos, eu comprei por um ótimo preço uns dois anos atrás, lá no Meio-Oeste, numa dessas, como é mesmo que se diz, convenções... O dono, pensando bem, realmente parecia doido pra se livrar dela..."

"E o senhor *comprou* essa coisa *usada*?" Darby estrídulo.

"'Previamente utilizada', era como ela estava sendo anunciada."

"Pelo visto", Chick esforçando-se por manter sua urbanidade habitual, "o senhor não chegou a obter diagramas técnicos, manuais de utilização e reparos, nada disso?"

"Não, mas eu pensei assim: se eu já sei desmontar um Oldsmobile de último tipo, e depois sei montá-lo outra vez de olhos vendados, esse troço não podia ser muito difícil, não é?"

"E os seus advogados concordam, é claro", interveio Darby.

"Ah, rapazes, o que é isso..."

"Exatamente onde e de quem, doutor Zoot", insistiu Chick, "o senhor comprou esta unidade?"

"Não sei se já ouviram falar da Universidade Candlebrow, um instituto de educação superior situado no distante coração da República — uma vez por ano, no verão, eles organizam um grande encontro sobre o tema da viagem no tempo — atrai um número de charlatães, cabeças de bagre e beldroegas tão grande que não seria possível dispersá-los com nenhuma arma conhecida. Eu por acaso estava lá, sabe, apregoando tônicos pros nervos, coisas assim, quando esbarrei nesse cidadão num *saloon* perto do rio chamado Bola na Mão, e o nome com que ele se apresentou na ocasião foi Alonzo Meatman, se bem que de lá pra cá pode ter mudado. Vejam, eis aqui a escritura de venda — mas se vocês realmente pretendem procurá-lo... bom, eu espero que não seja necessário mencionar meu nome, não é?"

"Por que não?" Darby ainda um tanto agitado. "O senhor quer dizer que ele é perigoso? Está nos mandando pra mais uma arapuca letal, é isso?"

"Ele, nem tanto", o dr. Zoot pouco à vontade, esquivando-se do olhar dos dois, "mas os... sócios dele, bom, talvez valha a pena ter cuidado."

"Uma súcia de malfeitores. Ótimo. Obrigado."

"Digamos que fiquei aliviado quando me vi de novo na estrada tão logo foi possível, e mesmo assim só fiquei tranquilo ao constatar que havia um rio entre mim e eles."

"Ah, eles não gostam de atravessar água corrente", Darby sarcástico.

"Você vai ver, meu jovem. E talvez lamente ter visto o que viu."

Na Universidade Candlebrow, a tripulação do *Inconveniência* encontraria a exata mistura de nostalgia com amnésia para lhes proporcionar uma imitação razoável do Atemporal. Talvez de modo apropriado, seria também ali que eles fariam a descoberta fatal que os levaria, tão inexorável quanto a roda do Zodíaco, a seu *Imum Cœli*...

Em anos recentes, a Universidade se expandira muito além do que ficara registrado nas lembranças dos ex-alunos mais velhos, os quais, ao voltar, encontravam ferragens em estilo de Chicago e estruturas modernas tipo *baloon-frame* convivendo com — ou mesmo substituindo — os prédios de que eles se lembravam, homenagens a modelos europeus em alvenaria, muitas vezes construídos por imigrantes de cidades do Velho Mundo dominadas por universidades ou catedrais. O Portão Oeste, criado para servir de moldura a crepúsculos equinociais, ainda conservava duas torres laterais de pedra rusticada e aspecto gótico, e agora parecia antiquado e pequeno em comparação com os dormitórios elevados e mais geométricos aos quais se chegava atravessando o portão, e conseguia de algum modo, embora não fosse muito mais antigo do que uma geração humana, apresentar um aspecto de antiguidade terrível, evocando uma era remota anterior à chegada dos primeiros exploradores europeus, anterior aos índios das pradarias que eles haviam encontrado aqui, anterior até mesmo àqueles que os índios celebravam em suas lendas como gigantes e semideuses.

As atualmente famosas Conferências Candlebrow, realizadas todos os anos, eram, como a própria instituição, financiadas pela enorme fortuna do sr. Gideon Candlebrow, de Grossdale, Illinois, que enriquecera durante o grande Escândalo da Banha da década de 1880, no qual, antes que o Congresso desse fim à prática, incontáveis toneladas de banha adulterada foram exportadas para a Grã-Bretanha, comprometendo ainda mais uma culinária nacional já degradada, dando origem por toda a ilha, por exemplo, a uma controvérsia em torno do pudim de Natal que até hoje divide as famílias, muitas vezes de modo violento. Na subsequente tentativa desesperada de encontrar fontes mais legais de lucro, um dos técnicos dos laboratórios do sr. Candlebrow por acaso inventou o "Esmegmo", um substituto artificial para tudo que se inclui na categoria de gorduras comestíveis, inclusive a margarina, a qual para muitos já não era de todo real. Um eminente rabino da capital mundial do porco, Cincinnati, Ohio, foi levado a afirmar que o produto era *kosher*, acrescentando que "o povo hebreu está aguardando isto há quatro mil anos. Esmegmo é o Messias das gorduras culinárias". Com rapidez estonteante, Esmegmo passou a ser o principal responsável pelos lucros anuais do Grupo Candlebrow. O segredo da fórmula era guardado com uma ferocidade tão implacável que causaria constrangimento ao czar da Rússia, e assim, na Universidade Candlebrow, muito embora o produto estivesse presente como ingrediente das comidas servidas e entre os condimentos de mesa do Refeitório Estudantil, ouviam-se histórias das mais diversas a respeito da composição exata da substância.

Os lucros advindos das vendas de Esmegmo possibilitaram o financiamento, que quase poderia ser classificado de pródigo, da Primeira Conferência Internacional sobre Viagens no Tempo, um tópico que se tornara respeitável de súbito graças ao sucesso do romance A *máquina do tempo*, do sr. H. G. Wells, publicado pela primeira vez em 1895, ano citado amiúde como marco inicial do ciclo de Conferências, ainda que não houvesse um consenso a respeito de como atribuir números ordinais a tais eventos, "porque uma vez inventada a viagem no tempo", afirmou o professor Heino Vanderjuice, o qual, para deleite dos rapazes, estava participando naquele ano como conferencista convidado, "não há nada que nos impeça de recuar no tempo o quanto quisermos, realizando Conferências em qualquer época, mesmo na era em que tudo à nossa volta ainda era pré-histórico, com dinossauros, samambaias gigantescas, picos flamívomos pra todos os lados, essas coisas..."

"Com a devida vênia do professor", protestou Lindsay Noseworth na reunião noturna da Unidade, "então é isso que vamos encontrar aqui, essas travessias pueris de infinitos lamaçais de metafísica? Com toda franqueza, não sei até quando vou aguentar isso."

"Por outro lado, tem cada 'peixão' nesse campus", comentou Darby, lascivo.

"Mais um dos seus vulgarismos, Suckling, cujo significado, aliás, devo confessar, sem dúvida por sorte, desconheço."

"Uma ignorância que deve continuar", profetizou Miles Blundell, "até o ano de 1925, mais ou menos."

"Está vendo?", Lindsay, um pouco mais alto do que o necessário. "Está começando! Eu imaginava, pelo visto por ingenuidade, que estávamos aqui para descobrir, se tal fosse possível, algum objetivo para essas expedições cada vez mais perigosas que nos são impostas, nas quais nossa participação automática algum dia há de terminar, a menos que tomemos medidas no sentido de promover nossa segurança, na dissolução de nossa equipe."

"Partindo-se do pressuposto de que o tal doutor Zoot não nos mandou aqui à toa", lembrou Randolph St. Cosmo, "movido por motivos não de todo respeitáveis."

"Doido varrido", Darby franzindo a testa.

Dentro do pavilhão de atletismo do campus, um enorme dormitório havia sido criado, os leitos formando fileiras, numerados, tendo-se acesso a eles através de um complexo processo de registro e da utilização de fichas de identificação de cores diferentes... Depois que as luzes eram apagadas, um espaço não mais perfeitamente compreensível, uma floresta de sombras, cheia de sussurros, murmúrios, alvas donzelas de lampiões brilhando nas cabeceiras, tocadores de uquelele cantando no escuro... Mensageiros de vozes suaves, recrutados entre as crianças da cidade, circulavam em meio aos adormecidos em vários turnos noturnos, trazendo mensagens telegráficas dos pais, namoradas, sociedades de viagens no tempo de outras cidades...

Serviam-se refeições durante todo o dia e toda a noite, em conformidade com um horário e um sistema de mudança de cardápios igualmente misteriosos, no salão do imenso refeitório dos estudantes, ao qual se chegava não pelo imponente saguão de entrada, passando pela recepção, e sim por escadarias semissecretas nas mais recônditas regiões dos fundos do prédio, caminhos cobertos por carpetes macios que desciam mais e mais até chegar ao local onde uma fileira de funcionários impacientes servia comida aos que chegavam atrasados sem lhes dar o devido desconto para a dificuldade de encontrar a sequência correta de portas e corredores, concedendo-lhes na melhor das hipóteses uma panqueca que sobrara ou o resto de café no fundo da cafeteira, e mesmo, como castigo por chegar tarde "demais" — um conceito um tanto flexível ali — coisa alguma.

Os rapazes, tendo de maneira conscienciosa aprendido os complexos detalhes referentes a acesso e horários, entravam agora, levando o desjejum em suas bandejas, no refeitório imerso numa luz pardacenta e escura, cadeiras e mesas de madeira bem encerada, reluzentes.

Miles, localizando o pote de Esmegmo, que ostentava, patriótico, as cores da bandeira nacional, em meio ao sal, pimenta-do-reino, *ketchup*, mostarda, molho para bife, açúcar e melado, abriu-o e, curioso, cheirou o conteúdo. "Ei, o que é isso aqui?"

"Serve pra tudo!", aconselhou um estudante numa mesa próxima. "Ponha na sopa, passe no pão, misture com o nabo! Meus colegas de quarto usam pra passar no cabelo! Esmegmo tem *um milhão* de utilidades!"

"Já senti um cheiro parecido antes", arriscou Miles, "mas... não foi nesta existência. Pois... certos cheiros nos levam de volta, num instante, a anos remotos..."

"Transporte Nasotemporal", concordou o esperto mancebo. "Vai haver um seminário sobre isso amanhã, lá no Finney Hall. Ou será que foi anteontem?"

"Pois bem, meu caro, este tal de Esmegmo me faz retornar a um ponto *anterior* à infância, a uma vida prévia, *antes mesmo de eu ser concebido —*"

"Miles, por piedade", Lindsay ficando vermelho e chutando o colega por baixo da mesa, "H.M.P.!" A expressão significava, entre os Amigos do Acaso, "Há Mulheres Presentes". De fato, uma mesa cheia de universitárias em flor, perto da deles, vinha acompanhando a conversação com interesse.

"Oba, oba", Darby cutucando Chick Counterfly, seu constante companheiro de travessuras. "Essas aí são da pá virada, sou capaz de apostar! Olha só o penteado daquela loura ali! Ehê!"

"Suckling", Lindsay entredentes, "ainda que, numa carreira que cada vez mais penetra na sordidez, sem dúvida haverão de ocorrer monstruosidades ainda piores, nada pode ser mais reprovável, sob o ângulo da moral, do que essas suas atuais manifestações de uma adolescência doentia."

"Quando você entrar na sua, me avise", redarguiu Darby, num tom que indicava a intenção de morder. "Quem sabe eu posso lhe passar uns conselhos."

"Ora, seu fedelho insuportável —"

"Cavalheiros", Randolph, de cenho franzido, agarrando o próprio abdome, "talvez os senhores ainda consigam adiar este colóquio sem dúvida fascinante para uma ocasião mais privada. Gostaria de acrescentar também, senhor Noseworth, que essas constantes tentativas de estrangular Suckling não são nada boas para nossa imagem pública."

Mais tarde, ainda naquela manhã, juntamente com o professor Vanderjuice, os rapazes enfiaram-se num automóvel para visitar o depósito de lixo municipal nos arredores da cidade, um lugar cinzento de fumaça perpétua, com limites indefinidos. "Valei-me são H. G. Wells!", exclamou o professor, "nunca vi tanto cacareco reunido!" Pelas encostas íngremes de uma ravina espalhavam-se os cascos eviscerados de máquinas do tempo fracassadas — Cronoclipses, Transeculares Asimov, Tempomorfos Q-98 —, quebradas, defeituosas, torradas por explosões catastróficas de energia canalizada para o lugar errado, corroídas a ponto de se tornarem irreconhecíveis pela imersão acidental no terrível Fluxo que elas foram concebidas e criadas na esperança de sobrepujar... Um campo de despejo de conjecturas, superstições, fé cega e engenharia incompetente, manifestadas em folha de alumínio, vulcanite, liga de Heusler, resina, eletro, guaiaco, platinoide, magnálio e alpaca, tendo boa parte desses materiais sido levada por catadores no decorrer dos anos. Onde estaria o porto seguro no Tempo que seus pilotos poderiam ter encontrado, para evitar que suas naves tivessem um fim tão indigno?

Fizeram um levantamento detalhado, mas nem Chick nem Darby encontrou, montada ou desmontada, uma máquina semelhante àquela em que o dr. Zoot os havia lançado naquele apocalipse de multidões que ainda os perturbava em seus momentos de devaneio.

"Precisamos encontrar esse tal de Meatman mencionado pelo 'doutor'", declarou Chick. "Creio que seria relevante visitar sua taverna."

"O Bola na Mão", lembrou-se Darby. "Ora, o que é que estamos esperando?"

Com o passar dos anos, em que a Terra, a seu modo automórfico, descrevia voltas ao redor do sol vez após vez, as Conferências Candlebrow haviam convergido numa forma de Eterno Retorno. Assim, por exemplo, ninguém envelhecia. Aqueles que, a cada ano, poderiam, em algum sentido técnico, ter "morrido" fora do perímetro daquele campus encantado, tendo voltado a adentrar os portões, eram de imediato "ressuscitados". Por vezes traziam recortes de seus próprios obituários, que mostravam aos colegas entre risadas. Tratava-se, é importante notar, de retornos solidamente corpóreos, sem nada de figurado ou ectoplasmático. Se alguém sequer levantava tal possibilidade, corria o risco de levar, como aconteceu com mais de um cético, um soco na cara por ter insinuado fragilidade e falta de virilidade. As vantagens dessa possibilidade de voltar da morte eram óbvias para todos, sendo as mais importantes os prazeres de ignorar os conselhos dos médicos, beber bebidas fortes e ingerir gorduras perigosas, cair na gandaia com elementos imorais e mesmo criminosos, jogar a dinheiro de modo tão irresponsável que certamente haveria de produzir uma apoplexia até num estudioso do tempo bem mais jovem e saudável. E todas essas diversões, além de outras, podiam ser encontradas em abundância às margens do rio, na Symmes Street e nos becos adjacentes, onde iam os desesperados, lá onde com frequência cabeças eram quebradas pelos seguranças noturnos, com seus chapéus inquebráveis, enquanto a poucos metros dali fluía o rio, ordeiro como um escritório, com seu tráfego de madeira seguindo tranquilo, suas entranhas iluminadas a gás... Alguns participantes das Conferências Candlebrow julgavam ver nesse rio uma parábola para aquele outro fluxo sobrenatural, isolado dos males deste mundo, a que damos o nome de Rio do Tempo.

Os rapazes desceram a West Symmes Street e chegaram ao Bola na Mão, que constataram ser um antro particularmente vil e mal-afamado. Mulheres do fandango, algumas com namorados que eram pigmeus foragidos da Feira de St. Louis, dançavam, exibindo as anáguas do modo mais escandaloso, em cima das mesas. Uma trupe de comediantes poloneses, cada um armado com uma *gigantesca salsicha kielbasa*, corria de um lado para outro trocando golpes desferidos com esses objetos, principalmente dirigidos à cabeça, com uma vivacidade incansável. Quartetos vocais negros cantavam canções conhecidas, formando acordes de sétima. Nas salas de fundos, podia-se jogar faraó e fantane.

Um jovem de aspecto desmazelado, portando uma garrafa que continha um líquido vermelho, abordou os rapazes. "Vocês é que está procurano o Alonzo Meatman, eu aposto."

"Talvez", respondeu Darby, mais que depressa levando a mão a seu cassetete regulamentar. "Quem é que quer saber?"

Seu interlocutor começou a estremecer, olhando a sua volta com movimentos de cabeça cada vez mais espasmódicos.

"Eles... eles..."

"Ora, rapaz, controle-se", ralhou Lindsay. "Quem são esses 'eles' a quem você faz referência?"

Mas o garoto agora estava estremecendo com violência, os olhos, trêmulos dentro das órbitas, enlouquecidos de pavor. Ao redor de seus contornos, uma estranha aura magenta e verde começava a piscar, como se vinda de uma fonte atrás dele, tornando-se mais e mais intensa à medida que o rapaz em si ia desaparecendo, até que após alguns segundos nada restava senão uma espécie de mancha no ar no lugar onde ele estivera antes, uma deformação da luz tal como a que é causada por um vitral antigo. A garrafa que o rapaz segurava, tendo permanecido no lugar, caiu no chão com um estrépito que pareceu curiosamente prolongado.

"Diacho!", murmurou Darby ao ver o líquido perder-se na serragem do assoalho, "e eu aqui querendo tomar um trago daquilo."

Naquele ambiente cheio de gente alegre, ninguém além dos Amigos deu sinal de ter percebido nada. Lindsay, numa reação estranha, tateava o espaço vazio ainda havia pouco ocupado pelo jovem desaparecido, como se de algum modo ele tivesse optado por se tornar apenas invisível.

"A meu ver", Miles deslocando-se em direção à saída, "é melhor nos retirarmos, antes que a mesma coisa aconteça conosco."

Lá fora, Chick, que permanecera em silêncio durante todo o episódio, aproximou-se de Randolph. "Professor, quero informar-lhe que estou neste momento invocando a cláusula de Critério do Oficial Científico, ou C.O.C., prevista no nosso Regulamento."

"Outra vez, senhor Counterfly? Presumo que tenha preenchido da maneira correta o questionário de Fatos Ocorridos Declarados Extraordinários?"

Chick entregou o documento requintadamente gravado. "Tudo certo, espero —"

"Veja bem, Chick, você está mesmo decidido? Lembre-se da última vez, sobrevoando aquele vulcão no Havaí —"

"O que foi nada menos que um motim", interveio Lindsay, "como, aliás, agora."

"Não na minha opinião legalmente informada", intrometeu-se Darby, tendo examinado o texto entregue. "O C.O.C. do Chick é perfeitamente *kosher*, que nem o Esmegmo."

"Uma confirmação de pouco peso, dada a previsível associação entre você e Counterfly."

"Você quer mais peso, é?", rosnou Darby. "Experimente isso aqui."

"A altitude em que estávamos", Chick tentou explicar, "e a presença de gases vulcânicos desconhecidos podem ter afetado meu discernimento na ocasião, é verdade. Mas desta vez pretendo permanecer com os pés no chão, sem nenhuma questão dimensional."

"Fora a Quarta, é claro", lembrou Miles Blundell, com uma voz séria que parecia vir de distâncias mortais. "E a Quinta, e assim por diante."

Tendo seus companheiros partido, Chick voltou para dentro da sombria baiúca, muniu-se de um copo de cerveja, sentou-se a uma mesa da qual se tinha visão da entrada e ficou esperando, uma técnica que aprendera anos antes no Japão, em meio aos místicos zen daquele país (ver *Os Amigos do Acaso e as mulheres enjauladas de Yokohama*), técnica essa que tinha o nome de "ficar sentado". Foi durante a mesma viagem, relembrava Chick, que Pugnax deixara atônito todo o mosteiro zen quando respondeu ao clássico *koan* "Um cão possui a natureza do Buda?" não com "Mu!" e sim com "Claro que sim — mais alguma coisa?".

O tempo não passava, exatamente, porém se tornava menos relevante. Por fim Chick viu o "contato" recém-desaparecido voltar a se materializar no espaço vazio, agora banhado em tons de damasco e água-marinha.

"Você outra vez."

"Um pequeno truque do ofício. Pra ver se você era sério, mesmo", disse Alonzo Meatman (sim, era ele).

"Talvez apenas mais preguiçoso que meus colegas. Eles tinham uma noite de esbórnia pela frente, eu só queria ficar aqui sentado, relaxando."

"Notei que você não provou sua cerveja."

"Você provaria?"

"Bem pensado. Deixe-me lhe pagar algo — o Horst sabe fazer qualquer coisa que você quiser, ninguém conseguiu pedir algo que ele não conhecesse desde a P.C.I.V.T., e mesmo nesse caso foi duvidoso."

"Desde a —?"

"Primeira Conferência Internacional sobre Viagens no Tempo, que foi uma farra daquelas." Não faltou ninguém do mundo da ciência da filosofia — Niels Bohr, Ernst Mach, o jovem Einstein, o dr. Spengler, o próprio sr. Wells. O professor J. M. E. McTaggart, de Cambridge, Inglaterra, apareceu para fazer uma pequena palestra na qual afirmou que a *existência* do Tempo era uma hipótese ridícula demais para sequer ser levada em conta, por mais que as pessoas acreditassem no fenômeno.

Uma reunião brilhante, pode-se dizer, uma colaboração dos melhores cérebros a respeito dessa questão difícil, até mesmo paradoxal, que certamente resultaria numa Máquina do Tempo funcional (tal era o otimismo wellsiano da época) antes mesmo da virada do século... só que, como relata a Ata do evento, não foi assim que as coisas se passaram. A partir de divergências iniciais a respeito do que, para não especialistas, certamente pareceriam questões triviais, as disputas foram tomando vulto com uma velocidade surpreendente até gerarem um combate acadêmico frontal. Dissidências proliferaram. As celebridades nas quais se depositava tanta esperança logo foram embora, em trens e bondes elétricos interurbanos, a cavalo e em aeronaves, muitas delas falando sozinhas. Duelos foram propostos, sendo quase todos resolvidos sem derramamento de sangue — exceto o caso infeliz envolvendo o seguidor de McTaggart, o neoagostiniano e o pudim fatal. "Disputas quanto à natureza da realidade cuja solução depende de uma aposta", no dizer do Médico-Legista, "quase nunca têm final feliz, especialmente aqui, levando-se em conta a distância vertical envolvida..." Durante alguns dias, embora o malfadado encontro continuasse a ser matéria de mexericos, os participantes da Conferência tiveram o cuidado de encontrar desculpas para não se aproximar demais do Velho Campanário da Estearinaria, inspirado pelo Campanile da Piazza San Marco, Veneza, o qual, com noventa e oito metros de altura, era a estrutura mais elevada que havia em qualquer ponto dali até onde a curvatura da Terra permitia que alcançasse a vista, e tinha a fama local de exercer igual fascínio sobre mentes saudáveis e perturbadas.

"Você está caminhando, sem saber, no meio deles desde que chegou", dizia Alonzo Meatman. "Não há como saber, a menos que eles queiram se revelar."

"Mas com você eles preferiram —"

"Preferiram e preferem e vão preferir — talvez até você, se tiver sorte — e daí?"

Chick encarou o jovem Meatman. Sem dúvida, era um caso clássico do que os homeopatas chamam de "tipo *licopódio*". Por algum motivo, a organização dos Amigos atraía pessoas assim em grande número. Medo estampado em cada célula. Medo da noite, de assombrações, do fracasso, de outros itens que não seria possível enumerar de modo rotineiro. O primeiro a subir no cordame durante uma tempestade, não por bravura e sim por desespero, por ser esse o único remédio que eles conhecem para a covardia que sentem despertar dentro de si. O tal Meatman, era óbvio, havia subido muito alto no meio da noite, tornando-se vulnerável aos perigos da tempestade num grau que poucos seriam capazes de invejar. "Fique tranquilo, colega aviador", respondeu Chick, "eu só sei quanto me custa procurar você hoje — pra ir mais longe do que isso, meu orçamento não daria."

O jovem Meatman parecia aplacado. "Você não deve, sabe, achar que isso é uma traição... ou então, *não apenas* traição."

"Hã? O que mais?"

Ele hesitou, talvez, mas não por um tempo suficiente para que a hesitação parecesse espontânea. "A oferta mais extraordinária de Libertação que nos foi oferecida desde... aquela outra Promessa feita há tanto tempo..."

Chick teve uma visão momentânea dos corredores de uma nave em algum lugar, talvez uma gigantesca aeronave do futuro, em que se amontoavam os corpos ressuscitados de todas as eras, sorrisos aparvalhados e membros nus emaranhados, uma multidão de visitantes recém-chegados de todos os períodos dos dois últimos milênios, que era preciso alimentar, vestir, abrigar e informar, além de engabelar — um pesadelo administrativo que cabia quase exclusivamente a ele resolver. Havia em sua mão uma espécie de tubo acústico sofisticado. "Então a coisa chegou a isto?" Sua voz lhe parecia irreconhecível. Não conseguia encontrar mais nada a dizer. Todos olhavam para ele, esperando algo.

Agora, no Bola na Mão, limitou-se a dar de ombros. "Ah, eu aceito."

"Vamos." Alonzo levou Chick para fora da taverna, e juntos atravessaram o campus escuro, subindo, passaram por um grande portão gótico, depois voltaram a descer, chegando aos arredores setentrionais da Universidade, uma região de residências baratas para estudantes, cercada por um trecho de pradaria aborígine, sem iluminação, passando por ruas cada vez mais estreitas, com postes de luz a gás em vez dos lampiões elétricos das partes mais "respeitáveis" da cidade, que a cada passo iam ficando para trás, aparentemente, por estranho que fosse, numa distância desproporcional, quanto mais caminhavam os dois jovens. Por fim chegaram a uma rua cheia de casinhas feias, todas iguais, já quase desmoronando, o madeirame apodrecido dando testemunho da pressa e da ganância dos que as haviam construído não muitos anos antes. Telhas de asfalto, caídas e quebradas, se espalhavam pelo chão. Cacos de vidro de janelas cintilavam na penumbra. Não muito longe, bondes passavam zumbindo e cuspindo, enquanto a alguns quarteirões dali um bando de cachorros emergiu na penumbra úmida dos revérberos, e logo em seguida nela desapareceu.

Alonzo parecia aguardar um comentário sobre o bairro. "Sabe, nós não queremos atrair muita atenção, por ora. Quando as pessoas começarem a descobrir que precisam de nós, e a nos procurar, quem sabe a gente se muda para um lugar maior, mais próximo da cidade. Enquanto isso..."

"Discrição", arriscou Chick.

O rosto do jovem retomou sua expressão habitual de impertinência. "Não é necessário. Eles não têm medo de nada que 'este' mundo possa lhes trazer. Você vai ver."

Em retrospecto, Chick não conseguiria se livrar de uma impressão, que deitara raízes num nível tão profundo que ele não queria, ou não conseguiria, explorá-la, de que sofrera alguma interferência psíquica. No momento, de algum modo — como se *manifestações positivas* de silêncio e ausência estivessem sendo utilizadas contra ele — não conseguia evitar a conclusão de que, apesar dos sinais convencionais de que eram habitados, aqueles cômodos todos, na verdade, estavam vazios. Sentia-se oprimido por um verniz claramente visível de desuso, não apenas de poeira, que cobria tudo, mas também de um silêncio prolongado, talvez de anos, sem nenhuma voz humana, nem trecho de música, nem a percussão nunca inteiramente regular de passos humanos. Ademais, foi crescendo nele a gélida suspeita de que ali dentro o que parecia ser a luz de lampiões não o era de fato — que mediante algum meio insólito seu sensório óptico estava sendo localmente atingido e iludido de modo sistemático, sem que fosse perturbada uma esfera de escuridão indiferente. Mais perturbadora ainda, à sua maneira, era a mudança que ocorrera em seu companheiro no momento em que transpuseram a soleira — um relaxamento que o jovem Meatman nem tentou disfarçar, como se, tendo conseguido trazer Chick, pudesse agora recolher-se sossegado à quiescência de uma ferramenta devolvida a seu estojo após ser usada, um estado que ele parecia achar quase preferível às exigências trabalhosas do cotidiano.

De repente, entrando em cena como um cantor de ópera prestes a lançar-se numa ária, eis que surgiu o "sr. Ace", segundo se apresentou. Olhos negros reluzentes, exibidos como armas num duelo. Os olhos delicadamente danificados, irrevogavelmente mais sábios, que costumamos atribuir aos mortos redivivos. Quando sorria, ou tentava sorrir, o efeito não era tranquilizador.

Sem sequer esboçar uma conversa fiada fática, ele começou de imediato a contar a história de seu "povo".

"Estamos aqui entre vocês buscando refúgio do nosso presente — o seu futuro — uma época de fome mundial, esgotamento de combustíveis, pobreza terminal —, o final do experimento capitalista. Assim que compreendemos a simples verdade termodinâmica de que os recursos da Terra eram limitados, e mais ainda, que estavam prestes a se esgotar, toda a ilusão capitalista desmoronou. Aqueles entre nós que declararam essa verdade em voz alta foram denunciados como hereges, como inimigos da ortodoxia econômica dominante. Tal como os dissidentes religiosos de uma era anterior, fomos obrigados a migrar, e não nos restou outra opção que não a de atravessar aquele escuro oceano Atlântico quadridimensional denominado Tempo.

"Em sua maioria, aqueles que optaram por fazer a Travessia tiveram sucesso — alguns não conseguiram. O procedimento ainda é arriscado. Os níveis de energia necessários para dar esse salto contra a correnteza, atravessando o intervalo proibido, não são disponíveis aqui no presente, embora alguns de seus grandes dínamos já comecem a se aproximar do nível de potência necessário. Já aprendemos a lidar com esse perigo, fazemos um treinamento nesse sentido. O que não esperávamos era constatar que vocês estavam decididos a impedir de nos estabelecermos aqui."

"Primeira vez que eu ouço falar nisso", disse Chick por fim, da maneira mais solidária possível.

"A Fraternidade dos Aventureiros —."

"Desculpe?"

Um estranho zumbido elétrico tornou indistinta a voz do senhor Ace por um momento. "Os *nzzt* Amigos-do-Acaso? Então vocês não sabem que todas as suas missões têm o objetivo de impedir alguma tentativa nossa de penetrar no seu regime temporal?"

"Pois eu garanto que nunca —"

"Vocês têm que prestar juramento, é claro." Um conflito intenso e silencioso, como se para não rir, como se o riso fosse um vício pouco conhecido, que poderia ter o efeito de sacudir o sr. Ace até desmontá-lo, um risco que ele não podia correr.

"Tudo isso pra mim é novidade", disse Chick. "E mesmo se for verdade o que o senhor está dizendo, como é que nós podemos ajudar vocês?"

Os olhos grandes do homem pareciam luminosos de piedade. "Poderíamos lhes pedir que aceitassem uma tarefa encomendada por nós de vez em quando — só que, infelizmente, ela viria sem qualquer explicação detalhada, tal como as que vocês recebem agora do seu Alto-Comando."

Chick deve ter ficado em silêncio por alguns instantes.

"*Zznrrt* remuneração..."

"Ah. Desculpe?"

"O senhor Meatman não lhe disse nada a respeito das dimensões da nossa gratidão?"

"Ele não deixou muito claro. Parecia uma coisa meio religiosa."

"Como assim?"

"A vida eterna."

"Melhor ainda. Juventude eterna."

"Caramba! Melhor que isso não tem."

O sr. Ace pôs-se então a explicar — ou talvez não explicar, mas sem dúvida alegar — que os cientistas da sua era, após pesquisas extensas no campo da viagem no tempo, haviam descoberto, como uma consequência inesperada de seus estudos, uma maneira de transformar a classe de reações termoquímicas outrora conhecidas como "processos irreversíveis", dentre as quais se destacam o envelhecimento e a morte dos seres humanos, de modo a *revertê-las*. "Uma vez que desenvolvemos a *técnica*, todo o problema tornou-se trivial."

"Pra você, falar é fácil, imagino."

"Agora não passa de uma forma de mercadoria, como as contas e espelhos que os recém-chegados à costa da América outrora utilizavam com os índios. Um presente de pouco valor, porém oferecido com grande sinceridade."

"Então é tal como o Squanto e os peregrinos", relatou Chick um dia depois na sessão plenária convocada às pressas na manhã seguinte. "É como se a gente os ajudasse no primeiro inverno deles."

"E se não for isso?", indagou Randolph. "E se eles não forem peregrinos e sim saqueadores, e se houver aqui alguma riqueza específica que eles não possuem mais e querem tomar de nós, para levar com eles?"

"Comida", disse Miles.

"Mulheres", sugeriu Darby.

"Entropia mais baixa", explicou Chick. "Como simples função do Tempo, o nível de entropia deles tem que ser mais alto. É como gente rica fazendo hidroterapia numa estação de águas."

"É a nossa inocência", proclamou Lindsay, numa voz com um toque incomum de perturbação. "Eles vieram até nossa costa para caçar-nos, capturar nossa inocência e levá-la com eles para o futuro."

"Eu estava pensando numa coisa um pouco mais tangível", Randolph de cenho franzido, absorto em seus pensamentos. "Negociável."

"É, e-e quem disse que a gente é 'inocente'?", interveio Darby, estridente.

"Mas imagine essas pessoas", Lindsay com uma voz abalada, como se diante de uma revelação insuportável, "tão decaídas, tão corrompidas, que nós — até mesmo nós — lhes pareçamos puros como cordeiros. E o tempo delas é tão terrível que as enviou, em desespero, de volta para o passado — para nós. De volta para os poucos anos miseráveis que restam a *nós*, antes que... o que quer que vá acontecer..."

"Puxa, Lindsay." Era Darby, manifestando pela primeira vez, no que constava na memória coletiva do grupo, preocupação por seu companheiro puritano.

Após uma paralisia momentânea na discussão: "Há sempre a possibilidade", observou Chick, "de que eles não passem de saltimbancos, ligados ao doutor Zoot — ou quem sabe, uma coisa ainda mais clandestina, uma espécie de exercício teatral, um Treinamento Moral, inventado pelo Alto-Comando para detectar rebeliões potenciais e reprimir dissidências. Não acho que eles não sejam capazes de uma coisa como essa."

"Seja como for", disse Darby, "estamos totalmente —"

"Não termine a frase", admoestou Lindsay.

Compreendendo que não teria como extrair do dr. Ace senão as histórias que o sinistro viajante resolvesse contar, Chick foi ao próximo encontro acompanhado de Miles, o único tripulante que possuía a perspicácia exigida pela situação. Assim que viu o sr. Ace, Miles começou a chorar, da maneira mais desavergonhada e desolada, as lágrimas de um clérigo altamente profissional recebendo uma mensagem diretamente de Deus... Chick assistia à cena atônito, pois na sua Unidade o choro era quase desconhecido.

"Eu o reconheci, Chick", disse Miles, sem hesitação, quando voltaram para a nave. "De algum lugar. Percebi que ele era uma realidade, que não dava pra fazer de conta que não existia. Ele não é o que diz que é. Sem dúvida, não está do nosso lado."

"Miles, você tem que me dizer. Onde foi que você o viu?"

"Através desses *dutos visuais* que cada vez mais me surpreendem no decorrer do dia. Há algum tempo, tenho conseguido vê-lo, juntamente com outros invasores, como se através de 'janelas' no espaço onde eles habitam. Talvez eles não me enxergassem no início, mas isso mudou — agora eles têm uma maneira de saber quando eu os estou observando... e nos últimos tempos, sempre que eles sabem que estou olhando, vejo-os apontando *alguma coisa* pra mim — não exatamente uma arma — um objeto enigmático...

"É graças a essas 'janelas' que eles fazem a travessia, por períodos breves, e vêm parar no nosso tempo e espaço. É assim que esse tal de 'senhor Ace' vem ter conosco." Miles teve um arrepio. "Você viu como ele olhou para mim? Ele sabia. E queria que eu me sentisse culpado, de modo desproporcional à minha transgressão, que no final das contas não foi mais do que ver o que eu não devia. Acho que, desde que chegamos aqui na Candlebrow, alguma 'Agência' deles foi encarregada de lidar conosco. Por isso, qualquer desconhecido em nosso meio, até mesmo — especialmente — o de aparência mais inocente, torna-se suspeito de imediato." Diante da expressão de pânico no rosto de Chick, Miles sacudiu a cabeça e estendeu a mão para tranquilizá-lo. "Não se preocupe — nós permanecemos firmes e leais como sempre. Se houvesse algum traidor entre nós, Pugnax saberia, e logo começaria a devorar suas entranhas. Quanto a medidas de curto prazo, eu diria: vamos agir, e quanto mais depressa, melhor."

Logo a tripulação começou a achar sinais de Invasão por toda parte, uma espécie de narrativa invisível que ocupava, quando não definia de fato, a passagem do dia. E em pouco tempo tornou-se claro que em todos os níveis, do local ao internacional, uma neuropatia havia se instaurado na organização dos Amigos do Acaso. Os Invasores haviam estudado seus alvos com cuidado, tinham consciência de que os Amigos acreditavam sem qualquer sombra de dúvida que nenhum deles, se tudo corresse bem, simplesmente ficaria velho e morreria, uma crença que no decorrer dos anos para muitos havia se confundido com uma garantia. Ao saber que talvez estivessem tão sujeitos a tais contingências quanto os seres humanos supranumerários que eles vinham sobrevoando de modo descuidado havia tantos anos, alguns Amigos do Acaso entraram em pânico e correram para os braços corruptos dos Invasores, dispostos a negociar com o próprio Inferno, a trair a tudo e todos desde que pudessem voltar ao tempo em que eram jovens, que lhes fosse permitido recuperar a inocência dos primeiros livros juvenis, a mesma inocência que agora estavam dispostos a contornar e violar em favor de seus solertes benfeitores.

A existência de mais de um traidor logo se tornou de conhecimento geral, ainda que suas identidades permanecessem ignoradas. Assim, como qualquer um era um candidato em potencial, surgiu uma onda inédita e terrivelmente destruidora de calúnias, injúrias e paranoia, que até aquele dia não cessara. Travaram-se duelos, abriram-se processos, tudo em vão. Os Invasores continuaram a levar adiante suas trapaças incólumes, ainda que algumas de suas vítimas tentassem por fim, movidas pela consciência ou pelas contingências, libertar-se dos contratos sinistros que haviam sido astuciosamente convencidas a assinar, ainda que o preço fosse sua imunidade à morte.

Outras Unidades dos Amigos do Acaso, nesse ínterim, optaram por soluções laterais, contornando a crise assumindo identidades metafóricas, como esquadrões de representantes da lei, trupes de atores itinerantes, governos no exílio de países imaginários os quais, no entanto, eles eram capazes de descrever num nível exaustivo, alguns diriam obsessivo, de detalhe, incluindo idiomas completos, com regras sintáticas e normas de bom uso — ou, no caso da tripulação do *Inconveniência*, dedicada, na Universidade Candlebrow, aos mistérios do Tempo, por viver o breve desvio aberrante em sua história conhecido como a Banda Marcial Acadêmica de Gaitas.

Como se num sonho, eles viriam a relembrar os tempos da Universidade Candlebrow não como se tivessem vindo participar de uma Conferência de verão, e sim como de alunos de música em tempo integral, aguardando, numa plataforma de ferrovia com todos os seus pertences e instrumentos musicais formando uma pilha, um trem interurbano que jamais haveria de chegar. O que finalmente parou na estação diante deles foi um trem especial reluzente, todo enfeitado com insígnias da Banda Acadêmica Marcial de Gaitas, cheio de rapazes da mesma idade que eles, com uniformes de viagem escarlate e índigo.

"Podem entrar, claro, tem bastante espaço."

"Vocês nos aceitam?"

"Qualquer um. Casa e comida, desde que você toque gaita."

Assim, sem maiores delongas, tomaram o trem, e antes de chegar a Decatur já haviam aprendido a fazer o acompanhamento de "El Capitán" e "Whistling Rufus", e seguiram para tocar com os outros músicos aprendizes na mundialmente famosa Academia Marcial de Banda de Gaitas, onde em pouco tempo tomaram suas medidas para seus uniformes e lhes deram alojamentos, e logo estavam sendo repreendidos como todos os outros por fazer improvisos em peças com arranjos mais rígidos como "My country 'tis of thee".

A instituição, tal como a Candlebrow, tinha origem no complexo funcionamento da ganância naquela etapa do capitalismo global. Os fabricantes alemães de gaitas, que dominavam a produção do instrumento em todo mundo, nos últimos anos estavam lançando seus estoques excedentes no mercado norte-americano a preço vil, o que teve o efeito de fazer com que em pouco tempo todas as comunidades do país tivessem alguma espécie de sociedade marcial girando em torno da gaita, muitas delas com centenas de membros, os quais desfilavam em paradas em todos os feriados nacionais, bem como formaturas escolares, piqueniques anuais e inaugurações de obras públicas, tais como sistemas de iluminação de ruas ou redes de esgotos. Não demorou para que essa consequência imprevista da Lei de Oferta e Procura se consagrasse na forma da Academia da Banda Marcial de Gaitas, um imponente conjunto de prédios em estilo românico à Richardson, localizado n'"O Coração do Divisor de Águas do Mississippi", como diziam os reclames. A cada ano, jovens oriundos dos quatro cantos da República iam estudar ali, de lá saindo quatro anos depois na condição de Mestres Gaitistas, os quais, em sua maioria, se tornariam eminentes nessa profissão, alguns mesmo chegando a fundar suas próprias escolas.

Uma noite, ainda no início do primeiro período de primavera que lá passaram, Randolph, Lindsay, Darby, Miles e Chick estavam no dormitório com alguns colegas, descansando por alguns minutos após horas estudando para uma prova de teoria modal no dia seguinte.

"Nunca imaginei que seria assim", afirmou um dos gaitistas terceiranistas, as lentes de seus óculos refletindo a luz dos lampiões de gás. "Queria mais era mergulhar no calor da batalha, me jogar na confusão, deixar a música de lado por um tempo, é ou não é?"

Um colega, com as mãos atrás da cabeça, estava deitado fumando um cigarro proibido cuja fragrância, que não agradava a todos, enchia o recinto. "Peça uma transferência, meu chapa, que eles vão gostar."

"Vivemos em tempos perigosos, meus caros, não dá pra ficar na moleza, temos que ir aonde precisam de nós —", sendo interrompido pela entrada precipitada do jovem aprendiz de harmônica Bing Spooninger, o mascote da banda, gritando: "Alguém aqui viu o tal do 'Zo Meatman? Não está na cama dele, já tocou o toque de recolher e já é quase hora de apagar as luzes!".

Pandemônio. Cabeças surgindo em cada beliche. Alunos pulando, correndo de um lado para outro, esbarrando um no outro, procurando debaixo dos móveis, dentro dos armários, por toda parte, o gaitista desaparecido. Os Amigos, a essa altura, já haviam compreendido que aquilo era a introdução de um número musical, e os alunos começaram a atacar escalas em todas as gaitas à mão, e não é que havia até, acreditem, desde gaitas-baixos com dois metros de comprimento — colossais *tubas* de gaitas — até a mais mínima das Micro-harmônicas de prata e madrepérola, com dois furos apenas, sendo todas as notas do Universo abrangidas entre esses dois extremos, quando então, após uma troca de acenos quase imperceptível, os rapazes começaram a tocar e cantar —

O tal do 'Zo Meatman sumiu.
Tarali taralá toroló!
Pra onde ele foi, ninguém viu —
O tipo há de ser zuruó!
[Baixo cômico]
Não que eu não queira, porque posso e não quero,
Se eu não fosse, eu queria, mas eu sou e não quero!
[Todos] E-e-e,
O tal do 'Zo Meatman sumiu.

[Bing solando nos agudos] Suuuuuuu... miiiiiiiu... [Todos assistem como se inteiramente fascinados por aquela difícil proeza vocal, cuja conclusão bem-sucedida lhes permitiria por fim, entre risadas, relaxar. Cantando:]

Tarali taralá toroló,
Trialim trialã trialém,
Skidali skidalá skidoló!

emendando num *cakewalk* animado que abria espaço para rápidos efeitos pitorescos, ruídos de locomotiva, animais domésticos — o misteriosamente desaparecido Alonzo Meatman, por exemplo, que se havia especializado em tocar gaita com o nariz, muitas vezes deixava entrar muco nos furos de número 3 e 4, e quase sempre havia um "meleção" substancial o bastante para bloquear por completo o furo de número 2, o que representava um problema para todo aquele que, tendo tido a imprudência de pedir emprestado o instrumento, produzia uma nota por sucção, gerando animosidades que contribuíram para fazer com que Alonzo encarasse com indignação e intolerância qualquer *comportamento heterodoxo*, levando-o mais de uma vez, primeiro de modo furtivo, mas depois com confiança crescente, ao escritório do Comandante da Banda da Academia Marcial de Gaitas.

A prática da delação, encarada com horror em instituições mais tradicionais, na Academia da Banda de Gaitas Marciais passara a ser respeitada, curiosamente, mesmo por aqueles que mais corriam o risco de ser prejudicados por ela. Quando um "alcaguete" como o jovem Meatman desaparecia, portanto, não se levantavam de imediato suspeitas de que algo mais sério tivesse ocorrido, como poderia acontecer em outra escola. Na verdade, era comum o "alcaguete", sendo bem pago por seu trabalho de espionagem, tornar-se bastante popular entre os colegas, principalmente nos fins de semana em que estavam de licença. Sem sentir muitas pressões no sentido de criar e manter *uma segunda identidade como disfarce*, o pequeno informante dispunha de mais energia para dedicar às atividades normais da Banda Marcial de Gaitas. Sendo também isentado das punições inesperadas a que estavam sujeitas as vítimas das delações, as quais poderiam ser obrigadas literalmente a qualquer momento a submeter-se aos caprichos do velho Comandante, os alcaguetes, por sofrerem menos ansiedades, dormiam melhor e levavam vidas mais saudáveis do que seus colegas mais vulneráveis.

Naquele mesmo dia, Alonzo havia feito sua visita semanal ao "Velho". Pela janela respirava-se uma tarde primaveril, um campus ensolarado cor de azinhavre a espalhar-se terreno abaixo até uma fileira de choupos-negros que formava um quebra-vento, tudo isso visto ao longe numa névoa verde de brotos, formando um pano de fundo para o rosto simpático e vincado do Comandante, a acenar de leve, com um bigode branco muito bem aparado e dentes de ouro que luziam quando ele sorria — lembrando o sorriso lento e amistoso do toxicômano, mas na verdade manifestação de uma indiferença quase niilista em relação a tudo que o mundo pudesse lhe apresentar — enquanto ele explicava opiaceamente ao jovem informante, tal como já fizera dezenas de vezes, tudo, tudo — Mecanismos de Segurança da Gaita Cromática, a necessidade específica de manter aparados os pelos do nariz a fim de evitar que um ou dois deles se prendessem entre o estojo e a placa e fossem arrancados, o que além de ser doloroso e humilhante também envolvia o risco de infecção no cérebro, e onde e quando dormiam as unidades e quem montava as diferentes guardas, como por exemplo a Guarda de Integridade Tonal, que protegia durante as horas de escuridão a famosa Gaita Reverberante em Ré Bemol das más intenções do Lixador Fantasma, o qual costumava entrar de mansinho munido de um jogo completo de lixas de palhetas de gaitas a fim de alterar as notas e criar dificuldades para os solistas que utilizassem os instrumentos, obrigando-os por vezes a sugar para produzir acordes de tônica e soprar para obter os de subdominante, produzindo um som vagamente negroide — muito embora o intruso tivesse de tomar todo o cuidado para evitar também a Guarda Provisória Antimicção, cujo objetivo era impedir visitas ao banheiro no meio da madrugada, desde que nos últimos tempos lá haviam ocorrido estranhos incidentes, ou talvez inxixidentes... Pela janela atrás do Comandante, nos Campos de Atividades, viam-se de quando em quando membros da Banda de Gaitas praticando "Educação Física", não jogos costumeiros como Rúgbi e Lacrosse, nada disso, e sim uma horrenda variedade... desregrada de Combate Em Perímetro de Dez Metros, em que os músicos, figuras minúsculas com moletons vermelhos que ostentavam o elmo dourado da Academia, tentavam estrangular, chutar ou, se houvesse pedras adequadas à mão, golpear uns aos outros, ao que parecia, até deixar o oponente desacordado, ou mesmo em estado ainda pior... na verdade, corpos começaram a cair, e gritos retardados pela distância por fim cruzaram os campos verdejantes e penetraram a janela do escritório do Comandante, soando como um acompanhamento para sua longa récita, que ele pontuava com citações melodiosas executadas na sua "Gigantinha" folheada a ouro, fabricada pela I. G. Mundharfwerke, sentado à sua mesa em que reinava um caos de livros, papéis e (o que era constrangedor) lixo propriamente dito, como cascas de laranja, caroços de pêssegos e pontas de charutos, em certos pontos acumulando-se de modo a formar montes de até cinquenta centímetros de altura, ou mais, causando certa repulsa em Meatman, que afinal estava ali apenas para "alcaguetar" seus colegas, os quais em breve, carregando as baixas ocorridas no jogo, voltariam marchando por entre as magnólias, ao som animado da ária de Offenbach "Halls of Monte-ZUU-ma!", enquanto o Velho tranquilo, em seu andamento leve de melaço, continuava sua digressão, que à medida que a tarde avançava recaía em relatos obsessivamente detalhados referentes a comportamentos insólitos no banheiro, evocando em rápidos relances instalações de porcelana branca com formas voluptuosas, não necessariamente privadas, ainda que de algum modo veículos para os tais "estranhos inxixidentes", até então não especificados, aos poucos permitindo que toda a cena se pudesse divisar, um mergulho rápido entre fileiras de porcelanas brancas, com manchas úmidas arroxeadas nas bordas, até afundar na Latrina em si, em proximidades escuras onde se encontravam — o que era inevitável — a podridão e a morte, fileiras de espelhos voltados uns para os outros atravessando uma névoa de uso secular, o hálito, cremes dentais e substâncias de barbear pulverizadas, ascensões de vapores de água da bica contendo vestígios de minerais locais, cada conjunto de imagens formando cadeias a se estender por léguas inumeráveis, tudo refletido, tendendo ao Ponto no Infinito ao longo de uma curva larga e lenta...

Desde aquele encontro, curiosamente, Alonzo não foi visto por mais ninguém. O ajudante de ordens Comandante pegou sua assinatura na saída, entregou-lhe o *voucher* referente aos serviços prestados durante a semana e ficou a vê-lo afastando-se por entre as linhas simétricas de árvores, voltando em seguida a concentrar a atenção em seu trabalho...

Nesse ínterim, de vez em quando, nos interstícios do que, afinal de contas, não era um eterno período de férias no Meio-Oeste, os ex-tripulantes do *Inconveniência* começaram a dar-se conta de que dúvidas começavam a se insinuar. E se eles *não* fossem tocadores de gaita? No fundo? E se tudo aquilo não passasse de uma peça complicada que eles estavam pregando em si próprios, para não terem de enfrentar uma realidade tão assustadora que não podia ser exposta à luz ampla e abrangente do Céu, talvez a indizível traição agora firmemente instalada no âmago da... da Organização cujo nome, curiosamente, de vez em quando lhes escapava... algum acordo secreto, de natureza não especificada, com um antiquíssimo inimigo... porém não conseguiam encontrar em nenhum dos Diários de Bordo anotações que os ajudassem a lembrar...

Teriam eles próprios sofrido alguma mutação, transformando-se em réplicas imperfeitas de quem eram antes? Feitas para revisitar os cenários de conflitos não resolvidos, tal como se diz que um fantasma revisita os lugares onde seu destino enveredou por mau caminho, ou retorna em sonhos ao corpo adormecido de alguém que ele amara mais do que julgavam tanto ele quanto a pessoa amada, como se o que havia acontecido entre os dois pudesse desse modo ser remediado? Seriam eles agora apenas pós-imagens esfarrapadas e vestigiais de identidades clandestinas que foram necessárias em alguma missão já encerrada de longa data, esquecida, só que não queriam ou não conseguiam libertar-se dela? Talvez até substitutos recrutados para ficar em terra enquanto os "verdadeiros" Amigos subiam ao Céu, escapando assim de alguma situação insuportável? Talvez nenhum deles jamais tivesse entrado realmente numa aeronave, ou sequer caminhado pelas ruas exóticas, fascinados pelos encantos das nativas de nenhum posto longínquo. Talvez tivessem sido apenas leitores da série de livros juvenis dos Amigos do Acaso, que de algum modo houvessem obtido autorização para atuar como dublês voluntários. Uma vez, muitos anos antes, numa serra agradável, numa cidadezinha à beira de um riacho, numa biblioteca onde deixam que as crianças se deitem no chão fresco para passar as tardes de verão lendo, os Amigos haviam precisado deles... e eles vieram.

PROCURAM-SE rapazes para realizar missões difíceis, que sejam fisicamente aptos, obedientes, ágeis, saibam tocar gaita ("At a Georgia camp meeting" em todos os tons, pequenas multas por notas erradas) e estejam dispostos a dedicar muitas horas à prática do Instrumento... Aventuras garantidas!

Assim, quando os "verdadeiros" Amigos partiram em sua nave, os rapazes ficaram entregues ao santuário duvidoso da Academia de Formação de Bandas Marciais de Gaitas... Mas a vida na superfície continuava cobrando seus tributos habituais, ano a ano, enquanto os outros Amigos voavam alegremente, céleres, isentos de impostos, realizando missões em todo o mundo, talvez já nem se lembrando muito bem de seus "duplos", pois motivos não faltavam para que seu espírito de aventura permanecesse ocupado, e os outros — "marmotas", no jargão dos Amigos — sem dúvida haviam compreendido os riscos e o preço daquela condição de substitutos. E alguns se afastariam dali tal como outrora, num tempo já distante, abandonaram suas singelas cidadezinhas do interior, para mergulharem na fumaça e na confusão de densidades urbanas inimagináveis quando deram início a essa vida, e entrarem para outros conjuntos que tocavam músicas das raças mais novas, arranjos de *blues* de negros, polcas polonesas, *klezmer* judaico, embora outros, não conseguindo encontrar um caminho direto para se afastarem do passado, voltariam vez após vez aos velhos locais de ação, Veneza, Itália, e Paris, França, e os balneários luxuosos do velho México, para tocar os mesmos *pot-pourris* de *cakewalks*, *ragtimes* e canções patrióticas, ocupar as mesmas mesas nos mesmos cafés, frequentando os mesmos labirintos de ruelas estreitas, contemplando com tristeza, nas noites de sábado, os jovens do local a circular e flertar nas pracinhas, sem saber se sua própria juventude já ficara para trás ou ainda estava por vir. Esperando como sempre a volta dos "verdadeiros" Amigos, ansiando por ouvir: "Vocês foram fantásticos, rapazes. Gostaríamos de poder contar a vocês tudo que aconteceu, mas ainda não acabou, a coisa está num momento crítico, e quanto menos se falar sobre isso agora, melhor. Mas algum dia...".

"Vocês já estão indo outra vez?"

"Tão depressa?"

"Temos que ir. Lamentamos muito. A comemoração foi deliciosa, e ficamos muito gratos, o concerto de gaitas foi inesquecível, principalmente as músicas de 'crioulos'. Mas agora..."

E assim, mais uma vez, aquele pontinho bem conhecido, cada vez menor no céu.

"Não fique triste, companheiro, deve ter sido um motivo importante, eles realmente queriam ficar desta vez, dava pra perceber."

"O que é que vamos fazer com toda essa comida que sobrou?"

"E toda a cerveja que ninguém bebeu!"

"Não sei, não, mas acho que *isso* não vai ser problema."

Mas esse foi o início de certa atenuação do anseio, como se estivessem morando num vale remoto, longe de qualquer estrada, e um dia percebessem que logo além do cume da serra, esse tempo todo, sempre houvera uma estrada, e por essa estrada, no momento em que olhavam para ela, chegasse uma carroça, depois dois homens a cavalo, depois uma carruagem e outra carroça, num dia cuja luminosidade pouco a pouco perdesse sua isotropia rígida, passando a ser riscada por nuvens de fumaça de chaminé e mesmo sinais de mau tempo, até que por fim se formasse um fluxo constante de tráfego, que se podia ouvir dia e noite, e gente começasse a aparecer no vale deles para conhecê-lo, oferecendo passeios para cidades vizinhas de cuja existência os rapazes sequer suspeitavam, e quando menos se esperasse eles estivessem mais uma vez em movimento, num mundo muito semelhante àquele que haviam deixado para trás. E um dia, nos arredores de uma dessas cidades, em plena forma, metais reluzentes, recém-pintado e recondicionado, instalado num hangar gigantesco logo depois da esquina, esperando por eles, como se eles jamais tivessem se afastado, lá estava seu aeróstato, o querido *Inconveniência*. E Pugnax com as patas apoiadas na grade do tombadilho superior, cauda a balançar-se a toda velocidade, latindo de júbilo incontido.

Em algum lugar, os Invasores davam prosseguimento às suas velhas atividades venenosas, mas a essa altura a tripulação do *Inconveniência*, mais atenta à sua presença e de longa data descrente de sua capacidade de realizar milagres, já aprendera de algum modo a evitá-los, a alertar os outros da possibilidade de ações malévolas, até mesmo, de vez em quando, a agir contra eles. Assim, experiências culinárias malsucedidas na cozinha de Miles, lançadas de uma altitude moderada para manter a coesão, pareciam funcionar, como também telefonemas a empreiteiras na área de pavimentação encomendando grandes volumes de cimento, a serem entregues e derramados em endereços utilizados pelos Invasores.

Como era de se esperar, dentro do pequeno grupo havia diferenças de opinião gritantes a respeito da melhor maneira de agir, e os ânimos por vezes se exaltavam nas reuniões da comissão de pilotagem. A situação política não ficou mais simples com o súbito reaparecimento do alcaguete da Banda Acadêmico-Marcial de Gaitas, Alonzo Meatman, que simplesmente entrou um belo dia assobiando "After the ball" em ritmo de *cakewalk*, como se nada jamais houvesse transcorrido entre ele e os outros.

Meatman trazia consigo, com múltiplos lacres cuidadosos, uma cópia do mapa enigmático que a tripulação fora a Veneza uma vez para procurar, quase perecendo numa conflagração sobrevoando a Piazza San Marco.

"Nós também estávamos lá", disse Meatman, com um sorriso desagradável, "só que acho que vocês não nos viram."

"E agora você quer vender isso pra nós", supôs Randolph.

"Hoje, pra vocês, é de graça."

"E o que foi que lhe deu a curiosa ideia", indagou Lindsay, "de que, tendo uma vez por um triz escapado da destruição motivada pela ideia infeliz de buscar este malsinado documento, teríamos nós agora o mais mínimo interesse nele?"

O traiçoeiro Meatman deu de ombros. "Pergunte à sua máquina Tesla."

E neste exato momento, como se estivesse auscultando essa conversa num exercício de vigilância constante sobre os Amigos, mesmo das profundezas longínquas da burocracia, a Alta Autoridade mais uma vez resolveu inserir sua *pesada extremidade* nas vidas deles.

Uma noite, após a faxina da noite, o dispositivo Tesla começou a grasnar, e os rapazes se reuniram a seu redor para ouvir. "Tendo recebido", anunciou uma voz grave e reverberante, "do agente devidamente autorizado Alonzo R. Meatman o mapa informalmente conhecido como Itinerário Sfinciuno, e tendo assinado da maneira apropriada todos os formulários de recibo, os senhores devem dirigir-se imediatamente a Bukhara, na Ásia Central, e apresentar-se para uma missão junto à fragata subdesertina britânica *Saksaul*, comandada pelo capitão Q. Zane Toadflax. Presume-se que o *Inconveniência* já possua a bordo uma instalação completa do mais recente modelo do Aparelho de Sobrevivência Hipopsamótica, já que não será autorizado nenhum gasto subsequente com este fim."

A máquina silenciou, os ponteiros dos mais de dez mostradores retornaram a seus pinos de repouso. "Mas que diabo de história é essa?" Darby, apertando a vista, perplexo.

"O professor Vanderjuice há de saber", disse Randolph.

"Ora, ora, dromedários me mordam!", exclamou o professor. "Por acaso, eu conheço a pessoa exata, Roswell Bounce, aliás, foi ele quem inventou o Hipops, se bem que a organização de Vibe, que afirma deter o monopólio, não será muito flexível, creio eu, a respeito do preço."

Encontraram Roswell Bounce dirigindo olhares alegremente lascivos às universitárias na pracinha diante do Diretório Estudantil. Já em 1899, disse-lhes o professor, Roswell havia assimilado os princípios do que viria a se tornar o modelo-padrão do Aparelho de Sobrevivência Hipopsamótica, vulgo "Hipops", revolucionando as viagens no deserto por possibilitar uma maneira prática de submergir nas areias e mesmo assim continuar respirando, se deslocando etc.

"Você controla as suas frequências de ressonância molecular, é mais ou menos isso", explicou Roswell, "incluindo um dispositivo de sintonia fina pra compensar o desvio de parâmetros, pras coisas continuarem aparecendo sólidas, só que dispersas o bastante pra você poder atravessá-las sem fazer mais esforço do que se estivesse nadando numa lagoa. A filha da mãe da Vibe me roubou a patente, de modo que eu não tenho nenhum escrúpulo em propor um preço mais baixo que o deles. Vocês precisavam de quantas?"

Eles pediram seis unidades, uma das quais Roswell aceitou na mesma hora adaptar para ser utilizada por Pugnax, todo o pacote por um preço surpreendentemente razoável, incluindo entrega expressa por reembolso postal, com um desconto adicional para pagamento à vista.

"Um mecanismo notável", admirava-se Chick, o qual, sendo o Oficial Científico, era o mais intrigado de todos.

"Se podemos hoje em dia nos locomover sob a superfície do mar para onde bem entendermos", opinou o professor Vanderjuice, "o próximo passo não pode ser outra coisa que não a locomoção naquele meio em que se formam ondas como no mar, porém é composto de partículas."

"Ele está se referindo à areia", disse Roswell, "mas até parece que é a luz, não é?"

"Mas deixando de lado a densidade, a inércia, a abrasão constante das superfícies em contato", perguntou Randolph, "como é que se pode viajar debaixo da areia e ver para onde se está indo?"

"Redistribuindo energia na ordem de grandeza do que seria necessário para transformar a areia deslocada em algo transparente — por exemplo, quartzo ou vidro. É claro", explicou o professor, "que ninguém gostaria de estar no meio daquele calor todo, de modo que é necessário transladar a si próprio no Tempo, compensando a velocidade da luz no meio transparente. Desde que a areia tenha sido toda ela depositada pelo vento, sem obstruções locais, é de se esperar que se aplique a tradicional mecânica das ondas de água, de modo geral, e se quiséssemos nos deslocar a uma profundidade maior, por exemplo, num veículo sob a areia, novos elementos análogos à formação de vórtices entrariam na história da onda — fossem o que fossem, seriam exprimíveis por algum conjunto de funções de onda."

"O qual sempre inclui o Tempo", acrescentou Chick, "de modo que, se a gente estivesse procurando uma maneira de reverter ou inverter essas curvas — isso não implicaria alguma forma de deslocamento para trás no Tempo?"

"Pois bem, eu passei o verão estudando exatamente isso", retrucou Roswell. "Fui convidado pra dirigir um seminário. Podem me chamar de professor, se quiserem. Vocês também, menininhas!", gritou, simpático, para um grupo de jovens bem apresentáveis, algumas das quais haviam tirado o chapéu e soltado o cabelo, participando de um piquenique num gramado ali perto.

Apenas alguns dias depois, as unidades de Hipops foram entregues, e os rapazes enquanto isso preparavam-se para a partida com um sentimento de pesar, sem conseguir reprimir a suspeita de que em algum lugar, no meio daquela azáfama de conferências, exposições, piqueniques e festas, haviam perdido algo de essencial, que talvez jamais pudesse ser recuperado, nem mesmo através de uma máquina do tempo funcional.

"A questão era o voo", Miles, em língua de gente por um momento, teorizou, "voo para a próxima dimensão. Nós estávamos sempre à mercê do Tempo, tanto quanto qualquer civil preso ao chão. Passamos das duas dimensões, o espaço do assoalho explorado por uma criança pequena, para o espaço da cidade, do mapa, adentrando com passos hesitantes a terceira dimensão, até que, recrutados pelos Amigos, pudemos dar o salto decisivo em direção ao céu... e agora, depois de tantos anos de deslocamentos aéreos, quem sabe alguns de nós estaremos prontos para avançar 'de lado' mais uma vez, para a próxima dimensão — o Tempo — nosso destino, nosso senhor, nosso destruidor."

"Muito obrigado, Cabeça-de-Minhoca", reagiu Darby. "O que é que temos no almoço?"

"Cabeças de minhocas", respondeu Miles, com um sorriso bondoso. "Creio que cozidas."

A próxima transmissão do dispositivo Tesla lhes daria o momento exato da partida, mas sem detalhes adicionais a respeito da missão que assumiriam. Após semanas às voltas com os mistérios do Tempo, os rapazes finalmente haviam esbarrado na muralha lisa, vazia, de sua expressão mais literal, o cronograma.

"Um bom voo para vocês", disse a voz. "Vocês receberão instruções adicionais quando chegarem em Bukhara."

Darby guardou sua sacola no armário, fervendo de irritação. "E por quanto tempo ainda", gritou ele em direção ao instrumento, "vamos ter que aturar essa sua falta de respeito?"

"Até que o motim seja legalizado", admoestou-o Lindsay, seco.

"A gente não pode dizer 'até o dia em que os porcos voarem', não é?", Darby com um sorriso debochado dirigido ao imediato.

"Ora, seu insubordinado de uma figa —"

"Eles não gostam de ver ninguém se divertindo, é isso", Darby com convicção. "Qualquer coisa que eles não possam controlar é uma travessura, para esses calhordas autocratas."

"Suckling!" O rosto de Lindsay ficou lívido de repente. "É tal como eu sempre temia —"

"Ah, fique calma, sua donzelona, refiro-me apenas aos aspectos despóticos, e no entanto claramente ilegítimos, do comportamento deles."

"Ah. Ah, bem..." Lindsay, tomado de surpresa, piscando os olhos, encarou a nova personalidade advocatícia de Darby, mas não deu continuidade à sua repreensão.

"Se eu fosse vocês", sugeriu o dispositivo Tesla, "eu estaria levantando voo. Até agora vocês sempre fizeram tudo que foi mandado. Afinal, os cordeiros também voam. É ou não é?"

E pouco depois, estando Alonzo Meatman no alto do mal-afamado Campanário, munido de binóculos, o *Inconveniência* elevou-se do solo da Universidade Candlebrow com um ar um tanto emburrado, num dia úmido e de ar parado, deixando os Mistérios do Tempo para aqueles que dispusessem dessa substância em quantidade suficiente para poder se dedicar a estudá-los do modo adequado.

TRÊS

Bilocações

Enquanto o *Inconveniência* estava em Nova York, Lindsay ouvira boatos a respeito de um "cantinho turco" que supostamente proporcionava, de verdade e não de uma maneira apenas metafórica, "um recanto de fuga para a Ásia". Assim: "Você está numa sala horrível da alta burguesia nova-iorquina, e no instante seguinte você se vê num deserto asiático, montado num camelo, procurando uma cidade subterrânea perdida".

"Depois de uma rápida visita ao Bairro Chinês pra inalar certas substâncias, não é?"

"Não exatamente. É uma coisa menos subjetiva."

"O transporte não é só mental, é o que você está dizendo, e sim real, físico —"

"Translação do corpo, uma espécie de ressurreição lateral, se você preferir."

"E quem não iria preferir, ora? Onde fica esse cantinho milagroso?"

"Onde? Boa pergunta... Atrás de quais dessas milhares de cabeças que se amontoam em milhares de janelas iluminadas e escuras? Uma busca e tanto, é preciso admitir."

Pois bem, a última semana, de certa maneira, havia se desenrolado de modo igualmente súbito.

Camelando na noite, Lindsay Noseworth constatou que estava gostando daquela solidão, longe do caos constante de um típico turno de vigia do tombadilho — campo visual saturado de estrelas, o espaço quadridimensional em sua forma mais pura, ele nunca vira tantas estrelas antes, mas como poderia ter tempo de vê-las, com as mil e uma questiúnculas que o obrigavam a manter os olhos fixos no cotidiano? Para ser sincero, estava começando a ter dúvidas a respeito da utilidade prática da luz das estrelas, tendo nos últimos tempos estudado batalhas de importância histórica ocorridas em todo o mundo, na tentativa de descobrir como teriam sido as condições de iluminação durante os combates, chegando mesmo a desconfiar que a luz talvez fosse um *determinante secreto da história* — não apenas como ela teria iluminado um campo de batalha ou a frota inimiga, mas também de que modo fora refratada ao atravessar uma janela específica durante uma reunião decisiva do alto-comando, ou de que modo incidia quando o sol se punha atrás de um rio importante, ou em que ângulo exato atingiu o cabelo, desse modo retardando a execução, de uma esposa politicamente perigosa que era necessário eliminar—

"Ahh..." D————o! Pronto, outra vez, a palavra fatal! A palavra que ele fora proibido, por ordem médica, aliás, de sequer subvocalizar...

O P.U.T.A.S. do Amigos do Acaso — ou seja, o Programa Universal de Testagem Anual de Saúde — exigia exames médicos trimestrais em Postos Médicos oficiais, realizados por esculápios ligados a companhias de seguro. Na última vez em que Lindsay fora examinado, em Medicine Hat, Alberta, haviam sido diagnosticados sinais de Gamomania Incipiente — "Ou seja, o desejo anormal de se casar".

"Anormal? Anormal por quê? Eu nunca fiz segredo de que o principal desejo em toda minha vida é deixar de ser um e passar a ser dois, um dois que, não obstante, seja um — isto é, *enumeravelmente* dois, e no entanto —"

"Pois é. É a isso mesmo que nos referimos." Lá fora era verão, e na última luz do entardecer moradores da cidadezinha jogavam boliche no rossio. Risos, gritos de crianças, aplausos discretos, e alguma coisa naquilo tudo fez Lindsay, condenado a jamais desfrutar de uma vida em comunidade tranquila como aquela, temer por alguns instantes pela integridade estrutural de seu coração. Desde então ele vinha recebendo, com uma frequência um tanto preocupante, questionários impressos em formulários oficiais, pedidos mal-disfarçados de amostras de seus fluidos corpóreos, visitas inesperadas de cavalheiros barbudos, de óculos, com uma variedade de sotaques europeus, trajando *jalecos brancos*, os quais queriam examiná-lo. Por fim o *Inconveniência* levantou voo sem ele, tendo Chick Counterfly temporariamente assumido o cargo de imediato, para que Lindsay pudesse ser submetido, no Pesquisas Institucionais em Neuropatia Elétrica Ltda. dos A. do A., a uma "bateria" de exames mentais, findos os quais ele deveria encaminhar-se de imediato a um certo oásis na Ásia Central, que não constava nos mapas e servia como base para os veículos subdesertinos da região, onde se encontraria com o *Saksaul*.

Tal como a jumenta de Balaão, o camelo foi o primeiro a detectar que havia alguma coisa estranha, pois imobilizou-se no meio de um passo, travando com violência todos os músculos de seu corpo, e tentando soltar gritos nada camelinos na esperança de fazer com que o homem que o montava ao menos levasse um susto.

Algum tempo depois, atrás da duna à sua esquerda, alguém chamou Lindsay pelo nome.

"É, por favor, pare por um momento, Lindsay", acrescentou do outro lado da trilha outra voz, cuja localização era igualmente invisível.

"Temos mensagens para você", sussurrou um coro ainda maior de vozes.

"Tudo bem, meu velho", Lindsay tranquilizou o camelo, "isso é muito comum por aqui, desde o tempo de Marco Polo, pessoalmente já vivi uma situação semelhante no Extremo Norte, sim, muitas vezes." Mais alto, como se respondendo àquelas vozes cada vez mais importunas: "É apenas o Paroxismo das Areias, a ausência de luz, a audição fica mais aguçada, a energia é deslocada de um ponto a outro do sensório —".

"LINDSAY*Lindsay*Lindsaylindsay..."

O camelo observou o entorno de Lindsay revirando os olhos, com isso pretendendo exprimir, *mutatis mutandis*, incredulidade.

"Você tem que sair dessa pista da qual, segundo lhe disseram, você não deve jamais se afastar, venha até nós, é só atravessar esta duna —"

"Vou esperar aqui", replicou o aeronauta, com o máximo de formalidade permitido pela situação. "Se vocês quiserem, venham até mim."

"Aqui está *assim* de esposas", gritaram as vozes. "Não esqueça que estamos no Deserto..."

"O qual exerce pressões bem conhecidas sobre a mente..."

"... que muitas vezes se resolvem na *poligamia*."

"Ha, ha..."

"*Esposas* em flor, campos pan-espectrais cheios de *esposas*, Lindsay, isto aqui é o Grande Bazar de Esposas da Ilha Mundial..."

E não apenas as palavras sibilantes mas também sons líquidos, beijos, sucções, misturados com a fricção incessante da areia em seus deslocamentos. Um obscuro insulto local dirigido a ele? Ou estariam tentando atrair o camelo?

Assim, estrela após estrela subiu até seu meridiano e depois desceu, enquanto o camelo seguia em frente um passo de cada vez, e tudo estava saturado de expectativa...

Ao nascer do dia surgiu um vento breve, vindo de algum lugar à frente. Lindsay reconheceu o cheiro de choupos do Eufrates começando a florescer. Um oásis, um oásis de verdade, estivera esperando por ele toda a noite, imediatamente fora de seu alcance, onde agora, em meio às redisposições da manhã, ele entrou e encontrou os outros tripulantes, espalhados pelo chão, experimentando os efeitos da água local, que, tendo um sabor estranho, mas não sendo de modo algum venenosa, era na verdade considerada, pela população numerosa de viajantes que a conheciam, muito melhor do que áraque ou haxixe, como agente facilitador da passagem de um mundo para o outro.

Lindsay sacudiu a cabeça diante do *tableau* de desregramento químico à sua frente. Por um momento terrível, foi presa da certeza, situada além da razão, de que aquelas figuras na verdade não eram seus companheiros de tripulação, e sim uma

Unidade-fantasma, vinda de alguma Esfera que ele não queria visitar jamais, determinada a lhe fazer mal, cuidadosamente disfarçada de modo a *assemelhar-se* aos Amigos do Acaso.

Mas então Darby Suckling o viu, e o momento passou. "Iiiiiih, olha só quem chegou. Oi, Leso! Quando é que deixaram você sair do tal P.I.N.E.L.? Eu achei que de lá você não saía mais."

Aliviado, Lindsay limitou-se a proferir, à guisa de resposta, uma ameaça genérica de violência física com dezessete sílabas, na qual sequer era mencionada a mãe de Suckling.

"Agora, preparar o Destacamento Especial do Deserto... Fechar escotilhas de proa e de popa... Toda a tripulação, preparar-se para submergir..."

Aquela excitação que é exclusiva das viagens subarenais estava no ar, enquanto a tripulação movia-se numa azáfama de um lado para outro pelos espaços penumbrosos da fragata subdesertina *Saksaul*. Escavadoras com bordas de diamante foram acelerando até atingir a velocidade operacional, começando a penetrar quase sem atrito nas areias do deserto da Ásia Central, enquanto as hélices de direção entraram em atividade, aumentando o ângulo de penetração. Se houvesse algum observador numa duna próxima, ele teria visto, talvez acometido por um terror supersticioso, a nave lentamente mergulhando naquele mundo sem luz, até por fim desaparecer na areia, deixando apenas um efêmero redemoinho no lugar onde antes estivera o convés a ré.

Tendo atingido a profundidade operacional padrão, a nave assumiu a posição horizontal e passou a deslocar-se em velocidade de cruzeiro. Nos espaços de engenharia, a Equipe de Viscosidade pôs-se a acionar, uma por uma, as chaves que acoplariam ao motor central da nave as fileiras dos chamados Transformadores Eta/Niu, fazendo com que as janelas de observação da ponte começassem a tremer como o couro de um tambor e uma sucessão de cores fluísse pelas superfícies polidas, quando então a vista que se tinha das janelas, *pari passu*, foi se definindo.

"Acender todos os faróis", ordenou o capitão Toadflax. À medida que os filamentos dos holofotes, feitos de uma liga secreta, se aproximavam da temperatura e do comprimento de onda operacionais, a cena que se descortinava sob as dunas, fora de foco de início, foi se ajustando até se tornar nítida.

Era tão diferente da visão do deserto que se tinha do mundo exterior quanto as profundezas do oceano diferem da superfície do mar. Imensos cardumes do que parecia ser uma espécie de besouro, seres que pareciam curiosos, entravam e saíam do feixe de luz dos holofotes, iridescentes, e ao mesmo tempo, longe demais para que pudessem ser vistos de modo mais detalhado — alguns muito além das fronteiras borradas do visível —, vultos mais escuros acompanhavam o deslocamento da nave, de vez em quando emitindo um clarão forte e breve, como aço retirado de uma bainha. Por fim, tal como constava nos mapas, mais sentida do que vista, surgiu a bombordo e a estibordo a serra de picos íngremes conhecida pelos veteranos da Ásia Central como Blavatsky Profunda.

"A única maneira de não enlouquecer", informou o capitão Toadflax, jovial, a seus convidados, "é ficar junto ao instrumento do qual é preciso cuidar o tempo todo. Essas janelas aqui servem mais para distrair marinheiros de água doce como vocês, se não levam a mal a brincadeira."

"De modo algum!", responderam os Amigos, tal como tinham aprendido a dizer havia muito tempo, num alegre uníssono. De fato, naquele dia mais de um observador julgou perceber neles um ar de presunção que era quase provocador. O imenso aeróstato dos rapazes estava no acampamento no oásis, protegido dentro de uma paliçada de gurcas cuja dedicação implacável à defesa de perímetros era legendária. Miles Blundell, na qualidade de Comissário, havia organizado uma série de piqueniques apetitosos, abundantes o bastante para serem divididos entre todos tripulantes do *Saksaul* que estivessem começando a perder o gosto pela culinária servida na nave subdesertina. E diante deles descortinava-se exatamente o tipo de aventura que não podia deixar de atrair seu interesse, muitas vezes criticado, por tudo que era histriônico, porém sem potencial lucrativo.

"É aqui —", declarou o capitão Toadflax, "perfeitamente intacto, e habitado também — que o verdadeiro Shambhala será encontrado, um lugar real como qualquer outro. E aqueles professores alemães", apontando para cima com um polegar irascível, "que não param de vir aqui aos montes, eles podem escavar até ficarem com as mãos cheias de bolhas, que mesmo assim não vão jamais encontrá-lo, porque não têm o equipamento apropriado — o mapa que vocês trouxeram, mais o Paramorfoscópio da nossa nave. E também, como qualquer lama tibetano há de concordar, a atitude apropriada."

"Quer dizer que a sua missão —"

"É a de sempre — encontrar a Cidade sagrada, chegar lá 'primeiro que todo mundo', como dizia o seu general Forrest —, não há por que esconder isso de vocês."

"É claro que nós não queremos espionar —"

"Ah, vocês são uns rapazes muito bons. Ora, se vocês não são, então quem há de ser?"

"Ficamos envergonhados quando o senhor diz isso. Se as pessoas soubessem a verdade, seríamos considerados os mais vis dos vis."

"Hmm. Eu preferia alguém que tivesse um carma um pouco mais avançado, mas seja lá como for — aqui nesta nave nós tentamos ignorar as rivalidades que estouram lá em cima, sempre que possível, e se alguém estiver interessado nos nossos resultados, tudo está à disposição de qualquer um — podem ler a história completa, em qualquer jornal, quando finalmente voltarmos para casa: 'Heróis das areias descobrem cidade perdida!'. Discursos de ministros e sermões de arcebispos, para não falar numa corista em cada braço, gelo picado às toneladas, dia ou noite bastando um pedido feito ao interfone, fontes intermináveis de champanhe de primeira, Cruzes de

Vitória cravejadas de joias desenhadas por ninguém menos que Monsieur Fabergé — só que... bom, se uma pessoa realmente descobrisse uma Cidade tão sagrada assim, talvez ela não quisesse mergulhar desse modo nos prazeres mundanos, por mais atraentes que sejam, ou, melhor dizendo, atraentes como de fato são."

Se havia ali algum significado sinistro oculto, ou bem os Amigos não o perceberam ou bem eles o perceberam perfeitamente e, com muita astúcia, não deram a entender que o haviam feito.

A fragata futurista seguia em frente, atravessando o mundo subarenal, com suas lâminas de leme de forma exótica estendidas, seus escavadores finamente calibrados rodando nos sentidos horário e anti-horário, em meio a pináculos ameaçadores e grutas sombrias que não chegavam a ser de todo reveladas pelos holofotes. Talvez fosse essa a aparência do mundo dos vivos para os mortos — algo carregado de informações, de significados, porém sempre, de algum modo terrível, um pouco além daquele limiar fatídico em que seria possível acender-se alguma chama de compreensão. O zumbido do equipamento de viscosidade aumentava e diminuía, cada vez mais se assemelhando a uma melodia intencional, evocando para os tripulantes veteranos uma missão no Himalaia, melodias transmundanas extraídas de antiquíssimas cornetas feitas com os fêmures de sacerdotes mortos em priscas eras, em lamaserias fustigadas pelo vento léguas acima do nível do mar, e que daquela distância pertenciam mais à lenda do que à geografia.

Randolph St. Cosmo, que olhava fixamente pelas janelas, quase mesmerizado, de súbito emitiu uma espécie de interjeição sufocada — "Olhem! Aquilo ali não é uma... uma espécie de atalaia? Será que fomos vistos?".

"Inclusão Torriforme", explicou o capitão Toadflax com um risinho confortador, "um erro justificável. Aqui embaixo, o importante é distinguir o que é feito pelo homem do que é feito por Deus. Isso", acrescentou, "e uma cabeça capaz de conceber uma dimensão adicional. Aqui o terreno urbano não quer dizer a mesma coisa do que lá em cima — se podemos nos aproximar de uma cidade por baixo com tanta facilidade quanto de qualquer outra direção. Assim, as fundações, por exemplo, tornam-se caminhos de entrada. Mas imagino que você deve estar ansioso por consultar o mapa que teve a bondade de nos trazer. É o mínimo que podemos fazer, movidos pela nossa gratidão quase infindável, você compreende."

Instalado na Sala de Navegação — um espaço tão secreto que metade da tripulação nem sabia que ele existia, muito menos tinha acesso a ele — encontrava-se um dos poucos Paramorfoscópios que restavam no mundo.

Todas as atividades paramorfoscópicas a bordo do *Saksaul* ficavam a cargo de um passageiro civil, Stilton Gaspereaux, o qual era um aventureiro e estudioso da Ásia Central na tradição de Sven Hedin e Aurel Stein, se bem que fora da Sala de Navegação seu *status* na tripulação não era muito claro. Não gostava de falar sobre si próprio, porém parecia estar mais do que disposto a discorrer a respeito de Shambhala, e também do Itinerário Sfinciuno.

"Entre os historiadores, você encontrará a teoria segundo a qual as cruzadas começam como peregrinações religiosas. Define-se uma meta, passa-se por uma série de etapas — diagramas que estão entre os primeiros mapas que se conhecem, como se pode ver neste documento Sfinciuno aqui — e por fim, após atos de penitência e desconfortos pessoais, chega-se ao destino, faz-se o que a fé exige que seja feito e volta-se para casa.

"Mas quando as armas entram nesse projeto sagrado, tudo muda de figura. Agora é preciso ter não apenas uma meta como também um inimigo. Os cruzados europeus que foram à Terra Santa combater os sarracenos, quando não conseguiram nenhum sarraceno bem à mão, acabaram lutando um contra o outro.

"Portanto, não podemos excluir dessa busca de Shambhala um inevitável elemento militar. Todas as Potências estão profundamente interessadas. O que está em jogo não é pouca coisa."

Aquele civil misterioso havia colocado o Itinerário sob uma lâmina opticamente perfeita de espato da Islândia, posicionado várias lentes e feito alguns ajustes delicados nas lâmpadas de Nernst. "Pronto, rapazes. Venham dar uma olhada."

O único que não ficou estupefato, é claro, foi Miles. Na mesma hora, percebeu que o aparelho poderia ser usado no aeróstato como telêmetro e instrumento de navegação. Ver através dele o documento estranhamente distorcido e apenas em parte visível que os Amigos haviam trazido para o capitão Toadflax era como fazer um voo rasante — de fato, ao manusear os controles do aparelho experimentava-se um mergulho prolongado e assustador *no interior* do mapa, revelando-se o terreno em escalas cada vez mais finas, talvez de alguma maneira assimptótica, como nos sonhos em que se está caindo, quando o sonhador acorda logo antes do impacto.

"E isto vai nos levar diretamente a Shambhala", disse Randolph.

"Bem..." Gaspereaux parecia constrangido. "Era o que eu achava, de início. Mas pelo visto há algumas complicações adicionais."

"Eu sabia!", explodiu Darby. "O tal de 'Zo Meatman nos fez de otários desde o início!"

"É estranho, sem dúvida. As distâncias, medidas a partir de um ponto de origem em Veneza, são absolutamente precisas no que diz respeito à superfície da terra e às diferentes profundidades subterrâneas. Mas de algum modo essas três coordenadas não são suficientes. Quanto mais seguimos o Itinerário, mais... como dizê-lo... fora de foco ficam os detalhes, até que por fim", sacudindo a cabeça, perplexo, "eles se tornam invisíveis. É quase como se houvesse um... nível adicional de codificação."

"Talvez seja necessário um quarto eixo de coordenadas", sugeriu Chick.

"Creio que a dificuldade talvez esteja aqui", dirigindo a atenção de seus interlocutores para o centro da tela onde, visível apenas esporadicamente, destacava-se um pico de montanha, de uma brancura ofuscante, ao que parecia iluminado a partir de dentro, luz jorrando dele, num fluxo contínuo, clareando as nuvens que passavam e mesmo o céu vazio...

"De início achei que fosse o monte Kailash no Tibete", disse Gaspereaux, "um centro de peregrinação para hinduístas que o consideram o paraíso de Shiva, seu lugar mais sagrado, bem como o tradicional ponto de partida para aqueles que buscam Shambhala. Porém já estive no Kailash e em alguns outros picos, e não garanto que seja este que está no mapa. Este aqui também pode ser visto de uma distância considerável, mas não o tempo todo. Como se ele fosse feito de alguma variedade de espato da Islândia que pudesse polarizar a luz não apenas no espaço mas também no tempo.

"Antigamente, os maniqueístas da região adoravam a luz, adoravam-na no sentido em que os cruzados afirmavam amar a Deus, um amor incondicional em nome do qual nenhum crime era excessivo. Era a contracruzada deles. Quaisquer que fossem as transformações ocorridas — e eles esperavam qualquer coisa, viagens para trás ou para a frente no Tempo, saltos laterais de um *continuum* a outro, metamorfoses de uma forma da matéria, viva ou não, para outra — o único fato que permaneceria invariável em qualquer dessas circunstâncias seria sempre a luz, a luz tal como a vemos bem como no sentido ampliado que foi profetizado por Maxwell, confirmado por Hertz. Juntamente com isso, eles recusaram todas as formas do que definiam como 'treva'.

"Tudo que você percebe com os sentidos, tudo que há no mundo que lhe é dado a que você tem apego, os rostos dos seus filhos, os crepúsculos, a chuva, as fragrâncias de terra, uma boa gargalhada, o toque da pessoa amada, o sangue do inimigo, a comida preparada para sua mãe, vinho, música, vitórias atléticas, desconhecidos desejáveis, o corpo em que você se sente em casa, uma brisa que vem do mar fluindo sobre a pele nua — tudo isso, para o maniqueísta devoto, é mau, são criações de uma divindade malévola, fantasmas e máscaras que sempre pertenceram ao tempo, ao excremento e à treva."

"Mas isso inclui tudo que tem importância", protestou Chick Counterfly.

"E um seguidor fiel dessa religião tinha de abrir mão de tudo isso. Nada de sexo, nem mesmo no casamento, nada de filhos, nada de vínculos familiares. Tudo isso não passava de estratagemas da Treva, que existiam para nos afastar das tentativas de união com a Luz."

"Então as opções são essas? Ou luz ou boceta? Mas que diabo de escolha é essa?"

"Suckling!"

"Desculpe, Lindsay. Eu quis dizer 'vagina', é claro!"

"Parece um pouco", Chick coçando a barba, "sei lá, meio puritano, não é?"

"Era nisso que eles acreditavam."

"Então como é que é que eles não iam se extinguir depois da primeira geração?"

"Em sua maioria, eles continuavam levando aquilo que você chamaria de vidas normais, tendo filhos, essas coisas, dependia do nível de imperfeição que eles podiam aceitar. Aqueles que se atinham à disciplina de modo estrito eram denominados 'Perfeitos'. Os outros podiam estudar os Mistérios e tentar entrar para o pequeno grupo dos Eleitos. Mas se algum dia atingissem o ponto em que constatavam que era isso que eles queriam, aí tinham de abrir mão de tudo."

"E existem descendentes deles vivendo aqui?"

"Ah, creio que você vai constatar que a região é muito bem povoada."

Depois de algum tempo, os detectores de deslocamento visual do *Saksaul* revelaram, a média distância, ruínas esparsas porém inconfundíveis nos estilos greco-budista e ítalo-islâmico, e, locomovendo-se entre elas, outros veículos subdesertinos, cujos itinerários, se calculados de modo aproximado, pareciam convergir com o do *Saksaul* em algum ponto na obscuridade que havia pela frente. Do alto, de baixo e de ambos os lados, estruturas cuja complexidade não poderia ser explicada pela geologia começaram a ficar mais próximas — cúpulas e minaretes, arcos com colunas, estátuas, balaustradas ornadas com sutis filigranas, torres sem janelas, ruínas que guardavam as marcas de combates antigos e modernos.

"Vamos aportar em Nuovo Rialto", anunciou o capitão. "Licença para baixar à terra para as seções de bombordo e estibordo." Essa notícia foi recebida de modo ambíguo pela tripulação, pois "N. R." era uma boa cidade para se ter licença em termos de algumas necessidades, mas não de outras. O porto, submerso havia muito tempo, fora criado por volta do ano 1300 sobre as ruínas, na época já semirrecobertas pelas areias implacáveis, de uma cidade maniqueísta que datava do século III e que, segundo a tradição, fora fundada pelo próprio Mani, em suas andanças além das margens mais longínquas do Oxo. Ali permaneceu e floresceu por quase mil anos, até que Gengis Khan e seus exércitos tomaram aquela parte da Ásia Central e tentaram até onde puderam não deixar nada em pé nem respirando. Quando os venezianos encontraram as ruínas, pouco restava que ainda não tivesse sucumbido ao vento, à gravidade e a uma dolorosa perda de fé. No curto período em que ocuparam Nuovo Rialto, os ocidentais conseguiram estabelecer uma rede de cisternas para recolher a pouca água advinda da chuva, lançar alguns canos, até mesmo abrir uns poços. Inexplicavelmente, como se obedecendo às vozes antigas de algum modo preservadas na cristalografia da substância de sílica que tomava conta da cidade de modo impiedoso — como se um conhecimento secreto tivesse sido inscrito de modo permanente em sua própria substância —, os europeus começaram a sucumbir, com o passar dos anos, à influência das velhas doutrinas paracristãs. Os primeiros exploradores subarenais que aqui estiveram identificaram santuários maniqueístas que certamente não remontavam a um período anterior ao século XIV, ou seja, eram mil anos mais recentes do que o esperado.

Enquanto isso, a tripulação ocupava-se com a Troca de Comentários, tradicionalmente realizada quando se entra num novo porto.

"'Tal como acima, assim também abaixo', não é?"

"É infalível."

"Em matéria de caravançará caindo aos pedaços..."

"Tenho muita roupa pra lavar, melhor ficar no navio..."

"Isso aqui tem cheiro de Coney Island."

"O que, a praia?"

"Nããão — o parque de diversões, na hora do espetáculo de vaudevile!"

"Agora, preparar para o desembarque, pelo lado de estibordo", anunciou o capitão. Perto dali elevava-se uma estrutura majestosa, em ruínas, antiquíssima, de um tom de marrom-avermelhado que lembrava sangue derramado havia não pouco tempo, sustentada por pilares que eram estátuas de homens e mulheres portando archotes, encimada por um frontão com uma inscrição num alfabeto inventado, segundo Gaspereaux, pelo próprio Mani, e no qual o Livro dos Segredos e outros textos sagrados do maniqueísmo estavam escritos.

Era ali, sem dúvida, que a fragata subdesertina pretendia aportar. Findo o jantar, quando fumava um charuto no convés à ré, Chick ouviu um grito agudo que quase parecia ser fala humana. Localizou um par de óculos protetores para uso debaixo da areia, colocou-os e ficou olhando para a escuridão além dos muros da cidade. Algo de volumoso e pesado passou a trovejar, dando grandes saltos, e Chick julgou identificar o cheiro de sangue. "Mas o que foi isso neste mundo de Deus?"

Gaspereaux olhou. "Ah. Pulgas-da-areia. Sempre aparecem para ver o que está acontecendo quando um navio atraca."

"Mas o que é que o senhor está dizendo? Isso que passou aí era do tamanho de um camelo."

Gaspereaux deu de ombros. "Aqui elas são conhecidas como *chong pir*, piolhos grandes. Desde que chegaram os primeiros venezianos, essas criaturas, que se alimentam apenas de sangue humano, foram ficando a cada geração maiores, mais inteligentes, pode-se até dizer mais engenhosas. Agora, alimentar-se não é para elas uma coisa tão simples como atacar o hospedeiro com suas mandíbulas, mas algo que evoluiu e se transformou numa negociação consciente, ou mesmo quase uma troca de ideias —"

"As pessoas aqui embaixo conversam com pulgas gigantescas?", indagou Darby, com seu habitual jeito direto.

"Isso mesmo. Normalmente num dialeto do uigur arcaico, se bem que, devido à estrutura da boca característica do gênero *Pulex*, surgem certas dificuldades na fonologia, em particular com a fricativa interdental sonora —"

"Sei... ah, saloneiro? Por favor? Hora da mangueira de novo?"

"Mesmo assim, meu rapaz, uma ou duas expressões úteis podem ajudar caso você seja abordado."

Darby deu dois tapinhas na arma oculta sob a lapela esquerda, levantando e abaixando as sobrancelhas, num gesto significativo.

"Infelizmente, não dá", objetou Gaspereaux, "isso seria pulicídio. O qual aqui é coberto pelas mesmas leis que lá em cima se aplicam a casos de homicídio."

Não obstante, Darby manteve sua Browning à mão, quando os rapazes, presas de um misto de expectativa e terror, vestiram seu equipamento Hipops e foram fazer uma visita recreativa a Nuovo Rialto. Era preciso habituar-se aos problemas de locomoção debaixo da areia, em particular o tempo demorado que se levava para executar até as mais simples tarefas motoras, mas não demorou para que conseguissem se deslocar num ritmo tranquilo de andante, com certa sibilância, causada pela textura granulada do meio, que era sentida tanto quanto ouvida.

Vinham gritos de várias direções, e viam-se massas irregulares, tridimensionais, de sangue, normalmente na proximidade de tabernas e outros locais mal frequentados.

Não fosse um comentário entreouvido por acaso, Chick não ficaria sabendo de um outro motivo, talvez o verdadeiro motivo daquela viagem, para o qual Shambhala talvez fosse apenas um pretexto. No Sandman Saloon, ele entabulou uma conversa com Leonard e Lyle, prospectores de petróleo que já estavam partindo para o próximo empreendimento.

"Pois é, nós já tava trabalhando aqui bem antes dos sueco entrar, fazendo furo que em tudo que era lugar..."

"Sodoma e Gomorra vão parecer um piquenique de igreja em comparação com isso aqui."

"Como assim?"

"Ah, a gente está indo pra Terra Santa."

"Que nunca foi lá muito santa, se você conhece as Escrituras."

Segundo eles, uma noite, em Baku, num *teke* — antro de haxixe — no cais do porto, como se seguindo alguma orientação sobrenatural, um vagabundo norte-americano que não tinha mais para apostar senão uma Bíblia de bolso perdeu sua última posse para Lyle, na frente do qual o livro sagrado se abrira na página de Gênesis 14,10, em que se lia: "E o vale de Sidim estava cheio de poços de betume".

"É a região do mar Morto, cheia de depósitos betuminosos", explicou Leonard.

"Aí foi que nem uma luz acendendo. Primeiro nós correu até a porta achando que era uma queima de gás lá fora que ninguém não tinha avisado. Não, era o Senhor chamando a nossa atenção pra aquelas cidades da planície que era da pá virada e que vai ser a Spindletop do futuro, é pagar pra ver."

"Maior que aquele poço lá em Grózni, que esguichava tanto que ninguém sabia como segurar", afirmou Leonard.

"Então o que é que vocês estão fazendo aqui em vez de ir pra lá?" indagou, sem papas na língua, Darby Suckling.

"Garantindo a nossa participação aqui. Muito dinheiro fácil, sem muita burocracia nem formulário pra preencher — entendeu aonde a gente quer chegar?"

"Aqui tem petróleo?", indagou Chick, sem conseguir contudo impedir que sua voz traísse um leve toque de insinceridade.

Os dois prospectores deram boas risadas por algum tempo e pagaram para os rapazes mais uma rodada de áraque. Depois Lyle respondeu: "Vocês dá uma olhada no porão dessa fragata que trouxe vocês aqui e depois me diz se não estava cheio de haste, cano, broca, essas coisa e tudo."

"Que diabo, a essa altura a gente já sabe reconhecer um prospector, ainda por cima quando tem umas caras que a gente conheceu lá em Baku."

Darby achou graça nesse comentário, mais uma demonstração de que não se podia confiar nos adultos. "Quer dizer que toda essa história de Shambhala é só um pretexto."

"Ah, esse lugar deve existir, mesmo", deu de ombros Leonard. "Mas eu aposto que se o seu capitão chegar lá, ele vai só dizer *ässalamu äläykum* e tocar pra frente, de olho no anticlíneo mais próximo."

"Isso é lamentável", murmurou Randolph. "Mais uma vez estamos sendo usados para ajudar alguém a realizar seus planos secretos."

Chick percebeu que os dois ciganos do petróleo estavam se entreolhando. "O que a gente ficou pensando agora de repente", Lyle puxando a cadeira mais para perto da mesa e abaixando a voz, "é que alguém nessa fragata deve estar anotando num livro todo lugar que pode ter betume aqui nessas camadas — localização, profundidade, volume estimado —, tem gente que está disposta a pagar uma boa grana por informações muito bem protegidas como essas."

"Tire tal ideia da cabeça", protestou Lindsay, com sua costumeira presunção, "pois neste caso não passaríamos de um bando de ladrões ordinários."

"Mas se esse preço fosse bem alto", especulou Randolph, "nós certamente seríamos ladrões extraordinários."

A licença de fim de semana em Nuovo Rialto fora um tanto insólita. O navio por acaso havia ficado num embarcadouro que pertencia a um transportador de áraque, no qual todas as manhãs muitos marujos eram encontrados em estado de semiparalisia, não tendo conseguido levar seus projetos recreativos para além do cais, suas unidades de Hipops zumbindo em estado de inatividade. Vários tripulantes relatavam ataques de pulgas-da-areia, e as filas da enfermaria de bordo todas as manhãs se estendiam por passagens e escadas, penetrando os espaços de Viscosidade. Alguns, que pelo visto haviam gostado da experiência, não davam queixa. No tombadilho superior, transcorriam cenas de vituperação, tentativas de contrabando fracassadas e bem-sucedidas, melodramas românticos desencadeados quando membros mais aventureiros da tripulação descobriam o fascínio complexo das mulheres vêneto-uigures, cuja volatilidade emocional era proverbial entre todos que atuavam no Serviço Subdesertino. Quando por fim chegou a hora de recolher todos os cabos, cerca de dois por cento dos tripulantes, uma média razoável nesses casos, haviam anunciado planos de ficar por ali mesmo e se casar. O capitão Toadflax recebia tais comunicações com a equanimidade de quem frequentava havia anos aquela região, calculando que recuperaria a maior parte deles quando passasse por ali outra vez no caminho de volta. "Casamento ou serviço subarenal", sacudindo a cabeça como se movido por uma melancolia cósmica. "Que escolha!"

À medida que o *Saksaul* tocava para a frente, alegre e faceiro, abaixo da superfície do deserto, indo de um a outro oásis paleoveneziano — Marco Querini, Terrenascondite, Pozzo San Vito —, sua tripulação continuava fazendo de conta que a busca do petróleo era a última coisa que lhes passava pela cabeça. Não demorou para que Randolph ficasse obcecado, até às raias da imprudência, pelos diários de bordo petro-geológicos mencionados por Lyle e Leonard, todos muito bem guardados, ao que parecia, juntamente com os documentos detalhados a respeito da missão, no cofre da cabine do capitão Toadflax. Em seu estado crescente de desequilíbrio, Randolph foi pedir conselhos a Darby Suckling.

"Como Especialista em Questões Legais", disse Darby, "não sei até que ponto temos que ser leais a eles, ainda mais quando eles estão ocultando tanta coisa de nós. Quanto a mim, sou a favor de partir pra ignorância — ainda não inventaram um cofre que o Counterfly não saiba arrombar, fale com ele." Assim, embora não estivesse, como alegou posteriormente, planejando roubar, ou sequer examinar sem autorização, os documentos, houve um momento desagradável quando Q. Zane Toadflax entrou em sua cabine uma vez, durante o quarto de meia-noite às quatro, e encontrou Randolph olhando para o cofre, com um certo número de bananas de dinamite e detonadores em seu poder.

A partir daí, até os rapazes irem embora, um guarda ficava dia e noite à porta da cabine de Toadflax. Quando por fim subiram até a superfície, perto do lugar onde estava atracado o *Inconveniência*, as despedidas foram notavelmente econômicas.

Os rapazes voltaram para o *Inconveniência* e constataram que as despensas estavam vazias, os tombadilhos malcuidados e todos os gurcas haviam desaparecido — *Chamados para uma missão com certa urgência*, segundo o bilhete que deixaram na cabine de Randolph —, tendo a segurança da nave ficado toda a cargo de Pugnax. Embora os sentimentos de gratidão servil manifestados de vez em quando pelos espécimes de sua raça raramente fossem observados em Pugnax, nesse dia ele ficou claramente em êxtase por voltar a ver os rapazes. "Rr rr-ff rf rrr rrf-ff rr rrff rr rrr rrff-rf rf!", exclamou ele, e os rapazes compreenderam o sentido dessa expressão como "Não consegui pregar olho nem por duas benditas horas desde que vocês foram embora!". Miles seguiu direto para a cozinha e, quando deu por si, Pugnax viu à sua frente um opíparo repasto, que incluía Consommé Impérial, Timbales de Suprêmes de Volailles, Gigot Grillé à la Sauce Piquante e berinjelas à la Sauce Mousseline. A adega havia sido saqueada de modo não muito discreto pelos gurcas, mas Miles conseguiu localizar um Pouilly-Fuissé 1900 e um Graves 1898 que foram aprovados por Pugnax, o qual pôs patas à obra e, depois de algum tempo, adormeceu.

Naquela noite, enquanto o *Inconveniência* sobrevoava o deserto imenso e silencioso, Chick e Darby andavam de um lado para o outro pelo convés desabrigado, contemplando as frentes de onda circulares na areia, reveladas pelo ângulo baixo do sol poente, estendendo-se até os limites desse mundo desconhecido. Miles juntou-se a eles e logo enveredou numa de suas excursões extratemporais.

"O que quer que vá acontecer", relatou ao voltar, "há de começar aqui, com uma concentração de cavalaria numa escala que jamais foi vista por ninguém vivo, e talvez ninguém morto, também, uma inundação de cavalos, cobrindo esses horizontes, seus flancos luzindo num tom insólito de verde, iluminados pela tempestade, implacáveis, proliferantes, brotando em ebulição da própria substância do deserto e da estepe. E toda essa encarnação e morticínio haverá de transcorrer em silêncio, por todo esse grande matadouro planetário, absorvendo vento, aço, cascos contra a terra, o clamor multitudinário de cavalos, gritos de homens. Milhões de almas hão de chegar e partir. Talvez anos se passem até que relatos do ocorrido cheguem a alguém que seja capaz de entender seu significado..."

"Não sei, não, mas acho que eu e Darby já vimos uma coisa parecida", matutou Chick, relembrando sua experiência rápida, porém desagradável, na "câmara do tempo" do dr. Zoot. Porém seu significado, mesmo como simples profecia, continuava tão obscuro para eles quanto na ocasião.

Em algum lugar depois de Oasi Benedetto Querini, o *Saksaul* encontrou seu fim. Os sobreviventes foram poucos, seus relatos incompletos e incoerentes. A primeira rajada veio do nada, com mira precisa, um ruído ensurdecedor, lançando a ponte de comando numa terrível cataplexia. Os tripulantes ficaram parados, aparvalhados, diante de suas telas, tentando alterar a escala das imagens que viam, pondo em funcionamento todas as combinações de circuitos de amplificação e filtragem que conheciam na tentativa de encontrar seus atacantes invisíveis, que pareciam estar utilizando um dispositivo de mudança de frequência poderoso e sofisticado, capaz de proteger uma belonave subarenal de todos os equipamentos de observação conhecidos.

A cópia do Itinerário Sfinciuno que os Amigos, inocentemente, haviam levado para o *Saksaul* tivera o efeito de fazer o navio cair numa emboscada e sucumbir.

"Quem são eles?"

"Alemães ou austríacos, é o mais provável, se bem que não podemos eliminar a Standard Oil, nem os irmãos Nobel. Gaspereaux, estamos numa situação de desespero. Chegou o momento que justifica a sua presença entre nós. Vá até o túnel do eixo e ponha o equipamento Hipops que você vai encontrar no armário lá, juntamente com um cantil de água, os mapas dos oásis e algumas pastilhas de carne. Suba à superfície e volte para a Inglaterra a qualquer preço. É importante avisar a Whitehall que a coisa começou."

"Mas o senhor vai precisar de todos os tripulantes que —"

"Vá logo! Encontre alguém na seção de informações do Ministério das Relações Exteriores. É nossa única esperança!"

"Eu protesto, capitão."

"Vá reclamar com o Almirantado. Se eu ainda estiver vivo, pode levantar acusações contra mim."

Com o passar dos dias, naquela grande ambiguidade de Tempo e Espaço, não demoraria muito para que Gaspereaux se visse de volta a Londres, tentando chegar ao lendário capitão, agora inspetor, Sands ("areias"), que em breve seria conhecido nos círculos do poder em Whitehall — bem como entre os leitores do *Daily Mail* — como "Sands da Ásia Central".

Entrementes, durante dias, e semanas em alguns lugares, as batalhas da guerra de Taklamakan prosseguiam. A terra tremia. De vez em quando uma nau subdesertina irrompia na superfície sem aviso prévio, mortalmente ferida, seus tripulantes mortos ou moribundos... jazidas de petróleo nas profundezas da terra eram atacadas, lagos de óleo brotavam da noite para o dia e grandes pilares de fogo ascendiam ao céu. De Kashgar a Urumchi, os bazares estavam cheios de armas, máscaras respiratórias, acessórios navais, equipamentos que ninguém conseguia identificar, cheios de estranhos medidores, prismas e fios elétricos que, conforme se constatou mais tarde, eram de armas de raios de Quaterniões, as quais tinham sido utilizadas por todas as Potências. Agora essas armas haviam caído nas mãos de pastores de cabras, falcoeiros, xamãs, e foram levadas para o meio do descampado vazio, para serem desmontadas, estudadas, convertidas para fins religiosos e práticos e, por fim, usadas para mudar a história da Ilha Mundial de um modo jamais previsto nem mesmo nas projeções mais alucinadas das Potências que se imaginavam de algum modo, àquela altura dos acontecimentos, estar disputando seu controle.

Surgindo naquele tempo, na ciência recém-nascida do contraterrorismo, como um codinome pau-para-toda-obra, o sujeito a quem se enviava uma discreta convocação para que avisasse a equipe de segurança de uma situação de crise, o verdadeiro "inspetor Sands", assediado, sempre lutando para definir e manter um nível de comportamento profissional, sem se dar conta de que estava se tornando uma lenda viva, em pouco tempo parecendo mais velho do que era, e em casa sucumbindo a uma rabugice que não tinha como não respingar na mulher e nos filhos, no meio da carreira constatava que já não tinha tempo sequer para tirar o chapéu, sempre a correr de uma emergência para outra — "Ah, Sands, você chegou, e já não era sem tempo. Temos um suspeito — lá está ele no último portão, pode vê-lo de cá? — cujo sotaque ninguém conseguiu identificar, uns acham que é irlandês, outros italiano, pra não falar naquela bolsa de forma estranha que ele leva consigo — pusemo-lo em 'banho-maria', é claro, mas se houver uma *bomba-relógio*, você entende, isso não vai dar muito certo, não, não é verdade?".

"Com aquele terno verde reluzente, e uma espécie de chapéu de gondoleiro, só que... bem, não é uma fita, é —"

"Mais parece uma pena, quase uma pluma — um tanto exagerado, você não acha?"

"Pode bem ser italiano, eu acho."

"Certamente um latino de algum tipo. O problema é: como podemos descobrir suas intenções imediatas? Pouco provável que ele tenha vindo cá pra roubar selos do correio, não é?"

"Na bolsa ele talvez só esteja a levar a merenda."

"É bem típico dessa gente, quem mais havia de pensar em comer uma substância explosiva?"

"O que eu quis dizer é... *em vez de* explosivos?"

"Perfeitamente, percebo, mas então pode ser qualquer coisa, não é? Por exemplo, roupa suja."

"É verdade. Mas, afinal, como se há de explodir alguma coisa com um saco cheio de roupa suja?"

"*Ah*, que maçada, lá está ele a tirar uma coisa do bolso, *eu não disse?* Guardas uniformizados imediatamente começaram a convergir no intruso, enquanto lá fora, na rua, a polícia metropolitana de súbito ocupou toda a St. Martin's Le Grand, chegando até a Angel Street, entrando e saindo de veículos puxados por cavalos ou motorizados, cochichando sugestões no pé do ouvido dos cocheiros e motoristas mais bem situados no sentido de que causassem uma paralisia geral no trânsito, caso tal fosse necessário. Tendo, enquanto isso, o funcionário que atuava junto ao portão em questão se jogado embaixo da mesa mais próxima, choramingando, o sujeito na mesma hora pegou sua bolsa e saiu correndo pela entrada da frente, atravessando a rua em direção ao prédio dos Correios — Seção Oeste, onde funcionava o serviço de telégrafos. Tratava-se de um espaço enorme e, para muitos, intimidador, no centro do qual, no subsolo, quatro imensas caldeiras a vapor funcionavam para providenciar as pressões e os vácuos que impeliam de um lado para o outro, por toda a City e a Strand, milhares de mensagens pneumáticas por dia, sendo operadas por uma equipe considerável de foguistas e monitoradas vinte e quatro horas por dia, para impedir flutuações entrópicas, problemas de vácuo e coisas semelhantes, por engenheiros que trajavam ternos de algodão cinzento e chapéus-coco negros e reluzentes.

Gritos de "Lá vai ele!" e "Pare, seu anarquista sanguinário!" eram absorvidos pelos polirritmos incessantes das caldeiras. Tendo como pano de fundo essas estruturas de ferro escuro cobertas de graxa a se contorcer, peças de latão reluzente, mantidas polidas noite após noite por uma equipe especial de faxineiras, brilhavam como auréolas de santos industriosos, executando complexos movimentos periódicos para todos os lados. Centenas de telegrafistas, enfileirados no espaço enorme, cada um debruçado sobre seu aparelho, quase nunca levantavam a vista de seu universo de estalidos e pausas — estafetas uniformizados entravam e saíam em meio ao labirinto de madeira de lei envernizada formado por mesas e máquinas de classificar correspondência, e clientes aguardavam parados ou andando de um lado para o outro ou meditavam a respeito de mensagens recém-recebidas ou prestes a ser enviadas, enquanto a melancólica luminosidade londrina entrava pelas janelas e atravessava o vapor ascendente, produzindo uma umidade quase tropical naquele Templo Setentrional da Interconexão...

"Epa, Luigi, aonde vais com tanta pressa?", um policial, brotando do mármore inesperadamente, tentava bloquear, como num lance de rúgbi, o ágil mediterrâneo, que diminuiu seu passo o bastante para explodir:

"Pelo amor de Deus, meu amigo, sou eu, o Gaspereaux, e se você tiver a bondade de —"

"Ah, desculpe, chefe, eu não —"

"Não, não, *não faça continência*, Bloggins, eu estou *disfarçado*, será que você não percebe, isso mesmo, e o que eu quero que você faça, agora, o mais depressa possível, é *fingir* que está a me prender — e me leve lá pra cima, de preferência sem ficar a me dar *cutucadas significativas* —"

"(Entendi, chefe.) Está bem, seu *allegro vivace*, vou pôr essas lindas pulseiras no *signore*, é só uma formalidade, é claro, ah, este aqui é meu jovem colega que vai cuidar dessa bolsa tão interessante assim que ele parar de olhar pra ela bestificado, não é mesmo, colega, isso mesmo..." Escoltando o prisioneiro, em quem as algemas não tiveram o efeito de interferir muito com suas gesticulações étnicas, por uma escada lateral, subindo até um corredor cheio de guardas uniformizados, passando por um marco imponente, chegando aos escritórios da Segurança Interna.

"Ora se não é o velho Gaspereaux, que diabo estás a fazer com essa maquilagem de ator na cara? Pra não falar nesse chapéu ridículo?"

"A única maneira que encontrei de conversar contigo por um momento, Sands, olhos e ouvidos por toda parte, essa história —" Do outro lado da sala, um cilindro de guta-percha contendo uma mensagem pneumática chegou naquele instante na caixa de recepção com um baque ressoante.

"Deve ser pra mim —", removendo o papel e correndo os olhos por ele. "Certo... essas sufragistas desgraçadas outra vez, aposto. Ah, desculpe, Gasper, estavas a dizer?"

"Sands, tu me conheces. O significado do que vi, se eu falasse, eu não perceberia, e se percebesse, eu não —"

"Podes falar, claro, perfeito, e depois, se não te importas de dividir um fiacre comigo até Holborn —"

"De modo algum, eles querem que eu devolva logo esse disfarce lá em Saffron Hill."

"Talvez tenhamos tempo de tomar uma cerveja em algum lugar."

"Conheço o lugar exato."

O qual veio a ser o Smoked Haddock, um dos muitos bares frequentados por Gaspereaux, em cada um dos quais ele seria conhecido, imaginava Sands, por uma identidade diferente.

"Boa noite, professor, tudo bem?"

"No que depender de mim, não", respondeu Gaspereaux, simpático, num tom mais alto, e com um timbre mais suburbano, do que Sands jamais ouvira em sua voz.

"Mas então, que história é essa, meu filho, espero que não seja aquela velha mania de grandeza da profissão —"

"Sands, preciso desesperadamente —"

"Nada de prólogo entre nós, Gasper, *tantum dic verbo*, não é mesmo?"

"Então está bem." Relatou da maneira mais neutra possível os eventos dos quais havia escapado, e o que ele temia ter sido o fim do *Saksaul*. "É a velha história de Shambhala outra vez. Alguém, talvez até um dos nossos, encontrou a cidade por fim."

"Como assim?"

Gaspereaux repetiu os fragmentos que entreouvira. "E o lugar está... *intacto*. Outras ruínas submersas da região estão cheias de areia, é claro, mas no caso de Shambhala a areia é *mantida afastada*, de algum modo, por alguma esfera invisível de força como se fosse uma gigantesca bolha de ar —"

"De modo que quem souber onde ela fica —"

"Pode entrar e ocupá-la, sem precisar de nenhum equipamento especial."

"Uma notícia esplêndida, Gasper." Porém Gaspereaux olhava para ele com olhos aflitos. "Isto é, um — um momento glorioso para a Inglaterra, imagino —"

"Nós não somos os únicos lá, Sands. Neste momento, todas as Potências envolvidas estão a reforçar sua presença na região. Missões de fragatas como a *Saksaul* são apenas os lances iniciais. A cada dia torna-se mais provável a eclosão dum conflito prolongado pela posse da cidade, em nível de regimento, ou até maior."

"Mas estou em contato telefônico constante com Whitehall — por que ninguém nunca falou nisso?"

"Ah, porque estou maluco, imagino, e tudo isso não passa das fantasias dum louco."

"Isso mesmo, meu rapaz, a esta altura já sei que suas afirmações mais enlouquecidas não passam duma história convencional revelada de modo prematuro." Tirou do bolso um porta-níqueis com a forma da cabeça do sr. Campbell-Bannerman. "Preciso encontrar um telefone público, não é? Ahmeudeusahmeudeus." E lá se foi ele. Aquele bendito bar penumbroso, o qual, ao atravessar o deserto, Gaspereaux imaginava que nunca mais voltaria a ver, pouco a pouco, acolhedor, fê-lo mergulhar na adorável incapacidade de imaginar qualquer coisa existente do outro lado do canal da Mancha.

No dia em que Dally partiu para Nova York, Merle, fingindo para si próprio que havia perdido os óculos, remexeu todos os lugares que lhe ocorreram, abrindo caixas, olhando debaixo de colchas, até encontrar uma velha boneca de pano, Clarabella, a qual, como Dally costumava dizer, tinha ido morar com eles anos atrás, em Kansas City, agora simplesmente largada na poeira, e com surpresa viu-se dominado por emoções que pareciam não ser suas, como se a sensação de abandono viesse da pobre Clarabella, largada ali em plena luz do dia, sem nenhuma menininha que quisesse pegá-la. Bastava olhar para aquele rosto, perceber que a tinta estava soltando, e era fatal que as porcarias das suas torneiras começassem a gotejar, se não jorrar por completo.

Esperou até o próximo dia de pagamento e então largou o emprego de amalgamador na Little Hellkite, empacotou substâncias químicas usadas no laboratório de fotografia e algumas chapas fotográficas e fotos que resolveu guardar, tendo dado todo o resto. Algumas dessas fotos talvez fossem de Dally. Arranjou dois cavalos bons e foi margeando o San Miguel, subindo o Dallas Divide, passando por Gunnison e descendo a longa encosta leste até chegar a Pueblo, com uma convicção no fundo da mente de que anos atrás, quando seguia para o oeste rumo ao Colorado, havia deixado de ver algo de essencial, uma cidadezinha, um equipamento específico que, a menos que o encontrasse outra vez e o utilizasse, poderia até ter o efeito de eliminar boa parte do sentido de sua existência até aquele momento, de tão importante que era. Indo para o leste, tinha em mente o fato de que Dally estava em algum lugar mil e quinhentos quilômetros à sua frente, não que estivesse planejando fazer todo o caminho de volta ao Leste. Iria apenas até onde fosse necessário.

Numa noite de sábado, Merle foi até Audacity, Iowa. Era pouco após a hora do jantar, ainda havia alguma luz no céu, umas poucas carroças de fazendeiros afastavam-se da cidade numa névoa que fazia os pequenos carvalhos parecerem redondos e chatos como pirulitos, e ele viu uma pequena multidão inquieta a resmungar, prestes a partir para a violência, diante de um prédio revestido de ripas, de telhado plano, cheio de luzes a gás de cores diversas, já brilhando antes mesmo de se acenderem os lampiões da rua, formando contra o céu cada vez mais escuro o nome do cinema local, DREAMTIME MOVY. Merle estacionou sua carroça e foi juntar-se à multidão.

"A coisa parece animada." Ele percebeu que, como muitos outros cinemas do interior, aquele prédio fora anteriormente uma igreja de alguma seita tão pequena que terminou não conseguindo sustentar um pastor. Isso fazia sentido para Merle, que não via grandes diferenças entre uma plateia de cinema e uma congregação de crentes — nos dois casos, as pessoas estavam doidas para sucumbir ao fascínio de um contador de histórias.

"Há três semanas", ele foi logo informado, "essa droga não funciona, e a gente está esperando o Fisk sair e dizer aquelas bobagens de sempre."

"A pior hora pra isso acontecer, a mocinha está agarrada num tronco no meio do rio —"

"— sendo arrastada pra uma cachoeira que despenca lá do alto —"

"— a correnteza é forte demais pra ela, o mocinho acabou de ficar sabendo, vem correndo no cavalo tentando chegar a tempo —"

"E justamente agora aquela traquitana dá de pifar! O Fisk nem sabe, mas é capaz dele ser expulso da cidade."

"Lá vem ele, o babaquara."

Merle se afastou um pouco de modo a colocar algum espaço entre o infeliz Fisk e a multidão. "Boa noite, companheiro, eu também entendo de lentes. O que houve? O filme quebrou, o carvão queimou?"

"A imagem não para de pular. Problema com a roda dentada, é o que parece."

"Já mexi com essas coisas um pouco, posso dar uma olhada? O que é que tem aí, mecanismo Powers?"

"Não, é só um Genebra." Foi levando Merle até os fundos da pequena ex-igreja escura, subiu uma escada que levava ao que outrora fora a galeria do coro. "É muito difícil enfiar o filme direito, quem fazia isso era o Wilt Flambo, o relojoeiro da cidade, conhece essa máquina feito a palma da mão dele, eu herdei o trabalho dele quando o Wilt fugiu com a mulher do vendedor de ração, agora ele está em Des Moines ou sei lá onde, manda cartão-postal pra todo mundo dizendo que está se divertindo à grande."

Merle examinou o projetor. "É, o mecanismo de Genebra está bom, mas a tensão da roda dentada está meio esquisita, só isso, a sapata deve estar precisando... pronto, está certo, agora acende a luz, o que é isso aqui, luz a gás?"

"Acetileno." O projetor agora funcionava perfeitamente, e os dois ficaram por um minuto olhando para a tela, vendo a cachoeira perigosa se aproximar cada vez mais. "Melhor eu rebobinar este rolo até o início. Você salvou a minha pele, meu amigo. Você vai ter a honra de dar a boa notícia ao pessoal lá fora."

"Pra ser franco", Fisk reconheceu mais tarde, enquanto tomavam uma cerveja amiga, "eu sempre fico morrendo de medo, é muita energia à solta naquela saleta, muito calor, o nitrato do filme, fico achando que vai tudo pelos ares a qualquer momento, a gente fica ouvindo falar nesses casos, se fosse só a luz era o de menos, mas essas outras forças —"

Os dois trocaram aquele sorriso amargo, ressentido, de profissionais que aprenderam o preço da magia que mantém a clientela na fila, num estupor de felicidade — no caso em questão, o trabalho cansativo de rodar a manivela do projetor e as energias demoníacas das quais se era obrigado a ficar muito perto.

Merle assumiu o serviço por uma ou duas semanas enquanto Fisk retomava seu trabalho na loja de peças para carroças e descansava. Depois de algum tempo, como já acontecera antes, Merle começou a dar por si se distanciando da história que se desenrolava na tela, enquanto girava a manivela do projetor e pensava na estranha relação que havia entre aquelas imagens em movimento e o Tempo, não exatamente estranha, mas enganosa, pois tudo dependia de tapear a visão, e era por isso, ele imaginava, que tantos mágicos estavam passando a trabalhar com cinema. Mas se a ideia era fazer imagens imóveis se mexerem, deveria haver uma maneira melhor do que aquela complicada maquinaria de rodas dentadas e lentes múltiplas e velocidades coincidentes e mecanismos de relógio para fazer com que cada quadro ficasse parado por uma fração de segundo, e tudo o mais. Tinha de haver algo mais direto, algo que se pudesse fazer com a luz em si...

Um dia, sob um céu com um certo tom de amarelo quase familiar, Merle chegou à margem de um rio em que havia jovens em canoas, não com um espírito descontraído de flerte alegre, e sim com uma perplexidade soturna, como se estivessem ali movidos por motivações mais profundas sem no momento conseguirem lembrar quais eram. Ele reconheceu aquele estado mental como se fosse uma característica da paisagem, assim como um explorador descobre uma montanha ou lagoa bastando para tal chegar ao alto de uma serra — lá estava ela, tão nítida como se fosse um mapa de si própria. Ele havia encontrado Candlebrow, ou, se preferirem, Candlebrow é que o tinha encontrado — entrou pelos portais depredados do campus e viu que era o lugar que procurava, o lugar que não tinha encontrado na primeira vez que lá estivera, ruas cheias de livrarias, lugares onde se sentar e conversar, ou não conversar, cafés, escadas de madeira, sacadas, sótãos, banquetes ao ar livre, toldos listrados, multidões, a noite caindo, um pequeno cinema, a fachada cheia de luzes de néon cor de limão...

O terreno era um pouco ondulado. Fora do campo de esportes, nenhuma voz se levantava acima do tom normal de uma conversação. Cavalos pastavam no pátio. Cheiros campestres se infiltravam por toda parte — trevo, madressilva, filipêndula. Pessoas faziam piqueniques munidas de jogos de malha e uqueleles, cestas cheias de sanduíches, ovos cozidos, picles e cerveja em garrafas, espalhando-se até as margens do rio Sempitern, tranquilo e notoriamente próprio para a canoagem, o qual banhava o *campus*. Dia sim, dia não, à tarde surgiam nuvens de tempestade para os lados do oeste, que se acumulavam até que o céu ganhasse uma coloração vívida, bíblica, de amarelo pardacento, ao mesmo tempo que chegavam os primeiros ventos e gotas de chuva.

Os participantes do congresso ali reunidos vinham dos quatro cantos do mundo, niilistas russos com ideias estranhas a respeito das leis da história e dos processos irreversíveis, religiosos indianos interessados no efeito das viagens no tempo sobre as leis do Carma, sicilianos igualmente preocupados com o princípio da vendeta, faz-tudo americanos como Merle querendo respostas para perguntas referentes à eletromecânica. Todos eles, de uma maneira ou outra, investindo suas mentes, elas próprias revestidas, nas técnicas de sitiar o Tempo e seus mistérios.

"Na verdade, nosso sistema de tempo supostamente linear baseia-se num fenômeno circular, ou, se preferirem, periódico: a rotação da Terra. Tudo gira, até o próprio universo, inclusive, provavelmente. Assim, podemos contemplar a planície, o céu cada vez mais escuro, a formação de uma nuvem em forma de funil pra ver em seu vórtice a estrutura fundamental de tudo —"

"Hum, professor —"

"— sendo que a imagem do funil, é claro, não é de todo exata, pois a pressão no vórtice não se distribui de modo tão simples quanto num cone regular —"

"O senhor me desculpe, mas —"

"— é mais uma espécie de hiperboloide de revolução, o qual — mas o que isso, aonde que todo mundo está indo?"

Os que o escutavam, alguns a toda velocidade, haviam começado a se dispersar, bastando uma olhada rápida dirigida ao céu para entender por quê. Como se a palestra do professor o tivesse evocado, das nuvens inchadas, que pulsavam alternando luz e negrume, brotara um clássico tornado, que se estendia até terminar num ponto prestes a tocar no chão, aproximando-se, de um modo que parecia consciente, do *campus* que estava bem no seu caminho, numa velocidade com que nem mesmo o cavalo mais rápido poderia competir.

"Depressa — por aqui!" Todos convergiam no McTaggart Hall, a sede do Departamento de Metafísica, onde havia um abrigo subterrâneo conhecido por toda região como o mais espaçoso e bem equipado que havia entre Cleveland e Denver. Os matemáticos e engenheiros acenderam lampiões a gás e a querosene, e ficaram aguardando o corte de energia elétrica.

Dentro do abrigo, tomando café semilíquido e roscas que haviam sobrado do último tornado, retomaram o assunto das funções periódicas e sua forma generalizada, as funções automórficas.

"Eterno Retorno, pra começo de conversa. Se podemos construir funções assim abstratamente, então deve também ser possível construir expressões mais seculares, mais físicas."

"Construir uma máquina do tempo."

"Não é bem isso o que eu diria, mas, se você quiser, pode ser."

Os Vetoristas e Quaternionistas presentes chamaram a atenção dos outros para a função que haviam recentemente desenvolvido, a lobatchevskiana, abreviada Lob, por exemplo, em "Lob a", graças à qual, quase como um subproduto, o espaço euclidiano se transforma em espaço lobatchevskiano.

"Desse modo penetramos no torvelinho. Ele se torna a própria essência de uma vida reformulada, fornecendo os eixos que servirão de referência para tudo. O tempo não 'passa' mais, com velocidade linear, porém 'retorna', com velocidade angular. Tudo é regido pela Ordem Automórfica. Retomamos a nós mesmos eternamente, ou, se preferirem, atemporalmente."

"Renascido em Cristo!", exclamou um crente no meio da multidão, como se iluminado de súbito.

Lá fora a devastação começava. E agora, ali, teria sido possível observar um aspecto estranho daquele tornado. Não era simplesmente "um" tornado que atacava Candlebrow com uma regularidade tão opressiva, porém, sem qualquer dúvida, era *sempre o mesmo tornado*. Ele fora fotografado muitas vezes, e haviam sido medidas diversas características suas, a velocidade do vento, a circunferência, o momento angular, as formas assumidas durante sua passagem, todas as quais permaneciam misteriosamente idênticas em cada ocorrência. Não demorou para que aquele fenômeno ganhasse um nome, Thorvald, e oferendas propiciatórias a ele começaram a aparecer, amontoadas do lado de fora dos portões da Universidade, no mais das vezes objetos feitos de chapas de metal, pois fora observado que era esse um dos acepipes preferidos de Thorvald. Os alimentos humanos, ainda que não tão comuns, eram representados por diversos animais domésticos vivos e abatidos, se bem que de vez em quando refeições comunais inteiras, como as que fazem os camponeses após uma colheita, eram servidas, cozinhadas e prontas para comer, em compridas mesas de piquenique, e nem mesmo os mais descontraídos membros do corpo discente eram indiferentes ao destino a ponto de correr o risco de roubar comida de tais mesas, muito menos levá-la à boca.

"Superstição!", gritavam alguns professores. "Desse jeito, onde é que fica a objetividade científica?"

"Mesmo assim, imagine se tentássemos nos comunicar com Thorvald —"

"Ah, quer dizer que agora é Thorvald pra cá, Thorvald pra lá, quanta intimidade."

"Bom, é um fenômeno cíclico, não é? Quem sabe não seria possível alguma comunicação utilizando a modulação de ondas —"

De fato, havia dois projetos diferentes de Telégrafo Thorvaldiano à venda em West Symmes, onde Merle havia criado o hábito de vagabundear por uma hora, mais ou menos, todos os dias. Ali, todos os verões, em Candlebrow, por uma extensão de quilômetros ao longo das margens do rio, um número enorme de vendedores e vigaristas ficavam gritando pregões num verdadeiro bazar de Tempo, oferecendo relógios de bolso e de parede, poções da juventude, certidões de nascimento falsas com firma reconhecida, sistemas para prever as oscilações do mercado de ações, resultados de corridas de cavalos em hipódromos distantes muito antes da hora da largada, juntamente com postos telegráficos em que se podia apostar nos destinos desses animais que ainda nem haviam começado a correr, artefatos eletromecânicos de brilho estranho supostamente oriundos do "futuro" — "Então você está me dizendo que a galinha viva entra por este lado —" e, acima de tudo, doutrinações sobre as múltiplas formas de transcendência do tempo, atemporalidade, antitempo, maneiras de fugir ou emancipar-se do Tempo praticadas por povos de todas as regiões do mundo, sendo que a curiosidade a respeito de tais assuntos era considerada a explicação principal, ainda que não assumida, para a grande procura desses congressos anuais. Como era de se esperar, um número maior do que a média desses programas supostamente espirituais era dirigido por charlatães e embusteiros, muitos dos quais usavam turbantes, capas, sapatos de bico alongado onde se ocultava algum truque, bem como chapéus com modificações estranhas que serviam o mesmo fim, e tirando os casos de exploração comercial pura e simples, Merle constatava que valia a pena puxar conversa com a maioria deles, em particular os que possuíam cartões de visita.

Em pouco tempo, mais depressa do que ele próprio esperava, Merle tornou-se um *habitué* dessas reuniões estivais. Durante o resto do ano, assumia uma sucessão de trabalhos efêmeros, para que durante um mês, no verão, pudesse penetrar num mundo de obsessão pelo tempo e compartilhá-la com outras pessoas obcecadas. Jamais lhe ocorreu se perguntar de que modo havia surgido esse interesse, se fora através da fotografia, em que convergiam a prata, o tempo e a luz, ou se fora só porque, tendo Dally saído de casa, o Tempo lhe pesava tanto nas mãos que ele era obrigado a aproximá-lo um pouco mais do rosto, contemplá-lo, apertando a vista, de diversos ângulos, para tentar ver se seria possível desmontá-lo e desse modo entender seu funcionamento. A partir daí, a alquimia, os experimentos e a fotografia se transformariam em trabalhos passageiros que ocupavam seus dias. As noites, as viagens e os voos associados à noite, eram dedicados aos Mistérios do Tempo.

Uma tarde, mais ou menos na hora do pôr do sol, Merle julgou ver com o canto do olho, passando pelo céu como as famosas Aeronaves Gigantescas de 1896-7, o *Inconveniência*, e pouco depois, na West Symmes —

"Ah, como vai? Tenho pensado muito no senhor, e naturalmente na sua linda filha, a senhorita Dahlia."

Merle teve que forçar a vista para contornar o bigode, porém não havia dúvida que se tratava de Chick Counterfly. "Ela está tentando fazer uma carreira no *show business* lá no Leste", respondeu Merle, "obrigado por perguntar. E vocês, o que é que vocês têm feito ultimamente? A última que eu soube foi a sua passagem por Veneza, na Itália, quando vocês derrubaram o Campanile de lá, o qual, aliás, serviu de modelo para esse que existe aqui no *campus*, quer dizer, se vocês ainda estão atuando na área de demolição de torres?"

"A gente está mais é tentando arranjar um equipamento Hipops. Aliás, o senhor conhece o Roswell Bounce? O pai do Hipops?"

"Eu mesmo, é só chegar a três metros de um Hipops que eu começo a ouvir as vozinhas gritando: 'Papai, papai!' Ora, se não é o Merle Rideout em pessoa."

"Puxa, Roswell, há quanto tempo, desde Cleveland", disse Merle. "Acompanhei aquele caso com muito interesse."

"Ah, eu abri processo, não tinha outro jeito, mas você pode imaginar o tipo de advogado que eu tinha condição de pagar, enquanto que o fiadaputa do Vibe jogou contra mim aqueles mercenários de Wall Street, a Somble, Strool & Fleshway."

O caso *Bounce vs. Vibe* havia se tornado uma fonte confiável de entretenimento público, chegando mesmo a transformar Roswell numa espécie de celebridade. Naquela época, os inventores excêntricos estavam em voga nos Estados Unidos, como adversários do Grande Capital, fadados ao fracasso. Era de se esperar que eles perdessem, da maneira mais pungente possível, se bem que de vez em quando uma aposta esperta numa vitória imprevista rendia uma bela fortuna.

"Os anos passam, e nada, eu acabo ficando com mania de litígio, *'paranoia querulans'*, como dizem os especialistas em nevroses, tento até abrir mais um processo contra o velho Vibe, nem que seja só pra pagar as contas dos psiquiatras, mas, como sempre, nada."

"Pois até que você me parece bem alegre", considerou Merle, "para um sujeito que sofre de P.Q. crônica."

Roswell piscou um olho. "Sabe esses sujeitos que descobriram Jesus? Pois foi isso que aconteceu comigo, só que o meu Salvador foi um semideus clássico, a saber", fingindo olhar desconfiado para um lado e para outro e baixando a voz, "Hércules."

Merle, reconhecendo o nome de uma famosa marca de explosivo, também piscou para ele, discretamente. "Sujeito poderoso. Doze Trabalhos em vez de doze Apóstolos, se não me falha a memória..."

"Pois é", concordou Roswell. "Quer dizer, agora o negócio é mais *'paranoia detonans'*. O sujeito roubou minhas patentes, mas eu continuo sabendo construir meu próprio equipamento. É só pegar o meu Hipops, me deslocar no subsolo com facilidade, que nem uma toupeira, até que um dia consiga ficar exatamente embaixo daquele criminoso de uma figa, e aí — bom, pra não dizer com todas as letras..."

"Catapum! por assim dizer."

"Ah, quem diz é você, eu sou apenas um inventor maluco, inofensivo que nem a sua avó."

Na tarde seguinte, a luz adquiriu seu tom de amarelo profundo, e mais uma vez voltou o tal de Thorvald. Merle estava remexendo na sua carroça, examinando seus velhos trastes dos tempos em que vendia para-raios, quando Roswell apareceu e ficou olhando para a cena, interessado. "Você não é ligado ao Lápis Anarmônico, é?"

"Nunca ouvi falar."

"O que é que você está fazendo com essa geringonça?", apontando para um conglomerado de espetos de metal, voltados para cima, cada um numa direção, convergindo para um único ponto comum embaixo, ligados a fios e coletores.

"Você põe isso no telhado do celeiro e liga ao para-raios — no nosso ramo a gente chama de 'esplendor'", disse Merle.

"Quer dizer que o raio acerta e —"

"Uma coisa incrível. Fica brilhando. Dura um bom tempo. A primeira vez, você acha que está sonhando."

"Os professores de geometria chamam isso de Lápis. Se você passar um plano transversal por todo esse negócio, de modo a cortar cada espeto num comprimento diferente? Você põe uns isoladores e aí cada segmento tem uma corrente diferente, e as razões entre eles podem ser harmônicas ou anarmônicas dependendo —"

"Da posição do tal plano. Claro. Se o plano for móvel —"

"Meio que dava pra sintonizar —" E foram por aí afora, esquecendo-se do ciclone iminente.

Thorvald pairou sobre eles por um momento, como se tentando avaliar seu próprio instinto assassino naquele dia, e em seguida, diminuindo a velocidade e retomando-a após um breve instante, uma espécie de dar de ombros de tornado, seguiu em frente, procurando presas mais promissoras.

"Quero entender a luz", confessava Roswell nesse ínterim. "Quero penetrar a luz e lhe encontrar o coração, tocar-lhe a alma, pegar um pouco dela nas mãos, seja lá o que ela for, e trazer pra fora, é que nem a Corrida do Ouro, só que o que está em jogo é mais importante, talvez, porque é mais fácil enlouquecer assim, há mais perigos em todas as direções, mata mais do que cobras, febre, garimpo ilegal —"

"E quais as medidas que você está tomando", indagou Merle, "pra não acabar virando um desses sujeitos que andam pelos desertos da nossa bela república falando de minas perdidas e outros delírios?"

"Estou indo pra Califórnia", respondeu Roswell.

"Isso deve ajudar um pouco", disse Merle.

"Falando sério. É lá que está o futuro da luz, em particular o cinema. O público adora filmes, não para de pedir mais, talvez seja mais uma doença mental, mas enquanto ninguém encontrar uma cura, o xerife quando vier me pegar só vai encontrar uma nuvem de poeira."

"Trabalho de projecionista nunca vai lhe faltar", disse Merle, "mas a maquinaria em si, ela é perigosa e, não sei dizer muito bem como explicar, mas enfim, é mais complicada do que o necessário."

"É, a coisa continua a me intrigar", concordou Roswell, "esse culto irracional ao mecanismo de Genebra, toda essa ideia de fazer um projetor à imagem de um relógio — como se não houvesse outra maneira. Não tenho nada contra os relógios, não me entenda mal, mas eles são uma espécie de reconhecimento do fracasso, eles existem pra glorificar e celebrar um tipo específico de tempo, aquela passagem do tempo unidirecional e irreversível, tique-taque. A única espécie de filme que a gente vai ver numa máquina dessas vai ser o filme-relógio, que começa no começo da bobina e vai até o final, um fotograma de cada vez.

"Um dos problemas enfrentados pelos primeiros artesãos de relógios era o efeito do peso das peças móveis sobre o funcionamento do relógio. O tempo era vulnerável à força da gravidade. Foi assim que Breguet inventou o turbilhão, que isolava a roda catarina e o escapo numa pequena plataforma, engrenada à terceira roda, dando mais ou menos uma volta por minuto, assumindo no decorrer do dia a maioria das posições relativas à gravidade da Terra num espaço tridimensional, de modo que os erros se compensassem mutuamente e o tempo ficasse imune à gravidade. Mas imagine se você quisesse inverter isso."

"Tornar a gravidade imune ao tempo? Pra quê?"

Roswell deu de ombros. "É aquela questão da unidirecionalidade mais uma vez. São duas forças que atuam sempre na mesma direção. A gravidade puxa na terceira dimensão, de cima para baixo, o tempo puxa na quarta, do nascimento à morte."

"Fazer uma coisa girar no espaço-tempo de modo que ela assumisse todas as posições possíveis em relação ao vetor unidirecional 'tempo'."

"Isso aí."

"Era ver no que dava."

Entraram em ação os lápis de desenhista, e então, por falar em imunidade ao tempo, quando eles deram pela coisa já haviam caminhado vários quilômetros rio acima, quando resolveram parar junto de um plátano antiquíssimo. Acima deles as folhas todas de repente viraram-se para o outro lado, toda a árvore se iluminou, como se uma outra tempestade estivesse prestes a eclodir — como se fosse um gesto da própria árvore, dirigido mais ao céu e alguém que lá estivesse do que necessariamente aos dois pequenos vultos embaixo dela, que agora saltitavam e gritavam um para o outro num curioso jargão técnico. Pescadores abandonaram trechos promissores e afastaram-se daquela fonte de perturbação, deslocando-se rio acima ou abaixo. Universitárias de cabelos presos em coques e vestidos longos com estampados de florezinhas, de guingão fino, linho ou ponjê, interromperam a caminhada para ficar olhando.

O de sempre. Em comparação com a política cotidiana daquele congresso, um resumo da história dos Bálcãs parecia tão simples quanto uma piada de botequim. No setor dos teóricos, ninguém, por mais que tivesse aparência de sábio, conseguia evitar os conluios, golpes, cismas, traições, dissoluções, mal-entendidos, mensagens perdidas, que estrebuchavam e rastejavam por baixo da superfície alegre daquele *campus* no Meio-Oeste. Os mecânicos, porém, se entendiam. No final do verão, seriam aqueles faz-tudo teimosos, com suas fraturas mal reduzidas, cicatrizes e sobrancelhas chamuscadas, cronicamente indignados com o implacável espírito de porco da Criação, que sairiam daquele convescote de viajantes no tempo com algum ímpeto prático, e depois que os professores todos voltassem para suas estantes, seus protegidos, suas intrigas em torno deste ou daquele título honorífico em latim, os engenheiros é que saberiam como se manter em contato, quais os telegrafistas e mensageiros em que se podia confiar, para não falar em quais os xerifes que não faziam perguntas demais, quais os pirotécnicos italianos que forneciam álibis quando a população da cidade começava a estranhar aquelas luzes estranhas no horizonte, onde encontrar a peça que saíra de linha, o minério exótico, a usina em algum lugar do planeta que gerava a corrente com a fase ou frequência exata ou por vezes simplesmente o grau de pureza exigido por suas necessidades cada vez mais inescrutáveis.

Um dia correu o boato de que o famoso matemático Hermann Minkowski estava vindo da Alemanha para dar uma palestra sobre Espaço e Tempo. O local onde se realizaria o evento era a toda hora anunciado e depois corrigido, sempre passando para auditórios cada vez maiores, à medida que aumentava o número de pessoas que ficavam sabendo da conferência e resolviam assistir a ela.

Minkowski era um jovem de bigode pontiagudo e cabelo negro e crespo, formando um topete. Usava terno preto, colarinho alto e pincenê, e parecia um homem de negócios em viagem de férias. Fez sua palestra em alemão, mas escreveu no quadro tantas equações que dava para acompanhar seu raciocínio, mais ou menos.

Depois que todos os outros haviam ido embora do auditório, Roswell e Merle permaneceram em seus lugares, olhando para o quadro-negro que Minkowski usara.

"Três vezes dez elevado à quinta potência quilômetros", leu Roswell, "é igual à raiz quadrada de menos um segundo. Isso se você quiser que aquela outra expressão ali seja simétrica em todas as quatro dimensões."

"Não olhe pra mim desse jeito", protestou Merle, "isso foi *ele* quem disse, eu não faço ideia do que isso quer dizer."

"Bem, *parece* que temos aí uma distância muito grande, astronômica, por assim dizer, que seria igual a uma unidade de tempo imaginária. Eu acho que ele disse que essa equação é 'pregnante'."

"Bate com o que eu ouvi. Ele também disse que era 'mística'."

Enrolaram cigarros e ficaram a fumar, olhando para os símbolos escritos a giz. Um estudante fazia hora no fundo do auditório, jogando uma esponja úmida de uma mão para a outra, esperando o momento de apagar o quadro-negro.

"Você reparou que a velocidade da luz a toda hora entra em cena?", disse Roswell.

"É que nem lá em Cleveland, aquele pessoal do Éter. Pelo visto, a gente estava no caminho certo, só que não sabia."

"A meu ver, só falta traduzir isso aí em termos de equipamento concreto, soldar tudo e pronto, temos um belo trabalho."

"Ou uma bela encrenca."

"Por falar nisso, qual de nós é o que tem cabeça prática e qual é o sonhador maluco, mesmo? Eu esqueço a toda hora."

Frank voltou um dia para o oeste do Texas, levantando de água lamacenta do rio gotículas que por alguns instantes se transformavam em luz solar, coisa que, no fundo do coração, já não o tocava mais.

Continuou a acompanhar o curso do rio, atravessando o Novo México até San Gabriel, tomando a velha Trilha Espanhola, atraído para o oeste, sendo todas as noites assediado por uma sequência de sonhos estranhamente nítidos a respeito de Estrella Briggs. Até que um dia se viu de volta às margens do McElmo, e era quase como se estivesse voltando a si de um estupor no qual ficara mergulhado por anos. Seguia rumo a Nochecita, ou Nochecita era o ramal de linha seguido pelo seu destino. Se não para lá, para onde? Seria como pedir que uma avalanche deslizasse morro acima.

Em Nochecita, talvez por causa dos problemas ao sul da fronteira, Frank constatou que havia agora um certo número de maus elementos. Não perigosos, embora sem dúvida, alguns deles, ilegais — até simpáticos, porém só toleravam insensatos pelo tempo estritamente necessário. Prédios novos haviam sido construídos perto da antiga casa de Stray, por vezes tão perto que restavam apenas corredores estreitos em que passasse o vento, ganhando velocidade, e em consequência diminuindo a pressão, tanto assim que, por efeito do implacável vento do planalto que atravessava a cidade, o prédio mais velho, mal escorado, era sugado ora para um lado, ora para o outro, a noite inteira, jogando como um navio, os pregos velhíssimos rangendo, pedaços de gesso caindo quando se olhava para o teto por mais de um segundo, as paredes soltando flocos de um branco sujo, uma ameaça de desabamento num futuro próximo. Os alicerces se desfaziam, revertendo à condição de cascalho e terra, e havia goteiras por todos lados. A calefação era pouca ou nenhuma, as tábuas corridas estavam desniveladas. E no entanto o aluguel ali, ele ouvia as pessoas se queixando, aumentava a cada mês, não paravam de chegar novos moradores, que ganhavam mais e comiam melhor, à medida que a cidadezinha se enchia de representantes de fábricas, corretores de imóveis, caixeiros-viajantes que vendiam armas e suprimentos médicos, guarda-linhas, engenheiros hidráulicos e engenheiros de estradas, nenhum dos quais jamais olhava Frank diretamente nos olhos, respondia quando ele falava nem lhe dava outros sinais de reconhecimento que não os mais silenciosos e evasivos. Frank chegou a pensar que talvez não passasse de seu próprio fantasma, assombrando aqueles cômodos e corredores, como se a fração quase desprezível de sua vida que passara ali tivesse permanecido no lugar, e de algum modo ainda prosseguisse, um pouco abaixo do limiar da visibilidade — Stray, Cooper e Sage, Linnet, Reef ainda o jovem doidivanas despreocupado que era naquele tempo, todos estavam "logo ali", tal como se vivessem no mundo, modificados, com relutância permitindo a invasão cada vez maior dos eventos desanimadores do cotidiano, tendo ido, alguns deles, para lugares mais frios, vidas mais difíceis, falidos, sem eira nem beira, atraídos para o oeste por aquelas promessas do Pacífico, vítimas de sua própria falta de juízo... mas Frank compreendeu que ele não faria parte daquilo.

Às vezes, quando Frank perguntava, um dos recém-chegados tentava lhe dizer onde estava Stray, porém ele não os entendia, as palavras não faziam o menor sentido. De repente a cidade se transformou para ele num mapa ilegível. Desde os tempos no México, ardia-lhe na consciência a existência das terras de fronteira, de linhas atravessáveis e proibidas, e muitas vezes o dia parecia não se inclinar para o lado do que ele julgava ser o da sua vida real.

A toda hora Frank tinha a impressão de que a via, Stray com os cabelos soltos e o bebê nos braços, andando pela cidade, cumprindo tarefas ou então se afastando, sempre se afastando dele, em direção às montanhas. E no entanto depois, por volta das três ou quatro da tarde, quando todos, menos Stray e a criança, ou suas sombras, já tinham ido embora — quando, sozinho, ele podia voltar aos cômodos vazios, Frank se dava conta de que em pouco tempo ouviria, vindo do outro lado do que quer que os estivesse separando, os sons de Stray "preparando a janta". Parado diante da frágil porta da cozinha, com vidraça recoberta de papel, quando o outro lado dela se iluminava, Frank ficava à escuta, respirando, esperando. Estaria Stray, "do lado dela", sozinha na melancolia crescente daquela hora do dia, começando a ouvir, em outras partes da casa, os sons rotineiros da presença dele — passos, água jorrando ou escorrendo pelo ralo — como se vindos de cômodos fantasmas amputados do resto do prédio e ocupados, querendo-se ou não, pelos mortos?...

Frank não conseguiu suportar aquilo por mais de três noites, se bem que, quando foi embora, mais pareciam semanas. Ao sair pela porta da rua, no último instante, esbarrou em Linnet Dawes, que precisou de um ou dois minutos para se lembrar de

Frank. Ela continuava uma das mulheres mais belas dali, ainda trabalhava como professora, porém havia adquirido uma espécie de brilho vitrificado, como se agora estivesse atuando também em áreas mais adultas.

"Espere, vou tentar adivinhar quem você está procurando", disse Linnet, um tanto fria, foi a impressão de Frank.

"Reef."

"Ah. Bom, o seu irmão, ele esteve aqui no ano passado, não sei quando, talvez no ano retrasado, pra pegar a senhora Traverse" — até Frank foi capaz de detectar um toque de sarcasmo — "e o menino, o Jesse, mas só ficaram aqui duas noites. Ouvi falar alguma coisa sobre o Novo México, eu acho, mas nenhum dos dois estava muito disposto a se abrir comigo."

"É estranho, o tempo todo eu tenho a impressão de que estou vendo a Estrella aqui e ali na cidade, deve ser só a minha imaginação..." Ah, neste momento Linnet lhe dirigiu um olhar feroz. "O quê? Eu pronunciei alguma coisa errado?"

"Essa moça", sacudindo a cabeça, "causou ainda mais dramas aqui. Quando ela estava em cena, a gente nem precisava de ópera. A gente começa achando que ela é como um desses sábios do Oriente, muito superior a todas as mesquinharias e trivialidades, olhando lá do alto pra todos nós — imagine o nosso espanto quando descobrimos que ela é uma grandessíssima de uma egotista, tamanha que ninguém conseguiu nem avaliar o tanto que ela era. Todos nós caímos na esparrela, otários que somos."

"Afinal, eu estou ou não estou vendo ela aqui na cidade? Desculpe — vendo-a."

"Você não é mais aquele menininho bonito da escola dos filhos de mineiros, pelo visto você andou tendo experiências educativas, por isso acho que não preciso poupar seus sentimentos. Seu irmão foi-se embora do país, e o que é mais importante, largou a mulher e o filho. A Estrella até que está cuidando bem do Jesse, justiça seja feita, claro que ajudou o fato de ela quase sempre estar a um ou dois dias de viagem da irmã ou do marido da irmã. Eles têm um ranchinho perto de Fickle Creek, no Novo México. Às vezes ela vai lá."

"Até que você se importa com ela, levando-se em conta que não é pessoa do seu agrado."

"Coisas da minha profissão. Seu sobrinho é mesmo encantador, você vai ver."

"Se eu passar por lá."

Ela fez que sim, sorrindo mais alto com um canto da boca do que com o outro. "Claro. Diga que mando saudações."

Ele chegou à garganta no alto da serra no momento em que a noite de sábado começava lá embaixo, em Fickle Creek, dali dava para ouvir os tiros e a gritaria com facilidade. Do posto de pedágio, vista através dos cristais de gelo que caíam, imersa numa luz esverdeada fria e neutra na distância, a cidadezinha se espraiava em torno de uma praça. Frank tomou um copo de uísque barato, comprou um punhado de charutos e começou a descida.

Encontrou um hotel velho, caindo aos pedaços, que ocupava todo um quarteirão, o Hotel Noctámbulo, onde a insônia dominava. Em cada quarto, alguém passava a noite em claro trabalhando em algum projeto impossível — um inventor louco, um jogador que descobrira um sistema, um pregador com visões que só eram comunicáveis até certo ponto. As portas não eram trancadas, de modo geral os desconhecidos agiam como vizinhos, todos tinham liberdade de entrar nos aposentos dos outros. Mesmo no momento mais escuro da madrugada, Frank constatava que era sempre possível entrar num quarto em busca de um cigarro ou uma conversa. No pátio, havia uma multidão festiva chegando e saindo a noite toda. Todo mundo filava cigarros.

Motocicletas estranhas, muitas delas feitas por seus próprios donos, chegavam e partiam com estrépito. Os poetas caubóis diziam que o barulho "ecoava na encosta íngreme" e por todo o vale, mas para quem estava ali o som era exótico demais para conter qualquer mensagem, a não ser para uns poucos, embora algumas tabernas na entrada da cidade, e mesmo algumas na saída, já houvessem oferecido hospitalidade aos bandos de motociclistas.

Frank se deu conta de que não ia conseguir dormir, e seguiu para o *saloon* mais próximo. À porta do estabelecimento, onde outrora só havia cavalos amarrados, agora viam-se Silent Gray Fellows da Harley-Davidson e V-twins da Indian, adaptadas para uso naquela terra, com embreagens, correias, correntes e caixas de mudança reforçadas. Por toda a Main Street, nesses *saloons* misturavam-se motociclistas que faziam proezas no circuito de circos do interior, em busca de uma mudança de ares, e bandoleiros fedelhos cantando a várias vozes "Pie in the sky" de Joe Hill para um público de velhos trabalhadores niilistas assumidos, em cujas palmas das mãos as linhas do amor e da vida, os montes de Vênus e tudo o mais haviam sido soterrados, com o passar dos anos, sob um mapa de inscrições lívidas e profundas que nenhuma cigana de parque de diversões ousaria ler, traçadas por incêndios, muros de pedra, arame farpado desenrolado depressa demais, baionetas nos xilindrós de Coeur d'Alene... Membros motorizados da famigerada Gangue de Four Corners, sediada em Cortez, pagavam doses duplas de uísque de milho para entusiastas que vinham de lugares tão distantes quanto Kansas, arrancados não de todo à força de alguma excursão de clube, e passavam a noite conversando sobre embreagens e cárteres até o sol surgir na janela.

Um indivíduo pálido, com uma capa preta, entrou em silêncio e sentou-se bem na ponta do balcão. Quando o *barman* colocou garrafa e copo à sua frente, cruzando os punhos como de praxe de modo que a garrafa ficasse à direita do freguês, o tal cavalheiro de repente emitiu um grito de fazer coagular o sangue, ocultou os olhos com a capa e recuou com tanta violência que caiu do banco e ficou estirado no chão, estrebuchando e levantando serragem com os pés.

"Que diabo é isso?"

"Ah, é o Zoltan, ele tem uma Werner, já subiu todos os morros da Hungria, que é de lá que ele vem, e agora está fazendo a volta ao mundo procurando novos desafios. Já ganhou troféus que ainda nem têm nome, não tem medo de montanha nenhuma, por maior que seja, mas é só você mostrar a ele qualquer coisa que pareça a letra X que ele fica do jeito que você viu agora."

"Também não gosta de espelho de *saloon*, por isso que ele fica sentado lá na ponta..."

"Isso acontece toda vez que ele entra?", perguntou Frank. "Por que não... colocar primeiro a garrafa, depois trazer o copo, depois..."

"Já me deram essa sugestão um monte de vezes, muito obrigado, mas isso aqui não é Denver, não, quase não tem divertimento, de modo que esse espetáculo do Zolly acabou virando uma atração. Aqui é assim, a gente tem que arrumar o que fazer toda noite."

Por volta do meio do terceiro turno, Frank foi tomar café da manhã num empório de panquecas perto dali, e não demorou para se dar conta de que Stray estava *aquele tempo todo no segundo andar*, com algum fora da lei motorizado cuja Excelsior azul, conhecida por todos, estava estacionada logo em frente, e, bem, o contentamento estampado em seu rosto quando ela entrou de novo naquele minúsculo restaurante, seu porte, seu *cabelo*, Deus do céu, bastava para dividir um cidadão em dois, um deles dizendo, tranquilo, olha só para ela, como é que um homem pode se zangar etc. e tal, e o outro tão magoado que seria capaz de ensopar uma toalha de mesa de restaurante inteira com ranho e lágrimas, mesmo com todo mundo olhando. Enquanto ela descia a escada, as garçonetes, com seus uniformes atraentes (na verdade, o número de garçonetes era excessivo, dados o tamanho do restaurante e o avançado da hora), dirigiam a ela *certos olhares*...

Ah, olhe só, lá vem agora o namorado, Vang Feeley, famoso em toda a região, uma figura de aparência tão lendária, pensou Frank, que não parecia ter um lado carnal muito desenvolvido — seu traje de motociclista era negro, sumário, inexpugnável. Sem dizer uma palavra, passou por Frank, cuja atitude não melhorou muito quando ele se deu conta de que tinha ficado olhando fixamente, por um tempo que parecia bem longo, para a virilha das calças de Vang, quer dizer, mais ou menos naquela direção... Epa. Esse tipo de comportamento talvez não tivesse chegado sequer a ser registrado por Vang, mas certamente foi notado por aquelas garçonetes implacáveis que abundavam ali, rindo e fazendo comentários que eram, Frank não podia deixar de imaginar, cada vez mais dirigidos a ele, e quando aquele clima se dissipou, não é que Vang já tinha tido tempo até de sair e consultar Zoltan, o qual já havia se recuperado de seu ataque havia algumas horas, a respeito de questões de mecânica de motocicleta, como por exemplo o problema da remoção do silencioso, pois, dadas as complexidades da vida de Vang no momento, quando os múltiplos desfechos possíveis da noite tendiam a se reduzir a um só em uma questão de segundos, o desempenho do motor podia vir a ser de importância crucial.

Stray havia ficado para terminar meia xícara de café, com um sorriso preguiçoso dirigido a todos à sua volta, inclusive Frank, o qual ela não reconheceu, se é que sequer o viu, e quando terminou estendeu a mão para colocar a xícara junto com os pratos a serem lavados, e com uma das mãos no bolso do guarda-pó foi saindo do restaurante com um garbo admirável, instalando-se atrás do canalha do Vang, abraçando-o e no mesmo movimento ajeitando e distribuindo guarda-pó e saia com uma gesticulação tão complexa quanto uma mesura do tempo de sua avó, chegando mesmo a levantá-los, para a delícia dos observadores, para que o tecido não pegasse fogo ao obstruir o cano de descarga do veículo. E, juntando-se à fila de simpatizantes, como se fossem um bando de caubóis a ver os trens na plataforma da estação, Frank ficou também acenando para ela, em despedida.

Quando voltou para Denver, ainda era a cidade de Ed Chase, e Frank começou a retomar seus velhos hábitos de malbaratar tempo e dinheiro, até que uma noite, descendo a Arapahoe Street entre o Tortoni's e o Bill Jones's, onde ele ouviu dizer que fora declarado negro honorário, se bem que acabou descobrindo que aquilo era uma tentativa de brincadeira de alguém, Frank encontrou o reverendo Moss Gatlin dirigindo um estranho trole sem cavalos, com um pináculo em miniatura e sinos de igreja que funcionavam de verdade na extremidade traseira, e no para-brisa, onde normalmente ficava o letreiro indicando o destino, as palavras iluminadas: CÉU DOS ANARQUISTAS. Moss estava recolhendo tudo que era vagabundo, pirralho, opiômano, mendigo, desocupado, qualquer cidadão que parecesse minimamente indefeso — e recolhendo todos a bordo do seu Expresso C.A. Frank, pelo visto, se enquadrou numa dessas categorias, pois assim que pôs os olhos nele o reverendo inclinou o chapéu. "Boa noite, Frank", como se tivessem se encontrado na véspera. Acionou uma manivela e o veículo diminuiu a velocidade o bastante para que Frank o tomasse.

"O senhor nunca esqueceu o rosto de ninguém?", espantou-se Frank.

"Uma ou duas esposas, talvez", disse Moss Gatlin. "Mas, Frank, eu acabei não falando com você sobre a coisa terrível que aconteceu com o seu pai. Você tem visto os pústulas subumanos que fizeram aquilo?"

"Estou cuidando disso", respondeu Frank, que desde o meio segundo fora do mundo que havia passado em Coahuila não havia encontrado ninguém com quem pudesse realmente falar sobre o assunto.

"Ouvi umas histórias por aí, mas eu não diria que não se fala noutra coisa."

"Já que o senhor mencionou isso, de fato uns jornalistas têm olhado pra mim de um modo estranho, como se estivessem querendo dizer alguma coisa?"

"Espero que você não esteja pensando antes de agir, esse tipo de pensamento que faz o sujeito ficar morto como se estivesse estendido no meio da serragem."

"Não estou pensando coisa nenhuma", Frank dando de ombros. "A coisa está feita, é ou não é?"

"Como foi que a sua mãe recebeu a notícia?"

"Bem."

"Ora, você tem que contar pra senhora Webb Traverse. Ela é a única pessoa no mundo que precisa ficar sabendo, e tem que ser de você."

"Tenho até vergonha de confessar, reverendo, mas eu nem sei por onde ela anda."

"Ela tem se mudado muito, mas a última notícia que eu tive é que ela está morando em Cripple. E quis o bom Deus que eu estivesse indo justamente pra aqueles lados, de modo que se você quiser companhia..."

"O senhor não vai nesse negócio aí?"

"Isto? Eu peguei emprestado só por hoje. Aliás —"

Um cidadão de cabelo branco dentro de um cabriolé, nervoso, aos gritos, vinha perseguindo o trole já havia um bom tempo, ao que parecia. "Mas que inferno", murmurou o reverendo, "eu sabia que ele ia levar a coisa a mal."

"A palavra 'Anarquista' aí na frente", Frank observou, "realmente parecia escrita à mão, e sem muito capricho, o senhor me desculpe."

"O Jephthah tem uma estalagem pra crentes em Cherry Creek, e é assim que ele reúne o rebanho dele. Achei que hoje ele estava de folga, e por isso... Tudo bem, Jeff!" Diminuindo a velocidade: "Não atire!".

"Essas almas são minhas, Moss."

"E quem foi que teve todo o trabalho? Eu aceito cinquenta centavos por cabeça."

"Papistas me mordam se eu deixar você levar mais do que vinte e cinco."

"Quarenta", disse Moss Gatlin. Os passageiros observavam com interesse.

"Reverendo?", disse Frank. "Quanto à minha fé religiosa —"

"Dá pra conversar sobre isso depois?"

Foram de trem até o Divide, passaram para a bitola estreita, o reverendo contando casos de Webb, alguns que Frank já conhecia, outros que ele imaginava, e um ou dois que eram novidades para ele.

"Às vezes", admitiu Frank, "fico meio com pena do Sloat. Devia ter sido o outro, porque por conta própria o Sloat nunca que ia fazer nada contra meu pai."

"O Sloat era um traidor da classe dele, Frank, o pior tipo de lacaio da plutocracia, e você fez um favor pra todos nós, vai ver que até pro próprio Sloat, principalmente. Caso você sinta pena dele. Esse não vai entrar nunca no Céu dos Anarquistas, mas onde quer que ele esteja vai ser bom pra alma dele."

"O Inferno dos Plutocratas?"

"Pra mim não seria surpresa."

Chegando a Cripple Creek, Frank percebeu como estava abandonado e caído aquele campo de batalha recente. Sem dúvida, os proprietários tinham vencido. O Sindicato agora se tornara invisível, se é que ainda existia, embora Moss Gatlin achasse que eles haviam seguido adiante, deixando toda uma população de lutadores honrados sem emprego e livres para fazer as concessões mais humilhantes a fim de voltar a trabalhar, mesmo que fosse trabalho de enxada, ou então partir para outro lugar. Havia fura-greves por toda parte, usando aqueles estranhos gorros de tricô dos iugoslavos. Os seguranças do acampamento marchavam pelas ruas que agora lhes pertenciam, pegando estrangeiros que, como eles bem sabiam, não falavam inglês e dando-lhes safanões, para testar o nível de docilidade da população.

"Minha congregação." Indicou com a cabeça toda aquela gente desempregada. "Esses garotos austríacos que agora parecem tão submissos um dia vão voltar como fantasmas vingativos pra assombrar todo o Colorado, porque tem uma lei tão universal e impiedosa quanto a lei da Gravidade: o fura-greve de hoje é o grevista de amanhã. Não tem nada de místico, não. É assim que as coisas são. Quem viver, verá."

"O senhor vai ficar onde, reverendo?"

"Num lugar que não vai ser o mesmo onde eu vou ficar amanhã. Pra simplificar as coisas. Já você — dizem que aquela casa ali do outro lado da rua é bem boazinha. A menos que você queira o National Hotel ou coisa parecida."

"Nós vamos nos ver de novo?"

"Sempre que você precisar. Fora isso, sou invisível. Vai pela sombra, Frank. Saudações pra sua mãe."

Frank alugou um quarto, foi até o Old Yellowstone Saloon, começou a beber, comprou uma garrafa e voltou com ela para o quarto, em pouco tempo ficou bêbado e infeliz e afundou num estupor, do qual foi despertado no meio da noite por gritos vindos do quarto ao lado.

"Está tudo bem aí?"

Um garoto de cerca de quinze anos estava de cócoras, encostado na parede, de olhos arregalados. "Tudo bem — é só esses percevejos." Levantava e abaixava as sobrancelhas com energia, fingindo brandir um chicote. "Pra trás, pra trás!"

Frank pegou no bolso seu saco de fumo e papéis de enrolar cigarros. "Você fuma?"

"Havana, de modo geral — mas eu até aceito um desses aí que você está enrolando."

Ficaram um tempo fumando. Julius — esse o nome do garoto — era de Nova York, membro de uma trupe de cantores, dançarinos e comediantes que estava em turnê. Quando chegaram a Denver, a artista principal do grupo pegou o dinheiro de todo mundo e fugiu no meio da noite. "A senhoria aqui é amiga do senhor Archer, e aí eu virei cocheiro da carroça de hortaliças dele."

"E pelo visto os cavalos estão lhe dando trabalho, não é?"

"Só quando eu tento dormir." O garoto fingiu olhar à sua volta loucamente, revirando os olhos a cem quilômetros por hora. "É a velha maldição do show business. Você quer trabalhar, e diz sim pra qualquer proposta. Eu fiz a maluquice de dizer ao senhor Archer que sabia conduzir uma carroça. Continuo não sabendo, e agora enlouqueci de verdade."

"Os cavalos daqui aprendem o caminho bem depressa. Imagino que os seus devem saber ir até Victor e voltar mesmo sem cocheiro."

"Que bom, isso vai me poupar bastante trabalho da próxima vez."

"Por que é que você não pergunta a ele se dá pra você fazer outra coisa?"

"Eu preciso do dinheiro. Pelo menos pra poder voltar pra East Ninety-third Street, meu lar-doce-lar."

"Você está longe da sua casa."

"Bem longe. E o senhor?"

"Procurando a minha mãe, a última que eu soube é que ela está aqui em Cripple, resolvi dar uma olhada amanhã. Quer dizer, hoje."

"Como é que ela se chama?"

"Senhora Traverse."

"A Mayva? Ora, ela está a dois quarteirões daqui, é dela aquela sorveteria, a Cone Amor, atrás da Myers."

"Você está de brincadeira comigo? Uma senhora bem alta, olhos muito bonitos, fuma cachimbo às vezes?"

"Essa mesmo! Ela vai lá na loja comprar sal-gema, chocolate, coisas assim. O melhor *ice-cream soda* a oeste das Montanhas Rochosas. Puxa, a sua infância deve ter sido supimpa."

"É. Ela estava sempre na cozinha, era famosa por saber fazer qualquer coisa, nem me espanto de ficar sabendo que ela aprendeu a fazer sorvete também. Tudo isso foi depois de meu tempo, claro."

"Então o senhor vai se fartar agora."

Antes mesmo de ter tempo de beijá-la, sua mãe o fez rodar a manivela da máquina. "Cereja com damasco, o sabor do dia, é meio esquisito, mas o caminhão vem lá de Fruita dia sim, dia não, eu tenho que aproveitar o que vem nele."

Saíram por uma porta lateral que dava num beco, e Mayva pegou seu cachimbo de urze e o encheu de Prince Albert. "Continua rezando, Frankie?"

"Não todas as noites. Nem sempre de joelhos."

"Melhor do que eu pensava. Claro que eu continuo rezando por vocês todos, o tempo todo."

Kit estava na Alemanha, escrevendo regularmente. Já Reef nunca fora muito de escrever cartas, mas ela achava que ele também estava na Europa, em algum lugar. Antes que tivessem tempo de falar em Lake, a campainha da porta da rua soou e entrou uma matrona próspera com duas filhas, por volta de oito e dez anos. Mayva guardou o cachimbo e foi atendê-las.

"As meninas querem casquinhas, senhora Traverse."

"É pra já, madame. Lois, que beleza de vestido de guingão. É novo?"

A menina pegou seu sorvete e dedicou-lhe todo o seu olhar.

"E tome o seu, Poutine, o sabor do dia, que aliás é o meu favorito."

A irmã mais moça deu um sorriso rápido, como quem pede desculpas, e começou a cochichar: "A gente não pode —"

"Poutine." As moedas tiniram no balcão de mármore. A mulher recolheu as filhas e saiu, deixando na loja uma nuvem de flor de maçã silvestre.

"Acho que vou dizer uma coisa nada republicana."

"Isso costuma acontecer muito, mãe?"

"Deixe isso pra lá. Não se apoquente. Faça como eu."

"O que é que está acontecendo?"

"Melhor você não saber."

Tentando encontrar a pior possibilidade: "Os proprietários estão comprando você. Pensão da viúva, um cheque todo mês, e aí está tudo bem".

"Já estou recebendo esses cheques há um bom tempo, Frankie."

"Você está deixando esses —"

"Aqui ninguém está nadando em dinheiro não, se você ainda não percebeu." Quando ela riu, Frank observou que lhe faltavam dois dentes. "A vida está dura pra todo mundo, sabe, até pra eles."

Frank podia imaginar o nível dos insultos que ela era obrigada a engolir, vindos de gente respeitável como a mulher que acabara de sair da loja, por quantas cidadezinhas empobrecidas e quantas minas esgotadas ela teria passado, e quantas esposas enraivecidas haveria nesses lugares que, por falta de outro recurso, descarregavam sua raiva em Mayva—

Ela olhava fixamente para ele, aquele velho olhar, puro como fumaça. "Ouvi dizer que você acertou as contas com o tal do Sloat Fresno."

"Eu imaginava que a senhora já tivesse ouvido falar. Que coisa, mãe, foi só eu não estar procurando por ele que na mesma hora ele apareceu."

"Alguma coisa está orientando você, meu filho. Essas orações que você nem sempre se lembra de fazer."

Mayva talvez estivesse prestes a perguntar: "E o outro?". Porém seu olhar se desligou, e ela foi, soturna, pegar o gato que mais uma vez por um triz não caíra dentro do congelador de oito litros, e ocorreu a Frank que talvez ela não quisesse mesmo falar sobre Lake. Qualquer tentativa de puxar aquele assunto, por mais indireta que fosse, teria o efeito de provocar olhares desconfiados e uma expressão de dor no rosto de Mayva que ele não suportaria ver em detalhe.

A única vez que ela mencionou Lake foi na última noite que ele passou em Cripple Creek. Eles tinham ido jantar no National Hotel, Mayva com uma flor no vestido e um chapéu mais novo do que qualquer outra peça de roupa que Frank jamais a vira usar, e estavam conversando sobre Webb. "Ah, nós dois achávamos que eu ia conseguir salvar seu pai. Eu acreditei nisso por muito tempo... que ele queria que eu salvasse ele, porque mulher adora esse tipo de conversa fiada. Nós somos anjos que assumem tudo que é serviço, a gente não cansa nunca. E aí os homens acabam se convencendo que eles podem fazer o que der na veneta, é por isso que eles estão sempre forçando, só pra ver até onde dá pra forçar..."

"Vai ver que ele não queria que você assumisse esse serviço", disse Frank. "Isso de salvar ele."

"Ele estava sempre com raiva", disse Mayva. "Quando não era uma coisa era outra."

"Ele e todo mundo por lá", observou Frank.

"Vocês só viam as coisas pequenas. As outras ele escondia das crianças e até mesmo de mim, se bem que de vez em quando a gente dançava em volta do fogão. Tentando proteger a gente, ele se esquecia de proteger a ele mesmo. Eu tenho pensado nisso, tem dias que eu quase não faço outra coisa. Ele podia ter usado aquela raiva de alguma maneira, voltada pra alguma coisa que desse resultado, mas às vezes..."

"A senhora não acha —"

"O quê, Frankie?"

Trocaram um longo olhar silencioso, que na verdade não era incômodo, apenas uma espécie de coceira, como se não precisasse de muita coisa para se romper — um desses raros momentos em que os dois tinham consciência de estarem pensando praticamente a mesma coisa, que Webb tinha sido mesmo, o tempo todo, o lendário Dinamitador Misterioso dos Montes San Juan — que aquelas histórias de mulheres e rodadas de pôquer, invocadas para explicar suas ausências no decorrer dos anos, eram todas fictícias, e tinham mais era que pegar todos aqueles vestidos de bengala e tafetá e sacos de dinheiro e tomar o próximo trem para San Francisco ou qualquer outro lugar. E que em cada explosão, qualquer que fosse o resultado dela, Webb falava com a voz que não podia usar no mundo cotidiano de todos aqueles que ele desejava — desejava desesperadamente, Frank pensava agora — proteger de todo mal.

"Mãe." Ele olhou para a comida no prato e tentou impedir que a voz oscilasse muito. "Se eu continuar com essa história, se eu tentar encontrar o tal do Deuce Kindred e acertar as contas com ele... que nem eu fiz com o Sloat..."

Mayva sorriu com azedume. "E o que vai acontecer se ela estiver lá com ele?"

"Quer dizer, não é uma coisa igual a consertar o alpendre, não —"

"Se você quer saber o que é que falta pra eu poder dormir bem de noite", dando-lhe tapinhas na mão, "eu durmo muito bem, Frankie. Às vezes preciso tomar um pouco de ópio de alface pra ajudar, mas não fique achando que eu faço questão que você dê um final feliz pra essa história, não. O Sloat já não foi pouca coisa, eu vou sempre me orgulhar de você."

"É que logo que eu fiquei sabendo, senti tanto ódio dela —"

"Pelo menos ela teve coragem de me olhar no rosto e dizer que ia se casar com aquele bostinha. Eu tive minha oportunidade naquele momento, mas fiquei tão abalada que não fiz nada, e aí ela saiu pela porta afora e agora não dá mais pra voltar atrás."

"Eu quero mais um pouco dessa torta", disse Frank. "E a senhora?"

"Claro. Vocês, os meninos, deram muito trabalho, mas foi só isso, trabalho. Já a filha parece que é tão fácil, uma mocinha, sorrindo, dançando, esse tempo todo só esperando a hora certa de fazer a coisa que machuca mais. E foi o que ela fez." Com um brilho nos olhos o qual avisava a Frank que aquilo era tudo que ela tinha a dizer sobre o assunto, pelo menos a ele.

Frank pegou o trem de bitola estreita e partiu de Cripple, e levou algum tempo para perceber que estava indo para o sul. Uma espécie de manto de desespero descia sobre sua alma, uma coisa útil, como um guarda-pó quando se viaja numa trilha. Ele continuava não entendendo até que ponto aquilo o deixava cada vez mais duro e menos inclinado à piedade. Olhou a sua volta dentro do vagão, como se o reverendo, em seu trole, estivesse prestes a surgir e lhe dar alguma sugestão útil. Mas Moss Gatlin ou bem não estava lá ou bem havia resolvido permanecer invisível.

"Eu tinha um sonho de ir embora com o pessoal do circo", Mayva dissera a Frank uma noite, à luz dos lampiões, durante uma conversa gostosa. "Desde o verão em que eu fiz doze anos e fui uma vez ao circo em Olathe. Eles tinham levantado as barracas à margem do rio, e não sei como acabei conversando com um sujeito que tinha um jogo de corrida de cavalos chamado Hipódromo, ele devia estar mesmo caído, ficava o tempo todo me perguntando por que é que eu não ia trabalhar com eles, disse que até já tinha falado com o dono a meu respeito, que a gente podia viajar juntos por todo país, quem sabe até o mundo todo, ele sabia que eu tinha um talento natural, e por aí vai..."

"O tempo todo que a gente era criança", disse Frank, "você tinha vontade de fugir com o circo?"

"Pois é, e lá estava eu com vocês todos, num verdadeiro circo, e nem percebia." E Frank esperava jamais se esquecer da risada que ela deu nesse momento.

Seguiam viagem encosta abaixo, afastando-se das montanhas, raramente olhando para trás, atravessando os campos cobertos de anêmonas dos prados do leste do Colorado, chegando a uma planície que parecia aguardar a hora de voltar a ser ocupada por antiquíssimas forças do mal... em cada rosto os palpos criminais de Deuce sentiam uma iminência quase dolorosa, implacável, agentes de uma infiltração secreta que se antecipavam aos acontecimentos.

Por algum tempo, as únicas cidadezinhas em que eles se detinham eram aquelas que haviam adquirido má fama junto às pessoas que eram obrigadas a frequentá-las regularmente — vendedores de implementos agrícolas, músicos de *saloon*, caixeiros-viajantes que carregavam enormes valises cheias de amostras de tônicos para os nervos e remédios para a sarna vendidos como cura da calvície. "Ah, *aquele* lugar." Por toda parte, em toda a região, havia cidades que era melhor evitar, a menos que já se estivesse há muito habituado a um desespero que algum dia seria inteiramente definido apenas por aquele nome, pronunciado pelos viajantes de baixa renda de uma certa maneira. Nelas não havia lavanderias, lugares para tomar banho nem restaurantes baratos perto da estação. Pois é, bem-vindo à nossa cidadezinha, forasteiro, veio pra ficar por uns tempos? Nos banheiros das ferroviárias, a última palavra sobre esses assuntos estava sempre inscrita na parede:

Se não tem papel
Limpa com a mão.
Cá nesta cidade
Só mora bundão.

Cada rio sinuoso apresentava uma distinção entre os dois lados, prosperidade ou pobreza, retidão ou imoralidade, salvação no Céu ou perdição em Sodoma, protegido pelas certezas ou cruelmente exposto às intempéries e a um destino trágico.

No tempo em que Deuce foi embora daquela região, ainda bem jovem, a geografia favorecia os desprovidos de vetores. De qualquer trecho daquelas planícies, espaço não faltava para desaparecer, rotas de fuga podiam ser traçadas em qualquer direção, penetrando terrenos sequer mapeados ainda, o faroeste ou o Leste decadente, rumo às jazidas de ouro ao norte, o Velho México ao sul, todos os ângulos intermediários.

Bancários aposentados que dormiam com as cabeças sobre travesseiros forrados de dólares, garimpeiros de ouro com quinze anos de idade que por dentro já eram loucos e velhos, para quem o envelhecimento físico era apenas um detalhe incômodo, moças grávidas e rapazes que "fizeram mal" a elas, mulheres casadas apaixonadas por religiosos, religiosos apaixonados por religiosos, ladrões de cavalos e jogadores com baralhos viciados — todos esses trânsfugas eram filhos de alguém, não tinham exatamente ido embora e sim conscientemente se ausentado, transformando-se mais que depressa em figuras lendárias em suas famílias. "Então, um dia eles todos apareceram de repente, sem mais nem menos, ele disse que estava viajando só há uma hora e aí conheceu ela numa farmácia, lá em Rockford, e naquela semana mesmo eles se casaram —" "Não, não, essa era a prima da Crystal, a Oneida, uma escadinha de crianças que nem filhote de elefante no circo —" "Não, tenho certeza que não, essa aí era a Myrna —"

Quanto mais penetrava na região, mais Deuce voltava a afundar em tudo aquilo que ele sempre quisera deixar lá embaixo, naqueles que ele havia abandonado covardemente, bem como naqueles que ele pedira aos céus nunca mais voltar a ver. O que a toda hora lhe trazia isso à mente era a luz, amarela, escurecendo e se avermelhando até chegar ao negrume amargo do redemoinho trazido para os campos ensolarados e floridos, um trovão que começava como o ronco de contrapesos de janelas de guilhotina trancados com os antigos segredos letais de uma casa velha por trás dos caixilhos muito bem-feitos do céu, e logo disparava como uma salva de artilharia.

"E lá no 'Egito', aquela terra besta e desenxabida", dizia a Lake a irmã dele, Hope, enquanto comiam uma salada de batata cuja receita não mudava havia gerações, bolinhos de massa e milho verde e um frango assado que viera diretamente do quintal, "a gente ia vivendo, naquele cativeiro de que alguns escaparam, como o Deuce, enquanto outros nunca vão escapar. Porque tem que haver gente como nós também."

"Certo", disse o marido dela, Levi, enquanto fumavam atrás da casa, "mas Deuce, por que cargas d'água você foi pra aqueles lados?"

"Olhei para o oeste, vi aquelas montanhas..."

"Ah, não, lá de Decatur não dá pra ver, não."

"Quase sempre tinha nuvem, nuvem de tempestade, essas coisas... Mas às vezes, quando o tempo estava bom."

"Tomando o láudano da sua mãe de novo, não é —"

"Não mete a mãe no meio não, ouviu?"

"Não leve a mal, é só que as pessoas que vêm com essas histórias costumam acabar na Califórnia, se não tomarem cuidado."

"Isso pode vir a acontecer."

"Avise a gente."

E, muito obrigado, e coisa e tal, mas eles preferiam dormir na cidade. Seria impossível para ele voltar a dormir naquela casa...

Logo depois que se casaram, durante um ou dois dias, Deuce não parava de repetir a si próprio: não estou mais sozinho. Aquilo se transformou numa fórmula, precisava pegar nela a toda hora para ver que ela continuava presente, senão lhe seria difícil demais acreditar que a mulher estava ali, dentro do ângulo de seu cotovelo, tudo cem por cento legal, como manda o figurino. É claro, antes tinha o Sloat, ele admitia, é, na verdade ele antes não estava tão sozinho assim... E depois as atividades envolvendo os três, e após mais uns meses de aprendizado conjugal, a fórmula que ele dava por si murmurando, nem sempre de modo inaudível, passara a ser esta: porra, e alguma vez eu *não* estive sozinho?

Mas juntamente com isso, com o passar do tempo Deuce também se surpreendia tentando conseguir que ela o perdoasse, como se o perdão fosse um prêmio guardado com tanto cuidado quanto a virgindade — algo por que ele ansiava tanto quanto um tropeiro que passou muito tempo no mato anseia pelo objeto intacto de seu desejo. Deuce, sentindo que essa necessidade, até recentemente insuspeita, pouco a pouco começava a lhe perfurar o cérebro, encontrava ocasiões de cometer pequenos erros idiotas, quebrando o vaso de flores mexicano, esquecendo de consertar o telhado antes que chegasse a próxima tempestade, passando a noite na rua a desperdiçar o dinheiro do aluguel, só para que nunca faltasse motivo para ter de pedir perdão a ela.

O que ele não chegava a perceber era que àquela altura isso já não tinha quase nenhuma importância para Lake. Se o casamento cada vez mais parecia uma partida de pôquer na mesa da cozinha, ora, para ela seu perdão valia pouco mais do que uma ficha de tamanho médio. Lake deixara que a realidade imediata da morte de Webb — da vida de Webb — permeasse como fumaça o ar cada vez mais escuro entre eles. Com base em mil pequenas pistas que, por nunca ter aprendido a disfarçar, Deuce não era capaz de calar, ela na verdade já sabia, ou suspeitava demais para não saber. Mas só mesmo se Deuce virasse as cartas na mesa. E esse dia, antes mesmo que eles o percebessem, se aproximava mais e mais, feito uma avalanche.

Com seu jeito de ao mesmo tempo saber e não saber, ela por vezes dizia coisas como: "O seu pai ainda é vivo, Deuce?".

"Em algum lugar destas bandas. Que eu saiba." Esperou que ela continuasse, porém a única resposta foi uma expressão cautelosa no rosto. "E a minha mãe, ela morreu naquele inverno brabo de 1900. Só deu pra cavar uma cova pra ela na primavera."

"Você tem saudade dela?"

"Acho que tenho. Claro."

"Ela alguma vez chorou por você?"

"Se chorou, eu não estava perto."

"*Alguém* já chorou por você, Deuce?" Esperou que ele desse de ombros, e depois: "Pois eu espero que você não esteja contando comigo, porque eu já chorei tudo que tinha pra chorar. Acho que foi com meu pai que gastei as últimas lágrimas, não é? Porque elas já correram todas e agora fiquei seca. Aconteça o que acontecer com você, acho que não vou chorar não. Se incomoda não?".

Ele olhava para ela de um modo estranho.

"O quê", ela exclamou.

"Nada, só estou espantado. Lágrimas? Eu pensava que vocês dois não se davam."

"Eu disse isso a você?"

"Bom, dizer mesmo, não disse, não."

"Então você não faz ideia do que eu sentia, aliás ainda sinto por ele."

A essa altura ele já havia compreendido que era melhor não piorar mais ainda e o jeito era calar a boca, mas não conseguiu, alguma coisa mais forte do que o cálculo puro e simples o instigava, ele não sabia o que era, mas aquilo lhe dava medo, porque ele não conseguia controlá-lo. "Você lembra como era lá na serra. Não era só naquelas trilhas que a gente estava sempre à beira do abismo, não. Aquele pessoal da Associação, depois que você começa a trabalhar pra eles não tem como mudar de ideia. Fui eu como podia ser outro qualquer. Eles podiam contratar qualquer um." Pronto. Ele havia falado demais.

No entanto ela estava pronta para dizer: "Você podia dizer não".

"Como é que é?"

"Podia agir feito homem em vez de rastejar que nem uma cobra."

Talvez ele tenha suspendido a respiração por um instante, mas só isso. "É, foi o que seu pai tentou fazer, e olha o que eles fizeram com ele."

"Espera aí, 'eles', que história é essa de 'eles', hein, Deuce?"

"O que é que você está tentando dizer, Lake?"

"O que é que você está tentando calar?"

Deuce, que tinha medo de fantasmas, vivia esperando a hora em que Webb o encontraria. Em sonhos que em nada diferiam da sua juventude desgraçada, ele largava Lake no meio da noite, saía gritando pelas trevas inexploradas nas profundezas de celeiros mal-assombrados, desafiando o que quer que estivesse ali a sair no espaço aberto, o qual por si só se tornara malévolo. Ficava esperando até o mais fundo da noite sem relógio por montanhas com quilômetros de altura que só saíam à noite, esperando a hora de conduzir uma carroça sem dono morro acima até chegar a um cemitério outonal e ser encontrado pelo homem que ele matara. Mosquitos do tamanho de animais domésticos, com olhos tão reencarnados e expressivos quanto os de um cão, e corpos quentes e bons de apertar como coelhos, esbarravam nele lentamente...

Por vezes Deuce tinha a impressão de que havia enfiado a cabeça num cômodo muito pequeno, pouco maior do que uma cabeça humana, sem eco, fechado, silencioso. "É... quem sabe", ele mal conseguia ouvir sua própria voz, "eu seria capaz de sair por aí matando *um monte* de pessoas? E aí eu não ia me sentir desse jeito por causa daquela única morte..."

Como necessariamente acontece com todo facínora mais cedo ou mais tarde, um dia Deuce colocou no próprio peito a estrela de delegado. Quando vivia nas montanhas, quase até o dia em que os Proprietários vieram atrás dele, ele não se sentia exatamente trabalhando contra nem a favor da Lei, e sim protegido da própria obrigação de escolher. Agora, fugitivo, sentindo-se seguro apenas quando seguia em frente, constatou que a decisão era tão fácil de tomar que por um minuto e meio, no meio de uma noite de insônia, ele se convenceu de que havia enlouquecido.

Um dia, em algum prado com horizonte enevoado, Deuce e Lake inesperadamente perceberam ao longe, na circunferência verde, uma mancha cor de fumaça, e sentindo uma estranha atração resolveram ir até lá para ver o que era. À medida que os cavalos se aproximavam do lugar, detalhes arquitetônicos emergiam do capim e do céu ofuscante, e logo eles estavam entrando em Wall o' Death, Missouri, construída em torno dos restos de uma feira, uma entre muitas que haviam sido inspiradas pela antiga Feira de Chicago. Depois de algum tempo a feira fora embora, deixando ruínas que foram aproveitadas para fins locais, peças estruturais da roda-gigante de longa data haviam sido incorporadas a cercas, escoras e engates de carroças, galinhas dormiam no antigo dormitório, as estrelas circulavam no céu sem que ninguém as decifrasse acima da cabine sem teto da cartomante. A única estrutura que ainda não havia se desmanchado por completo era o próprio Globo da Morte que dava nome ao lugar, um cilindro oco de madeira, que embora frágil estava destinado a ser o derradeiro sobrevivente, tornado cinzento pela exposição às intempéries, com bilheteria, escada em espiral do lado de fora, tela de arame que outrora separava a multidão boquiaberta do espetáculo lá dentro.

Visitada por motociclistas peregrinos, como se fosse uma ruína sagrada, palco de feitos legendários, quando vista do alto a estrutura evocava para os aeronautas mais viajados os antigos anfiteatros romanos espalhados pelo velho império, elipses vazias no coração de cidades que se espraiavam em torno de fortalezas, pouco a pouco a fatalidade de um subúrbio surgindo no aleatório de habitações humanas periféricas, perímetros desprovidos de árvores transformando-se em avenidas arborizadas cheias de motociclistas e gente fazendo piquenique, enquanto nos cantos escuros, debaixo dos novos viadutos, nas passagens lubrificadas pela graxa da noite, a muralha cinzenta, o Globo da Morte, persistia no silêncio e no enigma forçado das estruturas que estão em vias de desaparecer...

"Quem sabe não tem uma entrada de serviço lá nos fundos", sugeriu Lake. Reduziram a velocidade de seus cavalos.

E, coisa estranha, as pessoas lá dentro realmente pareciam estar esperando por eles — apareceram trazendo caçarolas, tortas, galinhas depenadas ou não, membros selecionados do coro metodista entraram em forma e cantaram "For it is Thou, Lord", o xerife, Eugene Boilster, que passara toda a manhã parado à porta de sua sala contemplando a paisagem, e provavelmente o céu também, aproximou-se deles com passos largos e as duas mãos estendidas para lhes dar as boas-vindas.

"Ainda bem que você não se perdeu. Os dois últimos, se não três, se perderam."

Deuce e Lake perceberam, nos instantes que se seguiram, que estavam sendo confundidos com algum agente da lei e sua esposa, os quais deveriam estar chegando naquele dia, e que por acaso não chegariam nunca, e talvez naquele momento tenham se entreolhado rapidamente. "Uma comunidadezinha muito simpática", disse Deuce. "Se a pessoa se esquece de compensar pelo fator vento, pode passar raspando e nem ficar sabendo."

"Interessado em peças de artilharia, é?"

"O único recurso, se a razão e a persuasão não funcionam, é claro, o senhor sabe."

"O senhor vai ver."

Mas não eram as minúcias das transgressões cotidianas, os pênis aventureiros presos em espremedores de roupas, os roubos repetidos do único automóvel da cidade, as vítimas voluntárias das fórmulas de Happy Jack La Foam, o farmacêutico local, o qual tinha de ser resgatado do alto de postes de telégrafos e campanários, de reuniões de ligas antialcoólicas ou de perseguições movidas por maridos indignados e armados, não era para cuidar da textura do dia municipal que Deuce estava lá, ele constatou, e sim para estar à disposição vinte e quatro horas por dia em caso de emergências mais abstratas, a profecia que se destacava além do horizonte palpável dos fatos agendados, a coisa jamais mencionada que ele fora contratado para enfrentar, a qual, conforme ele veio a temer, só podia ser encarada — tal como é necessário usar um telescópio para observar outro planeta — através do teleimpressor da polícia ou do telégrafo na sala dos fundos do posto do xerife. Aparelhagem de especialista, a versão do século XX dos cartazes de "procura-se".

E foi debaixo da campânula de vidro desse aparelho que chegou um dia uma má notícia, vinda do México via Eagle Pass. Um policial chamado C. Marín, tendo ouvido tiros dentro dos limites da cidade, encontrou na cantina Flor de Coahuila um homem norte-americano com cerca de vinte e cinco anos de idade, identificado como (convergindo letra por letra à medida que Deuce via se formar o nome inevitável) Sloat Eddie Fresno, morto a tiros, tendo sido a arma disparada, segundo as testemunhas, por outro norte-americano, do qual não havia nenhuma descrição útil, e o qual em seguida abandonou o recinto e desde então não voltou a ser visto.

Os olhos de Deuce inesperadamente se encheram de água salgada, uma descarga de emoção ficou presa, coçando, atrás do nariz, e ele imaginou a si próprio diante de alguma sepultura pitoresca, varrida pelo vento, cabeça baixa, chapéu na mão, "Seu pateta lerdo, sempre tropeçando nos seus próprios pés, iam acabar encontrando você mais dia menos dia, e nem era pra ter sido você, apenas por acaso você foi junto nesse serviço, pra dar cobertura ao seu parceiro, talvez merecesse trabalhos forçados, mas não ser baleado numa cantina cercado por um idioma do qual você pouco aprendeu além de *señorita chinga chinga* e *más cerveza*, no máximo, seu idiota — que diabo, Sloat, onde é que você estava com a cabeça?". Simultaneamente veio-lhe aos poucos a mensagem retal de que alguém talvez estivesse mais do que disposto a fazer o mesmo com ele, e também o pulso acelerado do ódio, uma testemunha coconsciente de todo o passado conjunto deles dois violado, o arame farpado soberano da morte atravessando-a de lado a lado. Deuce precisava sair correndo daquela sala, sair pela porta afora, montar no cavalo e levantar poeira, encontrar e dar um tiro nas tripas do fiadaputa que tinha matado seu cupincha, e outro tiro e mais outro, até haver mais merda do que sangue nas paredes... Lake chegou no meio dessas reflexões com os braços pesados de roupa lavada cheia de sol e cheirando ao primeiro dia da Criação, um frágil lembrete de que nada daquilo precisava acontecer... "O que foi agora, meu guardião da Lei?"

"É o Sloat." Ele tremia. "Lembra dele? O meu parceiro? Seu também, não é mesmo? Mataram ele lá na fronteira. Quem sabe até foi o desgraçado de um irmão seu."

"Ah, Deuce, eu lamento." Pensou em pôr a mão no ombro dele, mudou de ideia. Sabia que não devia se sentir assim, mas achava que a notícia lhe proporcionava mais felicidade do que qualquer outro sentimento. Diante daquele olhar implacável de serpente, ela tentou ser razoável. "Ele sempre se metia em encrenca, não é, pode até não ter nada a ver com —"

"Você continua fiel àquele covil de Anarquistas onde foi criada", e pronto, ele saiu pela porta afora, sem nenhum beijo cortês, sem levar a mão ao chapéu, volto--já-meu-bem, apenas o estalido espantosamente cuidadoso do trinco quando bateu a porta.

Em seguida, os dias arrastaram suas carcaças melancólicas pela trilha do Tempo sem que lhe viesse qualquer notícia de Deuce. Desde que ela não ficasse pensando muito no que ele estaria fazendo lá fora, sua ausência era quase um alívio.

Mais tarde, sozinha, sucumbindo ao sono, Lake foi despertada de repente por uma lembrança conhecida, intensa, anal, e por um minuto foi capaz de jurar, sentada ereta na cama com a camisola levantada em torno dos quadris, que Sloat havia retornado da morte com o único propósito de fodê-la à sua maneira predileta. Não era esse o melhor modo de relembrar um ente querido — bom, desejado de vez em quando —, mas o fato é que fora Sloat que viera a ela, emergindo das léguas ululantes do vazio, aquele pênis, tal como ela suspeitava havia algum tempo, mais duro, quando queria ser, do que a mais densa barreira que a morte pudesse lhe impor.

Tace Boilster veio visitá-la, mais para poder fumar cigarros sem ter que enfrentar o sermão que ouviria em casa.

"Acho que sei pra onde ele está indo", disse Lake. "Texas. Mas pode não ser pra lá, é claro."

"Alguém está atrás dele, Lake?"

"Pode até ser, mas desta vez é ele que acha que está atrás de alguém."

"Ah. Quer dizer então que esta vez não foi a primeira?"

"Ele volta. Seja lá como for, ele resolvendo matar mais um malfeitor ou não, isso aqui nunca vai virar quermesse de igreja, não."

"É bom ele se comportar se eu estiver aqui", disse Tace. Porém, havia despido o rosto de mulher do xerife tal como um delegado retira a estrela do peito. "Você não quer me falar um pouco sobre o que está acontecendo?"

"Me dá um cigarro aí?"

"Claro. Vou fumar um também."

"Você já está com um na boca, Tace."

"Epa."

Lake acendeu o cigarro e contou a Tace toda a sua triste história. Às vezes seu desconforto fazia sua voz se reduzir a um sussurro e até mesmo falhar por completo. Percebendo que a certa altura a expressão de Tace parecia intrigada e cuidadosa em meio aos véus de fumaça: "Acho que eu realmente não sou muito certa, não".

"O quê? Você casou com o sujeito que matou seu pai." Ela deu de ombros e arregalou os olhos, como se intrigada.

"Você vê muito desse tipo de coisa por aqui?"

Tace se permitiu um suspiro breve pelo nariz. "De uma maneira ou de outra, você acaba vendo de tudo. Namorados, pais indignados, nada de novo. Vocês dois só foram um pouco mais fundo, só isso."

"Esse homem me expulsou de casa. Simplesmente me largou — eu podia ter acabado num puteiro no México ou então morta, e ele nem ia ligar. Quem devia ter matado ele era eu."

"Mas foi o Deuce. E depois vocês se conheceram. E daí? Não é a mesma coisa que vocês dois tramarem a morte dele, não."

"Mesmo assim, é terrível. Papai morreu e eu não deixei de sentir ódio dele. Eu sou uma filha desnaturada, não sou? Filha tem que gostar do pai."

"Claro", disse Tace, "nessas histórias de Elsie Dinsmore, sei lá. Nós todas lemos essas coisas quando meninas, e elas envenenaram a alma da gente." Ela levou o cigarro aos lábios e pousou a mão, séria, na mão de Lake. "Me diga uma coisa. Alguma vez ele tentou —"

"O quê? Ah —"

"Se aproveitar de você?"

"O Webb? Ele era ruim feito uma cobra, mas não era burro, não."

"Pois o meu fez isso."

"O seu pai? Ele —"

"Ele e mais o meu irmão, o Roy Mickey, de lambuja." Com um sorriso estranho, apertando a vista no meio da fumaça, como se desafiando Lake a dizer alguma coisa.

"Tace. Meu Deus."

"Faz muitos anos, não foi o fim do mundo, não. E, pra ser sincera, eu estava mais preocupada era com a mamãe. Mas não durou muito, e eles acabaram brigando um com o outro, e quando eu vi já estava com o Eugene e tinha ido embora daquela casa, graças a Deus, e estava inteira."

"Isso nunca que ia acontecer na nossa família."

"É, mas fica triste não, você não perdeu grandes coisas."

Ela sonhou com Mayva.

Esquilo parado numa estaca de cerca. "O que é que você está olhando com esses olhinhos vivos?" O esquilo, empertigando-se todo, inclinou a cabeça, não se mexeu. "É, pra você a vida está muito boa, mas espera só o tempo virar." Enquanto isso, estendia a roupa na cerca, tendo o cuidado de não espantar o esquilo. "Doidos de pedra, vocês todos." Isso era bem da Mayva, que sempre falava com os bichos, era quase uma conversa. Um esquilo ou um pássaro ficava horas parado enquanto ela falava, fazendo uma pausa de vez em quando para se o bicho quisesse responder, e às vezes ele parecia responder mesmo. Lake era capaz de jurar que ouvira criaturas falando na sua própria linguagem e sua mãe concordando com a cabeça, como se compreendesse.

"O que foi que esse gavião disse, mãe?"

"Está pegando fogo lá em Salida. Uns parentes dela foram um para cada lado. Ela está preocupada, é natural."

"E depois", os olhos da menina muito abertos, feito acolejos azuis em julho, "chegou alguém dizendo que realmente havia um incêndio lá."

"Está certo, Lake", os meninos exibindo os dedos à maneira mexicana, como quem diz *atole con el dedo*, "mas a mamãe pode ter ouvido falar nisso em algum lugar. Ela sabe que você acredita em tudo que ela diz."

"Como que ela podia saber antes de chegar a carroça do correio?" Os meninos iam embora rindo.

"Ela era só filha do dinamitador", Mayva cantava neste sonho, "mas onde ela passava, era uma tremenda explosão..."

"Você faz tudo que pode", gritou ela para a mãe, "pra acabar conosco, e depois vai se esconder atrás do muro da morte."

"Você quer vir atrás de nós, aqui junto ao velho rio escuro, nos encontrar, ler pra nós a sua lista de queixas? Mais cedo ou mais tarde, alguém vai ter o prazer de ajudar você a fazer isso. Lake, você ficou ressentida depois de velha."

Lake acordou, mas tão devagar que levou algum tempo pensando que Mayva estava mesmo ali no quarto.

"Você podia esperar pela volta dele", aconselhou-a Tace. "Isso acontece às vezes. Agora, é bom não ficar achando que vai conseguir recuperar a felicidade conjugal antiga."

"Você está dizendo que eu tenho que aturar esse filho da puta, quantas vezes ele voltar, por falta de opção."

"E o Eugene anda mal-humorado por excesso de trabalho."

"Ah, nesse caso é melhor eu rezar mais ainda."

Então, num dia em que o vento uivava nos fios do telégrafo, Deuce voltou em seu cavalo para Wall o' Death. Continuava sem ter a menor ideia — como era de se esperar — de quem havia matado Sloat. Só se ausentara por uma semana ou dez dias, mas parecia carregar o cansaço de um ano, a cabeça baixa, uma palidez de clausura no rosto.

Claro que nada mudou. Sloat agora aparecia na janela, vindo da planície vazia no meio da noite, dizendo: "Úúúúú, seu merdinha, como foi que você não viu? Quer dizer que era só eu que tinha que proteger você, é?". E Deuce, se não ficava paralisado de medo, respondia: "Mas, ora, mas eu achava que era isso mesmo o combinado, quer dizer, você sempre dizia —" e por aí afora, até que Lake emergia para a luz nada promissora de mais um dia, murmurando: "Não se pode nem dormir nessa porcaria dessa casa...".

"Sempre achei que havia um grande segredo. O jeito como eles se olhavam quando diziam certas coisas de uma certa maneira... E agora finalmente estou descobrindo o que é."

"Ah, minha filha", disse Tace Boilster. "Disso agora você tem certeza."

Lake ficou olhando para a mulher do xerife. Aos pés delas, os bebês do casal engatinhavam e tropeçavam, caíam, pegavam coisas do chão e as jogavam novamente.

"O que você tem mais que fazer", prosseguiu Tace, "é deixar andar, se deixar levar pelas coisas, e se agora tudo está tão claro é porque você parou de brigar, as nuvens da raiva se dissiparam do seu rosto, você enxerga mais longe e melhor, coisa que você nunca nem imaginou..."

"É."

"É, senhora Kindred, a senhora está me saindo uma finória e tanto."

"Ele pode mudar, Tace."

"E você é o anjo que vai fazer ele mudar?"

"Eu sei que vou conseguir."

"Está bem." Ela balançou a cabeça, sorrindo, até se convencer de que havia tranquilizado a moça, e então saiu-se com esta: "Mudar como?".

Lake só fez inclinar a cabeça um pouco, virando-a para baixo, fingindo humildade, mas sem deixar de olhar nos olhos de Tace.

"Vou tentar adivinhar. Mudar pra uma pessoa *muito melhor* do que ele é agora, tão melhor que você não vai mais nem precisar pensar no que ele fez. Não vai ter que se dar esse trabalho."

"É sim, e daí?", sussurrou Lake. "Qual o problema de eu querer isso?"

"Querer? Bom, querer... se fosse eu, sabe, eu ia fazer ele mudar pra *pior*. Mais fraco, mais lerdo, tão burro que eu pudesse dar fim nele quando eu quisesse?"

Lake sacudiu a cabeça. "Onde já se viu! E mulher de xerife ainda por cima. É, não fique achando que eu nunca pensei nisso não — uma noite qualquer, pegar a pistola dele, encostar na cabeça dele em pleno sono", batendo palmas uma vez com força, "amém. Mesmo tendo que limpar todo aquele sangue depois, e ainda ter que me preocupar com o seu marido — mas isso não seria problema não, né?"

Tace teve a impressão de captar um olhar, uma sombra passando pelo rosto da jovem tão depressa, vindo de uma fonte profunda de dor, que mais tarde ela não seria capaz de jurar que a tinha visto de fato. Enquanto isso, Lake, talvez um pouco alegre demais, prosseguia: "Mas e se... o que ele fez... foi uma espécie de erro, você sabe, só um erro, Tace, será que você nunca cometeu nenhum erro?".

"Aceitar o serviço de matar o seu pai — um erro e tanto, hein?"

Sem dúvida, uma das perguntas mais importantes, que continuava sem resposta, e que ela não fazia, e que Deuce certamente jamais mencionaria — o quanto Deuce sabia antes de fazer o que fez? Ele havia sido contratado apenas para matar alguém? Ou para acertar Webb em particular?

"Você acha que no fundo ele é *bom*", prosseguiu Tace, "apenas um rapaz que deu um mau passo — é isso? E você pode fazer ele se emendar, é só dar bastante amor pra ele, amar o seu inimigo até conseguir a redenção de vocês dois? Bobagem, mocinha."

"Tace, você nunca esteve lá na serra, senão você entenderia, lá era muito difícil, se aparecia um serviço você pegava, qualquer que fosse. Era assim. Eles mandavam você confiar neles, e você confiava por falta de opção. Mesmo que fosse uma coisa ruim, as pessoas aceitavam. O Deuce estava preparado pra qualquer coisa, eu não estava lá e você também não, ele pode até ter achado que tinha alguma coisa na mão do meu pai, naquele tempo todo mundo estava desesperado, os mineiros viviam levando tiro, quem estava agindo em nome de alguém legalmente às vezes conseguia se safar."

Ora, aquilo ali não era um tribunal tendo Tace como juíza. Não havia motivo para Lake esforçar-se tanto no sentido de convencer alguém. Estaria Webb armado naquele dia? Seria concebível que Webb tivesse partido para cima de Deuce e Deuce tivesse apenas agido em legítima defesa?

Saber que Webb estava morto já era duro, mas pior ainda era essa frieza estranha, esta trilha perdida que devia levar a suas lembranças mais inocentes, a sua infância terminada de modo tão brutal, e enquanto isso ter de viver com uma pessoa que era tudo que ela odiava, menos no momento em que ele punha a mão nela, porque aí... Ah, aí...

E eu jamais vou poder abandoná-lo, ele escreveu no caderno escolar que usava como diário, ele pode fazer o que quiser comigo, tenho que ficar, isso faz parte do acordo. Não posso fugir... às vezes parece que estou tentando acordar e não consigo... e eu já sabia, não é? Muito antes do casamento eu já sabia quem ele era, o que foi que ele fez, e mesmo assim eu casei com ele. Eu não sabia, mas sabia... talvez na primeira vez que o peguei olhando para mim, aquele olhar de quem pede desculpas fazendo as vezes de sorriso, como se nós fôssemos figuras públicas conhecidas e um fosse obrigado a saber quem era o outro, e não levantar o dedo, nem eu nem ele, mesmo sabendo tudo o que nós sabíamos. Belo acordo que nós fizemos. Com os espaços vazios sempre entre o que eu devia estar sentindo e que eu realmente estava pensando, era igualzinho àquelas minhas fugas para Silverton, sem que ninguém visse, achavam que era só tristeza por causa de meu pai ou uma tentativa de me ocupar, diziam-me que o tempo haveria de passar e eu retomaria minha vida cotidiana... mas eu acho que estou sonhando e não consigo despertar...

Quisera eu estar em Denver... trabalhar num saloon... Ela riscou as palavras, mas continuou sonhando acordada, tremendos romances baratos cheios de peripécias. Candelabros e champanhe. Homens cujos rostos nunca eram muito nítidos. Uma dor que dava prazer, imaginada em detalhe. Amigas íntimas, trajando *lingerie* sofisticada, tomando láudano com ela em noites preguiçosas de inverno. Uma solidão inexpugnável. A proteção de cômodos distantes, vazios, mantidos limpos pelo vento que os varava o tempo todo. Um despojamento ensolarado de pico de montanha, uma casa emoldurada numa pureza retilínea absoluta, seca, descolorada pelo sol, silenciosa a não ser pelo ruído do vento. E o rosto jovem de Lake, lembrado por uma centena de homens vadios em toda a região dos montes San Juan como algo limpo e delicado, desprotegido diante dos dias e de tudo que faziam com ele.

Quando ficou claro para ele que ela sabia, e para ela que ele sabia que ela sabia, e por aí afora, quando os dois perceberam que haviam passado por aquele portão fatídico que ambos temiam tanto, aberto como se por guardiões invisíveis e fechados depois que eles entraram, e ela continuava a ser como antes sem dar sinal de estar planejando matá-lo nem nada parecido, Deuce certamente sentiu-se mais à vontade para abrir mão de seu jeito durão e começar a se desculpar, de um modo nada viril, não conseguia parar de dar explicações, e ela nem tão interessada assim, aliás cada vez menos com o passar do tempo. "Me disseram que ele era um dinamitador do Sindicato. Queria o quê, que eu perguntasse pra ele se era verdade mesmo? Me disseram que tinham provas, ele tinha toda uma vida secreta que ninguém sabia. Claro que eu acreditei. Os Anarquistas não têm consciência nenhuma. Mulher, criança, mineiro inocente, eles não ligam. Me disseram —"

"Nisso eu não posso lhe ajudar, Deuce, eu nunca soube direito o que ele fazia. Você devia era falar com um advogado, por que é que você não faz isso?" Aquela voz era mesmo a dela?

Mas mesmo nos silêncios de Lake ele julgava ouvir alguma coisa. "Era pra salvar vidas, era assim que eles encaravam a situação. Eu era só um instrumento deles —"

"Ih, começou a se lamuriar de novo."

"Lake... por favor, me perdoe..." Mais uma vez de joelhos, com mais uma demonstração de hidráulica de globo ocular, o que não pegava nada bem num homem, ela havia constatado, ao contrário do que davam a entender as histórias românticas que vinham nas revistas para moças. Havia momentos em que a coisa chegava mesmo a ser repugnante.

"Pode ser que eu não estivesse prestando atenção naquele momento fatídico, mas eu não me lembro de ouvir aquele sueco falar em honrar e *perdoar*. Levanta daí, Deuce, isso não adianta nada." Além disso, ela tinha tarefas a fazer — era um fato incontornável.

Mas o mais estranho de tudo era que, com tantos motivos para que eles se separassem para sempre, ele continuava a desejá-la, tanto quanto antes — não, mais do que nunca — e ela por fim começou a dar atenção ao fato de que essa atração se transformava em poder nas mãos dela, fluindo do que havia de incognoscível e invisível nos homens como se fossem juros brotando numa conta de poupança no nome dela, uma conta que ela nem sabia que existia, crescendo mais a cada dia — ela verificou que lhe era fácil ignorar os olhos tórridos dele do outro lado do cômodo, escapulir de suas mãos, escolher seus próprios momentos e tentar não sorrir de modo muito afetado das manifestações de gratidão dele, e não desencadear nenhuma agressão, nem mesmo berros. O que não estava muito claro era se e quando ele viria a despertar daquele sonho de ópio sem dúvida efêmero, ou até que ponto ela poderia avançar sem correr muitos riscos antes que ele despertasse, o que poderia acontecer tão depressa que ela não teria tempo de correr para salvar a pele... passos cuidadosos, pelo menos um tato sensível, isso era necessário — ela não podia dar-se ao luxo de relaxar, quando qualquer palavra ou movimento ocular incauto, qualquer explosão rotineira de ciúme, poderia desencadear o mecanismo e fazê-lo reverter à condição do Deuce velho de guerra, louco varrido, querendo sangue finalmente.

* * *

Depois do que acabou sendo anos e anos de esquivas, mentiras e fugas apressadas, Deuce agora, de modo implacável, estava sendo entregue à sua própria vida, e as perspectivas não eram nem um pouco animadoras.

Correndo atrás das exigências de cada dia, ele se deu conta num desses dias, uma data que ele não registrou, que as Fúrias não estavam mais a persegui-lo, nem as de Utah nem quaisquer outras, que algum estatuto de limitações havia entrado em vigor e ele estava "livre", embora não se sentisse nem um pouco livre.

Deuce e Lake, os dois queriam filhos no início, mas à medida que os dias espichavam, rolavam, as estações se repetiam, e nada de filhotes, começaram a temer que a causa fosse o veneno que havia entre eles, e que a menos que fizessem alguma coisa não seria possível começar uma vida nova. Saíram no meio da noite e foram para um tugúrio distante, à beira-rio, Lake deitada no chão de terra enquanto um xamã sioux com uma expressão de melancolia incurável no rosto cantava, sacudindo objetos de penas e osso acima de seu ventre, Deuce forçando-se a permanecer sentado em seu canto, contido numa humilhação múltipla — um outro homem, um índio, seu próprio fracasso. Gastaram quantias absurdas com remédios que iam de inúteis a perigosos, obrigando Lake mais de uma vez a pedir um antídoto a Happy Jack La Foam. Recorreram a ervanários, homeopatas, magnetizadores, e muitos deles terminavam recomendando orações, a respeito das quais os diferentes tipos de crente que havia na vizinhança adoravam dar conselhos detalhados. A reputação local do casal solidificou-se, depois de algum tempo os cochichos cessaram, e o único motivo de preocupação era a condescendência interiorana.

"Não vá na conversa desse mulherio não, minha filha", disse Tace. "Você não deve coisa nenhuma a elas, certamente não deve filhos. O negócio é viver a sua vida e torcer pra que elas tenham mais o que fazer na vida delas em vez de ficar se metendo na sua."

"Mas —"

"Ah, eu sei, claro —", esticou o braço e recolheu a pequena Chloe, prestes a cair da varanda dentro do canteiro de petúnias. Segurou-a e fingiu examiná-la, como um caixeiro-viajante examina uma amostra. "Realmente, elas têm lá a sua graça, não sou eu que vou negar isso. E o Senhor, com seus desígnios misteriosos, quer que algumas de nós fiquem cuidando delas pelo menos até elas começarem a ter filhos também, é claro. Mas isso é só pra algumas, Lake. As outras têm outras obrigações aqui na Terra. Ora, eu quando era menina queria ser assaltante de trem — não era só querer, não, eu sabia que era meu destino. Eu e a Phoebe Sloper, a gente subia aquele barranco ali no rio, cobria a cara com um lenço e passava o dia imaginando uma maneira de realizar o assalto. A gente fez um pacto."

"O que aconteceu?"

"O que é que você acha que aconteceu?"

* * *

Assim, tudo começou como uma daquelas conversinhas sobre o universo matrimonial que os casais sempre entabulavam quando tinham um minuto sobrando, o que era raro, e o tema desta vez, para Lake e Deuce, quase de saída convergiu na questão de ter — ou melhor, não ter — filhos. No passado, eles punham a culpa em crises ou tensões externas — uma gangue cometendo depredações no condado vizinho, acusações de corrupção vindas de grupos reformadores à maneira de Kansas City — quando a coisa ficava mais pessoal, e se trocavam elogios do tipo seu pau é muito pequeno ou vai ver que você pegou alguma infecção no tempo em que você estava solta na vida, essas sessões eram sempre suspensas quando alguém começava a chorar, com a determinação de continuar tentando.

Na noite em questão, Lake cometeu o descuido de perguntar por que ele estava em tamanho desespero por conta daquela história, e Deuce teve a imprudência de responder: "É que eu fico achando que a gente deve alguma coisa a ele".

Por um segundo, ela não conseguia acreditar que ele estava se referindo a Webb. "Meu pai."

"Que se a gente —"

"Um filho. *Nós* devemos ao falecido Webb Traverse um bebê. Você acha que um dá pro gasto ou a gente devia ter mais uns dois ou três só pra não ter dúvida?"

Pouco a pouco Deuce foi ficando desconfiado. "Eu só quis —"

"Quer dizer que casar comigo não deu certo, não é? Você achou que tinha abandonado aquela maravilhosa liberdade de assassino por aluguel, e que desse jeito tudo se resolvia. Agora você enlouqueceu de vez. Você realmente deu o passo final se acha que ter um filho apaga um assassinato. Deve ter um preço a pagar, com certeza, mas o mais provável é que seja *não* ter filho. Nunca."

"Não sou só eu, não." Algo na voz dele a alertava para ter cuidado.

Ela não se sentia nada cautelosa. "Como assim, Deuce?"

"Nos últimos dias dele, lá no Torpedo, ele só falava em você. Ele podia aguentar que todos os outros fossem embora, mas você, isso pra ele foi o golpe final. Ele era um defunto com um martelo na mão — a acusação de roubo, eu e o Sloat, só detalhes, só pra oficializar a coisa. Melhor pensar bem nisso antes de partir pra cima de mim."

Ela bufou, fingindo sorrir como se ele estivesse tentando constrangê-la em público. "É fácil contar essa história depois, quando não teve testemunha."

"Ele chorou muito, talvez mais do que você viu ele chorando a vida toda. Dizia o tempo todo: 'Filha da Tempestade'. Acho que tinha a ver com você, você ouviu ele dizendo isso alguma vez? 'Filha da Tempestade'." Não era só a expressão, era uma imitação impressionante da voz de Webb.

Como Deuce era baixinho e não esperava o golpe, e não teve tempo para se proteger, ela chegou a derrubá-lo. E vendo que a coisa era tão fácil, resolveu aproveitar e dar mais uns antes que ele pudesse se levantar e revidar. Deuce guardava suas armas no trabalho, e Lake, como a maioria das mulheres que viviam na cidade, para fins de autodefesa limitava-se aos objetos disponíveis no lar, tal como um rolo de massa, concha de sopa, levantador de tampa do fogão e, é claro, a popularíssima frigideira, objeto citado em mais de uma queixa de agressão no condado de Wall o' Death nos últimos doze meses. Os juízes costumavam levar em conta a diferença entre a frigideira de cabo mais curto e a de cabo mais longo, como indicador do grau de seriedade da agressão. Naquela noite, Lake achou que uma frigideira de ferro fundido marca Acme, de trinta centímetros, era exatamente o utensílio de que ela precisava, tirando-a do gancho na parede da cozinha e com as duas mãos e preparando-se para atacar Deuce. "Ah, que merda, Lake, não", falando devagar demais para o que quer que ocorresse agora. Ele havia esbarrado a cabeça em alguma coisa. Era um alvo fácil.

Mais tarde, ela perguntaria a si própria se fora por isso que havia hesitado e tentado encontrar uma arma mais piedosa. Quando Deuce conseguiu se levantar e olhar com certo interesse para o trinchante, Lake já decidira usar a pá de alimentar o fogão. Funcionou muito bem, e ajudou o fato de que naquele momento seu ódio já havia esfriado um pouco, chegando ao nível de uma raiva tranquila e eficiente. Deuce voltou para a horizontal.

Tace e Eugene bateram à porta, o xerife ainda semiadormecido e ajeitando os suspensórios, Tace com pálpebras severas, levando uma espingarda Greener carregada e desdobrada.

"Isso tem que parar", ela ia dizendo, quando viu que era Deuce quem estava caído no chão, sangrando por cima do oleado. "Meu Deus." Acendeu um cigarro e começou a fumar na frente do marido, que fingiu não perceber.

Depois, quando os rapazes foram procurar uísque medicinal, Lake comentou: "Bom, pelo menos não foi fatal".

"Fatal? E se fosse, o que é que tinha? Só não foi porque você agiu como uma mulherzinha e pegou essa pá de latão. Esse vigaristazinho se redimiu? Desde quando?"

Tace andava de um lado para outro.

"Você pode argumentar em sua defesa", disse ela depois de algum tempo, sem nenhuma relutância, mas como quem se permite uma guloseima há muito tempo evitada, "que você é tão ruim quanto esse seu maridinho. Que vocês dois estão mancomunados há um bom tempo, sendo a sua tarefa limpar a bagunça que ele faz e impedir que ele não seja apanhado por ninguém, inclusive os seus irmãos."

Lake não respondeu, e por algum tempo ninguém disse nada que não fosse estritamente necessário.

"Sim, pois, então foste tu, mas fui eu quem vi o da esquerda, não fui?", afirmou Neville.

"Está bem que foste tu", ironizou Nigel. "Esquerda de quem é visto ou esquerda de quem vê?"

Nigel olhou para baixo. "Este." Apontou para um mamilo. "Certo?"

Os dois jovens estavam na sauna de Great Court, conversando sobre a srta. Halfcourt, soltando suspiros de desolação que se confundiam com o sibilar do vapor.

"Dizem que agora ela anda às voltas com um projeto de apóstolo chamado Cyprian Latewood."

"O Latewood da Papéis de Parede Latewood? Creio que não."

"O próprio, o herdeiro estroina."

"Essas raparigas maometanas gostam mesmo de adelaides", era a opinião de Neville. "É a mentalidade do serralho, a simpatia com os eunucos. Desde que seja uma pessoa inacessível."

"Mas ela não pode ser... maometana?", protestou Nigel.

"Árabe, beduína ou coisa que o valha, Nigel."

"Por favor!"

"Ah, meu caro", derreteu-se Neville, "não acredito que ainda leves isto pro lado pessoal."

"Antes levar pro lado pessoal do que fazer um espetáculo público." Referindo-se ao período extenso em que Neville entregava-se a monólogos lamurientos no German Sea, bem como em outros estabelecimentos mais distantes, quando Yashmeen lhe devolveu uma joia abaixo do padrão Clerkenwell, aliás de péssimo gosto, adquirida pelo jovem temporariamente enlouquecido com muito esforço e por um preço bem alto.

Espreguiçavam-se, cozidos como pudins, um contemplando o pênis do outro com uma irritação letárgica. Aquela conversa sobre o corpo nu da srta. Halfcourt devia-se a um incidente furtivo ocorrido na noite da véspera. Naquela hora desconsolada em que ninguém está acordado senão os criados e os matemáticos, algumas das raparigas mais ousadas haviam inventado a tradição de escapulir até o rio, até um pouco acima da lagoa de Byron, quanto mais forte o luar, mais ousadas as participantes, para lá tomar banho. De algum modo, alguns mancebos sempre ficavam sabendo, e iam até o local movidos tanto pela curiosidade quanto pela concupiscência. E lá, à luz da lua, estava Yashmeen, em meio a sua *entourage*. Arrancando dos jovens toda uma gama de comentários, desde gírias do momento, como "Divi!" ou "Gira!" ou "É isto acolá!", até discursos entusiásticos que se estendiam por toda a noite nos quartos dos amigos, ou sonetos anotados depois, quando a loucura havia se atenuado o bastante para permitir que ao menos se empunhasse uma caneta, ou simplesmente a passagem súbita para um estado de imobilidade apalermada por ter visto Yashmeen, ou alguém que talvez fosse ela, em Cloisters Court.

Em meio a tanta atenção pública, os dois enes — supostamente estudando filosofia e letras clássicas no King's College, e agora tendo também a incumbência de ficar de olho em Yashmeen, não apenas para o P.A.T.A.C. mas também para certos Departamentos em Queen Anne's Gate — sentiam-se grandemente incomodados. Em Newnham e Girton, esperavam-se campeãs da matemática do nível da lendária Philippa Fawcett, até mesmo namoros com lentes à la Grace Chisholm e Will Young, que com sorte poderiam se transformar numa espécie de colaboração matrimonial — mas certamente nada semelhante àquela extravagância de beleza e porte de dançarina exótica que Yashmeen exibia. Aquilo chocava a burguesia, para não falar dos matemáticos, numa escala inaudita. E agora surgira o tal Latewood, filho de uma família que apenas uma geração antes subira no mundo por métodos socioacrobáticos, além do mais com fama de adelaide e, o mais estranho de tudo, objeto do interesse de Yashmeen.

"Descobri uma receita muitíssimo promissora de *cerveja de ópio* noutro dia, Nigel. Toma-se o ópio e fermenta-se com levedo de cerveja, como se se estivesse lidando com malte ou cevada ou seja lá o que for. E acrescenta-se açúcar, é claro."

"Que me dizes. Parece uma coisa bem degenerada, Neville."

"E é mesmo, Nigel, pois que foi inventada pelo próprio duque de Richelieu."

"Não o das cantáridas."

"Ele mesmo."

O que foi o bastante para arrancá-los daquela lassidão aquosa e fazê-los retomar a importante tarefa educativa de obter as drogas necessárias para sobreviver ao período letivo.

* * *

"Alto-comando e oficiais de tropas", Cyprian Latewood lembrava-se de ter ouvido seu pai instruindo os filhos, "quartel-general e unidades de campo, e o inimigo em todos os lugares que se podem imaginar."

"Estamos em guerra, papá?"

"Estamos, sim."

"O papá é general?"

"Sou mais uma espécie de coronel. Sim, pelo menos por ora, tudo conforme o regimento."

"O papá e os seus comandados usam uniforme?"

"Vem à City um dia desses que hás de ver os nossos uniformes."

"E o inimigo —"

"O inimigo, infelizmente, muita vez usa o mesmo uniforme que nós."

"Quer dizer que nem sempre se pode saber —"

"*Nunca* se pode saber. Um dos muitos aspectos cruéis dum mundo cruel, mas é melhor que o saibas através de mim, agora, do que aprenderes por uma experiência talvez traumática."

"E aceitaste tudo isso, é claro", sacudindo a cabeça irritado, embora solidário, disse Reginald "Ratty" McHugh, por volta de quinze anos depois.

"Sim", concordou Cyprian, "e não. O que mais ficou em mim foi a consciência nítida de que havia agora mais uma bandeira que era possível desonrar."

Os rapazes estavam reunidos nos aposentos de Ratty, bebendo cerveja, fumando cigarros Balkan Sobranie e tentando sem muito sucesso reavivar o humor decadente e lânguido dos anos 1890.

Quando, com a inelutabilidade de certas convergências matemáticas, veio à tona o assunto Yashmeen Halfcourt, todo mundo tinha algo a dizer, até que Cyprian confessou: "Creio que estou apaixonado por ela".

"Tentarei dizer isso da maneira mais delicada possível, Latewood... És. Um. *Parvo*. Ela, prefere, pessoas, do, mesmo, sexo."

"Ai, nesse caso *estou certo* de que estou apaixonado por ela."

"Que desespero mais patético, Cyps."

"Mas não tenho escolha! Tem de haver gente como eu, o menu não estava completo sem nós."

"Teu caminho não é fácil, meu filho. Se eu te dissesse que são limitadas as tuas possibilidades de sucesso com esse tipo de mulher —"

"Certo, 'esse tipo', a questão é justamente essa, se fosse só uma questão de 'tipo', ora, eu corria o risco, sem dúvida, por menores que fossem minhas chances. E talvez não me sentisse tão apoquentado quanto me sinto agora."

"Quer dizer que é a Yashmeen —"

"É a senhorita Halfcourt em particular."

"Mas Latewood, és um adelaide. Ou não és mais? A menos que estejas fingindo esse tempo todo, como todos fazem aqui?"

"Certo, certo, mas ao mesmo tempo... *estou apaixonado*", como se fosse uma expressão idiomática que ele precisasse consultar a toda hora num manual de idiomas, "por ela. Acaso me contradigo? Muito bem, então me contradigo."

"O que está tudo muito bem, em se sendo o divino Walt, a quem o mundo permite um pouco mais de antinomia, imagino, do que a um ser prosaico como tu. De que modo planejas, digamos fisicamente, manifestar teu desejo? A menos que — Deus nos guarde — pretendas te fazer passar por uma de suas admiradoras girtonianas, alguma xantocroia lânguida com traje de críquete?"

"Quer dizer que abro os segredos mais profundos no meu coração contigo, Capsheaf, e o que ganho em troca é um verdadeiro exame oral."

"Ora, veja só o que fizemos com ele. Podes usar meu lenço, desde que —"

"Melhor não, obrigado, sabendo o que tens feito com ele, Capsheaf."

"Pronto, não fica assim, lembra que sempre podia ser pior, podias terminar como o velho Crayke, que foi levado a cometer sandices por seu amor a, hum, quer dizer..." Tentando deslizar em direção à saída.

"Amor a...?"

"Imaginei que sabias, pois que todos sabem. Toma — mais uma cerveja, talvez —"

"Capsheaf?"

Suspiro. "Pôneis... Como é que se... pois bem, pôneis Shetland. *D'accord?* Bom, agora todos sabem."

"O Crayke e —"

"Ah, trata-se duma fêmea, ao que parece."

"Mas esta raça não tem uma certa... reputação de mau humor?"

"Também ficarias mal-humorado", interveio Ratty McHugh, "se sonhasses com um puro-sangue ou um árabe e em vez disso te visses às voltas com o Crayke, não é mesmo? Ora, pois."

"Ele continua... cá em Cambridge?"

"Mudou-se pro norte, ele e sua amásia, pra um casal muito agradável, pertence à sua família há séculos, ao que parece, na ilha de Mainland, perto de Mavis Grind... os dois têm sido mencionados, com certa regularidade, nas revistas de ortopedia... gasta uma fortuna com advogados, é claro — mesmo se conseguisse encontrar um cartório que admitisse a possibilidade de legalizar... bom, sem dúvida não havia de ser barato."

"Ele— quer... *casar-se*..."

"Imagino que pareça estranho... menos, é claro, pra quem já tenha conhecido em pessoa a Dymphna, e saiba como ela é encantadora, pelo menos a maior parte do tempo —"

"Perdão, Capsheaf, mas isto é um bom exemplo da espécie de solidariedade com que posso contar da tua parte?"

"Exatamente. Ouve-me cá, Cyps. Durante o pouco tempo que ela tem estado aqui, essa tal de Halfcourt partiu dezenas de corações. O melhor que posso te recomendar, pelo pouco tempo que *tu* hás de ficar aqui, é encontrar alguma atividade que requeira toda a tua atenção, como por exemplo, que tal os estudos? Podias começar com Tucídides, aliás."

"Não adianta. Algo sempre há de me fazer pensar n'Ela."

Capsheaf jogou as mãos para o alto e saiu, murmurando: "Mas que diabo, McHugh, por que estás a usar uma roupa com esse tom ridículo de violeta?".

Entrementes...
"Iiih, meninas, é a *Pin*-kyyy!"
"O-lááá, *Pin*-kyyy!"
"Vamos passear em Honeysuckle Walk, não queres vir conosco!"
"Vem, vem sim, Pin-kyyy!"
"Dize-nos, Pinky — és uma boa matemática?"
"Ou uma *má-temática*?"

Lorelei, Noellyn e Faun — todas louras, é claro, pois que naquela época a louridão em Newham e Girton não era mais uma simples questão de pigmentação e sim uma *idéologie* de quatro costados. Não usar chapéu também era importante, tal como o era ser fotografada o tempo todo, por todos os processos possíveis e imagináveis. "Sois as raparigas de Albedo Elevado", diziam-lhes, "duma escuridão prateada no negativo, duma luz dourada na cópia..."

A louridão do lugar estava tendo o efeito de deixar Yashmeen enlouquecida. Uma admiradora de inclinações poéticas a denominara "a rocha escura na nossa costa setentrional, em cuja indiferença lisa se lança uma turbulência de raparigas, louras com véus brancos, inutilmente, vez após vez".

"Será que sou tão —"
"Não consegues encontrar o termo, Pinky? Que tal 'cruel'?"
"Que tal 'presunçosa'?"
"Que tal '*sans merci*'?"
"Que tal umas porradas?", murmuraram Neville e Nigel, os quais, não exatamente espionando, por acaso entreouviram aquela conversa.

Cyprian sentia-se cativado por olhos, mas apenas por aqueles que dele se desviavam, com indiferença ou mesmo repulsa. Não bastava que ela lhe retribuísse o olhar. Era preciso que em seguida olhasse para alguma outra coisa. Isso o fazia delirar. Dava-lhe sustento para o resto do dia, e por vezes parte do dia seguinte também. Fosse o que fosse, o que ela sentia não era fascínio, mas em pouco tempo os dois estavam conversando, no mais das vezes caminhando pelo *campus*, de uma incumbência acadêmica para outra.

"Ora, mas, Pinky —"

"Será que não percebes o quanto me desagrada essa alcunha? Começo a pensar que és mais uma daquelas raparigas tolas."

O olhar que havia em seu rosto quando ele se voltou para ela nesse momento talvez exprimisse esperança mal camuflada. Ela não riu, ao menos — embora bem que pudesse, pensou Cyprian mais tarde, ter produzido um sorriso menos, como dizê-lo, gélido.

"Tu queimas incenso no altar errado", cochichou ela, cônscia do efeito que sua voz, quando cochichava, tinha sobre ele. "Idiotas, vós todos."

Ele não teria acreditado que a voz de uma moça, apenas a voz, dizendo alguma coisa, seria capaz de produzir uma ereção. No entanto, lá estava ela, inquestionavelmente. "Meu Deus..." Mas Yashmeen já havia se virado e desaparecido em direção à Girton Gatehouse, e Cyprian se viu diante de um constrangimento inelástico que não dava sinal de se resolver por si só. Nem mesmo conjugar verbos gregos em obscuros tempos gnômicos, recurso eficiente em outras circunstâncias, surtiu efeito.

"O quê! Ele não dança?"

"Nem um passo."

"Livra-te dele", aconselharam Loreley, Noellyn e Faun, em uníssono.

"Sinceramente, não posso imaginar o que a Pinky vê nele", protestou Faun. "E tu, Lorelei?"

"'Se ela se contenta com amor vegetativo...'", cantarolou Lorelei com um belo dar de ombros.

"Depende do vegetal", arriscou Noellyn, das três a mais pensativa.

"Ah, o Cyps é não é mau", discordou Yashmeen.

"Nada mal para um sodomita pálido que não consegue controlar seus impulsos em público, é o que queres dizer", ralhou Faun.

"Ele anda de sombrinha", acrescentou Lorelei.

"E mais aquela história indizível com o jogador de *rugby* de Oxford no refeitório."

"Mas ele faz-me rir."

"É verdade, pra isso eles servem", concordou a sisuda Noellyn, "se bem que se ouve demais esse tipo de desculpa, de que 'ele faz-me rir'. Quer-se dizer, risos os há de mais dum tipo."

"E se rir é o que queres..." Lorelei exibiu uma das garrafas de Mâconnais que haviam trazido.

"E no entanto", disse Yashmeen, "não há nenhuma de nós, nem mesmo tu, Noellyn, com esse teu narizito encantador sempre enfiado num livro, que não havia de sair correndo atrás de... não sei, George Grossmith, se ele nos dirigisse a menor piscadela."

"Hum. O irmão mais moço ou o mais velho?"

"E não esqueçamos o alegre Weedon", Lorelei fingiu suspirar.

Cyprian foi apresentada ao professor Renfrew por Ratty McHugh. "Mais uma dessas vidas envenenadas", concluíra Ratty, "muita vontade de causar estragos em escala internacional e nenhum dos recursos necessários, e portanto, nos confins das paredes vetustas deste sítio minúsculo, extremamente perigoso."

Renfrew, que tudo via, de imediato deu-se conta do que ocorria entre Cyprian e Yashmeen, e redigiu um resumo, o qual foi devidamente arquivado junto com os numerosos dossiês que ele mantinha a respeito de todo aquele que já lhe havia cruzado o caminho, inclusive garçons, lavadores de janelas, árbitros de críquete, chegando até figuras eminentes do Ministério das Relações Exteriores e mesmo chefes de Estado — se bem que esses eram representados basicamente por apertos de mão distraídos em recepções, não obstante registrados em verbetes como "Evita olhar diretamente para as pessoas em situações formais", ou então "Mãos pequenas, indícios de traumatismo sofrido na infância, cf. arquivo Guilherme II". A essa altura, os dados já enchiam diversos cômodos que ele era obrigado a alugar com esse fim, bem como armários, guarda-roupas e baús, e em particular ele se referia a esse acervo como seu "Mapa-múndi". Os espaços em branco nele contidos despertavam em Renfrew aquele horror refinado que seria desculpado em qualquer geógrafo sensível, bem como esperanças de que jovens exploradores intrépidos, seguindo ordens suas, recolheriam informações suficientes para reduzir aquela escandalosa lacuna em branco a algo mais tolerável.

Ratty, por algum motivo, era no momento um dos favoritos de Renfrew, e os dois juntos iam até mesmo, de vez em quando, a Newmarket na temporada das corridas.

"E eu que me tinha por obcecado", pilheriava Cyprian quando Ratty era descoberto, contradizendo sua má reputação, mergulhado em algum calhamaço de relatórios governamentais, ou então, com a ajuda dos oito volumes do dicionário búlgaro-inglês de Morse e Vassilev, tentando compreender os complexos detalhes a respeito da propriedade fundiária na Rumélia Oriental a partir do Tratado de Berlim, em particular o impacto das fazendas comunitárias sobre a antiga tradição da *zadruga*.

"Só porque faz parte de todo um processo", Ratty começava a explicar, "desde que as antigas *tchifliks* turcas foram divididas, como sabe, e especialmente da crescente tendência à mobilidade nesse sistema de *gradinarski druzhini* —", até perceber a expressão no rosto de Cyprian, "e também não vejo problema algum em jogar esse livro em cima de ti, Latewood, pois etéreo como és não vou danificar nem o míssil nem o alvo."

Levantando as mãos espalmadas, todo inocência: "Quisera eu que os *meus* professores fossem às vezes tão exigentes assim, porque desse modo eu evitava me meter em muita confusão".

"Nem todos somos criaturas do Renfrew, tu sabes."

"Por que ele olha pra Yashmeen desse jeito?"

"Que jeito? Interesse sexual normal, imagino, nem todo mundo nessa instituição é adelaide, perdão, se o magoei, quis dizer maricas, é claro."

"Não, não, é coisa diferente."

Como de fato o era. Ratty já sabia, de modo geral, a respeito do "Mapa-múndi" de Renfrew, mas não via motivo para dizer o que sabia a Latewood, que àquela altura dos acontecimentos estava de todo imune aos atrativos das informações e suas utilidades. Ele próprio não levantava dados a respeito de Yashmeen, pois era mais atraído por lourinhas de olhos azuis, mas com base na conversa fiada, restos de lixo e boatos desacreditados que lhe chegavam aos ouvidos, Ratty concluíra que a srta. Halfcourt teria *ligações com o Oriente*, uma expressão que era bem conhecida por Renfrew e fatalmente despertaria nele alguma curiosidade esperançosa.

Os períodos passavam céleres, Quaresma e Páscoa, até chegarem as férias de verão. Yashmeen voltou à sua minúscula água-furtada no Chunxton Crescent e imediatamente percebeu, ainda que não exatamente uma divergência entre o P.A.T.A.C. e ela própria, ao menos uma impaciência crescente com o que a "proteção" por eles proporcionada havia se tornado — uma vigilância implacável, que não se limitava ao Ministério das Colônias e à brigada de Queen Anne's Gate, porém incluía as atenções menos visíveis da Okhrana, da Ballhausplatz e da Wilhelmstraße, o que requeria visitas periódicas a Whitehall para realizar os mesmos rituais cansativos e infrutíferos diante de subalternos quase sempre deslumbrados, porém por vezes incapazes de sequer localizar o dossiê apropriado. Lew Basnight andava por lá, porém as atividades da Icosadíade tornavam-no imprevisível como companhia social, não restando espaço para quase nada além de *soirées* estivais prolongadas, infestadas de idiotas. Contra esse pano de fundo, como um broto no jardim, advindo de algum bulbo ou semente invisível no fundo da terra, verde, surpreendente, emergiu um fascínio quase erótico pelos pensamentos do eminente sábio de Göttingen, G. F. B. Riemann. Yashmeen fechou-se em sua mansarda com um certo número de textos matemáticos e mergulhou, como tantos naquela época, numa viagem pelo território traiçoeiro da função Zeta de Riemann e sua famosa conjectura — incluída de modo quase displicente num seu trabalho de 1859 sobre o número de primos inferiores a um dado limite — de que todos seus zeros não triviais possuíam uma parte real igual a um meio.

Neville e Nigel passaram o verão desenvolvendo a hipótese de que todos os membros da raça chinesa, sem exceção, proporcionavam acesso a produtos derivados do ópio. "Basta que esperes um china aparecer", explicava Nigel, "que mais cedo ou mais tarde ele te levará a um *fumoir*, são favas contadas." Iam com tanta frequência a Limehouse que terminaram alugando quartos lá.

Cyprian foi recebido no domicílio de sua família em Knightsbridge, ainda que com certo pé-atrás. Quando jovem, fora iniciado nas atividades sodomíticas por um tio com o qual viajou a Paris para vender papel de parede, e para comemorar a assinatura de um contrato importante com o Hôtel d'Alsace, na Rive Gauche entre a rue Jacob e o rio, o tio Griwold levara o rapaz a uma casa de tolerância exclusivamente masculina. "Foi um peixe dentro d'água", relatou Griswold ao pai de Cyprian, cuja decepção se voltou não contra seu irmão e sim contra seu filho. "Era uma maneira de testar o teu caráter", ele explicou ao rapaz. "Foste reprovado. Talvez seja mesmo melhor que vás pra Cambridge."

Embora Cyprian tivesse uma vaga ideia a respeito do endereço de Yashmeen, não foi visitá-la naquele verão. Depois de não muito tempo, para alívio mútuo de todos, viajou de barco e trem para o Continente, indo parar em Berlim, onde passou algumas semanas notáveis pelos excessos a que se entregou.

Com a retomada das atividades no outono, todos se reencontraram. Novas cores haviam entrado na moda, em particular o vermelho-coroação. Senhoritas da elite apareciam em público com franjas no cabelo, como se fossem operárias. Em matéria de críquete, só se falava em Ranji e C. B. Fry, e, naturalmente, na temporada australiana, que ia de vento em popa. Estudantes de engenharia reuniam-se em New Court ao meio-dia em ponto para duelos de brincadeira, disputando quem era capaz de sacar, e calcular mais depressa com elas, as réguas de cálculo Tavernier-Gravet que, na época, era *de rigueur* usar em bainhas de couro presas ao cinto. Naquela época, New Court ainda era um lugar frequentado por arruaceiros, e o interesse pelos cálculos em pouco tempo deu lugar ao consumo de cerveja, o máximo de quantidade no mínimo de tempo.

Cyprian, embora rejeitasse o anglicanismo conservador de sua família, curiosamente começara — em particular nos momentos em que ouvia os responsórios de Magnificat, Nunc dimittis e matinas dos cultos realizados no Trinity College ou no King's College — a perceber que, justamente por causa de suas impossibilidades, do desregramento de carreiristas cheios de si e funcionários obcecados com a hierarquia, do tédio e desinteresse dos coristas, do efeito narcótico dos sermões — era possível depositar esperanças, não apesar dessa teia tão emaranhada de defeitos humanos e sim paradoxalmente por causa dela, no surgimento do mistério incomensurável, o Cristo denso e incognoscível, contendo o segredo do modo como, no alto de uma colina que não era o monte Sião, ele havia conquistado a morte. À noite, na hora das Completas, parado do lado de fora da capela, contemplando a luz que atravessava os vitrais, Cyprian perguntava a si próprio o que estaria acontecendo com seu ceticismo, que nos últimos tempos só estava sendo alimentado por espécimes horrorosos tais como o Te Deum em Comemoração à Eleição Cáqui de Filtham, o qual — muito embora os compositores de hinos considerem quase impossível fazer um Te Deum imprestável, porque a fórmula de salmo é bem estabelecida, determinando até a nota com que se deve terminar a composição — não obstante, por ser insuportavelmente longo, talvez chegando a infringir uma série de leis referentes ao trabalho infantil, e por conter um cromatismo implacável, capaz de incomodar até Richard Strauss, sendo "moderno" demais para ter o poder de penetrar e perpetrar um entorpecimento sagrado, já era conhecido entre os meninos que cantavam em corais, de Staindrop a St. Paul's, como o "Tédium de Filtham".

Nesse ínterim, Yashmeen estava cada vez mais farta de Girton, aquela idiotice epidêmica, as normas de vestimenta absurdas, para não falar na comida, que não ficava mais palatável sob aquela luz loura saturada que descia até o refeitório passando pelo arco elevado das vidraças superiores, banhando as mesas aninhadas e as toalhas de mesa e as moças a tagarelar. Cada vez mais ela buscava refúgio no problema da função Zeta, no qual mergulhava mesmo no momento em que a colega cujo olhar ela conseguira capturar durante o dia entrava pé ante pé após o toque de recolher, deitando-se nua na cama estreita de Yashmeen, mesmo naquele momento raro e mudo ela não conseguia deixar de lado por completo a questão — quase como se o próprio autor estivesse cochichando em seu ouvido — do motivo que teria levado Riemann a simplesmente afirmar a cifra de 0,5 no início em vez de derivá-la depois... "Naturalmente, seria desejável uma prova rigorosa", escreveu ele, "porém pus de lado essa busca [...] após algumas tentativas rápidas e efêmeras, por não ser a prova necessária para o objetivo imediato da minha investigação."

Mas isso, então, talvez significasse... que a possibilidade tentadora estava quase a seu alcance...

... e imagine-se que em Göttingen, em meio aos papéis de Riemann, em algum memorando que ainda não fora catalogado, ele não tivesse conseguido *não* retomar o problema, atormentado por ele como tantos outros viriam a ser, a série de uma simplicidade enlouquecedora que ele havia encontrado em Gauss e expandido de modo a dar conta de todo o mundo especular "imaginário" que até mesmo Ramanujan, ali no Trinity College, havia ignorado até o dia em que Hardy chamou sua atenção para ele — revisitado a questão, de algum modo *reiluminado o cenário*, de modo que se tornasse possível provar a conjectura com todo o rigor desejável...

"Escuta, Pinks, tu estás mesmo *aqui*, não?"

"E onde estás tu, menina insolente, que devias era estar lá embaixo, não é mesmo? Vamos resolver logo isso..." Pegando a garota pelos cabelos louros, um tanto bruscamente, e com um único gesto elegante levantando sua própria camisola e cavalgando aquele rostinho impertinente...

* * *

"Quer dizer que vais pra terra dos calções de couro", disse Cyprian, exibindo o mínimo de irritação possível. Embora muito já fosse permitido entre eles, a manifestação de ressentimentos não o era.

"Vergonhoso da minha parte, é claro, mas na verdade eu não me conhecia por completo até —"

"Meu Deus, não acredito, tu estás a pedir desculpas. Sentes-te mal?"

"Cyprian, não é uma coisa que eu pudesse prever. Nós viemos para cá, quase todos, é ou não é, pra não apoquentar a família — os livros, as aulas, o estudo, tudo isso são pretextos. Pra que alguma coisa... se ilumine, é... ninguém me acreditava se eu... ah, um ou dois rapazes nas aulas do Hardy, mas certamente ninguém lá em Chunxton Crescent. O Hardy sabe alguma coisa sobre zeros na função ζ em termos gerais, mas não chega a ser completamente enlouquecido pelo assunto, enquanto que o Hilbert não pensa em outra coisa, e ele está em Göttingen, e é dessa obsessão que preciso, e é por isso que vou para Göttingen."

"Tem a ver com... matemática", Cyprian pestanejou. Ela lhe dirigiu um olhar feroz, mas logo compreendeu onde ele queria chegar. "Eu sabia que havia de arrepender-me mais cedo ou mais tarde. Nunca consegui fazer mais do que calcular médias de jogadores de críquete..."

"Achas-me doida."

"E que importância tem pra ti... o que eu acho?" Ah, Cyprian, ele imediatamente deu um tapa em si próprio em sua imaginação, por favor, não agora.

Ela estava paciente naquele dia. "O que achas de mim, Cyprian? Pra mim, isso tem sido uma espécie de holofote — por vezes ameaça vaporizar-me — iluminando-me e elevando-me a uma espécie de *beau-idéal*... Quem não gostava de se transformar, mesmo que apenas por um momento, naquela criatura mais brilhante... mesmo que o seu destino seja virar cinzas?" Pôs a mão sobre a dele, e Cyprian sentiu logo abaixo das orelhas e na nuca um arrepio rápido e sutil que não conseguiu controlar.

"É claro." Encontrou um cigarro e acendeu-o, só depois lembrou-se de oferecer um a ela, que o aceitou e disse que o guardaria para depois. "Não faz sentido ficares aqui, sendo adorada. Não sei nada sobre o Riemann, mas de obsessão entendo alguma coisa. É ou não é?" E assim mesmo não tirava os olhos da curva longa e irresistível do pescoço nu de Yashmeen. Ela não lhe podia negar isso, sem dúvida era desejo — se bem que de um tipo um tanto especializado, não era de espantar.

Teria sido demais querer que o professor Renfrew resistisse a sua tendência a se intrometer — tão logo ficou sabendo que Yashmeen estava de partida para Göttingen, deu início a uma campanha no sentido de induzi-la, ou mesmo seduzi-la — havia momentos em que ela não tinha certeza se era uma coisa ou a outra.

"Não se trata duma trama de assassinato", o Grão-Cohen garantiu a ela em uma de suas muitas idas ao Chunxton Crescent via Great Eastern Railway para consultá-lo. "Isso havia de resultar na destruição dele também. O mais provável é que ele queira que a menina cause algum dano mental sério em seu antagonista, o Werfner. Uma fantasia acadêmica que remonta pelo menos aos tempos de Weierstrass e Sofia Kovalevskaia, quando passou a ser parte do folclore universitário. Os anos não alteraram a premissa básica, que permanece tão desprezível quanto antes."

Ela franziu o cenho.

"Bom, a menina é apresentável, isso é um fato incontornável. Quando transmigrar para seu próximo corpo, talvez valesse a pena escolher alguma coisa que chamasse menos a atenção. Um membro do reino vegetal é uma boa escolha."

"O Grão-Cohen quer que eu volte a nascer como um legume?"

"Não há nada na doutrina pitagórica que proíba tal coisa."

"O senhor me tranquiliza muito, Grão-Cohen."

"O que quero dizer é só isto: seja cuidadosa. Embora eles dois sejam desesperadamente carnais, o compromisso deles não é com o mundo dado."

"Carnais, mas não deste mundo? Muito estranho. Como é que pode? Parece matemática, só que mais prático."

"A propósito, isto aqui chegou para a menina." Entregou-lhe um pacote que parecia ter sido tratado com raiva pelo correio. Ela desamarrou o barbante, terminou de rasgar o papel de embrulho já danificado, e encontrou um in-fólio de encadernação barata, tendo na capa uma cromolitografia em quatro cores que representava uma jovem fazendo uma pose provocante, como as que se veem nos cartões-postais enviados dos balneários, levando o dedo aos lábios carnudos e reluzentes.

"'Vestido Silencioso de Snazzbury'", Yashmeen leu em voz alta. "'Funcionamento baseado no princípio da interferência de ondas, um som cancela o outro, sendo o ato de caminhar basicamente um *fenômeno periódico*, e o "frufru" característico dum vestido uma complicação facilmente computável da *frequência ambulacional* subjacente. [...] Foi recentemente descoberto no laboratório científico do dr. Snazzbury, da Universidade de Oxford, que cada indumentária individual pode ser *sintonizada consigo própria* através de certos ajustes estruturais no corte —'"

"Isso materializou-se na sala de jantar", deu de ombros o Cohen, "ou então foi uma tentativa grosseira de dar essa impressão. Coisa do Renfrew. Claro está que é um deboche odiento."

"Há um bilhete. 'Toda jovem merece um deles. Nunca se sabe quando será necessário. Sua consulta já foi marcada. Traga as suas amigas encantadoras.' Um endereço, uma data, uma hora." Yashmeen entregou-lhe o papel.

"Pode ser perigoso."

Mas Yashmeen estava interessada no problema geral. "Podemos pressupor que a eliminação de ruídos só faz sentido em ambientes fechados, mas será para atividades clandestinas, a prática da meditação, um meio para um fim, um fim em si — em que circunstâncias uma mulher havia de querer evitar o frufru do vestido? Por que não simplesmente usar calças e uma camisa?"

"Porque ela pode também querer ter uma aparência feminina em público", arriscou o Grão-Cohen, "embora esteja envolvida nalguma atividade clandestina."

"Espionagem."

"Ele há de saber que a menina vai-nos contar tudo."

"Vou mesmo?"

"Menina Halfcourt, está tentando flertar comigo? Pode desistir. Os Grão-Cohens são à prova de flerte. Faz parte do Juramento. Admito que estou curioso, como certamente a menina também há de estar. Aconselho-a a ir lá fazer uma prova e ver o que há pra ver, se possível. Conte-nos depois o que nos quiser contar."

A coisa, na verdade, era um pouco mais sinistra. Aqueles que se ocupavam em levantar informações sobre qualquer invenção recente que pudesse ser utilizada como arma, por mais remota que fosse tal possibilidade, e procurar quaisquer conexões imagináveis com os acontecimentos militares e políticos europeus, observavam o tráfico de Vestidos Silenciosos, o qual havia aumentado nos últimos dias, com a devida preocupação, elaborando longos relatórios, em que entrava tudo, desde movimentos de tropas nos Bálcãs até o preço dos diamantes na Bélgica.

"Sim, gostei muito, vamos levar uma centena."

Pausa. "Nesse caso, será necessário pagamento adiantado. Os senhores são... quer dizer..." Seu olhar se fixou num imenso maço de cédulas que o emissário retirou de uma pasta de couro escuro em que se via, estampado em relevo, o Sinete apropriado.

"Isto aqui é o bastante?"

E depois que os personagens saíram do recinto:

"Uma centena de mulheres em movimento, todas em silêncio? Por quanto tempo? Permita-me registrar um certo grau de incredulidade. Listras verdes, brancas e violeta, imagino."

"Não, não se trata de sufragistas. Elas querem crepom preto com forro de tecido italiano. Não fazemos ideia, atuamos apenas como agentes."

Não obstante, houve um tremor quase imperceptível em suas vozes, provocado pela ginecofobia, o medo de mulheres, de mulheres silenciosas, trajando aqueles vestidos negros absolutamente silenciosos, caminhando por corredores que pareciam estender-se por trás delas em direção ao infinito, talvez medo também desses corredores sem ecos, especialmente em certas condições de baixa luminosidade... sem o menor fragmento de música ao longe, sem os confortos proporcionados por comentários, suas mãos livres de sombrinhas e leques, lanternas e armas... o que fazer, esperar, recolher-se, dar meia-volta em pânico e correr? Qual o objetivo clandestino? E, o mais preocupante, até que ponto teriam elas apoio oficial?

* * *

    Yashmeen, Lorelei, Noellyn e Faun, indo matar aula em Londres por um dia inteiro, tendo como desculpa as provas de vestidos na Snazzbury, haviam sido encaminhadas a um ateliê localizado num prédio industrial deprimente, talvez mais perto da Charing Cross Road do que da Regent Street, numa esquina eternamente à sombra das construções mais altas que a cercavam. A placa, com letras modernas que lembravam as entradas do metrô de Paris, proclamava: L'ARIMEAUX ET QUEURLIS, TAILLEURS POUR DAMES.
    "Estes aqui são os modelos básicos... *Mademoiselles*? Por favor." Por uma espécie de rampa helicoidal — era difícil determinar a forma geométrica exata no sofisticado esquema de sombras de que ela parecia fazer parte — descia uma fileira de moças de negro, tão silenciosas que até sua respiração cuidadosa podia ser ouvida, todas sem chapéu, sem ruge, cabelos presos tão rente às cabeças que poderiam passar por rapazes ambíguos, olhos enormes e enigmáticos, lábios fixados no que nossas universitárias reconheceram como *sorrisos cruéis*, não de todo desprovidos de um toque de erotismo.
    "Sabes", murmurou Lorelei, estremecendo um pouco, "agrada-me aquela ali."
    "A roupa ou a rapariga?", indagou Noellyn.
    "A mim, nenhuma delas me diz muita coisa", disse Faun com um muxoxo.
    "Ah, Faun, estás mesmo sempre a julgar. E aquela, a que vem logo atrás, que tem lançado sobre ti uns olhares tão incendiários, então não reparaste?"
    Sim, e mais tarde, nas cabines de prova — verificou-se que aqueles manequins altivos trabalhavam também fazendo ajustes nas roupas. Yashmeen, Faun, Noellyn e Lorelei, só de espartilho, meias e roupa de baixo, viram-se à mercê daquela equipe que trajava Vestidos Silenciosos, a deslizar em torno delas munidas de fitas métricas, paquímetros enormes e estranhos, e sem maiores delongas começaram a fazer as medidas mais íntimas imagináveis. Não adiantava protestar. "Desculpe, mas sei muito bem minhas medidas, e meus quadris decerto não são tão enormes quanto o que você está anotando, mesmo que seja em centímetros..." "Ora, mas por que é necessário medir meus membros por dentro, quando bastaria medi-los por fora... mas espere, você está a fazer-me cócegas, bom, não exatamente cócegas, talvez, mas... hmm..." Porém aquelas torturadoras continuavam a trabalhar num silêncio cheio de determinação, trocando olhares significativos entre si e de quando em quando olhando as moças nos olhos, o que muitas vezes provocava rubores e constrangimentos, se bem que era difícil para um observador casual — ou também um clandestino — avaliar o nível de inocência prevalecente no recinto.
    Para Yashmeen, o segredo do vestido de Snazzbury estava *no forro*, na estrutura precisa, dir-se-ia microscópica, das sarjaduras, que observadas de perto pareciam não ser de modo algum uniformes no modo como passavam sobre as fibras, e sim variadas, de ponto a ponto, sobre a superfície dada — uma matriz ampliada, sendo cada

elemento dela um coeficiente que descrevia o que estava sendo feito no tear... essas ideias ocupavam sua mente de tal modo que foi com uma perplexidade comparável à de quem desperta após uma noite de sono ver-se de súbito com as amigas no alto da imensa roda-gigante de Earl's Court, contemplando Londres de uma altitude de cem metros, numa cabine do tamanho de um ônibus metropolitano, onde se acotovelavam trinta ou quarenta outros passageiros, que pareciam ser britânicos de férias, todos comendo pães com salsichas, búzios e empadões de porco trazidos em cestas de piquenique.

"Nós estamos paradas", murmurou Faun após algum tempo.

"Uma volta completa leva vinte minutos", aconselhou Yashmeen. "Pra que cada cabine possa fazer uma pausa no alto."

"É, mas a nossa já está aqui há no mínimo cinco minutos —"

"Duma feita ela ficou parada por quatro horas", proclamou uma figura de aparência claramente suburbana. "Como compensação, meu tio e minha tia, que eram namorados na época, receberam cada um uma nota de cinco libras, tal como na canção — e assim, tendo obtido aquela pequena fortuna, procuraram o juiz de paz mais próximo e fizeram o que tinha de ser feito. Investiram o dinheiro em ações da ferrovia do Turquestão chinês e nunca mais olharam pra trás."

"Aceita uma gostosa geleia de enguias?", perguntou um dos turistas, fazendo tremelicar uma porção daquele acepipe, tão popular em convescotes, bem perto do rosto de Noellyn.

"Creio que não", disse ela, prestes a acrescentar: "o senhor enlouqueceu?", antes de se dar conta de onde estavam, e que em breve deveriam voltar para a terra firme.

"Vejam, lá está West Ham!"

"E lá o parque, e Upton Lane!"

"Vejam aqueles rapazes de vermelho e azul!"

"A chutar alguma coisa dum lado para o outro!"

O mundo, a partir da Feira de Chicago de 1893, vivia uma súbita febre de rotação vertical em proporções grandiosas. O ciclo, especulava Yashmeen, talvez apenas parecesse ser reversível, pois tendo subido e voltado a descer, a pessoa teria mudado "para sempre". Era ou não era? Daí ela partiu para questões de aritmética modular, e sua relação com o problema de Riemann, e por fim os primórdios de um sistema de roleta que algum dia a faria não depender mais de senhorios e escanções e outros marcadores de prontidão, e a transformaria em motivo de espanto e desespero para os gerentes de cassinos de toda a Europa.

O grupo reunido na estação de Liverpool Street para o bota-fora incluía Cyprian, Lorelei, Noellyn e Faun, um punhado de moços enrabichados, nenhum dos quais aparentemente era conhecido pelos outros, e o venenosamente inoportuno professor Renfrew, que a presenteou com um buquê de hortênsias. Yashmeen recebeu telegramas, inclusive um de Hardy, que de tão jocoso chegava a ser ilegível, se bem que, quando se viu sozinha, ela enfiou-o num lugar protegido em meio à sua bagagem. As hortênsias, jogou-as pela janela.

Yashmeen tomaria o trem das oito e quarenta, chegando ao cais de Parkeston, em Harwich, por volta das dez e dez, e lá pegaria o vapor no qual atravessaria o negro e turbulento mar do Norte, acordando com cada onda maior, interceptando em linhas cruzadas anônimas oníricas os sonhos fragmentários dos outros, perdendo os seus, esquecendo tudo nas primeiras estrias implacáveis e gélidas do amanhecer, quando o navio avistou o porto de Hoek van Holland.

"Mas, Cyprian, estás um pouco verde!"

"Pra não falar nessas *manchas*."

"Melhor apertá-lo para ver se ele está no ponto", mais uma série de piadas de legumes semelhantes, e desse modo Cyprian forneceu a Lorelei, Noellyn e Faun uma maneira de combater a melancolia que as dominava, e que, não fora tal distração, talvez se tornasse insuportável. Mas na partitura da despedida, como se obedecendo a alguma tradição dinâmica inflexível, em algum momento haveria de sobrevir o silêncio.

Cyprian esperou então o terrível golpe, a certeza intestina de que jamais voltaria a vê-la. Quando isso se desse, ele conteria a lamentável explosão pelo tempo necessário para voltar a seus aposentos e entregar-se às lágrimas, e isso haveria de prolongar-se em caráter indefinido, senão para sempre, aborrecendo a todos num raio de vários quilômetros, batalhões de criados enchendo baldes ao retorcer esfregões ensopados, esse tipo de coisa — mas embora ele esperasse durante toda aquela noite, depois o dia seguinte (enquanto o trem de Yashmeen atravessava canais, subia encostas cobertas de árvores e passava pelo hospício de Osnabrück, depois em Hanôver uma troca de trens com destino a Göttingen), e mais uma noite e mais um dia — ele esperou por muito tempo depois que ela partiu de Cambridge, mas o ataque de tristeza jamais ocorreu, e por fim ele se deu conta de que alguma variedade perversa de Destino, o qual ele já conhecia muito bem, e que não prometia, e sim negava, estava lhe oferecendo uma garantia de que nada daquilo — fosse o que fosse "aquilo" — havia realmente terminado.

O enorme casco negro elevava-se como um monumento aos perigos do mar, sem nenhuma ligação evidente com as ondas de regozijo que fluíam a seus pés. Cabriolés esvaziados acumulavam-se em quatro ou cinco fileiras no cais, os cocheiros com suas cartolas negras e reluzentes aguardando que a multidão terminasse de acenar para os viajantes e, um por um, todos se voltassem para a terra firme outra vez, retomando o dia no qual haviam aberto aquele breve intervalo.

"É coisa rápida, Kate, volto quando você menos esperar."

"A última é que o seu velho amigo R. Wilshire Vibe teve a bondade de marcar um teste pra mim, e eu fui, e agora me chamaram outra vez, de modo que talvez —"

"Não me diga! Que notícia horrível!"

Kate corou um pouco. "Até que o tal de R. W. não é assim tão mau..."

"Katie McDivott. É terrível o que está acontecendo com a nossa juventude, não é? —" Mas neste momento o navio emitiu um apito tonitruante, de ressoar no fundo dos ossos, que fez cessar todas as tagarelices de bota-fora.

Katie ficou até o transatlântico recuar, manobrar e começar a diminuir de tamanho em meio às complicações do porto. Ela ficou a imaginar horas passadas entre gigantescas boias manejáveis, barcos oficiais, postos de inspeção. Seus pais tinham partido de Cobh como todo mundo, mas ela nascera depois, e jamais fizera uma viagem marítima. Se estivessem navegando rumo ao futuro, a alguma forma incognoscível do além, o que seria esta viagem de Dally no sentido oposto? Uma espécie de libertação da morte e do juízo, de volta à infância? Pensativa, Katie rodopiou a sombrinha. Um ou outro motorista de cabriolé lhe dirigiu um olhar de aprovação.

Foi só quando Erlys e Dally se viram realmente em alto-mar que se sentiram autorizadas, como se pela imensidão inumana que haviam penetrado, a falar e ouvir. Caminhavam devagar, dando a volta no tombadilho, de braços dados, acenando com a cabeça de vez em quando para as passageiras, cujos chapéus emplumados balouçavam-se na brisa do oceano, desviando-se dos comissários com suas bandejas carregadas... As chaminés apontavam para o céu, contra o vento, os arames da antena cantavam...

"Eu sei que deve ter sido um choque."

"Sim e não. Acho que nem tanto."

"O Merle continua sendo quem ele é, você sabe."

"Sei. Claro que isso tem seu lado bom e seu lado mau."

"Ora, Dahlia —"

"E a senhora fala igualzinho a ele."

Sua mãe calou-se por um momento. "A gente nunca sabe o que vai acontecer. Eu estava em Euclid, voltando do cemitério, só tinha dois dólares neste mundo, quando me aparece o Merle numa carroça maluca, me perguntando se eu queria uma carona. Como se ele estivesse naquela transversal só esperando por mim."

"O senhor gosta de mulheres de luto?" Erlys não conseguiu conter a pergunta.

"Já está quase escuro e a senhora está a pé. Só isso."

Havia um cheiro de petróleo bruto no ar. Os primeiros ciclistas do verão, com suéteres e bonés e meias listradas de cores vivas, passavam zunindo alegres, em batalhão, pelo largo viaduto, em bicicletas para dois, as quais pelo visto eram a coqueluche da cidade naquele ano. Campainhas de bicicleta a soar o tempo todo, um verdadeiro coral, traçando harmonias ásperas as mais diversas, ruidosas como sinos de igreja no domingo, se bem que talvez com uma textura mais delicada. Valentões entravam e saíam pelas portas dos *saloons*, e às vezes pelas janelas. Os olmos lançavam uma sombra profunda sobre os quintais e ruas, florestas de olmos no tempo em que essas árvores ainda existiam em Cleveland, tornando visível o fluxo das brisas, grades de ferro cercando os casarões dos ricos, valas à beira-estrada cheias de melilotos-brancos, um pôr do sol que começava cedo e ia até tarde, atingindo um esplendor que deixou Erlys e Merle boquiabertos olhando para ele, e depois um para o outro.

"Olhe só!" A manga de crepe negro descreveu um arco em direção ao oeste. "Igual àqueles crepúsculos do meu tempo de menina."

"Eu me lembro. Um vulcão entrou em erupção, lá pros lados das Índias Orientais, o ar se encheu de fumaça e cinzas, todas as cores mudaram, ficou assim vários anos."

"O tal do Krakatoa", ela concordou com a cabeça, como se fosse um personagem fantástico de uma história infantil.

"Conheci um cozinheiro de navio na época, o Shorty, ele estava lá — quer dizer, uns trezentos quilômetros a sota-vento, o que nem fez muita diferença, ele disse que parecia o fim do mundo."

"Eu achava que o pôr do sol sempre tinha sido assim. Todas as crianças que eu conhecia. Acreditamos nisso por algum tempo até que eles começaram a voltar ao normal, e ficamos achando que a culpa era nossa, era porque estávamos crescendo, talvez todas as outras coisas também fossem perder a graça dessa maneira... quando o Bert me pediu em casamento, não fiquei muito surpresa nem decepcionada quando me dei conta de que tanto fazia aceitar ou não. Acha que eu não devia falar assim do falecido não, não é?"

"Mas a senhora ainda é uma menina."

"O senhor é que está precisando de óculos novos."

"Ah, se quer se sentir velha, está no seu direito." Assim que ela se instalou no assento ao lado do dele, seu volumoso traje de viúva se reacomodou de modo a revelar a cintura visivelmente grávida, a qual o homem registrou com um aceno de cabeça. "Quando a menina vai nascer?"

"Mais ou menos no primeiro dia do ano que vem. Quem foi que disse que vai ser menina?"

"Deixe ver a sua mão." Ela estendeu a mão com a palma virada para cima. "É. Menina, sim. Palma pra baixo, assim, é menino."

"Conversa de cigano. Eu devia ter imaginado, só de bater o olho nesta carroça."

"Ah, vamos ver. Pode apostar se quiser."

"O senhor pretende ficar aqui até lá?"

E foi assim que tudo ficou combinado, tão depressa que os dois nem perceberam na hora. Ele nem chegou a lhe perguntar o que ela estava fazendo sozinha, a pé, numa hora tão imprópria, mas assim mesmo ela disse por quê — as dívidas de jogo, o láudano, o láudano acompanhado de uísque, empréstimos infelizes e credores terríveis, a família de Bert, os Snidell da Prospect Avenue, principalmente as irmãs, que odiavam o ar que ela respirava, uma lista de desgraças interioranas ampliadas à escala de Cleveland que Merle já devia ter encontrado uma ou duas vezes em suas passagens por lá ao longo dos anos, mas por consideração ficou a escutá-la, deixando-a entrar nos detalhes, até ficar apaziguada o bastante para não reagir à proposta dele de modo negativo.

"Não chega a ser uma mansão da Euclid Avenue, a senhora já deve ter percebido, mas protege do frio e é sólida, tem suspensão de mola de lâmina que eu mesmo projetei, parece que a gente está nas nuvens."

"Claro, estou acostumada a ser um anjo." Mas a parte mais luminosa daquela explosão colorida como os céus da sua infância estava agora exatamente atrás do rosto dela, e uma parte de seu cabelo estava solto, e ela percebia no olhar dele boa parte do que ele devia estar vendo, e os dois se calaram.

Merl havia alugado uma vaga no West Side. Esquentou para eles um pouco de sopa num pequeno fogão a querosene, usando as sobras de produção da fábrica de querosene da Standard. Depois do jantar ficaram olhando para os Flats, vendo no rio os reflexos dos vapores e dos lampiões a gás e do fogo das fundições que se estendiam por quilômetros ao longo das margens serpenteantes do Cuyahoga. "A gente olha pra baixo e é como se visse o céu", disse ela, sonolenta depois daquele dia comprido.

"Melhor cochilar um pouco", disse Merle, "a senhora e a sua amiga aí."

Era verdade o que ele dissera sobre a carroça. Mais tarde, ela pensaria que nunca havia dormido melhor do que naquela noite, e talvez nunca mais voltasse a dormir tão bem. Ainda não estava tão frio que Merle não pudesse dormir do lado de fora, sobre cobertas estendidas debaixo de um oleado sustentado por paus, se bem que havia noites em que ele ia para a cidade e pintava o sete sem que ela se interessasse em saber exatamente como seria o sete por ele pintado, e ele só voltava bem depois do nascer do sol... com o avanço do outono, seguiram para o sul, atravessando Kentucky e penetrando Tennessee, sempre se adiantando ao avanço das estações, ficando em cidades nas quais ela nunca ouvira falar, sempre com alguém que ele conhecia, algum colega de profissão que lhe arranjava trabalho, o qual podia ser qualquer coisa, desde lançar cabos de bondes até furar um poço artesiano, e assim que ela se tranquilizou com a ideia de que mesmo em tempos difíceis sempre haveria trabalho, pôde relaxar e deixar que suas preocupações fossem para alguma outra parte, dedicando toda a sua atenção à criança que estava por chegar, um dia compreendendo com muita clareza "que naturalmente não seria apenas 'uma menina' e sim você, Dally, eu sonhava com você, todas as noites, sonhava com o seu rostinho, exatamente como ele é, e quando você por fim chegou neste mundo, eu a reconheci sem qualquer dúvida, era o bebê daqueles sonhos...".

Com uma paciência exagerada, após um momento de reflexão: "É, mas depois, assim que a senhora teve oportunidade —".

"Não. Não, Dally, eu pretendia voltar pra pegar você. Eu achava que teria tempo, mas acho que o Merle não quis esperar, ele foi embora com você, sem dizer pra onde."

"A culpa foi toda dele, sei."

"Não, o Luca também fazia corpo mole... dizia: 'É, a gente bem que podia, sim', mas nunca 'Vamos fazer isso', mas —"

"Ah, então a culpa foi toda *dele*."

Um sorriso estreito, sacudindo a cabeça. "Quer dizer que piedade, nem pensar."

A jovem dirigiu um sorriso falso a ela, mas sem muita maldade, Erlys que se desse ao trabalho de calcular o quanto sua filha ainda não era capaz de perdoar.

"Não vou tentar enganar você. Quando o Luca Zombini surgiu, foi a primeira paixão de verdade da minha vida — como é que eu podia dizer não? Com o Merle, pois é, os momentos de desejo armaram uma emboscada pra nós, se bem que, verdade seja dita, ele até que foi relutante, não quis insistir demais com uma jovem viúva grávida, menos por cavalheirismo que o efeito da experiência — imagino que uma experiência mais ou menos amarga."

"Quer dizer que a senhora e o Luca enlouqueceram a primeira vez que se viram."

"Até hoje a gente enlouquece —"

"O quê. Vocês dois —"

"Hmmm, hmmm, hmmm", Erlys, com um olhar profundo que a desarmou, cantarolou uma tríade menor descendente, ou mais ou menos isso.

"E criança pequena tende a jogar água fria nesse tipo de coisa, imagino."

"Só que, como nós começamos a perceber em pouco tempo, isso não aconteceu. E eu sentia cada vez mais saudade de você à medida que os anos iam passando um por um, aqueles irmãos e irmãs que você devia ter tido à sua volta, e eu tinha tanto medo —"

"De quê?"

"De você, Dahlia. Eu não suportaria se —"

"Ora. O que era que eu ia fazer, puxar uma arma?"

"Ah, minha filhinha." Dally não estava preparada para aquele falsete engasgado que ouviu então, e o que ele parecia trair — antes tarde do que nunca, pensou — de culpa, talvez até mesmo dor. "Você sabe que pode pedir o que quiser de mim, eu não tenho como não —"

"Eu sei. Mas o Merle me disse que eu não devia me aproveitar da senhora. Por isso eu nunca pensei em fazer outra coisa que não vir aqui, trocar dois dedos de prosa e ir embora outra vez."

"Claro. Retaliar por eu a ter largado daquele jeito. Ah, Dally."

A moça deu de ombros, cabeça baixa, cabelo roçando as faces. "Acabou sendo bem diferente do que eu pensava."

"Pior."

"Sabe, eu esperava encontrar... uma espécie de Svengali? Uma figura com uma capa, a senhora completamente apalermada pelo fascínio hipnótico dele, e —"

"O Luca?" Dally já tinha ouvido sua mãe rir baixinho, mas jamais dar um espetáculo daqueles. Alguns passantes chegaram a virar-se e ficar olhando para trás por algum tempo para apreciar a cena. Quando Erlys conseguiu recuperar o fôlego: "Agora estou fazendo você passar vergonha, Dally".

"Eu só ia dizer como é estranho ele a toda hora me fazer pensar no papai. No Merle."

"Pode dizer 'papai'." Ainda com o rosto vermelho e os olhos brilhando. "Será que sou apenas uma Assistente de Mágico — você não acha? — condenada a passar dos braços de um mágico para outro?"

A hora do jantar se aproximava. Membros da equipe do refeitório do navio vinham pressurosos da estufa, com cestas cheias de cravos, rosas-chá e amores-de-moça. Comissários caminhavam pé ante pé pelos tombadilhos golpeando gongos em miniatura com baquetas forradas de veludo. Cheiros de comida começaram a espraiar-se dos respiradouros da cozinha. Mãe e filha estavam diante da amurada de popa, uma abraçada à cintura da outra. "Nada mau, esse pôr do sol", disse Erlys.

"Bem razoável. Quem sabe não foi outro vulcão em algum lugar."

Antes do jantar, quando Dally a ajudava a pentear-se, Erlys perguntou, como quem não quer nada: "E aquele rapaz que ficou o tempo todo olhando pra você no salão de jantar?".

"Quando foi isso?"

"Sua santinha de pau oco."

"Como é que eu posso saber? Tem certeza que ele não está fitando a Bria?"

"Você não quer verificar?"

"Por quê? Uma semana neste navio, depois tudo acaba."

"É uma maneira de encarar a coisa, de fato."

Dally fingiu estar fascinada pelo gume de aço do horizonte. E não era que sua mãe tinha percebido na mesma hora? Como poderia ela ter se esquecido dele? Por que haveria ela de esquecer-se dele? Perguntas capciosas, pois era tal como se ela estivesse no salão de baile de R. Wilshire Vibe, trocando aquele fatal primeiro olhar com ele.

Disse Erlys: "Ele é de Yale. Está indo pra Alemanha estudar matemática".

"Justamente meu tipo."

"Ele acha que você está fingindo que não o vê."

"Pois esses yalistas, foram eles que *inventaram* a arte de fingir que não se vê — espere aí, como é que a senhora sabe o que ele — mamãe? A senhora estava *falando sobre mim*? Com um..."

"Yalista."

"Eu estava começando a achar que podia confiar na senhora."

Aquilo não podia ser apenas uma provocação. Não era? Erlys fixou os olhos na moça, curiosa.

O salão de jantar da primeira classe estava cheio de palmeiras, samambaias, marmeleiros em flor. Candelabros de cristal. Uma orquestra de vinte músicos tocava árias de operetas. Todos os copos de água estavam afinados num lá de 440, as taças de champanhe uma oitava acima. A orquestra, quando afinava, tradicionalmente pedia aos convidados que batessem nas bordas de seus copos vazios, e assim, logo antes das refeições um tilintar agradável enchia o espaço e espalhava-se pelos corredores.

A quarta classe era separada dos conveses desabrigados apenas por uma frágil estrutura de vidros em caixilhos, um espaço comprido e estreito como um vagão de passageiros num trem, fileiras e mais fileiras de bancos com bagageiros em cima. Havia comissários, tal como nas outras classes, que traziam cobertores ostentando a insígnia do *Stupendica*, café de Trieste servido em canecos, jornais em vários idiomas, pastéis de Viena, sacos de gelo para pôr na cabeça em caso de ressaca. Toda uma coleção de estudantes americanos que iam se aperfeiçoar na Europa seguia na quarta classe, reunindo-se com regularidade no bar para fumar cigarros e trocar insultos, e Kit se deu conta de que se sentia mais à vontade naquele ambiente do que em suas acomodações luxuosas dois ou três conveses acima, à frente das chaminés.

Praticamente o único outro matemático a bordo era Root Tubsmith, que ia para a Universidade de Berlim para estudar com Fuchs, Schwarz e o lendário Frobenius, criador da fórmula dos caracteres de grupos simétricos que levava seu nome, e famoso por proferir as conferências mais perfeitas de toda a Alemanha. Root resolvera se especializar em Geometria Quadridimensional, tendo sido aluno do professor Manning em Brown. Ao contrário do que ocorria no departamento de matemática de Yale, em Brown os Quaterniões eram estudados, mas apesar da diferença de idioma, Kit concluiu que Root era um sujeito alegre, ainda que um pouco excessivamente chegado a uma bebida, e ele, tal como Kit, planejava desembarcar em Marselha.

Root era seu convidado aquela noite na primeira classe, e assim que se sentaram e Root começou a examinar a lista de vinhos, Kit se apanhou mais uma vez olhando fixamente para o outro lado do salão, onde uma jovem de cabelo ruivo vistoso acabava de entrar com um grupo grande de artistas italianos, os garotos já começando a fazer malabarismos com os talheres, de algum modo evitando se machucar nos gumes e dentes reluzentes, enquanto outros faziam pratos rodar na ponta de varetas flexíveis, à maneira oriental. Garçons, escanções e outros funcionários atuantes nas refeições não apenas não interferiam como estimulavam e por fim aplaudiam as diferentes demonstrações de perícia, pois logo ficou claro que todos eram profissionais do mais alto nível. Nada se derramava, caía nem quebrava, flores, pássaros e lenços de seda brotavam do nada. O comandante levantou-se de sua mesa e foi sentar-se com a família, cujo patriarca, num gesto simpático, passou a mão atrás da orelha e de lá tirou uma taça cheia de champanhe ainda espumando, enquanto a orquestra começava a tocar uma espécie de tarantela. A moça estava ao mesmo tempo ali e em outro lugar. Kit sabia que a tinha visto algures. Sentia uma comichão nos confins de sua memória. Não, era algo um pouco mais sobrenatural do que isso. Eles se conheciam, era quase como se ele já tivesse sonhado aquela cena...

Depois do jantar, quando os cavalheiros se retiraram para o salão de fumar, Kit veio de fininho, atravessando uma muralha de Zombinis de todos os tamanhos, e Erlys o apresentou em termos bem genéricos, desobrigando assim Dally de conversar. Ela até gostou de não ter de começar a falar logo de saída.

Ao contrário da típica moça de sua época, que costumava desviar a vista, para não falar no nariz, como se fosse menos à aparência do que ao cheiro do rapaz que ela fazia questão de demonstrar indiferença, Dally jamais aprendera a parar de olhar, mesmo quando se tratava de alguém em quem ela não tinha nenhum interesse, se bem que não era esse, de modo algum, o caso no momento.

Ele estava a observá-la com os olhos semicerrados, num apelo.

"Já vi o senhor antes", disse ela, "na casa do R. Wilshire Vibe em Greenwich Village, se não me engano, uma daquelas curiosas reuniões que ele dá ao cair da tarde?"

"Eu sabia que era um lugar assim. A senhorita estava lá com uma jovem de vestido vermelho."

"É bom saber que a gente causa impressão. O nome da minha amiga é Katie, a informação veio um pouco tarde, se bem que talvez dê pro senhor saltar do navio, voltar pra Nova York a nado, ir atrás dela..."

Kit permanecia parada, balançando-se um pouco ao ritmo da música de dança e pestanejando educadamente.

"E já que o senhor é da Yale University, se não se incomoda de eu perguntar — na sua turma haveria mais algum Traverse?"

"Acho que eu era o único."

"O senhor por acaso não teria um irmão no sudoeste do Colorado, chamado Frank?"

O olhar que ele lhe dirigiu exprimia menos surpresa do que defensiva. "A senhorita... é daquelas bandas?"

"Passei por lá, coisa de dois meses, foram como dois anos, o lugar não deixou muitas saudades, e o senhor?"

Ele deu de ombros. "Eu é que não deixei saudades lá." Nenhum dos dois estava conseguindo enganar o outro. "E como é que vai o Frank?"

"A última vez que o vi, ele estava saindo de Telluride, acho que não por vontade própria."

O rapaz bufou de modo simpático. "É, é bem dele, sim."

"Ele me disse que eu devia procurar o senhor."

Inclinando um chapéu invisível: "Foi o que a senhorita fez". Em seguida, fechou-se num silêncio que demorou demais.

Até que ele era interessante, quando não estava totalmente mergulhado em sua própria cabeça. "Hm, senhor Traverse? Eu poderia ter um chilique ou coisa parecida, será que ajudava?"

Só então ela conseguiu provocar nele aquele olhar de alto a baixo típico dos caubóis que ela estava acostumada a receber, um olhar prolongado o bastante para que Dally percebesse, juntamente com o resto, como era agradável o tom de azul dos olhos dele. Feito duas lobélias das grandes.

Ele olhou a sua volta. A família Zombini já havia terminado de comer e se levantado da mesa havia muito tempo. A orquestra voltara a tocar Victor Herbert e Wolf-Ferrari, e casais de dançarinos começavam a ocupar o espaço. "Venha."

Ele a levou para o tombadilho do *Stupendica*, iluminado pelas estrelas, luar suficiente para destacar os contornos do alto das nuvens, casais ao longo de toda a amurada não pensando em outra coisa senão namorar, os restos de luz elétrica que vinham pelas vigias reduzindo o rosto dele a um borrão misterioso. Um outro rapaz, em algum outro lugar e levando sofrimentos de outra espécie em sua bagagem, talvez estivesse se preparando para fazer uma declaração de amor, ou ao menos dar um beijo. Dally se sentia como uma garrafa de água de soda prestes a ser usada em algum interlúdio de vaudevile. Certamente aquilo não seria o que as pessoas chamavam de Amor à Primeira Vista. Segunda, aliás.

"Escute. O Frank lhe falou alguma coisa sobre a situação da nossa família?"

"Ele estava procurando uns sujeitos, ele e o seu irmão, o outro, o jogador de faro, já tinha estado em Telluride e ido embora, mas ninguém sabia pra onde, e Frank estava um bocado preocupado, porque alguém estava procurando por ele."

"Ora. O Frank não é de falar tanto assim. Pelo visto, ele confiou na senhorita."

Ela sorriu com falsidade. Pessoas cheias de problemas não costumavam ser sua escolha preferencial para lhe fazer companhia pós-prandial, se bem que, pensando bem, quem era que ela conhecia que não era cheio de problemas?

"Eu adoro aqueles dois patetas", num sussurro cada vez mais passional, "eles são meus irmãos, acham que estão tentando me proteger, mas não sabem que estou enfiado nisso até a ponta dos cabelos, tudo isso —", com um gesto que abarcava o navio, a orquestra, a noite, "o terno que estou usando, comprado e pago através da mesma conta bancária que —"

"Era pra o senhor estar me dizendo isso?" Com aquele olhar arregalado apropriado para qualquer ocasião que ela aprendera a usar em Nova York sempre que estava tentando pensar no que dizer.

"A senhorita tem razão. A coisa é séria demais pra uma criança —"

"'Criança'?", fingindo curiosidade polida. "Mas que idade tem *o senhor* para chamar alguém de criança? Nem sei como o deixaram sair do quintal."

"Ah, não se deixe enganar pelo meu rosto, sou muito mais vivido do que minha idade dá a crer."

"Mas continua cheirando a leite."

"Até vinte minutos atrás, acho que eu estava apenas navegando nesta baía enluarada, tirando férias de toda essa história. Então a senhorita apareceu, falando no Frank e tudo o mais, e se houver perigo, não quero envolvê-la."

"O senhor prefere estar sozinho. É um homem com agá."

"A senhorita não sabe como é. Basta um passo em falso." Levou a mão à borda do chapéu imaginário e desapareceu sem mais nem menos.

"Foi como se o Luca usasse a vara de condão dele", disse ela a Erlys. "Não é um bom candidato a namorado, não, mamãe."

"Um tanto imprevisível, pode-se dizer."

"Não entendo que diabo está acontecendo com essas pessoas, como aliás já não entendia no Colorado. Só sei que é alguma coisa bem séria."

"Você sabe escolher bem, hein."

"Eu! Foi a senhora que me *jogou* nos braços dele —"

Mas Erlys estava rindo, segurando o cabelo longo da moça e tirando-o da frente de seu rosto, uma mecha de cada vez, repetidamente, uma tarefa que parecia infinita, como se ela amasse aquele gesto, sentir o contato do cabelo de Dally em seus dedos, o que havia de repetitivo naquilo, como fazer tricô... Dally, como se em transe, escutava, não escutava, queria que aquilo continuasse para sempre, queria estar em outro lugar...

"Você é sempre uma revelação, Dally", disse ela após algum tempo. "Acho que tenho mesmo que agradecer ao Merle por alguma coisa."

"Como assim?"

"Por ver você, até agora." Num gesto vagaroso e pensativo, ela circundou a moça com seus braços.

"Vai abrir as torneirinhas de novo?"

"Melhor deixar pra depois."

"Ser mãe é desdobrar o coração. Já ouvi isso em algum lugar."

"Mas você ficou babando, hein", comentou Bria.

"Eu achei que estava disfarçando bem."

"Um tanto menina pra um universitário, você não acha?"

Dally olhou para os joelhos, olhou pela vigia, lançou um rápido olhar ao rostinho sorridente de Bria. "Não sei o que está acontecendo, Brì, eu vi esse rapaz uma única vez naquela festa lá em Nova York, em que aliás você também estava, lançando facas, e não consegui tirá-lo da cabeça daquela vez, e agora ele está aqui de novo. Isso quer dizer alguma coisa, não é?"

"Claro. Quer dizer que agora você viu o tipo duas vezes."

"Ah, Brì, é um caso sem esperança."

"Escute o que vou dizer. Informe-se a respeito do amigo dele, aquele lourinho meio baixo que passa o jantar inteiro bebendo mas nunca apaga?"

"Root Tubsmith, acabou de sair da Brown."

"Foi preso por quê?"

"Da cadeia não, da faculdade, ele também é matemático."

"Boa cabeça pra números, bom pra acompanhar a gente nas compras — justamente o meu tipo."

"Bria Zombini. Que vergonha."

"Vergonha não é comigo. Você vai me ajudar?"

"Ha. Entendi. E era você que devia estar tomando conta de mim."

"Pois eu acho que é justamente o contrário."

Estava começando a parecer que ela e Kit viajavam em navios diferentes, versões diversas do *Stupendica*, uma lentamente se afastando da outra, cada uma em seu rumo, com destinos diferentes.

"O senhor está me evitando de novo", Dally o saudou. Não "nos evitando", referindo-se aos Zombini — agora já estava usando o singular.

Kit a encarou por um bom tempo. "Sonhando acordado." Para muita gente, talvez a maioria das pessoas, uma viagem de navio, principalmente na primeira classe, ocupa um posto elevado na escala dos prazeres humanos. Kit, porém, que passara a vida inteira longe do mar até chegar a New Haven e contemplar o esplendor do estreito de Long Island, não tinha tanta consideração pela esfera aquática. A sensação de enclausuramento, a repetição dos mesmos rostos a cada dia, coisas que em qualquer outro lugar seriam pequenos incômodos, ali, intensificadas pela inacessibilidade da terra firme, facilmente exercem um efeito de malevolência, conspiração, perseguição... Quanto mais se afastavam da costa, quanto mais o horizonte se afirmava, menos Kit conseguia, e também queria, resistir à aceitação daquele furto irreversível sofrido por sua existência, o fato simples e imenso da ausência de Webb.

Ele mergulhava no silêncio, num torpor, durante períodos fora de escala dominados por lembranças do planalto desértico, picos de montanhas, prados cheios de castillejas e prímulas silvestres, algum rio inesperado a dois passos da trilha — e em seguida voltava àquela exploração do incriado a vinte nós. Não saberia dizer o que sentia. Se alguém dissesse que era desespero, ele daria de ombros e enrolaria um cigarro, sacudindo a cabeça. Não era isso. Não exatamente.

Tampouco, como ficou claro, o *Stupendica* era exatamente o que parecia ser. O navio tinha outro nome, um nome secreto, que seria revelado ao mundo na hora apropriada, uma identidade secreta, latente em sua conformação atual, ainda que invisível para o passageiro comum. O que ele terminaria se revelando ser, na verdade, era um participante da futura guerra marítima europeia que todos tinham certeza que haveria de eclodir. Após 1914, alguns transatlânticos seriam usados para transportar tropas, e outros se transformariam em hospitais. O destino do *Stupendica* era reassumir sua identidade latente de belonave *Imperador Maximiliano* — um dos vários encouraçados de vinte e cinco mil toneladas que os planejadores navais austríacos pretendiam construir, mas que, ao que consta na história oficial, jamais saíram do papel. A companhia de vapores eslovena que era a atual proprietária do navio parecia ter surgido do nada da noite para o dia, de modo misterioso. Até mesmo a identidade de sua diretoria provocava discussões animadas em ministérios de toda a Europa. Nos meios náuticos, ninguém jamais ouvira falar nessas pessoas. O serviço de informação da marinha britânica estava perplexo. Embora as caldeiras parecessem ser do tipo Schultz-Thorneycroft, o preferido pela Áustria-Hungria, os motores eram primos modificados das turbinas Parsons utilizadas na época pelos navios de guerra britânicos de maior porte, capazes de se deslocar a vinte e cinco nós ou mais, caso necessário, enquanto durasse o estoque de carvão.

Root Tubsmith havia levantado esses fatos após intrometer-se nos espaços mais baixos da nave, apesar das placas ameaçadoras a proclamar em todos os idiomas mais importantes que as pessoas não autorizadas que entrassem nos lugares proibidos sofreriam penas terríveis. Encontrou futuros armazéns de obuses e gigantescos paióis de pólvora à proa e à popa, para não mencionar, vários conveses acima, em pontos assimétricos do navio, algumas curiosíssimas *cabines circulares* que pareciam feitas para serem usadas como torres de tiro — mantidas retraídas imediatamente abaixo do convés principal no momento, porém prontas para, assim que fosse necessário, ser levantadas hidraulicamente até a altura operacional, quando então seus canhões de doze polegadas, guardados no fundo do porão, seriam içados e instalados em poucos minutos.

No convés de abrigo escondia-se um depósito cheio de torpedos. Os conveses mais leves acima da linha d'água podiam ser dobrados para cima e em outras direções complexas, transformando-se em blindagens e casamatas para armas de calibre menor. Ao mesmo tempo, o *Stupendica* também poderia ser convertido, perdendo os conveses superiores, numa belonave de perfil clássico, exibindo um mínimo de alcaixa, larga e baixa e pronta para a briga. Os taifeiros recebiam um treinamento intensivo, instalando plataformas de desembarque rapidamente por cima das cordas de salvamento, pois era nelas que iriam pular, quando tivessem ordem nesse sentido, ágeis como trapezistas, e em três tempos pintar os costados do navio, para fins de camuflagem, nas cores do mar, do céu e das nuvens de tempestade, formando diedros com dois tons diferentes imitando proas de navios, ou correndo em ângulo junto à curva das ondas, alternando visibilidade e invisibilidade, à medida que os desenhos se confundissem com as cristas das ondas e delas se diferenciassem. "Tem alguma coisa lá, Fangsley, é uma intuição que eu tenho." "Não dá pra ver muita coisa, não senhor..." "Não? Então que diabo é aquilo ali?" "Ah. Parece ser um torpedo, apontando diretamente pra nós." "Isso eu também estou vendo, seu idiota, e sei muito bem como é um torpedo..." Neste momento, o interessante colóquio é interrompido de súbito.

Quando Kit e Root foram descendo escada por escada aos espaços inferiores do *Stupendica*, onde ficava a maquinaria, constataram que o navio era mais profundo do que pensavam, e muito menos horizontal. Rostos viravam-se para vigiá-los. Olhos que brilhavam como as chamas dentro das fornalhas abriam-se e fechavam-se. Os rapazes estavam suando em bicas antes mesmo de ultrapassarem a linha d'água. Bem no fundo do navio, homens empurravam carrinhos cheios de carvão de um lado para outro, para esvaziá-los em pilhas à frente das caldeiras. Luzes de cores infernais pulsavam, iluminando os corpos enegrecidos dos foguistas cada vez que se abriam as portas das fornalhas.

Com base no que Root já havia descoberto antes, o transatlântico *Stupendica*, aquela pacífica manifestação de luxo burguês, havia sido construído em Trieste, no Lloyd Arsenale austríaco. Ao mesmo tempo, paralelamente, também em Trieste, no Stabilimento Tecnico vizinho, a marinha austríaca, ao que parecia, havia trabalhado na construção do encouraçado *Imperador Maximiliano*. Em algum momento do processo de construção, os dois projetos... as fontes de Root não conseguiam se expressar muito bem... se *fundiram*. Como? A mando de quem? Ninguém sabia dizer com certeza, só se sabia que um belo dia surgiu um único navio. Mas em qual estaleiro? Cada testemunha se lembrava de um estaleiro diferente, outras juravam que o navio não estava em estaleiro algum, simplesmente apareceu de modo imprevisto um belo dia ao largo do Promontório, tendo sido batizado na calada da noite, sem vivalma em seu convés, silencioso, alto, cercado por uma névoa de luz de algum modo defeituosa.

"Isso está começando a parecer uma história de marinheiro", opinou um foguista americano chamado O. I. C. Bodine, o qual, encostado numa antepara, tragando uma beberagem horrenda de batata fermentada, aguardava a hora de terminar seu turno de guarda e ir dormir. "Quatro hélices, olhe só. Até o *Mauretania* se dá por satisfeito com três. Isso não é coisa de navio civil. São turbinas de cruzeiro. Ih, lá vem o Gerhardt — *Zu befehl, Herr Hauptheitzer!*"

O Foguista-Chefe explodiu numa espetacular exibição de palavrões. "Ele é sensível", confidenciou O. I. C. "O homem é desbocadíssimo. Ainda há pouco ele achou que o telégrafo estava prestes a funcionar. Imagine como ele é quando o telégrafo funciona mesmo. Mas a gente deve sempre procurar o lado bom das pessoas."

"Quer dizer é que no fundo ele é um sujeito decente."

"Que nada, experimente pedir a ele licença pra baixar à terra. E em terra firme ele é pior ainda."

De repente, foi como se toda a Turma Enegrecida estivesse sofrendo um paroxismo violento. O telégrafo do passadiço começou a soar como se todas as catedrais do Inferno estivessem anunciando um dia de festa dos mais importantes. As turbinas adicionais foram ativadas, a pressão do óleo e a do vapor começaram a subir, o Oberhauptheitzer, tendo sacado de algum lugar uma pistola Mannlicher de oito tiros, começou a brandi-la diante dos manômetros da pressão do gás com extrema irritação, como se pretendesse atirar neles se as leituras não estivessem corretas. Gritos de "*Dampf mehr!*" vinham de várias direções. Kit olhou a sua volta à procura da escada mais próxima que o levasse ao ar livre, porém tudo havia se transformado numa confusão babélica. Constatou que uma gigantesca mão betuminosa agarrava sua cabeça, impelindo-o mais que depressa, em meio aos ferozes espasmos de luz e ao estridor medonho de aço, em direção às carvoeiras na lateral do navio, de onde os homens retiravam carvão e o colocavam em carrinhos que eram empurrados até as fornalhas das caldeiras.

"Tudo bem", murmurou Kit, "era só pedir." Por um período que pareceu durar horas, ele fez o mesmo trajeto de um lado para o outro inúmeras vezes, aos poucos perdendo a camisa e a camiseta, sendo insultado em idiomas que ele não falava porém compreendia. Tudo lhe doía. Teve a impressão de que havia perdido uma parte da audição.

No convés, o caos também havia se instaurado. Como se mensagens de rádio sintônicas, deslocando-se pelo Éter, fossem sujeitas a influências que no momento ignoramos, ou então, devido ao fato de que a "realidade" presente era de uma fragilidade antinatural, os receptores na cabine de rádio do navio estavam captando sinais de algum outro lugar que não pertencia ao mundo no sentido estrito, seria mais uma espécie de *continuum* paralelo a ele... por volta do meio da tarde, o *Stupendica* havia recebido uma mensagem cifrada, cujo teor era que navios de guerra britânicos e alemães haviam entrado em combate ao largo da costa do Marrocos, e em breve toda a Europa entraria em guerra.

Vozes nervosas, saindo de megafones que até então não haviam sido percebidos, começavam a convocar a tripulação para seus postos de combate. O mecanismo hidráulico foi acionado, e conveses inteiros começaram lentamente a deslizar, dobrar-se e rodar, e os passageiros se viram, muitos deles com consequências fatais, no meio daquela metamorfose de aço a roncar e gritar. Campainhas, gongos, apitos do contramestre, sirenes de vapor se somavam à cacofonia. Comissários arrancavam suas librés brancas, sob as quais se ocultavam uniformes da marinha austro-húngara, e começaram a gritar ordens aos civis que pouco antes estavam lhes fazendo pedidos e agora zanzavam pelos corredores, desorientados e cada vez mais assustados. "Leme de direção para a direita, a fundo!", gritava o comandante, e por toda a gigantesca nau, à medida que o leme obedecia e o navio começava a adernar, aproximando-se cada vez mais de seu limite máximo de nove graus, centenas de pequenas inconveniências se fizeram sentir, frascos de perfume deslizavam e caíam de penteadeiras, cálices de vinho no salão de jantar eram derrubados e encharcavam a toalha da mesa, dançarinos que prefeririam se manter afastados a uma distância apropriada eram jogados uns nos braços dos outros, machucando pés e danificando roupas, diversos objetos guardados em prateleiras caíam sobre os beliches superiores numa chuva de cachimbos, bolsas de tabaco, baralhos, suvenires vulgares de portos exóticos, de vez em quando atingindo as cabeças dos oficiais — "Velocidade máxima!", enquanto xícaras de café esquecidas reapareciam para no instante seguinte se espatifarem nos pisos de aço, sanduíches e pastéis esquecidos que haviam sofrido os usuais maus-tratos da entropia se revelaram em meio a expressões de repulsa em inúmeros idiomas, e a população de baratas, recém-nascidas, ninfas e veteranas grisalhas, imaginando alguma calamidade global, corriam para onde pudessem desenvolver as maiores velocidades possíveis naquela balbúrdia geral.

Dally foi jogada de seu beliche no chão, e um segundo depois Bria caiu em cima dela, exclamando: "*Porca miseria!* Mas que diabo é isso?".

Cici entrou correndo. "Deve ser o papai, que enlouqueceu outra vez!"

"Isso mesmo, ponha a culpa no mágico", comentou o patriarca dos Zombini, emoldurado pela porta, "é o velho Efeito Transatlântico-Virando-Belonave. Está todo mundo bem aqui?"

Coisa curiosa, Dally estava mais preocupada era com Kit.

Depois de dar várias voltas malucas no mesmo círculo fechado a toda velocidade, o navio, como se tivesse recuperado o autocontrole, por fim desacelerou, aos poucos voltou à vertical e assumiu uma nova trajetória, um grau a leste do sudeste. Graças à gigantesca bússola magnética que fora instalada no salão de jantar para distrair os passageiros, a mudança de rota foi logo percebida por todos. "Mas então, para onde é que vamos?" Atlas de bolso saíram dos bolsos. "Vamos ver, se fizemos aquela curva aqui..." A terra mais próxima dali parecia ser o Marrocos.

No porão, pouco a pouco as coisas voltaram ao normal, fosse o que fosse o sentido dessa palavra lá embaixo. O telégrafo moderou suas exigências de mais velocidade, por fim os tripulantes receberam ordem de retomar suas posições à proa e à popa. Tempo de paz outra vez.

Quando os insultos se dirigiram a outros alvos e Kit já havia atingido uma espécie de invisibilidade: "É, foi uma experiência muito educativa", ele proclamou, "e acho que vou voltar pro meu camarote, obrigado por tudo, agradeço em particular ao senhor, Oberhauptheitzer-Chefe...".

"Não, meu senhor, não, não — ele não entende —, não tem camarote, não é mais o *Stupendica* lá em cima, não. Aquele admirável navio já cumpriu seu destino. O que o senhor vai encontrar lá em cima agora é o encouraçado de Sua Majestade *Imperador Maximiliano*. É bem verdade que por algum tempo os dois navios tiveram a praça de máquinas em comum. "Um 'nível mais profundo' em que as dualidades se resolvem. Uma situação meio chinesa, *nicht wahr*?"

De início Kit pensou que aquilo fosse uma espécie de brincadeira da Turma Enegrecida, e subiu as escadas assim que pôde para dar uma olhada. Sentinelas do corpo de fuzileiros navais, munidos de Mannlichers, montavam guarda na escotilha. "Eu sou passageiro", protestou Kit. "Sou lá da América."

"Já ouvi falar. E eu sou de Gratz. Pode voltar lá pra baixo."

Ele tentou outras escadas, outras escotilhas. Subiu em respiradouros e escondeu-se na lavanderia, mas nada adiantou por mais de cinco minutos naquele mundo militarizado, soturno e cinzento, em que não havia mais amenidades civis — nada de mulheres, arranjos florais, orquestras, *haute cuisine* —, se bem que pelo menos ele aproveitou um pouco de ar fresco. "Não, seu caranguejo de porão, isso aqui não é pra você, não. Pode voltar lá pras profundezas, já, já."

Deram a Kit um beliche nas acomodações da tripulação, que ficavam espremidas num canto da proa, e O. I. C. Bodine veio ver se ele estava bem. Kit transformou-se no Fantasma do Porão, aprendendo a se esconder sempre que vinha alguém lá de cima, trabalhando regularmente como foguista nas outras ocasiões.

Tratando-se de um germânico de alto escalão, o comandante daquela nave parecia extraordinariamente indeciso, mudando de ideia a toda hora. Por alguns dias, o *Imperador Maximiliano* ficou costeando o litoral, seguindo para o norte, depois para o sul outra vez, de um lado para o outro, cada vez mais desesperado, como se tentando encontrar a épica batalha naval em cuja existência o comandante continuava acreditando... Embora o primeiro porto de escala previsto fosse Tânger — no momento, segundo os boatos, controlada por um caudilho local, Mulai Ahmed er-Raisuli —, o comandante havia resolvido aportar num ponto bem mais ao sul, Agadir, a Rainha da Costa do Ferro.

Kit descobriu o porquê dessa decisão quando encontrou uma pilha de travessas e pratos usados no salão de jantar da primeira classe perto de uma das carvoeiras vazias. Curioso, enfiou a cabeça dentro dela e descobriu, para sua surpresa, que havia um grupo de pessoas escondidas ali o tempo todo, a maioria das quais falava alemão. Ao que parecia, estavam sendo levadas para uma plantação na costa atlântica do Marrocos como "colonos", cuja presença ali justificaria o interesse alemão pela área. Por motivos diplomáticos, estavam sendo mantidas no porão, e sua presença só era conhecida pelo comandante, cujas ordens continham algumas cláusulas em código que diziam respeito à utilização daquelas pessoas como colonos ocultos, embora a área onde iam ficar não fosse nada promissora para a agricultura, pois a costa era tão exposta aos ventos quanto o interior estava à mercê dos nativos do Sous, os quais não viam com muita simpatia a presença de europeus entre eles. Na verdade, a costa estava fechada para todo o comércio exterior, por obra de um édito do jovem sultão Abdel Aziz, muito embora França, Espanha e Inglaterra tivessem firmado um acordo que concedia à França o direito de "penetração pacífica" nas demais regiões do Marrocos.

Lá fora, como num sonho, além da sucessão cinzenta e implacável das ondas, os colonos viriam a imaginar que divisavam no horizonte, e até mesmo sentiam seu cheiro no vento, as famosas Canárias, que em pouco tempo se tornariam sua única esperança de salvação. Muitos haveriam de enlouquecer e sair em pequenos botes, ou mesmo a nado, rumo ao oeste, e nunca mais seriam encontrados.

"O que aconteceu? Fomos dormir em Lübeck e acordamos aqui."

"Eu estou indo para Göttingen", disse Kit, "e se quiser que eu leve algum recado pra você, eu levo com prazer."

"Como é que você vai para lá se está escondido aqui embaixo como nós?"

"Um obstáculo temporário", murmurou Kit.

Moradores das aldeias, artesãos do Sous, bérberes vindos do fundo do vale, comerciantes que haviam chegado com as caravanas das montanhas e do deserto, todas interromperam as minúcias do cotidiano para ficarem parados na praia olhando, sem saber até que ponto corriam risco. Em sua maioria, aquelas pessoas jamais tinham visto uma embarcação maior do que um barco de pesca, sem contar os vultos que viam passando em alto-mar, ao longe, cujo tamanho era impossível calcular. Cabras que subiam em árvores, instaladas nos galhos dos pés de argânia, pararam de mastigar os frutos semelhantes a azeitonas para contemplar aquela aparição de metal. Músicos *gnaoua* invocavam os *mlouk gnaoui*, pedindo ao porteiro dos Seigneurs Noirs que abrisse a porta do bem e do mal. Todos concordavam que o navio teria vindo de algum lugar muito distante — a suposição de que ele seria proveniente de uma das "Grandes Potências" pouco ajudava a esclarecer a questão, pois a expressão, ali naquela costa isolada, certamente abrangia possibilidades que transcendiam a geografia profana.

Os muros da cidade, de uma alvura brilhante, se apresentavam ao predador alto, arrogante e austero que vinha interromper o ramerrão do dia, lançando sombras de contornos nítidos pela névoa da fumaça produzida tanto por suas chaminés quanto pelas fogueiras rapidamente improvisadas na praia, não estava claro se como sinal de amizade ou de temor...

E como se reencarnados de algum estado intermediário ou Bardo, numa noite sem lua os passageiros civis, Kit entre eles, saíram um por um por uma abertura no casco do *Imperador Maximiliano* feita para lançar submarinos anões, e foram em segredo levados para a praia em barcos a remo, quando então o encouraçado partiu para alto-mar outra vez. Kit, que não estava convencido de que tinha futuro na marinha dos Habsburgo, havia resolvido desembarcar ali, e rapidamente encontrou um quarto entre o porto e a estrada de Mogador, passando a frequentar um bar perto do cais, o Tawil Balak.

"Aqui nesta cidade somos bem cosmopolitas", disse Rahman, o *barman*, "mas é melhor você não subir muito o vale." Uma noite apareceu um pescador saído de uma traineira autônoma que tinha base em Ostend, a *Fomalhaut*, e que fora abandonada por dois tripulantes em Tânger. "Estamos precisando de gente", disse o comandante a Kit. "Você está contratado."

O resto da noite transcorreu numa névoa. Kit lembrou-se depois de uma discussão a respeito do problema dos dois *Stupendica* com Moïsés, um místico judeu do local. "Isso aqui não é raro, não. Jonas é o caso clássico. Como você sabe, ele estava indo pra Társis, cujo porto, oitocentos quilômetros a norte daqui, hoje em dia chamamos de Cádiz, e tem como nome alternativo Agadir. Mas reza a tradição, aqui na *nossa* Agadir, que Jonas desembarcou um pouco a sul daqui, em Massa. Lá existe uma mesquita que comemora esse evento."

"Duas Agadires", disse Kit, perplexo. "Ele partiu de viagem no Atlântico? E aportou nos dois lugares ao mesmo tempo, separados por oitocentos quilômetros?"

"Como se o estreito de Gibraltar atuasse como uma espécie de ponto de junção metafísica entre os mundos. Naquela época, atravessar aquela abertura estreita e penetrar o campo imenso e inexplorado do Oceano era deixar pra trás o mundo conhecido, e talvez também as convenções a respeito de só se poder ocupar um lugar num dado tempo... Tendo atravessado o estreito, o navio seguiu em duas direções ao mesmo tempo? O vento soprava pra dois lados? Ou seria o peixe gigantesco que possuía o poder da bilocação? Dois peixes, dois Jonas, duas Agadires?"

"Essa fumaça aqui que eu estou respirando", perguntou Kit, "isso não seria por acaso... hm, haxixe?"

"Nunca ouvi falar nessa substância." O santo homem parecia ofendido.

Estava escuro dentro do estabelecimento. Como se houvesse menos necessidade de fontes comuns de luz, um único lampião ardia, queimando gordura de carneiro malcheirosa. Na casbá, pessoas cantavam até entrarem em transe. Em algum lugar na rua, os músicos *gnaoua* tangiam alaúdes e marcavam o tempo com um instrumento de percussão de metal que seguravam com as mãos, e eram invisíveis para todos, menos às pessoas para quem tocavam.

Haviam saído da baía de Agadir, contornando o Ighir Ufrani no momento em que a luz do sol tocava de leve os cumes das montanhas, e seguiram para o nordeste, rumo ao canal da Mancha, navegando a tal distância da costa que já não era possível ver terra firme. Fora algumas espécies marroquinas, o arenque de Mogador, o *alimzah* e o *tasargelt*, à medida que seguiam para norte foram pegando cada vez menos peixes, fato que o resto da tripulação atribuiu à presença de Kit, até que numa certa manhã, de repente, na baía de Biscaia o *Fomalhaut* se viu por acaso no meio de um gigantesco cardume de peixes de várias espécies, de uma abundância tão imoderada que chegou a colocar em risco os cabos e molinetes. "Tinha que acontecer algum dia", arriscou o comandante. "É a história do Jonas ao contrário, ora. Veja só." De fato, diversos peixes pareciam estar presentes naquele festival de brilhos prateados que jorrava nos cercos flutuantes e se espalhava pródigo pelo tombadilho, caindo pelas amuradas cada vez que eram desamarrados os fundos das redes. Kit ficou encarregado de classificar os peixes por espécie, de início cuidando apenas de separar os comestíveis dos imprestáveis, mas logo aprendendo a distinguir as sutilezas que diferenciavam rodovalhos de linguados, bacalhaus de badejos, linguados de bremas.

Tão logo esvaziaram a rede de arrasta de estibordo, foram abrir a de bombordo outra vez. Aquele cardume de dimensões continentais parecia não acabar nunca. Kit percebeu que agora o estavam olhando de modo ainda mais estranho do que antes.

A coisa se estendeu por um dia e uma noite, até que não restava mais nenhum lugar a bordo da traineira nem mesmo para uma única sardinha, e chegaram se arrastando em Ostend, penetraram no Staketsel e percorreram o canal, as amuradas quase fazendo água. Havia peixes nas escotilhas de popa e nos armários de cordas, havia peixes saindo pelas vigias e peixes que pulavam, batendo as nadadeiras, dos mapas que eram desenrolados sobre a mesa, horas depois os tripulantes ainda estavam encontrando peixes nos bolsos, e também na— "Ah, *pardon, mon chou*, isso não é o que você está pensando, não —"

Neste ínterim, tendo deixado seu duplo militar vagando pela névoa, o *Stupendica* prosseguia em sua viagem civil.

Bria tentava animar Dally. "Escute, você sabe o que dizem sobre namoros de bordo."

"Então a coisa foi isso?"

"Você deve saber melhor que eu, a aventureira é você."

"E o amigo dele?"

"O Rooty-Toot? Já perguntei, ele diz que os dois se separaram na casa de máquinas e desde então ninguém mais viu o Kit."

Seria mesmo caso de enlouquecer por causa disso? Dally vasculhou todo o *Stupendica*, do tombadilho superior ao bailéu do porão, perguntando a passageiros, comissários, foguistas, taifeiros e oficiais se tinham visto Kit. Nada. No jantar, ela abordou o comandante.

"Ele pode ter desembarcado em Agadir, mas vou mandar uma mensagem de rádio", prometeu o comandante.

Pois sim. Sua única esperança àquela altura era a de que aquele yalista inconstante não tivesse caído no mar. Dally procurava os lugares menos povoados do navio e ficava prostrada numa espreguiçadeira, olhando com ferocidade para as ondas, que em sintonia com ela ficavam escuras, determinadas, íngremes, com espuma no alto, enquanto o céu se nublava, até que por fim uma tempestade vinda de estibordo desabou sobre eles.

Em Gibraltar o navio pareceu fazer uma pausa, como se aguardando a autorização de aportar. Dally sonhava que os passageiros tinham obtido permissão para passar um pouco de tempo em terra firme, e que ela ficou olhando do alto de algum ponto elevado, em meio à tempestade, diretamente acima do "Atlântico" implacavelmente negro. Onde se metera o diabo do Kit? Por um instante, teve uma visão nítida dele em algum lugar muito abaixo dali, junto à base do rochedo íngreme, ao que parecia empurrando um barco pequeno e imperfeito para dentro da imensidão cinzenta, prestes a embarcar em alguma viagem impossível...

O *Stupendica* seguia viagem, mantendo-se próximo ao litoral mediterrâneo, passando um porto após o outro, casas e folhagens descendo as encostas claras, os habitantes ocupados com suas vidas nas ladeiras de cada cidadezinha, barquinhos com velas latinas descrevendo círculos no mar, feito mariposas.

Erlys se manteve distante, não queria ficar falando sobre aquele romance fracassado de Dally, ainda mais porque nenhuma delas sabia muito bem até que ponto aquilo seria importante. Dally imaginava que Bria seria a primeira a esfregar-lhe aquilo na cara, só que de algum modo, em silêncio e sem nenhum esforço, ao menos que sua mãe percebesse, Bria pôs-se a desrespeitar todo e qualquer bom conselho que tivesse dado à irmã, fisgando não apenas Root Tubsmith mas também boa parte da lista de passageiros de quarta classe, como peixes num laguinho ornamental.

Como se tivesse temporariamente saído de sua própria vida e adquirido o dom de deslocar-se numa trajetória paralela, "próxima" o bastante para ver a si própria vivendo, Dally descobriu uma maneira alternativa de viajar por terra, de porto a porto, mais depressa do que o navio estava se deslocando... Ela corria, aparentemente um pouco acima do chão, atravessando aquele crepúsculo oloroso de fim de verão, paralelamente ao deslocamento do navio... talvez, de vez em quando, no intervalo entre as dunas, o mato e os muros baixos de concreto, vendo de relance o vulto do *Stupendica*, em movimento, passando ao largo da costa eterna, lento e insistente, todos os seus detalhes e dobras e projeções apagados num todo cinzento como o corpo de uma mosca visto através de suas asas... quando a noite descia e o navio, que ela ultrapassara, se aproximava dela... Ela voltava para sua espreguiçadeira, ofegante, suada, sentindo um êxtase imotivado, como se tivesse escapado por um triz de alguma ameaça séria à sua segurança.

Pararam em Veneza na neblina, no meio da noite, para que se realizasse alguma transação rápida e espectral. Dally acordou, olhou pela vigia e viu uma flotilha de gôndolas negras, cada uma delas com uma única lanterna, cada uma levando um único passageiro coberto com uma capa, todos em pé, olhando fixamente para alguma coisa à sua frente que só eles pareciam entender. Então Veneza é isto?, ela se lembrava de ter pensado, adormecendo logo em seguida. De manhã, chegaram por fim ao porto de origem do *Stupendica*, Trieste. Havia uma multidão na Piazza Grande para receber o navio. Senhoras com chapéus enormes, abraçadas a oficiais do exército austro-húngaro com seus uniformes em azul, escarlate e dourado, desfilavam pela Riva com toda a convicção dos sonhos. Uma banda militar tocava *pot-pourris* de Verdi, Denza e Antonio Smareglia, compositor local favorito.

Dally deixou-se arrastar pela confusão do desembarque. Tinha a impressão de estar imóvel. Nunca ouvira falar daquela cidade. Por um momento, o problema não era Kit, e sim — onde estava ela?

Seguido pelos olhares equívocos dos tripulantes do *Fomalhaut*, Kit foi receber seu pagamento em Ostend e entrou com passo trôpego no Cais dos Pescadores, tomou o bonde elétrico e foi até o Continental, onde por algum motivo imaginava que haveria um quarto reservado à sua espera. Mas lá nunca ninguém ouvira falar nele. Quase encarando aquilo como uma ofensa pessoal, estava prestes a invocar o nome de Vibe quando viu sua própria imagem de relance num dos espelhos com molduras douradas que havia no saguão, e a lucidez interveio. Jesus Cristo. Ele parecia um monte de destroços jogados na praia. Seu cheiro reforçava a semelhança, pensando bem. Voltando à rua, pegou outro bonde, que o levou para a cidade, seguindo o Boulevard van Iseghem, fazendo duas curvas à esquerda e voltando em direção ao cais outra vez. As multidões que ele via estavam bem mais apresentáveis do que ele. No Quai de l'Empereur, quase no lugar que fora seu ponto de partida, Kit saltou do bonde ainda sem ter ideia a respeito do que fazer, entrou num pequeno *estaminet* e sentou-se num canto com um chope de doze *centimes*, pensando sobre sua situação. Tinha bastante dinheiro para ao menos passar a noite em algum lugar, antes de descobrir uma maneira de ir até Göttingen.

Suas ruminações foram interrompidas por uma violenta altercação na esquina, envolvendo um grupo desmazelado, mal-encarado, mesmo, de pessoas de idades e nacionalidades variadas, cujo único idioma em comum, como Kit percebeu depois de algum tempo, era o dos Quaterniões, embora não se lembrasse de jamais ter visto tantos seguidores dessa aguerrida tendência reunidos num mesmo lugar. Mais estranho ainda, ele terminou por se dar conta de que eles pareciam *reconhecê-lo* — não que tivessem trocado sinais e contrassinais maçônicos, exatamente, e no entanto —

"Aqui, Kellner!, um *demi* de Lambic pro gajo ali com algas nas roupas", gritava um sujeito alegremente enlouquecido com um panamá surrado que parecia ter sido encontrado na praia.

Kit fez o gesto que esperava ser universal para dedicar escassez de recursos, puxando para fora um par de imaginários bolsos das calças e dando de ombros como quem pede desculpas.

"Não se preocupe, esta semana tudo corre por conta do departamento de matemática do Trinity, eles são gênios na hora de calcular equações de biquaterniões, mas diante duma conta, pra sorte nossa, o cérebro deles para de funcionar." O homem se apresentou como Barry Nebulay, da Universidade de Dublin, fez-se espaço para Kit e ele juntou-se ao grupo poliglota.

Durante toda a semana anterior e a atual, os Quaternionistas estavam reunidos em Ostend para realizar uma de suas Convenções Mundiais que ocorriam em intervalos irregulares. Em consequência das desagradáveis ocorrências da década de 1890 que ficaram conhecidas como as Guerras dos Quaterniões — nas quais, como Kit bem sabia, Yale, a pátria dos vetores gibbsianos, fora um dos principais beligerantes —, os Quaternionistas de verdade, que se não haviam sido derrotados na melhor das hipóteses passaram a sentir-se irrelevantes, se dispersaram, sob os céus amarelados da Tasmânia, no deserto norte-americano, nas altitudes inóspitas dos Alpes suíços, reunindo-se em grupos furtivos nos hotéis de fronteira, em almoços em salões alugados, em saguões de hotéis cujas superfícies, que em matéria de esplendor iam do veludo francês à alvenaria aborígine, desencadeavam ecos múltiplos — eram encarados com desconfiança pelos garçons que lhes traziam e serviam com conchas enormes, em caldeirões de aço, legumes cultivados no local, cujos nomes não vinham à mente de imediato, ou então pedaços de animais ocultos por molhos opacos — em particular, ali na Bélgica, formas de maionese — cujas cores oscilavam entre o índigo e o azul-esverdeado, por vezes em tons bem vívidos... sim, mas que outra opção lhes restava? Tendo sido inseparáveis da ascensão das influências eletromagnéticas sobre a vida humana, os hamiltonianos, caídos em desgraça, haviam se tornado, para a religião estabelecida da ciência, uma seita subversiva, ou mesmo herética, para a qual a prescrição e o exílio eram castigos insuficientes.

O Grand Hôtel de la Nouvelle Digue ficava bem recuado no Boulevard van Iseghem, longe do dique que lhe dava nome, atraindo em particular os mais parcimoniosos em matéria de despesas, entre os quais se incluía a combinação usual de turistas fora da temporada, fugitivos, aposentados, vítimas de desilusões amorosas que imaginavam ter encontrado a antessala da morte. Na verdade, tudo ali era bem diferente do que parecia ser. Os quartos do hotel eram implacavelmente mobiliados com peças de bambu falso, na verdade feitas de pinho, pintadas com cores exóticas, como escarlate, e mesas com tampos de mármore barato, talvez sintético. Numa tentativa de abarcar as tendências do *art nouveau* belga com toda sua modernidade, motivos que combinavam mulheres e animais eram incorporados às ferragens do lavabo e da banheira, colchas, cortinas e abajures.

Kit olhou a sua volta. "Muito chique."

"A essa altura", disse Barry Nebulay, "ninguém mais cuida de saber quem é ou não é um hóspede registrado. Você não seria o único 'penetra' aqui." Kit, tendo resolvido tentar ganhar bastante no Cassino para poder ir a Göttingen, logo se viu dormindo num canto em meio a pilhas de detritos quaternionistas, juntamente com uma população instável de refugiados cujos nomes, se chegou a ouvi-los, ele rapidamente esqueceu.

Num quarto bem próximo havia uma célula de niilistas belgas — Eugénie, Fatou, Denis e Policarpe, os quais adotaram o nome de "Jovem Congo" —, pessoas que nunca deixavam de despertar o interesse da Garde Civique, bem como o do pessoal do Deuxième Bureau francês, que visitavam Bruxelas com regularidade. Quando Kit esbarrava num desses jovens — o que parecia acontecer com uma frequência impossível de atribuir ao acaso — havia sempre um momento de intenso reconhecimento, quase como se outrora, de algum modo, ele tivesse *feito parte* daquela pequena *phalange*, até que alguma coisa acontecera, terrível demais para que ele se lembrasse dela, pelo menos tão extraordinária quanto o destino do *Stupendica*, a partir da qual tudo, juntamente com a memória, entrara numa queda vertiginosa, não apenas para baixo mas também ao longo de outros eixos do espaço-tempo. Isso vinha acontecendo muito com ele nos últimos tempos. Se por um lado era sem dúvida um alívio não arcar com nenhum fardo maior que o peso das próprias roupas — e embora fosse quase possível convencer-se de que havia escapado da maldição de Vibe e estava começando uma vida nova —, a ausência de peso que vivia era tão estranha que podia se tornar perigosa a qualquer momento. Depois de apreciar por um bom tempo o Digue, oito metros de altura e circundado por hotéis grã-finos, e o mar logo do outro lado, a bater, num nível mais elevado que a cidade, era impossível não pensar numa força consciente, a procurar um ponto fraco, destinada a transbordar, invadir o passeio e destruir toda Ostend.

"Como as hordas negras do Congo", meditou Policarpe. "As quais os belgas, com sua neuropatia de morador de terra baixa, também imaginam como uma onda implacável, crescendo em silêncio, cada vez mais, por trás de uma muralha de força e morte que ninguém consegue tornar forte o bastante para impedir que ela derrube tudo —"

"O sofrimento imerecido deles", sugeriu Denis, "a superioridade moral deles."

"Não. Eles são tão selvagens e degenerados quanto os europeus. Também não é apenas uma questão de números, pois aqui na Bélgica temos a mais elevada densidade demográfica do mundo, isso não deve causar espanto a ninguém. Não, nós criamos isso, a meu ver — nós o projetamos do coconsciente, das alucinações sempre a escorrer, constantemente mapeadas pelo inferno implacável e imperdoável do nosso domínio na África. Cada vez que um membro da Force Publique agride um apanhador de borracha, ou mesmo pronuncia o insulto mais simples, a maré se fortalece, o *digue* de autocontradição fica ainda mais fraco."

Era como se estivessem juntos de volta aos tempos da *khâgne*. Todos ficavam deitados numa espécie de inércia vaga, bebendo, passando cigarros um para o outro, esquecendo-se da pessoa por quem supostamente estavam apaixonados, ou mesmo se estavam ou não apaixonados. Denis e Eugénie haviam estudado geografia com Reclus na Universidade de Bruxelas, Fatou e Policarpe estavam fugindo de mandados de prisão emitidos em Paris, onde até mesmo a intenção de defender o Anarquismo era crime. "Como os niilistas russos", explicou Denis, "no fundo somos metafísicos. Há sempre o perigo de ficar lógico demais. No final das contas, tudo que se pode fazer é consultar o coração."

"Não ligue pro Denis não, ele é Stirnerista."

"*Anarcho-individualiste*, só que você é imbecil demais pra captar a diferença."

Embora existisse dentro da *phalange* uma centena de oportunidades para traçar tais distinções, a África era sempre o termo não mencionado, proibido, que os mantinha sólidos e resolutos. Isso e mais a obrigação moral, se bem que alguns talvez preferissem o termo "obsessão", de assassinar Leopoldo, rei dos belgas.

"Ninguém nunca reparou", arriscou Denis, "quantas figuras poderosas da Europa — reis, rainhas, grão-duques, ministros — têm sido derrubadas nos últimos tempos pelo implacável rolo compressor da História? cadáveres de poderosos desabando pra todos os lados, com uma frequência muito maior do que poderia ser explicado pelo acaso?"

"Você está autorizado a falar em nome dos deuses do Acaso?", indagou Eugénie. "Quem é que sabe o que seria um índice 'normal' de assassinatos políticos?"

"É", interveio Policarpe, "talvez ainda não seja tão alto quanto devia ser. Levando-se em conta que o ato é cientificamente inevitável."

O grupo havia se animado com o exemplo dado por Sipido, o Anarquista de quinze anos de idade que, solidário com os bôeres da África do Sul, havia tentado assassinar o príncipe e a princesa de Gales em Bruxelas, na Gare du Nord. Quatro tiros à queima-roupa, todos perdidos, Sipido e sua gangue foram presos e mais tarde absolvidos, e o príncipe era agora o rei da Inglaterra. "E os britânicos", deu de ombros Policarpe, o realista do grupo, "continuam tratando os bôeres como se eles fossem lixo. O Sipido devia ter utilizado com mais cuidado os instrumentos da nossa profissão. Está certo que é preciso esconder a arma, mas, afinal de contas, se o alvo é o príncipe herdeiro, o calibre é importante, pra não falar num pente maior."

"Imagine se a gente pusesse uma bomba no Hippodrome", propôs Fatou, com ruge, sem chapéu e usando uma saia mais curta do que a de uma artista de circo, embora todos, com exceção de Kit, fingissem não estar percebendo esses detalhes.

"Ou então na Real Cabine de Banho", disse Policarpe. "Qualquer um pode alugá-la por vinte francos."

"E quem é que tem vinte francos?"

"Alguma coisa da família pícrica viria a calhar", prosseguiu Fatou, espalhando mapas e diagramas pelo quartinho. "Por exemplo, pó de Brugère."

"Já eu sempre preferi o de Designolle", murmurou Denis.

"Ou quem sabe a gente não contrata um pistoleiro americano", Eugénie lançando um olhar significativo para Kit.

"Ih, *mademoiselle*, melhor eu nem chegar perto de uma arma, eu ia precisar de sapatos de aço só pra proteger meus pés."

"Ora, Kit, pra nós você pode falar. Quantos bandoleiros você... já transformou em peneira?"

"Não sei bem, a gente só começa a contar quando chega a uma dúzia."

Na cúspide do anoitecer, acenderam-se lampiões em todas as ruas, proteção contra a sombra ameaçadora de forças semivisíveis... Do outro lado do Digue, as ondas batiam na praia invisível. Policarpe havia trazido absinto, açúcar e toda a parafernália. Ele era o dândi da falange, exibindo, no estilo de *Monsieur* Santos Dumont, um panamá cuja aba ele amassava de modo preciso, ocupando com essa tarefa o tempo que outros rapazes dedicavam a aparar os bigodes. Ele e seus amigos eram *absintheurs* e *absintheuses*, e gastavam muito tempo realizando complexos rituais em torno da bebida. A Hora Verde muitas vezes se prolongava até meia-noite.

"Ou, como gostamos de dizer, *l'heure vertigineuse*."

Por volta de meia-noite, ouviram-se duas vozes discutindo em italiano junto à porta, do lado de fora, por algum tempo. Pouco antes, a Jovem Congo havia se associado a dois desertores da marinha italiana, Rocco e Pino, que tinham roubado da fábrica da Whitehead em Fiume o projeto secreto de um torpedo tripulado de baixa velocidade, que eles pretendiam montar ali na Bélgica para com ele atacar o iate real do rei Leopoldo, o *Alberta*. Rocco, sempre muito sério, talvez pecasse apenas por falta de imaginação — enquanto Pino, que parecia exprimir tudo que há de imoderado no temperamento do italiano do sul, era o tempo todo levado às raias da loucura pela obtusidade de seu parceiro. Em teoria, os dois formavam uma equipe ideal para trabalhar num torpedo tripulado, tendo a incapacidade de Rocco de imaginar qualquer forma de desvio do regulamento o potencial — o qual de vez em quando chegava mesmo a se realizar — de conter as fantasias exuberantes, embora infrutíferas, de Pino.

O Siluro Dirigibile a Lenta Corsa representou um capítulo breve, porém romântico, na história do torpedo. Sendo seus alvos limitados a objetos estacionários, tais como navios ancorados, ficava muitíssimo mais simples realizar os cálculos matemáticos referentes à trajetória e à pontaria, se bem que o elemento de *virtù* pessoal passou a assumir importância capital, pois a equipe precisava em primeiro lugar fazer com que seu veículo letal passasse despercebido pelas defesas do porto, muitas vezes desconhecidas, até *entrar em contato físico* com o casco da vítima — quando então, tendo dado início a uma sequência de detonação retardada, os tripulantes tinham de escafeder-se dali o mais depressa possível, para o mais longe possível, antes da explosão. O uniforme de trabalho era quase sempre um traje de mergulhador de borracha vulcanizada, para conservar a temperatura do corpo numa imersão em águas gélidas que poderia se prolongar por horas, pois o torpedo se deslocava por quase toda sua trajetória imediatamente abaixo da superfície, e portanto Rocco e Pino eram obrigados a fazer o mesmo.

"Que noite!", exclamou Pino. "Garde Civique pra todos os lados."

"Cartolas e uniformes verdes cada vez que a gente olha", acrescentou Rocco.

"É, mas você não é exatamente alérgico ao verde", Policarpe oferecendo a garrafa de absinto.

"Quantos navios você já... explodiu, Pino?" Fatou ronronava, enquanto Rocco, dirigindo olhares temerosos a ela, cochichava no ouvido do parceiro.

"... é exatamente o tipo de pergunta que um *espião austríaco* haveria de fazer — pense, Pino, pense."

"Pino, o que é que ele está dizendo?" Fatou dando um tapinha na orelha cujo lóbulo que havia sido deixado, de modo provocante, despido de qualquer ornamento. "Então o Rocco realmente acha que eu sou uma espiã?"

"Sabe, nós já tivemos negociações com uma ou duas espiãs", sussurrou Pino, tentando manter um olhar de admiração casta que não convenceu ninguém, sendo suas tentativas naquele dia de fazer o gênero cortês prejudicadas ainda mais por ele não ter penteado os espessos cabelos cacheados desde que se levantara, estar trajando um uniforme de faxina da Real Marinha Italiana todo manchado de vinho e de lubrificante e conservar um olhar sem foco que jamais pousava em nenhum alvo por muito tempo, evitando em particular os rostos das pessoas. "Se eu consigo encarar esses episódios como coisas que fazem parte da vida e depois tocar para a frente, o Rocco, coitado, não consegue esquecer. Ele já conseguiu reduzir a um estado de narcose profunda um número incontável de participantes de reuniões, até ciganos dispostos a passar toda a noite festejando, com sua obsessão por *espiãs perigosas*."

"*Macchè*, Pino! Elas... elas me interessam, só isso. Enquanto categoria."

"*Ehi, stu gazz', categoria.*"

"Comigo você não corre perigo, tenente", tranquilizou-o Fatou. "Um governo que me contratasse pra trabalhar como espiã teria de ser muito idiota..."

"Justamente o que eu acho!" Rocco de olhar fixo, impávido em sua patetice.

Ela encarou-o de esguelha, diante da possibilidade recém-esboçada de que aquilo, tal como o *mezzogiornismo* afoito de seu companheiro Pino, fosse para Rocco uma maneira sutil de flertar com ela.

"Como sempre", Eugénie lhe havia advertido, "você é desconfiada demais. Você tem que escutar mais o seu coração."

"Meu coração." Fatou sacudiu a cabeça. "Meu coração já sabia que ele não vale nada, quando ele ainda nem tinha chegado perto de mim o suficiente pra ouvi-lo batendo. É claro que ele *não é um bom partido*, mas o que é que isso tem a ver com a história?"

Eugénie tocando a manga da amiga com discrição. "Na verdade, por acaso eu acho que... hmm... gosto do... Rocco?"

"Aahh!" Fatou desabou na cama, batendo no colchão com os punhos e os pés. Eugénie esperou até que ela terminasse. "Estou falando sério."

"Vamos sair e dançar juntas! Jantar fora! Ir ao teatro! Como se a gente fosse *um rapaz e uma moça*! Eu sei que você está 'falando sério', Génie — é por isso que estou preocupada!"

As duas jovens sofriam um bocado sempre que a dupla de italianos era obrigada a passar algum tempo em Bruges, a Veneza da Bélgica, a que se chegava após uma curta viagem pelos canais, uma cidade que desde a Idade Média era famosa pela beleza das moças. Isso não era tão importante, Rocco e Pino não cansavam de jurar, e sim a necessidade de fazer frequentes treinos noturnos com o Torpedo, cujo motor de combustão interna estava sendo modificado pela equipe do Atelier de la Vitesse de Raoul, em sua maioria mecânicos comunistas de Ghent. Quando todos estivessem satisfeitos com o desempenho da arma, Rocco e Pino planejavam viajar nela numa noite por aquelas vias espectrais, invisíveis, até chegar ao mar e a um certo *encontro com a realeza*.

"Eles instalaram um motor Daimler de seis cilindros", explicou Rocco, "com um carburador militar austríaco, ainda muito secreto, e mais um cano de distribuição de escape redesenhado, o que quer dizer que já chegamos aos cem cavalos, e isso só na velocidade de cruzeiro, *guaglion*."

"Por que vocês não venderam o projeto pros ingleses?", perguntou um dos mecânicos de Ghent. "Por que dá-lo de presente pra um grupo de Anarquistas que nem Estado tem?"

Rocco ficou intrigado. "Roubar de um governo pra vender a outro?" Ele e Pino se entreolharam.

"Vamos matá-lo", sugeriu Pino, animado. "Fui eu que matei o último, Rocco, de modo que agora é a sua vez."

"Por que é que ele está fugindo?", indagou Rocco.

"Volte, volte!", gritou Pino. "Ora. Todo mundo aqui é tão apático."

A equipe do hotel, cujo garbo era menos rigoroso do que seria de se esperar durante o dia, estava mantendo um equilíbrio delicado entre a irritação e a perplexidade diante do espetáculo daqueles saltimbancos quaternionistas, que havia anos já tinham recuado da grande luta pela existência, ainda resolutos e insones. Se aquilo era a vida no Além, então apenas alguns dos que trajavam a libré do Grand Hôtel de la Nouvelle Digue poderiam ser classificados como anjos auxiliadores — os outros assemelhando-se mais a diabetes do desconforto engenhoso.

"Vai ser só pra homens ou vai haver pelo menos uma ou duas Quaternionistas?", indagou Kit, num tom que teria de ser qualificado como suplicante.

"Aves raras", respondeu Barry Nebulay, "mas há que contar com a senhora Umeki Tsurigane, da Universidade Imperial do Japão, ex-aluna do professor Knott, do tempo em que ele lá esteve. Uma moça surpreendente. Já publicou tanto quanto qualquer seguidor da seita — memorandos, monografias, livros —; creio que o Kimura traduziu alguma coisa dela pro inglês. — Ah. E lá está ela", indicando com a cabeça o balcão.

"Aquela ali?"

"Ela mesma. Apresentável, não acha? Vocês hão de entender-se bem, ela acaba de voltar dos Estados Unidos. Venha, vou apresentá-lo a ela."

Calça preta, sombreiro de tropeiro... calças de *couro* preto, aliás couro de *luvas*. "Você tem certeza que não seria melhor uma outra ocasião —"

"Tarde demais. Senhora Tsurigane, o senhor Traverse de New Haven."

Em torno do pescoço delgado, a formosa asiática usava também um *furoshiki* estampado com um padrão de árvores em azul-pavão, cinza-acastanhado e escarlate, dobrado num triângulo como se fosse um lenço de vaqueira, e entornava uma sucessão de uísques arrematados com chopes numa velocidade estonteante. Já havia um pequeno bolo de apostas girando em torno do tempo que ela se aguentaria antes de entrar em estado de paralisia.

"'Alguns esquemas de Quaterniões para representar o lápis anarmônico e formas correlatas'", relembrou Kit. "Eu li o resumo na *Comptes Rendus*."

"Não me diga que é mais um lapisarmonicista", ela o saudou, tranquila e, por ora, lúcida. "Dizem que agora está virando uma verdadeira seita. Que aguardam coisas... as mais estranhas!"

"Hmm..."

"O Simpósio de Geometria Projetiva — o senhor vai falar nele?"

"Hmm..."

"O senhor vai falar alguma coisa? Nos próximos minutos?"

"Espere, que lhe pago mais uma dose", ofereceu-se Barry Nebulay, e em seguida, como se fosse um anjo dos alcoólatras, afastou-se para realizar mais uma boa ação.

"Yale — o senhor estudou lá? Kimura-san, que agora está no nosso Colégio Naval — o senhor o conhece?"

"Ele esteve em Yale um pouco antes do meu tempo, mas ainda falam dele com muito respeito lá."

"Ele e o colega americano dele, De Forest-*san*, fizeram algumas contribuições importantes ao campo da comunicação sintônica sem fios. O sistema de Kimura-*san* — hoje mesmo, em algum lugar, está sendo usado pela marinha japonesa, em serviço contra os russos. Esses dois senhores estudaram os Vetores com o eminente Gibbs *Sensei*. Até que ponto isso pode ter sido... coincidência?"

"Estando as Equações de Maxwell no âmago da questão..."

"Justamente." Ela levantou-se e olhou para ele, um olhar mais ou menos devastador, por debaixo da aba daquele chapéu de vaqueira. "As festividades ali... o senhor se incomodaria de me fazer companhia?"

"Seria um prazer, senhorita." O único problema foi que assim que deram dois passos dentro do Grand Salon ela escapuliu, ou então foi ele quem escapuliu, e os dois só voltariam a se ver dias depois. Kit tinha duas opções: ou ir embora e ficar emburrado em algum lugar ou então andar de um lado para outro tentando encontrar alguma outra coisa. Na verdade, uma única opção.

Kit foi se acotovelando até sair para o Grand Salon, cujas paredes eram cobertas por um papel em tons de azul-anilina e um alaranjado-vivo, ainda que azedo, com um motivo que parecia ser de flores, se bem que quase ninguém seria capaz de apostar nisso, iluminado por centenas de candelabros de aparência moderna, com placas de marfim do Congo finas como papéis atravessadas pela luz das lâmpadas elétricas, fervilhante de Quaternionistas de todo o globo, todas as tendências e mais apóstatas de cada uma delas, semigibbsistas e pseudo-heavisidistas e grassmaníacos empedernidos, zanzando pelo salão, sequiosos por animação, vestidos de modo excêntrico, pouco ou nem um pouco asseados, todos, com no máximo a cota usual de gritalhões e babões, fofocando até perder o fôlego sobre cargos vagos, casamentos compulsivos, colegas cretinos e negócios imobiliários de preços extorsivos ou não, um rabiscando na roupa do outro, executando com cigarros e cédulas números de prestidigitação em que tais objetos sumiam e reapareciam nas caras dos interlocutores, bebendo Monopole de la Maison, dançando em cima das mesas, abusando da paciência das esposas, vomitando dentro dos bolsos de desconhecidos, entrando em discussões infindáveis e intensamente roucas em esperanto ou idiom neutral falados com toda a fluência, sendo as discussões técnicas quase de todo impenetráveis, e a conversa fiada fática ou social apenas um pouco menos problemática.

"... a tentativa desastrada de Heaviside no sentido de desquaternionizar as Equações de Campo de Maxwell — nem elas estão livres dos ataques —"

"Admita. A *Kampf ums Dasein* terminou, e nós perdemos."

"Isso quer dizer que agora nós apenas imaginamos que existimos?"

"Eixos imaginários, existência imaginária."

"Espectros. Espectros."

"Sim, meu irmão nos Quaterniões, o seu caso é particularmente deprimente. A sua última monografia continha tantos erros que era mais uma *mongografia*."

"Somos os judeus da matemática, vagando na nossa diáspora — alguns destinados para o passado, outros para o futuro, e até mesmo uns poucos capazes de desviar num ângulo desconhecido da linha simples do Tempo, em trajetórias que ninguém pode prever..."

"É claro que perdemos. Os Anarquistas sempre acabam perdendo, enquanto que os bolcheviques à Gibbs-Heaviside, sempre com os olhos postos nos resultados a longo prazo, com toda frieza levaram a cabo seus planos, protegidos pela crença de que representam o futuro inevitável, o povo *xyz*, o partido de um único Sistema Estabelecido de Coordenadas, presente em todo o Universo, governando com plenos poderes. Nós somos apenas a turma do *ijk*, vagabundos que montam suas tendas apenas pelo tempo exigido pelo problema, depois levantam acampamento e seguem viagem, sempre *ad hoc* e locais, o que era que você esperava?"

"Na verdade, os Quaternionistas fracassaram porque perverteram o que os Vetoristas julgavam saber a respeito das intenções de Deus — que o espaço seja simples, tridimensional e real, e que se houver um quarto termo, um imaginário, ele seja atribuído ao Tempo. Porém os Quaternionistas entraram em cena e viraram tudo isso de cabeça pra baixo, definindo os eixos do espaço como imaginários e fazendo do Tempo o termo *real*, e escalar ainda por cima — simplesmente inadmissível. É claro que os Vetoristas partiram pra guerra. Nada que eles sabiam a respeito do Tempo permitia que ele fosse tão simples, e eles não podiam permitir que o espaço fosse comprometido por números impossíveis, o espaço terreno pelo qual eles vinham lutando há gerações incontáveis pra penetrar, ocupar, defender."

Esses lamentos eram acompanhados por uma música inapropriadamente saltitante, a qual Kit começava a escutar agora. Uma mulher que parecia ser um contralto de *music hall* com uma espécie de vestido Poiret estava sentada diante de um piano, acompanhada por uma pequena banda de músicos de rua, acordeão, *glockenspiel*, saxofone barítono e bateria, cantando, num ritmo sacudido de 6/8:

Ah,
   o,
               Quizilento, quixótico Quaternionista,
Criatura tipo i-j-k,
Por que esse sorriso tão es-tra-nho,
Esse jeito sorrateiro de andar? de
Wa-terloo a Timbuc-tu, são
Tantos, e tão dados à ci-zâ-nia!
Criam caso aqui e ali, e
Até mesmo na Tas-mâ-nia! e se
Encontrares um deles
Em tua sala noite ou dia,
Pra evitares constrangimentos
Canta esta pequena melodia... (é 2, é 3, é)
Conheci um tal Quater-nionista,
Fazendo algo tão esquisito —
Enfiando um troço *verde e alongado*
Dentro do pró-prio ouvido...
É, talvez fosse um maxixe,
Se não fosse, ah, que coisa imprevista! um
Quixótico Quater-nio-nista!

Versos que os presentes, fascinados, estavam cantando junto com a *chanteuse*, repetidamente, desde que ela começara a cantar, o compasso da canção exercendo também alguma antiquíssima magia de tarantela, produzindo em todos um desejo irresistível de entregar-se loucamente à dança, fosse o que fosse o conceito de dança que se tinha ali. As colisões eram frequentes, muitas vezes violentas, Kit só conseguindo evitar uma delas por ter reconhecido, no instante anterior ao contato, uma voz grave bem familiar. E lá estava, com toda sua simpatia esfuziante, Root Tubsmith.

"Pensei que você tinha fugido com aquela ruiva!", ele saudou Kit.

"Fui incorporado à marinha", disse Kit. "Acho eu. Nos últimos tempos, não tem acontecido nada que seja rigorosamente o que se pode chamar de 'real'. Será que ver você nestas circunstâncias significa que tudo voltou à normalidade?"

"Claro", entregando-lhe uma garrafa de vinho sem nome. "Próxima pergunta."

"Você não teria um *smoking* pra me emprestar?"

"Vamos." Foram até os aposentos de Root, o qual, tal como Kit, parecia estar instalado junto com mais de uma dúzia de outros seguidores da linha hamiltoniana. Roupas de uma ampla gama de cores, tamanhos e graus de informalidade estavam espalhadas por todo o assoalho. "Pode escolher. Acho que é a coisa mais próxima ao Anarquismo que vamos conhecer nesta vida."

De volta no Salon, o barulho e a animação centrífuga haviam acelerado de modo acentuado.

"Maníacos", exclamou Root, "todos nós! Há cinquenta anos mais do que hoje, é claro, hoje os maníacos de verdade estão trabalhando nos fundamentos da matemática, teoria dos conjuntos, quanto mais abstrato melhor, é como uma corrida pra ver quem consegue ir mais longe depois de transpor as fronteiras do inexistente. Estritamente falando, é claro, não se trata de 'mania' tal como a gente entendia o conceito antes. Ah, *os velhos tempos!* O Grassman era alemão e portanto, por definição, um dos possuídos, o Hamilton arcava com o fardo de um gênio precoce e de um primeiro amor do qual ele jamais conseguiu se libertar. Beber muito, se bem que quem sou eu para falar dele, não ajudava nem um pouco. E olhe que o Heaviside já foi chamado de 'Walt Whitman da física inglesa' —"

"O que... desculpe... *isso quer dizer?*"

"Uma pergunta em aberto. Alguns encontraram em Heaviside um nível de paixão, ou talvez apenas de energia, muito além da truculência que já era comum entre os partidários das diferentes posições naquela época."

"Pois bem, se Heaviside é o Whitman", comentou um inglês que estava ali perto, com um traje amarelo berrante, "quem é o Tennyson? Entendeu?"

"Clerk Maxwell, não é?", sugeriu alguém, e outros começaram a dar palpites.

"Nesse caso, imagino, Hamilton é o Swinburne."

"É, e então quem seria o Wordsworth?"

"O Grassman!"

"Mas que jogo divertido. E Gibbs? O Longfellow?"

"E por acaso haverá um Oscar Wilde?"

"Vamos todos pro Cassino!", berrou alguém invisível. Kit não conseguia entender de que modo os componentes daquela multidão conseguiriam chegar até a porta, quanto mais passar por ela — se bem que, como logo ficou claro, os Quaternionistas tinham todos eles privilégios de membros no Kursaal, que incluía o Cassino.

"Um novo campo fascinante se abrindo", confidenciou-lhe Root ao entrar. "Probabilidade de Quaterniões. Parece que, à medida que uma partida de bacará vai prosseguindo, é possível descrever cada *coup* como um conjunto de, bem, digamos, vetores — comprimentos diferentes, apontando para direções diferentes —"

"Mais ou menos como o seu cabelo, Root."

"Mas em vez de encontrar uma única resultante", prosseguiu Root, "estamos trabalhando aqui com taxas de mudança, rotações, diferenciais parciais, rotacionais, laplacianos, em três dimensões e às vezes mais —"

"Root, eu tenho o que ganhei na traineira e mais nada."

"Fique comigo, meu filho, que logo você vai estar nadando em francos."

"Claro. Acho que vou andar por aí um pouco."

Estando mais acostumado com a atmosfera dos *saloons,* Kit achava a etiqueta europeia opressiva, pelo visto ali pouco se blefava, xingava, roubava e partia para as vias de fato. Qual a graça? Tirando um ou outro grito cuja polaridade era difícil de calcular, as emoções mais intensas tinham de ficar para depois, ou talvez para algum quarto de fundos reservado para a dor, almas perdidas e futuros cancelados, para tudo que não poderia ocorrer ali, pois aquilo era um templo do dinheiro, não era?, muito embora acabasse recaindo em seu próprio Não dito, figuras como Fleetwood Vibe, borracha e marfim e febre e desgraças infligidas aos negros na África, cujos horrores estavam começando a chocar a opinião pública no resto do mundo civilizado.

Garçons com sapatos de solas macias entravam e saíam carregando champanhe, charutos, opiáceos, correspondência interna do Cassino lacrada em pequenos envelopes pesados. As maquiagens aos poucos se borravam com suor e lágrimas, barbas se desmazelavam, não raro lenços sujavam-se de sangue de lábios mordidos. Cartolas transbordavam de cédulas. Cabeças mergulhando no sono encontravam-se com superfícies recobertas de baeta com um estalo audível. Ruídos em *staccato* vindo de rodas, embaralhadores de cartas, sapatos de dança, dados, enchiam o ambiente e o que, não fossem tais sons, talvez se transformasse num silêncio insuportável. As lâmpadas elétricas conferiam à sala legibilidade e um foco nítido, tudo transcorrendo passo a passo, por números inteiros, sendo apenas um mínimo de ambiguidade permitido nos espaços intermediários. E em algum lugar, aquela função de onda irrespondível, o mar.

Curiosamente, Kit percebeu, abundavam na sala maquiagens assimétricas, e não apenas em mulheres — havia por toda parte simetrias quebradas, como se cada um, em algum momento de distração ou excesso de confiança, tivesse permitido no espelho algo que não devia ser visto, e com isso todo o trabalho foi por água abaixo. Quando por fim Kit conseguiu encontrar um rosto simétrico, foi numa mesa de roleta, e num tipo conhecido na região como *sphinxe Khnopffienne*. A mulher que pairava acima da roleta encarava Kit de modo direto, excluindo de saída todo e qualquer tipo de conversa introdutória, um olhar animal, atemporal, como se já estivesse sabendo de tudo aquilo que ele julgava compreender agora — ou mesmo que viesse a compreender no futuro, se não se colocassem questões mais imediatamente desesperadoras requerendo sua atenção — uma indiferença à maioria das formas do terror, inclusive aquelas que os Anarquistas da época muitas vezes eram obrigados a assumir. A dificuldade estava no tom extraordinariamente claro de âmbar de suas íris — tão claro que se tornava perigoso, menos um tom positivo do que o resultado de uma incapacidade, no sentido da icterícia, de atingir o branco-titânio que as cercava. Dito de outra forma, Kit imaginava — quem visse olhos tão incolores como esses num cão logo compreenderia que o ser que o encarava não era um cão.

Aquele enigma apresentável o fitava através da fumaça de uma cigarrilha. "Está desfrutando de um momento de independência do resto daquele círculo com que o senhor entrou aqui?"

Kit sorriu amarelo. "Um bando meio suspeito, não é? É o que acontece com quem fica o tempo todo fechado num gabinete olhando pra números."

"São aqueles matemáticos do Nouvelle Digue? *Mon Dieu*."

"E a senhora está hospedada no Continental?"

Ela arqueou uma sobrancelha.

"A julgar pela pedra no seu dedo."

"Isto aqui? É falso. É claro que, se o senhor sabe diferenciar —"

"Ora, eu a perdoaria, fosse o que fosse."

"O senhor fala tal como falam os ladrões de joias. Agora estou certa de que não posso confiar no senhor."

"Nesse caso, acho que não adianta oferecer meus serviços."

"O senhor é americano."

"O que não quer dizer que eu nunca tenha andado por esses bulevares daqui", afirmou Kit. "Ou entrado em certos salões."

"Um desses 'ianques engraçadinhos'. Ela exibiu, como se o extraísse do ar, um pequeno retângulo cor de marfim que exibia um desenho de contorno violeta, um raio de sol atravessando uma claraboia de vidro e iluminando as vigas de ferro de uma arcada e, num canto inferior, escrito numa fonte grotesca moderna, o nome Pléiade Lafrisée, com um endereço em Paris. "Meu cartão de visitas."

"Não estou contando com a senhora me contar o que faz porque não é da minha conta."

Ela deu de ombros. "*Conseilleuse*."

"Ganhei! Ganhei!", um grito grave veio do outro lado do recinto.

"Venha", Kit chamando-a com a cabeça para uma mesa de *chemin de fer*, "vou lhe mostrar uma coisa. Parabéns, Root. Animado, hein?"

"Ahhh!, mas eu esqueci de anotar", os olhos de Root Tubsmith praticamente rodopiavam nas órbitas, fichas espalhando-se para todos os lados, uma ficha colocada por distração atrás de cada orelha. "Os valores das cartas, a hora do dia, tudo devia ter sido registrado, senão é como se fosse puro acaso." Ele tirou do bolso um papel amassado, coberto com fórmulas cheias de triângulos invertidos, SS maiúsculos e qq minúsculos, e ficou a olhá-lo de cenho franzido. "Melhor eu ajustar alguns parâmetros, temperatura do ambiente, índice de irracionalidade do apostador, um ou dois coeficientes na matriz de retroversão —"

"*Ma foi.*"

"Se quiser, *mademoiselle*", Kit ofereceu-se, "podemos fazer uma pequena aposta em seu nome —"

"Deixo os detalhes com os senhores, que são matemáticos e sabe-se lá o que mais."

"Isso mesmo."

Quando Pléiade se deu conta, já estava ganhando cerca de dez mil francos.

"É nessa altura que os detetives do cassino vêm aqui fazer-me devolver tudo."

"Conosco não há problema", Root tranquilizou-a, "eles estão procurando os métodos mais recentes, prismas de Nicol, monóculos estroboscópicos e telégrafos embutidos nos sapatos. Mas a nossa mágica é mais antiga, e a grande vantagem de ser tão antiquado é que ninguém descobre nem quando vê a coisa."

"Quer dizer que eu tenho que agradecer a — como é mesmo que se chamam? Os Quaterniões."

"Isso não vai ser fácil — mas pode agradecer a nós, se quiser."

"Então vamos, eu pago o jantar para todos."

O Código dos Cavalheiros travou uma rápida luta contra a possibilidade de uma refeição gratuita e perdeu, quando então a maioria dos presentes aceitou a oferta, e foram todos para o restaurante ao lado do salão de jogos.

Fosse o que fosse aquela teteia, sovina ela não era. Pois cada vez que os QQ pediam uma coisa, ela acrescentava mais do mesmo. Os vinhos vinham com nomes e datas de safras nas etiquetas. A certa altura, após a sopa, Pléiade perguntou, a ninguém em particular: "Mas afinal, o que é um Quaternião?".

A hilaridade foi geral e prolongada. "O que 'é' um Quaternião? Ha, hahahaha!" Saltos de sapatos batiam contra o tapete, sem conseguir conter-se, vinho se derramava, batatas fritas eram jogadas de um lado para outro.

"Uma personalidade de Cambridge, o Bertie 'Cachorro Louco' Russell, observou", observou Barry Nebulay, "que os argumentos de Hegel em sua maioria não passam de trocadilhos feitos com a palavra 'é'. Nesse sentido, o problema do que um Quaternião 'é' é que somos obrigados a encontrá-lo sob mais de um aspecto. Como quociente de vetor. Como uma maneira de plotar números complexos ao longo de três eixos em vez de apenas dois. Como uma lista de instruções para transformar um vetor em outro."

"E, considerado subjetivamente", acrescentou o doutor V. Ganesh Rao, da Universidade de Calcutá, "como o ato de tornar-se mais longo ou mais curto girando ao mesmo tempo, em meio a eixos cujo vetor unitário não é o 'um' que nos é tão familiar, e sim a perturbadora *raiz quadrada de menos um*. Se *a senhorita* fosse um vetor, haveria de começar no mundo 'real', depois mudaria seu comprimento, entraria no sistema de referência 'imaginário', entraria em rotação de até três maneiras diferentes e retornaria à 'realidade' como uma nova pessoa. Ou vetor."

"Fascinante. Mas... os seres humanos não são vetores. Ou são?"

"É possível, minha jovem. Aliás, na Índia os Quaterniões são no momento a base de uma escola moderna de Ioga, uma disciplina que sempre se baseou em operações do tipo alongar e girar. No tradicional 'Triângulo de Asana', por exemplo" — ele ficou em pé e fez uma demonstração — "a geometria é bem simples. Mas logo passamos para formas mais avançadas, penetrando nos espaços complexos dos Quaterniões..." Empurrou para o lado alguns pratos, subiu na mesa e proclamou: "O 'Vetor Quadrantal de Asana'", e começou a fazer movimentos que logo foram ficando cada vez mais semelhantes a contorcionismo e por vezes até mesmo contrafactuais, por assim dizer, atraindo a atenção de outros fregueses do restaurante e por fim também do *maître*, o qual veio correndo, sacudindo o dedo com veemência, e já estava a dois passos da mesa quando de súbito o doutor Rao desapareceu.

"*Uwe moer!*" O funcionário ficou estatelado, dedilhando a flor enfiada na lapela.

"Boa, doutor!", riu Root. Pléiade acendeu um charuto, Barry Nebulay começou a procurar compartimentos ocultos embaixo da mesa. Com exceção de um ou dois comensais do dr. Rao, os quais mais que depressa se puseram a catar pedacinhos de comida no prato dele, o espanto era geral. Por fim ouviram a voz do doutor chamando da cozinha: "Estou aqui — venham ver, todos!", e lá estava ele, tendo reaparecido com o pé enfiado numa vasilha de maionese, embora, coisa curiosa, não fosse exatamente a mesma pessoa que era antes de realizar a Asana. Mais alto, para começo de conversa.

"E louro, também", Pléiade perplexa. "O senhor consegue voltar atrás e voltar a ser quem era?"

"Isso ainda não aprendi. Dizem que alguns mestres de Ioga conhecem a técnica, mas para mim a operação continua sendo não comutativa — o que eu faço é saltar de um lado para outro. Cada vez eu viro uma pessoa diferente. É uma espécie de reencarnação econômica, sem a preocupação com a questão do carma."

Pléiade, que Kit havia concluído não ser pessoa digna de confiança, bebericou devagar mais uma garrafa de vinho e por fim tirou da bolsinha um relógio Vacheron & Constantin, abrindo a tampa e executando um deslumbrante sorriso de desculpa social. "Preciso ir embora correndo, por favor me perdoem, cavalheiros."

Uma de suas consultas, imaginou Kit.

Root fez sinal para o garçom, apontando para Pléiade com gestos amplos. "A conta vai para ela — *haar rekening, ja?*"

* * *

O encontro de Pléiade era com um tal de Piet Woevre, ex-membro da Force Publique, cujo gosto pela brutalidade, que fora refinado no Congo, era considerado utilíssimo pelos departamentos de segurança locais. Seus alvos na Bélgica não eram, como podiam dar a entender as reportagens políticas nos jornais, alemães e sim "socialistas", ou seja, eslavos e judeus. Bastava ver na rua uma sobrecasaca mais comprida e mais larga do que era comum se ver num cristão para que ele imediatamente levasse a mão ao revólver. Ele próprio parecia ser louro, embora a cor do resto de seu corpo não combinasse com esse tom. Exibia sinais de que gastava um bom tempo todos os dias diante do espelho, valendo-se de ruge para os lábios e de uma colônia não de todo desprovida de ambiguidade. Mas Woevre era indiferente à maioria dos pressupostos e palavras-chave da sexualidade cotidiana. Já tinha deixado esse tipo de coisas para trás havia muito tempo. Lá nas florestas jamais mapeadas. Os outros que pensassem o que quisessem — quando se tornasse necessária a expressão corporal, ele era capaz de aleijar ou matar, já perdera a conta de quantas vezes fizera isso, sem hesitar nem temer as consequências.

Woevre fazia parte da esfera do intacto e suas simplicidades — fluxo de rio, luz e ausência de luz, transações envolvendo sangue. Na Europa havia coisas demais para se ter em mente, uma rede inesgotável de cautela e artifício. Lá na selva ele não precisava sequer de nome.

À primeira vista, não parecia haver muita diferença entre a Legião Estrangeira francesa e a Force Publique belga. Ambas eram refúgios para quem queria fugir da confusão em que se metera tornando-se soldado na África. Mas se naquela cumpria-se penitência numa abundância desértica de luz, na absolvição radiante, nesta tentava-se, na escuridão da floresta fétida, abraçar o oposto da expiação — proclamar que o somatório dos pecados cometidos na Europa, por mais perturbador que fosse, não passava de um aprendizado fácil para poder ingressar numa irmandade de homens que haviam optado pela perdição. Cujos rostos, depois, seriam tão impossíveis de evocar quanto os dos nativos.

Bastou um único olhar de relance para os QQ, a perambular pela cidade com pedaços de fumo nas camisas e cédulas de pouco valor aparecendo na borda dos bolsos, para que Woevre fosse acometido por aquilo que, entre os representantes do mal, corresponde à paixão. Ou seja, queria abandonar as investigações e arquivar as pastas referentes a todos seus casos atuais para se dedicar àquele grupo de *rastaquouères* que havia tomado a cidade de modo tão problemático. Para não falar na presença da "Jovem Congo" no mesmo hotel.

"Eles podem ser apenas matemáticos inocentes, imagino", murmurou De Decker, o chefe da seção de Woevre.

"'Apenas'." Woevre achou graça. "Algum dia você vai me explicar de que modo isso é possível. Já que, ao que parece, a matemática leva, mais cedo ou mais tarde, é ou não é, a algum tipo de sofrimento humano."

"Ora, isso é sua especialidade, Woevre. Camaradas no mesmo combate, ao que parece."

"Não, porque o sofrimento pode tranquilamente ser meu, e não só deles. Porque eles não fazem distinção."

De Decker, que não era filósofo, sentindo-se vagamente assustado sempre que encontrava tais tendências em seus subordinados, pareceu deslocar seu interesse para os papéis que tinha à sua frente.

Aquele homem era um *bobbejaan*. Woevre sentiu nos nós dos dedos uma comichão bem familiar, mas a discussão ainda não havia terminado. "Esses telegramas trocados entre Antuérpia e Bruxelas." De Decker não levantou a vista. "Tem um grupo em particular, 'MIV/CDO', que ninguém consegue identificar direito, a menos que o seu pessoal...?"

"É, os nossos criptógrafos acham que é uma espécie de arma — talvez uma espécie de torpedo? No momento, quem há de saber? 'Modelo Quatro de sei-lá-o-quê.' *Você* bem que podia dar uma olhada nisso. Sei que não faz parte das suas atribuições", pois Woevre parecia fazer menção de protestar, "mas o fato é que mais um par de 'antenas' bem que viria a calhar."

"Muito bem dito. Pode me considerar mais um leal *gatkruiper*." Acelerado pela consciência de que os rendimentos doravante seriam decrescentes, Woevre saiu.

"Como se você já não tivesse problemas suficientes", comentou mais tarde Pléiade Lafrisée.

"É tudo que você tem a me dar em matéria de solidariedade?"

"Ah... então havia uma quantidade estipulada? Você introduziu essa cláusula também no nosso acordo?"

"Em tinta invisível. Mas o que nós queríamos fazer hoje é examinar o quarto dele. Você consegue mantê-lo ocupado mais ou menos por uma hora?"

As mãos dela estavam em ação no corpo dele. Ela hesitou, pensativa, até perceber a iminência de alguma brutalidade, e então prosseguiu. Mais tarde, no banho, observou uma série de contusões, e concluiu que todas eram encantadoras, exceto uma no pulso, que para um entendido talvez conotasse falta de imaginação.

Woevre a contemplava enquanto ela saía do recinto. As mulheres ficavam mais bonitas vistas de costas, mas só era possível vê-las em tais condições depois de despachá-las de uma maneira ou de outra, de modo que não tinha graça, não era? Por que motivo a sociedade insistia que a mulher entrasse numa sala exibindo o rosto e não a bunda? Mais uma das complexidades da civilização que despertavam nele uma saudade intensa da vida na selva. Desde que voltara para a Bélgica, havia esbarrado num número cada vez maior de complexidades dessa espécie, espalhadas à sua volta como armadilhas ou minas. A necessidade de não ofender o rei, de ter em mente os departamentos rivais e suas tramoias secretas, de calibrar tudo contra a massa mortal da Alemanha, sempre a assomar no horizonte, dominando o dia.

Que importância tinha quem espionava para quem? As famílias reais da Europa, ligadas por vínculos de sangue e matrimônio, habitavam uma única imensa pretensão incestuosa de poder, sempre a brigar por ninharias — as burocracias estatais, os exércitos, as Igrejas, a burguesia, o operariado, todos estavam encarcerados dentro do mesmo jogo... Mas para alguém que, como Woevre, tinha consciência do que havia de fictício no poder europeu, não havia motivo, na terrível luz trans-horizôntica do que estava por vir, para não servir muitos senhores, ao longo de muitos eixos, tantos quanto fosse possível guardar na memória sem fazer confusão.

Ademais, como encarar aqueles boatos recentes, que circulavam imediatamente abaixo da capacidade de Woevre de apreender um sinal com clareza — um ruído na noite, inidentificável, que desperta quem dorme, deixando-o com o coração batendo forte e o interior eviscerado — informações a respeito de uma Arma Quaterniônica, capaz de desencadear sobre o mundo energias até então sequer imaginadas — ocultas, De Decker certamente diria "inocentemente", dentro do termo *w*. Uma monografia assinada pelo matemático inglês Edmund Whittaker que poucos ali conseguiam entender teria importância capital. Woevre havia percebido que os participantes da convenção trocavam certos *olhares*. Como se compartilhassem um segredo cuja força terrível se pudesse pôr de lado, por conveniência — como se para ser enfrentada apenas num mundo paralelo que eles ainda não sabiam exatamente como penetrar, ou então não sabiam como, tendo nele entrado, dele sair. Ali, naquele trecho de território estratégico abaixo do nível do mar, refém das ambições europeias de todos lados, aguardando, mantido insone de modo implacável, a hora em que seriam desferidos os golpes. Que lugar melhor para um congresso de guardadores de segredos e códigos?

Na noite seguinte, Kit, tendo acompanhado Pléiade até a suíte dela, indo contra o que lhe ditava o juízo, viu-se tomado de certa perplexidade, pois em algum momento na profunda maldição da hora ela desapareceu misteriosamente. Apenas um instante antes, era o que lhe parecia, Pléiade estava à janela voltada para o mar, parada, contra a incerta luz marinha, misturando com cuidado absinto e champanhe de modo a produzir uma estranha poção turva e espumante. Agora, sem que fosse possível perceber a passagem do tempo, os cômodos ressoavam de ausência. Ao lado do espelho de pé, Kit viu um roupão pálido, de um *chiffon* quase insubstancial, não jogado sobre uma cadeira e sim *ereto*, de vez em quando estremecendo com a passagem de uma brisa que não se manifestava de nenhuma outra forma, como se houvesse alguém dentro dele, talvez agitado por forças invisíveis mais difíceis de nomear, seus movimentos, coisa inquietante, nem sempre se repetindo em sua imagem alta no espelho.

Nada agora, nem mesmo o mar, se ouvia no recinto, embora as janelas dessem vista para as ondas alongadas, picadas pela lua. Ao luar, contra a gravidade, aquela coisa permanecia em pé, sem rosto, sem braços, atenta a ele, como se, no próximo instante, fosse falar. No silêncio curiosamente lacrado da sala, os dois esperavam, o Vetorista ressabiado e aquele espectro de Pléiade Lafrisée. Teria sido alguma coisa que ele bebera? Seria o caso de começar a conversar com um *négligé*?

No ritmo distante do mar, em meio às sombras admonitórias, encimadas por cartolas, Kit voltou para o hotel e constatou que sua cama havia sido revistada, embora a coisa não pudesse ter demorado mais de um minuto, e a primeira possibilidade que lhe ocorreu foi Scarsdale Vibe, ou um agente dele.

"Nós vimos", disse Eugénie. "Foi a polícia política. Eles pensam que você é um de nós. Graças a nós, agora você é um niilista fora da lei."

"Tudo bem", retrucou Kit, "era uma coisa que eu sempre vinha pensando em fazer, mesmo, algum dia. Eles incomodaram vocês?"

"Nós nos conhecemos", disse Policarpe. "É um jogo estranho que todos nós jogamos. Contra o pano de fundo do que se levanta na penumbra do futuro europeu, não faz muito sentido, isso de fingir levar adiante o dia, você sabe, apenas esperando. Todo mundo esperando."

"Na França", disse Denis, "fala-se n'O Que Há De Vir. Não se trata do Messias. Não é Cristo nem Napoleão redivivo. Também não foi o general Boulanger. Ele é inominável. Assim mesmo, só mesmo uma pessoa extraordinariamente isolada, mental ou fisicamente, pra não sentir a aproximação d'Ele. E não saber o que Ele vem trazendo. Que morte e que transfiguração."

"Nós, porém, esperamos aqui não como os franceses, por algum Napoleão, nada de tão humano, e sim somos mantidos reféns da chegada de uma certa Hora militar, no dia em que os estados-maiores resolverem que ela chegou."

"A Bélgica não é supostamente neutra?"

"*Zeker*" — um dar de ombros — "tem até mesmo um Tratado, o que é uma *garantia* de que vamos mesmo ser invadidos por ao menos um dos signatários, não é pra isso que servem os Tratados de Neutralidade? Cada uma das Potências tem seu plano pra nós. Von Schlieffen, por exemplo, quer mandar trinta e duas divisões alemãs contra as nossas, sei lá, seis. Guilherme ofereceu a Leopoldo uma parte da França, o antigo ducado da Borgonha, se, quando chegar o momento mítico, nós entregarmos a eles todos nossos famosos fortes à prova de obus e deixarmos as ferrovias intactas — a pequena Bélgica mais uma vez fazendo o que sabe fazer melhor, oferecendo com mansidão suas terras baixas, ótimas pra servir de campo de batalha, às botas, cascos, rodas de ferro, aguardando a hora de ser a primeira a sucumbir diante de um futuro que ninguém na Europa tem visão suficiente pra imaginar como outra coisa que não um exercício pra funcionários públicos.

"Encare a Bélgica como um peão. Não é à toa que tantos campeonatos internacionais de xadrez são realizados aqui em Oostende. Se o xadrez é a guerra em miniatura... talvez a Bélgica deva ser compreendida como o primeiro sacrifício num conflito generalizado... se bem que talvez não, como num gambito, pra desencadear um contra-ataque, pois um gambito pode ser recusado, e quem se recusaria a tomar a Bélgica?"

"Quer dizer que... isto aqui é que nem o Colorado, com o sinal trocado — altitude negativa, esta vida abaixo do nível do mar, mais ou menos isso?"

Fatou estava parada perto dele, olhando por entre os cílios. "É a dor da antecipação, Kit."

A vez seguinte em que Kit viu Pléiade Lafrisée foi num café-restaurante perto da Place d'Armes. Só muito tempo depois lhe ocorreria a possibilidade de que ela teria arranjado aquele encontro. Pléiade usava um *peau de soie* violeta-claro, e um chapéu tão cativante que Kit se espantou apenas por um instante quando constatou que experimentava uma ereção. Esses assuntos ainda estavam começando a ser estudados, apenas uns poucos bravos pioneiros, como o barão von Krafft-Ebing, haviam ousado adentrar o mundo estranho, bizarramente penumbroso, do fetichismo de chapéus — não que Kit costumasse dar atenção a esse tipo de coisa, mas na verdade tratava-se de um toque cinzento de veludo ondulado, com babados de guipura antiga e uma pluma de avestruz alta, tingida do mesmo tom de violeta que o vestido...

"Isto aqui? Está à venda em qualquer lugar frequentado por *midinettes*, e custa literalmente uns poucos *sous*."

"Ah. Pelo visto, eu estava de olhar parado. O que foi que aconteceu com você aquela noite?"

"Venha, eu deixo você me pagar uma Lambic."

O lugar parecia um museu de maionese. Estava justamente no auge o *culte de la mayonnaise* que se alastrava por toda a Bélgica, imensas exposições da emulsão ovoleogelatinosa encontravam-se por toda parte. Montes de Mayonnaise Grenache, cercadas por pratos de língua e peru defumados, brilhavam com um brilho vermelho que parecia vir de dentro, e com ainda menos referências, talvez nenhuma, ao prato que ela estaria lá para modificar, montanhas de maionese Chantilly, que se elevavam formando picos que desafiavam a gravidade, tão insubstanciais quanto nuvens, juntamente com massas majestosas de maionese verde, bacias de maionese cozida, maionese assada em suflês, para não falar numa série de maioneses não de todo bem-sucedidas, submetidas a alguma proscrição obscura, ou de vez em quando fazendo-se passar por outra coisa, imperavam por todos os cantos.

"Até onde vão seus conhecimentos sobre La Mayonnaise?", ela indagou.

Ele deu de ombros. "Acho que até aquele trecho assim: '*Aux armes, citoyens*' —"

Ela, porém, franziu o cenho, mais séria do que ele jamais a vira antes. "La Mayonnaise", Pléiade explicou, "teve origem na sordidez moral da corte de Luís XV — aqui na Bélgica a afinidade não deve causar espanto. Não há muita diferença entre a corte de Leopoldo e a de Luís, senão no tempo, e o que é o tempo? Dois homens monumentalmente iludidos, afirmando seu poder através da opressão dos inocentes. É interessante comparar Cléo de Mérode com a marquesa de Pompadour. Os neuropatologistas reconheceriam nos dois reis o desejo de construir um mundo coerente pra viver dentro dele, o que lhes permite continuar a fazer o máximo de mal ao mundo em que todas as outras pessoas são obrigadas a viver.

"O molho de maionese foi inventado como uma sensação nova para quem já havia provado de tudo, na corte, pelo duque de Richelieu, primeiramente denominado *mahonnaise* em alusão a Mahon, o principal porto de Minorca, cenário da duvidosa 'vitória' do duque em 1756, às custas do malsinado almirante Byng. Richelieu, que atuava para Luís basicamente como traficante de drogas e cafetão, conhecido por suas receitas de ópio apropriadas a qualquer ocasião, teria também introduzido na França a cantárida." Dirigiu um olhar significativo às calças de Kit. "O que teria esse afrodisíaco em comum com a maionese? O fato de que os insetos têm que ser recolhidos e mortos por exposição aos vapores do vinagre aponta para a ênfase em criaturas vivas ou recém-mortas — sendo talvez a gema do ovo encarada como uma entidade consciente — os cozinheiros falam em bater, socar, amarrar, penetrar, submeter, render. Sem dúvida, há um traço sádico na maionese. Não há como negar tal coisa."

Kit, a essa altura, estava um pouco confuso. "Pois eu sempre achei que era uma coisa assim... sei lá... suave?"

"Até o momento em que você a examina por dentro. A mostarda, por exemplo, mostarda e cantárida, *n'est-ce pas*? Ambas ativam o sangue. Atacam a pele. A mostarda, como todos sabem, pode ser usada para ressuscitar uma maionese fracassada, tal como a cantárida ressuscita o desejo enfraquecido."

"*Mademoiselle* tem pensado muito sobre maionese."

"Venha se encontrar comigo esta noite", um súbito sussurro feroz, "lá na Fábrica de Maionese, que você talvez passe a entender coisas que apenas uns poucos sabem. Haverá uma carruagem à sua espera." Ela lhe apertou a mão e desapareceu numa névoa de vetiver, de modo tão abrupto quanto naquela outra noite.

"Parece uma coisa boa demais pra não aproveitar", considerou Root Tubsmith. "Essa moça é uma uva. Você precisa de companhia?"

"Preciso é de proteção. Não confio nela. Mas você sabe —"

"Ah, é verdade, sim. Ela está tentando me convencer a explicar a ela meu sistema de P. Q. Bom, não exatamente tentando me convencer. Eu insisto em dizer que primeiro ela precisa entender mais sobre os Quaterniões, e aí não é que ela vive me procurando para ter mais aulas?"

"Ela está aprendendo alguma coisa?"

"Eu sei que *eu* estou."

"Vou rezar pela sua segurança. Enquanto isso, se você nunca mais voltar a me ver —"

"Ah, seja otimista. Ela é uma cocote com coração de ouro, só isso."

A Usine Régionale à la Mayonnaise, ou Real Fábrica de Maionese, onde toda a maionese de Flandres Ocidental era fabricada e depois despachada em diversas formas para diferentes restaurantes, cada um dos quais a servia como uma Especialidade da Casa exclusiva, embora ocupasse uma área bem extensa, raramente ou mesmo nunca era mencionada nos guias turísticos, recebendo, consequentemente, poucos visitantes além das pessoas que lá trabalhavam. Em meio às dunas a oeste da cidade, junto a um canal, visíveis à luz do dia por uma extensão de quilômetros de areal, elevavam-se dezenas de tanques de aço modernos, contendo azeitonas, gergelim e óleos de caroço de algodão, substâncias que eram transportadas através de um labirinto de canos e válvulas até a grande Facilité de l'Assemblage, ligada a fios terra e isolada para que a produção não fosse interrompida pelos efeitos disjuntivos das tempestades com relâmpagos.

Depois do pôr do sol, porém, este espécime alegremente racional da engenharia no século XX se dissolvia em sombras mais precárias. "Tem alguém aí?", gritou Kit, perambulando pelos corredores e passarelas, com um terno emprestado e um par de botinas de elástico de bico fino, nos trinques. Em algum lugar, invisíveis na escuridão, dínamos a vapor sibilavam, e imensas coortes de galinhas italianas cacarejavam e punham ovos que rolavam incessantemente, dia e noite ao que parecia, com um ruído discreto, descendo um complexo emaranhado de calhas forradas de guta-percha, indo parar na Área de Recolhimento de Ovos.

Uma coisa estranha, porém — não deveria haver um pouco mais de atividade fabril ali? Ele não via operários em lugar nenhum. Parecia não haver necessidade de intervenção humana — só que de repente uma mão invisível acionou uma chave que pôs tudo em movimento. Em circunstâncias normais, Kit ficaria fascinado com os detalhes técnicos, bicos de gás gigantescos ardendo com uma pulsação percussiva, gotejadores de óleo deslocados para cima das *cuves d'agitation*, bombas de óleo em operação, batedores que descreviam curvas elegantes começaram a ganhar velocidade.

Mas não havia nenhum par de olhos, nenhum som de passos decididos. Kit, que quase nunca entrava em pânico, sentia-se próximo dessa sensação, embora no final das contas tudo aquilo se reduzisse a maionese.

Ele não começou a correr, propriamente, mas talvez houvesse acelerado o passo. Quando chegou à Clinique d'Urgence pour Sauvetage des Sauces, onde era efetuada a ressurreição de maioneses potencialmente malsinadas, de início a única coisa que ele notou era o fato de o piso estar ficando um pouco escorregadio — quando viu, estava estendido no chão, com os pés para o alto, antes mesmo que tivesse tempo de compreender que havia escorregado. Seu chapéu havia caído e deslizava para longe sobre uma substância semilíquida que fluía. Sentiu uma coisa pesada e úmida no cabelo. Maionese! Ele parecia estar sentado dentro daquela substância, que atingia uma profundidade de uns bons dez centímetros, não, quase *trinta centímetros*. E subindo cada vez mais! Kit já havia caído em riachos, em situações de cabeça-d'água, bem mais lentos do que aquele. Olhando a sua volta, observou que o nível de maionese havia subido tanto que já não dava mais para abrir a porta da saída, mesmo que conseguisse chegar até ela. Kit estava sendo engolido pela maionese espessa, escorregadia, de cheiro acre.

Tentando manter os olhos limpos, escorregando vez após vez, meio que nadou, meio que se arrastou até o lugar onde se lembrava de ter visto uma janela, e deu um pontapé cego, desesperado, que naturalmente o fez cair de bunda outra vez, mas não sem que ele ouvisse um ruído alvissareiro de vidro e caixilhos se arrebentando, e antes que pudesse imaginar uma maneira de chegar àquela abertura invisível e nela se enfiar, a própria pressão da maionese, como se fosse um animal consciente tentando escapar do cativeiro, o levou para fora pela janela quebrada, despejando-o num grande arco vomífico que o largou no canal lá embaixo.

Kit emergiu na superfície a tempo de ouvir alguém gritando *"Cazzo, cretino!"* em meio ao cuspinhar rítmico de alguma espécie de motor. Uma sombra úmida e indefinida se aproximou. Era o torpedo dirigível, contendo Rocco e Pino.

"Aqui!"

"*È il cowboy!*" Os italianos, com seu traje de trabalho, vulcanizado e lustroso, desaceleraram para pescar Kit. Ele percebeu que os dois olhavam para trás, ansiosos.

"Alguém está perseguindo vocês?"

Rocco voltou a acelerar enquanto Pino explicava. "Acabamos de tirar o torpedo do estaleiro e resolvemos dar uma olhada no *Alberta*, pensando assim — não pode ser muito perigoso, já que não existe uma marinha belga, *vero*? Mas constatamos que a Garde Civique tem barcos! Nós tínhamos esquecido disso! Eles estão em todos canais!"

"*Você* esqueceu", murmurou Rocco. "Mas não faz mal. Nesta máquina nós corremos mais do que qualquer um."

"Mostre a ele!", exclamou Pino. Os rapazes começaram a acionar afogadores, temporizadores de velas e distribuidores de ignição, e mais que depressa, levantando um rabo de galo de água e fumaça negra de óleo, o torpedo atingiu uma velocidade de quarenta nós, talvez mais. Quem os perseguia, fosse quem fosse, àquela altura já deveria estar desistindo.

"Vamos fazer uma visitinha de surpresa às moças", disse Rocco.

"Se elas não tiverem uma surpresa para nós", Pino, presa de uma ansiedade que Kit identificou como romântica. "*Le bambole anarchiste, porca miseria.*"

Pouco mais de um quilômetro depois de Oudenberg, viraram à esquerda no canal de Bruges e foram seguindo sorrateiramente até Ostend, deixando Kit no Quai de l'Entrepôt para depois ir procurar um refúgio longe das atenções da Garde Civique. "Obrigado, *ragazzi*, um dia desses a gente se cruza, eu espero..." E Kit tentou não ficar parado ali muito tempo, vendo afastar-se os homens que o haviam salvado de um assassinato por maionese.

A tripulação do *Inconveniência* tinha recebido ordens de partir para Bruxelas a fim de comparecer a uma cerimônia de homenagem ao general Boulanger, realizada todos os anos no dia 30 de setembro, o aniversário de seu suicídio, uma comemoração não de todo isenta de implicações políticas, tendo um resíduo renitente de boulangismo permanecido na burocracia dos Amigos do Acaso. Ainda era possível encontrar na correspondência oficial dos ramos franceses da organização, por exemplo, selos amarelos e azuis com a efígie do general num tom deprimente de marrom — aparentemente, selos franceses normais, variando entre um *centime* e vinte francos, mas na realidade *timbres fictifs*, supostamente de origem alemã, criação de um empresário que nutria esperanças de vendê-los após um golpe boulangista, embora houvesse também indícios sinistros do envolvimento do "IIIb", o departamento de informações do Estado-Maior alemão, reflexo de uma teoria que por lá circulava segundo a qual a Alemanha talvez tivesse melhores oportunidades de êxito militar contra um levante revanchista liderado pelo general um tanto perturbado do que qualquer política um pouco mais pensada.

A viagem a Bruxelas foi de tal modo melancólica que os rapazes haviam pedido, e conseguido obter, para surpresa de todos, uma licença de circular por Ostend, o porto autorizado mais próximo. Ali, em pouco tempo, ao que parecia por acaso, ficaram sabendo da convenção dos Quaternionistas no exílio, no Grand Hôtel de la Nouvelle Digue.

"Não vejo tantos desses tipos juntos no mesmo lugar desde os tempos da Candlebrow", afirmou Darby, olhando através de um dos visores remotos.

"Pra esses partidários aguerridos", disse Chick, "no tempo das Guerras dos Quaterniões, Candlebrow era um dos pouquíssimos portos seguros."

"Na certa vamos esbarrar em alguns conhecidos nossos."

"É claro, mas será que *eles* vão nos conhecer?" Era naquela exata hora do dia em que o vento mudava de direção, passando a soprar para a terra e não para o mar. Lá embaixo, as multidões fluíam ao longo do Digue, voltando para os hotéis, para tomar chá, ter encontros, cochilar.

"Outrora", Randolph com sua melancolia tão habitual, "eles teriam todos parado pra espichar a cabeça e olhar pra nós, abismados. Agora, estamos ficando cada vez mais invisíveis."

"Iiiih, aposto que eu podia até pôr pra fora meu salsichão e sacudir na cara de todo mundo que ninguém ia reparar", gargalhou Darby.

"Suckling!", horrorizou-se Lindsay. "Mesmo levando-se em conta o aspecto da dimensão, que no seu caso exigiria uma metáfora salsichesca no sentido de minimizá-la, sendo talvez 'linguicinha' mais apropriado, o fato é que a atividade por você evocada é proibida pelos estatutos da maioria das jurisdições onde atuamos, inclusive, em muitos casos, o alto-mar, e não pode ser entendida senão como sintoma de uma tendência psicopática criminosa cada vez mais acentuada."

"Ora, Noseworth", replicou Darby, "naquela noite você achou o tamanho bom demais."

"Ah, seu mísero — eu uso a palavra aqui no sentido de 'ínfimo' —"

"Cavalheiros", suplicou o comandante.

Ainda que tivesse logrado escapar da atenção do público geral, o *Inconveniência* havia quase de imediato sido detectado pela equipe de De Decker, a qual mantinha uma espécie primitiva de estação de monitoramento eletromagnético nas dunas entre Nieuport e Dunquerque, que nos últimos tempos vinha recebendo transmissões misteriosas com níveis de potência sem precedentes. Eram dirigidas ao dispositivo Tesla do *Inconveniência*, um dos diversos receptores compactos distribuídos em aeronaves em todo o mundo para lhes suprir de energia adicional. As localizações desses Transmissores eram mantidas em segredo tanto quanto possível, sendo eles vulneráveis a ataques das empresas de energia, que se sentiam ameaçadas diante da menor possibilidade de competição. Não conhecendo o sistema de Tesla e alarmados com a potência dos campos elétricos e magnéticos, os homens de De Decker naturalmente associaram toda essa história aos boatos recentes de uma arma quaterniônica que tanto intrigavam Piet Woevre.

Woevre nem sempre conseguia ver a aeronave, porém sabia que ela estava lá. Quando o vento vinha exatamente do outro lado das dunas, ele ouvia o ruído de motores lá no alto, via as estrelas serem apagadas em grandes formas móveis de negro contra negro... Julgava ter visto a tripulação no alto do molhe, perambulando como um grupo de estudantes em busca de diversão, as mãos nos bolsos, apreciando as atrações turísticas.

A essa altura já era outubro, a temporada turística havia se encerrado e a brisa estava fresca, mas não ainda forte o bastante para afastar os pedestres do Digue, embora Lindsay a achasse desconfortável — "É uma coisa melancólica, o rosto fica coçando por causa do sal, tem-se a impressão de que se é a mulher de Ló". À luz marinha e com as ilusões óticas do lugar, com todas as demolições e construções em andamento, os rapazes muitas vezes não sabiam o que um determinado vulto, visto a certa distância, acabaria se revelando — nuvem, belonave, quebra-mar, ou mesmo apenas a projeção de alguma dificuldade espiritual interior num céu talvez excessivamente receptivo. Daí, porventura, a preferência que já haviam percebido em Ostend por interiores — cassinos, estabelecimentos hidropáticos, suítes em hotéis disfarçadas de várias maneiras — como pavilhão de caça, gruta italiana, casa de tolerância, qualquer coisa que o hóspede desejasse para passar a noite, desde que pudesse pagar.

"Mas afinal, quem são aqueles civis esquisitos que aparecem à espreita de repente?", inquiriu Darby.

"As Autoridades", Chick deu de ombros. "O que tem isso?"

"'Autoridades'! Jurisdição apenas na superfície. Não têm nada a ver conosco."

"Você é o Especialista em Questões Legais", Lindsay observou. "Qual o problema?"

"O problema, Noseworth, é um problema *seu*, na qualidade de Oficial Encarregado da Disciplina — nada está mais onde devia estar. É quase como se desconhecidos estivessem subindo a bordo sem ser vistos e mexendo nas coisas."

"Mas não seria possível", lembrou Randolph St. Cosmo, "que Pugnax não percebesse nada." De fato, com o passar dos anos Pugnax havia evoluído, e aquele simples cão de guarda se transformara num sofisticado sistema de defesa, tendo desenvolvido, além disso, um gosto pronunciado por sangue humano. "Desde aquela missão nos Cárpatos", rememorou Randolph, franzindo a testa um pouco. "E a maneira como ele expulsou aquele esquadrão de ulanos em Temesvár, quase como se estivesse hipnotizando os cavalos e os fazendo jogar longe os cavaleiros..."

"Uma verdadeira festa!", riu Darby.

Não obstante, a admiração que sentiam pelas habilidades marciais de Pugnax ultimamente vinha combinada com apreensão. O fiel animal tinha um brilho estranho no olhar, e o único tripulante que ainda conseguia comunicar-se com ele de algum modo era Miles Blundell. Por vezes os dois ficavam lado a lado no convés à ré, mudos, até altas horas da madrugada, como se mantivessem uma espécie de contato telepático.

Desde a missão que os levara à Ásia Interior, Miles vinha se envolvendo cada vez mais com um projeto espiritual que ele não lograva comunicar aos outros tripulantes, embora estivesse claro para todos que sua trajetória presente talvez o levasse tão longe que ele jamais poderia voltar. Sobre as areias do Taklamakan, enquanto Chick e Darby desperdiçavam seu tempo em um porto após o outro, e Lindsay e

Randolph passavam horas discutindo com o capitão Toadflax a respeito do método mais eficiente de levar adiante a busca por Shambhala, Miles atormentava-se com uma prefiguração, quase insuportável de tão nítida, da Cidade sagrada, dele separada somente por uma nesga de Tempo, uma película que se estendia por toda parte ao longo de toda a sua gama de atenção, cada vez mais frágil e transparente... Sem conseguir dormir nem conversar, muitas vezes perdia-se no meio de uma receita, esquecia-se de mexer a massa do bolinho, estragava o aerocafé, enquanto os outros continuavam a executar suas tarefas costumeiras com tranquilidade. Como poderiam eles não saber daquela Aproximação incomensurável? Assim, buscava a companhia de Pugnax, em cujos olhos a luz da compreensão era um farol naqueles céus que, sem aviso prévio, haviam se tornado perigosos.

Pois de algum modo, a luz anterior, a grande luz, havia desaparecido, a certeza tornara-se tão fracionada quanto as promessas dos habitantes da superfície — o tempo recuperara sua opacidade, e um dia os rapazes, transladados ali para a Bélgica, como se por forças malévolas, haviam começado a decair em direção à terra em meio a um cheiro de fumaça de carvão e flores fora de estação, em direção a uma costa turbulenta, ambígua quanto à disposição de terra e mar, descendo às sombras litorâneas que se confundiam com o crepúsculo, sombras que nem sempre correspondiam a prédios reais, dobrando-se e redobrando-se sobre si próprias, todo um mapa de subúrbios escuros a esparramar-se entre as dunas e aldeias...

Miles, contemplando as lonjuras úmidas daquela altitude, na escuridão vacilante em que pouco podia ser percebido numa planície transfixada por um antiquíssimo destino, ainda que não exatamente uma maldição, contemplava a imensidão pálida do lusco-fusco, em seu suspense, sua insinuação misteriosa. O que estaria prestes a emergir da noite um pouco além da curvatura da Terra? Dos canais subia uma neblina em direção à aeronave. Um capão turvo e isolado de salgueiros emergiu por um momento... Ao longe, nuvens baixas marejavam o sol, decompondo a luz em indícios de uma cidade oculta por trás do que havia ali de visível, esboçada em sombras de cinza-amarelado e rosa amassada... nada tão sagrado nem tão ansiosamente buscado quanto Shambhala, manchado com um persistente toque de negro em toda a luz que varria essa planície, fluindo sobre cidades mortas, canais imóveis como espelhos e sombras negras, tempestade e aparição, profecia, loucura...

"Blundell", a voz de Lindsay não tinha naquele dia sua costumeira aspereza de irritação, "o comandante convocou um Destacamento Aéreo Especial. Por favor, assuma seu posto."

"Claro, Lindsay, eu estava distraído."

Naquela noite, após limpar o convés de rancho, Miles abordou Chick Counterfly. "Vi um dos Invasores", disse ele. "Lá embaixo. No Passeio."

"Ele reconheceu você?"

"Reconheceu. Conversamos. Ryder Thorn. Ele estava na Candlebrow. Na oficina de uquelele naquele verão. Deu uma palestra sobre o acorde de quatro notas no contexto da atemporalidade, e apresentou-se como um Quaternionista. Rapidamente descobrimos que tínhamos em comum o amor pelo instrumento", relembrou Miles, "e falamos sobre o desprezo generalizado pelos tocadores de uquelele — cuja origem atribuímos à utilização praticamente exclusiva do instrumento para a produção de acordes — eventos únicos, atemporais, apreendidos de modo simultâneo e não sequencial. As notas de uma melodia linear, subindo e descendo a pauta, são um registro da altura em relação ao tempo, tocar uma melodia é introduzir o elemento do tempo, e portanto da mortalidade. Nossa evidente relutância em abrir mão da atemporalidade do acorde levou os tocadores de cavaquinho a adquirirmos essa nossa reputação de crianças irresponsáveis e brincalhonas que se recusam a crescer."

"Nunca encarei a coisa desse modo", disse Chick, "só sei que fica bem mais bonito do que quando a gente canta *a capella*."

"Seja lá como for, eu e Thorn constatamos que continuamos a nos comunicar tão bem quanto antes. Foi quase como se estivéssemos de novo na Candlebrow, só que com menos perigo, talvez."

"Você nos salvou naquela ocasião, Miles. Você enxergou longe. Sabe-se lá o que —"

"Vocês seriam salvos pelo seu bom senso", afirmou Miles. "Estando eu presente ou não."

Mas havia agora um toque de desligamento em sua voz que Chick já aprendera a identificar. "Tem mais alguma coisa, não é?"

"Pode não ter terminado." Miles contemplava seu soco-inglês-padrão dos Amigos do Acaso.

"O que é que você está planejando, Miles?"

"Combinamos de nos encontrar."

"Você pode estar correndo perigo."

"Vamos ver."

Assim, Miles, tendo pedido um vale especial e recebido a aprovação de Randolph, desceu à paisana, formando uma equipe de desembarque de um homem só, parecendo ser apenas mais um turista em meio à multidão que se acotovelava na cidade régia, eterna refém do mar.

Era um dia de sol — no horizonte Miles vislumbrava com dificuldade a mancha carbônica de um transatlântico. Ryder Thorn o aguardava no ângulo do Digue junto ao Kursaal, com duas bicicletas.

"Vejo que trouxe o seu uquelele."

"Aprendi um arranjo novo de um noturno de Chopin que é 'da pontinha', talvez lhe interesse."

Pararam numa confeitaria e tomaram café com pão, depois montaram em suas bicicletas e seguiram em direção a Diksmuide, o ar parado aos poucos se acelerando até virar uma brisa. A manhã estava animada pelo final do verão. A temporada de colheita aproximava-se do fim. Havia jovens turistas em todas as ruas e às margens dos canais, encerrando sua temporada de despreocupação, preparando-se para voltar à escola ou ao lugar de trabalho.

O terreno era plano, bom para pedalar, permitindo velocidades de até trinta quilômetros por hora. Ultrapassaram outros ciclistas, uns isolados, outros em alegres grupos uniformizados, mas não pararam para conversar.

Miles contemplava a paisagem campestre, fingindo estar menos perplexo do que de fato estava. Pois o sol possuía a mesma escuridão interior do crepúsculo aquoso da véspera — era como atravessar um enorme negativo fotográfico —, a planície quase silenciosa, não fossem os mergulhões, os campos ceifados, o cheiro de lúpulos secando em fornos, linho sendo arrancado e empilhado em molhos, esperando até a primavera para ser macerado, conforme a prática local, canais reluzentes, comportas, diques e estradas de terra, gado de leite à sombra das árvores, as nuvens tranquilas de bordas nítidas. Prata embaçada. Em algum lugar naquele céu estava o lar de Miles, bem como tudo que ele conhecia da virtude humana, o aeróstato, em seu posto algures, talvez a vigiá-lo naquele exato instante.

"Os nossos sabem o que vai acontecer aqui", disse Thorn, "e minha missão é descobrir se os seus sabem, e o quanto eles sabem."

"Sou cozinheiro de um clube de balonagem", replicou Miles. "Conheço cem tipos de sopa. Só de olhar nos olhos dos peixes mortos da feira, sei dizer se são frescos. Sou capaz de fazer pudim em grandes quantidades. Mas não sei prever o futuro."

"Tente compreender minha dificuldade. Meus superiores acham que você sabe. O que é que vou dizer a eles?"

Miles olhou a sua volta. "Um país bonito, mas um tanto quanto parado. Eu não diria que vai acontecer alguma coisa aqui."

"Blundell, lá na Candlebrow", insistiu Thorn, "você conseguia ver o que os seus companheiros não enxergavam. Você nos espionava regularmente até ser descoberto."

"Nada disso. Eu não teria motivo."

"Você sempre se recusa a cooperar com nosso programa."

"Nós podemos parecer um bando de matutos, mas quando surge de repente um desconhecido fazendo propostas que parecem boas demais para serem verdade... ora, o bom senso acaba prevalecendo, só isso. Você não pode nos culpar por isso, e certamente nós é que não vamos nos sentir culpados."

Quanto mais calmo ficava Miles, mais se exaltava Thorn. "Vocês passam tempo demais no céu. Acabam perdendo de vista o que realmente está acontecendo no mundo que vocês acham que compreendem. Sabe por que estabelecemos uma base permanente na Candlebrow? Porque todas as investigações do Tempo, mesmo as mais sofisticadas ou abstratas, têm como sua base verdadeira o medo humano da mortalidade. Porque nós temos a resposta para isso. Vocês pensam que pairam acima de tudo, imunes a tudo, imortais. Serão tão insensatos assim? Você sabe onde estamos neste exato momento?"

"Na estrada entre Ypres e Menin, segundo as placas", respondeu Miles.

"Daqui a dez anos, num raio de centenas de milhares de quilômetros daqui, mas especialmente aqui..." Então pareceu conter-se, como se estivesse prestes a revelar um segredo.

Miles estava curioso, e àquela altura já sabia para que lado estavam apontando as agulhas, e para que lado deveria virá-las. "Não se abra demais comigo, eu sou um espião, você esqueceu? Vou relatar toda esta nossa conversa para o Q. G. Nacional."

"Que diabo, Blundell, você e a sua turma que se danem. Vocês não fazem ideia aonde estão se metendo. Este mundo que vocês julgam ser 'o' mundo vai morrer, e mergulhar no Inferno, e toda a história a partir daí será na verdade a história do Inferno."

"Aqui", disse Miles, olhando para a tranquila estrada de Menin, para um lado e para o outro.

"Flandres será a vala comum da História."

"Ora."

"Isso não é o pior. Todos eles vão abraçar a morte. Apaixonadamente."

"Os flamengos."

"O mundo. Numa escala que jamais foi imaginada. Não é uma pintura religiosa numa catedral, Bosch nem Brueghel, mas isso, o que você está vendo, a grande planície, revirada e rasgada, tudo que está lá embaixo trazido à superfície — deliberadamente inundada, não o mar cobrando o que é seu, mas a contraparte humana dessa mesma ausência de misericórdia — pois nem mesmo um muro de aldeia restará em pé. Léguas e léguas de imundície, cadáveres aos milhares, o próprio ar que se respira transformado em algo corrosivo e letal."

"Não parece nada agradável", comentou Miles.

"Você não acredita em nada disso. Pois devia."

"É claro que acredito em você. Você vem do futuro, não é? Quem poderia saber melhor do que você?"

"Acho que você sabe do que estou falando."

"Nós não temos o *know-how* técnico", explicou Miles, afetando uma paciência imensa. "Você esqueceu? Somos apenas tripulantes de uma aeronave, mal conseguimos dominar três dimensões, o que haveríamos de fazer com quatro?"

"Você acha que optamos por vir para cá, para este lugar terrível? Turistas do desastre, que entram numa máquina do tempo, ah, que tal Pompeia deste fim de semana, talvez Krakatoa, mas essa história de um vulcão é *tão* maçante, erupções, lava, isso passa em um minuto, vamos partir para alguma coisa realmente —"

"Thorn, você não tem que —"

"Nós não temos opção", feroz, tendo abandonado o tom equilibrado que Miles aprendera a associar aos Invasores, "assim como os fantasmas não escolhem os lugares que eles têm que assombrar... vocês são crianças a deslizar num sonho, tudo tranquilo, nada de interrupções nem descontinuidades, porém imagine o tecido do Tempo rasgado, e vocês sugados para dentro do rasgão, sem ter como voltar, órfãos e exilados que vão constatar que são obrigados a fazer o que lhes é imposto, por mais vergonhoso que seja, para conseguir chegar até o fim de cada dia corroído."

Miles, dominado por uma iluminação devastadora, estendeu a mão, e Thorn, compreendendo sua intenção, recuou e afastou-se, e naquele instante Miles entendeu que não houvera nenhum milagre, nenhum lance técnico brilhante, nenhuma "viagem no tempo" — que a presença de Thorn e os seus neste mundo se devia apenas a terem eles esbarrado por acaso num atalho nas topografias ignotas do Tempo, sendo-lhes de algum modo concedidos poderes pelo que quer que viesse a acontecer ali, naquela parte de Flandres Ocidental em que se encontravam, por fosse qual fosse a terrível singularidade no fluxo regular do Tempo que havia se aberto para eles.

"Você não está aqui", ele sussurrou, num êxtase especulativo. "Não está inteiramente manifesto."

"Quem dera que eu não estivesse aqui", exclamou Ryder Thorn. "Quem dera que eu jamais tivesse visto esses Salões Noturnos, que não fosse a minha maldição voltar e voltar. Foi muito fácil enganar vocês — ou pelo menos a maioria de vocês —, vocês não passam de ignorantes na feira, boquiabertos diante das suas Maravilhas da Ciência, esperando todas as Bênçãos do Progresso a que vocês julgam fazer jus, é essa a sua fé, essa fé patética de garotos brincando com balões."

Miles e Thorn apontaram suas rodas de volta para o mar. Quando a tarde caía, Thorn, que cumpria ao menos as promessas menores, pegou seu uquelele e tocou o noturno em mi menor de Chopin, as notas tênues ganhando substância e profundidade enquanto a luz morria. Encontraram uma estalagem, jantaram amigavelmente e voltaram para Ostend no crepúsculo.

"Se eu estendesse meu braço, minha mão atravessaria o corpo dele", relatou Miles. "Como se tivesse ocorrido um problema no traslado físico..."

"O que os espíritas chamariam de 'histerese plásmica'", comentou Chick.

"Não há nada de imortal neles, Chick. Eles mentiram para todos nós, inclusive os Amigos do Acaso de outras unidades que talvez tenham caído na tolice de trabalhar pra eles, em troca da 'eterna juventude'. Isso eles não podem fazer. Nunca puderam.

"Você se lembra, lá na Candlebrow, depois que você me apresentou ao 'senhor Ace', como fiquei desconsolado? Fiquei horas chorando de modo incontrolável, pois compreendi na hora — sem dados, sem provas concretas, simplesmente percebi, assim que olhei para ele, que tudo era falso, que a promessa não passava de uma vigarice cruel."

"Você devia nos ter dito isso", disse Chick.

"Por mais arrasado que estivesse, eu sabia que ia conseguir me recuperar. Mas vocês — Lindsay é tão frágil, na verdade, Darby finge ser um velho niilista desencantado, mas é pouco mais que um menino. Como eu poderia ser tão cruel com vocês? Meus irmãos?"

"Mas agora vou ter que dizer a eles."

"Eu tinha esperança de que você encontrasse uma maneira de falar com eles."

Viktor Mulciber — terno sob medida, cabelos prateados tratados com brilhantina —, embora rico o bastante para poder enviar um representante, apareceu no Kursaal pessoalmente num estado de ansiedade indisfarçada, como se essa misteriosa arma-Q fosse uma espingarda qualquer e ele tivesse esperança de que o vendedor lhe permitisse dar uns tiros de graça para testá-la.

"Eu sou a pessoa que eles chamam quando o Basil Zaharoff está muito ocupado com uma nova ruiva e não quer ser incomodado", ele apresentou-se. "Em todo lugar encontramos uma gama de necessidades, com porretes e machetes num extremo, submarinos e gases venenosos no outro — trens da história que ainda não terminaram seu percurso, pinças chinesas, *komitadji* dos Bálcãs, justiceiros africanos, cada um com seu respectivo contingente de futuras viúvas, muitas vezes em geografias rapidamente esboçadas a lápis no verso de um envelope ou lista. Basta olhar de relance pra qualquer orçamento governamental, em qualquer lugar do mundo, que fica claro — o dinheiro está sempre devidamente alocado, o motivo é sempre o medo, quanto mais imediato, maiores as quantias."

"Ora, pelo visto estou no negócio errado!", exclamou Root, bem-humorado.

O negociante de armas sorriu, como se a uma certa distância. "Não está, não."

Tentando entender de algum modo os princípios de funcionamento daquela arma que subitamente se tornara desejável, o simpático comerciante da morte parolava num bistrô obscuro com um punhado de Quaternionistas, entre eles Barry Nebulay, o dr. V. Ganesh Rao, naquele dia metamorfoseado num negro americano, e Umeki Tsurigane, que vinha acompanhada de Kit, cada vez mais fascinado por aquela uva nipônica.

"Ao que parece, ninguém sabe o que são essas ondas", disse Barry Nebulay. "Estritamente falando, não são hertzianas, pois trafegam no Éter de modo diferente — pra começar, parecem ser longitudinais além de transversas. Os Quaternionistas talvez venham a compreendê-las um dia."

"E também os comerciantes de armas, não esqueça", sorriu Mulciber. "Dizem que o inventor dessa arma encontrou uma maneira de entrar na parte escalar do Quaternião, onde talvez existam poderes invisíveis que podem ser explorados."

"Dos quatro termos", concordou Nebulay, "o escalar, ou w, como o barítono num quarteto vocal ou a viola num quarteto de cordas, sempre foi considerado o elemento excêntrico. Se você tomar os três termos vetoriais como dimensões no espaço, e o termo escalar como o Tempo, então qualquer energia encontrada dentro desse termo poderia ser entendida como devida ao Tempo, uma forma intensificada do próprio Tempo."

"O Tempo", explicou o dr. Rao, "é o Termo Ulterior, isto é, aquele que transcende e condiciona $\mathbf{i}$, $\mathbf{j}$ e $\mathbf{k}$ — o visitante tenebroso do Exterior, o Destruidor, aquele que vem realizar a Trindade. É o tique-taque implacável de que todos nós tentamos escapar, para o silêncio da salvação. É tudo isso e mais ainda."

"Uma arma baseada no Tempo...", cismava Viktor Mulciber. "Mas por que não? A única força que ninguém derrota, a que ninguém resiste, que é impossível de reverter. Ela mata todas as formas de vida mais cedo ou mais tarde. Com uma arma do Tempo, você poderia se tornar a pessoa mais temida na história."

"Eu prefiro ser amado", replicou Root.

Mulciber deu de ombros. "Você é jovem."

Ele não era o único comerciante de armas na cidade. De algum modo, o boato chegara até os outros, em suas cabines de trens, nas camas das esposas de ministros de Estado, no meio do mato à margem de afluentes inexplorados, espalhando seus lençóis em uma das milhares de clareiras desertas no laterito vermelho seco e socado onde nada voltaria a crescer, exibindo para os lesados e desolados suas listas de maravilhas — e um por um deram suas desculpas, reprogramaram suas viagens e vieram para Ostend, como quem vai a um torneio internacional de xadrez.

Mas chegavam tarde demais, porque Piet Woevre se antecipara a todos eles desde o início, e foi assim que, num final de tarde de outono, nos bulevares centrais de Bruxelas, onde fervilhavam atividades ilícitas nos arredores da Gare du Midi, Woevre finalmente concluiu a transação com Edouard Gevaert, com quem já havia negociado no passado, ainda que não fosse exatamente esse tipo de mercadoria. Encontraram-se numa taverna frequentada por receptadores de produtos roubados, tomaram um chope formal e foram para a sala dos fundos a fim de fechar o negócio. A sua volta, o mundo inteiro estava à venda ou sujeito a escambo. Mais tarde, Woevre constatou que poderia ter obtido o artigo mais barato em Antuérpia, porém havia muitas áreas em Antuérpia, principalmente na zona portuária, onde ele só poderia ir se tomasse medidas de precaução que valiam mais do que o objeto desejado.

Quando por fim se viu na posse do produto, Woevre, que jamais fora capaz de imaginá-lo como outra coisa que não uma arma, ficou surpreso e um pouco decepcionado ao ver que era tão pequeno. Esperava algo semelhante a uma peça de artilharia da Krupp, que talvez viesse em forma de várias peças a serem montadas, precisando de um vagão para ser transportadas. No entanto, tudo que tinha era um objeto contido numa fina valise de couro, cujo interior fora delicadamente moldado por fabricantes de máscaras do norte da Itália de modo a encaixar-se com perfeição às facetas do objeto nela contido, uma superfície negra perfeitamente confeccionada, uma distribuição de luz em meio a um cuidadoso amontoado de ângulos, uma centena de brilhos difusos...

"Você me garante que é isto aqui."

"Acho que não sou imprudente a ponto de tentar enganá-lo a respeito do que quer que seja, Woevre."

"Mas... a energia imensa... sem um componente periférico, uma fonte de energia de alguma espécie, como é que..." Enquanto Woevre virava e revirava o objeto à luz incerta do crepúsculo e dos lampiões de rua, Gevaert constatou que não estava preparado para o anelo que via estampado no rosto do agente. Era um desejo tão imoderado... aquele intermediário um tanto ingênuo jamais testemunhara nada semelhante, algo que só se poderia ver em umas poucas pessoas no mundo, aquele desejo de uma única arma capaz de aniquilar o mundo.

Sempre que Kit dava por si pensando em seus planos, os quais, não muito tempo antes, ele julgava incluírem Göttingen, levantava-se a interessante questão do que o levava a permanecer naquele território, cuja forma lembrava vagamente uma glândula no mapa, sitiado, aguardando no limiar da história, menos uma nação do que a profecia de um destino a ser sofrido por toda a comunidade, um *ostinato* de medo quase audível...

Fora só recentemente que lhe ocorrera a possibilidade de estar Umeki de algum modo envolvida naquela história. Eles haviam encontrado desculpas para aprofundar-se mais e mais no campo emocional um do outro, até que, numa tarde fatídica, no quarto dela, uma chuva em queda outonal à janela, ela apareceu à porta, nua, o sangue sob a pele fina como folha de prata praticamente cantando de desejo. Kit, que se imaginava um sujeito com certa experiência, foi transfixado pela consciência de que aquela era a única aparência que valia a pena uma mulher ter. Sentia com intensidade haver desperdiçado a maior parte do tempo livre em sua vida até aquele momento. O pior é que ela estava usando aquele seu chapéu de vaqueira. Ele sabia, com a espécie de certeza de quem lembra uma vida anterior, que deveria estar ajoelhado, adorando-lhe a boceta fluorescente com língua e boca até ela mergulhar no silêncio, e então, como se fizesse isto todos dias, ainda a segurá-la pelas duas nádegas de modo a mantê-la exatamente ali, com as pernas delicadas apertando seu pescoço, levantar-se e carregá-la, leve, tensa, silenciosa, até a cama, e entregar o que ainda lhe restasse do cérebro àquele milagre, àquela feiticeira do Oriente.

Kit continuava vendo Pléiade Lafrisée de vez em quando, perto do Digue, ou em salões de jogos, ou na arquibancada do Wellington Hippodrome, na maioria das vezes submetendo-se à programação de algum desportista visitante. Todos pareciam razoavelmente ricos, esses cidadãos, mas poderia ser mera aparência. Fosse como fosse, com Umeki e tudo o mais, ele não estava exatamente ansioso por reatar, sabendo o quanto era limitado o interesse de Pléiade por ele, e depois do episódio infeliz na fábrica de maionese só lhe restava ter esperança de já ter visto o pior dela. Porém não conseguia entender o que Umeki ainda estava fazendo naquela cidade.

Um dia Kit e Umeki estavam voltando do café na Estacade e encontraram Pléiade, numa conversa animada com Piet Woevre, indo na direção oposta.

"Olá, Kit." Por um momento olhou enviesado para a srta. Tsurigane. "Quem é a *mousmée*?"

Kit, com um olhar de viés para Woevre: "Quem é o *mouchard*?".

Em resposta, Woevre sorriu com uma sensualidade direta e sombria. Kit percebeu que ele estava armado. Pois bem. Se havia alguém capaz de planejar um assassinato por maionese, Kit apostava que haveria de ser aquele brutamontes. Pléiade tinha segurado Woevre pelo braço e estava tentando afastar-se depressa com ele.

"Um antigo amor!", especulou Umeki.

"Pergunte ao doutor Rao, creio que os dois têm se encontrado."

"Ah, e então é *ela*."

Kit revirou os olhos. "Você e o pessoal dos Quaterniões estão sempre fofocando. Será que vocês fazem um juramento no sentido de levar sempre uma vida irregular?"

"Monotonia — vocês que são Vetoristas se orgulham disso?"

Dezesseis de outubro, o aniversário da descoberta dos Quaterniões por Hamilton em 1843 (ou, como talvez dissesse um discípulo, da descoberta de Hamilton pelos Quaterniões), tradicionalmente o clímax de cada Convenção Mundial, por coincidência era um dia após o término oficial da temporada de banhos de Ostend. Naquele ano quem fez o discurso de despedida foi o doutor Rao. "O momento, como sabemos, é atemporal. Não há início, não há fim, não há duração, a luz em eterna descida, não o resultado de um pensamento consciente e sim algo que desceu sobre Hamilton, vindo se não de alguma fonte divina, ao menos num momento em que os cães de guarda do pessimismo vitoriano estavam dormindo tão profundamente que sequer perceberam, muito menos puderam espantar, os atentos solapadores da Epifania.

"Todos nós conhecemos a história. Uma manhã de segunda-feira em Dublin. Hamilton e sua mulher, Maria Bailey Hamilton, estão caminhando à margem do canal em frente ao Trinity College, onde Hamilton vai presidir uma reunião do conselho. Maria fala animadamente, Hamilton concorda com a cabeça de vez em quando, murmurando, 'Sim, querida', quando de repente, estando os dois já próximos da ponte de Brougham, ele solta um grito e tira um canivete do bolso — a senhora H. leva um susto violento, mas recupera a compostura, é apenas um canivete pequeno — enquanto Hamilton corre até a ponte e grava na pedra $i^2=j^2=k^2=ijk=-1$", nesse ponto a plateia murmura a fórmula juntamente com ele, como se fosse um hino sagrado, "e é nesse momento pentecostal que os Quaterniões descem, passando a assumir moradia terrena em meio aos pensamentos dos homens."

Nas festividades de encerramento, o romantismo, a embriaguez e a loucura de tal modo imperavam, tantas portas se abriam e fechavam em corredores, tantos hóspedes entravam e saíam dos quartos errados, que a equipe de De Decker, declarando oficialmente uma Oportunidade para Cambalachos, mandou para o hotel todos os agentes de que podia dispor, entre eles Piet Woevre, que teria preferido ficar trabalhando à noite com algum objetivo mais sinistro. Assim que viu Woevre, Kit, imaginando-se alvo de uma tentativa de assassinato, saiu correndo para o labirinto de escadas e corredores nos fundos do hotel. Root Tubsmith, julgando que Kit estava tentando eximir-se da obrigação de pagar uma aposta feita algumas noites antes no Cassino, saiu em sua perseguição. Umeki, a qual havia entendido que ela e Kit passariam juntos o dia e a noite, no mesmo instante concluiu que alguma outra mulher estava metida na história, sem dúvida aquela vadia parisiense outra vez, e pôs-se a correr atrás dele também. Quando Pino e Rocco, preocupados com a segurança de seu torpedo, entraram em pânico e saíram na disparada, Policarpe, Denis, Eugénie e Fatou, reconhecendo vários rostos de agentes da polícia espalhados por toda parte e concluindo que finalmente tivera início a operação contra o Jovem Congo, puseram-se a pular por várias janelas térreas, indo cair nos arbustos do jardim, e depois, lembrando-se das colheres de absinto, gravatas, revistas ilustradas e outros objetos que era fundamental obter, voltaram para dentro do hotel, entraram no corredor errado, abriram a porta errada, gritaram e correram para fora outra vez. Esse tipo de coisa se prolongou até bem depois do entardecer. Naquele tempo, isso fazia parte da textura do cotidiano das pessoas. Produções teatrais que tentavam representar tais acontecimentos da maneira mais fiel possível, como equivalentes teatrais da pintura de gênero, foram denominadas "farsas de entra-e-sai", e o período delas passou a ser visto como a Idade do Ouro.

Kit ficou zanzando de um lugar público a outro, andando de bonde, entrando em cafés, tentando se limitar a lugares iluminados e povoados. Não via nenhum sinal de uma emergência pública, apenas a Garde Civique em suas rondas, educada como sempre, e os Quaternionistas que por acaso ele conhecia se comportando com o grau habitual de loucura — no entanto, não conseguia se livrar da certeza assustadora de que ele era objeto de forças voltadas para sua destruição. Foi salvo por fim daquele passeio compulsivo por Pino e Rocco, que o abordaram por volta da meia-noite na

Minque, a casa de leilões de pescados. "Vamos voltar pra Bruges", disse Rocco. "Talvez até Ghent. Aqui tem policial demais."

"Quer uma carona?", ofereceu Pino.

E assim foi que, tarde da noite, numa hora tão tarde que ele jamais a imaginara antes, Kit se viu dentro de um torpedo, seguindo canal abaixo rumo a Bruges.

Em algum momento daquele passeio veloz e alegre, os rapazes se deram conta de que ali estava escuro e que, além disso, não havia luzes para orientar navegantes.

"Acho que não tem ninguém nos perseguindo", disse Rocco.

"Vamos desacelerar?", perguntou Pino.

"Nós estamos com pressa para chegar a Bruges?"

"Tem alguma coisa aí na frente. Melhor diminuir, por precaução."

"*Cazzo!*"

Em algum lugar haviam feito uma curva errada e não estavam mais no canal principal, porém haviam penetrado numa passagem-fantasma, nevoenta, quase estagnada de abandono, cercada por um muro de alvenaria sem janelas, atravessada por pontes de pedestres que pareciam ter menos a ver com o Setentrião cristão do que com alguma fé mais exótica, alguma noção colateral do que poderia ser passar de um mundo para outro. No meio da noite ofuscante, em algum lugar, disfarçados em ecos e interferência de fase, sininhos haviam começado a soar, um noturno em escala harmônica, com uma tal precisão melancólica que não poderia ser atribuído a músculos e consciências humanas, o mais provável era que fosse um dos carrilhões mecânicos típicos daquela parte da Bélgica, substituindo um carrilhador humano, cuja arte, dizia-se, estava em declínio...

A cidade, outrora um fervilhante porto hanseático, a que se tinha acesso de todos os cantos do mundo, povoada por burgueses orgulhosos, cheios de cerveja, acompanhados de esposas e filhas vestidas com opulência, enriquecidos com o comércio da lã e as relações comerciais com cidades tão distantes quanto Veneza, desde que o canal que a ligava ao mar ficou assoreado, no início do século xv, havia se tornado, tal como Damme e Sluis, um lugar de silêncio, fantasmas e luz aquosa, noturno até mesmo em pleno meio-dia, sem nenhuma nau a perturbar a calma funérea da superfície dos canais. O mais estranho era a aparência varrida e arrumada da cidade. Não que areia, sal e fantasmas gerassem muita sujeira urbana. Mas alguém certamente andaria pelas ruas, no mais fundo da madrugada, reargamassando as juntas das paredes de pedra, lavando com uma mangueira as ruas estreitas, substituindo os parafusos dos suportes das pontes. Criaturas que talvez não se enquadrassem de todo na nossa categoria do humano.

Vagando, como se desligados para sempre do cotidiano diurno, pessoas insones haviam saído de casa para ficar olhando, as órbitas de seus olhos enegrecidas quando a neblina se dissipava, deixando passar o luar quase insuportável. Uma sombra destacou-se das outras e aproximou-se, cada vez mais nítida e sólida. Kit olhou a sua volta. Rocco e Pino haviam sumido. "Mas que diabo?" A sombra estava fazendo algo com as mãos.

Woevre. Ali, à sua frente. Kit não fugira de sua destruição, e sim correra para os braços dela.

Uma bala passou zunindo, espargindo fragmentos minúsculos de pedra em seu rosto, o som do tiro ecoando nas superfícies antiquíssimas. Ele procurou o abrigo mais próximo, um arco debaixo do qual poderia haver qualquer coisa à espreita, enquanto gritava: "Atirou no sujeito errado!".

"Não faz mal. Você serve." Quando veio o próximo tiro, Kit estava de cócoras, o coração disparado, aparentemente protegido. Talvez ele não fosse o único alvo, ou talvez Woevre estivesse dando tiros a esmo. Os sinos melancólicos continuavam a soar.

Woevre estava desprotegido, exposto à luz da lua, sentindo um entusiasmo mais forte do que qualquer outra sensação em sua memória, mesmo as do tempo da África. Não sabia mais em quem estava atirando, nem como havia chegado lá. Parecia ter algo a ver com os italianos do torpedo tripulado, fora essa a mensagem que havia recebido algumas horas antes, mas naquele momento não havia nada a se mover pelos canais vazios e iluminados. A atividade interessante parecia estar no céu.

Cada vez que levantava a vista, lá estava ela, bem acima de sua cabeça, a coisa que ele estava vendo nos últimos dias, emergindo naquele momento crucial, de algum lugar atrás do céu, transportando os visitantes não identificados que ele vira caminhando ao longo do Digue, como se estivessem ali numa missão organizada.

Ele sabia que devia tentar derrubar a aeronave. Pôs no bolso sua Borchardt e tentou pegar a arma que havia trazido de Bruxelas, sem fazer ideia de como abrir o estojo, muito menos usar o que estava dentro dele. Não sabia se era necessário carregá-la com algum tipo de munição. Mas isso tudo eram detalhes. Ele era quem era, e confiava na sua intuição quando se tratava de qualquer arma, quando chegasse a hora.

Mas Woevre de fato não a havia visto antes, pelo menos não numa noite como aquela, ao luar implacável. Foi avassalado pela certeza de que o mecanismo era dotado de consciência, que olhava para ele e não estava particularmente satisfeito de se ver em suas mãos. Parecia quente, e Woevre percebia uma vibração discreta. Mas como? Gevaert não havia mencionado nada. Ou será que havia?

"*Jou moerksont!*", exclamou. Não adiantava; mesmo que fosse possível gritar com aquela arma em alguma língua, sem dúvida não era o africânder, ela provinha de uma região muito distante daquelas florestas, daqueles rios lentos e fatais... Alguma coisa brilhou de repente, deixando-o cego por um instante, transformando seu campo visual num verde luminoso. O som que acompanhou aquele brilho era algo que Woevre não queria jamais voltar a ouvir, como se as vozes de todos aqueles que ele havia matado tivessem se organizado, de um modo preciso e diabólico, para soar num coral imenso.

Woevre levantou a vista. De algum modo havia caído na calçada, o rosto virado para cima, esforçando-se para respirar, e o americano estava a seu lado, abaixando-se para ajudá-lo a se levantar.

"O que aconteceu, rapaz, você acertou em você mesmo? Uma máquina meio complicada, essa aí —"

"Pode levar. Leve essa merda. Eu não suporto... essa luz terrível... *Voetsak, voetsak!*" E saiu aos tropeções, chegou ao canal, atravessou a ponte e penetrou no labirinto de muros da cidade morta. Kit ouviu mais alguns tiros vindos de lá, e quando por fim os sinos silenciaram, e a fumaça de cordite se dissipou, e os observadores insones voltaram um por um para suas camas, o luar tendo se tornado oblíquo e metálico, Kit se viu a sós com o objeto enigmático, recolocado em seu estojo de couro. Prendeu a alça no ombro, num gesto displicente, deixando para examiná-lo depois.

Kit não conseguia entender o motivo de tanta confusão. Mas logo Umeki estava passando horas a fio com o instrumento, franzindo e relaxando o cenho como se alternando entre sofrimento e alívio, como se assistisse através da ocular ao desenrolar de um espetáculo prolongado, talvez interminável, de teatro nipônico. Toda vez que se afastavam por um instante do instrumento, seus olhos estavam fora de foco, inflamados, como se sujeitos a duas séries de leis. Sempre que Kit perguntava o que estava acontecendo, ela respondia primeiro com uma voz grave, enrouquecida pelos cigarros, demoradamente, num idioma que, supunha ele, devia ser o japonês.

Por fim: "Certo. Primeiro os espelhos — veja, o plano semitransparente, não de vidro e sim de calcita, e este espécime — tão puro! Qualquer raio de luz que entre imediatamente se transforma num par de raios — o 'Ordinário' e o 'Extraordinário'. Ao chegar a cada uma dessas superfícies semitransparentes, cada raio em seguida se reflete em parte e se transmite em parte — assim, são quatro as possibilidades — ambos os raios são refletidos, ambos são transmitidos, um de cada, e o inverso. O fatídico número quatro — para uma mente japonesa, literalmente fatal. É o mesmo caractere da morte. Quem sabe não foi isso que me atraiu para os Quaterniões. Digamos que cada um dos quatro estados seja associado a uma das quatro 'dimensões' do espaço-tempo minkowskiano — ou, num sentido mais trivial, aos quatro cúspides da superfície recíprocos aos da onda, aqueles que os Quaternionistas denominam superfície de índice. Talvez seja melhor ignorar o aspecto óptico por completo, como se os raios não fossem mais duplamente refratados, e sim duplamente *emitidos*, a partir de qualquer objeto que possa ser observado através disto... como se no coconsciente houvesse alguma contraparte do Raio Extraordinário, e nós o víssemos com o olho daquela esfera inexplorada.

"E isso é só a ocular." Ela removeu um painel de acesso, enfiou a mão dentro, pareceu executar algumas translações e rotações rápidas e sofisticadas, e quando a retirou tinha nela um cristal mais ou menos do tamanho de um olho humano. Kit pegou-o e examinou cada faceta de perto.

"Os lados são todos equiláteros."

"Certo. Trata-se de um icosaedro verdadeiro."

"O sólido regular, não o do tipo 12 + 8 que a gente encontra nas piritas, mas — Isso é impossível. Não existe —"

"Não é impossível! Até agora, não identificado! E a esfera descrita pelos doze picos —"

"Espere, não me diga nada. Não é uma esfera normal, certo?" O objeto brilhou para ele, como se piscasse. "Uma espécie de... esfera de Riemann."

Ela sorriu de orelha a orelha. "O reino de x + iy — estamos nele! Querendo ou não."

"Um icosaedro imaginário. Supimpa." Tentando evocar o que ainda lembrava da leitura das magistrais *Vorlesungen über das Ikosaeder*, que fizera parte do currículo em Göttingen, mas sem conseguir lembrar muita coisa.

"'Imaginário'", ela riu, "uma expressão não muito apropriada!" Pegou o cristal, com certa reverência, julgou Kit, e recolocou-o no aparelho.

"Pra que serve isso?" Um esguio cabo de ebonite emergia de um sulco com bordas de latão, o qual descrevia uma curva complicada. Quando Kit foi pegá-lo, ela deu um tapa em sua mão.

"Não pegue nisso! O 'Compensador de Deriva Ôhmica' regula a quantidade de luz que pode penetrar na camada de prata do espelho! Tipo especial de refração! Calibrado contra índice imaginário! Perigoso! Essencial!"

"Esta unidade é do tamanho de uma submetralhadora", disse Kit. "Como é que ela pode ser tão poderosa?"

"Estou especulando, mas a velocidade da Terra ao longo da órbita — pense nisso! trinta quilômetros por segundo! — tome o quadrado disso, multiplique pela massa do planeta —"

"Energia cinética pra dar e vender."

"Recentemente, o trabalho de Lorentz nos *Anais* da Academia de Amsterdã — Fitzgerald *et al.* — eles concluíram que um corpo sólido atravessando o Éter numa velocidade altíssima pode se tornar um pouco mais curto ao longo do eixo do movimento. E lorde Rayleigh, procurando efeitos de segunda ordem, pergunta-se se um tal movimento não poderia fazer com que um corpo cristalino se tornasse duplamente refrativo. Até o momento, esses experimentos só deram resultados negativos. Mas — esse princípio — se for invertido, *começando* com um cristal em que a dupla refração é causada por um conjunto de eixos que não são mais uniformes, sendo as unidades de espaço elas próprias alteradas, por efeito do deslocamento da Terra — então já num tal cristal, implícita, incorporada a ele, encontra-se aquela velocidade planetária elevada, aquela energia extraordinariamente vasta, que alguém agora encontrou uma maneira de acoplar a..."

"Não gosto nem de pensar nisso", disse Kit, fingindo que tapava os ouvidos.

Num sonho, numa madrugada, ela apareceu a Kit segurando o objeto. Estava nua, e chorava. "Então eu tenho que levar esse instrumento terrível e fugir para outras plagas?" A voz dela, sem o toque de sarcasmo ferino que a caracterizava na realidade, indefesa, o atraía para sua tristeza. O sonho tinha a ver com Umeki, mas era também um desses sonhos de matemáticos que aparecem de vez em quando no folclore do ofício. Ele percebeu que se as ondas-Q fossem de algum modo longitudinais, se elas se deslocassem no Éter de modo semelhante ao deslocamento do som no ar, então, em meio às outras analogias com o som, em algum lugar ali, deveria haver música — a qual, na mesma hora, atendendo ao pedido, ele ouviu, ou recebeu. A mensagem que a música parecia transmitir era: "No mais fundo das equações que descrevem o comportamento da luz, as equações de campo, as equações de Vetores e Quaterniões, encontra-se um conjunto de indicações, um itinerário, o mapa de um espaço oculto. A dupla refração aparece e reaparece como elemento-chave, permitindo que se vislumbre uma outra Criação, situada imediatamente ao lado desta, tão próxima que as duas chegam a se sobrepor, onde a membrana entre os mundos, em muitos lugares, se tornou tão frágil, tão permeável, que a coisa chega a se tornar perigosa... Dentro do espelho, dentro do termo escalar, dentro do que é iluminado pelo dia, evidente e dado por certo, ali sempre se ocultou, como se à espreita, o itinerário obscuro, o guia do peregrino corrupto, a Estação inominada antes da primeira, no incriado sem luz, onde a salvação ainda não existe".

Ele acordou sabendo, pela primeira vez em muito tempo, o que lhe cabia fazer. Era como despertar e ver-se livre de uma crise de sinusite. Tudo estava claro. Aquele armamento se revelara perigosíssimo, capaz de prejudicar tanto aquele que o usava quanto aquele que era seu alvo. Se o setor militar de informações ali da Bélgica o confundia com uma "arma quaterniônica", mítica ou não, então as outras potências haveriam de manifestar muito interesse por ela. Uma enorme população de inocentes em todo mundo teria problemas muito maiores do que o valor que ela teria para qualquer governo. Por outro lado, se caísse nas mãos de alguém que a compreendesse e lhe conhecesse o valor...

Umeki virou-se devagar, retorcendo os lençóis, cantarolando uma melodia só sua, e mordeu o mamilo de Kit.

"*Konichiwa* pra você também, minha florzinha de ameixa."

"Sonhei que você ia embora numa aeronave."

"Eu não preciso ir embora nunca. Se —"

"Precisa sim. E eu tenho que ficar sem você." Mas sem nem um pouco daquela tristeza que pesava tanto em sua voz no sonho.

Mais tarde ficaram fumando na cama, prestes a sair do quarto pela última vez. "Tem uma nova ópera de Puccini", disse ela. "Um americano trai uma mulher japonesa. Butterfly. Ele devia morrer de vergonha, mas não — quem morre é Butterfly. Que conclusão devemos tirar? Que os japoneses morrem de vergonha e desonra, mas os americanos não? Que eles não *podem* morrer de vergonha por falta de bagagem cultural? Como se, de algum modo, o seu país fosse mecanicamente destinado a tocar pra frente sem se importar com quem estiver no caminho e sem olhar onde pisa?"

Como se apenas naquele momento se tivesse lembrado, ele disse: "Uma coisa que eu devia dar a você".

Ela olhou para ele por cima de uma mossa no travesseiro. "Você não pode me dar porque nunca foi sua. Era minha antes mesmo de eu saber que ela existia."

"Eu sei que isso é apenas uma maneira de você agradecer."

"Eu seria obrigada a mostrá-la a Kimura-san, para ver o que ele acha."

"É claro."

"O governo japonês — não confio muito neles."

"Você vai voltar pra casa?"

Ela deu de ombros. "Eu não sei onde fica isso. Você sabe?"

Na Estação de Ostende-Ville, houve um momento — que logo se dissipou no meio do barulho e da fumaça de carvão, dos risos dos bebedores de cerveja, Root Tubsmith dedilhando no uquelele um *pot-pourri* que incluía "La Matchiche", o popularíssimo maxixe de Borel-Clerc — em que Kit se deu conta de que Ostend talvez não fosse apenas mais um lugar onde pessoas com dinheiro demais iam para se divertir, e sim a âncora ocidental de um sistema continental que também incluía o Expresso do Oriente, a Trans-Siberiana, a Berlim-Bagdá e por aí afora, numa proliferação de aço a se estender por toda a Afro-Eurásia. Ainda não sabia o quanto viria a se familiarizar, após algumas estações apenas, com o Império do Vapor, nem que, a partir de Ostend, via Compagnie Internationale des Wagons-Lits, podia-se, por bem menos de duzentos francos, ser lançado para o Oriente, numa velocidade vertiginosa, talvez para sempre. Procurava por Umeki em meio à multidão na plataforma, até mesmo em subconjuntos que certamente não a incluíam, pensando nos protocolos do destino, do ser levado, afastar-se, saber qual é o seu lugar e qual não é. Ela não estava ali, não estaria nunca ali. Quanto mais ela não estava ali, mais estava. Kit imaginava que havia algo na teoria dos conjuntos que cobrisse aquele caso, mas o trem estava em movimento, seu cérebro estava entorpecido, seu coração estava incomunicável, as dunas passavam pela janela, depois o Canal de Bruges e as cotovias alçando voo dos restolhos do campo, formando uma frente defensiva contra o outono.

Dally talvez pudesse explicar se alguém lhe pedisse com insistência — a Exposição de Chicago ocorrera muitos anos antes, mas ela ainda guardava uma ou duas lembranças de barcos silenciosos nos canais, alguma coisa começou a mexer-se dentro dela quando o *vaporetto* partiu da estação ferroviária descendo o Grande Canal, até que, na hora exata do pôr do sol, ao chegar a San Marco, lá estava o puro crepúsculo veneziano, as sombras verde-azuladas, os tons de lavanda, azul ultramarino, terra de siena e castanho-amarelado do céu e o ar luminoso que ela respirava, o ímpeto surpreendente do entardecer cotidiano, luzes de gás a se acender na Piazzetta, San Giorgio Maior iluminada do outro lado da água, pálida como um anjo, distante como o céu, e no entanto parecendo estar a apenas um passo, como se a respiração de Dally, seu anseio, pudesse alcançá-la e tocá-la — ela teve certeza pela primeira vez em toda uma vida andarilha que fosse onde fosse sua casa, aquilo era mais antigo do que as lembranças, do que a história que ela julgava conhecer. A coisa foi ganhando corpo numa efusão do coração que era preciso fazer força para conter, tanto que talvez viesse mesmo a arrepender-se, quando um turista a seu lado, numa variedade grotescamente mucosa do sotaque britânico, disse a um companheiro efusivo com um riso de desprezo: "Ah, isso é o que todos dizem, mais um dia ou dois e estarás louco pra cair fora de cá", o que fez Dally pensar em encontrar um remo de gôndola para golpear o turista, talvez mais de uma vez. Porém o próprio crepúsculo, estendendo piedoso seu manto profundo, cuidaria daquela peste e suas incontáveis réplicas, eles eram como os mosquitos que se elevavam em nuvens ali ao cair da tarde, com o objetivo de infestar o verão veneziano, acentuar seu esplendor com o aborrecimento terreno, para passar com a rapidez característica, expulsos, esquecidos.

Enquanto isso, Dally resolvia que haveria de morar ali para todo o sempre.

A primeira apresentação dos Zombini, no Teatro Verdi de Trieste, fora triunfal. Receberam críticas entusiásticas não apenas na imprensa local mas também nos jornais de Roma e Milão, e estenderam a temporada por mais uma semana, de modo que quando chegaram em Veneza já estavam programados para se apresentar mais vezes, e todos os ingressos foram vendidos com semanas de antecedência.

"Então isto aqui é o Malibran."

"A casa de Marco Polo fica logo depois da esquina."

"Você acha que ele vem se a gente mandar ingressos gratuitos pra ele?"

"Tome, Cici, pense rápido."

"Aaaaargh!" Cici lembrou-se de que aquilo apenas parecia um elefante em tamanho natural descrevendo um arco no céu, prestes a desabar sobre ele e esmagá-lo. Deu um passo para o lado na hora exata, fazendo uma bela *pincette*, e colocou o animal num dos bolsos fundos de seu paletó de mágico, onde ele desapareceu na mesma hora, embora, segundo alguns, o elefante esteja muito tranquilo nas florestas de sua África nativa. Mais uma Célebre Proeza do Paquiderme Cadente executada à perfeição.

Dos bastidores, Vincenzo Miserere, o representante de vendas da fábrica de espelhos da Isola degli Specchi, assistia à cena com prazer. No decorrer dos anos, ele vira muitos espetáculos surgirem e desaparecerem, e a elevada reputação dos Zombini, que ele viera de trem de Trieste para ver, era merecida.

"Tenho a impressão de que antigamente havia uns Zombini na região de Veneza", disse ele a Luca. "Muitos anos atrás. Já que você está aqui, apareça lá na fábrica, temos uma biblioteca inteira de documentos antigos que estamos catalogando. O professor Svegli da Universidade de Pisa está nos ajudando nessa tarefa. Talvez você encontre alguma coisa."

Bria sabia da história dos Zombini venezianos desde menina, quando seu pai uma vez a chamou para vir a seu gabinete e retirou do meio daquele caos suntuoso um livro antiquíssimo, encadernado em couro de tubarão, *As viagens e aventuras de Niccolò dei Zombini, Specchiere*. No século XVII, a família de Niccolò o pusera para trabalhar como aprendiz dos fabricantes de espelhos da ilha, os quais, tal como os vidreiros de Murano, protegiam com fanatismo os segredos de seu ofício. As grandes empresas de hoje são delicadas e compreensivas em comparação com os donos de fábricas daquele tempo, cuja obsessão pelo segredo foi assumindo formas cada vez mais mesquinhas com a sucessão dos anos e das gerações. Eles mantinham seus trabalhadores confinados numa única ilhota pantanosa, na condição de prisioneiros, proibidos de sair de lá — a pena para quem tentasse fugir era perseguição seguida de morte. Mas Niccolò conseguiu escapar assim mesmo, e o livro que Luca estava mostrando a ela começava com a fuga da ilha. Luca adquiriu o hábito de ler passagens desse livro para os filhos na hora de se deitar, um *guaglion* correndo atrás do outro, de um ponto a outro do mapa da Europa, Renascimento adentro, sem telégrafos, sem passaportes, sem redes internacionais de espionagem, para permanecer à frente bastava maior velocidade e um pouco de imaginação. Niccolò conseguiu desaparecer no meio de todo aquele barulho e confusão, pois a isso se reduzia a Europa daquele tempo.

"Segundo uma versão", contou Luca, "ele foi parar na América, onde se casou, teve filhos e deu origem a uma linhagem, à qual pertencemos, se bem que nunca mais um Zombini trabalhou na fabricação de espelhos — nós éramos qualquer outra coisa, pedreiros, donos de estalagens, vaqueiros, jogadores, puxa, lá no sul, antes da Guerra da Secessão? Havia até alguns Zombini negros."

"Hein?"

"Então você nunca viu a árvore genealógica da família? Olhe aqui, Elijah Zombini, mestre-cuca, a primeira lasanha feita ao sul da linha Mason-Dixon, ele usava sêmola em vez de ricota, nunca ouviu falar nele?" E tal como vinha acontecendo desde o tempo em que Bria era neném, Luca começou a desfiar mais uma de suas histórias, e uma por uma as crianças todas adormeceram...

A Isola deli Specchi aparecia em alguns mapas, mas não em outros. Ao que parecia, isso dependia da altura da maré da Laguna num determinado dia. Talvez também de uma espécie de fé, pois havia venezianos muito bem informados que negavam categoricamente sua existência. No dia em que Luca e Bria foram lá, parecia uma ilha bem normal, a que se chegava por um *vaporetto* normal, com uma fábrica de espelhos normal, salas de fundição, crisóis, oficinas de polimento, sendo que a única coisa estranha ali era toda uma ala em que os visitantes não podiam entrar, em cuja porta estava escrito TERAPIA.

O professor Svegli estava no arquivo da fábrica, cercado por documentos escritos em papéis e pergaminhos antiquíssimos. "É tão difícil achar registros do seu ancestral", ele os saudou, "quanto era difícil encontrar o homem em si."

"O que me espanta é que eles não tenham destruído todos os registros que conseguiram encontrar."

"Essa ideia não teria ocorrido a eles. Hoje estamos acostumados a encarar a identidade como apenas o conteúdo de um dossiê. Naquela época, um homem podia ter diversas identidades, e muitos 'documentos' eram forjados ou fictícios. Para Niccolò dei Zombini a coisa era particularmente complicada, porque a certa altura ele enlouqueceu ainda por cima, o que era comum acontecer com aqueles fabricantes de espelhos perfeccionistas. Ele deveria ter terminado no hospício de San Servolo, mas por algum motivo misterioso — teria fingido loucura como parte do plano de fuga? teria amigos no Palazzo Ducale? — ele conseguiu não ser internado, apesar de se comportar de uma maneira que faria qualquer outra pessoa ser enviada para o manicômio, e teve permissão para continuar trabalhando. Levando-se em conta o que aconteceu depois, talvez ele tenha sido o único que entendeu por quê."

Cuidadosamente o professor pegou uma folha de velino quase transparente e colocou-a sobre uma superfície plana de celuloide branco. "Acredita-se que isto seja a matriz do *paramorfico*, trata-se de velino uterino, muito raro e caro, que não deve ser exposto à luz do dia com frequência. Ao que parece, havia também cópias de trabalho feitas com tinta e pergaminho mais barato, mas a maioria delas foi destruída pelo uso, bem como pelos materiais usados no polimento, piche, colcotar etcétera. Niccolò fugiu daqui por volta de 1660, ao que parece, levando um *paramorfico*, e nunca mais se teve notícia dele."

"Pra que serve isso?", perguntou Luca a Vincenzo Miserere. "Alguém aqui ainda sabe fazer? Posso usar um deles no meu espetáculo?"

Miserere olhou para ele por cima do pincenê. "Você encomendou uma coisa parecida no ano passado", folheando uma pilha de cópias de faturas. "Vidro, calcita, camada de prata. Nós chamamos isso de La Doppatrice."

"Certo. Certo. E já que estamos falando nisso, talvez seja bom eu conversar com o seu pessoal de apoio técnico." E passou a descrever para Miserere o defeito inexplicável que havia gerado uma pequena população de criaturas opticamente serradas pelo meio, que andavam por Nova York, enquanto Bria tentava não revirar os olhos de modo muito evidente.

O representante pegou o telefone em sua mesa, conversou rapidamente com alguém em dialeto veneziano e alguns minutos depois Ettore Sananzolo, que havia projetado o aparelho, entrou com um maço de desenhos de engenharia debaixo do braço.

"Trata-se apenas de uma variante da clássica caixa Maskelyne de quarenta anos atrás", ele explicou, "onde se coloca um espelho enviesado dentro de uma caixa vazia, num ângulo de quarenta e cinco graus, de modo que uma das quinas de trás é partida exatamente ao meio. Com um bom espelho e um forro de veludo, a plateia acha que continua olhando para a parede dos fundos de uma caixa vazia, quando o que estão vendo na verdade é um reflexo de uma das paredes laterais. Para desaparecer, a pessoa simplesmente entra dentro da caixa e se esconde no ângulo de quarenta e cinco graus atrás do espelho.

"Para realizar o truque análogo num espaço quadridimensional, tivemos que passar de um espelho bidimensional para um tridimensional. E é aí que entra o *paramorfico*. Em vez de uma simples rotação de noventa graus, em que um plano representa outro no espaço tridimensional, temos agora de substituir um volume — o interior da caixa — por outro, no espaço quadridimensional. Passamos de um sistema de três eixos puramente espaciais para um outro com quatro — espaço mais tempo. Desse modo, o tempo entra no efeito. Os duplos que o senhor afirma ter produzido são na verdade as próprias pessoas originais, ligeiramente deslocadas no tempo."

"É mais ou menos assim que o professor Vanderjuice de Yale analisa o problema. E agora, como resolvê-lo?"

"Infelizmente, a primeira coisa que o senhor vai ter que fazer é achar cada par e de algum modo convencer os dois a voltar para dentro da caixa."

Com o canto do olho, ele viu Bria segurando a própria cabeça e tentando não fazer nenhum comentário, mas Luca, curiosamente, estava sentindo brotar uma esperança. O que Ettore pedia era sem dúvida alguma impossível. Àquela altura, as pessoas em questão já haviam dado continuidade a suas existências, e agora não eram mais duplicadas e sim divergentes, o que era inevitável numa cidade tão gigantesca quanto Nova York — já teriam travado conhecimento com pessoas atraentes, namorado, casado, tido filhos, mudado de empregos, mudado para outros lugares, de modo que tentar encontrá-las seria o mesmo que tentar recolocar a fumaça no charuto, e mais difícil ainda seria convencer um par delas a voltar para dentro de La Doppiatrice. Era como, ele imaginava, ter um grande número de filhos gêmeos, só que esses já chegavam ao mundo adultos, e muito provavelmente nenhum deles jamais iria visitá-lo. Nem todos achariam essa ideia confortadora, mas foi o que Luca tentou fazer.

Ettore mostrou nos desenhos os lugares em que seria necessário fazer adaptações, bem como instalar novas peças, para impedir que o problema voltasse a ocorrer.

"O senhor me deixou mais calmo", murmurou Luca. "Nem sei como lhe agradecer."

"Dinheiro?", sugeriu Ettore. Vincenzo Miserere acendeu um daqueles charutos negros, duros como pedras, e piscou. Bria olhava para seu pai como se ele tivesse enlouquecido.

Voltaram para Veneza num *vaporetto*, em meio aos fantasmas intranquilos de todos os espelheiros loucos que cruzavam o *salso* vindos da laguna e para lá voltavam, entrando e saindo da cidade, vinculando-se a barcos que pescavam à noite, vapores, *sandoli*, em busca da oportunidade perdida, do lar perdido... esgueirando-se abaixo da superfície para vascular antigas oficinas e por vezes até, horrorizados, ver a si próprios refletidos em algum fragmento de espelho antigo, pois a camada de prata lá embaixo, sobrevivendo às corrosões do mar e do tempo, sempre se mostrava favorável aos mortos que vagavam havia muito tempo... Por vezes também eram visíveis nas beiras da tela, nos filmes projetados no Malibran entre um e outro espetáculo ao vivo. Em Nova York, os pequenos Zombini costumavam escapulir para o centro da cidade e frequentar os cinemas, julgavam-se muito sabidos, porém deram por si agarrando-se uns aos outros para não mergulhar no sonho coletivo e sair correndo por entre as cadeiras, fugindo dos trens que chegavam à estação de Santa Lucia, nem jogar objetos sobre os vilões monstruosos dos melodramas de curta-metragem, ou para certificar-se de que estavam numa poltrona de cinema e não num barco singrando o Grande Canal.

Naquela noite, depois do espetáculo, Dally permaneceu no teatro naquele súbito vazio de ausência e ecos para ajudar a guardar os objetos cênicos e equipamentos e deixar prontos alguns dos efeitos a serem usados no espetáculo do dia seguinte. Erlys, que nos últimos tempos estava praticando um número de telepatia e talvez se sentisse mais intuitiva do que de costume, o tempo todo dirigia a ela aqueles olhares, cada um deles direcionado com tanto cuidado quanto uma das facas de Bria. Num dado momento, as duas se viram face a face, separadas por uma gaiola de pombos. "O que é?", ambas exclamaram ao mesmo tempo. Enquanto Dally tentava encontrar uma maneira de começar, Erlys acrescentou: "Deixe pra lá, eu sei o que é".

"Eu sei é que sou eu que tenho que explicar", disse Dally. "Quem dera que eu pudesse explicar. Você sabe que às vezes você passa num lugar, depois de passar por um monte de outros lugares onde você nunca gostaria de parar, muito menos morar, e nem consegue entender que alguém possa querer ficar lá, e talvez por uma questão da hora do dia, do tempo, do que você acabou de comer, sabe-se lá o quê, mas não é você que chega lá e o lugar simplesmente cerca você, e você compreende que ali é o seu lugar. Não há nenhum lugar como este aqui em todo o mundo, e eu sei que é aqui que eu tenho que ficar."

Algumas dezenas de objeções entraram em confronto na mente de Erlys, uma querendo se jogar na frente da outra. Ela sabia que Dally já havia considerado e rejeitado todas elas. Concordou com a cabeça, duas vezes. "Deixe eu falar com o Luca."

"Por isso eu tenho que deixá-la ir embora", disse Erlys. "Não sei como fazer isso." Estavam num hotel perto da divisa de San Polo, com vista para o canal em Cannareggio, com o sol atrás deles deformando-se numa daquelas misturas melancólicas de luz e nebulosidade que só ocorrem ali. "Enfim, é a retribuição pelo que eu fiz. Eu encontrei Dally, e agora a perdi outra vez."

"Nada disso foi culpa sua", disse Luca, "e sim minha. Eu fui um louco."

"Eu também não tinha juízo, era só uma menina, mas isso não é desculpa, não é? Eu abandonei minha filha. Nunca vou poder voltar atrás e mudar isso. Aquelas irmãs Snidell lá em Cleveland, elas entenderam o que eu fiz. Nos meus sonhos elas ainda me aparecem para me dizer que não mereço estar viva. Como que eu pude ser tão egoísta?"

"Ora. Você não abandonou a sua filha", ele protestou. "Você sabia que o lugar mais protegido onde ela podia ficar era ao lado de Merle, você sabia que com ele ela teria agasalho, amor e comida."

Ela concordou com a cabeça, infeliz. "Eu sabia. Ficou muito mais fácil ir embora assim."

"A gente tentou encontrá-los. Uns dois anos, que eu me lembre."

"Não foi o bastante."

"Nós temos que trabalhar também. Não dava pra parar tudo e ficar procurando o Merle pelo mundo afora. E ele também poderia ter nos procurado, não é?"

"Ele deve ter se sentido totalmente traído. Não queria voltar a me ver, também não queria que eu me aproximasse dela."

"Isso você não sabe."

"Nós estamos brigando?"

Ele estendeu a mão e tirou uns fios de cabelo do rosto dela. "Eu tive medo. Uma vez cheguei a pensar que você ia embora sozinha, pra ir atrás dela, e a mim só

579

restaria o dia comum, sem você. Fiquei tão desesperado que só conseguia pensar em trancas e correntes, só que você já sabia escapar de todas elas."

"Nunca pensei em abandonar você, Luca, eu não amava Merle, e sim você."

Estavam sentados lado a lado na cama, sentindo-se trinta anos mais velhos. A luz vazava do quarto. "Voltei ao apartamento naquele dia", disse Luca, "e encontrei aquela... não sei, era como se ela tivesse chegado de uma estrela."

"Foi como eu me senti quando ela nasceu."

Luca nunca andava com lenço, mas sabia retirar do nada um lenço de seda da cor que escolhesse. Aquele era violeta. Ele entregou-o a Erlys com um floreio. "Quando você acabar de usar, passe para mim."

Ela levou o lenço aos olhos e, quando o entregou a Luca, a cor havia mudado para verde-azulado. "*Stronzo*. Você também não quer que ela vá embora, tal como eu."

"Mas nós não podemos fazer nada. Faz parte do combinado."

"Como é que vamos poder deixá-la em Veneza? Como saber se dessa vez ela vai estar protegida?"

"Olhe, se ela fosse uma pessoa indefesa, sem juízo, seria diferente, mas essa menina já atravessou guerras de gangues chinesas sem sofrer um arranhão. Ela já viveu na Bowery. Nós dois já a vimos em ação, se ela conseguiu sobreviver em Nova York antes de encontrar conosco, vai conseguir sobreviver em Veneza com o pé nas costas. Talvez ajudaria ter alguns francos numa conta pra ela na Banca Veneta, pra qualquer eventualidade. E tem umas pessoas aqui que eu posso pedir que fiquem de olho nela, discretamente."

E foi assim que Dally ficou sozinha em Veneza. Um dia o *vaporetto* se afastou do ponto de San Marco, e havia tantos Zombini dando adeus junto à amurada que o barco ficou penso para aquele lado. Mais tarde, por algum motivo, Dally se lembraria em particular da figura de Bria, magra, firme, agitando o chapéu com o braço estendido, os cabelos revoltos ao vento, gritando: "O espetáculo não pode parar, *ragazza. In bocc' al lupo!*".

Ela começou a trabalhar antes mesmo de se dar conta do fato, utilizando as muitas habilidades de mão leve e dedos rápidos, bem como a fala ardilosa que vinha junto com elas, que havia começado a aprender com Merle antes mesmo de aprender a andar, e com os negociantes e jogadores profissionais que passavam ao sabor do vento pelas cidadezinhas desde o dia que suas mãos se tornaram grandes o suficiente para segurar cartas de baralho, mãos que mais tarde aprenderam com Luca Zombini as artes do malabarismo e da prestidigitação.

Dally se sentia mais à vontade quando se apresentava em pequenas *campielli* com igrejas que só continham pinturas de pouca importância, e cuja escala era perfeitamente proporcional às reuniões de crianças e turistas a caminho das atrações mais conhecidas da cidade. Em pouco tempo passou a odiar os turistas e o que ela os via fazer com Veneza, transformando uma cidade verdadeira numa casca vazia e, de vez em quando, numa imitação falsa de si própria, todos os séculos de uma história confusa a fervilhar reduzidos a umas poucas ideias simples e uma inundação sazonal de pessoas que só conseguiam compreender essa simplificação.

À medida que o verão avançava, Dally se firmava na cidade. Via as moças americanas, passando céleres pela Riva, livres de qualquer preocupação, tão limpas, engomadas, ensolaradas, alegres, com suas blusas de marinheiro e saias curtas de malha e olhos luminosos sob as abas do chapéu de palha, fingindo não ver os olhares ávidos dos oficiais de marinha, guias turísticos e garçons, rindo e falando sem parar, e perguntava a si própria se algum dia tivera alguma possibilidade de se tornar uma delas. A essa altura já estava queimada de sol, esguia e ágil, cabelo cortado curto o bastante para que os cachos soltos coubessem num boné de pescador de malha vermelha, o qual também servia como seu único travesseiro à noite — nessa época ela vestia-se como um rapaz e só atraía a atenção dos homens que olhavam para rapazes, mas essas aves de arribação, que normalmente só passavam uma ou duas noites ali, rapidamente se davam conta do equívoco.

Não era exatamente a Veneza que as pessoas mais velhas guardavam na memória. O Campanile havia desabado alguns anos antes e ainda não fora reconstruído, e as versões sobre o que ocorrera se multiplicavam. Segundo alguns, tinha ocorrido um embate no céu, caracterizado por alguns como angelical. Meninos de rua e *lucciole* contavam que tinham visto, em meio a uma população de visitantes que nada tinham de estranhos, jovens com uniformes que não pertenciam a nenhuma nação facilmente reconhecível, movendo-se naquele antigo labirinto de canais como fantasmas de uma era passada ou, alguns especulavam, de um tempo que ainda não havia chegado. "Você conhece as velhas pinturas. Nessa cidade sempre se viram muitos anjos. A batalha no céu não terminou quando Lúcifer foi expulso para o Inferno. Ela continuou, continua ainda."

Quem disse isso foi um inglês com veleidades de pintor, talvez até um pintor de verdade, chamado Hunter Penhallow, que começara a aparecer todas as manhãs na *fondamenta* de Dally com um cavalete e um estojo cheio de tubos de tintas e pincéis, e até que a noite caísse, fazendo intervalos apenas para uma *ombreta* e café, dedicava-se à tarefa de "fixar" Veneza, como ele dizia. "São quilômetros e quilômetros de ruas e canais aqui, meu caro", ela tentou lhe explicar, "dezenas de milhares de pessoas, uma mais interessante do que a outra, por que se limitar a esse único canto da cidade?"

"A luz de cá é boa."

"Mas —"

"Está bem." Um minuto ou dois esboçando com o lápis. "Não faz diferença. Imagine que dentro deste labirinto que você está a ver existe um outro, mas numa escala menor, reservado apenas, digamos, para gatos, cães e ratos — e depois, dentro dele, um outro para formigas e moscas, depois micróbios e todo o mundo invisível — diminuindo mais e mais a escala, pois uma vez assumido o princípio do labirinto, por que parar numa determinada escala? A coisa repete-se. O lugar exato onde estamos é um microcosmo de toda Veneza."

Ele falava com tranquilidade, como se ela compreendesse o que tudo isso significava, e de fato, como Merle costumava falar desse jeito, Dally não ficou totalmente perplexa, e conseguiu até não revirar os olhos. Tragando fundo na guimba de cigarro e jogando-a de modo expressivo no *rio*: "Isso também se aplica aos venezianos?".

Como era de se esperar, ele olhou-a de alto a baixo. "Tire esse boné, deixe eu dar uma olhada." Quando ela sacudiu os cachos: "Você é uma menina".

"Mais moça que menina, mas não vamos discutir por isso."

"E você está a fazer-se passar — dum modo incrível — por um rapaz de rua."

"Simplifica a vida, pelo menos até certo ponto."

"Você tem que posar pra mim."

"Na Inglaterra — *signore* — segundo dizem, um modelo pode ganhar um xelim por hora."

Ele deu de ombros. "Não posso pagar isso tudo."

"Então meio."

"O que dá doze *soldi*. Se eu conseguir um franco por um quadro, sou um gajo de sorte."

Apesar do rosto jovem de Hunter, um rosto quase adolescente, o que dava para ver de seu cabelo era de grisalho, quase branco, coberto com um chapéu de palha inclinado de modo elegante e um pouco deformado, à maneira de Santos Dumont, o que indicava ao menos uma estada anterior em Paris. Há quanto tempo aquele sujeito estaria em Veneza?, ela se perguntava. Olhava para seus quadros apertando a vista, afetando o modo profissional. "Você não é nenhum Canaletto, mas não se venda barato, já vi coisas piores do que isso sendo vendidos por dez francos, em dias de muitos turistas, até mais."

Por fim ele sorriu, um momento de fragilidade, como uma neblina rápida a passar. "Eu talvez pudesse pagar-lhe seis *pence* por hora, se... você atuasse como *marchande* para mim?"

"Claro. Dez por cento?"

"Qual o seu nome?"

"As pessoas em geral me chamam de Beppo."

Eles instalaram-se perto do Bauer-Grünwald, na passagem estreita entre San Moise e a Piazza, porque todo turista em Veneza mais cedo ou mais tarde passava por ali. Nesse ínterim, na *fondamenta*, Hunter desenhava ou pintava Dally numa variedade de poses, dando saltos mortais à margem do canal, comendo uma fatia de melancia vermelha como sangue, fingindo dormir ao sol com um gato no colo, um rabisco de trepadeira escarlate sobre uma parede branca como osso atrás dela, sentada à porta de uma casa, o rosto iluminado apenas pelo reflexo de sol vindo da calçada, sonhando entre paredes róseas, paredes de tijolo vermelho, canais verdes, olhando para cima para janelas do outro lado das *calli*, tão próximas que davam a impressão de que bastava esticar o braço para tocá-las, mas era só impressão, com flores na fachada transbordando de sacadas de ferro batido, posando para ele como um menino e também, mais tarde, utilizando roupas emprestadas, como uma moça. "Não se incomoda de usar saias, espero."

"Estou me acostumando, obrigada."

Hunter havia de algum modo conseguido chegar ali, desmobilizado após uma guerra de que ninguém ouvira falar, tendo sofrido traumas obscuros, buscando refúgio do tempo, a segurança por trás das capas e máscaras e mil espécies de névoas de Venezia.

"Houve uma guerra? Onde?"

"Na Europa. Em todo o mundo. Mas ao que parece ninguém sabe disso... aqui..." hesitou, com uma expressão desconfiada — "ainda."

"Por que não? É tão longe que a notícia não chegou aqui 'ainda'?" Ela esperou o tempo de uma respiração, e depois — "Ou não *aconteceu* 'ainda'?"

Ele enfrentou o olhar dela, exprimindo menos sofrimento do que um estranho perdão, como se não quisesse culpá-la por não saber. Como poderiam eles saber?

"Então você é um viajante no tempo, vindo do futuro?" Não com ironia, na verdade, nem tampouco com muita surpresa.

"Não sei. Não sei como *aquilo* podia acontecer."

"É fácil. Alguém no futuro inventa uma máquina do tempo, certo? Todos os inventores malucos deste lado do Atlântico e do outro estão trabalhando nisso, um deles na certa vai conseguir, e quando isso acontecer essas máquinas vão se tornar tão comuns quanto táxis. Assim... lá onde você estava, seja lá onde for, você pegou um táxi desses. Entrou, disse ao motorista *quando* você queria chegar, e *ehi presto!* Você agora está aqui."

"Quem me dera que eu pudesse me lembrar. Qualquer coisa. Seja lá qual for o inverso temporal de 'lembrar'..."

"Bom, pelo menos da tal guerra você parece que escapou. Você está aqui... são e salvo." Querendo apenas tranquilizá-lo, porém ele pareceu ainda mais desanimado.

"'Salvo'... salvo." Dally não sabia com quem ele estava falando agora, mas com ela é que não era. "O espaço político tem um território neutro. Mas e o Tempo? Existirá uma *hora neutra*? Uma hora que não ande pra frente nem pra trás? Será pedir demais?"

Nesse exato momento, mas não como se fosse uma resposta, de um dos navios da marinha real ancorados ao largo do Castello soou a Salva Vespertina, uma advertência profunda, nada musical, ecoando por toda a Riva.

Foi mais ou menos a partir daí que Dally passou a carregar as telas, o cavalete e os outros equipamentos de Hunter, a espantar os moleques que o incomodavam demais e a assumir todas as tarefas de que ela podia se ocupar.

* * *

"... À noite, durante uma partida, o doutor Grace apareceu-me num sonho, mandou-me ir a Charing Cross e tomar o comboio-barca..."

"Sei, sei."

"... uma coisa tão real, ele trajava um uniforme branco, com um daqueles chapéus antiquados, sabia meu nome, e começou a dizer-me quais eram minhas obrigações, havia uma... uma guerra, segundo ele, na 'Europa Exterior', foi o que ele disse, uma geografia maluca, não é?, mesmo num sonho — e o nosso país, a nossa civilização, dalgum modo estava ameaçada. Eu não sentia desejo de alistar-me, nenhuma paixão, muito pelo contrário. Já tive 'aventuras', conheço bem esse entusiasmo, mas felizmente não fazia parte dessa... não estava acessível. Tu percebes o que eu sou, apenas mais um atleta interiorano motivado, um amador, sem grande profundidade. Mas lá estava eu, atendendo a um extraordinário chamado da sepultura, da futura vala comum da Europa, como se nalgum lugar à frente houvesse um portão de ferro, ligeiramente entreaberto, dando acesso a um país baixo e sombrio, com uma multidão incalculável de todos os lados *ansiosa por entrar*, a arrastar-me junto com ela. Quisesse eu ou não..."

Ele estava hospedado num quarto de hotel em Dorsoduro, com um restaurante no térreo. Ipomeias enroscadas nos enfeites de ferro. "Eu imaginava que você estivesse numa *pensione*, tem umas duas ali pros lados do Rio San Vio."

"Na verdade, isto aqui é até mais barato — as *pensioni* incluem o almoço, e se eu parasse para almoçar eu perdia a melhor luz, e se eu não almoçasse pagava a refeição à toa. Mas cá em La Calcina a cozinha fica aberta o tempo todo, posso comer o que quiser a qualquer hora. Além disso, tenho a companhia de fantasmas eminentes, o Turner e o Whistler, o Ruskin, o Browning, toda essa malta."

"Eles morreram nesse lugar? Então será que a comida presta?"

"Não, digamos que eles são 'vestígios de consciências'. A pesquisa psíquica começa a esclarecer um pouco essas questões. Os fantasmas podem ser... ora, basta olhar pra todos eles." Com um braço indicou toda a extensão do Zattere. "Todo turista que vês passando por aqui, todo mundo que planeja dormir hoje numa cama estranha, é potencialmente *esse tipo* de fantasma. As camas provisórias por algum motivo conseguem captar e manter esses sutis impulsos vibratórios da alma. Nunca percebeste, num hotel, que às vezes tens uns sonhos que, de modo assustador, não te pertencem?"

"Não lá onde eu estou dormindo."

"Pois é verdade — principalmente nesses estabelecimentos menores, em que a cama costuma ser de ferro ou de aço, esmaltado pra afastar os *cimici*. Dalgum modo o metal atua como uma antena receptora, permitindo que o sonhador capte vestígios de sonhos das pessoas que lá dormiram antes, como se, durante o sonho, irradiássemos frequências ainda não descobertas."

"Obrigado, vou experimentar isso um dia desses." Camas e quartos, sim senhor. Ela arriscou uma rápida virada de olhos para o lado. Até agora ele ainda não tinha feito nenhuma proposta que pudesse ser considerada indecorosa, nem a Dally nem a qualquer outra pessoa que havia passado por ali durante o dia. Não que ela tivesse algum interesse romântico por ele, é claro, ele não fazia seu tipo, embora houvesse dias, ela era obrigada a admitir, em que *qualquer coisa* era seu tipo, pescadores tortos, gigolôs com covinhas, austríacos de calças curtas, garçons, *gondolieri*, uma fome que ela precisava resolver sozinha, de modo discreto, de preferência na alta madrugada, quando o luar estava fraco.

Ela se perguntava se esta "Guerra" de que ele falava era responsável de alguma maneira pela ausência de paixão física que caracterizava a sua vida. Quanto tempo estaria planejando ficar em Veneza? Quando o bora descia das montanhas, anunciando o inverno, será que ele se mudaria para outro lugar? E ela, se mudaria? Em setembro, quando chegava o *vino forte* de Brindisi, Squinzano e Barletta, será que ele desapareceria em duas semanas também?

Um dia, caminhando na Piazzetta, Hunter fez sinal para que Dally entrasse na arcada e em seguida na Biblioteca, onde apontou para uma pintura de Tintoretto, *O roubo do corpo de S. Marcos*. Dally ficou olhando para o quadro por algum tempo. "Mas que negócio mais sinistro", ela cochichou por fim. "O que está havendo?", gesticulando nervosa em direção às antigas sombras alexandrinas, onde fantasmas espectrais, que já deviam ter ido dormir há muito, sempre fugiam para o interior diante de uma impiedade.

"É como se esses pintores venezianos enxergassem coisas que não temos mais", observou Hunter. "Um mundo de presenças. Espectros. A história sempre a passar por aqui, Napoleão, os austríacos, uma centena de formas de literalismo burguês, culminando na sua realização máxima, o turista — eles hão de ter-se sentido muito sitiados. Mas fica nesta cidade por algum tempo, mantendo os sentidos atentos, não rejeitando nada, que de vez em quando hás de vê-los."

Alguns dias depois, na Accademia, como se dando continuidade àquela ideia, Hunter afirmou: "O corpo — é uma outra maneira de transcender o corpo".

"Chegar ao espírito que há por trás..."

"Mas não se trata de negar o corpo, e sim reimaginá-lo. Até mesmo" — indicando com a cabeça o Ticiano na parede em frente — "se 'na realidade' ele não passa dum pedaço de pano lambuzado com tipos diferentes de lama pastosa — reimaginá-lo como luz."

"Mais perfeito."

"Não necessariamente. Por vezes mais terrível — mortal, sofrendo dores, deformado, até mesmo desmembrado, dividido em superfícies geométricas, mas a cada vez, dalgum modo, quando o processo funciona, *transcendido*..."

Era demais para ela, Dally pensou. Estava tentando acompanhá-lo, mas Hunter não facilitava as coisas. Um dia ele lhe contou uma história que Dally já tinha ouvido antes, uma narrativa contada à hora de dormir por Merle, que a encarava como uma parábola, talvez a primeira de todas, a respeito da alquimia. Era extraída do Evangelho de Tomé da Infância de Jesus, uma das muitas Escrituras que por motivos políticos a Igreja primitiva não permitiu que fossem incluídas no Novo Testamento.

"Jesus era uma pestinha quando garoto", segundo a narrativa de Merle, "um rapaz transviado como esses que eu vivo encontrando na sua companhia, aliás, não que eu esteja criticando", pois ela soergueu-se na cama e começou a procurar um objeto com que acertá-lo, "andava pela cidade aprontando brincadeiras de adolescente, fazendo criaturinhas de barro e dando-lhes vida, pássaros que voavam, coelhos que falavam, coisas assim, enlouquecendo os pais, pra não falar nos adultos da cidade, que viviam reclamando — 'Melhor mandar esse Jesus se cuidar'. Um dia ele sai com os amigos pra aprontar alguma, e por acaso eles passam pela porta da oficina do tintureiro, onde tem várias tinas com tinturas de cores diferentes e pilhas de roupas, todas organizadas, cada pilha a ser tingida de uma cor diferente, e Jesus diz: 'Olhem só', e junta todas as roupas numa única trouxa, enquanto o tintureiro grita: 'Ô Jesus, o que foi que eu falei da última vez?', larga o que está fazendo e sai correndo atrás do garoto, mas Jesus corre muito mais do que ele, e antes que alguém possa detê-lo Jesus corre para a tina maior de todas, a que contém tintura vermelha, joga todas as roupas dentro dela e sai correndo às gargalhadas. O tintureiro esbraveja como um possesso, arrancando os fios da barba, se debatendo no chão, vê que todo o seu trabalho se perdeu, até os amigos vagabundos de Jesus acham que dessa vez ele foi longe demais, mas então Jesus volta com a mão levantada, tal como ele aparece nas pinturas, bem tranquilo — 'Calma, pessoal', e começa a tirar as roupas de dentro da tina, e não é que cada uma delas sai com a cor que era para ser tingida, não apenas a cor, mas o tom exato, nenhuma freguesa vai reclamar 'Ih, eu queria verde-limão e não verde-água, o senhor é daltônico, é?', não, dessa vez cada roupa está exatamente da cor desejada."

"Não é muito diferente", era o que Dally sempre pensava, "daquela história do Pentecostes, dos Atos dos Apóstolos, que foi incluída na Bíblia, só que não eram cores e sim línguas, os Apóstolos estão reunidos numa casa em Jerusalém, você se lembra, o Espírito Santo desce como um vento forte, em línguas de fogo e não sei mais o quê, e o pessoal sai de lá e começa a falar com a multidão lá fora, as pessoas estão falando cada uma na sua língua, tem romano, judeu, egípcio, árabe, mesopotâmio, capadócio e texano, todo mundo crente que ia ouvir o mesmo dialeto da Galileia — mas dessa vez eles ficam assustados porque ouvem os Apóstolos falando com eles cada um na sua língua."

Hunter compreendeu seu raciocínio. "É isso, é a redenção, a gente está esperando o caos e vem a ordem. Expectativas não cumpridas. Milagres."

Um dia Hunter anunciou que ia passar a pintar cenas noturnas. A partir daí, à hora do entardecer ele saía de seus aposentos com seus apetrechos, para passar a noite trabalhando. Dally alterou seus próprios horários de modo a adaptar-se aos dele. "E essa luz veneziana que você vive elogiando —"

"Vais ver. É luz noturna, o tipo de luz necessária pra se obter um brilho azul-esverdeado. A umidade noturna do ar, a indefinição, os raios, a dispersão, a luz refletida nos *rii*, e é claro, acima de tudo, o luar..."

Às vezes ela se perguntava o que Hunter acharia da luz americana. Já havia passado horas a fio em noites de insônia contemplando campos de janelas acesas ou escuras, filamentos e chamas vulneráveis aos milhares, como se transportados pelas ondas do mar, as superfícies onduladas das grandes cidades, a se quebrar, permitindo-se imaginar, quase se entregando à impossibilidade de algum dia fazer parte de algum lugar, desde os tempos da infância, quando passava com Merle por todas aquelas cidadezinhas perfeitas, ansiando pelas luzes à beira de riachos e as luzes que definiam as formas de pontes estendidas sobre grandes rios, vistas através de vitrais de igrejas ou árvores no verão, lançando parábolas luminosas sobre paredes claras de tijolo ou formando auréolas de insetos, lanternas em fazendas, velas atrás de vidraças, cada janela ligada a uma vida que se estendia antes e continuaria depois, muito depois que ela e Merle e o vagão tivessem passado, e a terra muda se elevasse outra vez para cancelar a breve revelação, a oferta jamais enunciada de maneira nítida, as cartas que nunca terminavam de ser distribuídas...

Ali, naquela cidade antiquíssima, pouco a pouco se fixando numa máscara de si própria, Dally começou a procurar os episódios de contraluz, portões imersos na escuridão úmida à margem de um canal, *sotopòrteghi* cujas saídas não eram visíveis, rostos ausentes, lampiões que faltavam na extremidade de *calli*. E desse modo foi se revelando a ela, noite após noite, com uma clareza cada vez mais deprimente, uma cidade secreta e tenebrosa, em cujos labirintos infestados por ratazanas ela via crianças da sua idade e ainda mais jovens sendo atraídas, infectadas, corrompidas, e muitas vezes desaparecendo, como uma moeda ou cartas de baralho — tratadas com total desprezo por aqueles que lucravam com o insaciável apetite por corpos jovens que parecia se concentrar ali, vindo de todos os cantos da Europa e do resto do mundo.

Ela se sentia muito mais à vontade trabalhando à noite e tentando encontrar um lugar para dormir durante o dia. Antes as noites estavam ficando problemáticas demais. Naturalmente, ela já fora abordada, e por alguns tipos nada convidativos, com cicatrizes estampadas no rosto que eram certificados de seus currículos profissionais, sendo visível por baixo do paletó negro uma pistola Bodeo 10,4 mm que atestava sua dedicação ao trabalho. Os predadores noturnos vinham, e cochichavam, e flertavam, trazendo flores e cigarros, mantendo uma distância respeitosa, seguindo um código rigoroso, até que a presa, trêmula, sucumbia. Neste ponto a arma, que até então não era vista com clareza, aparecendo apenas em rápidos vislumbres, surgia ao luar lendário, e todas as dúvidas, bem como a maioria das esperanças, desapareciam.

Dally fazia questão de permanecer em pé até que eles seguissem em frente, o que até agora sempre havia acontecido, as condições climáticas estavam do lado deles, bastava-lhes esperar. Um deles, Tonio, era particularmente interessado em Dally, usava um terno inglês e falava inglês quase sem sotaque. "Eu conheço muitas de vocês, moças americanas, saem pra se divertir todas as noites, roupas bonitas, o Cassino, os grandes hotéis, os bailes à fantasia nos *palazzi*. Que graça que você vê nisto? Dormir com os ratos. Uma moça tão bonita desperdiçada."

Bastaria ela começar a fazer perguntas sobre as roupas, ou que tipo de quarto ela poderia ter — já havia entreouvido conversas assim — e sem que ela se desse conta da coisa, aquilo se transformaria num jogo de vida e morte, e a mocinha cheia de esperanças seria envolvida nas trevas irreversíveis da meia-noite em meio à *foschetta*.

Aquilo tinha o efeito de matizar de modo curioso seus sentimentos pela cidade, que continuavam tão intensos quanto antes apesar do elemento de temor que não havia como deixar de lado, cada noite lhe trazendo novas informações sobre o mal que aguardava no fundo de cada beco. Hunter argumentava que era por isso que tantas pessoas haviam aprendido a amar Veneza, por causa de seu *"chiaroscuro"*.

"Obrigada pela informação, pra você deve ser muito fácil, imagino, mas as noites aqui nos *masègni* não são tão românticas como são pros turistas."

"Estás a chamar-me turista?"

"Um dia você vai embora. Não é isso que fazem os turistas?"

"Então, o dia que eu for, vem comigo."

O canhão do meio-dia disparou. Um barco cheio de contrabandistas de cigarros rapidamente atracou na margem de um canal e começou a descarregar sua mercadoria. Sinos badalavam por toda a cidade. "Ah, *patrone*", disse ela por fim, "o Beppo, sabe, não tem muita certeza..." Aquilo sem dúvida acrescentou algumas linhas à biografia dele, mas aí o tempo começou a passar de novo como sempre, e um dia chegou o bora, e os primeiros trens chegaram de Puglia trazendo vinho, e, ora vejam, ele não foi embora.

O inverno se aproximava, e Dally precisava de um lugar confiável onde pudesse dormir durante o dia, pois os *fondamente* já estavam fora de questão havia muito tempo. Ela estava improvisando em pátios, abrigos para estudantes, salas dos fundos de *osterie*, sempre tocando em frente, mas por fim, com relutância, foi pedir um conselho a Hunter. "Por que não me pediste?", ele retorquiu.

"Por que eu não lhe pedi?"

Ele desviou a vista. "É coisa fácil." E em três tempos arranjou-lhe um quarto no *pallazo* de uma mulher com reputação não muito boa, a *principessa* Spongiatosta, uma das muitas pessoas conhecidas de Hunter sobre as quais Dally nada sabia até aquele momento.

Ela esperava uma mulher mais velha, com feições destroçadas, uma espécie de *palazzo* humano. No entanto, deparou-se com uma gota de orvalho de olhos luminosos, que o Tempo parecia deixar de lado, ou mesmo jamais ter tocado. Havia um príncipe também, mas ele raramente aparecia. Estava viajando, Hunter lhe disse, mas não se abriu por completo com ela.

O que mais espicaçava a curiosidade de Dally a respeito da Ca' Spongiatosta, quando ela de vez em quando explorava seus corredores e antessalas, eram as rápidas mudanças de escala, que lembravam a expansão quase teatral entre os becos confortáveis, escuros, de tamanho humano, e a imensidão luminosa da Piazza San Marco. Ladrilhos vermelho-escuros, um pórtico de ordem compósita, enormes urnas decorativas, luz parda, madressilvas-do-japão, murtas, gerânios, repuxos, muros altos, canais estreitos e pontes em miniatura incorporados à estrutura do *palazzo*, tantos criados que Dally não conseguia saber quem era quem. Aliás, talvez houvesse mais de uma princesa — ela parecia estar em todos os lugares, e de vez em quando Dally era capaz de jurar que sua aparência era múltipla e não consecutiva, se bem que o que se passava no canto de sua visão sempre fora para ela mais ou menos equivalente a um sonho. Truques de espelhos? Luca saberia dizer. Onde quer que ele estivesse, ele e Erlys.

Pouco depois, coisas aconteceram. Um dia um criado lhe trouxe um recado. Pelo visto, junto com o bora havia chegado em Veneza Bria Zombini. Estava hospedada num hotelzinho do outro lado da Ponte de Ferro em Dorsoduro. Dally foi vê-la com um vestido que a princesa teve a bondade de lhe emprestar. Bria estava com sapatos de salto alto, o que compensava os dois centímetros, mais ou menos, que Dally havia crescido nos últimos doze meses, e assim os olhos de uma estavam à altura dos da outra. Dally constatou que aquela jovem muito senhora de si, o cabelo penteado sob um chapéu parisiense de aba larga, limpando o suor do lábio superior e exclamando "*Porca miséria!*", era a mesma de sempre.

Caminharam de braços dados pelo Zattere. "Andamos por ceca e meca", disse Bria. "Temporadas estendidas por demanda popular, uma ou duas cabeças coroadas, você sabe, o de sempre. Eles vão pegar o navio pra voltar em breve, fiquei de encontrar com eles em Le Havre, e como eu estava deste lado dos Alpes resolvi visitar você."

"Ah, Bri, eu morro de saudade de vocês, sabe..."

Bria apertou os olhos um pouco, concordou com a cabeça. "Mas Veneza fisgou você, e agora você está decidida a ficar aqui."

"Quer dizer que agora você virou telepata."

"É só ler as suas cartas — não é difícil perceber."

"Como vai a nossa mãe?"

Bria deu de ombros. "Acho que a gente sente mais falta dela quando está longe dela."

"Vocês... andam brigando?"

"Ha! Ela só vai ficar satisfeita quando eu morrer ou cair fora."

"E o Luca?"

"O Luca? Ele é italiano, é meu pai. Acha que eu sou uma espécie de noviça, tenho que viver trancada. Quer dizer, quando não é um é o outro, uma bela situação, hein?"

Dally abaixou a cabeça e olhou por entre os cílios. "Os rapazes..."

"Os rapazes, os homens, qual é a diferença? Querem que eu ignore todas as atenções, *ma via*, você sabe como eles são aqui." Bria sorrindo bem daquele seu modo amolecado de que Dally se lembrava, de modo que ela própria começou a sorrir assim, e quando deram por si suas testas estavam encostadas, os fios soltos de seus cabelos se misturando, os terceiros olhos se tocando, as duas rindo baixinho juntas, sem saber direito por quê.

"Pois bem. O que é que eu digo a eles, que você vai viver de mesada?"

O riso de Dally murchou. "Ah... acho que não."

"Por que não? O papai imagina que você queira ficar. Diz ele que dá pra sustentar você."

"Não é isso."

"Aah? Fez amizade com um cavalheiro, eu devia ter imaginado. Essa tal casa Spongiatosta."

"Não exatamente."

"Nada, hm —" Abanando as mãos de modo expressivo.

"Ha. Quem dera."

"É, aproveite enquanto você pode, você ainda é uma criança."

"Quisera eu..."

Bria não hesitou muito e abriu os braços, e Dally caiu neles, fungando. Depois de algum tempo: "Mas, ora, você não parece ter mais de trinta".

"Preciso sim é de um cigarro, você por acaso, hein..."

"Salta um cigarro pra moça."

"Hum, beleza de cigarreira."

"Suíço, corretor de seguros. Wolf. Não, Putzi."

"Sei, o Wolf deve ser o casado com filhos."

"Obrigada." Acenderam seus cigarros.

Um dia Hunter apareceu de óculos escuros, com um chapéu de palha de aba larga e uma bata de pescador. "Que tal um passeio nos canais?"

"Espere só eu arrumar um chapéu."

Alguns de seus amigos artistas haviam alugado um *topo* por um dia. A água dos canais era de um verde opaco. No pontal da Dogana, onde o Grande Canal e a Laguna se encontram, a cor ficou azul. "Isso nunca acontece", disse Hunter.

"Mas hoje aconteceu", retrucou um rapaz feroz sentado ao leme.

Chamava-se Andrea Tancredi. Hunter o conhecia, encontrara-o várias vezes nos arredores de reuniões de Anarquistas, em cafés onde pintores experimentais expunham suas obras. Tendo estado em Paris e visto quadros de Seurat e Signac, Tancredi se convertera ao Divisionismo. Simpatizava com Marinetti e seus seguidores, que começavam a se autodenominar "futuristas", mas ao contrário deles não sentia atração pelas variedades de brutalismo americano. Aliás, parecia se incomodar muito com a presença de americanos, em particular os milionários que nos últimos tempos vinham saquear obras de arte italianas. Dally resolveu não lhe dizer qual era seu país de origem.

Fizeram um piquenique em Torcello, num romãzeiral abandonado, beberam *primitivo*, e Dally percebeu estar a olhar para Andrea Tancredi mais do que seria justificável, e quando por acaso a pegava olhando para ele Tancredi devolvia o olhar, não irritado mas também não fascinado, Dally achava. Na volta, à tardinha, navegando ao som dos sinos, sob um céu varrido verde e lavanda, a cidade invertida imediatamente sob as ondas, sentindo seu coração capturado, como sempre, para sempre, por aquela cidade que se tornara seu lar inesperado, Dally sentia a presença de Tancredi a seu lado, olhando carrancudo para Veneza.

"Olhe só. Um dia vamos derrubar tudo isso, e usar o entulho para aterrar esses canais. Demolir as igrejas, aproveitar o ouro, vender o que restar para os colecionadores. A nova religião será a higiene pública, e os templos serão as usinas hidráulicas e sistemas de tratamento de esgoto. Os pecados capitais serão o cólera e a decadência." Dally teria dito alguma coisa, provavelmente áspera, se ele não tivesse continuado a falar. "Todas essas ilhas vão ser ligadas por estradas de rodagem. Eletricidade por toda parte, quem ainda quiser o luar veneziano que vá ao museu. Portões colossais aqui, cercando toda a Laguna, para deter o vento, o siroco e o bora."

"Ah, não sei, não." Hunter, que já vira Dally explodir, discretamente se intrometera entre os dois. "Quanto a mim, estou aqui por causa dos fantasmas."

"O passado", disse Tancredi, debochado. "San Michele."

"Não exatamente." Hunter constatou que não saberia explicar.

Graças à misericórdia cega de Deus, segundo ele relatou a Dally alguns dias depois, a caminho do estúdio de Tancredi em Cannareggio, depois de escapar da destruição e da guerra em lugares dos quais já nem se lembrava muito bem, Hunter encontrara asilo em Veneza, e então ficou sabendo das visões de Tancredi, e reconheceu o veículo futurista que o levara da Cidade devastada tanto tempo antes, e da contra-Cidade subterrânea que havia atravessado nesse veículo, e na fé gélida e implacável na ciência e na racionalidade que mantivera todos os refugiados que o acompanhavam firmes em sua fuga, e sua certeza desconsolada de ter fracassado em sua missão, um daqueles mascotes que só trouxera azar para os que nele confiavam, destinados a terminar em quartos baratos numa rua suburbana, indiferentes a sua própria sorte, lendas de infortúnio, proibidos de acompanhar todos os viajantes que não fossem os mais mal-afamados e suicidas. Mas ultimamente — seria Veneza? seria Dahlia? — ele estava começando a se sentir menos à vontade como um dos perdidos.

Assim, Dally achou que valia a pena ir lá conferir.

As pinturas de Tancredi eram como explosões. Sua palheta privilegiava o fogo e o estrépito. Trabalhava com rapidez. *Estudos preliminares para uma máquina infernal.*

"Essa máquina funcionaria mesmo?", quis saber Dally.

"Claro", Tancredi, um pouco impaciente.

"Ele é uma espécie de especialista em máquinas infernais", informou Hunter. Mas Tancredi manifestava uma curiosa relutância quando se tratava de falar sobre o que a tal máquina faria de fato. Que cadeia de eventos produziria o "efeito".

"A palavra 'infernal' não é usada de modo impensado, nem mesmo como metáfora. Pra começar, há que aceitar o Inferno — compreender que o Inferno é uma realidade e que este ordeiro mundo de superfície é atravessado por um silencioso exército de agentes que juraram fidelidade a ele, como se a uma pátria amada."

Dally balançou a cabeça. "É assim que falam os crentes."

"Ah, os que nasceram de novo. Sempre conosco. Mas e os que morreram de novo, que foram pro Inferno depois de passar pelo estado de morte normal, imaginando que o pior já aconteceu e que agora nada pode aterrorizá-los?"

"Você está falando sobre um aparelho explosivo, *vero?*"

"Não em Veneza, jamais. O fogo aqui seria uma loucura suicida. Eu jamais traria o fogo. Mas eu traria o Inferno num pequeno espaço limitado."

"E... isso seria..."

Tancredi riu um riso sinistro. "Você é americana, acha que tem que saber tudo. Outros haveriam de preferir não saber. Uns definem o Inferno como a ausência de Deus, e isso é o mínimo que se pode esperar da máquina infernal — que a burguesia seja privada daquilo que mais a sustenta, o quebra-galho pessoal dela, sentado à sua escrivaninha celestial, corrigindo os defeitos do mundo cotidiano lá embaixo... Mas o espaço finito se expandiria rapidamente. Pra revelar o Futuro, há que contornar a inércia da tinta. A tinta quer permanecer como está. Nós desejamos a transformação. De modo que isto é menos uma pintura que um argumento dialético."

"Você entende o que ele diz?", Dally perguntou a Hunter.

Ele arqueou as sobrancelhas, inclinou a cabeça, como se pensando. "Às vezes."

Aquilo de certo modo lembrava-lhe Merle, e sua irmandade de inventores malucos cujas discussões sobre os mistérios da ciência outrora a embalavam, fazendo as vezes de cantigas de ninar.

"É claro que tem a ver com o Tempo", Tancredi franzindo a testa, empolgado, excitado *malgré lui* diante da possibilidade de que Dally estivesse de fato pensando naquele tema, "tudo que imaginamos é real, vivo e inanimado, em pensamentos e em alucinações, tudo está se transformando de uma coisa em outra, de passado em Futuro, o desafio pra nós é mostrar o máximo que pudermos dessa passagem, dada a *maldita imobilidade* da pintura. É por isso que..." Usando o polegar contra uma pincelada de amarelo de trissulfureto de arsênico, obteve um borrifo controlado de tinta em sua tela, seguido por mais uma pincelada de escarlate e uma terceira de violeta de Nuremberg — o trecho-alvo da tela pareceu iluminar-se como um bolo de aniversário, e antes que a tinta secasse ele atacou-o com um pincel absurdamente fino, apenas uma ou duas cerdas, fazendo pontos minúsculos em meio a outros maiores.

"As energias do movimento, as tiranias gramaticais do devir, no Divisionismo aprendemos a decompô-las em frequências componentes... definimos o menor elemento do quadro, um ponto de cor que passa a ser unidade básica da realidade..."

"Não é Seurat", foi a observação de Hunter, "nada daquela calma estática e fria, não sei como fazes esses pontos agir de modo dinâmico, composições violentas de estados de energia, movimento browniano..."

De fato, na vez seguinte em que visitou Tancredi, Dally teve a impressão de que do campo reluzente de partículas emergia, como torres da *foschetta*, uma cidade, uma contra-Venezia, a realidade quase pré-visual por trás daquilo que todos, por consenso, denominavam "Veneza".

"Não sou como Marinetti e o pessoal dele", confessou Tancredi. "No fundo eu amo essa velharia. Veja." Levou-a a uma pilha de telas num canto em que ela não havia reparado antes. Eram todas cenas noturnas, saturadas de neblina.

"Em Veneza temos umas duas mil palavras para designar a neblina — *nebbia*, *nebbieta*, *foschia*, *caligo*, *sfumato* — e a velocidade do som, sendo uma função da densidade, é diferente em cada uma delas. Em Veneza, espaço e tempo, por dependerem mais da audição que da visão, são na verdade moduladas pela neblina. De modo que esta sequência aqui está relacionada. *La velocità del suono*. Em que você está pensando?"

Era a primeira vez que Dally ia lá sem Hunter. O que ela estava pensando: Tancredi tinha mais era que beijá-la, e depressa.

"Cheiro de curtume", foi a impressão de Kit.

"Talvez... porque Göttingen um curtume *seja*", observou Gottlob.

"*Principalmente* o departamento de matemática", acrescentou Humfried. "Lembre-se de que o cérebro de Gauss está preservado aqui. Afinal, o que é o córtex cerebral de uma pessoa senão um pedaço de couro animal? *Ja?* Em Göttingen eles pegam o seu cérebro, põem em salmoura, tingem, submetem a um processo que o transforma em outra coisa, imune ao vento, ao apodrecimento da carne, a pequenas indignidades, físicas e sociais. Um manto de imortalidade... um futuro que se busca no tempo presente —" Calou-se e olhou boquiaberto para a porta. *"Heiliger Bimbam!"*

"Olhe, Humfried, você vai deixar cair o seu monóculo."

"É ela, é grande!"

"Bom, sem dúvida é elegante, com essa armação de tartaruga, mas —"

"Não é 'elegante', seu idiota", corrigiu Gottlob. "Ele está se referindo à nossa grande 'Kovalévskaia de Göttingen', a qual acaba de encontrar, por mais improvável que seja, esse nosso *pântano degenerado*. Se você se sentasse virado para a porta, não perderia acontecimentos maravilhosos como este."

"Olhe só, serena como um cisne."

"Que coisa, hein?"

"Nem na Rússia isso nunca acontece."

"Ela é russa?"

"É o que dizem."

"Esses olhos..."

"Essas pernas."

"Como é que se pode saber?"

"Óculos de raios Roentgen, *natürlich*."

"Essas curvas são contínuas por toda parte, mas em lugar algum podem ser diferençadas", suspirou Humfried. "*Noli me tangere*, é ou não é? Segue critérios mais rigorosos, como a função de uma variável complexa."

"Complexa, lá isso ela é", disse Gottlob.

"E variável."

Os rapazes caíram na gargalhada, tão escancarada e pueril que era de se esperar que qualquer moça daquele tempo sofresse ao menos um pequeno declínio de autoconfiança. Mas não a belezura cheia de si que se aproximou naquele instante. Não, embora todos estivessem abertamente olhando para ela — mais maravilhados, é verdade, do que indignados —, Yashmeen Halfcourt continuava a deslizar, atravessando a fumaça turca e os eflúvios de cerveja, em direção a eles, com um porte que parecia indicar que, com ou sem parceiro, ela estava prestes a começar a dançar uma polca. E aquele chapéu! Barretes de veludo sempre foram o fraco de Kit.

"Ainda bem que vocês são tão íntimos da moça! Então, quem é que vai me apresentar a ela?"

Em meio a um grande ranger e arrastar de móveis de cervejaria, os companheiros de Kit mais que depressa desapareceram.

"Convergindo em zero", ele murmurou, "que surpresa... Boa noite, moça, por acaso estava procurando por um desses rapazes que de repente sumiram?"

Ela sentou-se e olhou para Kit. Os olhos orientais, cujas pálpebras inferiores haviam encontrado um equilíbrio perfeito de tensão entre fervor e aquilatação, certamente ameaçavam partir corações.

"O senhor não é inglês." Sua voz inesperadamente um pouquinho estridente.

"Americano."

"E isso no seu bolso é um revólver?"

"Isto? Não, não, é o... o que eles chamam de *Hausknochen*? É com isto que eu abro a porta da rua e subo a escada." Tirou do bolso uma chave gigantesca cuja transgressão de escala, muito além de todo e qualquer parâmetro de bom gosto, já havia provocado mal-estar até nas pessoas mais fleumáticas. "Todo mundo aqui anda com uma dessas."

"Todo mundo, não. A mim só me deram isto aqui." Levantou e sacudiu para ele um chaveiro prateado com duas chaves pequenas. "Feminino, não é? E mais, é claro, toda uma série de senhas e contrassenhas para que eu possa usá-las, pois sou escoltada de modo implacável. Como é que uma pessoa pode provar a Hipótese de Riemann se passa metade do tempo a entrar e sair?"

"Mais uma Zetamaníaca, não é? Vocês estão vindo pra esta cidade aos montes, parece um acampamento de mineiros no Colorado, a fama é eterna nestas montanhas, e por aí vai."

Yashmeen acendeu um cigarro austríaco, prendeu-o entre os dentes, sorriu. "Em que mundo o senhor vive? Isso está a ocorrer em toda parte, desde que o Hadamard — ou o Poussin, se preferir — provou o Teorema dos Números Primos. A primeira pepita tirada do chão, como o senhor diria. É o problema que o incomoda, ou nós que estamos a tentar resolvê-lo?"

"Nem um, nem outro, é uma tarefa honrada, só que meio óbvia."

"Não seja condescendente comigo." Ela esperou que ele protestasse, mas Kit limitou-se a sorrir. "Óbvia?"

Ele deu de ombros. "Posso lhe mostrar."

"Por favor, mostre-me. E já que estamos a falar nisso, aproveite pra mostrar-me também como funciona a sua *Hausknochen*..."

Kit imaginava que estava ouvindo coisas, mas depois de algum tempo, tendo conseguido transladar-se sem problemas pela porta afora, descido a rua e subido a escada, lá estavam eles no quarto de Kit, com as duas garrafas de cerveja que ele havia localizado na *Kühlbox* patenteada. Kit ficou parado, contemplando a imagem de Yashmeen por um momento, e logo arriscou:

"Parece que a senhorita é meio famosa?"

"Aqui em Göttingen as mulheres formam um subconjunto um tanto atormentado." Ela olhou a sua volta. "E o que é mesmo que o senhor faz aqui?"

"Tomo cerveja, cumpro minha tarefa de dormir, o de sempre."

"Eu julgava que o senhor fosse matemático."

"Bom... talvez não do *seu* tipo..."

"Como é? Ora, não se faça de engraçado."

"Está bem." Empertigou-se, limpou com os dedos uma espuma de cerveja imaginária do bigode quase crescido e, achando que a jovem desapareceria tão rapidamente quanto espuma de cerveja, contraiu-se, como quem pede desculpas. "Eu sou uma espécie de... digamos, Vetorista?"

Apesar de um lampejo de uma intenção de recuar, ela o surpreendeu com um sorriso que, por mais que parecesse o tipo de sorriso que se dirige a uma pessoa perturbada, mesmo assim conseguiu transformar em pedra as extremidades de Kit. Ou seja, era *um sorriso e tanto*. "Ensinam-se vetores na América? Estou perplexa."

"Nada que se compare ao que oferecem aqui."

"O senhor não devia estar na Inglaterra?", como quem se dirige a uma criança travessa prestes a fazer uma travessura ainda maior.

"Lá só se fala em Quaterniões."

"Ah, não, por favor, não me venha com as Guerras dos Quaterniões outra vez. Isso já está a virar história, se não for folclore... Por que é que vocês insistem nessa conversa?"

"Eles acreditam — os Quaternionistas — que não foi Hamilton que inventou o sistema, e sim que ele o recebeu de algum lugar no além? É como os mórmons, só que é diferente, não é?"

Yashmeen não sabia até que ponto ele estava falando sério, mas após uma pausa decorosa aproximou-se mais um pouco. "Desculpe-me, senhor Traverse, mas trata-se dum sistema vetorial, coisa pra engenheiros, pra ajudar os parvos a visualizar o que eles claramente não conseguem apreender como *matemática de verdade*."

"Como, por exemplo, o seu problema de Riemann."

"*Die Nullstellen der ζ-Funktion*", dizendo isso como outras garotas diriam "Paris" ou "Richard Harding Davis", mas também num tom cujo sentido era que, embora ela tivesse senso de humor, este não se estendia a Riemann. Poucas vezes, ou mesmo nunca, Kit, no tempo em que zanzava entre Nova York e New Haven, entre debutantes e mariposas do Tenderloin, se deparara com algo tão passional quanto aquele empertigamento de coluna e aprumo de rosto. Um pescoço tão extraordinariamente esguio e longo.

"Desculpe lhe dizer isso, mas não é nada difícil de provar."

"Ah, uma prova *vetorista*, sem dúvida. E o senhor não a publicou apenas por excesso de modéstia."

Remexendo sua confusão doméstica à cata de um pedaço de papel que ainda contivesse um espaço em branco: "Aliás, tenho procurado uma maneira, não tanto de resolver o problema de Riemann quanto de aplicar a função ζ a situações de tipo vetorial, por exemplo, tomando-se um certo conjunto de possibilidades vetoriais como se ele pudesse ser mapeado no conjunto de números complexos, e investigando as propriedades e por aí vai, começando com sistemas vetoriais nas dimensões de números primos — as de duas ou três, bem conhecidas, é claro, mas também de cinco, sete, onze etcétera".

"Só primos. Pulando a quarta dimensão, portanto."

"Pulando a quarta, lamento. Difícil imaginar um número menos interessante que quatro."

"A menos que —"

"O quê?"

"Desculpe. Eu estava só a pensar em voz alta."

"Aah." Aquela garota extraordinária estaria flertando? E como podia ele não saber se ela estava ou não?

"Revelar seria fatal, infelizmente."

"Sério?"

"Bom..."

E foi assim que Kit ficou sabendo a respeito do P.A.T.A.C. de Londres, e do espectral culto neopitagórico da tetralatria, ou adoração do número quatro, que na época fazia furor na Europa em certos círculos, "pra não falar nas elipses e hipérboles" — mais ou menos aliado, aliás, como uma espécie de grupo correspondente, ao P.A.T.A.C. Naquele tempo, entre os inclinados aos estudos místicos, a quarta dimensão, por influência dos escritos do sr. C. Howard Hinton, do professor Johann K. F.

Zöllner e de outros, estava adquirindo uma certa popularidade, "ou talvez, melhor dizendo, uma 'incerta' popularidade?", comentou Yashmeen.

"Mas sim. Eis aqui a prova de Riemann..." Ele escreveu, sem fazer nenhuma pausa, apenas umas doze linhas. "Pulando todas as transições óbvias, é claro..."

"É claro. Que coisa mais excêntrica. O que são mesmo esses triângulos invertidos?"

De repente ouviu-se um horrendo estampido metálico vindo da porta da rua, acompanhado de um coral desafinado de bêbados cantando uma canção vulgar bem embaixo da janela. Ela olhou para Kit, apertando os lábios, sacudindo a cabeça com ênfase. "Então — tudo foi só um truque. Não é mesmo? Um truque vergonhoso."

"O quê?"

"Combinou com seus amigos de cervejaria pra eles aparecerem na hora exata em que eu ia encontrar a falácia escancarada nesta sua... 'prova' —"

"É só o Humfried com os amigos dele, tentando enfiar uma *Hausknochen* no buraco da fechadura. Se você quer se esconder em algum lugar, sugiro aquele armário, ali."

"Eles... moram aqui?"

"Não aqui, mas todos moram num raio de dois ou três quarteirões. Ou será que vocês riemannistas falam em 'intervalo métrico'?"

"Mas como é que seu amigo pode estar usando a chave *dele* —"

"Hm, sabe, acontece que tudo que é *Hausknochen* meio que se encaixa em todas as fechaduras daqui."

"Portanto —"

"A vida social é imprevisível."

Ela sacudiu a cabeça, olhando para o chão. "*Auf wiedersehen, Herr Professor* Traverse." Por engano, a porta pela qual resolveu sair não era a porta dos fundos, embora parecesse ser — e, ao abrir-se, pesasse tal como a outra —, aliás, ficava no mesmo lugar nos aposentos de Kit que a porta dos fundos, e no entanto, coisa curiosa, *não* era a porta dos fundos. Como isso poderia ser? Na verdade, não era sequer uma porta, e sim uma coisa planejada para permitir que o cérebro humano a *interpretasse* como uma porta, por servir a um propósito semelhante.

Do outro lado dessa coisa, Yashmeen se viu de repente na esquina de Prinzenstraße com Weenderstraße, conhecida pelos matemáticos locais como a origem do sistema de coordenadas da cidade de Göttingen. "Voltar ao zero", ela murmurou para si própria. "Começar outra vez." Ela não achava o ocorrido nada de particularmente extraordinário — aquilo já acontecera antes, e tendo aprendido que nenhum mal costumava resultar, limitava-se a dar de ombros e tocar para a frente. Não era mais incômodo do que despertar de um sonho lúcido.

De volta ao espaço cotidiano, Kit, tendo visto Yashmeen aparentemente atravessar uma parede sólida, mal teve tempo de registrar seu espanto antes que subissem a escada e entrassem no quarto ruidosamente Humfried e sua criatura, Gottlob. De fato, raramente eram vistos separados, sendo ambos movidos por um fascínio comum pelos detalhes da vida alheia, por mais triviais que fossem. "Então, onde está ela?"

"Onde está quem? E por falar em *onde*, Gottlob, *onde* estão aqueles vinte marcos que eu lhe emprestei?"

"*Ach, der Pistolenheld!*", gritou Gottlob, tentando esconder-se atrás de Humfried, o qual, como sempre, estava procurando comida.

"Não, não, Gottlob, controle-se, ele não vai atirar em você, olhe aqui, uma salsicha interessantíssima —" Comendo metade dela quase na mesma hora e oferecendo o resto a Gottlob, que a rejeitou sacudindo a cabeça com veemência.

Já havia algum tempo Humfried estava obcecado por uma ligação que ele julgava ver entre as funções automórficas e o Lápis Anarmônico, ou, como ele preferia dizer, *das Nichtharmonischestrahlenbündel*, embora tivesse decidido escrever todos os seus trabalhos em latim, coisa que ninguém fazia desde Euler.

Por sua vez, Gottlob tinha vindo de Berlim para Göttingen para estudar com Felix Klein, depois de ler a obra-mestra de Klein, *Teoria matemática do pião* (1897), abordado através de funções de uma variável complexa, e também para afastar-se da influência sinistra do falecido Leopold Kronecker, cujos seguidores encaravam o domínio dos complexos com suspeita ou mesmo aversão indisfarçada — e no entanto, veio encontrar em Göttingen uma versão mirim da mesma briga monumental entre Kronecker e Cantor que estava em andamento na capital, para não falar no mundo. Alguns kroneckeristas integristas já haviam tomado Göttingen de assalto em investidas periódicas, das quais nem todos eles retornavam.

"*Ach, der Kronecker!*", exclamou Gottlob, "bastava ele pisar na rua que os cães raivosos fugiam, ou então, sabendo o que os esperava, na mesma hora recuperavam a sanidade. Tinha apenas um metro e meio de altura, porém gozava daquela força anormal dos possessos. Cada vez que aparecia, eram semanas de pânico garantido."

"Mas... as pessoas dizem que ele era um sujeito muito dado, sociável", disse Kit.

"Talvez, para um fanático louco que acreditava que 'os números inteiros positivos foram criados por Deus, e tudo o mais era criação do homem'. É claro, trata-se de uma guerra religiosa. Kronecker não acreditava em pi, nem na raiz quadrada de menos um —"

"Ele não acreditava nem na raiz quadrada de *mais dois*", interveio Humfried.

"Contra ele, Cantor propunha seu *Kontinuum*, afirmando uma crença igualmente forte nessas exatas regiões, infinitamente divisíveis, situadas *entre* os números inteiros que concentravam toda a devoção de Kronecker."

"E é por isso que Cantor volta e meia baixa à *Nervenklinik*", acrescentou Humfried, "e olhe que ele só estava preocupado com os segmentos de reta. Mas aqui no espaço-tempo quadridimensional do doutor Minkowski, dentro do mais mínimo 'intervalo', o menor que se possa imaginar, dentro de cada minúsculo hipervolume do *Kontinuum* — ali também sempre está oculta uma infinidade de outros pontos — e se definimos um 'mundo' como um conjunto muito grande e finito de pontos, então fatalmente haverá mundos. Universos!"

Na verdade, dizia-se que um culto místico cantoriano do muitíssimo minúsculo, sempre buscando fugir para um mundo epsilônico ilimitado, reunia-se todas as semanas em Der Finsterzwerg, uma cervejaria próxima aos antigos baluartes da cidade, perto da estação ferroviária. "É uma espécie de Sociedade Geográfica dedicada à exploração ilimitada das regiões vizinhas ao Zero..."

Como Kit não tardara a descobrir, esse tipo de excentricidade abundava em Göttingen. As discussões se prolongavam madrugada adentro, a insônia era a regra, se bem que quem quisesse dormir por algum motivo sempre podia recorrer ao hidrato de cloral, o qual tinha seu próprio círculo de adeptos. Kit via Yashmeen de vez em quando, principalmente do outro lado das profundezas enfumaçadas de algum *Kneipe* vagabundo à margem do rio, mas raramente falava com ela. Uma noite estava caminhando no passeio no alto das antigas fortificações, perto da estátua em que Gauss dirige a Weber um comentário para sempre relegado às páginas do silêncio, quando deu por ela contemplando os telhados vermelhos da cidade, na hora em que as luzes começavam a se acender.

"Como vai a função Zeta?"

"Está a achar graça nalguma coisa, Kit?"

"Cada vez que vejo um Zeta, eu penso numa cobra sendo encantada por um encantador, se espichando na vertical, já reparou nisso?"

"É com esse estilo de reflexão que ocupas teu tempo?"

"Deixe-me expressar isso com outras palavras. Toda vez que eu vejo um Zeta eu penso em você. O que você tem de 'encantadora', pelo menos."

"Aaah! Mais trivial ainda. Será que vocês não conseguem nunca ir além desses muros? Lá fora há uma crise." Ela olhava, com o cenho franzido, para o brilho alaranjado do sol recém-posto, a fumaça que subia de centenas de chaminés. "E Göttingen não está imune, tal como não estava no tempo de Riemann, da guerra com a Prússia. A crise política da Europa pode ser mapeada na crise da matemática. As funções de Weierstrass, o contínuo de Cantor, a capacidade igualmente inesgotável de Russell de aprontar travessuras — antigamente, entre as nações, tal como no xadrez, o suicídio era ilegal. Antigamente, entre matemáticos, 'o infinito' era praticamente um recurso de prestidigitador. As conexões estão ali, Kit — ocultas e venenosas. Aqueles que — como nós — são obrigados a aventurar-se entre elas correm um risco."

"Vamos lá", disse Kit, "deixe um sujeito trivial lhe oferecer um chope."

Naquele inverno, em São Petersburgo, no Palácio de Inverno os soldados atiraram em milhares de grevistas desarmados que haviam feito uma passeata até lá, respeitosos e inocentes. Centenas foram mortos ou ficaram feridos. Em Moscou, o grão-duque Sérgio foi assassinado. Seguiram-se mais greves e conflitos, juntamente com insurreições de camponeses e militares, que se estenderam pelo verão adentro. A marinha amotinou-se em Kronstadt e Sebastopol. Houve brigas de rua em Moscou. As Centenas Negras realizaram *pogroms* contra os judeus. Os japoneses ganharam a guerra no Oriente, destruindo toda a frota do mar Báltico, que recentemente dera meia-volta ao mundo para tentar furar o sítio de Port Arthur. No outono, uma greve geral isolou o país do resto do mundo por algumas semanas, e, algo que as pessoas foram pouco a pouco percebendo, deteve o curso da história. Em dezembro o exército conteve mais uma rebelião importante. No leste, pipocavam conflitos ao longo das ferrovias, além de banditismo e por fim uma rebelião muçulmana na Ásia Interior. Se Deus não havia se esquecido da Rússia, sem dúvida tinha voltado Sua atenção para outro lugar.

No resto da Europa, o ano que se seguiu deveria ser lembrado como o ano em que havia russos por toda parte, fugindo num exílio em massa, à medida que a Revolução avançava em seu encalço — a Fortaleza de Pedro e Paulo e, mais cedo ou mais tarde, a morte, para quem ficasse. Quem imaginava que o czar tinha tantos inimigos?

Kit já começara a perceber a presença de russos na Weenderstraße. Yashmeen estava convicta de que eles tinham a missão de espioná-la. Tentavam não atrair atenção, mas alguns detalhes sutis — os chapéus de pelo, as enormes barbas desmazeladas, uma tendência a agachar-se na rua e começar a dançar *kazatsky* ao som de uma música que só eles ouviam — denunciavam sua identidade.

"Afinal, Yash, por que tantos russos?"

"Tento não levar a coisa pro lado pessoal. Meus pais eram russos. Quando vivíamos na fronteira, eu e minha família uma vez fomos sequestrados e vendidos como escravos. Algum tempo depois, o major Halfcourt encontrou-me num bazar no Waziristão e tornou-se meu segundo pai."

Não se sentindo tão espantado quanto era de se esperar: "E ele continua por aquelas bandas?".

"Seja lá o que ele ande a fazer, sua importância política é suficiente pra levar alguns a crer que me podem usar dalguma maneira."

"Vocês se mantêm em contato?"

"Temos lá nossos meios, que não podem ser afetados nem pela distância nem pelo tempo."

"Telepatia ou coisa parecida."

Ela franziu a testa. "Talvez me vejas como uma rapariga que só tem Éter na cabeça, facilmente influenciada pelas crenças do P.A.T.A.C."

"Poxa, Yash, você realmente *leu os meus pensamentos*", num tom suficientemente brincalhão, esperava ele, para que a moça não se ofendesse, pois seus acessos súbitos de ferocidade, ainda que jocosos, continuavam a perturbá-lo de quando em vez.

Ela estava mexendo naquele seu cabelo sempre transcendentalmente interessante, o que era sinal infalível de coisas desagradáveis por vir. "Mesmo depois da Revolução, as notícias chegam. Milhares de quilômetros, dezenas de idiomas, testemunhas pouco confiáveis, desinformação proposital, o fato é que as notícias chegam ao pessoal do P.A.T.A.C. em Chunxton Crescent, e o que sai de lá, com uma frequência surpreendente, é confiável — como até o Ministério da Guerra reconhece, a informação de lá é melhor que a deles."

"Se eu puder fazer alguma coisa, é só pedir."

Ela lhe dirigiu um olhar. "A gente de cá tem-me por 'dona do meu próprio nariz'... e no entanto sou e serei sempre... *dele*. A minha outra família encontrou um destino que não posso sequer imaginar. É só em sonhos que os vislumbro, momentos tão fugitivos, tão mínimos, que depois sinto uma dor aqui, no meu peito, de incompletude cruel. Minhas verdadeiras lembranças só começam no momento em que *ele* me viu no mercado — eu era uma alma empalada, exatamente na cúspide entre menina e moça, uma cúspide que eu literalmente sentia me penetrando, como se para me bissectar — espero que você não esteja ficando enrubescido, Kit."

Bom, mais ou menos isso, porém mais de perplexidade do que de desejo. Naquele dia ela ostentava uma moeda antiga, perfurada, suspensa em uma fina corrente de prata que pendia de seu pescoço sempre fascinante... "É um dirrã afegão, dos primórdios do império gaznávida. Foi ele quem mo deu, pra dar-me sorte." No decorrer dos nove ou dez séculos em que a moeda permanecera em circulação, ladrões haviam raspado e lascado suas bordas, porém o círculo central sobrevivia, recoberto de uma escrita antiga. Era o emblema externo de uma história oculta de agressões e persistência, a história verdadeira de sua região e talvez também daquela jovem, da sua existência atual e sabia-se lá quantas vidas passadas. "Obrigada pela oferta, Kit. Se alguma coisa acontecer, sem dúvida hei de pedir-te conselhos. Sou-te muito grata", com olhos que dançavam por se dar o luxo de não acreditar em muito mais do que o pressuposto de que ele lhe permitiria afirmar aquilo sem esperar nenhum favor em troca. Kit devorou tudo como se fosse um sorvete de casquinha, ainda que tivesse de fingir indiferença. Esse tipo de coisa nunca acontecia em New Haven. As moças não sabiam flertar daquela maneira nem mesmo em Nova York. Eis o mundo, pensou Kit, e duas noites depois, por volta de três da madrugada, como um golpe adicional do bastão de bambu: *Ela* é o mundo.

Entrementes, Yashmeen, que manifestara tamanho desprezo pela trivialidade, havia começado a namorar um rico herdeiro de uma família de comerciantes de café, chamado Günther von Quassel. A primeira vez em que os dois saíram, Günther, seguidor de Ludwig Boltzmann, o qual não gozava de respeito universal, havia tentado lhe explicar o problema de Riemann por meio de mecânica estatística.

"Venha cá. Me diga, por favor, à medida que n cresce tendendo ao infinito, qual é o enésimo número primo?"

Suspirando, mas não de desejo: "O número em questão — como sabe qualquer ginasiano que conheça o Teorema dos Números Primos — tende a $n \log n$."

"Certo. Levando-se em conta a entropia de um sistema —"

"Uma palavra que... tem a ver com máquinas a vapor, não é? Desde quando sou engenheira de caldeiras, Günni?"

"Tirando as constantes de sempre", escrevendo enquanto falava, "pode-se exprimir a entropia como... o somatório, de $p(E_k)$, vezes log $p(E_k)$. Até agora tudo bem?"

"Claro, mas isso não passa de estatística. Quando é que entra a matemática?"

"*Ach, die Zetamanie*... o seu Teorema dos Números Primos não é estatístico?"

Mas ela estava lendo o que ele havia rabiscado, os dois algo-log-algo. "Esse E_k...?"

"A energia de um dado sistema. Usa-se k como índice se há mais de um, e normalmente há."

"E na tua família há casos de loucura, Günther?"

"Você não acha estranho que o enésimo número primo para um n muito elevado possa ser expresso como uma das medidas do caos no sistema físico?"

Nada disso impediu que Yahsmeen levasse adiante aquele namoro.

"Tal como um crime", observou Humfried, "muitas vezes gravíssimo, cometido num romance policial pode ser um mero pretexto para a formulação e solução de um enigma narrativo, assim também nesta cidade os namoros muitas vezes não passam de pretextos para se entrar e sair pelas portas, e também subir e descer escadas, falando sem parar e, em dias auspiciosos, gritando."

Yahsmeen uma vez ouviu Günther confessar a seu amigo íntimo Heinrich: "Nesta cidade só há uma garota que já tive vontade de beijar". Aquilo era conversa de doutorando, naturalmente, se bem que Yahsmeen, com sua obsessão riemanniana, parecia não conhecer a tradição de Göttingen segundo a qual para ter sucesso no doutorado em matemática era necessário beijar a estátua da pastorinha de gansos na fonte da praça da Rathaus, o que levava o estudante a ficar encharcado e, se tivesse sorte, delirar.

Yahsmeen ficou indignada. "Quem é esta pessoa?", cobrou de Heinrich, o qual achou que ela estava brincando.

"Só sei que, segundo ele, ela fica à espera todo dia perto da Rathaus."

"À espera de quem? Não do Günther?"

Heinrich deu de ombros. "Alguém falou em gansos?"

"Gansos de verdade ou alunos da universidade?", e saiu possessa para a Platz, onde ficou olhando a sua volta, ameaçadora. Durante vários dias. Por acaso Günther passou por ela, ou não foi por acaso, mais de uma vez, mas nunca na companhia de nenhuma rival imaginável. Como era de se esperar, Yahsmeen não prestou atenção na fonte ali perto, nem na pequena estátua. Um dia ela o ouviu cantando:

Se ela tem senso de humor,
Não é o mesmo de Cantor,
Ela prefere a um caramelo
Um axioma de Zermelo,

Já foi beijada por gênios,
Por mais de um pretenso Frobenius,
Sujeitos que, como se vê,
Julgam-se iguais a Poincaré,
E... se ela não está nem aí
Pra Augustin Louis Cauchy,
E para servir-lhe de ímã
Há que ser Bernhard Riemann,
Então
o jeito é pedir ao garçom
O livro de Whittaker e Watson —
Convergência imprevista,
Milagres de dar na vista,
Possibilidades pequenitas,
Porém finitas,
De amor...

Preocupados com a estabilidade mental da moça, todos se sentiam na obrigação de meter a colher, inclusive Kit. "Yash, você tem mais é que esquecer esse sujeito, ele não é pra você. Vá lá que ele é alto, musculoso, e até mesmo, à estranha maneira germânica, alguém que pode ser encarado como atraente —"

"Faltou dizer brilhante, divertido, romântico —"

"Mas você está sendo usada pela sua memória racial", afirmou Humfried, indignado. "Você está procurando um *viking*."

"Você está dizendo que eu quero ser avassalada e conquistada, Humfried?"

"Eu disse isso?"

"Pois bem... e se eu quiser? Isso é, um, da conta de vocês, dois, uma coisa pela qual eu tenha que me desculpar, dois ponto um —"

"Yash, você está coberta de razão", concordou Kit, "nós todos não passamos de bandoleiros mascarados numa estrada, incomodando as pessoas. Nós merecemos levar um tiro, ou pelo menos um tiro de raspão."

"O Günther pode ser tudo isso que vocês dizem e coisa ainda pior, mas enquanto vocês não viverem as emoções da maneira como nós, mulheres, as vivemos, nas suas relações conosco vocês terão muitos conflitos e poucos sucessos."

"Se eu fizer um esforço, sou capaz de fungar um pouco, será que ajuda?"

Ela já estava saindo pela porta afora, olhando para trás com cara feia, quando eis que sobe a escada com passo atlético ninguém menos que o próprio Adônis que estava em discussão, isso mesmo, Günther von Quassel, brandindo uma *Hausknochen* de modo ameaçador, aproximando-se, à medida que a escada o conduzia ao nível mais alto, de um nível comparável de raiva bruta. "Ora, Günni", ela o saudou, "não vá assassinar o Kit, ouviu?"

"O que ele aqui está *fazendo*?"

"Eu moro aqui, seu salsichão metido a besta."

"Ah. *Ja*. É verdade." Pensou. "Mas Fräulein Yashmeen... ela *não* mora aqui."

"Puxa, Günther, que coisa interessante."

Günther dirigiu-lhe um olhar duro, por um tempo que a qualquer um que não estivesse eroticamente cativado pareceria excessivo. Enquanto isso, Yashmeen, com um jeito brincalhão que Kit quase nunca percebia nela, ficava tirando de Günther seu boné da sociedade de duelos e fingindo jogá-lo escada abaixo. A cada vez ele reagia à brincadeira com um atraso de vários segundos, se bem que muito assustado, *como se a coisa tivesse acabado de acontecer*. Na verdade, segundo Humfried, discípulo do professor Minkowski, não era possível que todos não percebessem que Günther vivia no seu próprio "referencial" idiomático, no qual discrepâncias temporais como essa eram características da maior importância, quiçá essenciais. "Ele não está 'aqui'", explicou Humfried, "por completo. Ele está ligeiramente... em outro lugar. O bastante para causar certa inconveniência para todos aqueles que dão valor à sua companhia."

"Certo, mas você se refere a um conjunto quase vazio, não é?"

"Ah, vocês são todos horríveis", disse Yashmeen.

Entrementes, Günther insistia que a presença de Yashmeen ali implicava uma questão de honra. "É óbvio que temos de em duelo nos bater."

"Como é que é?"

"O senhor me insultou, insultou minha noiva —"

"Ah, Günni?"

"*Ja, Liebchen?*"

"Eu não sou tua noiva, não lembras? Já conversamos sobre isso."

"*Egal was, meine Schatze!* — enquanto isso, senhor Traverse, tendo sido desafiado, cabe ao senhor a escolha de armas — uma sorte ter surgido esta briga aqui, na capital alemã dos duelos. À minha disposição, e à sua, estão pares combinados do *Schläger*, do Krummsäbel, do Korbrapier, até mesmo, se for este o seu vício, a *épée* — uma arma que, embora abaixo dos padrões germânicos, é, segundo me dizem, o último grito atualmente na Inglaterra —"

"Na verdade", respondeu Kit, "eu estava pensando em algo assim como, quem sabe, pistolas? Por acaso eu tenho duas Colts de seis tiros que a gente pode usar — se bem que, quanto a ser um par 'combinado', bom..."

"Pistolas! Ah, não, não, senhor Traverse, tão impulsivo e violento — aqui não duelamos para *matar*, não! Se bem que, no intuito de manter a honra da *Verbindung*, a intenção mais profunda é, no rosto do outro, *deixar sua marca*, para que se possa exibir a todos esse comprovante de bravura pessoal."

"Então é isso que tem no seu rosto, que parece um til?"

"É estranho, não? Depois chegamos a calcular a frequência provável da vibração da lâmina, dados o momento de restauro, as constantes de elasticidade, tudo isso dentro do mais perfeito cavalheirismo, coisa que, estou certo, os pistoleiros americanos não conseguem conceber. Mas é claro, *ja*, é bem verdade que existem entre nós alguns *loucos desesperados*, que emergem de tais encontros com *cicatrizes de bala* nos rostos, mas isso exige um grau de indiferença à mortalidade que poucos de nós temos a felicidade de possuir."

"Você está dizendo que acha que com pistolas seria perigoso demais pra você, Günni? Na minha terra, quando se trata de uma questão de Honra, ora, os homens se sentem obrigados a usar pistolas. Usar lâminas seria uma coisa muito... não sei... silenciosa? mesquinha?... quem sabe até, sorrateira?"

As orelhas de Günther tremiam. "Devo entender que o senhor está afirmando que o alemão é uma subespécie de uma raça *menos corajosa*, é isso?"

"Espere aí — eu insultei você outra vez? Você está... me desafiando pela segunda vez? Ora! Então você está aumentando a aposta, não é? Bom, se você vai ficar ofendido a torto e a direito, talvez seja melhor a gente colocar seis balas logo no tambor, cada um, o que você acha?"

"Esse *caubói*", Günther numa súplica, "pelo visto não sabe que as pessoas civilizadas sentem repulsa pelo fedor de pólvora."

"Olha aqui, Joelho de Porco, que história é essa? Eu disse que não ia convergir, e não vai mesmo."

"Pronto. De novo. Três vezes, agora."

"E ainda por cima, mais ou menos na metade, você pulou uma etapa. Pra não falar que numa das séries você agrupou erradamente alguns dos termos, trocou de sinais umas duas vezes, e chegou mesmo a *dividir por zero*, isso mesmo, foi o que você fez, Günni, olha aqui, ainda bem que alguém se deu o trabalho de ver isso com cuidado — são erros crassos, elementares —"

"Quatro!"

"— e em vez dessa história de cortar a cara dos outros, você devia mais era pensar se esse campo de estudo é mesmo o melhor para você, se o que você quer é só ver a sua cara num cartão-postal de suvenir."

"Agora você está insultando o *Geheimrat* Hilbert!"

"Pelo menos ele está usando o chapéu certo."

Depois de consultarem várias vezes a bíblia prussiana dos duelistas, um pequeno tomo marrom conhecido como o *Ehrenkodex*, Kit, Günther e seus padrinhos reuniram-se à beira-rio, assim que se tornou claro o bastante para se enxergar. Era uma daquelas manhãs de primavera muito agradáveis, que seres mais racionais talvez preferissem comemorar de alguma maneira menos letal. Os curtumes ainda não estavam funcionando plenamente, e o ar ainda guardava o cheiro do campo pelo qual ele havia passado. Os salgueiros balouçavam-se, sedutores. Ao longe, atalaias em ruínas emergiam da névoa. Surgiam banhistas madrugadores, espectrais e curiosos. Estudantes trajando roupões, chapéus tiroleses, óculos coloridos, pantufas e pijamas exóticos com padrões orientais, sonolentos, formavam filas para fazer apostas loucas com os *bookmakers* que estão sempre rondando tais eventos. De vez em quando alguém, despertando, lembrava-se de que não havia retirado seu *Schnurrbartbinde*, isto é, o protetor de bigodes de uso noturno. Os protagonistas ficaram parados, fazendo mesuras de um lado para outro, por algum tempo. Surgiu um vendedor com um carrinho de mão onde havia uma tina de água fervente cheia de salsichas cozidas, e logo chegou a cerveja também, em barris e garrafas. Um fotógrafo instalou seu tripé e sua Zeiss "Palmos Panoram" para quem quisesse um memento visual daquele embate.

"Muito bem, eu de fato dividi por zero — uma única vez, *mea maxima culpa*, não teve nenhum efeito sobre o resultado. Não pulei nenhuma etapa nos lugares apontados pelo senhor. O senhor, sim, é que incapaz parece ser de seguir minha argumentação."

"Günther, seu enrolador, olhe aqui, entre esses dois passos, aqui e aqui, esta função de tempo, você pressupõe que ela é comutativa, e toca em frente, quando na verdade —"

"E daí?"

"Você não pode pressupor isso."

"Eu posso o que eu quiser."

"Não, porque aqui falta um sinal de menos..." Assim, apesar da impaciência da multidão, que já estava entoando *"Auf die Mensur!"* havia algum tempo, os rapazes se envolveram em mais uma discussão matemática, que logo deixou os espectadores tão entediados que foram todos embora, até Yashmeen, que aliás já tinha partido muito antes, de braços dados com um animado antropólogo berlinense em visita a Göttingen, o qual estava interessado em definir nos clubes de duelos da cidade um "grupo de controle" para examinar o significado profundo das inscrições faciais, especialmente tal como a prática era observada entre as tribos setentrionais das ilhas Andamã — aliás, os dois haviam partido enquanto os espectadores gritavam "Stéphanie du Motel!" e assobiavam de modo grosseiro, enquanto a comunidade, muito bem informada a respeito dos detalhes do namoro, se dividia quanto à maneira de encarar Yashmeen, uns considerando-a uma jovem moderna e corajosa, como Kovalévskaia, outros vendo-a como uma meretriz infiel cuja missão na vida era levar matemáticos promissores à morte prematura por duelo, tal como fizera a infame Mademoiselle du Motel com o padrinho da teoria dos conjuntos, Evariste Galois, em 1832.

Entre os russos presentes em Göttingen havia alguns com uma acentuada inclinação mística. Yashmeen os reconhecia de imediato, tendo conhecido alguns, e por vezes fugido deles, em Chunxton Crescent, porém aqui, mais ao leste, não havia como evitar os acontecimentos históricos que estavam se desenrolando perto dali. Em 1906 já havia russos por toda parte, emigrando e fugindo para o Ocidente, e muitos traziam exemplares do livro do jovem Ouspensky, *A quarta dimensão*.

Um indivíduo desmazelado com um único nome, vagamente oriental, foi visto na companhia de Humfried e Gottlieb. "Ele é boa pessoa. É um teosofoide, o Chong. É parecido com um teosofista, só que não é igual. Ele veio aqui pra aprender mais sobre a Quarta Dimensão."

"Sobre o quê?"

"E as outras, é claro."

"As outras...?"

"Dimensões. Você sabe, a Quinta, a Sexta, e assim por diante?"

"Ele acredita que foi aluno do Humfried numa vida passada", acrescentou Gottlieb, solícito.

"Que estranho. Então existem educadores entre os invertebrados?"

"Mas olhe só!", exclamou Yashmeen. "Não é nenhum bolchevista chinês — é o velho Sidney, macacos me mordam se não é o velho Sid de Kensington, com alguma tintura vegetal — ei, Sid! Sou eu! A Yashmeen! Cambridge! O professor Renfrew! Não te lembras?"

O personagem oriental olhou para ela aparvalhado — então, parecendo tomar uma decisão, começou a falar com certa empolgação num idioma que ninguém conseguiu reconhecer, sequer classificar em alguma família linguística. Os observadores mais bem informados compreenderam que aquilo era uma tentativa de escapulir.

O doutor Werfner, naturalmente, o havia identificado de saída, presumindo que fora enviado como agente de Renfrew, tal como Yashmeen imaginava que ele estivesse ali para espioná-la, pois ele parecia manifestar um interesse excepcional nos russos que passavam pela cidade. Sempre que procuravam Yashmeen para conversar com ela sobre as dimensões transtriádicas, a presença de Chong era infalível.

"O quatro é o primeiro passo além do espaço que conhecemos", disse Yashmeen. "O doutor Minkowski propõe um contínuo entre as três dimensões de espaço e uma de tempo. Podemos encarar a 'quarta dimensão' como se *fosse* o tempo, mas na verdade trata-se duma outra coisa, e 'Tempo' é apenas a nossa aproximação menos imperfeita."

"Mas além da terceira", insistiu um dos visitantes russos, "as dimensões existem como alguma coisa mais do que um capricho dos algebristas? Podemos ter acesso a elas de algum modo que não seja apenas mental?"

"Espiritual", afirmou Gottlob. Ninguém se lembrava de tê-lo ouvido usar aquela palavra antes.

"A alma?", perguntou Humfried. "Os anjos? O mundo invisível? A vida no além? Deus?" Chegando ao final da lista, sorria de modo irônico. "Em Göttingen?"

Nesse ínterim, Kit havia começado a frequentar o Instituto de Mecânica Aplicada. Desde a recente descoberta da camada-limite, uma realização de Prandtl, as coisas andavam animadas por lá, com muitas pesquisas a respeito de questões de sustentação e arrasto, estando o voo mecânico, como um filhote de pássaro começando a voar, pousado à beira da história. Kit não pensava muito em aerodinâmica desde o período vazio em que estivera vinculado à Vibe, quando, indo jogar golfe em Long Island, havia descoberto uma bola de guta-percha deformada de modo sistemático para não ser uma esfera perfeita, sendo produzidas pequenas protuberâncias por toda sua superfície. O que lhe chamou a atenção, embora não sentisse muito entusiasmo por aquele jogo que atraía tantos tipos semelhantes a Scarsdale Vibe, foi um mistério associado ao voo — a inegável sensação de entusiasmo provocada pela visão de uma bola sendo golpeada — especialmente numa *tee shot* — e descrevendo de súbito uma acentuada curva de ascensão, uma emocionante negação da gravidade que não era necessário ser golfista para admirar. Sentindo-se cada vez mais atraído pelo microcosmo que havia do outro lado da Bürgerstraße, Kit não demorou a compreender que as protuberâncias na superfície da bola de golfe visavam impedir que a camada-limite se destacasse e afundasse na turbulência, o que tenderia a fazer a bola ser puxada para baixo pelo arrasto, negando seu destino aéreo. Quando mencionou esse fato em conversas nos bares da Brauweg frequentados por alunos de engenharia e física, alguns na mesma hora viram implicações para o globo terrestre, um esferoide de superfície irregular em escala enorme, em seus deslocamentos através do Éter, sendo levada não para a terceira dimensão, e sim uma eufórica linha mundial que atravessava a "física quadridimensional" de Minkowski.

"Que fim levou o vetorismo?", provocou Yashmeen.

"Existem vetores", replicou Kit, "e vetores. No laboratório do doutor Prandtl, é tudo sustentação e deriva, velocidade e não sei o que mais. Pode-se fazer desenhos, dentro do tradicional espaço tridimensional se você quiser, ou então no plano complexo, se você é chegada à Transformação de Jukovsky. Trajetórias de flechas, lágrimas. No laboratório do *Geheimrat* Klein, estávamos mais acostumados a exprimir os vetores sem figuras, puramente como um conjunto de coeficientes, sem nenhuma relação com coisas físicas, nem mesmo com o espaço, e escrevê-los num número qualquer de dimensões — de acordo com a Teoria Espectral, até o infinito."

"E além dele", acrescentou Günther, sacudindo a cabeça com ênfase.

Um dia, na aula de Hilbert, Yashmeen levantou a mão. Ele piscou para ela, convidando-a a falar. "*Herr Geheimrat —*"

"Basta '*Herr Professor*'."

"Os zeros não triviais da função ζ ..."

"Ah."

Ela tremia. Não tinha dormido muito. Hilbert já vira esse tipo de coisa, principalmente depois da virada do século — desde sua famosa palestra na Sorbonne, imaginava ele, na qual apresentara uma lista dos problemas não resolvidos na matemática que seriam abordados no século vindouro, entre eles o dos zeros da função ζ.

"Seria possível correlacioná-los aos valores próprios de algum operador autoadjunto ainda não determinado?"

O piscar de olhos, segundo alguns comentavam mais tarde, transformou-se numa pulsação regular. "Uma proposta fascinante, *Fräulein* Halfcourt." Ele costumava chamá-la "minha filha". "Vejamos por quê." Apertou os olhos, como se ela fosse uma aparição que ele estivesse tentando ver com mais clareza. "Além do fato de que os valores próprios, por sua natureza, são zeros de *alguma* equação", acrescentou, para ajudá-la.

"E tem também essa... espinha dorsal da realidade." Ela relembraria depois que havia usado estas palavras exatas: *"Rückgrat von Wirklichkeit"*. "Ainda que os membros dum autoadjunto sejam complexos, os valores próprios são reais. Os itens da diagonal principal são reais. Os zeros da função ζ que se colocam na parte Real = 1/2 são simétricos em torno do eixo real, e portanto..." Ela hesitou. Por um momento, havia *visto* a coisa com clareza.

"Vamos pensar um pouco", disse Hilbert. "Voltaremos a falar nisso." Mas ela teria de ir embora de Göttingen em breve, e nunca mais os dois teriam oportunidade de conversar. Com o passar dos anos, sua imagem se tornaria indistinta para Hilbert, suas palavras pareceriam ter sido ditas por uma sílfide interior jocosa demais para formular uma proposição formal, ou para ser considerada uma Musa de verdade. E a ideia em si evoluiria, transformando-se na célebre Conjectura de Hilbert-Pólya.

Uma manhã, Lew entrou na sala do café da manhã em Chunxton Crescent e encontrou o inspetor de polícia Vance Aychrome, angelicamente revelado pelos primeiros raios do sol que atravessavam os vitrais da cúpula no teto, atacando sem piedade um *Breakfast* Inglês Completo adaptado em conformidade com a dieta pitagórica adotada ali, incluindo imitações de salsichas, arenque defumado, omelete, batatas fritas, tomates fritos, mingau, pãezinhos, pães de leite, bolinhos e pão fatiado em vários formatos. Acólitos trajando togas caminhavam tímidos por entre as mesas e a enorme cozinha levando e trazendo carrinhos, terrinas e bandejas. Alguns ostentavam expressões faciais e místicas. Os que acordavam mais tarde, de sandálias reluzentes, tentavam esquivar-se do inspetor, preferindo ficar em jejum a competir com seus direitos quase sagrados de insaciabilidade.

"Nada como uma comidita pela manhã", Aychrome conseguiu de algum modo, entre enormes bocados, saudar Lew, o qual, com um sorriso melancólico, foi procurar café, perda de tempo mesmo nas melhores manhãs, coisa que aquela já não era. Os ingleses eram um povo cheio de mistérios, sendo o mais estranho de todos a sua indiferença ao café.

"Está bem", gritou ele, "quem foi que levou a porcaria da cafeteira Spong outra vez?" Não que isso tivesse importância — o café dali tinha gosto de qualquer coisa, menos de café, porque usavam o único moedor da casa para preparar *curry*, incenso e até pigmentos para obras de arte indecifráveis, e assim ele terminou, como sempre, com um caneco desbeiçado cheio de um chá pálido e desenxabido, e sentou-se em frente a Aychrome, contemplando-o com certo fascínio. Presumindo que ele não estava ali apenas para dar mais uma discreta indireta da Scotland Yard no sentido de que não se metessem na investigação do caso do Cavalheiro Bombardeador, Lew tirou de um bolso interno um baralho de Tarô contendo apenas os vinte e dois Arcanos Maiores e foi abrindo as cartas uma por uma sobre a mesa, entre os restos de um pudim de miúdos vegetariano e uma travessa de bolinhos fritos de ervilhas, até que Aychrome começou a balançar a cabeça de modo frenético e agitar um dedo do qual escorria o que Lew esperava que fosse apenas melado. "Ggbbmmhhgghhkkhh!"

E com razão. A carta não era, no final das contas, o número xv de Renfrew/Werfner, e sim xii, o Enforcado, cujos significados secretíssimos pareciam sempre situá-lo numa área de investigação particularmente crítica. Lew chegara a encará-la como sua carta pessoal, porque fora a primeira carta "futura" que Neville e Nigel tinham virado para ele. A última vez que Lew havia verificado, sua posição na Icosadíade estava sendo ocupada por um certo Lamont Replevin, de Elflock Villa, Stuffed Edge, Hertfordshire.

Quando por fim a boca de Aychrome ficou relativamente livre: "Então, inspetor", no tom mais saltitante possível naquela hora, "espero que não seja nada de político".

"Hmm", como se falasse sozinho, "um pouco desse... peixe com ovos, creio... uma delícia... e onde estava mesmo aquela geleia de laranja... ah, de fato, é excelente." Lew já estava pensando em deixá-lo entregue a seu apetite quando Aychrome, como se picado por um inseto, transfixou-o com os olhos esbugalhados, limpou o bigode e rosnou: "Político! É político, ora pois, mas o que não é?".

"Segundo o dossiê, o tal Replevin é comerciante de antiguidades."

"Sim, quanto a isso não há dúvida, só que a folha sobre esse tema tem um quilômetro. O estudo lombrosiano por si só é muito sugestivo, sim, muitíssimo sugestivo."

Lew tinha consciência de que o inspetor Aychrome era um discípulo entusiasmado das teorias criminológicas do dr. Cesare Lombroso, em particular da ideia muito difundida de que as deficiências de inteligência moral eram acompanhadas pela ausência do tecido correspondente no cérebro, produzindo um desenvolvimento craniano deformado que podia ser constatado na estrutura facial do elemento, por um observador treinado.

"Alguns rostos são rostos criminosos, em suma", afirmou o policial veterano, "e ai daquele que ignorar esse fato ou não souber fazer interpretações corretas. Este cá", entregando ao outro a foto de um marginal, "como o senhor pode ver, é como se tivesse 'delitos internacionais' escrito na testa."

Lew deu de ombros. "A mim, me parece um sujeito decente."

"Nós estamos a vigiar este lugar, o senhor sabe."

"Por quê?"

Aychrome olhou rapidamente a sua volta, com uma expressão teatral, e baixou a voz. "Alemães."

"Como é?"

"O Replevin tem uma loja em Kensington, segundo a sua ficha é especializado em 'antiguidades transoxianas e greco-budistas', seja lá o que isso for, ele é constantemente visitado por tipos suspeitos, alguns já conhecidos nossos, basta olhar-lhes os rostos para se ver que são maus elementos, falsários, receptadores e colecionadores... mas nossa maior preocupação na Scotland Yard é a alta proporção de tráfico germânico entre Inglaterra e Ásia Interior, que sempre passa pela loja do Replevin. A maior parte da pesquisa arqueológica da região é feita por equipas alemãs, o senhor entende, a desculpa perfeita pra esses visitantes que entram no país com enormes engradados etiquetados 'Antiguidades'. E então o Sands nos manda novas a respeito da situação na Ásia Interior — essa história de Shambhala — e como se isso não bastasse, o Departamento de Gás está enlouquecido com as coisas que descobriram."

"'Departamento de Gás'."

Agarrando um garfo e uma faca de modo expressivo, o inspetor explicou com o maior prazer. Ao que parecia, Lamont Replevin era um praticante da arte de comunicar-se através de gás de carvão — ou seja, para ele os gasodutos da cidade e dos subúrbios eram, no seu mapa de Londres, redes de comunicação, tal qual a rede pneumática e a telefônica. A população que se comunicava por Gás, que aliás se recusava a comunicar-se de qualquer outra maneira, era bem substancial e, segundo Aychrome, crescia a cada dia, à medida que *interconexões secretas* iam sendo criadas entre os gasodutos urbanos e rurais e o sistema se expandia, como uma rede, parecendo destinado a em breve cobrir toda a Grã-Bretanha. Para os que eram abençoados com juventude, dinheiro e tempo vago, a coisa exigia pouco mais do que abraçar a Última Moda, se bem que muitos se correspondiam via gás por motivos emocionais, entre eles os que tinham tamanha ojeriza ao sistema de correios que só não tentavam colocar bombas dentro das caixas de correio porque havia muitas sufragistas à sua frente na fila. A Scotland Yard, interessada na questão, como era de se esperar, havia criado um departamento para monitorar as comunicações por Gás.

"Quanto ao Replevin, para falar com franqueza, lá na Yard temos opiniões divididas. Alguns creem que a ele só interessa de fato, como dizem, o aspecto estético. A mim não me agrada a poesia moderna, mas sei muito bem reconhecer uma mensagem codificada, e o nosso Lamont parece utilizar-se dum código particularmente diabólico. Os criptógrafos estão a trabalhar nele vinte e quatro horas por dia, mas até agora nada conseguiram."

"Há mensagens sendo enviadas abertas? Em inglês? Alemão?"

"Sim, sim, pra não falar em russo, turco, persa, pachto e um pouco de tadjique montanhês. Alguma coisa está a acontecer ali, sem dúvida. É claro que não temos permissão de visitar a loja oficialmente, mas ocorre-nos que, levando-se em conta toda essa história de Shambhala, que é lá da alçada do P.A.T.A.C., e que os senhores não estão sujeitos a nenhuma restrição legal, uma situação que pra nós é apenas um sonho que... bom, o senhor há de compreender-me."

"Se fosse eu? Eu simplesmente quebrava um engradado pra ver o que tem dentro dele."

"E descobria que estava cheio de porcarias chinas preciosas, e no dia seguinte lá estava eu em Seven Dials, no turno da meia-noite, a iluminar latas de lixo com minha lanterna. Melhor não." Contemplou as ruínas de seu desjejum. "Não há de ser possível encontrar-se um bom prato de feijão cozido por cá? Nunca o consegui."

"É por motivos religiosos, creio eu." Lew apontou para uma placa acima da entrada da cozinha em que se lia κυάμων 'απέχου, "Evitem o feijão" — segundo Neville e Nigel, é uma citação direta do próprio Pitágoras.

"Bom, melhor então terminar esse pudim de sebo."

Não era só isso que estava na cabeça do inspetor, mas foi necessário consumir um arenque defumado e alguns pãezinhos recheados com groselhas para que ele entrasse no assunto. "Pedem-me que reitere mais uma vez que a Scotland Yard não vê com bons olhos a persistência do seu interesse no chamado bombardeador de Headingly."

"Quer dizer que vocês estão quase pegando o sujeito?"

"Temos algumas pistas muito promissoras, e no momento a investigação está numa etapa particularmente sensível."

"Já ouvi isso antes."

"Pois, e quem sabe ele já não estava nas nossas mãos se não fossem esses diletantes a agir sem autorização e perturbar todo mundo."

"Não diga. Nós somos quantos?"

"Um. Só que parece uma dúzia."

"Mas ele sabe que eu estou atrás dele. Eu imaginava que vocês da Yard até gostariam de ter uma espécie de bode expiatório pra atrair o homem, e quem sabe obrigá-lo a cometer um erro."

"O senhor está cheio de si hoje."

"Em condições normais, estaria cheio de comida, mas hoje acho que não sobrou nada."

"É, bem, se o senhor não se incomoda, vou provar um pouquinho desta 'forma' aqui, uma cor estranha, do que será que isso é feito mgghhmmbg..."

"Talvez seja melhor não saber."

Neste momento entrou um acólito com uma mensagem para Lew, dizendo-lhe que fosse imediatamente para o escritório do Grão-Cohen Nookshaft. O inspetor Aychrone industriosamente limpou o rosto, soltou um suspiro trágico e preparou-se para recolher-se ao Embankment, a seu frio *habitat* de tijolos encardidos, luminárias azuis e cheiro de cavalos.

O Grão-Cohen recebeu Lew com suas insígnias oficiais, em que tinham destaque superfícies de lamê e guarnições de arminho falso. Na cabeça ostentava algo que, com um tom vivo de magenta e letras hebraicas de ouro bordadas à frente, seria um quipá se não fosse a copa alta e amassada, como um fedora. "Se quiseres lamber-me as botas, rapaz, melhor aproveitar, porque meu mandato já está a terminar, isso mesmo, o velho Nick Nookshaft volta a ser Cohen Associado, um grande alívio, e é a vez de o próximo patola ficar a aviltar-se diante do desprezo duma Alta Diretoria que só sabe reduzir o orçamento ano após ano, enquanto nós, como missionários enviados a plagas hostis, ficamos ao deus-dará, enquanto do outro lado do mar, em meio aos prazeres do lar, aqueles que assinaram nossos éditos de exílio espojam-se e gozam."

"É, parece que estão aprontando alguma coisa por aqui", disse Lew.

"Lamento profundamente", olhos baixos. "Tu me repreendes."

"Ora, ora, Cohen, eu nunca —"

"Mas sim, sim, e não és o primeiro... Já vês o estado em que estou... Irmão Basnight, não queríamos envolver-te nessa história de Shambhala, mas com as hostilidades iminentes, se calhar até já iniciadas, precisaremos de todos. O inspetor Aychrome já te passou as informações sobre o Lamont Replevin, mas há aspectos dessa questão que a Yard não tem como compreender, e por isso cabe a mim acrescentar que o Replevin está de posse dum mapa de Shambhala."

Lewis assobiou. "O qual todo mundo quer ter."

"Mas o qual não faz sentido a menos que seja visto através dum aparato chamado Paramorfoscópio."

"Querem que eu afane um?"

"Se o Replevin tem consciência do que tem nas mãos, já o terá guardado em lugar seguro. Mas ele pode estar a basear-se num conjunto de premissas de todo diferentes."

"Isso quer dizer que eu tenho que ir lá dar uma olhada. Pode me explicar o que é que vou procurar?"

"Nós por acaso temos um mapa de Bukhara semelhante, que julgam ser da mesma época." Pegou uma folha que reproduzia um desenho, o qual para Lew não fazia nenhum sentido.

Após consultar rapidamente o *Dicionário dos Subúrbios Kelly*, Lew encontrou seu chapéu e saiu. Quando chegou à estação ferroviária, a noite já começava a descer, juntamente com uma neblina hibernal das boas, cada vez mais densa, gotas d'água condensando-se em todos os chapéus, produzindo um brilho que para certas índoles nervosas aproximava-se do sinistro. Os primeiros pálidos maridos da noite estavam aguardando trens suburbanos destinados a não chegar a lugar algum no mapa — como se, a fim de atingir algum abrigo naquela noite, fosse necessário primeiro atravessar uma região de Graça até então jamais definida. Lew entrou num compartimento, afundou num banco, puxou para baixo a aba do chapéu até cobrir os olhos, as rodas pouco a pouco ganharam velocidade e lá se foi ele, rumo à remota e horrenda cidadezinha de Stuffed Edge.

Os subúrbios para aqueles lados tendiam a ser versões corrompidas da Metrópole, quístulos em que se combinavam o pior da excentricidade aldeã com o da melancolia das cidades grandes. Ao saltar do trem em Stuffed Edge, Lew deparou-se com uma paisagem desoladora e silenciosa, praticamente isenta de vegetação... um odor de óleo diurno pairava sobre a cena, como se automóveis-fantasmas atuassem em algum outro plano da existência, próximo e quase visível. Os lampiões, pareceu-lhe, estavam acesos havia horas. Ao longe, perto da delegacia, um cão uivava para uma lua que ninguém enxergava, talvez imaginando que, se insistisse em chamá-la, ela haveria de vir, trazendo-lhe alguma espécie de comida.

Elflock Villa era uma casa geminada de uma monstruosidade singular, pintada de um tom vivo de verde-amarelado que havia se recusado a desmaiar no mesmo ritmo que a luz do dia. Mesmo antes de entrar Lew já sentia o cheiro de gás de carvão — "cheiro", como ele escrevera em mais de um relatório de campo, "de Confusão". Se algum dos vizinhos tinha reparado, não havia nenhum visível — aliás, o que era estranho naquela hora num subúrbio, muito poucas janelas das redondezas estavam acesas.

Tendo inserido uma Gazua Universal Vontz, diante da qual o trinco da porta, como se tivesse lido seus pensamentos, de imediato se abriu, Lew penetrou numa nuvem de fedor de coque transmutado e uma sequência de sombras equívocas, onde as paredes eram cobertas de tecido Lincrusta-Walton estampado com motivos asiáticos, nem todos os quais seriam considerados respeitáveis. Em toda parte, não apenas nos nichos feitos para abrigá-los mas também, como convidados inconvenientes, na sala de estar, na cozinha, até (talvez especialmente) nos banheiros, esculturas de grupos em tamanho natural exibiam os mais condenáveis temas clássicos e bíblicos, envolvendo acima de tudo figuras amarradas e torturadas, sendo os corpos representados de uma perfeição atlética, em materiais que não se restringiam ao mármore branco, roupagens dispostas de modo a revelar e excitar. Não havia alegoria que evitasse uma desculpa para apresentar um mancebo despudorado, com um quadril mais alto que o outro, ou uma donzela cativa manietada de uma maneira atraente, nua e encantadoramente descabelada, em seu rosto estampada a consciência das delícias que a aguardavam nas profundezas até então inexploradas de seu tormento, e por aí afora.

Tão silenciosamente quanto possível, Lew atravessou uma área com piso de ladrilhos negros, cada ladrilho cercado por uma argamassa prateada, alguma substância com um brilho suave. Os ladrilhos, que combinavam polígonos escalenos de diferentes formas e tamanhos, tinham um negror radiante que não era ônix nem azeviche. Os visitantes de pendores matemáticos julgavam ver ali padrões que se repetiam. Outros, duvidando de sua solidez, muitas vezes temiam pisar na teia prateada... como se *Algo* a tivesse construído... *Algo que aguardava*... que saberia a hora exata de fazê-la ceder sob os pés do visitante incauto...

Lew desceu à cozinha, o feixe prosaico de sua Lanterna Sem Fagulhas Apotheosis varrendo a escuridão até revelar uma forma humana, dependurada por um pé do teto ao lado do fogão, que sibilava de modo agourento, tal como a figura da carta de

Tarô, só que a cabeça estava pousada na porta aberta do forno, onde restos de um pastelão de porco que explodira, quase certamente por não terem sido feitos furos na massa para deixar sair o vapor, formavam uma crosta horrenda no interior do forno. O rosto do enforcado estava coberto em parte por uma máscara de magnálio com uma dobradiça, estando a máscara ligada ao forno por tubos de guta-percha. Enquanto desligava o gás e abria as janelas, Lew constatou que o "cadáver" na verdade estava respirando. "Podia tirar-me daqui?", gemeu ele, gesticulando em direção ao teto, onde Lew viu um sistema de polias cuja corda corria até uma cunha na parede. Ele soltou a corda e com cuidado desceu Lamont Replevin (pois era ele) até o piso forrado com linóleo de qualidade. Retirando o dispositivo de metal do rosto, Replevin rastejou até um tanque de oxigênio pressurizado ali próximo, também equipado de uma máscara de respiração, e inalou uma dose desse elemento tão útil.

Fazendo algumas indagações com todo o tato, Lew ficou sabendo que, longe de desejar partir deste mundo mais cedo, Replevin acompanhava diariamente a novela radiofônica *Os lentos e os estupefatos*, que na época fazia um tremendo sucesso entre os viciados em gás.

"Você ouve? Vê, cheira?"

"Tudo isso e mais ainda. Através do Gás, um conjunto cuidadosamente modulado de ondas vem desde a emissora até nós, a audiência, via os tubos apropriados, e chegam à máscara receptora que o senhor viu, que é necessário, naturalmente, usar de modo a deixar cobertos os ouvidos, o nariz e boca."

"O senhor nunca pensou", a pergunta saindo de modo mais abrupto do que era a intenção de Lew, "ahh, quer dizer... intoxicação com gás? Uma espécie de... alucinação..."

Como se só agora desse pela presença de Lew, Replevin olhou-o fixamente, com um brilho gélido nos olhos. "Mas afinal, quem é o senhor? O que o senhor está a fazer aqui?"

"Senti cheiro de gás, achei que podia haver perigo."

"Sim, sim, mas não foi por isso, não é?"

"Ah. Desculpe." E apresentou um dos vários cartões de visitas falsos que sempre tinha à mão. "Pike's Peak Seguros Ltda. Meu nome é Gus Swallowfield, corretor sênior."

"Estou muito satisfeito com a minha apólice atual."

"O seguro de incêndio, sem dúvida, com todo esse gás — mas e contra gatunos?"

"Seguro contra gatunagem? Muito estranho, parece-me."

"No momento, a maior parte das apólices contra roubos são feitas nos Estados Unidos, mas elas têm um grande futuro aqui na Grã-Bretanha. O senhor vê como foi fácil pra mim entrar aqui — e enquanto eu entrava deu pra ter uma boa ideia do que o senhor tem aqui dentro. Em menos de meia hora, tudo isso poderia estar dentro de um caminhão, pra ser revendido em dezenas de mercados diferentes muito antes do dia nascer. O senhor conhece bem esse negócio — basta uma escritura de venda legítima que ninguém pode ser acusado de receptação."

"Humm. Bom, venha cá..." Replevin levou Lew até o andar de cima, onde atravessaram a rede reluzente do piso do *foyer*, até entrarem nos escritórios particulares, um conjunto de salas dominado por uma escultura horrenda feita numa pedra arroxeada, com veios de diferentes tons de vermelho.

"*Pavonazzetto*", disse Replevin, "também conhecido como mármore frígio, que os antigos julgavam ter essa cor por causa do sangue do jovem frígio Átis, este mesmo que o senhor está a ver — o qual enlouqueceu por obra do ciúme da semideusa Agdístis, ele aí é representado no ato de castrar-se a si próprio, quando então passa a confundir-se com Osíris, pra não falar em Orfeu e Dioniso, tornando-se o centro de um culto entre os antigos frígios."

"Naquele tempo, as pessoas realmente levavam as coisas a sério, não é?"

"Isto aqui? É bem contemporâneo, devo dizer, A *mutilação de Átis*, de Arturo Naunt, um filho de Chelsea, a escandalizar a burguesia desde 1889. Se o senhor gostava de ver algumas peças frígias genuínas, é o que não falta por cá."

Em meio a peças de arreios, fragmentos de seda do Turquestão chinês, sinetes de cerâmica ou de jade trabalhado — "Eis um exemplo — trata-se dum vaso para *kumis*, século III antes de Cristo. Pode-se ver com clareza a influência grega, em particular na frisa. E é quase certo que a imagem seja de Dioniso."

"O que deve valer, como dizem vocês aqui, uma pipa de massa."

"O senhor não é colecionador, suponho."

"Dá pra ver que é antigo. Onde que o senhor encontra esses trecos?"

"Ladrões, violadores de túmulos, funcionários de museus daqui e de além-mar. Estarei a perceber sinais de reprovação moral?"

"Não é meu *métier*, mas posso franzir a testa um pouco, se o senhor quiser."

"É uma verdadeira corrida do ouro", disse Replevin. "Os alemães, em particular, estão em toda parte. A despachar coisas em caravanas. É claro que, de quando em vez, alguma coisa cai dum camelo."

"O que é isso?" Lew indicou com a cabeça um pergaminho sobre a mesa, semidesenrolado, como se alguém o estivesse consultando. Na mesma hora Repletin ficou esquivo, o que Lew fingiu não notar. "Final do império uigur. Foi parar em Bukhara, como tantas dessas peças. Agradou-me o desenho, duma complexidade interessante, uma série de divindades iradas do budismo tântrico, se bem que, dependendo do ângulo em que o seguramos, por vezes não parece coisa alguma."

Era o mesmo que se ele estivesse gritando "Fique desconfiado!". Para Lew, aquilo parecia conter símbolos, palavras, números, talvez fosse um mapa, talvez até mesmo o mapa de Shabhala que o pessoal de Chunxton Crescent tanto queria. Ele deu um sorriso vago e fingiu desviar sua atenção para uma estatueta de bronze que representava um homem montado a cavalo. "Olha só! Que belezura, hein?"

"Eles eram cavaleiros acima de tudo", explicou Replevin. "Os caubóis da sua terra haviam de sentir-se perfeitamente em casa."

"O senhor se incomoda se..." Lew pegou uma pequenina câmara fotográfica alemã e retirou a tampa da lente.

"Por favor", depois de hesitar apenas o tempo suficiente para que Lew se desse conta de que estava sendo encarado como um exemplar genuíno de idiotice inofensiva.

"Dava pra aumentar um pouco a luz de gás?"

Replevin deu de ombros. "É só um pouco de luz crua, não é?"

Lew trouxe para a sala algumas luminárias elétricas também e começou a tirar fotos, tomando o cuidado de sempre incluir outras peças quando fotografava o pergaminho, para disfarçar. Saiu dos escritórios para tirar mais fotos, falando o tempo todo como um profissional, para distrair o outro.

"Espero que o senhor não me leve a mal, mas ficar pendurado de cabeça pra baixo com a cabeça no forno e o gás aberto? Encarando isso apenas do ponto de vista do risco, eu não estaria fazendo meu serviço se não lhe perguntasse como é o seu seguro de vida."

Replevin não se constrangeu em encher o ouvido de Lew com histórias da Gasofilia que, podia-se dizer, tivera início quando Schwärmer fez a notável descoberta de que a pressão do gás, de modo análogo à voltagem de um sistema eletromagnético, podia ser modificada de modo a transmitir informação.

"Ondas num fluxo infinito e incessante de Gás, particularmente gás de iluminação, se bem que incluindo também ondas de som, as quais podem, tal como na Chama Sensível, tão cara aos cientistas vitorianos, modular ondas de luz. Especialmente para o nariz educado, o olfato pode servir de veículo à poesia mais delicada."

"Isso quase chega a parecer religião."

"Pois, no sul da Índia, se o senhor entrar num determinado tipo de templo, por exemplo o de Chidambaram, se entrar no Salão dos Mil Pilares e pedir que lhe mostrem o deus Shiva, o que hão de lhe mostrar é um *espaço vazio*, só que não é exatamente o que *nós* queremos dizer quando falamos em 'vazio', é claro que está vazio, sim, mas duma outra maneira, o que não é de modo algum o mesmo que *não haver nada*, se o senhor me entende —"

"Claro."

"Eles adoram esse espaço vazio, é sua forma mais elevada de culto. Esse volume, ou melhor dizendo, talvez, esse não-volume de puro *Akaša* — o que em sânscrito corresponde ao nosso Éter, o elemento mais próximo do Atman, no qual o tudo o mais brotou — que em grego, é claro, então passa a ser *'Chaos'*, e assim por diante, até chegarmos a Van Helmont em seu laboratório de alquimia, o qual, sendo holandês, escreve a fricativa inicial como G e não como Chi, o que leva ao nosso *Gás*, o nosso *Chaos* moderno, nosso meio de som e luz, o *Akaša* que flui da *nossa* fonte sagrada, nossa Usina de Gás. Então o senhor se espanta ao saber que para alguns o Forno a Gás é um local de adoração, uma espécie de santuário?"

"Não me espanto, não. Aliás, nunca pensei nisso."

"Por acaso estou a aborrecê-lo, senhor Swallowfield?"

Com base em seu conhecimento da fala dos ingleses, Lew sabia que essa expressão costumava significar que, se prolongasse mais um pouco aquela visita, causaria desagrado ao anfitrião. "Já terminei. Vou levar essas fotos pra firma, vamos preparar uma apólice-padrão pro senhor, sinta-se à vontade pra fazer qualquer modificação que desejar, ou então dizer que simplesmente não está interessado." E voltou para a rua suburbana iluminada e vazia, para a noite gritantemente desabitada.

Um dia, o dia que ele levaria algum tempo para se dar conta do quanto fora idiota ao não prevê-lo, Kit foi chamado para apresentar-se na agência local do Banco da Prússia na Weenderstraße, e lá chegando foi levado para as regiões aos fundos por *Herr* Spielmacher, o Gerente Internacional, até então razoavelmente simpático porém naquele dia, como dizê-lo, um pouco distante. Ele tinha na mão um maço fino de papéis.

"Recebemos uma comunicação de Nova York. A sua *Kreditbrief*..." Ficou um bom tempo contemplando uma foto interessante do *Kaiser* que havia sobre uma mesa próxima.

Certo. "Expirou", sugeriu Kit.

Com ar mais alegre, o banqueiro arriscou um olhar rápido em direção ao rosto de Kit. "O senhor recebeu alguma comunicação deles?"

Ele recebera várias, o tempo todo, Kit dava-se conta — só que não prestara atenção nelas.

"Estou autorizado a lhe pagar o saldo dos fundos ainda não retirado neste período." A quantia já estava separada numa pequena pilha de células, a maioria delas de cinquenta marcos.

"*Herr Bankdirektor*", Kit estendeu a mão. "Foi um prazer tratar com o senhor. Felizmente podemos nos separar sem nenhuma demonstração de sentimento constrangedora."

Ele saiu, virou duas esquinas e entrou no Banco de Hanover, onde, tão logo chegou a Göttingen, talvez manifestando algum talento oculto para a precognição, com o dinheiro que ganhara nas mesas de jogo de Ostend abrira uma pequena conta, inteiramente desvinculada, ele esperava, dos negócios de Vibe.

"Você parece perturbado", observou Humfried naquela noite. "Você costuma ser tão tipicamente americano, sem nenhum pensamento na cabeça."

Só depois, quando saiu para se encontrar com Yashmeen, Kit deixou que a situação se apossasse da sua consciência de modo mais pleno. Agora lhe parecia que Scarsdale Vibe havia manifestado um interesse excessivo em bancar seus estudos em Göttingen. Fosse o que fosse o plano a longo prazo, ao que parecia a hora da verdade chegara. Kit não conseguia entender isso com a clareza desejada, mas o havia percebido nos olhares animados dirigidos a ele no banco.

Encontrou Yashmeen no terceiro andar do Auditorienhaus, como sempre, na sala de leitura, um caos de livros abertos que convergiam no rosto radiante e atento da moça. Ele reconheceu um exemplar encadernado da *Habilitationsschrift* de Riemann, de 1854, sobre os fundamentos da geometria, porém não viu o artigo de 1859 sobre os números primos.

"Ué, cadê a função ζ?"

Ela levantou a vista, nada perturbada, como se já soubesse em que momento ele haveria de chegar. Ele desejava. "Isto para mim virou uma bíblia", disse ela. "Agora percebo que a conjectura estava ali apenas pra levar-me a avançar numa certa direção, preparar-me pra verdadeira revelação — a extraordinária concepção de espaço proposta por ele — não é só um *Achphänomen* comum... um anjo, luminoso demais pra ser encarado diretamente, a iluminar uma por uma as páginas que tenho de ler. Isso me transformou numa pessoa muito difícil."

"Eu que o diga."

Saíram do Auditorienhaus e caminharam ao entardecer. "Hoje tive uma notícia", começou a dizer Kit, quando saltou de detrás de um arbusto um rapaz enlouquecido, gritando *"Tchetvióstoie Izmerénie! Tchetvióstoie Izmerénie!"*.

"Iob tvoiú mat", suspirou Yashmeen, um pouco irritada, escapando dos braços do rapaz antes mesmo que Kit pudesse intervir. O jovem saiu correndo pela rua. "Eu devia começar a andar armada", Yashmeen comentou.

"O que é que ele estava gritando?"

"'Quarta Dimensão!'", ela disse. "'Quarta Dimensão!'"

"Ah. É, acho que ele veio pro lugar certo. Ele devia procurar o Minkowski."

"Eles estão em todos os lugares agora. Se autodenominam 'Otzovistas'. Construtores de Deus. Um novo subconjunto de hereges, dessa vez contra Lenine e os bolchevistas — dizem que eles são antimaterialistas, leitores dedicados de Mach e Uspenski, totalmente obcecados com algo que *eles* chamam de 'quarta dimensão'. Se o doutor Minkowski ou um algebrista qualquer concordariam com eles, lá isso é outra história. Mas eles conseguiram sem muito esforço enlouquecer os materialistas de Genebra. Dizem que o próprio Lenine está a escrever um livro gigantesco, tentando *refutar* a 'quarta dimensão', adotando a posição, pelo que entendi, de que o czar só pode ser derrubado em três."

"Uma ideia fascinante... mas o que é que essa gente quer com você?"

"Isso já está a acontecer há algum tempo. Eles não dizem muita coisa, na maioria das vezes ficam só parados a olhar-me com um olhar assustado."

"Espere aí, deixe eu adivinhar. Eles acham que você sabe viajar na quarta dimensão."

Ela fez uma careta. "Eu sabia que tu ias compreender. Mas a coisa é pior. Pelo visto, o P.A.T.A.C. também está aqui. Eles querem que eu me vá de Göttingen e volte pra debaixo da asa deles. Quer queira, quer não queira."

"Eu vi esses tipos, e fiquei me perguntando quem seriam. Seus amigos pitagóricos."

"'Amigos'."

"Ora, Yash."

"Ontem, no jantar, *Madame* Eskimoff — talvez venhas a conhecê-la — disse que quando os espíritos caminham, os seres que vivem no espaço quadridimensional atravessam as nossas três dimensões, e as presenças estranhas que nos surgem rapidamente nas fímbrias da consciência são precisamente esses momentos de interseção. Quando, mesmo à luz do dia, nos vemos numa cadeia de eventos que temos certeza de já termos vivido antes, em cada detalhe, é possível que tenhamos saído do Tempo tal como ele costuma passar aqui, acima dessa servil repetição de dias, e percebido por um instante o futuro, o passado e presente" — fez um gesto de compreensão — "tudo ao mesmo tempo."

"O que seria interpretar a quarta dimensão como Tempo", Kit disse.

"Eles chamam isso de 'já visto'".

"É pra isso que eles estão aqui? É assim que eles pretendem usar você?" Ele julgou ver uma conexão. "Riemann."

"No fundo. Mas, Kit." Ela esticou o pescoço daquela maneira estranha, autocomplacente, que atraíra a atenção dele no início. "É que por acaso isso é verdade."

Kit lembrou-se de que na noite em que se conheceram ele a vira desaparecer numa parede sólida. "Está bem. É uma coisa que você pode controlar? Você entra e sai dela quando quer?"

"Nem sempre. A coisa começou da maneira mais inofensiva, quando eu era bem mais jovem, a pensar nas funções complexas pela primeira vez. A olhar pra o papel de parede. Uma noite, alta madrugada, compreendi que não podia ficar apenas com um plano, eu precisava de dois, um para o argumento, outro para a função, cada um com um eixo real e um eixo imaginário, ou seja, *quatro eixos*, todos perpendiculares entre si no mesmo ponto de origem, e quanto mais eu tentava *visualizar* isso, mais louco o espaço comum se tornava, até que o que se podia chamar i, j e k, os vetores unitários do nosso espaço dado, cada um deles havia girado um número desconhecido de graus em torno daquele inimaginável quarto eixo, e fiquei a achar que estava com encefalomielite. Eu não dormia. Eu dormia demais."

"A maldição do matemático."

"Então tu..."

"Ah..." Kit deu de ombros. "Eu penso nisso, claro, todo mundo pensa, mas só o necessário."

"Eu sabia que eras um idiota."

"É a *minha* maldição. Vamos trocar?"

"Tu não hás de querer a minha, Kit."

Ele pensou em explicar a ela qual era sua verdadeira maldição, mas depois achou melhor não dizer nada.

"A primeira vez que fui a teus aposentos — uma coisa assim aconteceu. Eu pensei que havia encontrado uma espécie de *Schnitte* — um desses 'cortes' que ligam as folhas dos espaços multiplamente conectado de Riemann — algo que daria acesso a um outro... não sei, 'conjunto de condições'? 'espaço vetorial'? Irreal, mas não enfaticamente irreal — voltei ao espaço-tempo normal antes mesmo de me dar conta, e depois dalgum tempo a lembrança foi morrendo. Foi então que a coisa aconteceu *de verdade*. Lá em Rohns Garten, estava eu sentada à mesa com uns colegas, tomando uma sopa alemã estranha, sem nenhum aviso prévio, e *Batz!*, lá estava a sala, a vista da janela, mas tal como *eram de verdade*, uma seção tridimensional dum espaço de muitas dimensões, se calhar quatro, ou mais... Espero que não queiras me perguntar quantas..."

Entraram num café onde era pouco provável que fossem interrompidos.

"Me ensine a desaparecer, Yash."

Algo na voz dele. Ela apertou os olhos.

"Cortaram minhas cartas de crédito."

"Ah, Kit. E eu aqui a falar —" Ela estendeu a mão e colocou-a sobre a dele. "Posso emprestar-lhe —"

"Não, *nitchevô*, no momento dinheiro não é o que está me preocupando, e sim a sobrevivência. Meu pai sempre dizia: se não der certo com ouro, o passo seguinte é o chumbo. Por algum motivo eu virei uma ameaça pra eles. Talvez eles finalmente consigam calcular mais ou menos quanto eu realmente sei. Talvez alguma coisa tenha acontecido nos Estados Unidos, nós tivemos sorte e pegamos um deles, ou então eles pegaram um de nós..." Levou as mãos à cabeça por um instante. "Tem coisas demais que não sei. O fato é que agora eles não precisam mais bancar os bonzinhos comigo. E eu fui riscado. Exilado."

"É possível que eu fique na mesma situação, e em breve. As mudanças de sinal são triviais, é claro. Ninguém diz nada com clareza. Essa maldita mania inglesa de falar em código, é preciso decifrar tudo. Parece-me que depois da revolução lá na Rússia a posição de meu pai ficou delicada. E assim, necessariamente, também a minha. Além disso, houve também a Convenção Anglo-Russa, e essa história da quarta dimensão, que afinal de contas é o maior sucesso atualmente nas pesquisas psíquicas. Podes escolher." Mas ainda havia mais coisas — algo que ela temia. Até Kit, que não era muito sensível, percebia isso — porém ela não ia se abrir.

Os olhos de Yasmeen haviam se alargado outra vez, tornando-se especulativos, e ela respirou devagar uma ou duas vezes. "Bem, então estás livre."

"Eu estou o quê?"

"Eu pensava que os americanos conhecessem essa palavra."

"Acho que a palavra que você tem em mente é 'pobre'."

"A tua relação com a gente de Vibe foi cancelada?"

"Anulada.

"E não deves nada a eles."

"Bom, eles podem pensar diferente."

"Mas se uma outra oferta te fosse feita..."

"Você está se referindo ao seu pessoal do P.A.T.A.C.?"

Ela deu de ombros, um gesto gracioso, mais com o cabelo do que com os ombros. "Eu podia perguntar."

"Eu sei."

"Então, devo perguntar?"

"Vai depender de quanto eles pagam, eu acho."

Ela riu, e ele pensou naquela moça despreocupada de tanto tempo atrás, caminhando pela fumaça daquela *Bierstube*. "Ah, hás de ver como eles pagam!"

Kit olhou, desviou a vista, olhou de novo. Se não fosse a ausência do bigode, ele diria que ali, bem no meio de Göttingen, estava, escrito e escarrado, Foley Walker. De chapéu e tudo. A vida em Göttingen parecia seguir em frente, com seus habituais bailados de sabres, ciclistas se entrechocando em suas bicicletas novas em folha ou então perdendo o controle e espalhando pedestres para todos os lados, bebedores de cerveja brigando e fazendo mesuras, Zetamaníacos distraídos sempre prestes a despencar da beira do Promenade e sendo salvos pelos companheiros, uma cidade que ele jamais amara de súbito transformada num lugar, agora que, ao que parecia, ele seria obrigado a partir, cujo detalhe mais cotidiano brilhava com uma clareza quase dolorosa, já sendo um lugar de memória do exílio, sem retorno, e ali para oficializar essa situação estava o anjo, se não da morte ao menos da merda no ventilador, e ninguém mais parecia reparar, apesar do gritante pendor de Foley para o espalhafatoso, manifestando-se num traje de tamanho mau gosto que seria desconfortável descrevê-lo com palavras... Bem, era um traje esporte de três peças que gozara de alguma popularidade anos antes, tecido de tal modo que apresentava cores diferentes dependendo do ângulo em que fosse visto, cores que incluíam, mas não se limitavam a, rosa-acastanhado, uva saturada e um tom necrótico de amarelo.

Quando Kit olhou-o de novo, é claro que não havia mais Foley nenhum, se é que fora essa a aparição. Quarta dimensão, sem dúvida. Embora Yashmeen, prestativa, lhe citasse um *akousmaton* pitagórico, a saber: "Quando estiveres afastado do lar, jamais olhes para trás, porque as Fúrias vêm em teu encalço" (Jâmblico 14), Kit apanhou-se de imediato a prestar atenção à rua e ao que nela se passava, e a verificar ainda por duas vezes as portas e janelas antes mesmo de tentar cochilar por uma ou duas horas, o que estava se tornando uma tarefa problemática. Por que motivo, ele se perguntava, Foley não viera cumprimentá-lo? Então ele achava que Kit não o tinha visto?

Mas Foley, como se estivesse em sua posse a *Hausknochen* mestra de toda Göttingen, estava reservando suas aparições para a noite, e foi assim que, sem qualquer transição, as solas dos pés e as palmas das mãos doendo, os pulsos latejando, Kit percebeu estar de olhos abertos na escuridão olhando para esse *eidelon*, com um traje nada elegante que violava toda uma série de estatutos referentes à decência em lugares públicos, vindo, cheio de admoestações e respirando pesado, para violar a insônia de Kit. "Vou lhe falar sobre a bala Minié dentro da minha cabeça", começou Foley. "Ao longo de tantos anos de desconforto, ela se transformou, creio que um químico diria se transmudou, não em ouro, isso seria querer demais, mas num daqueles metais raros que, segundo se diz, são sensíveis a alguma espécie de onda eletromagnética. Zircônio, galena com prata, um deles. A Vibe extrai o material de veios espalhados por todo o mundo, inclusive no seu estado natal, o Colorado. É por isso que eu consigo ouvir aquelas vozes — através daquela pequena esfera de metal deformada de maneira exata, porque todas elas estavam soltas por aí, onde quase nenhum de nós as ouve, essas ondas que vêm de longe, se deslocando pela eternidade, através do Éter, do frio e da escuridão. Quem não tem uma quantidade suficiente do metal apropriado concentrado no cérebro pode passar a vida toda sem jamais ouvi-las..."

"Sem querer interromper, como foi que você entrou aqui?"

"Você não estava prestando atenção, Kit — por favor — olha, é pro seu próprio bem."

"Como me deixar sem o meu dinheiro também foi."

"O 'seu' dinheiro? Desde quando?"

"A gente tinha um acordo. Vocês não honram acordos?"

"Eu não entendo nada dessa história de honra, não vou lhe fazer nenhum sermão sobre o tema, mas eu sei o que é se vender, ser comprado, e as obrigações associadas a essas transações."

"Disso você entende."

"Pois bem, nós achávamos que *você* entendia. Imaginando que você era um garoto inteligente. Engano nosso."

"Se o Vibe está roendo a corda, então alguma coisa mudou. O que foi, Foley?"

"Você não foi honesto. Você sabia coisas que não nos disse."

"*Eu* não fui honesto?" Agora estavam chegando à beira do precipício, e Kit não se sentia tão seguro. Pegou um cigarro e o acendeu. "O que é que você quer saber? Pode me perguntar qualquer coisa."

"Tarde demais. Dava pra você me arranjar um?"

Kit lhe passou o maço. "Você veio até aqui só pra me ameaçar, Foley?"

"O senhor Vibe faz no momento um giro pela Europa, e me pediu pra dar uma olhada."

"Pra quê? Ele me cortou da vida dele, o que de certo modo vai limitar os contatos sociais entre nós."

"É a curiosidade científica do patrão, você entende, de que modo uma pessoa reage à filantropia invertida, em que a caridade é retirada em vez de dada? A pessoa fica zangada? Triste? Desesperada? Pensando em suicídio?"

"Diz pra ele que eu estou mais feliz que pinto no lixo."

"Não sei se ele vai gostar de ouvir isso, não."

"Então inventa alguma coisa. Que mais?"

"Ah, sim. Como é que a gente faz pra se distrair nesta cidade?"

Quando se certificou de que Foley havia ido embora, Kit encontrou uma garrafa de cerveja, abriu-a e levantou-a diante de seu próprio rosto tenebroso refletido na vidraça da janela. "'Fora de Göttingen não há vida', ele citou o lema inscrito na parede do Rathskeller, e alguns minutos depois acrescentou o lema de sua família. "É. Acho que *tengo* que cair *fuera* desta *mierda* de lugar.'"

Não parecia que o fim de semana havia chegado, não parecia que o calendário ainda estava em vigor. No entanto, na hora em que o crepúsculo descia sobre a cidade, Kit foi cercado e agarrado por um pequeno grupo de colegas.

"*Zum Mickifest! Komm, komm!*"

Entre os alunos de matemática, o hidrato de cloral era a droga predileta. Mais cedo ou mais tarde, fosse qual fosse o problema enfrentado, tendo sido levados por suas obsessões a sofrer de insônia todas as noites, eles começavam a tomar remédios fortes para dormir — o próprio *Geheimrat* Klein era um grande defensor da substância — e quando davam por si haviam se tornado *habitués*, que se reconheciam mutuamente através dos efeitos colaterais, em particular as erupções de espinhas vermelhas, conhecidas como "cicatrizes de duelo da cloralomania". Nas noites de sábado em Göttingen, havia sempre pelo menos uma festa de cloral, ou *Mickifest*.

Era uma reunião estranha, que só de vez em quando ficava, digamos, animada. As pessoas falavam descontroladamente, muitas vezes com seus próprios botões e sem fazer qualquer pausa perceptível para respirar, ou então ficavam largadas numa paralisia agradável por cima dos móveis, ou então, à medida que se prolongava a noitada, no assoalho, numa narcose profunda.

"Vocês têm *K.O. – Tropfen* nos Estados Unidos?", indagou uma gracinha chamada Lottchen.

"Claro", disse Kit, "muitas vezes misturadas com bebidas, normalmente com intenção criminosa."

"E não esqueça", proclamou Gottlob, com pausas demoradas entre as palavras, "que trocadilho em inglês, *'pun'*, de cabeça para baixo, é... *'und'*."

Kit apertou os olhos, esperando que o outro levasse o raciocínio adiante. Por fim: "Eu... acho que não... cheguei a...".

"Implicações para a teoria dos conjuntos", Gottlieb explicou lentamente, "pra começar..."

Alguém começou a gritar. Muito lentamente, todos viraram as cabeças em direção à cozinha para ver o que tinha acontecido.

"Ele morreu."

"Como assim, morreu?"

"Morreu. Olha pra ele."

"Não não não", Günther sacudindo a cabeça, irritado, "ele faz isso o tempo todo. Humfried!", gritando no ouvido do matemático horizontal. "Você se intoxicou de novo!" Humfried emitiu um ronco assustador. "Primeiro vamos ter que acordá-lo." Günther olhou à sua volta, à procura do anfitrião. "*Gottlob! Wo ist deine Spritze?*" Enquanto Gottlob procurava a seringa que parecia ser um equipamento obrigatório nessas reuniões, Günther foi até a cozinha e encontrou uma cafeteira que estava esfriando, preparada justamente para uma tal contingência. Humfried havia começado a murmurar, mas não em alemão — numa língua, aliás, que ninguém na sala reconheceu.

Gottlob trouxe uma seringa gigantesca feita de alguma liga metálica embaçada, cheia de mossas, em que estavam gravadas as palavras "Propriedade do Zoológico de Berlim" e "*Streng reserviert für den Elefanten!*", com um bico comprido de ébano.

"Ah, obrigado, Gottlob, agora alguém me ajuda a virá-lo —"

"É nesta hora que eu caio fora", disse Lottchen.

Humfried, piscando e abrindo os olhos o bastante para registrar a presença da seringa, gritou e tentou fugir se arrastando.

"Ora, ora, seu dorminhoco", ralhou Günther, brincalhão, "você precisa mas é de um café bem forte para espertar, mas a gente não quer que você tente *beber* o café, para não derramar e sujar a camisa, não, a gente quer que o café vá todo ele para o lugar certo —"

Os que ainda estavam acordados começaram a se reunir para assistir, o que Kit sabia também fazer parte dessas *Mickifesten*. A intensidade do monólogo de Humfried foi aumentando, como se ele tivesse consciência de estar diante de uma plateia e ser obrigado a proporcionar-lhe entretenimento. A essa altura Gottlob e Günther já haviam baixado as calças de Humfried e estavam tentando inserir o bico enorme em seu reto, discutindo sobre detalhes técnicos. Alguém na cozinha preparava um emético com mostarda e ovos crus.

Quem estivesse imaginando que teria uma oportunidade de aprender algo sobre mistérios da morte e do retorno à vida haveria de se decepcionar naquela noite.

"Só um vomitório? Vocês não vão ministrar estricnina?"

"Estricnina é para criancinhas francesas, não é um antídoto tão bom para hidrato de cloral quanto hidrato de cloral é para estricnina."

"Então é não comutativa?"

"Assimétrica, no mínimo."

Günther olhou Humfried dos pés à cabeça, com ares de profissional. "Infelizmente, acho que ele vai ter de ser hospitalizado."

"Deixa comigo", interveio Kit, sentindo-se menos prestativo do que ansioso, sem saber o motivo, até se ver a um quarteirão do hospital, e lá, imenso e livre de qualquer controle, principalmente do seu, surgiu Foley, correndo em sua direção com alguma coisa na mão. "Traverse! Venha cá, seu desgraçado." Talvez ele estivesse bêbado, mas Kit não tinha nenhuma ilusão de que esse fato lhe desse alguma vantagem em relação a Foley.

"Um amigo seu", disse Gottlob, que estava segurando Humfried do outro lado.

"Eu devo dinheiro a ele. Será que a gente consegue escapulir?"

"Esse bairro é meu segundo lar", ia dizendo Gottlieb, quando se ouviu o som, desanimadoramente inconfundível, de um tiro. "*Verfluchter cowboy!*", gritou Gottlob, e saiu correndo.

Humfried, que apesar do hidrato de cloral já conseguia andar, agarrou Kit pelo braço e guiou-o rapidamente para a entrada do hospital mais próximo. "Confie em mim", disse, engrolando as palavras, "*Achtung, Schwester!* Mais um drogado aqui está!"

Logo Kit se viu cercado de serventes e sendo arrastado por um corredor.

"Peraí, gente, cadê aquele sujeito que eu trouxe?" Mas Humfried já havia desaparecido por completo.

"Síndrome do companheiro imaginário, é típico", murmurou um interno.

"Mas eu sou o que está sóbrio."

"Claro, claro, e eis aqui o *suvenir especial* que damos a todos visitantes como recompensa por estarem sóbrios", cravando-lhe com destreza uma agulha hipodérmica. Kit caiu como uma pedra. E assim foi despachado para o *Klapsmühle*.

Foley, com um de seus trajes canônicos, foi visto indo embora da cidade na manhã seguinte, com uma expressão que foi qualificada de mal-humorada no rosto.

Kit, ao despertar, viu pairando acima dele o rosto de um certo dr. Willi Dingkopf, emoldurado por um corte de cabelo que violava mais de uma lei da física, e uma gravata berrante, fúcsia, azul-arroxeada e verde-azulada, presente de um de seus pacientes, como o próprio doutor explicou pouco depois com uma voz enrouquecida pelo excesso de cigarros. "Pintada à mão, como terapia, para exprimir, embora infelizmente sem controlar, certos impulsos recorrentes de natureza homicida." Kit fixou o olhar na gravata, ou talvez dentro dela, com seu padrão ultramoderno, no qual o artista perturbado não havia incluído praticamente nada encontrável no mundo natural — e no entanto, quem poderia garantir? Se a pessoa ficasse olhando para ela por bastante tempo, formas familiares *talvez* começassem a emergir, algumas até, como era mesmo que se dizia, divertidas —

"Epa! O que é que— O senhor me *bateu*, com esse *pau*?"

"Uma antiga técnica criada pelos praticantes do Zen japonês. Por que o senhor estava olhando para a minha gravata daquele jeito?"

"Eu estava? Eu não —"

"Hmm...", anotando num caderno, "e... tem ouvido vozes? Que aparentemente surjam no espaço tridimensional clássico, mas, se déssemos talvez um *passo*, que conceitualmente é na verdade trivial... numa outra, como o senhor poderia dizer... dimensão?"

"Vozes, doutor? De uma outra dimensão?"

"Ótimo! O poder de raciocínio, está vendo? O senhor já está ficando mais equilibrado! Não se sinta sozinho nisso, *Herr* Traverse. Não! O senhor apenas sofreu uma pequena perturbação do Coconsciente agravada por abuso de cloral, a qual, uma vez passada a fase aguda e num ambiente saudável como este, tende a passar depressa."

"Mas eu não disse que ouvi vozes. Eu disse isso?"

"Hmm, perda de memória também... e, e 'Traverse', que espécie de nome... o senhor por acaso não seria *também hebreu*?"

"O quê? Não sei... A próxima vez que eu conversar com Deus eu pergunto."

"*Ja* — bom, de vez em quando encontramos um *indício hebraico*, acompanhado por uma sensação de não ser suficientemente gentio, isso é muito comum, juntamente com ansiedades associadas a ser *excessivamente judeu*...?"

"O senhor é que parece muito ansioso, doutor."

"Ah, estou mais do que ansioso — muito preocupado por observar que, estranhamente, o senhor não está. Aos milhões eles agora para o seu país estão *afluindo* — serão os americanos tão ingênuos a ponto de *não* ver o perigo?"

"Os judeus são perigosos?"

"Os judeus são espertos. O judeu Marx, impelido por sua *esperteza* antinatural a atacar a ordem social... o judeu Freud, fingindo curar almas — trata-se do meu ganha-pão, é claro, o que me indigna —, o judeu Cantor, *a besta de Halle*, que busca demolir os próprios fundamentos da matemática, o que faz essas pessoas de Göttingen virem à minha porta paranoicas e gritando, onde então querem que eu resolva —"

"Espere aí, me desculpe, *Herr Doktor*", alguém interveio quando Dingkopf fez esse discurso novamente, o que por acaso ocorreu durante uma sessão de terapia de grupo, "Cantor é luterano praticante."

"Com um nome desses? Ora, faça-me o favor."

"E, em vez de demolir, talvez ele tenha nos levado ao paraíso, como disse, com palavras que se tornaram famosas, o doutor Hilbert."

"O doutor... *David* Hilbert, observe."

"Ele também não é judeu."

"Hmm, mas vocês todos estão tão bem informados hoje."

A *Kolonie* era um conjunto de prédios bem ventilados, de tijolo vitrificado amarelo, construções sólidas que obedeciam aos princípios do Invisibilismo, escola da arquitetura moderna para a qual quanto mais "racional" o projeto da estrutura, *menos visível* ela seria, o que em casos extremos convergiria no chamado Penúltimo Termo — o passo imediatamente anterior ao salto para a Invisibilidade, ou, como alguns preferiam, "para sua própria metaestrutura", guardando um mínimo de relação com o mundo físico.

"Até que um dia só restem vestígios no mundo, uns poucos pedaços de arame farpado definindo a planta de algo que não se pode mais exatamente ver... talvez certos *cheiros* também, a intrometer-se, alta madrugada, vindo de algum lugar contra o vento, o vento que possui ele próprio agora o mesmo índice de refração que a Estrutura desaparecida..."

Isso estava sendo explicado a Kit com a maior seriedade por uma pessoa com um uniforme de guarda, a qual Kit, inocente, julgava ser um guarda. No uniforme havia uma ombreira que representava um cérebro humano estilizado com uma espécie de *lâmina de machado teutônico* cravada nele, um desenho que Kit imaginava ser a insígnia da *Kolonie*. A arma era negra e prateada, e o cérebro tinha um tom alegre de magenta de anilina. O lema que havia sobre o desenho era "So Gut Wiew Neu", ou seja, em tradução livre, "Lavou, está novo".

Estavam no "Campo dos Dirigíveis", uma espécie virtual de superfície plana em que as atividades do *Klapsmühle* incluíam deslocamento de terra, escavação de rochas e revestimento de superfícies, sob a supervisão de um pelotão de "engenheiros" munidos de instrumentos de agrimensores que pareciam de verdade e tudo o mais, os quais aparentemente não eram internos da *Kolonie*, se bem que ali era difícil saber quem era e quem não era.

Naquele dia, era grande a animação na *Kolonie*, pois a qualquer momento um Dirigível deveria pousar no Campo dos Dirigíveis! A maior parte dos residentes jamais vira um Dirigível, porém alguns descreviam o objeto aos outros sem nenhuma timidez. "Ele virá nos salvar deste lugar, todos serão bem-vindos, é o voo expresso rumo à Dooflândia, terra ancestral dos pacientes de hospitais psiquiátricos, e descerá, um triunfo gigantesco de decoração boêmia, luminescente em todas as cores do espectro, e a Banda da Nave haverá de tocar velhas canções de sucesso, como 'O tempora, O mores' e 'A baleia negra de Ascalom', enquanto nós entraremos felizes na gôndola aerodinâmica suspensa no exato Ponto da Infinitude, pois o Nome secreto do Dirigível é Elipsoide de Riemann", e por aí afora.

Uma bola de futebol americano, chutada em algum lugar muito distante, apareceu agora no céu, e alguns por um momento a tomaram pelo Dirigível, cuja chegada, esperava-se, não entraria em conflito com nenhuma das partidas de futebol que estavam sempre em andamento no Campo dos Dirigíveis o dia inteiro e principalmente na escuridão, que aliás era a situação preferida, embora exigisse um estilo diferente de jogo.

"Esta bola quica tanto quanto *a cabeça de Iokanaan*", alguém exclamou, referência a uma recente excursão terapêutica que os pacientes haviam feito, indo a Berlim para assistir a uma montagem da ópera de Richard Strauss, *Salomé*, de onde o dr. Dingkopf voltara resmungando a respeito da "séria crise espiritual neuropática que atinge a Alemanha atual", embora os pacientes — como era de se esperar, já que o próprio Strauss referia-se à sua obra como um *scherzo* com conclusão fatal — a toda hora irrompessem em gargalhadas enlouquecidas, as quais em pouco tempo se espalharam dos assentos de um marco e meio para os espectadores "normais" que ocupavam o resto do teatro. Desde essa excursão, os empregados da *Kolonie* eram obrigados a aturar o novo refrão, fosse no campo de futebol, fosse no refeitório ("O que estamos comendo?" "Parece *a cabeça de Iokanaan*."), ou então escutar as arengas religiosas dos Cinco Judeus, que por algum motivo era a única parte da obra que todos, ao que parecia, haviam decorado, nota por nota, talvez para irritar o dr. Dingkopf, o qual começou a demonstrar sinais de tensão após certo tempo, pois passou a ser visto perambulando no terreno da *Kolonie* nas horas mais imprevistas cantando "*Judeamus igitur, Judenes dum su-hu-mus...*" num tom de tenor perturbado.

"*Ich bin ein Berliner!*"
"O quê?" O paciente parecia ansioso por falar com Kit.
"Ele não vai lhe fazer mal", tranquilizou-o o dr. Dingkopf enquanto os enfermeiros afastavam o paciente com muito jeito. "Ele está convencido de que é uma determinada guloseima muito conhecida em Berlim — uma espécie de *sonho recheado com geleia*."
"Há quanto tempo ele está aqui?"
Um dar de ombros. "Um caso difícil. Sendo o *sonho recheado com geleia* uma metáfora poderosa para o corpo e o espírito, torna-se problemático recuperar a sanidade apenas através da razão — por isso precisamos recorrer à Fenomenologia, e aceitar a verdade literal de sua ilusão — levamo-lo a Göttingen, a uma certa *Konditerei* onde ele é recoberto de *Puderzucker* e tem permissão para ficar sentado, melhor dizendo reclinado, numa prateleira onde normalmente são expostos os confeitos. Quando ele começa a dizer "*Ich bin ein Berliner*", os fregueses em sua maioria tentam apenas corrigir sua dicção, como se ele fosse berlinense e quisesse dizer "*Ich bin Berliner*" — se bem que às vezes ele *chega a ser adquirido* — 'A senhora quer uma sacola para pôr dentro, madame?' 'Ah, não, obrigada, vou comê-lo aqui mesmo, se possível.'"
"Bom — se nem *isso* o faz voltar à realidade..."
"*Ach*, não, ele permanece inerte, mesmo quando tentam... *mordê-lo no* —"

Algumas horas depois, Kit sentiu a presença de uma massa enorme, macia e vaga na escuridão do dormitório, irradiando um odor inconfundível de um sonho saído do forno.

"Shh — não reaja, por favor."

"Tudo bem, eu estava só deitado aqui, observando o papel de parede na escuridão."

"Ah? É mesmo? Ele— o que é que ele está dizendo a você?"

"Ele já me levou a tirar certas conclusões inesperadas a respeito das funções automórficas. E com você, como vão as coisas?"

"Bom, para começar, quero esclarecer uma coisa — *na verdade eu não sou um sonho recheado de geleia*."

"Devo confessar que a semelhança é, bem, extraordinária, e você fala e tudo mais?"

"Era a única maneira de entrar em contato com você. A sua amiga, a senhorita Halfcourt, foi quem me mandou."

Kit olhou. Mais uma vítima do encantamento — para Yashmeen, bastara dar um beijo nesse cidadão, pensou ele.

"É como a invisibilidade", prosseguiu a aparição, "só que diferente, não é? A maioria das pessoas não admite que me vê. Assim, na prática, elas não me veem. E tem mais a questão do canibalismo, é claro."

"A... Acho que eu não..."

"Pois bem. Elas ficam numa enrascada, não é? Quer dizer, se eu sou um ser humano, e elas estão pensando em me comer no café da manhã, então *elas* são canibais — mas se eu sou *mesmo* um sonho recheado de geleia, então, se elas são canibais, *todas elas* também são necessariamente sonhos recheados de geleia, você percebe?" Começou a rir alegremente.

Kit olhou para o mostrador do relógio na parede, com números radioativos. Eram três e meia da madrugada.

"Vamos indo, não é?" O sonho gigantesco o fez entrar num corredor, virar em algumas esquinas e, tendo atravessado uma sala de equipamentos, sair ao luar. "Eu gostaria de levá-lo até lá fora, mas logo vai ser a hora do café da manhã e... bom, você me entende."

Kit foi encontrado dormindo junto à cerca. O doutor Dingkopf o esperava em seu escritório com um grande maço de papéis de alta para serem assinados. "Seus amigos britânicos intercederam. De que vale a minha avaliação profissional, vinte anos de experiência clínica, em comparação com essa sinistra conspiração tribal... até mesmo na Inglaterra... não é mais a nação de sangue puro que já foi... Halfcourt... Halfcourt? Mas que espécie de nome é esse?"

Yashmeen encontrou-o no café em que haviam estado algumas noites antes. Ele não havia conseguido dormir exatamente, nem via sentido em fazer a barba. "Vamos. Vamos fazer um passeio em Der Wall." Era uma manhã tranquila, uma brisa agitava as folhas das tílias.

"O que sabes sobre Shambhala, Kit?"

Ele virou-se, olhou para Yashmeen com um dos olhos. Todo mundo estava sendo muito direto naquela manhã, não era? "Acho que já ouvi falar desse lugar uma ou duas vezes."

"Uma antiga metrópole do espírito, segundo alguns habitadas pelos vivos, outros dizem que vazia, uma ruína, enterrada em algum lugar sob as areias dos desertos da Ásia Central. E é claro que há sempre alguém a dizer que a verdadeira Shambhala fica no interior do ser."

"E então? Qual é a verdade?"

Ela franziu a testa. "Creio que seja um sítio que realmente existe na Terra, no sentido em que o Ponto no Infinito é um lugar 'na' esfera de Riemann. O dinheiro investido até hoje pelas Potências em expedições pra 'descobrir' o sítio sem dúvida é uma realidade. As forças políticas que estão em ação... políticas e militares também..."

"O que não é bem a sua praia."

"A minha —" Ela se permitiu uma pausa de semínima pontuada. "O coronel Halfcourt está envolvido. Se é que estou a decifrar as coisas corretamente."

"Correndo perigo?"

"Ninguém sabe com certeza." Não pela primeira vez, Kit teve a sensação desanimadora de que ela esperava dele algo que ele sequer seria capaz de identificar, quanto mais lhe dar. "Tenho mais de cem motivos pra estar com ele agora..."

"E apenas um pra não estar lá." Deveria ele tentar adivinhar?

Ficaram a entreolhar-se, como se separados por uma distância etérea. "No seu nível de intuição, Kit", por fim, com um sorriso sofrido, "nós ficávamos aqui horas a fio."

"E qual o problema de passar horas com uma companhia encantadora?"

"Creio que devias ter dito 'com uma companhia tão encantadora como essa'."

"Epa."

"Na última vez, falamos sobre a possibilidade de trabalhar no P.A.T.A.C."

"Foram eles que me tiraram do *Klapsmühle*?"

"Lionel Swome. Hás de conhecê-lo em breve. O que estavas a fazer lá?"

"Me escondendo, eu acho." Falou-lhe sobre a visita noturna de Foley.

"Falas como se tivesse sido um sonho."

"Não faz diferença. A mensagem que ele estava me passando é que é o importante. Quanto mais rápido eu for embora daqui, melhor."

"Vamos subir um pouco a Hainberg?" Os dois olhando para a frente e para trás, ela por fim o levou a um restaurante numa ladeira, de onde se descortinava uma vista das muralhas da cidade tranquila, e onde o coordenador de viagens do P.A.T.A.C., Lionel Swome, estava sentado a uma mesa sob uma barraca para proteger-se do sol da tarde, com uma garrafa de Rheinplatz da safra do outono anterior, e dois copos. Feitas as apresentações, Yashmeen pegou sua sombrinha e voltou a descer a ladeira.

"Mas sim", disse Swome. "O senhor está prestes a escapulir, pelo que me disseram."

"Incrível! Eu tomei essa decisão há dois minutos, enquanto vinha pra cá — mas vocês, com essa sua telepatia mental, eu sempre esqueço."

"E aceita ir a qualquer sítio."

Kit deu de ombros. "Quanto mais longe, melhor, tanto faz — por quê? Faz diferença para o senhor?"

"Ásia Central?"

"Ótimo."

Swome contemplava seu copo de vinho, sem beber. "Há quem prefira outros Deidesheimers — Herrgottsackers e coisas assim — aos do Hofstück. Mas num dado ano, quem se dá ao trabalho —"

"Sr. Swome."

Um dar de ombros, como se tivesse entrado em acordo consigo próprio. "Está bem — como a menina Halfcourt está numa situação semelhante, os dois podem resolver suas dificuldades mútuas — fugindo juntos pra Suíça."

Kit puxou para baixo a aba de um chapéu invisível. "Claro. Todo mundo vai acreditar nisso."

"Talvez ninguém que o senhor conheça. Mas aqueles que estamos a tentar enganar pode ser que acreditem, especialmente quando lhes dermos provas abundantes — permissões de viagem, reservas em hotéis, correspondência bancária, etcétera. Até certo ponto, o senhor e a menina comportar-se-ão como recém-casados tanto quanto possível — senhor Traverse? Está a compreender? Pois — e de repente, abracadabra — os dois desaparecem cada um pra um lado, no seu caso, pra o Oriente."

Kit esperou que prosseguissem. Por fim: "E...?"

"A ex-noiva? Hmm, não sei. Problema doutro departamento. Enquanto isso, já que o senhor estará por lá, se calhar não se apoquente de realizar uma pequena tarefa para nós."

"E... teria a ver com... como é mesmo que diz..."

"Shambhala. Sim, de certo modo."

"Não sou teosofista, nem sou muito de viajar, não, espero que alguém tenha dito isso ao senhor. Talvez fosse melhor uma pessoa com um pouco mais de experiência de campo."

"É justamente a sua maior qualidade. Ninguém lá sabe nada a seu respeito. Temos muitos agentes com experiência de Ásia Central à nossa disposição nos oásis e bazares de sempre, mas todos por lá sabem da vida de todos, é uma situação de impasse, o melhor agora é injetar um elemento novo e desconhecido."

"Eu."

"E o senhor vem bem recomendado por Sidney Reilly."

"Hãã..."

"Certamente o senhor há de se lembrar do 'Chong'."

"Aquele sujeito? Que andava sempre de turbante? Eu sou mesmo um otário, pensei que ele fosse de verdade."

"Ah, o Sidney é um agente de verdade. Talvez o senhor esbarre nele outra vez quando estiver lá nos Istões, porque ele está sempre a ir e vir, mas o mais provável é que não o reconheça."

"Então se eu me meter em alguma trapalhada —"

"Não era a ele que o senhor devia recorrer." Um olhar penetrante. "O senhor não sofre dos 'nervos', eu espero."

"Eu pareço um pouco sobressaltado agora? Deve ser essa gente que está atrás de mim, sei lá o que estão tentando fazer, enfim. Mas lá? Ásia Central, a milhões de quilômetros de lugar nenhum? Ora, eu vou ficar é muito bem."

"Então vou lhe explicar o que o senhor há de fazer pra nós." O funcionário do P.A.T.A.C., balançando a cabeça, retirou um mapa de uma pasta e o desdobrou sobre a mesa. "Temos lá os nossos acordos a longo prazo — Departamento das Colônias, One Savile Row, outros menos oficiais. Podemos lhe dar guarida" — traçando uma rota aproximada com a ponta do dedo — "pelo menos até a Kashgar."

"É lá que o pai da senhorita Halfcourt está servindo."

"Nem sempre. Ele leva uma vida peripatética. Mas como o senhor estará pra os lados dele..."

"Espere um minuto." Kit estendeu a mão para pegar um dos cigarros de Swome de sua cigarreira, que estava sobre a mesa. "Eles não fazem ideia de onde ele está, não é?"

"As comunicações estão interrompidas, de certo modo. Uma coisa temporária, mas é um problema. Nunca houve uma revolução na Rússia do tamanho dessa, o senhor sabe, e isso afetou os caminhos-de-ferro que vão pra Ásia, e os desdobramentos ainda prosseguem. O Auberon Halfcourt trabalha lá desde o tempo dos problemas no Afeganistão, não há confusão da qual ele não consiga sair. O que nos preocupa é menos a sua segurança...", fazendo uma pausa, como se esperasse que Kit completasse a frase para ele. Kit não o fez. "... do que obter o seu relatório a respeito do que aconteceu em Shambhala, afinal — pelo visto, todas as Potências estavam metidas — não é possível que ele não esteja informado. E como o tempo é essencial, é claro — não queremos que os outros, em particular Alemanha e Áustria, apresentem sua versão dos acontecimentos, precisamos manter algum controle sobre a história..."

"Tenho observado que tem muito russo aqui na cidade", disse Kit, achando que o outro lhe diria para não se meter, mas ao que parecia Swome andava preocupado com os Otzivistas.

"Esses bolchevistas antileninistas, imagino. Ah, sim, é claro. Obcecados que estão pela menina Halfcourt e suas habilidades quadridimensionais, parecem dispostos a ignorar todos os riscos seculares, em particular a recente Convenção Anglo-Russa. Assim, um certo grau de desinformação se fez necessário, embora teoricamente o P.A.T.A.C. esteja acima das questões de política internacional.

"Há que se ter muito cuidado. Eles não são sempre o que parecem ser, esses peregrinos. Muitas vezes são bem menos metafísicos do que se imagina, aliás tão comprometidos com o mundo concreto que *nós* começamos a nos julgar místicos, em comparação com eles. A própria *Madame* Blavatsky, não esqueça, trabalhava para o serviço secreto czarista, na época conhecido como Terceira Seção, que depois veio a se chamar Okhrana... E que diferença faz, no fundo, se são materialistas ou espiritualistas, o que importa é que lançam bombas, não é? É fácil lidar com um problema, claro, mais uma vantagem da Convenção, basta dizer a palavra certa no ouvido certo que os bolchevistas saem em debandada."

"Será que eu vou ter problemas com eles, já que estou indo pra aquelas bandas? Era nisso que eu queria chegar."

"A meu ver, eles são europeus demais pra Kashgar, não têm preparo pra lá, ficavam mais à vontade cá ou em Suíça. Kashgar é a capital espiritual da Ásia Central, o lugar mais 'central' a que se pode chegar, e não apenas geograficamente. Quanto ao que existe embaixo daquelas areias, o senhor pode escolher — ou Shambhala, o mais próximo da Cidade Celestial que a Terra já conheceu, ou então Baku e Johannesburgo outra vez, reservas inexploradas de ouro, petróleo, riqueza plutoniana, e a possibilidade de criar mais uma classe sub-humana de trabalhadores para explorá-la. Uma visão, pode-se dizer, espiritual, e a outra, capitalista. Incomensuráveis, é claro."

"Então a tarefa —"

"É encontrar o Auberon Halfcourt, ver o que ele tem a dizer-nos e trazer-nos as informações do modo mais detalhado e rápido possível."

"Em pessoa?"

"Não é necessário. Percebemos sua necessidade de ficar às escondidas por uns tempos. Dar-lhe-emos uma lista de mensageiros entre cá e lá, todos confiáveis... Ah, e se o senhor tiver necessidade de voltar às pressas, sugerimos que o faça via Constantinopla, porque lá nossas linhas de comunicação são um pouco mais seguras."

"Por que eu teria de voltar às pressas?"

"Por uma série de motivos possíveis, pode escolher. Outra revolução, levantes tribais, catástrofes naturais, Deus meu, se tivéssemos de cobrir todas as contingências, era melhor estarmos a escrever histórias de espionagem."

Yashmeen o aguardava nos arredores da cidade.

"Pois então" — Kit, num tom que ele esperava que parecesse alegre —, "vamos fugir juntos."

"Tu não estás zangado, eu espero. Kit?"

"Ah, não se preocupe, Yash — vai dar certo."

"É assim que a cabeça deles funciona."

"Vai ser divertido."

O olhar rápido dela apenas com dificuldade podia ser distinguido de uma manifestação de pânico. "'Divertido'."

* * *

Tendo um dia livre, Kit, Yashmeen e Günther resolveram fazer uma visita de despedida ao desconhecido porém interessante Museum der Monstrositäten, uma espécie de equivalente noturno da imensa coleção de modelos matemáticos que o professor Klein guardava no terceiro andar da Auditorienhaus. Foram numa diligência motorizada em direção ao Brocken. A campina foi se tornando montanhosa e sinistra, nuvens vieram de direções indeterminadas e cobriram o sol. "Uma Alemanha mais antiga", comentou Günther, com um sorriso não muito tranquilizador. "Mais profunda."

Tratava-se menos de um museu convencional que de um estranho templo subterrâneo, um contratemplo, voltado para a "Crise" da matemática europeia... Se o lugar era dedicado à exposição, ao culto, ao estudo ou à iniciação, isso era algo que o exterior não deixava claro, pois não havia nenhum exterior além de uma entrada que emoldurava uma escadaria negra como carvão, a qual descia um túnel sem fundo em direção a criptas ignotas. Como se para exprimir o reino dos números "imaginários" (ou, para usar o termo de Clifford, "invisíveis"), a substância negra usada como matéria-prima não parecia ser um mineral conhecido, e sim o resíduo de um mineral sem nome, depois que dele fora removida a luz por meio de algum processo secreto. De vez em quando se via uma estátua contendo um veio mineral em forma de anjo, asas, rostos e roupas simplificados até quase chegar à pura geometria, brandindo armas de algum modo *ainda não decifráveis*, que continham eletrodos, alhetas de refrigeração etc.

Encontraram o interior estranhamente vazio, iluminado apenas por umas poucas arandelas de gás a sussurrar nos corredores que divergiam das sombras do *hall* de entrada. E no entanto havia um cheiro de limpeza germânica em constante exercício, de sapólio e cera de assoalho, de aplicações maciças de formalina que deixavam um odor pungente no ar. Os corredores pareciam varridos por gerações de suspiros que por vezes atingiam a velocidade do vento — uma tristeza, uma exclusão radical das plantas rigidamente ortogonais dos ambientes acadêmicos...

"Será que tem alguém aí, trabalhando?", arriscou Kit. "Guardas, funcionários?"

"Quem sabe eles se escondem dos visitantes que não conhecem", deu de ombros Günther. "Como é que alguém pode ficar aqui sem ter os nervos abalados?"

De quando em quando, onde havia luz, era possível divisar murais amplos, de uma precisão quase fotográfica, as cores não alteradas pelas purificações diárias do interior, que representavam eventos na história recente da matemática, como a *Descoberta das Funções de Weierstrass*, de Knipfel, e o recém-instalado *Professor Frege em Jena recebendo a carta de Russell referente ao conjunto de todos os conjuntos que não são membros de si próprios*, de von Imbiss, o qual exibia *efeitos de paralaxe* quando se passava por ele, de modo que as figuras do segundo plano, como Sofia Kovalévskaia ou um Bertrand Russell moleque e hidrofóbico, entravam ou saíam de cena, dependendo da posição e da velocidade do espectador. "Pobre Frege", comentou Günther, "quando ia publicar seu livro sobre aritmética aconteceu isso — neste mural ele está exclamando '*Kot!*', uma expressão alemã que significa 'Quanto vai me custar a revisão dessas páginas?'. Você vê que ele parece estar dando um tapa na própria testa, o que o artista indicou de maneira engenhosa com aqueles pequenos traços de verde e magenta a se irradiar..."

As placas os orientaram a descer um corredor reforçado por escoras de ferro que os levou a uma série de panoramas de uma clareza espantosa, que já haviam conseguido convencer até os visitantes mais céticos, os quais se viam cercados, em trezentos e sessenta graus, por uma vista da antiga Crotona na Magna Grécia, sob um céu a escurecer rapidamente com a aproximação de uma tempestade, incluindo discípulos pedagógicos descalços, trajando togas, num transe espiritual cuja iluminação era imitada aqui pela fluorescência de camisas de lampiões embebidas em certos sais radioativos... ou então parecendo entrar na sala de aula na Sorbonne em que Hilbert, naquela manhã histórica de agosto de 1900, apresentou ao Congresso Internacional sua célebre lista dos "problemas de Paris", os quais ele esperava que viessem a ser resolvidos no novo século — sim, lá estava Hilbert, ele mesmo, chapéu panamá na cabeça, de algum modo apresentado opticamente em três dimensões, uma representação ainda mais realista do que uma figura num museu de cera, não faltando sequer as milhares de gotas de suor escorrendo nos rostos das pessoas...

De acordo com os critérios da época, entre o observador no centro do panorama e a parede cilíndrica na qual a cena era projetada ficava uma *zona de natureza dupla*, na qual deveriam ser dispostos de modo preciso um certo número de "objetos reais" apropriados ao contexto — cadeiras e escrivaninhas, colunas dóricas inteiras ou danificadas —, embora não se pudesse dizer que elas fossem *inteiramente* reais, e sim em parte "reais" e em parte "pictóricas", ou então, digamos, "fictícias", pois esse grupamento de objetos híbridos era projetado de modo a "gradualmente se fundir" na distância até atingir, na parede curva, a condição final de pura imagem. "Assim", declarou Günther, "somos lançados no paraíso cantoriano do *Mengenlehre*, sendo um conjunto considerável de pontos no espaço continuamente substituído por outro, progressivamente perdendo sua 'realidade' em função do raio. O observador curioso que resolvesse cruzar esse espaço — se isso não fosse, como parece ser, proibido — seria lentamente retirado de seu meio quadridimensional e transportado para uma região atemporal..."

"Hás de querer ir pra aquele lado, Kit", disse Yashmeen, indicando uma placa onde se lia ZU DEN QUATERNIONEN.

Claro, claro, não era da conta de Kit, os dois sem dúvida precisavam de algum tempo juntos, a separação estava no ar, coisas a dizer... Liberado, Kit desceu escadas escuras tão íngremes que causavam desconforto até para uma pessoa em boa forma física — como se tivessem como modelo algum lugar público da Antiguidade, o Coliseu romano, por exemplo, maculado por intenções imperiais, promessas de conflito, castigo, sacrifícios sanguinolentos — e por fim viu-se diante de uma cortina de borracha, à espera, até que ela se abriu misteriosamente e ele foi projetado para um ambiente iluminado por uma lâmpada de Nernst superamplificada, quase a ponto de explodir, e lá estava ele, inegavelmente à margem do canal em Dublin sessenta anos antes, no momento em que Hamilton recebeu os Quaterniões de uma fonte extrapessoal quase corporificada nesta exata luz, a ponte de Brougham diminuindo com a distância numa perspectiva perfeita, a figura da sra. Hamilton contemplando a cena um pouco consternada, o próprio Hamilton no ato de gravar na ponte sua célebre fórmula com um canivete em parte real e em parte imaginário, um canivete "complexo", dir-se-ia, embora uma reprodução "real" dele estivesse à vista numa galeria próxima dali, dedicada a objetos famosos que figuraram no grande drama da matemática, pedaços de giz, xícaras de café pelo meio, até um *lenço bem amassado*, que teria pertencido a Sofia Kovalétskaia no tempo de Weierstrass em Berlim, um exemplo da famigerada "superfície sem planos tangentes" de Lebesgue, uma excêntrica prima distante da família das funções, contínua por toda parte e não diferenciável em lugar algum, com a qual Weierstrass em 1872 inaugurara a grande Crise que continuava a atormentar a matemática até aquele momento — ali, numa vitrine destacada, sob um hemisfério de vidro, iluminado por baixo, preservado numa atmosfera de nitrogênio puro constantemente renovada. De que modo que este lenço atingira a condição de sem-tangentes? Sendo amassado repetidamente e com força por uma mão? Sendo aberto, usado para chorar e assoar o nariz e em seguida apertado, formando uma bola? Seria um registro, uma memória química, de algum episódio extraordinário que envolvera o professor bondoso e a aluna de olhos eloquentes? Yashmeen voltara de onde havia ido, fosse onde fosse, para segurar Kit pelo braço e ficar algum tempo olhando para aquela relíquia melancólica.

"Ela sempre foi minha inspiração, tu sabes."

"Tudo bem entre você e aquele deus teutônico?"

"Ele está muito triste. Disse que vai sentir sua falta. Quer dizer-te isso pessoalmente, eu acho." Ela se afastou quando Günther, os olhos brilhando na sombra da aba de seu chapéu, aproximou-se de Kit com um olhar de descontentamento profundo, mas não sem fundo. Estava a caminho do México para administrar uma das plantações de café de sua família. Seu pai fora implacável, seus tios estavam contando com sua presença lá.

"Pertinho da minha terra", disse Kit. "Se você passar por Denver —"

"É a nossa estranha vertigem além, tudo em movimento, como água escorrendo pelo ralo, esse tropismo não reconhecido do espírito germânico rumo a todas as manifestações de mexicanidade, onde quer que ocorram. O *Kaiser* agora procura no México as mesmas oportunidades de prejudicar os Estados Unidos que Napoleão III buscou antes dele... sem dúvida, cabe a mim um pequeno papel, cego e patético, nessa trama."

"Günni, você parece meio, sei lá, sinto falta daquela sua autoconfiança de sempre —"

"Você tinha razão, sabe? No dia do nosso duelo. Eu fui apenas mais um *Rosinenkacker* de férias, perdido em ilusões banais. Agora devo despedir-me da vida que poderia ter levado, e retomar meu caminho de pedras, peregrino numa romaria de penitência. A matemática terminou para von Quassel. Trata-se de uma linha em que, no final das contas, nunca hei de viajar."

"Günni, eu fui um pouco áspero, acho eu."

"Você vai ser bonzinho com ela." Com uma ênfase, pode-se dizer, germânica em "vai" que Kit não sabia se era para levar inteiramente a sério.

"Vou ser companheiro de viagem dela por uma semana, mais ou menos, só isso. Depois, pelo que me disseram, outras forças vão entrar em jogo."

"*Ach, das Schicksal*. Do cloral ao café", cismou Günther. "A viagem antípoda de uma extremidade da consciência humana para o seu oposto."

"O destino está tentando lhe dizer alguma coisa", especulou Kit.

"O destino não fala. Ele anda com uma Mauser e de vez em quando nos indica o caminho que nos cabe."

Seguiram, arrependidos e relutantes, sentindo através de toda aquela pedra pesada que lá fora a tarde se aprofundava. Na cidade uma outra noite os aguardava, com o peso coercitivo das coisas penúltimas, e no entanto nenhum deles conseguia se imaginar afastado daqueles corredores que celebravam as pessoas que outrora imaginavam ser... pessoas que, todas elas, haviam optado por submeter-se à possibilidade de atingir aquele terrível êxtase que, como era sabido, resultava da observação direta do belo. Estariam abandonando em breve não apenas seus cursos de matemática mas também qualquer esperança de poder algum dia dar aquele mergulho impetuoso?

"Crianças." A voz era impossível de localizar, estava por toda parte nos corredores. "O Museu está fechando. Da próxima vez que vierem, ele pode não estar exatamente onde está hoje."

"Por quê?", Yashmeen não conseguiu conter a pergunta, embora soubesse.

"Porque a pedra angular do prédio não é um cubo, e sim a forma análoga ao cubo na quarta dimensão, um tesserato. Alguns desses corredores levam a outras épocas, épocas, ademais, que talvez lhes inspirassem um desejo forte demais de resgatá-las, e assim vocês poderiam perder-se na perplexidade da tentativa."

"Como você sabe isso?", perguntou Günther. "Quem é você?"

"Você sabe quem eu sou."

Frank havia jurado que, quando saísse do México, seria para valer, que daria prioridade à questão que deixara em aberto na americadonorte. A política mexicana não era da sua conta, mesmo que ele conseguisse acompanhar o jogo de forças e armamentos, o que quase nunca era possível. Assim, cá estava ele de novo, de volta ao velho *caldo tlalpeño*.

Sua base de operações era Tampico, perto de onde tinha início uma zona que se estendia até a fronteira dos Estados Unidos, onde os contrabandistas atuavam livremente. Ele havia reencontrado Ewball Oust, que agora deixara de lado o Anarquismo rural para trabalhar no tráfico de armas, e em pouco tempo ele e Frank estavam realizando transações modestas de material bélico, quase sempre na base do pagou-levou.

Uma noite, jantando na Calle Rivera perto do mercado, começaram a conversar com um viajante alemão, que plantava café numa propriedade em Chiapas e ostentava na face direita uma cicatriz de duelo em forma de til. No México ele era conhecido como "El Atildado", termo que também designa um homem de apresentação impecável, o que também era uma característica inata de Günther von Quassel. Quando trocaram cartões comerciais e ele viu o nome de Frank, suas sobrancelhas se arquearam. "Conheci um Kit Traverse lá em Göttingen."

"Meu irmão mais moço, sem dúvida."

"Nós quase chegamos a duelar uma vez."

"Foi o Kit que fez isso em você?", indicando com a cabeça a marca no rosto de Günther.

"Não chegamos até esse ponto. A coisa foi resolvida de modo amistoso. Na verdade, fiquei com medo do seu irmão."

"Tem certeza que era mesmo o Kit?"

Günther contou a Frank que Scarsdale Vibe e seus asseclas haviam obrigado Kit a partir de Göttingen.

"Ora, há males que vêm pro bem", retrucou Frank, para quem aquilo era bom demais para ser verdade. "Os desgraçados."

"Ele é um rapaz muito despachado. Vai se dar bem." Günther tinha uma garrafa térmica cheia de café quente. "Se o senhor me der a honra de aceitar", oferecendo um pouco. "Uma nova variedade. *Bohnen* gigantescos. Nós chamamos de maragojipe."

"Obrigado. Bom, eu na verdade gosto mais é de café à caubói", e Frank viu o que até agora mais se aproximava de um sinal de irritação surgir no rosto do *cafetalero*.

"Mas... eles misturam com cera", Günther num tom de indignação. "Resinas tiradas, tiradas de *árvores*, se não me engano."

"Pois eu fui criado assim, é assim que fazem as mulheres da fronteira, desde pequenininho sempre tomei café a caubói."

"*Ach*, mas isso é uma degradação do paladar. Mas enfim, o senhor ainda é jovem. Talvez ainda dê tempo de corrigir esse defeito."

"Brincadeiras à parte", Frank bebericando, "o café está excelente. O senhor entende do seu trabalho."

Günther bufou. "Não é o meu trabalho. Estou aqui a mando de meu pai. Estou cumprindo meu dever com a empresa da família."

"Eu já passei por isso", disse Ewball. "A vida na fazenda não é como o senhor esperava, hein?"

O jovem Von Quassel permitiu-se um sorriso gélido. "É exatamente o que eu esperava."

Ewall tinha o dom fatal de esbarrar em velhos conhecidos de *el otro lado* e de outrora, num tempo em que já estavam mais velhos e mais duros, tendo por vezes adquirido uma má fama que nem ele nem o outro teria sido capaz de imaginar nos velhos tempos de sensações e despreocupação. Por exemplo, era o caso de "Steve", que agora pedia às pessoas que o chamassem de "Ramón", o qual estava fugindo de alguma catástrofe provocada por um golpe na Bolsa ao norte da fronteira, sempre indo de um lugar para o outro, sem conseguir parar de trapacear do modo mais ruidoso e rápido possível, e o qual apareceu um dia no centro da cidade no meio de uma rápida tempestade de areia, no mesmo pátio em que Ewball, Frank e Günther buscavam abrigo, juntamente com uns vinte e poucos melros. O vento norte uivava como se para uma lua invisível. A areia assobiava e cantava, atravessando as ferragens elaboradas, e "Ramón" os divertia com histórias de dívidas em cascata. "Falando sério, estou ficando desesperado. Se vocês souberem de alguma coisa que pareça maluca ou perigosa demais pra vocês, me avisem. Tem um esquema de ações acontecendo lá no norte. No momento, por um peso eu era capaz de enrabar um crocodilo ao meio-dia na Plaza de Toros." Antes de se dissolver na opacidade amarela, ele convidou todo mundo para uma farra na sua vila naquela noite.

"Venham dar uma olhada enquanto ela ainda é nossa, venham conhecer minha nova esposa. Uma pequena *reunión*, cem pessoas, por aí, vai durar uma semana se a gente quiser."

"A coisa promete", disse Ewball.

Günther, que tinha um compromisso com pessoas da extensa colônia alemã de Tampico, trocou apertos de mãos com Frank e Ewball. "Vocês vão à *fiesta* hoje?"

"Estamos hospedados no Imperial", disse Frank, "no subsolo, bem nos fundos. Apareça, vamos pra lá juntos."

Em direção ao oeste, para os lados da Sierra, em grandiosas residências que mal se divisavam por entre as névoas que subiam dos baixios pestilentos, a população de gringos se recolhia no alto dos barrancos à beira-rio, onde as brisas sopravam, todos aguardando um levante dos nativos a qualquer momento, revirando-se na cama noite após noite, torturados, nas poucas horas em que conseguiam pegar no sono, por pesadelos quase idênticos de fugas no deserto, céus implacáveis, rostos em que não apenas as íris como também toda a superfície dos olhos eram negras, a brilhar nas órbitas, implacáveis, refletindo colunas de fogo dos poços que ardiam e explodiam, nada à frente senão o exílio, a perda, a vergonha, nenhum futuro em lugar algum ao norte do Río Bravo, vozes invisíveis no ar fedendo a óleo, vindo dos canais doentios, acusando, denunciando, prometendo a expiação de crimes esquecidos...

Frank e Ewball foram entrando na festa de Steve/Ramón e encontraram um salão cheio de murmúrios de repuxos azulejados, onde papagaios voavam soltos de uma palmeira ornamental a outra. Uma banda tocava música de dança. Casais ensaiavam versões tropicais do bolero e do fandango. Convivas bebiam *gin fizz* e mascavam folhas de coca recém-colhidas nas selvas de Tehuantepec. O riso era mais ou menos constante no recinto, porém um pouco mais alto e mais nervoso do que, digamos, numa típica cantina numa noite de sábado. No *hall* de entrada, escondidos por imensos vasos cheios de orquídeas, baús abarrotados estavam prontos para qualquer viagem imediata. Isso era comum na maioria das vilas alugadas pelos gringos nos meios frequentados por Ramón, sempre a lembrar o fosso que estava à espera nas sombras do futuro próximo, pois quanto tempo poderia durar aquela prosperidade antinatural, aquela violação da realidade prolongada além da conta?

"Isso aqui é Baku com mosquitos", era o que diziam a Frank os petroleiros mais experimentados.

"É hora de ir embora do país", ouviu-se mais de uma vez na festa, "pois aqui somos apenas reféns ao sul da fronteira, lá no norte estão pedindo dinheiro emprestado como se o fim do mundo estivesse próximo, metade do dinheiro tendo ações como garantia, se qualquer coisa der errado nos trustes de lá, nem todo o petróleo que tem debaixo da terra vai adiantar, aí vai ser *adiós chingamadre*, por assim dizer."

Günther havia chegado com uma loura alta chamada Gretchen, que não falava nem inglês nem espanhol e só dizia umas poucas palavras na sua língua nativa, o alemão, termos como "*cocktail*" e "*zigarette*". Logo ficou claro que ela tinha uma tendência, estranha em uma moça tão vistosa, a desaparecer, e Frank percebeu a expressão preocupada no rosto de Günther.

"Eu estou tomando conta dela pra um sócio", ele explicou. "É uma pessoa muito impulsiva. Se não fosse —" hesitou, como se estivesse prestes a pedir a intervenção de Frank.

"No que eu puder ajudar..."

"Aliás, seu nome foi mencionado hoje, num contexto que recentemente comecei a investigar."

"Já tive alguns contatos com a colônia alemã. É difícil não ter, aqui em Tampico."

"Tinha a ver com a entrega em Tampico de uma mercadoria com destino a Chiapas."

"Maquinaria para colheita do café", arriscou Frank.

"Isso mesmo." Gretchen reapareceu perto das portas de vidro que se estendiam ao longo de uma colunata, com um olhar que parecia vidrado mesmo visto daquela distância. "Quando você tiver um momento... assim que eu..." Preocupado, saiu na disparada atrás daquela valquíria inquieta.

A mercadoria em questão era na verdade uma partida de fuzis semiautomáticos Mondragón importados da Alemanha, destinados ao exército mexicano.

"Uma bela arma", disse Frank. "Começou como um projeto mexicano de vinte anos atrás, e desde então está sendo aperfeiçoada pelos alemães. O ferrolho é jogado para trás, ejeta o cartucho antigo e recarrega a arma, a gente não precisa tocar em nada. Pesa mais ou menos o mesmo que um Springfield, é só ficar disparando até esvaziar o pente, são dez tiros, pra quem não tem uma dessas Schneckens de trinta disparos que estão fazendo agora pros aviões alemães, é o melhor que há."

"Vou me informar", disse Günther.

Os engradados de fuzis podiam ser reeditados como "máquinas para mineração da prata" — fora para isso que haviam sido construídas as principais ferrovias de carga locais e da região ao norte dali — e assim encontravam um salvo-conduto coerente com as duplicidades de uma ordem econômica que um dia talvez viessem a destruir. Seria fácil obter ajuda junto ao sindicato dos estivadores, que por sua natureza eram antiporfiristas.

"Talvez valha a pena também você conversar com o Eusebio Gómez, que está atuando como subagente", disse Günther.

Frank o encontrou nas docas do Pánuco, com o flanco de ferro áspero de um vapor ascendendo atrás dele. "Quero minha comissão em mercadoria e não em espécie", explicou Eusebio, "porque sou da teoria de que os Mondragóns ajudam mais na falta de dinheiro do que vice-versa, como pode constatar qualquer pessoa que tenha tentado atirar em alguém com um *hidalgo*."

"Você fala inglês muito bem, Eusebio", Frank balançando a cabeça.

"Aqui em Tampico todo mundo fala norte-americano, é por isso que a gente chama isso aqui de 'Gringolândia'."

"Imagino que vem muito irlandês aqui também, não é?"

"*Señor?*"

"Ah, eles são fáceis de identificar — sempre bêbados, com o narigão vermelho, falando bobagem sobre política, um bando de ignorantes —"

"Mas o que você tem a ver com essa porra... este... *perdón, señor*, o que eu queria dizer, é claro —"

"Ah-*ah*...?" Frank rindo e balançando o dedo.

Os punhos e sobrancelhas de Eusebio começaram a relaxar. "É, você me pegou, certo. Wolfe Tone O'Rooney, e só espero que você não trabalhe pra esses putos dos britânicos, senão eu vou ter que dar um jeito nessa situação."

"Frank Traverse."

"Não pode ser o irmão do Reef Traverse." Era a primeira vez que Frank ouvia falar de Reef desde Telluride.

Encontraram uma pequena cantina e pediram duas cervejas. "Ele queria cumprir a obrigação ele mesmo", disse Wolfe Tone. "Achava que era um erro passar o abacaxi pra você."

Frank lhe falou sobre a Flor de Coahuila e o fim de Sloat Fresno.

"Então terminou?"

"Pra mim, terminou."

"Mas o outro."

"Deuce Kindred."

"Esse ainda está por aí?"

"Talvez. Não sou só eu quem está atrás dele, não. Um dia alguém vai pegar ele, se isso ainda não aconteceu. Se aquela filha da puta ainda estiver viva, pode até ser ela, eu é que não ia me espantar."

"A sua... irmã."

Fazendo Frank apertar os olhos, curioso, em meio à fumaça do cigarro. "Ela é quem está com a bola sete na mira agora."

"Isso não quer dizer que ela vá fazer a coisa?"

"Até que ia ser gozado, não é? Se esse tempo todo ela estivesse só jogando um jogo, não é, casando com ele, bancando a esposa amorosa e coisa e tal, esperando a hora H, e aí, *crau*."

"Quem ouve até pensa que você tem um pouco de saudade dela."

"Saudade? Ela que apareça na minha frente pra ver."

Wolfe Tone O'Rooney estava atrás de armas para a causa irlandesa, acima de tudo, porém, quanto mais tempo permanecia ali mais se envolvia na revolução que estava prestes a se espalhar pelo México. Ele e Ewball se entenderam de saída, e logo os três se tornaram passageiros no *trolley* que ia a Doña Cecilia, e por fim se confundiam com os estivadores, marginais e famílias que iam à praia.

Seu lugar de trabalho predileto em Doña Cecilia era uma cantina e salão de jogo com o nome de La Fotinga Huasteca. A banda da casa incluía violões enormes, rabecas, trompetes e acordeão, ficando o ritmo a cargo de uma bateria que incluía tímpanos, *guiros* e congas. Todos os presentes conheciam as letras de todas as músicas, e assim todo mundo cantava junto com a banda.

Quem haveria de entrar nesse paraíso tropical um dia senão o antigo companheiro de cela deles, Dwayne Provecho, com cara de dono do lugar. As orelhas de Ewball viraram para trás, e ele começou a modificar a posição dos pés, mas Frank sentiu apenas uma irritação mortiça, semelhante a uma dispepsia crônica, diante de mais um item numa lista já preocupante.

"Olha só", rosnou Ewball à guisa de saudação, "eu achando que a essa altura você já estava no Inferno, fazendo companhia àquele covardão do Bob Ford, o homem que atirava pelas costas."

"Você continua cultivando os velhos *resentimientos*", Dwayne sacudindo a cabeça, "isso vai acabar afetando a sua pontaria, companheiro."

"Cuidado com quem você chama de companheiro."

"Toma uma cerveja quente", ofereceu Frank, sem se dar ao trabalho de disfarçar o tom de cansaço.

"Ora, Kid, muito cristão da sua parte", puxando uma cadeira e sentando-se.

As sobrancelhas de Frank desceram por um instante da sombra da aba de seu chapéu. "Você contou com a minha aprovação por oito segundos, Dwayne, já pensou em participar de um rodeio? Vem cá, Mañuela, este cavalheiro de aparência próspera quer pagar uma rodada de *cervezas* Bohemia para todo mundo, e mais umas doses de Cuervo Extra pra ajudar a descer, doses duplas se não for problema."

"Boa ideia", Dwayne sacando um maço de dólares com o qual daria para cobrir as paredes do bar, e destacando dele uma nota de dez. "Os negócios vão de vento em popa. E vocês, como é que vão?"

"Eu pensava que pagavam os ratos em queijo", murmurou Ewball.

"Eu venho aqui para oferecer uma nova carreira pra vocês e é assim que vocês me agradecem?"

"Você é mesmo o nosso anjo da guarda", Frank pegando seu copo de tequila.

"Com o que está sendo transportado por essas ferrovias daqui", disse Dwayne, "não é só uma questão de dinheiro, é história. E a próxima parada talvez seja lá no norte, porque se tem alguém que está precisando de uma revolução, somos nós, os gringos."

"Então por que é que você não está lá?", Frank fingiu perguntar.

"Ele prefere ficar por aqui, bancando o soldado", explicou Ewball, "é ou não é, Dwayne, esse bando de cucarachas que você está pouco se lixando pra eles?"

"Ora, eu me sinto como se estivesse no meio do meu povo", replicou Dwayne, com um ar de santidade superior. Ele parecia não estar se dando conta do quanto Ewball havia mudado desde a última vez em que os dois se encontraram. Talvez imaginasse que ainda estava lidando com aquele sujeito que vivia de mesada.

"Pronto, agora insultou o país inteiro. Na verdade", Ewball ficando entusiasmado de tanta irritação, "o pessoal daqui pelo menos ainda tem uma chance — coisa que os norte-americanos já perderam há muito tempo. Pra vocês, é tarde demais. Vocês se entregaram às mãos dos capitalistas e crentes, e quem quer mudar essa situação e ultrapassa a fronteira é agarrado na mesma hora — se bem que você certamente sabe como evitar isso, Dwayne."

Comentário esse que deveria ter desencadeado em Dwayne um ataque de dignidade ofendida, porém teve o efeito, previsto por Frank, de deixá-lo tão untuoso quanto o rio Pánuco num dia de muito movimento.

"Ora, pessoal", disse ele, "não vamos estragar um reencontro que poderia ser tão alegre — porque eu estou tão sobrecarregado no momento que seria um alívio se vocês pudessem pegar uma parte do meu trabalho. Especialmente vendo que vocês estão tão bem integrados aqui em Tampico —"

"Porra", Ewball, como se só agora tivesse compreendido, "por isso que a gente não viu ele antes — Dwayne! Dwayne, você chegou aqui hoje, não foi?"

"Faço questão de provar a minha boa-fé", disse Dwayne. "O que é que lhes diz um bom carregamento de Krag-Jørgensens?"

"Pof! Pof!", respondeu Ewball. "Pá, pá, pimba!"

"Ora, ora, quem é que não gosta de um Krag. Aquele pente tão prático? É a arma predileta de muita gente em muitos países, inclusive este no qual nos encontramos no momento."

"E pra quem é que você vai nos vender dessa vez?", indagou Ewball, tranquilo.

Depois que Dwayne passou para o segmento seguinte de seu dia importante, Frank comentou: "Bom, as coisas andam meio paradas, sim".

"Você é que sabe. Eu é que vou ficar o mais afastado possível daquele sacana venenoso, até onde dá pra fazer isso sem parar de beber."

"Diz ele que as pessoas que a gente teria que procurar estão em Juárez. Um dia de viagem de ida e volta."

"A menos que seja mais uma das surpresas especiais do Dwayne, é claro. Vá lá, eu cuido do botequim, mas se você levar uma porrada depois não me apareça chorando e dizendo que eu não avisei."

"Tudo bem."

"*Vaya con Dios, pendejo.*"

Que espécie de comerciante de armas escolheria um lugar como esse para um encontro? Parecia ser um desses lugares idiotas em que se reúnem senhoras, uma sala que dava direto para o saguão de um hotel decente perto da estação ferroviária Union, mesas em torno de um pátio, tudo imaculado, o gesso das paredes branquinho como se novo, um lugar para gringos que estavam no México pela primeira vez, *señoritas* simpáticas com encantadores trajes nativos servindo o chá da tarde numa louça que combinava com suas roupas, e coisa e tal. Não chegava aos pés da El Paso de outrora — quer dizer, de três ou quatro anos antes, no tempo em que a Liga da Lei e da Ordem ainda não havia entrado em ação. Que fim teriam levado todas aquelas minúsculas salas de fundos no Chamizal, fumaça de charuto, comportamento autodestrutivo, e janelas das quais sempre se podia pular? Desde o momento em que os cidadãos de bem expulsaram tudo que havia de interessante na cidade para Juárez, do outro lado do rio, salões de chá ridículos como aquele estavam pipocando em todos os quarteirões. Ele consultou outra vez o cartão comercial que lhe fora dado pelo contato de Dwayne in Juárez — E. B. Soltera, Equipamentos de Regeneração.

Ainda que não de todo sintonizado com as emanações femininas, Frank percebeu a certa altura uma súbita queda no nível de bate-papo quando as mesas cheias de esposas e mães respeitáveis, envoltas em vestidos brancos impecáveis, primeiro viraram-se e depois inclinaram suas cabeças em direção às cabeças mais próximas para trocar, sobre as abas de seus chapéus alvíssimos, comentários sobre a aparição que atravessava o salão em direção a Frank. Tudo que lhe restou fazer foi meio que abanar-se com o cartãozinho, apontando para ele com as sobrancelhas arqueadas.

"Nome comercial. Oi, Frank."

Era mesmo Stray. Dias e noites certamente teriam se passado em que ele estava ocupado demais por assuntos de trabalho para imaginar que os dois voltariam a se encontrar, porém mesmo assim o pensamento dela lhe brotava na mente, uma vez por semana, talvez, brotava com um sorriso enquanto se afastava olhando para trás. E agora, vejam só. Não exatamente acabada, até corada e rechonchuda como as pessoas que vivem em cidades, se bem que em parte isso poderia ser efeito da roupa e do ruge e coisas assim... "Juro que eu não esperava..." Pondo-se de pé, sacudindo a cabeça lentamente. "Ora, eu é que não apostaria nisso."

"Ah, aqui em E.P.T. a única coisa que a gente tem que fazer é ficar quietinho, e mais cedo ou mais tarde todo mundo que você conhece aparece, a sua vida inteira, tudo pulando que nem aqueles feijões mexicanos."

Ele ia dar início a toda uma encenação cavalheiresca, mas ela foi se sentando sem mais nem menos, e assim Frank retomou seu assento, ainda um pouco desconcertado. "Aqui é o lugar, não é?"

"Pra certos tipos de negócios. Pelo visto, você finalmente se cansou daquela Smith", apontando sua sombrinha para uma daquelas matronas que a olhavam fixamente, a qual mais que depressa desviou a vista. "Essas Krag-Jørgensens são adotadas pelo exército americano, aliás já estão até sendo substituídas por um novo modelo da Mauser, de modo que tem muita Krag dando sopa no mercado, é só saber procurar. Não que eu tenha pegado muita mercadoria, é claro."

"Intermediária."

"É, percentagem de uma percentagem, a velha e triste história de sempre. Negociar com o exército não é mais como antigamente, não tem mais aquelas farras de dois ou três dias com os sargentos de intendência que viravam compadres da gente, agora é tudo em cima do laço, vapt-vupt, eles nunca largam o telefone, Frank, agora eles têm até *telégrafo sem fios*. Quer dizer, eu nem devia dizer isso, mas... o risco é do comprador."

"Comentário registrado, mas provavelmente você vai acabar conseguindo o seu preço, do outro lado do rio as pessoas estão ficando cada vez mais malucas, e o dinheiro do lado de cá vem de bolsos inesperados."

"Melhor nem me contar, eu já tenho ouvido coisas demais."

Então, por um minuto inteiro permaneceram em silêncio, um de frente para o outro, como se esperando que o tempo desacelerasse. Em seguida, os dois falaram ao mesmo tempo.

"Aposto que você está pensando em —", foi dizendo Frank.

"Isso aqui antigamente —", Stray começou. Frank sorriu um sorriso azedo e fez sinal para que ela prosseguisse. "Aqui era um lugar onde seu irmão vinha sempre, El Paso. Um dos lugares dele. Ele fazia a ronda dos sanatórios dizendo ser um tísico rico lá do Leste, fazia todo o circuito. Se bem que nunca conseguiu imitar o sotaque direito. Quando achava uma enfermeira que topasse, ela o punha dentro do sanatório, às vezes rachava com ele o lucro, que às vezes não era pouca coisa. Eu entrava, fingia que era irmã dele, as enfermeiras me olhavam meio esquisito. De vez em quando dava uma olhada nas cartas que os jogadores de pôquer tinham nas mãos, passava adiante a notícia, não era nada muito planejado, não. E aí a gente caía fora. Ou então era só eu que ia embora, já não lembro."

"Saudade dos velhos tempos."

"Que nada."

Frank examinava a fita de seu chapéu. "Ah, mas", lentamente, "com o Reefer a gente nunca sabe, não é, um belo dia ele aparece por aí —"

"Não."

"Você parece muito segura."

"Comigo, não."

"O que é isso, Stray. Aposto um sorvete com você." Contou-lhe que havia encontrado Wolfe Tone O'Rooney, e que Wolfe tinha visto Reef em New Orleans. "Quer dizer que pelo menos até lá ele chegou."

"Poxa. Faz três anos, isso não quer dizer que ele ainda está vivo, não é?"

"Pois eu tenho a impressão de que ele está. E você?"

"Ah, 'impressão' — olha, a última notícia que tive é que estavam tentando matá-lo, eu cheguei até a ver esses homens, Frank. Descendo aquela serra como se estivessem perseguindo o Gerônimo. Tantos que nem dava pra contar. Acho que eu podia até ter enfrentado, arranjava uma Derringer pequenina pro menino, ensinava ele depressa a fazer pontaria naqueles filhos da puta, mas eles passaram sem parar, nem valia a pena perder tempo comigo e com o Jesse, antes mesmo que a poeira baixasse eles já tinham desaparecido atrás da outra serra, e era como se tivessem ultrapassado a beira do mundo, porque nunca mais voltaram. Mas a gente ficou esperando. Sei lá — todo dia o Jesse acordava achando que ia ver o pai dele, isso estava na cara, e aí os dias foram passando, e tinha um monte de coisas pra fazer. Nós dois continuamos esperando por ele. Tem mulher que gosta de esperar, você sabe, que *adora* esperar, já conheci mais de uma. Elas acham que isso é uma espécie de boa ação. Na verdade, estão é gozando a tranquilidade. Mas eu não sou assim, não."

"Mas então. O que é que o Jesse anda fazendo?"

"Andando, conversando, não tem medo de homem nenhum, por maior que seja, daqui a pouco vai estar dirigindo um trator. A Willow e o Holt moram numa casinha no norte do Novo México, ele passa boa parte do tempo com eles quando estou viajando." Olhando-o nos olhos, como se para ver de que modo ele manifestaria sua reprovação.

Mas Frank só fazia sorrir um sorriso de tio coruja. "Seja boazinha com ele, pelo menos até ele ficar rápido demais pra mim."

"Tarde demais. Ele já está brincando com dinamite, também." Acrescentando, antes que Frank tivesse tempo de dizer a mesma coisa: "É, igualzinho ao pai dele".

* * *

Mais tarde, lá fora, após caminhar à margem do rio verde e poeirento, Frank viu, aproximando-se com passos rápidos, atrás deles, na calçada, quase como uma miragem de calor e luz, dois tipos mal-encarados saídos de alguma metrópole do mal, seus rostos ou ao menos seu jeito de andar lhe pareceram familiares. "Se esses sujeitos são seus amigos..."

"Ora, ora. Aquele ali é o Hatch, e seu atual companheiro de sela." Ela não se virou para olhar, porém pôs a mão discretamente dentro do guarda-pó e pegou uma pequena espingarda de cano duplo. Fazendo a sombrinha girar entre os dedos, imaginava Frank, para desviar os olhares. "Bom", Frank verificando sua própria arma, "eu esperava um calibre maior, mas pelo menos você está com um reforço, e — vamos calcular que é um pra mim e o outro pra você, está bem assim? Eles não parecem *muito* profissionais."

"É bom vê-la em público outra vez, dona Estrella. Esse aí é o seu namorado?"

"E esse é o seu, Hatch?"

"Não estava procurando confusão", aconselhou o outro, "só queria ser um vizinho simpático."

"Daqui até Austin são mil quilômetros de deserto", acrescentou Hatch, "às vezes o máximo que se consegue é um bom vizinho." Frank achou que nenhum dos dois estava armado, mas naquela cidade nunca se sabia.

"Pois é, meus vizinhos", com uma voz tranquila de contralto, "vocês estão muito longe da nossa velha vizinhança, é uma pena vocês virem até aqui à toa."

"Isso é fácil de resolver, eu acho."

"Seria, sim, se não fosse coisa de ladrão vagabundo."

"Como é? Tem alguém aqui que é um *ladrão vagabundo*?", perguntou Hatch, com uma voz que alguém lhe teria dito que parecia ameaçadora. Frank, que estava olhando para os pés dos homens, deu um passo curto para o lado a fim de ter acesso mais rápido a sua pistola. Nesse ínterim, paletós estavam sendo desabotoados, abas de chapéus sendo realinhadas em função do ângulo do sol, tudo isso em meio a uma perceptível redução do trânsito de pedestres em torno do pequeno grupo.

Embora não muito antes tivesse sido obrigado a despachar Sloat Fresno para o outro mundo e ainda não houvesse desistido da esperança de fazer o mesmo pelo parceiro dele, Frank ainda nutria tantas dúvidas a respeito do uso das armas que não fazia questão de repetir o feito com qualquer um — assim mesmo, era inegável que ele havia deixado para trás muitas hesitações ao longo de seu caminho, e o tal Hatch, embora talvez tivesse ainda menos experiências homicidas do que ele, parecia ter percebido essa sua disponibilidade, o que levantava a interessante questão de até que ponto ele estaria disposto a ajudar seu parceiro.

Pois o problema mesmo era o tal parceiro. Um tipo inquieto. Cabelo louro, chapéu empurrado para trás de modo que a aba larga formava uma espécie de auréola em torno de seu rosto, olhos brilhantes e fundos, orelhas pontudas de elfo. Frank compreendeu que aquele sujeito seria o seu — enquanto isso, Stray pouco a pouco havia assumido uma postura que apenas os mais incautos haveriam de considerar recatada. A luz do dia de algum modo se tornara mais espessa, como se antes de uma tempestade nas pradarias. Ninguém dizia muita coisa, e assim Frank concluiu que a parte verbal daquele encontro estava encerrada, e a questão prática se aproximava. O elfo assobiava entre os dentes, tranquilo, a canção popular "Daisy, Daisy", a qual desde os tempos da célebre resposta dada por Doc Hollliday a Frank McLaury no O.K. Corral havia se tornado uma espécie de expressão telegráfica entre os pistoleiros cujo sentido era Cidade dos Pés Juntos. Frank olhava com um sorriso nos lábios, de modo quase simpático, para os olhos de seu alvo, esperando um sinal decisivo.

De repente, saindo do nada, "Olá, todo mundo", irrompeu uma voz animada, "o que é que vocês estão fazendo?". Era Ewball Oust, fingindo não ser um Anarquista frio de olhar feroz que havia deixado todas as dúvidas operacionais nas névoas românticas da juventude, fosse lá onde fosse tal coisa.

"Porra", explodiu o cavalheiro de orelhas pontudas, num suspiro prolongado e não correspondido. Cada um a seu ritmo, todos retomaram suas identidades cotidianas.

"Um prazer voltar a vê-la", Hatch como se prestes a beijar a mão de Stray, "e não vá bancar a desconhecida."

"Fica pra próxima", o parceiro, com um sorriso pungente dirigido a Ewball. "Quem sabe na igreja. Que igreja vocês frequentam?", ele parecia querer saber, com uma voz untuosa.

"Eu?" Ewball riu, muito mais do que permitia o humor do momento. "Igreja ortodoxa mexicana. E você? Amigo?"

Quando então o parceiro deu um passo ou dois para trás, hesitante, Stray e Hatch, por cima da copa de seu chapéu, trocaram um olhar.

"Desculpem, me atrasei", disse Ewball.

"Você chegou na hora exata", disse Frank.

"O meu protetor", Frank apresentou Ewball a Stray. Haviam desistido de procurar um *saloon* decente em El Paso, e estavam numa cantina do outro lado do rio. "Fica o tempo todo se preocupando comigo."

"Você está nessa jogada?" Os olhos dela brilhando mais, foi a impressão de Frank, do que exigia aquela conversa sobre negócios.

O olhar de Ewball saltou de Frank para Stray e dela para ele umas duas, três vezes, e então ele deu de ombros. "É mais do Frank." Esperando um segundo antes de acrescentar: "Desta vez. Eu estava na cidade por acaso, numa convenção de abstêmios."

"Ela está com a mercadoria, Ewb", disse Frank, "nós estamos combinando o lugar para um encontro. Parece que o tal do Dwayne disse a verdade sobre essa história, no final das contas."

"Aguardando a qualquer momento a volta do Menino Jesus." Ewball terminou seu copo de tequila, pegou a cerveja de Frank e tomou um gole, levantou-se e pegou a mão de Stray. "Foi um prazer, senhorita Briggs. Comportem-se, crianças. Os olhos do Texas estão em vocês."

"Onde você vai estar mais tarde?", perguntou Frank.

"Normalmente, à meia-noite eu passo na cantina de Rosie."

"Na zona sul, eu me lembro", disse Stray, "assim que a gente sai dos limites da cidade."

"Que bom que ela ainda está aberta, um lugar muito animado, sempre tinha pelo menos uma dançarina apresentável, é lá?"

"Esse mesmo. A L.L.O. cria caso, mas não muito, desde o dia em que dezessete caubóis montados começaram a fazer patrulha."

Depois que Ewball foi embora, ela ficou um tempo apenas olhando para Frank.

"Eu esperava que você estivesse mais, não sei, mais frio agora. Sabe como os homens às vezes ficam?"

"Quem, eu? O mesmo sujeito caloroso e simpático de sempre."

"Soube que você encontrou o tal do Sloat Fresno."

"Sorte."

"E isso não —"

"Estrella, tem garoto aí que só porque acabou com a raça de um sujeito vira valentão, mas nós, senhores de uma certa idade, nem sempre queremos fazer carreira de pistoleiro."

"Você parecia bem preparado pra enfrentar o amigo do Hatch ainda há pouco."

"Ah, mas eles não eram sérios. Já o Sloat, aí não tinha outro jeito senão fazer o que eu tinha que fazer."

Ela hesitou, talvez. "'Tinha que'. Por que... bom, por que o Reef não fez?"

"O Reef está em algum lugar fazendo o que ele está fazendo, e pronto, e eu por acaso esbarrei no Sloat. E até agora não tive a mesma sorte com o Deuce, daí que o Sloat pode acabar sendo o meu primeiro e único."

"Você já está metido nessa história há algum tempo, Frank."

Ele deu de ombros. "Meu pai continua morto."

Na verdade, Frank, que de dia parecia não ser o tipo de pessoa que se deixa levar pela imaginação, à noite era atormentado por variações em torno de um único sonho recorrente em que entrava Webb. Ele está diante de uma porta que é impossível abrir — ora de madeira, ora de ferro, mas sempre a mesma porta, instalada numa parede, talvez em algum quarteirão anônimo no meio de uma cidade, sem ninguém tomando conta dela, ninguém controlando quem entra e quem não é para entrar, uma porta nua que quase não se destaca da parede à sua volta, silenciosa, inerte, sem maçaneta, sem tranca, sem buraco da fechadura, tão bem encaixada na parede que nem mesmo a lâmina de uma faca poderia ser enfiada na fenda entre elas... Ele poderia esperar do outro lado da rua, ficar em vigília a noite toda e mais um dia e mais outra noite, rezando, mas não da maneira normal, exatamente, por aquela hora ignota em que por fim a sombra nas beiras da porta começaria a mudar lentamente, a geometria ficando mais profunda e diferente, e então, de modo gratuito, o acesso a algum interior até então impensável mesmo em sonhos se tornaria possível, um caminho de ida cuja volta é algo que está ainda muito distante no sonho por vir para ser motivo de preocupação. O céu é sempre inóspito, sem nuvens, a luz do poente a se esvair. Graças à vidência dos sonhos, Frank tem certeza — ele chega mesmo a vê-lo — que seu pai, do outro lado daquela porta fechada, se recusa a responder às suas batidas cada vez mais desesperadas. Implorando, até mesmo, no final, chorando. "Pai, o senhor achava que eu daria pra alguma coisa? O senhor não quer que eu fique aí? Do seu lado?" Compreendendo que "lado" também se refere ao lado da parede em que Webb está, e com a esperança de que esse duplo sentido seja o bastante, inteligente ou poderoso bastante, como uma senha numa lenda antiga, para que ele possa entrar. Mas embora tente detê-lo, seu choro a certa altura se transforma, em vez de dor passa a exprimir uma raiva rouca, vira um ataque insensato contra aquela solidez muda a sua frente. Reef e Kit também costumam estar presentes, em algum lugar, embora a proximidade deles dependa do quanto de silêncio instaurado entre todos eles. Quanto a Lake, ela nunca está lá. Frank quer perguntar onde ela está, mas sendo seus motivos, como ele próprio reconhece, impuros, sempre que tenta perguntar, ou mesmo quando faz menção de perguntar, seus irmãos se afastam, e na maioria das vezes é nesse ponto que ele acorda, irrompendo nas fronteiras da noite, já tendo compreendido que aquilo não passava de um prelúdio e estudo para o que o aguardava nas profundezas da madrugada.

Havia chovido durante a noite, e algumas das cercas vivas de fouquiéria tinham ficado verdes. Stray acabara de ser informada de que os Krags foram entregues sem problema e estavam a caminho de seu destino invisível.

"Hora de retomar o que a gente estava fazendo, não é?", ela observou.

"Eu estou sempre indo e vindo", disse Frank. "Quem sabe a gente não vai fazer isso outra vez? É como você diz, aqui em El Paso é só ficar quietinho esperando."

"Sabe, quando vi você naquele salão de chá, por um segundo eu pensei que fosse o Reef. Triste, não é? Esse tempo todo."

"Tem coisas mais estranhas", Frank com um sorrisinho torto. "Tenha fé."

"Eu sempre escolhi pra mim o que não dava certo." Olharam para o outro lado do rio. À luz da manhã, Juárez era toda rosa e vermelha. "Todo aquele tempo ele ficou do meu lado, naquela noite famosa em Cortez, Leadville o tempo todo, é claro, Rock Springs quando vieram atrás de nós com aqueles rifles de repetição... ele sempre ali, entre eu e eles, sempre garantindo que eu ia escapar — não nego nada disso, nunca que eu ia negar, mas será que uma moça tem direito de dizer que uma ou duas vezes ela retribuiu a gentileza, e não foi com nenhuma pistolinha de cabo de madrepérola, não? Creede? Epa... Por um tempo, lá, a gente era invencível...

"Mas quando o Jesse nasceu, aí estava começando a ficar claro, a gente não tinha mais idade pra aquilo, estava na cara que mesmo que a gente quisesse pular fora não tinha nenhuma esperança de ficar livre daquela história pra sempre — no máximo, era dar um tempo até a próxima vez que o bicho pegasse, sei lá. E enquanto isso o espaço foi ficando cada vez menor, foi estreitando, é sempre assim, não é, às vezes eu tinha que programar com uma semana de antecedência a hora de tirar ouro do nariz."

Frank olhava para ela, aquela expressão que surgia no rosto dos homens no salão de danças às vezes, quase um sorriso.

"Não que eu fosse nenhuma dama", ela jogou verde, hesitante, "que estivesse acostumada com algum luxo que eu não queria abrir mão dele — quando que eu tive luxo na vida? Ora, a primeira vez que eu tive um espelho pra me olhar, eu já estava com vinte anos. Isso foi um erro, eu devolvi logo a coisa, voltei aos espelhos de *saloons* e vitrines, onde a luz ainda era mais camarada."

"Ah, conta outra, eu vi você quando você tinha vinte anos." Se ela não o conhecesse melhor, seria capaz de ver ressentimento naquele olhar. Por fim: "Stray, a primeira vez que eu vi você, eu sabia que nunca mais ia ver uma mulher tão bonita, e eu nunca mais vi, até que uns dias atrás você entrou naquele salão de chá."

"Quem manda eu jogar verde."

"Quer dizer que nosso acordo acabou?"

"Frank —"

"Ora, eu também gosto dele."

Ela não estava apenas jogando verde, é claro. Por vezes tinha a sensação de estar próxima demais de um abismo, uma data fatal, o medo de estar com as horas contadas. Porque apesar de todos os invernos a que sobrevivera, todas as vezes que voltara ao vale e à beira-rio na primavera, todas as vezes que passara dia e noite montada num cavalo, atravessando arbustos e assustando os galos silvestres, que levantavam voo de repente em pequenas explosões, com os ritmos antes perfeitos do cavalo agora hesitantes e mortais, apesar disso ela não conseguia deixar de pensar que sua sorte fora comprada ao preço do infortúnio de todas aquelas moças que não haviam voltado, que haviam encontrado o fim muito cedo, as Dixies e Fans e Mignonettes bonitas demais para ser deixadas em paz, loucas demais para a cidade, terminando prematuramente em botequins baratos, em abrigos cavados não tão fundo que as protegessem do frio implacável da serra, por amor a rapazes entorpecidos com seu próprio amor às explosões no escuro, mãozinhas apertadas, com tanta força que não era possível abri-las, em torno de um camafeu contendo a imagem de uma mãe, de um filho, abandonados no outro lado de um divisor de águas, nomes de batismo perdidos por trás de nomes de guerra adotados por motivos comerciais ou simplesmente por uma questão de segurança, em algum fim de mundo tão longe de Deus que pouco importava o que ela fizesse ou fosse obrigada a fazer para deixar para trás aquelas mulheres que haviam incluído em sua lista de afazeres o direito de julgar... Stray estava lá, e elas não estavam mais, e Reef estava Deus sabia onde — o irmão parecido com Frank, o pai de Jesse, o vingador inseguro de Webb, e a história triste dela, seu sonho recorrente, aliás pesadelo, um sonho interrompido, jamais realizado.

Com o carteado nos vestiários e os pelotões de mulheres que se reuniam ao final de cada turno nas entradas dos túneis em seus respectivos países, no final das contas Reef e Flaco não estavam conseguindo economizar muita coisa, embora trabalho não faltasse. "Aqui é mercado de oferta", era o que sempre lhes diziam quando iam como ciganos de um túnel europeu ao outro, "vocês podem pedir quanto quiserem." Os Alpes austríacos em particular estavam fervilhando. Todo mundo previa uma guerra entre a Áustria e a Itália a qualquer minuto, por conta de antigas reivindicações territoriais que Reef não tinha esperança de algum dia vir a compreender, e mesmo se os países permanecessem em paz, a Áustria ia continuar querendo garantir a possibilidade de deslocar grandes efetivos para o sul quando lhe desse na veneta. No período 1901-6, apenas na nova Karawankenbahn, quarenta e sete túneis estavam sendo abertos nas montanhas, havendo oportunidades semelhantes para dinamitadores nas serras de Tauern e Wochein.
    No Simplon, um enorme projeto de escavação de túnel estava em andamento desde 1898, para estabelecer uma ligação ferroviária entre Brigue, na Suíça, e Domodossola, na Itália, substituindo uma viagem de nove horas por diligência puxada por cavalos. Reef e Flaco chegaram a tempo de enfrentar algumas dificuldades épicas. Do lado suíço, fontes de águas termais haviam expulsado todo mundo e interrompido o trabalho — uma porta de ferro continha um grande reservatório de água quente com quase trezentos metros de comprimento. Todos os esforços haviam sido deslocados para a obra a partir do lado italiano, onde as águas termais atrapalhavam apenas um pouco menos. Como duas galerias paralelas estavam sendo abertas nas monta-

nhas, com frequência era necessário passar de uma para outra e trabalhar em sentido contrário por pequenos trechos. Em tais circunstâncias, ser uma dessas pessoas que se sentem mal em lugares apertados não ajudava nem um pouco.

Brocas de sessenta centímetros reduziam-se a oito centímetros mais depressa do que giz de sinuca, e era necessário substituí-las dezenas de vezes por dia. O barulho era infernal, o ar era úmido, quente e sufocante quando não estava cheio de pó de pedra, que as novas brocas Brandt, instaladas em tripés como metralhadoras Hotchkiss, por serem mais rápidas, deveriam reduzir. Mas não havia um número suficiente dessas brocas para todos, e Reef na maioria das vezes era obrigado a trabalhar com martelo e trado, com um protetor sobre o tórax para apoiar a outra extremidade da broca.

Os pioneiros da equipe — Nikos, Fulvio, Gerhardt, o cantor de ópera, o albanês — quando começaram a penetrar a montanha estavam preparados para enfrentar rocha congelada, e no entanto se depararam com um coração passional, um interior fervilhante, água mineral a 45, 55 graus, e havia dias em que o esforço principal era apenas no sentido de sair vivo ao final do turno, coisa que alguns não conseguiram...

"Somos um bando de malucos", Nikos dizia a Reef várias vezes por dia, gritando para ser ouvido em meio à zoeira das brocas. "Só mesmo maluco pra trabalhar aqui."

Alguns dos rapazes daquele turno eram Anarquistas de meio expediente, interessados em aprofundar sua formação em química. A maioria deles tentava no máximo esconder o rosto diante do desfile cotidiano de visitantes, que quase nunca julgavam necessário identificar-se. Engenheiros, inspetores, altos funcionários da companhia, parentes curiosos e ociosos, policiais de todas as jurisdições da Europa apareciam sem mais nem menos, munidos de pastas, câmaras com *flash* de magnésio e perguntas que variavam de intrusivas e espertas a idiotas e repetitivas.

"Se você quiser dar um sumiço em algum deles", sugeriu Ramiz, o albanês, "eu lhe faço um bom preço, um pagamento só, nenhum extra. Não tenho nada a perder, porque não posso voltar." Ele estava fugindo de uma velha vendeta na sua terra. O antiquíssimo código da região, denominado Kanuni Lekë Dukagjinit, concedia a qualquer família prejudicada o direito de dar um tiro de espingarda sem arcar com as consequências, mas se o culpado continuasse vivo vinte e quatro horas depois, a família não podia mais tentar se vingar, desde que seu inimigo permanecesse em sua propriedade. "Por isso quase toda a aldeia tem uma família como a minha, às vezes duas, que vivem trancadas em casa."

Reef sentiu um interesse pessoal por aquela história. "Mas como que as pessoas comem?"

"As mulheres e crianças têm direito de ir e vir."

"Foi você quem...?"

"Eu não, eu era bebê naquela época. Foi meu avô, ele atirou num hóspede da outra família, que estava na casa deles uma noite — alguma coisa a ver com a Liga de Prizren e a luta que estava havendo na época. Depois, ninguém conseguia se lembrar direito do que tinha acontecido, nem mesmo do nome do homem. Mas segundo o Kanuni, as regras se aplicam aos hóspedes tanto quanto à família."

Chegando à adolescência, Ramiz também virou um alvo legítimo, e para ele a ideia de viver trancado em casa não era tão interessante como poderia parecer a um indivíduo mais maduro. Uma noite — "Talvez eu tenha enlouquecido, já não me lembro" — ele escapuliu por uma janela, subiu uma ravina, atravessou a serra e desceu até o mar, onde encontrou um barco. "Turcos. Eles sabiam muito bem o que estava acontecendo, mas o código deles era outro."

"Então... e o seu avô, o seu pai? Continuam em casa?"

Ele deu de ombros. "Espero que sim. Nunca mais voltar a ver nenhum deles. *Jetokam, jetokam!* É estranho eu estar vivo! É assim que as pessoas se vingam na América?"

Reef lhe contou uma versão de sua própria história. Nela, Deuce Kindred e Sloat Fresno figuravam mais como encarnações do mal puro do que como pistoleiros contratados, e é claro que lá a propriedade privada não era um santuário — aliás, ele levara aquele tempo todo para compreender, era muito diferente do Kanuni de Ramiz, embora todos falassem sobre o Código do Oeste como se ele realmente existisse e fosse possível pegar um exemplar na biblioteca quando se precisasse saber algum detalhe.

"Vingar a família ainda é permitido, eu acho, se bem que nos últimos tempos a civilização está chegando, vindo aos poucos lá do Leste, e as autoridades estão implicando cada vez mais com essa prática. Dizem: 'Você não pode fazer a lei com as suas próprias mãos'."

"Então com as mãos de quem?"

"Xerife... delegado."

"A polícia? Mas isso... é ser criança a vida toda."

Reef, que até então estava se sentindo razoavelmente calmo, constatou que sua voz havia secado. Ficou imóvel, o cigarro enrolado à mão pendurado nos lábios, sem conseguir encarar o outro.

"*Më fal*. Eu não quis —"

"Tudo bem. Não foi por isso que eu fui embora, não."

"Você matou os sujeitos."

Reef pensou um pouco. "Eles tinham amigos poderosos."

Uma das muitas superstições que havia dentro daquela montanha era a ideia de que um túnel era "território neutro", livre não apenas das jurisdições políticas mas também do próprio Tempo. Os Anarquistas e Socialistas daquele turno tinham sentimentos contraditórios a respeito da História. Eram vítimas dela, e ao mesmo tempo ela haveria de ser sua libertadora, se conseguissem de algum modo sobreviver até o grande dia. Nos banhos de chuveiro ao final do turno, era possível ver as marcas do sofrimento em cada corpo, como um documento escrito em agressões à carne e ao osso — cicatrizes, torceduras, pedaços amputados. Aqueles homens conheciam-se uns aos outros de um modo que pessoas mais prósperas, nas saunas hidropáticas, por exemplo, não se conheciam. Balas retiradas por amadores, fraturas reduzidas por curiosos, cauterizações e marcas a ferro em brasa, alguns desses suvenires eram públicos e podiam ser comparados, enquanto outros eram privados, e sobre eles falava-se menos.

Uma vez Reef viu em Fulvio o que parecia ser um mapa rodoviário traçado em cicatrizes. "O que foi isso? Você se intrometeu numa trepada de linces?"

"Um encontro com um Tatzelwurm, disse Fulvio. "Dramático, *non è vero?*"

"Novidade pra mim", disse Reef.

"É uma cobra com patas", explicou Gerhardt.

"Quatro patas com três dedos em cada uma, e uma boca enorme cheia de dentes afiadíssimos."

"Ele hiberna aqui, dentro da montanha."

"Tenta hibernar. Mas ai daquele que a acorda."

Alguns homens haviam abandonado o trabalho ali, argumentando que os Tatzelwurms estavam ficando irritados com todas aquelas perfurações e explosões.

Reef imaginava que aquilo fosse uma espécie de brincadeira a que eles submetiam todos os recém-chegados, pois aquela era a primeira vez que ele trabalhava num túnel. Uma espécie de gnomo alpino, ele concluiu, até que começou a perceber umas sombras compridas, fluidas, em lugares inesperados.

Os operários vinham trabalhar armados de pistolas, e davam tiros sempre que julgavam ter visto um Tatzelwurm. Alguns jogavam neles bananas de dinamite acesas. Isso tinha o efeito de tornar as criaturas ainda mais atrevidas, ou talvez mais indiferentes a seu destino.

"Isso aí, rato de mina é que não é."

"Na Europa", especulava Philippe, "as montanhas são muito mais velhas do que na América. As criaturas que vivem nelas tiveram mais tempo de se desenvolver e se tornar mais ferozes, talvez menos amistosas."

"É também um bom argumento em favor da existência do Inferno", Gerhardt acrescentou, "algum plasma primordial de ódio e castigo no centro da Terra, que assume formas diferentes, quanto mais próximo da superfície ele se projeta. Aqui, debaixo dos Alpes, ele se torna visível sob forma de Tatzelwurm."

"Não deixa de ser tranquilizador imaginar que isso aí seja uma manifestação externa e visível de uma outra coisa", pilheriou um dos austríacos, tirando baforadas da guimba de um charuto. "Mas às vezes um Tatzelwurm é apenas um Tatzelwurm."

"O pior de tudo", Fulvio, com um arrepio, "é quando você olha pra um deles e ele levanta a vista e vê que você está olhando para ele. Às vezes o bicho sai correndo, mas quando não sai, pode se preparar porque ele vai atacar. Ajuda se você não o encarar por muito tempo. Mesmo no escuro, você sabe onde ele está, porque ele grita — um grito agudo, parece um assovio, que penetra você até os ossos, como o frio do inverno."

"Depois que você se depara com esse bicho", concordou Gerhardt, "ele fica com você para o resto da vida. É por isso que eu acredito que eles são enviados a nós, a algumas pessoas em particular, com um objetivo."

"Qual é o objetivo?", perguntou Reef.

"Dizer a nós que não devíamos estar fazendo isso."

"Abrindo túneis?"

"Construindo ferrovias."

"Mas nós não estamos fazendo isso", Reef observou. "Quem faz isso é quem nos contratou. Será que *eles* também veem o Tatzelwurm?"

"O bicho aparece nos sonhos deles."

"E ele tem a nossa cara", acrescentou Flaco.

Reef devia ter imaginado o que ia acontecer quando o *favogn* chegou. De uma hora para outra, veteranos de inundações de água quente, explosões e desabamentos de galerias se tornaram lânguidos e débeis sob o impacto daquele vento quente, seco e implacável, mal conseguiam levantar um caneco de estanho, quanto mais uma broca. Dizia-se que o *favogn* vinha do deserto do Saara, tal como o siroco, mas a questão provocava discussões infindáveis. O vento tinha vida. Aquelas histórias de compressão dinâmica e gradientes adiabáticos tinham menos peso do que a convicção de que ele tinha uma intenção consciente.

Havia anos que a construção daquele túnel era uma parada obrigatória para os balneamaníacos ociosos da época, que viviam viajando de uma a outra estação de águas, por toda a Europa e o mundo, *habitués* de águas minerais, sempre à procura de compostos de elementos que ainda nem haviam sido descobertos, alguns dos quais emitiriam raios terapêuticos aos quais ainda não foram atribuídas letras de nenhum alfabeto, embora fossem conhecidos e discutidos pelos *cognoscenti* de águas, de Baden-Baden até Wagga Wagga.

Um dia apareceu um grupo de visitantes desse tipo, cerca de meia dúzia de pessoas, gente que havia atravessado nuvens de Moazagotl e coisas parecidas. Todos mais ou menos letárgicos por efeito do vento. Se bem que: "Ah, vem ver esses homenzitos engraçados, bigodudos, a correr dum lado pro outro de cuecas, a detonar dinamite, é mesmo divertidíssimo!".

Reef reconheceu, com desânimo, a voz de Ruperta Chirpingdon-Groin. Que diabo, quanto tempo ele teria que continuar correndo como louco para de repente dar por si encarando o próprio cu mais uma vez e repetindo os mesmos erros, sem dúvida alguma ato por ato? Aproximando-se um pouco, sentindo uma sensação familiar de longa data vibrando-o do pênis ao cérebro, com todo cuidado ele olhou.

Oba. Desejável como sempre, talvez mais que nunca, e quanto ao nível de renda, bom, aquele brilhante a cintilar na penumbra subterrânea parecia verdadeiro, e ele seria capaz de apostar que as roupas dela vinham direto de Paris. Dois outros trabalhadores estavam parados olhando, sem conseguirem fechar a boca, masturbando-se sem qualquer vergonha. Aquele galanteio atraiu a atenção de Ruperta por algum tempo, até que por acaso ela desviou o olhar e por fim reconheceu Reef.

"O que, tu outra vez. Por que não deitas o teu pra fora também? Ou será que não sou mais atraente?"

"Acho que já esqueci o que fazer com ele", sorriu Reef, "estou esperando que você me desperte a lembrança."

"Depois do que se passou em New Orleans, creio que nem devia estar a falar contigo."

Um jovem cavaleiro italiano, com idade para ser universitário, usando o que parecia ser um traje de caça adaptado para atividades montanhesas, aproximou-se sorrateiro. *"Macchè, gioia mia* — algum problema com esse troglodita?"

"Càlmati, Rodolfo." Ruperta apertou com mais força seu sofisticado bastão de alpinista de ébano, com o toque de impaciência necessário para que seu companheiro percebesse e se sentisse advertido. *"Tutto va bene. Un amico di pochi anni fa."* O jovem, voltando um olhar breve e malévolo a Reef, afastou-se e fingiu retomar seu interesse pelos detalhes de uma furadeira hidráulica.

"É bom ver que você não baixou o nível", aprovou Reef. "Não ficou *déclassée*, essas coisas."

"Devemos passar uma ou duas noites em Domodossola. O Hôtel de la Ville et Poste, certamente o conheces."

Nesses dias, ela se divertia esperando que Rodolfo adormecesse para em seguida trajar um vestido de seda artificial escarlate, pôr umas joias de imitação de âmbar e juntar-se às moças que faziam ponto na saída do túnel, muitas vezes terminava a noite de quatro sendo penetrada por uma pequena fila de operários, com frequência dois de cada vez, que a xingavam em línguas desconhecidas — o que ela fez questão de contar a Reef assim que teve oportunidade. "Mãos grandes, calejadas pelo trabalho", ela murmurava, "a magoar-me, arranhar-me, eu que tento manter minha pele sempre macia e lisa, vê, põe a mão aqui... relembra..." Reef, que sempre sabia o que ela queria — no final das contas, Ruperta nada tinha de complicado em matéria de fodas, o que era uma das coisas que tinha de melhor, para quem estivesse interessado —, fez-lhe o favor de agarrá-la com uma brutalidade cuidadosa, empurrando-lhe o rosto contra os travesseiros e rasgando-lhe a *lingerie* caríssima, e, apesar da presença do jovem Rodolfo num quarto próximo, em seguida empreenderam uma penetração a marteladas que resultou numa explosão mútua, memorável até a próxima vez que viesse acontecer, o que não haveria de demorar.

Um momento crucial, porém, se deu no decorrer de um dos longos monólogos pós-coitais de que Ruperta por algum motivo tinha necessidade, e que para Reef haviam se tornado um tanto relaxantes. Estava quase adormecendo quando o nome de Scarsdale Vibe emergiu no meio daquela falação vazia, e ele pegou mais um cigarro.

"O nome é familiar."

"Não admira. Um dos teus semideuses americanos."

"Ele está aqui agora?"

"*Tesoro*, mais cedo ou mais tarde todos hão de estar. O tal do Vibe está a comprar obras de arte renascentistas com uma sofreguidão que mesmo pra um americano é indecorosa. Segundo os mexericos, seu próximo alvo é Veneza. Talvez venha a comprar toda a cidade. Ele é teu amigo? Isso parece-me um tanto inconcebível, mas logo estaremos em Veneza, e quem sabe tu não me apresentas a ele."

"Eu não sabia que estava convidado."

Ela lhe dirigiu um olhar e, talvez à guisa de convite formal, pôs a mão em seu pênis.

Philippe era egresso da infame prisão para crianças em Paris conhecida como Petite Roquette, e desde cedo aprendera a gostar de espaços institucionais. Apreciava em particular as catedrais, e aprazia-se em considerar aquela montanha como uma dessas estruturas transcendentes, sendo o túnel sua abside. "Numa catedral, o que parece ser sólido nunca é. As paredes são ocas. As colunas contêm escadas em espiral. Esta montanha aparentemente sólida na verdade é um amontoado de fontes termais, cavernas, fissuras, passagens, um esconderijo dentro do outro — e os Tatzelwurms conhecem tudo isso muito bem. Eles são os sacerdotes da religião obscura deles..." Foi interrompido por um grito.

"*Ndih' më!*" O grito vinha de uma pequena galeria lateral. "*Nxito!*"

Reef correu em direção ao cheiro de toras de pinho recém-cortadas, para servir de escoras, e viu o Tatzelwurm, muito maior do que imaginara, ameaçando Ramiz. A criatura usava o olhar para intimidar suas vítimas, hipnotizá-las de modo que elas aceitassem seu destino, e aquilo parecia estar dando certo com o albanês. "Ô pateta!" Reef berrou. O Tatzelwurm virou a cabeça de repente e o encarou bem nos olhos. *Agora eu o vi*, era a mensagem, *agora você é o próximo da minha lista*. Reef olhou a sua volta procurando algo com que bater no bicho. A pua que tinha na mão estava gasta e era muito curta, as picaretas e pás mais próximas estavam longe de servir, e pelo visto sua única possibilidade era enfrentar a criatura de perto com o martelo. Quando chegou a essa conclusão, algo de estranho já havia acontecido com a luz, sombras tinham surgido onde não era para haver sombras, e o Tatzelwurm tinha desaparecido.

Ramiz estava trabalhando só de cueca, e havia na sua perna um rasgão comprido que sangrava bastante. "Melhor voltar pro *spital*", Reef aconselhou, "e cuidar disso. Dá pra você andar?"

"Acho que sim."

Philippe e outras pessoas haviam se aproximado. "Me esperem que volto já", disse Reef, "só quero ver se ele foi embora mesmo."

"Tome." Philippe jogou para ele uma Mannlicher de oito disparos, que pelo peso Reef sabia que estava carregada. Com cuidado, mergulhou nas sombras.

"Olá, Reef." O bicho pareceu saltar da rocha, condensado num borrão cinético de músculos e garras fatais, gritando.

"Puta merda." Com o Tatzelwurm a cerca de trinta centímetros de distância, Reef mal teve tempo de dar um tiro, fazendo a criatura explodir numa grande nuvem verde e fedorenta de sangue e tecido. Fez mais um disparo, só por uma questão de princípios.

"Sangue verde?", perguntou Reef mais tarde, depois de um demorado banho de chuveiro.

"A gente se esqueceu de lhe dizer isso?", retrucou Philippe.

"Ele me chamou pelo nome."

"Ah, *bien sûr*."

"Eu ouvi, Philippe."

"Você salvou minha vida", afirmou Ramiz, "e é claro que nós dois preferimos esquecer essa história toda, mas eu agora tenho a obrigação de algum dia, de algum modo, lhe retribuir o favor. Os albaneses não esquecem nunca."

"Eu pensava que fossem os elefantes."

Reef trabalhou até o final do turno, tomou outro banho, destrancou a corda de sua polia particular, baixou suas roupas lá do alto, pendurou no gancho as roupas de trabalho molhadas, puxou a corda e passou o cadeado nela, vestiu-se, como se fosse um dia como outro qualquer. Mas dessa vez foi ao escritório e recolheu seu pagamento, seguiu para Domodossola e não olhou para trás. Havia feito boas amizades com os homens daquela equipe. Era um período movimentado da história. Talvez voltasse a vê-los algum dia.

Dizia-se que os grandes túneis, como o Simplon e o St.-Gotthard, eram mal-assombrados, que quando o trem entrava e a luz do mundo, do dia ou da noite, tinha que ser deixada para trás durante o tempo necessário para atravessá-lo, por mais breve que fosse, e o ronco mineral tornava impossível a conversa, então certos espíritos que outrora haviam optado por entregar-se à feroz escuridão intestina da montanha apareciam entre os passageiros pagantes, ocupavam os lugares vazios, bebiam um pouco dos copos marcados com o monograma da ferrovia nos vagões-restaurantes, assumiam a forma da fumaça que subia dos cigarros, cochichavam uma propaganda de memória e redenção para os vendedores, turistas, profissionais do ócio, ricos além de qualquer redenção e outros praticantes do olvido, que eram incapazes de perceber a presença dos visitantes com a clareza dos fugitivos, exilados, sobreviventes e espiões — ou seja, todos aqueles que haviam entrado num acordo, e mesmo numa relação de intimidade, com o Tempo.

Alguns, raramente, mas nunca de todo por acaso, puxavam conversa com os passageiros. Reef estava sozinho no vagão para fumantes, em alguma hora de treva sem nome, quando uma presença não completamente opaca surgiu no banco estofado em frente ao seu.

"O que é que você tinha na cabeça?", perguntou. Era uma voz que Reef jamais ouvira, mas que ele reconheceu assim mesmo.

"Como assim?"

"Você tem mulher e filho pra cuidar, um pai pra vingar, e no entanto está aí, usando um terno que não foi você que pagou, fumando charutos cubanos que normalmente você nem saberia como encontrar, e muito menos teria como comprar, na companhia de uma mulher que nunca teve um pensamento que não se originasse entre as pernas dela."

"Nada de rodeios, não é?"

"Porra, o que aconteceu com você? Você era um jovem dinamitador promissor, filho de seu pai, tinha jurado alterar a situação social, e agora você não é muito melhor que as pessoas que antes você queria explodir. Olhe pra elas. Excesso de dinheiro e tempo de lazer, e falta de compaixão, Reef."

"Eu fiz jus a isso. Já cumpri meu turno."

"Mas você nunca vai merecer o respeito dessas pessoas, elas não vão sequer lhe conceder credibilidade. Vai ser só desprezo, mesmo. Tire da sua cabeça todas essas babaquices alegres e tente se lembrar pelo menos de como o Webb era. Depois volte seus pensamentos pro homem que mandou assassiná-lo. Scarsdale Vibe é um alvo fácil no momento. Scarsdale Vibe, o homem do 'vocês têm mais é que viver na merda e morrer jovens pra que eu possa me hospedar em grandes hotéis e gastar milhões de dólares em obras de arte'. Vá atrás dele quando você estiver em Veneza. Melhor ainda, faça pontaria nele. Pare com essa fodelança vazia, dê meia-volta e volte a ser quem você era."

"Digamos que, pra fins de discussão —"

"Estamos saindo do túnel. Tenho que ir pra outro lugar."

Kit e Yashmeen saíram do hotelzinho em Intra e foram caminhando à beira-lago até o cemitério de Biganzano, onde ficava o túmulo de Riemann. Viam-se vapores de luxo, lanchas particulares e barcos a vela por entre as árvores, no lago. Carruagens e carroças de carga passavam pela estrada. A tramontana empurrava para trás o cabelo de Yashmeen, descobrindo-lhe o rosto. Kit não conseguia não olhar para ela a cada um ou dois passos que dava, embora preferisse olhar direto para o sol.

Haviam feito a mesma viagem que Riemann, que chegara ali em junho de 1866 na sua terceira e última visita à cidade, para a qual dois professores de Göttingen, Wilhelm Weber e o barão von Waltershausen, haviam obtido verbas do governo. Riemann sabia que estava morrendo. Se imaginava estar fugindo de alguma coisa, certamente não seria da boca ávida da morte, pois a viagem se deu em meio ao conflito que viria a ser conhecido como Guerra das Sete Semanas, e a morte estava por toda parte. Cassel e Hanôver haviam sido tomadas pelos prussianos, o exército hanoveriano, uma força de vinte mil soldados comandada por Von Arentschildt, havia se concentrado em Göttingen e começado a marchar para o sul, tentando fugir das colunas prussianas que convergiam sobre ele, porém foi detido por Von Flies em Langensalza, e rendeu-se em 29 de junho.

Não que a Itália onde Riemann chegou estivesse mais tranquila. Um pouco ao leste do lago Maior, a batalha final na disputa pelo Vêneto, entre a Áustria e a Itália, estava prestes a explodir. Ele havia passado do inferno racionalizado do combate pela Alemanha para a ensolarada Itália e o verão de Custozza, com nove mil mortos e cinco mil desaparecidos, e em breve ele próprio se tornaria uma baixa isolada.

Quarenta anos depois, mergulhando nas profundezas da Alemanha, no sonho folclórico que havia por trás da Floresta Negra, onde, segundo se dizia, cabiam cem mil soldados e dez vezes esse número de elfos, Kit e Yashmeen deram por si tentando passar o máximo de tempo possível no trem. Em Göttingen havia ao menos a impressão de ainda se ter uma conexão, por mais tênue que fosse, com o resto da Europa. Mas à medida que se deslocavam para o sul e as consoantes começavam a ficar mais confusas, havia cada vez menos com que distrair a mente racional — em vez disso, por toda parte viam-se grutas de elfos, castelos no alto de pináculos impressionantes, aos quais não havia nenhum acesso visível, camponeses com trajes típicos e estranhos chapéus verdes, igrejas góticas, cervejarias góticas, sombras com caudas ondulantes e asas em movimento atravessando os fundos dos vales. "Acho que preciso beber alguma coisa", disse Kit. "Um *schnaps*, sei lá. E você, meu docinho?"

"Se você me chamar disso mais uma vez em público", ela o advertiu, tranquila, "eu acerto você com uma peça de mobiliário."

Os outros passageiros ficaram encantados. "Que amor de casalzinho", observavam as esposas, e os maridos os abençoavam com fumaça de cachimbo.

Na Haupt-Bahnhof de Frankfurt, a maior estação ferroviária da Alemanha, conhecida no local como "a construção maravilhosa do cadafalso", o restaurante parecia respirar de modo hesitante, como se ainda não tivesse se recuperado por completo do momento wagneriano, ocorrido cinco ou seis anos antes, em que falharam os freios de uma locomotiva do Expresso Oriente, ela saltou dos trilhos e invadiu o restaurante em meio a pilares de mármore e candelabros e fregueses que conversavam, mais uma perturbação da tranquilidade burguesa, semelhante ao desabamento do Campanile de Veneza e o do teto da estação de Charing Cross de Londres, apenas um ano antes, equivalentes não letais de uma bomba Anarquista, embora alguns os considerassem igualmente carregados de intenção.

Para Kit e Yashmeen, mais parecia a vingança da Alemanha Profunda contra a moderna era do vapor. Compraram sanduíches nos bufês e ficaram próximos ao trem, apegando-se com um desespero crescente à maquinaria de transporte para proteger-se de uma lassidão espessa como graxa, uma entrega irresistível ao desavergonhado primitivismo germânico que os cercava por todos os lados. A Suíça chegou na hora certa, elevando-se a sua frente como um sorvete de limão após uma dieta constante de patos assados e gansos preparados de diversas maneiras.

Diante da sepultura de Riemann, Yashmeen tirou o chapéu e abaixou a cabeça, permitindo que o vento montanhês fizesse o que bem entendesse com seu cabelo. "Não", como se respondendo a uma voz que tivesse acabado de dar a sugestão, "acho que não devo chorar, não." Kit aguardava com as mãos nos bolsos, respeitando o que quer que tivesse se apossado dela.

"Na Rússia, quando eu era pequenina", prosseguiu Yashmeen depois de algum tempo, "não devia me lembrar disso agora, mas me lembro, vagabundos, homens de aparência selvagem, vinham bater à nossa porta buscando abrigo como se estivessem reivindicando um direito deles. Eram os *stránniki* — outrora levavam vidas cotidianas tal como os outros homens, tinham famílias e empregos, casas cheias de móveis, brinquedos de crianças, panelas, roupas, todas as tralhas da vida doméstica. Então um dia eles simplesmente mudaram — saíram pela porta afora e largaram tudo aquilo — tudo que os mantinha lá, a história, o amor, as traições perdoadas ou não, a propriedade, nada mais importava agora, eles não eram mais responsáveis perante o mundo, muito menos perante o czar — só eram responsáveis perante Deus, só a Deus se submetiam. Na minha cidadezinha, e segundo se dizia, por toda a Rússia, muitas famílias haviam escavado cômodos secretos embaixo de suas casas, onde esses homens podiam descansar no decorrer de suas viagens. O governo tinha mais medo deles do que dos social-democratas, mais até que dos homens que jogavam bombas — 'Muito perigosos', papai nos dizia — sabíamos que ele não queria dizer que eram perigosos para nós — entendíamos também que era nosso dever ajudá-los em suas viagens. Na missão sagrada deles. Mesmo quando havia um deles hospedado debaixo da nossa casa, dormíamos com a mesma tranquilidade de sempre. Talvez maior ainda. Contávamos histórias sobre eles uns para os outros, eram embaixadores de algum país misterioso muito distante, que não podiam voltar para sua pátria porque o caminho de volta estava escondido. Eles eram obrigados a ficar vagando pelo mundo, com seus enganos e melodramas, sangue e desejo, que estávamos começando a perceber, talvez não buscando nada que tivesse nome, talvez apenas vagando. As pessoas o chamavam de *podpólniki*, os homens subterrâneos. Os assoalhos, outrora sólidos e simples, agora eram véus que encobriam um outro mundo. Não era do dia que conhecíamos que provinha a luz dos *stránniki*."

Kit teve um daqueles momentos de apreensão extralógica mais apropriados ao trabalho matemático. "Então, sair de Göttingen..."

"Sair de Göttingen. Não. Nunca foi minha escolha", como se tentasse explicar a Riemann, àquela fração dele que permanecia ali havia quarenta anos como se aguardando a única confissão diante da sua sepultura que ele não deveria perder, "não foi por nenhum motivo trivial. Não, pois implica também exilar-me..." — não chegou a incluir Kit em seu gesto — "... nisto aqui. Se ainda tenho alguma esperança relativa à função ζ, à nova geometria, à transcendência ligada a essas coisas, tenho que deixá-la para trás, suvenires de uma credulidade de menina, uma menina que já quase não reconheço mais. Em Göttingen não havia nenhuma visão, nenhuma profecia, nenhum plano, eu estava apenas protegida... protegida nos meus estudos, entrando e saindo despreocupada pelas portas das farsas e flertes cotidianos, as caminhadas tranquilas pelo muro da cidade velha aos domingos. Agora fui expulsa do jardim. Agora, numa Linha de Mundo nada acidentada, surge essa terrível descontinuidade. E, chegando ao outro lado dela, constato que agora eu também sou uma *stránnik*." Seus olhos extraordinários permaneciam voltados para a sepultura. "Existem professores. Professores que nos têm como alunos por algum tempo, que nos permitem ver coisas específicas, que depois nos despacham, sem pensar no que vimos a sentir por eles. E vamos embora, perguntando a nós mesmos se agora, talvez, não estaremos num estado de partida para todo o sempre. Vamos embora para viver, noite após noite, debaixo dos assoalhos da Europa, numa outra viagem em direção a uma outra espécie de alma, que nos obriga a jogar fora tudo, não apenas os objetos que possuímos, mas tudo que nos parecia ser 'real', tudo que aprendemos, todo o trabalho que tivemos, os teoremas, as demonstrações, as perguntas, o tremor de prender a respiração diante da beleza de um problema insolúvel, pois tudo isso não passava, talvez, de ilusão."

Realmente, Kit achava que talvez ela estivesse sendo um pouco dramática. "Abrir mão de tudo isso." Sentia vontade de acender um cigarro, porém permaneceu imóvel, tenso. "Um grande passo, Yashmeen."

Por algum tempo ela ficou a olhar, com o rosto ao vento, para o monte Rosso, e os cumes suíços ainda iluminados mais ao longe. "Foi tão fácil esquecer esse outro mundo aqui fora, com seus inimigos, intrigas, segredos pestilentos... Eu sabia que ele voltaria a se apossar de mim, eu não tinha escolha, mas você, Kit... talvez ninguém mais tenha o direito de perguntar..."

"Apenas um caubói americano inocente que não sabe no que se meteu. Por que você diz que não tinha escolha? Você quer explicar o que está acontecendo?"

"Não. Não quero, não."

Yashmeen havia combinado contatar elementos do P.A.T.A.C. no célebre Sanatório Böpfli-Spazzoletta, na margem suíça do lago Maior. Kit, não sabendo se seria bem recebido, resolveu ir com ela assim mesmo. O lugar era gigantesco, oferecendo toda uma gama de níveis de gosto capaz de agradar a qualquer um, desde o *kitsch* mais horrendo até austeras antessalas da morte em conformidade com a estética chique da tuberculose que encantava a Europa no momento. Tiveram que ficar zanzando de um lado para o outro por vinte minutos até conseguirem descobrir como pedir informações. De algum lugar vinham os sons de uma orquestra tocando música de dança, embora ainda fosse bem cedo.

"Aja de modo normal, Kit. E não pronuncie meu nome."

De qualquer modo, Kit teria levado um minuto para reconhecer Reef — pois só podia ser ele — porque seu irmão havia passado por uma repaginação, com um chapéu borsalino preto de copa alta de aba devidamente Reef-icada de modo a proteger o usuário ao menos da chuva, um terno cujo corte sem dúvida alguma não era americano, o cabelo mais comprido e curiosamente brilhantinado, o bigode raspado. Kit o tomaria por um turista originário de algum lugar das profundezas da Europa, não fossem a voz e o velho rosto de sempre, caracterizado por uma agradável assimetria, havia tanto tempo sofrendo realidades que não podiam ser senão americanas — atraente se tal fosse necessário, mas só nesses casos, o resto do tempo desconfiado e distante.

"Estamos muito longe dos montes San Juan", Kit murmurou. "De onde foi que você saiu?" Sentia-se tomado por uma emoção traiçoeira. Mas Reef estava cauteloso.

"Escavando um túnel ferroviário", apontando para fora com a cabeça, "os Alpes, essas coisas." Ficaram em silêncio, balançando a cabeça e sorrindo, por algum tempo. "Jogando cartas numa estação de águas. E você, por que é que não está nos Estados Unidos, andando com aquela gente chique de Newport, Rhode Island, jogando polo, sei lá."

"Estou, pode-se dizer, foragido." Enquanto Reef sacudia a cabeça devagar e fingia rir baixinho, Kit lhe fez um resumo, até o momento em que encontrou Foley em Göttingen. "Na verdade, tudo deu errado desde o começo, eu devia ter pulado fora antes de Glenwood Springs e voltado, mas..." Mas não conseguiu achar um jeito de terminar a frase. Em algum lugar, não muito abaixo da superfície daquelas delicadezas sociais, um momento os aguardava, algo que tinha a ver com um cálculo terrível, irmãos que se reencontravam, caminhos e promessas que voltavam a se conectar, e por aí afora, e Kit não tinha a menor pressa de chegar a esse momento.

Reef observava o nervosismo do irmão. "Um dia desses nós vamos passar a noite em claro falando no que a gente devia ter feito, por ora dê graças por ter pelo menos aguentado as pontas mais do que eu."

"Por burrice. Por lerdeza. Não sei como levei tanto tempo pra entender." Sentado na sua cadeira, Kit olhava para baixo como se o chão a qualquer momento pudesse afundar, balançando a cabeça como se estivesse ouvindo com atenção sua própria voz. Um garçom passou e Reef pediu-lhe algo em dialeto, recebendo em troca um olhar espantado por cima do ombro.

"Parece que ele nunca ouviu italiano de túnel na vida."

Ruperta Chirpingdon-Groin e seus seguidores haviam descido, via túnel de St.-Gotthard, de léguas e léguas de picos que eram como ondas de alto-mar petrificadas, desaparecendo na distância à luz implacável, rumo à eternidade — um circuito de estações de águas e hotéis alpinos tão remotos que os hotéis eram obrigados a imprimir seus próprios selos postais para conseguir que a correspondência fosse levada até um correio suíço normal, lugares cheios de idiotas a rir o tempo todo, muitos deles britânicos, aliás, a correr pelos corredores, a pular de sacadas para cima de montes de neve, a esconder-se em despensas e cair em poços de monta-cargas. Haviam saltado do trem na estação de Bellinzona, onde a diligência motorizada do sanatório os aguardava, para trazê-los até a famosa instituição com vista para a margem suíça do lago Maior. As cabras que pastavam à beira da estrada de ferro viravam as cabeças para vê-las passar, como se acostumadas havia muito tempo com a clientela do Böpfli-Spazzoletta. De algum lugar uma trompa alpina tocava o mesmo motivo vez após vez.

Embora não estivesse disposto a admiti-lo a seu irmão, nem mesmo Reef havia conseguido escapar da loucura do lugar. "Esse cachorro é de que raça?", ele perguntara a Ruperta a certa altura.

"A Mouffette? É *papillon*... um fraldiqueiro francês."

"Um —", e em seu cérebro as engrenagens começaram a rodar, "'fraldiqueiro' — *francês*?" Concluindo, por algum motivo, que o termo "fraldiqueiro" indicava que Ruperta havia ensinado o cachorro a fazer carícias com a língua para lhe dar prazer: "Bom! Quer dizer que... vocês dois são muito próximos, não é?"

"Eu *adolo* a minha auaujinha, xim!" Apertando o animal com força, a ponto de machucá-lo, ao que parecia, só que Mouffette batia as pálpebras com aparente prazer.

"Hmm", murmurou Reef.

"E hoje tenho de atravessar o lago, e como essa gente é muito ruim e não deixa a minha auaujinha ir com a mamã, estávamos a pensar se o tio Reef não podia cuidar dela por hoje, dar-lhe o filé à francesa e o faisão cozido que ela come, porque ela é *muuuito* exigente."

"Claro, claro!" Seus pensamentos alçavam voo. Passar o dia sozinho com uma "fraldiqueira" francesa! E que talvez proporcionasse a Reef, com maior prazer ainda, o que ela claramente estava acostumada a fazer com a tal da Ruperta! E que, t-talvez, estivesse também babando por um pênis, para variar, e devia conhecer *mil sacanagens*! E-e —

Ruperta levou algum tempo para fazer sua toalete à perfeição e passar com suas anquinhas pela porta afora. Reef ficou andando de um lado para o outro, fumando, e sempre que olhava para Mouffette era capaz de jurar que ela também estava indócil. A cadela, era essa a impressão de Reef, dirigia-lhe olhares com o canto do olho que, se partissem de uma mulher, seriam claros indícios de flerte. Por fim, após uma demorada despedida que envolveu uma considerável troca de saliva, Mouffette lentamente encaminhou-se ao divã em que Reef estava sentado e de um salto instalou-se a seu lado. Pular sobre móveis era algo que Ruperta raramente lhe permitia, e o olhar que ela dirigiu a Reef claramente pressupunha que ele não ficaria zangado. Muito pelo contrário, o que ele sentiu foi uma ereção. Mouffette olhou, viveu a vista, olhou de novo e de repente pulou em seu colo.

"Oba, oba." Reef acariciou a pequenina *spaniel* por algum tempo até que, sem aviso prévio, ela pulou para o chão e com passos lentos entrou no quarto, olhando para trás de vez em quando. Reef a seguiu, pondo para fora o pênis, respirando pela boca, ofegante. "Olha aqui, Mouffie, olha que *osso bonito* eu trouxe pra você, há quanto tempo você não vê coisa igual? Vem, o cheiro é bom, não é, hmmm!", e por aí afora, enquanto Mouffette inclinava a cabeça, aproximando-se, cheirando com curiosidade. "Isso mesmo, agora a-a-abre a boquinha... *muito bem*, Mouffette, assim mesmo, e agora eu — *aaaaaaaah!*"

Leitora, ela o mordeu. Depois disso, como se surpreendida pela veemência de sua reação, Mouffette pulou para fora da cama, e enquanto Reef saía à procura de um balde de gelo, escapuliu, enveredando pelo imenso hotel. Reef tentou persegui-la por algum tempo, mas viu que os funcionários estavam lhe dirigindo olhares desconfiados.

Nos dias que se seguiram, Mouffette aproveitou todas as oportunidades de pular no colo de Reef e olhá-lo nos olhos — com ar de sarcasmo, era a impressão de Reef —, abrindo a boca de modo sugestivo, às vezes até babando. Cada vez que isso acontecia, Reef tinha de se conter para não recuar. E todas as vezes Ruperta, irritada, exclamava: "Mas que coisa, quem te vê assim até pensa que ela te quer *morder*".

"Reef, eu queria lhe apresentar a senhorita Yashmeen Halfcourt. Yash, esse pelintra esquisitão é o meu irmão Reef."

"É um prazer, senhorita Halfcourt."

"Senhor Traverse." Por um minuto, ela teve a impressão de estar vendo Kit tal como era no momento e também o seu duplo, envelhecido ou muito maltratado pela vida. "Pelo visto, o senhor circula na alta sociedade", desviando a vista para o grupo em torno de Ruperta Chirpingdon-Groin.

"Coisas que acontecem no trem", Kit percebendo no rosto de seu irmão o surgimento de um olhar maroto que era muito frequente nele. "Um dia precisaram de um quarto jogador num jogo que eles chamam de *bridge* contrato, está no auge da moda nos clubes de Londres, pelo que me disseram, os pontos ficam muito mais altos do que no *bridge* normal, quer dizer, quando se está jogando a tantos dólares o ponto..." Aquele velho dar de ombros melancólico, como quem diz: *Eu sou mesmo uma presa fácil, o que é que eu posso fazer? É uma espécie de maldição, não consigo resistir à tentação.* Kit precisou se conter para não levantar os olhos ao céu.

"Sim. É muito parecido com um jogo russo que nós chamamos de *vint*."

"Já ouvi falar. Mas nunca consegui entender como é que se contam os pontos. Quem sabe um dia a senhorita me ensina."

Do outro lado do enorme salão, observou-se que as orelhas de Ruperta, emergindo de seu penteado, foram rapidamente ficando incandescentes.

"Pois é", ela comentou mais tarde, "essa mourazita do teu irmão parece simpatizar muito *contigo*. Aliás, ele tem um rostinho muito simpático, a gente bem que podia combinar uma troca, o que tu achas?"

"Negócios são negócios, 'Pert."

"É claro. Nobre é o que ela não é — o tipo de *avantiurístka* mais superficial, eu nem acredito que eles deixam entrar gente assim neste hotel, acho até que vou conversar sobre isso com o Marcello."

"Ora, 'Pert, não esqueça que não faz muito tempo que você estava na mesma situação que ela."

"Canalha."

Nesse ínterim, Kit e Yashmeen estavam jantando numa mesa com vista do lago sob um céu cada vez mais escuro, com uma tempestade vespertina a se aproximar, vindo do sul.

"O Reef sempre foi um sujeito estouvado", ele relembrou, "sem juízo, enquanto o Frank era o ajuizado, pode até já ter enlouquecido por um ou dois minutos, mas eu não estava perto e não vi nada."

"E tu, Kit?"

"Ah, eu era o caçulinha."

"Pois eu acho que tu eras o carola." Não era fácil saber se ela estava ou não brincando. "Veja só onde foste te meter. Guerras entre facções vetoriais, às voltas com coisas invisíveis, sacerdócios e heresias..."

"Acho que pra mim isso sempre foi mais prático." Não era verdade, mas ele teria que aguardar a próxima insônia de matemático às três da madrugada para desenvolver aquele raciocínio.

Ela, enquanto isso, olhava-o de um jeito tal que, Kit sabia, ele deveria ser inteligente o bastante para decifrar. "Estar no mundo. Ser do mundo. Não", sacudindo a cabeça, "votos de abstinência, ou..."

Seu estado geral de embasbacamento era agravado ainda mais por estar Yashmeen excepcionalmente radiante, os cabelos negros soltos caindo até a cintura, onde roçavam contra um laço na barra de um vestido que parecia ter sido feito apenas para flertar, a boca, pintada num tom preciso de vermelho-escuro, preparada para a primeira derivada de um beijo de duração desconhecida... Bonita como o diabo, era o que ele queria dizer.

"Ninguém fica rico com Vetores", ele balbuciou, "isso tudo é artigo de luxo. Nem precisa fazer voto de abstinência."

"Mas as interrupções eram constantes. Imaginavas que seria tanto assim? Eu, não. Sempre acontecia alguma coisa." Ela olhou para ele, hesitante. "Alguém."

"Ah", seu pulso virou uma percussão, "manter os olhos parados ajuda, sem dúvida."

Ela sorria, porém seus olhos estavam apertados. Parecia à espera de que Kit levasse adiante aquela ideia, embora ele não imaginasse para onde. "É", e imediatamente ele xingou a si próprio por dentro, "não sei o que o Günni anda fazendo. Já deve ter chegado no México."

O olhar dela vagueou, como se para um canto só seu de irritação. "Tu serias mesmo capaz de duelar por minha causa, Kit?"

"Quer dizer, eu e o Günni ou só eu?" Mas o que é que dera no seu cérebro?

"Tu, Kit."

Aquela resposta exigia ao menos um momento de especulação, mas Kit replicou na mesma hora: "Claro que sim, e quem não faria isso?". Ela aguardou mais um segundo, e então largou o copo e começou a procurar a bolsa. "Eu disse alguma coisa?"

"Tu *não* disseste alguma coisa." Ela levantou-se e lhe estendeu a mão enluvada. "*Ite, missa est.*"

Lionel Swome não se incomodava de deixar Kit dormir no sanatório, e Reef encontrou-o em seu quarto abrindo a garrafa de champanhe gratuita que viera junto com ele.

"Cheguei na hora certa."

"Eu pretendia tomar toda ela, mas acho que vou deixar você tomar alguns centímetros cúbicos."

"Puxa! Uma cara mais alegre, caçulinha. Sabe da última?"

"Eu preciso mesmo saber?"

"Quem sabe dessa vez a gente vai se dar bem, pra variar."

Kit espocou a rolha, que foi parar do outro lado do quarto, derrubando uma fotografia sépia de Böpfli e Spazzoletta, fazendo pose ao lado de uma fonte numa estação de águas. Ele bebeu a champanhe que transbordou e passou a garrafa para o irmão. "Depende do que você chama de se dar bem."

"É o seu velho benfeitor, Scarsdale Vibe."

Na mesma hora Kit sentiu um alerta retal. Suas mãos doeram, e ele começou a suar. "Pelo visto, o Vibe está aqui na Europa", prosseguiu Reef, "comprando obras de arte, rodando o continente todo, fazendo o que fazem os milionários. No momento, aliás, ele está por aqui perto, preparando uma viagem a Veneza —"

"O Foley já tinha me falado. Não foi uma boa notícia na época, e continua não sendo."

"Depende, não é? O destino está entregando essa no nosso colo, Kit, pode ser nossa maior oportunidade de todas."

"Pra..."

Reef encarou o irmão, como quem olha para dentro de um quarto escuro. "Ainda é muito cedo pra fugir da raia. As cartas acabaram de ser distribuídas."

Kit foi até a janela e ficou vendo a tempestade cruzar a lagoa até chegar à serra. Sua política de adotar um otimismo juvenil em toda e qualquer circunstância estava começando a irritar até a ele próprio, e além do que não estava mais funcionando. "E quem", sentindo de súbito um cansaço enorme, "está andando com o Vibe no momento? Além do Foley, é claro."

"Pode haver algum detetive à escuta, é bom a gente se cuidar."

"Então a gente vai atrás do cara pra matar, é esse o plano?"

Reef fingiu olhar para seu irmão através de um telescópio imaginário. "Puxa, pra um sujeito baixinho, até que *você* me saiu um assassino e tanto."

"Então a gente não mata ninguém? Reefer? A gente vai fazer *o quê?*" Desde aquela última vez que se vira face a face com Scarsdale Vibe, no escritório da Pearl Street, Kit imaginava-se com facilidade fazendo pontaria e atirando com a mão firme e o espírito em paz. A coisa chegara a esse ponto. Chegara àquilo.

Reef, por outro lado, parecia ser só paixão, sem plano algum. "Um fuzil de longo alcance, é claro, mas à queima-roupa seria melhor, a gente podia fazer a coisa mais assim, sei lá, à italiana? Você sabe usar um punhal? Eu ajudo você — ponho um bigodão falso na cara — banco o garçom, sei lá, e sirvo a ele uma taça de *champanhe envenenado* —"

"Reef, hm, que tal se a gente pensar bem antes?" Estaria Reef aguardando que Kit, o cientista da família, elaborasse um plano?

"Pena que a gente não pode conversar com o pai."

"Segundo os amigos da Yashmeen —"

"Ah, não, você também, eu passo o dia e noite ouvindo essas histórias da 'Pert e da turma dela, já estou de saco cheio, meu irmão."

"Eles fazem sessões espíritas?" Kit pegou o maço de cigarros que estava na mesa entre eles dois e acendeu um. "E você nunca tentou entrar em contato com o pai? Só por curiosidade."

"Pra eles, é só uma novidade. De vez em quando eles conseguem me fisgar, eu não me incomodo, principalmente quando fico sentado ao lado de uma moça interessante, sabe como é, esse negócio de ficar de mãos dadas no escuro pode dar em alguma coisa — mas eu não falo sobre o pai, sobre nós, sobre o Colorado, nada disso. Eles acham que eu sou lá de Harvard, essas bandas, que nem você."

"Yale."

"Que seja, mas enfim, você está me deixando um pouco preocupado, Kit, não é você que é o cientista frio e racional?"

Kit deu de ombros em meio a um invólucro de fumaça. "Não sei até que ponto isso é mesmo científico, mas agora tem essa tal de 'pesquisa psi' — laboratórios, experimentos, essas coisas."

"E não é só conversa fiada?"

"Era o que diziam das ondas de rádio, não faz tanto tempo assim. Os raios Roentgen, sei lá qual é o próximo raio que vão inventar. Todo dia alguém descobre mais um trecho do espectro além da luz visível, ou então uma nova extensão da mente além do pensamento consciente, e quem sabe se em algum lugar lá longe os dois domínios não estão interligados."

Reef sacudiu a cabeça, como se constrangido. "Se inventarem um telefone sem fio que dê pra gente conversar com o pai, não esquece de me avisar."

Por coincidência, naquela tardinha, na hora em que o crepúsculo invadia os quartos e suítes, algo semelhante a esse equipamento estava prestes a materializar-se no plano terreno, na pessoa de madame Natalia Eskimoff. A bondosa extática, luminosa após uma caminhada na serra, percebeu na mesma hora a melancolia dos irmãos, ainda que não seus planos de vingança a longo prazo. Ainda trajando as roupas da caminhada, encostada no balcão de nogueira do hotel bebericando algum uísque escocês antiquíssimo num pesado copo de cristal da Boêmia que ostentava um ininteligível emblema heráldico do Böpfli-Spazzoletta, olhava para os dois com simpatia, porém observando seus próprios parâmetros de paciência. "Espero que vocês não estejam procurando abracadabras no escuro", ela observou, "gigantescas amebas luminosas que deixam resíduos grudentos. Crianças pálidas de camisola deslizando de um cômodo ao outro, sem tocar o chão com os pés."

Nos círculos das pesquisas psi, as sessões de madame Eskinoff eram famosas, ou talvez mal-afamadas, por serem impertinentes. "Como se as presenças que a gente encontra fossem tão frágeis que ficassem ofendidas, ou emburradas, diante de uma pergunta direta demais. *Bóje moi!* essas pessoas estão mortas! Pode haver grosseria maior do que essa?"

Encontraram uma sala, fecharam a cortina para isolar-se da noite insuportável, da lua gibosa crescente e das montanhas altas e quase tão luminosas quanto ela, inacessíveis como o país da morte, estrelas que se revelavam de vez em quando em meio à neve que descia dos picos em longos véus, quilômetros de destroços continentais, um território neutro, congelado, desabitado, inabitável, por todo o sempre. Madame Eskinoff diminuiu as luzes. Entre os participantes incluíam-se Kit, Reef, Yashmeen e Ruperta, que estava ali para supervisionar os arranjos referentes a quem se sentava ao lado de quem.

"Vou para o interior, vai ser mais difícil manter contato, tenho outras coisas a fazer, vou pra mais longe, se bem que quando vocês se reunirem aqui vamos estar juntos outra vez, espero que vocês estejam cuidando das coisas todas que era eu que cuidava, que pra mim agora são menos importantes, cada vez menos, eu nunca pude fazer muita coisa mesmo..."

A voz que emergia dos lábios de madame Eskinoff, pintados com batom escuro, uma voz arrastada, que falava com esforço, como se arrancada da paralisia do sonho, pronunciava as palavras de Webb, mas tinha pouca semelhança com a lembrança que tinham os dois irmãos da voz do pai. Procuravam a rouquidão do fumante de charutos baratos, a fala cantada do montanhês, mas o que ouviam era um som europeu, que mais parecia as inflexões que os marginais, caixeiros-viajantes e espiões adquirem no continente europeu após anos de trabalho. O silêncio final, quando se instaurou, foi tão marcante quanto um grito. A cor voltou às faces de madame Eskinoff, lágrimas acumularam-se em seus olhos. Mas quando ela voltou à tona, não guardava nenhuma lembrança do sofrimento, de emoção alguma.

"Não era nem mesmo a voz do pai", Reef num cochicho irritado. "Eu te falei, Kit, isso é pura vigarice."

"Era a voz do controle dela", explicou Yashmeen. "Também é um intermediário, só que atuando do outro lado. Nós usamos os médiuns, os médiuns usam os controles."

"Com todo o respeito", Reef murmurou, "mas falando como um velho vigarista, é exatamente esse o tipo de desculpa que eu ia usar se não soubesse como era a voz do falecido, mas quisesse que as pessoas pensassem que era ele mesmo falando..." Constatou, surpreso, que madame Eskinoff concordava com a cabeça e sorria, como se agradecendo.

677

"A fraude é o elemento em que todos nós voamos, não é?", disse ela. "É o elemento que nos sustenta, e não há nenhum de nós que não tenha nunca apelado para a fraude uma vez ou outra, diante dum meirinho do materialismo — 'A-ha! Eu vi, o que é isso que estás a fazer com o bico do sapato?' Esses insuportáveis guardiães do mundo diurno, tão cheios de si, não imaginam como é fácil detectar esse tipo de trapaça, normalmente quando o médium não é capaz de entrar em transe. Alguns nunca vão conseguir. É necessária uma grande capacidade de entrega, e a disposição de abrir mão de toda e qualquer lembrança do que ocorreu durante o transe."

"O que é muito conveniente, a senhora não acha?"

"Acho, sim, e quando ouço dúvidas como as suas, o que eu costumo sugerir é que quem duvida experimente por si próprio."

"O que a senhora fez? Obrigado, mas eu não sou dos mais sobrenaturais —"

"Nunca se sabe, o dom aparece nas pessoas em que menos se espera." Delicadamente, ela segurou Reef pelo punho e o conduziu de volta à mesa.

"O problema não é entrar na coisa", ele tentava explicar, "é sair depois."

"O senhor vai conseguir."

"Quer dizer, eu não queria ficar, aahh..."

"Preso."

"É isso." Yashmeen e um *flâneur* do círculo de Ruperta chamado Algie mais que depressa formaram um quarteto, como quem prepara uma partida de *bridge*. Assim que os quatro se deram as mãos Reef mergulhou, de repente, numa espécie de subêxtase. Sem mais nem menos, começou a cantar, à moda operística, no registro de tenor e em italiano, embora Kit soubesse muito bem que seu irmão era desafinado, incapaz de cantar "Parabéns pra você" sem sair do tom. Depois de algum tempo, o controle, fosse quem fosse, entrou com um dó agudo, sustentando a nota por tanto tempo que a equipe do sanatório veio correndo oferecer-se para buscar assistência médica.

"Já vi gente morrer na cama", Webb começou a falar, dessa vez era Webb mesmo, "perto de tudo aquilo que eles construíram e amavam, cercados no final da vida pelos filhos, os netos, os amigos, gente da cidade que ninguém sabe o nome delas, mas não é isso que o destino reservou pra mim, naquele mundo de dureza que nos deram pra trabalhar e sofrer nós simplesmente não tínhamos essa opção.

"Não adianta dar desculpas. Eu podia ter feito tudo diferente. Podia não ter expulsado vocês todos. Dar um jeito de honrar aqueles que trabalham debaixo da terra, que não conhecem o sol, e mesmo assim conseguir manter todos nós unidos. Alguém deve ter inteligência bastante pra conseguir isso. Eu podia ter dado um jeito. Afinal, eu não estava sozinho, eu tinha quem me ajudasse, tinha até dinheiro.

"Mas eu vendi minha raiva barato, eu não sabia o quanto ela era preciosa, não sabia que eu estava desperdiçando minha raiva, deixando que ela se perdesse, berrando com as pessoas erradas, May, os meninos, todas as vezes eu jurava que não ia fazer mais isso, nunca fui de rezar, mas comecei a rezar, pra conseguir me conter, eu sabia que tinha que me segurar, guardar a raiva só pros desgraçados dos proprietários, mas aí a Lake me foge pra cidade, mente, um dos meninos olha pra mim de esguelha, tem dias que basta isso, um olhar, e pronto, já estou eu berrando de novo, e afastando meus filhos mais ainda, e não sei como voltar atrás..."

Era como uma conversa íntima num *saloon* aconchegante. Mas a única coisa que seus filhos queriam, eles não iam conseguir naquela noite. Queriam ouvir Webb dizer, com a confiança onidirecional dos mortos, que como fora Scarsdale Vibe que contratara seus assassinos, o mínimo que os irmãos podiam fazer àquela altura era encontrar o filho da puta e crivá-lo de balas.

Depois, como era de se esperar, Reef não se lembrava de nada. Madame Eskimoff e Yashmeen foram aos banhos turcos, e Algie foi para o salão de bilhar. Kit sentou-se à mesa e olhou para o irmão. "Eu não fiz nada de muito constrangedor, não, não é?" Reef queria saber.

"Era ele, Reef. A voz era dele, porra, você ficou até *parecido* com ele."

"Vai ver que foi a iluminação."

"Eu realmente não sei o que acreditar."

"Da próxima vez, tira uma fotografia. Sei lá quando isso vai acontecer." Reef parecia curiosamente inseguro. Olhava para o chapéu com ressentimento. "Olha só pra mim. Este chapéu. O que é que estou fazendo com essa gente? Eu pensava que tinha feito a minha escolha lá em New Orleans. Achava que ia ser Anarquismo de agora em diante até o fim, até que eles não pudessem mais me aguentar, porque é o tipo de escolha que termina sempre do mesmo jeito, não é? Kit." Era quase um pedido de socorro. "Puta merda, já nem sei mais quem eu sou."

No sonho todos eles estão juntos em alguma função social, é um lugar montanhoso sem nome, porém conhecido, espruce e álamos, água corrente para todos os lados, lagoas, fontes, mais comida do que numa festa de igreja, cozinheiros com aqueles chapéus altos de mestre-cuca cortando carne e servindo, churrasco de costelas e feijão, casquinhas de sorvete e tortas de batata-doce, moças apresentáveis, muitas delas parentes distantes, todos os rostos quase insuportavelmente nítidos, conhecidos porém jamais vistos antes, rabecas e violões e um acordeão e gente dançando, e à margem de tudo Kit vê seu pai sozinho, sentado a uma mesa de piquenique de madeira com um baralho, jogando pôquer-paciência. Ele percebe então que as cartas não apenas são assinaladas com números, mas de algum modo elas *são* números, alguns reais, outros imaginários, outros complexos e mesmo transcendentes, Webb colocando-os sempre numa matriz de 5 por 5, cujo valor próprio não é muito fácil de calcular, mas ao mesmo tempo Kit é ainda um menino de mais ou menos seis anos, e ele corre para Webb. "Você está bem, papai?"

"Muito bem, Christopher. Está tudo bem com você?"

"Eu achei que o senhor parecia, o senhor parecia estar se sentindo sozinho?"

"Só porque eu estou sentado sozinho nessa mesa? Ora, a gente pode estar sozinho sem estar se sentindo sozinho. São duas coisas diferentes. Ainda não ensinaram isso a você na escola? Vem cá." O menino aproxima-se e fica por algum tempo parado ao lado de Webb, que o abraça com um braço só enquanto continua a colocar as cartas na mesa, fazendo comentários — "Olha só esta aqui", ou "E agora, o que é que eu faço?" e Kit está tentando identificar polinômios característicos, e ao mesmo tempo se aproximar ao máximo do pai. "Tem coisas piores na vida do que solidão, meu filho", Webb diz depois de algum tempo. "Ela não mata, e às vezes a gente até precisa dela." Mas no momento em que Kit vai lhe perguntar por que a pessoa precisa de solidão, alguma coisa naquela enorme instituição hidropática que jamais dorme, um espirro, uma frigideira largada no chão, o assobio de um servente, o despertou.

Kit foi se integrando pouco a pouco com a hora escura da instituição em que os hóspedes paparicados o dia todo permaneciam engavetados, numerados, irrelevantes. Confuso por um momento, imaginando que estava na cadeia, que os sons daquele lugar que executava sua lenta rotina digestiva eram constituídos de vozes e fluxos e repetições mecânicas que ele não tinha permissão de ouvir durante o dia, ficou boquiaberto olhando para o nada, a esperança, ou talvez apenas a *vis inertiæ* que até então o mantivera em movimento, a esvair-se — aproximando-se de uma certeza terrível que ele não era capaz de identificar de imediato, mas que, disso não havia dúvida, era um peso que seria necessário carregar dali em diante.

Certamente, desde o início ele quisera ser o único filho em quem Webb podia acreditar — fosse qual fosse a confusão em que Reef estivesse se metendo, independentemente da postura contra ou a favor do sindicato que as ambições de Frank na engenharia o levassem a adotar, Kit sempre imaginara que estaria ao lado de seu pai em qualquer circunstância, mesmo porque não havia nenhum empecilho, pelo menos não que ele visse. E no entanto, de uma hora para outra, viu-se fora de casa, no lugar mais perigoso dos Estados Unidos, e antes mesmo que pudesse se lembrar de quem ele era, Webb morrera. Se lhe fosse possível ter confiança em Kit, talvez na hora terrível em que o fim chegou ele tivesse conseguido reagir com um pouco mais de força de vontade, o bastante para garantir sua sobrevivência. Restrito agora às sessões espíritas e aos sonhos, Webb não podia mais dizer tal coisa a Kit de modo explícito, porém era obrigado a usar as metonímias pobres e desoladoras dos mortos.

Embora Webb não o tivesse denunciado naquela noite, isso não queria dizer que Kit estava absolvido. Ele tinha traído seu pai, nada mudaria esse fato — colaborara com os assassinos de seu pai, levando a vida de garoto rico que o estavam pagando para levar, e agora que isso havia terminado ele compreendia que se quisesse procurar uma desculpa, não poderia ser mais sua juventude, nem tampouco o que ainda restasse de sua inocência comprometida. Kit se voltara contra Webb na noite em que chegou de Colorado Springs com a proposta de Foley, e não fez qualquer tentativa de reparação, até que se tornou tarde demais para tal coisa.

Permanecia na cama, nauseado e esvaziado de vergonha. Como fora que aquilo havia acontecido? O que outrora fora seu lar agora estava a uma distância de oito mil quilômetros, e mais uns três ou quatro para cima e para baixo, e a única pessoa lá que ainda significava alguma coisa para ele era Mayva, aquele vulto decidido, cada vez menor, exposto ao vento e ao sol imenso, todo o metal reluzente debaixo da terra pesando contra ela e o que ela queria, e Deus sabia que Mayva não queria muito. "Seu pai passou a maior parte da vida dele lá embaixo... Deu tudo pra eles, e olha o que ele recebeu em troca... aqueles canalhas vendidos, e ainda tem marca do sangue dele espalhada por toda essa terra, ainda a gritar, quer dizer, se sangue gritasse, é claro —"

Talvez lhe desse conforto ver-se a si próprio como um dos santos vagabundos de Yashmeen, mas ele sabia que em matéria de religião a única coisa que possuía era o Vetor, e que também isso já estava recuando cada vez mais no espaço-tempo, e que lhe seria tão difícil voltar para lá quanto para o Colorado. O Vetorismo, no qual outrora Kit julgara divisar uma transcendência, um mundo coexistente de imaginários, o "reino espiritual" que De Forest, aquela figura lendária de Yale, supunha estar atravessando, terminara não indicando a Kit uma saída daquele mundo governado por números reais. Seu pai fora assassinado por homens que, por mais que proclamassem sua lealdade a Jesus Cristo e seu reino, na verdade eram comprometidos com aquele eixo real e nada mais além dele. Kit havia caído no conto do vigário, acreditando que Göttingen seria mais um passo numa viagem que o levaria a uma condição de maior pureza, esquecendo-se, por conveniência, de que tudo aquilo estava sendo pago por Vibe, tudo entrando na conta corrente que ele mais desejava pagar e fechar, o magro livro-razão de uma vida outrora impoluta, que foi porém em pouco tempo repartida em débitos e créditos e muitos detalhes jamais anotados. E Göttingen, exposta à ação de inimigos de toda espécie, não era mais um refúgio, e o Vetor jamais seria a salvação de Kit.

Em algum lugar à sua frente, na névoa do futuro, entre aquele lugar e Veneza, estava Scarsdale Vibe. A convergência que Kit vinha evitando até mesmo definir ainda aguardava sua hora. Aquele homem estava praticando seus desatinos por todo esse tempo impunemente. Era tudo que restava a Kit. Tudo a que ele podia se apegar. Tudo que ele tinha.

Quando a luz começou a vazar pelas frestas em torno das corrediças da janela, Kit adormeceu outra vez e sonhou com uma bala destinada ao coração de um inimigo, deslocando-se por muitos anos e muitos quilômetros, atingindo alguma coisa de vez em quando e ricocheteando num ângulo diferente, porém dando prosseguimento à sua jornada como se soubesse para onde ia, e ele compreendeu que aquele zigue-zague através do espaço quadridimensional podia ser expresso como um vetor em cinco dimensões. Qualquer que fosse o número n de dimensões que ela habitasse, um observador precisaria de mais uma, $n + 1$, para vê-la e conectar as extremidades a fim de traçar uma única resultante.

Enquanto Kit atravessava aquele trecho deprimente e improdutivo da noite que seus conhecidos chineses chamavam de Hora do Rato, e Reef se divertia numa piscina térmica com um número indeterminado de turistas ninfomaníacas, Ruperta Chirpingdon-Groin encerrava uma noitada com Yashmeen que durara até o dia raiar, a maior parte da qual, infelizmente, consistira em negociações — nada de igualdade, nem mesmo simetria. Como esse processo de contrafintas, flertes e trapaças continha sua própria energia erótica de baixa intensidade, pelo visto ele não se reduzia a uma tarefa tediosa, como era comum acontecer entre homens e mulheres, de modo que a longa noite não foi uma perda total. Yashmeen se livrara por dez minutos das preocupações com o futuro, e o ciúme de Ruperta, um animal que se alimentava com uma dieta exótica, havia saciado sua fome. As duas mulheres surpreenderam-se quando constataram que, do outro lado das cortinas, havia um céu cheio de luz matinal, o sol prestes a emergir no alto da serra, um ou dois barcos a vela já singrando o lago.

Todo mundo enlevado de amor, menos Kit, era essa sua impressão, porque seus desejos não eram consultados por ninguém, muito menos por ele próprio. Quando, mais tarde daquele dia, ele e Yashmeen se encontraram no Kursaal, ambos desorientados pela falta de sono, ele anunciou sua ida a Veneza para fins de vingança de um modo talvez um tanto brusco.

"Posso acertar tudo com o irmão Swome? Segundo ele, tenho que pegar o trem em Constanza, e com base no horário que ele me passou vou ter um tempo extra para chegar lá. Você acha que ele está com muita pressa?"

"Acho que para eles o mais importante era tirar-me de Göttingen. Tu eras um elemento prático, e fizeste o que era para fazer. Não deves mais nada a eles."

"Mas essa... outra coisa, a gente precisa agir enquanto tem oportunidade. E como o Reef acha que precisa de mim pra lhe dar proteção, não posso ir embora. E aconteça o que acontecer, a coisa vai andar muito depressa."

Yashmeen o observava com o cenho franzido. "Ainda bem que a tua passagem é para Kashgar, não é?"

"Pode não acontecer nada."

"Ou então eles te podem matar."

"Yashmeen, o filho da puta destruiu a minha família. O que é que eu —"

"É só inveja. Sorte tua poderes contar com esses recursos. Um nome, alguém em que possas pôr a culpa. Pra mim e pra muitas outras pessoas, o jeito é ficar parada enquanto alguma coisa emerge do escuro, ataca, volta pra seu lugar de origem, como se fôssemos frágeis demais pra um mundo de famílias felizes, cujos destinos tranquilos exigem que sejamos sacrificadas."

"Mas se fosse com você, e você tivesse a oportunidade —"

"É claro que eu faria isso. Kit." A mão pousada em seu braço apenas o tempo necessário. "Meus planos, não sou mais eu quem os traça, essas pessoas do P.A.T.A.C.

acham que devo a elas minha sobrevivência até hoje, e alguém decidiu que chegou a hora de cobrar a dívida."

"Quer dizer que vão levar você de volta pra Londres?"

"Primeiro vamos a Viena, e depois a Buda-Pesth. Alguma misteriosa explosão de atividades no campo das Pesquisas Psi. Imagino que vou ser usada como cobaia de experimentos, mas quando peço que me deem detalhes, dizem que se eu soubesse demais a integridade da pesquisa havia de ser comprometida."

"Vale a pena escrever pra você aos cuidados do P.A.T.A.C., ou eles vão abrir e ler a sua correspondência?"

"Bem que eu gostava de saber."

"Então em quem podemos confiar?"

Ela acenou com a cabeça. "Noellyn Fanshawe. Nós fomos colegas em Girton. Toma, esta é a sua morada, mas não fiques a esperar respostas rápidas."

"E o seu pai —"

Ela lhe entregou um envelope do sanatório, fechado, com o brasão grandioso de sempre.

"O que é isso? E eu que achava que vocês dois se comunicavam só por telepatia." Guardou o envelope no bolso interno do casaco.

Ela sorriu um sorriso tênue, formal. "A telepatia, por mais maravilhosa que seja, era — é assim que se diz, 'pinto'? — era pinto comparada com a entrega disso a ele."

Ela já dissera coisas mais lisonjeadoras, Kit pensou, mas nada que exprimisse tanta confiança. Por um instante ele viu-os de fora, hereges mantendo certo nível de profissionalismo, muito embora os de sua profissão já não os considerassem seus pares.

Kit foi vê-la partir num pequeno cais onde um vapor lacustre aguardava. Membros do P.A.T.A.C. andavam de um lado para outro, de vez em quando olhando para ela com impaciência e, era o que quase chegava a parecer, reprovação. O céu estava escuro, cheio de nuvens de chuva impelidas pelo vento. Ela usava um traje simples, saia e blusa, e uma capa com capuz, sem chapéu. Ele não seria capaz de implorar com olhos pidões nem mesmo se fizesse um curso prático de súplicas. Trocou com ela um aperto de mãos formal, mas não largou sua mão de imediato. "Você acha —"

"Que nós éramos capazes de fugir juntos na vida real? Não. Acho difícil imaginar alguém idiota o bastante pra crer nisso."

O barco afastou-se para o meio do lago, depois virou-se, e ela desapareceu, sem se dar ao trabalho de olhar para trás. Kit encontrou Reef ali perto, fumando um cigarro depois do outro, fingindo que não estava reparando.

Kit se permitiu um minuto para perguntar a si próprio quantas despedidas sem lágrimas como aquela ainda teria de viver até que chegasse aquela da qual ele realmente não precisava, aquela que seria, por fim, a definitiva.

E eis que Neville e Nigel reapareceram mais uma vez, tomando coquetéis de opiáceos com xarope inglês e água gaseificada trazida num sifão portátil que eles também usavam para esguichar água nos passantes, causando certa irritação entre os membros do P.A.T.A.C. No momento os dois estavam indo assistir à opereta cômica *Valsando em Whitechapel, ou Um romance supimpa*, vagamente inspirada, segundo alguns uma ideia de péssimo gosto, nos assassinatos de Whitechapel do final dos anos 1880.

"Aahh!" Neville contemplava os próprios olhos no espelho. "Tão empapuçados! Mais pregas que um par de calças do *Piggott*!"

"Vem conosco, Lewis", disse Neville, "temos um ingresso a mais."

"Sim, e por falar nisso", acrescentou Neville, "toma aqui outra coisa", mas Lew com facilidade esquivou-se do fluxo de água gaseificada, a qual atingiu Nigel.

Naquela noite, o Strand, como se por efeito de um consenso, exibia aquela sinistra paixão britânica por tudo que é escuro e reluzente, a qual é bem conhecida pelos estudiosos de neuropatia erótica, para não falar nos especialistas em chimpanzés — multidões com impermeáveis, botas de verniz e cartolas, o fascínio conspurcado dos broches e brincos de marcassita, têmporas untadas de brilhantina a emitir um brilho gélido à luz dos lampiões de rua... até mesmo a calçada, úmida de chuva e exsudações oleosas, contribuía com o seu albedo nauseabundo. A luz dos lampiões representava, para aqueles que, como Neville e Nigel, eram capazes de ouvi-lo, o equivalente luminoso a um grito constante de pavor.

Por toda parte, artistas de rua saltitavam e rodopiavam diante das filas dos teatros — prestidigitadores faziam animaizinhos surgir do nada, acrobatas davam cambalhotas em que a distância entre o crânio e a calçada reduzia-se a milímetros, e enquanto isso, bem à frente do teatro do duque de Cumberland, um quarteto de uqueleles tocava e cantava um *pot-pourri* de árias de *Valsando em Whitechapel*, entre elas uma feita para ser cantada à maneira de Gilbert e Sullivan por um coro de policiais, acompanhado por igual número de prostitutas —

Na verdade...
É apenas propa-
gaaaan-da, que
Policial não namora, ora, ora!
     — Eu
Seria a-do-rável como um
Paaaan-da,
Se eu pu-desse a-gora,
Pois quem-é-que-não-a-dora!
Seja no Quê-nia ou Tan-ga-nii-ca, ou em U-
gaaaan-da,
Isso acontece a toda hora...
Porque é apenas propa-
gaaaan-da, dizer que
Po-li-cial não namora!

No teatro, Lew colocou um xelim na caixa situada nas costas do assento à sua frente, retirou um binóculo e começou a vasculhar a multidão. Deteve-se depois de algum tempo sobre a imagem de ninguém menos que o coinquilino da carta XV do Tarô, o professor P. Jotham Renfrew, que pelo visto tinha vindo de Cambridge para assistir ao espetáculo, seu rosto reduzido a um cromo bidimensional, com cores berrantes, instalado num camarote ao lado de uma pessoa com um uniforme estrangeiro, que Lew levou apenas um momento para identificar como seu antigo companheiro no ofício de pajear o arquiduque, o capitão dos Trabants, agora coronel K. & K. da Landwehr, Max Khäutsch, que praticamente não mudara desde os tempos de Chicago, talvez tendo ficado apenas um pouco mais mineral, aproximando-se da condição de estátua num parque frequentado por pessoas de temperamento irregular.

Lew, porém, não teve muito tempo para rememorar o passado, pois com um grande bater de pratos a orquestra atacou a abertura.

Valsando em Whitechapel revelou-se uma dessas obras modernas em que um grupo de atores se esforça no sentido de montar uma comédia musical *sobre* Jack, o estripador, "em vez de deixar o velho Jack ficar a dar suas facadas por conta própria", como Nigel começou a queixar-se durante o aplauso após o primeiro número.

685

"Ora, Nigel, mas de qualquer modo havia de ser um ator lá no palco, pois não?", protestou Neville.

"Que seja, Neville", discretamente retirando do bolso do casaco um frasco prateado contendo xarope Morphotuss e tomando um gole ou dois, "mas como se trata dum ator a fazer papel dum ator, temos um excesso de artificialismo, não concordas?"

"Sim, mas é tudo artificial, Nigel, inclusivamente o sangue que todos vieram pra ver, e não há o que fazer senão aceitar o fato, não é?"

"Se preferem sangue de verdade", aconselhou uma voz falando baixo da fileira atrás, "estou certo de que se pode dar um jeito."

"Ora pois", Neville mudando de posição, como se fazendo menção de olhar para trás.

"Por Deus, Neville", sussurrou Nigel, olhos esbugalhados saltando de um lado para o outro, "não te vires, que pode ser *Ele*."

No intervalo, Lew encaminhou-se ao bar e encontrou o coronel Khäutsch já atacando um conhaque com soda. Se ele ficou surpreso ao ver Lew, a fadiga profissional adquirida ao longo dos anos acumulados o impediu de demonstrá-lo.

"Trabalho, sempre trabalho. Melhor seriam duas semanas de licença em Berlim, mas questões K. *und* K. muitas vezes nos obrigam a adiar os prazeres..." Khäutsch deu de ombros com as sobrancelhas em alturas diferentes. "Lá estou eu, a queixar-me de novo. *Sowieso*... E como vai a sua vida, Lewis? Não está mais trabalhando como 'espia'?"

"Não, agora sou mais uma espécie de capanga contratado. Você não continua correndo atrás do tal Franz Ferdinand, não, não é?"

Um sorriso amarelo e um sacudir de cabeça. "Aquele idiota desmiolado que nos enlouqueceu naquela época continua exatamente como era — afinal, até que ponto esse tipo de gente é capaz de mudar? Mas o Império, felizmente, encontrou pra mim outras maneiras de servi-lo... Ah, mas aqui está uma pessoa que você talvez goste de conhecer." Acotovelando-se por entre a multidão em direção a eles vinha o professor Renfrew.

Bem, não exatamente. Lew não chegou a dar um salto, mas uma série de músculos seus pareciam estar prestes a fazê-lo. Ele resistiu ao impulso de agarrar sua própria cabeça e efetuar algum reajuste violento, ainda que apenas vagamente concebido.

"Permita-me apresentar-lhe meu colega alemão, o professor doutor Joachim Werfner."

De fato, o professor alemão era muito parecido com Renfrew, ainda que talvez vestido de modo um pouco mais informal, punhos puídos, cabelo despenteado, óculos com lentes de um tom estranho de verde-equimose.

Tendo o cuidado de não manifestar um excesso de espanto com a semelhança, Lew estendeu-lhe a mão. "O senhor veio passear em Londres, professor? Então, está gostando?"

"Vim mais a trabalho, se bem que o Max fez-me o favor de levar-me a Picadilly Circus, onde se pode encontrar uma espécie de cerveja de Munique."

"Compreendo o senhor muito bem, provavelmente nós dois temos a mesma opinião sobre a cerveja inglesa, é como beber o jantar."

Durante algum tempo comentaram o que a imprensa sensacionalista chamava de "Estripareta".

"Curioso", observou Khäutsch, "que esses assassinatos de Whitechapel tenham ocorrido não muito tempo antes da tragédia de Mayerling, o que, para nós na Áustria, sempre pareceu um indício de uma origem comum."

"Ah, não me venha outra vez com essa história", Werfner fingiu gemer.

"É uma dessas impressões fortes da juventude", explicou Khäutsch. "Naquela época eu era um tenente que se julgava detetive, e me achava capaz de resolver o mistério."

"O príncipe herdeiro da Áustria e a namorada fizeram um pacto de morte, ou coisa parecida", Lew tentou recordar. "E por isso acabamos com o F. F."

"O mundo ganhou um *Liebestod* pra idiotas românticos. A verdade mais cruel é que Rudolf foi um obstáculo removido."

Lew olhou para os lados. "Não devíamos...?"

Khäutsch deu de ombros. "Só uma *Fachsimpelei* inofensiva. A morte violenta de pessoas elevadas é do nosso interesse profissional, não é? O caso foi fechado há muito tempo, e de qualquer modo a 'verdade' nunca foi tão importante quanto as lições que o sucessor de Rudolf, Franz Ferdinand, pôde extrair da história."

"Você está dizendo que alguém importante —"

Khäutsch concordou com a cabeça, sério. "Elementos que jamais admitiriam que Rudolf chegasse ao trono. Ele não admirava quase nada na Áustria, e suas crenças eram simplesmente perigosas demais — vivia esbravejando contra nossa corrupção, nosso culto aos militares, principalmente os militares alemães — temia a Tríplice Aliança, via sinais de antissemitismo por toda parte, e de modo geral era contra toda a concepção dos Habsburgo, e teve a imprudência de publicar essas opiniões, nos jornais dos judeus, é claro."

"E a namorada —"

"*Ach, die Vetsera*. Uma criaturinha gorducha, difícil imaginá-la como objeto de uma grande paixão, mas é exatamente o tipo de notícia que dispersa a curiosidade do público, que poderia vir a se tornar fatal, *cherchons la femme*, isso é sempre útil na política."

"Então quem você acha que seja o culpado?"

"Durante algum tempo, cismei com o camareiro do imperador, o conde Montenuovo — porém um dia tive uma iluminação vinda do alto, e compreendi que só pode ter sido Jack, o estripador" — murmúrios gerais — "ele próprio, trabalhando sob contrato. Considerando-se que ele desapareceu de Londres por volta de novembro de 1888, e Mayerling ocorreu no final de janeiro de 1889 — tempo suficiente para que Jack chegasse à Áustria e se familiarizasse com seu alvo, não é?"

"Eles foram mortos a tiros, Max", protestou Werfner, com uma delicadeza exagerada, "e não estripados. O tal Jack não usava armas de fogo, a única semelhança é que a lista de suspeitos no caso do 'estripador' também é grande o bastante para povoar uma pequena cidade, cada um mais plausível que o outro, as histórias, uma por uma, nos convencem por completo de que certamente este é que é o verdadeiro estripador, é inconcebível que possa ter sido qualquer outro — até que o *próximo* fanático aparece e nos convence que o culpado é outro. Centenas, a essa altura já são milhares de narrativas, todas igualmente válidas — o que é que isso pode significar?"

"Mundos múltiplos", interveio Nigel, que havia surgido de algum outro lugar.

"Isso mesmo!", exclamou o professor. "A 'Whitechapel' do estripador foi uma espécie de antessala momentânea no espaço-tempo... pode-se imaginar uma gigantesca *estação ferroviária*, com milhares de portões dispostos de forma radial em todas as dimensões, levando aos pontos de partida de uma série de Histórias alternativas..."

Gongos chineses, golpeados de modo vigoroso, anunciaram que o segundo ato estava prestes a iniciar. Todos combinaram de encontrar-se depois numa recepção realizada em um dos gigantescos hotéis próximos à Trafalgar Square, e quando chegaram viram que o lugar estava fervilhando com uma multidão cosmopolita cujos elementos nem sempre eram fáceis de identificar, em meio a vasos grandes de flores, jovens muito bem-vestidas, criados andando na ponta dos pés e garrafas de champanhe em baldes de gelo, carpetes profundos e candelabros de luzes elétricas. Uma pequena orquestra tocava enquanto casais aprendiam a dançar o "bóston". Havia pessoas com turbantes e barretes. Neville e Nigel, depois de examinar o cardápio rapidamente, escolheram a bebida mais letal que havia no bar, a qual estava na última moda em Londres, uma horrenda mistura de cerveja preta com champanhe denominada "veludo".

Sempre sociáveis, participaram das conversas de vez em quando, até que, sem que ninguém mais percebesse, uma certa Presença Oriental foi vista saindo pela porta afora. "Ora, pois", disse um ao outro, trocando um olhar significativo e, ao mesmo tempo, cantarolando em harmonia "chinesa" o bem conhecido tema pentatônico

Tngtngtngtng tong-tong
Tng-tng tong...

os dois toxicômanos foram se afastando, desmiolados como marinheiros. Pouco depois, entrou um rapaz angelical, de terno e gravata, e seu globo ocular mais próximo pareceu girar uma fração de grau em direção ao coronel Khäutsch, o qual também pediu licença e desapareceu em seu próprio labirinto de desejo.

O professor doutor pôs no rosto o monóculo e apertou a vista em direção a Lew, um olhar que rapidamente se tornou uma espécie de *piscadela confidencial*. "Então o senhor e o Max cuidaram do príncipe herdeiro por um certo tempo?"

"Ah, em Chicago — no tempo que o príncipe era um rapazinho. Só trabalhei no caso por uma semana e meia, o coronel Khäutsch foi quem fez tudo."

"O senhor ficaria surpreso, talvez horrorizado, se visse o que aconteceu com Franz Ferdinand. Com uma pressa um tanto indecorosa para subir ao trono assim que Franz Josef morrer, ele criou uma espécie de estado paralelo no Belvedere, o grande palácio que foi construído para o príncipe Eugênio da Saboia. Seus seguidores não são pessoas que se possam admirar, seus motivos nem sempre coincidem de modo exato com os do Ballhausplatz, e o próprio príncipe herdeiro entrega-se a umas fantasias nem um pouco saudáveis, por exemplo, a respeito da Bósnia, o que, segundo o Max, há de nos causar grandes problemas no futuro — e o Max jamais se engana, ele compreende a situação dos Bálcãs melhor do que qualquer um em toda a Europa."

"Ele diz o mesmo a respeito do senhor."

Werfner deu de ombros. "Meu valor de mercado tende a flutuar. No momento está em alta, por causa da *entente* anglo-russa. A Alemanha passou anos tentando manter os dois países separados, e agora é obrigada a assistir impotente todo esse seu trabalho cuidadoso sendo desfeito. Assim, para qualquer um que pense sobre essas coisas, a Wilhelmstraße, talvez por dez minutos mais que o normal, deve estar prestando atenção."

Lew ouviu com cautela aquela representação do papel de *gemütlicher alter Junge*. Segundo a maioria das histórias a respeito de Werfner que ele tinha ouvido, as vidas de milhares dependiam de cada pausa em sua fala. Ele continuava sem entender por que motivo Werfner estava em Londres, tão longe de seu território, tão perto de seu adversário britânico. Era a persistência da clássica cena de pesadelo do homem que está *onde não deveria estar*. Por mais que os dois professores negassem com veemência sua condição de gêmeos, alguma simetria estava sendo quebrada. Violada. A coisa teve o efeito de fazer Lew retomar seu hábito pernicioso de mordiscar ciclomita. Saiu à procura de um banheiro em que pudesse fazê-lo, embora imaginasse não ser difícil espalhar a substância disfarçadamente num biscoito e ingeri-la desse modo.

"O Werfner está em Londres", Lew disse ao Cohen no dia seguinte.

"É o que dizem os dois NN." Lew teve a impressão de que o Cohen o olhava de um modo estranho. Mais do que estranho, e o que seria toda aquela estranheza? "As coisas estão cada vez mais suspeitas. Temos outros agentes em operação, é claro, mas creio que doravante terás autorização — confiança — pra adotar qualquer iniciativa que julgares necessária. Havendo oportunidade pra tal."

Lew detectou um tom de gravidade. "Cohen, dava pra ser mais específico?"

"Não, só metafórico. Encara esses dois professores como cascavéis numa trilha. Por vezes tem-se a sorte de evitá-las. Por vezes há que tomar outras medidas."

"Você não está sugerindo..."

"Não estou a sugerir nada. Seria melhor que todos estivessem preparados, só isso." Os olhos do pequeno Nick Nookshaft continham, tão grandes, lábios num pequeno círculo.

Não foi de repente que Lew se deu conta do que tudo isso significava — muito menos do modo como o estavam usando todo esse tempo —, mas também não demorou tanto tempo assim para entender. De algum modo, tendo conseguido passar um bom tempo na Inglaterra sem lidar com armas, facas sacadas de repente, golpes desferidos por cassetetes, punhos cerrados ou itens de mobiliário apropriados, ele havia caído no erro de acreditar que pauladas e mortes talvez não desempenhassem um papel tão importante na resolução de casos ali quanto nos Estados Unidos. Como ele se tornara civilizado e inglês, era essa a impressão que tinha, enquanto o tempo todo o P.A.T.A.C., era o que estava ficando claro agora, continuara a agir, cagando e andando para se ele levava na cabeça um chapéu de caubói ou um chapéu-coco londrino, ou para as vogais britânicas ou códigos sociais obscuros que ele havia aprendido ou não, pois quando todas as cartas eram desviradas por fim, Lew continuava a ser apenas um pistoleiro contratado, importado da América, pronto para ser utilizado em alguma hora terrível.

Uma das características de Londres, porém, era que ali o orgulho ferido não doía por muito tempo, porque sempre havia mais um insulto aguardando a hora de ser desferido. O que era muito mais intrigante no momento era a total falta de surpresa manifestada pelo Cohen diante da notícia de que Werfner estava em Londres. Talvez o Cohen tivesse um talento especial para não exprimir seus verdadeiros sentimentos, mas por outro lado, e se...

Lew procurou os dois N, que estavam comendo framboesas marinadas em éter, e agora, rindo sem parar, não conseguiam parar de cantar, repetindo *da capo*, uma canção do terceiro ato de *Valsando em Whitechapel*, a qual Nigel acompanhava no uquelele, assim —

Oh, passa-
rinho de
Spital-fields,
Que sau-da-de
Da tua melo-dia
Ao cair da tar-de!
Quando meu tenti-lhão
de Brick Lane
Cantará sua can-ção
E a-calma-rá minha mente
Com seu sua-ve refrão?
Embora diga o calendário
Que lá em Stepney

> Já é quase ve-rão
> Ainda faz um frio
> Re-tar-da-tário
> No meu co-ra-ção
> 'Té que meu pa-ssa-rinho
> De Spital-fields
> Volte para o ca-lor
> Do seu ni-nho
> No meu a-mooor!
> — (Meu be-em),
> [D.C.]

Quando fizeram uma pausa para respirar, Lew arriscou: "Vocês foram alunos do professor Renfrew, não é?"

"Sim, no King's College", respondeu Neville.

"E o professor Werfner, que nós encontramos no teatro ontem à noite — ele não é a cara do Renfrew, escrito e escarrado?"

"O cabelo era diferente", especulou Nigel.

"A roupa um pouco mais alucinada, pareceu-me", acrescentou Neville.

"Mas Neville, foi você mesmo que disse 'Olha, Nigel, por que diabos o professor Renfrew está a falar com aquele sotaque alemão engraçado?'. E você disse: 'Mas Neville, não pode ser o Renfrew, não vês, com aqueles sapatos horrendos', e você —"

Mas nesse instante Lew viu uma coisa extraordinária, algo que jamais imaginava ser possível naqueles dois — eles estavam trocando sinais, não exatamente de alerta, e sim deixas com as mãos e os olhos, tal como fazem atores num espetáculo de vaudevile — estavam *representando o papel de idiotas ingleses*. E naquele momento luminoso e maculado, ele compreendeu também, tarde demais, que Renfrew e Werfner eram a mesma pessoa, sempre foram a mesma pessoa, que essa pessoa de algum modo tinha o poder paranormal de estar *no mínimo* em dois lugares ao mesmo tempo, mantendo vidas cotidianas em duas universidades diferentes — e que todo mundo no P.A.T.A.C. sabia disso desde o início, sempre soube, muito provavelmente — todos sabiam, menos Lew. Por que motivo ninguém lhe dissera nada? Com que outro objetivo o estariam usando, um objetivo para o qual fosse necessário ele permanecer às cegas, no escuro? Lew deveria estar se sentindo mais indignado, porém imaginava que aquilo fosse o nível normal de desrespeito, ali em Londres.

Uma vez disposto a aceitar que os dois professores eram uma única pessoa, Lew sentiu um alívio curioso, como se houvesse se libertado de uma servidão que jamais entendera direito como funcionava. Pois bem. Levavam seu dinheiro e o chamavam de otário. Era simples assim.

Passou o resto do dia na biblioteca do P.A.T.A.C., tentando reduzir um pouco sua ignorância. Encontrou diversas estantes contendo livros e manuscritos, alguns em idiomas que ele sequer reconhecia, muito menos compreendia, sobre o estranho e o útil talento de estar em dois lugares ou mais ao mesmo tempo, fenômeno que era conhecido no campo Psi havia cerca de cinquenta anos com o nome de "bilocação". Os xamãs do norte da Ásia, em particular, eram famosos por esse talento. A prática começara a chegar à Grécia antiga por volta do século VII antes de Cristo, tornando-se um traço das religiões órficas e, posteriormente, das pitagóricas. Não se tratava de ser possuído por espíritos, demônios ou qualquer outra força externa, e sim de uma viagem que o xamã fazia interiormente — observando uma estrutura, era o que parecia a Lew, muito semelhante ao sonho, em que uma versão do sonhador permanece imóvel, praticamente paralisada, reduzida a algumas atividades básicas como roncar, peidar e virar-se de lado, enquanto uma outra vai tranquila em direção a mundos inesperados, para desempenhar obrigações referentes a cada um deles, utilizando habilidades motoras muitas vezes estendidas a áreas de atividade como voar, atravessar paredes, realizar milagres atléticos de velocidade e força... E esse duplo viajante não era nenhum fantasma desprovido de peso — as outras pessoas podiam vê-lo como um objeto sólido e real, real até demais, muitos relatando que figura e fundo eram mantidos separados por uma fronteira, excessivamente definida e reluzente, entre dois *tipos de luz*...

A certa altura o dr. Otto Ghloix, um alienista suíço que Lew reconheceu do refeitório do P.A.T.A.C., pôs a cabeça na porta e os dois começaram a conversar.

"Esse tal de Renfrew/Werfner parece sofrer", comentou o dr. Ghloix depois de algum tempo, "de uma contradição profunda e fatal — tão profunda que ele não pode avaliá-la de modo consciente, e o resultado é que o conflito é obrigado a ir pra fora, expulso pro mundo exterior, e de lá é levado pra algo a que nós damos o nome técnico de *Shicksal* — Destino — de modo que o mundo que o cerca passa a ser obrigado a sofrer a disjunção ocorrida nele que ele não pode, não deve admitir... fingindo, assim, ser dois 'rivais' que representam os interesses de duas 'nações separadas' que muito provavelmente não passam de manifestações seculares de uma ruptura dentro de uma única alma enferma.

"E, no final das contas, quem melhor do que um geógrafo decaído para representar tal papel, para ocupar o Número XV, O Diabo — alguém que poderia ter seguido a vocação mais elevada, aprendido as geografias secretas dos *beyul*, as terras ocultas, e conduzido a todos nós, em andrajos e cobertos de pó, presas da loucura e da ignorância, à distante Shambhala, para renascermos na Terra Pura? Que crime mais condenável do que trair essa obrigação secreta em troca das desprezíveis recompensas advindas de Whitehall ou Wilhelmstraße?"

"Acho que o que me incomoda no momento", disse Lew, "é o grau de cooperação que ele teve — é, eu diria 'ele', mesmo — da parte do pessoal aqui do P.A.T.A.C."

"Porque as pessoas não lhe disseram o que sabiam."

"Ora, o senhor não levaria a coisa, digamos, pro lado pessoal?"

"Não necessariamente, porque afinal de contas é muito comum nessas sociedades ocultas encontrarmos uma distinção entre leigos e sacerdotes, hierarquias no que diz respeito ao conhecimento dos Mistérios, iniciações secretas a cada etapa, a ideia de que só se aprende o que se tem de saber quando chega a hora de sabê-lo. Não são decisões tomadas por alguém, trata-se apenas do imperativo dinâmico atuando no interior do próprio Saber."

"Ah." Lew conseguiu manter uma expressão neutra, concordar com a cabeça e enrolar em silêncio um cigarro, o qual ele acendeu, no crepúsculo cada vez mais denso, na brasa do Corona do dr. Ghloix. "De certo modo, isso simplifica as coisas", ele comentou, com uma baforada de fumaça turca. "Levando-se em conta o tempo que eu poderia ter continuado a desperdiçar com essas atividades detetivescas. Tentando fazer com que os relatos dos dois batessem — testemunhos oculares, canhotos de passagens, relatórios de investigações, mas que diabo, se isso fosse a juízo, ora, todo o conceito de álibi iria por água abaixo, não é?"

Depois que o doutor partiu, e a escuridão se instaurou, e Lew mandou acender em sua mesa uma pequena lâmpada de Welsbach, e o gongo do jantar, atenuado pela distância, soou, eis que surge ninguém menos do que o Grão-Cohen, prestes a tornar-se Cohen Associado, trazendo uma bandeja com um copo alto de suco de pastinaca e um análogo vegetariano do Pastelão de Porco Melton Mowbray esfriando numa travessa de porcelana. "Sentimos tua falta no jantar."

"Acho que perdi a noção do tempo. Obrigado."

"Teremos uma leitura de poesia aqui hoje, um gajo indiano, coisas místicas, um tremendo sucesso entre as irmãs, bem que podias me ajudar a acender o P.L.", referindo-se ao *Plafond Lumineux*, uma moderna instalação de mantas de gás e lâmpadas elétricas incandescentes formando um arco que atravessava todo o teto da biblioteca, coberta por um dossel translúcido feito de alguma variedade patenteada de celuloide a qual fazia com que todas essas fontes luminosas, uma vez acesas, se fundissem numa cúpula de luz de algum modo mais brilhante do que a soma de suas partes.

O Cohen olhou de relance para a mesa em que Lew fazia suas leituras e tomava notas. "Bilocação, é? Assunto fascinante. Tem tudo a ver com teus interesses, imagino, a atravessar pra cá e pra lá toda espécie de limiar."

"Quem sabe eu não viro xamã, e encontro um iglu simpático pra pendurar meu chapéu."

A expressão no rosto do Cohen Nookshaft não era de contrariedade. "Terias que arregaçar as mangas, aprender uma abordagem sistemática. Anos de estudo — se fosse isso mesmo o que quisesses."

"Se fosse isso mesmo o que eu quisesse."

Levantaram-se e ficaram a olhar o teto, apreciando o brilho uniforme e constante. "Muito agradável, não?", comentou o Cohen. "É claro que ajuda ter algum compromisso com a luz."

"Como assim?"

Como se confidenciando um segredo que, era o que parecia a Lew, ele, sem o saber, se tornara preparado para conhecer, o Cohen explicou: "Somos feitos de luz, não vês, só luz — somos a luz oferecida ao rebatedor ao final do dia, os olhos reluzentes da amada, a chama do fósforo de segurança na janela do edifício, as estrelas e nebulosas em toda a sua glória noturna, a lua a nascer por entre os fios do elétrico, a lâmpada de nafta a luzir na carroça do verdureiro... Quando perdemos nosso ser etéreo e ganhamos corpos, ficamos mais lerdos, mais espessos, e nos coagulamos" — agarrando o próprio rosto pelos dois lados e sacudindo-o para a frente e para trás — "nisto. A própria alma é uma lembrança que trazemos de termos outrora nos movimentado à velocidade e com a intensidade da luz. O primeiro passo cá na nossa Disciplina é aprendermos a readquirir essa rarefação, essa condição de luz, pra mais uma vez podermos ir aonde quisermos, a atravessar lanternas, atravessar vidraças, e por fim, ainda que correndo o risco de nos dividirmos em dois, atravessar o espato da Islândia, o qual é uma manifestação em forma de cristal da velocidade da Terra em meio ao Éter, alterando dimensões e criando a refração dupla..." Parou ao chegar à porta. "Seja como for, a expiação só vem muito mais tarde na jornada. Come alguma coisa, vamos."

A única coisa a fazer, no fundo, era tentar pegar Renfrew de surpresa. A caminho de Cambridge outra vez, o campo inglês, verdejante e nevoento, a passar lá fora rapidamente, percursos de tijolo dentro dos pequenos túneis a rodopiar numa pureza helicoidal, o cheiro dos pântanos, a extensão distante de água no céu refletindo o mar do Norte, pela primeira vez depois de um bom tempo Lew sentiu os desolados espasmos estomacais do exílio, e deu por si sentindo saudades de Chicago, ansiando por uma tardinha de outono, com ou sem compromissos para a noite, em que ele estivesse prestes a entrar no Kinsley's na hora do jantar, onde haveria um bife à sua espera com seu nome escrito nele.

Então começou a rever os anos que haviam se passado desde que Troth o havia deixado, perguntando a si próprio quanto daquilo havia de fato ocorrido com ele e quanto ocorrera com alguma outra versão de Lew Basnight, uma bilocação em algum lugar que ele não tinha como imaginar com clareza. Mergulhou num daqueles cochilos vespertinos de um minuto e meio de duração, cujo tema parecia ser a pistola FN Browning, calibre 25, que ele levava no bolso, uma bela peça, apenas para legítima defesa, não era o tipo de arma que se usasse para ir atrás de alguém... Acordou com uma voz, talvez sua própria voz, a cochichar: "Pra não dizer que é também uma boa arma para o suicídio...".

Epa, espere aí, detetive Basnight. Fazia parte da rotina ter esses pensamentos, conhecidos na sua profissão como Rabugices, de vez em quando, ele conhecera social ou profissionalmente um bom número de detetives e delatores que haviam terminado pulando fora antes do final do expediente, e sabe-se lá até que ponto Lew poderia levar o arrependimento por ter trabalhado tanto tempo assim do lado errado, para as pessoas erradas — se bem que ao menos ele se dera conta bem cedo, quase desde o começo, de que no fundo não estava interessado nas recompensas que motivavam seus colegas, festas à beira-lago, contatos com mulheres desejáveis ou estadistas úteis, numa era em que a palavra "detetive" era universalmente entendida como um eufemismo para capanga desmancha-greves... em algum lugar estaria a versão bilocacional dele próprio, um outro tipo de detetive, à Sherlock Holmes, enfrentando grandes mentes criminosas que não eram tão diferentes assim dos magnatas que contratavam "detetives" para espionar as atividades dos sindicatos.

Talvez todos os católicos que ele conhecera no seu trabalho, irlandeses e poloneses em Chicago, mexicanos no Colorado, tivessem razão desde o início, e não houvesse nada no ciclo de ecos do dia senão penitência, mesmo para quem jamais cometera nenhum pecado, e viver no mundo fosse penitenciar-se — na verdade, como o professor Drave observara naquele inverno em Chicago, era mais um argumento em favor da reencarnação — "Não conseguir lembrar-se dos pecados cometidos numa vida anterior não constitui desculpa para não pagar penitência nesta vida. Acreditar na realidade da penitência é quase ter uma prova da reencarnação".

Encontrou Renfrew num estado de espírito frenético, mais próximo do desespero do que Lew se lembrava de já tê-lo visto. O professor usava sapatos desemparelhados, parecia estar tomando chá num vaso para flores e seu cabelo estava tão despenteado quanto o de Werfner naquela noite. Lew pensou em fazer alguns comentários sutis sobre Jack, o estripador, só para atiçá-lo, porém pensou que Renfrew àquela altura ou bem já saberia que Lew estava informado ou bem já não mais se importava com isso, e fosse como fosse seria um desvio do assunto mais relevante no momento, em relação ao qual Lew ainda não tinha nenhuma pista. Nesse ínterim, Renfrew havia retirado da parede um gigantesco mapa dos Bálcãs, com escala de seis quilômetros por centímetro, uma série de cores claras que se aproximavam, mas não por completo, do rosa, ametista, carmim e azul-celeste.

"Quando se pensa sobre os Bálcãs", pontificou Renfrew, "o melhor a fazer é não examinar componentes isolados — senão em pouco tempo fica-se a correr de um lado para o outro, gritando — e sim todos juntos, tudo num único instantâneo atemporal, tal como, segundo dizem, os mestres do xadrez encaram o tabuleiro.

"As ferrovias parecem ser a chave. Quando se olha para o mapa ao mesmo tempo que se anda lentamente para trás, a uma certa distância exata o princípio estrutural se torna visível — o modo como as diferentes linhas se conectam, o modo como elas não se conectam, quais os diferentes interesses que querem que elas se conectem, tudo isso definindo padrões de fluxo, não apenas reais mas também invisíveis, potenciais, e coisas como com que velocidade as massas relevantes podem ser deslocadas até uma determinada fronteira... e, além disso, qual a teleologia atuante, à medida que o sistema ferroviário cresce e assume uma determinada forma, um destino — Deus meu, já começo a falar como o Werfner.

"Coitado. Dessa vez creio que ele caminha a passos largos rumo ao desastre, chegou muito além da última parada de toda e qualquer ferrovia conhecida que possa trazê-lo de volta. Está a trabalhar numa solução a longo prazo para a Questão da Macedônia, mantida em segredo em meio aos segredos da Wilhelmstraße porém só recentemente tendo chegado ao meu conhecimento. Seu plano", uma das mãos levantada como se segurasse um ponteiro invisível, "é — que loucura! — instalar por toda a península, a partir dum ponto um pouco a leste de Sófia, aqui, mais ou menos ao longo da cordilheira dos Bálcãs e da Sredna Gora, coincidindo com a fronteira norte da antiga Rumélia Oriental, e continuando até o mar — *das Interdikt*, para usar o termo dele, com trezentos quilômetros de extensão, invisível, a espera de passos incautos e, uma vez desencadeada, irreversível — implacável..." Calou-se, como se alguma força que estivesse ouvindo silenciosamente o obrigasse a deter-se naquele ponto.

"E esse *Indertikt*, afinal, o que era isso exatamente?" Lew teve de súbito a certeza de que naquele momento, em Göttingen, algum Lew bilocacional estava dirigindo a Werfner a mesma pergunta, cuja resposta nem um nem o outro queria ouvir, mas que ambos sentiam-se obrigados a fazer. E de que, nos dois lugares, os dois Lew Basnights recebiam como resposta o mesmo olhar ofendido.

Com sinais evidentes de insônia, Renfrew exalou um suspiro eloquente. "Isso está sendo estudado há muito tempo em Charlottenburg, eu lhe garanto."

"Obrigado, professor, isso explica tudo. Bom! Se não tem mais nada, acho que eu vou procurar um bar e analisar a questão a fundo. Quer vir comigo?"

"Tem a ver com nosso Cavalheiro Bombardeador", revelou Renfrew de repente, "ah, o C. B. está muito envolvido nessa história agora, o que torna mais do que nunca necessário que ele seja imediatamente detectado e apreendido, o senhor entende."

Lew, que não entendia, parou ao chegar à porta, levantando uma das sobrancelhas para incentivá-lo.

"Ele foi visto na vizinhança de Cambridge", disse Renfrew, quase inoportuno. "À espreita, perto do campo Fenner's, quase como se estivesse a fazer um trabalho de reconhecimento."

"E quando será realizada a próxima partida de críquete lá?"

"Amanhã, com o I.Z."

"Está bem, digamos que ele está se preparando pra jogar uma daquelas bombas asfixiantes dele — o que é que isso tem a ver com o tal plano do *Interdikt* do seu" — talvez tenha hesitado nesse momento — "colega, o doutor Werfner?"

Não houve resposta, apenas um gesto de insone em direção ao mapa multicolorido, tendo se aproximado tanto dele que agora seu nariz estava a apenas dois centímetros — doze quilômetros — do território.

"Gás tóxico? O Werfner pretende usar isso como parte desse *Interdikt*?"

"Na verdade, não estou autorizado." Sussurrando.

"Mas o Cavalheiro Bombardeador abriria o jogo se alguém conseguisse detê-lo o tempo suficiente para lhe fazer umas perguntas — é isso? Bom. Vou ver se consigo arranjar umas pessoas pra amanhã, e quem sabe a gente não tem sorte com esse sujeito."

Lew foi até o campo de críquete Fenner's, ao cair da tarde, com nuvens de chuva no céu, só para dar uma olhada. Sempre havia a possibilidade, na verdade atraente, de que Renfrew tivesse finalmente enlouquecido, por efeito da tensão dos acontecimentos internacionais. Certamente isso tornaria a vida de Lew mais fácil. Mas espere — quem era aquele, na pista de cinzas, na corrupção da luz crepuscular, todo o mundo tendo evacuado, como se atendendo a um alerta geral à população que todos, menos Lew, tivesse ouvido?

Ficou olhando para as mãos e pés da figura, aguardando o aparecimento, na escuridão crescente, de uma esfera de certo tamanho. Desabotoou o paletó e sentiu o peso da pequena Browning a seu alcance. A figura talvez tivesse percebido esse gesto, pois começou a se afastar. "Vem cá, a gente não se conhece?", gritou Lew, no tom mais americano de que era capaz naquelas condições de nebulosidade e lusco-fusco. A resposta foi uma risada, inesperadamente leve, e uma corrida em direção à noite e à chuva que se aproximava. Quando começou a cair uma garoa fina, o estranho já havia desaparecido, não voltando no dia seguinte, na partida que I Zingari, jogando de início num campo um tanto úmido, terminou ganhando com oito pontos.

De volta a Londres, Lew foi mais uma vez a Cheapside para consultar o dr. Coombs De Bottle, que parecia um pouco mais esfarrapado e nervoso do que da última vez.

"O senhor é a décima, ou talvez centésima, pessoa a me perguntar sobre o dicloreto de carbonila esta semana. Mais ou menos essa ordem de grandeza. A última vez que a hierarquia ficou curiosa desse jeito foi logo depois da Incursão de Jameson. Agora estão a nos enlouquecer outra vez. O que o senhor imagina que possa estar acontecendo?"

"Eu esperava que o senhor pudesse me dizer. Acabo de ver de relance nosso velho amigo, o Cavalheiro Bombardeador, lá em Cambridge, mas estava escuro demais pra dar um tiro nele. É o que vocês chamam de má iluminação."

"A Polícia Metropolitana mantém um silêncio curioso a respeito dele. Eu preferia que ele tivesse ido embora do país, como Jack, o estripador, ou algo assim."

"Essa história de fosgênio que ouvi dizer — é uma coisa diferente, uma espécie de armadilha que fica parada no lugar até que o alvo se aproxima, e numa escala muito maior do que um único bombardeador."

"Parece uma combinação de lançador de gás com mina terrestre", num tom de pasmo moderado, como se se tratasse de uma novidade completa para ele.

"É tudo que posso lhe dizer. Meio vago, suponho."

"O fosgênio vaporiza-se a sete graus Celsius, de modo que havia de se guardá-lo nalgum tipo de tanque sob pressão. Neste caso, a armadilha, através de uma conexão, simplesmente abria uma válvula. A pressão no tanque podia ser mais alta ou mais baixa conforme a força com que se desejasse projetar o gás. A teoria, tal como eu a entendo, é lançar a substância ao longo duma linha, por exemplo, uma linha de tropas a avançar. O cálculo faz-se em termos de peso por unidade de comprimento, por exemplo, quilos por metro, por hora."

"Seriam mais toneladas por quilômetro."

"Meu Deus. Qual a extensão disso?"

"O pessoal do Ministério da Guerra já deve saber, mas o valor que tenho é trezentos quilômetros. O senhor podia conversar com eles."

O Cohen adotou um enfoque filosófico. "E se o C. B. não for um mero terrorista e sim um anjo, na acepção etimológica de 'mensageiro', e se na nuvem fatal que ele traz, apesar do cheiro insuportável, da sufocação corrosiva, houver uma mensagem?" Segundo Coombs De Bottle, alguns sobreviviam ao ataque. Mesmo em casos fatais, poderia haver um intervalo de até quarenta e oito horas. O tratamento poderia ter sucesso, desde que incluísse quatro ou cinco horas de repouso absoluto. "De modo que o fosgênio não dá garantia de morte", concluiu o Cohen. "E talvez a intenção não seja na verdade a de matar as vítimas, talvez a intenção do Mensageiro seja até benévola, uma maneira de impor-lhes a imobilidade, já que a sobrevivência depende dum estado de quiescência em que a mensagem possa ser objeto de meditação, e talvez, posteriormente, ser posta em prática...?"

Então, certa manhã, Lew desceu ao salão do pequeno almoço e constatou que todos haviam ido embora. Se estivesse no Colorado, isso talvez indicasse a proximidade da visita de um grupo numeroso, bem armado e disposto a apertar gatilhos — neste caso, abandonar a cidade seria apenas uma medida de prudência. Mas ninguém em particular apareceu em Chunxton Crescent. Lew esperava, mas de algum modo o lugar apenas continuava a ser, respirando em silêncio, os corredores vazios, as superfícies internas e externas da parede devolvendo ecos que chegavam a cada ouvido com um intervalo de uma fração de segundo, produzindo uma ilusão de presenças espirituais que repetissem as palavras dos vivos. Acólitos e criados andavam na ponta dos pés como sempre, sem terem muito a dizer. O Cohen Nookshaft e madame Eskimoff haviam desaparecido, Neville e Nigel também, ninguém parecia estar no comando. As entregas de carvão, gelo, leite, pão, manteiga, ovos e queijo continuavam a ser feitas.

Chovia. A chuva escorria pelas estátuas do jardim. Pingava dos narizes dos sátiros e ninfas. Lew contemplava uma fotografia de Yashmeen, à luz cinzenta que entrava pelas janelas do jardim. Havia recebido um cartão-postal dela uma semana antes, com selos suíços normais e também o selo de um vermelho-vivo do Sanatório Böpfli-Spazzoletta, dizendo que ela estava indo para Buda-Pesth, sem explicar a razão. Como se fosse uma jovem despreocupada fazendo turismo pela Europa, foi a impressão de Lew. Só que os mesmos selos vermelhos apareciam por toda parte na correspondência trazida todos os dias para Chunxton Crescent, como gotas de sangue na neve. Cartões-postais, envelopes de tamanhos diferentes, não era provável que todos tivessem sido mandados por Yashmeen. Então era para lá que todos tinham ido, para a Suíça? Sem avisar Lew, é claro. Pistoleiro contratado, coisa e tal, não havia necessidade, não era mesmo?

Lew considerou suas opções. Não havia ali ninguém com que ele realmente pudesse conversar, até Otto Ghloix sumira, sem dúvida teria voltado para sua terra natal, a Suíça, junto com todo mundo. Lew deveria estar se sentindo mais abandonado do que se sentia de fato, mas o estranho é que a sensação que tinha era a de se livrar de um mau contrato. Fosse o que fosse o que tanto preocupava a todos, a ninguém ocorrera que Lew talvez pudesse lhes ser útil. Muito bem. Haveria naquela cidade outros trabalhos para detetives que lhe permitiriam pagar as contas, e de qualquer modo ele já deveria estar trabalhando por conta própria havia muito tempo. O p.a.t.a.c. que contratasse outro gorila.

"Mas é o teu destino!", o Cohen haveria de implorar.

"Sim, Lewis, fuma um pouco disto e pensa bem."

"Desculpe, pessoal, mas não estou mais interessado em correr atrás de cartas de tarô, não, daqui em diante só quero saber de maridos desconfiados e colares de pérolas perdidos e venenos exóticos, obrigado."

E se também isso não era exatamente o que ele era — se, tendo passado algum tempo sem querer muita coisa, não era nem mesmo exatamente o que ele "queria" —, Lew estava decidido ao menos a jamais ter de voltar atrás, jamais voltar a percorrer uma trilha no deserto cheia de buracos de marmotas, uivando para a lua inexplicável e indiferente.

QUATRO

Contra o dia

O primeiro posto de Cyprian foi Trieste, onde vigiava o cais do porto e o tráfego de emigrantes com destino à América, fazendo incursões a Fiume e visitas de recém-chegado à fábrica de torpedos da Whitehead e ao porto de petroleiros, por vezes descendo a costa até Zengg, o quartel-general do movimento cada vez mais vibrante dos Novos Uskoks, cujo nome fazia alusão à comunidade de exilados que, no século XVI, controlava aquela extremidade do Adriático, ameaçando na época tanto Veneza no mar quanto os turcos nas montanhas, e que continuava a constituir um grupo de quadros dedicados para quem a ameaça da inundação turca, imediata e implacável, permanecia viva e demonstrável. Que continuava a esperar, ao longo de toda a Fronteira Militar, dia e noite, a brecha fatal — montando guarda nas antiquíssimas atalaias e registrando nos mapas militares da região cada faísca, por menor que fosse, a surgir na noite terrestre, suas coordenadas e sua magnitude, tendo sempre à mão lenha seca e parafina para os faróis de alarme, jamais se permitindo mais do que meio minuto para acender a luz. Implicações óbvias para a Questão da Macedônia. Só Deus sabia em que departamentos esotéricos da burocracia os relatórios de Cyprian sobre os neouskoks iam parar.

Trieste e Fiume, em lados opostos da Ístria, haviam se tornado pontos de convergência para aqueles que, na Áustria-Hungria, queriam embarcar num navio com rumo ao oeste. Nesse fluxo cotidiano de almas, a maioria era de viajantes legais, mas sempre havia um número suficiente de pessoas disfarçadas para que Cyprian fosse obrigado a passar o dia todo no cais, registrando detalhadamente quem embarcava para a América, quem voltava, quem estava ali pela primeira vez. Entradas e saídas —

tal como débito e crédito, anotadas em páginas opostas de seu caderno de agente. Após alguns anos se expressando falsamente através de uma série de letras diversas, permitindo que um verdadeiro carnaval de identidades penetrasse sua escrita — ele retomara sua letra dos tempos da escola, das longínquas Vésperas, do velho órgão desafinado da capela no momento em que a última luz é apagada e a porta é trancada em preparação para a longa noite.

Ao entardecer, ele ainda permanecia no cais do porto, olhando para o mar. O trabalho não o detinha — o pôr do sol tinha precedência. A promessa da noite — uma densidade de possibilidades aqui que sem dúvida não existia em lugares como Zengg. Marinheiros, nem era preciso dizer, criaturas do mar por toda parte. Um céu de carne azul-leitosa descendo em direção ao escarlate do mar, a luz teatralmente colorida lançada para o oeste, tingindo todas as superfícies voltadas para aquele lado...

A imersão de Cyprian no mundo secreto tivera início apenas um ano antes, em Viena, no decorrer de mais uma tardinha a andar de um lado para o outro, sem destino, no Prater. Impensadamente, envolveu-se numa conversa com dois russos, os quais julgou, no estado de inocência em que vivia na época, serem turistas.

"Mas você mora aqui em Viena, não compreendemos, o que é que você faz?"

"O mínimo possível, é o que se espera."

"Ele quer saber qual é o seu trabalho", disse o outro.

"Ser simpático. E o seu?"

"No momento? Só um pequeno favor para um amigo."

"De... perdão, um amigo de vocês dois? Então somos todos amigos, não é?"

"É uma pena que não se deve brigar com pederastas. A insolência na voz dele, Micha, a cara dele — algo tem que ser feito."

"Por esse amigo, imagino", respondeu Cyprian, impertinente. "O qual também não deve gostar muito de insolências, eu suponho."

"Pelo contrário, ele até gosta."

"Como algo que é necessário aturar com paciência." Levantando a cabeça um pouco afastada, Cyprian olhava a toda hora para eles, de soslaio, por entre os cílios inquietos.

O outro homem riu. "Como oportunidade de corrigir um hábito pervertido que ele não aprova."

"Ele é russo também, como vocês? Gosta de cnutes, essas coisas?"

Nem ao menos uma pausa. "Ele prefere que seus companheiros não tenham marcas na pele. Assim mesmo, é melhor pensar antes de usar essa sua boca interessante, enquanto ela for sua para usar."

Cyprian concordou com a cabeça, como quem se sente repreendido. O reflexo sutil de temor retal que o percorreu naquele momento talvez fosse apenas uma reação de medo diante de uma ameaça, ou a manifestação do desejo que ele estava tentando, sem sucesso, controlar.

"Mais um Capuziner?", ofereceu o outro.

O preço que combinaram não era tão alto que provocasse uma curiosidade acima do normal, se bem que, é claro, a questão da discrição foi mencionada. "Mulher, filhos, atuação pública — os obstáculos de sempre, imaginamos que você a essa altura já deva saber lidar com eles. Nosso amigo foi muito enfático quanto a isso — a reputação dele é da maior importância. Se o nome dele for mencionado para alguém, por mais trivial que seja a menção, ele será informado. Nosso amigo possui recursos que lhe permitem saber tudo que as pessoas dizem. Todo mundo. Até mesmo você, aconchegado no seu ninho frágil com algum visitante másculo que lhe pareça no fundo querer 'manter' você, se resolver contar vantagem para alguma outra libélula abandonada — 'Ah, ele me deu isso, comprou aquilo para mim' — a cada momento da sua vida é preciso ter *cuidado com o que você diz*, pois mais cedo ou mais tarde suas palavras exatas serão recuperadas, e se elas forem as palavras erradas, então, mocinha, é melhor bater asas para salvar a pele."

"E não imagine que vai estar protegido se voltar para sua terra", acrescentou seu companheiro, "pois também dispomos de recursos na Inglaterra. Estaremos sempre de olho em você, onde quer que essas suas asinhas o levem."

Não havia ocorrido a Cyprian que aquela cidade, àquela altura, ainda tivesse algo mais a lhe revelar que não fosse a promessa de obediência impensada, dia e noite, aos impulsos do desejo. Sem dúvida, encontrar em Viena, fora do Prater, reservatório de beleza europeia, um comportamento até um pouco mais complexo, especialmente quando (era a conclusão inevitável, no caso) havia também uma dimensão política, teve o efeito de fazer seus coeficientes de tédio ultrapassar os limites, e todos seus mecanismos de alarme foram acionados. Talvez aqueles dois intermediários já houvessem percebido nele aquela superficialidade de expectativas. Entregaram-lhe um cartão impresso com um endereço — na Leopoldstadt, o bairro judeu ao norte do Prater, do outro lado da estrada de ferro.

"Ora. Um amigo judeu, ao que parece..."

"Talvez um dia uma conversa aprofundada sobre questões hebraicas lhe traga algum lucro, financeiro além do educativo. Enquanto isso, vamos passo a passo."

Por um momento uma asa de ausência desolada desceu sobre as mesas de jardim do Eisvogel, eclipsando todo e qualquer futuro imaginável. De algum lugar na direção da roda gigante vinha o ritmo infernal de mais uma valsa borbulhante.

Os russos, que se tratavam mutuamente de Micha e Gricha, tendo obtido um dos endereços de Cyprian, um café no IX Bezirk, logo começaram a deixar mensagens para ele lá cerca de uma vez por semana, marcando encontros em lugares pouco frequentados em todos os bairros da cidade. À medida que ele foi tomando consciência da intensidade daquela vigilância, o que talvez fosse a intenção dos russos, Cyprian começou a passar menos tempo no Prater e mais nos cafés, lendo jornais.

Começou também a fazer pequenas viagens de um dia de duração, prolongando-as por vezes até a noite, para verificar qual o raio de liberdade que seus vigiadores lhe concediam.

Sem ter oportunidade de se preparar, por fim foi convocado uma noite ao endereço em Leopoldstadt. O criado que abriu a porta era alto, cruel e silencioso, e quase antes que ele tivesse tempo de ultrapassar o limiar Cyprian foi algemado e teve os olhos vendados, depois foi empurrado com brutalidade corredor à frente, em seguida impelido escada acima, até chegar a um cômodo notável pela ausência de ecos, onde foi desamarrado apenas pelo tempo suficiente para ser despido, sendo em seguida preso outra vez.

Foi o próprio coronel que removeu sua venda. Usava óculos de aro de aço, e exibia no crânio rigorosamente raspado uma estrutura óssea que traía para o estudioso da etnofisionomia, até mesmo à luz exaurida do recinto, seu sangue nada prussiano, francamente cripto-oriental. Escolheu uma vara de ratã e, sem nada dizer, passou a usá-la no corpo nu e desprotegido de Cyprian. Estando preso por correntes apertadas, Cyprian não lhe pôde opor muita resistência, e de qualquer modo sua ereção inabalável tornaria todo e qualquer protesto pouco convincente.

E assim tiveram início desses encontros, uma vez por semana, sempre realizados em silêncio. Cyprian experimentou diferentes trajes, maquiagens e penteados numa tentativa de provocar algum comentário, mas o coronel estava muito mais interessado em vergastá-lo — em silêncio e muitas vezes, empregando uma estranha delicadeza de toque, até levá-lo ao clímax.

Uma noite, perto do Volksgarten, Cyprian estava andando a esmo pelas ruas quando ouviu, vindo de algum lugar não identificado de imediato, um coral de vozes masculinas roucas de tanto cantar por horas a fio "Ritter Georg Hoch!", o velho hino pangermânico, e ali em Viena, naquele tempo, também antissemita. Compreendendo na hora que seria melhor não ter de enfrentar aquelas pessoas, enfiou-se na primeira adega que viu, onde se deparou com ninguém menos que Ratty McHugh, seu velho colega de escola. Ao ver aquele rosto de um passado tão visivelmente mais inocente, começou a fungar, não tanto que causasse constrangimentos, porém surpreendendo de tal modo a ambos que Ratty foi levado a lhe fazer perguntas.

Embora Cyprian já tivesse àquela altura uma ideia mais clara do que lhe ocorreria se ele falasse de seus encontros com o coronel — a morte certamente não estava excluída, a tortura era certa, não a do tipo agradável que ele costumava receber de seu cliente misterioso e sim algo mais sério —, não obstante ele sentiu-se tentado, de modo quase sexual, a contar tudo logo de uma vez a Ratty, numa explosão imprudente, para ver quanto daquilo de fato chegaria aos ouvidos do coronel e o que aconteceria então. Sua intuição levou-o a não perguntar a seu ex-colega para quem ele estaria trabalhando, em particular para qual Setor. Com a sensação de quem dá um passo para dentro de um quarto escuro cheio de perfumes narcotizantes, calibrando o tom de voz para que saísse bem seclutor, cochichou: "Você acha que consegue me tirar de Viena?".

"Em que espécie de confusão te enfiaste?" Ratty, é claro, quis saber. "Exatamente." "'Exatamente'..."

"Estou sempre em contato com pessoas que podem ajudar. Embora eu não possa falar por elas, tenho a impressão de que quanto mais detalhado for o teu relato, mais estarão dispostas a fazer o possível." O velho Ratty jamais lhe havia falado de modo tão cuidadoso.

"Olha aqui", Cyprian imaginou poder explicar, "ninguém começa a viver assim de modo intencional... 'Ah, sim, estou a planejar uma carreira na pederastia.' Mas — talvez menos em Trinity do que no King's — para quem quisesse ter alguma vida social, era simplesmente a máscara que se devia usar. Uma coisa inevitável, mesmo. Com toda a expectativa, para a maioria de nós, de deixar tudo pra trás depois do baile final, sem deixar sequelas. Quem podia prever, tal como a atriz que se apaixona pelo galã que contracena com ela, que a ficção havia de acabar por se tornar mais desejável — coisa estranha, mais durável — do que qualquer coisa que o mundo civil tinha a oferecer..."

Ratty, bom sujeito, não piscou mais que o normal. "Minhas alternativas eram um pouco menos exuberantes. Whitehall, Blackpool. Mas creio que devo te avisar, talvez seja necessário aguentar um pouco de avaliação de caráter."

"Feita por gente como tu. Devem ser um tanto ríspidos."

"Viris até não poder mais, sem a menor paciência pra qualquer outra coisa."

"Cruzes, justamente o meu tipo de homem. Continuas com a mania das apostas como no tempo de Newmarket? Dependendo do caso, aposto que sou capaz de seduzir qualquer membro de qualquer batalhão viril que escolheres. Basta uma noite."

Menos de uma semana depois Ratty já havia marcado para ele um encontro com Derrick Theign, um funcionário alto, de expressão aflita, que a julgar pelo sotaque já deveria estar trabalhando ali havia um bom tempo. "Acho que gosto daqui, mais até do que devia, pelo que me dizem. Se bem que mergulhado em relatórios de campo até a ponta dos cabelos, quando se arranja tempo para... bem, a outra coisa, quer dizer, se se está interessado nela, o que, naturalmente, não se está, não muito."

"'Não muito'. Ah, meu Deus."

"Mas devo confessar que realmente *adoro* essas coisas de chocolate e framboesa — você se incomodava se pegássemos... talvez até várias, não pra *levar* conosco, sabe, mas para *comer aqui*, ainda que *mais depressa* do que possa ser considerado —"

"Derrick, se me permite chamá-lo assim — por acaso estou a deixá-lo nervoso? Euzinho, tão comum, tão pouco ameaçador? Não era melhor —"

"Não, absolutamente, é só... hmm. Mas que maçada. Por outro lado..."

"Por favor, continue — é só o quê?"

"A maquilagem, sabe. Parece-me —"

"Ah, será que errei nos olhos outra vez? É o que vivo a fazer. Que lado, hoje?"
"Não, não, estão ótimos, aliás, está tudo... bem, divino."
"Ora, Derrick."
"Quer dizer, é você mesmo quem faz? Ou outra pessoa?"
"Já deve ter ouvido falar da Zsuzsa, não? Pois bem, passei a maior parte da tarde no seu salão, ela é realmente a pessoa que se deve procurar quando se... sabe, quando se tem aquelas pequenas premonições de que se vai encontrar uma pessoa que vale a pena —"
"Isso — é este o sorriso que eu quero, exatamente, agora fique assim e não se assuste, mas estamos, no momento, a ser observados."
"Onde?"
"Está a passar por cá... ali."
"Ah."
"Já foram e voltaram mais de uma vez — a menos que eu esteja enganado, saíram do ateliê do Micha e do Gricha. Você tem andado com uns gajos interessantes, Latewood. Espere aí... já, já, eles hão de dar meia-volta e retornar, quando então será melhor que eu tenha a mão na sua perna — isso vai incomodá-lo de algum modo?"
"Bom... em qual perna você estava pensando, Derrick?"
"Certo... lá estão eles outra vez."
"Hmm..."
"Daqui a pouco, da maneira mais natural possível, vamos nos levantar e sair juntos, deixando que eles nos sigam. Conhece o Hotel Neue Mutzenbacher, perto das Estrebarias Imperiais?"
"Já ouvi falar. Uma espécie de museu do mau gosto, jamais havia de querer ir lá."
"Não diga. Sempre me pareceu um lugar muito alegre."
"'Sempre', Derrick? Então você... é um *habitué* de... do Mutzi?"
"A decoração é mais do que compensada pela tremendamente útil V.A.S., isto é, Via Alternativa de Saída, quer dizer, se você não tem nojo dum pouco de esgoto."
"Essas coisas, aprende-se a tolerá-las... mas diga-me cá, se pessoas como você usam essa via, não é possível que também o M. e G. a conheçam?"
"Mesmo assim, eles tinham de ficar a esperar do lado de fora um pouco, não é, pra ter certeza, antes de entrar à força."
"Ter certeza de —"
"Da minha autenticidade nisso."
"E isso levava quanto tempo?"
"Não sei. Um bom tempo, espero. Quanto tempo duram seus encontros em média, Cyprian?"
"Horas e horas, às vezes. Depende do quanto ele estiver enrabichado, é claro."
"Pois, se bem que muitos certamente ficam entediados depressa — mas sim, lá está o Stiftskaserne, estamos quase a chegar..."

* * *

O *Fiaker* levava-os para o sul, em direção à fração avermelhada de lua, as luzes da cidade convergindo atrás deles, o cocheiro cantarolando baixinho umas *Fiakerlieder* apropriadas, porém evitando cantar em voz alta.

"Este não é o caminho da estação."

"Para a Süd-Bahnhof é."

"Mas dessa se parte pra Trieste, não pra nossa terra. Derrick? Eu não quero ir para Trieste... Eu devia estar indo na direção oposta, rumo a Ostend, a..." Não conseguiu repetir "nossa terra".

"Se tivermos sorte, eles também pensarão que queremos o Expresso de Ostend — assim, terão talvez levado os agentes deles para o Staatsbahn. Uma forma clássica de despistamento, pode relaxar, não se preocupe, que depois vamos tomar a direção certa. Se é isso mesmo que você quer. Tome as suas passagens, documentos de viagem, a carta de crédito, um pouco de dinheiro vivo —"

"Mil Kreuzer? Isso não dá nem dez libras."

"Meu Deus. Quanto mesmo você costumava cobrar?"

Cyprian encarou-o com ar de desafio. "O mínimo para se sobreviver em Viena é trinta K. por dia."

"Lá para onde você vai, creio que a vida é mais barata. Quanto à 'nossa terra'" — passando por lampiões elétricos que luziam a intervalos, como um holofote de prisão, nas lentes de seus óculos — "seria bom pensar até que ponto essa expressão de fato se refere à 'Inglaterra' no seu caso, atualmente. É curioso, mas talvez seja mais seguro pra você permanecer em Trieste... ou mesmo num lugar *mais para o leste*."

Era difícil ver os olhos dele, mas com base na postura de seus ombros e nas modulações de seus lábios Cyprian podia entender parte do que ele não estava dizendo. Após um momento de diversão psicorretal: "Na terra dos turcos, é o que imagino que você queira dizer".

"Um reflexo quase encantador, Latewood, se não fosse tão previsível entre gente da sua laia. Sim — pra recuar, e não pela primeira vez, das polifonias perigosas com que preciso lidar no meu dia a dia para essas canções de bordel em uníssono — refiro-me de fato aos turcos, com seus famosos equipamentos e tudo o mais. Isso mesmo."

"Hmm." Cyprian ficou a olhar para o agente mergulhado nas sombras. "Você está *envolvido*, não está?, pelo menos no momento. Tudo bem, isso não me surpreende, você é atraente lá a seu modo amarrotado."

"De fato. É por isso que todos os casos de pederastia terminam na minha mesa. Ah, mas" — sacudindo a cabeça vigorosamente, como quem emerge de um transe — "eu estava a queixar-me outra vez? Mil perdões, às vezes a coisa, como se diz, simplesmente *explode* de repente —"

* * *

Os russos não deram muito problema. "Você pode escolher entre uma acusação de *Kuppelei* simples ou atenuada, Micha —"

"Eu sou o Gricha."

"Ou isso. São as únicas opções que lhe serão oferecidas. Seis meses ou cinco anos. Se você insistir em criar dificuldades, vamos apresentar documentos provando que o pobre Cyprian estava legalmente sob a sua tutela quando você o levou, alegando motivos falsos, para uma vida imoral — e isso pode lhe dar até cinco anos numa prisão habsburguiana, muito provavelmente preso numa cela do tipo belga, setecentos gramas de pão por dia, carne e sopa de vez em quando, é o que dizem, o que é melhor do que come o homem livre médio na Rússia, mas talvez seja desagradável para um epicurista que conseguiu chegar até onde você chegou..."

A certa altura decidiu-se que já se podia dizer a Cyprian que sua localização e seus planos a médio prazo, quase antes mesmo de serem elaborados em detalhe, haviam sido passados, de modo rotineiro, para o coronel, o qual, como ficara sabendo Cyprian, tornara-se especialista em política eslava tanto quanto nas práticas sexuais desses povos, as quais, acreditava-se, incluíam irregularidades de gênero.

"Croácia-Eslavônia! Mas é justamente lá —"

"Sim?"

"O jardim de delícias dele. Mais cedo ou mais tarde ele há de passar por lá, então vai me matar, ele ou um daqueles russos, ah, *muito* obrigado, Theign, obrigadíssimo, *mesmo*."

"Se eu fosse você, não me preocupava com eles. Você não está mais na lista deles."

"Desde quando? E por que não?"

"Decepcionado? Desde que o seu coronel foi preso" — levantando e consultando demoradamente um relógio-calendário de bolso, de fabricação suíça, de bronze e porcelana negra — "na quinta-feira passada. Teremos nos esquecido de dizer-lhe isso? Mil desculpas. Não, ele não está mais em atuação. Esse capítulo terminou. Nós avançamos. Se bem que em nosso trabalho não é impossível imaginar um reencontro algum dia, especialmente porque — o que é inexplicável, há que admitir — ele parece gostar de si."

"Nem mesmo se a Inglaterra esperar isso de mim, Theign."

"Ah", dando de ombros, "é verdade, deram-me a entender que pode haver um leve castigo, algo *pro forma*, mas quase só isso —"

"Não com *essa* gente, pelo amor de Deus, até o maior imbecil na lista deles sabe que virar pra trás é a morte. Castigo. Mas de que diabo de planeta você saiu?"

"Nós conhecemos 'essa gente', Latewood."

Cyprian ficou pensativo "Todas essas notícias são importantes, sem dúvida, mas por que estão a me dizer isso? Por que não me manter na ignorância e no medo, como sempre?"

"Digamos que começamos a confiar em si."
Ele ri. Um riso amargo.
"Digamos que era até mesmo necessário você saber disso —"
"— pra que eu possa fazer o que você vai me pedir que faça."

Em Trieste, ele podia ao menos imaginar que se tornaria um homem em algum sentido, talvez mesmo um Perito em Adriático Norte — um devaneio perigoso, pois já havia se tornado razoavelmente cônscio de que suas vontades pouco importavam quando se tratava de decidir para onde ele seria transferido dali em diante. Mas afinal, de que modo ele poderia ter imaginado que aquele drama havia de terminar? O serviço diplomático o estava usando de modo tão inquestionável quanto qualquer um de seus clientes anteriores. Sempre a mesma coisa: *agora diga isto, use isso, faça aquilo*. Se seu destino desde o início era ser um objeto manejado por outrem, por que não entrara na Marinha, qualquer marinha, logo de uma vez?

Derrick Theign, cujo codinome ali era "Bom Pastor", conseguia escapulir uma vez a cada dois ou três meses, sempre chegando ao final da tarde e ficando na mesma suíte do Métropole, mantida para ele desde os tempos em que também o hotel era conhecido como Buon Pastore — sempre uma noite apenas, e depois partia, para Semlin, até Zagreb na maioria das vezes, e lugares ao leste cujos nomes jamais eram pronunciados em voz alta, menos por cautela do que por medo. As reuniões com Cyprian nunca diziam respeito a nada de importante, a menos que se levassem em conta certos silêncios carregados que por vezes se prolongavam de modo desconfortável, quando os dois estavam bebendo juntos, cercados de pelúcia vermelha e pechisbeque. Cyprian começou a se perguntar se Theign não estaria na verdade procurando desculpas para repetir esse ciclo de chegar, ficar em silêncio, conseguir o que lhe parecia ser *um certo autocontrole*, fazer as malas de repente no dia seguinte e ir embora. Tal era o estado de despreocupação em que Cyprian havia mergulhado que nem uma única vez lhe ocorreu a ideia simples de perguntar a seu supervisor o que estava acontecendo. Quando Veneza veio à tona, ele foi tomado de surpresa.

"Veneza."

"Um lugar razoável para recolher informações. Situado numa cúspide geopolítica crucial desde que se tornou, na Antiguidade, a interseção dos impérios do Ocidente e do Oriente — o que continua a ser até hoje, embora os impérios que a cercam tenham mudado, os seguidores do Profeta ainda a aguardar seu momento terrível, a proteção dos de Cristo agora a cargo de Viena e São Petersburgo, sendo os impérios mais novos muito menos relevantes pra Deus, pois a Prússia praticamente só adora o esplendor militar e a Grã-Bretanha, seu próprio reflexo mítico, reajustado a cada dia nos espelhos das conquistas longínquas."

"Eu fiz uma pergunta?"

Pouco tempo depois estavam bem instalados, de modo aconchegante, quase em casa, numa *pensione* em Santa Croce, de onde era só um pulo para a estação ferroviária e a ponte de Mestre, naquele momento reunidos em torno de uma mesa de cozinha com uma garrafa de grapa e uma lata de biscoitos estranhos. Um queijo esquisito, de leite de ovelha, de Crotona. Apitos de vapores lá fora.

Cyprian ficara sabendo que Theign era primeiro-tenente da Marinha, e que enviava seus relatórios para o Departamento Naval de Informações do Almirantado. Sua missão ali em Veneza, ao menos oficialmente, era examinar um suposto roubo de desenhos de engenharia secretos que estavam guardados dentro das paredes ameaçadoras do Arsenale — o roubo representava uma catástrofe tamanha para o futuro marítimo da Itália que ele praticamente não conseguia sequer descobrir de *que* eram os tais desenhos. "Não posso imaginar por que tanto mistério. Cruzadores, fragatas, as coisas de sempre, submarinos e destróieres, torpedos, torpedeiros, contratorpedeiros, minúsculos submarinos que podem ser transportados por belonaves e lançados da proa como se eles próprios fossem torpedos."

"Eu pensava que toda essa atividade submarina tinha lugar em Spezia, nos estaleiros de San Bartolomeo", comentou Cyprian.

"Muito bem informado", Theign com um olhar feroz. Era uma questão delicada. Vez após vez ele ia parar em escritórios criados em La Spezia com o único propósito de enrolar estrangeiros, em particular estrangeiros como Theign, que só faltava usar uma placa-sanduíche com a palavra ESPIÃO, à frente e atrás. "Os navios de que todo mundo sabe", ele murmurou, "da classe Glauco e seus sucessores, é claro. Mas esses outros são um tanto especializados..."

Nós, que somos do futuro, sabemos que a unidade em questão era o sinistro Siluro Dirigibile a Lenta Corsa, isto é, Torpedo Dirigível de Baixa Velocidade. "O que o torna particularmente malévolo", confidenciou Theign, talvez levado à indiscrição pelo orgulho de ter por fim, após um esforço excepcional, conseguido obter a informação, "é que ele não exige de sua tripulação nem um pouco de bravura, apenas aquele pendor para o sub-reptício que costumamos associar ao caráter dos italianos."

"Ah, mas isso não passa dum mito", Cyprian doido por uma discussão, ao que parecia. "Eles são diretos como crianças."

"Não diga. Sendo a maioria das crianças que *você* conhece, na melhor das hipóteses, corrompidas, o que você entende por 'diretos'?"

"Se você andar mais por aí, vai entender."

"Uma coisa em que a Real Marinha Italiana não pensou", prosseguiu Theign, "foi na observação aérea. Sabemos que os russos já têm um programa — Voznab, ou seja, *vozdúchnoie nabliudiénie*, vigilância aérea — há anos, seus aeróstatos e dirigíveis foram equipados com algum tipo de dispositivo avançado de camuflagem que imita o céu aberto, de modo que muitas vezes é impossível vê-los mesmo quando se sabe que estão presentes. Os russos têm bases avançadas na Sérvia, o que significa que eles estão a menos de uma hora daqui, talvez a duas de Spezia. De fato, algumas das chapas fotográficas aparecem no Rialto de quando em quando."

* * *

Um dia Theign chegou com cara de preocupado. "Os seus amigos Micha e Gricha escapuliram..."

"Escapuliram pra onde, me diga. Não sabemos, não fazemos ideia, lamentamos..."

"Vamos pensar por um momento. Começando com Viena — eles haviam de ficar lá?"

"Sim — e também, como é de se imaginar, não. O Micha adorava a cidade, o Gricha a odiava. Se eles brigaram, um deles pode tranquilamente ter pegado o trem."

"Você refere-se ao Gricha."

"O Micha não era de modo algum incapaz de fazer um gesto imprevisto... Mas, diga lá, Derrick, vocês estão observando os trens, não estão?"

"Só que havia uma lacuna pequena, porém problemática, nas nossas... hmm, informações anteriores."

"Ah, meu *Deus*."

"Cyprian, creio que eles o querem de volta por uns tempos lá na Metternichgasse."

Por entre os cílios Cyprian dirigiu um olhar de soslaio que sabidamente produzia reflexos de desejo, e até mesmo uma vez, uma única vez, é bem verdade, em Ashby-de-la-Zouch, Leicestershire, um pedido de casamento. "E onde que você me quer, Derrick?"

Aquela foi, finalmente, a pergunta boba que Derrick Theign considerou insuportável. O que era para ser, pela intenção original, um tapinha bem-humorado no rosto do outro tornou-se primeiro, inconfundivelmente, uma carícia, e depois, com a provocação do riso aventureiro de Cyprian, um tabefe bem forte. Quando os dois se deram conta, Theign o havia puxado dolorosamente pelos cabelos e estavam se beijando, não do modo como os ingleses costumam fazer — quando isso se torna inevitável — e sim como estrangeiros, de modo imprudente. Saliva suficiente para molhar o colarinho da camisa de Cyprian. Pênis eretos. Era o efeito de Veneza naquela época, dizia-se.

"Se pudesse, eu não escolhia *isto*", Theign murmurou não muito tempo depois, cuidando de diversas escoriações.

"Tarde demais, não é?"

"O fato é que põe a pessoa numa situação um tanto diferente."

Cyprian já um tanto descrente: "Ah, mas é *claro* que eu não sou o único".

"A gente tenta evitar essas coisas, na verdade, sempre que possível."

"'Essas coisas'. Ah, Derrick..." Quase em lágrimas.

"Não me venha com pederastias, que logo você vai precisar da sua cachimônia, se *isso* não é pedir demais."

À medida que as pétalas do desejo irrefletido, aqueles dias narcóticos na lagoa, começaram a engelhar, perder o aroma e cair uma por uma sobre a mesa prosaica do cotidiano, Theign meio que inventou um agente local, "Zanni", cujas crises fictícias lhe proporcionavam oportunidades de sair, ainda que por pouco tempo, daquela casa, mesmo que fosse para mergulhar nas *calli* fervilhantes de Veneza. Por algum motivo, a imersão nas multidões italianas o confortava, tornava sua mente límpida, como um Partagas aceso na hora certa. Seu trabalho no Serviço de Informações da Marinha, naquela cidade de máscaras, ocultava na verdade um projeto mais profundo. "Zanni" era um dos muitos codinomes de seu contato com uma pequena fábrica de bicicletas instalada na *Terraferma* que havia começado recentemente a projetar e fabricar motocicletas. Quando por fim os exércitos começassem a se deslocar pela Europa em números consideráveis, teria de haver uma maneira de manter o fluxo de informações. As linhas de telégrafo e os cabos submarinos podiam ser cortados. O rádio era demasiadamente vulnerável às influências do Éter. O único método seguro, julgava Theign, era uma pequena equipe internacional de motociclistas, rápidos e ágeis o bastante para se manter à frente no jogo. "O nome da equipe será c.o.r.r.a.m., Célere Organização para Rastreamento, Registro, Atenazamento e Monitoramento."

"'Monitoramento'." Cyprian, um tanto constrangido, jamais ouvira o termo antes.

"É acompanhar uma pessoa, segui-la de perto, como se fosse a sua sombra", Theign explicou.

"Quase virar a sua... projeção."

"Como quiser."

"Tão de perto a ponto de *perder-se a si próprio*..."

"Exatamente o que pessoas como vocês querem, abrir mão do ego, esse tipo de coisa."

"Derrick, eu não sei nem montar num cavalo."

"Você não entende que estamos tentando salvar a sua vida? Assim, aconteça o que acontecer, onde quer que você esteja servindo, você vai estar a poucas horas de território neutro."

"Basta ter combustível suficiente que qualquer um fica nessa situação."

"Haverá pontos de abastecimento. Você terá marcas. O que é que você imagina que eu faço aqui?"

"Longe de mim me meter — mas é claro que se percebe, quando você está por perto, uma *fragrância de nafta* — já pensou em usar um tecido que não guarde cheiros tanto quanto o *tweed* escocês? Por exemplo, essa tal de 'viscose' italiana, na qual nada gruda, como um vestido de cetim."

"A toda hora eu esqueço o motivo de eu não pedir a sua transferência — é a assessoria de moda! É claro! Bem. Isto há de interessá-lo — eis um dos uniformes noturnos, um protótipo, contém mais couro do que *gente da sua laia* costuma usar, mas realmente protege do vento."

"Hmm... gostei muito dessas tachas de metal — cada uma delas com sua razão de ser, certamente —, mas não sei, elas não são um tanto... chamativas?"

"Você vai se deslocar com tal velocidade que isso não terá importância."

"Está bem, será que... eu podia experimentar..."

"Claro, e veja bem, isso aqui é só o uniforme de faxina, você ainda não viu o de gala."

"Derrick, acho mesmo que você gosta de mim um poucochinho..."

Mais tarde, naquela noite, Theign chamou Cyprian à sua sala. "Olhe aqui, Latewood, conhecemo-nos esse tempo todo, e até agora não conversamos a sério sobre a morte."

"Deve haver um bom motivo pra isso", Cyprian olhando a sua volta, nervoso.

"Imagino que seja a tal sensibilidade pederástica?"

"Como assim?"

"Vocês, com esse seu repertório de técnicas evasivas — negar a passagem do tempo, procurar companheiros cada vez mais jovens, construir pequenos ambientes hermeticamente fechados cheios de obras de arte imortais... nenhum de vocês tem nada de concreto a dizer sobre essa questão. No entanto, no nosso trabalho, ela está por toda parte. Precisamos sacrificar um certo número de vidas a cada ano à deusa Kali, para ganharmos em troca uma história europeia mais ou menos livre de violência e segura para os investimentos, e muito pouca gente sabe disso. Certamente não a brigada homossexual."

"Certo, certo, mais alguma coisa, Derrick? E por que é que essa porta não abre?"

"Não, não, nós *precisamos conversar*. Uma conversinha amiga. Não vai demorar, eu prometo."

Pelo visto, Theign queria falar sobre os requisitos daquele trabalho. Só depois é que Cyprian haveria de entender que aquilo era um exercício periódico — era assim que Theign avaliava o valor de mercado de seus comandados, para se um dia ele estivesse interessado em pô-los à disposição. Porém, no momento Cyprian achou que era apenas uma conversa teórica a respeito de predadores e presas, em que Cyprian explicava as vantagens de ser a caça.

"Quer dizer que você termina mais esperto, mais sorrateiro e mais cruel que seus competidores", Theign resumiu. "O que há de ser útil para paneleiros profissionais, não admira, mas os confrontos aqui não se resumem a rivalidades sodomíticas. As consequências são muito mais sérias."

"Não diga."

"O que está em jogo é o destino das nações. O bem-estar, e muitas vezes a sobrevivência pura e simples, de milhões de pessoas. A carga axial da História. Como é que você pode comparar —"

"E como, *vecchio fazool*, você pode *não* ver a ligação?"

Theign, naturalmente, havia aprendido, já no seu primeiro ano no setor de Informações, a assumir aquela expressão aparvalhada, ligeiramente boquiaberta, que é de tamanha utilidade para os agentes de Sua Majestade no estrangeiro. Em Cyprian, o efeito que ela exercia não era a falsa sensação de superioridade intencionada, e sim um desespero nauseante. Antes, nunca lhe interessara ser compreendido pelo objeto de seu fascínio. Mas quando de algum modo ficou claro que Theign *não queria* entender, Cyprian foi tomado por um terror circunspecto.

"A propósito, tive notícias de Viena. Você foi programado para a próxima semana. Tome as suas passagens."

"Segunda classe."

"Hm. É."

Ainda que normalmente gostasse de obedecer, e gostasse especialmente do desprezo que acompanhava a ordem, Cyprian sentia-se perplexo diante da convicção de Theign de que ele naturalmente pegaria o trem para voltar a Viena sem escolta, sem supervisão, sem fazer perguntas, para cair nos braços do que ele imaginava ser o inimigo conhecido, ao invés de fugir para se proteger, como era de se esperar numa presa.

"Estamos em total colaboração com os austríacos nessa questão", Theign esperou para lhe dizer até que Cyprian tomasse o trem na estação de Santa Lucia, através de um bilhete entregue por um moleque italiano, que em seguida desapareceu na multidão. "Assim, nas suas conversas, melhor usar sempre o inglês, já que o alemão apropriado ao seu *métier* pode em pouco tempo esgotar-se."

A viagem, especialmente de Veneza a Graz, teve lá seus momentos alegres, ainda que fosse necessário ter aprendido, se não a gostar de certas coisas, ao menos a conter as sensações de repulsa provocadas por elas — as salsichas locais, animais de estimação de pequeno porte, nem sempre do tipo que é capaz de viver em ambientes fechados, música de sanfona e o característico sotaque nasalado da região. Jovens aspirantes da cavalaria austríaca, trajando uniformes com aquele tom de azul-anilina cujo fascínio era fatal, apareciam a toda hora, vindo de diversões em outras partes do trem e lançando para ele, em sua imaginação, olhares interrogativos calorosos. Por azar seu, o desejo havia partido com destino desconhecido, numa espécie de viagem de férias de orçamento baixo — com tantas possibilidades sexuais a bordo do trem, encaradas tanto do ponto de vista profissional quanto do recreativo, por algum motivo estranho, que ele rezava para que não fosse clínico, Cyprian passou a viagem de cenho franzido, ombros caídos para a frente, meditabundo, indiferente, e — provavelmente pelo mesmo motivo — ninguém o abordou. Talvez tivesse algo a ver com Micha e Gricha, pois não era fácil imaginar que aquela dupla contrariada havia reagido à sua defecção com um simples dar de ombros, ainda que um número desconhecido de trabalhadores de meio expediente em todo aquele continente e no próximo estivessem tentando restabelecer o balancete deles — nesse ínterim, fazendo fila atrás dos russos, aguardava o Evidenzbüro, que não queria comprometer a vigilância que exercia sobre o coronel, o Serviço Secreto britânico, obrigado a pelo menos ficar de olho naqueles funcionários que atuavam no estrangeiro os quais fraternizavam com agentes de informações bem conhecidos de outros países europeus, além de ocasionais agentes turcos, sérvios, franceses e italianos, conforme as exigências políticas do momento, todos encarando Cyprian como um alvo fácil para trapaças, ataques e eliminação. A terrível verdade era que Cyprian estava fugindo para salvar a pele.

A volta de Cyprian Latewood a Viena foi acompanhada ou dentro ou fora de sua cabeça pelo adágio do concerto para piano em lá maior, K. 488, de Mozart. Poderia ter sido profético, se ele estivesse prestando atenção. Era um período da história das emoções humanas em que o "romântico" havia mergulhado num lusco-fusco barato de autoconsciência, exacerbando o efeito dos tons pastel já fora de moda vislumbrados por baixo, como se em reconhecimento estilístico do grande tremor que já se manifestava, de vez em quando, mais para uns do que para outros, prenunciando um futuro odioso, próximo e inescapável. Porém muitos tendiam a interpretar erradamente aqueles sinais profundos como sintomas físicos, ou mais um caso de "nervosismo", ou então, como o Cyprian anterior, mais obtuso, como uma espécie de "romance" a surgir, por menos preparado que ele estivesse para tal.

As entrevistas em Viena foram até agradáveis. O Hotel Klomser, a apenas uns poucos quarteirões do Ministério da Guerra, parecia servir como um lugar tradicional para discussões daquele tipo. O coronel Khäutsch só foi mencionado em eufemismos e circunlóquios, alguns deles, por conta do alemão imperfeito de Cyprian, quase impenetráveis. Produtos das padarias locais eram mantidos a seu alcance, formando pilhas que em muito excediam os ângulos de repouso normais. O café aqui, internacionalmente respeitado como estimulante da loquacidade, fora torrado com uma precisão fanática em máquinas ultramodernas em que o tempo de aquecimento, a temperatura e umidade podiam ser controlados até o centésimo de unidade, o que indicava ou um *Feinschmeckerei* local mais desenvolvido do que em qualquer outro lugar do mundo, ou então apenas essa tendência normal a aplicar de modo compulsivo qualquer progresso da engenharia, por mais trivial que seja.

"Isto é, se é possível encarar a história da civilização como caracterizada pela aproximação assimptótica das tolerâncias da produção industrial, com o passar do tempo, a um valor Zero mítico, jamais atingido. Qual a sua opinião, senhor Latewood?"

"Wehggnh ucchh uh gweh-ungghh nyuk aikh annkh ngkh hnnh ikhgghhln-ghawh", Cyprian respondeu, sua fala perdendo, congestionada por um volume de Sachertorte mit Schlag, boa parte da aceleração proporcionada pelo café, embora os interrogadores conseguissem compreender que ele dissera "Uma pergunta igualzinha a essa caiu no meu exame de meio de curso".

Theign o havia alertado a respeito das técnicas de entrevista. "Não banque o esperto com eles. 'Mit Schlag' pode perfeitamente assumir um outro significado."

Cyprian ficou surpreso ao constatar o quanto Theign era conhecido naquela cidade, e quantas pessoas faziam questão de mandar lembranças para ele. Nos anos que havia passado em Viena, ao que parecia Theign tinha montado seu próprio aparato pretoriano, mais ou menos por intuição, e nos corredores do Hotel Klomser, estranhamente apinhados de gente durante o dia, Cyprian foi apresentado a alguns de seus membros.

Lembrava-se de ter esbarrado em Miskolci no Prater, aliás, uma ou duas vezes havia por um triz escapado de ter de negociar com ele. Miskolci não era exatamente um vampiro, mas constava que, obedecendo às fases da lua, algumas vezes havia atocaiado e mordido com brutalidade um ou outro civil escolhido aleatoriamente. Nos anos 1890, quando o vampirismo entrou em moda graças à popularidade internacional do romance *Drácula*, que concedera a toda espécie de mordedores licença para cederem a seus impulsos em público, Miskolci constatou que, longe de ser o único a ter esse gosto depravado, fazia parte de uma comunidade bem extensa. Pelo visto, havia todo um subcircuito da rede telefônica de Buda-Pesth reservada para o uso de hematófogos, o termo usado na época, de modo que uma das melhores qualidades de Miskolci, do ponto de vista de Theign, era aquela névoa vermelha de conexões capilares, já existentes, que o cercavam. Seu dom especializado permaneceu em segredo até que, no auge da primeira crise marroquina, tornou-se da maior importância saber detalhes sobre a mobilização de um determinado exército. Theign tinha em seu poder a prima-dona exata, só que ela não queria cantar. "Talvez eu possa ajudar", Miskolci ofereceu-se. "Deixe-nos trancados aqui por uma hora, e depois volte para ver." Uma hora um tanto movimentada — Theign ouvia os gritos que atravessavam as paredes com tratamento acústico e contornavam uma ou duas curvas do corredor. Quando foi visto em seguida, o indivíduo em questão parecia intacto à primeira vista, mas quando examinado mais demoradamente percebia-se em seus olhos uma expressão que proporcionou a alguns dos colegas de Theign sonhos inquietantes por vários anos — como se neles estivesse estampada a iniciação a mistérios antiquíssimos que era melhor permanecerem misteriosos.

Theign havia conhecido Dvindler nos banhos públicos, que na época lhe serviam como um bom lugar para recolher fatos — embora, após uma única visita, ele aprendesse que era melhor evitar o Zentralbad, onde não se encontrava nada além do literalismo da hidropatia. Para as listas de características mais poéticas que ele buscava, era necessário gastar tempo vasculhando os bairros periféricos. Por fim constatou que o que procurava estava no Astarte-Bad, a que se tinha acesso seguindo quase até o fim uma das linhas "K" que corriam ao longo do rio — ali o orientalismo vienense era levado às fronteiras do bom gosto, recentemente sujeitadas a um questionamento, em mosaicos berrantes que representavam orgias pré-bíblicas e coisas do gênero. Uma política de contratação que excluía qualquer indivíduo teutônico. Segregação dos sexos realizada de modo imperfeito, talvez de propósito, tornando possível que, ao virar uma esquina num dos corredores enevoados, a pessoa esbarrasse no parceiro sonhado, se bem que na prática era raro isso acontecer. O fato de que era sempre possível ouvir o ruído de uma obra ali por perto indicava que o valor das propriedades no bairro era relativamente baixo, fato que, longe de ser perturbador, era por muitos interpretado como erótico.

"Pra prisão de ventre", anunciou Dvindler, à guisa de apresentação, "pode crer, a melhor coisa é a P.I.F., isto é, Peristase por Indução Farádica."

"Perdão", Theign replicou, "será que entendi bem? O senhor se propõe a aplicar uma corrente elétrica a... como dizê-lo de modo delicado —"

"Não há como dizê-lo de modo delicado", interveio Dvindler. "*Komm*, vou lhe mostrar."

Theign olhou a sua volta. "Não seria bom ter, quer dizer, um médico por perto?"

"Leva cinco minutos pra aprender. Não é neurocirurgia, não!" Dvindler riu. "Ora, *onde* se enfiou aquele eletrodo retal? Sempre alguém... Ah!", exibindo um cilindro longo com um botão avantajado numa extremidade e um fio saindo da outra, o qual levava a um interruptor cuja bobina principal estava conectada a uma quantidade que Theign achou assustadora de pilhas de Leclanché ligadas em série. "Me passe esse pote de Cosmoline, por obséquio."

Theign, ao invés de sentir repugnância, como esperava, ficou assistindo com fascínio. Ao que parecia, o busílis era coordenar os dois eletrodos, um inserido no reto e o outro sendo esfregado na superfície abdominal, a fim de que a corrente que fluía entre os dois simulasse uma onda peristáltica. Se a aplicação desse certo, a pessoa pedia desculpas e seguia apressada para o banheiro mais próximo. Caso contrário, bom, além de fazer parte de um programa geral de saúde intestinal, para alguns, como Dvindler, o procedimento tinha seu mérito próprio.

"Eletricidade! A força do futuro — pois vão acabar provando, o senhor sabe, que tudo, inclusive o elã vital, é de natureza elétrica."

O interruptor da bobina secundária fazia um zumbido que não era desagradável, que após algum tempo parecia se confundir com os ecos líquidos do ambiente maior. Dvindler cantarolava alegremente uma melodia da cidade que aos poucos

Theign reconheceu como "Ausgerechnet Bananen", de Beda Chanson. Ao sair, pediu emprestado a Theign a quantia de cinco K. para pagar a taxa da bateria.

E quanto a Íjitsa, bem, Theign devia estar passando por uma quinzena particularmente ruim, porque ela o tomou por um comerciante alemão com uma necessidade desesperada de recreação, e falou-lhe no que ela supunha ser seu idioma nativo, de modo que por alguns minutos Theign não compreendeu muito bem o que estava se passando. Mas de algum modo, apesar de seu baixo estado de energia e de uma atitude em relação às mulheres que nunca fora mais do que ambivalente, Theign constatou surpreso que seu interesse sexual fora despertado, até mesmo dominado, por aquela profissional cuja aparência, na verdade, nada tinha de extraordinário. Por vezes, foi obrigado a admitir, divertiu-se muitíssimo. "*Liebling*, você não foi nenhum desafio", ela confessou mais tarde, depois de lhe exibir sua cronologia de sucessos naquilo que o Kundschaftsstelle costumava denominar "trabalho de *Honigfalle*", um desempenho que apenas um ou outro historiador espírito de porco não admitiria ter modificado o percurso da história europeia. A essa altura, Theign já havia se deslocado para um território de operações muito mais frio, e foi capaz de concordar, impassível, com um movimento de cabeça, aceitando o que ela dizia sem nada questionar.

À noite, nos fins de semana, Cyprian, parecendo cada vez perceptivelmente mais gordo, mesmo para um observador descuidado, saía pela mesma porta dos fundos do Klomser e seguia — seus pensamentos interrompidos de vez em quando apenas por um dó de peito de Leo Slezak, lá na ópera — às vezes de *Fiaker*, às vezes pela Verbindungsbahn quando via um trem já chegando, rumo a seu velho santuário do desejo, o Prater, embora naquela época não houvesse muita coisa acontecendo por lá. O sol, a se pôr, assumia um tom gélido e violento de laranja, lançando sombras azuladas, opacas, cheias de presságios — corujas patrulhavam o enorme parque, marionetes ocupavam pequenos volumes de luz num crepúsculo generalizado, a música era horrenda como sempre.

No fundo, aquilo não passava de nostalgia pura. Quanto mais o chamavam — por vezes mesmo *aos gritos* — de "*Dickwanst*" e "*Fettarsch*", mais se esvaíam seus anseios pelo Prater, e Cyprian passou a frequentar bairros que, apenas meses antes, sequer pensaria em visitar, tal como o Favoriten, onde caminhava em meio às turbas de operários boêmios na hora da mudança de turno, menos para procurar flertes exóticos do que para de algum modo se sentir absorvido numa multidão, imerso num banho de fala ininteligível, tal como outrora buscava na submissão carnal uma rota de fuga do que lhe parecia ser o mundo que lhe queriam impor...

Volta e meia dava por si no meio de imensas manifestações socialistas. O tráfego, atônito, era obrigado a parar enquanto dezenas de milhares de trabalhadores de ambos os sexos caminhavam em silêncio pela Ringstraße. "Ora!" Cyprian ouviu um passante comentar. "Isso é que é o lento retorno do reprimido!" A polícia comparecia em massa, sendo uma de suas principais atividades atingir cabeças com porretes. Cyprian levou uma ou duas boas bordoadas e, ao chocar-se contra a calçada, constatou que seu recente ganho de peso lhe dava uma vantagem imprevista.

Fazendo suas perambulações um dia, ouviu, vindo de uma janela aberta num andar superior, o som de um aluno de piano, que permaneceria para sempre invisível, tocando exercícios da *Escola de velocidade*, op. 299, de Carl Czerny. Cyprian parou para ouvir aqueles momentos de erupção passional em meio ao dedilhado mecânico quando, naquele momento, Yashmeen Halfcourt virou a esquina. Se ele não tivesse parado para ouvir a música, já estaria na esquina seguinte no instante em que Yashmeen chegasse ao ponto onde estava parado.

Por um momento os dois ficaram olhando um para o outro, tentando reconhecer um ato de salvação mútua. "Na quarta dimensão", ela comentou depois, quando estavam instalados num café em Mariahilf, no cruzamento acutângulo de duas ruas movimentadas, no vértice de dois cômodos longos e estreitos, de onde era possível ver toda a extensão de ambos, "não faria diferença."

Yashmeen estava trabalhando com uma costureira/chapeleira ali perto, graças, imaginava ela, à intervenção secreta do P.A.T.A.C., porque um dia, em meio às roupas da loja, surgiu uma versão do Vestido Silencioso de Snazzbury, para o qual uma vez suas medidas haviam sido tomadas em Londres.

"Estou precisando mesmo é de uma capa de invisibilidade pra usar junto com ele", ela arriscou.

"Vigilância."

"Como quiseres."

"Uma dessas conclusões que hoje em dia me vêm à mente num estalo, cada vez mais. Sabes quem é?"

"Acho que são daqui mesmo. Mas há também uns russos."

A confiança adolescente de que Cyprian se lembrava não existia mais — algo de importante a havia abalado. Constatava, surpreso, que lhe parecia possível compreender boa parte das dificuldades por que Yashmeen estava passando, muito mais do que ela o julgaria capaz, muito mais do que ele próprio poderia ter imaginado um ano e meio antes. Deu tapinhas nas mãos enluvadas de Yashmeen, um gesto que ele esperava não ser tão constrangedor quanto parecia a ele próprio. "É só a Okhrána, vai ser fácil — todo mundo lá pode ser comprado, e apenas por uns copeques. Já os austríacos podem ser um pouco mais problemáticos, especialmente se for a Kundschaftsstelle."

"A polícia da cidade eu ainda entendo, mas..." Com uma perplexidade tão espontânea na voz que Cyprian foi obrigado a dar um passo para trás, fingindo tirar um fiapo do chapéu, para não cair no gesto óbvio e contraproducente de abraçá-la, que poderia ter sido o efeito daquilo sobre um outro jovem enrabichado naquelas circunstâncias.

"Se puderes esperar uns poucos dias — uma semana, no máximo, mais ou menos — talvez eu possa ajudar-te de algum modo."

Tendo sem dúvida já ouvido coisas semelhantes, com diferentes graus de ênfase, da parte de outros homens em momentos menos perigosos, Yashmeen apertou os olhos, porém esperou por uma fração de segundo, como se para permitir que mais alguma coisa se tornasse óbvia. "Tu já te envolveste com eles. As duas instituições."

"A Okhrana está a tocar num tom um tanto imprevisível no momento. Coisas no Oriente — a guerra com o Japão, rebeliões ao longo de todos os caminhos de ferro. Uma boa hora de cobrar os favores... pelo que me dizem. Quanto aos austríacos... eles podem exigir mais trabalho."

"Cyprian, não posso —"

Resistindo ao que era quase uma necessidade de colocar um dedo enluvado sobre os lábios dela: "Essa questão não vai ser colocada. Vejamos o que acontece". Sentia uma satisfação perversa — embora não se sentisse nem um pouco satisfeito consigo próprio por senti-la — ao ver que ela hesitava agora, como se não quisesse mentir ou já não fosse capaz de calcular até que ponto seria possível enganá-lo.

Cyprian tentou evitar falar no que ele próprio andava fazendo, presumindo que ela ficaria pensando fosse o que fosse que sempre havia pensado. Quando Veneza foi mencionada, o único comentário que Yashmeen fez foi: "Ah, Cyprian, que lindo. Nunca fui lá".

"De certo modo, eu também não. Aliás — estás com tempo?"

Estavam no Volks-Prater, e por acaso havia ali perto uma fac-símile de Veneza muito popular conhecida como Venedig in Wien. "Sei que isso é uma coisa terrivelmente decadente, mas passei a encarar esta aqui como a Veneza de verdade, a que nunca consigo conhecer. Essas gôndolas são de verdade, como também são os *gondolieri*."

Cyprian e Yashmeen compraram ingressos, entraram numa das gôndolas e ficaram reclinados juntos, vendo o céu estrangeiro passar acima de suas cabeças. De vez em quando, uma réplica de algum marco veneziano — o Palácio do Doge, ou a Ca' d'Oro — surgia diante deles. "A primeira vez que andei de gôndola", disse Cyprian, "foi aqui. Se eu não tivesse vindo a Viena, talvez nunca tivesse essa oportunidade."

"Acho pouco provável que eu venha a tê-la."

A voz dela lhe deu um calafrio. Ele não se lembrava de jamais ter visto Yashmeen tão infeliz. Naquele momento, seria capaz de fazer qualquer coisa para que ela de algum modo retomasse seu antigo jeito travesso. Qualquer coisa, menos, talvez, dizer-lhe: "Vou levar-te lá. Prometo". Em vez disso, achou que seria melhor ter uma conversa com Ratty McHugh.

"Ora!", exclamou Ratty com uma jovialidade forçada. "Quer dizer que todos nós estamos aqui. Yashmeen ainda está em atividade, pelo visto." Cyprian teve a impressão de que ele estava menos perplexo do que curioso, uma espécie de curiosidade profissional.

"Não é mais a mesma de antes."

"Ela sempre me fazia pensar em Hipátia. Antes do ataque da turba cristã, é claro."

"Hoje em dia é mais uma sibila. Mais profunda do que a matemática, mas não consigo ir além disso. Se calhar, por causa de algum dom psíquico raro, ou apenas por conta da gravidade profana do que seu pai está a fazer na Ásia Central, seja lá o que for, o fato é que ela está a ser atormentada por duas ou três Potências ao mesmo tempo, quanto à Inglaterra já deves saber, a Rússia, da qual ela continua sendo cidadã oficialmente, e a Áustria, sem falar na Alemanha, é claro, a atuar nos bastidores, cochichando suas deixas."

"A questão de Shambhala, na certa. Muita gente tem ido parar de camisa de força em Colney Hatch por efeito dessa história, num ritmo sem precedentes. Se este departamento fosse meu, eu já tinha trazido de volta o Auberon Halfcourt há muitos anos. Ninguém sabe nem onde esse homem se meteu, meu Deus."

"Nós bem que podíamos —"

"Ah, sim, claro, podemos nos encontrar, só estou a me queixar com fins recreativos, ou seriam terapêuticos? Que tal no Dobner, perfeito pra manter as aparências, só uma reunião de ex-colegas ingleses."

Assim, em meio ao estalido de bolas de bilhar e prostitutas sofisticadas, com cinturas estreitíssimas, pálpebras e cílios enormes e enegrecidos e chapéus com plumas suntuosas, Yashmeen e Ratty trocaram um aperto de mãos após a distância moderada produzida por alguns anos depois da formatura, se bem que Cyprian gostou de vê-lo semienrabichado e depois constrangido por tê-lo demonstrado. Não que Yash, por sua vez, não tivesse caprichado especialmente naquele dia, com um vestido de crepe liso bordado com contas, num tom etéreo de violeta, e um chapéu elegantérrimo cuja plumagem projetava sombras encantadoras em seu rosto. Depois de todo um teatro necessário, saíram cuidadosamente, um por um, para reunirem-se num apartamento sem nada de especial ali perto, atrás do Getreidemarkt, um dos vários lugares mantidos pelo departamento de Ratty exatamente para encontros como aquele.

Em conformidade com as regras não escritas dessas moradias temporárias, a despensa esboçava uma história culinária dos que por lá haviam passado — garrafas de Szekszárdi Vörös, Gewürztraminer e conhaque de damasco, chocolates, café, biscoitos, salsichas enlatadas, vinho, caixas de massas secas de diversas formas e tamanhos, um saco de pano branco contendo *tarhonya* do século anterior.

"Esses russos são os mesmos que a menina conheceu em Göttingen?"

Ela arqueou as sobrancelhas e virou as palmas das mãos para cima.

"Se são contra ou a favor do czar, é o que eu quero saber, porque isso faz diferença. É claro, temos a *entente* anglo-russa, mas os do outro lado, embora tecnicamente também sejam russos, creio eu, são também o que há de pior em matéria de ralé socialista chegada a bombas, não é? O que eles mais queriam era riscar da face da Terra os Romanov, e não pensam duas vezes antes de fazer acordos com qualquer um, inclusive a Alemanha, que os possa ajudar a realizar sua meta."

"Ora, Ratty", disse Cyprian, da maneira mais suave de que era capaz, "há quem diga que eles são a única esperança da Rússia."

"Ah, não vamos... por favor. Havia mais alguém?"

"Pessoas que diziam ser de Berlim. Apareciam sem aviso prévio. Queriam encontrar-se comigo. Às vezes nos encontrávamos. Normalmente nos aposentos dum certo doutor Werfner."

"O tal de quem o Renfrew estava sempre a falar", Ratty balançando a cabeça e fazendo anotações rápidas. "O suposto conjugado dele. E... isso era uma coisa política?"

"Ha!"

"Mil desculpas, pode suprimir essa —"

"Achei a pergunta cavilosa", ela sorriu. "O que é que não é político? Por onde você tem andado desde o tempo que éramos crianças, lá em Cambridge?"

"Nos subúrbios do Inferno", Cyprian disse.

"Trazê-la de Göttingen para Viena — não teria sido apenas uma tática *in loco parentis* do P.A.T.A.C. para afastá-la desse bando de otzovistas? Então Chunxton Crescent não sabe que Viena está a transbordar de bolchevistas hoje em dia?"

"Pode não ser só isso", ela admitiu, "... parecia haver também um... fator húngaro."

Ratty agarrou a própria cabeça e segurou-a com firmeza. "Explique. Por favor."

"Passamos uma ou duas semanas em Buda-Pesht. Descemos do Danúbio no vapor, tivemos encontros com pessoas um tanto estranhas, que usavam batas..."

"Como assim?"

"É uma espécie de uniforme antifraude que as pessoas têm de usar quando fazem pesquisas nisso que chamam aqui de 'parapsíquico'. Sem bolsos, tecido quase transparente, bainha bem curta..."

"Certo. Por acaso, tu não, hmmm, não trouxeste um desses contigo...?"

"Ora, Cyprian."

"É, Cyps, tentemos não mudar de assunto por mais algum tempo — o que me parece ser o mais importante para nós, senhora Halfcourt, era saber por que todos eles foram embora de Viena de modo tão súbito."

"Devo deixar claro que essa minha aptidão, se é que ela existe, nada tem a ver com 'previsão do futuro'. Alguns dos que estavam comigo aqui e em Buda-Pesht se julgam capazes de tal coisa. Mas —"

"Quem sabe alguém não 'viu' alguma coisa? Tão impressionante que os obrigasse a sair de Viena? Se for alguma coisa que possamos verificar — algum evento... por favor, continue. Desde a previsão espantosamente profética do crime na Sérvia feita pela senhora Burchell, meus superiores estão muito receptivos a fontes não de todo ortodoxas."

"Eles estavam apavorados. A questão não era se, mas quando, alguma coisa — algum evento, ou sequência de eventos — havia de acontecer. Os russos principalmente — algo muito pior que o *nérvnost* de sempre, que desde a revolução tem sido a doença nacional."

"Alguém entrou em detalhes?"

"Não comigo. Eu entrava numa sala, todos estavam literalmente com as cabeças coladas umas às outras, e quando me viam, paravam de falar e faziam de conta que tudo estava normal."

"E será que não tinha a ver com um certo...", fingindo estar dedilhando um dossiê, "monsieur Azeff, famoso por jogar bombas nos Romanov ao mesmo tempo que delata seus camaradas, e que supostamente está prestes a ser apanhado pelos socialistas revolucionários —"

"Ah, sim, o Iévno, aquele palhaço. Não, não ele em particular. Se bem que o nome dele tem sido mencionado há anos, é claro. Mas não o bastante pra causar um medo de tal intensidade. Como se o que se elevasse lá fora, muito acima deles, na escuridão, do outro lado da fronteira, não fosse exatamente uma nova arma terrível e sim o equivalente espiritual de uma arma. Um desejo de morte e destruição no co-consciente coletivo."

"Muito divertido, de fato. E assim, a menina acordou um belo dia e descobriu —"

"Não desapareceram todos de repente. Depois de algum tempo, comecei a perceber aquele vácuo assustador. Mas pareceu-me que não fazia sentido perguntar. Já havia-me dado conta de que ninguém pretendia me dizer nada."

"Talvez para poupá-la de informações que podiam preocupá-la? Ou imaginavam que a menina estava envolvida de algum modo?"

"Não sei o que esperavam de mim em Buda-Pesht, mas certamente decepcionei-os. Mas isso pode não ter nada a ver com os desaparecimentos. Alguém podia emprestar-me um cigarro?"

Flores recém-colhidas no quarto, bules de café e leiteiras de prata, em torno de um *darázsfészek*, uma *Dobos torte* um tanto grande demais, um *Rigó Jancsi*, chuva nas janelas, uma única abertura no céu escuro a permitir que um raio de sol descesse até a Váci út para iluminar o bairro miserável conhecido como Campo do Anjo.

Madame Eskimoff parecia pálida e soturna. Lajos Halász, um dos sensitivos locais, havia adormecido na banheira, permanecendo assim pelos três dias subsequentes. Lionel Swome não largava o telefone, e estava o tempo todo ou murmurando e dirigindo olhares apreensivos para os outros ou ouvindo com atenção os horários das transmissões telefônicas — que o hotel assinava e divulgava a todos os hóspedes —, atento para os boletins da bolsa de valores, um evento esportivo, uma ária de ópera, uma informação inominável... "Por que você não costura logo essa porcaria à sua orelha!", gritava o Cohen. "Tenho uma outra ideia", respondeu Swome, e tentou de fato, não apenas de modo figurado, inserir o instrumento no ânus do Cohen, muito embora ele estivesse de calças.

Todos haviam perdido a paciência, discutindo até mesmo quando calados —
"Como se por telepatia", sugeriu Ratty, animado.
"Não. Estavam todos falando em voz alta. Nessas condições, a telepatia era impossível."

Depois da conversa com Ratty, Yashmeen pareceu recuperar seu ânimo. "É tão bom ver-te tal como eras antes", disse Cyprian.
"E como é que eu era?"
Estavam caminhando pelas ruas ao entardecer quando entraram no Spittelberggaße, onde vienenses de ambos os sexos, entregues à ilimitada paixão cívica pelas vitrines, inspecionavam uma variedade de mulheres exibidas de modo intrigante nas vitrines iluminadas de toda a rua. Yashmeen e Cyprian pararam diante de uma delas, onde uma dama com um espartilho negro e uma *aigrette* da mesma cor, com um certo ar imperioso, os encarava.
Yashmeen indicou com a cabeça o pênis visivelmente ereto de Cyprian. "Pareces interessado." Já havia julgado perceber em homens — homens específicos, de vez em quando — um desejo de entrega, e notava essa característica em Cyprian desde os tempos de Cambridge. Quase arrastando-o pela rua, aproximou-se de vários cafés, examinando-os, até chegar a um em Josephstadt. "Esse cá parece ser bom. Vamos."
"Um tanto chique. Vamos comemorar alguma coisa?"
"Tu verás."
Quando os dois se viram a sós, ela perguntou: "Mas sim, quanto a essa tua vida sexual terrivelmente irregular, Cyprian — o que se há de fazer?".
Cônscio de estar ultrapassando até os limites mais tolerantes da autocomiseração: "Devo mencionar que tenho sido catamito os últimos anos. Uma pessoa cujo prazer na verdade não tem nenhuma importância. Principalmente para mim mesmo".
"Pois imagina que agora tem." Por baixo da toalha de mesa virginal ela levantara o pé, o pé bem torneado dentro da bota de cordovão apertada, cuja ponta ela agora encostava, de forma ostensiva, no pênis de Cyprian. Para perplexidade dele, aquele membro até então desrespeitado mais que depressa tornou-se atento. "Agora", começando a apertar e soltar de modo ritmado, "me diga o que sentes." Ele, porém, não conseguia se permitir dizer algo, limitando-se a sorrir com relutância e sacudir a cabeça — instantes depois ele "derramou-se", de modo quase doloroso, dentro das calças, balançando o aparelho de café e os pratos de doces e encharcando a toalha com café na tentativa de desviar as atenções. Ao redor deles, o restaurante prosseguia imperturbável. "Pronto."
"Yashmeen —"
"Tua primeira vez com uma mulher, se não me engano."
"Eu — hm? O que é que tu — nós... não..."

"Não?"

"Quer dizer, se nós de fato algum dia —"

"'Se'? 'De fato'? Cyprian, pelo cheiro percebo bem o que aconteceu."

Chamado por fim a Veneza, Cyprian, tendo tempo para pensar no trem, a toda hora dizia a si próprio que, no final das contas, não fora o tipo de coisa que se poderia encarar de modo muito romântico, seria um erro fatal fazê-lo, aliás. No entanto, estava pedindo demais de Derrick Theign, o qual, normalmente taciturno, teve inesperadamente uma explosão de indignação de alta tessitura, e assim que Cyprian entrou na *pensione* em Santa Croce começou a expelir muco e saliva aos litros, sujando e entortando os óculos, jogando para os lados objetos de uso doméstico, alguns frágeis e até caros, destruindo peças de vidro de Murano, batendo portas, janelas, venezianas, malas, tampas de panelas, tudo aquilo que se pudesse bater que estivesse à mão. Horas mais tarde, como se tivesse sido atraído por todo aquele estrépito, chegou o bora, trazendo de todo bolsão de infelicidade e sofrimento mental que havia a barlavento dali seus imperativos de flacidez mortal e entrega melancólica. Os vizinhos, que não costumavam fazer queixas, sendo eles próprios chegados a um pouco de drama de vez em quando, dessa vez reclamaram, e alguns com muita ênfase. O vento sacudia todas as telhas soltas e venezianas mal fechadas.

"Uma namorada. Uma desgraçada duma *namorada*, pelo amor de *Deus*, dá vontade de vomitar. Vou mesmo vomitar. Você não tem uma preciosa fotografia da sua amada, para que eu possa vomitar nela? Você faz alguma ideia de até que ponto destruiu completamente *anos* de trabalho, seu idiota gordo, malvestido —"

"É uma maneira de encarar a coisa, é claro, Derrick, mas objetivamente não se pode dizer que ela seja mesmo uma 'namorada' —"

"Fanchono! Adelaide! Paneleiro!"

No entanto, Theign, por mais que parecesse ter perdido o controle dos impulsos, evitava cuidadosamente qualquer forma de violência física, pela qual Cyprian não sentia agora, coisa curiosa, a atração que outrora teria sentido.

O *signor* Giambolognese, do andar de baixo, pôs a cabeça à porta. "*Ma signori, un po' di moderazione, per piacere...*"

"Moderação! O senhor é italiano! Quem são vocês pra falarem em moderação?"

Mais tarde, quando Theign já estava mais calmo, ou talvez apenas cansado demais para gritar, a discussão começou. "'Ajudá-la.' E você tem o descaramento pederástico de me dizer uma coisa dessas."

"Apenas uma questão de trabalho, é claro."

"Vou ter que pensar." Theign pôs-se a mexer as sobrancelhas, o que normalmente não era bom sinal. "Você me paga de que modo? Com que moeda pervertida? O seu botão de flor já perdeu o viço há um bom tempo — se eu ainda o quisesse, e nem sei se quero, ora, eu simplesmente pegava-o, não é? O preço de salvar a sua donzela dessas feras austríacas, sobre as quais era de se esperar que você já tivesse aprendido alguma coisa a essa altura, se calhar é mais alto do que você está disposto a pagar — pode até ser aceitar ir pra um lugar em comparação com o qual o deserto de Gobi é como Earl's Court num feriado — ah, sim, temos salas inteiras cheias de arquivos sobre esses lugares horríveis jamais mapeados — que, aliás, existem principalmente para que para lá sejam mandados infelizes da sua laia, na certeza absoluta de que nunca mais teremos de olhar pra vocês. Está mesmo decidido? É isso que você quer? Mas afinal, você acha que vai 'salvá-la' pra quê? Pro próximo carocho que passar pela rua, carocho ou carochos, muito provavelmente um carocho de turco, certamente ela há de gostar da mudança de calibre."

"Derrick. Você quer que eu o agrida."

"Com você é intuitivo. Espero que tenha juízo bastante pra nem tentar."

"Mas como você está másculo hoje."

Quando voltou de Göttingen, Foley Walker encontrou-se com Scarsdale Vibe num restaurante ao ar livre nos contrafortes dos montes Dolomitas perto de um rio que descia fragorosamente, tudo cheio de uma luminosidade inocente refletida não por neves alpinas, e sim por construções de certa antiguidade.
    Scarsdale e Foley haviam resolvido assumir a ilusão de que naquele átrio ensolarado encontravam um refúgio temporário da carnificina do empreendimento capitalista, ali onde não havia num raio de quilômetros nenhum artefato com menos de mil anos de idade, mãos de mármore executando gestos fluidos, conversando umas com as outras como se tivessem acabado de emergir de sua esfera de gravidade mineral para assumir aquele repouso de treliças... A mesa posta entre eles oferecia queijo fontina, risoto com trufas brancas, vitela e guisado de cogumelos... garrafas de Prosecco aguardando em leitos de gelo picado trazido do alto dos Alpes. Moças com saias compridas e lenços listrados amarrados na cabeça esperavam, atentas, nos bastidores. Outros fregueses haviam sido instalados, por discrição, a uma certa distância da mesa dos dois, para que nada do que eles dissessem fosse entreouvido.
    "Tudo bem na Alemanha, imagino."
    "O garoto, o Traverse, pulou fora."
    Scarsdale encarou uma trufa como se estivesse prestes a repreendê-la. "Pra onde?"
    "Ainda estamos tentando descobrir."
    "Ninguém desaparece se não estiver sabendo de alguma coisa. O que é que ele sabe, Foley?"
    "Provavelmente que você pagou pra que despachassem o pai dele."

"Certo, mas que fim levou o 'nós', Foley? Você continua sendo o 'outro' Scarsdale Vibe, é ou não é?"

"Acho que eu quis dizer que, a rigor, o dinheiro era seu."

"Você é meu sócio em pé de igualdade, Foley. Você tem acesso aos mesmos registros que eu. A mistura de fundos é um mistério tão profundo quanto a morte, e se você quiser podemos até dedicar um minuto de silêncio à meditação sobre esse fato, mas não seja dissimulado comigo."

Foley tirou do bolso um canivete enorme, abriu-o e começou a limpar os dentes, à maneira do Arkansas, tal como aprendera a fazer na guerra.

"Há quanto tempo você acha que ele está sabendo?", insistiu Scarsdale.

"Bom..." Foley fingiu que pensava na questão e terminou dando de ombros. "Isso faria diferença?"

"Se ele embolsou o *nosso* dinheiro, sabendo o tempo todo o que sabia?"

"Você quer dizer que nesse caso ele deveria o dinheiro a nós?"

"Ele viu você quando estava aqui, em Göttingen?"

"Hmmm... não sei dizer."

"*Porra*, Foley." As garçonetes recuaram para debaixo dos arcos claros, aguardando uma hora melhor de se aproximar.

"O quê?"

"Ele viu você — ele sabe que nós sabemos que ele está sabendo."

"A essa altura ele já deve ter desaparecido nas profundezas, sei lá pra onde vão as almas perdidas, quer dizer, qual a importância disso?"

"A sua garantia pessoal. Você podia me dar por escrito?"

Ali no norte da Itália, como quem na França comprasse um vinho comum numa aldeia pensando em talvez encontrar umas poucas caixas que sobraram de uma grande vinícola da região, Vibe comprava todos os quadros da escola de Squarcione à venda, na esperança de que em algum lugar houvesse um Mantegna não atribuído ao mestre no qual ninguém tivesse reparado antes. Na época, era moda fazer pouco da técnica pictórica do famoso colecionador e empresário de Pádua, de modo que se houvesse algum Squarcione autêntico dando sopa, inclusive bordados e tapeçarias (pois ele começara sua vida profissional como alfaiate), ele estaria à venda a preço de banana. Na verdade, Scarsdale já havia conseguido adquirir um anjo pequeno, para tal tendo de arranjar um cacho de bananas para um sacristão que talvez fosse louco. Bom, na verdade, ele obrigou Foley a arranjar as bananas. "Mas onde que eu vou arranjar um cacho de bananas?", argumentou Foley.

"Isso é com você. Vire-se."

Scarsdale jamais tivera problema em delegar a Foley tarefas que eram constrangedoras na melhor das hipóteses, e que muitas vezes batiam com os velhos pesadelos de Foley relacionados à Guerra de Secessão. Embora traíssem alguma falha misteriosa no amor-próprio do industrial que um dia poderia se tornar preocupante, esses exercícios de tirania pessoal aconteciam em média apenas uma ou duas vezes por ano, e até então Foley conseguira conviver com eles. Mas nessa viagem à Europa, a taxa de humilhação parecia ter aumentado um pouco — na verdade, era raro o dia em que Foley não se via obrigado a assumir uma tarefa que a rigor deveria ficar a cargo de um macaco amestrado, e isso estava começando a irritá-lo bastante.

Naquele momento, estavam na Lagoa entre as Terras Perdidas, Scarsdale tendo mergulhado e Foley a aguardá-lo no pequeno vapor *caorlina* equipado para mergulhos. O milionário, munido de tubos de borracha e um capacete de latão, estava lá no fundo inspecionando um mural, preservado havia séculos abaixo do nível da água graças a uma técnica de envernizamento que tinha se perdido na história, atribuído (uma atribuição duvidosa) a Marco Zoppo, e conhecido informalmente como O *saque de Roma*. Vista à luz forte do meio-dia, por alguém que dela se aproximara com os movimentos suaves e oníricos de um predador marinho, a pintura parecia quase tridimensional, como Mantegna em seus momentos mais convincentes. Não era, é claro, apenas Roma, era o Mundo, o fim do Mundo. Harúspices vestidos como sacerdotes renascentistas sacudiam o punho, acuados, para um céu tempestuoso, os rostos agoniados vistos em meio à névoa que subia das entranhas de um vermelho vívido. Comerciantes eram vistos pendurados por um dos pés, de cabeça para baixo, dos mastros de seus navios, cavalos de uma nobreza aterrorizada fugiam, virando as cabeças com tranquilidade, com pescoços flexíveis como serpentes, para morder os homens que os montavam. Viam-se camponeses urinando em seus superiores. Enormes exércitos em combate, com milhões de reflexos em suas armaduras, eram atingidos por uma luminosidade vinda de algum ponto além da borda superior da cena, saída de uma fresta no céu noturno, jorrando luz, uma luz pesada, a descer com força percussiva precisamente sobre cada membro de todos aqueles exércitos do mundo conhecido, cujas fileiras se estendiam além de onde a vista se extinguia, nas sombras. As colinas da velha metrópole haviam se tornado íngremes, subindo até se tornarem desoladas como os Alpes. Scarsdale não era um esteta, e ficava plenamente satisfeito com a representação da batalha de Little Big Horn pintada por Cassily Adam, mas percebeu na hora, mesmo sem a ajuda de um perito, que aquilo era o que se chamava de uma verdadeira obra-prima, e ficaria muito surpreso se constatasse que ninguém jamais vendera reproduções dela a uma fábrica de cerveja italiana, para serem expostas nos bares locais.

Lá em cima, no barco, protegido por um chapéu de aba larga já um tanto surrado, à sombra do qual sua fisionomia não era fácil de decodificar, Foley supervisionava os italianos que operavam a bomba de ar. Através da água verde-azulada via o brilho dos capacetes e peitorais dos mergulhadores. De vez em quando, num espasmo, suas mãos começavam a aproximar-se dos bocais da câmara plena que abastecia os tubos de aço dos mergulhadores. Antes de tocar no aparelho, porém, as mãos eram recolhidas, muitas vezes vindo diretamente para dentro dos bolsos de Foley, onde permaneciam por algum tempo antes de começar mais uma aproximação sorrateira. Foley parecia não se dar conta de que isso estava acontecendo, e se alguém lhe dirigisse uma pergunta a esse respeito o mais provável seria ele manifestar uma perplexidade genuína.

Foley também não percebeu que estava sendo observado da margem pelos irmãos Traverse através do novo binóculo de duas polegadas de Reef, com acabamento em couro marroquino roxo, presente de 'Pert Chirpingdon-Groin. Estavam dedicando uma ou duas horas por dia à tarefa de seguir Scarsdale de um lado para o outro, na esperança de que surgisse uma oportunidade de lhe acertar um tiro direto.

No Grande Canal, sob uma luminosidade atormentada, outonal e nevoenta, os últimos turistas do verão iam embora, os aluguéis barateavam, e Reef e Kit haviam encontrado um quarto em Cannareggio, onde todos pareciam pobres. Nas praças mirradas, mulheres faziam colares de contas e *lucciole* melancólicas apareciam ao pôr do sol. *Squadre* de jovens ratos dos *rii* saíam de repente dos becos gritando "*Soldi, soldi!*". Os irmãos caminhavam pelas margens dos canais a noite toda, subindo e descendo as pequenas pontes, em meio às brisas fluidas da cidade noturna, odores da vegetação de fim de verão, compassos soltos de canções, gritos dirigidos às janelas de venezianas baixadas, pequenos gestos líquidos que ninguém via de vez em quando nos canais elevados, o rangido de um remo de gôndola contra uma *forcheta*, o brilho dos lampiões de parafina nos mercados de frutas abertos até tarde a refletir-se nas cascas reluzentes dos melões, romãs, uvas e ameixas...

"Então, como é que vamos fazer o 'hotentote' com esse tipo?"

"O quê?"

"É francês — quer dizer assassinato." Reef imaginava que tocaiar seu alvo e contornar a segurança do mandachuva não seriam os únicos obstáculos à realização do feito. "Eu preciso ter certeza, professor — posso contar com você, não posso?"

"Você vive perguntando isso."

"Desde aquela *conversinha espiritual* que tivemos lá no norte com o pai, estou achando que tem alguma outra coisa na sua cabeça agora, e acho que essa coisa não é nossa vingança, não."

"Reefer, sempre que a questão for lhe dar apoio, você sabe que pode contar comigo."

"Isso eu nunca questionei. Mas olha só, estamos em guerra, não é? Não é como a batalha de Antietam, grandes exércitos à luz do dia que a gente enxerga, mas as balas continuam voando, homens corajosos morrem, os traidores fazem o serviço deles na calada da noite, embolsam as recompensas terrenas e aí os filhos da puta não morrem nunca."

"E por que é mesmo que eles estão lutando?"

"'Eles'? Quem dera que fosse 'eles', mas não é, somos nós. Porra, Kit, você está nessa. Não está?"

"Olha, Reefer, isso parece conversa de anarquista."

Reef mergulhou no que Kit foi levado a concluir que era um silêncio calculado. "Trabalhei com uns deles nos últimos anos", disse então, encontrando no bolso da camisa a ponta dura e negra de um charuto local e acendendo-o. Depois, com um brilho mau nos olhos: "Imagino que eles não devem ser muitos no campo da matemática."

Se Kit estivesse se sentindo irritadiço, poderia ter respondido com um comentário sobre Ruperta Chirpingdon-Groin, mas resolveu limitar-se a indicar com a cabeça o traje do irmão. "Um belo terno."

"Está bem." Rindo baixinho numa nuvem de fumaça malévola.

Seguiram trôpegos, exaustos, já prestes a amanhecer, em busca de uma bebida forte. Na extremidade de San Polo da ponte de Rialto encontraram um bar aberto e entraram.

Numa manhã bem cedo de abril passado, Dally Rideout acordara sabendo, sem que ninguém lhe dissesse, que as novas ervilhas — a palavra em que ela pensava era *bisi* — haviam chegado ao mercado de Rialto. Aquilo pareceu-lhe uma ocasião especial. Ela já havia esquecido — tendo aportado no dialeto em ritmo sonâmbulo, tal como passamos gradualmente do sono para a condição menos fluida da vigília — exatamente em que momento as conversas ouvidas na rua haviam se tornado menos opacas, mas um belo dia o arame farpado desapareceu e ela se apanhou fazendo contas havia já algum tempo em *etti* e *soldi*, sem ter mais que perambular de *campo* a *campo* consultando as paredes indiferentes para descobrir os nomes dos becos e pontes, serenamente atenta para as correntes e ventos salinos e as mensagens dos sinos... Dally olhava nos espelhos tentando ver o que poderia ter acontecido, porém encontrava apenas a mesma máscara americana com os mesmos olhos americanos a olhar — a mudança certamente estaria em outro lugar.

E uns meses depois lá estava ela no mesmo mercado, bem cedo como sempre, um vento bom e forte a encrespar a água de um tom cinzento de aço no Grande Canal, procurando alguma coisa para levar de volta para a cozinha da Ca' Spongiatosta, onde finalmente lhe permitiam que cozinhasse um pouco, depois que ela mostrou a Assunta e Patrizia algumas das velhas receitas de sopa de Merle. Naquela manhã havia *topinambur* de Friuli, tinha chegado o *radicchio* de Treviso, a *verza* estava com boa cara e, só para tornar aquela manhã completa, ela viu saindo de uma pequena toca junto ao mercado de peixe ninguém menos que o sujeito do "vá embora, você não tem idade pra se envolver em namoros a bordo", isso mesmo, o próprio Kit Traverse, o mesmo chapéu, o mesmo ar preocupado, o mesmo traje azul potencialmente fatal.

"Ora, ora, Eli Yale. Que coisa estranha." Atrás dele apareceu um rosto em que era impossível não perceber a semelhança familiar, que ele imaginava ser o terceiro irmão Travese, o que jogava faraó.

733

"Quem eu vejo! Dahlia, eu pensava que você já tinha voltado para os Estados Unidos."

"Ah, eu não vou voltar mais, não. E você, conseguiu chegar direitinho na Alemanha?"

"Fiquei lá uns tempos. Agora, eu e o Reef" — quando então Reef sorriu e levou a mão ao chapéu — "temos uns assuntos a resolver aqui em Veneza, depois a gente vai embora."

Então, *auguri, ragazzi*, e macacos a mordessem se ela deixasse aquilo estragar o dia dela. Pássaros assim sempre apareciam por ali — era só olhar à sua volta, eles se amontoavam, como os pombos na Piazza, depois batiam asas e iam embora. Como dizia Merle, ela não tinha nada que meter seu *apêndice nasal*. Não obstante: "Vocês estão morando aqui?".

Depois de olhar de esguelha para Kit, um olhar de advertência: "Numa pensoneta". Reef abriu um sorriso insincero. "Não lembro o nome do bairro."

"Família mais sociável eu nunca vi. Mas sim, foi um prazer, agora tenho que ir pro trabalho." E foi se afastando.

"Mas olha", Kit ia dizendo, só que Dally seguiu em frente.

Mais tarde, ainda naquela manhã, quando passava com Hunter pela frente do Britannia, outrora conhecido como Palazzo Zucchelli, não é que esbarrou outra vez em Reef Traverse, dessa vez acompanhado por uma loura esguia que usava um desses chapéus inclinados com plumas em cima, e um indivíduo de carnes fartas cujos olhos pareciam mais complexos do que eram na verdade por efeito dos óculos escuros de lentes cinzentas, saindo apressados do hotel, aparentemente indo passar o dia na lagoa.

"Meu Deus — Penhallow, não acredito, és tu de fato? Ora, é claro que sim, mas por outro lado como pode ser? Se bem que é sempre possível que seja uma espécie de *irmão gêmeo*, não sei —"

"Não me venhas com tolices, Algernon", aconselhou-lhe a mulher a seu lado. "Ainda é muito cedo para esse tipo de coisa", embora na verdade o *sfumato* já tivesse se dissipado havia uma hora.

Os olhos de Reef se alargaram um pouco, voltados para o lado de Dally, e ela entendeu a mensagem como: *Não falemos sobre isso agora*.

"Bom dia, 'Pert", Hunter pegando a mão dela de modo que parecia um tanto emocionado, "enorme prazer vê-la aqui, e onde mais havia de ser senão aqui?"

"Sim, e seja lá o que tenhas feito", prosseguia Algernon, "uma hora estás muito bem, ganhando com larga margem, perguntam ao velho Barkie se não estará escuro demais para continuar a partida, e no dia seguinte não apenas tu, mas todo o time, todo mundo..." — ele deu de ombros — "foi-se." Uma espécie de risinho.

Na pausa ligeiramente perplexa que se seguiu, todos dando-se conta da presença de Dally pela primeira vez, sobrancelhas entraram em ação, pontas dos dedos exploraram as entradas dos ouvidos. Reef, apesar de estar em pleno sol, conseguiu achar uma maneira de continuar dentro de sua própria sombra. A mulher loura estendeu a mão e apresentou-se como Ruperta Chirpingdon-Groin. "Esses aqui são — já não sei, uma roda de pascácios em que me meti."

Aceitando a mão estendida por um instante: "Muito prazer, signorina. Sou Beppo, il sócio del signore Penhallow".

"O senhor fala inglês muitíssimo bem", a tal Chirpingdon-Groin, examinando a luva de pelica branca, um pouco perplexa. "E suas mãos são limpas demais para um italiano. Quem é o senhor, exatamente?"

Dally deu de ombros. "Eleonora Duse, estou, hãã, ensaiando um papel. E a senhora?"

"Ah, Deus." O rosto de Ruperta tornou-se ainda mais indistinto por trás do véu azul.

"Olhe", Hunter pegando seu caderno de esboços e abrindo-o na página em que um desenho de carvão representava Dally, com trajes femininos, repousando pensativa sobre um *sotopòrtego*. "Veja quem ela é. Exatamente."

Todos se reuniram em torno do desenho como se fosse mais uma atração imperdível de Veneza, e todos começaram a murmurar, menos Reef, o qual, apalpando os bolsos como se tivesse esquecido algo, levou a mão ao chapéu e entrou no hotel. Ruperta pareceu ficar pessoalmente ofendida. "Esse caubói insuportável", disse entre dentes, "está louco para ver-me pelas costas."

"Vai ficar quanto tempo aqui?" Dally não via Hunter tão ansioso assim fazia um bom tempo.

Ruperta assumiu uma careta cuidadosa e começou a recitar um itinerário complicado.

"Se você está livre esta noite", sugeriu Hunter, "podemos nos encontrar no Florian."

Dally parabenizou-se por não deixar escapar um riso sarcástico — sabia que Hunter não tinha muita paciência com aquele restaurante, embora ela considerasse as mesas e cadeiras de lá um bom lugar para procurar cigarros, moedas e sobras de pão, e até mesmo, em dias de sorte, uma carteira, câmera fotográfica, bengala ou *qualsiasi* que alguém havia esquecido ali, coisas que se podia vender por alguns francos. E naquela noite não deu outra: muito depois que a King's Band terminou de tocar, lá estavam eles, juntos, à porta do Florian, os olhos de Hunter fixados apenas nos da inglesa. Veneza, cidade romântica. Dally bufou e acendeu a metade de um cigarro egípcio. No dia seguinte, Hunter saiu ao cair da tarde com seu equipamento de sempre, os olhinhos brilhando, saltitante, para passar a noite toda pintando, sem que ninguém do grupo da véspera o procurasse, aparentemente nem mais nem menos melancólico do que o normal. Fosse o que fosse o que aquela mulher representava para ele, Dally certamente não haveria de meter o nariz naquela história.

* * *

De início, por algum tempo ela não conseguia entender por que a *principessa* Spongiatosta a acolhera tão de imediato, julgando que talvez fosse por conta de uma história passada entre ela e Hunter. Depois de algum tempo, começou a duvidar dessa hipótese. Já estava praticamente instalada na Ca' Spongiatosta, pois a vida nos *fondamente* não estava mais muito fácil, melhor deixá-la para os ratos dos *rii* mais jovens... "Mas só porque você saiu da rua", logo depois ela passou a dizer a si própria, "não quer dizer que você não corra mais perigo."

A vida da *principessa* era uma rede impenetrável de segredos, amantes de ambos os sexos, jovens e velhos, uma relação menos com o príncipe do que com a ausência dele, ainda que por vezes ela fizesse cara feia e até xingasse pessoas que, mesmo se apenas por um gesto, pareciam tomá-la por apenas mais uma jovem esposa depravada. A ausência do príncipe não se limitava à metade desocupada da cama da *principessa* — havia negócios em andamento, que por vezes pareciam transcorrer longe de Veneza, e ela muitas vezes dava a impressão de atuar como uma espécie de intermediária imprescindível do marido, ou mesmo sua representante, fechando-se por horas em quartos remotos com as venezianas baixadas, cochichando sempre à meia-voz com um inglês elegante chamado Derrick Theign, que vinha visitá-la ao menos uma vez por semana com um chapéu cinzento na mão, deixando seu cartão de visita quando a princesa não estava. Os *camerieri*, que normalmente achavam graça das peripécias da princesa, pareciam recuar toda vez que ele surgia — cobriam os olhos, cuspiam, faziam o sinal da cruz. "O que se passa?", Dally perguntava, mas ninguém lhe respondia. Fosse o que fosse, não parecia ser nada de romântico. Por vezes Theign vinha quando o príncipe estava fora, mas na maioria das ocasiões parecia ser com o príncipe — o qual, tal como o levante, podia chegar à cidade em qualquer estação do ano — que Theign queria falar.

Não demorou para que Dally compreendesse o tipo de pessoa que era aquela princesa, e havia momentos em que tinha vontade de lhe dar um pontapé. "A sua amiga realmente sabe fechar o tempo", disse ela a Hunter.

"Durante algum tempo, imaginei que ela fosse uma pessoa profunda", disse Hunter. "Depois percebi que estava a tomar confusão por profundidade. Como uma tela que dá a ilusão duma dimensão a mais, mas em que cada camada, por si, é quase tão transparente de tão rasa. Vês o tipo de visitas que ela recebe. Vês a dificuldade que ela tem de concentrar-se no que quer que seja por mais tempo. Ela tem os dias contados."

"Algum sujeito mais esquentado com um estilete na mão", Dally tentando não trair esperança na voz.

"Ah, creio que isso, não. Mas os riscos que ela corre, não necessariamente sob o aspecto romântico — bem..."

"Tudo bem, Hunter, prefiro não saber."

"Lá não corres perigo, desde que fiques atenta."

E de fato parecia haver sempre algum perigo à espreita, embora Dally não soubesse exatamente o que era. Por vezes a princesa conversava de modo animado com os seguranças dos Spongiatosta que ficavam em guarda nas ruas das vizinhanças, trajando uma libré que ostentava o velho brasão da família, uma esponja repousando num campo esquartelado com chamas na base. Ela recolhia-se às alcovas fechadas com moças bem-vestidas cujos encargos oficiais eram de secretaria, as quais nunca entravam no *palazzo* mais de duas vezes, não que Dally estivesse realmente contando. Moças que, ao partir, lançavam olhares curiosos, mas não exatamente melancólicos, para as janelas do quarto da *principessa*. Entre seus outros visitantes, Hunter permanecia constante, e se isso era uma maneira de ele ficar de olho em Dally, Hunter era um cavalheiro e o fazia de modo discreto.

Em algum lugar no Atlântico entre Nova York e Göttingen, Kit meio que tinha esperanças de que algum dia, num futuro sonhado, quando seu silêncio se tornasse plausível na Pearl Street, haveria de chegar a hora de voltar, tendo por fim atuado como agente do fantasma vingativo de Webb, voltar para a América ensolarada, suas preocupações práticas, sua negação implacável da noite. Onde atos como aquele que ele planejava não tinham outro nome que não o de "Terror", porque o idioma daquele lugar — ele não podia chamá-lo de "sua terra" — não possuía outros nomes. Mas ali havia chegado a hora, iminente, numa cidade que ele mal conseguia compreender. Sentado na Piazza com mais duzentas pessoas, sorvendo em xícaras pequeníssimas aquele líquido queimado e amargo que ali era chamado de café, enquanto pombos voavam, em bando ou um por um, rumo a um céu cinzento, cor de pérola, Kit perguntava-se se a Ásia Central seria mais ou menos real do que o lugar para o qual estava olhando naquele instante. Dizia-se que aquela cidade fora construída com base no comércio, mas a basílica de San Marco era a expressão mais alucinada de tudo que o comércio, com a sua irrelevância enfática em relação ao sonho, jamais poderia admitir. Os números do comércio eram "racionais" — razões entre lucro e prejuízo, taxas de câmbio —, mas no conjunto de números reais, aqueles que permaneciam nos espaços intermediários — os "irracionais" — detinham sobre aqueles quocientes simples uma maioria esmagadora. Algo assim estava acontecendo ali — manifestava-se mesmo naquele conjunto estranho e desordenado de números de endereços em Veneza, que já o haviam levado a perder-se mais de uma vez. Kit sentia-se como uma pessoa que só conhecesse números reais e estivesse vendo uma variável complexa a convergir...

"O quê, você outra vez? Sozinho com seus pensamentos, não quero interromper, estou só comprando meu almoço." O cabelo dela era como um gongo, reorientando a atenção de Kit.

"Desculpe a cena de hoje de manhã, Dahlia. Eu não queria que você saísse batendo os pés daquele jeito."

"Eu? Eu nunca bato os pés. Não uso bota de vaqueiro faz muito tempo."

"Olha, senta aí, vou te pagar uma coisa. Não, chegou o Reef, deixa que ele paga."

Ela lançou um olhar rápido pelas mesinhas que a cercavam, como se não quisesse ser reconhecida. "Tem que ser no Quadri?"

"Peguei a primeira mesa vazia que eu vi."

"Esse lugar está poluído há cinquenta anos, desde que os austríacos começaram a frequentar, no tempo em que eles ocupavam a cidade. Aqui em Veneza as coisas não passam. Você devia experimentar o Lavena um dia desses, o café de lá é melhor."

"Dahlia, obrigado por bancar a mudinha hoje lá com a 'Pert." Reef, fumando um Cavour, a caminho de algum outro lugar, juntou-se a eles por um minuto. "Ela fica um pouco insegura perto de moças bonitas como você, e às vezes a coisa leva semanas pra passar."

"Foi um prazer ajudar. Eu acho." Fez-se silêncio. "Bom", disse Dally depois de algum tempo, "vocês dois estão planejando *alguma coisa ilegal*, isso está na cara! É só olhar pra vocês que qualquer um percebe."

"Ah", Reef um pouco nervoso, aparentemente, "a gente não faz outra coisa."

"Vocês já estão no *caffè* errado, o que leva um observador, e observador é o que não falta aqui, a concluir que vocês dois são estranhos na cidade, talvez até com poucos recursos."

"Na verdade, a gente está bem", murmurou Reef.

"Quem sabe eu não posso ajudar."

"Não nisso", disse Kit.

"Sabe, é que é um negócio perigoso mesmo", explicou Reef, como se isso bastasse para despachá-la.

"Nesse caso, você não devia ficar chamando a atenção cada vez que você anda, ou abre a boca — já eu sei andar por aí sem ninguém me ver nem ouvir, e mais importante, eu conheço pessoas aqui, que mesmo não sendo exatamente as que vocês precisam, conhecem pessoas que podem ajudar vocês. Mas tudo bem, continuem sozinhos, se é isso que vocês querem."

Reef começou a remexer na aba do chapéu, o que nunca era bom sinal. "Pra abrir o jogo com você, a gente não está com muito dinheiro, não."

"Não quero o seu dinheiro não, senhor Traverse — se bem que eu não posso falar por muita gente nessa cidade, porque é a velha história de sempre, era uma vez um tempo em que as pessoas faziam favor de graça, mas agora não."

"Nem mesmo quando é uma causa de interesse público?", indagou Kit, o que fez seu irmão lhe dirigir mais um daqueles seus olhares de advertência.

"Ilegal, mas de interesse público. Hum. O que será? Deixa eu pensar um minuto."

"Onde foi que você conheceu ela?" Reef olhando para os dois apertando os olhos. "Uma velha namorada sua na faculdade?"

"Ha!", exclamaram Kit e Dally, mais ou menos juntos.

"A moça é direita, Reefer."

"Isso você já me disse."

Hein? Não tendo enrubescido há algum tempo, Dally concluiu que aquele momento também não era apropriado para tal. Reef estava olhando para ela com cuidado. "Senhorita Rideout, eu não costumo impor situações às pessoas."

"Especialmente a menininhas americaninhas com cara de que não tem nada na cabeça, é ou não é?"

"Ora." Reef recolocou o chapéu na cabeça e levantou-se. "Tenho que fazer umas coisas pra 'Pert, quem sabe a gente não conversa depois. Ali-vedete, crianças."

"Que foi que ele disse?"

"Italiano de vagabundo, eu acho."

Kit e Dally começaram a caminhar, Dally de vez em quando enfiando a cabeça numa tabacaria para acender mais um cigarro no lampião da loja. Com o tempo, foram acelerando menos o passo do que intensificando uma certa concentração entre eles, causada em grande parte pela própria cidade. Dally encontrou uma mesa num lugar discreto no jardim de fundos de uma pequena *osteria* entre o Rialto e Cannareggio. Comeram polenta com lula no molho de tinta, e uma *zuppa di peoci* que melhor não podia ser. Em outras circunstâncias ela teria pensado: nosso primeiro "programa" — agora o único pensamento que lhe ocorria era: em que diabo de confusão esse rapaz se meteu desta vez?

"Então vamos lá." Kit bebendo um copo de grapa.

Ela aguardava, de olhos bem abertos.

"Vou dizer por que é que estamos aqui. Se você abrir o bico, todos nós morremos, certo?"

"Mudinha", ela tranquilizou-o.

"Vou contar tudo a você. Está pronta?"

"Kit —"

"Está bem. Você sabe quem é o Scarsdale Vibe."

"Claro. Carnegie, Morgan, todos príncipes do capital."

"O Vibe foi o que...", fez uma pausa, assentiu com a cabeça para si próprio, "o que contratou os homens que mataram meu pai."

Dally pôs a mão sobre a mão dele e deixou-a lá. "Kit, eu já tinha adivinhado isso desde aquele dia lá no barco, mas obrigado por confiar em mim. Agora você e o seu irmão estão planejando se vingar do Vibe, é isso, eu imagino."

"Quer dizer que quando você se ofereceu pra nos ajudar, você já fazia uma ideia."

Ela manteve os olhos abaixados.

"Mas você pode pular fora se quiser", ele disse em voz baixa. "Não tem problema." Ficaram imobilizados por algum tempo. Ela não ousava mexer a mão. Eram tempos modernos, e mãos sem luvas não se tocavam de propósito a menos que o gesto tivesse um significado.

Quanto ao que era esse significado, é claro...

Kit, por sua vez, havia chegado mesmo a reparar nos olhos dela, os quais, mesmo levando-se em conta a luminosidade de Veneza, pareciam ter uma cor estranha, verde-prateado. Uma ruiva de olhos verdes, nada de mais — porém as íris contra um fundo de algum modo reluzente como prata embaçada, servindo de referência a todos os outros tons, como é que podia ser? Fotos de si próprios. E por que ele estaria prestando tanta atenção aos olhos dela?

"A coisa é pior ainda, infelizmente. Alguma coisa deve ter acontecido lá nos Estados Unidos, porque agora o pessoal do Vibe está atrás de mim. Por isso que não estou mais na Alemanha."

"Tem certeza que você não está só..."

"Maluco? Antes fosse."

"E vocês dois estão mesmo pretendendo..." Ela não conseguia obrigar-se a pronunciar a palavra, porque não sabia até que ponto aquilo era de fato sério.

"'Pretendendo cometer o ato'", Kit arriscou.

"E fugir da cidade antes que os *carabinieri* prendam vocês. Vocês vão pra onde, se não é muito assanhamento uma moça fazer uma pergunta dessas?"

"O Reef, só perguntando pra ele. Eu, meu plano atual é ir pra Ásia Central."

"Ah, sei, bem ao lado da Ásia Periférica. Nem pensar em ficar aqui por uns tempos, você sempre teve toda essa outra vida, e agora você vai viver fugindo da justiça e sabe-se lá do que mais."

Dally se deu conta da infelicidade que estava estampada em seu rosto, e retirou a mão. Kit pegou-a outra vez. "Escuta, você não acha que —"

Ela lhe deu um tapa na mão e sorriu um sorriso triste. "Não ligue pra isso, não. Você e seja lá quem for, não é da minha conta."

"Eu e — O que você quer dizer com isso?"

Um olhar direto que ele não conseguiu compreender. O sol penetrou aquele canto de jardim e de repente o cabelo dela pegou fogo. Entraram então numa daquelas paralisias em que qualquer coisa que ele ou ela dissesse seria a coisa errada.

"Olha", Kit em desespero, "quer que eu dê a minha palavra? Eu dou minha palavra. Palavra de honra. Aqui mesmo — neste mesmo lugar exatamente, tudo bem pra você? Deixa eu anotar o nome e endereço, é claro que a data exata são outros quinhentos —"

"Deixa isso pra lá." Seu olhar não chegava a ser feroz, exatamente, mas também não era sorridente. "Um dia talvez você vai me prometer alguma coisa. Quando isso acontecer, cuidado, moço."

Nem pensar em ter tempo de se perderem de modo criativo naquele labirinto de *calli*, ou de passear na laguna num pequeno *topo* com vela alaranjada, ou de fazer a ronda das igrejas entrando em êxtase diante das pinturas magníficas, muito menos parar no alto da Ponte de Ferro ao pôr do sol para beijar-se enquanto barcos iluminados por lanternas passavam lá embaixo e acordeões faziam o acompanhamento para aquele amor recém-descoberto. Nenhuma dessas coisas venezianas ia acontecer, naquela porra da sua vida.

O que ela queria? Não era uma repetição de Merle? Aquela alquimia, os cristais mágicos, os ataques obsessivos aos Mistérios do Tempo, ela realmente acreditava outrora que tinha que se afastar daquilo para não ficar louca como seu pai, e agora, vejam só, lá estava ela repetindo aquela história, mais um maluco, dessa vez o maluco é que ia deixá-la, para buscar uma cidade invisível do outro lado do mundo. *Cazzo, cazzo...*

"Esqueça esse rapaz", aconselhava a *principessa*. "Amanhã vai haver um baile maravilhoso no Palazzo Angulozor. Venha, por favor. Tenho uns cem vestidos pendurados no armário sem nada pra fazer, e eu e você, nós somos do mesmo tamanho."

"Estou triste demais", insistiu Dally.

"Porque ele vai embora", retrucou a *principessa*, que conhecia a história em linhas gerais, mas não os detalhes, o que jamais a impedia de não dar conselhos. "Pode ser por um ano, talvez mais, talvez pra sempre, *vero*? É como um soldadinho que vai pra guerra. E você acha que vai ficar esperando por ele."

"Eu acho? E quem é você, ora", explodiu Dally, "pra fazer troça dos meus sentimentos? Você que vive babando pelos cantos que 'não se pode viver sem amor'."

O relacionamento entre elas, fosse qual fosse, àquela altura já permitia esse tipo de impertinência. A *principessa* deu de ombros, achando graça. "Então é isso que é?"

"Talvez não esteja à altura dos seus padrões, princesa."

"E o rapaz? Quais são os sentimentos dele?"

"Não sei e não vou perguntar."

"Eh! *Appunto!* É tudo um romance que *você* inventou."

"Vamos ver."

"*Quando?* Enquanto você *espera*, eu conheço uns dez rapazes, muito ricos, que adorariam conhecê-la."

"Não sei."

"Vamos. Faça-me esse favor. Vamos olhar umas coisinhas. Estou pensando num *straccio* velho em particular, verde '*meteore*', perfeito pra os seus olhos, com guarnição de guipura veneziana, acho que vai ficar muito bem."

Estavam todos no terraço do lugar em Cannareggio. Ruperta havia partido no trem do meio-dia, rumo a Marienbad, examinando, inconsolável, todos os viajantes disponíveis. Sendo seu egotismo tão monstruoso que ela não enxergava adiante da próxima aventura romântica, ela fora a companhia perfeita para Hunter, que havia decidido ir com ela até Salzburgo. Amor no ar? E Dally, estava se lixando?

"E então, eu vou mesmo participar desse seu 'hotentote'?"

Reef deu de ombros. "'Fode-me eu'."

"Que é isso?"

"É francês, quer dizer por falta de coisa melhor. Vamos precisar de uma outra pessoa, pra gente não ficar pegando o caminho errado o tempo todo."

"Obrigada. É isso? Uma cicerone, nada um pouco mais, sei lá, físico? Eu bato carteira e arranco bolsa de turista. Jogo faca com precisão até vinte metros de distância. Já disparei armas com nomes e calibres que você nunca nem ouviu falar."

"Isso aí é por nossa conta."

"Quer dizer que você não me vê como atiradora, tudo bem. Então é que tipo de trabalho? Ama-seca? Cozinheira? Peraí! O que é isso aqui? Ora, ou muito me engano ou isso é *uma arma de cordite pra matar elefante*."

"Isso mesmo. Rigby Nitro Express, calibre .450, dispara bala de ponta côncava com camisa de níquel."

"A qual expande no momento do impacto", a moça completou, "e não é de modo algum uma bala típica usada em caça. Quem sabe o tal do Vibe devia mudar o nome dele pra Jumbo. Será que eu posso —"

"Por favor." Reef entregou-lhe a arma e ela fez questão de sopesá-la para achar o ponto de equilíbrio, depois abriu e fechou a culatra, posicionou as pernas e fez pontaria em vários campanários da cidade. Depois de algum tempo, murmurou: "Beleza de arma", e devolveu-a.

"Presentinho de despedida da 'Pert", explicou Reef.

"Ela está sabendo o que vocês pretendem fazer?"

"É uma moça da cidade, acha que isso serve pra caçar faisão, sei lá."

"Se vocês querem matar uma pessoa como o Vibe", opinou Dally, "melhor aprender com o famoso atentado contra o Henry Clay Frick, o Carniceiro de Homestead, há quinze anos: nunca aponte pra cabeça. Apontar pra cabeça do Frick foi o grande erro do irmão Berkmann, o típico erro Anarquista de achar que todas as cabeças têm um cérebro dentro, quando na verdade não havia nada na cabeça desse tal de Frick que valesse a pena desperdiçar uma bala. Gente assim, o negócio é apontar pra barriga. Por causa da gordura que está se acumulando lá esses anos todos às custas dos pobres. A morte pode não ser imediata — mas de tanto futricar naquele mundaréu de gordura procurando a bala, o médico, principalmente médico que trata de gente rica, estando mais acostumado com problema de fígado e doenças de senhoras, acaba produzindo, por pura incompetência, uma morte dolorosa e prolongada."

"Ela tem razão", Reef concordou após um curto intervalo de estupor mudo, olhando para Dally como se ela fosse uma guru indiana da violência, "e montar emboscada, nem pensar, vai ter muita gente em volta, não pode acertar ninguém por engano. O jeito é chegar bem perto do Scarsdale, cara a cara. É aí que você entra, Kit."

"Acho que não", disse Kit.

"Ah, ele cortou o seu dinheiro, isso está em todas as colunas sociais, não é um disparo numa emboscada."

"Então eu chego, oi, senhor Vibe, como tem passado, que surpresa vê-lo aqui em Veneza — certo, Reef, você sabe o que é que vai acontecer."

"O que é que vai acontecer?"

"Esse cara quer acabar comigo, eu estou lhe dizendo."

Dally rosnou, impaciente com toda aquela lengalenga. "Ó aqui, vocês dois não estão entendendo, tem gente fazendo fila pra dar um tiro nesse urubu, e vocês não são os primeiros."

Reef, como se isso fosse novidade para ele: "É mesmo? Você quer dizer que tem outras pessoas que odeiam ele tanto quanto a gente?".

"Isso aqui é terra de anarquista, caubói. Mais cedo ou mais tarde, não vai ter mais rei pra levar um tiro, e aí eles vão ter que começar a procurar alvos na ralé — políticos, industriais, essas coisas. E nessa lista o Scarsdale Vibe já aparece há um bom tempo."

"Você conhece algum anarquista?"

"Aqui em Veneza, muitos."

"O Reef acha que ele é um deles", observou Kit.

"Você realmente acha que eles já devem estar planejando alguma coisa?", Reef indagou.

"É mais da boca pra fora. Você quer ver como é?"

Saltaram no ponto de San Marcuola, atravessaram umas duas pontes, caminharam sob um *sotopòrtego*, entraram em becos tão estreitos que foram obrigados a caminhar em fila indiana, até que Dally disse: "É aqui." Era um *caffè* chamado Laguna Morte. Lá estavam Andrea Tancredi e alguns artistas amigos seus, e por acaso o assunto em pauta era Scarsdale Vibe, o mais recente numa sucessão de milionários americanos em visita à cidade para atacar a arte veneziana.

"Os jornais falam em 'butim de guerra'", Tancredi afirmava, "como se fosse só uma espécie de conflito metafórico, em que grandes quantias em dólares substituem o número de baixas... mas quando ninguém está olhando nem ouvindo, as mesmas pessoas fazem uma campanha de extermínio contra a própria arte." Ainda que o italiano de Kit não fosse nenhuma maravilha, dava para ele perceber que aquilo era paixão, e não uma típica conversa fiada de café.

"E o que é que tem os americanos gastarem dinheiro em arte?", discordou o jovem com barba de pirata chamado Mascaregna. "*Macché*, Tancredi. Esta cidade foi construída graças às operações de compra e venda. Cada uma dessas Grandes Pinturas Italianas mais cedo ou mais tarde tem um preço. Esse senhor Vibe não está roubando nada, ele está pagando o preço que foi combinado entre o comprador e o vendedor."

"A questão não é o preço", exclamou Tancredi, "e sim o que vem depois — investimentos, revendas, eles matam uma coisa que nasceu no delírio vivo da tinta jogada sobre tela, transformam num objeto morto, a ser comercializado, vez após vez, pelo preço que o mercado suportar. Um mercado cujas forças sempre se exerceram contra a criação, em direção à morte."

"*Cazzo*, deixa eles levarem o que eles conseguirem levar", deu de ombros seu amigo Pugliese. "É bom que abre espaço nessas paredes velhas pra nós."

"Os pecados do americano são muito maiores do que roubar obra de arte, aliás", disse Marcaregna. "Não podemos esquecer a imensa cidade inexplorada de almas desprotegidas que ele empurrou pra beira do abismo. São tantas que nem Deus mesmo há de perdoar."

"O que esse senhor Vibe merece", disse Tancredi, "é uma enrascada da qual não dê pra sair rezando."

"*La macchina infernale*", arriscou Dally.

"*Appunto!*" Tancredi, conhecido por não gostar de tocar nas pessoas, abraçou-a com força. Kit, percebendo isso, dirigiu um olhar a Dally. Ela arregalou os olhos ao máximo e rodopiou uma sombrinha invisível.

O rapaz apertou as mãos de Kit e Reef, tímido. Naquela tarde em particular, não parecia uma pessoa levada a tomar medidas desesperadas. "Esse Vibe, hein?"

Aquilo era uma boa deixa. Os irmãos se entreolharam, mas acabaram deixando que ela passasse.

Mais tarde haveriam de relembrar os olhos de Tancredi.

"Esse garoto é sério mesmo, você acha?", Reef quis saber.

"De uns tempos pra cá", Dally respondeu, "ele tem falado muito em Bresci, Luccheni e outros famosos pistoleiros anarquistas, a ponto de deixar as pessoas nervosas."

"Isso era pra ser um serviço fácil", reclamou Reef. "Dar um teco no filho da puta e pronto. Agora, sem mais nem menos, a gente está pensando em passar a tarefa pra outra pessoa?"

"Quem sabe", Kit observou, cauteloso, "se a gente não consegue o resultado mais depressa simplesmente dando um passo pra trás e deixando que as forças da História acabem com ele?"

"Isso é coisa de Harvard?"

"Yale", Kit e Dally corrigiram juntos.

Reef ficou olhando para os dois, piscando, por um minuto. "'Quem sabe'? Ora, pra começo de conversa..."

A *principessa* havia finalmente conseguido convencer Dally a ir ao baile aquela noite, e também lhe passara a informação interessante de que um dos convidados seria Scarsdale Vibe. Recolhidos à casa para proteger-se de um bora particularmente enlouquecedor, Kit, Reef e Dally jogavam pôquer e discutiam o curso dos eventos, bebendo grapa, Reef empestando o ar com a fumaça malcheirosa de seus charutos italianos baratos. Todos esperando por algo, cartas boas, um pensamento alegre, os *carabinieri* batendo à porta, por trás da sensação estranha e pesada de que uma má notícia se aproximava.

"Já viu uma dessas?"

"Epa, de onde isso saiu?"

"De Turim."

"Não, eu quis dizer —"

"É só um truque de prestidigitação. Veneza é uma cidade colorida, mas cheia de esquinas escuras. Isto aqui eles chamam de Lampo. Uma gracinha, não é? É de repetição, usa bala Gaulois de oito milímetros, o dedo anular fica aqui no gatilho, o dedo médio encaixa bem aqui" — ela ia mostrando — "a ponta do cano sai só um pouquinho do punho cerrado, é só empurrar que a trava recua, depois você aperta e aí — *pof*."

"Puxa, com uma dessas você podia chegar pertinho dele."

"Podia, sim."

"Mas você não vai."

"Meninos..."

"Ele está brincando com você", disse Kit.

"Acho que estava, sim." Reef soltou um suspiro dramático.

"Pelo menos animou a festa", Dally arriscou.

"Poxa! Quem sabe você não vai conhecer um príncipe italiano, se apaixonar por ele, pelo menos vai comer bem." Reef, rindo da irritação do irmão, começou a tossir nuvens de fumaça de charuto.

"Por que você não aproveita e morre engasgado com esse troço?"

"Pena que eu nunca fui chegado a roubar joias, Dahlia, você seria a cúmplice perfeita."

"Nossa, Kit, como o seu irmão é encantador."

"E ainda por cima é cheiroso", murmurou Kit.

"Vá em frente, Dahlia", disse Reef, "festa é festa, a gente nunca rejeita, pode aprontar o que você quiser, se descobrir alguma coisa útil é só nos avisar, a gente vai ficar do lado de fora fazendo reconhecimento de terreno. Vamos dar um jeito de pegar esse cara."

Lá fora, cidadãos estavam sendo horizontalizados, agarrando-se ao que podiam pegar, perdendo os sapatos que eram arrancados pelo vento e lançados na laguna tempestuosa. Telhas eram arrancadas dos telhados uma por uma, gôndolas eram lançadas de ponta-cabeça na Riva, deixando cacos de verniz a rodopiar em minúsculos tornados negros, enquanto no céu, suas penas arrancadas rodopiando em sentido contrário numa turbulência prateada, os anjos tutelares de Veneza buscavam abrigo entre sinos abandonados, castigados pelo vento, que agora assinalavam horas que só eram canônicas para a tempestade, chamando as congregações para missas invisíveis pelas almas dos que se perderam em naufrágios e tempestades marítimas, enquanto lá embaixo pombas e aves aquáticas impedidas de voar fugiam da laguna, trêmulas de frio, nos *sotopòrteghi*, em pátios dentro de pátios, renegando o céu, fingindo ser cidadãs dos labirintos da terra, com olhos luzidios e esquivos como as ratazanas nos cantos. Os venezianos calçavam botas de borracha e caminhavam pelas ruas inundadas.

Os visitantes, tomados de surpresa, caminhavam assustados por passarelas elevadas, negociando quem teria precedência para passar. Placas improvisadas com setas pintadas apareciam nas esquinas, indicando os caminhos mais secos. Nos canais, a água debatia-se como louca, cinza-chumbo, cheirando a mar, algum mar de algum lugar. A Piazza San Marco era uma grande bacia ornamental, que pertencia ao oceano, escura como o céu que refletia, onde se projetavam retângulos de luz alaranjada saídos das janelas dos *caffès* e lojas no rés do chão das Procuratie, imagens dispersas e redispersas pelo vento.

"E mais essa história com a Dahlia", disse Reef depois que ela voltou para a Ca' Spongiatosta, "vai chegar uma hora que você vai ter que passar sebo nas canelas, como é que você vai fazer?"

"Acho que ela não vai sentir muito a minha falta, não."

Em resposta, Reef deu aquele sorriso de lábios apertados, sua marca registrada, que lhe servira fielmente em tantas mesas de jogo. Cujo sentido era: "Está bem, faça o que você acha que tem que fazer, mas depois não vá botar a culpa em mim", que era bom para lançar uma dúvida paralisante sobre os outros jogadores, e ao mesmo tempo fazê-lo parecer um adversário de bom coração, que não quer tirar do outro o dinheiro do aluguel ou da comida do bebê.

Agarrando rédeas invisíveis e fazendo movimentos de tocar para a frente, Kit finalmente disse: "O que é?".

"Um dia eu lhe conto uma história. Talvez."

Na garoa implacável, cinco ou seis *carabinieri* estavam estrategicamente dispostos ao longo da *fondamenta*, para impedir que as pessoas cruzassem a ponte que levava ao Palazzo. Sobretudos com o colarinho virado para cima para proteger do frio. Sabia-se lá quanto tempo eles teriam de ficar a postos ali. Assumindo a aparência de uma pintura que não estava pendurada em nenhuma parede reconhecível, intitulada *Fracasso*, Kit e Reef passaram por eles, tentando fazer parte da imprimadura. Ao longo da calçada do outro lado da rua, vultos de preto, curvados como se para proteger-se do vento da fatalidade, deslocavam-se num fluxo víscido, sob guarda-chuvas pretos numa ondulação espasmódica, cada passo uma luta, todo o trânsito fragmentado em emissões privadas de desejo... Isolados das consequências, tal como o meio da noite.

Luzes elétricas nas janelas, archotes carregados de um lado para outro por criados, as chamas o tempo todo fustigadas pelo vento. Um sussurro interior pesado, o som modulado pelas pedras antiquíssimas, saindo para o *rio* juntamente com uma pequena orquestra de cordas a tocar arranjos de Strauss Jr., Luigi Denza e o luminar local, Ermanno Wolf-Ferrari.

Kit vislumbrou Dally com o vestido emprestado da *principessa* e com um *paletot* de seda escura, o cabelo incendiário armado com uma *aigrette* de pluma de avestruz tingida de azul-anil, entrando majestosa pelos portões e subindo a escada de mármore até o *piano nobile*, e pelo intervalo de tempo de uma batida de coração e meia esqueceu-se de quem ele era e do que deveria estar fazendo ali.

Scarsdale Vibe chegou numa gôndola particular e, espelhado por Foley Walker, saltou na *fondamenta*. Ouviu-se o som inconfundível de um disparo.

Súbitos como uma tempestade na laguna, guarda-costas de preto surgiram de toda parte, *teppisti* musculosos recém-chegados em Veneza depois de furar greves em Roma e nas fábricas do Norte, armados, silenciosos, mascarados e mobilizados.

"Meu Deus, é um exército", murmurou Reef. "De onde eles saíram?"

E ali, no meio daquilo tudo, surgiu um garoto magricela com um terno emprestado, colarinho da camisa grande demais para ele, imediatamente percebido como uma pessoa fora do lugar, e portanto disfarçada, e portanto ameaçadora. "É o tal do Tancredi, que diabo ele está fazendo aqui?"

"Ah, não", exclamou Kit. "Isso não está nada bom."

Não havia como chegar até ele, pois o garoto já estava dentro do negro trem funerário, já em movimento, de sua terrível intenção.

"*Via, via!*", tiveram a bondade de alertá-lo, porém ele continuava a se aproximar. Estava fazendo a única coisa que as autoridades não suportam, que jamais deixam passar, que era recusar-se a cumprir uma ordem. Que objeto era aquele que ele levava na mão, cuidadosamente, como se pudesse explodir ao menor movimento abrupto? "As mãos dele estavam vazias", revelou Pugliese depois. "Ninguém achou arma nenhuma."

Mascaregna sacudiu a cabeça, desconsolado. "Ele disse que tinha uma máquina infernal, a qual iria derrubar o Vibe, e, em algum dia longínquo, a ordem da qual o Vibe é a mais completa e odiosa manifestação. Era o preciso instrumento de destruição dele. Emitia uma luz e um calor que apenas o Tancredi sentia, que o deixava cego, que ardia feroz nas mãos dele, como a brasa viva da parábola budista, ele não podia largá-la. Se o Vibe era um comprador de obras de arte, aquela era a criação de Tancredi, a contribuição dele, a obra-prima que ele considerava capaz de mudar todo aquele que olhasse pra ela, até aquele milionário americano corrupto, capaz de cegá-lo pra vida que ele estava levando, proporcionar-lhe um novo tipo de visão. Ninguém lhe deu uma oportunidade de dizer: "Tome, isto aqui é um volume encadernado infinito da ausência de Deus, é tudo de que você precisa pra olhar e ver de verdade, pra você conhecer o Inferno".

Chamas irromperam dos canos de Glisentis novas em folha, tiros ecoaram na água e nas paredes de pedra, medonhos, despedaçando o silêncio. Tancredi abriu braços e pernas, como se estivesse se preparando para abraçar o quanto pudesse daquilo a que o mundo acabara de ser reduzido — os primeiros tiros o contraíram, transformando-o num resíduo, curvado como se diante de alguma nobreza perversa, diante do esplendor antigo do Palazzo, até que escorregou e caiu em seu próprio sangue e mergulhou num vazio no dia em que os sinos se silenciaram, a cidade que lhe inspirava tanto amor quanto ressentimento lhe foi retirada, não sendo mais sua para transfigurar.

De início, parecia que estavam apenas cutucando os restos mortais com as pontas das botas — o que era de se esperar de profissionais, afinal de contas, só para ter certeza de que o elemento não ia de repente ressuscitar. Mas os movimentos tornaram-se menos hesitantes, e logo os *assassini* estavam desfechando pontapés brutais, com toda a força que tinham, gritando insultos até que a *fondamenta* parecia um pátio de prisão, enquanto Scarsdale Vibe praticamente dançava de um lado para o outro, manifestando sua aprovação entusiástica, oferecendo instruções precisas aos gritos.

"Não deixem de arrebentar a cara dele, pessoal. *Batti! batti la faccia*, não é? Até destruir. Pra dar à mãe desse merdinha um bom motivo pra ela chorar." Quando ficou tão rouco que não podia mais continuar gritando, aproximou-se e ficou algum tempo olhando para o cadáver despedaçado numa poça de luz pública, sentindo-se abençoado por ter podido testemunhar, em primeira mão, aquela vitória sobre o terror Anarquista. Foley, para quem aquilo outrora fora o dia a dia em sua vida no regimento nortista, limitou-se a olhar de certa distância, sem fazer comentários.

A névoa que subia misturava-se à fumaça de pólvora que se dissipava aos poucos. Um batalhão de ratos, interessando-se na mesma hora, havia emergido do canal. Por consideração aos convidados que chegavam tarde, um dos pistoleiros, usando o chapéu do rapaz, estava tentando limpar um pouco do sangue jogando água do canal na calçada.

Vibe, instalado no ponto mais alto da pequena ponte, nada dizia, de costas, uma silhueta inteiramente negra, cabeça e manto, aguardando com uma tensão inconfundível que parecia crescer não em tamanho e sim, curiosamente, em massa, retificando-se até se transformar numa inexpugnabilidade férrea. Por um momento, antes de voltar com passos lentos para o abrigo do *palazzo* iluminado e melodioso, virou-se e olhou diretamente para Kit, não deixando dúvida de que o reconhecera, e apesar do lusco-fusco, da *foschia* e da luz bruxuleante dos archotes, Kit pôde perceber o riso de triunfo debochado no rosto do homem. *Seus vagabundos desprezíveis*, era como se ele dissesse, *mas quem — o quê — vocês imaginavam que iam encontrar pela frente?*

"Segundo a polícia, os Anarquistas se especializam, Foley, sabia? Os italianos costumam atacar a realeza. A imperatriz Elizabeth, o rei Umberto, etcétera."

"Pelo visto, você faz parte da realeza americana", Foley retrucou.

"Rei Scarsdale. É. Até que soa bem."

Estavam na grande sala de jantar do Bauer-Grünwald comendo filé de carneiro assado e entornando Pommery. O recinto estava apinhado de pessoas possuidoras de uma quantidade de dinheiro muito maior do que qualquer fome de que elas se lembrassem ou mesmo pudessem imaginar. Os garçons conversavam em voz baixa, no limiar da polidez, pronunciando com frequência a palavra *cazzo*. Candelabros cujos arranjos de cristais eram dispostos em intervalos cuidadosamente medidos estremeciam e tintinavam como se fossem capazes de registrar o mais mínimo movimento com que o prédio afundava na lama primeva veneziana.

Mais tarde, Scarsdale ficou perplexo quando viu Foley se esbaldando na calçada, rodopiando sem parar não com uma, mas com três moças, ao acompanhamento de algum maluco do bairro munido de um acordeão. De vez em quando, fogos de artifício pipocavam.

"Foley, mas que diabo?"

"Dançando a tarantela", Foley respondeu, esbaforido.

"Por quê?"

"Comemorando. Estou feliz porque *eles* não pegaram você."

Se Scarsdale percebeu aquela ênfase em "eles", não deu sinal de que o fez.

"Mas de onde saíram todos aqueles pistoleiros?", Reef repetia, como se fosse uma espécie de oração adequada a momentos de derrota.

"Foram contratados pra aquela noite", Dally explicou. "E não dava pra subornar uns caras que o seu amigo Vibe contratou a peso de ouro."

"Por que ninguém disse nada?" Reef, mais irritado do que implorando.

"Eu falei — só que vocês não quiseram ouvir. Tirando vocês, todo mundo nessas *calli* sabia."

"Nós imaginamos que ia ter gente", disse Kit, "mas não tanta gente assim. Escapamos por pura sorte, é uma maneira de encarar as coisas."

"Aquele garoto não conseguiu nada", Reef olhando feroz para o irmão. "Desculpe, Dahlia."

Ela estava abalada, mais do que estava disposta a admitir. Tinha a impressão de que frequentava o ateliê de Tancredi há anos para ver seus quadros. Tinha consciência, de um modo quase neuronal, de toda a criação artística que agora não aconteceria mais, do arrependimento e do horror diante de algo de que ela quase havia participado, e, o pior de tudo, do alívio vergonhoso, vergonhoso, por continuar viva. Talvez eles jamais tivessem se tornado amantes, mas não mereciam ter algum tempo para descobrir? Ele era um garoto virtuoso, como todos esses artistas desgraçados, virtuoso demais para o mundo, mesmo o mundo visível que eles estavam tentando redimir pouco a pouco, um quadradinho de tela a cada vez.

"Eu devia ter previsto isso", disse Dally. "Alguém entregou o Tancredi. Essa cidade miserável, há mil anos entregando gente à polícia."

"Eu podia pelo menos ter dito pra ele ser cuidadoso", murmurou Kit.

"Olhem, crianças", Reef jogando coisas dentro de uma valise, "quando inventarem a máquina do tempo a gente paga ingresso, volta pra ontem à noite e conserta tudo. Enquanto isso, aquela cascavel vai continuar levando a boa vida de sempre em algum outro lugar, e sabe-se lá quando é que vamos ter outra oportunidade. Se é que vamos ter. Eu realmente não sei quanto tempo a gente vai ter que continuar fazendo isso." Saiu pela porta afora, e os dois o ouviram descendo a escada.

"Pois eu gostei de não ter acontecido", ela disse em voz baixa. "Uma morte já é demais." Levantou a vista, olhou para Kit, e o que ela não dissera estava estampado em seu rosto — um morto, o outro prestes a partir para o exílio.

Kit interrompeu sua tentativa de disfarçar, que envolvia basicamente passar graxa de sapato no cabelo. "Eu cumpro as minhas promessas, Dahlia."

Ela fez que sim com a cabeça, não parava de balançar a cabeça, pensando que tempo para chorar não lhe faltaria depois.

"Você sabe que se tivesse um jeito de eu ficar —"

"Não tem. Você não precisa da minha permissão."

"O Vibe me viu aqui, na cena do crime. Se antes ainda não tinha tirado a conclusão, agora já tirou, e nenhum deles vai me deixar em paz nunca mais."

"Nesse caso, é melhor ir logo, pra não acabar do mesmo jeito."

Embora Kit jamais tivesse compreendido Veneza direito, parecia quase um lugar normal em comparação com o que o aguardava. Dally reconhecia aquela situação. "Aqui eles dizem *bagonghi*, é como a gente sente quando fica andando de um lado por outro, trôpego, que nem um palhaço de circo." Kit foi dormir e acordou com uma única imagem operística de Vibe virando-se para encará-lo frente a frente, implacável, sabendo exatamente onde ele havia se colocado do outro lado do pequeno canal, enquanto a sua volta os assassinos diaristas se revelavam, como se os próprios pretorianos do Tempo tivessem surgido para defendê-lo. O sorriso tingido de rosa, sorriso de um papa numa pintura, emoldurado por um rosto que não costumava sorrir, um sorriso que era melhor não ver jamais, pois ele implicava perigo no futuro.

Era provavelmente também o momento inegável, se fosse o caso escolher um momento, para que Kit se excluísse daquilo que em Yale recebia o nome de "futuro" — de quaisquer rotas que levassem ao sucesso ou mesmo ao conforto burguês, as quais Scarsdale Vibe tivesse o poder de controlar. Kit não sabia até que ponto algum dia desejara tais coisas, mas agora não tinha sequer a possibilidade de optar. Os *stránniki* de Yashmeen haviam se entregado por completo ao serviço de Deus e da Morte Misteriosa, mas até onde Kit conseguia compreender a situação, a viagem que tinha pela frente não seria feita em nome de Deus, nem de Yashmeen, que era o amor da vida de alguém, sem dúvida, só que esse alguém não era Kit, nem mesmo em nome da causa do Vetorismo — talvez fosse apenas pela preservação pura simples, mediante a fuga, de um bem cada vez mais desvalorizado, sua própria pele.

Talvez tivesse imaginado uma partida tranquila em meio a uma névoa dourada, mas do jeito que as coisas se deram os irmãos não se separaram de modo muito afetuoso. Como se o tiroteio no Palazzo tivesse finalmente chegado até Reef, ou coisa parecida, ele foi ficando cada vez mais amargo.

"Não precisa vir se despedir de mim na estação, melhor até não ir, porque de qualquer modo não vou poder ficar dando adeus pra você."

"Tem alguma coisa preocupando você, Reef?"

Seu irmão deu de ombros. "Você nunca quis me ajudar naquela história. Você estava com o pé atrás o tempo todo. Pois bem, agora terminou, e adeus, garoto."

"Você acha que eu tenho culpa pelo que aconteceu?"

"Ajudar, você não ajudou nada."

Os dedos de Kit começaram a doer, e ele voltou a olhar para o irmão, na esperança de que talvez tivesse ouvido errado.

"O seu padrinho continua por aí, bebendo champanhe e mijando na memória do nosso pai. E você não pode dizer mais nada, porque você não sabe nada." Reef deu-lhe as costas e foi embora, feroz, os ombros encurvados, subindo a Ponte degli Scalzi, logo desaparecendo numa multidão de centenas de futuros separados, cujo destino só podia ser calculado de modo estatístico. E fim de conversa.

Ele pegou o vapor noturno de Trieste, as luzes vistas por entre a névoa dissolvendo-se em efeitos espectrais, inchando como capuzes sacudidos por foliões insones, a Giudecca invisível... tal como o *Stromboli* amortalhado e os outros navios de guerra italianos ancorados... os gritos dos gondoleiros adquirindo, na *foschia*, um tom estranho de ansiedade, o couro dos baús e valises úmido e reluzente no brilho das luzes elétricas... Dally a toda hora desaparecia, e a cada vez Kit achava que ela não estaria mais lá quando a visão se tornasse nítida outra vez. Chatas e *traghetti*, levando viajantes, bagagem e carregamentos, amontoavam-se na pequena distância, cada nau um palco aquático para dramas de grande intensidade, conselhos práticos passionais vindo de todos lados, baús sendo levantados em meio à azáfama vaporosa, sempre prestes a desabar de modo cômico, juntamente com seus proprietários, dentro do canal. Músicos, em duos e trios, tocavam ao longo de todo o Zattere, alguns deles membros da King's Band, ganhando uns *soldi* a mais. Tudo em modo menor.

Ninguém teria vindo se despedir de Kit, seu irmão estava de novo num trem, já a alguns quilômetros da cidade, e agora que Dally parava para pensar, por que cargas d'água ela estava ali, acenando — então não tinha nada melhor a fazer? Afinal, abraços sentimentais à beira d'água representavam alguma coisa para aquele sujeito?

À sua volta, viajantes bebiam vinho em suvenires baratos de Murano, trocavam tapas nos ombros, tiravam da roupa folhas e pedaços de pétalas de buquês comprados na última hora, discutiam sobre quem havia esquecido de colocar o que na mala... Dally já deveria ter deixado para trás a melancolia da partida, estar fora do alcance de sua gravidade, e no entanto, como se ela pudesse enxergar toda a extensão escura do que estava à sua frente, naquele momento ela queria dar um passo à frente, abraçá-lo, abraçar aquele rapaz, por todo o tempo que fosse necessário para criar um eu duplo, renunciar ao destino sombrio de que ele parecia estar tão convicto. Ele olhava para ela como se tivesse acabado de vislumbrar a longitude daquilo que estava prestes a fazer, como se desejasse chegar a algum abrigo, ainda que talvez não tal como ela o concebia... assim, como termos de uma equação que se cancelavam mutuamente, um de cada lado, ficaram parados, separados por cortinas de névoa veneziana, em meio às sirenes dos vapores e aos gritos dos barqueiros, e os dois jovens compreenderam a profunda diferença que havia entre aqueles que estariam ali, exatamente ali, dois dias depois para testemunhar o próximo bota-fora, e aqueles que estavam despencando no precipício escuro daquela viagem, que nunca mais estariam ali, exatamente ali.

Querido papá:

Escrevo sem saber se algum dia o senhor lerá esta carta — assim, paradoxalmente, movida por uma espécie de fé, talvez tornada mais urgente ainda pelas dúvidas que surgiram com relação àqueles a cujos cuidados o senhor me confiou, tanto tempo atrás.

Creio que o P.A.T.A.C. não está mais a agir em meu favor — que minha segurança já não lhes importa, se é que não se tornou um verdadeiro obstáculo aos planos que eles não revelam a mim. No momento estamos na Suíça, e dentro de um ou dois dias tomaremos o comboio de Buda-Pesth, onde, a menos que meu "dom de profecia" me tenha abandonado, o perigo e talvez o sofrimento estão à minha espera.

O termo não expresso, como sempre, continua a ser Shambhala — embora o senhor, que há tanto tempo trabalha de modo honrado na esfera de influência de Shambhala, talvez não leve a sério as ansiedades de alguém cujo conhecimento do assunto é apenas de segunda (melhor dizendo, terceira) mão. No entanto, como aqueles charlatães religiosos que afirmam ter contacto direto com Deus, há um número cada vez maior de membros do P.A.T.A.C. que se jactam duma intimidade semelhante com a Cidade Oculta, e que — o que é ainda mais perturbador — não conseguem distingui-la da política profana da Europa atual.

A maré da História inundou e cercou-nos a todos, e cá estou à deriva, sem certezas, munida apenas de conjecturas. Em Göttingen, por algum tempo, após a revolução na Rússia, fui vista como útil por ao menos um grupo de refugiados bolchevistas heréticos. O recente entendimento entre Inglaterra e Rússia, ao que parece, acentuou meu valor para os Ministérios da Guerra e das Relações Exteriores, na Grã-Bretanha. Quanto à utilidade que eu ainda possa ter para o P.A.T.A.C., só eles sabem — porém não dizem. É como se eu possuísse, sem ter consciência do facto, a chave duma mensagem codificada da maior importância, o controle da qual outros estão a disputar numa luta renhida.

Aqueles em companhia de quem viajo, mas que, creio eu, já não me consideram uma deles, outrora diziam estar em busca duma espécie de transcendência... Por muito tempo — um tempo excessivo — acreditei que algum dia havia de conseguir aprender o caminho. Agora que eles traíram minha confiança, sou obrigada a olhar em outras direções... Pois qual a minha missão aqui, neste segmento perigoso do espaço-tempo, se não for a de transcendê-lo dalgum modo, a ele e à hora trágica pela qual ele está passando?

Antes a matemática me parecia ser o caminho — a vida interna dos números veio a mim como uma revelação, talvez como a um aprendiz dos pitagóricos tantos anos atrás, em Crotona — reflexo duma realidade menos acessível, a qual, se estudada a fundo, talvez ensinasse uma maneira de ir além do difícil mundo dado.

O professor McTaggart, em Cambridge, adotava o ponto de vista que deve ser classificado como otimista, e confesso que por algum tempo compartilhei sua visão duma comunidade de espíritos em perfeita harmonia, as antigas histórias de sangue e destruição tendo evoluído até por fim darem origem a uma era de luzes e paz, que ele comparava a uma sala de convívio de alunos quartanistas sem a presença dum professor. Hoje em dia sou talvez mais nietzschiana, e volto a alimentar as visões dum futuro negro de escravidão e perigo do qual o senhor tentou me salvar. No final das contas, porém, a salvação pessoal há de ser responsabilidade de cada um.

Uma vez ocorreu-me o pensamento óbvio de que toda essa peregrinação deve ter um objetivo — que naturalmente converge no senhor, e que basta que nós dois voltemos a nos encontrar para que tudo se esclareça por fim. Mas cada vez mais, ultimamente, parece-me impossível deixar de lado a sua profissão, aqueles a quem o senhor serve, os interesses que, ainda que de modo inconsciente, o senhor tem favorecido durante todo esse tempo na Ásia Central. São questões em relação às quais o senhor sempre levou a sério seu voto de Silêncio, e creio que nenhum argumento que eu possa apresentar, mesmo agora que sou adulta, poderia levá-lo a violar esse voto. Ainda que não possa saber com certeza quando voltarei a vê-lo, ou mesmo se isso há de acontecer algum dia, tem-me atormentado a possibilidade de que, se de fato viermos a nos encontrar, nosso reencontro seja marcado, embora contra a nossa vontade, por um desentendimento sério, talvez fatal.

Porém o senhor apareceu-me esta noite num sonho. O senhor disse-me: "Não sou tão alto quanto me imaginas". Tomou-me a mão. Subimos, ou melhor, fomos erguidos, como se numa espécie de ascensão mecânica, até a uma grande cidade celestial onde havia um pequeno grupo de moços sérios, dedicados a resistir à morte e à tirania, e compreendi na mesma hora que esses eram os Compassivos. Seus rostos eram estranhamente *específicos*, rostos que poderiam facilmente surgir no mundo da vigília diurna, cá embaixo, homens e mulheres que eu havia de reconhecer imediatamente...

Eles me visitavam o tempo todo, irrompendo de súbito, saídos do deserto vazio, iluminados por uma luz interior. Não sonhei essas coisas, papá. Cada vez que eles partiam de novo, era para retomar "O Trabalho do Mundo" — sempre essa mesma expressão — uma fórmula, uma prece. A vocação deles era a mais elevada de todas. Se havia algum sentido em viver naquele deserto terrível, era para persistir na esperança de algum dia me ver entre eles, para aprender o Trabalho, para transcender o Mundo.

Por que eles permaneceram silenciosos por tanto tempo? Silenciosos e invisíveis. Terei perdido a capacidade de reconhecê-los? O privilégio? Preciso voltar a encontrá-los. Não pode ser tarde demais para mim. Por vezes imagino que o senhor liderou uma expedição a Shambhala, tropas de cavaleiros de túnica vermelha, e agora lá está, protegido, em meio aos Compassivos. Por favor. Se o senhor sabe alguma coisa, por favor. Posso continuar a peregrinar, mas não posso permanecer nesta etapa das coisas — preciso ascender, pois cá embaixo estou cega e vulnerável, e meu coração está atormentado —

O senhor ouviu falar de Rinpungpa, príncipe e sábio tibetano do século XVI? Pranteando a morte recente de seu pai, a partir da qual ele passou a ser o último de sua dinastia, estando seu reino cercado por inimigos, Rinpungpa acredita que só poderá aconselhar-se em Shambhala, onde seu pai renasceu e agora vive. Assim, o príncipe escreve-lhe uma carta, embora não saiba de que modo poderá entregá-la. Porém, numa visão, aparece-lhe um Iogue, que é também ele próprio, o homem de clareza e força no qual, ele sabe, é preciso se transformar, agora que seu pai foi-se para Shambhala — e Rinpungpa compreende também que é esse Iogue que será seu mensageiro.

O senhor Kit Traverse, que lhe entregou esta carta, tal como eu, viaja à mercê de Forças de cuja ação e poder ele tem apenas uma compreensão imperfeita, o que bem pode vir a lhe causar infortúnios. Ele terá de continuar, tal como eu, a submeter-se a um programa intensivo de aprendizagem de modalidades de evasão e fuga, e até mesmo, se tiver sorte, de vez em quando, contra-ataque. Ele não é meu "outro eu", e no entanto de algum modo sinto que ele é meu irmão.

Pai, há muito tempo tenho consciência de que minha vida tem uma estranha natureza dupla — uma criança resgatada da escravidão, que no entanto continua sua jornada na mesma velha estrada do aviltamento. Em algum lugar, uma outra versão de mim está em Shambhala com o senhor. Esta versão de mim que permanece cá, tal como o príncipe Rinpungpa, tem de contentar-se em escrever uma carta. Se o senhor a receber, por favor encontre uma maneira de respondê-la.

Todo meu amor.
Inxāllāh.

* * *

    Depois, as pessoas perguntariam a Kit por que ele não levara uma câmara fotográfica portátil. Àquela altura, já havia reparado que muitos europeus começavam a definir a si próprios em termos das viagens que tinham condições financeiras de fazer, e parte do processo consistia em matar de tédio todas as pessoas dispostas a examinar aquelas fotografias instantâneas mal enquadradas e fora de foco.
    Ele guardara alguns dos canhotos de passagens, e assim sabia de modo geral que sua trajetória passara por Bucareste, chegando a Constança, onde tomara um vapor pequeno e decrépito, costeara o litoral do mar Negro até chegar a Batumi, onde dava para sentir o cheiro dos limoeiros antes mesmo de vê-los, e lá tomara um trem, atravessando o Cáucaso, onde russos parados à porta das *dukháni* ficavam a vê-los passar, levantando os copos de vodca num brinde simpático. Campos de rododendros derramavam-se pelas encostas, e gigantescos troncos de nogueira flutuavam rio abaixo, tendo como destino *saloons* semelhantes àqueles do Colorado onde outrora, ainda menino, Kit ficara a matar o tempo. A última parada da linha era Baku, à margem do mar Cáspio, onde ele teve a impressão, ainda que não uma prova fotográfica, de um porto de petróleo muito remoto, varrido pelo vento cheio de areia, noite em pleno dia, céus infernais, a ferver em vermelho e negro, *tons de negro*, não havia como escapar daquele cheiro, ruas que não davam em lugar algum, onde se estava sempre a um passo de um estupor narcótico ou da lâmina de um árabe, onde a vida era não apenas barata, mas por vezes tinha mesmo valor negativo — segundo agentes ocidentais com experiência na área que adoravam encher os ouvidos dos outros com tais relatos, ali ninguém era confiável, ganhava-se dinheiro em excesso e era fácil demais perder o que se ganhava... O único alívio era frequentar as festas realizadas em iates da empresa ancorados no cais em meio aos petroleiros, as vigias bem fechadas para que não entrasse areia nem cheiro de óleo. Do ponto de vista atuarial, aqueles visitantes, pensava Kit, não tinham futuros muito animadores, e ele partiu de Baku contemplando do convés desabrigado, com um pouco de horror, o porto a afastar-se sob um céu negro, entre colunas de fogo, fontes de gás natural ardendo desde os tempos dos antigos que cultuavam o fogo, garatujas de torres de petróleo e cais de carga tendo ao fundo a luz turva refletida pela água.
    Assim, Kit atravessou o mar Cáspio em meio a petroleiros da Bnito e barcos de pescadores, e em Krasnovodsk tomou um trem da Ferrovia Transcaspiana, que o levou até a margem do Karakum, o qual se abria imenso, incompreensível, para a esquerda, enquanto à direita, como numa parábola, valas de irrigação e plantações de algodão se espalhavam em direção à serra, com vendedores de melões nas estações em que o trem parava para pegar água. O que lhe parecia memorável naquele percurso era menos a paisagem do que uma espécie de metafísica ferroviária, quando se via parado entre dois vagões, no vento, olhando primeiro para um lado, depois para o outro, dois terrenos radicalmente diferentes. As planícies fluíam da direita para a es-

querda, as montanhas da esquerda para a direita, dois fluxos opostos, cada um transportado pela massa inimaginável de todo o mundo visível, ambos deslocando-se na velocidade do trem, uma colisão constante e silenciosa, a natureza vetorial de cujas correntes era bem evidente, muito embora não o fossem os papéis desempenhados pelo tempo e pela sua própria consciência de observador, com sua orientação de esquerda e direita. O efeito de girar noventa graus a partir de uma linha de tempo em andamento, tal como era de se esperar, era ser lançado num espaço que continha eixos imaginários — a viagem parecia estar se desenrolando em três dimensões, porém havia elementos adicionais. Não se podia simplesmente tomar o tempo como um dado pacífico. Ele ora acelerava, ora perdia ímpeto, como uma variável que dependesse de outra coisa, algo que, pelo menos até aquele momento, não fora possível detectar.

Em Merv os trilhos viravam para a esquerda, penetrando o deserto, aberto como um céu sem nuvens, manadas de gazelas em disparada como se fossem pássaros em bando. A estrutura do lugar se revelava de imediato — deserto pontuado por oásis numa geografia de crueldade, *barkhans* — dunas móveis — com trinta metros de altura, que poderiam ou não ser dotadas de consciência, encapuzadas, não exatamente projeções terrenas do anjo da morte, pois as espécies dali haviam adquirido a reputação de conseguir resistir até às condições mais adversas — os predadores, de modo geral, eram alados, as presas viviam abaixo da superfície, e a superfície em si, que os definia uns para os outros, era uma região em branco, um campo no qual ocorriam as transações letais. Oásis, ou borrões fumacentos e longínquos de arbustos de *saksaul*, surgiam como momentos de remissão em vidas infelizes — objetos de boatos, produtos de alucinações, metas de preces, nem sempre encontrados nos lugares onde deveriam estar.

Com base nas instruções que recebera de Lionel Swome, Kit supunha que a Transcaspiana, tal como a Transiberiana e outras ferrovias, havia sido essencial para a revolução de 1905, e ainda restavam muitos sinais deixados pela revolução ao longo do trajeto — galpões reduzidos pelo fogo a riscos de carvão, vagões de carga abandonados, grupos de homens em suas montarias vistos ao longe, deslocando-se depressa demais, de modo coerente demais, para que pudessem ser caravanas de camelos.

"No ano passado, ficar aqui esse tempo todo era um risco de vida. A gente tinha que estar o tempo todo armada, viajando em bando. Banditismo puro e simples."

Kit havia entabulado conversa com um membro da equipe de manutenção da ferrovia, que não estava a trabalho e sim indo para Samarkand, onde morava com a mulher e os filhos.

"Mas desde que Namaz Premulkoff fugiu da prisão ano passado, em Samarkand, essa situação está começando a mudar. Namaz é um grande herói nesta região. Ele levou cinquenta outros prisioneiros quando saiu da prisão, e em pouco tempo eles se tornaram algo mais do que simples mortais. Seus feitos por si só foram notáveis, mas em termos práticos Namaz impôs uma certa disciplina à enorme raiva e indignação que há por aqui, e — o mais importante — mostrou que os russos são os verdadeiros inimigos." Com a cabeça, indicou pela janela uma nuvem de pó ao longe. "Não são mais bandos de camponeses arrancados de suas terras — agora são unidades de resistência organizadas, seu alvo é a ocupação russa, e o povo dá a eles um apoio generalizado e absoluto."

"E Namaz ainda é o líder deles?"

"Os russos dizem que o mataram em junho, mas ninguém acredita." Calou-se, porém percebeu o olhar interrogativo de Kit. "Namaz não morreu. Quantos já o viram em pessoa? Ele está em todos os lugares. Fisicamente presente ou não — eles acreditam. Os russos que tentem matar isso."

A principal ligação entre os mundos era a ponte de madeira em Charjui, estendendo-se sobre a ampla extensão amarela do Amu-Daria, conhecido na Antiguidade como Oxo.

Pararam não em Bukahara, mas num ponto a quinze quilômetros da cidade, porque a comunidade maometana de lá considerava a ferrovia um instrumento de Satanás. Por isso estavam numa cidade nova, Kagan, cheia de chaminés de fábricas e dignitários locais que haviam enriquecido de uma hora para outra através da especulação imobiliária — o lixo expelido pela cidade sagrada de Bukhara, a quinze quilômetros dali, como se coberta por uma proibição mágica, que não se podia ver, porém se pressentia.

Pararam em Samarkand, Khokhand, até chegarem ao fim da linha em Andijan, onde Kit teve de seguir por uma estrada de terra até Och, transpondo as montanhas e por fim contemplando o imenso oásis de Kashgar, inacreditavelmente verdejante como um jardim que aparecesse numa visão, e mais além o vazio apavorante do Taklamakan.

"Porra, é que nem a história de Stanley e Livingstone", ouviu-se Kit murmurar mais de uma vez nos dias que se seguiram. "O homem não está perdido, e nunca teve o menor sentido uma operação de 'salvamento'." Alguém andava contando histórias a Yashmeen, ele imaginava, que a deixaram assustada e a levaram a sair da esfera de segurança do P.A.T.A.C. O que explicaria por que a haviam retirado de Göttingen.

De fato, longe de estar "perdido" ou "correndo perigo", Auberon Halfcourt estava muito bem instalado numa residência em estilo europeu no luxuoso Hotel Tarim, com charutos indianos prontos para serem cortados todas as manhãs na hora do jornal, flores recém-colhidas na sala de estar, defrontando-se com uma abundância pecaminosa de repuxos e vegetação luxuriante quando saía pelas portas de vidro de seus aposentos, concertos à hora do chá, mocinhas atarefadas com olhos de gazela a entrar e sair, muitas vezes usando verdadeiros *trajes de huris* confeccionados com tecidos fabricados por toda uma oficina de artesãos europeus, inicialmente levados para lá como escravos, que haviam optado, no decorrer das gerações, por ficar ali, longe da terra de origem, regidos pelos termos de um férreo contrato de trabalho, passando adiante os segredos da utilização dos teares capazes de tecer fios imponderáveis de diâmetro infinitesimal, produzindo não exatamente fazendas, e sim superfícies de sombra, posteriormente tingidas em infusões de ervas que, colhidas em circunstâncias quase sempre de grande perigo, só nasciam nas lonjuras quase inacessíveis dos desertos que circundavam aquele oásis.

Tirando um ou dois detalhes, regalias semelhantes eram oferecidas, do outro lado do pátio, à contraparte russa de Halfcourt, o coronel Ievguéni Prokladka. Os músicos contratados — rebabe, tambores e *ghärawnay*, isto é, flauta chinesa — haviam aprendido a tocar "Kalinka" e "Ótchi Tchórnie", as garotas, ainda que muitas delas ao menos fizessem ideia do que era um casaco de peles, nunca antes haviam usado algo do gênero, e portanto jamais haviam se valido do encantamento que tais peças de vestuário pareciam exercer sobre o coronel — enquanto a culinária era marcadamente russa, fundada no enorme clássico de receitas intitulado *Presente para jovens donas de casa*, de E. N. Molokhovets, um exemplar do qual fora instalado num armário especial da cozinha do hotel pelo coronel assim que ele chegou lá. Quando queria impressionar o público, ele montava num esplêndido Orloff cinzento, que além de ser muito mais alto do que a maioria dos outros cavalos que passavam pela rua tinha inclinações aventureiras, as quais, desconfiava o coronel, indicavam apenas falta de juízo, mas costumavam ser encaradas pela gente da terra como bravura.

Naquele momento, vozes vindas do lado britânico do pátio, no calor de uma disputa, eram ouvidas por todo o estabelecimento — um dos rotineiros bate-bocas semanais entre Halfcourt e Mushtaq, seu colega de muitos anos, cuja ferocidade como lutador se tornara lendária, ao menos entre aqueles que, enganados pela sua estatura diminuta, haviam-no desafiado e assim mesmo conseguiram sobreviver. "Bobagens, Mushtaq, ora, você tem que *relaxar*, meu caro, beba alguma coisa, ah sim, desculpe, a sua fé, vocês são mesmo religiosamente abstêmios, esqueci-me por um instante, é claro —"

"Poupe este seu auxiliar tão sofrido, e tão mais bem informado, dessas baboseiras de escola preparatória, meu senhor. O tempo, como pelo visto nunca é demais reiterar, torna-se escasso. Tendo interrompido suas diabruras inconsequentes nos contrafortes da Tian Shan, o *Bolcháia igrá*, segundo consta, neste exato instante sobrevoa o Taklamakan ocidental, numa missão cujo objetivo é óbvio mesmo para o mais ínfimo ladrão de camelos."

"Ah, então vamos pôr em funcionamento nossa Gatling! Sim, tomara que aquele *balão malvado* passe bem acima de nossas cabeças! Quem sabe não vamos lhes acertar uns bons tiros! Quer dizer, a menos que você recomende mandar um telegrama pra Simla pedindo um ou dois regimentos? Que diabo, Mushtag, nossas alternativas são muito poucas, e nenhuma delas é viável — mas diga-me cá, os seus dentes — eles não tinham essa cor, não é?"

"Acontecimentos recentes obrigaram-me a retomar o uso do bétele, senhor. Muito melhor para a saúde, permita-me acrescentar, que o álcool."

"Nunca consegui me acostumar com aquela história de cuspir."

"É bem semelhante a vomitar, na verdade, se bem que talvez mais discreto." Os dois trocaram um olhar furioso, enquanto do estabelecimento do coronel Prokladka vinham os sons de muitos instrumentos locais combinados, juntamente com risos que, embora altos e constantes, eram notáveis pela ausência quase absoluta de alegria.

O coronel russo havia se cercado de um plantel de réprobos, todos os quais haviam sido desligados de forma abrupta de suas funções exercidas a oeste dos Urais e transferidos para ali, e àquela altura controlavam todas as formas imagináveis de vício encontradiças na cidade, além de mais algumas que ainda não eram disponíveis em nenhum outro lugar — assim, por exemplo, ninguém menos que seu ajudante de ordens, ou *lítchni adiutant*, Klópski, havia importado de Xangai e instalado um certo número de *máquinas estranhas*, movidas a vapor e iluminadas por lâmpadas de nafta mais fortes e mais modernas do que as que eram conhecidas na Europa, as quais projetavam, de modo a cercar por completo o operador sentado diante do painel de controle, em cores variadas ainda que não exatamente naturais, um panorama que apresentava uma série dos chamados Enigmas Chineses, que evocavam mundos alternativos de modo tão fascinante que todo e qualquer impulso lúdico inocente em pouco tempo degenerava numa compulsão incontrolável, já havendo uma infinidade de almas tão entregues a uma servidão voluntária àquelas geringonças quanto a de um opiômano a seu cachimbo. "Que mal faz?", exclamava Klopski com um dar de ombros. "Um miserável copeque por cada sessão — não se trata de jogar a dinheiro, pelo menos não no sentido em que entendemos a expressão até hoje."

"Mas esses seus quiosques", protestou Zipiáguin. "Especialmente os que ficam no bazar —"

"O mesmo ranheta de sempre, Grígori Nikolaiévitch. Ao *seu* setor isso não está fazendo mal algum, pelo que me dizem as suas moças."

"As que *você* visita? *Iob tvoiú mat*, eu é que não ia acreditar no que elas dizem." Caretas sociais semelhantes a sorrisos foram trocadas entre eles. Estavam reunidos, formando um *zastólie* ignóbil, para aquele exercício moral de todas noites num bar altamente ilegal, além dos limites da cidade, quase monopolizando o estabelecimento, não fosse a presença de um punhado de nativos que bebiam às escondidas.

"Nem prejudica o comércio do ópio, em absoluto. Todos lucram com essas suas unidades 'chinesas', Klopski, inclusive uma infinidade de imãs."

"Eles têm direito a uma percentagem, eu diria."

"Eles vão acabar é convertendo você, são favas contadas, tanto que ninguém mais nem aposta dinheiro nisso."

"De fato, cheguei a provar o islã por um breve período..."

"Vânia, eu achava que todos nós nos conhecíamos. Quando foi isso? Vocês foram todos pro deserto e *começaram a rodopiar*? Com a cabeça disparando pensamentos pra todos os lados ao mesmo tempo?"

"Foi logo depois da carta da Feodora. E depois aquele cavalariano canalha, o Putiánin, que disse que a havia comido em S. Petersburgo logo antes de embarcarmos —"

"E então, se não me falha a memória, você saiu atrás dele com uma granada de mão —"

"Ele havia sacado a pistola."

"Apontada para a cabeça dele próprio, Vânia."

"*Pochol ti na khui*, como é que você pode saber disso? Você foi o primeiro a sair pela porta afora."

O principal objeto de preocupação nesse paraíso da cafajestagem era um profeta conhecido no local como "o Doosra", que atuava em algum lugar ao norte dali e que — segundo aqueles, é claro, que menos conhecimento tinham desses assuntos — havia "enlouquecido" por efeito do deserto. Como era comum acontecer na região, ele havia se transformado num fragmento vivo do deserto, cruel, casto, virgem de qualquer reflexão. Não estava claro como isso havia ocorrido — loucura hereditária, agentes oriundos de algum lugar além de um dos vários horizontes, influências xamânicas de origem mais próxima — um dia, de algum modo, embora jamais houvesse saído das fronteiras do Taklamakan, ele proclamou, como se tivesse sido levado a uma altitude inexistente em qualquer lugar do mundo, uma visão bem detalhada da Eurásia setentrional, um banho de luz traçando um imenso arco da Manchúria até a Hungria, uma imensidão que devia toda ela ser redimida — do islã, do budismo, da social-democracia e do cristianismo — e reunida sob um único governante xamânico — não ele, e sim "Aquele que vem".

O fato de que o Doosra havia descoberto a metralhadora Maxim Mark IV, como o tenente-coronel Halfcourt informou Whitehall via telégrafo (em linguagem não cifrada, o que muito aborrecera as autoridades), não era de modo algum "um fato promissor com relação às esperanças do movimento panturaniano". Lamaserias remotas, caravanas em movimento, postos telegráficos em poços importantes, começaram a cair diante das ondas de choque implacáveis de uma revelação que até então era conhecida apenas por poucos, ou mesmo por ninguém, e muitos simplesmente atribuíram tudo ao conhecido entusiasmo do Doosra por ópio, *ganja* e um grande número de óleos fúseis da região, ingeridos isoladamente ou em combinação, alguns deles sequer providos de nomes. Os interesses da Inglaterra, da Rússia, do Japão e da China na região, para não falar nos da Alemanha e do Islã, já estavam, segundo muitos, emaranhados de modo tão intrincado que não era mais possível compreendê-los. Agora, com mais um participante atuando no grande jogo geopolítico — pantúrquico, ainda por cima — o nível de complicação, para muitos dos mais tarimbados especialistas em Ásia Central, tornara-se insuportável, os danos psicológicos ocorridos entre os seguidores do coronel Proklada sendo talvez os mais espetaculares, com suas explosões noturnas, casos misteriosos de alucinações, fenômenos reais de invisibilidade e homens que saíam sem mais e menos gritando pelos portais de barro, perdendo-se nos ventos do deserto para sempre.

"Eles acham que vão entrar para algum grupo sagrado", Chingiz, o *dienschik* do coronel, confidenciou a Mushtaq em uma de suas de reuniões diárias no mercado. "O que eles ainda não perceberam é que ele não é um Madali nem mesmo um segundo Namaz, não se trata de uma outra guerra santa, ele não busca um exército de seguidores, ele despreza as pessoas, sem exceção, despacha todos os que tentam se tornar seus discípulos, e é esse ao mesmo tempo o seu fascínio e a força do seu destino. O que há de acontecer não acontecerá no espaço normal. Os europeus terão grande dificuldade quando tentarem desenhar mapas disso."

"É muito comum discípulos rejeitados se tornarem perigosos."

"É apenas uma das muitas maneiras como ele procura sua própria destruição. Ele dá de presente revólveres carregados. Humilha em público aqueles que declaram amá-lo mais profundamente. Entra bêbado na mesquita na hora das preces e comporta-se da maneira mais pecaminosa. Nada disso importa, pois no final das contas ele não passa de um precursor, que algum dia dará lugar ao Verdadeiro. O modo como ele faz isso não é tão importante quanto o *timing*."

"Você visita o xamã com frequência, Chingiz?"

"Ele é teu xamã também, Mushtaq."

"Ah, estou velho demais para essas aventuras."

"Mushtaq, tens trinta anos. Além disso, ele tem um estoque de cogumelos selvagens, colhidos a seu mando por pessoas que são guiadas por seus espíritos guardiães, em regiões da Sibéria de cuja existência nem mesmo os alemães sabem. Seriam bem melhor para ti que essa noz venenosa do sul."

"Isso, é claro, seria uma outra história."

Um dia, o famoso arruaceiro uigur Al Mar-Fuad apareceu com um traje de caça inglês de *tweed* e um boné de caçador virado para o lado, com uma espécie de ultimato no qual era possível perceber aquela dificuldade de pronunciar as sílabas átonas que é característica da classe dominante britânica. "Saud'ções, c'v'leiros, neste gl'rioso dia doz'!"

"Meu Deus, ele tem razão, Mushtaq, perdemos a contagem dos dias mais uma vez. Uma roupa meio estranha, não lhe parece, para um chefe tribal desta região?"

"Vim cá pra tr'zer uma m'nsagem do meu s'nhor, o Doosra", declarou o uigur, feroz, brandindo uma antiquíssima espingarda Greening com inscrições sagradas em árabe na coronha de bronze. "D'pois vou c'çar galos s'lvestr's."

"O senhor gosta sempre dos ingleses, não é?"

"Eu ámo a Grã-Br'tanha! O lord' Salisbury é o *meu m'delo!*"

Este é o único lugar no mundo, refletiu Auberon Halfcourt, em que a letargia da alma por vezes chega em espasmos. Tentando abrir-se num sorriso de contentamento: "Em nome do governo de sua majestade, colocamo-nos a seu serviço, senhor".

"V'rdad'? F'lando sério?"

"Tudo que estiver em nossas possibilidades."

"Então o s'nhor dev' entr'gar a c'dade ao Doosra."

"Hhmm — bem, eu creio que ela não é exatamente minha pra que eu a possa entregar, se o senhor me entende..."

"Ora, pois, não tent' eng'nar um velh' c'm'rciant' de c'melos."

"O senhor já falou com algum dos russos? Dos chineses?"

"Os ch'neses não são pr'blema. Os int'resses de meu S'nhor estão v'ltados pr' a d'reção oposta."

Talvez por estar bisbilhotando a conversa, o coronel Proklada entrou em cena mais ou menos a essa altura. Um olhar, que não foi controlado nem por um nem pelo outro, pulsou entre ele e o uigur. "M'ldito filho dum c'meleiro", ouviu-se Al Mar-Fuad murmurar enquanto, montado em seu cavalo, ia embora da cidade.

"Nunca hei de compreendê-los", confessou Halfcourt a Prokladka, em tom de desânimo. "O que neles há de estranho — no idioma, na fé, na história — bastam as relações familiares entrelaçadas — eles ficam invisíveis quando querem, bastando para isso recolherem-se àquele ilimitado terreno de estranheza, jamais mapeado, tal como o Himalaia ou o Tian Shan. O futuro, aqui, sem dúvida pertence ao Profeta. A coisa poderia ter tomado outro rumo. Este louco do Taklamakan poderia ter realmente fundado seu império panxamânico. Os japoneses, por exemplo, atendendo a uma solicitação alemã, poderiam ter mandado mais gente, de modo a obrigar os russos a deslocar uma ou outra divisão no caso de uma guerra na Europa. Nesse caso, os bazares estariam cheios de barracas de *yakitori* e gueixas em jaulas de bambu. Estou aqui há vinte e cinco anos, desde que o velho Cavi sodomizou-se em Cabul, e as grandes potências de tanto se meterem aqui só fizeram empurrar todos para o colo do maometismo."

"Nem eu nem você somos soldados montanheses", Prokladka com os olhos pesados de lágrimas solidárias. "Nós russos preferimos estepes, tal como vocês preferem países baixos, ou, melhor ainda, oceanos, pra lutar."

"Podíamos compartilhar o que sabemos", propôs Halfcourt, no que parecia ser um rasgo abrupto de emoção.

O *Polkóvnik* encarou-o, os olhos arregalados e vermelhos, como se de fato estivesse pensando naquela proposta, quando então explodiu numa gargalhada tão aguda, e de dinâmica tão insegura, que ele parecia não conseguir controlá-la. "*Pólni pízdiets*", murmurou, sacudindo a cabeça.

Halfcourt estendeu a mão e deu-lhe um tapinha no braço. "Ora, o que é isso, Ievguéni Alexandróvitch, tudo bem, eu estava só brincando, é o inescrutável senso de humor britânico, juro que foi sem querer, peço desculpas —"

"Ah, Halfcourt, esses desertos estéreis..."

"Estarei eu sonhando, de modo implacável, com Simla, e a varanda de Peliti no auge da temporada? E os olhos maliciosos dos que passam, sempre sem mim, ao que parece, na ponte de Combermere?"

Depois de Kashgar, a Rota da Seda bifurcava-se num ramo para o norte e outro para o sul, a fim de contornar o imenso deserto que se espraiava imediatamente a leste da cidade, o Taklamakan, cujo nome em chinês, segundo se dizia, significava "entra e não sairás", muito embora também se dissesse que em uigur o sentido do termo era "terra natal do passado".

"Ora. É a mesma coisa, não é, senhor?"

"Entra no passado e não sairás?"

"Mais ou menos isso."

"Você está dizendo bobagens de novo, Mushtaq? E por que não o contrário? Permaneça no exílio do presente e nunca mais volte para recuperar o que já foi?"

Mushtaq deu de ombros. "Depois de ouvir várias vezes esse tipo de reclamação, por mais lamentável que seja..."

"Perdão, você tem razão, é claro, Mushtaq. A escolha foi feita há muito tempo, nas profundezas daquela terra natal a que não se tem mais acesso, agora tanto faz o que eu escolher, ou o que os outros escolherem por mim, e quem é que pode traçar fronteiras entre o que lembra e o que é lembrado?"

Nesse ponto, não se podia dizer que seu argumento fosse de todo ingênuo, pois tinha havido no mínimo uma Pessoa Lembrada cujos contornos permaneciam para ele muito bem definidos. "Nítidos até demais." Não pôde conter o impulso de sussurrar essa frase, mais tarde, depois que Mushtaq voltou a dormir e Halfcourt acendeu outro charuto transnoctial, sem querer abrir mão do flácido desfalecer da entrega à memória... As formas dela, já femininas, tensas naquele dia malsinado em meio a tanta carne negociável, cabelo coberto e boca velada, olhos que pertenciam apenas a ela própria, e no entanto eles descobriram Halfcourt, certeiros como um franco-atirador afegão, assim que ele passou pelo portal de barro cozido pelo sol, acompanhado de Mushtaq, os dois disfarçados de comerciantes punjabis, fingindo que estavam no mercado para adquirir os famosos burros dos waziri. Ele sabia muito bem o que era aquilo, aquela reunião de moças, a essa altura já era um ator veterano, tendo-se envolvido, devidamente fantasiado, em tantas encenações naquelas paragens, e ficou a ver os outros visitantes, o suor e a saliva deles, para onde fluíam e para onde salpicavam. Sua intenção em relação à criança, ele haveria de protestar, jamais fora desonrá-la, e sim resgatá-la. O resgate, porém, tinha muitos nomes, e a corda usada por uma donzela para fugir para um lugar seguro podia depois ser usada para amarrá-la do modo mais cruel. Naquele instante Halfcourt se viu na situação incômoda de se tornar duas criaturas vivendo dentro da mesma vida — uma arrastada de modo irresistível para os espaços assombrados do desejo, a outra emparedada pelas exigências do trabalho, em termo das quais o desejo era no mínimo um incômodo, e muitas vezes algo debilitante — esses dois seres a partir daí teriam de compartilhar aquele mesmo mísero espaço psíquico, co-conscientes, um sentindo ao mesmo tempo respeito e desprezo pelos imperativos do outro.

Ele conhecia casos de colegas que haviam passado por aquilo, e que se debatiam, sofriam de insônia, se desgastavam, cultivavam hábitos destrutivos, infligiam a si próprios feridas pequenas ou mortais. Auberon Halfcourt percebeu o perigo e de início, no dia a dia, de algum modo conseguiu evitá-lo, embora nisso pouco o ajudasse Mushtaq, o qual, no momento em que Yashmeen chegou, descobriu as vantagens da ausência. "Já andei descalço sobre esse tipo de brasa mais de uma vez, Vossa Intumescência, nada espero, meu primo Sharma vai se encarregar de lavar as roupas, o vendedor de charutos está a cobrar os dois últimos pagamentos, creio que é só, bem, até logo, voltaremos a nos ver em circunstâncias menos opressivas", e simplesmente desapareceu, tão rápido que Halfcourt chegou a suspeitar de algum tipo de magia asiática.

Fosse ou não sua intenção, aquele comentário levantou a questão, a partir do momento em que ela entrou na casa de Halfcourt, não mais de se, e sim de quando, Yashmeen teria de ir embora. Seus olhos claros, que de vez em quando se apertavam num questionamento, ele jamais aprenderia a decifrar, seus membros nus contra o fundo dos azulejos esverdeados das termas e fontes, seus silêncios, muitas vezes tão doces quanto música, seus odores, fugitivos, múltiplos, que em pouco tempo se tornaram uma parte inseparável do clima interior, trazidos de todos os cantos da rosa dos ventos, por vezes sobrepujando até a fumaça dos charutos, seu cabelo, comparado por um baladista local àquelas cascatas místicas que escondem os Mundos Ocultos dos lamas tibetanos. Antes de Yashmeen, é claro — o que tornava as coisas ainda mais constrangedoras —, ele nunca se sentira sequer fascinado, muito menos apaixonado. Porém, embora fosse um fato conhecido por todos que por vezes isso acontecia, um homem não podia apegar-se de modo tão passional a uma criança. Era o sofrimento, a ruína, era caminhar bêbado pelos espaços do mercado, degradando-se a ponto de merecer o desprezo dos orientais, buscando por fim os consolos da Browning, da corda pendendo do telhado, da longa caminhada para os confins do deserto com um cantil vazio. O suicídio, como Hamlet sempre diz, certamente era uma alternativa, menos para quem já houvesse passado naquelas plagas tempo suficiente para contemplar a vontade de Deus, observar o capricho estocástico do dia, aprender quando dizer e quando não dizer *"inxāllāh"* e compreender, o que talvez jamais tivesse ocorrido na Inglaterra, de que modo se aguarda, contando com ele, o momento inevitável da partida daquilo que mais se ama.

O coronel Prokladka e seus companheiros, para os quais não havia segredos em Kashgar, pelo menos não na esfera profana, contemplava aquilo achando graça e sentindo pena. Se houvesse uma maneira de utilizar politicamente o que ocorria, é claro que eles teriam elaborado alguma trampolinice — porém, como se a jovem tivesse conseguido encantar mesmo aquela fraternidade iníqua, ninguém ousou nada além de uma cortesia grosseira que por vezes podia até ser interpretada como boas maneiras. Afinal, estava em curso a *entente* anglo-russa. Yashmeen visitava regularmente as moças do harém do *Polkóvnik*, e todos os membros do sexo masculino da vizinhança tinham o bom senso de não interferir, se bem que um ou outro subalterno havia sido punido por bisbilhotar sem autorização.

Como sempre, o que mais os interessava era descobrir maneiras de ganhar uns rublos de modo desonesto — haxixe, imóveis ou a última tramoia de seu colega Volódia, uma loucura mesmo em termos dos padrões que prevaleciam ali, que era o plano de roubar o grande monólito de jade do mausoléu de Guri Amir em Samarkand, ou partindo-o em blocos menores ou contratando o semilendário aeronauta Pádjitnov para que ele rebocasse toda a peça utilizando alguma tecnologia ainda não desenvolvida em lugar algum no mundo. Volódia era obcecado por jade tal como outras pessoas eram por ouro, diamantes, haxixe. Era ele que fazia questão de lembrar Auberon Halfcourt a toda hora, malicioso, que o termo local para designar o jade era *yashm*. Ele fora enviado para o Oriente em 1895 por ter participado de uma transação ilegal envolvendo jade na época da construção do túmulo de Alexandre III. Agora, em Kashgar, Volódia desperdiçava o tempo de todos planejando uma investida ao túmulo de Tamerlão, apesar da maldição antiquíssima, universalmente respeitada, segundo a qual tal gesto lançaria sobre o mundo desgraças e calamidades que nem mesmo o grande conquistador mongol fora capaz de conceber.

O tenente Dwight Prance apareceu uma noite sem aviso prévio, como uma tempestade de areia. Halfcourt lembrava-se dele em sua primeira vinda ali, um estudioso de geografia e idiomas ligado a Cambridge, aluno do professor Renfrew. Bem-intencionado, nem era preciso dizer, nenhum deles era capaz de ter más intenções. Agora era quase impossível reconhecê-lo — o homem estava imundo, castigado pelo sol, coberto de andrajos cuja razão de ser, ele imaginava, era disfarçá-lo de chinês.

"Imagino que esteja ocorrendo alguma coisa a leste daqui...?"

O tresloucado agente, com um dos Craven A de Halfcourt já ardendo, acendeu outro e logo se esqueceu de fumá-lo também. "Sim, e saber a que distância daqui é quase irrelevante, quando já se está há algum tempo — meu Deus! Já faz um ano... mais de um ano..."

"Algum... envolvimento chinês", arriscou Halfcourt.

"Como se as fronteiras ainda tivessem alguma importância... se ao menos... não, isso tudo já ficou pra trás — agora temos de pensar em termos de todo o território da Eurásia setentrional, da Manchúria a Buda-Pesth, tudo que pra aqueles que um dia teremos de enfrentar é território não redimido — todo ele objeto de um único sonho implacável."

"Ah, sei, Eurásia Irredenta", Halfcourt sorrindo por entre a fumaça de seu charuto como se satisfeito por haver inventado a expressão. "Pois."

"Eles preferem 'Turânia'".

"Ah, claro!" Gesticulando com o charuto, um gesto de quase desprezo.

"Então já conhece o termo."

"O quê, a velha Panturânia? Artimanhas japonesas", como quem identifica uma peça de porcelana.

"Isso pra não falar das intervenções turcas e alemãs de sempre... Mas *neste* espetáculo em particular, as Potências de sempre receberam papéis secundários, foram relegadas às sombras nas margens do palco... enquanto que bem na ribalta, colocado entre os mundos, destaca-se um visitante — digamos, um famoso ator fazendo uma digressão em terra distante, e que vai se apresentar não em inglês, mas em língua estranha, a qual sua plateia não conhece, e que no entanto apesar disso mantém todos os espectadores enfeitiçados, mesmerizados, incapazes de desprender-se de seu olhar sequer pra olhar pro vizinho de fileira."

"De modo que nenhum deles consegue... pensar com clareza?"

"De modo que, ao final do espetáculo, senhor, cada um, presa de seu próprio medo, está a rezar pra que tudo aquilo não passe de teatro."

Halfcourt olhava-o fixamente, medindo-o. Por fim: "E esse seu Beerbohm Tree asiático tem nome?".

"Ainda não... a sensação geral que se tem por lá é que no dia em que seu nome for revelado, tudo há de entrar em movimento, num processo tão irreversível que, independentemente do que possamos fazer, aqui ou em Whitehall, será tarde demais."

Uma tarde, pouco depois de sua chegada, Kit estava sentado no pátio ao lado do tenente-coronel. Cada um tinha a seu lado a tradicional dose de *arrak* com soda. Vendedores de pastéis cantavam seus pregões na rua. Pássaros invisíveis, recolhendo-se para proteger-se contra a noite, cantavam ruidosamente. Do outro lado do pátio vinha um cheiro de repolho e cebola. O chamado vespertino para a prece irrompeu sobre a cidade como o grito de uma vítima.

"Nós dois estamos de algum modo relacionados", dizia Halfcourt, "ainda que pouco falemos sobre isto, a uma mesma rapariga. Não posso falar dos sentimentos de outrem, mas os meus são tão... automaticamente suspeitos, digamos, que chega a ser difícil admiti-los, mesmo para um companheiro em matéria de desesperança."

"Quanto a mim, pode contar com o meu silêncio", disse Kit.

"Imagino — e como posso não imaginá-lo? — que ela se tenha tornado muito bela."

"Ela é uma uva, sim senhor."

Estavam cercados pelo coro de clepsidras do jardim, o tempo se esvaindo de diversas maneiras, permitindo que seus charutos se apagassem, conservando um silêncio solidário.

Por fim Kit julgou que podia arriscar: "Pra mim, a esperança é zero. Acho que eu nunca que ia vir até aqui se não fosse por ela, pro senhor ver como é fácil me fazer de bobo."

Um fósforo riscou-se. "Ao menos o senhor tem a possibilidade de voltar a vê-la?"

"E o senhor, não tem como voltar pra lá a curto prazo?"

"Minhas missões, não sou eu quem as escolhe, infelizmente." Olhou para Kit apertando os olhos, como quem tenta ler uma cláusula de um contrato. Então, balançando a cabeça um pouco: "Ela há de lhe ter pedido pra cuidar de mim..."

"Com todo respeito, o senhor... garanto que a Yashmeen tem sempre o senhor em mente, e no, no coração, sim..." Uma turbulência de fumaça no crepúsculo o alertou para o fato de que ele não aguentaria muito mais desse tipo de coisa.

Auberon Halfcourt estava a essa altura irritado demais para sentir pena daquele rapaz. Claro estava que este jovem sr. Traverse não tinha a menor ideia do que fazer com sua vida. Julgava estar a fazer uma caminhada ao ar livre. Anos antes de ser promovido, Halfcourt, com suas instruções secretas dentro de uma caixa de metal guardada no cofre de um vapor da P&O, partiu em viagem pelo transcendentalmente azul Mediterrâneo, instalado numa espreguiçadeira assinalada com o nome falso que adotara, atravessou o canal de Suez, com uma parada no meio do caminho para mergulhar no Grande Lago Amargo, depois singrou os mares Vermelho e Arábico, chegando a Carachi. Lá, em Kiamari, tomou um trem na Ferrovia Noroeste, cruzando por um aterro o delta salgado do Indo, atravessando nuvens radiantes de íbis e flamingos, mangues que davam lugar a acácias e álamos, penetrando as planícies do Sind, seguindo ao longo do rio que descia tumultuoso as montanhas, rumo à fronteira, passando para uma composição de bitola estreita em Nowshera, seguindo até a estação de Durghal e o passo de Malakand, onde aves de rapina elevavam-se no céu, disfarçando-se de nativo, seguindo ao leste por entre as montanhas, sendo alvo de tiros e xingamentos formais, chegando por fim ao grande passo de Karakoram, penetrando no Turquestão Oriental e tomando a estrada de Kashgar. Hoje em dia, é claro, todo esse itinerário pode ser feito através da agência Cook's.

Segundo os padrões da época referentes a códigos de valores racionais e carreiras estáveis, o jovem Traverse era sem sombra de dúvida um barco sem remo ao sabor das águas, sem muita esperança de um dia dar em alguma coisa. Que espécie de família era capaz de produzir um estroina como aquele? Já que ele estava tão longe da órbita de uma vida normal, por que não utilizá-lo numa missão que o tenente-coronel não tirava da cabeça desde que Prance lhe trouxera aquela notícia? Sem ter recebido uma aprovação inequívoca de Whitehall, Halfcourt resolvera ressuscitar o plano, engavetado havia muito tempo, de lançar uma missão com o objetivo de estabelecer relações com os tungues que viviam a leste do Ienissei.

"É claro, o senhor tem toda liberdade pra dizer não, na verdade falta-me autoridade."

Entraram na biblioteca, e Halfcourt pegou alguns mapas.

"Uma viagem do Taklamakan até a Sibéria, dois mil e quinhentos quilômetros em linha reta, rumo ao nordeste, atravessando o Tian Shan, depois a parte meridional da cordilheira de Altai, até Irkutsk e o Angara, e a partir daí penetra-se território de xamãs. Quase nenhum explorador cristão frequenta essa região — pra eles, melhor os desertos polares, as florestas de África, do que essas imensidões nada promissoras. Se precisam ter contato com os tungues, por motivos antropológicos, preferem ir por via marítima a descer o rio."

Kit, por sua vez, não via por que não ir, imaginando que a viagem até aquele local fora fácil demais, que os *stránniki* não contavam com a rede ferroviária, que aquela deveria ser a etapa seguinte numa missão além de Kashgar, a respeito da qual talvez Yashmeen e Swome nada soubessem.

Ele seria acompanhado nessa viagem pelo tenente Prance. Os dois examinaram os mapas da biblioteca de Halfcourt. "Temos que partir daqui", Prance apontando. "Este grande Arco conhecido como Tushuk Tash. O que quer dizer 'uma rocha com um buraco no meio'."

"Toda esta área aqui ao seu redor, o Kara Tagh? Parece que nunca foi mapeada direito. Então por que passar por aqui? Por que não contornar? Muito mais direto."

"Porque este Arco é o Portal", afirmou Prance. "Se não entrarmos por ele, estaremos sempre a fazer a viagem errada. Daqui até a região de Tunguska, tudo pertence ao Profeta do Norte. Podemos seguir ali a mesma rota usada pelos viajantes comuns, mas se não passarmos primeiro por baixo do Grande Arco, haveremos de parar em outro lugar. E quando tentarmos voltar..."

"'Talvez a gente não consiga'", completou Kit. "Sei, e pra algumas pessoas isso tudo não passa de bobajada metafísica, tenente."

"Viajaremos disfarçados de peregrinos buriatos, pelo menos até chegar ao lago Baikal. Se tiver a sorte de incorporar o papel assumido, em algum momento da viagem tudo talvez fique mais claro pra si."

Logo quem dizendo isso, um sujeito cuja aparência era tão pouco apropriada àquela região — pálido, ruivo, olhos talvez excessivamente separados, bem mais apresentável se estivesse de cartola e sobrecasaca, em algum ambiente um pouco mais urbano. Suas tentativas de se disfarçar resultariam, temia Kit, menos num peregrino buriato do que num idiota britânico.

Na manhã seguinte, bem cedo, Halfcourt foi ao quarto de Kit, acordou-o com uma sacudidela e ficou a soltar baforadas de fumaça de charuto, como uma locomotiva. "Levantar acampamento todo mundo, um, dois, três, que dentro de meia hora vocês têm uma audiência com ninguém menos do que o Doosra."

"Não deveria ser o senhor, o falante de inglês mais graduado da região?"

Halfcourt brandiu o charuto com impaciência. "Sou por demais conhecido. O que é necessário é alguém que seja uma incógnita pra todos de cá, ainda que também pra mim o senhor seja quase de todo desconhecido, uma diferença apenas marginal, afinal, é nas margens que eu faço a maior parte do meu trabalho."

O Doosra era mais jovem do que Kit o imaginara, e faltava-lhe dignidade. Mais gordo do que o típico asceta do deserto, levava um novo fuzil japonês, um Arisaka "Ano 38" — basicamente um Mauser calibre 26, com alguns aperfeiçoamentos no ferrolho devidos ao tal coronel Arisaka — capturado numa razia cujos detalhes mais sanguinolentos o jovem visionário não teve escrúpulos de relatar a Kit num inglês fluente, ainda que sua plausibilidade não fosse reforçada por um autêntico sotaque de universitário bocó. Kit chegara montado num dos pequenos cavalos peludos da região, que mais parecia um pônei, os estribos quase arrastando no chão, enquanto Al-Doosra viera no seu lendário Marwari, sem dúvida um cavalo e tanto, um animal bravo e resistente, praticamente imortal, que pulsava ligeiramente por efeito de uma imensa energia interior, como se ele estivesse prestes a ascender e voar a qualquer momento. Aliás, muitos ali juravam ter visto o cavalo, cujo nome era Ogdai, no céu, com as estrelas ao fundo.

"Sou apenas um humilde servo nessas questões", disse o Doosra. "Meu senhor será encontrado no norte, fazendo seu trabalho. Se quiser vê-lo com seus próprios olhos, ele o receberá. Ele responderá todas as suas perguntas sobre este mundo, e o Outro. Depois o senhor pode voltar e dizer a todos os oficiais ingleses e russos em Kashgar tudo que eles quiserem saber. O senhor me garante que eles confiam em si?"

"Não sei. Como é que eu vou encontrar esse, esse pro qual o senhor está preparando o caminho?"

"Mandarei acompanhá-lo meu leal lugar-tenente Hassan, que o ajudará a atravessar os temíveis Portais e seus guardiões."

"Os..."

"Não são apenas as dificuldades do terreno, as víboras, as tempestades de areia, os salteadores. A *viagem em si* é uma espécie de Ser consciente, uma divindade viva que não deseja envolver-se com néscios e fracos, e portanto tentará dissuadi-lo. Ela exige o máximo de respeito."

Por volta de meia-noite, Mushtaq veio dar uma olhada. Halfcourt estava relendo mais uma vez a carta de Yashmeen, a que fora trazida pelo americano. Seu charuto, que normalmente era uma brasa alegre na penumbra do quarto, havia, naquela atmosfera melancólica, se apagado.

"Estou contaminado além de qualquer esperança, Mushtaq."

"Volte a encontrá-la, senhor, mesmo que seja preciso subir na torre mais alta da cidade mais cruel do mundo, faça o que for necessário para encontrá-la. Ao menos responda essa carta."

"Olhe para mim." Um homem idoso com um uniforme gasto. "Veja o que eu fiz com a minha vida. Não posso sequer ousar dirigir a palavra a ela outra vez."

Dito isso, um dia Halfcourt montou num daqueles cavalos quirguizes baixos e resistentes e saiu sozinho, talvez em busca dos Compassivos, talvez daquilo em que Shambhala havia se transformado, fosse o que fosse. Mushtaq recusou-se a ir com ele. Prokladka, convencido de que finalmente o inglês havia enlouquecido, continuou com suas atividades ilícitas em Kashgar.

Algumas semanas depois Auberon Halfcourt apareceu no estabelecimento de um livreiro em Bukhara, limpo, esbelto, bem-vestido — com uma aparência de todo respeitável, na verdade, não fosse o brilho da loucura em seus olhos. Ele não causou espanto a Tariq Hashim, que já vira pelo menos toda uma geração de homens como ele, em busca de algo, passar por ali — ultimamente, em sua maioria, alemães. Levou Halfcourt para uma saleta de fundos, serviu-lhe chá de menta de um bule de latão amassado, e de um armário de laca com incrustações de marfim e madrepérola retirou, com um gesto reverente, pensou o inglês, uma caixa contendo um maço de páginas longas e estreitas, sete linhas por página, impressas com blocos de madeira. "Início do século XVII — traduzido do sânscrito para o tibetano pelo sábio Taranatha. Incluído na parte do Cânone Tibetano conhecida como o Tengyur."

Desde que saíra de Kashgar, Halfcourt sonhava insistentemente com Yashmeen, sempre a mesma narrativa frustrante — ela tentava enviar-lhe outra mensagem, ele nunca estava onde deveria estar para recebê-la. Agora tentou invocar a benevolência do sonho.

"Também ouvi falar de uma carta, em forma de poema", disse, cauteloso, "de um príncipe e sábio tibetano a seu pai, que morreu e renasceu em Shambhala..."

O livreiro fez que sim com a cabeça. "Trata-se do *Rigpa Dzinpai Phonya*, isto é, o Mensageiro do Saber, de Rinpung Ngawang Jigdag, 1557. Instruções para fazer uma viagem a Shambhala dadas pelo autor a um iogue, o qual é uma espécie de personagem fictício, embora ao mesmo tempo seja real — uma figura que surge numa visão, e que é também o próprio Rinpungpa. Sei que existe uma versão variante à venda no momento, que contém linhas que não aparecem nas outras versões. Em particular esta: 'Mesmo se esqueceres tudo o mais', diz Rinpungpa ao iogue, 'lembra uma coisa — quando chegares a uma bifurcação na estrada, vai por ela.' Fácil para ele dizer, é claro, sendo ele duas pessoas ao mesmo tempo. Eu poderia colocá-lo em contato com o vendedor, se seu interesse no assunto for sério."

"É sério", respondeu Halfcourt. "Mas não leio tibetano."

Tariq deu de ombros, solidário. "As traduções desses guias de Shambhala são quase sempre para o alemão — o *Shambhalai Lamyig* de Grünwedel, é claro... mais recentemente, três páginas do volume de Laufer sobre a literatura budista em uigur, autor desconhecido, supostamente do século XIII, que pelo visto vem nas mochilas de todos os alemães que passam por aqui."

"Creio que o que estou a perguntar", Halfcourt, contendo uma estranha sensação premonitória de êxtase e dor que o acompanhava havia dias, de algo que ganhava corpo, "é até que ponto esses livros ajudam de fato a encontrar um lugar real."

O livreiro balançou a cabeça, talvez por mais tempo do que pretendia. "Ser budista ajuda, pelo que me dizem. E também ter uma ideia geral da geografia da região. É praticamente certo, por exemplo, que se deve procurar ao norte do Taklamakan. O que é dizer muito pouco. Mas que eu saiba é a única coisa sobre a qual todos concordam.

"Quanto a mim, submeto-me ao caminho do Profeta, de modo um tanto convencional, reconheço. Mas Shambhala — ainda que seja muito interessante, sem dúvida —"

Àquela hora a cidade já estava saturada de sombras, as mulheres deslizando com suas vestes soltas e véus de crina, cúpulas e minaretes silenciosos e inexpugnáveis destacando-se contra um fundo azul de uma profundidade indesejável, os mercados riscados pelo vento e vazios, todas as visões já experimentadas por viajantes enlouquecidos no deserto, por apenas um momento, tornadas plausíveis.

Há lugares que tememos, lugares com que sonhamos, lugares de que nos tornamos exilados e só ficamos sabendo disso, às vezes, quando é tarde demais.

Kit sempre imaginara que de algum modo haveria de voltar aos montes San Juan. Jamais lhe ocorrera a possibilidade de que seu destino estivesse ali, de que ali, na Ásia Central, ele haveria de escalar seus picos mais elevados e enfrentar as neves do deserto, cavaleiros aborígines, estalagens à beira-trilha e mulheres totalmente incompreensíveis, que por algum motivo eram sempre mais desejáveis no momento em que havia outros assuntos, muitas vezes de vida ou morte, a ocupá-lo.

Foi só quando viu por fim o lago Baikal que Kit compreendeu por que fora necessário ir até ali, e por que, no decorrer desse percurso, a penitência, a loucura e os descaminhos eram inevitáveis.

Prance havia ficado em Irkutsk, alegando exaustão, mas Hassan insistia que, para um buriato devoto, o objeto da peregrinação haveria de ser a grande pedra à foz do Angara, no local onde o rio desaguava no lago.

"Mas isso era só parte do nosso disfarce", Kit lembrou-lhe. "Nós não somos buriatos, nem eu nem você."

O olhar de Hassan era franco, porém impenetrável. "Nós quase completamos a jornada."

"E o Profeta? O senhor do Doorsa? Devo falar com ele?"

"O senhor já falou com ele", disse Hassan.

"Quando —", Kit ia perguntar, e naquele instante surgiu o Baikal.

No Colorado ele já contemplara pequenos lagos montanheses puros, não poluídos por escórias nem esgotos, e não se surpreendeu com a limpidez perfeita que mais de uma vez por um triz não o levara a se perder, não o fizera mergulhar, aturdido, numa outra ordem das coisas. Mas aquilo era como contemplar o coração da própria Terra tal como ela era antes de existirem olhos que a vissem.

O lago tinha um quilômetro e meio de profundidade, segundo lhe dissera Auberon Halfcourt, e nele viviam criaturas que não existiam em nenhum outro lugar em toda a Criação. Tentar navegar naquele lago era perigoso e imprevisível — os ventos surgiam de repente, as ondas transformavam-se em pequenas montanhas. Uma viagem até ele não era um passeio de férias. Ele percebia com uma certeza não de todo compreendida que aquele lugar, tal como o monte Kailash ou o Tengri Khan, era um desses locais que fazem parte de uma ordem supraterrestre e apenas provisoriamente estão encerrados nesta nossa ordem, inferior e fracionada. Kit sentiu-se tomado por uma convicção violenta. No final das contas, havia escolhido o caminho errado, permitido que as trivialidades do dia o ocupassem — em suma, não havia se esforçado o bastante para merecer ver aquilo. A primeira coisa que lhe veio à mente foi a ideia de que precisava voltar para Kashgar, ao grande Portal, e começar outra vez. Virou-se para dizer isso a Hassan, o qual, ele imaginava, já teria lido seus pensamentos. Hassan, é claro, não estava mais lá.

No início daquela viagem, embora ficasse apenas a uma pequena distância de Kashgar, perto da aldeia de Mingyol, e pudesse às vezes ser visto deste ou daquele ângulo, destacando-se na distância, o grande Arco de pedra conhecido como o Tushuk Tash era considerado inatingível até pela gente do local. Havia um labirinto de cânions no caminho, tantos que jamais haviam sido contados. Todos os mapas eram inúteis. Cartógrafos de diferentes impérios, do russo em particular, haviam sofrido crises nervosas na tentativa de registrar o terreno em torno do Tushuk Tash. Alguns se contentaram com fantasias amargas, enquanto outros, mais conscienciosos, deixaram o trecho em branco.

Ao saber que Kit e Prance teriam de começar sua viagem passando por baixo da imensa rocha perfurada, Hassan pedira licença e afastara-se para rezar, num silêncio distanciado e sombrio, como se o Doosra o tivesse encarregado de acompanhá-los com o intuito de puni-lo.

Alguns se referiam ao portão colossal como um precipício, uma ponte, uma represa de terra, uma passagem entre muralhas de rocha... para outros, não era um detalhe da paisagem, e sim algo mais abstrato, uma prova religiosa, um enigma criptográfico... Hassan sempre ouvira falar nele como "o Portal do Profeta", um lugar que ostentava não apenas o nome mas também a sanção de um Profeta que seria não apenas o Profeta Maomé mas também um outro, que vivia nas lonjuras do norte, de quem o Doosra era o precursor.

Levaram o dia inteiro para chegar lá. Penetraram uma região cinzenta de ravinas profundas e torres de pedra. Hassan os guiava sem errar pelo labirinto de cânions. Era um mistério o processo que havia produzido aquele terreno. Com o sol naquele ângulo, o Kara Tagh parecia uma cidade de pedra, dividida em cinzentas repetições cristalinas de quarteirões urbanos e prédios sem janelas, como se habitados por seres que haviam transcendido a visão, a luz, toda e qualquer necessidade de estabelecer distinções entre fora e dentro. Kit constatou que não conseguia encarar aquele cenário diretamente por mais de um minuto — como se os espíritos do lugar tivessem o direito de exigir um olhar oblíquo daqueles que por ali passavam.

Quando por fim se viram diante do Portal, constataram que parecia menos uma formação natural que uma obra de cantaria, pedras de formas definidas encaixadas sem argamassa, como as Pirâmides, muito antes do início dos tempos históricos. À distância, picos alvos a brilhar, elevavam-se os montes Altai, pelos quais haveriam de passar ao longo da viagem. Kit levantou a vista — o risco era talvez fatal, mas ele não podia deixar de fazê-lo.

No céu ainda luminoso, a estrutura era imensa — trezentos, talvez mais de quatrocentos metros de altura, no mínimo, achatada no alto, e abaixo do topo um arco gótico pontiagudo de espaço vazio. Imenso, escuro, instável, sempre em desintegração, soltando lascas de si próprio de uma altitude tamanha que, quando atingiam o chão, já haviam se tornado invisíveis, seguidas pelo ruído de sua descida, pois caíam mais rápido do que a velocidade do som no local... A qualquer momento um fragmento de pedra poderia cair depressa demais para que Kit o visse antes de ser atingido por ele. No solo tudo era escuro, mas lá no alto o conglomerado cinzento, atingido pelos últimos raios do sol, emitia um brilho irrespondível.

Pairando no alto, imóvel, tanto que de início podia ser confundida com uma mancha no campo de visão, uma águia-real captava os raios e parecia emitir uma luz própria. Os quirguizes usavam essas águias para caçar, sendo necessários dois homens para manejá-las. Por vezes uma delas era capaz de trazer o cadáver de um antílope ou mesmo de um lobo. Quanto mais a águia permanecia em sua altitude majestosa, mais Kit se convencia de que ela era uma mensageira.

Os chineses dizem que uma viagem de mil léguas começa com um simples passo, e no entanto mantêm um segredo curioso a respeito do passo em si, que muitas vezes, como agora, tem de ser dado num terreno inacessível, quando não conduz ao fundo de um abismo jamais medido.

No momento em que atravessou o Portal, Kit foi não ensurdecido, e sim cegado, por uma poderosa explosão sonora — um grande coral a ecoar pelo deserto, trazendo, como uma breve interrupção de treva em pleno dia, uma vista nítida, naquele crepúsculo, de um terreno iluminado pelo sol, estendendo-se num longo declive à sua frente até chegar a uma cidade cujo nome, embora no momento lhe fosse negado, era conhecido em todo o mundo, nítida naquelas lonjuras, em tons vivos de amarelo e laranja, se bem que logo absorvida na mesma confusão cinzenta de ravinas sem saída e ascensões rochosas moldadas pelo vento que eles haviam sido obrigados a atravessar para chegar ali, e que haveriam de percorrer de novo para voltar à Rota da Seda.

Virando-se para Hassan: "Você viu...?".

"Não vi nada, senhor." No rosto de Hassan, compaixão e um pedido de silêncio.

"Não ouviu nada?"

"Em breve será noite, senhor."

No decorrer de toda a viagem, portanto, Kit ficara a sonhar com o momento em que atravessou o Portal. Muitas vezes o sonho lhe vinha logo antes do amanhecer, após um voo lúcido, elevado, etéreo, azul, chegando a um conjunto de cordas ou cabos de aços suspensos, feito uma ponte, acima de um abismo profundo. A única maneira de atravessar é com o rosto virado para o céu por baixo dos cabos, segurando-se com as mãos, as pernas e os pés, tendo às suas costas aquele vazio vertical incomensurável. O pôr do sol é vermelho, violento, complexo, o próprio sol é o núcleo permanente de uma explosão até então jamais imaginada. De algum modo, nesse sonho o Arco é substituído pelo próprio Kit, uma luta que ele sente ao despertar nos músculos e juntas, para transformar-se na ponte, no arco, na travessia. A última vez que ele sonhou este sonho foi logo antes de chegar a Irkutsk, via Transiberiana. Uma voz que ele devia reconhecer, Kit sabia, sussurrou: "Você está liberado". Começou a cair no grande abismo, e despertou na luz cor de vinho do vagão ferroviário, as luminárias a balançarem-se, os samovares nas duas extremidades do recinto a bufar e arquejar como locomotivas a vapor em miniatura. O trem acabava de chegar à estação.

Tendo passado pelo Portal do Profeta, haviam contornado os contrafortes meridionais do Tian Shan, indo de um a outro oásis da Rota da Seda — Ak-su, Kucha, Korla, Kara-shahr, capitaneados pela sobrenatural pirâmide branca de Khan Tengri, o Senhor do Céu, do qual luz jorrava, explodia constantemente, iluminando até o céu vazio e as nuvens trêfegas, passando por pedreiras de nefrita onde espectros cobertos de pó moviam-se, acorrentados uns aos outros, numa penosa peregrinação cuja meta era um copo d'água e algumas horas de sono, atravessando chuvas de granizo ao entardecer que deixavam o deserto coberto de uma neve tão alva que cegava a vista ao amanhecer, bolsões de areia de granada verde que emitiam um brilho verde estranho no crepúsculo, e tempestades de areia que tornavam quase impossível respirar, enegrecendo o dia — tornando-o, para alguns que eram surpreendidos por elas, negro para sempre. Quando chegaram exaustos ao oásis de Turfan, no sopé dos montes Flamejantes, mais vermelhos do que os montes Sangre de Cristo, Kit já começara a compreender que esse espaço que lhes fora aberto pelo Portal não era exatamente geográfico, e sim algo a ser medido ao longo de eixos de sofrimento e perda.

"Isto é terrível", ele comentou. "Olhe só. Essa gente não tem nada."

"E mesmo assim os alemães não pouparam este lugar", replicou Prance. Até cerca de 800 ou 900 d.C., ele explicou, ali se situara a metrópole do antigo reino de Khocho. Alguns estudiosos, aliás, acreditavam que fora esta a Shambhala histórica. Por quatrocentos anos, Turfan havia sido o lugar mais civilizado da Ásia Central, uma concentração de jardins, sedas, música — fértil, tolerante, compassiva. Lá ninguém passava fome, todos desfrutavam as benesses de um oásis que jamais secava. Súditos do império chinês viajavam milhares de quilômetros, com muita dificuldade, para vir até ali e ver o que era sofisticação de verdade. "Então chegaram os maometanos", disse Prance, "e depois Gêngis Khan, e depois dele o deserto."

Em Turfan tomaram a direção norte, afastando-se do Taklamakan, rumo a Urumtsi e o passe que ficava logo após a cidade, cortando o Tian Shan e levando às planícies da Dzungária, pretendendo seguir para o norte via noroeste, contornando os Altai e, no rio que estivesse livre de gelo no momento, encontrar um vapor que os levasse até onde pudessem pegar a Ferrovia Transiberiana para o leste, até Irkutsk.

Faziam sopa com raízes, matavam carneiros selvagens e os assavam, porém deixavam os javalis em paz em respeito a Hassan, que já não dava nenhuma importância a proibições alimentares, mas não via sentido em falar sobre isso com os ingleses.

Havia outros grupos de estrangeiros, muitos deles arqueólogos alemães, embora de vez em quando Prance, detido pela gravidade da memória, ficasse olhando pelo binóculo por períodos que pareciam horas para depois anunciar: "São russos. Veja como as barracas deles são baixas".

"Será que devemos —"

"Há bons motivos a favor e contra. Provavelmente estão mais interessados nos alemães e nos chineses. Com a *entente*, o Grande Jogo supostamente terminou aqui, porém as velhas desconfianças persistem, e algum desses soldados russos são capazes de atirar em nós assim que nos virem."

Um dia, num terreno mais elevado, deram por si no meio de um bando de cerca de cinquenta *kiangs*, os burros selvagens da Ásia, vermelhos, cada um deles com uma lista preta no dorso, de olhos revirados, correndo, provavelmente assustados pela aproximação de seres humanos. "Meu Deus", exclamou Kit, "tremendo estouro de burro selvagem." Refugiaram-se num bosque de cânhamo em flor cujo cheiro eles haviam começado a sentir por volta do meio-dia, muito antes de o verem. As plantas tinham cerca de quatro metros de altura, e sua fragrância bastava para fazer que o viajante sonhasse acordado. Hassan pela primeira vez pareceu animado, como se aquilo fosse uma mensagem de um reino com o qual ele já havia travado relações comerciais. Parecia um inglês num roseiral, cuidadosamente inalando os aromas, examinando e selecionando flores e frutos de *ganja*, até reunir um fardo considerável. Durante alguns dias as folhas olorosas ficaram penduradas de cabeça para baixo ao sol, presas aos carregamentos atados aos camelos, balançando-se enquanto eles se deslocavam. Sempre que Prance tentava pegar um pouco, Hassan surgia do nada e lhe afastava a mão com um tapa. "Ainda não está curada. Não está pronta pra fumar."

"E quando estiver..."

"Tenho que pensar. Isso não é pra ingleses, mas talvez a gente possa fechar um negócio."

O vento, um ser vivo, consciente, que não simpatizava com viajantes, tinha o hábito de surgir no meio da noite. Os cabelos eram os primeiros a farejá-lo, depois lentamente todos os membros do grupo começavam a ouvi-lo, num crescendo irreversível, que não lhes dava tempo suficiente para improvisar um abrigo, e portanto muitas vezes a única saída era submeter-se a ele, apertar-se contra o chão como uma folha de relva e tentar não ser arrebatado para o céu.

Os lobos se reuniam e ficavam observando toda a noite, não se sabia se tomavam conta deles ou aguardando para atacar o que restasse deles depois que o vento fizesse seu serviço. Prance parecia alimentar-se quase exclusivamente de um remédio para o estômago da farmacopeia local que os uigures chamavam *gül kän*, feito de pétalas de rosas fermentadas, que ele levava num cantil enorme e não gostava nem um pouco de repartir com ninguém. Em retaliação, Hassan não tirava o olho de seu estoque de *ganja*, que ele usava, como os outros acabaram descobrindo, como uma espécie de moeda de troca, fazendo com que o grupo fosse muito bem recebido ao longo de todo o trajeto, tanto entre os tártaros finlandeses que caçavam nos Altai quanto entre os cossacos que pescavam nas águas geladas do lago Zaissan. O Irtich continuava congelado, por isso seguiram viagem até Barnaul, à margem do Ob, chegando no momento exato em que o gelo se rompia ruidosamente no degelo da primavera, um ruído que acordou todo mundo logo antes do amanhecer, ecoando nas montanhas, e por fim lá pegaram um vapor, cheio de mineiros, comerciantes e funcionários do regime czarista, e foram todos deslizando rio abaixo como num tobogã por duzentos quilômetros até um vilarejo de empregados da rede ferroviária chamado Novossibirsk, onde ficaram junto aos trilhos de bitola larga aguardando o trem que os levaria para Irkutsk.

"Quer dizer que estamos em Irkutsk."

"A Paris da Sibéria."

Na verdade, como ficaria claro depois, aquilo lembrava mais uma noite de sábado dos montes San Juan. O dia todo, a noite toda. A cidade era uma mistura estranha de baderna com respeitabilidade. Os trabalhadores das minas de ouro bebiam vodca, jogavam *vint*, discutiam política e davam tiros uns nos outros num espírito de ludismo fatalista. Os membros da *kupétchestvo* não saíam de suas casas substanciais em Glaskovsk e dos bairros mais relevantes para o comércio, fingindo ignorar a ralé do lugar, cônscios de que todos ainda se lembravam do tempo em que também eles faziam parte dela.

"Isso é que peregrinação", Kit olhando a sua volta em meio a uma fumaça de tabaco e cânhamo, contemplando o espetáculo dentro do Clube Golomianka, onde ele e Prance haviam parado para comemorar, ou pelo menos assinalar, sua chegada.

"Aqui nessas bandas, peregrinação é uma questão de divindades bondosas ou iradas. De *timing*. De guias."

"O que você quer dizer com isso?"

"Pergunte ao Hassan."

"O Hassan desapareceu assim que chegamos no lago."

"Justamente."

Tinham sido instruídos para procurar um certo sr. Swithin Poundstack, um inglês que atuava no ramo de importação e exportação. "E não adianta", completara Auberon Halfcourt do modo mais enfático, "pedir-lhe que dê maiores detalhes." Encontraram-no no porto de Irkutsk, em seu armazém, andando de um lado para o outro com um tinteiro, um pincel e um estêncil, marcando alguns engradados pesados com a inscrição não muito convincente NAÚCHNIKI. "Orelheiras", murmurou Prance. "Pois aposto que não é nada disso." Apesar da atmosfera geral de azáfama naquele amplo espaço mal-iluminado, alguns dos empregados pareciam ter como sua principal ocupação observar Kit e Prance, sem tentar disfarçar sua animosidade.

"Como vai o Halfcourt?", o comerciante os saudou. "Louco varrido, é claro, mas fora isso?"

"Ele manda —", ia dizendo Prance.

"E onde está o Hassan?"

Prance franziu a testa, perplexo. "O guia nativo? Não sei, ele desapareceu."

"*Antes* de desaparecer", talvez com um toque de impaciência, "não deixou nada para mim?"

"Ah." De uma valise Prance tirou um pequeno volume embrulhado em oleado, que trescalava, Kit percebeu, a inconfundível assinatura olfativa de cânhamo silvestre, e entregou-o ao outro. Com esforço, conteve qualquer comentário — ainda bem, pois Poundstock ainda não havia terminado. Levou-os até os fundos do estabelecimento, onde um som percussivo, ritmado e metálico, pouco a pouco ia se tornando mais alto. Chegaram a uma porta de aço, diante da qual havia dois sujeitos grandalhões mal-encarados, cada um equipado com um revólver Nagant modelo 1895. "O quê?", murmurou um deles. "Você de novo?"

Lá dentro, uma prensa de cunhar moedas, grande e não muito nova, produzia objetos que pareciam ser soberanos de ouro britânicos. Só que não eram de ouro, e sim de uma prata acobreada, explicou Poundstock. "Moedas chinesas velhas. O que eles chamam de dinheiro vivo. Prata, bronze, o conteúdo varia dependendo do que se tiver à mão no dia. Derretemos o metal, fundimos lingotes, formamos tiras, cortamos os discos, cunhamos as moedas e depois as galvanizamos com uma finíssima camada de ouro. Impossível distinguir as nossas das verdadeiras."

"Mas são todas —"

"Não diga nada. Graças a nossos amigos em Tower Hill, os cunhos que usamos são perfeitamente genuínos. A efígie que vocês estão vendo em cada uma delas é mesmo da jovem Vitória. E é isso que é importante, não é?"

"Não sei. Pode-se gastá-las? Legalmente?"

"Um conceito interessante, especialmente aqui nessas plagas. Pra começar, vamos lhes dar mil — que tal? Julguem vocês mesmos. Duas mil? Na verdade, não é tão pesado quanto pode parecer." Com uma pá de alimentar fornalha, encheu uma caixa resistente, forrada de latão, com soberanos falsos. "São vossas. Só mais uma coisa, o sermão de sempre, e podem partir pra novas aventuras." Levou-os para uma sala adjacente, dominada por um mapa da Sibéria oriental.

"É aqui que vocês atuarão — nas três grandes bacias hidrográficas a leste do Ienissei — Tunguska Superior, Tunguska Pedregoso, Tunguska Inferior. Há anos os clãs tungues que ocupam cada um dos vales desses rios estão em guerra, em particular os ilimpieia, que vivem às margens do Tunguska Inferior, e os chaniaguir, que ocupam o Tunguska Pedregoso. A figura-chave nessa história, talvez até a pessoa a quem o vosso Doosra deve obediência, é um xamã de grande fama regional chamado Magiakan, que tem atuado em favor dos ilimpieia."

"E quais os representantes das grandes Potências que devemos encontrar?"

"Vocês provavelmente já os encontraram", deu de ombros Poundstock. "Boa viagem, cavalheiros."

E logo se puseram a caminho, agora num vapor fluvial que descia o Angara, nome dado ao rio naquele trecho — mais adiante, passaria a se chamar Tunguska Superior — passando pela cidade, por baixo da enorme ponte volante, levado pela correnteza que fluía do lago Baikal, para o norte, penetrando o coração pulsante da Ásia xamânica.

Os outros passageiros eram *sibiriák*, prospectores, jogadores, empresários cossacos, gente que fugia daquelas ruas amplas e bem iluminadas e do que nelas era considerado comportamento apropriado. Passavam por pântanos de amieiros, bambuzais, campos de cladônias verde-claras. Ursos à procura de vacínios paravam para vê-los. Filhotes de gruas siberianas, aprendendo a voar, elevavam-se por alguns instantes contra o céu.

Em Bratsk havia um desfiladeiro profundo cheio de florestas de pinheiros e corredeiras violentas, e todos tiveram que sair do vapor e caminhar por terra, atravessando um enorme enxame de mosquitos, tão espesso que obscurecia o sol, até o ponto onde um outro barco os aguardava para seguir viagem.

Dois dias depois, saltaram em Ienisseisk, e lá encontraram cavalos quirguizes e artigos para usar no mato, e Kit surpreendeu-se ao ouvir Prance falar o idioma local com maior desenvoltura. "Tungue, buriato, mongol, uma questão de sotaque, na verdade, uma certa atitude do aparelho fonador, embocadura, respiração..."

Pegaram suas bagagens no cais, entre elas a caixa cheia de soberanos folheados a ouro de Poundstock. Prance explicou que era para distribuí-los entre os nativos que pudessem ser úteis, sempre que possível falando-lhes sobre a rainha cuja efígie aparecia na moeda. "Eu digo a eles que ela está viva", ele reconheceu, um pouco constrangido. "Que ela é o nosso maior xamã. Ela conquistou o tempo. Nunca envelhece. Esse tipo de coisa."

"E os alemães todos que andam por essas matas, dizendo a eles que não é nada disso? Vão acabar descobrindo que ela morreu, Prance."

"Eu digo a eles que ela é a rainha de Shambhala."

"Eles devem saber que isso é conversa fiada também."

"Deu certo com o Dorjiev no Tibete. Ele disse ao Dalai Lama que o czar era o rei de Shambhala — se bem que cá isso não havia de dar certo, os tungues odeiam qualquer czar, seja lá quem ele for, por uma questão de princípios. Temos que descobrir quem é o xamã daqui e ver se ele nos pode ajudar, alguma coisa para apoiar a *entente*, você sabe."

"Então, deixa ver se eu entendi, o czar é o rei de Shambhala, Vitória é a rainha de Shambhala, de modo que temos uma aliança entre Shambhala e Shambhala — é meio assim, sei lá, quadrático, não é? E eles não são parentes?"

"Por afinidade", com o olhar que Kit já conhecia bem agora, uma mistura de impaciência, reprovação e medo de estar sendo gozado sem o saber.

Seguiam viagem, mantendo-se quase sempre próximos às margens dos rios, entre minas de carvão ilegais, capões de salgueiros e cerejeiras silvestres, prados cheios de flores silvestres que pareciam enormes a Kit, violetas do tamanho de sua mão, lírios amarelos e verônicas azuis que podiam servir de abrigo da chuva, procurando ao menos alguma informação sobre o xamã Maguiakan, ainda que fosse impossível encontrá-lo em pessoa. Tal como a taiga, ele estava por toda parte, misterioso — um ser heroico com dons sobrenaturais. Ouviram dizer que uma vez ele fora atingido por um tiro de fuzil, disparado por um soldado russo, e tranquilamente enfiou a mão dentro do corpo e arrancou a bala, com mais de dois centímetros de comprimento, reluzente e sem uma gota de sangue. Apresentou-a ao céu. Isso fora presenciado por testemunhas ainda vivas. Ele tinha poder sobre as criaturas de ferro de Agdy, Senhor do Trovão, e era capaz de invocá-las quando queria, e elas vinham com os olhos brilhando, com sua fúria inexorável. "Pra você ver o que acontece por cá", explicou Prance a Kit. "Essas fusões, 'Agdy' é o deus do fogo hinduísta Agni, é claro, mas é quase certo que também seja Ogdai Khan, o filho de Gêngis Khan, que o sucedeu como chefe do império mongol e estendeu as conquistas do pai pra leste e oeste, da China à Hungria."

"E se for só o nome de seja lá quem for que manda essas coisas de ferro que descem sobre os chaniaguir?", indagou Kit, tentando ser o mais inconveniente possível.

"Não existe coisa de ferro nenhuma, não existe coisa de ferro nenhuma, essa é a questão", gritou o tenente Prance. "Esses xamãs desgraçados dizem qualquer coisa às pessoas, por mais insensata que seja, é tal qual os americanos, só que diferente."

"Você acha que esse Maguiakan é o tal que o Doosra mencionou?"

Prance não sabia, e além disso, como fez questão de dizer a Kit, não queria saber.

"Uma atitude estranha pra um estudante de teologia, não é?"

"Traverse, pelo amor de Deus." Prance havia passado o dia inteiro fumando, e seu rosto fechara-se numa carranca feroz. "Existe luz, e existe treva."

"Deixa eu ver se adivinho. A Igreja Anglicana é a luz, e tudo o mais —"

"Não é bem assim. As diferenças entre as religiões do mundo, na verdade, são bem triviais quando comparadas com o inimigo comum, a treva antiquíssima e insistente que todas elas odeiam, temem e combatem de modo incessante" — com um gesto amplo indicou a taiga ilimitada que os cercava — "o xamanismo. Não há um povo primitivo em todo o mundo que não pratique uma forma disso. Toda religião nacional, inclusive a vossa, considera irracional e pernicioso o xamanismo, e adota medidas pra erradicá-lo."

"O quê? Não existe 'religião nacional' nos Estados Unidos, meu chapa, lá nós temos liberdade de culto, garantida pela Constituição — a Igreja e o Estado são separados, pra gente não acabar que nem os ingleses, marchando no meio do mato com gaita de fole e metralhadora Gatling, procurando infiéis pra exterminar. Nada de pessoal, é claro."

"Os cherokees", replicou Prance, "os apaches, os massacres dos Dançarinos Fantasmas sioux em Wounded Knee, todos os peles-vermelhas que vocês encontraram, ou bem os tentaram converter pro cristianismo ou bem simplesmente os mataram."

"Isso era uma questão de terras", disse Kit.

"Pois eu afirmo que era por medo dos pajés e das práticas estranhas, das danças e drogas, que permitem aos seres humanos entrar em contato com os deuses poderosos que se escondem no terreno, sem necessidade de qualquer igreja oficial para atuar como mediadora. A única droga que vocês aceitam é o álcool, e foi com o álcool que vocês envenenaram as tribos. Toda a vossa história na América não passa de uma longa guerra religiosa, cruzadas secretas, disfarçadas com nomes falsos. Vocês tentaram exterminar o xamanismo africano sequestrando e escravizando metade do continente, dando-lhes nomes cristãos a todos e enfiando-lhes pela goela abaixo a vossa versão da Bíblia, e veja só no que deu."

"A Guerra da Secessão? Foi uma questão de economia. Política."

"Foram os deuses que vocês tentaram destruir, aguardando a hora deles, vingando-se. Vocês realmente acreditam em tudo o que lhes é ensinado, não é?"

"Acho que vou ter que ir pra Cambridge pra me informar", Kit, na verdade não se sentindo ofendido. Como as possibilidades de diversão eram limitadas ali na taiga, havia que aproveitar a oportunidade de uma boa discussão. "Mas afinal, como é que você entrou nessa vigarice de teologia?"

"Eu era um rapaz religioso", respondeu Dwight Prance. "Isso podia ter dado em várias coisas, eu podia ter ido cantar num coral, passado a usar sandálias, ficar a pregar sermões nas esquinas, mas optei justamente pela alternativa que acabou por se anular."

"O que você queria?"

"O que acabou por acontecer. Quanto mais estudava as religiões, principalmente o islã e o cristianismo, mais eu percebia as muitas conexões íntimas que havia entre elas e o poder secular, e assim passei a sentir... hmm, desprezo, digamos, por toda essa história."

"Igreja e Estado."

Prance deu de ombros. "É bem natural encontrar César a fazer negociatas com Deus sempre que possível, já que os dois querem a mesma coisa, não é?"

"E aí você ficou mais interessado —"

"Nas negociatas. Sim. Parecia-lhe que eu estava a rezar todas as noites?"

"Então, se você não está aqui lutando por Cristo — por quem é que você luta, exatamente?"

"Um punhado de homens em Whitehall de quem você nunca ouviu falar, cujos rostos ninguém reconhece."

"E você é bem pago?"

O riso de Prance nada tinha de sagrado, e pareceu se prolongar por um tempo antinatural. "Quanto a isso, você terá que falar com eles, parece-me."

De vez em quando, Kit relembrava a pureza, a pureza feroz e reluzente do lago Baikal, e da sensação que tivera sendo fustigado por aquele vento no qual Hassan desaparecera, e perguntava a si próprio como, apesar da certeza que vivenciara naquele momento, mesmo assim agora estava caindo naquele bate-boca espiritualmente embotado. Tendo em vista o que estava prestes a lhes acontecer, porém — como ele viria a entender depois —, o abrigo da trivialidade haveria de se tornar uma bênção e um passo rumo à salvação.

Uma explosão de luz em todo o céu.

Às 7h17, hora local, do dia 30 de junho de 1908, Pádjitnov estava trabalhando havia quase um ano como empregado contratado da Okhrána, recebendo quinhentos rublos por mês, uma quantia que, naquela época, seria considerada exorbitante para o orçamento de uma agência de espionagem. Por esse motivo, a grande aeronave se deslocava a uma altitude um pouco mais baixa, pois o comandante e a tripulação haviam engordado ao menos uns trinta pudes ao todo, aproximadamente meia tonelada, e isso sem contar com o peso das pedras de cantaria que Pádjitnov planejava largar sobre os alvos designados, as quais era necessário trazer como lastro, já que a maioria das estruturas ali na Sibéria era feita de madeira e folhas, uma dificuldade que, embora representasse um desafio para a *ekipaj* do ponto de vista militar, não contribuía muito para seu conforto espiritual, até que pela primeira vez eles viram Irkutsk do alto e ficaram atônitos diante das majestosas casas de tijolo e alvenaria construídas pelos novos-ricos que comerciavam com peles e ouro, gritando "*Právilno!*" e se abraçando. Quando, porém, precisavam de mais sustentação, a filosofia adotada pelos russos era sempre a de acrescentar apenas o estritamente necessário em matéria de empuxo e potência, de modo que, à medida que o *Bolcháia igrá* foi evoluindo, o controle de peso jamais se tornou a questão séria de engenharia que era em muitos outros países.

Naquela época, era grande o nervosismo entre os puxa-sacos e arrivistas de todos os níveis da Razviédka. Desde a derrota naval em Tsushima e as grandes manifestações populares nas cidades, os *pogroms* e o terror e o sangue, cogitava-se a possibilidade impensável de que Deus houvesse abandonado a Rússia. O que antes era certo e ditado pela Providência agora estava tão carregado de incerteza quanto a luta cotidiana de qualquer camponês, e todos, independentemente de riqueza e *status*, eram obrigados a andar às cegas, aos trancos e barrancos.

"Sou um guerreiro, não um cientista", protestou Ofitsier Náutchni Guerássimov. "Você devia era chamar os professores."

"Isso pode esperar", respondeu Pádjitnov. "A Okhrana acredita que esse Evento pode ter sido obra de seres humanos, e querem saber quais as implicações em termos de armamentos."

Guenádi, o *úmnik* da tripulação, fez um gesto displicente em direção à madeira virginal morta estendida no terreno lá embaixo. "Seres humanos? Isso? Então não foi Deus quem fez isso?"

"O general Sukhomlínov está mais inclinado a suspeitar dos chineses, embora não exclua os alemães."

"Ele provavelmente está é planejando mais uma operação imobiliária, tendo em conta que o terreno já foi desmatado de graça." Guenádi fingiu olhar para o solo com espanto. "Aliás, quem são essas pessoas de terno e gravata, montadas em camelos lá embaixo? Zi! espera aí! É uma caravana de corretores imobiliários!"

"O general está ansioso por descobrir como é que isso foi feito", disse Pádjitnov. "Ele não para de repetir: 'Não esqueça quem foi que inventou a pólvora'."

Pável Serguéievitch, o oficial do serviço de informações, contemplava aquela catástrofe sem horizontes. "Nenhum sinal de fogo. Nenhuma cratera, nem mesmo uma cratera rasa. Isso não foi pólvora — nenhum tipo de munição que se conheça."

"O que dizem as pessoas que vivem lá embaixo?"

"Que foi Agdy, o Deus do Trovão deles."

"Foi isso que eles ouviram? Trovão?"

"Pressão acústica de algum tipo... Mesmo assim, parece que a energia só se deslocou lateralmente."

"Mas não foi de modo exatamente radial", disse Pádjitnov. "Operador do leme, subir trezentos metros. Quero que vocês todos vejam uma coisa curiosa."

Ascenderam num céu que havia sido esvaziado de toda cor, como se no mesmo momento terrível em que todos aqueles milhões de troncos de árvores haviam embranquecido, e então, chegando à altitude desejada, ainda no ar, olharam para baixo, como ícones de santos pintados no interior de uma cúpula de igreja.

"Parece uma borboleta", comentou Guerássimov.

"Um anjo", disse Pável.

"É simétrico, mas não é a elipse de destruição que seria de se esperar."

* * *

Pádjitnov convocou uma reunião de oficiais, a qual acabou se prolongando por semanas. Reuniram-se no salão dos oficiais e ficaram a se preocupar juntos, em turnos. A tripulação gostou daquele relaxamento e mergulhou numa espécie de rotina de férias. Uns jogavam xadrez, outros bebiam. Todos fumavam, alguns deixavam de dormir. Os que dormiam sonhavam que estavam jogando xadrez e acordavam tentando descobrir de que espécie de problema mental estariam sofrendo.

Enquanto isso, o *zastólie* no salão dos oficiais filosofava.

"Não fossem as cargas eletromagnéticas, eu diria que foi um meteorito que explodiu a uns dez quilômetros de altitude. Mas por que motivo a área permanece com tanta radiação?"

"Por que o que explodiu foi trazido por algum meio de transporte, de algum outro lugar, lá no Exterior Cósmico."

"Porque há um termo temporal importante oculto em algum lugar da expressão. Com uma descarga tão imensa de som, luz e calor — como pode não haver uma cratera?"

"Se o objeto explodiu a uma altitude tamanha que o único efeito foi derrubar as árvores —"

"— ou se a distorção local das outras variáveis foi tão intensa que a cratera de algum modo foi deslocada *ao longo do eixo do tempo*."

"Talvez até tenha ido para outro ponto do espaço."

"*Khui*", resumiu Bezúmiov, o sabe-tudo ou *vseznaika* da tripulação, "neste caso estamos fodidos, é ou não é? Potencialmente, existe agora um buraco na Terra que ninguém vê, aguardando a hora de se materializar sem aviso prévio, aliás, pode aparecer *a qualquer momento*, imediatamente embaixo de São Petersburgo, por exemplo —"

Quem sabe isso não vai surtir efeito, pensou o capitão Pádjitnov, provocar o colapso nervoso que nenhum feito da artilharia naval japonesa, nenhum inverno russo, nenhuma intriga mística em Tsárskoie Sieló fora capaz de provocar, talvez estivesse apenas aguardando esse espetáculo de uma tripulação que ele julgava compreender agora, tentando dar conta do Evento de 30 de junho. Não escapara de sua percepção o fato de que as testemunhas oculares que viviam lá embaixo haviam todas relatado que caíram pedras do céu, o que ao menos apontava para a tradicional especialidade do *Bolcháia igrá*. Essa possibilidade tinha de ser levada em conta — e se eles tivessem testado algum novo dispositivo de munições, por exemplo, sobre um trecho "desabitado" da Sibéria, e o resultado tivesse sido tão terrível que todos eles agora estavam sofrendo de uma amnésia coletiva, talvez para proteger seus próprios aparelhos mentais?

"Se vocês quiserem, acreditem que essa coisa teve uma origem extraterrena — mas imaginem a possibilidade de ter sido algo extra*temporal* — uma superfície quadridimensional, talvez até pentadimensional, atravessando o 'nosso' contínuo."

"Uspenskismo!"

"Bolchevismo!"

"Sem dúvida, parece um efeito de capacitância, ainda que em escala planetária — um investimento de energia lento e incremental, seguido de uma descarga súbita e catastrófica."

"Justamente o que eu estava dizendo. As viagens no tempo não são gratuitas, elas consomem energia. Isso aí foi um artefato de uma série de visitas do futuro."

"*Nietchevó*. Alguma coisa que não era para estar onde estava. Talvez proposital, mas talvez não. É tudo que podemos dizer."

Nesse ínterim, numa outra parte da taiga, Kit e Prance davam voltas e mais voltas como sempre, discutindo a interessante questão de qual dos dois era mais incapaz de limpar a sujeira que produzia, quando então, sem nenhum aviso prévio, tudo, rostos, céu, árvores, a curva do rio ao longe, ficou vermelho. O som em si, o vento, o vento que havia, tudo ficou vermelho como um coração vivo. Antes que pudessem recuperar suas vozes, à medida que a cor foi morrendo, transformando-se num alaranjado de sangue, a explosão chegou, a voz de um mundo que anunciava que jamais voltaria a ser como antes. Tanto Kit quanto Prance lembraram-se do grande rugido que ouviram ao atravessar o Portal do Profeta.

"Foi lá pros lados de Vanavara", disse Kit quando o dia se recuperou. "Temos que ir até lá para ver se tem alguma coisa que podemos fazer."

"Vá você se quiser. Quanto a mim, não vim cá pra isso." Prance abraçava-se a si próprio como se para aquecer-se, embora estivessem no verão.

"Por que...?"

"Minha missão era política. Isso não é política."

"Talvez seja. Talvez seja uma guerra."

"Aqui? A propósito do quê, Traverse? Exploração de madeira?"

Dois pequenos pássaros pretos que antes não estavam ali agora emergiram da luz quando ela baixou para os tons normais de verde e azul. Kit compreendeu por um momento que as formas de vida formavam um conjunto interligado — bichos que ele estava destinado a jamais ver existiam para que outros, os que ele via, pudessem estar tal onde estavam, quando ele os via. Em algum lugar do outro lado do mundo, um besouro exótico colocava-se numa distância exata, e num ângulo exato, em relação a um arbusto jamais classificado para que ali, naquela clareira, aqueles dois pássaros negros pudessem aparecer para Kit, precisamente tal como estavam. Ele havia entrado num estado de atenção total não orientada para qualquer objeto visível ou perceptível, ou mesmo imaginável de qualquer modo interior, enquanto Prance estava praticamente histérico.

"Nossa maldição mortal de estar aqui no caminho da força, seja lá qual for, que está decidida a emergir daquela treva ilimitada e nos eliminar da Criação", Prance nas raias do furor religioso. "Como se alguma coisa no Transfinito houvesse decidido reentrar no mundo finito, a fim de reafirmar seu compromisso com seus limites, inclusive a mortalidade... tornar-se reconhecivelmente numérico outra vez... uma *presença vinda à Terra...*"

E logo os tambores começaram. Os *dungur*, elevando-se até seus ouvidos, emergindo da taiga inescrutável e imensa. Por todo o decorrer do longo crepúsculo e estendendo-se pelo pálido anoitecer. Um tambor já seria o bastante para perturbar a alma, mas eram pelo menos dez. Profundos, de longo alcance. Kit ficou quase paralisado. A coisa prosseguiu durante dias. Depois de algum tempo, ele julgou ter ouvido algo familiar naquele som. Havia começado a confundi-lo com o trovão. Não o trovão normal, mas aquilo que Agdy havia provocado no dia do Evento. Estariam eles tentando comemorá-lo? Fazê-lo se repetir? Ou estariam produzindo ecos homeopáticos para se proteger de uma tal repetição?

"Hoje tentaram atirar em mim", anunciou Prance. "De novo."
"Foi tão divertido quanto da outra vez, quando você disse que foi 'estimulante'?"
Havia se tornado desagradavelmente óbvio que o jovem Prance estava sendo encarado por todos como um espião japonês, o que tornava difícil para Kit tentar convencer do contrário os muitos que viam o inglês com maus olhos.
"Você não devia ficar fazendo tantas perguntas. Curiosidade acadêmica é uma coisa, mas você não sabe quando parar. Além disso, você não parece ser daqui."
"Bom, japonês é que não pareço ser." Então, como Kit permanecesse calado: "Pareço?".
"E o pessoal daqui já viu algum japonês pra saber? Olha, Prance, vamos encarar a realidade: aqui nessas bandas, você é japonês."
"Mas, veja lá, eu *não sou* japonês. Quer dizer, por acaso uso sandálias? Vivo abanando um leque, falando em enigmas sem solução, coisas assim?"
Kit arqueou as sobrancelhas e inclinou a cabeça. "Pode negar à vontade, mas e eu? Vivo tentando proteger você, as pessoas começam a pensar que eu também sou japonês, aí onde é que a gente fica?"
Em meio aos siberianos, havia uma escola de pensamento que atribuía ao misterioso acontecimento uma origem japonesa. O que não era uma boa notícia para Prance.
"Mas a coisa foi vista vindo da direção oposta — do sud*oeste*", ele protestou. "China."

"Talvez eles sejam um pouco 'des-orient-ados'? se foi mesmo um projétil, ou talvez um raio de algum tipo, ele pode até não ter sido transmitido através daquilo que entendemos como espaço normal."

"Mas... o que é que nós 'entendemos como espaço normal', hein? A toda hora eu esqueço."

"Em cima e embaixo", Kit, paciente, "esquerda e direita, frente e atrás, os três eixos que conhecemos da vida cotidiana. Mas *alguém* pode saber controlar o espaço dos Quaterniões — três eixos imaginários e mais um quarto termo escalar contendo energias que mal conseguimos imaginar."

Ele estava pensando, com muita preocupação, na arma quaterniônica que havia entregado a Umeki Tsurigane em Ostend. Para pessoas como Piet Woevre, o instrumento prometia um nível avançado de destruição, uma oportunidade de entregar grandes populações ao abraço da morte e ao companheiro da morte, o Tempo, que era como se podia facilmente entender o termo *w*. Não poderia o Evento de Tunguska ter sido causado pela atuação, planejada ou acidental, de uma arma Q? Não teria sido Umeki-san, mas talvez alguém em quem ela confiasse. Alguém que a tivesse traído, talvez. E se alguém a tivesse traído, até que ponto a traição teria sido fatal? E, neste caso, até que ponto Kit seria responsável?

Durante algum tempo depois do Evento, *Raskólniki* enlouquecidos andavam pelo meio do mato, a flagelar a si próprios e um ou outro observador que chegasse perto demais, delirando a respeito de Tchernobil, a estrela destruidora chamada de Absinto no livro do Apocalipse. As renas readquiriram seu antigo poder de voar, que havia sido perdido por séculos, desde que os seres humanos começaram a invadir o Setentrião. Algumas eram estimuladas pela radiação a emitir uma luminescência epidérmica na extremidade vermelha do espectro, particularmente em torno da área nasal. Os mosquitos perderam o interesse pelo sangue, passando a gostar de vodca, sendo vistos formando grandes nuvens nas tabernas da região. Os relógios andavam para trás. Embora estivessem no verão, houve rápidas nevadas na taiga devastada, e o calor de modo geral passou a fluir de modo imprevisível por algum tempo. Lobos siberianos entravam nas igrejas no meio do culto religioso, citavam passagens das Escrituras, falando um eslavo eclesiástico perfeito, e depois saíam tranquilos. Segundo se dizia, pareciam gostar particularmente de Mateus 7,15: "Guardai-vos dos falsos profetas. Eles vêm a vós disfarçados de ovelhas, mas por dentro são lobos arrebatadores". Aspectos da paisagem da Terra do Fogo, situada exatamente do lado oposto da Terra em que ficava o Tunguska Pedregoso, começaram a surgir na Sibéria — águias-rabalvas, gaivotas, andorinhas-do-mar e procelárias pousavam nos galhos dos pinheiros, faziam voos rasantes sobre os riachos para agarrar peixes, davam-lhes uma mordida, gritavam de repugnância e os lançavam de volta na água. Desfiladeiros de granito elevavam-se, inesperadamente, no meio da floresta. Navios oceânicos, sem nenhuma tubulação visível, tentando navegar nos riachos estreitos, encalhavam. Aldeias inteiras chegaram à conclusão de que não estavam onde deveriam estar, e sem muito planejamento simplesmente fizeram suas trouxas, abandonaram o que não podiam carregar e partiram para o meio do mato, onde em pouco tempo fundaram aldeias que ninguém mais era capaz de enxergar. Pelo menos, não de modo muito nítido.

E por toda parte na taiga, ao longo de todas as bacias do Ienissei, falava-se de um vulto que caminhava pelo mato logo após o Evento, não exatamente um anjo, porém deslocando-se como se fosse um anjo, lento, sem pressa, a consolar. Os relatos variavam: segundo alguns, o vulto enorme era uma mulher, segundo outros era um homem, mas todos afirmavam que eram obrigados a levantar bem a cabeça para divisar seu rosto, e que sentiam uma calma profunda, livre de temores, depois que ele passava.

Alguns achavam que talvez fosse uma versão transfigurada do xamã Maguiakan, cujo paradeiro estava intrigando as populações ribeirinhas do Tunguska Pedregoso. Ninguém o via desde o Evento, sua isbá estava vazia, e a força mágica que a impedia de afundar, como todas as outras casas da Sibéria, na terra que amolecia durante o degelo de verão, havia esmorecido, de modo que agora a choupana estava inclinada num ângulo de trinta e três graus, como um navio prestes a afundar nas ondas do oceano.

Nenhum desses efeitos estranhos durou muito tempo, e à medida que o Evento foi se distanciando na memória, surgiram discussões a respeito do que teria ou não de fato ocorrido. Logo a floresta voltou ao normal, a vegetação rasteira começou a surgir por entre os troncos mortos esbranquiçados, os animais pararam de falar, as sombras das árvores voltaram a apontar nas direções de sempre, e Kit e Prance continuaram a atravessar a floresta sem saber quais as implicações de tudo aquilo para a missão deles.

Kit estava quase se acostumando a montar os cavalos quirguizes, ou, no mais das vezes, os primos deles, mais peludos, do tamanho de pôneis, quase arrastando os pés no chão, quando um dia ele e Prance se depararam com um bando de pastores de renas, levando sua manada para um pasto novo, e imediatamente sua vista foi atraída por uma rena alvíssima que parecia olhar para ele fixamente, separou-se do bando e veio correndo em sua direção.

"Como se me conhecesse", explicou Kit mais tarde.

"Claro, Traverse", Prance já tranquilamente enlouquecido, "e o que foi que ela lhe *disse*?"

"Que se chamava Ssagan."

Prance arregalou os olhos. "Isso é a pronúncia buriata de *tsagan*, que em mongol quer dizer 'branco'." Aproximou-se da criatura e começou a falar em buriato, fazendo pausas de vez em quando como se para escutar.

Kit não achou isso estranho, conversar com uma rena. Dizia-se que as pessoas da região faziam isso o tempo todo. Desde o ocorrido no Tunguska Pedregoso, ele percebia que seu ângulo de visão estava mais largo, e que a trilha estreita de sua vida agora se ramificava de vez em quando em trilhas laterais insuspeitas.

Os pastores de início relutaram, achando que Ssagan era a reencarnação de um grande mestre buriato. Ficaram a consultá-lo durante dias, xamãs vinham e iam embora, as mulheres davam conselhos úteis. Finalmente, pelo que Prance conseguiu entender, Ssagan os convenceu de que Kit era um peregrino o qual não poderia continuar em sua viagem sem que ele, Ssagan, o auxiliasse a resolver as confusões que surgiriam no caminho.

Haviam adentrado uma parte estranhamente tranquila da Sibéria, na fronteira com a Mongólia, entre as serras de Sayan e Tannu-Ola, onde Prance já estivera de passagem, um lugar que, segundo ele, era conhecido como Tuva. Kit imaginava que aquele não devia ser um dos piores lugares do mundo para se chegar montado numa rena branca. Tendo Kit desmontado e retirado os alforjes, Ssagan, como se tivesse cumprido sua missão, virou-se de repente e voltou para o lugar de onde tinham vindo, para juntar-se a seu rebanho, onde quer que ele estivesse agora, sem olhar para trás.

"Disse que já fez o que pôde", explicou Prance. "O que tinha que fazer era nos trazer até aqui."

Dormiram aquela noite numa choupana de cascas de árvore com telhado afunilado, e acordaram ao amanhecer com uma cantoria gutural misteriosa. Alguns tuvanos estavam cuidando de um rebanho de carneiros. O homem que cantava estava isolado, mas depois de algum tempo Kit ouviu uma flauta a acompanhá-lo. Olhou a sua volta, porém não viu nenhum flautista, nem nenhum outro músico, aliás. Olhou mais atentamente para o cantor e percebeu movimentos dos lábios que correspondiam ao som da flauta. Tudo aquilo vinha de uma única voz.

"Isso se chama *borbanngadyr*", explicou Prance. "Pelo visto, não são só os xamãs que sabem ficar em dois estados ao mesmo tempo. Por outro lado, talvez haja de fato algum flautista, só que é invisível, ou um fantasma. Toda essa questão merece ser examinada com mais cuidado, motivo pelo qual pretendo ficar aqui por algum tempo, se você não se incomoda."

Havia mais uma coisa. Prance parecia quase envergonhado. "Isto cá é o coração da Terra", ele sussurrou.

"Engraçado", disse Kit, "eu só vejo um bando de carneiros."

"Exatamente. Traverse, sei que nós tivemos nossos desentendimentos —"

"Continua pensando naquilo que aconteceu lá no mato, eu sabia — mas na verdade a questão não era *você*, Dwight."

"Não é isso. Creio que... todos os sinais estão aqui, você há de os ter visto... esses picos elevados à nossa volta, a escrita tuvana que lembra os caracteres tibetanos — e estes cá são os únicos budistas no mundo, ao que se sabe, que falam o uigur antigo, ou qualquer língua túrquica, aliás. Onde quer que se vá encontram-se imagens da Roda da Vida... Um encrave budista tibetano no meio duma região islâmica. O que isso lhe faz pensar?"

Kit concordou com a cabeça. "Em situações normais, seria o próprio motivo da nossa viagem, e alguém faria um relatório pra enviar ao tenente-coronel Halfcourt. Mas o problema pra mim agora é —"

"Eu sei. Se calhar, não há mais 'missão' alguma. O que ocorreu lá no Tunguska Pedregoso — não sabemos como reagiram em Kashgar, naquele instante Shambhala pode ter desaparecido da lista de prioridades deles. Não sabemos sequer qual o efeito disso sobre nós. Ainda é cedo demais pra saber. Quanto ao nosso objetivo agora — ninguém tem sabedoria nem autoridade suficiente pra nos dizer nada."

"Estamos sozinhos", disse Kit.

"E separados, também, ao que parece."

"Nada de pessoal."

"Não mais, não é?"

Enquanto Kit se afastava em seu cavalo, atravessando o trecho de estepe aberta, o vento aumentou, e logo ele ouviu de novo aquele canto gutural, grave, estranho. Um pastor estava em pé, inclinado, Kit percebia, num ângulo preciso em relação ao vento, e o vento soprava em seus lábios em movimento, e depois de algum tempo seria impossível dizer qual dos dois, homem ou vento, estava cantando.

Depois de algum tempo, o tenente Prance começou a sentir que estava detectando uma presença no alto, que não era nem águia nem nuvem, e que ela pouco a pouco se aproximava, até que ele pôde divisar um enorme dirigível, no qual uma tripulação de jovens animados o encarava com muita curiosidade. O tenente Prance os saudou com uma voz aguda, com um pouco de *tremolo*. "Vocês são divindades bondosas? Ou divindades iradas?"

"Nós tentamos ser bons", arriscou Randolph St. Cosmo.

"Quanto a mim, sou irado", rosnou Darby Suckling. "Por que é que você quer saber, pastorzinho?"

"É só porque sempre que elas aparecem", explicou Prance, "essas divindades guardiãs, devemos demonstrar-lhes compaixão, por mais que elas nos ameacem pessoalmente."

"Isso não dá certo nunca", murmurou Darby. "Elas esmagam você como um inseto. Mas obrigado assim mesmo. Sei lá por quê."

"Segundo fontes tibetanas clássicas, as partes relevantes do Tengyur, pra começar —"

"Rapaz..." Darby olhando em volta um tanto confuso, como se procurando uma arma de fogo.

"Quem sabe a gente não pode conversar sobre isso tomando um Châteu Lafite safra 99", sugeriu Randolph.

E assim Dwight Prance subiu a bordo e foi levado a um destino incerto.

Kit, nesse ínterim, havia entrado para um bando de *brodiágui*, ex-prisioneiros sentenciados a trabalhos forçados anos atrás, exilados para a Sibéria, passando a viver em aldeias siberianas. Incapazes de suportar a miséria daquela vida, optaram pela mobilidade, cada um por seus próprios motivos, mas todos pelo mesmo motivo. Por volta de 1900, a prática do exílio interno foi oficialmente abandonada, mas a essa altura eles já haviam partido havia muito tempo, só querendo voltar para a Rússia. A maneira mais fácil teria sido tomar a estrada dilapidada, coberta de mato, conhecida como Trakt, que atravessava toda a Eurásia, em direção ao oeste. "Mas coisas interrompem, desvios acontecem", explicou o líder deles, o siberiano famoso pelo seu uso da machadinha, conhecido apenas como "Topor", que com um único machado era capaz de fazer qualquer coisa, desde derrubar uma árvore até executar um trabalho ornamental extremamente delicado em osso, e também desgastar madeira de qualquer tamanho e tipo, preparar troncos caídos para a lareira, aprontar carne de caça para o fogo, picar ervas e legumes, ameaçar funcionários do governo, e por aí vai — "alguns de nós estamos aqui há anos, conhecemos moças do local, casamos, tivemos filhos, abandonamos nossas esposas, nossos vínculos com o passado e com a nossa vida antiga na Rússia tornaram-se cada vez mais fracos, como a reencarnação, só que diferente, e mesmo assim alguma inércia de fuga continua nos impelindo em direção ao oeste..."

Outrora Kit teria dito: "Um vetor". Agora, porém, a palavra não lhe ocorreu. De início, pensou nos santos vagabundos sobre os quais Yashmeen lhe havia falado. Mas esses *brodiágui* não eram exatamente possuídos por Deus, e sim violentamente loucos. Bebiam sem parar, tudo o que encontrassem, até mesmo coisas horríveis. Haviam criado uma destilaria a vapor com a qual transformavam qualquer coisa que contivesse um mínimo de açúcar num tipo de vodca. Os óleos fúseis eram um dos principais nutrientes de sua dieta. Voltavam para o acampamento com sacos cheios de estranhos cogumelos vermelhos pintados, que neles desencadeavam viagens internas para Sibérias da alma. Pelo visto, a narrativa tinha uma estrutura em duas partes, sendo a primeira parte agradável, visualmente divertida, espiritualmente informativa, e a segunda parte cheia de horrores indizíveis. Os fungomaníacos não pareciam incomodar-se com nada disso, achando que a segunda parte era o preço da primeira. Para acentuar o efeito, um bebia a urina do outro, em que formas transmutadas do agente alucinógeno original estavam presentes.

Um dia Kit ouviu uma gritaria na taiga. Foi atrás do som e encontrou um trecho desbastado de árvores, sem pista, e mais tarde naquele mesmo dia viu um trilho entre as árvores, passando a apenas uns poucos centímetros delas. À noite ouvia apitos de vapor, movimentos misteriosos, pesos invisíveis atravessando a floresta, e no dia seguinte, em algum lugar em meio às árvores, ouviu vozes de trabalhadores, agrimensores, turmeiros, nem sempre falando nos idiomas do local, e por vezes Kit seria capaz de jurar que estava ouvindo inglês, e juntando o que ouvia compreendeu que aquela linha ferroviária ia estabelecer a ligação entre a Transiberiana e o Taklamakan.

Kit seguia pelas florestas escuras como se não tivesse dúvida para onde estava indo. Tão logo o dia raiou, viu-se numa clareira de onde se via lá embaixo um rio sinuoso, e ao longe, por entre a respiração úmida da taiga, pôde divisar um fiapo de vapor a elevar-se da chaminé de um barco...

Havia deixado os *brodiágui* quilômetros atrás, em meio às árvores. Por fim, bem na hora do anoitecer, encontrou o acampamento de um pequeno grupo de exploradores — barracas altas, cavalos de carga, uma fogueira. Sem saber como estava sua aparência, Kit foi se aproximando do fogo e surpreendeu-se quando todos pegaram suas armas.

"Espera aí. Esse eu conheço." Era Fleetwood Vibe, com um chapéu de aba larga em torno do qual estava amarrada uma tira de pele de tigre siberiano.

Kit não aceitou a oferta de comida, porém fumou alguns cigarros. Não conseguiu conter a pergunta: "E seu pai, tem notícia dele?".

Fleetwood jogava pedaços de lenha na fogueira. "Não está mais em pleno gozo das faculdades mentais. Parece que aconteceu uma coisa com ele na Itália. Está começando a ter visões. Os diretores falam à boca pequena em golpe de Estado. Os fundos de fideicomisso continuam em vigor, mas nenhum de nós vai ver um tostão dessa fortuna. Vai tudo para uma fábrica de propaganda cristã lá no sul. Ele nos deserdou a todos."

"E o 'Fax, como é que está encarando a situação?"

"Pra ele foi uma libertação. Está jogando profissionalmente como arremessador, com outro nome, na Liga da Costa do Pacífico. Uma boa carreira até agora, média de rebatidas de quase dois, na última temporada não deu nenhum ponto pro time adversário... Casou com uma garçonete de bar em Oakland."

"Cheio de filhos, mulher grávida de novo, vendendo felicidade."

Fleetwood deu de ombros. "Tem gente que nasceu pra isso. E tem gente que nasceu pra viver na estrada." Dessa vez estava procurando não uma cachoeira, nem a nascente de um rio, nem queria mapear um trecho teimosamente desconhecido de uma região explorada, porém buscava uma ferrovia — uma ferrovia oculta, que até então só existia como um boato confuso, a lendária e famosa "ferrovia Tuva-Taklamakan".

"Deve ter sido essa que eu ouvi."

"Me mostre." Pegou um mapa, ou algo semelhante, quase todo feito a lápis, cheio de borrões e começando a rasgar nas dobras, enfeitado com gordura de comida e marcas de cigarro.

"A menos que você esteja indo em direção ao Tunguska Pedregoso", disse Kit. Levantou a cabeça para o céu pálido. "O mais próximo possível do lugar onde *aquilo* aconteceu."

Fleetwood parecia chocado, como se alguém tivesse vasculhado seu passado e encontrado, em seu âmago, a impossibilidade de qualquer redenção. "É só o primeiro passo", disse ele, "foi só o motivo que me trouxe pra cá. Você lembra, uma vez, anos atrás, conversamos sobre cidades, que não apareciam em nenhum mapa, lugares sagrados..."

"Shambhala", Kit fez que sim com a cabeça. "Talvez eu tenha estado lá. Se você ainda está interessado, é Tannu Tuva. Pelo menos eu deixei uma pessoa lá, à beira da loucura, que tinha bons argumentos em favor dessa tese."

"Quem dera..." Em meio ao medo e o sentimento de culpa, uma espécie de timidez pervertida. "Quem dera que eu estivesse buscando Shambhala. Mas não tenho mais esse direito. Fiquei sabendo de outras cidades, nessa região, cidade secretas, contrapartes profanas das terras ocultas budistas, mais contaminadas pelo Tempo, nas profundezas da taiga, cuja existência só se pode conjecturar com base em indícios indiretos — carregamentos não declarados, consumo de energia — que já eram antigas antes de os cossacos chegarem aqui, antes dos quirguizes e dos tártaros. Consigo quase sentir a existência dessas cidades, Traverse, tão próximas agora, como se a qualquer momento, logo atrás de mim, quando eu der o próximo passo sem pensar, seus portões fossem abrir-se... densas de atividade, insones, dedicadas a projetos nos quais ninguém fala em voz alta, ao mesmo tempo que tememos pronunciar o nome da Criatura selvagem que se alimenta de todas as outras criaturas...

"Com base no que consegui concluir a partir da triangulação, elas formam um aglomerado, localizado bem próximo ao evento de 30 de junho... Por motivos práticos, a estação ferroviária que utilizam é a de Krasnoiarsk. Embora não haja um reconhecimento oficial desse fato, e nenhum registro seja feito, todo mundo que compra uma passagem para a Transiberiana lá se torna objeto de interesse para a Okhrána." No inverno anterior, ele tentara aproximar-se das cidades secretas. À luz nada esperançosa da chegada da tarde, emergindo das sombras roxas de Krasnoiarsk, funcionários invisíveis com chapéus de peles e casacões pesados vigiavam as plataformas, escoltando aqueles cujas atividades haviam sido aprovadas até veículos que se deslocavam no gelo, sem nenhuma marca externa, estacionados à margem do Ienissei congelado, obrigando a voltar os outros que, como Fleetwood, pareciam estar ali apenas por turismo. "Mas agora, depois do Evento, talvez seja possível entrar... quem sabe de algum modo a situação foi renegociada.

"Seja lá o que aconteça nesses lugares, seja qual for o compromisso deles com o pecado e a morte, é a eles que estou destinado — eles são a meta dessa longa peregrinação, cuja penitência é a minha vida."

Kit olhou a sua volta. Em toda aquela extensão escura não havia nenhuma testemunha. Seria fácil matar aquele falastrão cheio de autocomiseração. Disse Kit:

"Sabe, você é igual a todos esses pseudoexploradores daqui, um *rentier* que se acha tão privilegiado, nem sabe o que fazer com tantos privilégios".

A luz que vinha da fogueira era suficiente para lhe mostrar o desespero no rosto de Fleetwood, um desespero que era como uma forma corrompida de esperança, sentindo que talvez tivesse chegado a hora de sua grande crise — os nativos implacáveis, a tempestade imprevista, o terreno sólido transformado em areia movediça, a fera que o vinha tocaiando havia anos, por tantos quilômetros. Senão, que vida ele poderia esperar pela frente, mais um assassino com dinheiro investido em ações da Rand, destinado para campos de golfe, restaurantes com comida horrível e música pior ainda, rostos cada vez mais envelhecidos de gente de sua laia?

Eles dois poderiam estar sentados bem em frente ao coração da Terra Pura, sem que nem um nem o outro fosse capaz de vê-la, condenados a passar por lá cegos, Kit por escassez de desejo, Fleetwood por excesso, e do tipo oposto.

Nenhum dos dois dormiu muito naquela noite. Ambos foram atormentados por sonhos desagradáveis em que um, não sempre de modo literal, assassinava o outro. Acordaram no meio de uma tempestade noturna que já havia derrubado mais de uma barraca. Os carregadores corriam para todos os lados, gritando em vários dialetos. Impedido de entrar no tempo presente pela inércia do sonho, Fleetwood de início pensou apenas nas suas obrigações para com o passado. À luz da estrela caída em 30 de junho, na sua pálida ausência de noite, ele sonhara insone com a possibilidade de uma outra coisa cadente, como aquela que ele uma vez ajudara os membros da expedição Vormance, de modo terrível, a levar a suas vítimas. O jovem Traverse, ou quem quer que fosse, pelo amor de Deus, daria um fim àquilo? Ele olhou, em meio ao vento e à confusão, para o lugar onde Kit deveria estar dormindo. Mas Kit havia partido em algum momento da noite, como se levado pelo vento.

Tendo passado o dia viajando para o leste, o *Inconveniência* havia aterrissado sob um pôr do sol melancólico, com o flanco ameaçador de uma tempestade de areia não muito distante. À primeira vista, parecia que ninguém vivia ali. Visto do alto, tinha-se a impressão de um gigantesco telhado de barro cozido, como se fosse possível caminhar de um lado ao outro da cidade sem ter que descer às ruas invisíveis. Debaixo da superfície não penetrada, o mundo, quase incompreensível, continuava em seu curso, em cômodos secretos havia cosmetólogos que sabiam como disfarçar as manchas brancas que surgiam na pele, as quais, sendo ou não lepra, se encontradas em qualquer pessoa que estivesse fora do bairro dos leprosos, resultavam em execução sumária... os médicos de *rishta* pacientemente removendo vermes da guiné, fazendo uma incisão, capturando a cabeça da criatura de um metro de comprimento numa fenda na extremidade de um pauzinho e depois lentamente puxando-a para fora da incisão, enrolando-a em torno do pauzinho com todo cuidado, para que a *rishta* não se partisse e causasse uma infecção... os que bebiam escondido e as esposas de comerciantes que sentiam uma atração insaciável por condutores de caravanas que iriam embora muito antes do romper do dia.

 Ninguém a bordo do *Inconveniência* dormiu bem naquela noite. Darby estava de plantão entre as quatro e as oito da manhã, e Miles na cozinha preparava o café da manhã, e Pugnax no passadiço olhava para o leste, imóvel como uma pedra, quando ocorreu o Evento no céu, a luz do amanhecer aprofundou-se, passando do alaranjado, generalizando-se demais no espaço e na memória para que se pudesse saber para que lado olhar até que chegou o som, despedaçando o firmamento sobre a China ocidental — quando então o terrível pulso já começara a reduzir-se a uma contramancha de verde-mar, e um murmúrio de tambores no horizonte. Agora todos já estavam reunidos no tombadilho superior. Um súbito vento quente envolveu-os, desaparecendo quase antes que eles tivessem tempo de pensar como escapar dele. Randolph ordenou a formação de um destacamento especial, e a aeronave ascendeu para que eles pudessem ver o que havia acontecido, fosse lá o que fosse.

À fraca luz azulada do pós-Evento, a primeira coisa que perceberam foi que a cidade lá embaixo não era mais a mesma a que eles haviam chegado na véspera. Agora todas as ruas eram visíveis. Repuxos brilhavam por toda parte. Cada casa tinha seu próprio jardim interno. Mercados fervilhavam numa comoção alegre, caravanas entravam e saíam pelos portões da cidade, cúpulas douradas recobertas de azulejos reluziam ao sol, torres elevavam-se como melodias, o deserto fora rejeitado.

"Shambhala", exclamou Miles, e nem era preciso perguntar-lhe como ele sabia — todos sabiam. Havia séculos a Cidade sagrada permanecera invisível, envolta na luz cotidiana do sol, das estrelas, da lua, das fogueiras e lanternas de exploradores do deserto, até o Evento do Tunguska Pedregoso, como se aquelas exatas frequências do espectro luminoso que tornariam a Cidade visível para olhos humanos finalmente tivessem sido liberadas. O que os rapazes ainda levariam algum tempo para compreender era que a grande explosão de luz havia também rasgado o véu que separava o espaço só deles do espaço do mundo cotidiano, e que por aquele breve momento eles também tiveram o mesmo destino que Shambhala, perdendo sua proteção, não mais podendo contar com sua invisibilidade em relação ao dia terreno.

Seguiam céleres em direção ao leste, sobrevoando a taiga a grande altitude. Sinais de uma catástrofe em algum lugar à frente começaram a surgir. Chegaram ao cenário da devastação pouco depois do *Bolcháia igrá*.

"Foram os Invasores", afirmou Lindsay.

"Nós sabemos que eles estão muito mais adiantados do que nós nas ciências aplicadas", Randolph disse. "A vontade de ação deles é pura e direta. Uma catástrofe deste tamanho seria inviável para eles? Tecnicamente? Moralmente?"

"Pelo menos não podemos dizer desta vez que fomos *enviados aqui*", acrescentou Lindsay, dirigindo um olhar feroz a Darby Suckling.

"Isso não garante a inocência de ninguém", opinou o Oficial Especialista em Questões Legais, mas antes que pudessem entabular uma discussão o dispositivo de Tesla entrou no modo ativo, zumbindo. Miles começou a acionar os interruptores apropriados e Randolph aproximou-se do bocal.

Era o professor Vanderjuice, falando da Terra do Fogo, onde fora medir variações na gravidade da Terra. "Dínamos me danem!", exclamou. "Ao que parece, estamos no ponto do planeta que é o antípoda exato deste Evento. Tudo aqui ficou totalmente caótico — tempestades magnéticas, todas as comunicações interrompidas, a fiação do gerador derreteu-se... quanto às medições da gravidade, é difícil acreditar, mesmo agora, logo depois do acontecido, mas... o fato é que a gravidade por um momento simplesmente desapareceu. Lanchas a motor, barracas, fogões, tudo subiu no céu, talvez para nunca mais voltar. Por sorte eu estava perto da água, pescando, senão eu poderia ter sido levado para qualquer lugar.

"Agora que Gibbs não está mais entre nós, não há ninguém em Yale com quem eu possa conversar sobre isso", prosseguiu o professor, muito abalado. "Ainda é possível contatar Kimura, imagino, e também o doutor Tesla. A menos que sejam verdadeiros os boatos terríveis a respeito dele."

Segundo o professor Vanderjuice, dizia-se que Tesla, tentando comunicar-se com o explorador Peary, no momento no mar Ártico, projetando raios não especificados de sua torre em Wardenclyffe numa direção ligeiramente a oeste do norte, errara o alvo por um ângulo pequeno, porém fatal, fazendo com que o raio não acertasse a base de Peary na ilha Ellsmere, atravessasse a região polar e chegasse até a Sibéria, onde atingira o Tunguska Pedregoso.

"O que eu não entendo dessa história é isto: o Tesla queria enviar uma mensagem ao Peary ou queria transmitir a ele uma certa quantidade de energia elétrica, ou então, por algum motivo que não sabemos, pretendia apagá-lo do mapa? Talvez o Tesla nem esteja envolvido nisso, pois não se sabe direito quem está em Wardenclyffe — ao que parece, o Tesla saiu de lá logo depois que o Morgan o abandonou. É tudo que sei, aqui neste meu lugar antípoda."

"Isso parece propaganda capitalista", Darby comentou. "O doutor Tesla sempre teve inimigos em Nova York. Essa cidade é um pesadelo de intrigas, advogados e brigas por patentes. É o destino de todo aquele que leva ciência a sério. Veja o caso do Edison. Veja em particular o nosso colega, o irmão Tom Swift. Ele passa mais tempo hoje em dia no tribunal do que no laboratório."

"A última vez que vi o Tom, ele parecia mais velho do que eu", o professor respondeu. "Nada como viver em litígio pra gente envelhecer antes do tempo."

Combinaram um encontro com o *Bolcháia igrá* no espaço aéreo de Semipalatinsk. Vistos da terra, os dois dirigíveis juntos cobriam um quarto do céu visível. Os rapazes usavam chapéus de marta e capas de pele de lobo da mesma cor, tudo adquirido no grande mercado de Irbit em fevereiro.

"Por que vocês não nos falaram sobre Invasores antes?" Pádjitnov esforçando-se para ser simpático. "Nós ficamos sabendo desde Veneza, e talvez pudéssemos ajudá-los."

"E desde quando vocês acreditam no que a gente diz?"

"Oficialmente, é claro que não acreditamos. É sempre 'alguma manobra americana'. Vocês podem imaginar emoções em altos escalões — equilíbrio de interesses muito delicado, ninguém quer que americanos entrem de repente, como caubóis montados em cavalos, perturbando todos fatores conhecidos."

"Mas extraoficialmente... *você*, como um irmão aviador, *talvez* acreditasse em nós?"

"Eu? Desde *obstanóvka* de Tunguska, acredito em qualquer coisa. Lá em São Petersburgo" — um olhar cúmplice que exprimia não exatamente desdém, e sim submissão resignada à maneira de agir dos que viviam na superfície terrestre — "querem que acreditemos que foi arma japonesa. Setor de informações de exército russo quer que confirmemos que foi coisa japonesa — ou no mínimo chinesa."

"Mas...?"

"Governo americano? O que é que eles acham?"

"Nós não trabalhamos mais pro governo."

"*Zdoróvo!* Agora trabalham para quem? Grande empresa americana?"

"Pra nós mesmos."

Pádjitnov apertou os olhos, mantendo a expressão simpática. "Vocês — baloeiros — *são* grande empresa americana?"

Randolph deu de ombros. "Acho que ainda não. Se bem que com o que estamos ganhando com nossos investimentos, a gente pode até acabar virando uma empresa. Estamos examinando a Suíça, o Moresnet neutro, uns territórios insulares remotos —"

"Que você acha de ações de Rand? Bolha vai estourar? Boa parte de nosso dinheiro está lá, e em armamentos."

"Gradualmente, estamos reduzindo nossos investimentos na África do Sul", Lindsay disse, "mas o que tem parecido muito promissor são as apólices da ferrovia do Turquestão chinês."

"Um *tchudák* num bar em Kiákhta me disse a mesma coisa. Estava completamente bêbado, claro."

Com um estalido e uma sequência de assovios elétricos, o receptor de rádio russo entrou em atividade. Pádjitnov pegou-o e logo começou a falar a mil por hora, consultando mapas e tabelas, rabiscando, calculando. Quando terminou, percebeu que Chick Counterfly olhava para ele de modo estranho. "Quê?"

"Você falou esse tempo todo em texto claro."

"'Texto claro'? Como assim?"

"Sem ser em código", explicou Miles Blundell.

"Não precisa! Ninguém mais escuta! Isto é 'rádio'! Nova invenção! Melhor que telefone!"

"Mesmo assim, se eu fosse você eu usaria algum tipo de código."

"Muito trabalho para nada! Nem mesmo exército russo faz isso! Baloeiros, baloeiros! Excesso de cautela, como gente velha!"

Ao retornar da taiga, a tripulação do *Inconveniência* constatou que a Terra que eles julgavam conhecer havia sofrido mudanças imprevisíveis, como se o que quer que tivesse acontecido acima de Tunguska tivesse abalado os eixos da Criação, talvez para sempre. Lá embaixo, estendendo-se pela floresta e a pradaria siberianas até então intatas, viam agora uma rede considerável de ferrovias, trilhos de ferro brilhando em trilhas desbastadas como se fossem rios. Fumaça industrial, em tons mórbidos de amarelo, marrom-avermelhado e verde, subia no céu e lambia o fundo da gôndola. Aves que os rapazes estavam acostumados a ver voando a seu lado, espécies europeias migratórias, haviam desaparecido, sendo substituídas pelas águias e os gaviões que antes as perseguiam. Enormes cidades modernas cheias de cúpulas, torres de aço, chaminés e esplanadas nuas de árvores se esparramavam no terreno, e não havia nenhum ser vivo à vista.

À hora do pôr do sol, aproximaram-se dos arredores de uma enorme frota aérea. Lá embaixo, a taiga mergulhava no silêncio, como se começando a entregar-se às horas de escuridão e sono. Da luz do dia que se esvaía, restava o suficiente para revelar um céu inteiramente coalhado de balões de carga, imensos, sem tripulantes, pairando em várias altitudes diferentes, a luz do poente a iluminar em detalhe os carregamentos e as cordas, as redes e estrados carregados que se balançavam ao vento do entardecer, cada fardo pendendo de um balão diferente, alguns perfeitamente esféricos, outros em forma de melancia, salsicha polonesa ou charuto, ou então com linhas aerodinâmicas, como peixes oceânicos, ou quadrados, ou pontudos, ou formando poliedros esteliformes, ou dragões chineses, lisos, listrados ou manchados, amarelos ou escarlate, turquesa ou roxos, alguns dos mais novos equipados com motores de baixa potência, que de vez em quando soltavam jorros vívidos de vapor, apenas o suficiente para não saírem do lugar. Cada um estava amarrado por um cabo de ferro a seu vagão em algum lugar lá embaixo, a mover-se, invisível, em sua pista, levando seu carregamento suspenso para um destino diferente, por toda a Eurásia — enquanto os rapazes observavam, os balões mais elevados da frota foram alcançados pelo arco da sombra da terra que avançava, descendo rapidamente entre os flancos de seda reluzente dos outros, por fim chegando ao solo, libertando-o da luz cotidiana. Em breve, tudo que se oferecia à vista era uma constelação terrena de luzes moventes verdes e vermelhas.

"Assim como no alto", comentou Miles Blundell, "assim também lá embaixo."

Lentos como a justiça divina, relatórios começaram a chegar do Oriente, de localidades inconcebivelmente remotas, como se uma infinidade de pequenas escaramuças de uma guerra não reconhecida tivesse por fim se manifestado como uma única explosão, num crescendo quase musical de uma majestade normalmente só encontrada nos sonhos. Logo chegariam as fotografias, emergindo como se de um banho de revelador, e começariam a circular... depois cópias de cópias, que após algum tempo se degradariam a ponto de assemelhar-se à mais recente arte abstrata, sem deixar de ser chocantes — floresta virgem — todos os troncos de árvores, um por um, desnudados, brancos, estendidos numa horizontalidade impensável — tudo derrubado numa extensão de quilômetros. No Ocidente, as reações foram todas silenciosas e perplexas, mesmo entre os tolos reconhecidamente falastrões. Ninguém ousava dizer o que seria pior — aquilo jamais ter ocorrido antes ou *ter ocorrido*, e todas as agências da história haverem conspirado no sentido de nada registrar e então, manifestando um sentimento de honra até então insuspeito, terem-se conservado em silêncio.

O que havia ocorrido, fosse o que fosse, fornecera sua própria anunciação, partindo de um ponto rio acima de Vanavara e propagando-se para o oeste a uma velocidade de mil quilômetros por hora, atravessando aquela noite sem escuridão, passando de uma estação sismográfica à outra, percorrendo a Europa e chegando ao Atlântico, através de postes, pêndulos, juntas universais, delgados fios de vidro a escrever em rolos de papel enfumaçado que giravam lentos como ponteiros de relógios, através de agulhas de luz riscando revestimentos de brometo de prata, lá estava a prova... em cidades longínquas do Ocidente, "chamas sensíveis", algumas delas humanas, curvaram-se, fizeram mesuras, estremeceram fracamente, quase eróticas, à beira da extinção. Surgiram perguntas sobre o momento em que a coisa acontecera, o que havia de simultâneo no fenômeno. Cientistas recém-convertidos à Relatividade Especial observavam fascinados. Levando-se em conta a inércia dos instrumentos de escrita e espelhos, os tempos de trânsito nas lentes, as pequenas variações de velocidade em que o papel recoberto de brometo teria sido deslocado, o erro dos registros dos sismógrafos mais do que abraçavam o "instante" em que uma quantidade de energia jamais imaginada havia entrado nas equações da história.

"Sendo a potência igual à área abaixo da curva", raciocinava o professor Heino Vanderjuice, "quanto mais curto o 'instante', maior a amplitude — começa a parecer que se trata de uma singularidade."

Outros reagiram de modo menos contido. Seria Tchernobil, a estrela do Apocalipse? Uma multidão sem precedentes de cavaleiros avançando sobre a estepe, milhões e milhões, rumo ao oeste, simultaneamente? Uma arma secreta alemã, mais poderosa numa ordem de grandeza jamais concebida por qualquer serviço de informações de qualquer exército? Ou seria algo que ainda não havia de fato ocorrido, de tal modo transbordando os comportados referenciais utilizados pela Europa que apenas parecia ocorrer no presente, ainda que na verdade tivesse origem no futuro? Seria, para ser franco, a guerra geral cuja eclosão a Europa passaria o verão e o outono aguardando, concentrada num único evento?

Dally Rideout, ainda curtindo sua dor de cotovelo por Kit, não que esperasse receber alguma notícia dele, continuava a amadurecer, tornando-se uma jovem ainda mais desejável, disponível no mercado veneziano como escrava circassiana das Arábias de outrora, cor ruiva clara, pele sujeita a abrasões a convidar carícias violentas, cabelo muito mais ingovernável do que quando ela chegara à cidade, agora transformado num anúncio escancarado de desejo, a respeito do qual ninguém estava inclinado a nutrir dúvidas. Naquele mesmo dia de verão, ela fora abordada a poucos passos da Ca' Spongiatosta por um cavalheiro desagradável, com a tradicional Bodeo 1894 presa ao cinto, que não estava mais disposto a lhe dar nenhuma folga. "Hoje à noite, assim que escurecer, entendeu? Eu venho pegar você. É bom que você esteja bem-vestida." Ela passou o resto do dia temendo a hora do anoitecer, seguida por toda parte por *teppisti* que não faziam nenhuma questão de passar despercebidos.

Com quem ela poderia falar sobre essas coisas? Hunter Penhallow não era a melhor escolha, cada vez mais preocupado com seus próprios fantasmas, não conseguindo recuperar lembranças que o evitavam como se conscientemente quisessem ser cruéis. A princesa estava entretida com uma de suas aventuras diurnas, e só voltaria à tardinha, quando então, pensava Dally, seria melhor estar bem escondida.

Mas aquela noite não escureceria, haveria luz no céu durante toda a noite. Hunter saiu à rua e encontrou uma "luz noturna" muito diferente, e passou aquelas horas iluminadas de modo antinatural trabalhando num frenesi frio, enquanto por todos canais, nas pontes, nos *campielli* e dos telhados, na Riva, lá no Lido, onde os hóspedes endinheirados dos novos hotéis ficavam olhando para a praia, perguntando a si próprios se aquilo tinha sido preparado só para eles e qual seria a taxa extra, artistas venezianos de todos os tipos também haviam saído à rua, com aquarelas, giz, pastéis, tintas a óleo, todos tentando "captar" a luz daquela noite como se fosse algo que tornasse necessária uma negociação — ou mesmo algo com que se devesse negociar — dirigindo olhares de desespero para o céu de vez em quando como se ele fosse um modelo qualquer a posar, como se para verificar se de fato não havia saído do lugar nem desaparecido, essa dádiva que vinha de longe, talvez outro Krakatoa, ninguém sabia, talvez o anúncio ribombante de uma mudança na Criação, a partir da qual nada seria como antes, ou então um outro advento mais sinistro, tão incompreensível quanto o de qualquer Cristo fixado em tinta nos tetos, nas telas, nas paredes de gesso de Veneza...

De vez em quando um galo cantava, como se tivesse se lembrado de repente de sua obrigação. Cães andavam pelas ruas perplexos, ou então deitavam-se tranquilos ao lado de gatos com que normalmente não se davam bem, um parecendo tomar conta do sono do outro, revezando-se, mas sempre por pouco tempo. Aquela noite era estranha demais. Comandantes de vaporetos eram abordados sempre que seus barcos paravam junto a venezianos insones, os quais, imobilizados nos cais, julgavam que os barqueiros soubessem do que estava acontecendo no mundo maior lá fora. Quando os jornais matutinos por fim chegaram, foram todos vendidos em poucos minutos, embora nenhum oferecesse qualquer explicação para aquela luz fria e suave.

Em alguma região nunca mapeada da Ca' Spongiatosta: "Você está a um passo", advertiu-a a princesa, "a um piscar de olhos, um farfalhar de saia, da *mala vita*. Eu posso protegê-la, mas será que você pode se proteger?" As duas jovens estavam sentadas numa sala do andar de cima do grande Palazzo, numa escuridão atenuada, enquanto reflexos d'água dançavam no teto. A princesa segurava o rosto de Dally de leve, porém com um gesto imperioso, entre seus dedos cobertos por luvas delicadas, como se o preço da desatenção fosse um tabefe resoluto, embora um observador desinformado não fosse capaz de dizer qual das duas ali estava no comando, se é que alguém estava no comando. A princesa ainda trajava um vestido vespertino de cetim cinza-escuro, enquanto a garota estava praticamente nua, os pequenos seios visíveis através das *brides picotées* de seu corpete de renda recém-comprado, os mamilos mais escuros e mais definidos do que de costume, como se tivessem sido mordidos de propósito ainda havia pouco. Àquela luz residual, suas sardas pareciam mais escuras, também, como um brilho invertido que recobria sua carne. Ela nada respondeu.

Na estação de Trieste, sua presença já não de todo querida em Veneza, numa espécie de labirinto parcialmente abaixo do nível das ruas, cheio de fumaça de cigarro, a maior parte desta de origem balcânica, Cyprian Latewood conversava com um criptógrafo recém-chegado, chamado Bevis Moistleigh. A luz de gás, que permaneceu ligada durante todo o longo dia, revelava o calcário aborígine que fazia parte de algumas das paredes, e produzia brilhos ambíguos nos cabos de ebonite das válvulas e nos cromados das cafeteiras comunais, de um modelo em italiano muito antigo, para não falar nas *macchinette* individuais que não estavam escondidas em gavetas de arquivos. O combustível daquele lugar era o café.

"O que é isso? Não consigo ler — esses circulozitos..."

"É o alfabeto glagolítico", explicou Bevis. "Eslavo eclesiástico. Textos da Igreja Ortodoxa, coisas assim. Você já está aqui há algum tempo, admira-me ainda não ter aprendido."

"Não tenho tido muita oportunidade de entrar em igrejas ortodoxas."

"Ainda não. Mas a hora há de chegar."

Cyprian constatou que não conseguia nem pronunciar nem compreender as cadeias de caracteres que o jovem mestre de criptografia lhe mostrava, nem mesmo quando transliterados.

"Claro que não, está em código, não é?", disse Bevis. "Um código diabólico, aliás. De saída percebi que usam ao mesmo tempo o alfabeto antigo e o novo — fiquei muito satisfeito até que me dei conta de que cada letra nesse alfabeto também tem o seu *valor numérico*, o que os antigos estudiosos da Torá chamavam de 'gematria'. Isto é, como se a coisa já não fosse um tremendo desgaste para o equilíbrio mental, ainda por cima era preciso entender a mensagem também como *uma série de dígitos*, com base nos quais os leitores podem descobrir no texto algumas *mensagens ocultas* somando os valores numerais das letras num grupo, substituído por outros grupos do mesmo valor e gerando outra mensagem, mais secreta ainda. Pra piorar, essa gematria em particular não fica só nas somas."

"Ah, *Deus*. O que mais, então?"

"Potências, logaritmos, e há que converter cadeias de caracteres em termos duma série pra depois encontrar o limite pra qual a série converge, e... sabe, Latewood, se você pudesse ver como está a sua cara..."

"Esteja à vontade, por favor. Afinal, as risadinhas histéricas são tão raras aqui, há que aproveitar as oportunidades quando elas surgem, é ou não é?"

"Pra não falar em coeficientes de campo, valores próprios, tensores métricos —"

"Pois, então a coisa pode levar a vida inteira, não é? Quantos estão cá a trabalhar consigo?"

Bevis apontou para si próprio com um único dedo, como se fosse uma pistola voltada para sua cabeça. "Pode-se imaginar como a coisa anda rápido. Até agora consegui decifrar uma única palavra, *fatkeqësi*, que em albanês quer dizer 'desastre'. A primeira palavra duma mensagem interceptada meses atrás, e ainda não sei o que era que eu devia ter procurado naquela época, nem mesmo quem foi que mandou a mensagem. O evento, seja lá o que for, já passou há um bom tempo, as vidas já se perderam, os vestidos de luto já foram passados adiante para as próximas viúvas. A brigada da Questão Oriental, tendo feito o pior possível, começa a ocupar-se com promoções, medalhas, propriedade no interior e coisa e tal, e ficamos nós, os bombeiros dos Bálcãs, no meio daqueles destroços todos, tendo que arrumar tudo. Irredentismo? Olha, conte-me outra. Aqui não há nada a redimir, aliás nada que seja nem mesmo redimível —"

"Então, ficaram amiguinhos?" Derrick Theign com a cabeça enfiada na porta, uma inspeção, sem dúvida alguma, "muito bem, rapazes, vão em frente..."

"Este gajo dá-me nos nervos", confidenciou Bevis.

"Então pise com cuidado."

"*Bevis*", Theign tinha o hábito de pronunciar cada vez que punha a cabeça dentro da baia do jovem Moistlegh — "*a história dum rapaz.*" Antes que o criptógrafo tivesse tempo de levantar a cabeça, irritado, Theign já havia seguido adiante pelo corredor, para ir causar perplexidade em alguma outra pessoa.

"Outra coisa estranha", Bevis encarando desconfiado o vulto of Theign a desaparecer no meio da fumaça, "ele faz-me analisar cifras italianas. Mas eles não são nossos aliados? E no entanto dia após dia todo esse material naval é colocado na minha mesa. A Real Marinha Italiana tem o hábito de pegar artigos longos publicados nos jornais do dia e codificá-los por inteiro, de modo que se pode quebrar o código usado até de olhos fechados, desde que se dê ao trabalho de ler muita porcaria todos os dias, e depois datilografar tudo aquilo, traduzindo-o pro inglês e pro alemão, um desperdício de tempo e tanto, não é..."

"Alemão?", nada além de curiosidade, na verdade. "Bevis, aonde são enviadas essas mensagens decifradas, exatamente?"

"Não sei — alguém da equipa do Theign é que cuida disso. Ah, alemão, nunca pensei nisso — esses *não* são nossos aliados, não é?"

"Mais um daqueles seus jogos complicados, sem dúvida."

Voltaram aos blocos ilegíveis de código glagolítico. A essa altura, uma quantidade suficiente de cafeína já havia chegado aos centros cerebrais de Bevis que cuidavam de tais assuntos, e assim ele sentiu-se à vontade para passar para questões mais ambiciosas. "Além disso — imagine-se que as mensagens pudessem ser inscritas dalgum modo no 'mundo', formando uma coletânea coerente, análoga a um 'grupo' matemático. Havia que projetar uma máquina física, é claro, talvez algo na linha do Transformador Ampliador do senhor Tesla. E como o 'mundo maior' não é senão a distribuição, com uma densidade sem limite prático, de exatamente esses símbolos, escritos exatamente nesse código, quaisquer erros na inscrição original, por menores que fossem, podiam com o tempo ter um efeito imenso — ainda que não seja óbvio de imediato, um dia alguém há de notar um borrão inevitável, uma cascata de identidades falsas, uma desintegração a resultar numa ausência generalizada. Como se estivesse em andamento alguma partida enorme que ninguém compreendesse de todo, uma emigração da própria razão."

"Algo na escala...", imaginou Cyprian.

"Algo que não é previsto no tempo futuro de nenhum idioma. Qualquer que seja o alfabeto. Como nós costumamos dizer: 'alta suscetibilidade a variáveis primordiais'."

"Uma partida —"

"Uma emigração."

"Para...?"

"Ou coisa pior — uma espécie de Cruzada."

Quando por fim saíram para jantar, Cyprian por acaso olhou para o céu. "Há algo de errado na luz, Moistleigh", como se fosse algum ponto de física que ele não havia estudado, uma espécie de eclipse invertido que um criptógrafo seria capaz de explicar, talvez até mesmo de consertar. Mas Moistleigh estava parado, imóvel, como as multidões na Piazza Grande e ao longo da *Rive*, levantando a vista, nervoso, de quando em quando, ainda que não olhando fixamente, pois sabe-se lá que espécie de contra-atenção isso poderia provocar?

Tendo partido de Veneza, Reef encontrou-se com Ruperta em Marienbad, e por algum tempo a velha e triste rotina recomeçou. No pano verde, ele ganhou mais do que perdeu, mas por outro lado Ruperta não deixava de encontrar ocasiões, algumas podendo ser caracterizadas como desesperadas, de atrair sua atenção. Ao que parecia, porém, tanto ele quanto ela não estavam mais muito motivados, pois um dia Ruperta simplesmente foi embora sem avisá-lo. Um quarto vazio, nenhum recado na recepção, vasos de flores prontos para receber o próximo casal feliz. O cãozinho fraldiqueiro Mouffette, o qual Reef sempre desconfiara que fosse um gato disfarçado, havia vomitado dentro de seu chapéu Borsalino.

Tendo o cuidado de ostentar um ar melancólico, embora no fundo se sentisse como se tivesse acabado de sair do xilindró, Reef voltou a rodar pelo estabelecimento hidropático, fingindo sofrer de diferentes formas de neurastenia, tendo particular sucesso com o Trauma Ferroviário, ou seja, ele teria sofrido um terrível acidente de trem no passado recente — de preferência, em algum país próximo cujos registros do evento não fossem muito fáceis de consultar —, porém só sentira sintomas na véspera de aparecer na instituição para nela internar-se, quando então podia optar por manifestar uma ampla gama de sintomas, todos cuidadosamente pesquisados durante o tempo em que ele permanecera em outros estabelecimentos na companhia de outros pacientes. O bom do Trauma Ferroviário era o fato de ser de natureza mental. Os médicos sabiam que nenhum dos achaques apresentados era de verdade, porém fingiam curar todos eles — o escritório financeiro ficava satisfeito, os médicos achavam que estavam passando a perna nos clientes, os jogadores de cartas obscenamente ricos perdiam a cada semana dinheiro suficiente para absolvê-los dos pecados cometidos contra os trabalhadores, além de permitir que Reef fumasse charutos cubanos importados e distribuísse gorjetas a granel.

Na noite de 30 de junho, todos os neurastênicos da Europa, emergindo de suas banheiras elétricas e salões de jogos para terraços e calçadas que deveriam estar no escuro, cobertos de lama radioativa, com eletrodos pendurados nas cabeças, seringas pousadas a poucos centímetros de suas veias, saíram de seus estabelecimentos para contemplar, pasmos, o que estava acontecendo no céu. Reef, até recentemente entre eles, por acaso estava em Mentone, frequentando a cama perigosa de uma certa Magdika, esposa loura de um oficial de cavalaria húngaro famoso tanto pela suscetibilidade a ofensas quanto por sua perícia no uso de armas usadas em duelos. Desde que chegara lá, Reef tornara-se íntimo dos telhados e monta-cargas para roupa suja do Splendide, e no momento em questão estava preso como uma mosca à fachada do hotel, deslocando-se centímetro por centímetro, num parapeito perigosamente estreito, ouvindo a voz irritada do marido que havia acabado de chegar de modo inesperado, cada vez mais fraca à medida que ele se deslocava, sendo substituída por uma outra voz, que manifestava uma irritação mais cósmica e que parecia vir, coisa estranha, *do céu*, o qual, Reef percebeu então — correndo o risco, no trecho mais arriscado de seu itinerário, de olhar para cima, ficando estatelado, de respiração presa, diante do que viu —, era um céu noturno que se recusara a escurecer, optando por um brilho de nacarino, o que equivalia, em termos luminosos, ao convite que Reef recebia naquele instante da voz que vinha do alto — "Realmente, Traverse, você sabe que tem que parar com essa vida de farsante, voltar a se envolver com as questões do mundo real, como a vendeta familiar, a qual, embora condenada pelos verdadeiramente virtuosos, representa mesmo assim uma utilização mais produtiva do seu tempo precioso neste mundo do que essa busca incessante de uma ocasião para afogar o ganso, que no seu caso é mais provável que resulte na morte provocada por um húngaro indignado do que em qualquer coisa mais valiosa..." e assim por diante, quando então Reef, já no chão, saiu correndo, banhado naquela luz estranha, pelo boulevard Carnolès, para salvar a própria vida, disso ele tinha consciência, ou pelo menos para retomá-la.

Yashmeen estava em Viena, trabalhando numa loja de modas em Mariahilf que estava se tornando célebre por exibir modelos ainda não descobertos pelas *midinettes* de Paris e portanto ainda não espalhados pelo grande mercado do Mundo. Um dia, quando escrevia uma solicitação para que fosse feito um pagamento atrasado, Yashmeen tornou-se consciente de uma presença olorosa bem a seu lado.

"Ah! Eu não te ouvi —"

"Olá, Pinky." Isso dito num tom tão baixo e de algum modo austero que Yashmeen levou algum tempo para reconhecer sua ex-colega de Girton, Noellyn Fanshawe, bem menos etérea do que o tipo de beleza estudiosa que fora outrora, ainda sem chapéu, o cabelo agora aparado de modo drástico, escovado para trás, deixando aquele pequeno crânio encantador, antes tão delicioso de tentar encontrar em meio aos cachos louros, brutalmente exposto, óbvio como um soco ou um tiro. Os olhos dela, enormes e de algum modo protegidos da luz declarativa do dia a dia de vendedora que o destino levara Yashmeen a encarar.

"Noellyn! Eu não sabia que estavas em Viena."

"Vim cá por um capricho."

"Entraste sem fazer nenhum barulho...?"

"Creio que é este Vestido Silencioso."

"Sabes que agora eles estão até em estoque aqui — a moda pegou."

"E vocês também os recalibram, ouvi dizer."

"É este que estás a usar?" Yashmeen pôs a mão atrás de uma das orelhas e inclinou-se em direção ao vestido. "Rodopie." A moça fez o que ela disse. "Não se ouve nada."

"É porque é de dia. O trânsito. Mas à noite, que é quando mais preciso dele, não funciona direito."

"Vou chamar o *Facharbeiter*." Pegou um tubo acústico flexível de ebonite e latão. "Gabika, venha cá."

Noellyn permitiu-se um rápido sorriso. "Eu também parei de lhes dizer 'por favor'."

"Vais ver."

O técnico que se apresentou, vindo da sala dos fundos, era jovem e esguio, com cílios muito longos. "O bichinho de estimação da casa", disse Noellyn. "Pena que não estou muito interessada, senão eu pedia-to emprestado por esta noite."

"Vamos à sala de provas. Gabika, precisamos disso pra já."

"Ele lembra-me um pouco o Cyprian Latewood. Por falar nisso, tens visto aquele legume?"

Mas Yashmeen por algum motivo só se sentia inclinada a lhe dar as notícias de caráter mais geral. Havia se tornado excessivamente cautelosa, ela pensava, mas sempre havia a possibilidade de que fosse Noellyn que estivesse ali a mando do P.A.T.A.C. Ou de alguém ainda mais determinado.

Yashmeen ajudou a amiga a tirar a roupa engenhosa, que Gabika, respeitoso, levou para sua mesa de trabalho. Ela serviu café de uma cafeteira complicada, e ficaram as duas sentadas por um momento, medindo-se mutuamente com os olhos. "Não consigo me acostumar com esse seu corte masculino. Apesar de ser lindo."

"Não tive opção. Não a conheces, conhecemo-nos ano passado em Londres, e antes que eu me desse conta do que estava a acontecer, fiquei enfeitiçada. Ela levou-me tarde da noite, uma vez, para uma cabeleireira na Maida Vale, só reparei que havia correias e fivelas na cadeira quando já era tarde demais, em menos de minuto elas fizeram o serviço. Havia um monte de maquinetas horríveis, e de início pensei que era pra fazer essa tal de 'permanente' que se usa agora, mas a minha amiga queria uma coisa diferente. 'Vais ser o meu rapaz cativo por algum tempo, talvez até eu o deixe voltar a crescer, se me enjoar da sua aparência logo.' A mulher da tesoura era encantadora mas impiedosa, não tinha a menor pressa, e enquanto isso a minha amiga ficou sentada, de saia levantada, a bater uma sebastiana sem a menor vergonha. Depois dalgum tempo, lamentei minhas mãos não estarem livres pra eu fazer o mesmo."

"Mas ela não deixou."

"E olha que pedi com muito jeito."

"Pobre Noellyn." Pegou o queixo da jovem de leve entre o polegar e o indicador. "Cruza esses punhos bonitinhos atrás das costas por um momento, vamos, sê boazinha."

"Ah, mas Yashmeen, eu não vim aqui pra —"

"Obedece."

"Está bem, Yashmeen."

Quando Gabika voltou com o Vestido Silencioso devidamente recalibrado, ele encontrou as duas muito coradas, a cochichar, as roupas um tanto amassadas, e um cheiro inconfundível de almíscar no ar, combinado com a atmosfera de café ao fundo. Já estava acostumado com essas pequenas cenas, chegava mesmo a ansiar por elas, o que talvez explicasse por que ele estava trabalhando ali havia quase dois anos sem jamais pedir um aumento.

Ao constatar que, talvez contrariando as expectativas, estavam muito satisfeitas por voltar a se ver, as duas jovens tiveram uma noitada agradável, indo jantar cedo no Hopfner's e depois voltando aos aposentos de Yashmeen em Mariahilf. Quando lhes ocorreu olhar pela janela, já passava, ou devia ter passado, da hora de anoitecer havia muito tempo. "Que horas são, Yashmeen, não é possível que ainda seja tão cedo."

"Talvez o tempo esteja mais lento, como dizem lá em Zurique. No meu relógio são onze."

"Mas olha o céu." De fato, era estranho. As estrelas não haviam aparecido, havia uma luminescência esquisita no céu, aquela luz obstruída de um dia de tempestade.

Isso durou um mês. Aqueles que julgavam ser um sinal cósmico estremeciam ao olhar para o céu a cada entardecer, imaginando catástrofes cada vez mais extravagantes. Outros, para quem o laranja não parecia um tom adequado ao apocalipse, ficavam sentados em bancos de praça, lendo tranquilos, acostumando-se com aquele curioso brilho pálido. À medida que as noites foram se sucedendo e nada acontecia e o fenômeno em pouco tempo foi se reduzindo aos tons habituais de violeta, a maioria das pessoas já não se lembrava da tensão, da sensação de aberturas e possibilidades, que haviam experimentado antes, e mais uma vez voltaram a pensar apenas no próximo orgasmo, alucinação, estupor, sono, para que pudessem atravessar a noite e proteger-se contra o dia.

Por volta do final de outubro, o caos se instaurou quando a Áustria anunciou que pretendia anexar a Bósnia. Theign veio ter com Cyprian, mais transtornado do que de costume.

"Precisamos de alguém no local", disse ele. "Talvez seja necessário tirar pessoas de lá."

"E você pensou em mim na mesma hora."

"Não foi minha primeira opção, mas na verdade não há outra. Leve o jovem Moistleigh consigo se julgar que precisa dum guarda-costas."

Bevis gostou da ideia de cair fora daquele subsolo malcheiroso. "Sim, há de ser bom sair do olho do furacão por um tempo."

Havia uma garrafa aberta de *šljivovica* na mesa de Theign, porém ele não ofereceu a bebida a nenhum dos dois.

"O que é isto?", perguntou Cyprian.

"Mapa da Áustria-Hungria."

"Ah. Ele vem acompanhado duma lupa?"

"Qual é a escala?", murmurou Bevis.

Theign apertou a vista para ler a legenda. "Ao que parece, um pra cinquenta milhões, se contei os zeros direito."

"Zeros sem conta", murmurou Cyprian.

"Pois é perfeito pra viajantes, não há coisa pior do que se estar ao ar livre algures, lutando contra o vento feroz que desce das montanhas pra desdobrar um mapa gigantesco com escala de um pra cinquenta mil."

"Mas isto é tão pequeno que não serve pra nada. É um brinquedo."

"Pois serve pro Ministério das Relações Exteriores. Este é precisamente o mapa usado por eles. Decisões da maior gravidade, destinos de impérios, inclusive o nosso, com base nesta edição, obra do major B. F. Vumb, do Real Corpo de Engenheiros, 1901."

"O que diz muita coisa sobre o Ministério", Cyprian olhando para o mapa com desânimo. "Veja só, Viena e Sarajevo, separadas por um centímetro, nem cabem os nomes, apenas 'V' e 'S'."

"Isso mesmo. Faz-nos ver tudo literalmente por uma *perspectiva diferente*, não é? Quase a visão dum deus, por assim dizer."

O tom de voz, a expressão no rosto de Theign, despertaram ansiedade em Bevis.

"É o Theign de sempre", tranquilizou-o Cyprian mais tarde.

"Não, não, ele não se importa, será que você não percebe, nenhum dos detalhes tem a menor importância pra ele, não é só o mapa, ele sabe que não viveremos o bastante pra usá-lo..."

Yashmeen chegou certa manhã à loja da Mariahilfe Straße e encontrou a porta trancada, aliás fechada com uma corrente, com um aviso municipal de confisco colado nas janelas que não estavam quebradas. Quando voltou a seu apartamento, a proprietária, evitando seu olhar, pediu-lhe que mostrasse seus documentos de identidade, afirmando não saber quem ela era.

"Frau Keuler, o que está a acontecer?"

"Não sei como a senhora obteve as chaves deste apartamento, mas queira devolvê-las."

"Foi a senhora quem me deu essas chaves — nós encontramo-nos dia sim, dia não, eu sempre pago o aluguel no dia certo, por favor, o que houve?"

"Se estas coisas são suas, quero que faça as malas e saia daqui o mais depressa possível."

"Mas —"

"Será que terei de chamar a polícia? *Judensau*. Vocês são todos iguais."

Porca judia? Por um minuto, ficou tão perplexa que não conseguiu entender. Viena sempre fora uma cidade antissemita, é claro, de uma ponta à outra, o centro, a Ringstraße, os Bosques de Viena também, até mesmo, desde 1897, oficialmente, estando no poder os "socialistas cristãos" chefiados pelo eterno burgomestre Karl Lueger, que odiava os judeus. Nas eleições do ano anterior, o partido havia também triplicado sua presença no Reichsrath. Yashmeen jamais precisara prestar atenção nesses fatos até aquele momento — era o ar que se respirava ali, atingindo um nível de abstração em que a questão do sangue não era mais relevante. "*Wer Jude ist, bestimme ich*", como costumava dizer *der schöne* Karl — "Quem é judeu, decido eu". O ódio aos judeus por vezes era quase irrelevante. O antissemitismo moderno na verdade ia muito além dos sentimentos, havia se transformado numa fonte de energia, uma tremenda energia sinistra que podia ser explorada como uma usina de eletricidade para fins específicos, para alavancar uma carreira política, como fator numa negociação parlamentar em torno de orçamentos, impostos, armamentos, qualquer questão, uma arma utilizada para derrotar um rival numa transação comercial. Ou, no caso de Yashmeen, um método simples de expulsar alguém da cidade.

Cyprian não encarou a coisa com tanta tranquilidade. "Ora. Isto cá está perigoso pra ti agora. Aliás, há algum tempo que está perigoso. Pessoas perigosas estão no poder."

"Quem? Não aquele senhor de idade, tão simpático."

"Não os Habsburgo. Os prussófilos, creio que é a eles que me refiro. Os que amam o poder. Querem impor o fim do mundo. Mas agora tens que ir pra Trieste."

Ela riu. "É apropriado. Aqui dizem que Trieste é uma cidade judaica."

"Ah, em Viena", replicou Cyprian, "eles consideram até *Xangai* uma cidade judaica."

"Bom, na verdade...", ela começou.

A Crise da Anexação deixou todos numa azáfama, e até Ratty McHugh, cuja vida, como a de praticamente todos naquela época, cada vez mais era determinada pelos horários dos trens, foi deslocado de Viana a ponto de esbarrar em Cyprian em Graz, no jardim do Elefant Hotel.

"Lamento não poder fazer muito no momento, com toda essa história da Bósnia."

"O Theign há de estar a criar problemas pra vocês também, imagino."

Os dois estavam fumando, e a névoa que havia se formado entre eles de algum modo gerava uma impressão de solidariedade que ambos estavam dispostos a aceitar sem reservas. "Há entre meus colegas", Ratty admitiu, "alguns que gostavam muito de ver-te pelas costas. És íntimo demais da Ballhausplatz, entre outros motivos. Bem, a Inglaterra e os Habsburgo têm interesses comuns, a começar pela Macedônia, é o que se pensa, ainda que cada vez com menos convicção. Mas ele tem recursos, é perigoso, e no momento sabe-se lá se é possível detê-lo ou não."

"Sempre se pode mandá-lo matar, imagino."

"Deus meu!"

"Apenas um chiste, Ratty. Compreendo perfeitamente que todas essas crises infindáveis te hão de ser trabalhosas."

Haviam saído do jardim e caminhavam pela ponte em direção à Murgasse, onde havia um restaurante automático.

"A península balcânica é o refeitório de pensão da Europa", Ratty resmungou, "perigosamente superpovoada, eternamente esfomeada, envenenada por antagonismos mútuos. Um paraíso pra comerciantes de armamentos, e o inferno pros burocratas. Quisera eu ocupar-me da China. Mas estás ansioso por informações, percebo.

"Pois bem. A Turquia está na Bósnia há quase quinhentos anos. É um país maometano, na verdade uma província turca. Serviu de campo de prova onde os turcos prepararam o sítio de Viena, e é claro que Viena jamais se esqueceu disso. Trinta anos atrás, a Áustria finalmente pôde vingar-se. O infame artigo 25 do Tratado de Berlim tirou a Bósnia da Turquia e colocou-a sob a 'proteção' da Áustria. Além de permitir que tropas austríacas tomassem Novi Pazar, até então o posto turco mais ao norte e mais ao oeste em território europeu. Ficou acordado que um dia a Áustria havia de ir-se embora, devolvendo a cidade à Turquia, embora nem um dos dois países tivesse muita pressa de que tal acontecesse. Tudo parecia acertado. Mas de repente, em Constantinopla, apareceram os Jovens Turcos com sua revolução, e sabia-se lá se eles haviam de querer que o acordo fosse cumprido? Assim, Francisco José, instigado pelo execrando Aehrenthal, promulga um édito anexando a Bósnia à Monarquia Dual. A Sérvia não há de tolerar esse tipo de coisa, e a Rússia tem de apoiar a Sérvia, tal como a Alemanha é obrigada a cumprir suas promessas feitas à Áustria, e assim por diante, e assim por diante, e logo, em tempo de valsa, teremos guerra geral na Europa."

"Mas", Cyprian piscando os olhos, delicadamente, "será que lá em Viena são todos tão obtusos? As pessoas sempre me pareceram tão atualizadas, tão racionais, com uma boa percepção das coisas."

"Meu Deus." Ratty olhou para Cyprian com um tanto de preocupação. "Sem dúvida, as *aparências* são de que tanto o imperador quanto o sultão reconhecem na Rússia um inimigo comum. Nenhum desses dois cavalheiros fala comigo, de modo que como posso eu saber? A Áustria concordou em indenizar a Turquia por ter-se apossado da Bósnia — e mais ainda, o que ninguém esperava, em retirar suas tropas de Novi Pazar, efetivamente devolvendo-a aos turcos e abrindo mão de seu velho sonho de ligar com um caminho-de-ferro Sarajevo a Mitrovitsa, chegando ao mar Egeu. Mas seja lá o que isso 'realmente' signifique, se a Áustria crê estar a fazer um agrado aos turcos, o fato é que ela anexou a Bósnia. Esse ato fatal, e as medidas tomadas pela Alemanha para apoiá-lo, assinalam o fim das coisas tal como eram. Izvólski e Grey querem uma conferência. O estreito de Dardanelos entrou em jogo, e imagina-se que a Bulgária também entre... O Tratado de Berlim se calhar não está morto, porém vive apenas condicionalmente, uma espécie de zumbi, a caminhar pelos corredores da Europa fazendo tal como mandam seus senhores. Apostas, muitas delas substanciais, estão a ser feitas em toda a comunidade diplomática. Entre os funcionários dos departamentos envolvidos, fazem-se apostas coletivas em relação ao Apocalipse Europeu e à data duma mobilização geral. Este ano, o próximo, em breve. A coisa está a caminho, inexorável."

Ratty olhava-o agora quase com uma expressão de súplica, como alguém que, tendo se convertido a uma versão marginal de uma fé, não está certo de que seus amigos o compreenderão. "Nunca te dizem essas coisas. E como poderiam fazê-lo — o professor Renfrew pode ter tido suspeitas. Em teoria. Ter passado adiante o que julgava saber. Mas quando nos vemos no meio da situação, Cyps — temos de encontrar nosso próprio caminho — ou não, dependendo do caso. É como se as luzes fossem aumentadas um pouco, pelo tempo suficiente para que se possa ver o quanto está em disputa... as dimensões das possibilidades..."

Cyprian apertou a vista. "Ratty?"

"Já soube pra onde te vão enviar, e que ordens te deram. Se pudesse, eu intervinha."

Cyprian deu de ombros. "É claro que sou um gajo de importância crucial, mas o que mais me preocupa é quem há de cuidar de Yashmeen. Ela tem amigos que, pelo que sei, não são amigos de verdade. Eu gostava que um de vocês —"

"Claro. Mas, Cyps, tu, estando lá — vai ser perigoso." Ratty agora o encarava frontalmente, um olhar cheio de chuva nos pátios, cachimbos fumados à beira-rio, madrugadas tingindo a ardósia dos telhados vistos pela janela, garrafas de cerveja, corridas de cavalo ganhas e perdidas, momentos de esplêndida compreensão, quase a seu alcance, recolhidos na noite.

"*Aqui* é perigoso. Vê só essa gente", indicando com a mão enluvada os austríacos visíveis naquele momento. Franzindo a testa, sacudindo a cabeça. "Ou foi alguma coisa em particular?"

"O Theign, imagino."

"Isso mesmo. Cautela em viagem, como dizem sempre os horóscopos. Cheguei a pensar que podia eu próprio levar Yashmeen a Trieste."

"Temos uma ou duas pessoas muito boas por lá. E também o teu agente, o tal do neo-*uskok* Vlado Clissan, também."

"Já estamos em contato. Pode-se contar com o Vlado."

"Ele detesta o Theign."

"Tiraste-me as palavras da boca."

Ratty pôs a mão de leve na manga de Cyprian. "Eu sempre te dou bem mais trabalho do que devia, toda vez que o nome dela vem à baila. Espero que percebas que eu estava só a mangar de ti, coisa de rapaz."

Inclinando a cabeça. "E eu a achar que estava apaixonado, também coisa de rapaz. Agora isso não me passa mais pela cabeça, Ratty, mas mesmo assim preciso ter certeza de que ela está protegida. Sei que deves achar isso tudo uma maçada — afinal, não é da conta de vocês — e sou-lhe muito grato."

"Numa situação mais tranquila —"

"Não havíamos de escolher um chouriço especial", indicando com o queixo um prato dentro de um dos compartimentos de aço cromado de vidro do Automatik. "Uma reação óbvia a uma crise profunda."

"Hm. Já eu sempre preferi bolo de salsichas com legumes."

Partindo na Südbahn, ela olhou para trás para as convergências de ferro e semáforos que recuavam. Uma metáfora externa e visível, pensou, da completa combinação de "livres escolhas" que define a trajetória de uma vida humana. Uma nova agulha de desvio a cada intervalo de poucos segundos, por vezes vista, por vezes apenas ultrapassada, invisível, irrevogável. Do trem, pode-se olhar para trás e ver tudo se afastando, reluzente, como se não pudesse ter sido de outra maneira.

As estações penetravam no passado uma por uma. O túnel de Semmering, o vale do Mur, castelos em ruínas, a súbita presença no trem dos viciados em hidropatia, os tons bestiais das roupas da moda nas estações de águas, a inevitabilidade de Graz. Então, diretamente para o sul, atravessando a planície da Eslavônia, voltando a subir a serra, penetrando túneis, chegando a Ljubljana e cruzando a charneca, subindo até o Carso, o mar visto ao longe pela primeira vez, descendo por fim, passando por Općina e chegando à Estação Sul de Trieste. Onze horas e meia num trem expresso, uma viagem de um mundo a outro.

Cyprian havia reservado um quarto para ela numa *pensione* na Cidade Velha, atrás da Piazza Grande. Era perto o bastante da Piazza Cavana para que ela fosse de vez em quando confundida com uma das damas que rodavam pelas calçadas à noite no bairro. Em pouco tempo ela tornou-se amiga íntima de algumas dessas mariposas trabalhadeiras. Cyprian observava um nível neuropático de cautela ao ir e voltar de encontros com ela. Theign, agora, já quase não aparecia em Veneza, permanecendo em Viena, mas não havia dúvida de que algumas de suas criaturas estariam por lá.

E quanto à possibilidade de que alguém da equipe de Theign a ajudasse em sua situação difícil, Yashmeen, no final das contas, teria de se contentar com muito pouco. "Não, não, meu caro Latewood, não é possível", escolhendo um momento bem próximo à ida de Cyprian para os Bálcãs de modo que ficasse bem patente o insulto, a fala arrastada de Theign cada vez mais insuportável, "você percebe. Sem dúvida, a sua amiguinha é uma pessoa que interessa à Okhrána, e neste exato momento devemos demonstrar o máximo de consideração para com a Okhrána, agora que o acordo anglo-russo ainda é tão recente, tão perigosamente sensível, todos nós temos que apoiar o Ministério das Relações Exteriores quanto a isso, e deixar de lado nossos pequenos sonhos e desejos pessoais, não é mesmo?"

Cyprian não ficou de todo surpreso com isso. "Nós tínhamos um acordo", ele observou, mantendo uma certa tranquilidade, "você está a comportar-se como um agente duplo austríaco, seu merda desprezível." Theign partiu para um de seus tabefes viris, Cyprian esquivou-se — para não aceitar a afronta, Theign preferiu cair no ridículo de sair correndo atrás de Cyprian de uma sala para outra, por fim chegando à rua, gritando ameaças de agressão física, mas naquele dia Cyprian estava decidido a não ser atingido, e por fim Theign desistiu da perseguição. Não era uma maneira válida de gastar seu tempo.

"Pelo visto", gritou Theign por fim, "você quer ser dispensado de cumprir a sua parte do acordo."

"Não." Muito embora, é claro, tivesse vontade de abandonar todo aquele projeto corrupto, que agora certamente se revelaria perigoso, mais até do que ele era capaz de avaliar ou prever. Era preciso tocar para a frente — mas, afinal, por quê? Analisando a situação mais tarde em Viena com Max Khäutsch, Theign não conseguiria conter o ímpeto de dar de ombros, num gesto de desprezo que se transformara num tique nervoso, impossível de controlar — "Esse rapaz sempre foi um pacóvio. Ou bem ele sabe o que o espera por lá, ou bem não faz nenhuma ideia, e seja qual for o caso, vai levar a coisa até o fim".

"É possível", Khäutsch diria, naquele sussurro estranho que reservava para conversas profissionais, "que ele esteja cansado, desejando que tudo termine. Não consegue fazê-lo, quer que façamos isso por ele."

Cyprian e Theign permaneciam imobilizados em extremidades opostas do apartamento em Veneza. "Como você quiser!", gritou Theign por fim, afastando-se sem maiores formalidades em direção ao trem que o levaria mais uma vez a Viena, onde nos últimos tempos, como não era mais segredo para ninguém, ele passava cada vez mais tempo. Em circunstâncias normais, essa notícia por si só talvez tivesse o efeito de fazer com que a alma de Cyprian, frágil como um vestido de Fortuny, fosse sugada para um estreito e reluzente anel de pânico. Mas agora que seu trem atravessava a ponte de Mestre, rumo a Trieste, Cyprian só conseguia pensar com clareza em Yashmeen, horrorizado com o que seria obrigado a dizer-lhe, perguntando a si próprio que recurso ainda restaria para eles dois enfrentarem a tempestade cada vez mais próxima, dessa vez tão generalizada que talvez nem mesmo Theign fosse capaz de escapar.

"Não é exatamente uma boa notícia a que eu te trago."

Ela deu de ombros. De espartilho e ostentando um chapéu com uma pluma escura, Yashmeen parecia trinta centímetros mais alta, e falava num tom pausado que contrastava com o ritmo cafeínico acelerado de Trieste. Cyprian se deu conta de que ela não precisava de muita proteção. Estavam muito longe de Cloisters Court, da capela penumbrosa de King's College. "E é provável que eu encontre este tal de Theign?"

"Eu não lhe disse que estás aqui. O que não significa que ele não o tenha descoberto, é claro."

"Achas que —"

Ela se deteve, mas Cyprian ouvira a parte da pergunta que permanecera não expressa. "O problema que enfrentaste em Viena? Creio que ele é perfeitamente capaz disso."

Ela olhava de modo estranho. "Tu já foste íntimo dele. Mas —"

"Se ele é o amor da minha vida? Yashmeen... *tu* és o amor da minha vida." Mas o que ele havia dito?

Ela pareceu ignorar suas palavras. "Sim, mas continuas a fazer tudo que ele te manda fazer. E agora vais pra lá, por ordem dele."

"'E é longe a Inglaterra'", ele citou, não exatamente em resposta ao que ela dissera, "'e honra é uma palavra.'"

"E o que é que isso quer dizer? O jogo *dele* não é críquete. Vocês estão sempre a falar em honra. Será por terem pênis, ou o quê?"

"Se calhar." Mas ele lhe havia dirigido um olhar rápido ao qual, ela sabia, não devia reagir.

"E se ele estiver a mandar-te para uma cilada?"

"Complexo demais para o Theign. Ele havia de contratar um assassino."

"O que farei aqui em Trieste, então? Nesta cidade judaica? Enquanto aguardo a volta do meu homem?"

Outrora Cyprian teria dado uma resposta irritada, e a expressão "tarefa ingrata" muito provavelmente seria utilizada por um deles. Mas nos últimos tempos ele passara a sentir uma fascinação perversa pela Paciência, menos como uma virtude do que como um *hobby* que exigia disciplina, tal como o xadrez ou o alpinismo. Sorriu seu sorriso mais suave. "O que recomendam lá em Chunxton Crescent?"

"Estão curiosamente silenciosos."

Por um momento, era como se um encarasse o outro dos lados opostos de uma fenda que estava se abrindo na terra. Cyprian admirava a facilidade com que ela deixava a esperança escapulir.

"Vou pôr-te em contato com o Vlado Clissan. Pelo menos ele há de proteger-te das apoquentações mais comuns."

"Quando mesmo hás de voltar do lugar pra onde vais, seja lá onde for?"

"É coisa rápida, Yashmeen, atravessar a serra e voltar, não vou demorar... Como estás em matéria de dinheiro?"

"Sou uma aventureira, dinheiro nunca é problema, mesmo quando não tenho. Mas que cara é essa? 'Honra' é que não há de ser."

Encontraram-se no Caffè degli Specchi, e ela estava toda, aparentemente como uma provocação, de branco, desde as botas de pelica que ele era obrigado a conter-se para não ficar a mirá-las até o chapéu de veludo e a pluma branca de garça que o encimava, embora os dias estivessem se tornando mais escuros e frios, e por toda a Piazza Grande as damas vestidas à moda lhe dirigissem olhares significativos. "Não vou te agradecer por nada", ela o alertou.

"Espero que não." Ele olhou a sua volta, para o dia nublado, a indiferença da atividade que transcorria a seu redor com ou sem eles. Elétricos atravessavam a Piazza ruidosamente, seguindo para a estação ferroviária ou uma das *Rive*. Moços de entregas rolavam barris de café em planos inclinados ou pela rua calçada com paralelepípedos. Toda a cidade trescalava café. A maioria dos pedestres parecia preparada para alguma ocasião formal, até mesmo cerimoniosa. Vinham apitos de barcos da baía. Embarcações com velas latinas ou a vapor entravam e saíam do porto. Militares de todas as patentes caminhavam, olhavam as mulheres, ostentavam seus uniformes, faziam caras de mau.

Sentados diante de suas xícaras de café, os dois acenderam cigarros. "Eu trouxe-te pra isto aqui", indicando com um gesto de cabeça o lugar. "Mereço tua maldição, e não tua gratidão."

"Aqui é muito bonito. E onde eu havia de estar? Se voltasse agora, para a Inglaterra outra vez, o que me aguardava lá? Em Chunxton Crescent julgam, por algum motivo que não entendo, que fracassei. Nunca vou entender as intenções do P.A.T.A.C., mudam de política a cada dia, ora ajudam-me, ora não me ajudam, e podem mesmo ter resolvido, neste exato momento em que estamos aqui a conversar, prejudicar-me de alguma maneira séria."

"Mas isto cá é o Limbo. Bom, mais exatamente, Limbus, já que *in Limbo* é o ablativo —"

Ela fingiu atravessá-lo com sua sombrinha. "Se o Limbo é uma espécie de subúrbio do Inferno, então é precisamente o lugar que me cabe. Entre o fogo e a treva exterior, onde posso desfrutar o equilíbrio. Até receber outro mau presságio, ao menos."

"Foi isso o que ocorreu em Viena? Um presságio?" Ele piscou várias vezes. Não chorava desde uma manhã em Viena, quando, de porre, encontrou Derrick Theign abraçado com uma mísera *Strichmädchen* de cinco *kroner* que Theign jurava ser uma sua colega de trabalho. Havia mesmo resolvido abrir mão das lágrimas, por serem um luxo improdutivo. Porém agora, diante daquela tentativa sofisticada de alegrá-lo, corria o risco de ter uma recaída. Encontrou e pôs no rosto um par de óculos esportivos de lentes azuis.

"Eu estou bem", ela garantiu. "E tu também deves ficar bem, percebes? Senão, posso zangar-me contigo."

Um marinheiro do Lloyd Austriaco, bem apresentável, Cyprian foi obrigado a admitir, apareceu nesse momento, fazendo a ronda dos *caffès* da Piazza, com um sino de navio na mão no qual batia com pequeno martelo e um floreio teatral. Os passageiros recolheram seus pertences e começaram a seguir em direção ao Molo San Carlo. Cyprian sentia um aperto insuportável na garganta. "Não precisa ver meu barco sumir no horizonte", ele conseguiu articular.

Um sorriso de lábios apertados. "Hoje não estou muito ocupada."

A banda militar não tornava a situação mais fácil. Tendo percebido que havia um número maior do que o habitual de viajantes britânicos, e esperando, com uma percepção infernal, o momento exato em que Cyprian julgou conseguir controlar-se, foi só ele virar-se para dirigir a Yashmeen um alegre *arrivederci* para que começassem a tocar um arranjo para metais do "Nimrod" — precisamente essa peça — das *Variações Enigma* de Elgar. Apesar da secura teutônica, ao soar o primeiro acorde de sétima maior a que uma insegurança tonal dos trompetes deu um toque adicional de inocência espontânea, Cyprian sentiu as torneiras se abrirem de modo incontrolável. Era difícil saber o que se passava pela cabeça de Yashmeen quando ela lhe ofereceu os lábios. Ele preocupava-se em não lhe molhar o peitilho. A música envolveu-os por um momento em seu abraço outonal, isolando-os do falatório dos turistas, das buzinas dos vapores e do trânsito do cais, com uma manifestação de amizade e despedida das mais honestas que o coração vitoriano jamais conseguira produzir, até que por fim a banda, piedosamente, começou a tocar "La gazza ladra". Foi só quando Yashmeen levantou a cabeça e o soltou que Cyprian se deu conta de que estavam abraçados. "Bem, jamais entendi qual era o mistério", ela deu de ombros. "É só 'Os barqueiros do Volga', não é?"

"Não. Não, sempre achei que era a 'Valsa do adeus'."

"Ah, mas não vamos brigar, Gonzalo."

"Claro que não, Millicent", ele devolveu, exibindo os dentes, e foi subindo a prancha de embarque.

"Envia-me um postal, não esqueças!"

"Assim que eu puder!" Acrescentando, por algum motivo, em voz baixa: "Minha vida".

Depois que ele desapareceu atrás do quebra-mar, Yashmeen caminhou pela Riva Carciotti, encontrou um lugar, acendeu um cigarro e ficou algum tempo relaxando, contemplando o cenário sempre mutante a sua volta sem pensar em nada. Uma gata seguiu-a até seus aposentos e recusou-se a ir embora. Yashmeen deu-lhe o nome de Cyprienne, e em pouco tempo as duas ficaram íntimas.

Um dia, caminhando na rua em pleno bora, só para respirar por um Δt, Yashmeen teve uma recaída na sua antiga Zetamania. Lembrou-se de que Littlewood, tendo passado um bom tempo lutando com um lema relutante, num inverno em Davos, durante as semanas do *föhn* — o oposto do bora, um vento tão seco e quente que em algumas partes dos Alpes suíços é chamado de "siroco" —, relatara que, quando o vento diminuiu durante um dia, a solução, como se por mágica, apareceu-lhe. E sem dúvida porque o bora, conhecido naquela região como "o vento dos mortos", descendo do Carso, soprando de modo ininterrupto por muito tempo, tem também — feita a devida mudança de sinal — um efeito sobre a mente do matemático, à medida que os lóbulos cerebrais responsáveis por esse tipo de coisa começam a relaxar, e pensamentos estranhos, até mesmo contraintuitivos, passam a vir de algum lugar coconsciente com o cotidiano, algo de semelhante começou a acontecer com Yashmeen. Por apenas um momento, a questão esclareceu-se, de modo inequívoco, tornando-se algo tão óbvio quanto a Fórmula de Ramanujan — não, algo em relação ao qual a Fórmula de Ramanujan *era um caso especial* — ficou claro por que Riemann deveria ter tomado por hipótese que *um meio* era a verdadeira parte de todo $\zeta(o)$, por que ele precisara, naquele exato ponto de seu raciocínio... Yashmeen foi lançada em seu próprio passado, voltando a possuir seu eu de outrora, quase tão próxima dele a ponto de tocá-lo — e então, é claro, tudo se dissipou, e sua preocupação mais imediata passou a ser a perda de seu chapéu, em pleno voo juntamente com centenas de outros em migração para algum clima mais meridional, um balneário tropical onde os chapéus passavam algumas semanas de *dolce far niente* nas quais brotavam neles plumas novas, sua cor voltava ou novos tons surgiam, enquanto eles descansavam, sonhando com as cabeças que o Destino lhes atribuíra a tarefa de enfeitar... Para não falar da necessidade de impedir que sua capa se tornasse uma espécie de *antiparaquedas* e tentasse elevá-la da calçada. Yashmeen deteve-se, atônita, seus cabelos soltando-se mais e mais e formando uma espécie de aurora boreal úmida e escura, com um sorriso menos de espanto que de irritação contra o vento norte do Adriático, o qual por um momento, com aquela conjectura errante, a mergulhara numa abdução sombria que poderia levá-la para qualquer lugar, e ela era capaz de imaginar, no final das contas, alguém visitando essa costa atraído por esse vento, tal como um outro tipo de turista procurava uma instância hidropática, uma fonte milagrosa, um retorno à juventude.

E, é claro, foi neste exato momento que ela encontrou Vlado Clissan, o qual viera procurar abrigo na mesma porta que ela. O bora, como se colaborando, levantou suas saias e anáguas sem aviso prévio de modo a cobrir-lhe o rosto, como se uma deusa clássica estivesse prestes a chegar numa nuvem de *crêpe lisse*, e na mesma hora uma das mãos dele agarrou-a, entre as pernas desnudadas, que se abriram ainda mais quase que num reflexo, uma perna levantando-se e deslizando ao longo do quadril de Vlado, prendendo-o com força enquanto ela tentava, em meio ao vento infernal, equilibrar-se no outro pé. Seu cabelo, agora de todo despenteado, fustigava o rosto dele, o pênis dele de algum modo estava de fora, no meio da chuva e da confusão, aquilo não podia estar acontecendo, ela só via seu rosto de relance, o sorriso feroz como a tempestade, ele estava rasgando a batista fina de sua *lingerie*, ela sentia cada segundo dividido da investida e da penetração, seu clitóris estava sendo manipulado de um modo desconhecido, não brutal, na verdade com bastante consideração, talvez fosse o ângulo... mas como podia ela estar pensando em geometria... mas se não se apegasse a isso, *aonde* eles seriam levados? Para o mar. Para acima da cidade, para o Carso antiquíssimo. Subindo o Carso, até o portão de um vinhal e uma *osmizza* dentro dele onde serviam refeições e vinho, as luzes de Trieste lá embaixo, ao longe, um vinho antigo, que já existia antes da Ilíria, sem nome, temperado pelo vento, e tédio em sua ausência de cor. E porque ali naquela costa o vinho nunca fora simplesmente vinho, tal como a política não era apenas política — permaneciam detalhes ainda não revelados de redenção, inversão temporal, iniciativa inesperada.

"Eu estava lá embaixo a sua procura. O Latewood deu-me seu endereço."

"Ele me disse que você..." Sua capacidade de conversar fraquejou. Teria ela jamais sentido tamanho desejo de continuar a olhar nos olhos de um homem? O que seria aquilo? Vlado não era, havia que deixar isso muito claro, de modo algum um substituto de Cyprian, algum salto desesperado que ela dera porque Cyprian a deixara, por mais que ela tivesse se esforçado para convencê-lo a ficar...

* * *

Não era exatamente o Hôtel de Ville, e ela também não estava dormindo muitíssimo bem. O lugar parecia estar cercado de linhas de bondes, e o barulho era, bem, não chegava a ser incessante, havia um intervalo de silêncio entre um e outro bonde, imprevisível até, ela imaginava, do ponto de vista matemático. Mas Trieste era a metrópole cafeeira do império austríaco, se não do mundo, e Yashmeen nunca se encontrava a mais de meio quarteirão daquela substância antissoporífera, de modo que conseguia passar a maior parte dos dias sem cochilar nas horas impróprias — por exemplo, no meio de uma tentativa de evitar o que ela imaginava, em seu estado de insônia e paranoia, ser uma perseguição.

Vlado, que viajava e voltava à cidade de modo imprevisível, só aparecia à sua porta quando a desejava, o que acontecia com frequência. Que jovem não se sentiria lisonjeada? Ora, não era possível que fosse apenas uma questão de desejo, mas também não era o protocolo cuidadoso de um cortejo que exigisse encontros marcados de antemão. Ela já aprendera a reconhecer o passo dele na escada sem passadeira — em meio às passadas elefantinas dos marinheiros, os movimentos imperiosos e sorrateiros dos comerciantes adúlteros, o ritmo de marcha dos militares austríacos, cada um afirmando sua primazia, não havia como não reconhecer Vlado, o crescendo sensível de sua aproximação, tão fervorosa quanto a dos outros.

Àquela altura Yashmeen, de tanto ouvir ruídos vindos do quarto ao lado, já sabia que em croata o que se grita no momento do orgasmo é "*Svršavam!*", ainda que nem sempre ela se lembrasse de fazê-lo, pois nessas circunstâncias sua memória muitas vezes se desligava.

Vlado mantinha uma residência em Veneza, dois cômodos em Cannareggio, no antigo gueto, um ninho múltiplo em meio a judeus que eram empurrados para cima, em direção ao céu, em andares sucessivos... quase impossível de localizar. E fosse como fosse Yashmeen quando dava por si estava indo lá, com frequência crescente. Estou virando judia, pensou ela, todo aquele antissemitismo vienense acabava por gerar aquilo que ele mais odiava, que coisa estranha... "Não sei. Eu estava esperando cavalos, ser raptada para o Velebit, lobos na noite."

Ele fingiu pensar sobre isso por um momento. "Você não se importa se eu trabalhar um pouco enquanto estamos aqui. Aproveite para apreciar as atrações turísticas de Veneza, é claro, um passeio de gôndola, uma ida ao Florian's, esse tipo de coisa. Lobos, a gente pode dar um jeito de arranjar alguns, sem dúvida."

Um dia tomaram o trem de Fiume e pegaram o paquete rumo a Zengg, com uma dúzia de turistas alemães e um pequeno rebanho de cabras. "Eu tenho que lhe mostrar isso", ele disse, querendo dizer: "É isso que eu sou", mas ela só compreendeu quando já era tarde demais para ter alguma importância. Por fim a passagem estreita entre a ilha de Veglia e o continente abriu-se para o canal de Morlacca, e duas horas depois estavam diante de Zengg, enfrentando um bora feroz que descia encanado por uma fenda do Velebit. Era como se o mar não lhes permitisse a entrada. O mar aqui, disse Vlado, as correntes e o vento, formavam um ser múltiplo dotado de uma intenção própria. Tinha um nome que jamais era pronunciado. Os marinheiros daquela costa falavam de ondas individuais dotadas de rostos, e vozes, que persistiam de um dia para o outro, em vez de se dissolver no movimento geral do mar.

"Ondas estacionárias", ela especulou.

"Sentinelas", Vlado replicou.

"Então como é que vamos chegar ao porto?"

"O capitão é de Novi, uma velha família de *uskoks*. Está na massa de seu sangue. Ele sabe negociar com elas."

Yashmeen contemplava a cidade serrana, casas em tom pastel, campanários, um castelo em ruínas no alto. De repente todos os sinos começaram a soar. O bora levava o som até o vapor. "Cada campanário de Zengg é afinado num modo eclesiástico diferente", Vlado explicou. "Ouça as dissonâncias." Yashmeen ficou a escutar os sinos atravessando o campo de tons metálicos como se fossem asas a bater lentamente... e na base de tudo, o pulso bandido do mar.

Quando aportaram, parecia que todo o interior *uskok*, não apenas no espaço geográfico mas também num sertão temporal, tinha se concentrado na cidade como se para ir a uma feira. As velhas rivalidades entre Turquia e Áustria, até mesmo Veneza pairando enigmática como sempre, permaneciam vivas, porque a península continuava a ser a mistura de religiões e idiomas que sempre fora, o Adriático era ainda um campo fértil em que navios mercantis eram presas dos lobos da pirataria que se escondiam naquele labirinto de ilhas que tanto confundiu os Argonautas antes mesmo do início da História.

"Até o início do século XVI, vivíamos do outro lado da serra. Então aconteceu a invasão dos turcos, que nos expulsaram da nossa terra. Atravessamos o Velebit e descemos até o mar, lutando contra eles ao longo de todo o caminho. Éramos guerrilheiros. O imperador austríaco Fernando I dava-nos um subsídio anual. Nossa principal fortaleza ficava pertinho de Split, em Clissa, é de lá que meu nome provém. Combatemos os turcos em terra e impedimos que eles atravessassem o Velebit, mas aprendemos também a combatê-los no mar. Nossos barcos eram melhores, mais ágeis, penetravam em lugares onde naus de maior calado não podiam trafegar, e quando precisávamos ir a terra, nós os escondíamos afundando-os, fazíamos o que era preciso fazer, voltávamos, trazíamos os barcos para a superfície e zarpávamos. Por várias gerações defendemos o cristianismo, mesmo quando Veneza nada podia fazer. E foi Veneza que nos vendeu. Fecharam um acordo com os turcos, garantindo a segurança deles no Adriático. Então fizemos o que qualquer um teria feito. Continuamos a atacar os navios, só que agora também os venezianos, e não apenas os turcos. Muitos deles continham carregamentos mais ricos do que esperávamos."

"Vocês faziam pirataria", disse Yashmeen.

Vlado fez uma careta. "Tentamos evitar essa palavra. Você conhece aquela peça de Shakespeare, *O mercador de Veneza*? Faz muito sucesso entre nós, é claro que do ponto de vista dos *uskoks*, nós ficamos o tempo todo torcendo pra que Antonio leve a pior no final."

"Vocês comiam corações humanos", ela disse, "é o que se conta."

"Eu, pessoalmente? Não. Coração cru é um gosto adquirido, e a essa altura o termo *uskok* já abrangia toda a *mala vita* de toda a Europa, inclusive alguns *uskoks* britânicos de péssima fama, alguns dos quais foram enforcados em Veneza em 1618, uns até eram nobres."

"Alguns ingleses haviam de ficar impressionados com essa história", especulou Yashmeen, "enquanto outros a atribuíam à idiotice hereditária."

Haviam subido até a ruína do forte. "Foram os venezianos que fizeram isso. Eles informaram os *uskoks*, afundaram nossos navios, destruíram nossos fortes. Dispersaram os que sobraram, completando o serviço dos turcos. Desde então, há quatrocentos anos, somos exilados em nossa própria terra. Não temos motivo para amar Veneza, e no entanto continuamos a sonhar com ela, como dizem que os alemães sonham com Paris. Veneza é a noiva do mar, que nós gostaríamos de raptar, adorar, na vã esperança de que um dia ela nos ame. Mas é claro que ela jamais nos amará. Somos piratas, não é? Gente bruta e simples, demasiadamente apegada às exterioridades, sempre a surpreender-nos quando escorre sangue das feridas de nossos inimigos. Não conseguimos conceber um interior que pudesse ser sua fonte, e no entanto obedecemos a suas exigências, chegando de surpresa de algum Além que somos incapazes de imaginar, como se de um dos rios subterrâneos do Velebit, naquele labirinto de riachos, lagos, grutas e cataratas, cada um com sua própria narrativa, às vezes mais antigos que a expedição dos Argonautas — antes da História, antes mesmo da possibilidade de uma cronologia encadeada — antes dos mapas, pois o que é um mapa naquele submundo sem luz? De que peregrinação ele podia destacar as estações?"

"Uma lista de obstáculos a serem enfrentados", disse ela. "E qual viagem não é assim?"

Pernoitaram no Zagreb Hotel. Pouco após o nascer do sol, Vlado subiu a serra e sumiu, numa de suas missões políticas. Ela tomou café, comeu uma *palačinka* e perambulou pelas ruas estreitas da cidadezinha e, ao meio-dia, obedecendo a um impulso oculto demais para que ela o compreendesse, entrou numa igrejinha, ajoelhou-se e rezou pela segurança de Vlado.

Ao cair da tarde, estava sentada a uma mesa na calçada diante de um café, e bastou vê-lo atravessar a pequena *piazza* para compreender que naquele dia houvera um componente recreativo a respeito do qual ele nada lhe diria. Assim que entraram no quarto, ele agarrou-a, virou-a de costas, obrigou-a a ajoelhar-se e inclinar-se para a frente, levantou seu vestido e penetrou-a por trás com brutalidade. Os olhos dela encheram-se de lágrimas, e um grande desespero erótico apossou-se dela, como um fôlego inesgotável. Ela gozou com a intensidade que se tornara costumeira com Vlado, tentando dessa vez permanecer em silêncio, para guardar ao menos isso para si própria, porém sem sucesso.

"Você comeu meu coração", ela exclamou.

Cyprian, tomando no Molo San Carlo o vapor expresso do Lloyd austríaco *João da Ásia*, constatou que os tombadilhos estavam apinhados de caçadores de borboletas, observadores de aves, viúvas e divorciadas, fotógrafos, moças estudantes acompanhadas de seus tutores, todos os quais, sem se exercerem de modo abusivo as faculdades da fantasia, poderiam ser suspeitos de atuarem como espiões estrangeiros, pois claramente era do interesse da Itália, da Sérvia, da Turquia, da Rússia e da Grã-Bretanha saber o que se passava nas instalações austríacas situadas em Pola, no Bocche di Cattaro e na costa, cuja extensão tendia ao infinito entre os dois locais.

A figura alta e alva de Yashmeen, sombrinha pousada no ombro, já reduzida a um fantasma à luz do sol, esvaía-se em meio às multidões que fluíam de um lado para o outro por entre as árvores do cais até a Piazza Grande. Uma faia tenra numa floresta tenebrosa. Porém ele continuava a ver seu fantasma pálido muito depois de ter desaparecido por trás do farol e dos quebra-mares.

Se há algo de inevitável no ato de aproximar-se de um porto, Cyprian refletiu, à medida que vemos as possibilidades na costa estreitando-se mais e mais até por fim se reduzirem ao cais onde se vai atracar, sem dúvida há uma simetria especular na partida, uma *negação* da inevitabilidade, uma abertura crescente a partir do ponto de embarque, que começa no momento em que todos os cabos são recolhidos, o destino a alargar-se enquanto o desconhecido e talvez o incriado começa a surgir à proa e à popa, a bombordo e a estibordo, para todos os lados uma expansão das possibilidades até para a tripulação do navio, que talvez já tenha feito essa viagem centenas de vezes...

O plano era pegar Bevis Moistleigh em Pola, a base naval austríaca a cinco horas de viagem dali, na ponta da península da Ístria. Bevis estava lá fazendo-se passar por um neurastênico com orçamento curto, hospedado num hotel modesto perto da Via Arsenale.

Seguiram por águas tranquilas ao longo da costa vermelha e verde da Ístria, e quando se aproximaram de Pola um oficial do navio começou a fazer a ronda dos conveses descobertos avisando os turistas munidos de câmeras fotográficas que, por motivos militares, era proibido tirar fotos a partir daquele ponto. Cyprian reparou numa jovem serelepe que andava por todos os cantos do navio com um traje feminino de marinheiro translúcido, branco, de linho e renda, sem chapéu, encantando todos que a viam, inclusive, supunha Cyprian, ele próprio. Não foi difícil descobrir que ela se chamava Jacintha Drulov, filha de mãe inglesa e pai croata, ambos aristocratas, os quais infelizmente haviam falecido quando ela ainda era bebê, em dois acidentes separados relacionados à prática do golfe, e que no momento ela estava sob a tutela da prima de sua mãe, *lady* Quethlock, com quem havia recentemente passado alguns dias de férias em Veneza antes de voltar à escola em que estudava, o Zhenski Tzrnogorski Institut em Cetinje. Assim que Cyprian observou a pupila e sua tutora juntas, algumas nuanças no modo como se tocavam, nas suas intenções de tocar-se e de abster-se de tocar-se, bem como tormentos públicos de um refinamento que ele reconheceu, pareceram-lhe fortes indícios de que ele estava na presença de uma *lady* espiã e sua aprendiza. A hipótese foi confirmada pelos murmúrios trocados por dois sujeitos que Cyprian já havia identificado como agentes de patente superior, do tipo que trabalha no escritório e acha indesculpável utilizar mocinhas núbeis no trabalho de campo.

"Mas o que terá na cabeça essa mulher idiota?"

"Sortuda. Sei muito bem o que *eu* teria na cabeça."

Quando Bevis Moistleigh subiu a bordo em Pola e bateu a vista em Jacintha, ficou imediata e publicamente enfeitiçado. Cyprian regozijou-se muitíssimo por ele, é claro, já que, afinal, paixão é coisa escassa neste mundo, não é mesmo — porém resolveu por ora não revelar suas suspeitas a respeito da solerte moçoila, em parte para ver o quanto Bevis era capaz de descobrir por conta própria.

O *João da Ásia* havia começado a passar por cidades insulares, variações em torno do tema de Veneza, cúpulas, vilas e santuários formando um arpejo ao longo da costa irregular da Croácia, campanários brancos e torres mais duvidosas, mais velhas, mais cinzentas, construídas para proteger-se de alguma ameaça antiga não mais definível, e umas *estranhas ilhotas em miniatura* praticamente não mapeadas que continham estruturas pequenas demais para servirem de lugar de culto, guarita ou prisão. Peixes conhecidos na região como "andorinhas do mar" saltavam da crista de uma onda para outra. Do salão, onde águias bifrontes enfeitavam os móveis, as cortinas e praticamente tudo aquilo que se podia ver, Cyprian contemplava a paisagem que passava lá fora, enquanto Bevis puxava uma conversa fiada que nenhuma jovem, por mais desesperada que estivesse para ter alguma companhia, seria capaz de ficar escutando, e no entanto Jacintha parecia estar lhe dedicando uma atenção curiosamente intensa.

"Como muitos já têm demonstrado, em particular, creio eu, Baden-Powell, é do maior interesse dar mostras de se viver num estado de idiotice. Aliás, a menina sabia que existe agora *todo um ramo* da espionagem denominado Idiotice Aplicada — é, até na minha escola, uma espécie de campo de treinamento operado pelo Serviço Secreto, perto de Chipping Sodbury, o Moderno Instituto Imperial de Instrução Intensiva em Idiotices e Idiossincrasias — ou M.6I., pra abreviar."

"Deve ser muito mais interessante, Bevis, do que a academia para raparigas onde estudo, um lugar muito enfadonho, implacavelmente normal."

"Mas, Jacintha, no M.6I. nenhum aspecto da vida escolar escapava, até a *comida* era idiota — por exemplo, o método de fritar peixe era estendido a coisas absolutamente insólitas, bombons de chocolate e pães de ló eram fritos em gordura —"

"Em vez de peixe, Bevis?"

"Nem pensar, Jacintha, pois que peixe estimula o cérebro, não é — e o uniforme da escola incluía uns *chapeuzitos pontudos* muito apertados, que era necessário usar mesmo — aliás, principalmente — ao dormir, e gravatas pavorosas do tipo que, no mundo exterior, bem, só mesmo um idiota seria capaz de usar... o treinamento físico começava ao nascer do dia com uma série de exercícios de envesgar, relaxar o lábio inferior, maneiras estranhas de andar, tantas quanto existem formas de dança..."

"Tantas assim? Está a falar sério?" Jacintha exibindo os cílios.

"Vou mostrar-lhe." Fez um sinal para a banda. "Digam-me cá, sabem tocar 'O idiótico'?"

"Mas claro!", respondeu o acordeonista, "tocamos 'O idiótico', sim! O senhor nos dá dinheiro!"

A pequena orquestra começou então a executar o animado *two-step* que no momento era uma verdadeira coqueluche em toda a Europa civilizada, e Bevis, agarrando Jacintha, começou a sacudir-se de modo bastante desconexo pelo pequenino salão, enquanto a mocinha, determinada, fazia o possível no sentido de segui-lo, os dois cantando:

Antes, na pista, eu
Era uma besta,
Mas d'agora em diante,
É emo-cio-nante,
O ritmo e-xótico

D'"O idiótico"...
Sorvete na testa?
Baba na gravata?
Tudo isso delata
O autêntico idiótico,
Parece neurótico,
Mas é mesmo ótimo!
    Essa história de

Polca e valsa,
Que coisa mais falsa!
Agora há um rit-mo novo, febril...
É o tal d'"O idiótico",
E é até hipnótico,
Lá a seu modo um tanto im-be-cil!
    (Então),

Basta exp'rimentar, que
Tu hás de adorar
A dança da moda,
A qual não tem par,
E é tão nar-cótico,
Que, para ser franco,
Sei que vais dançar
O tal d'"O idiótico"
'Té virem levar-te
Os homens de branco!

"E vou lhe dizer uma coisa, nos bailes que éramos obrigados a frequentar as raparigas não eram tão alegres como a Jacintha. Muito sérias, obcecadas por pensamentos soturnos. Aliás, muitas delas, bem, acabaram internadas..."

"Meu *Deus*", exclamou Jacintha, "que coisa terrível pra si, é claro que conseguiu escapar, mas como?"

"Ah. Dá-se um jeito. Tudo é possível entre cavalheiros, e ninguém guarda rancor."

"Quer dizer que você continua com o mesmo...", o leve acento estrangeiro nas vogais produzia um efeito convidativo, "aparelho cavalheiresco?"

Ora, não fora à toa que Bevis havia sido indicado para o curso de Idiotices. Não, não — aliás, apesar de gênio da criptografia, em todas as outras esferas da existência a idiotice para ele era algo tão natural quanto o talento para dar efeito na bola de críquete era para outros rapazes. Uma moça num navio austríaco, matriculada numa escola czarista e acompanhada por uma nobre inglesa, podia, é claro, estar trabalhando para inúmeras agências — e, com ou sem Entente, no atual clima de anexação e crise, Cyprian calculava que a diligência exigia um pouco de intrusão mais ou menos naquele momento.

Porém, a jovem Jacintha estava um passo à sua frente, pelo visto. Ela aproximou-se de Cyprian e, bem próxima a ele, começou a puxar-lhe a gravata com certa insistência. "Vamos, Cyprian, você precisa dançar comigo."

Ninguém se lembrava de jamais ter visto Cyprian dançar. "Desculpe... estou sob um mandado de segurança..." Jacintha, com a cabeça inclinada num delicioso ângulo sedutor, implorava como se seu coração fosse partir-se para todo o sempre se ele se recusasse a imediatamente se levantar e fazer papel de bobo no salão. "Além disso", ela sussurrou, "por pior que seja, você *não pode* ser pior do que o seu amigo Bevis."

"É bom que eu seja. Esses seus pezitos encantadores foram feitos para ser adorados, e não pisoteados."

"Quanto a isso, depois vamos ver, não é?", com um olhar firme que a experiência sem dúvida iria aperfeiçoar, a tal ponto que os homens seriam capazes de pagar para ouvi-la pronunciar aquelas exatas palavras — pois no momento Cyprian não pôde conter a lembrança de Yashmeen numa conversa semelhante, se bem que a lealdade, se era mesmo lealdade o que estava em jogo, nada fez no sentido de moderar a ereção de que ele foi acometido, ali mesmo. Jacintha encarou-a com um sorrisinho que era praticamente predatório.

Entrementes, no tombadilho, *lady* Quethlock estava entretida a conversar com dois outros espiões que se faziam passar por idiotas.

"Não, não", dizia ela, "não ouro, nem pedras preciosas, nem petróleo, nem artefatos antigos, e sim a fonte do rio mais enigmático do mundo."

"O quê, o Nilo? Mas —"

"O Erídano, na verdade."

"Mas esse não é o Pó?"

"Se você acredita em Virgílio, que na verdade é bem posterior — mas a geografia, infelizmente, não confirma essa hipótese. Se voltamos ao Argo, ao relato feito por Apolônio de Rodes sobre aquela estranha passagem transpeninsular do Ponto Euxino ao mar Croniano — as forças da Cólquida ao mesmo tempo a persegui-lo e aguardá-lo em emboscada, as complexidades pessoais de Medeia a serem enfrentadas, e assim por diante, os Argonautas chegando à foz do Danúbio e subindo o rio, e dalgum modo, um tanto assustados, imagina-se, emergindo no Adriático — isso não é possível a menos que em algum momento da viagem eles tenham seguido por um rio subterrâneo, muito provavelmente o Timavo, um rio em cuja foz, segundo Apolônio, são tão numerosas as ilhotas que o Argo mal consegue navegar por entre elas. O delta do Pó tem pouquíssimas ilhas, mas deste lado do Adriático, aliás logo ali, a bombordo, a coisa é bem diferente, não é?"

"Mas Virgílio —"

"Confundiu o Padus com o Timavus, creio eu."

"Então", o gesto indicando a costa próxima, "estas são as lendárias ilhas do Âmbar."

"É possível. Espero resolver essa questão."

"Ah, a bela Jacintha."

"A senhora pode falar comigo um momento, tia? Preciso dum conselho."

"Estás a transpirar, menina. Mas o que andas a fazer?"

Jacintha estava com as mãos às costas, de cabeça baixa, uma pequena cativa submissa. Através do vestido translúcido, todos viam os menores movimentos de seus membros, o que muito os entretinha.

Embora Cyprian e Bevis tivessem decidido ir via Herzegovina, já que nos últimos tempos Metković não servia mais como local de turismo por causa da febre, continuaram seguindo até Kotor antes de desembarcar, sendo a companhia de Jacintha um bom pretexto para não saltarem antes, em Ragusa. Cyprian, que só conhecia vagamente o código referente a respeitar a idiotice alheia, piscou depressa, mas aceitou a mudança de planos.

Após uma despedida cuja pungência, se houve alguma, Cyprian não percebeu, ele e Bevis Moistleigh, este marcadamente melancólico, almoçaram num restaurante que servia um *brodet* local cheio de *skarpinas*, enguias e camarões, depois foram ao cais do porto e alugaram um barco que os conduziu ao longo da costa sul do golfo de Cattaro, uma paisagem cheia de fiordes, atravessando um canal estreito conhecido como "as Cadeias" e entrando na baía de Teodo, tudo isso diante de muitas lentes, num número incontável delas, posicionadas em todos os lugares adequados, se bem que nem todos os brilhos especulares que piscavam para eles da costa eram oriundos de instrumentos ópticos. Em Zelenika beberam grapa temperada com salva antes de tomar o trem que os levaria a Sarajevo, no qual percorrem novamente todo aquele trecho da costa, passando por Hum e pela pestilenta Metković, onde o trem rumou para o interior e começou a subir a Herzegovina em direção a Mostar, a seis horas de viagem, e depois mais seis até Sarajevo.

Em Sarajevo minaretes claros elevavam-se acima das árvores. Andorinhas traçavam trilhas negras que logo se esvaeciam no céu crepuscular, o qual tingia de vermelho o rio que cortava a cidade. No Café Marienhof, em frente à fábrica de fumo, nos banhos turcos, em dezenas de encontros casuais no bazar, imediatamente, sem conseguir se conter, alguém fazia um comentário sobre o ultraje austríaco.

"Pelo visto, não basta a Viena continuar a nos 'ocupar' como tem feito desde 1878, trazendo-nos as maravilhas do progresso austríaco — ferrovias, prostituição, móveis horríveis —"

"Jesuítas por toda parte tentando nos transformar a todos em católicos."

"— e no entanto até agora foi tudo uma ilusão, uma espécie de loucura mansa, pois permanecemos parte da Turquia, como sempre fomos."

"E agora a fantasia inofensiva da Áustria transformou-se numa mania suicida. Esta 'anexação' é a sentença de morte dos Habsburgo."

"Talvez até da Europa —"

E assim por diante. O silêncio, por mais desejável que fosse, teria traído a tácita Lei do Café, que era a de falar o tempo todo, qualquer que fosse o assunto, sem jamais dar trégua. Não faltavam vozes, nesse crescendo outonal de perigo, soando ao longo dos vales dos rios, seguindo os trens e as diligências na serra, insistindo, implorando, inquietas — interrompendo para reafirmar tanto aos nativos quanto aos turistas como era pitoresco, excitável e precipitado o caráter nacional... gritando: cuidado, cuidado com o amante que passa toda a noite em claro com a jovem que ele deseja, e a qual não cede a seus pedidos. Cuidado com a Mão Negra e os macedônios estouvados, cuidado até com as cartas de Tarô que os ciganos leem como fonte de renda ou passatempo, cuidado com os cantos escuros do Militär-Kasino, e com o que lá se cochicha.

E logo, de algum lugar na cidade, talvez uma das encostas, onde viviam os maometanos, ou perto dos meandros do rio, vinha uma explosão. Nunca muito próxima — quase exótica, quase uma frase dita num idioma que ninguém jamais tinha se dado o trabalho de aprender, até agora...

Embora usasse um fez turco sempre que a situação o exigia — na Bósnia o barrete era como o véu, um emblema de submissão, e usá-lo era um dos preços que se pagava para comerciar —, Danilo Ashkil descendia de judeus sefardis que haviam fugido da Inquisição espanhola havia três séculos e meio, por fim estabelecendo-se em Salônica, que mesmo na época, embora parte da Turquia, já era conhecida como um lugar onde judeus fugitivos eram bem recebidos. Danilo era filho de uma família *ma'amin* razoavelmente respeitável, mas logo estava frequentando o cais do porto e andando às voltas com "dervixes", jogadores e fumantes de haxixe, metendo-se nas confusões de praxe, mas por fim tornando-se excessivamente incômodo para seus pais, os quais o despacharam para Sarajevo, onde ele ficaria morando com um ramo bósnio da família, na esperança de que a dedicação de seus parentes ao trabalho e à religião o contagiasse um pouco. Fiel a seu destino, porém, em pouco tempo Danilo já estava na rua, tendo aprendido desde cedo a imitar a confusão de idiomas que era obrigado a atravessar a cada dia, de modo que, chegando à adolescência, não apenas dominava o italiano, o turco, o búlgaro, o grego, o armênio, o árabe, o servo-croata e o romani, além do dialeto judeu-espanhol conhecido como ladino, como também, sempre que necessário, era tomado por falante nativo de qualquer uma dessas línguas, sendo que nem sempre corrigia a falsa impressão que causava. Muito antes da anexação austríaca, sua facilidade de aprender idiomas e seus dons de permeabilidade em meio a todos os elementos da população atraíram a atenção do Evidenzbüro. Para os agentes de todas as Potências, ele se tornara o único homem nos Bálcãs que era indispensável visitar. Porém agora Danilo corria perigo, e cabia a Cyprian e Bevis levá-lo até um lugar seguro.

Danilo, tendo combinado encontrar-se com Cyprian num café pouco abaixo do Castelo, encontrou um jovem pálido e sibarítico falando um inglês universitário abarrotado de certezas que continha camadas vienenses e adriáticas. Observou também um senso histórico defeituoso, típico dos agentes de campo, dada sua necessidade de estar sempre imerso no momento. Assim, era necessário começar com a história, a patologia do Tempo.

"Sei que isto é difícil pra um inglês, porém tente por um momento compreender que a história, fora os sentidos mais limitados e triviais do conceito, não ocorre ao norte do paralelo quarenta e nove. O que a Europa Setentrional considera sua história é na verdade algo bem provinciano, de interesse limitado. Apenas seitas diferentes do cristianismo a matar-se umas às outras, mais nada. As potências do Norte não passam de administradores, que manipulam a história alheia, mas não produzem nada que seja seu. São os especuladores da história, tendo vidas como unidades de troca. As vidas tal como são vividas, as mortes tal como são movidas, tudo que é feito de carne, osso, esperma, sangue, fogo, dor, merda, loucura, embriaguez, visões, tudo que vem acontecendo aqui desde o início dos tempos, é a história de verdade.

"Agora, imagine-se uma história que tenha como referência não Londres, Paris, Berlim nem São Petersburgo, e sim Constantinopla. A guerra entre a Turquia e a Rússia passa a ser a guerra crucial do século XIX. Ela produz o Tratado de Berlim, que nos leva à atual crise e sabe-se lá que tragédias mais profundas que ainda nos aguardam. Desde aquela guerra, a Áustria vive a sonhar como seria se os turcos fossem seus amigos. Os alemães vêm aqui como turistas e espantam-se ao ver como tudo é *oriental*. 'Vejam só! Sérvios e croatas, usando barretes sobre o cabelo louro! Olhos azuis cobertos por véus muçulmanos! Espantoso!' Mas, como a essa altura você provavelmente já percebeu, a Ballhausplatz morre de medo. Eles vêm para cá, esses homens tão práticos e cheios de certezas diurnas, e basta olhá-los nos olhos para perceber como eles passaram a noite, sentindo algo a mover-se na escuridão, vultos e massas, velhos pesadelos que voltam à vida, e mais uma vez as hordas muçulmanas deslocam-se para o oeste, implacáveis, para reunir-se mais uma vez diante dos portões de Viena — a qual, aliás, já não é cercada por muros há séculos, a antiga esplanada agora coberta de edifícios públicos e casas burguesas, nos subúrbios tão fáceis de penetrar quanto uma puta austríaca — não pode ser verdade, Deus não permitiria tal coisa — mas eis que a hora deles se aproxima, e no momento de pânico qual é a primeira coisa que fazem? Eles viram-se e engolem a Bósnia. Sim, isso vai resolver tudo! E todos nós ficamos esperando, no crepúsculo hibernal, os primeiros trovões da primavera."

Cyprian ouvia-o, paciente. Bevis chegou, jogou-se numa cadeira e ficou carrancudo, sem dúvida pensando na mocinha anglo-eslava. Quando Danilo fez uma pausa para tomar um gole de *raki*, Cyprian balançou a cabeça e disse: "Viemos levá-lo embora daqui".

"E Viena..."

"Eles não hão de saber tão cedo."

"Bem cedo."

"Já estaremos longe daqui."

"Ou então mortos."

"Vamos tomar o comboio de bitola estreita até Bosan-Brod, lá trocamos de composição e voltamos via Zagreb a Trieste."

"Um local de baldeação um tanto óbvio, não é?"

"Justamente. O que eles menos esperam."

"E... quantas operações de salvação como essa vocês já realizaram?"

"Milhares", tranquilizou-o Bevis. Cyprian teve de conter-se para não lhe dirigir o olhar exato que queria expressar — em vez disso, sorriu para Danilo com apenas um canto da boca, revirando os olhos rapidamente para Bevis.

"Vou precisar duma arma", disse Danilo, num tom que dava a entender que logo em seguida ia falar em dinheiro.

"Melhor procurar a Mão Negra", aconselhou-o abruptamente Bevis Moistleigh, com um movimento de sobrancelhas cujo significado implícito era: *Isso não é óbvio?* O silêncio desencadeado por esse gesto era quase perceptível, como um rufar de tambores. O que um criptógrafo de baixo escalão como Bevis haveria de saber sobre a temida organização sérvia? Ocorreu a Cyprian, não exatamente pela primeira vez, a possibilidade de que Bevis estivesse ali para espioná-lo, talvez a mando de Derrick Theign, talvez a mando de um dos muitos elementos que, por sua vez, espionavam Theign.

Entre os especialistas em Bálcãs, era comum dizer que, a quem se interessava em movimentos de libertação e procurava membros para transformar em agentes duplos e trair sua causa, os eslavos do sul não eram nem um pouco receptivos. Ali, os nacionalistas e os revolucionários realmente acreditavam no que faziam. "É só de vez em quando que se encontra um búlgaro ou russo se passando por elemento local. Os russos são capazes de vender a mãe por um copo de vodca."

E, como era de se esperar, quem Cyprian haveria de encontrar naquela tarde, agindo com o mesmo desespero de sempre, senão seus antigos antagonistas, Micha e Gricha? Foi no outro lado do rio, perto da Careva Ulica, em Der Lila Stern, o antigo bordel para militares austríacos que agora servia a fins mais escusos. Cyprian e Bevis bebiam Žilavka com soda. Uma pequena banda de cabaré tocava atrás de uma artista espantosamente jovem, que cantava e dançava com um traje de odalisca, embora os véus estivessem ali mais por serem transparentes do que por qualquer outro motivo. "Ora", comentou Bevis, "ela é espetacular!"

"Pois", Cyprian concordou, "e você vê aqueles dois russos vindo pra nossa mesa? Acho que eles querem acertar umas contas antigas comigo, por isso, se não se incomoda, faça de conta que é uma espécie de guarda-costas armado, um tanto impulsivo, até, se faz favor...", dedilhando nervoso a pistola Webley no bolso interior do paletó.

"Kiprskni!", exclamaram eles, "pensávamos que você tinha morrido!" e outros gracejos. Não apenas não guardavam rancor daquela história com o coronel Khäutsch, mas também, como se adorando ver um velho rosto conhecido, não demoraram para lhe informar que agora não agiam mais como antes, no Prater.

"Matá-lo?", exclamou Micha. "Não! Matar por quê? Quem ia pagar dinheiro por isso?"

"E mesmo se alguém pagasse, não valia a pena", Gricha acrescentou. "É verdade, você perdeu um pouco de peso, mas *tchistka* seria muito demorada."

"O seu coronel deve estar por aqui", Micha mencionou, como se por acaso. "Em Viena, houve uma cena e tanto."

Cyprian ouvira falar naquela história, que havia entrado para o folclore da espionagem. Quando por fim o tempo se esgotou para o coronel, os outros oficiais seus colegas o deixaram sozinho numa sala do Ministério da Guerra com uma pistola carregada, esperando um suicídio tradicional, bem-comportado. Em vez disso, Khäutsch agarrou a Borchardt-Luger e foi atirando em todo mundo que viu pela frente, saiu do Ministério distribuindo tiros e entrou na Platz am Hof — no Kredit-Anstalt, que ficava ao lado, acharam que aquilo era um assalto, e por isso começaram a atirar também, de modo que por alguns instantes o Hofburg virou Dodge City, e então Khäutsch desapareceu — rezava a lenda que tomara o Expresso do Oriente, rumo ao leste. Nunca mais fora visto. "Oficialmente, isto é", Micha acrescentou.

"Chantagem não funciona mais", Grish quase chorando. "Preferir seu próprio sexo? Que é que tem? Hoje em dia isso apenas facilita ascensão profissional."

"No Serviço Secreto de Sua Majestade, eles ainda não são tão esclarecidos, infelizmente", Cyprian comentou.

"Turquia era um paraíso", suspirou Micha, "aqueles rapazes com olhos negros como figos."

"Isso agora mudou, é claro. Constantinopla é uma terra arrasada. E não há nada de jovem em Jovens Turcos, que não passam de uma quadrilha de velhos puritanos intrometidos."

"Se bem que tenho de admitir", interveio Cyprian, "que eles foram admiravelmente moderados, não promoveram o banho de sangue típico dos otomanos, tirando os casos de gajos empedernidos como o Fehim Pasha, antigo chefe de espionagem..."

"É, aquele caso em Brusa", Gricha sorrindo. "Foi feito com muito estilo, você não acha?"

Cyprian apertou a vista. "Vocês dois não... de algum modo... se envolveram nessa operação?"

Micha e Gricha entreolharam-se e riram baixinho. Um riso horrendo. Cyprian sentiu um intenso desejo de estar longe dali.

"Praticamente único ponto em relação a que ingleses e alemães não discordaram ultimamente", disse Micha.

"Pobre Fehim", disse Gricha, quando então seu companheiro, que estava virado para a entrada da rua, começou a agir de modo estranho.

Cyprian, que não tinha nenhum dom de vidência, compreendeu mesmo assim quem havia acabado de entrar. Depois de algum tempo, arriscou uma rápida olhada para trás. Khäutsch estava usando um monóculo que à primeira vista muitos julgavam ser um olho de vidro, e embora ele olhasse Cyprian de alto a baixo rapidamente, não pareceu reconhecê-lo — se bem que isso talvez fosse parte do jogo que ele estava jogando no momento, fosse lá qual fosse.

"Mas...", murmurou Bevis, puxando com insistência o braço de Cyprian.

"Agora não, Moistleigh. Estou sucumbindo à nostalgia."

Durante todo o entardecer, os muezins haviam conclamado os fiéis a rezar, do alto de uma centena de torres, antes do pôr do sol, depois do pôr do sol e mais uma vez no último instante de luz do dia. Lá dentro, uma música de modalidade semelhante acompanhava o *tsifté-télli* como se, tal como a prece, ela exigisse do corpo que se deslocasse para além das simplicidades do dia.

Muitos rapazes da cidade pareciam conhecer o coronel, embora todos fizessem questão de manter certa distância dele ao vir saudá-lo. Curioso, Cyprian foi se aproximando do grupo que se formara em torno da mesa do coronel. Ao vê-lo de perto, percebeu uma irregularidade fatal no comprimento do bigode de Khäutsch, bainhas desfiadas no paletó e nas calças, queimaduras de cigarro e depredações operadas por traças e outros insetos mais próximos ao chão. O coronel discorria sobre as virtudes do Décimo quinto Distrito Militar, mais conhecido como Bósnia. "Em Viena, o estado-maior sempre incluía algum componente prussiano, o que tornava difícil, se não impossível, uma vida com prazeres humanos. A honra do oficial... suicídio... esse tipo de coisa." Um silêncio constrangedor começou a descer sobre o grupo. "Mas aqui encontramos uma maneira mais equilibrada de encarar a vida, e os prussófilos causam menos danos." Mergulhou, como costumam fazer as pessoas que bebem demais, em sua própria história, um detalhado rol de queixas. A sua volta, as pessoas não estavam exatamente absorvendo suas palavras. Aos poucos Cyprian foi compreendendo, porém, que Khäutsch não estava tão bêbado assim. Os olhos permaneciam precisos como os de uma serpente, o que fez Cyprian lembrar, inevitavelmente, de castigos que havia sofrido por parte daquele sujeito cansativo, frequentador de bares vagabundos, castigos esses que, em alguns casos, na época ele chegara mesmo a julgar eróticos. Seria aquele desfiar de reclamações uma tentativa de sedução?

"É importante!" Era Bevis outra vez, puxando-o de volta para a mesa.

"Mil desculpas, Moistleigh, o que era, afinal?"

"Aquela dançarina do ventre." Apontou a direção dela, a testa franzida com gravidade.

"Uma bela menina, sim, e daí?"

"É um rapaz!"

Cyprian apertou a vista. "Parece que sim. Bem que eu queria que meu cabelo fosse assim." Quando olhou mais uma vez para a outra mesa, o coronel, coisa curiosa, havia desaparecido.

De algum modo, voltaram para sua pensão, e no dia seguinte Cyprian foi de um hotel ao outro, e acabou descobrindo que Khäutsch, que se registrara no Europe sob nome falso, já havia partido, tendo invocado um motivo que não tinha a ver nem com dinheiro nem com ameaças de mortes para que seu próximo endereço não fosse divulgado a ninguém.

Danilo, que sabia tudo, foi ao quarto de Cyprian com um alerta. "Hesitei antes de vir perturbá-lo com esta notícia, Latewood, pois você me pareceu mais um desses jovens neurastênicos que agora encontramos por toda parte. Mas é importante que você fique sabendo. A missão que o trouxe a Sarajevo é falsa. Foi só para atraí-lo até a Bósnia, onde é mais fácil para os austríacos prendê-lo. Seus patrões ingleses entregaram você a eles como 'agente sérvio', de modo que nem eles nem, dado o clima atual, sequer os ingleses se sentirão muito inclinados a poupá-lo. Tudo indica que você não deve mais nada à Inglaterra. Aconselho-o a ir embora. Salvar a pele."

"E o coronel Khäutsch, qual o envolvimento dele nisto?"

As sobrancelhas de Danilo subiram, sua cabeça inclinou-se num ângulo duvidoso. "Ele tem que tomar muitas precauções por sua própria segurança. Mas será melhor para você sair da cidade."

"Quer dizer que você jamais pretendeu sair daqui."

"Eu imaginava que a esta altura eles já teriam resolvido a questão política." Desviou a vista, depois voltou o olhar para o outro. "Mesmo assim..."

"Pode prosseguir, sou uma pessoa totalmente descartável."

"Por motivos que talvez não seja necessário que você saiba, para mim agora tornou-se mais problemático ficar."

"A Crise aprofundou-se, ou algo assim."

Danilo deu de ombros. "Tomem. Melhor usar isto." Entregou um fez a Bevis e outro a Cyprian. O de Cyprian era tão pequeno que era necessário forçá-lo, como se aparafusando-o, para que ele se encaixasse no cocuruto, enquanto o de Bevis a toda hora escorregava para baixo e cobria seus olhos e orelhas. "Espere aí, vamos trocar." Coisa estranha, a troca não resolveu o problema.

"Isso não faz sentido", murmurou Bevis.

"Acontece às vezes", Danilo, misterioso, "porém mais nas histórias antigas do que nos dias atuais. A cabeça de um infiel o trai *rejeitando o fez*. Talvez vocês dois sejam cristãos devotos?"

"Nem tanto", Cyprian e Bevis protestaram ao mesmo tempo.

"O fez sabe", disse Danilo. "Impossível enganá-lo."

* * *

    Duas semanas depois as coisas haviam deteriorado de modo desesperador. Cyprian e Danilo estavam sem rumo e sem mapa numa região de montanhas e florestas e ravinas inesperadas cobertas de mato denso, em algumas das quais, na verdade, escaparam de cair por um triz. Outro problema sério era que haviam perdido Bevis. A caminho de Bosna-Brod, ele simplesmente desaparecera do trem, sem explicações.

    Vasculharam os vagões cheios de famílias judias viajando para a estação de águas de Kiseljak, engenheiros da mina de manganês de Cevljanovic, mineiros atuantes nas minas de carvão e ferro, esposas e filhos e namoradas fiéis (uma categoria que causava um desconforto vago em Cyprian) indo visitar detentos na prisão de Zenica, mas não conseguiram encontrar Bevis. Temendo alguma coisa mais séria, Cyprian, que só tinha vontade de tocar viagem, sentiu-se obrigado a saltar do trem e procurar o desaparecido.

    Danilo agora parecia preocupado com sua própria sobrevivência. "Esqueça-se dele."

    "Nós dois viemos pra levar você embora daqui."

    "Ele sabe se cuidar sozinho, não é mais um problema seu."

    "É mesmo? Então o Theign o entregou também?" Cyprian sentiu uma melancolia viscosa, bem conhecida, aproximando-se mais e mais.

    "Ingleses. Vocês são uns bobos."

    "E no entanto —" Cyprian puxou o cordão de emergência, e na discussão acalorada com os guardas e condutores que se seguiu, simulou um acesso de histeria, coisa que muitas vezes lhe fora útil, Danilo assistindo àquilo como se fosse um espetáculo no parque, tão distanciado como se estivesse vendo marionetes batendo-se com porretes.

    A última vez que eles se lembravam de ter visto Bevis no trem fora pouco antes de Lašva, onde ficava o entroncamento de Travnik e Jajce. "Havia uma conexão esperando", o condutor deu de ombros. "O seu amigo pode ter trocado de composição e ido para Jajce." Concordou em passar um telegrama para o escritório da Linha Bosna em Sarajevo, Cyprian e Danilo saltaram e o trem seguiu viagem. Os dois foram retrocedendo, examinando desfiladeiros e margens de riachos até que a luz do dia se esvaiu, fazendo perguntas a pescadores, guardas, camponeses, vagabundos, mas ninguém tinha visto um jovem inglês com terno verde-alga. Já havia escurecido fazia um bom tempo quando chegaram a Lašva, onde encontraram uma estalagem e tentaram dormir até que o dia nascesse, quando então pegariam o trem matinal para Jajce. Cyprian ficou olhando pelas janelas, primeiro para um lado, depois para o outro. Danilo, munido de igual determinação, não olhou por janela alguma.

    "Pode ter sido uma decisão dele mesmo", comentou após algum tempo.

    "Você vai ser o próximo, imagino", Cyprian respondeu, um pouco ríspido, deu-se conta.

"Duas belas opções — os filhos da puta dos austríacos lá fora ou a sua proteção duvidosa. Uma ou outra, eu acabo morrendo." Em Jajce havia uma cachoeira de trinta metros de altitude, ficando a maior parte da cidade no alto de um morro em forma de ovo, e um forte antigo. Resolveram ir a pé da estação até o Grand-Hôtel, com base na teoria segundo a qual se Bevis estivesse na região, provavelmente estaria lá. O lugar parecia ter sido transportado, por alguma magia negra, diretamente dos Alpes austríacos. Cyprian pôs a mão atrás da orelha. "Estarei a ouvir cantoria alpina? Estarão os funcionários do hotel a usar aqueles, aqueles chapéus? Aqueles calções de couro? Na verdade, nas atuais circunstâncias, calções de couro..." Deteve-se por um momento, entregue a um devaneio febril.

Ninguém na recepção tinha visto Bevis. "Mas aqueles cavalheiros ali estão à sua espera, imagino."

Cyprian acocorou-se e deu meia-volta, tentando lembrar-se onde havia colocado sua pistola. Danilo aguardava com um sorriso cáustico, sacudindo a cabeça devagar de um lado para o outro enquanto os dois visitantes, criando uma zona de exclusão a sua volta, se aproximavam.

Mão Negra, Danilo não tinha dúvida. "Se eles acharem que somos agentes sérvios, vão nos tratar bem — *Zdravo, gospodini*."

Sem desperdiçar tempo com conversa fiada, Batko, o maior dos dois, indicou com a cabeça o bar do restaurante. Cyprian tinha consciência da presença de madeira escura e cabeças de alces a seu redor. Batko pediu *šljivovica* para todos. Seu companheiro, Senta, tirou um caderninho do bolso, examinou-o rapidamente e disse: "Tomem — vocês precisam evitar todos os trens".

"*Ne razumen*", Danilo intrigado.

"Os austríacos tentam de todo modo impedir que vocês dois se aproximem da fronteira croata. Eles mandaram veículos motorizados, e pelo menos doze homens bem armados."

"Tudo isso só pra nós?", exclamou Cyprian.

"Nós da —", Batko, fazendo beicinho, deixou um intervalo de silêncio no qual era aconselhável não inserir a expressão "Mão Negra" — "sempre protegemos os nossos. Mas vocês são hóspedes na Bósnia, e reza a tradição que os hóspedes são os últimos a morrerem. E considerando quem quer matá-los..." Ele deu de ombros.

"Daqui em diante, vocês terão poucas opções." Senta pegou um mapa pequeno, danificado, que parecia ter sido arrancado de um guia turístico. "Podem seguir a pé, rio acima, dois dias de viagem, até Banjaluka, e se sentirem que já dá para arriscar a ferrovia, tentem ir para Zagreb. Ou então podem voltar pelo mesmo caminho que foram, atravessando Vakuf, até Bugojno, onde podem tomar a rota das diligências, que atravessa a serra, chegando à costa, e pegar um barco em Split. É claro que há milhares de trilhas, e é fácil perder-se, o inverno está próximo, há lobos na região, de modo que o melhor mesmo é seguir pelo caminho das diligências, desde que vocês fiquem alerta."

"Depois de cruzarmos a crista da serra", disse Cyprian, "vou me sentir tranquilo no Velebit, conheço gente por lá. Mas imagino que não seja possível contratar um guia pra subir este lado", um comentário que provocou risos.

"São tempos difíceis pra todos", explicou Batko. "Se vocês realmente precisarem de ajuda, podem tentar gritar 'União ou morte', mas nada é garantido..."

Não demorou para que aquela discussão se tornasse acadêmica.

Cyprian e Danilo seguiam por um vale, nas encostas íngremes as folhas das árvores se avermelhavam, os salgueiros à margem do rio tinham os galhos nus, melancólicos, pequenas cascatas pareciam ruidosas naquele outono esvaziado de seres humanos e animais de pasto, o ar fresco e imóvel, nenhum sinal de estarem sendo seguidos desde que haviam se afastado de Batko e Senta, rostos marcados pela tristeza da despedida, perto da fábrica de cloro nos limites da cidade.

Ao cair da tarde, compraram uma truta e uns lagostins cozidos que vieram num saco, e mal entraram num olival onde estavam pensando em passar a noite quando, sem aviso prévio, o ar encheu-se dos zumbidos de balas de Parabellum 9 mm, em alta velocidade, atingindo, por ora, superfícies que não eram humanas e ricocheteando, felizmente, para longe, se bem que agora se tornara essencial encontrar um lugar naquele momento, em que a morte invisível estava por toda parte, "como Deus", ocorreu a Danilo depois. Pedaços de gesso caíam dos muros de pedra à beira-estrada. Pequenas nuvens de poeira branca subiam no ar. Atravessaram o olival correndo, as folhas das árvores estremecendo na tempestade invisível, frutos quase maduros caindo. Em algum lugar, gansos acordaram e começaram a protestar, como se esse tipo de coisa só pudesse acontecer durante o dia.

"Você trouxe a sua pistola?"

Danilo exibiu uma pequena Savage .32 do exército português. "Não adianta, só tenho dois pentes de bala."

Meio às cegas, saíram correndo em busca de um terreno mais alto. Foram salvos pela escuridão. Assim, perseguidos, subiram a serra, em meio a picos de pedra, penetrando a floresta, num terreno cada vez mais inóspito, e tudo que tinha a ver com aço, pureza geométrica de bitolas, ferrovias e horários e a grande rede, para não falar no tempo europeu habitual, deixou de fazer parte do cotidiano deles, e viram-se jogados no século anterior. O outono se aprofundava, as cores escureciam, o negro que vive no âmago de todas as cores reafirmava-se. As montanhas estavam recobertas por faixas de nuvens como se rasgadas de batalhas longínquas que já haviam iniciado, projeções da Crise... Os carneiros que haviam se confundido com as sombras das nuvens a riscar o fundo dos vales tinham ido para os apriscos onde se protegiam do inverno que já quase chegava, as montanhas de calcário pareciam alcançar o céu, cada vez mais orgulhosas, à medida que as temperaturas despencavam e as primeiras neves surgiam nos cumes. Nos vales pairava fumaça de linhita lançada pelas chaminés.

Naquela serra, perto do entardecer a luminosidade tornava-se solene, tremenda. Os fugitivos ansiavam por estar protegidos em algum lugar, fora dali, e no entanto sabiam que a única chance que tinham de sobreviver estava ao ar livre, longe das cabanas de abrigo, dos pavilhões de caça, das estâncias hidropáticas. Era preciso que estivessem lá onde as fuinhas zarpavam de uma sombra a outra como fantasmas, e as entradas das grutas ofereciam não segurança, porém medo.

Tudo convergia em negrume, um negrume que não era aliviado por chamas de velas nem fumaça de lenha. A cada noite começava um drama, em idiomas que por vezes nem mesmo Danilo era capaz de compreender. Perto das pequenas bacias montanhosas chamadas *poljes*, onde estariam os aldeões que os haviam evitado tão cuidadosamente à luz do dia — onde, em meio àquele deserto de calcário, havia aldeias, ao menos? Não se via vivalma do lado de fora depois que a noite descia, ninguém para colher, fazer fogo, cozinhar ou lavrar — toda a comunidade recolhia-se a tocas, túneis, a indiferença dorsal da besta. As superfícies imóveis das lagoas refletiam estrelas de ouro branco, de vez em quando obscurecidas pelo que andasse à solta naquele deserto mineral.

Uma tardinha, logo antes do pôr do sol, olharam para a muralha de montanhas que se elevava, e por toda sua extensão até a crista havia estranhas manchas de luz por toda parte, brilhantes demais para serem neve, porém não alaranjadas nem vermelhas o bastante para serem fogo, como se grandes cortinas de vapor incandescente percorressem o vale lá embaixo, e contra o reflexo no rio dessa passagem incandescente, ereto sobre uma ponte antiquíssima, acima de seu arco puro em silhueta, destacava-se um vulto, envolto numa capa, solitário, imóvel, não esperando, não acenando, sequer contemplando o espetáculo que se destacava no alto da encosta, porém contendo em seus contornos severos uma imensa quantidade comprimida de atenção, dirigida a alguma coisa que Cyprian e Danilo não podiam enxergar, embora em breve viessem a compreender que seria bom se pudessem vê-la.

Foram apanhados de surpresa uma noite, numa encosta negra sem nome, por uma tempestade que descera do norte e de um silêncio premonitório. Danilo, um citadino empedernido, olhava a sua volta, como se esperasse que um vendedor de guarda-chuvas aparecesse.

"*Djavola!* que tempo!"

"Pra um britânico", observou Cyprian, "isto nos faz quase sentirmo-nos em casa, chega a ser aconchegante... Você crê que eles já perderam a nossa pista?"

"Perderam, sim, eles nos empurraram pra cá, onde a montanha pode fazer o serviço por eles. Com isso, economizam balas."

Haviam chegado a um impasse assustador, detidos por uma muralha de rocha lisa como gelo, levantada milhões de anos antes como se expressamente para aquele momento... Não vinha luz de lugar algum. Sabiam que o terreno abria-se por toda parte em ravinas com despenhadeiros profundos. Nenhum dos dois sabia como sair daquele precipício negro e feroz.

Quando escorregou e caiu, pela primeira vez Cyprian se viu envolvido num abraço que não o desejava, e tornou-se apenas mais um componente da esfera do mecânico, o corpo dotado de alma em que acreditara até então de súbito era bem menos importante do que a massa, a velocidade, e a gravidade fria, ali diante dele, depois dele, apesar dele. Enquanto a tempestade rugia a seu redor, lentamente ajoelhou-se e, constatando que não havia nenhuma dor além da esperada, pôs-se de pé. Danilo havia desaparecido. Cyprian gritou seu nome, porém a tempestade rugia mais alto. Não sabia para que lado olhar. Ficou parado na chuva, já quase transformada em granizo, e chegou a pensar em rezar.

"Latewood."

Não vinha de longe. Cuidadoso, cegado pela noite e pela tempestade, Cyprian moveu-se em direção à voz. Encontrou uma presença animal encharcada e quebrada que ele não conseguia enxergar.

"Não me toque. Acho que minha perna está quebrada."

"Você consegue —"

"Não consigo ficar em pé — acabei de tentar." Muitos anos antes, num quarto alugado, sombras de colunatas, jardins públicos, amenidades burguesas de um mundo em paz, Cyprian havia se imaginado capaz de ouvir os resíduos de verdade por trás das mentiras que todos contam no escuro. Ali, naquele momento, naquela escuridão menos comprometida, o que ele ouvia vindo de Danilo era claro demais. "Você tem que levar-me daqui", disse a voz já quase incapaz de insinuações — sem a possibilidade de um outro sentido. "Vamos ter que usar isto." Era um Mauser antigo que haviam encontrado numa casa vazia no início da encosta.

"Mas vamos precisar dele para —"

Paciente, Danilo explicou. Cyprian despiu o casaco, que foi quase arrancado de suas mãos pelo vento, e depois a camisa, o frio atingindo-o como um brutamontes de rua indiferente a qualquer argumento que ele pudesse oferecer, rasgou a camisa em tiras e tentou, com dedos que rapidamente perdiam toda a sensibilidade, amarrar o rifle à perna quebrada de Danilo, à guisa de tala. "Você consegue endireitá-la?" Pontas de gelo atingiam seus rostos na horizontal.

"Consigo, mas acho que não quero." Mesmo com suas mãos entorpecidas, Cyprian sentia a fratura. Mãos acostumadas à musculatura de membros, à apreciação refinada da perfeição corpórea, agora sentiam-se incapazes de agir diante da necessidade de corrigir aquele dano. "Vamos", Danilo gritou com raiva contra o vento. Não havia motivo aqui para não gritar tanto quanto a dor pedia. *"En tu kulo Dio!"*

Com a coronha do fuzil na axila, Danilo constatou que conseguia se deslocar por uma distância pequena, pelo menos de início. Porém avançava muito devagar, doía demais, e não demorou para que Cyprian fosse obrigado a sustentar o peso de Danilo outra vez. Ele sabia que precisavam seguir pelo divisor de águas até chegarem a uma ravina grande, e aí descer até o leito do rio e continuar a seguir encosta abaixo até encontrar uma habitação humana. Antes que morressem congelados. Pelo menos, a teoria era essa. Porém abrigo, um mínimo bolsão de ar tranquilo em que uma chama pudesse durar o tempo suficiente para firmar-se, uma superfície larga o bastante para cochilar por cinco minutos, nenhum desses confortos domésticos apareceria tão cedo. Havia também a possibilidade de gangrena causada pelo frio, a cada passo, a cada mudança do vento. Se parassem de andar, morreriam de frio. Mover-se era a chave, chegar a um lugar seguro era por ora um luxo remoto demais para sequer ser concebido. Lobos gritavam uns para os outros, como se monitorando o deslocamento do menu de um jantar que lhes estava sendo entregue de bandeja. De vez em quando, depois que a tempestade passou, às vezes o luar era suficiente para fazer brilhar um par de olhos interessados. Apenas pelo tempo suficiente para que a criatura virasse a cabeça num ângulo diferente, como se não quisesse revelar seu olhar por muito tempo. A essa altura Danilo já estava com febre. Seu peso lentamente foi se aproximando da inércia absoluta de um cadáver. Às vezes, inexplicavelmente, ele tornava-se ausente.

"Onde está você?" Cyprian sentia um vento levando sua voz embora para a imensa indiferença.

"Onde está você?", ele gritou. Por um momento terrível, sentiu vontade de não receber resposta alguma.

A chuva descia sobre o vale, quase neve, castigando, fina, um pirata europeu branco cheio de intenções malévolas.

"Eu esperava, não sei, uma espécie de fim de semana no campo", dizia Cyprian. "'Neve? Não se preocupe, a temperatura média em Sarajevo é dez graus centígrados, um sobretudo leve é o que basta.' Theign, seu fanchono, muito obrigado."

Tinham encontrado uma aldeia pequeníssima, uma excrescência de pedra grudada na encosta de uma montanha, e lá puderam abrigar-se. Passava-se de um cômodo a outro, alguns deles dotados de telhado, outros não, através de escadas grosseiras e arcos, túneis penetrados pela neve, pátios cobertos de lama, com estruturas cuja construção, iniciada havia muito tempo com um único galpão, se estendera ao longo dos séculos. Granizo e neve, gélidos, trazidos pelo vento, varriam as ravinas, uivavam por entre as telhas. O outro lado do vale muitas vezes tornava-se invisível, nuvens desciam em forma de saliências de contornos nítidos, como baluartes de uma cidade murada, todas as cores desapareciam, o verão era um país lendário, irreal, irrecuperável. Cães encharcados, descendentes de ancestrais que viveram ali na Idade das Trevas, rememorando as paredes em cuja sombra eles outrora se deitavam para proteger-se do sol, agora procuravam as incertezas da vida entre quatro paredes. Havia minas de linhita do outro lado do vale, Cyprian sentia seu cheiro quando o vento soprava na direção certa, e de vez em quando era possível ir até lá com um burro e pegar um pouco da substância, uma tarefa que ocupava um dia inteiro quando o tempo estava bom e normalmente se estendia por uma noite ou duas — mas o que mais preocupava os aldeões era a localização dos estoques de lenha — eles assumiam proporções de tesouro escondido à medida que o inverno se adensava, e na aldeia acreditava-se que era legítimo matar, ou pelo menos fazer pontaria e atirar em qualquer pessoa que pegasse lenha alheia. O cheiro de fumaça de lenha vindo de algum lugar em meio aos guardafogos de pedra era indício de algum evento familiar mantido em silêncio. "Ela acha que está com frio outra vez", comentavam, ou então: "Snežana está cozinhando mais batatas. O estoque dela já deve estar quase no fim".

De início impelido pela febre, e depois nos longos períodos em que tranquilamente afundava no sono, à medida que pouco a pouco foi sarando, Danilo começou a falar sobre Salônica, a cidade de sua juventude, as mulheres junto às fontes pela manhã, o pastel de *kwezo* de sua mãe, desfiles nas ruas de lutadores e músicos ciganos, cafés que passavam a noite toda abertos. "De início eu tentava voltar lá sempre que podia, mas foram se acumulando as minhas responsabilidades em Sarajevo, e um dia acordei e percebi que havia me transformado num bósnio. Eu queria lhe mostrar Salônica um dia, Latewood, é o mundo inteiro numa única cidade, e você devia conhecer a minha prima Vesna, ela canta num bar de haxixe no Bara, você vai gostar dela tanto quanto eu..."

Cyprian, educadamente, piscou. Nenhuma questão de desejo, nem entre eles nem por terceiros, jamais havia se colocado — talvez fosse a exaustão geral que os dois jovens eram obrigados a combater a cada momento, ou apenas a descoberta mútua de que um não fazia o tipo do outro, ou então, o mais estranho de tudo, de alguma maneira quase impossível de reconhecer, Cyprian havia se transformado na mãe de Danilo. Ele constatava, surpreso, o surgimento em sua personalidade de dons jamais suspeitados antes, em particular o de fazer sopa, bem como uma disposição por vezes absurda de sacrificar todo o seu conforto até certificar-se de que Danilo estaria protegido por mais algum tempo, ainda que breve.

Esta primeira vivência da libertação do desejo trouxe a Cyprian o deleite inesperado do primeiro orgasmo. Estava acordado numa noite negra, densamente nublada, velando o sono de Danilo, como se fosse necessário estar preparado a qualquer momento para intervir, para penetrar nos pesadelos e delírios do outro. De repente, não, não foi de repente, foi mais da maneira como às vezes acordamos muito devagar, cônscios da presença de luz no quarto, Cyprian constatou que por algum tempo indefinido não havia sequer imaginado o desejo, seu despertar, sua realização, qualquer ocasião de desejo. O desequilíbrio que estava acostumado a vivenciar como um espaço de entorpecimento no sensório dos dias, como se o tempo fosse provido de nervos sexuais, um trecho do qual havia ficado à espera, esquecido, misteriosamente, não estava mais lá — fora ocupado por alguma outra coisa, uma clareza, uma intensificação geral da temperatura...

É claro que a coisa passou, como passam os impulsos de desejo, porém o mais estranho era que inesperadamente ele dava por si tentando localizá-la outra vez, como se fosse algo ao menos tão desejável quanto o desejo.

Danilo já conseguia andar com bastante facilidade, auxiliado por uma bengala com um castão em forma de cabeça de lobo, que fora preparada para ele durante o inverno, com madeira de freixo, por seu amigo Zaim. Um dia ele entrou e viu Cyprian cortando batatas, cenouras e cebolas para preparar uma sopa, e pela primeira vez conversaram sobre a travessia das montanhas que haviam feito juntos.

"Foi sorte", Cyprian deu de ombros, "tivemos sorte."

"Foi a vontade de Deus", replicou Danilo.

"Qual dos seus vários Deuses, exatamente?"

"Só existe um Deus."

Cyprian não estava tão certo. Porém, vendo a utilidade de permanecer apegado ao dia, limitou-se a fazer que sim com a cabeça, e continuou a cortar os legumes.

Quando voltaram para o aço e os trilhos paralelos, constataram que as ferrovias estavam nervosas, movidas por uma apetência quase mortal, bandos de soldados irregulares portando fuzis compridos e antigos, cujas ferragens traziam versículos sagrados do Alcorão, unidades de bósnios católicos munidos de Mannlichers fornecidos por seus senhores austríacos, guerrilheiros turcos seguindo para Constantinopla para participar da revolução em sua terra, soldados regulares do exército austríaco em grandes números nas fronteiras, detendo todo mundo, sem poupar os turistas ingleses, pois Cyprian esperava passar por um deles, nem mesmo os turistas alemães, que eram numerosos, tendo vindo como se para testemunhar algum espetáculo profano, um drama da Paixão sem Cristo.

É da natureza das presas, Cyprian refletia mais tarde, que às vezes, em vez de submeter-se às exigências de um predador, elas façam questão de criar dificuldades. Fugir para salvar a pele. Disfarçar-se. Desaparecer numa nuvem de tinta, numa extensão de mato, em buracos na terra. Até mesmo, coisa estranha, lutar. Os darwinistas sociais da época estavam sempre louvando as maravilhas das garras e dentes ensanguentados, mas curiosamente não celebravam a velocidade e o logro, o veneno e a surpresa.

O importante, com relação aos disfarces, pensava Cyprian, era não parecer russo. Não que as habilidades que se tornavam necessárias lhe viessem de repente, como se concedidas por uma providência especial — dessa vez, ele fez poucas coisas que não houvesse feito antes. Em Bosna-Brod, foi obrigado, com uma indumentária que era melhor nem mesmo associar a qualquer conceito de bom gosto, a se fazer passar pela esposa de um funcionário público britânico, dessas que desprezam tudo aquilo que não é inglês, exigindo com uma voz aguda de soprano que a deixassem voltar a ficar com o marido em relação ao qual, embora fosse um personagem fictício, Cyprian teve o cuidado de dar a entender que sua adoração não era completa, ao mesmo tempo que dizia o diabo de todas as coisas bósnias, as acomodações, a comida — "Quem inventou esse horror de carneiro com espinafre?" "É *kapama*, é bom, eh?" —, até mesmo, como se esquecesse o quanto isso era arriscado, os homens — "Que espécie de rapariga vocês acham que vão agradar, com essas calças frouxas ridículas, esses lenços amarrados à cabeça..." —, o mais estranho sendo que aqueles soldados e regulares em particular eram tão belos e musculosos quanto, em outras circunstâncias, seria possível desejar... mas era mais importante localizar todas as armas de fogo, visíveis ou não, em mãos possivelmente hostis, uma questão de minutos, e optar — quase, por ora, automaticamente, mais de uma via de fuga provável... por vezes ele recorria ao oposto do disfarce e recolhia-se a uma submissão fatalista tão completa que, depois que ele e Danilo passavam, ninguém sequer se lembrava de tê-los visto, embora a essa altura a ferida de Danilo já voltasse a se fazer sentir, juntamente com seu desespero. Havia momentos daquela passagem em que Cyprian tinha vontade de chorar pelo sofrimento do outro, mas sabia que, com a ausência de piedade que caracteriza acima de tudo as presas, a sobrevivência, em casos como aquele, nada devia ao sentimentalismo.

Em Belgrado descobriram que os dois rios estavam sob interdição. Esse fato só fez aumentar a irritação e determinação de Cyprian de sair dali. Em meio à neblina de final do inverno, entre cúpulas e pináculos de pedra e ferro enferrujado, anjos enormes, quebrados, desfigurados, porém ainda em pé, isolados, no alto dos morros, com rostos curiosamente específicos, Danilo e Cyprian seguiram para o sul através da Sérvia, mas logo constataram que todas as estradas que cruzavam a serra e chegavam à costa ficariam interrompidas pela neve durante algumas semanas.

Em Pljevlje, pararam por um dia apenas para orientar-se. Havia neve nas montanhas escuras. Era uma cidadezinha bonita, com quatro minaretes, um campanário e a *konak* do Paxá a esparramar-se pelos contrafortes. As tropas austríacas estavam saindo, tal como ocorria por todo o *Sanjak* de Novi Pazar, como parte do acordo com a Turquia referente à anexação — massas azuis fragmentadas pela neve que caía de vez em quando, filas que passavam radialmente uma por uma, como se uma grande roda apocalíptica por fim tivesse começado a girar... embreagens engatando, grupos de jovens com uniformes que não lhes serviam muito bem conversando e marchando no crepúsculo geral.

"Se conseguíssemos chegar em Kossovska Mitrovitsa", calculava Danilo, "coisa de cento e trinta, cento e cinquenta quilômetros daqui, podíamos tomar um comboio para o sul, e ir para Salônica."

"A cidade da sua infância", Cyprian lembrou. "Sua prima Vesna e não sei o que mais."

"Faz anos. Antes eu não achava que era exílio."

Em janeiro, o ministro das Relações Exteriores da Áustria, o réptil Aehrenthal, finalmente obtivera do sultão uma concessão para construir uma ferrovia que ia da fronteira da Bósnia, atravessando o *Sanjak*, até o fim de linha turco em Kossovska Mitrovitsa. Agora essa ferrovia abstrata, não ainda construída, estava ali, invisível, cruzando a neve, as gargantas e vales, um elemento da diplomacia aguardando a hora de entrar na existência material.

Cyprian e Danilo a seguiam tanto quanto possível. Acompanhavam vivandeiros e prostitutas, o material rodante fantasma das carroças militares e agrícolas, quase sempre caminhando com os pés arrebentados, até que um dia viram minaretes e acampamentos turcos no morro que se elevava por trás de uma cidade que nada tinha de notável, que era Kossovska Mitrovitsa.

Tomaram um trem físico ou material e seguiram para o sul, tiritando com a umidade do inverno, dormindo e acordando com o barulho o sacolejo da composição, como se drogados, indiferentes à comida, fumo, álcool... Por toda a extensão da Macedônia, passando por lugares de romaria, encontrando santuários e lugares sagrados abandonados, varridos pelo vento, as plataformas das estações isoladas, Cyprian era alvo de olhares de vez em quando, ainda que não de modo previsível, nos cruzamentos ou pistas auxiliares, nos arcos das estações, como se os que olhavam fossem camaradas de combate que houvessem compartilhado com ele uma obscura derrota vergonhosa no campo de batalha — não exatamente uma derrota, e sim com um incentivo para bater em retirada de uma escaramuça. O destino havia avançado um peão, o gambito não fora aceito, e o desânimo do que fora rejeitado gemia pelos fios acompanhando a extensão da ferrovia, passando sob o monte Negro de Skoplje, pela própria cidade, pelo monte Vodno, ao longo do vale do Vardar, pela região vinícola da planície de Tikveš, passando pelo Demir Kapija, o Portão de Ferro, até chegar ao mar Egeu e o final da linha, Salônica — onde, da nuvem de nicotina e haxixe do Mavri Gata ou Gato Preto, uma taberna de marinheiros, sem mais nem menos saiu correndo uma moça magra de cabelo claro, que saltou sobre Danilo e abraçou-o não apenas com os braços mas também com as pernas, gritando seu nome repetidamente.

"É a minha prima", Danilo explicou por fim, quando conseguiu parar de soluçar o tempo suficiente para formar uma frase. "Vesna."

Outrora, numa outra vida, Cyprian teria explicado, no seu tom mais gélido: "Ah, sei, encantado", porém, viu-se possuído, boca, olhos e seios nasais, por um sorriso que não conseguia controlar. Tomou a mão da moça. "Seu primo me disse que a família dele vivia aqui. Estou tão feliz quanto ele de vê-la. Talvez até mais." O alívio que sentiu foi o bastante para fazê-lo começar a chorar também. Ninguém reparou.

Quando Cyprian e Danilo chegaram a Salônica, a sociedade ainda reverberava como um gongo golpeado por efeito dos acontecimentos da primavera e verão, quando o sultão turco foi obrigado a restaurar a constituição e os rebeldes conhecidos como os Jovens Turcos chegaram ao poder no país. Desde então, Salônica vivia com os nervos à flor da pele. A cidade fervilhava com legiões recém-despertadas e mal-humoradas de homens armados em trânsito, como se aquele antigo e odorífero amontoado de telhados vermelhos, cúpulas, minaretes e ciprestes que se esparramava por encostas íngremes e escuras fosse o cortiço da Europa. Todos concordavam que estava escrito que Salônica cairia sob a influência austríaca — pois Viena sonhava com o mar Egeu tal como os alemães sonhavam com Paris —, quando na verdade os jovens e castos revolucionários da Turquia já haviam começado a reimaginar o lugar — "Aproveite a silhueta da cidade enquanto você pode", Danilo quase em lágrimas, "o conceito de uma cidade nua de mesquitas está quase chegando aqui, um lugar árido, moderno, ortogonal, totalmente despido do mistério de Deus. Vocês que são do norte da Europa vão se sentir em casa".

No cais do porto, entre a estação ferroviária e o gasômetro, das cervejarias e bares de haxixe do bairro Bara, as moças eram venais e ocasionalmente (porém, nesses casos, surpreendentemente) belas, os homens usavam trajes de um branco chamativo ou então cor de pérola com sapatos do mesmo tom, e Cyprian compreendeu que se de algum modo maculasse aqueles sapatos limpíssimos, ou sequer fizesse um comentário sobre eles em voz alta, poderia pagar com a própria vida.

No Mavri Gata a quantidade de fumaça de haxixe era suficiente para enlouquecer um elefante. No fundo do salão, como se por trás de uma iconóstase musical, udes, baglamas e uma espécie de saltério chamado santur estavam sendo tocados sem intervalo. A música era feroz, a escala era oriental, segundas e sextas bemolizadas, e uma espécie de portamento sem trastes entre as notas, que se tornava imediatamente familiar embora a letra fosse numa espécie de grego truncado de prisão do qual Danilo confessou só compreender cerca de uma palavra a cada dez. Nessas modalidades noturnas, "estradas", no dizer dos músicos, Cyprian ouviu sinos não de pátrias definidas, e sim da libertação proporcionada pelo exílio até a morte. Estradas que aguardavam a sola de sapato gasta, a roda envolta em ferro e promessas de desgraças numa escala que os cursos de estado-maior militar estavam apenas começando a conceber.

Vesna era uma chama, um foco brilhante de percepções, conhecida naquela cidade como *meraklú*. "*Tha spáso koúpes*", ela cantava, "vou esmagar todos os copos e sair e tomar um porre por causa do jeito que você falou comigo..." Facas e pistolas apareciam de vez em quando, embora algumas estivessem apenas à venda. Fregueses promissores recebiam doses de soporífero na cerveja e, quando acordavam, constatavam que tudo que possuíam tinha sido roubado, inclusive as meias que calçavam. Marinheiros abandonavam seus navios de guerra para ficar com mariposas que juravam desafiar seus cafetões ou maridos, por mais fatais que fossem as consequências. Valentões provenientes de Constantinopla, em viagens de negócios, instalaram-se em mesas, fumando narguilés, fazendo contas sem mover os lábios, examinando os rostos de todos que entravam e saíam. A presença deles (Cyprian ficou sabendo disso graças a Danilo) não podia ser desvinculada das atividades do Partido da Turquia

Jovem e de seu Comitê União e Progresso, cuja sede ficava ali em Salônica. Havia equipamentos militares de que aqueles jovens idealistas tinham necessidade, bairros onde eles precisavam entrar e sair sem ser molestados, e somente os "rapazes dervixes" saberiam como ajudá-los. Havia ainda os alemães, sempre em contato com agentes do Comitê, tão arrogantes que não se davam ao trabalho de utilizar identidades falsas, assumindo sua condição teutônica, como se o valor da emulação fosse tão evidente que não merecia comentários. Crianças albanesas com pilhas de *kouluria* em bandejas equilibradas com firmeza nas cabeças perfeitamente achatadas entravam e saíam correndo. Vidros quebravam-se, pratos eram batidos repetidamente, *kombolói* estalavam em dezenas de ritmos diferentes, pés marcavam a batida da música no chão. Mulheres dançavam juntas o *karsilamás*.

"*Amán*", Vesna exclamava, ululava, "*amáaáaán*, tem pena, eu te amo tanto..."

Ela cantava um anelo tão profundo que a humilhação, a dor e o perigo deixavam de ter importância. Cyprian havia deixado tanta emoção para trás que levou oito compassos inteiros para compreender que aquela era a sua própria voz, a sua vida, a sua pequena vitória sobre o tempo, voltando a belos braços e pernas e madrugadas primaveris e um coração batendo com tanta felicidade que não dava para refletir, impelindo-o em direção ao que ele sabia ser sua necessidade, a coisa sem a qual não era possível viver. *Stin ipochí*, dizia a canção, muitas delas — naquele tempo, naquele dia... o que havia acontecido? Onde está o desejo, e onde estava ele, que outrora era feito quase exclusivamente de desejo? Contemplou a aurora pela porta da rua, o destino cíclico de mais uma Criação que cabia numa única sala, montada a partir do nada pelas horas escuras, com golpes baixos, pequenas distorções, infidelidades, passo a passo, um pequeno mundo em que todas as vidas de uma cidade, sem juízo, com alegria, com toda sua força, haviam se investido, como havia de ser, noite após noite. A ausência de toda e qualquer hesitação era o que impressionava Cyprian, fora o uzo e o haxixe, cujos produtos moleculares, àquela altura já ocupando todos os neurônios do cérebro, não estimulavam uma análise cuidadosa. Era um mundo do qual era inteiramente possível recolher-se, à maneira angelical, ascendendo no céu até uma altura da qual se podia enxergar mais, encontrar pontos de saída, mas ninguém ali, em meio à fumaça e às ondas de desejo que quebravam, queria sair, aquele pequeno mundo certamente bastava, talvez no modo como para alguns, tal como indicava uma das canções de Vesnas, as crianças, embora também pequenas, embora tão condenadas quanto os outros, são sempre mais do que bastante.

Finalmente haviam chegado notícias a respeito da crise da anexação e dos feitos dos poderosos. O embaixador alemão havia se reunido com o czar, trazendo um recado pessoal do cáiser, e pouco depois o czar anunciou que, pensando bem, a anexação da Bósnia não era problema nenhum, no que dizia respeito a ele. O continente relaxou. A decisão do czar talvez tivesse a ver com a recente mobilização das divisões alemãs posicionadas na fronteira da Polônia, embora isso não passasse de especulação, como tudo mais ali no ponto morto da Questão Europeia, aquele pesadelo à luz do dia em direção ao qual tudo havia convergido, letal como uma locomotiva correndo em disparada sem luzes e sem sinais, desconcertante como agulhas mudadas no último minuto, despertado por algum ruído no mundo maior lá fora, alguma campainha de porta ou animal incomodado, que poderia ter permanecido para sempre sem ser identificado.

Se Cyprian pensou, ainda que por apenas um instante, que fizera jus a um pouco de relaxamento, não demorou para que constatasse seu engano. Uma noite, no Mavri Gata, Danilo apareceu com um búlgaro magérrimo e melancólico cujo nome as pessoas ou não conseguiam pronunciar ou lembrar, ou então preferiam não dizer em voz alta por medo de alguns elementos gregos da cidade. Entre os *dervisidhes*, por causa da sua aparência, ele era conhecido como o Magro de Gabrovo.

"Não é a melhor época para ser búlgaro em Salônica", ele explicou a Cyprian. "Os gregos — não esses *rembetes* daqui, mas os políticos lá da embaixada Breda — querem nos exterminar a todos. Ensinam nas escolas gregas que a Bulgária é o Anticristo. Os agentes gregos trabalham com a polícia turca fazendo listas de búlgaros que devem morrer, e há uma sociedade secreta aqui chamada 'A Organização' com o objetivo de cometer esses assassinatos."

"Tem a ver com a Macedônia, é claro", disse Cyprian.

Uma disputa antiga. Os búlgaros sempre consideraram a Macedônia parte da Bulgária, e depois da guerra com a Rússia ela de fato passou a ser — por cerca de quatro meses em 1878, quando então o Tratado de Berlim devolveu-a à Turquia. Entrementes, os gregos achavam que a Macedônia era uma parte da Grécia, invocando Alexandre, o Grande, e coisa e tal. A Rússia, a Áustria e a Sérvia estavam tentando estender sua influência nos Bálcãs, e usavam a Questão Macedônia como desculpa. O mais estranho de tudo eram as figuras dominantes na Organização Revolucionária da Macedônia Interna — a O.R.M.I. — como Gotse Deltchev, que realmente acreditavam que a Macedônia pertencia aos próprios macedônios e merecia ser independente de todas as potências. "Infelizmente", o Magro de Gabovro explicou, "a O.R.M.I. está dividida entre os seguidores de Deltchev e outros que têm nostalgia da efêmera 'Bulgária Maior' que existiu antes do Tratado de Berlim."

"E qual a sua posição em relação a isso?" Cyprian já estava rindo por dentro.

"Ha!" Todos riram um riso amargo por algum tempo, até que o búlgaro parou de repente. "Os gregos acham que eu sou do O.R.M.I., o problema é esse."

"Meu Deus. E você é?"

"Por um triz." O Magro levantou a mão à altura do ouvido direito, com o polegar e o indicador afastados um centímetro um do outro. "Ontem à noite. Houve outros atentados, mas não como esse."

"Eu contei a ele como nós fugimos da Bósnia", Danilo acrescentou, solícito.

"Ah, então agora eu sou a Pimpinela Escarlate, é isso?"
"É o seu destino", declarou Vesna, que estava ouvindo a conversa.
"Tsoupra mou, você é o meu destino."

"Eis o plano", disse Cyprian na noite seguinte no Café Mazlum, perto do cais, onde se tinha a impressão de que toda a cidade viera para ouvir o grande Karakas Effendi cantar. "Se você está acompanhando o noticiário que vem de Constantinopla, toda a fermentação política, já deve ter percebido que muitos dos nossos irmãos turcos cá em Salônica começaram a voltar a sua capital antecipando-se a uma tentativa ambiciosa de convencer o sultão a ser sensato. Portanto, o que você terá de fazer é usar um fez —"

"Não. Não. Eu sou um exarco."

"Danilo, explique a ele."

"Você vai pôr um fez na cabeça", explicou Danilo, "e, sem que os turcos o percebam no meio de tanta confusão, tomar um trem rumo à Cidade, e quando chegar lá", ele escreveu num pedaço de papel e depois entregou-o ao outro, "guiado pelo faro, vá para o bazar de especiarias em Eminönu, logo depois dele fica o cais de Istambul — você encontra este número aqui e pede para falar com o Khalil. Há sempre um barco no mar Negro indo para Varna."

"Isso se eu conseguir sair de Salônica, com tanta gente da Organização de olho."

"Nós vamos dar um jeito de fazer com que a O.R.M.I. fique de olho nessa gente."

"Entretanto", Cyprian prosseguiu, "eu e você precisamos trocar de chapéus e casacos. Quando eu sair daqui, hão de pensar que eu sou você. Se bem que tenho de observar que as suas roupas são muito menos elegantes do que as que vou lhe dar. Isso para você não pensar que não estou fazendo nenhum sacrifício."

E foi assim que Cyprian, fazendo-se passar pelo Magro de Gabrovo, passou a morar num *teké* chamado Pérola do Bara, e de imediato percebeu uma melhora no seu orçamento semanal, com a diminuição dos gastos com a "coisa preta", nome dado ao haxixe pelos rapazes dervixes, pois bastava ficar parado um ou dois minutos no corredor e respirar fundo para que padrões de tapetes orientais começassem a brotar em seu campo de visão em tons luminosos de laranja e azul-celeste.

Embora Vesna estivesse profundamente envolvida com um gângster de Esmirna chamado Dhimitris, ela e Cyprian despediram-se como se um fizesse parte do outro. Ele não entendia por quê. Danilo ficou a olhar com o respeito fatalista do casamenteiro pelas leis do acaso com as quais é necessário estar sempre lutando. A buzina do vapor soou sua última advertência.

"Você agiu bem", disse Danilo.

"O búlgaro? Eu me preocupo com ele, não sei nem se vai conseguir enfiar o fez na cabeça."

"Acho que ele jamais vai esquecer."

"O importante para ele", disse Cyprian, "é estar de volta na terra dele, junto com sua gente."

Eles se abraçaram, mas isso foi só a versão formal, pois o abraço já ocorrera muito tempo antes.

A caminho de Trieste, Cyprian, cansado de andar de trem, pegou navios de cabotagem nos mares Egeu, Jônio e Adriático, além de paquetes dos correios, passando tanto tempo quanto possível conversando, fumando e bebendo com os outros passageiros, como se ficando sozinho pudesse ser surpreendido por algo desagradável. Como se aderindo fielmente ao linear e ao cotidiano ele garantisse sua salvação, a salvação de todos. De volta em Kotor, sem saber por que, desembarcou, tendo resolvido dar uma olhada rápida em Montenegro. A caminho de Cetinje, parou num entroncamento ferroviário para olhar para Kotor, lá embaixo, e compreendeu o quanto sentira vontade de estar exatamente ali, contemplando exatamente a bela inocência daquela cidadezinha naquele porto, traída aos interesses da guerra, essa piedosa negação da imensa crueldade do último inverno balcânico, a luz do sol começando a durar a cada dia um pouco mais do que as cinco horas que as montanhas e a estação lhe haviam permitido.

Isso tudo para constatar que, ora essa, depois de um inverno de tanto sofrimento e tanta confusão, Bevis Moistleigh tinha passado o tempo todo em Cetinje com Jacintha Drulov, que o jovem imbecil apaixonado havia conseguido chegar lá, no meio de toda a histeria bélica europeia, atravessando um terreno inóspito, dividido por antiquíssimos ódios tribais que ele jamais viria a entender direito, impelido por algo que julgava ser amor. "Um poucochito de bosniofobia também, imagino", explicou Bevis, frívolo.

As ameixeiras e romãzeiras estavam começando a florescer, tons incandescentes de branco e vermelho. As últimas manchas de neve já haviam quase desaparecido das sombras azul-anil dos muros de pedra voltados para o norte, porcas e porquinhos corriam alegres, guinchando, nas ruas lamacentas. Andorinhas com filhotes recém-nascidos atacavam seres humanos que elas consideravam intrusivos. Num café perto da Katunska Ulica, junto ao mercado, Cyprian, sentado em frente a uma mesa de um casal de namorados (a principal diferença entre os quais e os pombos, ele refletiu, era o fato de que os pombos eram mais diretos quando se tratava de cagar em cima das pessoas), fazendo um grande esforço para manter a expressão livre de sinais de aborrecimento, foi tomado por uma Revelação Cósmica, a qual caiu do céu como titica de pombo, a saber, que o Amor, o qual pessoas como Bevis e Jacintha sem dúvida imaginavam como uma única Força à solta no mundo, na verdade assemelhava-se mais às trezentos e trinta e três mil ou sabe-se lá quantas formas diferentes de Brama que são adoradas pelos hindus — a súmula, em qualquer momento dado, de todos os diversos subdeuses do amor que milhões de mortais apaixonados, numa dança ilimitada, por acaso estivessem cultuando. Sim, e boa sorte para todos eles.

Sentiu uma alegria sóbria e estranha diante da capacidade, que ele parecia ter adquirido apenas recentemente, de observar a si próprio se aborrecendo. Muito estranho.

"Ora, pois, o Cyprian parece estar perplexo."

"É verdade, então, estás bem, Cyprian?"

"Eh? Claro. E por que não havia de estar."

"Nós o ofendemos, Cyprian?" Jacintha, afoitamente radiante.

"Olhe só para ela", murmurou Bevis, "ela é sua própria Catástrofe Ultravioleta."

"Só sou ofendido por certos tipos de papel de parede", Cyprian com um sorriso tenso.

"Nós sempre achávamos que você estava procurando por nós", disse Bevis.

Cyprian olhou para ele, esperava que de modo muito delicado. "Porque..."

"Ora, porque você não é um desses desgraçados agentes do Theign. Não é? Se fosse, a essa altura já tinha voltado pra alguma estação neutra. Genebra, Nova York, sabe-se lá."

"Ah, Moistleigh. Eu passei por aqui, foi só isso. Um prazer ver vocês dois." Algum tempo antes, não muito tempo, esse time de coisa provocaria pelo menos uma semana de náusea e ressentimento. No entanto, o que ele sentia, no rosto que sua alma teria se as almas tivessem rostos, era um fresco equilíbrio primaveril e, como se estivesse no ar, conservando um ângulo de ataque contra a frente de uma tempestade que avançava, e cujo fim ninguém jamais haveria de ver. Isso o surpreendia, e não o surpreendia.

Tendo levantado uma quantia modesta nas mesas de jogo, Reef passou um tempo vagando a esmo por Nice, bebendo vinho sem marca nos cafés, ou tomando *marquises* de abacaxi alternadas com doses de *trois-six* em bares de hotéis. Mas não conseguia imaginar-se levando uma vida de *flâneur* por todo o sempre. O que realmente precisava fazer era sair dali e explodir alguma coisa. Limpar a mente. Foi só essa ideia lhe ocorrer para que lhe aparecesse ninguém menos do que seu velho *compañero* do túnel de Simplon, Flaco, ainda mais anarquista e dinamitófilo do que antes, o que já não era pouco.

"Flaco! O que é que você está fazendo por estas bandas?"

"Voltei pro México por uns tempos, quase me pegaram por um serviço numa refinaria de petróleo, precisei gastar uma grana, cair fora depressa. Mas sabe quem que eu esbarrei lá em Tampico? O seu irmão Frank! ou Pancho, que é como ele é chamado lá. Ele falou pra eu dizer a você que ele 'pegou um deles'. Disse que você ia entender o que ele quer dizer."

"Ora, veja, o velho Frank. Ora. Ele não disse qual deles?"

"Não, só disse isso. Ele estava com três carroças cheias de explosivos pra vender, sabe, esses torpedinhos pra poço de petróleo, cada um cabe um litro? Uma beleza. A gente estava precisando comprar uns, ele fez um preço camarada. *Buen hombre*, o seu irmão."

"Se é. Se esbarrar nele de novo, diz que é melhor ele se cuidar por lá."

"Ah, eu volto a esbarrar nele, sim. Ora! Lá no México todo mundo vive esbarrando em todo mundo, sabe por quê? Porque tudo lá está sempre pronto pra explodir! O fósforo já está aceso. Eu volto assim que puder."

"Dessa vez é pra valer mesmo?"

"¡*Seguro, ése!* muito divertido também. Diversão pra todo mundo. Quer vir também?"

"Não sei, não. Acha que eu devia ir?"

"Devia, sim. Afinal, o que é que tem pra fazer aqui nesta terra?"

Bem, a primeira coisa que lhe vinha à mente era aquela triste saga inacabada, tão melancolicamente abortada em Veneza, de Scarsdale Vibe, o qual, aliás, Reef deveria estar seguindo como uma sombra naquele momento, esperando que o grande momento se oferecesse. Mas desde que Ruperta fora embora, Reef trabalhava com poucas informações, e Vibe talvez nem estivesse mais daquele lado do oceano. E depois que se despediu tão friamente de Kit, para falar com franqueza, sua empolgação havia diminuído um bocado...

"Eu estou na cidade velha", disse Flaco, "ali perto de Limpia, o meu navio parte depois de amanhã, você sabe aquele bar, L'Espagnol Clignant, é só deixar recado com o Gennaro."

"Realmente, seria bom, *mi hijo*", disse Reef. "É como nos velhos tempos, que eu quase consigo lembrar."

Flaco olhou-o mais de perto. "Você está fazendo um serviço aqui, é isso?"

Não havia motivo para não se abrir, levando-se em conta o que ele sabia sobre o ódio inflexível que Flaco sentia por todas as figuras importantes que ainda faltava assassinar, em ambos os lados do Atlântico.

Estavam sentados do lado de fora de um café nos fundos da praça Garibaldi. "Eu tento evitar lugares como este", murmurou Flaco. "O tipo de alvo burguês que os anarquistas adoram bombardear."

"A gente pode ir pra outro lugar."

"Ora, vamos confiar na cortesia profissional", disse Flaco, "e nas leis da probabilidade."

"Uma coisa é tentar cumprir as promessas feitas aos mortos da gente", era a posição de Reef, "e outra é sair espalhando morte por aí a torto e a direito. Não vá me dizer que estou contaminado com valores burgueses. O fato é que aprendi a gostar desses cafés, de toda essa confusão da vida urbana — melhor estar aqui aproveitando isto do que ficar o tempo todo preocupado com a possibilidade de uma bomba explodir —" e, é claro, foi nesse exato momento que a coisa aconteceu, tão inesperada e tão ruidosa que muitos dias depois os sobreviventes não tinham certeza se a coisa de fato ocorrera, como também não conseguiam acreditar que alguém havia desejado lançar sobre uma civilidade tão antiga, conquistada a um preço tão alto, essa grande florescência de desintegração — uma densa e prolongada chuva de fragmentos de vidro, verde, incolor, âmbar, negro, de janelas, espelhos e copos, garrafas de água, vinho, absinto, xarope de frutas, uísque de muitas idades e origens, sangue humano por toda parte, arterial, venoso e capilar, fragmentos de osso e cartilagem e tecidos macios, lascas de madeira de todos os tamanhos saídas de móveis, fragmentos de estanho, zinco e latão, desde grandes folhas rasgadas até os minúsculos pregos das molduras dos quadros, emanações nítricas, fluidas cortinas de fumaça, opacas de tão negras — um enorme túnel reluzente que subia ao céu e descia outra vez, para fora, para o outro lado da rua, descendo o quarteirão, atravessando os raios de um sol de meio-dia totalmente indiferente, como uma longa mensagem heliográfica enviada tão depressa que só conseguiam lê-la os anjos da destruição.

Deixando aquele burgueses tão abruptamente feridos, chorando como crianças, crianças outra vez, sem nenhuma obrigação senão a de parecer indefesos e dignos de pena a ponto de comover aqueles que tinham meios de defendê-los, protetores munidos de armas modernas e disciplina férrea, e por que eles estariam demorando tanto para chegar? Enquanto choravam, constatavam que eram capazes de se olhar nos olhos uns dos outros, como se libertados da maioria de suas necessidades de fingir que eram adultos, necessidades que estavam em vigor até poucos segundos antes.

"Flaco, *porra*, será que foi um de vocês, seus fisdaputa malucos?" Reef olhando com interesse para o sangue que parecia cobri-lo dos pés à cabeça. Conseguiu sair debaixo do que restava da mesa e agarrar Flaco pela camisa. "Sua cabeça continua no lugar?"

"Pior do que antigamente, naquele túnel", Flaco com um sorriso largo e idiota nos lábios, prestes a começar a cocoricar como um galo por constatar, surpreso, que continuava vivo.

"Vamos olhar, vamos ver se..." Mas não havia muita esperança. Os mortos não eram muitos, porém eram suficientes. Flaco e Reef levantaram alguns destroços, apagaram uns poucos princípios de incêndio, encontraram pessoas feridas cujo sangramento podia ser detido com um torniquete, uma ou duas que estavam em estado de choque e que era necessário cobrir com toalhas de mesa queimadas e molhadas de sangue para aquecê-las, e calculando, mais ou menos na hora em que começaram a chegar os policiais e uns poucos cães sem dono, que haviam feito o possível, foram-se embora. O *gregaou* havia chegado cedo na costa, e quando sua cabeça já estava mais livre da fumaça, Reef julgou sentir cheiro de neve no ar.

"Tem uns *bandoleros*", Flaco ainda sorrindo, "que estão pouco se fodendo pra quem eles acertam."

Reef por um triz não perguntou: "Por quê?", mas sentiu-se tonto de repente e foi obrigado a sentar-se. Tudo lhe doía.

"Você está com uma cara péssima, *pendejo*", Flaco alertou-o.

"E você, com esse braço aí, também não vai ganhar nenhum prêmio, não."

"Será que eu quebrei?" Flaco olhou — "*¡Caray!*"

"Vamos ver o tal das facas", sugeriu Reef. Era uma referência ao Professor Pivoine, uma espécie de *couturier* de feridas ali do Quartier Riquier, onde as brigas de rua eram frequentes. Ele também sabia extrair balas, mas admitia que nisso sua arte não era tão desenvolvida.

Encontraram os instrumentos afiados e esterilizados, e o Professeur disposto a utilizar suas lâminas medicinais. Depois Reef entrou num daqueles estados crepusculares em que tinha a impressão de que seu irmão Kit estava a seu lado, pairando no ar a meio metro de altitude, brilhando de um modo estranho.

"Desculpe", Reef tentou dizer, sua voz paralisada como se num pesadelo em que a luz some e ouvimos um passo e queremos dizer "Quem está aí?" mas não conseguimos.

"Tudo bem", disse Kit, "você não fez nada de errado. Nada que eu não teria feito também."

Mas que porra essa que você está dizendo?, ele queria protestar, eu fiz tudo errado. Fugi do meu filho recém-nascido e da mulher que eu amava. Reef sabia que estava chorando. Tantos motivos para chorar, e estava chorando por isso. Era como um daqueles orgasmos na infância, um evento intemporal cujo poder não pode ser mensurado. Ele estremecia. Sentia o rosto cobrir-se de lágrimas e muco. Kit continuava flutuando perto do teto, dizendo "Ora, o que é isso" e outras interjeições tranquilizadoras, e depois de algum tempo começou a esvanecer-se.

Embora no meio de uma revolução a situação nunca seja muito promissora para os Anarquistas, Flaco estava decidido a voltar para o México. Logo antes de seu navio partir, ele e Reef entraram mancando em L'Espagnol Clignant para tomar um trago de despedida. Estavam cobertos de emplastros adesivos e pontos nas feridas, além de sangue pisado, proporcionando a Gennaro, o *barman*, pelo menos meia hora de hilaridade.

"Quer dizer que você vai continuar tentando acertar aquele capitalista com a tal arma de matar elefante", disse Flaco.

"Vocês deviam estar atrás dele também, depois que mataram aquele garoto, o Tancredi."

Flaco deu de ombros. "Acho que ele é que devia ter pensado duas vezes."

"Um comentário muito frio, Flaquito. O rapaz está morto, como é que você me diz uma coisa dessas?"

"Acho que estou é perdendo a fé nessa história de assassinar os grandes e poderosos, isso é só mais um sonho que eles usam contra nós. Acho que hoje em dia eu só quero é uma boa guerra de tiroteios com peões como eu, que eu possa atirar neles também. O seu irmão, o Frank, pelo menos teve o bom senso de sair atrás dos pistoleiros contratados que fizeram o serviço pessoalmente."

"Mas isso não quer dizer que o Vibe e os outros também não merecem."

"Claro. Mas isso é vingança. Pessoal, não é uma tática na luta maior."

"Disso eu não entendo", disse Reef. "Mas continuo precisando pegar aquele filho da puta assassino."

"Então boa sorte, *mi hijo*. Pode deixar que eu dou um abraço no Pancho quando encontrar com ele."

Será que eu devia ter pensado duas vezes?, ela se perguntava.
Depois de semanas com archotes passando pela janela, tempestades com relâmpagos na serra, visitas da polícia, como se numa corrente descendente eterna, um rugido mais alto do que o choro, ou a fala, o sangue tendo encontrado sua voz, um não tentando salvar o outro porém estendendo a mão para trás, vez após vez, para puxar o outro para mais fundo, mais longe da segurança. Antes de irem a Zengg tomar o navio para Veneza, Vlado, como se tendo visto um obstáculo mortal a sua frente, confiou a Yashmeen um caderno escolar verde fabricado em alguma província austríaca do império, com a palavra *Zeugnisbüchlein* impressa na capa, caderno ao qual ele dava o nome de *Livro dos mascarados*. Cujas páginas estavam cheias de anotações de campo e passagens científicas ocultas, escritas em código, das quais podia-se entender, ao menos, o quanto eram perigosas, ainda que mais, talvez, pelo que elas prometiam do que pelo que apresentavam num código tão impenetrável, o esboço de uma paisagem mental cujas camadas emergiam uma sobre a outra como se de uma névoa, um país distante de uma complexidade dolorosa, um fluxo, quase impossível de acompanhar, de letras e números que se disfarçavam um como o outro, para não falar em imagens, desde esboços pálidos e detalhados até o espectro completo de tintas e pastéis, do que Vlado havia vivenciado sob os ataques do vento de sua terra, do que não podia ser parafraseado nem mesmo na escrita estranha e sagrada do eslavo eclesiástico, visões do insuspeito, vislumbres da Criação em que algo mais tivera uma oportunidade de ser luminosamente entrevisto. Maneiras como Deus resolvera esconder-se em plena luz do dia, não uma lista completa, pois a lista era provavelmente infinita, porém encontros fortuitos com detalhes do mundo invisível de Deus. Os capítulos eram intitulados "Escutar as vozes dos mortos", "Atravessar a Terra impenetrável", "Encontrar portais invisíveis", "Reconhecer os rostos dos que detêm o saber".
Bem, segredos que ele havia jurado jamais revelar, era o que ela teria esperado, mesmo. Àquela altura já sabia que ali nas montanhas, com séculos de sangue como segurança, empreendimentos ferozes iguais àquele nunca eram questionados. "Mas isto está escrito", ela não conseguiu conter a objeção. "Eu achava que tudo era apenas falado, passado oralmente, de pessoa a pessoa."
"Então talvez seja falso", Valdo riu. "Uma falsificação. Quem sabe não temos oficinas cheias de calígrafos e ilustradores, mourejando como anões numa caverna, pois mesmo lá nas montanhas sabemos que se pode ganhar um bom dinheiro em cima da credulidade dos milionários americanos e seus agentes, que hoje em dia estão em toda parte com suas famosas sacolas cheias de verdinhas, comprando tudo que veem pela frente, pinturas a óleo, louça antiga, fragmentos de castelos, pra não falar

em propostas de casamento e cavalos de corrida. Então por que não esse pitoresco artefato nativo, com suas visões coloridas, embora indecifráveis?"

Ela pegou-o assim mesmo. Dizendo a si própria que se sentia atraída por sua humildade, sua facilidade de esconder.

Quando viajavam a Veneza, haviam adquirido o hábito de frequentar o cinema. Iam ao Minerva e ao Rossini, mas o favorito era o Malibran, ao lado da Corte del Milion, supostamente o local onde ficara a casa de Marco Polo. No escuro da sala de projeção, assistiram à película feita ali mesmo, não muito tempo antes, filmada de uma gôndola, por Albert Promio e seu equipe da Lumière de Paris. A certa altura a imagem penetrou no Arsenale, num deslizar onírico, passando por infindáveis margens sombrias de canais, por entre os labirintos, as docas e oficinas de gôndolas, fábricas de cordas, antiquíssimos poços de água estagnada. Yashmeen sentiu um tremor percorrer o corpo de Vlado. Ele havia se debruçado no assento para olhar fixamente, com uma intensidade de apreensão que ela jamais vira, nem mesmo diante de tiros e cavaleiros invisíveis na noite.

Reef voltou para Veneza antes mesmo de entender por que voltara. Ali era o lugar onde tudo havia descarrilado, se bem que voltar para lá provavelmente seria para ele tão inútil quanto assombrar uma casa é para um fantasma. Ele estava se sentindo um pouco desesperado. A bomba no café em Nice havia iluminado toda uma cordilheira alta, como um relâmpago na noite, mostrando-lhe o território a sua frente sob um aspecto sombrio e ininteligível. Ele não sabia se conseguiria preparar-se para tudo o que poderia estar contido naquelas sombras.

Tinha ido ao Lido praticar um pouco de tiro com seu rifle de cordite .450. Precisava recuperar a mira, concentrar-se em alvos distantes sob iluminação precária, com traiçoeiros ventos laterais. Ninguém estava ali para argumentar que, àquela altura, ele sequer sabia onde estava seu alvo. Não encontrara ninguém em Veneza que lhe desse informações sobre Scarsdale Vibe. Zanzava por diversos *fondamente* em diferentes horas do dia procurando Dally Rideout, mas ela havia desaparecido. Quando visitou a Ca' Spongiatosta, foi despachado de modo um tanto indelicado pela própria *principessa*, e dois *pistolieri* de libré puseram-no no olho da rua.

Então, sem mais nem menos, elevando-se da água com uma grande explosão fumegante de palavrões italianos, surgiu uma espécie de monstro marinho do Adriático, de dentro do qual saltaram duas criaturas com trajes de borracha, que vieram se aproximando pela areia. Tendo passado por rotas semimilagrosas conhecidas pelos navegadores intraterrenos desde os tempos em que os Argonautas atravessaram o continente europeu, nem sempre acima do nível do chão, Pino e Rocco haviam voltado para a cidade com seu torpedo dirigível, agora um tanto aumentado — voltado por fim a Veneza, após uma viagem facilitada por não terem eles, em seus corações, ja-

859

mais saído de lá. Em noites recentes, tinham sido vistos nos bares dos hotéis da praça de San Marco, tomando o *gin fizz* local conhecido como Casanova e discutindo futebol, e depois que se fechavam os bares, altas horas da madrugada, seu veículo letal fora ouvido ululando como um fantasma a toda velocidade, percorrendo os canais e *rii...* Naquela noite haviam resolvido ir até o Lido, onde logo escutaram aquelas tremendas explosões vindas da praia, que imaginaram, com a cautela complexa dos perseguidos, serem dirigidas a eles.

Cuidadosamente Reef apoiou a arma no ombro e saudou-os com a cabeça. "Salve. Beleza de veículo."

"Isso é uma arma de caçar elefante", Pino disse.

"Me disseram que nesta terra tinha elefante. Quer dizer que me enganaram?"

"Estávamos indo até o hotel", Rocco apontando para o volume escurecido do Excelsior, "tomar alguma coisa."

"Eu pensava que só abria quando esquentava", disse Reef.

Rocco e Pino entreolharam-se. "Está aberto o inverno todo", disse Rocco. "Eles só fingiram que fecharam."

"Existe", Pino indicando o areal deserto a sua volta, à luz fria do crepúsculo, "uma certa clientela."

E não deu outra, dentro do novo hotel de luxo as luzes estavam todas acesas, corredores ecoando com os sons dos hóspedes que não haviam partido, o desejo a coalescer-se rapidamente em vultos vislumbrados e depois se dissipar, levado como se por um forte vento interior, atravessando pistas de dança e terraços, passando por colunatas sombrias, onde ressoava música vinda de algum lugar, embora o palco da orquestra estivesse vazio. *Barmen* de branco preparavam bebidas, embora não houvesse vivalma no bar.

"Há uma tempestade se aproximando", Raffaelo foi-lhes dizendo. Tinha na lapela uma orquídea roxa, e conhecia Rocco e Pino. "Vocês chegaram aqui na hora certa."

Pouco a pouco o recinto foi se enchendo de refugiados maltrapilhos, tremendo de frio, com olhares assustados. Mais tarde naquela noite, ficou claro que o movimento do bar dependia tanto das tempestades no inverno e na primavera quanto dependia do calor e do céu azul no verão.

"E depois de algum tempo", explicava Pino, "ficamos apegados a ele. Até nome lhe demos. *Lo Squalaccio.*" Uma vez batizado, parecia-lhes impossível que viessem algum dia a explodi-lo. Levaram-no de volta ao estaleiro, repensaram o desenho, construíram extensões à popa e à proa, novos compartimentos, instalaram um motor maior, e quando viram tinham uma espécie de submarino anão.

"Senhor Traverse?" Reef olhou no espelho e reconheceu a amiga de Kit, Yashmeen, que vira pela última vez no lago Maggiore, ainda na distante era Chirpingdon-Groin.

"Olá." Ela estava acompanhada por um cidadão alto e bonitão oriundo de algum lugar do outro lado do Adriático. Estavam voltando para Trieste quando a tempestade os jogara de volta na costa de sota-vento do Lido, embora sua principal preocupação no momento fosse, ao que parecia, uma lancha a motor que haviam percebido vindo atrás deles.

"Eles estão a nos seguir desde o Bacino, com as luzes apagadas, e se não fosse a tempestade provavelmente já nos tinham afundado."

"*Attenzione*", Pino murmurou.

Um grupo de homens havia entrado, todos juntos, uns permanecendo perto da porta, outros começando a se espalhar lentamente pelo ambiente, olhando para os rostos das pessoas. Yashmeen virou-se para Reef. "Finja estar fascinado."

"Claro. Onde está o seu acompanhante?"

"O Vlado há de tê-los visto antes que os visse eu."

Rocco aproximou-se. "*Austriaci*. Devem estar à procura de Pino e de mim."

"Não, de mim e do Vlado", ela corrigiu.

"Podemos oferecer-lhe uma carona", ronronou Pino, como sempre sem conseguir disfarçar suas intenções libidinosas. "No *Squalaccio* dormem quatro com conforto."

Reef pegou sua arma de matar elefante e dirigiu-se à porta. "Eu cubro vocês. Saiam correndo quando puderem." Na praia encontrou uma cabine de banho abandonada e posicionou-se dentro dela, pegou um fósforo, segurou-o na chuva o bastante para que a cabeça amolecesse e em seguida passou a substância dissolvida na massa e na alça de mira, até que elas brilhassem o bastante para que ele pudesse vê-las.

Pouco depois, Yashmeen estava agachada a seu lado, sem chapéu, ofegante, e balas passavam zunindo por eles. Reef puxou-a mais para perto de si, apoiou a arma no ombro dela e fez dois disparos. Viram os austríacos, no hotel gigantesco, com roupas escuras, cair na areia molhada.

O vento levou os sons do tiroteio para as praias escuras até Malamocco. Sobreviventes de um inverno ao ar livre, desprezados, sem-teto, perdidos de propósito, estremeciam em abrigos improvisados, reunidos em torno de fogueiras, e perguntavam uns aos outros o que estaria acontecendo.

O punhado de pistoleiros passou por eles, seguindo em direção ao píer, onde uma massa baixa e escura aguardava, tornada umidamente visível principalmente pelo halo de fumaça de motor que a circundava. "Ah", Yashmeen gemeu, e Reef sentiu que os músculos dela se retesavam. Ela vira Vlado entre os homens, sangrando, sendo levado, e sabia que não podia chamá-lo.

"Onde está o seu barco?" Ela permaneceu calada e imóvel. "Senhorita Halfcourt." Ela balançou a cabeça, levantou-se, enquanto os roncos de guinchos dos rolamentos gastos atingiram o auge e começaram lentamente a diminuir.

Yashmeen e Vlado haviam encalhado no lado da lagoa. O barquinho não estava totalmente sem mastro, mas Reef não achava possível que conseguissem chegar nele até Veneza, a menos que remassem.

"Querem um reboque?" Rocco e Pinto e *Lo Squalaccio*.

Já na água, tentando enxergar as luzes de San Marco em meio à chuva, Reef disse: "E eu pensando que eu é que estava levando a vida que pedi a Deus. Os seus amigos lá atrás — vocês falaram em 'austríacos'?".

"Provavelmente um inglês também, chamado Theign."

"Eu não acompanho política, mas que eu saiba a Inglaterra e a Áustria não estão de lados opostos?"

"Não é exatamente uma coisa oficial."

"E estão atrás da senhora? A senhora também não é oficial?"

Ela riu, mas talvez não fosse isso. "Acho que eles estavam atrás era do Vlado." Seu cabelo estava emaranhado, seu vestido estava rasgado. Ela tinha alguma semelhança com uma dama precisando de proteção, mas Reef estava cauteloso.

"Onde que vocês estavam morando?"

"Trieste. Creio que não vale a pena eu voltar pra lá."

Quando chegaram a Veneza, a tempestade já havia passado pela *terraferma* e a lua brilhava, um brilho fantasmagórico. Seguiam com cuidado pela rede de pequenos canais, o motor rodando bem devagar, resmungando abafado, tudo naquela noite iluminado de modo estranho, prestes a ganhar um brilho ainda menos suportável. Por fim saltaram numa *fondamenta* estreita. "Vamos escondê-lo pra vocês num pequeno *squero* que usamos", disse Rocco. "Lá vai ficar protegido."

"A próxima vez que encontrar com vocês, eu pago um *gin fizz* pra cada um", Reef levando a mão ao chapéu.

"Se Deus quiser", respondeu Pino. O submarino anão afastou-se, levando-o a reboque o barco, um tanto torto.

Subiram dois lanços de escadas, primeiro mármore, depois madeira. Reef abriu uma porta e entraram num cômodo enluarado.

"Sua casa?"

"Um pessoal lá da costa de Amalfi, a gente fez um serviço juntos, isso aqui é pra quem estiver precisando. Dá pra ficar dois, três dias, mais ou menos."

Ele encontrou uma garrafa de grapa, mas ela recusou-a com um gesto e desabou no divã, permitindo-se pronunciar o nome de Vlado uma única vez, num cochicho que era o que mais se aproximava de uma expressão de derrota que qualquer um, inclusive a própria Yashmeen, jamais ouvira partindo dela.

"Ele pode ter escapado no meio daquela confusão — tenho uma ideia, vou dar uma saída, fazer umas perguntas. Ali tem uma banheira, sabão, coisa e tal, pode relaxar, eu não demoro não."

"Não precisa..."

"Que nada. Estou quebrando um galho pra uma amiga do meu irmão, só isso."

Descendo as escadas, permitiu-se dois minutos para calcular que Kit provavelmente estava naquele momento montado num camelo em algum lugar, lutando contra meio exército de chineses que gritavam sem parar, e teria tantas coisas com que se preocupar que não devia estar pensando no que aquela moça tão estranha estaria pretendendo fazer. O que não era desculpa para o modo como Reef lhe dera as costas e se afastara. Agira como um perfeito filho da puta, e já nem se lembrava mais por quê.

Encontrou um bar vinte e quatro horas perto do Campo Santa Margherita que sempre fora um bom lugar para recolher informações atualíssimas até que o Rialto retomasse sua atividade habitual pela manhã, pagou drinques para várias pessoas, ficou de orelha em pé, de vez em quando fazendo uma pergunta de caubói bem idiota. Todos já tinham ouvido falar no tiroteio no Lido, e concordavam que a única coisa que impedia a guerra com a Áustria era o fato de que nenhum italiano estivera diretamente envolvido. O *mavrovlaco* era bem conhecido, uma espécie de herói marginal naquelas bandas, sendo, como toda a sua gente havia muitas gerações, inimigo da Áustria e das ambições austríacas no Adriático. Toda vez que ele saía de seu reduto nas montanhas, tentavam segui-lo e capturá-lo, e dessa vez ele fora traído pelo mar, pois nenhum ser humano seria capaz de tal coisa.

Reef voltou e encontrou Yashmeen adormecida no divã, tendo espalhado o cabelo úmido sobre uma toalha para secá-lo. O célebre luar veneziano entrava pela janela, tudo parecia esboçado a giz. Ele aproximou-se da janela, dando as costas para a cidade mal-assombrada, e fumou um cigarro, velando o sono da jovem.

Ela trajava uma anágua de batista branca, transparente no luar, e enquanto dormia suas coxas haviam ficado descobertas. Uma das mãos estava pousada entre as pernas, ligeiramente afastadas. Por algum motivo, Reef constatou que estava de pau duro.

Que papelão. A moça fugindo, o namorado dela numa enrascada terrível, e ele tendo esses pensamentos nada dignos? Naquele momento, ela resolveu mudar de posição, ainda dormindo, posicionando-se de tal modo que agora ele encarava, por assim dizer, a bunda admirável da moça, e embora devesse dar uma caminhada até a Piazza ou coisa parecida, em vez disso, idiota que era, desabotoou as calças e começou a manipular o pênis, não conseguindo desviar a vista das nádegas alvas e da fenda escura, os cabelos negros e o pescoço nu, a apenas um passo ou dois dele. Quando ele já se aproximava do *grand finale*, Yashmeen virou-se outra vez e encarou-o com olhos reluzentes e enormes, que pelo visto estavam abertos já havia algum tempo, as mãos dela ocupadas mais ou menos do mesmo modo que as dele. Reef largou o pênis pelo tempo suficiente para dar de ombros, sorrir e virar as palmas reluzentes para cima e para fora, pedindo tolerância com um gesto que, segundo lhe haviam dito, era encantador.

"O senhor faz questão dessa atividade revoltante", ela indagou, sua tentativa de manter o sotaque de Cambridge prejudicada por um tremor na voz que não conseguia controlar, "ou terá talvez algum interesse por vaginas, que não seja puramente teórico?"

Antes mesmo de compreender que aquilo não era um pedido de informação, Reef deu os dois ou três passos necessários, instalou-se no divã e encaixou-se nela, na hora H, aliás. Yashmeen cravou os dentes, com força e sem remorso, entre o pescoço e o ombro dele, soltando um longo grito abafado que era também em parte um rugido. Ele agarrou um punhado de seus cabelos, coisa que sentia vontade de fazer desde que entrara no aposento, virou-lhe o rosto para si e, surpreendendo a si próprio, pois não era muito chegado a beijos, beijou-a até que ela começou a mordê-lo nos lábios e na língua, e ainda aguentou mais uns trinta segundos, só para ter certeza do que estava acontecendo.

Ela afastou-se o bastante para sussurrar: "Seu cachorro sem escrúpulos", e voltaram a beijar-se.

Reef esperava acusações, mas na verdade ela estava mais interessada era em seus cigarros egípcios. Ele encontrou os fósforos e acendeu um para ela. Depois de um minuto, Yashmeen perguntou: "Encontrou alguma coisa?".

"Pouca."

"Pode me dizer. Não sou nenhuma frágil flor silvestre americana."

"Ele foi levado para o Arsenale."

Ela fez que sim, muito séria, e à luz do lampião Reef viu que seu rosto empalideceu.

"A gente consegue entrar lá", ele disse.

"É mesmo? E depois? Levamos mais tiros." Como ele nada disse: "E o que mais?".

Reef bateu as cinzas do cigarro na bainha virada da calça. "Você está muito preocupada com a sua aparência agora?"

Ela olhou-se no espelho de báscula. "Não lhe agrada? Então basta umazita para que se torne meu conselheiro de moda?"

Reef soprou um anel de fumaça, na esperança de que atraísse a atenção dela. O anel girou, expandiu-se lentamente ao luar, adquirindo um tom intenso de branco espectral. "Lá no Lido eles estavam com Mannlichers, por isso imagino que aqueles seus amigos austríacos não estavam ali pra fazer um tiro ao alvo. Eles queriam mesmo encontrar o seu cupincha, o tal do Vlado, mas se agora já têm uma descrição sua também..."

Ela segurou um cacho de seu cabelo e examinou-o no espelho. "Nesse caso, precisarei disfarçar-me, e terei de abrir mão duma parte disto." Ela aguardou, como se esperasse uma resposta. "Pois. Quando uma rapariga precisa duma onda Marcel às pressas, só há um homem a quem recorrer nesta cidade." Reef, a essa altura, já estava roncando.

Quando Yashmeen chegou àquela esquina insuportavelmente elegante da praça de San Marco, logo atrás do Bauer-Grünwald, o *signor* Fabrizio tinha acabado de abrir seu estabelecimento.

"E o nosso Ciprianuccio, está bem e fora de perigo?"

"Está a viajar a negócios", ela respondeu, num tom, pelo visto, não suficientemente tranquilo, pois o *parrucchiere* persignou-se de modo frenético. Sua preocupação só fez aumentar quando ela lhe disse o que queria. Dos muitos homens e mulheres que cultivavam o cabelo de Yashmeen, Fabrizio era justamente o extremista com o olhar esgazeado que as pessoas tentavam não excitar de modo desnecessário.

"Não posso cortá-lo. *Macché*, Yashmeen. Como eu poderia cortá-lo?"

"Mas assim ele passa a pertencer-lhe. Pode fazer o que quiser com ele."

"Se é assim que você encara a coisa..."

Ela acompanhou a direção do olhar dele. Agora os dois estavam olhando para o pênis dele. "Não. Você não é capaz de fazer isso."

Ele deu de ombros.

"E não é só isso. Quero ficar loura. Pelo menos, alourada. Uma Cadorina."

"Mãe de Deus."

"E se há alguém capaz de fazer isso..."

A história do pênis era só uma brincadeirinha de Fabrizio, é claro. O cabelo de Yashmeen teria um destino curioso, não de todo infame. Seria ligeiramente clareado, cacheado outra vez e transformado numa sofisticada peruca ao estilo veneziano setecentista, apropriada para uma fantasia de carnaval, como aliás seria utilizada no futuro próximo, num fatal baile de máscaras.

Quando desabou o Campanile da Piazza San Marco, algumas almas venezianas politicamente sensíveis captaram um estranho deslocamento do poder. De algum modo, elas acreditavam, o campanário de San Francesco della Vigna, um pouco ao norte do Arsenale, onde o anjo visitou são Marcos na turbulenta noite registrada por Tintoretto, um campanário muito semelhante ao que havia desabado, passara a substituí-lo como foco de poder, como se por uma espécie de golpe em que o Arsenale, e as certezas melancólicas da ciência militar, tivessem tomado o lugar do Palazzo Ducale e seus conflitos humanos, menos confiantes, que almejavam a virtude republicana.

Tal como a ilha-cemitério de San Michele visível do outro lado do canal, também o Arsenale apresentava à visão cívica um Mistério cercado por um muro alto, de tijolo claro, imaculado, fora uma escora decorativa de ferro ou uma gárgula de trilha aqui e ali, encimado por ameias em forma de alabardas de duas lâminas. Em torno daquele perímetro proibido, os moradores de Castello levavam suas vidas cotidianas, os cachorros cagavam nos paralelepípedos, os sinos das igrejas soavam, os *vaporetti* chegavam e partiam, os pedestres caminhavam à sombra do Mistério como se ele não estivesse lá, como se estivesse lá, mas não pudesse ser visto. Mapas antigos mostravam que o que era visível das entradas não passava de uma fração do total das instalações. Para os que eram proibidos de entrar, os mapas eram como visões de profetas, numa espécie de código, uma notação externa e visível para aquilo que existia no interior.

Vlado Clissan, cônscio de uma região de silêncio atrás dele, arriscou uma olhadela para trás, na direção dos muros do Arsenale, que obstruíam o vento salgado, ascendendo, lisos e funcionais, até ocupar metade do céu. Um véu de alvenaria. Mistérios ali. Ele sabia que não demoraria para que uma porta, localizada em algum ponto daquele muro, normalmente mantida invisível, se abrisse. Ele entraria juntamente com seus captores, e o outro mundo teria então início.

A um canto havia muito abandonado de uma das velhas fundições onde ele havia instalado seu escritório, Derrick Theign sentava-se a uma cadeira dobrável, os olhos tranquilos e pálidos num rosto branco que de algum modo ele conseguia transformar, quando relaxado, numa máscara jamais vista em Veneza, a qual todos, particularmente os que se viam na situação de Vlado, deveriam não obstante reconhecer. Aquela máscara já havia assustado vítimas a ponto de elas fornecerem informações que sequer possuíam, confessarem atos que jamais pensaram em cometer.

"Vocês vendem segredos navais. Pirataria *uskok* atualizada, imagino — por que atacar navios de verdade quando se podem traficar almas?"

Vlado riu. "Se eu fosse pirata, ia preferir um navio de verdade com um carregamento de verdade que valesse dinheiro físico. E preferia lidar com intermediários que tivessem mais classe."

Talvez Theign nutrisse esperanças de ter uma conversa mais intelectual, se bem que permanecia claro que, no processo então em andamento, *haveria de chegar um instante*. Bate-papos como aquele, que adiavam as coisas e davam à vítima motivo para esperanças, por mais transitórios que fossem, proporcionariam um golpe muito mais eficaz no espírito quando o Webley por fim entrasse em cena — aquele salto para imobilidade tão útil para os verdugos, uma paralisia da Vontade, ou a coisa análoga à Vontade que mantinha aquelas pessoas resistindo tão obstinadamente até o fim.

"Eu o vi com uma pessoa, não foi, lá no Lido? Só um vislumbre no meio de toda aquela confusão, mas ela me pareceu muito atraente. Aliás."

"Atraente pra você?" Com cuidado para não parecer demasiadamente perplexo e provocar algo cedo demais.

Theign deu de ombros. "O que é mais relevante é — o quanto ela é atraente pra você? E até que ponto está comprometida com os seus princípios? Ou estaria ela a desempenhar apenas um papel decorativo?"

"Você quer saber em troca do que eu seria capaz de entregá-la?"

"É claro, isso acontece de quando em quando. Mas não quis insultar nem você nem a ela."

"Não sei onde ela está. E mesmo se soubesse, ela não seria muito útil..."

Theign observou o rosto de Vlado até que o pensamento desagradável se manifestasse claramente nele, quando então anuiu, um homem adulto para outro. "Certo. A menos que os nossos planos pra vocês dois fossem iguais. Nesse caso, se você me dissesse, não tinha tanta importância."

"Onde ela está."

"Se você soubesse, é claro."

Não era a mesma coisa que estar numa taverna onde um inimigo aponta uma pistola para a sua cara e diz: "Acerte as contas com Deus, pois você está prestes a morrer". Numa taverna, sempre, em algum lugar, bem próxima à mão, haveria uma segunda pistola, uma terceira, um acaso. Naquele vazio sóbrio e nada sociável, nenhuma esperança semelhante estava em evidência. Ali só se apostava a coisa mais importante de todas.

Mais tarde, em Cimiez, com o vento nordeste fazendo com que os turistas se recolhessem aos interiores, quando Yashmeen começou a ouvir falar de um tiroteio perto do Arsenale, entre possíveis mercenários austríacos e possíveis revolucionários dálmatas, ela colocou sua fé, como uma boa Anarquista Emocional, na Lei da Insuficiência Determinista.

"O que é isso?", perguntou Reef.

"É como a carta aberta que não se podia jamais ter previsto."

"Ora, meu bem, mas se a gente conta as cartas direitinho —"

"Isso lá pode ser verdade quando só há cinquenta e duas cartas em jogo. Mas quando o baralho contém um número de ordem de grandeza maior, talvez tendendo ao infinito, outras possibilidades passam a emergir..." Era o modo dela dizer: *O Vlado é imortal. Sabe cuidar de si próprio, é impensável preocupar-se com ele...*

Reef ficou a contemplá-la, recaindo num sorriso de perplexidade que cada vez mais frequentava agora seu rosto. Quando ela começou a falar desse jeito, ele pôs aquilo na conta de alguma espécie de crença sem prova — uma coisa religiosa, ou no mínimo supersticiosa. Mas então todas as rodas ao longo da Côte d'Azur, em Nice, Cimiez, Monte Carlo, Mentone, durante todo o inverno e entrando pela primavera, como matronas a fofocar numa aldeia, começaram a contar uma história diferente. Os bolsos só faltavam se descoser de tanto dinheiro ganho nas mesas de jogo.

O sistema surgira na ocasião em que ela fez uma investida com Lorelei, Noellyn e Faun, séculos atrás, na sua meninice, foram andar na roda-gigante de Earl's Court. "São trinta e sete números na roleta", ela lhe explicou. "O zero pertence à banca. Nos outros trinta e seis, doze — se incluirmos o um e o dois — são números primos. No sentido horário, tomando-se três números de cada vez, em cada grupo de três encontra-se exatamente um primo."

"Ou seja, eles são distribuídos de maneira bem uniforme."

"Mas a roleta não dá apenas uma volta. Os números repetem-se vez após vez, como um relógio muito rápido com trinta e sete horas. Diz-se que trinta e sete é o 'módulo' da roleta, tal como doze é o módulo dum relógio comum. Assim, o número onde a bola da roleta termina por parar é na verdade aquele número 'módulo trinta e sete' — o resto, após a divisão por trinta e sete, do total de compartimentos em movimento nos quais a bola podia ter parado.

"Ora, segundo o teorema de Wilson, o produto $(p-1)$ fatorial, quando tomado como módulo qualquer número primo p, é sempre igual a menos um. Na roda da roleta, $p-1$ é trinta e seis, e fatorial de trinta e seis é também o número de todas as permutações possíveis de trinta e seis números. Assim, com base no exposto fica claro que —"

Ela foi interrompida pelo barulho da cabeça de Reef batendo na mesa, onde permaneceu em repouso.

"Acho que ele não estava a acompanhar-me o raciocínio", murmurou Yashmeen. Porém continuou a cochichar-lhe a lição, como se optasse por acreditar que ele havia apenas entrado num estado levemente hipnótico. Pelo visto, a coisa funcionou, pois nos dias que se seguiram ele começou a ganhar na roleta muito mais do que seria de se esperar com base no acaso. Se ela continuou a lhe transmitir instruções em cochichos nos momentos apropriados, nenhum dos dois comentava o ocorrido.

Por que motivo Reef a achava tão irresistível, quando a experiência lhe ensinara que o desejo sempre morre aos poucos, não era uma pergunta à qual ele dedicasse uma parte considerável de suas horas vagas. A irresistibilidade de Yashmeen enchia-lhe os dias, sobrando pouco tempo para pensar. Bastava Reed entrar para que ela levantasse as saias, ou agarrasse seu pênis, ou simplesmente se deitasse, os olhos firmes e úmidos, prendendo o olhar de Reef de um modo tal que ele não conseguia se safar, enquanto ela acariciava a si própria, até que, sem precisar tomar uma decisão, ele se aproximava dela. O movimento era sempre dele para ela, Reef observou, era esse o padrão, melhor não se esquecer disso.

Um dia Yashmeen lembrou-se do caderno que Vlado lhe dera, enfiado na sua bagagem e esquecido. Começou a lê-lo, um pouco a cada dia, como uma pessoa devota faz com um texto religioso. Lia movida não pela esperança, mas pelo terror, não pela certeza, mas por uma terrível ansiedade a respeito do destino de Vlado. Constatou que conseguia entender alguns dos símbolos, notação de vetores e quaterniões que Kit lhe mostrara em Göttingen, ela se lembrava. Parecia ser uma argumentação matemática do tipo clássico, algo que até Riemann poderia ter feito, só que por toda parte termos que continham o tempo se destacavam como elementos infiltrados num baile de máscaras, preparados para, num dado pulso do relógio, sem aviso prévio, jogar para trás seus capuzes e revelar suas verdadeiras identidades, sua verdadeira missão. Havia momentos no texto em que ela se sentia prestes a apreender uma informação tão grandiosa e fatal que, deliberadamente, recuava, obrigava-se a esquecer a capacidade de estabelecer vínculos ou analogias matemáticas que lhe permitiriam seguir em frente, rumo à loucura certa. Porém não conseguia obrigar-se a se esquecer de Vlado, a mão viva que traçara aqueles símbolos no papel, a mão que ela ainda desejava, contra todas as esperanças, sentir enterrada em seus cabelos, pousada em seus lábios.

Cyprian voltou por fim a uma miragem hibernal de Veneza, praticamente sem dormir havia semanas, sujo, contemplando a cidade embaçada através da chuva que descia sobre a laguna, estremecendo sob o ataque rascante do vento, os olhos coçando, o cabelo espetado e necessitando com urgência dos cuidados do *signor* Fabrizio — ele ansiava por passar um bom tempo dentro de uma banheira cheia de água fumegante, com uma garrafa de qualquer coisa gelada que contivesse álcool e bolhas. Uma pena que as *galleggianti* só abririam em maio. No momento, tinha de se contentar em acender mais um Sobranie, tossir de modo repugnante e perambular pelo tombadilho úmido, tentando não cair. Tempo horroroso. O que ele vira naquele lugar que o fizera voltar? E alguém se importava em saber onde ele estava agora, se voltaria ou não? Yashmeen, naturalmente, era a resposta que ele desejava, mas depois do tempo que passou na península constatou que não valia a pena ficar pensando no futuro de modo muito otimista.

Ela não estava mais em Trieste. Cyprian passara uma semana lá a procurá-la, em todos lugares que lhe ocorreram, e ficou sabendo apenas, com base nos conhecidos de Vlado Clissan, os quais haviam jurado vingança, do destino melancólico de Vlado nas mãos de Derrick Theign. "Ele enlouqueceu", disse o primo de Vlado, Zlatko Ottician. "Agora ele é uma ameaça para todos."

"Vou procurá-lo em Veneza." Muito embora Viena fosse agora o lugar mais provável para encontrar Theign. Cyprian vivia num vácuo perplexo que sua pele não conseguia definir direito. Não melhorava seu estado de espírito pensar que ele era tão culpado da situação quanto qualquer outro — Vlado fora seu único agente confiável, e mesmo, até onde isso era possível naquele mundo, seu amigo, e era difícil compreender o comportamento de Theign se não como uma espécie de faxina assassina.

"Preciso... permanecer em pé..." Pronto! Naquele exato momento, localizou o filho da puta traiçoeiro em pessoa, num *traghetto*, emergindo da névoa, em pé, com sua pose habitual, como sempre ensimesmado demais para ser tomado por um veneziano, passando pelo pequeno vapor sem ver Cyprian, o qual, junto à amurada, foi tomado por um inesperado acesso de raiva. A aparição sumiu de novo na chuva. "Não, não", Cyprian murmurava, "isso, não..." Uns colhem a tempestade, e ele estava reduzido a respigar a névoa vaga — penitência, imaginava, por jamais ter aprendido a pensar de modo analítico. Agora que ele precisava de um plano inteligente mais do que nunca, sua mente se transformara num grande deserto ártico. Já Bevis Moistleigh, bem mais engenhoso, com interesses no momento ainda mais precários do que os de Cyprian, estaria naquele momento em algum lugar irritante com sua encantadora Jacintha, a saracotear entre os primeiros narcisos da estação, ou coisa que o valha. Esperar gratidão, naturalmente, era perda de tempo, o jeito era pagar os favores em tempo hábil no preço do momento, e a gratidão passava longe... mas, enfim, ora.

A única coisa que confortava Cyprian naquele momento era o revólver carregado Webley-Fosbery exclusivo das Forças Armadas que levava em sua bagagem. Se o pior acontecesse, o que era inevitável, já que as expectativas frustradas eram a regra naquele tipo de trabalho, era só pegar a arma, não era?, e usá-la contra o alvo que seria designado quando chegasse a hora. De preferência Theign, mas ele próprio não estava excluído. *Cazzo, cazzo...*

Encontrou a velha *pensione* de Santa Croce ocupada por um grupo de turistas britânicos que o tomou por um cicerone local à procura de serviço. O bora ululava entre as chaminés, como se achando graça. Ninguém ali sabia nada sobre os moradores anteriores, porém a *signora* Giambolognese do andar de baixo lembrava das muitas noites dramáticas que eles haviam passado ali, com gritos e passos pesados, e saudou Cyprian com um daqueles sorrisos cautelosos, como se ele estivesse prestes a contar uma piada. "Ele mora no Arsenale, o seu amigo."

"*Macché, nell'Arsenale* —"

Ela espalmou as duas mãos e deu de ombros. "*Inglesi.*"

Na rua outra vez, movido por um capricho súbito, entrou na *calle* do *traghetto* que levava à estação Santa Lucia e viu, saindo naquele instante do consulado britânico, ninguém menos do que Ratty McHugh, que tomou Cyprian por um mendigo e mais que depressa desviou a vista. Porém voltou a olhar para ele — "Ora, pois. Latewood?"

"Hmmn."

"Precisamos conversar." Entraram no prédio do consulado, para um pátio dentro de um pátio remoto onde ficava a sala de Ratty. "Antes de mais nada, lamentamos muito o que aconteceu no Arsenale. O Clissan era um bom homem, um dos melhores, coisa que você devia saber melhor do que ninguém."

Veio à tona então que Theign não estava na verdade *residindo* no Arsenale, porém tinha algumas salas lá que utilizava como *pied-à-terre* quando estava em Veneza. "E é também bem prático pra recolher informações navais e passá-las pra seus patrões austríacos."

"E a Marinha italiana não se importa?"

"Ah, é o de sempre. Acham que ele há de conduzi-los a alguma coisa maior, e ele permite que fiquem a sonhar. É um pouco como o matrimônio, imagino."

Cyprian percebeu então uma aliança de ouro branco. "Jesus. Parabéns, meu velho, um grande passo na vida, não sei como não fiquei sabendo pelos jornais da Bósnia, quem é a felizarda, e coisa e tal, Ratty?"

"Ah, é a Jenny Invert, você há de lembrar-se dela, íamos todos juntos a Newmarket."

Cyprian apertou a vista. "Aquela rapariga de Nether Wallop, Hampshire, um metro mais alta que você, se bem me recordo, excelente atiradora, presidente da seção local da Associação de Tiro ao Prato —"

"Essa mesma. Ela crê que sou uma espécie de diplomata de baixo escalão, de modo que, se por acaso encontrar com ela, se bem que farei o possível para que isso não aconteça, não me vá começar a, bem, relembrar estas... isto aqui —"

"Minha boca é um túmulo, meu velho. Muito embora ela nos pudesse ser bastante útil no que diz respeito a esse nosso conhecido problemático, não é mesmo? Com aquela pontaria."

"É mesmo, Cyprian, e da última vez que você fez troça sobre isso, em Graz, não foi?, reagi um tanto melindrado, mas de lá pra cá tenho pensado no assunto e, bem..."

"Não há por que pedir desculpas, Ratty, basta que você tenha passado a encarar a coisa com bom senso."

"Ele tem sido muito cauteloso. Nunca vai à rua sem pelo menos dois orangotangos a lhe proteger os flancos. Muda de itinerário a qualquer momento sem aviso prévio, ou então só com código, o qual ninguém é capaz de decifrar, já que a chave muda todos os dias."

"Se eu pudesse localizar o Bevis Moistleigh, punha-o a tentar decifrá-lo. Mas, tal como você, os únicos acordes no uquelele dele agora são os de 'Como te amo'."

"Ah, sim, deixe ver, fá maior, dó com sétima, sol menor com sétima —"

"*Oca ti jebem*", um chiste montenegrino que Cyprian dava por si usando com certa frequência nos últimos tempos.

Ratty dirigiu-lhe um olhar interrogativo. "E você, a sua, hmm..."

"Basta."

"Sabemos que ela não está mais em Trieste. Esteve aqui por uns tempos, partiu na companhia dum americano, paradeiro desconhecido, infelizmente. Sei que lhe prometi não a perder de vista, mas —"

"Que vergonha, Ratty, há um círculo especial no Inferno para quem faz isso."

"Eu sabia que você seria compreensivo. Olhe cá, volto pra Londres amanhã, mas se por acaso surgir um bom ângulo pra um tiro direto —" Pegou um martelo e começou a golpear vigorosamente um gongo chinês que havia ali. Uma pessoa com um terno xadrez pôs a cabeça na porta e arqueou as sobrancelhas. "Este é o meu colega, o Giles Piprake, não há problema que ele não saiba resolver."

"A sua noiva nunca se queixou", murmurou Piprake.

"O Cyprian precisa falar com o príncipe Spongiatosta", Ratty explicou.

"Sim?" Cyprian perplexo.

"Foi justamente o que o Ratty disse ao vigário, e veja só o que aconteceu", disse Piprake. "Imagino que tenha a ver com o Derrick 'Elefante Desgarrado' Theign."

"Príncipe do quê, mesmo?", indagou Cyprian, um tanto desanimado. "Não pode ser."

"Um dos melhores e mais confiáveis", informou-o Ratty.

"Ele e o Theign eram muito próximos. Se não parceiros no tipo mais secreto de empreendimento sórdido. Aliás —" com um olhar nervoso voltado para Piprake.

"Uma vez o Theign acertou um encontro com o príncipe pra você, sim, nós sabemos. E no que resultou? Sempre quis lhe perguntar."

"Aaahh!", gritou Cyprian, tentando esconder-se embaixo de um dossiê aberto sobre a mesa de Ratty.

"Sensível", disse Ratty, "não está a trabalhar neste ramo há muito tempo — Latewood, por favor, controle-se, seja um bom rapaz."

"Não posso me esquecer de jamais andar de amarelo." Cyprian, como se fazendo uma admonição a si próprio. Piprake, sobrancelhas oscilando, afastou-se para telefonar para o príncipe.

"Mantenha-nos informados", Ratty disse. Cyprian levantou-se e pôs o chapéu na cabeça com um daqueles floreios de teatro de revista.

"Pois. Bom, Ratty, até logo, e saudações à sua esposa."

"Não se aproxime dela, ouça o que lhe digo, senão ela há de casá-lo com alguma amiga dela nada apropriada antes mesmo que você se lembre de dizer 'não'."

A princesa não estava em parte alguma da Ca' Spongiatosta, mas o príncipe apareceu no *hall* antes mesmo que o *valletto* tivesse tempo de pegar o chapéu de Cyprian, animado e esplêndido, com um traje num tom de violeta até então jamais observado no planeta.

"*Facciam' il porco*", saudou-o o príncipe, com uma ansiedade que, esperava-se, era apenas de brincadeira.

Inclinando a cabeça como quem pede desculpas: "*Il mio ragazzo è molto geloso*".

O príncipe abriu-se num sorriso. "É exatamente o que o senhor disse na última vez, e com o mesmo sotaque de livro de frases. *Qualsiasi, Ciprianino*. O capitão Piprake me disse que talvez tenhamos em comum certo interesse em neutralizar os planos de uma pessoa que já foi nossa conhecida e que recentemente optou por um caminho perigoso de vício e traição." Subiram até o *piano nobile* e atravessaram uma galeria onde o príncipe ostentava sua coleção de simbolistas modernos, que incluía algumas pinturas a óleo de Hunter Penhallow, em particular sua meditação sobre o destino da Europa, *O portal de ferro*, em que multidões sombrias marchavam em direção a uma linha de fuga onde despontava uma luminosidade infernal.

O príncipe convidou-o com um gesto a entrar numa sala em que se destacavam os móveis de Carlo Zen e os vasos de Galileo Chini. No canto havia uma escrivaninha com destaques em cobre e pergaminho com arabescos.

"Bugatti, não?", perguntou Cyprian.

"Minha mulher gosta", concordou o príncipe com a cabeça. "Já eu prefiro coisas mais ancestrais."

Criados trouxeram *prosecco* gelado e taças numa bandeja de prata antiga, e cigarros de Alexandrina numa caixa bizantina que teria no mínimo setecentos anos de idade.

"O fato de ele ter resolvido levar adiante seus planos", disse o príncipe, "aqui em Veneza, neste reino nebuloso de labirintos para pedestres e imobilidade municipal, implica que ele está comprometido com forças já de há muito em movimento. Mas isso é apenas a máscara que ele escolheu usar. Outros países, em particular os Estados Unidos, se consideram 'republicanos' e acreditam que compreendem as repúblicas, mas o que foi criado aqui, ao longo de séculos sofridos comandados por doges cruéis, estará sempre além de sua compreensão. Cada doge foi se tornando mais e mais um bode expiatório, perdendo suas liberdades pessoais, sua vida regida por um código de conduta extraordinariamente rígido, e para ir à forra, enquanto usava o *corno*, ele praticava brutalidades ressentidas, enquanto esperava diariamente a inevitável chegada da quadrilha de assassinos, a gôndola hermeticamente fechada, a última ponte. Na melhor das hipóteses, uma possibilidade muito remota, terminaria seus dias num mosteiro longínquo, mergulhando numa penitência cada vez mais profunda.

"Os doges se foram, a maldição permanece. Hoje há alguns, muitas vezes ocupando cargos que lhes possibilitam fazer grandes males, que jamais compreenderão como o 'poder' — *lo stato* — poderia ser uma manifestação da vontade comum, exercido de modo invisível na treva que há em torno de cada alma, em que a penitência é um componente necessário. A menos que cada um em sua vida pague uma penitência equivalente à que ele impôs aos outros, cria-se um desequilíbrio na Natureza."

"O que seria —"

Uma mão principesca elevou-se em meio à fumaça de cigarro. "Referia-me à história de Veneza. Hoje aquela antiquíssima maquinaria de escolhas e limitações não é mais disponível. Hoje... imagine que houvesse um príncipe herdeiro, por exemplo, que odiasse a Itália com todas as suas forças, que ao assumir o trono de seu império, tão certo quanto o dia há de nascer, declarasse guerra à Itália para recuperar um território que ele considera pertencer a sua família... mais ainda, imagine que houvesse agentes desse futuro imperador morando e atuando na Itália, particularmente em Veneza, homens dedicados apenas a promover os interesses do inimigo — se nenhuma outra vida, nenhum número de vidas importasse, nenhuma lealdade, nenhum código de honra, nenhuma tradição antiga, apenas a necessidade malévola de que o Objetivo deles prevalecesse custasse o que custasse..."

"Quem, então, haveria de defender os interesses da Nação? O Exército Real? A Marinha?"

"Teoricamente. Mas um inimigo munido de recursos imperiais pode comprar qualquer um."

"Se não houver ninguém que não possa ser comprado..."

"Temos que recair nas probabilidades, e perguntar quem *provavelmente não será comprado*."

Ficaram a fumar até que toda a sala ganhou uma espécie de pátina tridimensional, como se por efeito de anos de corrosão sutil. "Não é um problema simples, como se vê", disse o príncipe por fim.

"Existem amizades", ocorreu a Cyprian, que apertou os olhos de um modo que significava: *É claro que não estamos falando sobre ninguém em particular*.

"Porém não é verdade que às vezes os amigos traem, muitas vezes por motivos bem menos previsíveis do que um pagamento em dinheiro? A menos que..."

"Voltei ainda há pouco", disse Cyprian, cauteloso, "de um sítio onde é muito mais difícil, ao menos para as grandes Potências, subverter a honra pessoal. Um sítio menos desenvolvido, sem dúvida, do que as sofisticadas culturas do Ocidente, ainda ingênuo, embora não de todo inocente."

"Desprezado, desrespeitado, abaixo de qualquer suspeita", arriscou o príncipe.

"Eles não exigem quantias vultosas, nem armas avançadas. Eles possuem algo que não pode ser comprado por todos os tesouros da Europa."

"Paixão", o príncipe concordou com a cabeça.

"Posso fazer algumas indagações?"

Cyprian viu uma expressão de comiseração no rosto do príncipe. "Lamento o que ocorreu com seu amigo."

"Sim. Pois. Ele tinha muitos amigos. Entre os quais —"

Mas o príncipe estava fazendo mais um daqueles seus gestos principescos, e quando viu, Cyprian estava lá fora, na *salizzada*.

Um dia, na Riva, à frente do Metropole, Cyprian topou inesperadamente com Yashmeen Halfcourt, de braços dados com um indivíduo maltratado e pernilongo que exigiu de Cyprian, já há algum tempo num estado de desejo insatisfeito, um esforço para não ficar olhando para ele, além do minuto e meio de desorientação proporcionada por aquele encontro imprevisto com Yashmeen. O cabelo dela estava mais curto e mais claro, e ela usava trajes caros, tafetá roxo com guarnições de brocado de prata, mangas até os cotovelos com três ou quatro franzidos de renda, luvas de pelica cor de vinho escuro, lindas botas de pelica da mesma cor, um chapéu com plumas tingidas do tom idêntico com aba inclinada para um lado, um ou dois cachos a balançarem-se, travessos, como se despenteados num momento passional. Cyprian, enquanto registrava esses detalhes, dava-se conta, desanimado, de que sua própria aparência não estava sequer apresentável.

"Estás vivo", ela o saudou, difícil de dizer com que dose de entusiasmo. Antes estava sorrindo, porém agora assumira uma expressão estranhamente séria. Apresentou-lhe Reef, que o estivera encarando do modo direto que Cyprian aprendera a associar aos americanos.

"Soube a respeito do Vlado", Cyprian disse, na esperança de que ao menos ela não fingisse uma sociabilidade de salão.

Ela concordou com a cabeça, dobrou a sombrinha e apertou com mais força o braço de Reef. "Aquela noite foi por um triz, tinham-me levado a mim também se não fosse pelo Reef..."

"Não diga." Resolvendo olhar para o caubói de alto a baixo, mesmo.

"Eu estava passando por lá por acaso", Reef com uma saudação de cabeça.

"Mas tarde demais para o Vlado."

"Lamento."

"Ah", desviando o olhar do outro, "estão a serem tomadas medidas. Essa história não terminou. Nem por sombras." Pouco depois, seguiu adiante pela Riva.

Durante uma semana, mais ou menos, Cyprian conseguiu enlouquecer um pouco, retomando, ainda que não em tempo integral, sua antiga carreira de sodomia remunerada. Naquela cidade não faltavam homens pálidos cujos gostos ele compreendia, e ele precisava de dinheiro, uma pilha de dinheiro de certa altura, para poder enfrentar Theign da maneira apropriada. Quando sua incursão na esbórnia já havia lhe proporcionado o suficiente, foi até o salão de Fabrizio para reduzir seus cachos a fim de assumir um ar mais guerreiro, e em seguida pegou o trem vespertino de Trieste.

Mais uma vez atravessando a ponte de Mestre, em direção a um pôr do sol com um tom fumacento de laranja, Cyprian sentia a tristeza característica da contemplação de um passado recente irrecuperável. As coisas muito anteriores, infância, adolescência, essas estavam encerradas, ele não precisava mais delas — o que ele queria outra vez era a semana passada, a semana retrasada. Recusava-se, ainda que não com muito sucesso, a pensar em Yashmeen.

Em Trieste, os membros da confraria neo-*uskok*, agora liderada pelo primo de Vlado, Zlatko Ottician, receberam-no efusivamente, tendo ouvido alguns relatos exagerados, já semifolclorizados, de suas aventuras na península.

Sentaram-se à mesa para comer *gibanica* com sardinhas e tomar uma espécie de grapa de ervas chamada *kadulja*. Todos falavam um dialeto que era uma mistura de Čakavština litorâneo com gíria marítima *uskok* do século XVII. Ininteligível para Cyprian e, o que era mais importante, para Viena.

O que fazer? Discutia-se muito, nos *caffès* e tabernas, ao longo do Rive, sobre métodos de ação. Não havia dúvida de que era necessário matar Theign. Uns eram a favor de uma morte rápida, assassinos anônimos na escuridão, enquanto outros queriam que ele sofresse e compreendesse. A justiça poética exigia que ele fosse repassado para algum grupo famoso pelas torturas. Apesar de qualificadas quanto a esse quesito, nenhuma das Grandes Potências serviria, porque Theign trabalhara em caráter regular para todas elas, provavelmente achando que isso bastaria para mantê-lo protegido. Assim, a punição teria de vir de algum plano menos elevado, das partes mais baixas da rosa dos ventos, os sem-rosto, os desprezados, os Mavrovlachi da Croácia. A gente de Vlado.

"Quantas armas você precisar", Zlatko prometeu.

"É só colocar o homem na nossa mira que nós fazemos o resto", disse o irmão dele, Vastroslvav.

Ao examinar os contatos de Theign na Áustria, Cyprian descobriu fascinado que ele se tornara íntimo da chancelaria militar do príncipe herdeiro Francisco Fernando, que do Belvedere de Viena dirigia uma rede de intrigas com o objetivo de redesenhar o mapa da Europa, por intermédio de protegidos seus tais como o atual ministro das Relações Exteriores, Aehrenthal, arquiteto da anexação da Bósnia.

"O que indica", murmurou Cyprian para si próprio, "que o Theign provavelmente já sabia a respeito da anexação muito, muito antes que ela ocorresse de fato, e no entanto fingiu estar tão surpreso quanto todos nós. Na verdade, foi o primeiro passo dessa desgraçada guerra geral da Europa, e ele mandou-me bem para o meio do conflito, lá onde eu não podia fazer nada que não levasse a minha própria destruição. De fato, precisa matar esse filho da puta perverso imediatamente."

Enquanto foi do interesse tanto da Inglaterra quanto da Áustria-Hungria que a Rússia fosse impedida de adquirir poder demais nos Bálcãs, Theign havia conseguido, ao que parecia, justificar todo e qualquer grau de cooperação com a Ballhausplatz alegando a Questão Macedônia, desse modo permanecendo isento de qualquer suspeita de traição.

Além disso, no decorrer de 1906 e 1907, quantidades ainda não especificadas de tempo e dinheiro haviam sido gastas, para não falar no sofrimento causado, incluindo mortes anônimas em esquinas pouco frequentadas das cidades da Europa, com o objetivo de impedir que ocorresse um acordo anglo-russo. Como era da maior importância para a Alemanha que a Inglaterra e a Rússia permanecessem inimigas para sempre, os agentes mais ativos nessa causa certamente teriam sido os alemães ou então os austríacos, seus subordinados, incluindo sem dúvida a guarda pretoriana de Theign, por ele escolhida a dedo. Mas agora que a Entente estava em vigor, Theign devia estar esperando, com a paciência característica dos predadores, uma nova missão. Provavelmente era melhor agir depressa.

Enquanto as habilidades práticas de Cyprian se aguçavam contra a pedra de afiar da crise europeia, as de Theign, pelo efeito da entrega a luxos variados, entre eles a culinária vienense, haviam deteriorado. Cyprian jamais se tornaria um veneziano, porém aprendera uma ou duas coisas úteis, uma delas sendo que o que em outras cidades era considerado boato era em Veneza tido como fato científico. Foi até Castello, frequentou *caffès* e *bàcari* e esperou, até que apareceu Theign, acompanhado por seu cortejo de capangas. Cyprian recitou as fórmulas apropriadas e tornou-se invisível. Em pouco tempo, através da dança complexa, ainda que desigual, que então teve início, ele aprendeu todos os detalhes da agenda diária de Theign, e conseguiu permanecer sem ser notado a uma distância próxima o bastante para poder interferir, contratando punguistas para furtar carteiras, fazendo com que Theign fosse brindado no mercado de peixes com um hadoque suspeito, subindo aos telhados de Veneza ele próprio para lançar uma ou outra telha em direção à cabeça de Theign.

Uma noite seguiu sua presa até um *palazzo* em San Marco, perto do rio di San Zulian. Era o consulado austro-húngaro, ora. Até onde ia o descaramento daquele sujeito? Cyprian resolveu materializar-se.

Com sua Webley a postos, calibrou exatamente sua posição metade dentro da neblina, metade fora. Theign, sentindo-se protegido por algum manto de isenção, não manifestou surpresa. "Quem diria, Latewood. Pensávamos que você tinha morrido."

"E morri mesmo, Theign, estou cá a assombrá-lo."

"Os relatórios que chegaram ao Belvedere a respeito da sua missão foram excelentes, o próprio príncipe herdeiro —"

"Poupe-nos, Theign, e prepare-se."

Theign saltou para um lado, na defensiva, mas Cyprian havia desaparecido. "Até que você é rápido para um paneleiro preguiçoso!", gritou Theign no pátio vazio. Outrora Cyprian teria talvez sentido uma pontada de remorso diante daquela menção ao passado deles dois.

À medida que a crise se aproximava, era-lhe cada vez mais difícil tolerar o cotidiano. Não conseguia dormir. Quando bebia para adormecer, acordava após menos de uma hora de sono turbulento, com sonhos em que Yashmeen o traía, vez após vez, junto a um organismo identificado para os propósitos do sonho como "Áustria". Mas mesmo no sonho ele sabia que não podia ser isso. Acordava imaginando que o nome verdadeiro fora revelado, mas que o choque do despertar o expulsara de sua consciência.

"Será hoje à noite, então, se tudo correr bem", disse o príncipe com um sorriso amarelo que tinha mais a ver com inconveniência do que com remorso. Ele e Cyprian haviam combinado encontrar-se, de modo tão furtivo como se fossem amantes, no final da tarde em Giacomuzzi. "O senhor tem todo o direito de estar presente."

"Eu sei. Mas estando em Veneza os irmãos Ottician, é melhor agora que eu me afaste e deixe que se vinguem."

O príncipe lançou-lhe um olhar duvidoso. "Mais alguma coisa?"

"Apenas agradecer seus esforços nessa questão, *Altezza*."

O príncipe sempre possuíra o dom principesco de saber quando e como disfarçar seu desprezo. Isso era necessário no mundo não apenas porque havia assassinos muito sensíveis a insultos mas também, por incrível que tal lhe parecesse outrora, porque de vez em quando ele próprio se enganava. Um homem que não sabe quanto pedir é, sem dúvida, desprezível — mas às vezes, ainda que não muito frequentemente, ele apenas não quer nada para si próprio, e é necessário respeitar essa posição, mesmo que só por ser ela tão rara.

"O senhor vai à ilha na próxima semana para nosso baile anual?"

"Não tenho roupa adequada."

Ele sorriu, permitindo que Cyprian pensasse que era um sorriso de nostalgia. "A *principessa* encontrará algo para o senhor."

"Ela tem um gosto refinado."

O príncipe olhou para o céu através de seu copo de Montepulciano. "Para certas coisas, é bem provável que tenha."

Assim que saiu da estação e pôs o pé na Ponte degli Scalzi, Theign percebeu que devia ter ficado em Viena. Protegido, ainda que não seguro. Naquele momento sua guarda pretoriana estava em outros lugares, cumprindo missões em diversas fronteiras de seus domínios, mas se fosse necessário, a própria Viena o protegeria e defenderia. Tentou imaginar que não tinha vindo a Veneza, talvez pela última vez, de modo algum por conta de Cyprian Latewood. Aquela fogueira já fora sem dúvida abafada muito tempo atrás. No entanto, ele não queria que aquele paneleiro pálido fizesse o último lance naquele jogo. Latewood tivera muita sorte, uma sorte indesculpável, mas não participava do jogo o tempo suficiente para merecer toda aquela sorte.

De início Theign ficou mais contrariado do que alarmado ao se dar conta de que Vincenzo e Pasquale não estavam presentes. Os dois sempre tinham o hábito de vir recebê-lo na plataforma, e dessa vez ele os avisara com muita antecedência. Enquanto subia a ponte, simultaneamente subia-lhe à consciência a suspeita de que talvez tivesse mandado o aviso cedo demais, permitindo que a mensagem fosse interceptada e forças inimigas se mobilizassem.

"*Signor* Theign, creio que o senhor esqueceu alguma coisa na *terraferma*."

Desconhecidos, parados no ponto mais alto da ponte. Anoitecia. Ele não conseguia distinguir com clareza os rostos dos dois.

Levaram-no a uma fábrica abandonada nos arredores de Mestre. Outros vultos cercavam o lugar, mantendo-se nas sombras. "Espectros", disse Vastroslav. "Espectros industriais. O seu mundo os recusa, por isso eles o assombram, eles caminham, eles cantam, quando necessário eles o despertam de seu sono."

Molinetes enferrujados e eixos motores com correias de borracha partidas pendentes corriam em todas as direções acima de suas cabeças. O chão tinha manchas escuras de fogueiras acesas por visitantes transitórios. Numa prateleira de metal havia vários instrumentos, entre eles uma verruma, um serrote de açougueiro e o Gasser 11mm montenegrino de Zlatko, caso um fim rápido se fizesse necessário.

"Pra simplificar as coisas pra todos", disse Vastroslav, "não há nada que você possa nos dizer. Nada com que possa nos pagar. Você penetrou numa história antiquíssima de sangue e penitência, e a moeda dessas transações não é feita de metal e sim de Tempo."

"Então vamos logo ao que interessa, está bem?", Theign disse.

Arrancaram seu olho direito com uma goiva de marceneiro. Mostraram-lhe o olho antes de jogá-lo para as ratazanas que aguardavam nas sombras.

"Faltava um olho no cadáver de Vlado", disse Zlatko. "Vamos tirar de você os dois."

"Dois olhos por um olho", Zlatko com um sorriso sinistro, "é assim que fazem os *uskoks* — pois nós somos selvagens, como você vê, ou melhor", aproximando-se com a goiva, "você *não* vai ver."

"Quando vocês torturam, é apenas para aleijar", disse Vastrolav. "Para deixar uma marca de desequilíbrio. Nós preferimos uma simetria de agressão — para conferir um estado de graça. Para marcar a alma."

Em pouco tempo a dor levou Theign para além da esfera das palavras, reduzindo-o a gritos articulados, como se buscasse uma fórmula rapsódica que o salvasse. Zlatko aguardava junto à prateleira de instrumentos, impaciente com a abordagem filosófica de seu irmão. Ele teria usado a pistola logo de saída, para depois passar o resto da noite num bar.

Um dia Cyprian recebeu um recado de Yashmeen, o qual começava com estas palavras: "Preciso falar contigo". Do resto ele não se lembraria. Ao que parecia, ela havia conversado com Ratty, que a informara a respeito do paradeiro de Cyprian.

Ela e o americano, que naquele dia não estava em evidência, haviam se hospedado numa *pensione* perto de San Stae. Yashmeen recebeu Cyprian com um conjunto claro de saia e blusa que parecia simples, mas que teria custado no mínimo duzentas liras. Seu cabelo cacheado chegava mais ou menos até o ombro. Seus olhos permaneciam fatais como sempre.

"Então o Ratty está de volta. Sem dúvida, tu o encantaste, ou então é ele que está a ficar descuidado."

"Gostei de vê-lo outra vez."

"Fazia tempo que não o vias, não é?"

"Desde que eu e o Vlado saímos de Trieste, creio. Não me lembro."

"Não. E por que havias de lembrar-te?"

"Cyprian —"

"E o Vlado cuidou de ti muito bem, não foi?"

Os olhos dela ficaram maiores e, de algum modo, mais escuros. "Ele salvou-me a vida, mais de uma vez."

"Nesse caso, é melhor eu salvar-te a vida um dia desses, pra ver o que acontece."

"Ele pediu-me que eu te desse isto." Tinha na mão uma espécie de caderno escolar, amassado e desbotado pelos elementos. *O livro dos mascarados*.

Após hesitar, Cyprian tomou o caderno. "Ele de fato te disse que era pra mim? Ou será que queres apenas livrar-te disto?"

"Cyprian, o que faço contigo? Pareces uma tia velha."

"É." De repente relutava em respirar. "É que... tanta coisa, ultimamente. Nada. Não dormi." Indicando a cama com o queixo. "Pelo visto, tu também não."

"Ah." Ela mudou de expressão. "Mas claro, eu e Reef estivemos a foder, fodemos sempre que podemos, somos amantes, Cyprian, coisa que tu jamais pudeste ser. E daí?"

Ele sentiu-se retalmente possuído pelo medo, o desejo e, o mais irresistível de todos, a esperança. Poucas vezes a vira tão cruel. "Mas eu era capaz —"

"Disso já sei."

"— de fazer tudo que mandasses..."

"'Mandar'. Ah, é mesmo?" Aproximou-se, segurou-lhe o queixo trêmulo com a mão enluvada. "Então, se te comportares bem, algum dia, alguma noite deliciosa, vamos deixar que fiques a nos contemplar duma certa distância. Devidamente amarrado, imagino, pobre Cyprian. Completamente indefeso."

Ele permaneceu em silêncio, encarou o olhar dela, desviou a vista como se não suportasse o perigo que lá via.

Yashmeen riu como se tivesse acabado de detectar, por meio de vidência, uma pergunta. "Sim. Ele sabe tudo sobre ti. Mas não é tão fácil quanto eu. Por mais que o desejes." Cyprian manteve a vista baixa e não disse nada. "Dize-me que estou enganada." Ele arriscou outra olhadela rápida. Os olhos de Yashmeen estavam implacáveis. Ela imobilizou a cabeça dele com uma das mãos e com outra golpeou-lhe o rosto, surpreendendo a ambos, depois bateu outra vez, e mais vezes, o cheiro da pelica inundava-o, um sorriso pouco a pouco apossou-se do rosto dela, até que ele cochichou o que ela queria ouvir.

"Hmmn. Não podes sequer olhá-lo sem a minha permissão."

"Mas será que ele vai —"

"Ele vai o quê? É um americano. Um caubói. Romantismo pra ele começa e termina comigo deitada na cama. Para ele, és uma curiosidade. Ele pode levar anos pra chegar a ti. Se calhar, não chega nunca. E entretanto terás de sofrer, imagino."

"E aquela história de 'Cyprian, que bom que estás vivo', e coisa e tal?"

"Isso também, creio eu."

"Então basta eu atravessar a rua pra comprar cigarros que tu —" Indicou com a cabeça a eloquência da cama desarrumada, com olhos cheios de desolação. Uma desolação suficiente, ele esperava.

"Tu foste embora", disse ela, "quando não era necessário. Como querias que eu me sentisse?"

"Mas nós havíamos concordado, eu pensava —"

"Nós havíamos?"

E então se instalou um daqueles silêncios, e uma coisa curiosa aconteceu com o tempo, pois embora fossem as mesmas pessoas que haviam tomado o navio *João da Ásia* no ano anterior, eram ao mesmo tempo duas pessoas inteiramente diferentes, que não tinham nada que estar na mesma cidade, muito menos no mesmo quarto, e no entanto o que quer que houvesse entre eles estava mais profundo agora, o que estava em jogo era mais sério, o perigo do quanto havia a perder estava terrivelmente, inegavelmente claro.

Nas escalas do típico dia de trabalho, a autoestima de Cyprian, caso excepcional entre os agentes de um certo nível de seu tempo, quase nunca valia mais do que o cílio de uma mosca recém-nascida. Colegas seus ficavam atônitos quando constatavam que ele evitava os círculos sociais mais elevados, que sequer possuía um traje a rigor. Embora gostasse de comentar sobre a aparência dos outros no que dizia respeito a roupas e asseio, ele próprio passava dias sem fazer a barba, sem trocar de colarinho ou terno, imaginando-se praticamente invisível ao público em geral. De início, Derrick Theign, entre outros, julgara que aquilo era jogo de cena — "'Quem, o pequeno C.L.?' Ora, Latewood, mesmo maltrapilho como você anda, você ainda não é exatamente uma droga no mercado do desejo, príncipes da indústria mundial podiam estar a farejar os seus sapatos se você cuidasse um pouco do cabelo, por exemplo."

"Você errou de paneleiro", Cyprian limitava-se a murmurar, com o que poderia parecer, numa pessoa mais vaidosa, autodepreciação. A maioria dos que o conheciam tinham dificuldade em conciliar seu apetite pela degradação sexual — no que tinha de especificamente carnal — com o que não podia ser visto senão como uma entrega religiosa do eu. Então Yashmeen entrou em cena, olhou e compreendeu na mesma hora, com um simples e elegante movimento de pulso, o que tinha a sua frente.

A esperança então despertada era inesperada — quase, naquele momento da vida dela, inacessível. Mas ela não estivera ainda recentemente, nos cassinos da Côte d'Azur, disposta a correr riscos muito maiores? Atravessando um mundo a cada dia mais apalermado, que procurava a salvação em códigos e governos, sempre disposto a contentar-se com narrativas suburbanas e compensações diminuídas — qual a probabilidade de encontrar uma outra pessoa também determinada a transcender tudo isso, e que sequer tivesse muita consciência do fato? E Cyprian, logo ele. O querido Cyprian.

Então começou a acontecer uma outra coisa muito estranha. Havia anos Yashmeen era obrigada a suportar paixões despertadas por ela em outros, contentando-se com momentos de diversão, preferindo, como um espectador num espetáculo de prestidigitação, não entender muito bem como a coisa funcionava. Deus sabia o quanto ela tentara ter espírito esportivo. Porém, mais cedo ou mais tarde sua paciência se esgotava. Um sorriso irritado, e mais um amador afundava no pântano erótico, de coração partido. Mas agora, pela primeira vez, com a volta de Cyprian, alguma coisa havia mudado, como se a ressurreição milagrosa dele também houvesse restaurado alguma coisa nela, embora Yashmeen evitasse identificá-la.

Os homens jamais representaram um desafio para Yashmeen — todos os seus sucessos memoráveis tinham sido com mulheres. Tendo aprendido como era fácil dominar os desejos tanto da balconista londrina quanto da orgulhosa aluna do Girton College, Yashmeen sentia-se agradavelmente surpresa ao constatar agora que a mesma abordagem funcionava com Cyprian, só que mais ainda. O delicado faz de conta de princesas e criadas e coisa e tal era aprofundado, estendido às esferas de poder real, sofrimento real. Cyprian parecia não ser restringido pelas ressalvas que ela havia encontrado sempre em atuação, retardando as almas das mulheres britânicas — disposto a transgredir talvez qualquer limite que ela pudesse impor. Não era apenas a velha história dos castigos físicos que marcavam os alunos de escolas britânicas de todas as idades. Era quase uma indiferença ao eu, em que o desejo visava transcender as condições do eu — e de início ela pensou, como talvez outras mulheres também teriam pensado à primeira vista, ora, é apenas ódio a si próprio, não é?, talvez algo relacionado à classe social — mas não, *não* era isso. Cyprian sentia um prazer excessivo em fazer o que ela o obrigava a fazer. "'Ódio'? não — não sei o que é isso", ele protestou, contemplando com desânimo suas próprias formas nuas no espelho dela, "só sei que é teu..." Com curvas tão suavemente apresentáveis, poderia ser narcisismo — mas também não era exatamente isso. O olhar dele não se destinava ao espelho, e sim a ela. De início ela pensou em cobrir o espelho quando eles estavam juntos, e constatou que não fazia diferença. Os olhos dele permaneciam voltados para Yashmeen numa adoração exclusiva, a menos que ela lhe ordenasse que olhasse para outra coisa.

"Não", ele sussurrou.

"Estás a dizer-me não? Vou dar-te uma surra que —"

"Não vou te deixar fazer isso", com o mesmo sussurro.

Yashmeen ajustou a linha dos ombros, um gesto que, como ela já havia percebido, deixava-o particularmente excitado. "Certo. Quero aquele traseiro malcriado. Vamos, Cyprian."

"Não", ao mesmo tempo que suas mãos pequenas, enluvadas, langorosamente posicionavam-se junto aos fechos da calça, ele virava-se e lentamente desabotoava-a e abaixava-a para ela, olhando para trás.

Ele achava que sabia o que era pegar fogo. Mas aquilo era uma explosão prolongada, chegando de vez em quando a uma brisância realmente insuportável. E no entanto ele a suportava, menos por ser o que ela queria do que por ser, coisa inacreditável, o que se tornara a necessidade dela. Como poderia ele decepcionar a necessidade de Yashmeen? Parecia ridículo, embora as provas estivessem por toda parte. Ela estava se comportando como uma garota apaixonada. Trazia para Cyprian braçadas de flores e roupa de baixo extravagante. Fazia-lhe elogios quando ele não estava ouvindo, elogios que alguns talvez achassem excessivamente prolongados. Bastava que ele se atrasasse alguns minutos para um encontro para encontrá-la trêmula de ansiedade, prestes a debulhar-se em lágrimas. Nenhuma crueldade formal que ela pudesse imaginar para penitenciá-lo poderia apagar a lembrança daquela sua necessidade indisfarçada, como se ele de fato a tivesse tomado de surpresa num momento vulnerável.

"Vivo sob esta maldição há tanto tempo", Cyprian confessou a ela, naquele tom ofegante, quase choroso, que sempre acabava por adotar, o equivalente verbal de cair de joelhos a seus pés, buscando a certeza sob eles, "quem poderia imaginar que alguém descobriria, corresponderia às exigências dela com tanta exatidão... de modo tão honrado... O coronel Khäutsch era cruel, pelo menos enquanto permanecia ereto, o Theign contentava-se em deter o poder e ser obedecido, eram desejos que eu conseguia compreender, mas, mas..."

"Antes de terminarmos com isto", ela informou-lhe, "se é que vamos terminar algum dia, não terás mais que imaginar, porém haverás de acreditar." Achando graça do tom melodramático de sua própria voz, porém ela própria quase acreditando no que dissera, os olhos enormes a brilhar. Cruelmente, mas isso era o de menos. Tirando o que ele ouvira em Wigan uma vez num feriado, dito por alguém cujas palavras talvez tivessem sido em parte obscurecidas por um estranho sanduíche de batata frita, aquela era provavelmente a declaração mais romântica que já fora feita a Cyprian.

Ele continuava tentando compreender. Podia-se ver toda Londres do alto da montanha-russa de Earl's Court ao cair da tarde, uma por uma à medida que as luzes se acendiam e as cortinas eram puxadas. Aquilo estava acontecendo por trás de metade das janelas visíveis, tão comum quanto a presença de estrelas no céu, as inversões de poder, esposas dominando maridos, alunos dominando professores, soldados dominando generais, nativos dominando brancos, a velha ordem das coisas virada de pernas para o ar, uma revolução nas exigências do desejo, e no entanto, aos pés de Yashmeen, aquilo parecia ser apenas as cercanias — a forma óbvia ou sacramental da coisa...

"Não leves isso pro lado espiritual", ela advertiu, embora talvez a advertência fosse dirigida mais a si própria e a suas esperanças exageradas relacionadas ao assunto. "Sabes bem que é o teu corpo que ama isto", fazendo-lhe uma carícia brusca, "não apenas as partes do teu corpo tradicionalmente envolvidas, mas aos poucos, à medida que a tua instrução progredir, podes ter certeza, cada centímetro quadrado dele, cada pelo, quer permaneça no lugar, quer seja dolorosamente arrancado, cada nervo ávido...

"Isto outra vez." Cutucou-o com uma unha escarlate, e ele inspirou com força, movido não exatamente pela dor. "Estás a pensar num homem. Fala-me."

"Estou." Não insistiria na ideia de "amor" — mas que outro sentimento poderia ser num momento assim? "Homens, na verdade."

"Sim. Não *um homem em particular?*"

Ele permaneceu em silêncio por um momento. "Não. Uma sombra genérica — com um físico substancial, imagino... Isso não quer dizer —", virou-se para ela, movido por uma onda de ternura indisfarçada.

"Não vás imaginar que vou raspar o cabelo e pôr um pênis artificial por tua causa, Cyprian."

"Eu não era capaz de te pedir tal coisa. De implorar-te." Como se não conseguisse resistir, acrescentou: "É claro, se houver alguma mudança que *eu* possa fazer, no cabelo, nas roupas, maquilagem, algo que seja mais atraente pra *ti* —".

Ela riu, fingindo examiná-lo à luz das velas. "'É claro.' És mais ou menos da minha altura, teus ossos são finos e as feições bem delicadas, porém o cérebro atrás delas, creio eu, contém só as habituais tolices que os rapazes pensam sobre os encantos femininos. Tal como és, não chegas perto da menos *clairvoyante* de todas as minhas amigas."

"E tal como posso me tornar?"

"Sou tua mestra? Então vem cá."

Tarde da noite, ficavam deitados lado a lado vendo as luzes, móveis e imóveis, refletidas nos canais.

"Que motivo tinhas para que duvidasses?", ela sussurrou. "Já amei mulheres, tal como tu amaste homens —"

"Talvez não seja exatamente 'amar' —"

"— e daí? Podemos fazer tudo que imaginarmos. Não somos o mundo futuro? As regras de boa conduta são pros moribundos, não pra nós."

"Não pra ti, ao menos. És muito mais corajosa do que eu."

"Seremos tão corajosos quanto for necessário."

Estavam em meados de abril, o Carnevale já terminara havia semanas, e a Quaresma aproximava-se do fim, céus recolhidos e pálidos demais para chorar pelo destino do Cristo cíclico, tendo a cidade pouco a pouco recuperado o estado de sem-máscara, com um brilho estranho e fosco no pavimento da Piazza, menos um reflexo do céu que uma luminância suave vinda das regiões inferiores. Porém a silenciosa comunhão das máscaras ainda não havia terminado por completo.

Numa das ilhas mais distantes da laguna, que pertencia à família Spongiatosta havia séculos, à qual se chegava depois de mais de uma hora de viagem, mesmo num barco a motor, havia um *palazzo* que afundava pouco a pouco. Ali, à meia-noite, entre o sábado de Aleluia e o domingo de Páscoa, tinha início o contra-Carnevale secreto denominado Carnesalve, não uma despedida e sim uma recepção calorosa à carne com tudo que ela prometia. Como objeto de desejo, como alimento, como templo, como portal de situações que transcendiam o conhecimento imediato.

Sem nenhuma interferência de qualquer autoridade eclesiástica ou civil, todo aquele mundo limitado sucumbia a um imperativo mascarado, toda identidade literal sendo relaxada até se perder de todo no meio do delírio. Por fim, após um ou dois dias, surgia a certeza de que sempre existira separadamente um mundo em que as máscaras eram os rostos reais e cotidianos, rostos com suas próprias regras de expressão, que se conheciam e se compreendiam mutuamente — uma vida secreta de Máscaras. Não era exatamente como ocorria no Carnevale, quando os civis tinham permissão de fazer de conta que eram membros do mundo das Máscaras, de tomar emprestado algo daquela distância hierática, daquela intimidade maior com os sonhos não expressos das Máscaras. No Carnevale, as máscaras indicavam uma indiferença privilegiada ao mundo da carne, do qual, no final das contas, todos estavam se despedindo. Mas ali, no Carnesalve, como na espionagem, ou em algum projeto revolucionário, o desejo da Máscara era o de ser invisível, sem ser ameaçadora, transparente e no entanto implacavelmente enganosa, pois sob sua negra autoridade o perigo imperava e tudo era transgredido.

Cyprian foi na lancha a vapor do príncipe e da princesa, embarcando ao pôr do sol no cais da Ca' Spongiatosta. Por meia hora, mais ou menos, enquanto a lua subia no céu e o dominava, Cyprian teve a sensação desorientadora de que haviam ascendido até uma certa altitude em relação à lagoa, o céu um deserto manchado de fumaça iluminada, por toda parte cores mais brilhantes do que era de se esperar, e daquela altitude perigosa ele julgava ver lá embaixo navios mercantes ganhando velocidade, barcos cheios de mercadorias voltando para Torcello e Malamocco, *vaporetti* e gôndolas...

Ouviam-se os ruídos da festa a uma distância de quilômetros. "Deve ter sido assim cem anos atrás", observou o príncipe, "perto de San Servolo, com todos os loucos gritando." A luz à frente era de um tom sujo de amarelo elétrico, refletida na água, intensificando-se à medida que eles se aproximavam. Pararam a lancha junto a um velho cais de pedra, enquanto o palácio condenado elevava-se, trêmulo. Criados com archotes, vestidos de negro naquela noite, como o esquadrão de assassinos do doge Gradengio, os Signori di Notte, conduziram-nos até o interior.

Perto da meia-noite, Cyprian, com um vestido de baile de tafetá negro emprestado pela *principessa*, uma sumária máscara de couro negro cobrindo os olhos, a cintura reduzida a uma circunferência absurdamente esguia, o rostinho pintado emoldurado pela recriação do cabelo de Yashmeen feita pelo *signor* Fabrizio, cacheado, empoado, esculpido, entretecido com aljôfares e violetas de Parma, entrou em cena arrasando, de salto alto, descendo a escadaria de mármore e mergulhando no mar de máscaras e carne do andar de baixo. Reef, numa das sacadas, prestes a acender um charuto, ficou boquiaberto, de início sem ter certeza de que havia identificado a pessoa, constatando que estava tendo uma ereção que ameaçava demolir a calça da fantasia de pierrô que Yashmeen insistira para que ele usasse. Pensando em talvez ver mais de perto, penetrou na comoção geral, onde o som de uma pequena orquestra de dança era quase inaudível.

"Olá, caubói." Era mesmo Cyprian, com uma voz suave e bem-humorada, elevada a um registro apropriado ao flerte, tão perto de Reef que ele podia sentir seu perfume, um cheiro floral, sutil, cheiro de flor que se abre à noite... Sem hesitar, o jovem, disposto a aprontar, estendeu a mãozinha enluvada e acintosamente acariciou primeiro os mamilos de Reef, que também haviam endurecido a ponto de doer, e depois, não, isso não podia estar acontecendo, o pênis de Reef, o qual não apenas não encolheu diante daquele ataque desavergonhado como também continuou a afirmar uma vontade toda sua, Cyprian, os olhos fixos de modo hipnótico nos de Reef, estava prestes a dizer algo mais quando sua mão brincalhona foi de repente agarrada e puxada.

"Cyprian, falei e falei contigo sobre isso, e mesmo assim me desobedeces", cochichou Yashmeen, trajando um dominó de cetim, falando por trás de um véu de renda que cobria seu rosto desde o cabelo até pouco abaixo do queixo, "então não tens vergonha? Sabes que terás de sofrer as consequências agora. Venham cá, os dois." Segurou Cyprian com firmeza pelo cotovelo e foi guiando-o em meio à multidão, enquanto alguns aproveitavam a oportunidade para acariciar a criatura malcomportada ao passarem por ela. Cyprian mal conseguia respirar, não apenas por estar tão apertado o espartilho, e por efeito das intenções de Yashmeen com referência a seu corpo, mas principalmente pela presença de Reef, a energia escura logo atrás dele, quase a tocá-lo. Nunca haviam estado os três juntos daquela maneira antes, até então os procedimentos haviam se limitado aos dois lados heterossexuais do triângulo. O que teria ela em mente? Seria ele obrigado a ajoelhar-se e ficar assistindo enquanto os dois copulavam? Iria ela xingá-lo como costumava fazer, só que agora abertamente, na frente de Reef, e seria ele capaz de suportar essa humilhação? Não ousava nutrir esperanças tais.

Encontraram um cômodo num andar superior, cheio de mobília dourada e pesadas colgaduras de veludo escuro. *Amoretti* pálidos, que no decorrer de gerações haviam visto de tudo, espalhavam-se pelo teto, cutucando-se, rindo, um ajeitando as penas das asinhas do outro, trocando comentários mundanos diante do espetáculo que se desenrolava abaixo deles, que na verdade não haveria de destoar muito do vernáculo erótico daquelas ilhas.

Yashmeen reclinou-se sobre as almofadas de um divã de veludo vermelho, permitindo que a bainha já precária de sua fantasia deslizasse para cima e expondo suas pernas tão comentadas, envoltas em meias de seda preta, que ela agora fingia examinar e endireitar. Reef deu um passo para a frente, talvez dois, para ver melhor. "Não, fica aí onde estás. Precisamente aí... isso, não te mexas. Cyprian, *tesoro*, sabes muito bem onde tu deves ficar." Abaixando a cabeça, levantando as saias graciosamente como se para fazer uma mesura, Cyprian ajoelhou-se com um grande farfalhar de tafetá de seda. Tal como Yashmeen os havia disposto, ele não podia deixar de reparar, seu rosto estava agora na mesma altura que o pênis de Reef, e bem próximo a ele, no momento em que Reef, atendendo à sugestão de Yashmeen, o retirava da calça.

Foi tudo muito mais breve do que Cyprian teria desejado. No decorrer dos anos ele havia aprendido a gostar das carícias preliminares, mas dessa vez não conseguiu mais do que uns poucos beijos de língua, uma rápida piscadela eletrizante, duas no máximo, de seus longos cílios contra a parte de baixo do órgão quente, antes de ouvir a ordem de Yashmeen: "Depressa. Enfia-lho na boca, Reef, só uma metida, não mais, depois deves ficar totalmente imóvel e permitir que esta *fellatrice* levada da breca faça todo o serviço. E tu, Cyprian, quando ele descarregar, não deves engolir nada, hás de manter tudo na boca, estamos entendidos?". A essa altura ela já mal conseguia manter o tom imperioso, pois os dedos envoltos da luva de pelica estavam havia algum tempo brincando com o botão de rosa do clitóris e os grandes e pequenos lábios, agora emoldurados pela corola de renda em torno de suas cadeiras. "Vocês dois são meus... meus..." Ela não conseguiu levar adiante aquele pensamento, pois Reef, perdendo todo controle, gozou explodindo numa grande inundação pungente, que Cyprian fez o possível para conservar na boca tal como lhe fora ordenado.

"Agora vem cá, Cyprian, vem de joelhos, e que os céus venham em teu socorro se tentares engolir, ou deixares uma só gota cair, vem aqui com essa tua carinha desavergonhada, mete a boca aqui, isso, aqui mesmo", apertando impiedosamente sua cabeça entre as coxas fortes, entortando-lhe a peruca perfumada, feita com seus próprios cabelos adorados, com as mãos em sua nuca mantendo-o onde estava. "Agora usa tua língua, teus lábios, o que for necessário, mas quero tudo, saindo da tua boca e entrando em mim, sim, porque tu aqui não passas de um pequeno intermediário, percebes, nunca, nunca terás o privilégio de colocar outra coisa que não tua boca malvada aí onde ela está agora, e espero, Cyprian, que não esteja tocando teu próprio corpo agora sem a minha permissão, pois hei de ficar muito zangada contigo se tu... isso, criatura querida... isso mesmo..." Ficou muda por alguns instantes, e Cyprian perdeu a noção do tempo, entregando-se de todo ao cheiro dela, o gosto dela, o gosto de Reef, o aperto musculoso das coxas dela, até que Yashmeen afastou-as um pouco e ele julgou ouvir passos no tapete atrás dele, quando então mãos grandes, mãos de fora da lei, começaram a levantar seu vestido. Sem que nada lhe fosse ordenado, Cyprian curvou-se para trás e sentiu Reef, prestes a voltar à carga, baixando a delicada calcinha que a costureira de Yashmeen havia confeccionado só com renda veneziana da Melville & Ziffer, rezando para que nada rasgasse, e depois as mãos duras no seu traseiro exposto, enquanto Reef ria e lhe dava palmadas. "Ora, mas não é que é até gostoso." Numa única investida lenta e dolorosa, bem, nem tão dolorosa assim, Reef penetrou-o... Mas, ainda que com relutância, deixemo-los aí, pois biomecânica é uma coisa, intimidade é outra muito diferente, não é?, e a essa altura Reef e Yashmeen estavam sorrindo um diretamente para o outro, enquanto Cyprian sentia-se absurdamente grato por estar ali, entalado entre eles com tanta força que o tratamento vigoroso que estava recebendo agora parecia quase — mas apenas quase — incidental.

Dali até o dia da Ascensão, o dia em que Veneza todos os anos renovava seu matrimônio com o mar, enquanto os dois rapazes, um que jamais sequer imaginara o outro, e um que tinha ido além da imaginação e agora apenas esperava que nada se revelasse excessivamente "real", consolidavam a terceira conexão em sua tríade, os dois perguntavam a si próprios até que ponto aquilo estaria se aproximando do "amor".

"É só gratidão, no fundo", Cyprian deu de ombros. "Ela viu-se em apuros uma vez, por acaso eu sabia onde ficava uma das saídas, é claro que pra ela tudo parece um milagre, mas eu sei que não é, e você também, imagino."

"Eu já vi outras caidinhas", argumentou Reef. "Isso é pra valer, mesmo."

Pensando que aquilo era apenas o tipo de flerte com o qual já estava acostumado havia muito: "Então você já desenvolveu um olho clínico para... esses estados?".

"Amor, meu chapa. A palavra te deixa nervoso?"

"Mais impaciente que nervoso."

"Então está bem. Vamos ver. Você é chegado a apostas...?"

"Infelizmente, no momento sou um viajante de orçamento curto."

Reef ria baixinho, com seus próprios botões, ao que parecia. "Tem problema não, parceiro, comigo o seu dinheiro não corre risco. Agora, quando você resolver tirar todo esse pó de arroz dos olhos, não vem me pedir conselho de graça, não, porque eu é que não vou saber o que te dizer."

"E... vocês dois...", conseguindo levantar ambas as sobrancelhas numa expressão que, esperava ele, seria entendida por Reef como solidária.

"Melhor perguntar pra ela", Reef, com no mínimo duas expressões diferentes disputando espaço em seu rosto. "Eu estou aqui só pra conhecer a Europa, mais ou menos."

"Reef é uma espécie de férias", ela admitira a Cyprian, "em relação a vocês, tão complexos, fascinantes quando os encontramos nos salões mais exclusivos, mas que no convívio privado acabam por nos cansar com uma velocidade surpreendente."

Um dia Cyprian tinha acabado de emergir da banheira, onde havia passado uma hora fumando, quando Reef entrou. "Ela não está", disse Cyprian. "Saiu às compras."

"Não vim por causa dela, não." Cyprian praticamente ainda não havia reparado no pênis expressamente ereto de Reef quando este agarrou-o pelos cabelos e o fez ajoelhar-se, ainda nu.

"Nem pensar, você sabe... ela há de ficar possessa..."

"E daí? Você deixa uma mulher mandar em você o tempo todo, porra, se pelo menos uma vez você engrossasse com ela... Elas *gostam* que a gente mande nelas, será que você ainda não entendeu isso?"

Outrora Cyprian teria respondido mais que depressa: "É mesmo? Se você tem mandado nela nos últimos tempos, não percebi". Mas agora, ajoelhando-se timidamente, contentou-se em tomar na boca o pênis de Reef e olhar para cima, através dos cílios, para o rosto distante dele, um pouco enevoado pelas lágrimas do desejo.

Não demorou para que Reef estivesse montado, como se num rodeio, enquanto Cyprian gritava com o rosto enfiado num travesseiro de renda, como sempre, e o ar recendia a lilases, merda e frangipana. O sol refletia-se no canal e cintilava nas janelas. Yashmeen passou a tarde toda na rua.

"Um segredinho entre nós, imagino."

"Como é que nunca —"

"O quê?"

"Acho que é só curiosidade. Como é que um homem deixa alguém fazer isso com ele, sem nem —"

"Talvez você não seja apenas alguém, Reef."

"Vamos deixar isso de lado. O que eu estou te dizendo é que se fosse eu, eu ia querer matar o cara que tentasse fazer isso comigo. Porra, eu *tinha* que matar o cara."

"Não se preocupe comigo, não vou lhe fazer mal algum. Por mais perigoso que eu seja."

"Você não fica sentindo que... quer dizer, não dói, não?"

"Dói, e não dói."

"Papo de japonês. Obrigado. Conheci um japa místico, lá em San Francisco, ele falava assim o tempo todo."

"A única maneira de saber-se se, e o quanto, e tudo o mais, Reef, é experimentar por si próprio, mas você provavelmente havia de ofender-se se eu lhe fizesse tal sugestão." Outrora ele aproveitaria para flertar descaradamente, mas agora: "Por isso não lha faço".

Reef apertou os olhos. "Você não está falando em —" — fez um gesto circular com os dedos — "você fazer isso comigo, nada disso." Cyprian deu de ombros. "O teu negócio aí não é dos maiores."

"Mais um motivo para não se ter medo. Não é?"

"Medo? Meu chapa, não é a dor, não, que viver já dói, porra. Mas a honra masculina — Quando a honra está em jogo, aí é uma questão de vida ou morte. Isso de honra não tem não, lá na tua terra? Na Inglaterra?"

889

"Se calhar, é só por não ter eu jamais conseguido perceber uma relação entre honra e desejo, Reef."

Dissimulado como sempre — pois Cyprian na verdade já havia começado a se dar conta de que no "campo" era precisamente seu desejo acentuado de ser possuído que lhe dava a vantagem prática, que o poupava de ter de desperdiçar tempo e energia com questões de integridade retal, ou de quem num dado encontro seria o dominante — que fosse qual fosse o significado de "honra", já não tinha muito a ver com esses protocolos sexuais ultrapassados. Que os outros, se quisessem, continuassem a se debater nos velhos pântanos — Cyprian atuava melhor em terreno mais firme.

Por outro lado, pessoas que não o conheciam bem eram levadas a confundir submissão com comiseração, especialmente as que subscreviam a curiosa opinião de que os sodomitas, por não terem muitos problemas, jamais haveriam de entediar-se ouvindo os problemas dos outros.

Sob muitos aspectos um típico produto de sua ilha natal, pouco dado a intrusões nasais, Cyprian, sempre atônito diante da disposição dos americanos a confessar detalhadamente qualquer coisa a qualquer estranho, foi se tornando cada vez mais uma plateia para as confidências de Reef.

"E às vezes eu via eles nos trens, tinha vezes que eu estava sentado do lado deles, esses rapazes indo de um condado ao outro, cruzando as divisas estaduais, dizendo que estavam procurando trabalho, mas na verdade doidos pra fugir da vida deles. Não é que eles detestem os filhos, não. Eles sempre mostram os ferrótipos dos garotos, eles adoram os *chavalitos*. Adoram até a mulher, talvez, mostram a foto dela também, às vezes posando, usando uma peça, ou deixando de usar uma peça, do tipo que as autoridades acham que foi 'com intenção de excitar', e a coisa é clara como água: 'Não é de jogar fora não, é ou não é? E se você, como um sujeito normal, acha que ela parece um pouquinho levada da breca, bem, então é bem provável que também tenha outro sujeito, lá onde ela está, tão normal quanto você, com a mesma opinião, e que pode até neste exato instante, esse sujeito que eu nunca vi, estar me fazendo um favor, sem saber o que está fazendo'.

"Se eles conseguissem ter um pouco de tranquilidade, não iam começar a falar sobre a boceta da mulher deles. Mas eles estavam sempre tão preocupados, tão desesperados pra falar que estavam se lixando pro que eu achava, eles queriam que *eu* entendesse, pelo visto me achavam com cara de quem entendia. Toda vez que isso acontecia, algo me impedia de fazer qualquer comentário. Quem sabe eu não estava tendo uma dessas premonições, que eu um dia ia acabar virando um deles.

"Eles sempre pareciam muito preocupados. Tinha uns que não sorriam nem que você pagasse. Ficavam se escondendo por baixo da aba do chapéu, tomando uma garrafa depois da outra, da dúzia que a gente tinha comprado e trazido pro trem no último bar de beira-estrada onde a gente parou. Uma ou duas dúzias. Às vezes quase que virava uma festa, uma convenção de veteranos do *front* matrimonial, trocando histórias do campo de batalha, das retiradas que tiveram que fazer, às vezes devagar, às vezes num pânico cego que eles fingiam ser outra coisa. 'Acho que nessa hora fiquei meio maluco', ou 'Daquela semana não me lembro quase nada', ou 'Fiquei fora de combate um bom tempo.'

"Pois é, e agora estamos aqui, não tantos anos depois, e é a minha vez de estar sentado ao lado do sujeito que está no banco da janela, o que entrou na última parada, e encher o ouvido dele, ou seja, o seu."

"Minha vez de ficar a escutar."

"Não tem escolha, parceiro."

Cyprian estendeu o braço, provavelmente com intenção apenas de dar um tapinha no ombro de Reef, mas o outro fez cara feia e afastou-se. "Fiz umas merdas na vida, Cyprian, mas tem uma que não tem perdão. O jeito que o meu filho olhou pra mim, naquela última vez... quer dizer, ele nem sabia que daquela vez ia ser diferente. Foi isso. Tão pequenino. Sempre ia dormir sem nunca pensar que não ia me encontrar quando acordasse. Mas foi o que aconteceu naquela manhã." Ele e Cyprian trocaram um olhar, tenso demais para que conseguissem mantê-lo por muito tempo. "Eu nem sei mais por que é que eu fiz isso. Mas aí fica muito fácil, não é?"

"Você contou isso tudo à Yashmeen?"

"Ela também quase não me fala sobre o passado dela. Por quê? Você está pretendendo me caguetar pra ela?"

"Eu, não, mas você devia. Algum dia."

"Pra você é fácil falar."

"Acontece na cadeia às vezes", teorizou Reef. "Parece que quando você fica muito tempo trancado num lugar onde sobra tempo, as coisas acabam se ajeitando no velho triângulo de pai, mãe e filho, sem precisar de muito planejamento."

"Mas nós não estamos na cadeia. Estamos?"

"Claro que não. Nem sei por que que eu disse isso."

"Estás livre pra ir embora quando quiseres", disse Yashmeen. "Todos nós estamos. A coisa sempre foi assim."

"Antes pode ser que eu me sentisse livre pra ir embora", disse Reef. Mas não estava disposto a olhar nos olhos de ninguém.

"Ele também não sabe por que disse isso", interveio Cyprian. O rosto de Yashmeen, equilibrado entre a raiva e o bom humor, era um texto que nenhum dos dois rapazes estava disposto a ler no momento.

O que mais fascinava Cyprian nos últimos tempos a respeito do rosto dela era o que acontecia com ele quando ela e Reef trepavam. Cumprindo o prometido, Yashmeen lhe permitia que assistisse de vez em quando. Como se Reef fosse uma espécie de agente de transfiguração — menos por causa de suas repenetrações implacáveis do que *apesar* delas — do rosto de Yashmeen, que antes Cyprian guardava, como uma foto bem protegida na memória cotidiana, como um talismã contra as desgraças balcânicas, agora, coberto por um véu de suor, adquiria por efeito da paixão uma beleza feroz, revelando a ele, como se por um novo tipo de raio recém-descoberto, o rosto de uma outra mulher, insuspeita. Menos possuída do que despejada, para um fim não expresso, por forças que jamais viram motivo para se identificar.

Ao longe, nos sertões de seu espírito, talvez no tal de coconsciente do qual se falava agora nos círculos da moda, ele sentia que alguma coisa começava a mudar.

Agora, depois de anos a evitá-lo, era a vez de Reef sonhar com o pai. Alguma coisa a respeito da situação que estava vivendo com Yash e Cyprian devia ter afrouxado algum ponto da costura, de modo que o sonho veio e encontrou-o. Antes ele achava que ser o sucessor de Webb como Kid Kieselguhr resolveria todas as suas ilusões mortais, e agora vejam só onde ele havia se metido. Webb, mesmo no caminho de volta de Jeshimon tantos anos antes, aquela alucinação luminosa e estridente — Webb haveria de reconhecê-lo agora, reconhecer suas posições políticas, suas compulsões? No sonho não estavam mais nos cânions espectrais do McElmo, e sim numa cidade, não Veneza mas também nenhum lugar nos Estados Unidos, com uma infinitude operacional impossível de mapear em suas ruas, nas suas paredes as mesmas imagens antiquíssimas e inquietantes que estavam gravadas no McElmo, configurando uma narrativa cuja verdade impiedosa não podia ser admitida oficialmente pelas autoridades de lá por causa do perigo que representava para a sanidade pública... Ali era mais escuro do que ele era capaz de imaginar. Ao longe Reef divisava um desfile de mineiros com seus compridos jalecos de borracha, apenas um deles, mais ou menos na metade do cortejo, com o toco de vela no chapéu a arder. Como postulantes trajando hábitos, seguiam em fila indiana por uma rua estreita que parecia uma galeria de avanço úmida, iluminada atrás ou na frente pela lanterna amarela. Quando se aproximou, Reef viu que quem levava a luz era Webb.

"Pequenas vitórias", Webb saudou-o. "Conseguir uma ou duas, só isso. Elogiar e honrar as pequenas vitórias onde e como quer que elas aconteçam."

"Elas andam meio raras nos últimos tempos, pai", Reef tentou dizer.

"Não estou falando sobre as suas, seu palerma."

Compreendendo que era mais uma tentativa de Webb de transmitir outra mensagem, como na sessão espírita nos Alpes, Reef percebeu por um único instante de lucidez que era essa a exata informação de que ele precisava para voltar para o ponto onde havia se desviado da trilha, tantos anos atrás. Em seguida, despertou e ficou tentando lembrar por que motivo aquilo era tão importante.

Eles haviam planejado fugir para a Garfagnana e viver no meio da sua gente, em meio aos lobos, anarquistas e salteadores. Alimentar-se de sopa de feijão com espelta, cogumelos e castanhas cozidas no áspero vinho tinto da região. Roubar galinhas, uma vaca de vez em quando. Porém subiram o vale do Serchio só até Bagni di Lucca, berço da roleta europeia tal como a conhecemos hoje, os instintos de jogador prevaleceram e de repente todos reassumiram seus papéis habituais. Em pouco tempo, apesar de suas melhores intenções, estavam nadando em francos. Às vezes eram vistos caminhando por entre as árvores, Reef com um traje negro austero e chapéu de feltro, mantendo os olhos na sombra, esguio e atento, Cyprian com roupas largas, brancas ou em tons pastel, e bonés de caça extravagantes, com padrões xadrez, Yashmeen entre eles com um traje de cassino de crepe estival, lilás bem claro, com uma sobrinha que ela parecia utilizar como órgão da fala. Por vezes as nuvens acumulavam-se acima das montanhas, tingindo de cinza-escuro a luminosidade, lançando sobre as encostas cortinas de chuva. Andorinhas alinhavam-se sob os beirais e nos fios do telégrafo, aguardando a estiagem. Então os três permaneciam a portas fechadas, fodendo, jogando, fingindo perder apenas o suficiente para manter a plausibilidade, brigando, raramente aventurando-se a levantar a questão do que seria da vida deles.

O que lhes parecia difícil não eram tanto as grandes questões — haviam descoberto que os três tendiam politicamente ao anarquismo e encaravam o destino humano com pessimismo, com incursões num humor que só era reconhecido por presidiários e caubóis de rodeios —, o que realmente tornava o dia a dia tão trabalhoso, prestes a dar em desastre a cada momento, eram as pequenas aporrinhações, as quais, por efeito de algum princípio homeopático do irritável, atuavam com mais força em proporção direta a seu grau de trivialidade. Cyprian tinha o hábito, já antigo, embora até aquele momento ninguém tivesse reparado nele, de fazer comentários irônicos sobre nada em particular, cantando, como se só para seus botões, com a melodia da *Abertura Guilherme Tell*:

Muito bom, muito bom, muito *bom de-mais*,
Muito bom, muito bom, muito *bom de-mais*,
Muito bom, muito bom, muito *bom de-mais*, muito
Bo-o-om, muito *bom demais!*

Reef imaginava que a adversidade lhe ensinara a arte de compor refeições refinadas a partir dos ingredientes que lhe caíssem nas mãos a cada dia, embora os outros dois raramente concordassem com ele quanto a isso, preferindo mais de uma vez passar fome a ter de engolir mais do que um bocado do mais recente horror preparado por Reef. Tudo que Reef podia oferecer era coerência. "Sé sula tabla!", gritava ele, e lá estava o suplício culinário daquela noite. "É francês. Quer dizer 'está na mesa'." A *pasta asciutta* sempre passava do ponto, a sopa estava sempre salgada. Ele jamais aprenderia a fazer um café bebível. A situação não melhorava quando, em reação aos piores resultados da arte de Reef, Cyprian cantava:

Sim! sim! muitobomdemais,
Mui-to bom, mui-to bom, mui-to (tarari, tarará),
Bom! Muito bom!
Mui-to bom demais, sim,
Mui-to, mui-to, mui-to *bom demais*!

"Cyprian, melhor parar com essa porra." Então se fazia um silêncio que perdurava até que Yashmeen, assumindo seu tradicional papel de conciliadora e mediadora, tendo Cyprian cessado de cantar, começava: "Ora, Reef, este teu prato, na verdade, hmm..."

O que era a deixa para que Cyprian continuasse:

Muito bom muito bom muito bom-bom-bom, é
Mui-to, mui-to bom demais, muito
Bom muito...

Quando então Reef pegava um prato cheio de *pasta fagioli* ou *tagliatelle* duro e o jogava com violência em Cyprian, emporcalhando-o. "Está começando a encher meu saco, ouviu?"

"Olhe só, sujou todo o meu —"

"Ah, vocês dois são tão infantis."

"Não grita comigo, fala com o nosso canário aí."

"Cyprian..."

"Deixa-me em paz", Cyprian emburrado, tirando a massa do cabelo, "não és minha mãe, ora."

"Sorte tua. Se fosse, há muito tempo que eu já tinha cedido a meus impulsos, e tua saúde estaria bem diversa."

"Porrada nele, Yash."

"E quanto a ti —"

"Você podia explicar pra ele pelo menos o que quer dizer *al dente*."

"Ainda tens um pouco perto da orelha, aí."

Um dia em Monte Carlo, apareceu ninguém menos do que o velho companheiro anarquista de Reef dos tempos de New Orleans, Wolfe Tone O'Rooney, a caminho de Barcelona, que estava prestes a explodir, como vinha acontecendo de tempos em tempos, com perturbações anarquistas.

"Espera só um minuto pra eu pegar minha arma de matar elefante e uma meia limpa, que eu vou já com você."

"Irmão de classe", declarou Wolfe Tone, "precisamos de você vivo e em forma. Seu destino não é terminar na *línea del fuego*."

"Olha que eu atiro tão bem quanto qualquer um vocês, seus borra-botas."

Wolfe Tone explicou então que, por mais terrível que pudesse vir a ser para a causa anarquista, Barcelona era apenas um espetáculo secundário. "Os governos estão prestes a foder com tudo pra todo mundo, tornar a vida ainda mais insuportável do que o irmão Bakunin imaginava. Uma coisa realmente terrível está sendo preparada."

"Lá longe." Mas Reef não discutiu. O que o deveria ter surpreendido mais do que de fato o surpreendeu.

Acompanharam o anarquista irlandês até a fronteira da França com a Espanha, e fizeram uma rodada nos cassinos franceses já perto do final da temporada de jogatinas. Porém, juntamente com os mistérios do Desejo, Cyprian agora sentia uma mudança em seus termos, uma apreensão de que alguma coisa se aproximava do fim... As fontes do Desejo eram tão incognoscíveis quanto as nascentes do Estige. Mas era igualmente inexplicável a *ausência* do desejo — por que motivo uma pessoa podia optar por *não abraçar* aquilo que o mundo considera, por vezes de modo aparentemente unânime, ser sem dúvida do interesse dela.

"Tu não és mais a mesma pessoa", disse-lhe Yashmeen. "Alguma coisa aconteceu-te lá na Bósnia. Tenho a impressão... de que de algum modo estou pouco a pouco a tornar-me menos importante pra ti do que alguma outra coisa, uma coisa não dita." E foi se afastando, como se tivesse feito um grande esforço para dizer aquilo.

"Mas eu te adoro", Cyprian cochichou, "isso jamais há de mudar."

"Antes eu me perguntava até aonde eras capaz de ir pra prová-lo."

"Até aonde disseres, Yashmeen."

"Antes essa era exatamente a tua resposta." Embora estivesse sorrindo, sua fronte pálida estava marcada por alguma premonição, algum despertar desolador prestes a ocorrer. "Agora não posso mais perguntar. Sequer a mim mesma."

Não era a tradicional rotina ah-me-amas-de-verdade? dos namorados. Ela debatia-se com alguma insegurança profunda. Ele estava de joelhos, como sempre. Yashmeen pousara dois dedos enluvados cuidadosamente sobre o queixo dele, obrigando-o a olhá-la bem nos olhos, até que ela o fez desviar a vista com um tabefe. O *tableau* clássico não havia mudado. Mas na imobilidade dos dois agora seria possível detectar uma propensão tensa a levantar-se ou virar-se para o outro lado, abandonando a cena, como se os papéis numa peça teatral tivessem sido trocados.

Reef entrou no quarto numa nuvem de fumaça de charuto, olhou de relance para os dois, continuou seguindo para um recinto interior. Outrora teria tomado aquele *tableau* como um convite, e teria sido isso mesmo.

Um dia, em Biarritz, perambulando pelas ruas, Yashmeen ouviu música de acordeão vindo de uma porta aberta. Uma certeza curiosa apossou-se dela, e ela olhou para dentro do estabelecimento. Era um *bal musette*, quase vazio àquela hora do dia, fora um ou dois bebedores de vinho dedicados e o acordeonista, que tocava uma delicada valsa de rua em modo menor. A luz entrava num ângulo extremamente oblíquo, revelando Reef e Cyprian abraçados de modo formal, dançando no ritmo da música. Reef estava ensinando Cyprian a dançar. Yashmeen pensou em anunciar sua presença, mas na mesma hora mudou de ideia. Ficou parada, contemplando fixamente os dois jovens determinados, desejando que Noellyn pudesse ver aquela cena. "Se alguém é capaz de conseguir fazer aquele preguiçoso dançar, Pink", ela comentara mais de uma vez, "há de ser tu."

Foi mais ou menos nesta época que Yashmeen descobriu que estava grávida do filho de Reef — e, como Cyprian sentia prazer em imaginar, em algum sentido auxiliar, à luz ambígua do lampião e na fantasia mascarada, do seu também.

Ela, sonhou, na noite em que teve certeza, com um caçador que havia chegado por fim, um treinador de águias do deserto, para desmascarar contra a alma dela o ataque predatório que se apossaria dela, levando-a embora, trazendo-a de volta, presa nas garras da comunhão, do sangue, do destino, para ser arrancada da esfera de Riemann defeituosa que ela julgava ser tudo que existia, sendo levada num ângulo de ascensão quase vertical para esferas de vento eterno, pairando numa altitude que transformava o continente eurasiano num mapa de si próprio, muito acima do brilho dos rios, os picos cobertos de neve, o Tian Shan, o lago Baikal e a taiga inextinguível.

Hunter e Dally apareceram um dia em Londres, tendo vindo de trem expresso de Veneza, onde as ameaças de *coglioni* de Bodeo em punho não davam sinal de diminuir, a *principessa* Spongiatosta vivia tentando vender Dally para algum parasita duvidoso enroscado na árvore genealógica da nobreza italiana, e Dally chegara à conclusão de que Kit Traverse não ia voltar da Ásia tão cedo, se é que ia mesmo voltar um dia. Mas antes mesmo de terminarem a travessia dos Alpes ela já sentia saudade de Veneza, como se fosse uma refugiada.

Ruperta Chirpingdon-Groin teve a bondade de ajudá-la a encontrar um pequeno conjugado agradável em Bloomsbury, enquanto Hunter voltou ao seio bem engomado de uns parentes colaterais que viviam a oeste do Regents Park. Embora jamais houvesse tido muito interesse em Hunter, de modo geral Ruperta não suportava ver uma outra pessoa nem mesmo fingindo estar satisfeita. Porém, tendo se convencido de que não havia nada de passional entre Dally e Hunter, Ruperta promoveu a jovem ao *status* de Aborrecimento Menor, o que era o mais próximo da admiração de que ela era capaz, se bem que Dally não confiava em 'Pert quando estava tão afastada dela que não pudesse atingi-la com um piano de cauda. Desde Veneza, e daquele primeiro aperto de mãos desconfiado à porta do Britannia, as duas mantinham uma trégua cujo objetivo, ao que parecia, era conservar a delicada paz de espírito de Hunter.

"Mas ela gosta de você", insistiu Hunter. "Você devia deixá-la mostrar-lhe Londres um pouco. Ela conhece todo mundo."

"Ela está cismada comigo e você", supunha Dally. "Acha que somos namorados, sei lá."

897

"Quem, a 'Pert? Ora, é a pessoa mais ingênua que conheço, confia em todos."

"Essa mulher tem ciúme até de mingau de aveia, Hunter." Dally havia recentemente encontrado Ruperta com o rosto quase colado numa tigela de mingau de aveia bem quente, dirigindo-se a ela com voz baixa e venenosa — "Ah, deveras, pensas que ela te quer agora, mas espera só até que fiques um pouco mais fria, e comeces a endurecer, verás então se ela vai estar tão interessada —" enquanto sua sobrinha de catorze anos, Clothilda, esperava paciente ao lado, com uma colher e uma jarra de leite. Nenhuma das duas parecia em absoluto constrangida, nem mesmo quando Ruperta aproximou o ouvido da tigela como se esta estivesse tentando se explicar.

"Bem... imagino que estivessem só a brincar. Algum tipo de brincadeira do pequeno-almoço, que sei eu."

"Vem, sim, querida", Ruperta, um dia, aparecendo como se saindo do nada, como sempre, "hoje tua vida há de mudar, pois és uma joia guardada."

Dahlia ficou na mesma hora com uma pulga atrás da orelha, como aliás qualquer um ficaria. Ruperta, falando sem parar umas histórias londrinas quase de todo ininteligíveis, guiou-a para dentro de um táxi equipado de taxímetro, e quando viu, Dally estava com a outra numa sinistra sala de chá em Chelsea, sentadas a uma mesa à frente de um indivíduo voluptuoso de chapéu de feltro e terno de veludo. Dally reconheceu as unhas excessivamente compridas nos polegares que identificavam os escultores.

"Senhorita Rideout, esta criatura é o Arturo Naunt."

"Ela há de ser meu próximo anjo", Arturo declarou, olhando para Dally com um brilho no olho que ela julgava ter deixado para trás na Itália. "Diga-me cá, querida, o que a menina faz."

Dally havia reparado que lhe faziam perguntas como se fossem afirmativas, com uma entonação que descia em vez de subir no final. "Sou uma exilada."

"Da América."

"De Veneza."

"Um anjo veneziano! *Perfetto!*"

Não era exatamente o tipo de anjo que Dally imaginava, porém. 'Pert pediu licença com o sorriso depravado de sempre e saiu, enquanto Dally e Arturo, após um momento de conversa fiada, foram à Victoria Station. Dally levava sua confiável Lampo dentro da bolsa, esperando a qualquer momento ter de enfrentar um lenço embebido em clorofórmio, mas a viagem a Peckham Rye transcorreu tranquila, sendo até, graças aos conhecimentos extensos de Arturo a respeito dos atuais escândalos da Grande Londres, divertida.

Saindo da estação, subiram uma ladeira e chegaram a um cemitério dedicado aos soldados que tombaram em conflitos coloniais do século XIX e do início do século XX, nenhum dos monumentos perfeitamente a prumo, um campo caótico de tocos minerais. Citações extraídas da obra-prima de Henry Newbolt sobre o críquete, "Vitaï Lampada", podiam ser encontradas em metade das lápides, mas Arturo estava ali à procura de algo bem diferente.

"É aqui." Haviam parado diante de uma espécie de *pietà* militar sentimental, em que um soldado de infantaria em tamanho natural, com uma expressão de uma doçura quase insuportável do rosto, jazia moribundo com a cabeça no colo de uma jovem encapuzada, esculpida em mármore negro, com um par de asas de ave de rapina saindo-lhe das costas, que consolava o soldado com ternura, uma das mãos acariciando-lhe o rosto, a outra levantada num gesto curioso, que parecia chamar ou convocar alguém. "Um dos meus melhores A.D.M.s", Arturo comentou.

A sigla, ao que parecia, queria dizer "Anjo da Morte". Dally aproximou-se e olhou embaixo do capuz. Viu um rosto desses que se pode encontrar a qualquer momento, virando uma esquina ou tomando um ônibus, e aí era o fim — o rosto da moça com quem aquele rapaz agonizante vivia sonhando, a moça que cuidava da lareira num lar agora absurdamente distante, que prometia delícias indizivelmente carnais, ao mesmo tempo que se preparava para conduzir sua alma a plagas indizivelmente além do pôr do sol.

"Fiona Plush", Arturo comentou, "uma linda rapariga. Infelizmente, enrabichou-se por um artista de teatro de variedades que tinha uma queda por jovens curvilíneas. Passou a vir pro trabalho com o almoço numa mochila de viajante de Pegamoid, dessas que imitam a textura de crocodilo. Quanto mais ela comia, mais queria comer. Isso levantou questões de drapejamento. Se a menina examinar com cuidado os olhos, vai perceber que captei a fome expressa neles — muito bem, modéstia à parte — aquela falsa compaixão que é essencial num A.D.M., o que aliás é segredo profissional, por favor."

"E agora — vou tentar adivinhar — o senhor está tentando lançar um novo modelo no mercado."

"Talvez uma nova abordagem também. A menina já deve ter percebido que as pessoas admiram seu cabelo."

"Imagino que o senhor está pensando em não usar mais o capuz."

"Bem. Tradicionalmente, o rosto é escondido, afinal de contas é a Morte, não é? Na melhor das hipóteses, espera-se encontrar uma caveira, e para os mais dados a pesadelos a coisa só faz piorar a partir daí."

"Mas este Anjo aqui é —"

"É verdade, mas é a Fiona, ela não tem culpa de ser apresentável, se bem que acabei tendo de emagrecê-la um pouco."

Nos dias que se seguiram, haveriam de visitar outros cemitérios, e quanto mais A.D.M.s de Naunt Dally via, mais estranha a situação ficava. Havia intenções pervertidas em atuação, não apenas mortais mas também procriadoras. No complexo drapejamento das vestes dos A.D.M.s, a certas horas do dia, sob o impacto da luz dominante, via-se claramente nas sombras das roupagens as formas de um bebê, às vezes mais de um, agarrados ao que parecia ser um corpo indiferente. Quando as nuvens se tornavam mais espessas, se deslocavam ou iam embora, ou quando caía a tarde, essas figuras desapareciam, ou às vezes transformavam-se em alguma outra coisa que, do mesmo modo, não davam vontade de realizar uma inspeção mais minuciosa.

Dally havia trabalhado um pouco como modelo-vivo de um escultor. Em Nova York, num daqueles templos do capitalismo que há no centro da cidade, em meio às estátuas alegóricas alinhadas num certo corredor de mármore, ela ainda podia ser vista como O *espírito do bimetalismo*, o rosto tão correto como os que aparecem nas urnas cerimoniais, ornado com grinaldas, em cada íris um brilho de atenção dirigido a sua mão direita, que segurava, equilibrados, um sol e uma lua simbólicos, assim como a Justiça segura sua balança... tal como os outros modelos, nenhuma oportunidade, na expressão que assumia, de manifestar arrependimento por ter feito o que fez. Como teriam sido elas como moças, Oferta, Procura, Mais-Valia, Rendimentos Decrescentes? Teria alguma delas ficado numa varanda com vista das pradarias, instalada numa cadeira de balanço, por toda uma tarde perolada, até a noitinha, imaginando que a família teria ido embora sem ela, a casa agora vazia tomada por aqueles lentos ritmos de madeira? Seria ela de um lugar ainda mais a oeste, por exemplo, na região das minas, a tiritar de frio por noites e dias numa cabana na região das neves eternas, teria sido assim que ela se tornou uma filha do ouro e da prata? Chamando a atenção de um proprietário de mina, ou do lugar-tenente de um proprietário, levada à cidade, alguma cidade, apresentada a um escultor qualquer, um sujeito untuoso que já estivera na França, veterano de bandalheiras de artistas com modelos, que conhecia muito bem os salões de Kipperville...

Ao contrário de outras que atuavam como modelos-vivos, Dally adotava a abordagem da atriz, e *se informava* a respeito das abstrações que lhe cabia representar, como uma maneira de "entrar no personagem". Qual o sentido de tentar encarnar o Bimetalismo se não se havia aprendido tudo que havia a saber a respeito Dele? Era a mesma coisa com Arturo Naunt e seus A.D.M.S. Esse trabalho de vigiar os jovens soldados — Dally não conseguia encarar a coisa senão do ponto de vista do Anjo. Talvez a presença do capuz visasse não ocultar, e sim proteger, assim como o xale de uma *semeuse* clássica às vezes era estendido acima da cabeça para protegê-la do sol — para protegê-la de alguma coisa que vinha de cima, poderosa porém possível de desviar, alguma radiação ou forma insuspeita de energia... a graça divina? — Por que motivo o Anjo da Morte, atuando como agente de Deus, teria necessidade de ser protegido da graça? Então que outra energia negra e insuspeita seria? Que espécie de antigraça?

Os atritos começaram desde o início. Arturo queria repouso, imobilidade — o que Dally lhe apresentava era uma atleta dinâmica, entregue a um vento que apenas ela sentia, cuja velocidade lhe proporcionava um orgasmo onírico. "Ora. Eu não sou o Charlie Sykes, não *é*?", ele murmurava volta e meia. Tal como sua antecessora Fiona Plush, Dally tinha um rosto excessivamente específico para sustentar uma observação prolongada. Já vimos rostos assim, quando a luminosidade do dia se altera, tendo ao fundo os muros extensos e cegos dos armazéns de subúrbio, em dias de neblina ou de incêndios distantes cujas cinzas descem invisíveis, implacáveis, acumulando-se, alvas como geada... seus rostos parecem exigir essa desordem na luminosidade, e talvez uma disposição para vê-los, por mais que os que somos capazes de vê-los neguemos tal coisa com veemência.

Nesse ínterim, 'Pert, que vinha tentando, sem muito sucesso, plantar suspeitas sobre a moça na mente de Hunter, havia também se informado, com elementos do P.A.T.A.C., a respeito das aventuras anteriores de Hunter e das fraquezas que delas resultaram, e resolveu assumir o papel de uma espécie de antimusa, na esperança de, por artes de sua malícia, provocar Hunter de modo que ele no mínimo produzisse alguma obra que não encontrasse favor junto ao público britânico. Não demoraria muito, porém, para sua história passar por alguns ajustes. Em setembro, Hunter a convidaria a acompanhá-lo à catedral de Gloucester, onde, como parte do Festival dos Três Coros daquele ano, uma nova obra de Ralph Vaughan Williams seria executada pela primeira vez. Ruperta, que sentia desprezo pela música sacra, certamente viu ali uma oportunidade irresistível de aprontar alguma travessura, porque o acompanhou usando um traje esportivo mais apropriado a Brighton, com um chapéu que sempre lhe parecera particularmente abominável, mas que ela guardava para ocasiões como aquela. O compositor estava regendo duas orquestras de cordas colocadas nas posições de *cantoris* e *decani*, uma em frente à outra, separadas pelo coro, com um quarteto de cordas entre elas. No momento em que Vaughan Williams levantou a batuta, antes mesmo que soasse a primeira nota, alguma coisa aconteceu com Ruperta. Tão logo as ressonâncias frígias ocuparam a imensa nave, cordas dobradas trocando melodias, harmonias a nove vozes apossando-se dos ossos e vasos sanguíneos da plateia, muito lentamente Ruperta começou a levitar, nada de vulgar, apenas uma ascensão discreta e majestosa, chegando até mais ou menos a metade da altura do teto, onde, as lágrimas escorrendo ininterruptas rosto abaixo, permaneceu flutuando, iluminada pela luz outonal, acima das cabeças dos ouvintes, por toda a duração da peça. Durante o prolongado diminuendo final, ela retornou tranquila ao nível do chão e voltou a ocupar o próprio corpo, para nunca mais retomar sua antiga carreira de peste assumida. Ela e Hunter, que tinha uma vaga consciência de que algo de muito importante havia acontecido com ela, caminharam em silêncio ao longo do Severn, e apenas horas depois ela conseguiu falar. "Não deves nunca, jamais me perdoar, Hunter", sussurrou. "Não posso jamais pedir perdão a ninguém. De algum modo, eu sozinha, por cada erro cometido na minha vida, tenho de realizar uma boa ação que o compense. Talvez já não me reste muito tempo."

Em circunstâncias normais, Hunter teria questionado, com bom humor, aquela teoria de contabilidade moral. Mais tarde, porém, juraria ter visto ao redor dela naquele momento uma estranha aura luminosa que, como ele percebeu na mesma hora, não poderia ser dissipada com palavras chistosas. Dotado de um desses ouvidos ingleses que jamais perdem uma sonoridade de sétima bemolizada, Hunter havia naturalmente se apaixonado de imediato pela *Fantasia sobre um tema de Thomas Tallis*, e sempre haveria de amá-la, mas a mudança radical de que ele próprio necessitava teria de vir de alguma outra fonte. O tempo subia como um rio numa estação de tempestades, formando ondas impetuosas nos becos e praças de sua alma, e ele não sabia se conseguiria subir até um plano mais elevado onde pudesse escapar delas.

Quando seus quadros começaram a ficar estranhos, Dally percebeu o fato na mesma hora. Surgiram em suas composições ausências deliberadas — um vulto de um lado da tela olhava ou gesticulava para o outro lado como se houvesse alguém lá — só que não havia ninguém. Ou então duas figuras estavam envolvidas uma com a outra, amontoadas de um dos lados, enquanto junto a elas, ao alcance de uma mão, abria-se um espaço com uma luminosidade deslumbrante, como se um elemento essencial tivesse sido omitido, e era a imprimadura nua e crua que ganhava a qualidade de uma presença, exigindo ser observada...

"O que é?" Dally queria perguntar num cochicho, temerosa por ele. "O que é que você não mostra?"

Hunter costumava responder a tais perguntas aludindo ao espaço luminoso imoderado que aparecia no quadro de Turner intitulado *Dido construindo Cartago*, que estava em exposição na National Gallery. "Se há que roubar, então que se roube do melhor."

"Não vou engolir essa, não, Hunter, desculpe."

"Ou talvez, agora que já adquiriste uma base sólida com teus trabalhos como Anjo da Morte, quem sabe não queres posar para um desses espaços vazios, se por acaso te cansares do trabalho no ateliê do Arturo."

"Na verdade, o caso é um pouco mais sinistro." Ela contou-lhe o mais recente episódio ocorrido recentemente no estúdio em Chelsea. Naunt havia pedido que ela dispensasse as vestes habituais de A.D.M. e se limitasse a calçar um par de botas militares de cano alto. Então, de um cômodo interior, emergiu um exemplar do que era conhecido no ramo como Rapaz Bem Dotado, igualmente nu, usando apenas um capacete azul-escuro de infantaria. "Conheces a posição, Karl", instruiu-o Naunt. Sem maiores comentários, Karl pôs-se de quatro e exibiu seu — Dally foi obrigada a observar — traseiro apresentável. "Agora, Dahlia, tu ficas atrás dele, agarrando-o pelos quadris com bastante firmeza —"

"Disse-me que ela havia de usar um pênis artificial", Karl observou, um tanto ofegante.

"Mas o que é que está havendo, Arturo", Dally indagou, "se você não se importa de me explicar?"

"A ternura maternal", explicou Naunt, "é decerto um dos atributos do A.D.M., mas não o único. A agressão anal, que faz parte da imaginação militar, é uma manifestação igualmente válida de seu poder, e a submissão que ela exige, além de ser uma fonte de conforto, por vezes até oferece prazer ao objeto das suas atenções."

"Quer dizer então que eu tenho que..."

"Não se preocupe com o pênis, que isso eu acrescento depois."

"Espero que sim", murmurou Karl.

"Esse estilos artísticos", suspirou Hunter, quando ela lhe contou. "Mas sim. Quer dizer que vocês dois, hmmm..."

"Deve ser essa minha formação puritana americana", ela respondeu. "Enrabar idiotas nunca foi o meu forte."

Quis o destino então que Dally se encontrasse naquela mesma noite com ninguém menos que seu antigo admirador, o empresário americano R. Wilshire Vibe, que vinha encontrando mais receptividade para seus produtos no West End londrino do que na Broadway.

"Ora, ora, vi esse cabelo desde a Shaftesbury Avenue; achei que a rua estava pegando fogo. Quem sabe você não pode me fazer *um grande* mitzvah, minha jovem." Ele andava à procura de uma "típica mocinha irlandesa" para enfeitar sua mais recente criação, A *civilização termina em Wigan*, e até agora nenhuma das candidatas estava à altura do papel. Melhor ainda, a figuração ocorria no primeiro ato, e uma das figurantes no número apoteótico do terceiro ato de *Ruivas rebeldes*, num teatro quase ao lado, estava largando o trabalho, de modo que para Dally bastaria correr de um teatro ao outro a tempo de trocar de figurino e maquiagem, e ela seria uma substituta perfeita.

"Quer dizer, dois coelhos com uma paulada só", ela comentou.

"Isso mesmo. Você não tem nenhum compromisso ou outro impedimento, tem?"

"Bem, tenho uma espécie de cerimônia religiosa amadora, mas acho que dá pra eu pular fora."

Começando com pontas, em pouco tempo Dally ganhou algumas falas, depois oito compassos de um dueto com um jovem ator cuja extensão vocal era de meia oitava, bem inferior à de Dally, e quando viu, estava sendo celebrada como uma das maravilhas do mundo no perímetro delimitado por Shaftsbury Avenue, Strand, Haymarket e Kings Way, embora fosse reconhecida também por plateias suburbanas desde Camberwell Green até Notting Hill Gate, muitas vezes por pessoas um tanto estranhas que eram capazes de gritar seu nome na rua, oferecer-lhe ovos fritos e biscoitos, tirar fotos suas, pedir-lhe que desse autógrafos em programas de teatro, em pedaços de papel usado para embrulhar batatas fritas e nas cabeças inclinadas de maridos entusiasmados. Consciente de que nada disso poderia durar muito mais do que uma temporada, perplexa, de modo quase inocente, por se ver capaz de assistir com tranquilidade a empolgação dos outros como se estivesse dentro de algum espaço de frieza e lucidez, Dally era convidada a passar fins de semana em algumas das maiores mansões senhoriais do interior da Inglaterra, onde não lhe pediam outra coisa senão que tivesse a cara que tinha — como se sua aparência possuísse uma consciência própria, e fosse necessário permitir que ela seguisse seus próprios impulsos — paparicada pela criadagem, atônita diante de atos extravagantes de humilhação praticados por jovens cujos nomes ela por vezes não conseguia sequer ouvir, muito menos lembrar. Suplicavam-lhe peças íntimas de seu vestuário, que seriam costuradas dentro de seus chapéus. Seus dedos dos pés tornaram-se objetos de adoração, por vezes em público, o que a obrigava a trocar as meias encharcadas ou desfiadas três ou quatro vezes numa mesma noite. Nem todos os seus admiradores eram homens. Mulheres adultas, poetisas loucas, tipos de beleza que reinavam no mundo das fotogravuras propunham-se a abandonar os maridos, oferecendo-lhe punhados de dinheiro que Dally sequer conseguia calcular em termos de libras por hora. Davam-lhe de presente joias que eram guardadas nos cofres de famílias distintas havia séculos, bem como orquídeas raras, conselhos sobre a bolsa de valores, criações de Lalique em opala e safira, convites para visitar emirados e principados longínquos. Sempre presente, não exatamente à espreita, porém encarando-a de modo obstinado de trás de algum rododendro do Himalaia ou de alguma escultura em gelo a derreter-se, com seu indefectível uniforme de terno de tropical branco e chapéu panamá, persistia a figura de seu mais novo pretendente fiel, Clive Crouchmas, em cujo campo gravitacional Ruperta conseguiu colocar a jovem com apenas um leve movimento de seu cigarro.

Partindo de intrigas referentes às ferrovias turcas, Crouchmas havia se transformado numa das maiores autoridades mundiais numa ciência oculta que estava se tornando conhecida como "empréstimos a fundo perdido". Costumava ser consultado pelas diversas Potências — quando estas conseguiam marcar hora com ele. Como os gastos governamentais não eram totalmente desvinculados da aquisição de armamentos, ele também estava sempre em contato, embora não tivesse muita intimidade, com figuras como o famoso mercador da morte Basil Zaharoff. De fato, fora ao saber que o famoso magnata das armas estaria interessado em Dahlia Rideout, por conta da cor de seu cabelo, à qual Zaharoff era sabidamente suscetível, que Clive havia se interessado por ela.

"É, creio que seja assim", Ruperta dera de ombros, "mesmo pra quem não gosta do tipo."

"E ela não é..."

"Comprometida? Seja lá o que isso quer dizer no caso dela, sempre se pode fazer algum tipo de arranjo. Essas raparigas. Há sempre mais uma. É como mercadoria de florista, que se torna mais barata ao final do dia."

Clive, cercado pela toalha de mesa de uma alvura pura, talheres de prata de brilho perfeito e cristais impecáveis, estava ligeiramente boquiaberto. Uma vez, quando eram crianças, Ruperta lhe havia oferecido "uma porrada de dinheiro" por um de seus soldadinhos de chumbo, e quando ele o entregou Ruperta pegou um saco cheio de moedas que estava por perto e começou, com certa solenidade, a golpear o menino com ele. Era de se esperar que Clive chorasse, porém mais tarde ele só conseguia lembrar-se da admiração que sentira, ao mesmo tempo, talvez, pensando em tentar o mesmo experimento com outra pessoa. Uma garotinha *horrenda*, a qual, no decorrer dos anos, ele passou a encarar como a realizadora de seus sonhos menos confessáveis.

Bem, era tal como antes acontecera com a *principessa*, pensava Dally. Seria possível que todas as mulheres conhecidas por Hunter fossem alcoviteiras? Ela acabou concluindo que ser teúda e manteúda não era uma coisa tão sórdida quanto imaginava ser. Quanto a Crouchmas, não dava muito trabalho. O que mais lhe agradava era vê-la se masturbando — na verdade, uma pessoa muito doce. Não havia motivo para recorrer à polícia. Ele jogava limpo até onde era capaz de fazê-lo, respeitava os sentimentos dela, não tentou instalá-la num conjugado horrível em Finsbury ou algum outro deus-me-livre, e quando os dois se encontravam não era em nenhum hotel de má fama, e sim em lugares bem chiques, na Northumberland Avenue, no meio das luzes da grande cidade, com tudo que ela oferecia — lugares como o Métropole e o Victoria, muitas flores, champanhe de qualidade — a opacidade repulsiva do trabalho cotidiano de Crouchmas, com suas centenas de pequenos acordos sujos com intermediários que por vezes esqueciam qual o nome que deveriam estar usando, transformava-se em claridade e graça, com Dally trajando um *négligé* caro, numa névoa cálida de autoerotismo, enquanto ele, a uma distância segura, assistia.

Por acaso Dally encontrou Lew Basnight numa festa num fim de semana em Bananas, a grandiosa mansão de lorde e *lady* Overlunch em Oxfordshire. Ela estava usando um vestido de musselina de impressor, o que era na época o *dernier cri* entre as pessoas de espírito boêmio. Os impressores de Fleet Street usavam o material para limpar os tipos após imprimir os jornais do dia — as pessoas pegavam o tecido no lixo e o levavam a uma certa Costureira Esperta na Regent Street, e depois iam a uma festa exibindo a edição do dia do *Globe* ou do *Standard*, e passavam a noite sem saber se os outros estavam admirando sua roupa ou apenas tentando lê-la.

Havia membros do P.A.T.A.C. naquela festa, pois na época os do P.A.T.A.C. estavam por toda parte, como se estivesse em andamento algum processo fatídico que tornasse sua presença indispensável. Dally recentemente havia consultado uma leitora de cartas de Tarô em Earl's Court, nada de muito sofisticado nem chique, o mesmo tipo de consulta que uma caixeirinha podia fazer por seis *pence*, e assim quando Lew explicou que espécie de detetive ele era, Dally ao menos sabia identificar os vinte e dois Arcanos Maiores.

"O senhor é um desses do P.A.T.A.C.?"

"Já fui, agora trabalho por conta própria, sou uma espécie de consultor, pronto pra atuar se a tal da Icosadíade aprontar. Sempre tem alguma coisa nova, se bem que nos últimos anos", ele calculava, "já andei atrás de todos eles — os mais simples acabaram sendo os mais difíceis, a Lua, o Sol, esses aí, sempre tento evitar quando posso."

Naquele dia, aliás, ele tinha ficado deitado ao Sol, chapéu enterrado até os olhos, meio que cochilando, ou, diriam alguns, meditando, desde a aurora até o meio-dia acachapante. O Sol estava tentando dizer-lhe alguma coisa — "Além do de sempre, 'Olhe aqui, sou eu. Sou eu', é claro, o que é mais ou menos o que se espera."

Mais tarde, à noite, na mansão dos Overlunch, fora a Lua que o havia encontrado, em meio àqueles convidados que envergavam fraques e vestidos de Vionnet, caminhando pelos jardins pontuados por pavilhões, refletidos na lisura de obsidiana do lago ornamental, gritando do céu, de novo: "Sou eu... Sou eu..." enquanto o lagostim gigantesco saía lentamente da água, e o cão começava a uivar em algum trecho distante do terreno, e eis que surgiu a própria Lua, forte e luminosa, imediatamente acima de um ombro desnudado que passava, espargindo seus raios sobre aquela gente privilegiada em lazer, com seus pavilhões listrados como barracas de circos, seus lampiões dotados de lentes feéricas colocados em fantásticas grutas de gelo, seus funcionários orientais munidos de facas, com brilhos alvos nos chapéus de *chef* e nos dentes.

Então, por fim, pura e inconfundível, A Estrela. "Sou eu..."

Segundo a prática costumeira, A Estrela, número XVII, que à primeira vista significava esperança, podia perfeitamente prenunciar a perda. Ela representava uma jovem de boa figura, nua, meio ajoelhada, vertendo água de duas jarras, sua nudez indicando que, mesmo quando se é privado de tudo, pode-se ainda ter esperança. A. E. Waite, seguindo Éliphaz Lévi, acreditava que, em seu sentido mais oculto, essa carta tinha a ver com a imortalidade da alma. Lew, quando mais jovem, estava mais interessado, o que era talvez compreensível, na tal mulher nua, ainda que vários conselheiros do P.A.T.A.C. tentassem persuadi-lo a não ficar nisso. Ele parecia certo, de tão convincente que era a visão de "Pixie" Colman Smith, a artista que desenhara o baralho, de que uma noite ele dobraria uma curva na paisagem e encontraria aquela exata conjunção de terra e água, a árvore no outeiro, o pássaro na árvore, e, naquele momento ignorando sua presença, com a serra atrás dela, aquela fantástica loura nua. Os especialistas em Tarô já tinham visto aquele tipo de leitura equivocada antes e havia até um termo para designá-la — "intocpixiação". "O atual ocupante desse Arcano pode nem ser do sexo feminino", ele foi advertido mais uma vez, em vão.

Dally estava esse tempo todo olhando fixamente, com uma expressão cada vez mais radiante. Ele apertou um dos olhos, curioso. "O quê?"

"Essa foi a última carta que ela desvirou pra mim", disse Dally. "Lá em Earl's Court. A Estrela."

"Pois bem", Lew levantou o polegar, virando-o para o leste, onde naquele exato momento um objeto muito luminoso estava lentamente subindo no céu desde o início da noite, "é uma boa carta de se tirar." Era Sírio, a Estrela do Cão, que governava aquele trecho do verão, e cujas bênçãos, segundo a tradição, tinham também um lado negativo.

"Então me diga", ela perguntou, como se fosse um mal compartilhado por ambos, "quem era? Quando você finalmente os encontrou? Afinal, quem era A Estrela?"

Nesse ponto, a prática usual dele era dizer: "Ora, vamos lá, eu talvez tenha exagerado um pouco, na verdade nunca descobri quem era, exatamente". Porém, por mais vontade que Lew sentisse de ir até o terraço, perto do laguinho escuro, e fumar um charuto sozinho, era preciso resolver uma questão com aquela jovem.

"A senhora tem um minuto livre?"

Dally até então estava se divertindo razoavelmente, porém essas festas quase sempre cobravam um preço, e ela imaginava que a hora do pagamento havia chegado. Largou sua taça de champanhe, respirou fundo e respondeu: "Claro". Um pulso de silêncio dominou o terraço, deixando que a metade de um compasso da música da orquestra de dança, inesperadamente dissonante, manchasse a noite, antes de recomeçar, agora em ritmo de 3/4, depressa demais para ser chamado de valsa e para permitir que alguém dançasse, salvo os muito atléticos ou loucos, e como resultado os casais dançavam cada um numa velocidade diferente, tentando chegar a algum lugar reconhecível no final de cada quatro compassos, todos esbarrando nos móveis, nas paredes, uns nos outros, emergindo dessas colisões em ângulos imprevisíveis, rindo sem parar.

"Esse sujeito que entrou com a senhora."

"O senhor Crouchmas."

"Conhece ele há muito tempo?"

"Quem quer saber?"

"Eu sou só o intermediário", explicou Lew.

"Para quem? Pro P.A.T.A.C.?"

"Eles, não, mas não posso dizer mais nada."

"Eu e o Clive somos bons amigos", disse Dally, como se Crouchmas fosse apenas mais um rapaz entre tantos outros no West End.

"Tem gente muito interessada nos negócios dele", explicou Lew, "que pagaria uma quantia polpuda por certas informações."

"Isso se eu soubesse de que se trata, só que eu não sei, nunca leio a seção de negócios do jornal, não entendo as manchetes, pra ser sincera."

"Lê alemão?"

"Nem uma palavra."

"Mas reconhece quando é alemão?"

"Acho que sim."

No terreno escuro, um pavão de repente emitiu um som gutural alto, "Uuuhrr(?)", e depois gritou "RAI!" com uma voz quase humana.

"O irmão Crouchmas fez alguns contatos alemães ao longo dos anos", disse Lew. "Começou com seguros bancários das ferrovias turcas — ele pegava o dinheiro por um ou dois anos, depois revendia as linhas ou as licenças de funcionamento delas, quase sempre pra firmas alemãs respeitáveis, através do Deutsche Bank, onde aliás ele tem uma conta pessoal até hoje, uma conta a esta altura já bem recheada. Quando perguntam a ele se isso é coisa digna de um patriota, ele responde que o rei é tio do cáiser, e que isso não é uma ligação, então ele não sabe o que seria uma ligação."

"Tem lá sua lógica. Mas agora, só pra fins de discussão, o que você entende por 'uma quantia polpuda'?"

"Ah, uma bela remuneração." Anotou uma cifra num cartão de visita e entregou-o a ela, percebendo que havia olhares voltados para eles dois. "Cadê a choradeira, o nariz espetado no alto, toda aquela história de como-o-senhor-ousa? A esta altura, a maioria das moças —"

"Eu sou só a amásia do Clive, não é? O que é que uma garota como eu não faria por uma quantia dessas?"

Ela devia sentir-se mal por aquelas expedições de espionagem, pelo menos por estar "traindo" Clive, mas por algum motivo não conseguia nutrir tais sentimentos. Vez após vez, era-lhe dito, por Lew Basnight, que não havia naquilo nada de pessoal contra Crouchmas, era apenas uma maneira de recolher informações, tantas quanto possível, dada a rapidez com que ocorriam mudanças na política turca. Mesmo se Dally tivesse lido algum dos documentos, coisa que ela não fizera, não haveria como saber até que ponto Clive seria prejudicado, se é que de fato ele estava sendo prejudicado.

"Alguém sem dúvida há de estar fascinado", era a impressão desanimadora de Hunter, "de ver que o Crouchmas tem ligações simultâneas com a Inglaterra e a Alemanha. Como se tivessem acabado de descobrir um nível de 'realidade' em que as nações, tal como o dinheiro no banco, fundem-se e tornam-se indistinguíveis — o exemplo óbvio é o imenso número de mortos, entre militares e civis, que serão o resultado da Grande Guerra que todos aguardam a qualquer momento. Os matemáticos dos dois países falam em 'mudanças de sinal' quando querem distinguir a Inglaterra da Alemanha — mas na esfera da dor e da destruição, que importância tem a polaridade?"

Era um prédio alto, o mais alto de Londres, mais alto que a Catedral de São Paulo, e no entanto ninguém jamais conseguira divisá-lo com tanta clareza que ele pudesse ser considerado uma "atração" turística — era mais um prisma de sombra com uma certa solidez, elevando-se sempre além da rua mais remota a que era possível se chegar. A maneira exata de entrar nele, e mais ainda de visitá-lo, permanecia imersa em obscuridade, só sendo conhecida por aqueles que eram capazes de provar que tinham afazeres a realizar lá. O resto da cidade erguia a vista, mais e mais, passando por uma confusão de telhados de ardósia, e lá estava ele, é claro, aquele vulto enorme ocultando o céu e a parte da cidade que estivesse atrás dele, um negrume quase de obsidiana, pairando, quase respirando, com uma estrutura em que era inerente a descida, não apenas a chuva e neve que por ela escorria mas também, o que era mais importante, dentro dela, a transferência de um produto jamais mencionado dos níveis mais altos para os depósitos ocultos lá embaixo, via monta-cargas, via elevador, através de válvulas e tubos — embora o produto não fosse exatamente um fluido, as equações que governavam seus movimentos eram, segundo se dizia, de natureza hidrodinâmica.

O dia inteiro havia chovido. Ali no alto as fachadas de vidro escuro captavam as formas de nuvens de tempestade que passavam, como se camuflando, em sua própria ilusão de movimento, uma belonave da Indústria a atravessar a tormenta que se despejava sobre a cidade. Janelas inclinadas deixavam que a luz esfumaçada e violenta do dia penetrasse nos corredores desertos. Dally podia passar dias aqui a procurar, num cômodo após o outro — abrindo gavetas e armários e encontrando documentos estranhos, com aparência oficial, a respeito de negócios internacionais jamais tornados públicos... Uma carta régia, assinada pelo rei Ernesto Augusto, concedendo a uma filial da empresa escusa de Crouchmas o direito de construir um túnel no canal do Norte do mar da Irlanda, ligando Galloway a Ulster, para transportar forças militares e para a instalação de um gasoduto para gás de iluminação. Uma concessão para a construção de uma ferrovia, atravessando a península dos Bálcãs de ponta a ponta, redigida em caracteres cirílicos e arábicos, tendo ao fundo um lindo guilhochê verde, emitida pela Rumélia Oriental, uma entidade que já não era de todo autônoma. A escritura de uma imensa extensão de território britânico, em Buckinghamshire, um pouco a leste de Wolverton e a norte de Bletchley, concedida aparentemente em caráter perpétuo ao Obock soberano, não uma cópia datilografada e sim o documento original, impressionante, pesado como uma folha de chumbo, e circundado por uma cártula complexa gravada em aço, em tons praticamente tropicais de verde-claro, amarelo e laranja, feito por meio de um algum processo tão exclusivo que sequer teria nome, representando com muito detalhe palmeiras, *dhows*, nativos recolhendo sal ou levando um carregamento de cocos para navios mercantes, momentos históricos como a tomada do forte de Sagallo pelo aventureiro cossaco Atchinoff e o arquimandrita Païsi, ocorrida em 1889 (rostos representados com olhares bem diretos que deixavam claro não se tratar de recriações imaginosas), a qual terminara com um ataque por belonaves francesas que resultou em sete vítimas inocentes. Uma sucessão de gavetas de madeira que deslizavam com perfeição, abarrotadas de mistérios territoriais como esses. Ninguém parecia se importar se alguém abrisse ou olhasse dentro delas — Dally não encontrara nenhum guarda, nenhum pedido de identificação, sequer uma tranca. Onde outrora havia trancas agora havia cilindros vazios, corroídos, ocupados apenas pela sombra projetada pela implacável luz do dia chuvoso em que ela trabalhava, respirando com cuidado, esperando a hora em que alguém entraria e a pegaria em flagrante no ato de ler dados proibidos. Mas ninguém entrou.

Lá fora, o vento se derramava feroz sobre figuras para as quais ela própria poderia ter posado, havia não muito tempo, reproduzidas agora às centenas em alguma variedade moderna de calcário que parecia tilintar baixinho sob o efeito das rajadas prolongadas, tilintar pela tarde afora, sem ninguém para ouvir. Seres de frisas, rostos de cariátides de andares superiores, solidão mineral. Onde encontrar olhos humanos, quanto mais as lúnulas vazias que faziam as vezes de olhos para outros de sua espécie, do outro lado daqueles abismos perigosos? Havia que contentar-se em registrar as sombras que se agitavam céleres por entre as difrações versáteis da fuligem que ascendia aos pincaros dessas torres diariamente polidas pelos ventos até assumirem um tom nacarado, a ponto de refletirem as formas das nuvens que pairavam muito acima dos cumes escuros e dourados da cidade, nuvens com bordas que pareciam rostos, de contornos nítidos como palmas, estendendo-se além dos limites da cidade por extensões de pastagens glaciais nevoadas naquele dia de tempestade, acima daquele desânimo úmido de espaços campestres...

O elevador levou-a depressa ao nível da rua. A sensação era de ascensão. Invisível dentro de sua beleza celebrada, ela atravessou o saguão e voltou para o seio da cidade clamorosa.

"Aquela não é a rapariga, senhor?"

"Deus meu..." Clive Crouchmas com voz trêmula. "Que Deus me ajude..."

"Precisamos que o senhor assine isto aqui, como prova de que realizamos o serviço que nos foi encomendado."

Dally pegou um táxi e foi embora, os detetives levaram as mãos aos chapéus e sumiram na esquina, a chuva recomeçou, Crouchmas continuou parado, recurvo, na grandiosa entrada pseudoegípcia. As pessoas que lá iam trabalhar entravam e saíam, olhando-o de relance. A noite desceu com um zumbido prolongado, ressoando pelas bases das nuvens baixas com um grande acúmulo friccional de força eletromotriz, enquanto uma procissão solene de ônibus se arrastava lá embaixo, chegando ou partindo com intervalos de poucos minutos. Crouchmas havia esquecido o guarda-chuva. Foi caminhando pela chuva até um estabelecimento esquálido perto do cais do porto onde um homem encharcado não chamava a atenção, lá ficou por um tempo bebendo, e foi terminar no único lugar em Londres que ainda conseguia considerar sua casa, o estabelecimento de madame Entrevue, onde, embora solicitações de certas atividades — mutilação dos pobres, sacrifício ritual — mais fáceis de obter na economia maior poderiam dar motivo para que um cliente fosse recusado, para a maioria das necessidades as portas eram obrigadas a se abrir. Os cômodos recendiam a fumaça de charuto. Telefones tocavam ao longe, em corredores nem sempre visíveis.

Como vinha acontecendo com certa frequência nos últimos tempos, seus pensamentos agora se dirigiram ao sul, transportados, como se por um tapete mágico, a Constantinopla. "Vou vender a cadela para um harém, é o que vou fazer." O fato de que essa opção não existia mais na nova Turquia não lhe ocorreu naquele momento.

Madame Entrevue foi solidária como sempre. "Então esse tempo todo pensavas que era por causa da tua aparência? Tua virilidade inexaurível? Olha-te no espelho, Clive, e cai na realidade. Tens uma reputação sólida de realismo, por que ficar sentimental agora?"

"Mas ela não era como as outras, cheguei mesmo a —"

"Não digas isso — aqui não se permite essa espécie de linguagem."

Mais tarde, à noite, esbarrou por acaso no velho "Doggo" Spokeshave.

"Bem, se você planeja ir a Constantinopla, Crouchmas, o lugar do Baz Zaharoff na Wagons-Lits deve estar livre."

"E você fala disso com autorização, Spokeshave."

"Bem, creio que ele não há de se importar, Crouchmas."

"E por onde anda o B. Z.?"

"No Japão, segundo dizem. Se não ele próprio, com certeza gente sua. Tudo muito estranho no escritório do Baz no momento, Crouchmas, aliás."

"Mas, Spokeshave, a essa altura os japoneses já não terão todas as armas de que precisam?"

"Sim, mas agora são *eles* que lhe querem vender algo. Todos fazem muito mistério sobre o assunto. O artigo não tem sequer um nome que seja de consenso, creio que só se sabe que tem a letra Q em algum lugar. Algo que eles obtiveram uns poucos anos atrás, e agora puseram à venda em condições bem atraentes, quase como se..."

"Como se não precisassem dele, Spokeshave?"

"Como se tivessem medo dele."

"Meu Deus. Mas então a quem o Baz pretende vendê-lo?"

"Ora, sempre há gente nova a entrar no jogo, não é? Crouchmas, é só olhar no seu território."

"O quê? Os maometanos."

"Muitos interesses balcânicos, imagino. Especialmente se o Baz fizer um preço acessível, não é?"

"Bem, sem dúvida vou informar-me quando estiver por lá. Quem sabe eu não aceito a sua oferta do Compartimento Sete também. Mal não faz, ser visto como amigo íntimo do velho Baz, não é?"

"Eu que o diga."

"Talvez eu tenha de passar algum tempo em Constantinopla", disse ele tranquilo. "São aquelas velhas garantias dos caminhos de ferro otomanos. Fantasmas — nunca vão embora por completo. Mesmo agora que o novo regime as computa como despesas orçamentárias a tanto por quilômetro, ainda se pode ganhar um bom dinheiro, é só não se perder nos labirintos dos Jovens Turcos. Mas é preciso atuar em pessoa. Não sei se tu poderás passar uns dias lá comigo."

"Os ensaios do novo espetáculo não começam agora, não", ela respondeu. "Vou ver se é possível."

Lew, após dar um rápido telefonema, disse a ela para ir. "O que me disseram é que qualquer coisa que você descobrir lá vai ser de 'valor inestimável'."

"Só isso? Nada de 'Boa sorte, Dally, é claro que você vai receber uma diária', nada?"

"Não, mas cá entre nós —"

"Ora, detetive Basnight."

"Se cuide. Por favor. Ouvi umas histórias sobre esse tal de Crouchmas. Ninguém confia nele."

"Há quem ache que ele é um sujeito supimpa, enquanto eu sou uma lambisgoia finória e mercenária."

"Ah, agora você está flertando."

Para confirmar a suposição dele, ela tocou de leve na manga de seu paletó. "Vou tomar cuidado, Lew, não se preocupe."

Nos últimos tempos, Lew vinha se perguntando se não seria mesmo Dally que acabara sendo A Estrela. Um sinal de que Lew por fim estava dispensado das suas obrigações para com o P.A.T.A.C., se ainda havia alguma. Seria a luz da inocência dela — mercenária ou lá o que fosse — suficiente para lhe mostrar, de modo decisivo, que os "Arcanos Maiores" que ele vinha perseguindo havia tanto tempo não eram necessariamente criminosos, não estariam sequer em estado de pecado? E que o P.A.T.A.C. os julgara desse modo por estar mergulhado num estado profundo e irreparável de erro?

Achou que fazia parte de sua obrigação acompanhá-la até Charing Cross. As plataformas cheiravam a fumaça sulfúrica de carvão e vapor. A locomotiva estremecia, musculosa, assumindo um tom de azul da prússia à luz dos lampiões elétricos. Um ou dois fãs sorridentes pediram que ela lhes desse autógrafos nos punhos de suas camisas. "Não esqueça de me trazer manjar turco."

"Acho que vai ser meu único prazer lá — mais uma vez, vou passar as férias trabalhando." Quando Lew entregou a Dally sua valise, ela ficou na ponta dos pés e beijou-o no rosto. "É", ajeitando o chapéu e virando-se para subir os degraus de ferro, "Constantinopla, lá vou eu."

A ideia de vender Dally para um harém parecia boa a Clive Crouchman, mas para alguns a vingança não é tão doce quanto o lucro, e logo lhe ocorreu que talvez fosse mais construtivo usá-la para subornar alguém útil. Além do que, os puritanos que estavam no poder na cidade que alguns começavam a chamar de Istambul estavam determinados a abolir todos os vestígios do sultanato, e Clive teve de aturar um tratamento um tanto desrespeitoso nos mesmos escritórios da Agência Otomana da Dívida em Cağaloğlu onde outrora ele havia elaborado algumas de suas tramoias, digamos, mais bizantinas. Pior ainda, outros — alemães, o que não era surpresa para ninguém — haviam estado lá antes dele, e agora só restava a xepa da feira. Diante da possibilidade de voltar à Inglaterra mais ou menos de mãos abanando, Clive, culpando Dally por todo o contratempo, teve um surto de loucura durante o qual a única maneira de sair-se bem daquela situação parecia-lhe ser vendê-la como escrava branca em algum lugar, valendo-se de elementos incorrigíveis da Velha Turquia e seus auxiliares ligados aos Habsburgo no que acabou por se tornar a Hungria.

Por ter Crouchmas mencionado em sua descrição de Dally seus famosos cabelos ruivos — uma característica geralmente associada às acompanhantes de Basil Zaharoff em suas viagens — os encarregados de sequestrá-la, Imi e Ernö, acreditavam, ao tomar o Expresso do Oriente em Szeged e seguir, furtivos como piratas de opereta, ambos usando estranhos chapéus de feltro pretos típicos da Europa Central, em direção à cabine de Dally, que iam raptar *uma das garotas de Zaharoff*, pela qual o internacional magnata dos armamentos pagaria uma pequena fortuna como resgate.

Kit Traverse, enquanto isso, estava num trem da Wagons-Lits indo em sentido oposto, em direção a Paris, e era para chegar mais ou menos por essa hora a Buda-Pesth, porém a composição havia partido com certo atraso, por conta de misteriosas atividades revolucionárias ocorridas na linha férrea, de modo que o seu trem e o de Dally chegaram a Szeged na mesma hora. Kit olhou pela janela e viu, no trem que estava na outra pista, uma ruiva de boa aparência que parecia estar numa situação difícil. Talvez ele dispusesse de cinco ou dez minutos para ir até lá e ver o que estava acontecendo.

"Garota do Zaharoff!"
"Não — quem, eu?"
"Garota do Zaharoff! Cabelo ruivo. Olha só!"
"Tire essas patas do meu cabelo", disse Dally.
Os dois entreolharam-se como se fosse necessário levar em conta a possibilidade remota de estarem enganados. Seguiu-se um momento dedicado a raciocínios.
"Garota do Zaharoff!", eles começaram a gritar outra vez.
"Pessoal", Kit Traverse sorrindo à porta, "será que vocês não entraram na cabine errada?"
"Não pode ser você", Dally exclamou.
Kit viu uma moça com um traje de viagem elegante, o sol entrando pela janela atrás dela, iluminando a cabeça sem chapéu. Focalizou a vista até certificar-se da identidade da moça. "Ora."
O Nagant 7.62 mm enfiado em seu cinto não havia passado despercebido a Imi e Ernö, que rapidamente começaram a compor suas feições de modo a indicar equilíbrio mental.
"Aqui é a cabine número 7, não é?"
"Até aí, tudo bem."
"Sempre reservada para Zaharoff *úr*, e a estimada e bela garota do Zaharoff. A senhora está vindo de Viena?"
"Não", Dally respondeu.
"As garotas do Zaharoff sempre vêm de Viena."
"Pois é, justamente —"
"Imi, Crouchmas *úr* disse 'garota do Zaharoff', não disse?"
"Foi o que ele disse."
"O senhor", Imi virando-se para Kit, "é o senhor Zaharoff? Crouchmas *úr* nos disse que o senhor não estaria aqui."
"Foi o Clive Crouchmas que mandou vocês dois? Aquele verme miserável", afirmou Dally.
"Ora, *Fönök*", Ernö em tom de confidencialide, fingindo puxar Kit para o lado, "e se a gente quisesse comprar um submarino..."

Na mesma hora, surgiu uma pequena FN Browning na mão de Imi. "*Bocsánat.*"

"Pra começo de conversa, eu não sou o famoso Basil Zaharoff, o mercador da morte, e esta aqui não é uma garota do Zaharoff e sim minha esposa, Euphorbia, e nós vamos passar a lua de mel em Constantinopla, o Ministério da Guerra britânico teve a bondade de nos ceder esta cabine, que está vazia esta semana porque o sr. Z., como o senhor mesmo já observou, não está aqui —"

O *chef de brigade* enfiou a cabeça na cabine nesse momento, e todas as armas sumiram de repente. "*Madame... messieurs?* Vamos partir em breve." Fez uma saudação, permitindo-se um olhar perplexo dirigido a todos.

"Os senhores vão me dar licença por um momento", Dally enxotando-os todos como galinhas para o corredor.

"Vamos ficar jogando *kalabriás* no salão de fumar", afirmou Ernö. "Gostaríamos de resolver esse assunto antes de chegarmos à Porta Orientalis."

"Vocês erraram de pessoa", repetiu Kit, com uma voz cansada. "Basta se informar — perguntem ao chefe, aos condutores, a qualquer um."

"Se o senhor os subornou", observou Imi, "nós podemos pagá-los mais do que o senhor."

"Não se eu for mesmo Basil Zaharoff", Kit, resistindo o impulso de piscar, saiu se esquivando pelo corredor. Como enigma lógico, talvez não fosse aprovado em Göttingen, mas ali talvez lhe valesse cinco minutos, e isso era tudo de que ele precisava.

Saltou do trem de Dally no momento em que o seu desaparecia ao longe na direção de Paris, França, e assim concluiu que teria ficar ali em — como era mesmo o nome do lugar? — Szeged por um tempo.

Anos depois, não conseguiriam entrar em acordo a respeito do motivo pelo qual foram parar na linha de bondes Széchenyi-Tér, fugindo para o coração da cidade. Kit sabia que era o tipo de história que os avôs contam para os netos, normalmente de modo a deixar espaço para a versão da avó, mais prática e menos inclinada a dar pano para mangas... Ou seja, Kit lembrava-se de estar realizando uma perigosa manobra diversiva enquanto esquadrões de húngaros assassinos, notáveis por sua estatura e rapidez no gatilho, apareciam durante a fuga em momentos inesperados — enquanto Dally só se lembrava de rapidamente calçar um par de botas mais resistentes e pôr alguns objetos de primeira necessidade numa mochila, que ela jogou para Kit para depois pular pela janela quando o trem já estava saindo da estação, em seguida deu-lhe a mão e foram embora. Foi só em Kiskúnfélegyháza, uma hora depois, que Imi e Ernö perceberam que o jovem casal não estava no trem.

Enquanto atravessavam os trilhos correndo, os dois estavam com o coração na boca. Quanto a isso, concordavam.

Kit, na verdade, já vinha fugindo antes disso. Estava morando em Constantinopla, trabalhando como *barman* no Hôtel des Deux Continents, perto da Grande Rue, do lado europeu, o mais bagunçado, do Corno de Ouro em Pera, por um tempo suficiente para quase chegar a acreditar que sua vida por fim havia atingido um ponto de equilíbrio. Naquele lugar as pessoas falavam em destino, mas para Kit era uma questão de imobilidade.

Ele levara algum tempo para chegar lá, do planalto do Cazaquistão à estepe quirguiz até a baixada do mar Cáspio, viagens curtas em pequenos vapores ao longo da costa da Anatólia, a Cidade invisível à sua frente atraindo-o com mais e mais força para seu campo gravitacional, como se ele sentisse o peso da reverência, da história, do brilho nervoso da revolução, até transpor o último cabo e entrar no Bósforo, os palácios e pequenos ancoradouros e mesquitas e tráfego marinho, à sombra da torre Gálata, por fim ancorando em Eminönü.

Pera era a típica cidade de fronteira, um pequeno Estado, um microcosmo dos dois continentes, gregos, judeus, sírios, armênios, búlgaros, persas, alemães a pintar e bordar. Desde a triunfal marcha do "Exército da Liberdade" de Salônica a Constantinopla para deter a ameaça de contrarrevolução liderada pelo sultão, a agitação era grande, tanto no bar do Pera Palace quanto, num nível menos elevado, no Deux Continents. Embora o Comitê para a União e o Progresso tivesse declarado não ser mais uma organização secreta, as intrigas, as conspirações movidas a haxixe, as surras e os assassinatos ocorridos nos becos continuavam como antes.

Otomanistas, nacionalistas e pan-islâmicos lutavam pelo poder no seio do c.u.p., e fora dele grevistas, *komitadji*, socialistas e dezenas de outras facções reivindicavam para si um pedaço da Nova Turquia. Todos acabavam aparecendo no Deux Continents mais cedo ou mais tarde.

Era óbvio que os comerciantes de armas não haveriam de ignorar esse tipo de coisa, e assim sendo uma noite Kit se viu preparando um coquetel de champanhe para ninguém menos que o distinto Viktor Mulciber, visto pela última vez num bistrô em Ostend cinco ou seis anos antes. Usava um tipo diferente de brilhantina no cabelo, ainda menos sutil que a anterior, se tal era possível, enchendo uma quantidade incalculável de metros cúbicos de espaço que, não fosse sua presença, seria perfeitamente tolerável, com aquele miasma floral químico. Como logo ficou claro, Viktor lembrava-se de Kit mais como engenheiro do que como matemático. "O que é que prende você aqui? Gosta da cidade? Seria uma garota? Um rapaz que trabalha na sauna grega? O haxixe daqui?"

"Pode continuar", Kit deu de ombros.

"No momento, pros engenheiros, o mercado aqui está muito bom. Em particular, o de aviação. Você tem alguma formação nisso?"

"Göttingen. Passei um tempo com o doutor Prandtl, no Instituto de Mecânica Aplicada. Mais uma coisa teórica."

"Qualquer empresa de aviões no mundo seria capaz de entregar um cheque em branco na sua mão, cair de joelhos e implorar, da maneira mais humilhante, que você desse seu preço."

Bem, o homem era um vendedor, mas não estava muito claro o que ele estava tentando vender a Kit. "Alguém em particular?"

"Desde a mostra de aviões em Brescia no ano passado, a Itália é o lugar. Pilotos como Calderara e Cobianchi estão projetando seus próprios aviões, fábricas de automóveis e bicicletas estão entrando no ramo." Anotou um endereço no verso de seu cartão de visitas. "Esse lugar aqui, em Turim, é um bom ponto de partida."

"Muitíssimo obrigado, meu senhor."

"Não há por que se aviltar, meu rapaz, eles pagam um bônus para os recrutadores, e isso é ótimo pro negócio."

Kit, em circunstâncias normais, teria colocado o cartão no bolso para perdê-lo logo depois, continuando a sua vida na Cidade, a oscilar entre Europa e Ásia, tão confortável quanto um bater de asas, se não fosse o que aconteceu algumas noites depois. Indo para casa depois de seu turno no Deux Continents, estava passando por uma *meyhane*, o lugar cheio de bêbados, com uma orquestra de ciganos tocando, quando de repente, numa explosão de fumaça resinenta, um jovem foi jogado pela porta afora, caindo à frente de Kit, quase derrubando-o. Depois dele vieram mais três, dois deles com pistolas nas mãos, o terceiro tão grande que nem precisava de arma. Kit não fazia ideia de quem era quem, mas movido por algum antigo reflexo que tinha a ver com a ideia de covardia, que não o agradava muito, sacou sua Nagant, imobilizando a trinca pelo tempo suficiente para que o alvo deles conseguisse escapulir por uma passagem coberta estreita. Os dois que estavam armados saíram correndo atrás dele — o terceiro ficou parado, a encará-lo. "Sabemos onde você trabalha", disse ele por fim em inglês. "Você entrou na briga errada. Daqui pra frente, tenha muito cuidado."

Na noite seguinte, alguém bateu sua carteira. Tipos de rua que pareciam orangotangos, com sérios problemas mentais, começaram a saltar em cima dele em ângulos inesperados. *Politissas* que antes passavam por ele revirando os olhos agora achavam desculpas para desviar a vista. Uma noite o gerente, Jusuf, chamou-o para uma conversa.

"O homem cuja vida você acha que salvou aquela noite", ele disse, fazendo um gesto eloquente. "Ele era inimigo do C.U.P. Agora você também é." Entregou a Kit um maço de libras turcas e uma passagem de trem para Buda-Pesth. "É o melhor que posso fazer por você. Dava pra deixar a receita daquele coquetel que você inventou?"

"'Amor nas sombras de Pera'", disse Kit. "É só creme de menta com cerveja." E logo em seguida estava em Szeged, mais uma vez bancando o herói. Só que dessa vez era por Dally, é claro.

Sem saber quem estava atrás deles, nem, no caso de Kit, por quê, continuaram em fuga até saírem dos limites da cidade, chegando a um pequeno canal de irrigação margeado por salgueiros, e entraram numa plantação de páprica.

"Mas pra onde você estava indo mesmo?", ela por fim lhe perguntou. "Paris? Inglaterra?"

"Itália", respondeu Kit. "Veneza."

Naquele exato momento ela lembrou-se da promessa que mais ou menos havia arrancado dele no ano anterior, mas não ousou mencionar o fato agora. Já que ela não havia exatamente ficado à espera dele. Mas que ideia fora aquela de ir embora de Veneza? Maluquice sua. Kit olhava para ela como quem diz... mas não é que acabou dizendo, mesmo? "Você não se lembra, aposto."

Ela fingiu que contemplava a plantação, onde a páprica amadurecida assumia um tom de vermelho que não se comparava com o de seu cabelo — ou o de seus lábios, aliás (era o que observava Kit) — e tentou lembrar a última vez em que havia se sentido de pernas bambas daquela maneira. "Claro que me lembro."

Estavam tão próximos que não havia como um não virar para o outro e se estreitarem num abraço tão inevitável quanto a solução de um enigma. Ali, no silêncio que antecedia as animadas semanas da colheita, em que já era possível ouvir as pimentas roçando na brisa quente da planície, constataram — coisa que não surpreendia ninguém a não ser eles mesmos — que seus corpos estavam disparados à frente deles, impacientes com as mentes que os haviam mantido separados.

"Se isso não for uma boa ideia, quer dizer, o seu vestido nessa terra —"

"Ah, é uma terra maravilhosa", ela o informou entre beijos, "macia, cheirosa... veja todas essas pimentas, elas estão adorando... depois, lavando, sai, ora, você até... ah, Kit..."

O qual, com as calças abaixadas e ainda de sapatos, havia entrado, e reentrado, e assim por diante, e o ciclo, que agora era só deles, úmido, impetuoso, foi se afastando do tempo tal como seria concebido por um casal menos ávido, até que por fim, tranquilos por um momento, recusando-se a desvencilhar-se um do outro, ficaram em repouso, semiprotegidos do sol do meio-dia, na luz e sombra entre as fileiras de plantas baixas, envoltos no cheiro de terra.

Quando ela reaprendeu a falar: "Por onde você andou, Sibéria ou o quê?".

"Bem, eu..."

"Depois você me conta."

Foram até um pequeno arvoredo de acácias e logo recomeçaram a beijar, e em seguida foder, outra vez. "Deve ser por causa da páprica", Kit especulou.

Em seguida, sabe-se lá como, estavam de volta em Szeged, onde se instalaram num quarto de três e meia coroas no Grand-Hôtel Tisza.

"Para os jovens ingleses *újházaspár*", anunciou alto e bom som Miklós, o recepcionista, fazendo vista grossa para todas as sujidades agrícolas e entregando-lhes dois bilhetes, "cortesia do hotel! Um espetáculo maravilhoso esta noite no Varosi Színház! O incomparável Béla Blaskó, nosso famoso ator de Lugos, cantando e dançando numa nova opereta que veio diretamente de Viena! Pena que vocês não estavam aqui na semana passada para ver Béla no papel de Romeu" — pegando um jornal local e abrindo-o na página das resenhas de teatro — "vejam só, diz que foi 'fogoso... cheio de amor passional...' mas — para vocês dois, isso nem precisa dizer, não é?"

"Bem...", hesitou Kit.

"Ah, vamos lá", Dally interrompeu, travessa, "vai ser divertido."

O espetáculo acabou sendo mesmo muito bom, embora eles não compreendessem tudo. Antes, jantaram cedo no passeio à margem do rio, perto do Színház, no Café-Restaurant Otthon. Em vez de cardápio, um garçom telepático chamado Pityi trouxe-lhes vinho, pão e tigelas contendo uma milagrosa combinação de peixe, páprica e pimentões verdes.

"Isso não pode ser só uma sopa", ela comentou, "o que é?"

"*Hálaszlé*", respondeu Pityu, "só tem aqui em Szeged, três tipos de peixe, todos acabaram de ser pescados aí no rio."

"E o senhor sabia —"

"Eu sei tudo", o homem riu, "mas talvez não seja nada, meu inglês às vezes fica estranho. Mas os seus amigos Imi e Ernö voltaram para Buda e Peste, de modo que vocês não precisam se preocupar com eles, pelo menos."

"Então o senhor também sabe que eu não sou uma garota de Zaharoff", Dally disse, exercitando os cílios.

"Minha mãe, que ainda mora em Temesvár, diria que seu destino é muito mais exigente."

A opereta, que estava arrasando em Viena no momento, chamava-se *O rei burguês*, a história do soberano de um país fictício da Europa Central que, sentindo-se alienado de seu povo, resolve andar pelas ruas disfarçado de membro da classe média urbana.

"Por que não como um camponês, Alteza? Um cigano, ou um trabalhador?"

"É necessário um certo nível de conforto, Schleppingsdorff. Quem passa todo o dia trabalhando e dormindo não tem tempo para fazer observações, quanto mais pensar... não é mesmo?"

Entre as alegres canções de taverna e baladas de amor sentimentais, destacava-se a valsa animada que em pouco tempo tornou-se um hino dos vienenses que costumam apreciar vitrines —

Machen wir ein-en Schaufen-sterbum-mel,
Ü-berwerfen sie irgendwas Fum-mel, auf
Straßen und Gassen, lass uns nur lauf-en
Al-les anstarren, aber nichts kauf-en...

Num desses alegres passeios de uma vitrine a outra, o monarca camuflado conhece uma burguesinha horrenda, Heidi, que naturalmente é casada, e apaixona-se por ela. Os conselheiros do rei entram em pânico, num trio *molto agitato*. Um deles, Schleppingsdorff, resolve também se disfarçar e fazer de conta que está interessado na *soubrette*, a melhor amiga da B. H., Mitzi. Infelizmente, é por Heidi que Schleppingsdorff fica imediatamente fascinado, enquanto Mitzi, já obcecada com o Rei Burguês, finge corresponder ao interesse de Schleppingsdorff apenas para ficar próxima do R. B. e intrometer-se ao primeiro sinal de confusão, que ela tenta ocasionar incentivando Schleppingsdorff a seduzir Heidi. Entrementes, o baixo cômico, o marido, Ditters, corre de um lado para outro tentando entender o que sua mulher está aprontando, e em pouco tempo é levado à loucura. É tudo muito divertido.

O primeiro ato terminava com o jovem Béla Blaskó, no papel do Rei Burguês, com uma cartola inclinada na cabeça e rodopiando uma bengala, diante de um grupo de bailarinos e cantores, interpretando a animada canção:

Se sua vida anda desanimada,
Nada melhor do que uma noitada,
E se com o Da-nú-bio está tudo azul —
Dê um jeito na sua vida —
É só sair pela avenida
E andar de norte a sul,
Que você verá que a cidade
Tem um rit-mo sincopado,
Procure então companhia
Com uma moça d'Áustria-Hungria
Super-ficial-mente profunda,
Dessas que vivem no mundo
De gigolôs e vagabundos,
Basta você achar
Uma moça do K e K,
Que não distingue noite de dia,
E então férias tirar
Da tristeza d'Áustria-Hungria!

E quando caiu o pano ao final do primeiro ato, Dally estava mesmerizada, de olhos arregalados.

"Olha que já vi muito ator bom nesta vida, mas esse rapaz é bom demais — e ainda por cima é húngaro!"

Kit concordou. "Mas e aquela hora em que ele morde o pescoço da Heidi, o que era aquilo?"

"Será que é um costume daqui? Ora, quem fez faculdade foi você." Com uma expressão no rosto que quase chegava a ser inocente.

Kit olhou para ela, tentando reprimir o sorriso de retardado que estava prestes a tomar conta de seu rosto. "É, é meio difícil dizer, sabe, meu húngaro está meio enferrujado, mas... você não teve a impressão de que ela, assim, meio que... gostou da coisa?"

"O quê? Ser mordida no pescoço." Assumindo, sem saber por quê, um sotaque britânico de fim de semana em casa de campo.

"Ora, vamos —"

"Kit, epa, mas o que é que você —" Mas ele afastou o cabelo dela para o lado e expôs-lhe o pescoço nu. A certa altura eles se deram conta de que o espetáculo havia começado, o Rei Burguês e seus acompanhantes estavam às voltas com mais intrigas melodiosas.

Kit e Dally estavam num camarote, e ninguém parecia estar prestando atenção neles. Ela ficou de joelhos e começou a melar as calças dele com ruge e saliva. Os dedos de Kit afundavam em seus cabelos. Seus corações batiam mais alto do que a música. "Isso é loucura", cochichou Kit.

"Vamos embora", ela concordou. Voltaram para o quarto, sendo interrompidos na trajetória apenas pelo mensageiro a entregar-lhes um buquê de gladíolos e pela rotina de sempre de desabotoar e desamarrar peças de vestuário. Pela primeira vez, foi a impressão de Kit, ele pôde por um minuto admirá-la no esplendor e brilho de sua nudez. Mas só um minuto, porque ela correu até Kit, levou-o para a cama, montou nele e começou a cavalgá-lo num prolongado episódio de luxúria, risos, xingamentos, gritos num idioma só dela que Kit estava extasiado demais para traduzir. Por fim ela desabou num beijo demorado, o cabelo despenteado cercando-os num nimbo de fogo.

"São sardas? Por que é que estão brilhando assim?"

"Efeito da páprica", Dally murmurou, e logo adormeceu, nua e úmida, nos braços dele.

O melhor, pensaram, era manter-se afastados da estação de Szeged, subir o rio num vapor até Szolnok, pegar o trem parador e ir a Buda-Pesth, lá tomar o Wagons-Lits e seguir, via lago Balaton, até Pragerhof, onde seguiriam no trem Graz-Trieste, em segunda classe, até Venezia.

Parecia um bom despiste. Mas o lago Balaton era bom demais para deixar de lado. Saltaram do trem em Siófok e logo estavam chafurdando na água, junto com centenas de famílias de férias.

"Isso é que é uma fuga desesperada."

"É, a gente devia era estar correndo daqui."

"Trens cheios de turcos desesperados atrás de nós."

"Brandindo espadas, Mausers e o diabo a quatro." A essa altura já estavam olhando um nos olhos do outro. De novo. Aquilo parecia que não teria fim nunca. O sol se pôs, os barquinhos a vela voltaram para os cais, os outros banhistas foram embora, os *fogasok* se aproximaram para ver o que estava acontecendo, e aquele diabo de troca de olhares não terminava nunca. Em algum lugar, num terraço, uma orquestra começou a tocar música para dançar. Luzes acenderam-se nos restaurantes à beira-lago, em jardins e quartos de hotel, e Kit e Dally continuavam lá, até a primeira estrela, quando então, como se houvessem se lembrado de todas as coisas que deveriam estar desejando, voltaram para o teto do quarto, que era onde, naquela fuga exuberante, costumavam passar a maior parte do tempo.

"Alguém deve estar procurando você, não é?", perguntou Kit.

"Não sei, não. Tem gente que ia ficar bem mais tranquila se eu nunca mais fosse encontrada." O sol que entrava pela janela iluminava-a por detrás, enquanto ela andava de um lado para outro do quartinho, observando Kit com cuidado. Tendo recebido excesso de atenção dos homens mais insuspeitos, Dally aprendera a ter cuidado com o que dizia a eles, enquanto aguardava, com certo nervosismo, que Kit começasse a fazer perguntas sobre seu passado tão movimentado. Ele não parecia estar querendo brigar, mas os homens eram como tempestades no mar, atacavam antes mesmo de dar tempo para se preparar, e de uma hora para outra ela se via derrubada. Resolveu dizer para ele tudo que podia contar. Em quem mais ela já havia confiado? Era bom confiar nas pessoas até que elas virassem traidoras, mas a alternativa, não confiar em ninguém nunca, transformava a gente em mais um Clive Crouchmas, e o mundo já tinha criaturas dessa espécie em demasia. "Kit, o quanto você quer saber do que eu já andei aprontando?" Ela realmente tinha perguntado isso?

"O quanto eu seria capaz de compreender?"

"Boa parte tem a ver com altas finanças internacionais."

"Ah. Imagino que não deve ter, quer dizer, nada de funções de uma variável complexa, não, não é?"

"É mais somar e subtrair, mas às vezes fica meio —"

"Você tem razão, é claro, eu ia ficar perdido..."

"Não, escuta —" Mentalmente prendeu a respiração e flexionou os dedos dos pés, e então mergulhou de cabeça na sua história com Clive Crouchmas. Kit escutou com atenção e, ao que parecia, não explodiu de ódio ciumento. "Eu estava espionando a vida dele pra umas pessoas", ela concluiu, "e ele descobriu."

"Ele é perigoso, então? O seu ex-namorado."

"Talvez. Eu podia voltar pra Londres. Ficaram de me dar um pequeno papel num novo espetáculo, mas no momento não sei se vale a pena, não. Talvez seja melhor ficar escondida por uns tempos."

"O que realmente não me sai da cabeça —"

Ela congelou, os músculos lisos imóveis, pelos dourados microscópicos nas suas pernas nuas alertas, ao sol.

"— é, como é que a gente vai se virar em matéria de dinheiro até eu achar trabalho na Itália?"

"Ah. A gente está bem de dinheiro. Não canse sua cabecinha linda com isso." Mas, por uma questão de justiça, ela concedeu talvez um minuto e meio para que Kit dissesse alguma coisa desagradável como "Dinheiro *dele*", ou "O que é que você teve que fazer pra ganhar esse dinheiro?" antes de aproximar-se dele na ponta dos pés, segurá-lo com as duas mãos pelo cabelo e aproximar seu rosto, felizmente silencioso, da fragrância de sua boceta.

A luz não entrava exatamente tal como se esperava numa igreja — não mediada por imagens sacras de vitrais e sim por folhas tenras das árvores lá fora, buracos abertos nas paredes de adobe pela artilharia federal, sombras de aves e nuvens que passavam. Era Semana Santa na Sierra, as noites ainda estavam geladas, mas os dias já eram toleráveis. Por vezes chegava uma brisa que descia da montanha. Aquele trecho de Chihuahua não oferecia perigo, no momento. Embora os *federales* tivessem expulsado as forças de Madero de Casas Grandes, não tinham estômago para lutar em campo aberto, e por ora permaneciam aquartelados.

Quase todo dia alguém que participara da batalha recente morria ali. Fileiras de feridos esfarrapados se estendiam sobre os ladrilhos antigos do chão, o padre e o médico passavam entre eles uma vez por dia, mulheres da cidade vinham sempre que podiam — quando não havia uma criança para cuidar, um *novio* para visitar ou dele se despedir, uma morte na família para prantear — e tentavam limpar feridas e mudar curativos, embora bandagens esterilizadas fossem artigos de luxo desse lado da fronteira.

Um dia Frank acordou no meio de um sonho em que corria, corria sem esforço nem dor, a uma velocidade que nem mesmo os cavalos atingiam, não perseguindo nem sendo perseguido, apenas correndo por puro prazer, pela delícia de sentir-se correndo, era o que ele pensava. Enquanto continuasse se deslocando para a frente daquela maneira, ágil, sem peso, ele sabia que não corria qualquer risco. A sua frente parecia haver uma concentração de luz, algo como uma cidade após o crepúsculo, e ele se perguntava que cidade seria. Àquela velocidade, ele não demoraria para chegar lá. Mas de repente se viu outra vez no chão da igreja fria e destruída, imobilizado e faminto, em meio aos cheiros de feridos e moribundos, com um rosto que estava prestes a reconhecer aproximando-se dele, tendo na boca, sendo aceso, depois estendido a Frank, um cigarro industrial.

"Eu vi quando trouxeram você aqui." Era o xamã, um índio chamado El Espinero, que uma vez o havia ensinado a voar.

"Bem, ¿qué tal, amigo?" Frank pegou o cigarro e tragou o mais fundo que pôde dado o estado atual de suas costelas, pelo menos uma das quais certamente estava rachada.

O *brujo* balançou a cabeça e acendeu outro para si próprio. "Você acha que está sonhando, ¿verdad? Não, por acaso a minha aldeia fica logo ali", voltando os olhos em direção à serra. "Estive em Durango por um tempo, mas agora estou aqui, trabalhando como espia para don José de la Luz Blanco." Rapidamente examinou o estado de Frank. "Você estava com ele e Madero na batalha."

"Estava. No lugar errado, na hora errada."

"Mas você vai se recuperar. Foi só uma bala."

"Uma a mais do que eu precisava. O mais foi quando cai do cavalo, e outro cavalo passou por cima de mim, e por aí vai."

"Os cavalos de Chihuahua são os melhores do mundo, mas eles sabem disso muito bem, e um homem caído no chão pra eles não quer dizer nada, a menos que seja um Tarahumare. Eles nos respeitam porque corremos mais depressa."

"Esse cavalo fez a bondade de me arrastar até uma vala de irrigação, pelo menos..." Frank soltou uma baforada de fumaça num raio de sol momentâneo, e o *brujo* ficou a vê-la desaparecer com um interesse paciente.

"Alguém está à sua procura."

"É caso de eu me levantar e sair correndo daqui?"

El Espinero riu. "É, acho que sim. É a sua outra Estrella."

"Ela está aqui?"

Estava, sim, e de braço dado com um sujeito mexicano de uma beleza absurda. Isso não o surpreendeu. Frank teve vontade de adormecer outra vez.

"Este é o Rodrigo."

"*Mucho gusto*", Frank, com um aceno. Bem, ela não ia ficar viajando sozinha o resto da vida, não é?, além de estar, meu Deus, ainda mais bonita agora do que, há quanto tempo teria sido, dois anos atrás, não, mais para três, sol no rosto e no cabelo, uma confiança em seu porte, levando não mais uma delicada .22 debaixo do vestido recatado, e sim um Colt respeitável preso com uma alça numa das pernas, as quais, ele não pôde deixar de perceber, muito interessante, trajavam calças de algodão feitas para a estrada.

O tal do Rodrigo olhava para Frank, estendido no chão, com certo desdém, talvez o desdém que o mexicano da classe proprietária sente por um gringo que só tem na vida uma sela e que se deixou pisar por um — ou mais de um — cavalo, de modo que a situação não era de todo isenta de competitividade. Não que Frank tivesse nada contra ele, em absoluto.

"Um traje muito elegante esse seu, Estrella, mas o que aconteceu com todas aquelas roupas bonitas?"

"Ah, eu e elas chegamos numa encruzilhada na trilha, hoje em dia a moda é silhueta fina, coisas do ofício de costureira, é uma pena, mas é verdade, não tem como uma vaqueira velha como eu entrar numa coisa estreita assim, a gente começa a dar uns passos que acha normais e logo, logo arrebentam todos os pontos que alguém passou a noite inteira dando no tecido."

"E como é que você vai de serviço?"

"Agora sou uma espécie de diplomata", com um gesto preguiçoso de cabeça em direção a Rodrigo. "Os homens do Madero confundiram este aqui com um sósia dele, um mandachuva federal. Na verdade, ele só deu azar de entrar na trilha errada. De modo que agora nós todos estamos barganhando."

"Troca de prisioneiros. Isso paga bem?"

"Às vezes." Tentando ao máximo, Frank percebeu, não deixar que Rodrigo a olhasse nos olhos. Será que ela pensava que Frank se incomodaria se não fosse estritamente uma relação de trabalho? E quanto, e por aí vai.

"O que é que você fuma agora?"

"Cigarro industrial. Toma, pode ficar com o maço."

Frank saiu de órbita, e quando voltou a si todo mundo tinha ido embora, inclusive El Espinero. Stray havia colocado os cigarros debaixo da camisa embolada que ele estava usando como travesseiro, para protegê-los, o que lhe pareceu um gesto tão consciencioso que ele lamentou não tê-lo presenciado por estar dormindo.

No dia seguinte ela voltou, e Frank levou cerca de um minuto para identificar seu novo companheiro, por efeito da barba e do cabelo comprido no qual seu sombrero estava tendo dificuldade de se equilibrar. "Esse Anarquista de meia-tigela disse que conhece você."

"Meu Deus, mas é o Ewball Oust, não é?", exclamou Frank. "Não me diga que você —"

"Isso mesmo, troquei ele pelo Rodrigo, que agora está voltando pra mansão da família dele lá no Texas. Mais um fora do meu alcance. *Adiós, mi guapo* —" Ela deu de ombros e fez uma cara triste. "Frank, me diz que eu fiz um bom negócio."

"Bom, deixa eu pensar um minuto."

"Eu pensava que você estava ferido mesmo, de verdade, *compinche*, mas pelo visto o que você tem não é muito pior do que bolha no pé." Ewball tinha dado um jeito de manter um cantil cheio de tequila longe das garras dos federais, e de bom grado serviu *copas* para todos.

Stray olhou para Ewball, sacudindo a cabeça e fingindo suspirar de desalento. "Quem sabe não era melhor eu voltar pro tráfico de armas."

"Soldado de infantaria como eu não vale nada", Ewball concordou, alegre. "Mas em matéria de arma você não podia estar em melhor lugar. Artilharia, pra começo de conversa. Os *federales* estão nos atacando com morteiro, metralhadora, granada-relógio, e o máximo que a gente faz é jogar banana de dinamite e confiar em Deus."

"Eu posso ver isso pra você. Qual o calibre que você quer?"

"Calibre é menos importante que mobilidade, a gente precisa de uma coisa fácil de desmontar e transportar em lombo de mula, que nem o tal canhão de montanha da Krupp, não sei se você já ouviu falar, algo mais ou menos assim seria perfeito."

Ela estava tomando notas. "Certo, o que mais?"

"Desinfetante", intrometeu-se Frank, um pouco febril naquele dia, "quantos tanques você puder trazer. E também remédio pra dor, todos os tipos, láudano, elixir paregórico, porra, qualquer coisa que contenha ópio, nessa terra tem dor demais."

"Fumo", acrescentou Ewball.

Depois de algum tempo começaram a discutir sobre os Anarquistas e sua fama de mal-educados, por jogarem bombas, por exemplo, em pessoas a quem ainda nem foram apresentados.

"Tem muita gente que merece levar uma bomba nas fuças, isso é certo", opinou Ewball, "mas a coisa tem que ser feita de maneira profissional, senão é virar um deles, massacrando inocentes, quando o que a gente precisa é mais massacre dos culpados. Quem deu a ordem, quem executou, os nomes exatos, o lugar onde eles estão — e aí, pau neles. Isso é que é trabalho honesto."

"Não é isso que chamam de niilismo?", protestou Stray.

"Tem graça, não é? Quando os verdadeiros niilistas são os que trabalham pros proprietários, porque são eles que não acreditam em porra nenhuma, pra eles os nossos mortos são só mortos, mais uma Camisa Ensanguentada pra sacudir pra nós, pra gente continuar fazendo o que eles querem, mas os nossos mortos nunca deixaram de ser nossos, e eles nos assombram todos os dias, não é, e a gente tem que permanecer andando na linha, eles não vão nos perdoar se a gente pisar fora."

Frank nunca vira Ewball daquele jeito, não era apenas sentimentalismo de bêbado, não, Ewb estava levando aquela vida provavelmente havia mais tempo do que achava que ia conseguir se manter vivo, e com os anos tinha acumulado, Frank imaginava, uma profusão de mortos que agora ele achava que lhe pertenciam. Não era a mesma coisa que o encontro de dois segundos de Frank com Sloat Fresno no Bolsón de Mapimí cinco, não, seis anos antes. Até que ponto Frank havia avançado desde então? Deuce Kindred continuava à solta, talvez ainda com Lake, talvez, àquela altura, não mais.

927

Na noite seguinte, Frank acordou no meio de uma longa dissertação que Ewball estava expondo a Stray sobre a teoria e prática do anarcossindicalismo, sentindo uma melancolia estranhamente familiar no crepúsculo que levou um minuto para localizar, até que no corredor entre os feridos, o rostinho iluminado pelo cigarro em sua boca, veio em sua direção a sua antropóloga do Leste predileta, Wren Provenance.

"Eu sabia que não devia ter exagerado no láudano esta noite", ele saudou-a.

Wren usava botas de soldado, calças de *campesino*, uma camisa masculina grande demais para ela com alguns botões faltando, sem nada por baixo para ocultar do observador seus seios pequenos e perfeitos, embora Ewball e Frank, por cavalheirismo, tentassem não olhar fixamente para eles, ou pelo menos não fazê-lo por períodos muito prolongados.

Ela estava voltando de Casas Grandes, o sítio arqueológico que ficava bem perto do local da recente batalha do mesmo nome, sob o patrocínio semioficial de Harvard, estudando as misteriosas ruínas que, imaginava-se, teriam sido construídas pelos refugiados que fugiam de Aztlán, sua mítica terra de origem, ao norte.

"Eu pensei que você estava indo pro Pacífico Sul", Frank disse.

"Achei que lá não ia ser muito romântico."

Quando Maderno e seu pequeno exército chegaram ali, todos os seus colegas do sexo masculino, um por um, alguns pedindo desculpas enquanto se afastavam, haviam fugido para não levar bala.

Stray olhava para a outra de alto a baixo, com certo interesse. "Por que é que você não foi embora?", ela perguntou.

"Ah, acho que porque eu estava muito ocupada. Barulhos, explosões de luz, não é pior do que uma tempestade, mais uma condição pro trabalho de campo — o importante é o trabalho, mesmo."

"É mesmo. Mas e a sua vida social, se eu não estou a bisbilhotar demais?"

"A cada dia, o que vier", Wren deu de ombros, "ou o que não vier. No momento, na verdade, a questão mais importante que se coloca é dormir."

"É, essas coisas 'se colocam', sim. Beleza de pulseira índia."

"Jaspe e turquesa. Um padrão Zuñi clássico."

"Hmm. Quanto que você pagou?"

"Foi um presente."

"Dado por um caixeiro-viajante."

"Por que é que você acha isso?"

"Em toda estação ferroviária a oeste de Denver tem índio vendendo isso."

"Mas que vigarista de uma figa! Ele me deu a impressão que era — sei lá, tão especial."

"São todos iguais, meu anjo. Inclusive o papai aqui."

"Frank, você não tem vergonha?"

As mulheres estavam se divertindo muito. Depois de algum tempo Frank notou que fumava os Buen Tonos de Stray um depois do outro e que tentava não se encolher de dor de modo muito perceptível. Suas costelas latejavam, e ele achava melhor não rir muito também, se bem que do jeito que as coisas estavam caminhando esse problema provavelmente não ia surgir.

Nisso entrou um *campesino* com um recado para Stray. Ela levantou-se, pegou seu porta-fólio de campo e pendurou-o no ombro com uma alça. "Os negócios não param nunca. Ewball, melhor não se afastar muito daqui, o pessoal do dom Porfirio pode querer você outra vez."

Quando julgou que ela estava longe demais para ouvir, Ewball disse: "Acho que ela gosta de mim."

"É, você é até bonitão, mas não chega aos pés do tal Rodrigo", comentou Frank.

"Você não se incomoda não, *compadre*, quer dizer, levando em conta que você e a Wren —"

"Acho que você não está entendendo bem a situação", Wren com um sorriso fixo, os olhos brilhando. "Mas obrigada assim mesmo, Ewball, é sempre bom pro amor-próprio de uma moça saber que ela está separando duas pessoas que deviam estar juntas, pras quais, aliás, com base em todos princípios antropológicos que nós sabemos ser válidos, é uma violação da realidade científica elas *não* estarem juntas. Me diga uma coisa, Frank, você é burro ou cego?"

"São essas as opções, é?... Deixa eu pensar."

Ewball brandiu uma garrafa de cerveja para Wren. "A resposta é 'burro'. Sempre foi. Mais uma *cerveza*, hein, *tetas de muñeca*?"

"Mas sim, é uma boa ideia, *pinga de títere*."

"Ih...", disseram Ewball e Frank, em uníssono.

"Vem cá, lembra daqueles cactozinhos?"

El Espinero estava sentado ali, no escuro, havia algum tempo, sorrindo para Frank, os olhos de algum modo refletindo mais luz do que havia no ambiente. "Peço desculpas por esperar até você pedir. Mas o *hikuli* não é para todos."

Ele havia trazido um pouco? O coelho da Páscoa traz ovos coloridos? Não demorou para que Frank se visse numa Cidade estranha e no entanto familiar, um arco exterior de armazéns baixos na crista da serra, descendo para uma grade geométrica de avenidas largas e canais e praças espaçosas, por uma das quais se aproxima agora, caminhando por entre os peregrinos que entram e saem da cidade, um aprendiz que parece ser aquele Frank de outrora, o de antes que os Dias Partidos se abatessem sobre a terra e as pessoas, a levar uma pequena bolsa de couro contendo os Pergaminhos sagrados que lhe foram confiados no dia em que ele deixou os porcos fuçando a terra, sua mãe cochichando ao lhe entregar a bolsa antes que ele se virasse e seguisse em frente, olhando para trás uma vez, talvez duas, para ver suas irmãs ocupadas com as primeiras tarefas do dia diminuindo ao longe na encosta verdejante, logo depois ouvindo alguém a tocar um instrumento de sopro de madeira cuja simplicidade enternece seu coração, encontrando uma tropa de mulas que vai em direção à Cidade, as alimárias começando lentamente a subir a serra em zigue-zague à luz amarela do sol que aquece e atiça o cheiro pungente de coentro esmagado amarrado em fardos, e fileiras de chilis que terminariam em potes de argila colocados em compridas mesas comunitárias nos porões dos Templos da Cidade, sob tetos baixos sustentados por vigas grosseiras, imersos numa sombra castanho-escura, cheirando a feno almiscarado trazido dos cercados abundantes dos Caititus Sagrados — a fileira de mulas a subir a ladeira trazendo também ramos de agave recém-colhidos pelos *tlachiqueros*, e peles de castor luzidias a emitir um brilho escuro sob as vendas de lona, a serem trocadas por veludo, brocados de ouro e prata, penas gigantescas de papagaios muito amarelos, vermelhos e verdes, enormes papagaios cujas asas abertas eclipsam o sol, cada pena de uma cor, colhidas num lugar muito distante, numa situação de grande risco de vida, num espaço precário de pedra e vento, arrancadas debaixo das asas das aves quando elas passam voando, estendendo garras do tamanho de lanças cerimoniais, aliás as mesmas penas que são recolhidas para a glória dos membros do círculo mais fechado do sacerdócio dos Hallucinati, que gostam de caminhar em grupos ao cair da tarde para impressionar visitantes dos bairros mais distantes, ou então, como "Frank", vindos das planícies e além, que chegam à Cidade em grandes bandos só para contemplar o desfile da hierarquia e de suas companheiras, que passaram horas preparando os adornos dos olhos, pintando suas órbitas com um padrão de papagaios em tons vivos de amarelo com listras vermelhas e crescentes verdes, o cabelo puxado para trás revelando testas suavemente convexas, testas de meninas, moças sagradas, algumas delas ostentando uma beleza tão célebre que provoca discussões durante as paradas dos tropeiros para tomar chá de coca, pois o café não é o único estimulante utilizado nessas caravanas, onde todos se movem e falam em alta velocidade e, tal como a misteriosa Capital aonde vão, evitam dormir ou mesmo cochilar — ficam à espera de uma hora de fazer o *paseo* depois que os agentes receberem as entregas, para sair na hora em que bem entenderem e não conseguirem saber sequer se é dia ou noite, a própria Cidade sendo inteiramente portas adentro, e ninguém, senão os mais graduados astrólogos, tendo permissão de sequer olhar para o céu. Há cafés abertos em todas as esquinas, donzelas cerimoniais reunidas entre um e outro turno, dezenas em cada mesa, gongos e sinos a contribuir nos templos com seus timbres e ritmos à azáfama urbana. "Frank" perambula pelo meio de tudo isso, encantado com tudo que vê, vendas oferecendo mangas e carambolas, agave a fermentar em tigelas de terracota, *ristras* de chilis de um roxo-escuro penduradas para secar, sementes aromáticas verdes em forma de pérola sendo esmagadas em pesados almofarizes de pedra, caveiras e esqueletos de açúcar bruto que as crianças vêm correndo comprar com moedas de obsidiana que ostentam efígies de Hallucinati notáveis, e depois saem correndo mastigando os ossos frágeis e doces que a luz mortiça do lugar atravessa como se fossem de âmbar, vendas todas enfeitadas com panfletos de cores vivas, ilustrados, sem obedecer a nenhuma ordem perceptível, com caricaturas narrativas eróticas e violentas, heliografias coloridas à mão em tons luminescentes de violeta, açafrão e preto-carvão, com veios de ferrugem e verde úmido... Ele começa a ler, ou não, não exatamente ler, uma dessas narrativas... É a história d'A viagem desde Aztlán, e logo ele está menos lendo do que mergulhando numa confabulação com um dos sumos sacerdotes, descobrindo que essa cidade ainda não veio a ser por completo, porém na verdade no momento está apenas passando por uma pausa de adobe monocromático, pois a cidade de cores vivas e berrantes que eles esperam encontrar um dia, Frank compreende, está sendo coletivamente sonhada pela comunidade em fuga, perseguida por um terror que não é da terra que eles julgavam conhecer e respeitar, à sua frente, em algum lugar, um sinal que lhes diga que eles escaparam de fato, encontraram seu destino melhor, em que a águia conquistaria a serpente, os invasores, contentes com o que haviam tomado e ocupado de Aztlán, abandonariam a perseguição e continuariam sua própria metamorfose, transformando-se em seres alados extraterrestres ou semideuses malignos ou gringos, enquanto o povo fugitivo seria poupado da nefasta necessidade de garantir sua própria segurança ao preço de arrancar os corações de virgens oferecidas em sacrifício do alto de pirâmides, e coisa e tal.

A certa altura ele realizou uma manobra como se fosse um pássaro voando em círculos e pousando, só que tudo no espaço mental. Em pé, vista contra a luz, Wren parecia estar lá, oferecendo-lhe exatamente o mesmo periódico. "Trouxe uma leitura leve para você." O texto fora escrito num alfabeto que ele jamais vira antes, ele terminou olhando para as ilustrações, eróticas e violentas como sempre, contando as aventuras de uma jovem que era obrigada, vez após vez, a defender sua gente contra invasores deformados que preferiam combater à sombra, e que nunca eram representados de modo explícito.

Pouco depois, percebeu que El Espinero, por cima de seu ombro, também lia com atenção. Por fim: "Tome, pode ficar com você".

"Não, é para você. Para que você depois não esqueça onde está agora."

"Já que você falou nisso —", mas uma espécie de estupor temporário interveio, e o *brujo* desapareceu. A "revista" agora era um jornal da cidade do México de alguns dias atrás, em preto e branco, e não continha nenhuma referência a Casas Grandes, nem à batalha lá ocorrida.

Stray estava cada vez mais fascinada com Ewball, muito embora, como ela repetia sempre que tinha oportunidade, ele no fundo não fosse o seu tipo. Tendo sido trocado por Rodrigo, cuja família manifestara sua gratidão sendo muito generosa na hora de pagar Stray, Ewball não tinha mais motivo para continuar ali, uma vez que, ela imaginava, teria mil assuntos importantes a resolver no mundo do Anarquismo. "Ah, não sei não", ele murmurou, "estou meio que de férias. A Revolução está indo muito bem sem mim."

Um dia os dois desapareceram, e é claro que veio à tona que haviam partido juntos no trem de Juárez, em meio a manifestações públicas de afeto. Quem resolvera ficar fora Wren Provenance, a qual, como uma mãe cuidando de um bebê, fez

Frank ficar em pé pela primeira vez e dar seus primeiros passos, levando-o para dar caminhadas cada vez mais longe da igreja em ruínas, até que um dia ocorreu por fim o que todos já esperavam, e os dois foram parar numa pequena ravina, à sombra dos salgueiros e choupos, fodendo com entusiasmo enquanto animais silvestres variados os observavam com interesse. "Assim", Wren tirando as calças e montando nele. "Não fique com essa cara escandalizada, sou eu, esqueceu?" Mãos acariciando cabelos, mãos em todos os lugares, aliás, beijos, e quando tinham beijado com tanta avidez antes? mordidas, unhas, palavras impensadas, talvez, nem ele nem ela se lembravam.

"Mas como foi que isso aconteceu?"

Wren olhou para ele. Sentiu o impulso de dizer: "Não me pergunte, isso nunca aconteceu comigo, aliás eu às vezes me esqueço por um bom tempo..." e foi assim, é claro, que o monólogo decorreu, horas depois, quando ela estava a sós. Mas no momento conteve-se e não disse nada a Frank.

"Bom", após um minuto ou dois de ruminação, "desde que você não veja isso como a sua boa ação do dia, ou coisa parecida."

"Frank." Ela estava deitada com o rosto sobre o peito dele, mas nesse momento soergueu-se como se para olhá-lo direito. E não conseguiu, não quis, conter um sorriso. "Estou começando a achar que o Ewball tinha razão no que ele disse sobre você. Pelo visto, você não tem tomado seus comprimidos de burrice todos os dias."

"Está bem." Puxou-a de novo para cima de seu corpo. "Está bem."

O zumbido áspero tomou conta do vale. Todos olharam para cima. O biplano pouco a pouco foi se tornando visível, como se emergisse do vazio implacável da história. "Mas que diabo é isso?", Frank perguntou-se. Embora fosse a primeira vez que a aeronave passava por ali, os Tarahumares pareciam saber muito bem o que era. Podia estar trazendo qualquer coisa, num grau desconhecido, em matéria de coisas desagradáveis associadas à guerra moderna, o que já não era nada agradável. Durante os anos que se seguiram, os aldeões haveriam de se referir aos eventos como tendo ocorrido antes ou depois da chegada do avião.

El Espinero trouxe para Frank uma bengala feita com um belo pedaço de carvalho do alto da Sierra. "Os gringos podem achar que isso se usa para caminhar, mas os Tarahumara usam para *correr*, quando nossas pernas estão cansadas e não é possível ir mais rápido do que um cavalo a galopar." Como sempre, Frank não sabia até que ponto deveria levar aquilo a sério. Mas sem dúvida a bengala continha alguma bruxaria, porque quanto mais Frank a usava, menos necessidade tinha de usá-la.

"O que é que isso quer dizer?", perguntou Wren.

"Você tem medo de magia ativa, é? Mas que antropóloga que você me saiu, hein."

Quando se sentiu confiante de que Frank já podia voltar a montar num cavalo, Wren segurou-o pela camisa e disse: "Olha, vou ter que voltar ao trabalho".

"Lá em Casas Grandes."

"Acho que encontrei um dos membros da minha antiga equipe nos arredores."

"Posso ir com você?"

"Não sabia que você se interessava por essas coisas."

O sítio arqueológico ainda guardava sinais de que fora abandonado abruptamente, porém, tal como Wren dissera, havia um ou dois idiotas de Harvard zanzando por lá. Vendo aquele espetáculo de destruição e lama, num lugar que já estava sendo abandonado muito antes da chegada dos primeiros espanhóis, Frank se deu conta na mesma hora de que fora ali que o *hikuli* o havia transportado naquela noite, que a intenção de El Espinero era mostrar-lhe aquilo — ele, com sua teimosa e enrijecida imunidade a tudo que não era literal, precisava começar a ver aquilo, e lembrar-se de tê-lo visto, para que tivesse a mínima chance de salvar sua alma.

Aproximaram-se de uma ruína grande, claramente construída com os ângulos mais retos que se podia desejar. "Este aqui era o prédio principal", disse ela.

"Ora. Casas grandes, sim. Assim de olho, eu diria que tem uns vinte mil metros quadrados."

"E pelo menos três andares, quando era nova. Outras tinham até cinco ou seis."

"E foi esse mesmo povo que —"

"Dá pra ver como são grossas as paredes. Eles não queriam ser tomados duas vezes."

"Mas se foram eles que acabaram no vale do México, então isso aqui foi só uma parada provisória, e também não durou muito."

"Ninguém sabe. E no momento estou também muito curiosa sobre essas colônias mórmons que estão aparecendo de repente em todo esse trecho da Sierra Madre."

"Que nem lá no McElmo", Frank comentou.

"Um acadêmico", ela supunha, "ao menos perguntaria por que motivo a odisseia dos mórmons e a fuga dos astecas têm tantos pontos em comum." A ideia parecia não a agradar.

"Posso falar com El Espinero. E aquelas imagens — você encontrou alguma delas aqui?"

Wren sabia a que ele se referia. "Cerâmica, ferramentas de pedra, moedores de milho, nenhum sinal das criaturas que eles desenhavam nas muralhas de pedra lá no norte — a ausência, aliás, chega a ser suspeita, como se fosse proposital. Como se eles estivessem quase desesperados para negar o que está a persegui-los não fazendo nenhuma imagem do perseguidor. Assim, a coisa acaba estando em toda parte, mas invisível."

Ele compreendeu por um momento, como se na brisa levantada por uma asa indefinida a roçar-lhe o rosto, que a história de todo aquele continente terrível, até o Oceano Pacífico e o gelo do Ártico, era sempre a mesma história de exílio e migração, o homem branco avançando sobre o índio, as grandes empresas do Leste avançando sobre o homem branco, e aquelas incursões com perfuratrizes e dinamite nas dobras profundas nas montanhas sagradas, a terra sagrada.

Wren tinha uma casinha nos arredores da cidade com uma horta e madressilvas vermelhas subindo as paredes e uma bela vista da serra, a pouco mais de um quilômetro das ruínas de Casas Grandes. Frank passava os dias fora de casa, realizando pequenos serviços de carpinteiro e pedreiro, consertando principalmente danos causados pela batalha, e as noites na cama com Wren, tentando desfrutar da maneira mais honrada possível as delícias da fodelança doméstica. Às vezes ficava a contemplar o rosto adormecido de Wren, um rosto tão acostumado a sofrimentos mais velhos do que ele próprio, querendo saber o que seria necessário para estabelecer um perímetro dentro do qual Wren pudesse ao menos sonhar em paz, porque ela fazia muito barulho à noite. Tudo que Frank sabia fazer, na verdade, tal como Webb e Mayva antes dele, era passar de uma decepção para outra, enfrentando cada uma da melhor maneira possível. Já Wren seguia seu próprio caminho, e ele temia que a certa altura ela avançasse demais, passando por um cânion ou por um riacho que ninguém mais fosse capaz de enxergar, penetrando na terra cruel dos invasores, as pessoas caladas, as serpentes que falavam, os lagartos venenosos que jamais perdiam uma luta. Onde ela encontraria não uma cidade feericamente iluminada e sim um trabalho implacável, vidas de uma escravidão mal disfarçada, e disfarçada com desprezo, em que ela acabaria mergulhando também. Frank sabia que, na história que Wren jamais contava de longas peregrinações e muito conflito, ele apenas estava por acaso no mesmo pedaço de estrada que ela naquele momento. Sabendo que Wren queria protegê-lo contra o que quer que houvesse naquele terrível destino, sentia uma pontada estranha de gratidão.

Essas apreensões, fugitivas e difíceis de recuperar como sonhos, foram confirmadas por El Espinero, que Frank costumava visitar de vez em quando em Temósachic, onde o *brujo* o levava para colher ervas cujos nomes ele esquecia assim que os ouvia, como se elas estivessem se protegendo contra qualquer manobra futura dos gringos, e quando a estação mudou, o marido de Estrella ensinou-o a caçar antílopes à maneira dos Tarahumara, coberto por pele de antílopes, e sempre que chegavam perto um do outro Estrella olhava através dele como se ele fosse invisível, e depois de algum tempo Frank se deu conta de que era isso mesmo que acontecia.

"Mas não", aconselhou-o El Espinero, "para aquela moça, a Wren. Essa enxergará você em qualquer situação."

"Mesmo se a gente —"

"Vocês não ficarão juntos por muito tempo. Disso você já sabe. Mas ela sempre verá você. Eu li o que dizem os espinhos." Ficaram a ver dois pica-paus imensos sistematicamente devorando uma árvore.

"Os professores pra quem ela trabalha voltam em setembro pro outro lado", disse Frank, "e logo depois disso eles vão encerrar o trabalho por este ano. Não consigo ver mais à frente do que isso. Eu devia avisá-la sobre alguma coisa, para protegê-la, mas —"

El Espinero sorriu. "Ela é sua filha?"

"Como é que eu posso —"

"Olhei também os espinhos da sua vida, Panchito. Vocês andam por caminhos muito diferentes. O seu não é tão estranho quanto o dela, talvez." Frank sabia que sempre que o *brujo* falava com um branco sobre "caminhos" ele pensava, com não muita boa vontade, nas estradas de ferro, que ele odiava como a maioria de sua gente, por elas destruírem a terra e o que outrora nela crescia e vivia. Frank respeitava essa atitude — quem, a certa altura da vida, não tinha sentido ódio da ferrovia? Ela penetrava, ela rasgava ao meio cidades, manadas selvagens, divisores de águas, gerava pânico econômico e exércitos de mulheres e homens desempregados, e gerações de citadinos endurecidos, sem sentimentos e sem princípios, que reinavam com poder absoluto, ela levava embora tudo de modo indiscriminado, para ser vendido, abatido, carregado para onde o amor não alcança.

Wren pegou o trem de Juárez um dia no final de outubro. Frank havia pensado em viajar com ela pelo menos até o entroncamento de San Pedro, mas quando chegou a hora constatou que não conseguia.

"Eu levo as suas saudações pras garotas da Market Stret", disse Wren, e embora o beijo deles se prolongasse por um tempo que talvez chegasse a horas, pois nada tinha a ver com o tempo dos relógios, ela já estava muito longe dali antes mesmo que seus lábios se tocassem.

Reef, Yashmeen e Cyprian, tendo passado algumas semanas lucrativas em Biarritz e Pau antes da queda do movimento que ocorria quando os turistas ingleses eram substituídos pelos do continente, no caminho de volta para os cassinos da Côte d'Azur, atravessaram o *spa* Anarquista de Yz-les-Bains, escondido perto dos contrafortes dos Pirineus, entre encostas íngremes cobertas com parreiras carregadas de uvas, cujos brotos eram protegidos das primeiras geadas por suportes que pareciam crucifixos cobertos de grinaldas. Colunas brancas e arcadas sombrias emergiam das brumas que se desprendiam de uma *gave* que borbulhava alegremente pouco acima do vale, além da qual ficava o início de uma trilha secreta e segura que levava à Espanha. Veteranos da luta na Catalunha, ex-residentes de Montjuich, adeptos do haxixe a caminho de Tânger, refugiados de locais tão distantes quanto os Estados Unidos e a Rússia, todos encontravam abrigo de graça nesse venerável oásis, embora na prática até aqueles que eram contra a exploração comercial de habitações humanas muitas vezes conseguiam desembolsar quantias modestas em uma dezena de moedas diferentes, deixando-as com Lucien, o *concierge*.

Na cidade, numa praça elíptica que se abria inesperadamente para o sol da tarde e sombras alongadas, dezenas de pequenos grupos haviam montado acampamento, como banhistas na praia, munidos de cafeteiras, fogões portáteis, camas improvisadas, vasos com flores, toldos e barracas. A cena poderia fazer Reef pensar nos acampamentos de mineiros no início de uma greve, não fosse o fato de que aqueles jovens muito sérios tinham um jeito austero, um ar de véspera de algum futuro não explicitado, uma Ideia Única, diante de cujo poder tudo mais fugia correndo. Ali não se tratava de prata nem de ouro, e sim de outra coisa. Reef não conseguia entender muito bem o que era.

Agrupados perto de um dos focos da elipse, um coro praticava uma espécie de anti-Te Deum, mais *desperamus* que *laudamus*, anunciando um futuro imediato de treva e frio. Reef julgou reconhecer rostos dos túneis, Yashmeen dos tempos de Chunxton Crescent, e Cyprian, após um momento de estupor, descobriu atônito ninguém menos do que Ratty McHugh, com uma barba aparentemente de verdade, sandálias e um boné de pastor de cabras típico da região.

"Ratty?"

"Aqui nessas bandas eu sou o 'Reg'." O que chamou a atenção de Cyprian mais do que qualquer mudança de vestuário foi o aspecto radiante de um espírito redespertado que Ratty, agora claramente libertado da máscara rígida de sua velha personalidade profissional, estava ainda aprendendo a controlar. "Não estou disfarçado, não, não, este é o meu eu verdadeiro — a carreira de funcionário público, isso tudo terminou pra mim, na verdade a culpa foi sua, Cyprian. A maneira como você enfrentou o Theign foi uma inspiração para muitos de nós — e de repente surgiram vazios de pessoal em toda a Whitehall, em alguns departamentos chegou a haver uma deserção em massa. Quem nunca trabalhou lá não pode imaginar a felicidade que é livrar-se daquilo finalmente. Era como se eu estivesse a patinar no gelo, um belo dia simplesmente entrei a deslizar na sala do diretor, coisa curiosa, nem me lembro de ter aberto a porta antes, interrompi uma reunião, despedi-me, beijei a datilógrafa ao sair, e não é que ela correspondeu ao meu beijo, largou o que estava a fazer e veio comigo? Simplesmente largou tudo. Sophrosyne Hawkes, uma linda rapariga — lá está ela."

"E aquela jovem que já vi em algum lugar, a falar com ela, não é a —"

Ratty sorriu de orelha a orelha. "Ela mesma, minha cara-metade, ela vai adorar vê-lo. Quer que o ajude a tirar as sobrancelhas de dentro do chapéu?"

"Incrível, Cyprian", disse Yashmeen, "tu, imagina só."

"Eu não —"

"Sorte minha, na verdade", prosseguiu Ratty, "nada que eu tivesse combinado, nem mesmo merecido. Cheguei a casa naquela noite com a Sophrosyne, esperando uma carnificina, e as duas entenderam-se de imediato. Mistérios do feminino. Passamos a noite em claro a contar nossos segredos mais profundos — bem, talvez não *os mais* profundos, e acabou por vir à tona que esse tempo todo, mesmo antes de nos casarmos, a Jenny estava a atuar como uma espécie de criptossufragista — sempre que saía pra 'visitar a mãe', na verdade as duas iam participar de manifestações públicas, ou xingar ministros do governo em altos brados, ou quebrar montras de lojas, essas coisas."

"Por que não me contaste antes?", Ratty perguntou a ela.

"O teu cargo, meu querido Reginald. Não era possível, pois, tu bem sabes, de vez em quando nós atacamos Whitehall, não é?"

"Bem, tudo isso agora já são águas passadas, minha cebolinha em conserva. Podes ir quebrar o que quiseres, se bem que talvez seja bom fazeres como fazem os gatunos, usar melado e papel pardo, para não te machucares com os cacos de vidro..."

"E não te incomodavas se eu fosse presa também, só um pouquinho?"

"É claro que eu me incomodava sim, e muitíssimo, meu biscoitinho amanteigado, mas tentarei sobreviver", e por aí afora, da maneira mais nauseabunda.

Quando Jenny saiu de Holloway, ostentando o broche de honra desenhado por Sylvia Pankhurst para condecorar as mulheres que haviam residido naquele lugar horrendo, Ratty, tendo verificado boatos e dado atenção a mensagens que antes teria ignorado ou desprezado como baboseiras sobrenaturais, conseguiu encontrar um caminho secreto que por fim levaria aquele alegre *ménage à trois* às terras ocultas de Yz-les-Bains e além.

"Então agora você trabalha pra...?"

Ratty deu de ombros. "Você pode ver. Trabalhamos um para o outro, por assim dizer. Sem hierarquias, sem títulos, sem cadeias de comando... sem estrutura nenhuma, na verdade."

"Como vocês planejam as coisas?" Yashmeen estava curiosa para saber. "Atribuem tarefas? Coordenam atividades, essas coisas?"

"Sabendo o que é preciso fazer. O que normalmente só exige o senso comum."

"Parece conversa do John McTaggart Ellis McTaggart", ela murmurou.

"A sala de recreação dos quartanistas duma faculdade sem o professor", relembrou Ratty. "Hmm. Bom, talvez não exatamente isso."

"E quando estão a trabalhar — que arma vocês costumam levar?", era o que Reef queria saber.

"O que estiver à mão", arriscou Ratty, "qualquer coisa, desde uma pistola antiga com cartucho de pino até um Hotchkiss de último tipo. Converse com a Jenny, que é mais militante do que eu, e agora atira melhor ainda do que quando rapariga."

"E às vezes", o tom de nostalgia na voz de Reef foi percebido por todos, "vocês também... explodem alguma coisa?"

"É raro. Optamos por uma abordagem coevolutiva, ajudar o que já está em andamento."

"Ou seja?"

"Substituir os governos por outras soluções mais práticas", respondeu Ratty, "algumas já existentes, outras que apenas começam a surgir, sempre que possível trabalhando sem respeitar fronteiras nacionais."

"Que nem a I.W.W.", Reef lembrando-se vagamente de alguma discussão antiga.

"E o P.A.T.A.C., imagino", disse Yashmeen.

"Com relação ao P.A.T.A.C., as opiniões se dividem", interveio Jennifer Invert McHugh, que havia entrado na discussão. "Essas irmandades místicas muitas vezes acabam manipuladas pelos governos."

"Por mais que afirmem independência", concordou Yashmeen.

"Quer dizer que você..."

"Já participei, mas nunca fiz parte, espero eu."

"É incrível o número de ex-membros do P.A.T.A.C. que se está sempre a encontrar."

"A alta taxa de traição pessoal", supôs Yashmeen.

"Meu Deus."

"É possível recuperar-se. Mas obrigada pela solidariedade."

"Um legado, é o que se constata, de todas as antigas estruturas exclusivamente masculinas. Prejudicou o futuro do Anarquismo durante anos, é certo — enquanto as mulheres não eram admitidas, a causa não tinha nenhuma chance. Em algumas comunidades, por vezes exemplos muito famosos, o que parecia ser um consenso perfeito, não manipulado, um milagre de telepatia social, na verdade era o resultado de haver uma única autoridade do sexo masculino nos bastidores a dar as ordens, enquanto todos os membros estavam dispostos a obedecer — todos a trabalhar em silêncio e na invisibilidade para preservar sua ficção Anarquista. Era só com a passagem dos anos, e a morte do líder, que a verdade vinha à tona."

"Portanto...?"

"Não existia. Não podia existir, com esse patriarcalismo absurdo."

"Mas quando as mulheres entram na equação...", começou Yashmeen.

"Depende. Se a mulher está aqui apenas sob o fascínio romântico de algum mandrião barbudo, então tanto faz fazer croquetes na cozinha ou bombas no porão."

"Mas —"

"Mas se ela é capaz de pensar de modo crítico", disse Sophrosyne, "e de manter os homens ocupados onde eles atuam melhor, ainda que a maioria deles nunca saiba onde devia estar — nesse caso, a causa tem uma chance."

"Desde que o homem abra mão daquela ilusão de que nós é que sabemos o que é melhor", disse Ratty, "e a jogue fora, a ser recolhida pelo homem do lixo."

"Mulher do lixo", corrigiram Jenny, Sophrosyne e Yashmeen mais ou menos ao mesmo tempo.

No dia seguinte, Reef, Cyprian e Ratty foram ao campo de golfe dos Anarquistas, durante uma rodada de Golfe Anarquista, a coqueluche do momento no mundo civilizado, um jogo em que não havia uma sequência fixa — aliás, nem mesmo o *número* era fixo — de buracos, sendo também as distâncias flexíveis, alguns buracos separados do próximo apenas pelo comprimento de um taco, enquanto outros ficavam a centenas de metros e exigiam um mapa e uma bússola para serem localizados. Muitos jogadores iam até o campo à noite e cavavam novos buracos. Era comum que jogadores perguntassem "Você se incomoda se não jogarmos toda a sequência?" e então saíssem tacando nas bolas que bem entendiam, em qualquer direção. Volta e meia alguém era atingido por uma bola vinda de uma direção inesperada. "Isso é divertido", disse Reef, enquanto uma bola antiga de guta-percha passava zunindo a centímetros de sua orelha.

"Mas como eu dizia", Ratty estava tentando explicar, "recentemente obtivemos um mapa que nos tem dado muita preocupação."

"'Obtivemos'", Cyprian curioso.

"Dumas pessoas em Tânger, que provavelmente haviam de achar que já lhes falei demais —"

"Se não fosse...", sugeriu Cyprian.

Ratty encontrou sua bola, no meio do mato. "Ah, ainda estão vivos. Em algum lugar. Pelo menos é o que esperamos." Abordou e reabordou a bola de vários ângulos. "Lembra um pouco o *snooker*, não? Creio que vou tentar aquele ali", apontando para uma bandeira distante. "Você não se incomoda de caminhar, não é?"

"Mas esse mapa, é mapa do quê?" Reef olhando para o cartão de escores, que inocentemente havia se oferecido para marcar, porém já não fazia ideia de como preenchê-lo desde três, ou talvez seis, buracos atrás.

"Supostamente? Do 'Congo Belga'", Ratty vendo sua bola seguindo em direção a um *green* que não era de modo algum o que ele havia escolhido. "Mas está em código, na verdade é a Península Balcânica, pelo menos até aí dominamos a transformação — mapeia-se esse dossiê de formas cartográficas bidimensionais, que são invariantes, e tão familiares quanto o rosto humano. São também comuns nos sonhos, como você há de ter percebido."

"Ou seja... dada uma forma mais larga ao norte, estreitando-se para o sul..."

"Certo."

"Pode ser a Bósnia", disse Cyprian.

"O sul do Texas", propôs Reef.

"E além da geografia pura e simples, há também a tirania insuportável exercida sobre as pessoas a que a terra pertence de fato, terra que, geração após geração, absorve o trabalho delas, aceita os cadáveres que esse trabalho produz, juntamente com os lucros obscenos, que é recolhido por outros homens, normalmente mais brancos."

"Austríacos", disse Cyprian.

"Muito provavelmente. Os caminhos-de-ferro também entram na história, é como ler um texto em tibetano antigo, ou coisa parecida..."

Mais tarde naquela noite, corujas lá conhecidas como "gatos piadeiros" começaram a pipilar por todo o vale. Por volta de meia-noite, o som da cachoeira ficou mais alto. As janelas uma por uma escureceram em toda Yz-les-Bains. Nos aposentos de Coombs De Bottle, o ar ficou opaco de fumaça de tabaco.

Desde que começara a trabalhar lá, Coombs sabia que sua estada no Ministério da Guerra seria breve. Tão logo se deu conta das estatísticas sobre Anarquistas mortos em atentados com bombas realizados por eles próprios, e começou a pensar em entrar em contato com a comunidade de usuários de bombas a fim de ensinar-lhes medidas de segurança no preparo de explosivos, um certo conflito de interesses tornou-se óbvio para todos que trabalhavam no ministério, com exceção do próprio Coombs.

"Mas trata-se de Anarquistas britânicos", ele tentava argumentar. "Não estou a falar de italianos ou espanhóis."

"Um apelo inteligente ao racialismo britânico", comentava Coombs agora, "mas não deu certo, de tão determinados a despedir-me que eles estavam."

Se aquilo era um mapa, era diferente de todos os mapas que Cyprian já vira. Em vez de nomes de lugares, havia centenas de inscrições que pareciam ser mensagens curtas. Tudo era reproduzido numa única cor, o roxo, porém havia padrões de hachuras diferentes para cada área. Pequenas imagens, quase como charges publicadas em jornais, de situações complexas que, Cyprian pensava, era importante compreender, só que ele não as compreendia. Também não havia nenhum ponto de referência, nenhuma estrada que ele conhecesse.

Coombs De Bottle aumentou a luz do lampião e segurou o mapa num ângulo diferente em relação à luz. "Como você pode reparar, há uma linha horizontal grossa, ao longo da qual certos eventos desagradáveis, atribuídos à 'Alemanha', estão programados pra acontecer, a menos que alguém os impeça. E aqui, veja você, temos esses fragmentos escuros curtos —"

"Minas terrestres", disse Reef.

"Provavelmente. Pois. Como você descobriu?"

"Esse circulozinhos barrigudos", Reef gesticulando com a brasa do charuto. "É o que o pessoal da artilharia chama de 'elipse de incerteza'. Pode ser que cada uma delas indique a direção e o alcance da destruição."

"É por isso que achamos que talvez seja gás venenoso."

Reef assobiou. "Então essas elipses apontam na direção do vento."

"De onde veio esse mapa?", perguntou Yashmeen.

"Partiu do Renfrew", disse Ratty, "via um outro ex-aluno, que recebeu dum outro, e assim por diante. Mais uma dessas redes transnacionais — a esta altura, a rede do Renfrew já cobre todo o planeta, talvez até outros planetas, eu não me surpreendia se me dissessem."

"A dificuldade do uso do gás", disse Coombs, "é que quem semeia esse campo sinistro muitas vezes, coisa estranha, depois se esquece. O avanço transforma-se em retirada, e ao voltar atrás o feitiço pode voltar-se contra o feiticeiro, uma situação clássica. Também não está claro qual o modo de operação. Acionamento remoto? Elétrico? Desencadeado pelo peso dum tanque ou dum pé humano? Lançado nas alturas como foguetes, pra então explodir numa nuvem invisível e silenciosa?"

Cyprian estava todo esse tempo examinando o mapa com uma lupa de mão. "Este segmento de linha importante parece trazer a legenda 'Linha Crítica' — Yashmeen, isso não é uma expressão do Riemann?"

Ela olhou. "Só que esta cá é horizontal, e desenhada numa grade de latitude e longitude, não de valores reais e imaginários — que é onde, segundo o Riemann, todos os zeros da função ζ hão de ser encontrados."

Cyprian estava observando o rosto de Yashmeen no momento exato em que ela disse não "haviam" mas "hão", e atentou para a expressão inocente de fé — pois era essa a palavra, não? — olhos que, num momento raro, estavam o mais abertos que jamais haviam estado, os lábios entreabertos, vulneráveis, aquele olhar de santa numa pintura que ele só costumava ver nela quando Yashmeen estava sendo desfrutada por Reef. A função Zeta talvez lhe fosse tão inacessível agora quanto um ex-namorado. Cyprian jamais compreenderia que diabo era aquilo, e no entanto a coisa tinha a capacidade extraordinária de dominar a mente de Yashmeen, suas energias, uma boa parte de sua vida. Ela se deu conta de que ele estava a observá-la, e seus olhos estreitaram-se outra vez. Mas a marca fora deixada no coração de Cyprian, e naquele momento não lhe parecia possível jamais viver sem ela.

Cyprian voltou a examinar o mapa. Depois de algum tempo: "Há aqui uma outra nota estranha, em itálico, numa letra muito pequena. 'Tendo se recusado a aprender a lição daquele tempo agora mítico — que os prazeres são pagos no futuro vez após vez, ao se ter de enfrentar situações como a atual, ao negociar com moedas danificadas que ostentam efígies imperiais gastas demais para exprimir qualquer emoção de modo preciso — foi assim que o Congo Belga sucumbiu a seu destino'."

"Mas", exclamou Reef, num tom simpático, "que diabo isso quer dizer?"

"Não esqueça que tudo nesse mapa tem um outro significado", respondeu Coombs De Bottle. "'Katanga' aqui pode ser a Grécia. Os 'alemães' podem ser os austríacos. E cá", apontando para o meio do mapa, "nosso atual foco de interesse, essa área relativamente pequena, que não foi definida nas comunicações anteriores —"

"'... tendo recentemente sofrido uma mudança de *status* administrativo'", Cyprian leu através da lupa.

"Novi Pazar?", especulou Ratty.

"Como assim, Reg?"

Ratty, constatando que ainda gostava de falar sobre assuntos profissionais, deu de ombros, num gesto de modéstia. "É um pesadelo antigo e persistente, imagino. Uma situação desagradável surge com a Turquia, desencadeada, digamos, pela Macedônia, as forças turcas têm de ser retiradas de Novi Pazar para serem remanejadas para o sul, e sabemos que no mínimo três divisões sérvias estão prontas para ocupar o Sanjak. O que não era visto com bons olhos pela Áustria, a qual, aliás, estava ansiosa por intervir com armas, obrigando então o consórcio costumeiro de Potências a entrar em cena —"

"Guerra geral na Europa."

"Tirou-me da boca."

"Sim?", disse Yashmeen, "e por que não deixá-los fazer uma guerra? Por que motivo um Anarquista com vergonha na cara havia de se interessar por esses governos, essa mixórdia incestuosa de reis e césares?"

"Por interesse próprio", disse Ratty. "Os anarquistas seriam os maiores perdedores, não é? As grandes empresas industriais, os exércitos, as marinhas, os governos, tudo isso continuava como antes, talvez com um poder maior ainda. Mas numa guerra geral entre nações, todas as pequenas vitórias que o anarquismo lutou pra conquistar até agora se transformavam em pó. Hoje até mesmo o mais obtuso dos capitalistas já percebe que o Estado-nação, uma ideia tão promissora há uma geração, já não tem nenhum crédito junto à população. O Anarquismo agora é a ideia que conquistou os corações por toda parte, alguma forma dele há de apossar-se de todas as sociedades com governo central — a menos que o próprio governo já tenha se tornado irrelevante, substituído, por exemplo, por arranjos familiares como a *zadruga* balcânica. Se uma nação quer se preservar, que outros passos ela pode tomar que não mobilizar-se e fazer guerra? Os governos centrais nunca foram criados para a paz. Sua estrutura é do tipo liderança e comandados, igual a um exército. A *ideia de nação* depende da guerra. Uma guerra geral na Europa, em que todo trabalhador em greve é um traidor, as bandeiras estão ameaçadas, o torrão sagrado da pátria é conspurcado, é justamente o que vem a calhar para riscar o Anarquismo do mapa político. A ideia de nação havia de renascer. Treme-se só de pensar nas formas pestilentas que haviam de surgir depois, dos pântanos da Europa destruída.

"Eu me pergunto se isso aqui não é o campo '*Interdikt*' do Renfrew e do Werfner mais uma vez, atravessando a península, aguardando a hora de ser disparado."

"Então", concluiu Reef, "alguém vai ter que ir lá pra desarmar."

"O fosgênio decompõe-se violentamente quando exposto à água. Essa talvez seja a maneira mais simples, se bem que, fora essa alternativa, seria possível disparar a coisa antes que ela possa fazer muito dano, o que é um pouco mais difícil..."

"Disparar sem fazer dano, como?", protestou Yashmeen. "De acordo com o mapa, a menos que o mapa não passe dum pesadelo, a linha corta a Trácia pelo meio. Isso é terrível. Terrível." Jenny e Sophrosyne olharam para ela, atentas, talvez reconhecendo por trás de sua voz a conversação silenciosa interior que ela vinha entabulando desde que aquele encontro tivera início. Ratty e Reef estavam num canto fumando charutos, olhando para ela de modo educado. Cyprian, porém, havia detectado aquela mesma nota, tal como as mulheres, pois desde que Yashmeen anunciara que estava grávida ele vinha registrando cada grama de peso ganho ou distribuído no corpo, mudanças no rosto, o movimento dos cabelos quando ela andava e o modo como eles refletiam a luz, como ela dormia e o que comia ou não comia, seus momentos de distração e episódios de irritação, bem como variáveis tão pessoais que ele as anotava em código. Cyprian sabia sem sombra de dúvida qual o motivo que a levava a querer participar dessa missão, e quem ela julgava estar salvando.

Observação detalhada e preocupação silenciosa são uma coisa, dar conselhos é outra, mas mesmo assim chegou uma hora em que Cyprian sentiu-se obrigado a dizer-lhe algo. "Estás louca?" Foi assim que ele abordou o assunto. "Não é possível que estejas com intenção de ter um filho por lá. É primitivo. É como estar na selva. Hás de precisar dum médico competente..."

Yashmeen não ficou zangada. Pelo contrário, abriu-se num sorriso, como se não entendesse por que ele havia demorado tanto para falar. "Continuas a viver no século passado, Cyprian. Todos os povos nômades do mundo sabem ter filhos na estrada. O mundo que há de vir. Nós já estamos nele. Olha à tua volta, meu velho."

"Ah, entendi, queres agora que eu me informe sobre métodos modernos de obstetrícia, é isso?"

"Pensando bem, mal não há de te fazer, não é mesmo?" Cyprian ficou tão perplexo, para não dizer cabisbaixo, que ela riu e segurou-lhe o queixo diminuto com seu velho gesto imperioso. "Ora, não me digas que vamos ter problemas por conta disso. Espero que não."

Assim que voltou da Bósnia, Cyprian jurou a si próprio que nunca mais voltaria à Península Balcânica. Quando se permitia imaginar atrativos — sexuais, financeiros, honoríficos — que talvez o levassem a mudar de ideia, constatou atônito que nada que o mundo pudesse lhe oferecer seria suficiente. Tentou explicar isso a Ratty. "Se a Terra fosse um ser vivo, com uma consciência planetária, então a 'Península Balcânica' podia muito bem corresponder à parcela dessa consciência que nutre os desejos mais negros de autodestruição."

"Como a frenologia", arriscou Ratty.

"Só mesmo uma forma de loucura podia levar alguém a seguir pro leste neste momento, e cair nas garras do que certamente há de estar em andamento por lá. Vocês não teriam missões a cumprir em alguma cidade de tamanho razoável, como por exemplo, deixe-me ver, Paris, onde as alternativas menos burguesas são mais fáceis de escolher e sem dúvida menos perigosas de seguir?"

"Ora, ora", Ratty talvez sentindo haver ali um componente retórico, "você sabe muito bem que é o nosso melhor especialista em assuntos balcânicos."

Desde o momento, no Mavri Gata em Salônica, em que ele descobriu que a prima de Danilo, Vesna, longe de ser uma figura de desespero e ilusão, era um ser absolutamente real, e que portanto qualquer coisa era possível, inclusive, e por que não, seguir para Constantinopla e lá criar um novo mundo, Cyprian havia começado a "relaxar e aceitar o destino", como ele mesmo dizia. Outrora ele haveria de calcular, ansioso, o quanto ainda lhe restava de juventude, beleza, desejabilidade, e se o que restava bastaria para conduzi-lo até a próxima etapa da peregrinação, mas isso — ele sabia agora, sabia como se por meio de alguma certeza interior — não era mais o que importava, e fosse como fosse a coisa teria que se resolver por si própria. Os jovens e desejáveis que continuassem a viver como sempre, porém sem a ajuda do pequeno C.L., pelo visto.

E no entanto, aquelas juras antibalcânicas feitas num momento de precipitação podiam muito bem, no final das contas, ser modificadas. "Como havíamos de entrar?", Cyprian perguntou, como se seu interesse fosse puramente técnico.

Ratty fez sinal para que se aproximasse deles um indivíduo alegre que estava tomando *bouillabaisse* como se houvesse acabado de ser informado de que haveria uma escassez de peixes em breve. "Este é o professor Sleepcoat, que vai tocar pra você uma interessante peça ao piano."

O professor sentou-se diante do Pleyel que havia junto à janela e rapidamente tocou uma escala de oitavas nas teclas brancas de fá a fá. "Reconheceu?"

"Agradável", disse Cyprian, "mas alguma coisa está errada." O professor começou a tocá-la outra vez. "Isso!"

"Exato — é esse si natural", batendo na tecla duas ou três vezes. "Devia ser bemol. Antigamente essa nota era proibida. Quem a tocasse podia levar um tabefe na mão. Ou coisa pior, se isso acontecesse na Idade Média."

"Então é um dos velhos modos eclesiásticos."

"Lídio. Nas canções e danças folclóricas das aldeias balcânicas, embora os outros modos medievais sejam bem representados, temos uma ausência estranha e radical de material lídio — no nosso projeto, até agora, não encontramos nada. É um mistério pra nós. Como se ainda fosse proibido, talvez até mesmo temido. O intervalo desagradável formado pelo si natural com o fá era conhecido pelos antigos como 'o diabo na música'. E sempre que o tocamos para as pessoas da região, ou mesmo o assobiamos, elas saem correndo aos gritos ou então agridem-nos fisicamente. O que será que ouvem que é tão inaceitável?"

"O seu plano", Cyprian adivinhou, "é ir lá pra descobrir a resposta."

"E também investigar alguns boatos recentes a respeito de um culto neopitagórico que encara o lídio com um horror todo especial. Como era de se esperar, eles tendem a preferir o modo frígio, que é muito comum na região." Voltou ao teclado. "Do mi ao mi nas teclas brancas. Observem a diferença. Por acaso, coincide com uma afinação da lira atribuída por alguns a Pitágoras, e que talvez remonte até o próprio Orfeu, que era nativo da Trácia, afinal, e terminou sendo cultuado lá como um deus."

"Tendo em vista", acrescentou Yashmeen, "a semelhança, ou mesmo identidade, entre os ensinamentos pitagóricos e os órficos."

As sobrancelhas do professor se arquearam. Yashmeen julgou necessário explicar que já fora associada ao P.A.T.A.C.

"Que divertido", enchendo um copo comum com um vinho branco local de Jurançon, "ter uma ex-neopitagórica como participante dessa nossa excursão. Antevendo o que o equivalente balcânico do P.A.T.A.C. deve estar a pensar."

"Se tal coisa existe."

"Ah, mas creio que existe, sim." Tocando-lhe de leve na manga.

"Alerta de fascínio", murmurou Cyprian. Ele e Reef já estavam mais do que acostumados com o que acontecia com aqueles que acabavam de ser apresentados a Yashmeen. Tão inevitável quanto a noite terminar em madrugada, aquele fascínio inicial com o passar das horas ia se transformando pouco a pouco em intimidação e perplexidade.

"Vou até o bar", disse Reef. Yz-les-Bains era um dos poucos lugares do continente europeu onde um anarquista sóbrio podia encontrar um crocodilo bem-feito — sendo o crocodilo composto de partes iguais de rum, de absinto e do aguardente de uva conhecido como *trois-six* —, um drinque tradicional entre os anarquistas. Loïc, o *barman*, veterano da Comuna de Paris, afirmava que estivera presente no momento da criação do coquetel.

Assim, a ideia — a paternidade da ideia não tinha importância ali — era eles irem para a Trácia juntamente com um grupo de pesquisadores de canções, pessoas nada práticas em pleno crepúsculo europeu, longe dos lugares seguros, para abordar os camponeses da região e pedir-lhes que cantassem ou tocassem alguma coisa que seus avós haviam cantado ou tocado para eles. Embora o professor Sleepcoat parecesse não ter nenhuma relação com a política do momento, ele ao menos se dava conta de que desde o ano de 1900, mais ou menos, levantamentos de material musical estavam sendo realizados em todas as nações europeias, e não era difícil perceber na sua atitude um toque de impaciência, como se o tempo estivesse se esgotando. "Bartók e Kodály na Hungria, Canteloube na Auvérnia, Vaughan Williams na Inglaterra, Eugénie Lineff na Rússia, Hjalmar Thuren nas ilhas Féroe, e assim por diante, às vezes, é claro, simplesmente porque é possível, com os recentes aperfeiçoamentos nos equipamentos portáteis de registro sonoro." Porém havia também uma sensação de urgência que não era reconhecida por ninguém que atuava no campo, como se por algum motivo fosse importante que esse trabalho se realizasse depressa, antes que o legado musical de cada povo de algum modo se perdesse para sempre.

"Eu vou ser o batedor, pelo visto", Reef disse, "mas mesmo assim não custa vocês dois levarem algum tipo de arma pessoal, só pra defesa própria — e você, Cyprian, determina o rumo, e a Yash, bom, imagino que a gente vai achar algum serviço pra você..."

Antes de se acostumar com os gracejos afetuosos típicos de Reef, Yashmeen sempre tinha um acesso de cólera de lavadeira-que-perdeu-o-sabão quando ele dizia uma coisa dessas. Agora ela se limitava a sorrir de modo formal. Disse: "Na verdade, eu é que sou o verdadeiro centro dessa missão". E era mesmo verdade. Reef, como sempre, estava sendo movido pelo que, não fosse a falta de análise, seria classificado como hostilidade de classe, mas na verdade tinha mais a ver com a maneira como algum filho da puta de terno e gravata havia olhado para ele naquele dia. Cyprian era de todo desprovido de convicções políticas — se não servia como motivo de piada, não lhe interessava. Yashmeen era sem dúvida a que mais comungava das crenças anarquistas daquele meio. Não nutria quaisquer ilusões sobre a inocência burguesa, e no entanto apegava-se a uma fé ilimitada na possibilidade de ajudar a História a cumprir suas promessas, entre elas a de que algum dia haveria uma comunidade dos oprimidos da Terra.

Era a sua velha necessidade de transcendência de algum tipo — a quarta dimensão, o problema de Riemann, a análise complexa, para ela todas essas coisas representavam rotas de fuga de um mundo cujos termos ela não podia aceitar, onde ela preferia que até mesmo o desejo erótico não tivesse consequências, pelo menos nada de tão sério quanto o desejo de ter marido e filhos e tudo o mais que parecia representar para as outras moças de seu tempo.

Mas de modo geral não se podia considerar um amante como uma influência transcendente, e a história tocava em frente seguindo seu próprio programa implacável. Agora, porém, em Yz-les-Bains, Yashmeen se perguntava se não haveria encontrado um *sursis*, ainda que tardio, uma esperança de ultrapassar as formas políticas para chegar a uma "unidade planetária", para empregar o termo de Jenny. "Estamos na nossa era de exploração", declarava ela, "adentrando aquela terra jamais mapeada que nos aguarda além das fronteiras e dos mares do Tempo. Lá nossa jornada se dá à luz mortiça do futuro, e voltamos ao dia burguês e suas ilusões gerais de segurança para relatar o que vimos. O que são esses nossos 'sonhos utópicos' senão formas defeituosas de viagens no tempo?"

Após uma festa de despedida que se prolongou por toda a noite, a ser lembrada por uma inocência em que tudo ainda estava isento de causalidade, saíram ao amanhecer no meio de uma tempestade e caminharam de braços dados pelos paralelepípedos escorregadios das ruelas, passando sob passarelas de pedestres e subindo e descendo escadas, numa luminosidade úmida, até chegarem a seus quartos e tentarem cochilar por algumas horas antes de partirem para a península.

Então tomaram o trem, e as agulhas foram acionadas uma por uma, como um mágico impingindo uma carta de baralho aos espectadores sem saber até que ponto eles queriam ser enganados, porque dessa vez nenhum deles conseguia desfrutar a típica suspensão de descrença do turista diante de um espetáculo de prestidigitação, não se tratava mais de "viagem", no fundo, e sim de três tipos de necessidade.

E a questão era menos as paisagens hibernais vistas passando depressa pela janela do que a fornicação que começava tão logo eram baixadas as corrediças das janelas do vagão-leito. A velha fantasia do Expresso do Oriente, disponível em qualquer noite na Europa onde quer que houvesse um teatro de variedades.

Perto de Zagreb, como se ela pudesse sentir algo se aproximando do fim, Yashmeen, sua linda bunda levantada para Reef, que acabava de penetrá-la, fez sinal para que Cyprian se aproximasse e sem preliminares, pela primeira vez, tomou-lhe o pênis, já dolorosamente ereto, na boca.

"Ah, Yashmeen, ora, não é —"

Ela fez uma pausa, liberou a boca por um momento e dirigiu-lhe um olhar afetuosamente feroz. "A gravidez leva as mulheres a fazer coisas estranhas", explicou. "Faz-me este favor", recomeçando a chupar e, deliciando-o, a morder também, primeiro com delicadeza porém com força crescente, e não demorou para que Cyprian atingisse o clímax num êxtase dificultado por uma dor ardilosamente calibrada, enquanto Reef, excitado pela cena, logo atrás, gritava "Upa!" como era de seu costume. "Certo, compreendo", acrescentou Cyprian, quase sem fôlego.

"A regra", ela lembrou-lhe mais tarde, já chegando em Belgrado, quando teve a impressão de que ele ia levantar questões de papéis e "lugares", "é que não há regras." E foi mais ou menos neste momento, por acaso, é claro, que o olhar de Cyprian cruzou com o de Reef.

"Não me venha com histórias", disse Reef, assumindo um tom brusco.

"Ora, mas tu tens mesmo um traseiro muito apetitoso", observou Cyprian, "abreviado, musculoso..."

"Droga", Reef sacudindo a cabeça, "lá se foi o meu apetite. Vocês dois arrumem alguma coisa pra fazer que eu vou pro salão de fumar, pegar um charuto."

"Pois aqui mesmo tens um *panatela*", Cyprian não conseguiu deixar de dizer, "prontinho para ti."

"Isso aí? Ora, não chega nem a ser uma cigarrilha." E Reef saiu exibindo uma irritação que era quase toda fingida. Pois Yash tinha razão, é claro. Não havia regras. Eles eram quem eles eram, e nada mais. Nos últimos tempos, sempre que ele e Yash estavam fodendo cara a cara ela dava um jeito de enfiar um dedo, que diabo, às vezes dois, lá naquele lugar, e ele tinha de admitir que a coisa não era tão má. E, para ser sincero, de vez em quando ele realmente ficava pensando como seria se Cyprian o comesse para variar. Sim. Não que a coisa tivesse que acontecer, mas por outro lado... era como na sinuca, ele imaginava, podia-se dar uma tacada direta ou de efeito, mas entre as duas tinha também a carambola, o massê, e bolas surpresa que voltavam de onde menos se esperava para bater em ângulos imprevistos, em tabelas impensadas, indo parar em caçapas jamais cantadas...

E a verdade era que Reef, apesar daquele jeito bobo e falastrão, havia aprendido a gostar de verdade do rapaz. Ele já havia andado com homens, homens cem por cento machos, que eram muito mais difíceis de se lidar. Sensíveis, sentimentais a respeito das coisas mais inesperadas, música de botequim, histórias sobre animais, vilões que cafetinavam as esposas e arrancavam dinheiro delas com lágrimas nos olhos, depois de passar algum tempo na companhia de gente assim ou bem a pessoa fica muito paciente ou bem se torna violenta.

O que o surpreendia a respeito deles três juntos — o que no fundo Reef não conseguia compreender — era que o tempo todo ele aguardava a hora em que sentiria ciúmes a respeito de alguma coisa, tendo ele em sua vida agido como um perfeito fiadaputa em situações triangulares como aquela, ele nem saberia dizer quantas vezes uma luz se apagando atrás de uma cortina de uma janela, ou a visão de duas cabeças juntas dentro de uma carruagem a um quilômetro de distância, tiveram o efeito de desencadear nele uma espécie de ataque homicida. Indo acordar depois num bar vagabundo com o cabelo cheio de vômito, e nem sempre o vômito era dele. Mas no caso deles três alguma coisa era diferente, o ciúme nem entrava em cena, por algum motivo isso era impossível. Outrora ele teria pensado: mas é claro, como é que um homem pode sentir ciúme de um salta-pocinhas como Cyprian? Mas à medida que foi conhecendo-o melhor, percebeu que Cyprian conduzia-se muito bem quando necessário, e nem precisava lançar mão daquela Webley que, Reef sabia, ele levava sempre. Uma ou duas vezes, inesperadamente, Reef vira Cyprian abandonar aquela pose de histeria teatral que utilizava no dia a dia e transportar-se para uma região de autocontrole frio — de modo imperceptível, ele endireitava a postura e começava a respirar devagar, e os profissionais que ficavam à espreita à porta dos cassinos, aguardando os incautos e presunçosos, iam embora resmungando, e os *flâneurs* que faziam comentários em dialeto calavam-se, o sorriso irônico morria em seus lábios, acreditando que Cyprian havia entendido tudo, e achavam melhor nem pensar na possibilidade de que ele havia levado a coisa para o lado pessoal.

Em Belgrado encontraram o professor Sleepcoat e sua equipe, que incluía o técnico Enrico, as estudantes voluntárias Dora e Germain e um contador chamado Gruntling, que estava ali por insistência da universidade, porque na última viagem à região tinha havido vários rombos no orçamento, a maioria deles numa coluna intitulada "Gastos variados", cujos detalhes o professor Sleepcoat por algum motivo não conseguia lembrar.

Em Sófia, todos desceram na plataforma da Tsentralna Gara e encontraram uma cidade reimaginada nos trinta e tantos anos que haviam se passado depois da expulsão dos turcos, ruelas sinuosas, mesquitas e casebres substituídos por uma grade de ruas largas e retilíneas e obras públicas europeizadas numa escala grandiosa. Enquanto se aproximavam da cidade, Cyprian ficou olhando com desânimo para o bulevar Knyaginya Mariya Luiza, que parecia estar cheio de cães vadios e beberrões em diversas etapas de intoxicação alcoólica.

"Já foi muito pior", insistiu o professor. "O Arthur Symons dizia que era a rua mais horrível da Europa, mas isso já faz muito tempo, e nós sabemos como o Arthur é sensível."

"Parece Omaha", Reef opinou.

No dia seguinte, Gruntling foi ao banco e lá permaneceu até a hora do fechamento, e em seguida o grupo seguiu para o norte, subindo a serra.

A cada manhã o contador pegava um saco cheio de *leva* de prata búlgaros, e contava vinte e cinco moedas. "Mas isto só vale uma libra", protestava o professor. "Que seja", dizia Grundling, entregando-lhe as moedas, "mas tente não gastar tudo num lugar só."

"São cinco dólares", comentou Reef. "Não sei do que ele está reclamando." A maioria dos desembolsos era em moedas menores, *stotinki* de níquel e bronze, para refeições normalmente feitas às pressas — *kebapcheta, banitza, palatchinki*, cerveja — e algum lugar para dormir à noite. Por uns poucos *stotinki* era possível também contratar uma criança disposta a rodar a manivela do aparelho de gravação, a qual acionava engrenagens de redução e um volante que atenuava as variações de altura. "É como acionar o fole dum órgão de igreja do século passado", comparou o professor Sleepcoat. "Sem esses pirralhos anônimos, não teríamos a música de Bach." O que levou Yashmeen a lhe dirigir um olhar — ela, que em outras circunstâncias talvez tivesse perguntado, com muita delicadeza, quanto da cultura ocidental no decorrer da história, na opinião dele, se fundara nesse tipo de trabalho vergonhosamente mal pago. Mas ninguém mais tinha tempo para entrar numa discussão desse tipo.

Um dia, ao cair da tarde, o professor ainda não havia voltado do trabalho quando ouviu, vindo do vale, alguém cantando com uma voz jovem de tenor algo que de início lhe pareceu uma típica *kanástánc* de pastor de porcos transilvano que de algum modo havia chegado até ali, atravessando serras e descendo divisores de águas. Mas logo em seguida uma outra voz jovem num registro mais alto, uma voz de moça, respondeu à primeira, e durante todo o entardecer as duas vozes ficaram a cantar, uma respondendo à outra, uma de cada lado do pequeno vale, às vezes em antífona, às vezes juntas, em harmonia. Eram pastores de cabras, cantando no dialeto *shop*, com uma melodia frígia que ele jamais ouvira antes e sabia que nunca mais voltaria a ouvir, daquela maneira, sem mediações e imune ao Tempo. Com o pouco que ele entendia da letra, dava para ver que era o tipo de coisa que apenas os jovens tinham o direito de cantar, e inevitavelmente foi levado a pensar no fim da sua própria juventude, que terminara antes mesmo que ele tivesse tempo de observá-la, e assim pôde ouvir, logo abaixo da superfície, uma intensa consciência da perda, como se a separação entre os cantores fosse maior do que a largura do vale, algo que só poderia ser transposto por meio de um empreendimento ao menos tão metafísico quanto uma canção, como se Orfeu outrora tivesse cantado aquilo para Eurídice no Inferno, dirigindo sua voz para as profundezas, em meio a miasmas pestilentos, atravessando rios trovejantes, ecoando em superfícies de calcário esculpidas de modo fantástico, no decorrer de gerações inumeráveis, pelo próprio Tempo, personificado como um demiurgo e servo da Morte — E o equipamento de gravação, é claro, bem como Enrico, estavam na estalagem. Não que fosse necessário fazer uma gravação, pois os dois cantores haviam repetido a canção diversas vezes, continuando mesmo depois de escurecer, de modo que ela inscreveu-se nas ranhuras da memória do professor Sleepcoat, bem ao lado daquelas dedicadas aos arrependimentos, sofrimentos e coisas afins.

Mais tarde o professor não tirava Orfeu da cabeça. "No fundo, ele não conseguia acreditar que ela quisesse voltar pra viver com ele no mundo da superfície. Foi obrigado a virar-se e olhar, só pra certificar-se de que ela estava mesmo a vir com ele."

"Típica insegurança masculina", zombou Yashmeen.

"Típica ânsia feminina pelo dinheiro, que acaba vencendo, é como eu sempre interpreto a história", comentou Gruntling.

"Ora essa, ele é o Senhor da Morte, não há dinheiro algum lá embaixo."

"Minha jovem, dinheiro há em toda parte."

A principal tarefa de Reef, Cyprian e Yashmeen no momento era localizar a linha de *Interdikt* e desativá-la. O campo estava cheio de deixas, informações falsas propositais — qualquer miragem de alguma coisa excepcionalmente reta, brilhando do outro lado de um terreno, fazia-os desperdiçar horas preciosas. Os aldeões os recebiam de modo amistoso, até que Cyprian exibia o mapa — então eles desviavam a vista e até começavam a tremer, conversando entre si em dialetos subitamente ininteligíveis. Usar palavras como "fortificação" e "gás" não ajudava em nada, mesmo quando falavam com pessoas tranquilas o suficiente para parar e conversar com os três. "Não se vai atrás deles", fora o conselho que lhes deram várias vezes — "se eles quiserem, eles vão encontrá-los. E é melhor que isso não aconteça." Nas margens dessas discussões, aquelas pessoas tão boas desviavam os olhares, persignando-se de modo repetitivo e compulsivo, fazendo outros gestos menos conhecidos, alguns até muito complicados, como se contivessem muitas camadas de comentários manuais, acumuladas ao longo dos séculos.

Por fim, um dia a sorte deles mudou. Estavam em Veliko Târnovo, onde o professor tinha ido para investigar uma variante da *rutchenitsa*, uma dança associada às festas de casamentos que supostamente continha síncopes até então jamais registradas, sobre uma base rítmica de 7/8. Estavam em meados de fevereiro, dia de são Trifão, que coincidia com a poda ritual das videiras. Todos bebiam Dimyat e Misket caseiros, tirados de barris, e dançavam ao som de uma pequena banda local composta de tuba, acordeão, violino e clarinete.

Reef, que nunca perdia uma chance de saracotear, dançou com uma variedade de pares atraentes, que literalmente faziam fila para dançar com ele. Yashmeen, que já havia passado um pouco do meio da gravidez, contentou-se em ficar sentada sob um toldo e assistir aos festejos. Cyprian olhava e não olhava para os jovens aldeões que em outro momento ele teria classificado como desejáveis, quando de repente foi abordado por um indivíduo magro, queimado de sol, todo paramentado para o casamento.

"Eu o conheço", disse Cyprian.

"Salônica. O ano retrasado. Você salvou minha vida."

"Ora, mas é o 'Magro de Gabrovo'. Mas, que eu me lembre, tudo que fiz com você foi tentar encontrar um fez que lhe servisse."

"Eu pensava que você já havia morrido."

"Eu faço o que posso. Foi você que acabou de se casar?"

"A irmãzinha da minha mulher. Se tiver sorte, ela vai conseguir trabalhar até o final da colheita antes de nascer o primogênito." Seus olhos a toda hora se desviavam na direção de Yashmeen. "É a sua mulher?"

"Quem dera." Fez as apresentações.

O Magro sorriu em direção ao ventre de Yash. "Bebê pra quando?"

"Maio, eu acho."

"Venha ficar conosco quando o bebê chegar. Melhor para você, para o bebê, para o pai especialmente."

"Eis o dito-cujo", disse Cyprian, com todas as mostras de alegria.

Reef foi parabenizado e mais uma vez convidado a ficar com o Magro e sua família, a qual, ficaram sabendo, tinha uma pequena fazenda onde cultivava rosas perto do Rozovata Dolina, o Vale das Rosas. Cyprian, que desde sua chegada via a si próprio no mapa da península com escala de um por um, na mesma hora ficou atento. O vale corria no sentido leste-oeste, entre a cordilheira dos Bálcãs e a Sredna Gora, e sem dúvida alguma era um lugar razoável para se procurar a *Interdikt*.

Ele esperou até o momento em que pôde conversar a sós com o Magro para tocar no assunto. "Você tem percebido alguma coisa estranha acontecendo por lá?"

Tendo talvez uma ideia geral sobre a profissão de Cyprian: "Curioso, você perguntar isso. Foram vistas lá pessoas que lá não deviam estar. Alemães, é o que pensamos". Fez uma pausa antes de olhar diretamente para Cyprian. "Trazendo máquinas."

"Não são máquinas agrícolas."

"Algumas delas parecem elétricas. Militares, também. Dínamos, cabos pretos compridos que eles enterram. Ninguém quer escavá-los para ver o que são, mas correm boatos de que uns *mutri* da região pensaram em roubar o que fosse possível roubar e levar para Petrich, na fronteira da Macedônia, onde se pode vender praticamente qualquer coisa. Em algum lugar entre Plovdiv e Petrich eles desapareceram, juntamente com o que eles roubaram, seja lá o que for. Nunca mais foram vistos. No mundo do crime da Bulgária, essas coisas costumam ser investigadas, e as medidas apropriadas são tomadas, mas no dia seguinte não se falou mais no assunto. É a primeira vez que se vê essa gente ter medo de alguma coisa."

"Seria difícil pra você ir lá e apurar, sem ser visto?"

"Posso mostrar-lhe."

"Não tem medo?"

"Você vai ver se é caso de se ter medo."

Embora soubesse que aquilo havia de acontecer em algum momento daquela viagem, quando foi anunciado que chegara a hora de eles partirem por conta própria, o professor Sleepcoat ficou arrasado. "Eu não devia ter vindo pra cá agora", ele gemia. "É como a dança das cadeiras. Só que a música já parou de tocar há dois anos."

"Vamos ficar atentos pra qualquer coisa no modo lídio", Yashmeen prometeu.

"Talvez não reste mais nada. Talvez já tenha desaparecido para sempre. Talvez essa falha no contínuo musical, esse silêncio, seja a primeira manifestação dalguma coisa terrível, em relação à qual esse silêncio estrutural não passa de uma metáfora inofensiva."

"O professor avisa lá em Yz-les-Bains que nós—?"

"É parte da minha missão. Mas vou sentir falta de vocês."

Mesmo para as pessoas de lá, acostumadas com a presença de bobos tagarelas vindos do norte e do oeste com trajes de turistas, aqueles três manifestavam um fervor severo, como se agissem não conforme desejavam e sim tal como eram obrigados a agir, obedecendo a uma voz de comando inaudível. Quem poderia saber, encontrando-os numa daquelas aldeias serranas, subindo, descendo, nunca os três exatamente no mesmo nível, só pensando em comer quando estritamente necessário, rostos ensombrados pelas abas dos chapéus de palha, iluminados lateralmente ou por debaixo pela luz do sol refletida nas velhas pedras do calçamento ou na terra curtida de sol, por ela muitas vezes levados até regiões de implicações angelicais — o que estariam fazendo naquele momento tardio da história? Quando todo mundo já havia se recolhido fazia muito tempo, voltado para as certezas duras de suas pátrias a oeste dali, preparando-se ou já preparados...

A fazenda do Magro, com base no que Reef concluiu após uma avaliação rápida que àquela altura já se tornara sua segunda natureza, era estrategicamente bem posicionada, num pequeno vale isolado, sendo o riacho que descia da Sredna Gora ladeado por outras fazendolas, cada uma com seu cão assassino, contornada por uma estrada que traçava curvas lentas, de vez em quando uma árvore de sombra, gansos andando à beira-estrada ou saindo de posições de emboscada sibilando e grasnindo, o tráfego que vinha na estrada sendo visto a uma distância de vários quilômetros, em sua maior parte carroças de fazendeiros e cavaleiros, uniformizados ou não, todos levando ao menos um fuzil, todos conhecidos na região, e chamados, por diminutivos.

A casa da família pululava de crianças, se bem que toda vez que resolvia contá-las Cyprian sempre encontrava no máximo duas. A mãe delas, Jivka, sabia cuidar de rosas, e num pequeno jardim particular no quintal de fundos realizava experimentos de hibridização, tendo iniciado anos antes cruzando *R. damascena* com *R. alba* e não parando desde então. Dava um nome a cada rosa, conversava com elas, e depois de algum tempo, quando a lua e o vento estavam nas condições ideais, Cyprian começou a ouvi-las respondendo. "Em búlgaro, é claro, de modo que não pude entender tudo."

"Alguma coisa que queiras nos contar?", murmurou Yash, grande como uma barca, num dia em que não se sentia muito bem.

"Falavam sobre ti e o bebê, na verdade. Parece que há de ser uma rapariga."
"Ah, deixe-me pegar este vaso pesado cá, não me saias daí onde estás..."
À medida que sua hora se aproximava, as mulheres das vizinhanças não arredavam pé de Yashmeen, Reef saía para tentar aprontar o que havia de aprontável naquelas bandas, e Cyprian ocupava-se com igrejas, campos cobertos de roseiras com mais de dois metros de altura, crepúsculos prolongados, noites de um azul metálico. Os homens o evitavam. Cyprian ficava a imaginar se, em algum transe do qual se esquecera, ele não teria ofendido alguém daquelas paragens, talvez mortalmente. Não — quanto a isso, tinha certeza, talvez fosse sua única certeza —, a severidade daqueles rostos virados para ele não era a do desejo. Essa ilusão, tal como o conforto que ela pudesse conter, lhe era negada no que por vezes lhe parecia ser suas últimas horas, mas que importância tinha aquilo, afinal? Ele não estava mais procurando companhia erótica. Alguma outra coisa, talvez, mas foder com desconhecidos já não era mais o que o interessava.

A criança nasceu durante a colheita das rosas, de manhã bem cedo, quando as mulheres já haviam voltado dos campos, nasceu em meio a uma fragrância que não era adulterada pelo calor do sol. Desde o primeiro momento, os olhos dela foram imensamente doados a todo o mundo que a cercava. O que Cyprian imaginara como terrível, na melhor das hipóteses repulsivo, acabou sendo irresistível, ele e Reef, um de cada lado da velha cama, segurando as mãos de Yashmeen, que subia e descia ao sabor das ondas da dor, apesar das mulheres que cochichavam, claramente desejando que os dois homens fossem para longe dali. De preferência, para o inferno.
As secundinas foram enterradas sob uma roseira tenra. Yashmeen deu à menina o nome de Ljubica. Mais tarde, naquele mesmo dia, tomou a filha nas mãos e entregou-a aos homens. "Tomem. Fiquem com ela um pouco. Ela vai dormir." Reef segurou a recém-nascida com cuidado, tal como se lembrava de ter segurado Jesse pela primeira vez, e ficou deslocando seu peso de uma perna para a outra, depois começou a andar cautelosamente pelo pequeno quarto, inclinando a cabeça no trecho em que o teto inclinado era mais baixo, e por fim passou a criança para Cyprian, que a segurou ressabiado, o peso leve encaixando-se com tanta facilidade, no final das contas, em suas mãos, quase o levantando do chão — porém, mais do que isso, a sensação de familiaridade, como se aquilo já tivesse acontecido inúmeras vezes antes. Ele não ousava confessá-lo em voz alta. Mas de algum modo, havia ali um breve momento de certeza, recolhido de uma treva exterior, como se para preencher um espaço que ele não teria sido capaz de definir antes disso, antes que ela surgisse ali, a pequena Ljubica adormecida.
Os mamilos de Cyprian tornaram-se curiosamente sensíveis, e ele constatou que sentia um fluxo quase desesperador de sentimento, o desejo de que ela pudesse mamar em seu peito. Respirou fundo. "Tenho uma —", sussurrou, "uma..." Era uma

certeza. "Eu já a conheci, outrora — talvez naquela outra vida tenha sido ela a tomar conta de mim — e agora o equilíbrio está a ser compensado —"

"Ah, estás a pensar demais", disse Yashmeen, "como sempre."

Durante boa parte daquele verão, Reef e Cyprian ficaram em busca do inalcançável "campo minado dos austríacos". Caminhavam por entre plantações de tabaco e campos de girassóis, lilases silvestres em flor, gansos grasnindo pelas ruas da aldeia. Cães felpudos vinham correndo do pasto dos carneiros, latindo com fúria homicida. Por vezes Yashmeen vinha também, mas agora cada vez mais ela ficava na fazenda, ajudando nas atividades caseiras e cuidando de Ljubica.

Depois da colheita das rosas, o Magro de Gabrovo, cumprindo sua promessa agora que tinha mais tempo livre, levou Reef e Cyprian a um promontório varrido pelo vento, de onde se descortinava uma planície nua de árvores. Ao lado de um pequeno galpão elevava-se uma torre de trinta metros de altura, que sustentava uma antena negra de ferro, de formato toroidal. "Isso não estava aqui antes", disse o Magro.

"Acho que é uma dessas antenas de Tesla", disse Reef. "Meu irmão já trabalhou com isso."

Dentro do abrigo dos transmissores havia um ou dois operadores com os ouvidos grudados em pavilhões sonoros, escutando com atenção o que de início parecia ser apenas estática. Quanto mais os visitantes ficavam a ouvir, porém, mais conseguiam captar de vez em quando palavras articuladas, numa diversidade de idiomas que incluía o inglês. Cyprian sacudiu a cabeça, sorrindo, se não de incredulidade, ao menos numa tentativa educada de não ofender

"Não há problema", disse um dos operadores. "Muitos na nossa área acreditam que são as vozes dos mortos. Tanto Edison quanto Marconi acreditam que o rádio sintônico pode ser utilizado como uma maneira de se comunicar com espíritos desencarnados."

Reef na mesma hora pensou em Webb, e na sessão espírita realizada na Suíça, e nos seus comentários jocosos, dirigidos a Kit, sobre a possibilidade de telefonar para os mortos.

Nesse instante veio de fora um tremendo de um ruído mecânico. "Motocicletas", disse Cyprian, "a julgar pelo ruído pulsante. Vou lá fora ver."

Seis ou sete ciclistas com uniformes de couro que o tempo e o terreno haviam tornado ainda mais elegantes, montados em motos de quatro cilindros reduzidas ao essencial — Cyprian identificou-os imediatamente como a unidade de elite de "sombras" de Derrick Theign, a C.O.R.R.A.M., que ele não via desde a estação de Trieste.

"É você, Latewood?" Por trás de óculos escuros de proteção, Cyprian reconheceu Mihály Vámos, ex-campeão de escalada de morros no circuito húngaro. Haviam passado algum tempo juntos em Veneza — tempo mais que suficiente, ele esperava — bebendo até alta madrugada, um ajudando o outro a sair deste ou daquele canal depois de um tombo, fumando juntos em pequenas pontes ao luar, tentando decidir o que fazer a respeito de Theign.

"*Szia, haver*", Cyprian com um aceno de cabeça. "Que belas máquinas vocês estão a usar."

Vámos sorriu. "Bem diferente daquelas Puchs pequenas que nos davam antes. Um intermediário dos Habsburgo, amigo do Theign, boas condições, mas viviam estragando. Já estas novas são da FN, modelos experimentais — leves, resistentes, rápidas. Muito melhores."

"Da fábrica de armamentos belga?"

"E são mesmo armamentos." Olhou bem para Cyprian. "É bom ver que você continua a se meter em encrencas. Nós temos que lhe agradecer."

"Por...?"

Vámos riu. "Não fomos informados de todos os detalhes sangrentos a respeito do Theign. As mensagens da estação de Veneza pararam de chegar um dia, e desde então trabalhamos independentemente. Mas pelo visto você fez um serviço pra todos nós."

Cyprian ofereceu-lhe um cigarro local, e os dois acenderam cada um o seu. "Mas vocês continuam lá na estação? E se a guerra começar? Como é que vocês, sozinhos..."

Vámos indicou com um gesto o transmissor Tesla. "O Ministério da Guerra mantém unidades receptoras na costa de Sussex, e conexões a cabo com Londres. Imaginamos que você estivesse lá agora, de volta à Inglaterra, satisfeito e protegido, tomando chá num jardim. E quem, tendo um pingo de juízo, havia de querer estar aqui?"

Não parecia haver motivo para não mencionar a *Interdikt*. Sem entrar em nomes nem datas, Cyprian apresentou a Vámos um rápido sumário do que vinha fazendo nos últimos tempos.

"Ah. Sei." Vámos tirou os óculos de proteção e limpou-os na camisa enquanto fingia olhar cuidadosamente para o céu. "Por aqui as pessoas a chamam de *Zabraneno*. Seja lá quem for que a instalou, ela agora não pertence mais a ninguém — os alemães e os austríacos fingem nunca ter ouvido falar dela, a gente do local morre de medo, os turcos mandam investigadores mais ou menos uma vez por mês, acreditando que seja uma espécie de Muralha da China, que existe pra que *eles* não façam nenhuma invasão. Os britânicos, como sempre, estão indecisos quanto à sua utilidade. Nenhum de nós sabe como desmontá-la, e assim o máximo que podemos fazer é esperar, patrulhar do leste para o oeste, do oeste para o leste, impedir que alguém faça a coisa explodir por acidente."

"E alguma vez....?"

Vámos dirigiu-lhe um olhar sério pouco comum para ele. "Ela comporta-se como se estivesse viva. Sabe quando alguém se aproxima e toma medidas no sentido de proteger-se. Sempre que alguém passa dentro de um determinado raio. Nós já aprendemos a entrar, o que de pouco nos vale. Imagino que você agora queira vê-la."

O Magro de Gabrovo lembrou-se de que tinha um compromisso com um representante de uma fábrica de atar de Filipópolis, e afastou-se pedindo desculpas. Cyprian e Reef subiram na garupa de dois dos motociclistas da C.O.R.R.A.M. e foram seguindo pelos contrafortes da Sredna Gora, passando por árvores cobertas de hera, uma sinistra demonstração de topiaria, criaturas verdes, curvadas e encapuzadas, que quase pareciam animais conhecidos, porém deformados a tal ponto que já não era possível reconhecê-los direito, os quais pareciam olhar atentamente para os que passavam nas motocicletas, com rostos que, com uma leve brisa, haveriam de revelar-se por detrás dos capuzes verde-escuros...

E nas beiras, rastejando... mas não, agora já entrando e saindo da estrutura do campo de visão como a lançadeira de um tear, mapeada sobre os fios cruzados e invisíveis em que tudo se distribui, Cyprian, castigado pelo vento, adquirindo uma copiosa população de insetos nos espaços interdentais, testemunhava distorções, deslocamentos, rotações... havia alguma outra coisa ali, prestes a surgir, algo que, ele sabia, sempre estivera presente, só que ele não o percebia...

"Aqui temos que saltar das motos", disse Mihály Vámos, "e andar com cuidado." Em fila indiana, traçando um zigue-zague, como se contassem seus passos, aproximaram-se de uma construção alongada, de concreto marcado pelas intempéries, estranhamente escura naquele frio inesperado em pleno verão, uma repetição de elementos todos voltados, implacáveis, para o mesmo lado, como se enfrentassem intrusos desconhecidos, mas que não mereciam piedade.

Vámos conduziu-os para dentro de uma espécie de casamata aumentada, construída não muito tempo antes, mas já começando a sofrer os efeitos da corrosão. Lá dentro, nas sombras ocre do entardecer, comunicados de emergência que outrora praticamente gritavam agora pendiam rasgados de um velho quadro de avisos emoldurado, enquanto outros haviam caído e sido levados pelo vento para os cantos. Túneis aprofundavam-se numa escuridão pétrea, rumo a estruturas adjacentes a uma distância desconhecida dali, formando o que claramente não podia ser outra coisa senão uma grande barreira de fortificações.

Num depósito encontraram centenas de latas, novas em folha, que não estavam empoeiradas, todas rotuladas FOSGÊNIO.

"São de verdade", disse Vámos. "O fosgênio já nada tem de exótico, há fábricas produzindo a substância por toda parte, é só cloro e monóxido de carbono. Basta ter acesso a uma corrente elétrica razoável que é fácil produzir cloro a partir de água salgada, e o monóxido de carbono pode ser recolhido em praticamente qualquer processo de combustão. Basta expor os dois juntos à luz que se obtém fosgênio."

"Nascido da luz", Cyprian disse, como se prestes a compreender algo.

"Ao que parece, isto aqui não é uma arma de gás", disse o *motoros*. "Na verdade, 'fosgênio' é codinome para luz. Ficamos sabendo que aqui é a luz que realmente atua como agente de destruição. Além disso, os criadores do *Zabraneno* atuaram em condições de total segredo, se bem que a pequena parte de trabalho teórico que foi publicada parece ser alemã, dos tempos dos primeiros estudos sobre a iluminação urbana — naquela época estavam muito interessados no Éter, tomando como modelo a onda de choque que atravessa o ar numa explosão convencional, procurando métodos semelhantes pra intensificar a pressão da luz em caráter local no Éter... Com base em experiências militares com holofotes, era do conhecimento geral que a luz, quando muito intensa, pode ser muito eficiente no sentido de produzir a sensação de impotência e medo. O passo seguinte era encontrar uma maneira de projetá-la como um fluxo de energia destruidora."

"Medo em forma letal", Cyprian disse. "E se todas essas unidades, ao longo de toda a linha, disparassem ao mesmo tempo —"

"Uma enorme cascata de cegueira e terror rasgaria ao meio o coração da Península dos Bálcãs. Nada semelhante jamais ocorreu. A fotometria ainda é muito primitiva, e não é possível calcular a quantidade de luz que resultaria, nem tampouco a intensidade — algo assim como milhões de velas por centímetro quadrado, mas isso tudo são apenas suposições — manifestações de pânico militar, no fundo."

"Deus", disse Reef.

"Talvez não."

O Magro havia falado em cabos negros. "Mas não estou vendo nenhuma fonte de luz aqui."

O olhar que Vámos dirigiu a Cyprian seria lembrado mais tarde com desconforto. "Pois é. Estranho, não?"

Quando estavam saindo, Vámos perguntou: "Foi para descobrir isso que você foi enviado pra cá?".

"Não falaram nada sobre códigos", Cyprian numa fúria contida. "Mais códigos desgraçados."

Os motociclistas os deixaram numa encruzilhada perto de Shipka. "*Sok szerencsét*, Latewood", despediu-se Vámos. Pelo protocolo desse tipo de coisa, particularmente, talvez, na Trácia, não era o caso de virar-se e olhar para trás. Logo os ruídos dos motores desapareceram ao longe, e recomeçou o vento, a estrada dos gaviões.

"O que vamos dizer à Yash?", perguntou Reef.

"Que não conseguimos encontrar nada. Vamos fingir que continuamos a busca por algum tempo, mas na direção errada. Precisamos manter Yashmeen e a criança longe disso tudo, Reef. E a certa altura, dizemos que a missão fracassou e voltamos a..."

"E aí, se perdeu no seu raciocínio, parceiro?", Reef perguntou depois de algum tempo.

"Estou a pensar no que dizer à gente do Ratty. Eles estão profundamente enganados, não é?"

"Isso se esse pessoal das motocicletas estiver mesmo dizendo a verdade."

"Eles são os guardiães da coisa agora. De toda essa lamentável barafunda balcânica, aliás. Eles não querem essa responsabilidade, mas está na mão deles. Não quero acreditar neles, mas acredito."

A partir daí, em momentos que não estava muito ocupado, Cyprian dava por si aguardando a qualquer momento uma imensa explosão de luz, tóxica e implacável, esvaziando o céu de todo e qualquer detalhe, em que sequer seus sonhos escapariam ilesos.

Quando se viram em movimento outra vez, Reef ficou satisfeitíssimo ao constatar que o bebê adaptava-se com facilidade a viver na estrada. Ljubica chorava pelos motivos que levam qualquer criança pequena a chorar, mas só por eles, como se soubesse que seu destino era a estrada e não visse motivo para não abraçá-lo logo de uma vez. Assim que aprendia a segurar um objeto, jogava-o longe. Embora Reef preferisse não pensar naquilo, ela o fazia pensar em seu filho Jesse, lá no Colorado.

"Estás a agir como se ela fosse a sua segunda oportunidade", Yashmeen comentou.

"E aí, qual o problema?"

"O problema é se acreditas ter direito a tal coisa."

"E quem que disse que eu não tenho?", ele quase chegou a dizer, porém pensou bem e calou-se.

Seguiam rumo ao mar Negro, com a vaga ideia de estabelecer-se em Varna, retomando a antiga vida nos balneários, ganhando alguns *leva* na mesa de jogo sem apostar alto, coisas assim, apesar do bebê, apesar de tudo.

"Alguém disse que o palácio de verão do rei fica aqui."

"Sim?"

"Ainda estamos no verão, não é? Quando o rei está na cidade, não faltam otários, nunca ouviu dizer isso? É um velho provérbio."

O assunto da *Interdikt* não havia mais sido mencionado. O nascimento de Ljubica tornara aquilo, para Yashmeen, uma questão muito menos prioritária. O fato de que os dois rapazes não estavam mais falando no assunto a levava a crer que talvez eles pensassem como ela. Até mesmo um neuropata amador que os observasse nessa época teria diagnosticado um caso de *folie à trois* pós-parto. O resto do mundo buscava refúgio, os sonhos dos burgueses e dos operários eram assombrados pelas mesmas formas apavorantes, todos os profetas concordavam que o tempo estava prestes a fechar — mas o que estavam pensando aqueles três? E tendo de cuidar de um bebê ainda por cima. Irresponsáveis, talvez até mesmo hebefrênicos.

Havia uma estrada muito boa que levava ao mar, mas por algum motivo eles não conseguiam ficar nela. A toda hora subiam a serra, a cordilheira dos Bálcãs, e por vezes até voltavam para o oeste, como se seguissem às cegas uma bússola fatalmente atraída pelas anomalias.

Em certos momentos por volta do meio-dia, os galhos dos pinheiros entremeados por faixas negras de sombra estendiam-se tremendo em direção a eles como os braços dos mortos incontáveis, não implorando e sim exigindo, quase ameaçando. Ali os pássaros não cantavam fazia várias gerações, não havia ninguém vivo, aliás, que se lembrasse de uma época em que houvesse canto de pássaros, e aqueles céus agora pertenciam às aves de rapina. Aquela terra estava bem preparada para o que estava prestes a desencadear-se sobre ela.

Acima dos telhados vermelhos de Sliven, tendo atravessado nuvens de borboletas curiosas a respeito de Ljubica, que tentava a seu modo explicar-se para elas, chegaram a um estranho arco de pedra de oito ou dez metros de altura, e tão logo o viu Ljubica ficou um pouco enlouquecida, agitando os braços e as pernas e fazendo comentários num idioma todo seu.

"Certo", concordou Reef, "vamos dar uma olhada." Ele aninhou-a num de seus braços e, junto com Yashmeen, foram indo até à formação rochosa, Ljubica olhando para cima enquanto passavam por baixo do arco e saíam do outro lado. Ao voltar, encontraram Cyprian conversando e fumando com dois rapazes que estavam nas redondezas. "Esse arco que vocês acabaram de atravessar? O nome dele é *Halkata*. O Anel."

A essa altura, Yashmeen julgava já conhecer bem a voz de Cyprian. "Sei, mais uma maldição local. Era justamente disso que precisávamos." Mas ele olhava fixamente para ela, sem querer falar, os olhos brilhando. "Cyprian..."

"Quando duas pessoas o atravessam juntos, ficam as duas — vocês três, no caso — apaixonadas para sempre. Talvez consideres isso uma maldição. Eu, não."

"Então vai tu, é tua vez."

Ele conseguiu sorrir sem melancolia. "E todo aquele que o atravessa sozinho, segundo meus informantes aqui, transforma-se no sexo oposto. Não sei onde eu haveria de ficar nesse caso, Yashmeen. Talvez seja melhor evitar essa confusão. A última vez que estive nesta região", prosseguiu ele aquela noite, em Sliven, num quarto que haviam alugado por uma noite numa casa velha perto da Ulitsa Rakovsky, "tive que conter meus impulsos durante um tempo, já que as expectativas balcânicas a respeito das identidades sexuais são, eu diria, um tanto enfáticas. Detalhes que se podem perfeitamente ignorar em Cambridge ou Viena aqui exigiam a maior atenção, e fui obrigado a adaptar-me rapidamente. Imagine-se minha surpresa adicional quando descobri que as mulheres, que parecem não ter nenhum poder, é que mandam na verdade. O que significa isto, então, estar comprometido com os dois sexos ao mesmo tempo?"

"Ah, Deus." E Ljubica também estava rindo. Reef estava metido em alguma *krâchma* local. Yashmeen e Cyprian entreolharam-se com um pouco daquele velho — sim, já era "velho" — tremor especulativo.

Em plena cordilheira dos Bálcãs, um dia, pela primeira vez, desafiando os predadores do ar, eles ouviram um pássaro cantando, uma espécie de tordo búlgaro, cantando em escalas modais, soando as notas com precisão, às vezes por minutos sem interrupção. Ljubica escutava-o atenta, como se ouvisse uma mensagem. Ao ouvir o som, esticou-se dentro do xale em que Cyprian a carregava e ficou com o olhar fixo na distância. Acompanharam a linha de sua visão, a qual ia dar numa construção antiga, destruída e reconstruída mais de uma vez ao longo dos séculos, à beira de um cânion profundo, um lugar aparentemente inacessível, do outro lado de um trecho do rio onde havia corredeiras e no alto de uma muralha íngreme de rocha nua. De início não sabiam muito bem o que estavam vendo, porque a colisão ruidosa entre a água e pedra levantava cortinas oscilantes de névoa.

"Vamos ter que voltar", disse Reef, "subir até o alto e tentar chegar lá na descida."

"Acho que há outro caminho", interveio Cyprian. Levou os outros até uma rede de picadas usadas pelas cabras. Aqui e ali havia degraus recortados na rocha. Após algum tempo ouviram, em meio ao ronco que subia do rio, um coral de vozes, quando então chegaram a um caminho livre de mato e pedras caídas, que subia no prolongado crepúsculo até um arco escuro coberto de musgo, sob o qual havia um vulto, com hábito de monge, mãos estendidas, palmas viradas para cima, como se apresentasse uma oferenda invisível.

Reef tirou do bolso um maço de Byal Sredets e ofereceu-o ao monge, que estendeu um dedo e então, com um movimento interrogativo de sobrancelhas, estendeu o outro, em seguida pegando dois cigarros, com um sorriso largo.

"*Zdrave*", Cyprian saudou-o, "*kakvo ima?*"

O outro olhou-o por um bom tempo, medindo-o de alto a baixo. Por fim o homem falou, num inglês de quem cursou a universidade: "Bem-vindo ao lar".

O convento pertencia a uma seita que descendia dos antigos Bogomilos que não abraçaram a igreja de Roma em 1650 junto com a maioria dos outros *Pavlikeni*, optando em vez disso pela clandestinidade. À sua seita, ao longo dos séculos, haviam se agregado outros elementos mais antigos, mais noturnos, que remontavam, segundo se dizia, ao semideus trácio Orfeu, e a seu desmembramento, ocorrido não muito longe dali, às margens do rio Hebro, agora chamado Maritza. O aspecto maniqueísta da seita havia se intensificado ainda mais — a obrigação, imposta a todos aqueles que se refugiavam ali, de serem assombrados pela implacável duplicidade de todas as coisas. Fazia parte da disciplina exigida de um postulante permanecer intensamente cônscio, a cada momento do dia, das condições quase insuportáveis do conflito cósmico entre a treva e a luz que transcorria, de modo inevitável, por trás do mundo da aparência.

Yashmeen, no jantar naquela noite, mal conseguiu conter um grito de reconhecimento quando ficou sabendo que no convento era proibido o consumo do feijão, uma regra pitagórica que, como ela se lembrava, também era observada pelos membros do P.A.T.A.C. Não demorou para que ela constatasse a existência de outros *akousmata* pitagóricos — o que constituía um forte argumento, pensava ela, em favor de uma origem comum para as seitas. Também não deixou de observar que o *hegumen*, o padre Ponko, tinha um Tetractis tatuado na cabeça.

Não foi difícil fazê-lo falar a respeito da Ordem. "A certa altura, Orfeu, que nunca se sentia à vontade numa história que não pudesse ser cantada, mudou de identidade, ou aos poucos fundiu-se com um outro semideus, Zalmoxis, que para alguns na Trácia era o único Deus verdadeiro. Segundo Heródoto, que colheu a informação entre os gregos que viviam em torno do mar Negro, Zalmoxis fora outrora um escravo do próprio Pitágoras, o qual, ao receber sua liberdade, terminou acumulando uma fortuna razoável, voltou aqui para a Trácia e tornou-se um grande professor de doutrina pitagórica."

Havia um ícone de Zalmoxis na igreja onde Yashmeen e Reef encontraram Cyprian após o culto vespertino, ajoelhado no chão de pedra, diante da iconóstase de madeira trabalhada, olhando fixamente para ela como se fosse uma tela de cinema em que aparecessem imagens móveis contando histórias que ele precisava acompanhar. Rostos sem sombras de Zalmoxis e dos santos. E dependendo de uma espécie de segunda visão, um conhecimento além da luz do que havia na própria madeira, o que se tinha o dever de libertar...

Yashmeen ajoelhou-se ao lado dele. Reef ficou em pé ali perto, com Ljubica no colo, balançando-a lentamente. Depois de algum tempo, Cyprian pareceu voltar à realidade cotidiana, iluminada pelas velas.

"Tens um ar tão devoto", ele sorriu.

"Ah, estás a troçar de mim."

Ele deu de ombros. "Estou só surpreso."

"De ver-me num sítio sagrado. Eu, uma mãe de família, uma pessoa tão trivial. Será que esqueceste a igreja lá de Krâstova Gora, onde eu soube não apenas que a criança seria uma menina mas também exatamente como seria seu rosto? Ajoelhei-me e recebi isso, Cyprian, e só espero que um dia ainda venhas a ter um momento de sabedoria que ao menos se aproxime desse meu."

Levantaram-se e saíram do nártex, eles três e Ljubica. Lá fora a escuridão se adensava, e havia um odor de murta no ar. "Quando vocês forem embora daqui", disse Cyprian em voz baixa, "não os acompanharei."

De início Yashmeen não percebeu o toque de quietude em sua voz, e julgando que ele estivesse zangado ia lhe perguntar o que ela havia feito quando Cyprian acrescentou: "Eu preciso ficar aqui, tu entendes?".

Embora não confiasse na própria voz a ponto de tentar falar, Yashmeen já sabia. Havia começado a sentir que ele se afastava no tempo em que iam de um a outro cassino na França, como se ele tivesse descoberto um caminho de volta, não para retornar a algo que já fora, e sim para reocupar uma vida que talvez tivesse esquecido ou na qual nunca tivesse reparado, embora estivesse ali o tempo todo à sua espera, e Yashmeen aos poucos foi se dando conta de que não poderia ir com ele, fosse qual fosse seu destino, percebendo impotente a cada dia que a distância aumentava pouco a pouco. Por mais esperanças que eles cultivassem. Se Cyprian estivesse sofrendo de uma doença grave, ela pelo menos reconheceria o fato e faria tudo que precisava fazer por ele, porém aquele afastamento vagaroso, como quem se perde aos poucos nos lodaçais do Tempo, em meio a miasmas malcheirosos, odores que atingiam a parte mais antiga do cérebro, invocando lembranças mais antigas que a atual encarnação de Yashmeen, havia começado, muito antes do nascimento de Ljubica, a derrotá-la.

"Talvez", disse Cyprian, com a delicadeza que lhe pareceu necessária, "Deus não exija sempre que vivamos a vagar. Não poderia ocorrer que em certos momentos haja uma... digamos, uma 'convergência' numa espécie de imobilidade, não apenas no espaço mas também no Tempo?"

Delicadeza à parte, Yashmeen levou a coisa para o lado pessoal. Sua condição de apátrida foi-se revelando a seus olhos como o movimento de um dia desde a alvorada até o meio-dia em que as sombras desaparecem, uma peregrinação em que seu único lar seria a rede de almas benfazejas que haviam escavado espaços debaixo de seus próprios lares precários para abrigá-la por uma ou duas noites. Pessoas que talvez nem sempre estivessem presentes quando Yashmeen precisasse delas.

Reef, por outro lado, achava que Cyprian havia apenas inventado mais uma maneira de se fazer difícil, e logo encontraria outra coisa. "Quer dizer que você resolveu virar freira. E... não vai ser preciso cortar nada fora, nada assim..."

"Eles me aceitam exatamente como a pessoa que sou", Cyprian disse. "Vou livrar-me dessas cansativas questões de gênero."

"Estás livre", especulou Yashmeen.

Cyprian quis se desculpar. "Sei que vocês contavam comigo. Mesmo se fosse apenas a minha presença corpórea, mais uma árvore no quebra-vento. Tenho a sensação de que caí e deixei-os todos expostos..."

"Sabe, você é tão esperto o tempo todo", disse Reef, "que fica difícil confiar nas coisas que você diz."

"Mais um vício britânico. Lamento isso também."

"É, mas aqui não dá pra você ficar, não. Ora, quer ser a Bernadete de Lurdes, tudo bem, mas não aqui. Sei que é o lugar que você escolheu e tudo o mais, mas, por favor, olha bem onde você está. Se tem uma coisa que eu sei fazer é prever quando uma briga vai começar. Não é telepatia não, é uma coisa profissional. Tem um excesso de Mannlichers nesse lugar."

"Ah, não vai haver guerra, não."

Como poderiam eles dizer: "Mas você não vê como seria impossível defender este lugar, não há uma linha de retirada, não há escapatória". Cyprian certamente já devia saber o que acontecia com os conventos em tempo de guerra. Especialmente ali, onde há séculos que se sucediam os massacres e retaliações. Mas isso era política balcânica. Ali, outras questões eram mais importantes.

"Eles adaptaram o $\sigma\chi\eta\mu\alpha$", Cyprian explicou, "o ritual de iniciação ortodoxo, às suas crenças, que são muito mais antigas. Na história órfica da origem do mundo, a Noite precedeu a criação do Universo, ela era filha do Caos, os gregos a chamam de $N\upsilon\xi$, e os antigos trácios adoravam-na como divindade. Pra um postulante dessa ordem, a Noite é nossa noiva, nossa amada, e tentamos nos tornar não uma noiva, e sim uma espécie de sacrifício, uma oferenda, à Noite."

"E nós" — Yashmeen fez uma pausa como se para permitir que o termo "ex--amada" ocorresse em silêncio — "vamos poder assistir? À tua cerimônia?"

"Pode demorar meses, talvez anos, pra isso acontecer. No rito oriental, faz-se a noviça cortar os cabelos, e com eles ela forma uma espécie de cinta, a qual passa a usar por debaixo do hábito, em torno da cintura, pra sempre. Ou seja, antes mesmo de me aceitarem como candidato devo primeiro deixar meus cabelos crescerem o bastante — e dada a largura de minha cintura no momento, isso pode levar algum tempo."

"Olha só o que ele está dizendo", disse Reef.

"É mesmo, Cyprian, tão vaidoso, e no entanto pretendes renunciar a esse tipo de coisa."

Ele agarrou com as duas mãos a gordura da cintura e encarou-a com um olhar duvidoso. "O padre Ponko admite que essa história dos cabelos compridos nada tem a ver com a consagração, na verdade — é mais pra nos dar tempo de pensar sobre o passo que pretendemos dar, pois não é pra qualquer um."

"Cortar os cabelos não é nada", anunciou o *hegumen* um dia para as postulantes reunidas, "em comparação com o Voto de Silêncio. Falar, para as mulheres, é uma forma de respiração. Renunciar à fala é o maior sacrifício que uma mulher pode fazer. Em breve vocês entrarão num país que jamais conheceram e que poucas podem imaginar — o reino do silêncio. Antes de atravessar essa fronteira fatal, cada uma de vocês tem o direito de fazer uma pergunta, uma apenas. Pensem bem, minhas filhas, e não percam essa oportunidade."

Quando chegou a vez de Cyprian, ele ajoelhou-se e sussurrou: "O que é que nasce da luz?".

O padre Ponko o observava com um olhar de tristeza desacostumada, como se houvesse uma resposta que ele não podia dar de modo algum, para não fazer com que se cumprisse alguma profecia terrível. "No século XIV", ele disse, cauteloso, "nossos maiores inimigos eram os hesicastas, contemplativos que pareciam budistas japoneses — ficavam sentados dentro de suas celas literalmente contemplando os próprios umbigos, aguardando a hora de serem envolvidos numa luz gloriosa que julgavam ser a mesma luz que Pedro, Tiago e João testemunharam na Transfiguração de Cristo no monte Tabor. Talvez também perguntassem a si próprios formas da sua pergunta, como uma espécie de *koan*. O que foi que nasceu *daquela* luz? Curiosamente, se lermos os relatos dos Evangelhos, todos os três enfatizam não um excesso de luz e sim uma deficiência — a Transfiguração ocorreu, no máximo, numa espécie de penumbra estranha. 'Veio uma nuvem e encobriu-os com sua sombra', para citar Lucas. Esses *omphalopsychoi* podem até ter visto uma luz sagrada, mas sua ligação com a Transfiguração é duvidosa.

"Agora é minha vez de lhe perguntar: quando algo nasce da luz, o que essa luz nos permite ver?"

O que o padre Ponko estava fazendo, como Yashmeen logo percebeu, era abordar a história da Transfiguração do ângulo do Velho Testamento. Ele não parecia ter nenhuma ilusão a respeito da religiosidade de Yashmeen, porém sempre estava disposto a conversar com incréus. "Conhece a ideia do Shekhinah — Aquilo que paira?"

Yashmeen fez que sim, pois os anos que passara com o P.A.T.A.C. lhe haviam fornecido uma base ampla, ainda que superficial, em matéria de Cabalismo britânico. "É o aspecto feminino de Deus." Com os olhos brilhando, ela lhe falou do *status* transcendente de que gozava em Chunxton Crescent a carta de número II dos Arcanos Maiores do Tarô conhecida como A Sacerdotisa, e das debutantes de Mayfair que apareciam nas noites de sábado cobertas por véus e com chapéus estranhos, sem a menor ideia do que tudo aquilo queria dizer — "Algumas achavam que tinha algo a ver com o movimento das sufragistas, e falavam vagamente em 'empoderamento'... alguns, principalmente homens, estavam interessados nas implicações eróticas de uma deusa judeo-cristã, e esperavam encontrar orgias, açoitamentos, trajes de couro negro reluzente, coisas assim, e portanto, para eles, todo o sentido da coisa se perdia numa espécie de névoa masturbatória".

"Um risco constante", concordou o padre Ponko. "Quando Deus oculta sua face, isso é parafraseado como a 'retirada' da sua Shekhinah. Pois é ela que reflete sua luz, uma lua em relação a seu sol. Ninguém pode suportar a luz pura, menos ainda vê-la. Sem ela para refletir, Deus é invisível. Ela é absolutamente essencial para que Deus possa atuar no mundo."

E da capela vinham vozes cantando o que o *hegumen* havia identificado como um cânone de Cosme de Jerusalém, do século VIII. Yashmeen ficou absolutamente imóvel no pátio, como se esperasse que o acesso de vertigem passasse, embora já tivesse compreendido que a vertigem de algum modo fazia parte daquele lugar, era uma condição de residência ali. Ela identificava naquele lugar o que o P.A.T.A.C. sempre pretendia ser, sem que jamais fosse mais do que uma teatralização daquilo. "Por falar em reflexo...", apanhou-se a murmurar.

A cada dia o tempo presente lhe parecia menos acessível, enquanto as postulantes andavam em torno de Cyprian, e ele era levado cada vez para mais longe dela, como se por uma onda que passasse através de um meio invisível, imponderável... E Ljubica, que contemplava a vida cotidiana do convento como se soubesse exatamente o que estava acontecendo, que vezes sem conta adormecera com a mãozinha agarrada num dos dedos de Cyprian, agora precisava encontrar outras maneiras de retornar com precisão ao que ela se lembrava dos reinos do ainda-não-criado.

O *hegumen* parecia reconhecê-la de uma metempsicose anterior. "O planeta lunado", disse o *hegumen*, "o elétron planetário. Se a autossemelhança parece ser uma propriedade intrínseca do universo, então talvez o sono seja, no final das contas, uma forma de morte — repetida numa frequência diária, e não geracional. E assim vamos e voltamos, como suspeitavam os pitagóricos, entrando e saindo da morte tal como fazemos nos sonhos, só que muito mais devagar..."

* * *

Sem dispor de recursos para manifestar seus sentimentos para Cyprian, Reef entregou-se a planejamentos práticos. "Estou pensando em seguir para o oeste, atravessar as montanhas, chegar à costa do Adriático. Tem águas termais, hotéis de luxo que você recomende?"

"Depende de até aonde estiveres disposto a ir em direção ao norte. Nunca fui a sul de Montenegro. Ah, talvez queiras levar isto consigo."

Era a Webley-Fosbery .38 que ele levava sempre desde os tempos da Bósnia.

Reef fingiu examinar a arma. "Uma bela peça. Tem certeza que não quer ficar com ela?"

"Pra quê? As Noivas da Noite não andam munidas de revólveres."

"Pois eu imagino um tipo de situação..."

"Mas, Reef." Pôs a mão no ombro do outro. "É justamente isso que não deves fazer." Os dois homens se entreolharam longamente, por um tempo que nenhum dos dois se lembrava de jamais ter olhado nos olhos do outro.

Cyprian foi com eles até o rio. No céu, nuvens já começavam a envolver o convento e a igreja, como se para lhes negar a possibilidade de mudar de ideia. A manhã parecia estar escurecendo, caminhando em direção a um equivalente balcânico da Transfiguração.

Yashmeen pôs Ljubica nas mãos de Cyprian, e ele segurou-a de modo cerimonioso e beijou-a ruidosamente na barriga, como sempre, e como sempre ela deu gritinhos. "Não te lembres de mim", ele aconselhou-a. "Deixa essas histórias de lembranças todas por minha conta." De volta aos braços de Yash, ela sorriu-lhe um sorriso tranquilo, e ele se deu conta de que só lhe restavam uns poucos minutos antes que o arrependimento o obrigasse a cometer algum tipo de erro. "Cuidem-se. Tentem evitar a Albânia."

Como se possuída por alguma coisa muito antiga, Yashmeen gritou: "Por favor — não olhes para trás".

"Eu não pretendia fazê-lo."

"Estou a falar sério. Não faças isso. Eu te imploro, Cyprian."

"Senão ele há de levar-te lá pra baixo, não é? Pra América."

"Sempre fazendo piada", Reef com um riso vazio.

E nenhum deles olhou para trás, nem mesmo Ljubica.

E Cyprian foi levado para trás de uma grande porta sem ecos.

Durante alguns dias, Reef e Yashmeen mergulharam cada um na sua dor pessoal, não conseguiam sequer falar sobre o assunto. Reef parou de procurar botequins interessantes, e quando a noite descia e a luz cinzenta caía como cinza fina, ele ficava sentado, de coração partido, de preferência dentro de casa, à janela, por vezes segurando o bebê. Imersa em seu vácuo parcial, Yashmeen não sabia o que fazer para alegrá-lo.

"Eu não esperava por essa", Reef disse por fim, "mas imagino que você já sabia."

"Não fomos nós", ela respondeu. "Nada que tenhamos feito. Nada que devêssemos ter feito."

"Só não vem me dizer que é porque ele ama a Deus mais que a nós."

"Não, pois não acredito nisso." Ela estava prestes a chorar.

"Quer dizer, Deus normalmente não vem e dá uma dentada no traseiro de ninguém, mas se ele *fizesse*, bem —"

"Reef. O Cyprian nos amava. Ainda nos ama."

Nenhum dos dois via sentido em ir para a costa do mar Negro. Deram meia-volta e seguiram para o oeste. Uma noite, Reef chegou e encontrou Yashmeen arrasada, sentada junto de uma pilha de roupas que Cyprian havia abandonado, pegando peça por peça. "Posso fingir que sou ele pra ti", ela disse, não tão alto que acordasse Ljubica, a nota de esperança em sua voz forte demais para que ele soubesse como reagir. "Posso usar as roupas dele, as calças, e tu podia arrancá-las, tomar-me pelo cu e foder-me pela boca, e imaginar que ele..."

"Querida... por favor... Isso não ia adiantar..." Ele próprio quase em lágrimas também, se você quer mesmo saber.

Reef começara a segurá-la com uma ternura que antes Yashmeen só vira nele quando segurava Ljubica. Não sou a filha dele, ela protestava, mas só em pensamentos, ao mesmo tempo que o abraçava com mais força.

Partindo da planície da Trácia, subiram o Ródope e depois os montes Pirin, rumo à Macedônia. Havia dias em que a luz era implacável. Uma luz tão saturada de cor, levada a um tal ponto de tensão, que não se podia suportá-la por muito tempo, como se fosse perigoso estar num descampado cheio de uma luz como aquela, como se quem fosse exposto a ela estivesse prestes a ser levado por ela, senão para a morte, então para alguma transformação ao menos tão severa quanto a morte. Uma luz assim tem de ser recebida com discernimento — um excesso dela, de modo demasiadamente constante, esgotaria a alma. Atravessá-la era lutar contra o tempo, o fluxo do dia, o momento de escuridão arbitrariamente atribuído. Às vezes Reef se perguntava se alguém não teria detonado a tal *Interdikt* no final das contas, e se aquilo não seria o resíduo dela...

Em meados de outubro, após declarar guerra à Turquia, divisões dos exércitos sérvio, grego e búlgaro invadiram a Macedônia, e no dia 22 o combate entre sérvios e turcos já estava pesado em torno de Kumanovo, ao norte. Nesse ínterim, forças búlgaras avançavam para o sul, em direção à fronteira da Turquia e Adrianópolis, que ficava logo do outro lado.

Cada dia apresentava a Reef, Yash e Ljubica um leque de opções cada vez mais estreito, pois o movimento de exércitos os obrigava a seguir para o oeste e para o sul. Havia boatos por toda parte, e uma tempestade de informações terríveis, não substanciadas, ouvidas nas esquinas e nas fontes... "Foi a fim de impedir isso que nos enviaram pra cá", disse Yashmeen. "Isto quer dizer que fracassamos, e nossa missão está encerrada."

"Nossa missão agora é cair fora daqui", concluiu Reef. Começou a passar algum tempo todas as manhãs em qualquer *mehana*, encruzilhada ou outro lugar onde houvesse gente reunida, tentando recolher notícias e calcular a direção em que era mais seguro seguir. "O problema é que eles estão vindo de todos os lados, os sérvios do norte, os gregos do sul, os búlgaros do leste. Tem turco fugindo pra todo lado, isso não deve durar muito, mas não está fácil."

"Então é melhor seguirmos pro oeste."

"Não tem outra saída. É ficar tentando se enfiar entre um exército e o outro. Aí, se der pra chegar lá, a gente se preocupa com a Albânia."

Os combates estavam afastando-se deles em uma linha oblíqua, a partir de Filipópolis, em direção à fronteira turca e Adrianópolis. Os três seguiam lentamente para o sul, no vácuo parcial, atrás do segundo exército de Ivanov, que estava à direita do avanço geral.

Penetraram na Macedônia. Agora até os corvos estavam em silêncio. Seguindo para o oeste, passando por Strumica e Valandovo, encontraram os pomares de romãs cheios de refugiados, e continuaram a seguir pelo vale do Vardar, e mais a região vinícola de Tikveš, onde a colheita acabara de ser feita.

Segundo os boatos, os sérvios haviam derrotado os turcos em Kumanovo, porém não haviam tirado proveito de sua vantagem. O campo estava cheio de soldados turcos desgarrados de suas unidades ou fugindo, todos com expressões de profunda tristeza, muitos deles feridos, alguns moribundos. Dizia-se que Monastir era um objetivo dos sérvios agora, o que significava que haveria combates para os lados do oeste também.

Reef começou a recolher armas onde quer que as encontrasse, armas de guerra e de caça, Mausers e Mannlichers bem como peças mais antigas, algumas com inscrições em árabe ou com os detalhes em chifre de alce ou marfim de javali, munições de todos os calibres, de 6,5 a 11 mm, por vezes encontradas em acampamentos abandonados, cada vez mais tiradas dos mortos, que apareciam em números crescentes, como imigrantes chegando a uma terra onde eram temidos, hostilizados e impiedosamente explorados.

À medida que a paisagem se tornava mais e mais caótica e assassina, aumentava o volume dos rios de refugiados. Mais uma fuga apressada, assustadora, daquele tipo que, em sonhos coletivos, em lendas, é lembrada de modo distorcido, reimaginada, transformando-se em peregrinação ou cruzada... o terror negro por trás dela transmutando-se numa esperança luminosa no futuro, a esperança tornando-se uma ilusão popular, talvez um dia nacional. Invisível, escondida no mais fundo dela, permaneceria a escuridão antiquíssima, terrível demais para se encarar, viva, emergindo disfarçada, vigorosa, malévola, destrutiva, inextricável.

"Tem combate à nossa frente agora, por isso é melhor a gente seguir com cuidado", relatou Reef. A cada dia aproximavam-se mais do horizonte do inimaginável. Toda a Europa talvez estivesse em guerra agora. Ninguém sabia.

Quando Ljubica pela primeira vez ouviu explosões vindas das montanhas a noroeste, entre Veles e Prilep, ela, embora não estivesse dormindo, pareceu despertar do estado de vigília, arregalando os olhos, e soltou um riso que, "Se fosse uma criança mais velha", a mãe tentando não se ofender muito, "dir-se-ia *às bandeiras despregadas*."

"Puxou do avô", Reef concordou, "filha da dinamite. Na massa do sangue."

"É bom ver vocês dois a divertir-se. Podíamos tentar não nos envolver em nada disso?"

Uma grande batalha estava tomando forma, e Reef, Yash e Ljubica estavam por acaso seguindo para a retaguarda do conflito. Juntaram-se a multidões em marcha pelas planícies, passando por entre valas cheias de água estagnada, carroças sendo puxadas e empurradas pelos filhos mais moços, cheias de móveis que terminariam sendo queimados como lenha à medida que os dias fossem esfriando e o terreno se tornando mais elevado, cães envolvidos em negociações infindáveis a respeito do que podia e do que não podia ser atacado, formando matilhas temporárias para cercar carneiros desprotegidos, dispersando-se quando chegava o cão pastor do rebanho. Peças de artilharia Krupp trovejavam ao longe, velhas corocas zanzavam pelas encostas, aves de rapina patrulhavam o céu o tempo todo.

Derrotados em Kumanovo, três destacamentos do exército turco fugiram para o sul, em direção à cidade fortificada de Monastir, um dos últimos bastiões turcos na Europa, perseguidos pelo Primeiro Exército Sérvio, que tinha ordens de massacrá-los. Enquanto a Sexta Unidade ia diretamente a Monastir, a Quinta e a Sétima foram enviadas para as montanhas imediatamente ao norte para enfrentar e tentar deter o avanço das forças sérvias que desciam via Kičevo e Prilep. Houve então combates na serra, principalmente no passe de Babuna, perto de Prilep.

Uma manhã, assim que o dia raiou, eles despertaram no meio de um tiroteio como quase ninguém na região jamais tinha visto, algo que ninguém teria esperado naquele mundo de armas antiquadas, com sistema de culatra. Em meio ao pipocar desesperado de Mauser contra Mauser, uma coisa nova sobre a Terra. Metralhadoras, a guerra do futuro. Madsens russas e umas poucas Rexers montenegrinas. Era a devastação e a queda final do projeto otomano, séculos de presença turca na Europa, as últimas praças fortes caindo uma a uma...

"O que é isso?", ela sussurrou, apertando o bebê contra o peito.

"Nada, só umas abelhas, amor", Reef com aquele sorriso maroto que, ao que parecia, jamais o abandonava. "Abelhas sérvias. Mas não deixa de manter a cabeça abaixada."

"Ah", entrando na brincadeira, mesmo porque não tinha outra opção no momento, "só isso." Ljubica tremia, mas parecia decidida a não chorar.

"Você está com aquela Webley aí à mão, não está?" Tentando não gritar alto demais. Só se eles chegarem muito perto, ele tinha dito quando ela lhe entregou a arma. Fora isso, estamos bem. E dessa vez eles chegariam muito perto?

Soldados passavam correndo, aos gritos. Se gritavam de terror ou davam gritos de guerra, se eram sérvios ou turcos, ninguém estava lá fora para olhar e ver.

Obuses começaram a cair a pouca distância dali. Não era um bombardeio cerrado, porém bastaria um no lugar certo.

"Quando eles acertarem a linha e o comprimento", ela disse, "talvez tenhamos que ir embora."

"Você quer dizer", corrigiu Reef, "'distância e direção', amor."

"Um termo de críquete", ela explicou. "Joguei um pouco lá em Girton, um milhão de anos atrás. Meu sonho secreto sempre foi jogar numa equipa de nômades como I Zingari..."

Eles haviam adotado a prática de ter conversas leves como essa em momentos de perigo. Era discutível que aquilo enganasse Ljubica por um minuto que fosse, porém mantinha Reef e Yash ocupados. Como os passos terríveis de um anjo invisível, as explosões aproximavam-se mais e mais. Por fim, podiam ver os projéteis, subindo e descendo numa queda lenta e íngreme no outono monocrômico, caindo sempre com um grito áspero e estridente. Até que um explodiu tão perto deles que todos os ruídos letais daquele dia se reuniram e se concentraram em uma única fração de segundo, e Ljubica mudou de ideia e começou a chorar, soltando-se do abrigo da mãe para encarar o que quer que fosse aquilo, gritando não de medo, mas de raiva. Fascinados e atônitos, os pais ficaram olhando para ela. Levaram um minuto para compreender que as rajadas de metralhadora haviam cessado. Ainda continuava a haver explosões, porém agora bem mais longe.

"Mas você é uma caixinha de surpresas, hein?" Reef pegando Ljubica e, com uma ternura calibrada, beijando seus olhos que choravam. "As abelhas foram embora, menina." Quando o silêncio se instaurou, ele teve uma ideia. "Volto já." Saiu na direção de onde tinham vindo os disparos de metralhadora. Ljubica franziu a testa e acenou com o braço, articulando um "Ah?" interrogativo.

"As necessidades do teu pai são simples", explicou Yashmeen, "e por isso eu não me espantava se... ora, exatamente o que eu pensava. Veja o que o papá trouxe."

"Um milagre", disse Reef. "Inteirinho." Tinha na mão um fuzil de aparência estranha, com um cano que parecia bem mais largo do que o normal, mas que logo constataram ser uma perfuração por onde entrava ar para refrigerar a arma. "Senhoras e senhores, eis uma metralhadora Madsen. Tenho ouvido falar nela há um bom tempo. Todas as divisões de cavalaria russas levavam essas peças, mas depois eles resolveram se livrar delas, e muitas foram parar no mercado aqui, principalmente em Montenegro, onde eles chamam de Rexer. Olha só. Quinhentos disparos por minuto na posição automática, e quando o cano fica quente demais..." Exibiu um segundo cano, desatarraxou o primeiro e o substituiu. Havia conseguido também um certo número de pentes em forma de quarto de círculo, cada um contendo quarenta tiros.

"Estou feliz por ti, é claro", disse Yashmeen.

"Ah, e tem mais." Em algum lugar naquele campo coberto de cinzas, em meio aos cadáveres, o sangue, a fumaça de cordite e fragmentos de aço, ele havia encontrado um trecho com flores silvestres, e assim entregou um pequeno buquê a cada uma delas. Ljubica imediatamente começou a comer as suas, e Yash ficou olhando para Reef até seus olhos se encherem d'água, quando então os enxugou com a manga.

"Obrigada. Melhor irmos embora."

De vez em quando, nas semanas seguintes, ficavam a perguntar-se — embora nunca achassem hora de conversar sobre isso — se a permissão que haviam sentido quando Cyprian estava com eles, a liberdade de agir de modo extraordinário, fora consequência de estarem vivendo num mundo prestes a abraçar seu próprio fim — algo mais semelhante à liberdade do suicida que à do espírito livre.

O inverno se aproximando. A guerra, imprevisível, por toda parte. Muitas vezes buscavam abrigo nas cabanas de colmo provisórias dos Sarakatsàni, pois eram essas pessoas sem país, sem cidade natal, sem moradia fixa, os nômades da península, que os conduziam até lugares seguros, que repartiam com eles comida, fumo e lugar para dormir. Yashmeen deu-lhes alguns dos potes de compota de rosas que Zhivka preparara para eles, e que milagrosamente haviam chegado até lá sem se quebrar, e em troca eles lhe deram uma armação de madeira para transportar bebês que se prendia com correias às costas, e ela e Reef se alternavam carregando Ljubica. A menina seguia empoleirada no alto como uma sentinela, chamando a atenção dos pais para cavaleiros, cães pastores e carneiros, gotas de chuva... com o acompanhamento obstinado de cavalaria e artilharia de campanha, flanqueando, perseguindo. Por fim chegaram ao passo de Bokuvo e desceram no Ohrid, costeando o lago de águas pálidas encrespadas pelo vento, passando por entre telhados vermelhos, acácias e ruelas, os ruídos de aldeia, que não incluíam o pipocar de armas, tão bem-vindo quanto o silêncio. Desertores turcos dormiam na praia, frequentavam as mesquitas, trocavam armas por cigarros.

Quarenta mil turcos haviam estado em Monastir, soldados treinados pelos alemães sob o comando do lendário Liman von Sanders, cujos planos incluíam enviar suas criaturas assassinas para a Ucrânia quando chegasse a hora de lutar contra a Rússia. Eles intimidavam só pelo fato de terem aprendido as artes do massacre com os alemães. Mas agora os sérvios sabiam que podiam derrotá-los.

Olharam para o outro lado do lago, para os picos negros das montanhas, já cobertos por um pouco de neve. Abrira-se uma fenda nas nuvens, e por ela jorrava luz numa torrente vertical, rasgando todas as imagináveis tonalidades de cinza que habitavam o céu, como se apresentando ao dia uma abundância de opções jamais vista antes.

"É a Albânia", disse Yashmeen. Cyprian lhes dissera para evitar a Albânia. Era o que todos faziam. Não que as pessoas não fossem simpáticas e hospitaleiras como sempre, mas havia uma espécie de revolução ocorrendo no norte, contra os turcos, os gregos tinham invadido e ocupado o sul, e boa parte dos combates era informal, com fuzis de longo alcance. "Se calhar, há uma estrada pavimentada em algum lugar, mas ela fatalmente há de nos levar para o meio da guerra."

"Deixa eu ver. Inverno nas montanhas, sem mapa, todo mundo atirando em todo mundo."

"É mais ou menos isso."

"Que diabo, vamos lá."

Antes de dar partida, ao longo da beira do lago, como se estivessem ali de férias, compraram cartões-postais ilustrados com cenas da Guerra, e selos com inscrições em duas ou três línguas, para não falar nos alfabetos turco e cirílico, com carimbos em caracteres latinos. Algumas das fotos mostravam cenas terríveis de massacre e mutilação, reproduzidas não em simples preto e branco, mas em tons variados de verde, aliás um verde bem fluorescente — crateras de obuses, homens sem braços e pernas em hospitais de sangue, canhões gigantescos, aviões voando em formação... Eles postaram os cartões-postais, com a total convicção de que nenhum deles chegaria a seu destinatário, para Yz-les-Bains, Chunxton Crescent, o Magro de Gabrovo e Zhivka, Frank e Mayva nos Estados Unidos, Kit Traverse e Auberon Halfcourt, o Hotel Karim, Kashgar, o Turquestão chinês.

Na extremidade sul do lago, desceram uma picada até o Sveti Naum e entraram na Albânia. Havia um tráfego implacável nos dois sentidos, refugiados maometanos expulsos de suas casas na Albânia pelos invasores gregos, e sobreviventes turcos da derrota em Monastir fugindo para o sul em direção ao forte de Yanina, o derradeiro reduto do Império Otomano na Europa e o único lugar seguro para eles ali no Épiro. Os guardas do portão, quando davam atenção a alguém, era só para dar de ombros e deixar que todos entrassem. Entre outras coisas, já nem sabiam mais para quem teriam de prestar contas.

Reef, Yash e Ljubica haviam penetrado um teatro de guerra onde todo mundo atirava em todo mundo, não sempre por motivos que os alvos compreendessem muito bem, embora estar puto da vida fosse uma motivação suficiente para qualquer um, ao que parecia.

Caíram numa emboscada, perto de Pogradeci, na estrada de Korça, montada por um bando de soldados irregulares, meia dúzia no máximo, Reef calculava, se bem que a distinção entre guerrilheiros e salteadores havia se tornado, por ora, sem sentido.

"Tapa os ouvidos do neném um pouquinho, meu amor, que eu estou precisando de praticar um pouco de tiro ao alvo", Reef colocando um pente dentro da Madsen e, depois de proteger todo mundo atrás de umas pedras à beira-estrada, murmurando algo assim como "Até que enfim", começou a disparar na modalidade semiautomática, mas logo, à medida que os criminosos, entre impropérios, foram se dispersando, Reef, sentindo que o apelo da barra para a troca de cano à frente do guarda-mato tornava-se irresistível, entrou no domínio dos quinhentos disparos por minuto, e antes que ele pudesse dar um grito de júbilo o pente esvaziou-se, sem que o cano sequer tivesse esquentado, e os desconhecidos, fossem quem fossem, pareciam ter ido embora.

"É isso que ele sabe fazer melhor, é claro", Yashmeen murmurou, como se para Ljubica.

Um pouco mais adiante na estrada, cruzaram com um destacamento do exército grego que estava indo investigar o tiroteio rápido que eles tinham a impressão de ter ouvido. Desde o início da guerra havia tropas gregas por toda parte no sul da Albânia, que os gregos chamavam de Épiro, como parte de uma concepção da Grécia mais abstrata do que o lugar onde ficassem seus lares e suas famílias. Reef, que havia escondido a Madsen com todo o cuidado, deu de ombros e fez gestos largos na direção em que os bandoleiros haviam fugido, e em pouco tempo obteve um maço de cigarros e uma carona num vagão de abastecimento até Korça, que estava sob ocupação grega.

Após passarem a noite tiritando numa barraca em farrapos, levantaram-se cedo e saíram no frio do amanhecer, seguindo viagem. Depois de Erseka começaram a subir os montes Gramoz, as faias nuas de folhas e os ventos cada vez mais fortes, os picos hibernais brilhando desolados como os Alpes, e do outro lado a Grécia, onde eles eram chamados de montes Pindo.

Quando o sol já se punha, encontraram numa fazenda um galpão que parecia abandonado, mas quando Reef voltou depois de recolher lenha encontrou Ljubica sentada ao lado de um dos cães pastores selvagens e mal-humorados conhecidos na Macedônia como *šarplaninec*.

Os cães da região eram famosos por morder antes de latir — Cyprian insistira muito nesse ponto — e no entanto lá estava Ljubica, muito sociável, falando pelos cotovelos em seu idioma pessoal, enquanto o bicharoco, que mais parecia um urso felpudo de pelos castanhos e louros, com uma cara até simpática, escutava-a com muito interesse. Quando Reef se aproximou, os dois viraram suas cabeças para encará-lo, de modo educado porém claramente com intenção de alerta, o cão erguendo as sobrancelhas e estalando a língua, o que alguém uma vez, no tempo dos túneis, dissera a Reef que significava "não" em albanês.

"Está bem, está bem." Reef foi recuando devagar pela porta afora.

Só muitos anos depois ele saberia que o nome do cão, aliás cadela, era Ksenija, e que era companheira íntima de Pugnax, cujos companheiros humanos, os Amigos do Acaso, vinham mantendo vigilância, invisíveis porém atentos, sobre os movimentos da família de Reef na península balcânica. A tarefa de Ksenija àquela altura era guiar todos para um lugar seguro sem parecer que era isso que estava fazendo.

Assim, no dia seguinte Reef estava na estrada, atuando como patrulha avançada, Yash e Ljubica estavam em seu abrigo no vale, quando de algum lugar ele sentiu um cheiro de fumaça de madeira e ouviu burros, e de repente viu-se sob a mira de três albaneses. "Ora, *tungjatjeta*, pessoal", Reef tentando lembrar-se do albanês que aprendera nos túneis e exibindo seu sorriso encantador de mil e uma utilidades.

Os albaneses também sorriam. "Eu fodo a sua mãe", saudou-o primeiro deles.

"Eu fodo você, depois fodo a sua mãe", disse segundo.

"Eu primeiro mato você e sua mãe, depois fodo os dois", disse o terceiro.

"Vocês normalmente são tão... simpáticos", disse Reef. "O que houve?" Em seu cinto havia uma enorme Gasser onze milímetros montenegrina, porém ele tinha consciência de que não era a hora apropriada de tentar sacá-la. Os homens levavam fuzis Mannlicher de um modelo mais antigo e um Gras, provavelmente todas elas armas recolhidas de cadáveres de gregos. Deu-se uma pequena discussão, e Reef tinha a vaga ideia de que estavam tentando decidir qual dos três atiraria nele, embora ninguém parecesse muito ansioso por fazê-lo, uma vez que, imaginava ele, a munição andava escassa, especialmente para o Gras, onze milímetros tal como sua pistola, que talvez fosse a única coisa que eles de fato queriam. Assim, teria de ser um dos Mannlichers. Os homens agora estavam procurando na lama pedaços de palha para tirar a sorte. O abrigo mais próximo era uma vala com a berma dez metros à sua direita, mas então Reef viu um reflexo de luz num cano de fuzil que lá estava, e em seguida mais dois. "Ih", ele exclamou, "pelo visto já estou mais do que morto. Como é que se diz isso mesmo, *një rosë vdekuri*, não é?"

Isso lhe valeu um minuto e meio de tempo extra, o que acabou sendo exatamente o necessário, pois uma voz em algum lugar começou a chamá-lo pelo nome, e logo uma figura alta e magra saiu de trás de um muro de pedra.

"Ramiz?"

"*Vëlla!* Irmão!" Ele correu até Reef e abraçou-o. "Este é o americano que salvou minha vida lá no túnel na Suíça!"

Os três homens armados pareceram ficar desapontados. "Isso quer dizer que a gente não pode atirar nele?"

"Eu pensava que a essa altura você já estava nos Estados Unidos", Reef disse.

"Minha família. Como eu poderia ir embora?" A aldeia, Reef ficou sabendo, era habitada por refugiados de todo o país, norte e sul, alvos de vendetas que, não aguentando continuar prisioneiros em seus próprios lares, concluíram que fundar uma pequena aldeia onde todos ficariam juntos seria a melhor maneira de ter um pouco mais de espaço para se movimentar, respeitando ao mesmo tempo o Kanun de Lekë Dukagjin. Uma comunidade baseada na suspensão da vingança.

"Você teve sorte", disse Ramiz, "normalmente os forasteiros não chegam tão perto."

"Estou só procurando um lugar seguro para passar umas duas noites", explicou Reef, e falou-lhe sobre Yash e Ljubica.

"Loucura sua vir pra cá, tem muito grego à solta nesses morros." Serviu *rakia*. "*Gëzuar!* Traga as duas pra cá! Temos muito espaço!"

Quando Reef voltou para a aldeia com Yash e Ljubica, estava começando a nevar, e passaram os próximos dias isolados ali pela neve. Quando se tornou possível seguir viagem, ele sabia mais um pouco do dialeto Tosk e havia aprendido a tocar "Jim along Jo" na clarineta, pois ali cada um tinha no mínimo uma clarineta, os homens se reuniam à noite após a ceia com seus instrumentos para ficar tocando música a três vozes e bebendo *rakia*.

Reef e Yashmeen viriam a dar por si colocando-se como anteparos para a neve que descia sobre eles, com uma persistência solidária tão inquestionável que nenhum dos dois a encarava como honrosa, muitas vezes de costas para o vento, altos, silenciosos, curvados sobre seus próprios corações, sobre a pequena vida que se tornara seu dever, um dever não imposto, que simplesmente havia emergido nas voltas do destino dos dois, proteger — e não apenas, pelo visto, da tempestade, porque mais tarde, abrigados por um momento, em Përmeti ou Gjirokastra, os dois lembraram ter sentido a presença de uma força consciente, envolvida numa busca, que não era a tempestade, nem o inverno, nem a promessa do prolongamento daquela situação por sabia-se lá quanto tempo... porém uma outra coisa, uma coisa malévola e muito mais antiga do que o território ou qualquer raça que tivesse passado por ali numa peregrinação impensada, alguma coisa que engolia por inteiro e depois cagava no olvido o que quer que estivesse ao alcance de sua fome.

Reef outrora fora famoso por todo o Colorado como o pescador mais azarado a oeste do divisor de águas, mas naquela viagem levava um anzol adquirido em Yz-les--Bains, e de vez em quando mergulhava-o na água, e de algum modo, contrariando todas as expectativas, mais ou menos dia sim, dia não, conseguia tirar uma espécie de truta do rio. A neve vinha e ia embora, mas quando ia embora virava chuva, uma chuva gelada e terrível. Num raro dia de sol, perto de uma cidadezinha no vale do Vjosa, ele e Yash se permitiram relaxar por um momento para apreciar a vista.

"Eu ficava aqui a vida toda."

"Isso não me parece conversa de nômade."

"Mas olha só." Uma bela paisagem, pensava Reef, uma dúzia de minaretes erguendo-se ao sol por entre as árvores, um riozinho cujo fundo dava para se ver atravessando a cidade, a luz amarela de um café ao pôr do sol que talvez eles viessem a frequentar regularmente, os cheiros e os murmúrios e a certeza antiquíssima de que a vida, por mais que de vez em quando se reduzisse à arte de agir como uma presa inteligente, era preferível à praga de águias que começava a tomar conta da terra.

"Isso é que é o pior de tudo", disse Yashmeen. "É tão belo."

"Espera só até você ver o Colorado.

Ela olhou para ele, e após uma ou duas batidas do coração ele olhou para ela. Ljubica, que naquele momento estava nos braços de Reef, apertou o rostinho contra o peito do pai e ficou olhando para a mãe como sempre fazia quando percebia que Yash estava prestes a começar a chorar.

Depois que atravessaram Gjirokastra, começaram a descer a serra em zigue-zague por uma longa estrada que terminava no mar Adriático — misturando-se, em parte do itinerário, com turcos que ainda seguiam para o sul. Havia um cessar-fogo em vigor, combinado por todas as partes em conflito, menos a Grécia, que continuava tentando tomar Yanina, o último bastião turco no sul. Àquela altura, metade do exército turco estava morto, ferido ou prisioneiro, e os restantes corriam em desespero rumo a Yanina. Reef lhes deu os cigarros que ainda lhe restavam. Era tudo o que ele tinha. Guardou um ou dois, talvez.

Por fim chegaram ao passo de Muzina, e logo em seguida viram o mar, e as casas caiadas que subiam a partir da curva pronunciada do pequeno porto de Agli Saranta.

Já na cidade, com uma tempestade de chuva hibernal lá fora, a qual no alto da serra, eles sabiam, seria neve, com Ljubica adormecida envolta em pele de lobo, eles tinham a impressão de que continuavam em movimento, transportados por algum veículo invisível, seguindo um caminho torto e complicado, interrompido aqui e ali por paradas em lugares semipúblicos como aquele, cheios de camadas de fumaça rançosa de cigarro, discussões políticas sobre questões obscuras — uma sensação azulada de confinamento, tendo como única vista por uma janela o porto, e além dele o mar furioso.

Encontraram um capitão de pescadores que topou levá-los até Corfu da próxima vez que saíssem ao mar, e deixá-los na cidade. Com um vento norte gélido descendo das montanhas, agitando as águas do estreito perigoso, por estar na cheia, seguiram para o sul pelo canal, o vento vindo de bombordo. Reef, que não era marinheiro, passou todo o tempo vomitando, muitas vezes contra o vento, ou porque não se importava ou porque não conseguia esperar. Quando chegaram a sota-vento de Pantokratoras, o vento amainou, e menos de uma hora depois chegaram por fim ao porto seguro de Corfu, onde a primeira coisa que fizeram foi ir à igreja de são Espiridião, padroeiro da ilha, para acender velas e dar graças.

Lá ficaram o resto do inverno, e quando chegou a primavera com um sol radiante, na esplanada central houve uma partida de críquete com um time visitante de Levkas, todos de branco, nada de treva ou sangue era imaginável, durante toda a duração daquela partida abençoada... Ljubica soltando uma exclamação em demótico de bebê viajante cada vez que o taco e bola entravam em contato. Ao final do jogo, do qual Reef pouco conseguiu entender, nem mesmo quem tinha ganhado, os jogadores de Levkas deram a cada um de seus adversários um dos famosos salames apimentados da ilha.

Persistindo por trás de todos os pronunciamentos materiais do mundo, os Compassivos nesse ponto tomaram medidas no sentido de restabelecer o contato com Yashmeen. Como se a missão nos Bálcãs nada tivesse a ver com campos minados secretos dos austríacos, e sim com a transformação de Cyprian numa noiva da Noite, e o nascimento de Ljubica durante a colheita das rosas, a chegada de Reef e Yashmeen com a filha, sãos e salvos, em Corfu — realizando desse modo, com sucesso, a missão "verdadeira", em relação à qual a outra, com minas e tudo, era o que os Compassivos costumavam chamar de uma metáfora — um dia, quando Yashmeen e Ljubica estavam num café da Esplanada, apareceu Auberon Halfcourt com uma garrafa de gengibirra, vindo apressado num fiacre como se tivesse hora marcada... Foi sua neta a primeira a vê-lo, tendo reconhecido o cavalo, o qual, tal como os outros cavalos dali, usava um chapéu de palha com furos para as orelhas.

Após uma rodada de beijos formais, Halfcourt sentou-se.

"Mas o que é que o pai está a fazer em Corfu?" Yashmeen, sorrindo espantada.

"Estou a esperar por ti." Empurrou em sua direção um cartão amassado.

"O meu cartão-postal. O pai o recebeu?"

"Um dos russos que estavam sempre a ler minha correspondência desde que cheguei a Kashgar achou que isto era mais importante do que qualquer coisa que o governo de Sua Majestade tivesse a me dizer. Enviaram-me um cabograma na mesma hora." Ela havia escrito: "Esperamos chegar ao Adriático".

"Ou seja, seria aqui ou então em Durazzo, mas como Durazzo tornou-se recentemente *casus belli*, não havia nada a fazer senão entrar em transe e invocar os antigos poderes intuitivos, não é mesmo? E deu Corfu."

"Ah, e isto" — indicando com um gesto as arcadas parisienses, aquele paraíso verdejante e bem abastecido de água — "nada teve a ver com a coisa."

Ficaram tomando *ouzo* no lusco-fusco. Do velho forte veneziano veio o som do disparo que assinalava a hora do entardecer. As brisas agitavam os ciprestes e as oliveiras. Corfiotas perambulavam pela rua.

"Voltar a ver-te", disse ele, "antes me parecia que havia de ser um desses momentos de entrega ao destino, com uma consequência desagradável garantida. Mesmo assim, eu não via a hora." Não se encontravam desde antes de 1900. Quaisquer que fossem os sentimentos dele, os dela estavam menos em conflito do que ampliados. Seu amor por Ljubica sendo impenetrável e indivisível como um número primo, os outros amores deviam necessariamente ser reavaliados. Quanto a Halfcourt: "Não sou mais quem eu era", disse ele. "Lá eu era um escravo da ganância e da força. Um mordomo. Um cozinheiro. O tempo todo acreditando ser um militar profissional. O único amor que me permitiam era impossível de distinguir do comércio. Estavam a destruir-me, e eu não o percebia."

"O pai renunciou a seu cargo?"

"Melhor ainda. Desertei."

"Papá!"

"Melhor *ainda*", ele prosseguiu, ganhando uma espécie de ímpeto alegre e sereno, "eles julgam-me morto. Graças a meu colega russo, o Volódia, estou também com os bolsos forrados, por conta duma transação com jade — o mineral com o mesmo nome que tu, minha querida — que há de um dia ser considerada lendária. Podes encarar-me como o homem que quebrou a banca em Monte Carlo. E..."

"Ah, eu sabia que havia mais." Sentia-se certa de que ele estava profundamente envolvido com uma mulher.

Como se tivesse lido os pensamentos da filha, o velho desertor exclamou: "E não é que ela está a vir agora mesmo!".

Yashmeen virou-se e viu, descendo a esplanada, minimizada pela própria sombra projetada pelo sol poente, uma pequenina asiática toda de branco, acenando para eles.

"Aquele gajo americano que levou tua carta até Kashgar foi quem nos apresentou. Encontrei-me por acaso com ele no ano passado em Constantinopla, trabalhando num bar. E lá estava Umeki. Ah, sim, minha berinjelazita japonesa."

De fato, era a própria Umeki Tsurigane, que estava servindo na embaixada japonesa em Constantinopla como "adida matemática", numa missão misteriosa a mando da cúpula técnica de seu país, quando uma noite por acaso entrou no bar do Deux Continents, e lá estava Kit Traverse à frente de um espelho que ia de uma parede à outra, agitando o conteúdo de uma coqueteleira de prata.

"Você era pra ter morrido de vergonha."

"Estou fazendo o possível", Kit colocando um copinho de aguardente e um de cerveja à frente dela. "Uísque e cerveja como de praxe, *mademoiselle*?"

"Não! Coquetel de champanhe! Hoje isso é mais apropriado!"

"Vou tomar um também."

Talvez Kit tivesse intenção de fazer perguntas a respeito da arma Q e do evento de Tunguska e por aí afora, e durante o primeiro drinque e os primeiros goles do segundo tudo levava a crer que os velhos tempos estavam voltando, só que Auberon Halfcourt apareceu então, em sua rota de fuga clandestina da Rússia, e "Não sei o que aconteceu", ela contou a Yashmeen. "Fiquei fascinada!" E sua vida deu uma dessas voltas.

"O sonho dum velho malandrim", acrescentou Halfcourt, carinhoso. Mas Yashmeen observava o modo como a jovem olhava fixamente para seu pai, e diagnosticou aquilo como um caso autêntico de mania erótica. Por outro lado, os sentimentos de Halfcourt eram, como sempre foram, um mistério para ela.

Encontraram Reef numa taverna, perto do porto em Garitsa. Ljubica, agora já quase completando um ano de idade e aprendendo a andar, estava agarrada a um banco do balcão e, com um sorriso torto que dava a entender que aquilo não era novidade para ela, contemplava o pai bebendo *ouzo* e explicando aos corfiotas as complexidades do *fan-tan* tal como era jogado em Leadville.

Yash apresentou Umeki com as sobrancelhas arqueadas e um sinal de mão secreto que evocava, curiosamente, um cutelo de açougueiro amputando um pênis, enquanto Reef limitava-se a sorrir de orelha a orelha como sempre fazia diante de qualquer moça apresentável ao alcance de seu flerte.

"O seu irmão", sorriu Umeki, "ele é — *barman* — e casamenteiro!"

"Eu sabia que toda aquela matemática ia acabar servindo para alguma coisa. Vem cá, deixa só eu arrancar mais umas *leptas* desses coitados aqui e quem sabe eu não consigo o bastante pra pagar o jantar."

Instalaram-se todos numa mesa comprida, e comeram *tsingarellu* e polenta e *yaprakia* e *stoufado* de galinha com funcho, marmelos e *pancetta*, o que segundo Nikos, o proprietário e cozinheiro, era uma velha receita veneziana de séculos atrás, do tempo em que a ilha pertencia a Veneza, e Reef deu escondido à filha pequeninos goles de Mavrodaphne, que não apenas não a fizeram dormir como a deixaram levada da breca, fazendo-a puxar o rabo de Hrisoula, a gata da taverna, normalmente imperturbável, chegando mesmo a levá-la a miar em protesto. Uma pequena banda de *rembetika* chegou com uma cantora, e logo Yash e Ljubica foram dançar uma espécie de *karsilamás* juntas.

Mais tarde naquela noite, Halfcourt chamou Yashmeen a um canto. "Antes que me perguntes a respeito de Shambhala..."

"Quem sabe eu não pretendia perguntar nada." Os olhos dela brilhavam.

"Pra mim, Shambhala acabou por ser não uma meta, e sim uma ausência. Não a descoberta dum sítio, e sim o fato de sair do sítio sem futuro onde eu estava. E, nesse processo, fui parar em Constantinopla."

"E a sua linha de universo cruzou-se com a da senhorita Tsurigane. E assim foi."

"E assim foi."

Quando resolveram se separar, Stray e Ewball já haviam esquecido o motivo que os levara a fugir juntos. Stray lembrava-se de que tinha algo a ver com suas antigas ideias a respeito da vida anarquista e sua promessa de uma *invisibilidade maior*, que se estenderia, imaginava ela, por todo o mundo. Quando explodiu a greve dos mineiros de carvão no sul do Colorado, ela já havia montado sua própria rede de abastecedores de produtos médicos, iniciada nos tempos da revolução de Madero e ampliada aos poucos, um médico, um hospital sindicalizado, um farmacêutico camarada de cada vez. Ela sempre tivera o dom de saber em quem confiar e até que ponto levar a confiança, e agora utilizava suas habilidades de negociadora para levar alimentos e remédios aonde eles eram necessários nessas campanhas mais indefinidas da revolução ao norte da fronteira, e a possibilidade de uma enorme comunidade invisível de apoio tinha decerto seu atrativo prático.

Não era exatamente uma experiência religiosa, mas de algum modo, pouco a pouco, ela foi cedendo a seu antigo impulso de tomar conta das pessoas. Não para ganhar dinheiro, certamente não para granjear gratidão. Sua primeira regra passou a ser: "Não me agradeça". A segunda era: "Não se sinta responsável por qualquer coisa que dê certo". Um dia ela acordou compreendendo, sem sombra de dúvida, que desde que uma pessoa estivesse disposta a abrir mão do reconhecimento, o bem que se tornava possível fazer era quase ilimitado.

Stray costumava buscar os interesses reais que havia por trás dos explícitos, e tentava encontrar maneiras de conciliá-los. Embora os interesses que estavam em choque nas minas de carvão fossem bem claros, ela demorou algum tempo para decifrar quais seriam os que levavam Ewball a querer ir para lá. Lucro e poder não eram, para ele, objetos de desejo, embora Stray jamais se convencesse de que ele não queria se tornar líder de alguma coisa, ou ter acesso a recursos de algum tipo. Mas, fosse o que fosse, sua missão anarquista era invisível. Jamais lhe ocorreu que ele simplesmente pudesse gostar de meter-se em encrencas.

Ela ficou decepcionada, ainda que não muito, quando se deu conta, em pouco tempo, de que Ewball tinha uma visão anarquista do amor, casamento, filhos, coisa e tal. "Pense em mim como um recurso educacional", ele lhe disse. "Ora, Ewball, sei lá, o pau é seu", foi a resposta dela.

Não obstante, devido a sentimentos de ambivalência mental que só naquele momento estavam começando a ser compreendidos, um dia Ewball teve a ideia, após uma ausência de anos, de visitar sua família em Denver, tendo enfiado na cabeça que Stray talvez quisesse conhecer seus pais, o que não era o caso, pelo menos não muito. Num dia de semana de céu acarneirado, tendo avisado pelo telefone mais ou menos meia hora antes, eles chegaram à casa da família de Ewball.

A residência dos Oust ainda era razoavelmente nova, grande, com uma água-furtada, uma torre redonda e uma profusão de balaústres e ripas, e nela caberia uma quantidade indeterminada de Ousts de sangue e Ousts por afinidade em qualquer momento dado.

A mãe de Ewball, Moline Velma Oust, veio abrir a porta em pessoa. "Ewball *Júnior*? Arraste sua carcaça até a sala de visitas!"

"Minha mãe. Mãe, a senhorita Estrella Briggs."

"Bem-vinda a nossa casa, senhorita Briggs." Os Ousts já moravam em Denver havia alguns anos, pois Leadville estava passando por tempos difíceis, terrenos e casas à venda para todos os lados, e nenhum comprador interessado. "Lembra daquela casa do outro lado da rua? Eles puseram a placa de 'à venda', nós pegamos um cronômetro, menos de cinco minutos depois já tinha sido vendida por dez mil. Hoje em dia, ninguém moraria nela nem sendo pago." Moline poderia tomar como exemplo a lenda da região, Baby Doe Tabor, com seu traje de luto muito chique, sentada à entrada de uma mina com uma espingarda apoiada nos joelhos, defendendo a propriedade da família, e por extensão os dias de glória de uma cidade lendária, até o amargo fim. Mas por enquanto seu marido, Ewball pai, não havia demonstrado nenhum interesse em ser Haw Tabor, ou seja, em morrer.

"Vejo que está admirando o nosso piano Steinway novo. Por acaso a senhorita sabe tocar?"

"Pouca coisa, só uns acompanhamentos de canções."

"Eu sou apaixonada pelos *Lieder* de Schubert... Ah, toque alguma coisa pra nós, por favor!"

Stray chegou mais ou menos até o quarto compasso de uma *one-step* que fazia sucesso no momento, chamada "I'm going to get myself a black Salome", quando Moline se lembrou de que precisava dar uma olhada na maiólica, que estava sendo espanada naquele dia. "São refugiadas mexicanas, sabe, hoje em dia é tão difícil — ah, meu Deus, não quis ofender, espero que a senhorita não seja uma dessas que o Ewball... quer dizer, ele —"

Já tendo vivido esse tipo de coisa uma ou duas vezes, Stray tentou tranquilizá-la. "'O Ewball é um amor'", arriscou ela, "'mas às vezes ele traz pra casa umas moças tão estranhas'?"

Moline, que pareceu relaxar a olhos vistos, encarou-a apertando a vista, com um sorriso unilateral. "Pelo visto, a senhorita já percebeu como é a coisa. Ele não dá valor ao dinheiro, e tem umas moças com tendências sindicalistas que percebem isso na hora."

"Senhora Oust", disse Stray com tranquilidade, "não estou atrás do dinheiro de ninguém, o meu dá pra mim perfeitamente, aliás quem tem pagado as contas do *saloon* ultimamente sou eu, e a propósito, eu gostaria muito que a senhora tivesse uma conversinha com o pai dele sobre isso, porque deve ter sido a maneira como ele foi criado, não é?"

"*Ora.*" Depois dessa, lá foi ela dar uma olhada na maiólica. Mas a sra. Oust pelo visto era o tipo de boa alma que não consegue ficar aborrecida por muito tempo, ou então achou Stray muito diferente da média, ou então tinha o poder de retenção mental de um esquilo, porque dois minutos depois já estava de volta, trazendo limonada numa jarra de cristal e copos que combinavam com ela, fazendo sinal para uma das moças: *"Tá bien, no te preocupes, m'hija"*.

"*Você.*" Um homem de meia-idade, de suspensórios, com um maço de correspondência na mão, estava parado à porta, o rosto vermelho, trêmulo, prestes a explodir.

"Oi, pai."

A apresentação a Stray não demoveu Oust de sua intenção furiosa. "Ewball, mas que diabo", sacudindo o maço de cartas.

"Ora, querido", interveio Moline, "quantos filhos escrevem tão regularmente pra família quanto ele?"

"Justamente. Mentecapto!", exclamou. Como colecionador de selos razoavelmente obsessivo, sua irritação com o filho havia evoluído da perplexidade para um ódio quase homicida. O problema é que Ewball júnior vinha utilizando selos postais da série que comemorava a Exposição Pan-Americana de 1901, ocorrida em Buffalo, Nova York, onde o anarquista Czolgosz havia assassinado o presidente McKinley. Esses selos exibiam vinhetas do que havia de mais moderno na área de transportes, trens, navios etc., e por engano algumas das emissões de selos de um, dois e quatro centavos haviam saído com as gravuras de cabeça para baixo. Mil selos com navios, cento e cinquenta e oito com trens e duzentos e seis com automóveis haviam sido vendidos com a estampa invertida antes que os erros fossem detectados, e antes que a demanda dos filatelistas tivesse tido o efeito de inflacionar os preços dos selos, Ewball, que percebera o simbolismo anarquista da coisa, havia comprado e estocado um grande número de exemplares, com os quais postava suas cartas.

"Mesmo sem estar invertido", gritava Ewball pai, "qualquer idiota sabe que os selos devem ficar como novos — sem carimbo, com a cola original intata!, pelo amor de Deus — senão o valor filatélico vai pro beleléu. Cada vez que você pôs uma dessas cartas no correio, você jogou fora centenas, talvez milhares de dólares."

"Justamente o que eu pretendia. A inversão simboliza a negação. São três máquinas, ídolos falsos da religião do capitalismo, literalmente viradas de pernas para o ar — juntamente, é claro, com uma referência indireta à execução do miserável lambe-botas do Mark Hanna, esse inimigo do progresso humano —"

"Pois eu votei no McKinley, ora!"

"Desde que o senhor se arrependa com sinceridade, o povo, em sua sabedoria, há de perdoá-lo."

"Rrrr!" Oust pai jogou as cartas para cima, caiu de quatro e, aos gritos, atacou Ewball, cravando sem hesitação os dentes em seu tornozelo. Ewball, sentindo uma dor considerável, tentou com o outro pé pisar várias vezes na cabeça do pai, e entrementes os dois homens encheram o ar da sala com um palavreado pouco adequado para a leitora sensível, muito menos para as senhoras presentes, as quais, segurando as saias e deslocando-se com cuidado, tentavam apartar os lutadores, quando de súbito aquele curioso espetáculo edípico foi interrompido pelo som estridente de um tiro.

Uma mulher com um vestido simples de sarja cinza-escura, tranquila e sólida, com uma pistola de tiro ao alvo Remington, havia entrado na sala. Fumaça de pólvora elevava-se em direção ao teto, do qual ainda descia um fino chuvisco de gesso, iluminado por detrás pela janela de modo a formar por alguns instantes uma nuvem luminosa em torno da recém-chegada. Stray, levantando a vista, percebeu que havia vários outros trechos danificados no teto, além do que acabara de ser criado. Os dois Oust, pai e filho, tinham interrompido a luta e se levantado, e pareciam querer pedir desculpas, menos um ao outro do que à árbitra matronal que dera fim àquela recreação.

"Achei bom ver o que era." Prendeu o cano da arma, de vinte e cinco centímetros, por baixo da correia do avental de musselina branca que usava.

"Mais uma vez, senhora Traverse", disse a sra. Oust, "agradecemos sua intervenção. Não se preocupe com o teto, nós estávamos mesmo planejando mandar consertar."

"Acabou o chumbinho, tive que usar munição de .22, mesmo."

"Problema nenhum. E já que está aqui, a senhora podia cuidar da nossa convidada, a senhorita Briggs. Acho que ela vai gostar do Quarto Chinês, não é? Estrella, minha querida, qualquer coisa é só falar com a senhora Traverse, que é uma santa milagrosa, sem ela essa casa seria um caos."

Quando se viram a sós, Mayva disse: "Nós só nos encontramos aquela vez, em Durango".

"Eu e o Reef tínhamos planos de visitar a senhora em Telluride assim que a criança nascesse, mas sabe como é, uma coisa e outra..."

"Não faltaram notícias de você ao longo dos anos, Estrella. Sempre achei que o futuro do Reef seria com uma dessas garotas que gostam de andar bem à beira do Abismo... e agora você está uma moça de classe."

"A senhora deve ter saudade dele."

"Tenho, mas nunca se sabe quem vai aparecer. Como vai o meu neto?"

"Olhe aqui." Stray sempre levava umas fotos de Jesse na bolsa.

"Ah, que coisa mais linda. É a cara do Webb."

"Pode ficar com a senhora —"

"Ah, não, de jeito —"

"Eu sempre tenho umas de lambuja."

"Muito obrigada. Mas como que ele pode estar tão grande assim?"

"Nem me fale."

A essa altura, já estavam no Quarto Chinês, às voltas com cortinas, colchas e paninhos de mesa com diversos motivos "chineses". "O Ewball e o Frank, eu imagino, têm estado junto de vez em quando."

"Nós três estivemos no México há algum tempo. O Frank se machucou um bocado, mas nada sério."

Mayva levantou a vista, constrangida, esperançosa. "Sei que era lá que ele estava quando deu cabo daquele matador contratado pelos proprietários. Você sabe se ele encontrou o outro lá também?"

"Não que eu saiba. Dessa vez foi uma espécie de batalha, em que a gente se meteu. O Frank caiu do cavalo. Levou um tempo pra se recuperar."

Ela concordou com a cabeça. "Ele é o mais paciente da família." Olhou nos olhos de Stray. "Eu sei que é tudo que se pode fazer."

Stray pôs a mão sobre a de Mayva. "Alguém, algum dia, vai pegar esse tal de Deuce Kindred, e também o próprio senhor Vibe, não vou me surpreender se isso acontecer. Gente ruim desse jeito acaba pagando, mais cedo ou mais tarde."

Mayva tomou o braço de Stray e foi com ela até a cozinha. "Você pode imaginar que felicidade que foi pra mim ter que trabalhar aqui, numa mansão de milionário. Conheci esse povo no trem, quando eles estavam se mudando de Leadville. Comecei a brincar com as crianças. Eu nem sabia quanta falta sentia disso. Quando eu vi, a Moline estava se abrindo comigo. Ela morria de medo de Denver, esses vícios de cidade grande, escolas pras crianças, cozinhar em baixa altitude, e não sei por que ela achou que pra mim isso tudo era ótimo. Na verdade, ela até que é boa gente, só é um pouco abestalhada às vezes. Ele também não é mau, prum ricaço."

Tão depressa que quase não deu para reparar, os anos haviam transformado a moça excitável que fora Mayva naquela criada gorducha e tranquila, trabalhando numa casa próspera que podia muito bem estar situada a alguns milhares de quilômetros para o Leste, protegida das faíscas e da fuligem dos trens, onde ela espanava retratos e bibelôs, sabia o preço de todas as coisas, a que hora exata cada um dos filhos da família acordava (menos, talvez, o que era marcado pelo destino) e onde cada membro da família provavelmente podia ser encontrado quando não estava em casa... seus olhos outrora fascinantes recolhidos, tal como animais que voltam para o abrigo ao final do dia, em órbitas que haviam se tornado macias como travesseiros, sempre alertas, guardando mil segredos daqueles velhos Territórios jamais registrados em papel, e do quanto era inevitável, a partir da chegada dos primeiros migrantes do Leste, que a vida cotidiana dali fosse traída, aquela vida conquistada com tanta dificuldade, transformando-se na inapetência suburbana a que os recém-chegados já tinham se submetido havia tanto tempo. As crianças de que ela cuidava só viam nela a velhota simpática, sempre ocupada, e jamais poderiam imaginá-la em Leadville, aprontando o que ela havia aprontado...

"Morávamos numa cabana acima da linha de neve, no fim do ano a gente trouxe pra casa um pinheirinho pra servir de árvore de Natal, pegamos a espingarda e caçamos um lagópode pra fazer as vezes de peru. Quando caía relâmpago, descia a eletricidade pelo cano do fogão, azul-claro. Quando pequenino, o Reef adorava o trovão, balançava os bracinhos e gritava 'Ah! Ah!' cada vez que trovejava. Depois, com as explosões nas minas, ele franzia a testa como se perguntasse: 'Cadê o raio, cadê a chuva?'. Ele era uma gracinha."

Mayva mostrou os ferrótipos que guardava dos bebês, Reef com a camisola de batizado, talvez com um chapéu de marinheiro, todas aquelas roupas tradicionais, pois era uma criança muito doce, segundo a mãe, se bem que, chegando aos três ou quatro anos de idade, Stray não pôde deixar de perceber, já estava ficando com seu rosto de adulto, aquela cara assimétrica, martelada, como se já tivesse tomado sua decisão desde aquela época.

"Você acha que ele volta?", perguntou Mayva.

A cozinha estava escura e fresca. A tarde fez-se silenciosa por um minuto, pai e filho não estavam andando de um lado para o outro, todas as tarefas vespertinas tinham sido cumpridas, Moline cochilava em algum lugar. Stray abraçou a outra mulher, e Mayva, com um grande suspiro e os olhos secos, pousou a testa no ombro da jovem. Ficaram assim, em silêncio, até que em algum lugar na casa ouviram-se passos pesados e gritos, e o dia recomeçou.

Desconsiderando as recomendações do Ministério das Relações Exteriores dos Estados Unidos para que todos os gringos voltassem para o país imediatamente, Frank permaneceu em Chihuahua. Enquanto seus ossos se solidificavam e ele cuidava de sua vida romântica e, por assim dizer, espiritual, a revolução de Madero havia seguido seu curso, mais exatamente indo rumo ao sul até a capital, onde não perdeu tempo em mergulhar numa fantasia de democracia liberal de profissional urbano. Os antigos aliados foram ignorados ou mesmo renegados, denunciados ou jogados no xilindró. Em Chihuahua, em particular, havia muito descontentamento — na verdade, raiva — entre as pessoas que sabiam o quanto lhes havia custado instalar Francisco Madero no palácio presidencial, e agora constatavam que os sonhos que as levaram a descer a Sierra Madre e lutar estavam sendo desprezados e traídos de modo flagrante. Em pouco tempo, grupos numerosos de homens armados reuniam-se nas cidades com bandeiras e cartazes, nos quais ora se lia TERRA E JUSTIÇA, ora TERRA E LIBERDADE, ora apenas TERRA, mas a palavra sempre aparecia em algum lugar — ¡TIERRA! Pequenas revoltas eclodiam, ex-maderistas empunhavam mais uma vez suas velhas Mausers, e logo eram tantos que mal se conseguia contá-los. Muitos se rebelavam em nome do ex-ministro Emilio Vázquez, que se tornara o desafeto de Madero, e assim, após algum tempo, qualquer sublevação era imediatamente rotulada de "vazquista", embora o próprio Vázquez já houvesse fugido para o Texas e agora fosse mais uma figura de proa.

Ali em Chihuahua, a turma de vagabundos, salteadores, combatentes montanheses e magonistas empedernidos com os quais Frank andava nos tempos da batalha de Casas Grandes continuava na região, em sua maioria. Àquela altura, Madero já estava longe, deslumbrado com seu poder recém-conquistado, transformando-se numa versão mais refinada de Porfírio Díaz. Mais cedo ou mais tarde, seria necessário dar um jeito naquilo. *La revolución efectiva* ainda estava por vir. Mais para o final do ano, veio de Morelos, ao norte, a notícia de que Emiliano Zapata havia levantado um exército por lá e desencadeado uma insurreição séria contra o governo. Alguns dos velhos compadres de Frank seguiram imediatamente para Morelos, mas quem gostasse de atirar em *federales* ainda podia encontrar o que fazer ali mesmo em Chihuahua.

Não demorou para que Frank fosse parar em Jiménez, no sul de Chihuahua, ligado a um grupo de irregulares que lutavam em nome de Pascual Orozco, outrora uma força importante na revolução de Madero em Chihuahua, e agora também abertamente revoltado contra o governo. Frank aderira ao grupo em Casas Grandes, onde um ex-magonista chamado José Inés Salazar estava arregimentando um pequeno exército. Em fevereiro, uniram-se às tropas lideradas pelo antigo vice-governador do estado, Braulio Hernández, que havia acabado de tomar a cidade de Santa Eulalia, onde havia uma mina de prata. No início de março, as forças combinadas já controlavam Ciudad Juárez e ameaçavam a cidade de Chihuahua. Em pânico, o governador fugiu — Pancho Villa, ainda leal ao governo de Madero, tentou atacar a cidade, porém foi rechaçado por Pascual Orozco, que por fim começara a agir após meses de indecisão. Salazar e Hernández reconheceram Orozco como comandante-em-chefe do que agora já se transformara num exército de dois mil homens, e Orozco declarou-se governador do estado.

Poucas semanas depois, esse exército havia quadruplicado, e novas revoltas, que agora se denominavam orozquistas, pipocavam por todo o país. A qualquer momento deveria ocorrer um assalto à Cidade do México. O ministro da guerra de Madero, um ex-professor de esgrima chamado José González Salas, assumiu o comando da campanha contra Orozco. Em meados de março, ele estava em Torreón à frente de seis mil soldados, a cerca de duzentos e cinquenta quilômetros do quartel-general dos rebeldes em Jiménez, e tiveram início as escaramuças.

Frank reparou que El Espinero rira demasiadamente, e por tempo demais, quando ficou sabendo que ele estava indo para Jiménez. Frank já estava acostumado com isso, e sabia que o melhor era esperar para ver o que significava aquele riso. Acabou constatando que a região de Jiménez era famosa desde os tempos de Cortés pelos meteoritos, inclusive os encontrados em San Gregorio e La Concepción e uma pedra gigantesca conhecida como Chupaderos, cujos fragmentos, que ao todo pesavam cerca de cinquenta toneladas, haviam sido levados para a capital em 1893. Caçadores de meteoritos viviam vasculhando a área, encontrando novas pedras. Era como se existisse um deus dos meteoritos que houvesse resolvido dar uma atenção toda especial a Jiménez. Frank percebeu que estava usando suas horas livres para ir até o Bolsón de Mapimi examinar os arredores. Lembrava-se no gigantesco cristal de espato da Islândia que El Espinero lhe mostrara anos antes, e que o levara até Sloat Fresno. Talvez tivesse sido ali que ele o vira, até mesmo num lugar bem próximo, Frank não havia feito um mapa e agora não se lembrava mais.

Encontrou e pegou a pedra mais esquisita que tinha visto nos últimos tempos, preta e toda esburacada, lisa em alguns trechos e áspera em outros. Cabia num alforje. Ele não era dado a esse tipo de coisa, mas cada vez que pegava na pedra, mesmo que de leve, ouvia uma espécie de vozinha.

"O que você está fazendo aqui?", ela parecia perguntar.

"Você parece ter vindo de muito longe para fazer uma pergunta dessas."

Um dos destacamentos das tropas governamentais seguia direto para a Ferrovia Central Mexicana. "Condições perfeitas para a *máquina loca*", concluiu o general Salazar, sendo esse o termo técnico que designava uma locomotiva carregada de dinamite lançada a toda velocidade contra o inimigo. "Encontrem aquele gringo." Frank, muito requisitado por seus conhecimentos de engenharia, foi chamado à tenda do general. "Doutor Pancho, se o senhor não se incomoda, vá ter com *don* Emilio Campas, que vai levar umas pessoas para o sul, pois podemos precisar dos seus serviços."

"*A sus órdenes.*" Frank foi procurar uma locomotiva a vapor apropriada para sofrer modificações, encontrou uma que acabava de trazer uma composição da linha de Parral, e colocou-a numa linha de manobra onde sua equipe já o aguardava — dois veteranos de Casas Grandes que, como todos os magonistas, acreditavam em política por meios químicos e sabiam onde colocar o maço de bananas e o longo estopim para maximizar os efeitos, e o grosso do trabalho ficou pronto em meia hora.

Seguiram à frente de um outro trem que levava soldados, acompanhados por um destacamento de cavalaria, oitocentos soldados ao todo, seguindo para o sul, rumo à divisa de Durango. O sol castigava o deserto vazio. Após cerca de cinquenta quilômetros, entre Corralitos e Rellano, alcançaram uma composição blindada cheia de *federales* indo para o norte. O trem atrás do de Frank freou, os infantes saltaram, os soldados de cavalaria se colocaram dos dois lados. Frank fez que sua locomotiva diminuísse um pouco a velocidade enquanto olhava para trás e via Salazar levantar a espada e depois baixá-la numa grande explosão de luz desértica, branca e dourada, que quase se podia escutar. "*Ándale, muchachos*", gritou Frank, pegando fósforos e começando a acender os estopins. Após jogar na caldeira o que restava de carvão e lenha e verificar os medidores, o resto da tripulação pulou para fora.

"O senhor vem também, doutor Pancho?"

"Já, já", respondeu Frank. Acelerou ao máximo, e a locomotiva começou a ganhar velocidade. Desceu ao degrau e estava prestes a saltar quando uma ideia estranha lhe ocorreu. Seria este o "caminho" que El Espinero tinha em mente, aquele último quilômetro de pista, em que de súbito o dia se tornara extradimensional, a terra mudara, não sendo mais a abstração desértica de um mapa e sim velocidade, ar fluindo, cheiro de fumaça e vapor, tempo cuja substância se tornava mais condensada à medida que cada tique-taque vinha mais rápido que o anterior, tudo perfeitamente inseparável da convicção de Frank de que saltar ou não saltar não era mais a questão, ele fazia parte do que estava acontecendo, do ruído estridente da buzina do trem dos federais que soava histérico a sua frente e era automaticamente respondido por Frank, os dois combinando-se num único acorde enorme que se formou em todo aquele momento, os *federales* com seus uniformes pardos afastando-se de seu trem, a locomotiva enlouquecida estremecendo em seu frenesi, a válvula do regulador já não regulando mais nada, e vindo de algum lugar surgiu um inseto, numa velocidade cega, e entrou na narina direita de Frank e o fez voltar à realidade do dia. "Merda", ele murmurou, e soltou-se, caiu, atingiu o chão, rolou a uma velocidade inesperada que não era sua, rezando para não quebrar a perna outra vez.

A explosão foi tremenda, estilhaços e pedaços de homens e animais voando para todos os lados, jorros de vapor superaquecido a fluir por milhões de fumeiros irregulares surgidos por entre os fragmentos em movimento, um imenso hemisfério indistinto de poeira cinzenta, com laivos rosados de sangue, elevou-se e espalhou-se, e os sobreviventes andavam às cegas no meio do pó, tossindo desesperadamente. Alguns atiravam no vazio, outros já não lembravam onde ficavam os ferrolhos e os gatilhos, ou mesmo o que eram tais coisas. Mais tarde calculou-se que sessenta *federales* haviam morrido instantaneamente, e os outros ficaram ao menos fora de combate. Durante dias, até os abutres tinham medo de se aproximar do local. O Vigésimo Batalhão amotinou-se e matou dois de seus oficiais, optou-se pela retirada, e todos voltaram correndo, cada um a seu modo, para Torreón. O general González, ferido e desonrado, suicidou-se.

Frank encontrou um cavalo perambulando no Bolsón num estado apenas um pouco melhor do que ele próprio, e conseguiu voltar no meio da noite, encontrando todos no acampamento dos orozquistas bêbados ou adormecidos ou vivendo algum sonho de vitória que mesmo Frank, exausto como estava, sabia não passar de loucura. Duas semanas depois, três mil dos rebeldes de Orozco foram até o quartel--general de Pancho Villa em Parral para exterminar os últimos maderistas da região. Villa, diante de um inimigo muito mais numeroso, teve o bom senso de cair fora da cidade antes que alguém chegasse lá, mas isso não impediu que os rebeldes saqueassem Parral, dinamitando casas, roubando, matando. Frank não participou das festividades, tendo encontrado um vagão de carga vazio no pátio de manobras, no qual adormeceu com a vaga esperança de que ao despertar estaria numa outra parte da república, muito longe de tudo aquilo.

Quando chegou a notícia de que Madero, após muita hesitação, escolhera Victoriano Huerta para comandar a nova investida contra os orozquistas, Frank, que não costumava sentir medo com frequência, começou a ficar um pouco nervoso, lembrando-se de seu breve encontro com alguns dos capangas uniformizados de Huerta sete ou oito anos antes. Muito embora a expectativa de vida de um bandido militar na região fosse mais ou menos a mesma de um roedor, o tal Huerta sempre dava um jeito de aparecer outra vez, como se fosse protegido por uma junta particularmente cruel de deuses pagãos. Quando as forças de Huerta chegaram a Torreón e ocuparam a cidade, Frank percebeu que a rebelião de Orozco estava com os dias contados. Como os *federales* permanecessem imobilizados em Torreón, alguns em Jiménez começaram a nutrir esperanças outra vez, mas Torreón era uma peça-chave para qualquer movimentação rumo à capital, e sem isso seria impossível que os rebeldes vencessem. Huerta dispunha de canhões, que Orozco não tinha.

Como era de se esperar, nas semanas que se seguiram, à medida que Huerta lentamente avançava para o norte a partir de Torreón, a sorte começou a abandonar a causa orozquista. Cada vez que os rebeldes envolviam-se numa batalha, eram derrotados, aumentavam as deserções, até que por fim, em Bachimba, a tática da *máquina loca* fracassaria, e com ela teriam fim todas as esperanças de Orozco. Huerta retornaria à capital em triunfo.

Muito antes disso, se Frank tivesse juízo, ele já teria se dado por satisfeito e seguido rumo ao norte, entregando o México à sua própria sorte. Não havia nenhum motivo para ficar ali — Wren, a qual não conseguia esquecer nem com todas as pancadarias a que se submetia diariamente, estava do Outro Lado, como se separada dele por uma fronteira que fosse menos política do que escavada no cânion implacável que o Tempo escavava com seu fluxo. Pascual Orozco, embora Frank lhe desejasse tudo de bom, até o milagre mexicano de continuar vivo, não era um político a quem Frank pudesse dedicar sua vida. Mas então de que valia sua vida? A quem, ou a quê, ele poderia imaginar-se dedicando-a?

Frank passava mais e mais tempo perto do pátio de manobras da ferrovia de Jiménez, como se fosse um vaqueiro enlouquecido, olhando para os trens, olhando para os trilhos vazios. Um dia comprou uma passagem só de ida para a capital, tomou um trem e seguiu para o sul. Não houve gritos de *adios compañero*, boa sorte Frank, nada disso. Dois punhados de feijão por dia para os outros, foi a isso que tudo se reduziu.

Na capital, num restaurante escuro e retirado perto da estação ferroviária, Frank esbarrou em Günther von Quassel, que ele não via desde Tampico. Günther estava bebendo cerveja alemã importada num caneco. Frank pediu uma garrafa de cerveja local, de Orizaba.

"Ora, Günni, o que cargas d'água você está fazendo aqui nesse fim de mundo, eu achava que você estava em Chiapas plantando café e não sei que mais."

"Estou aqui a trabalho, e agora não posso mais voltar. Sempre que há algum problema em Oaxaca, e ultimamente isso tem sido constante, a ferrovia de Chiapas é fechada. Uma viagem que era pra ser só de um dia acaba sendo prolongada. Por isso eu fico o tempo todo nas estações ferroviárias, tentando encontrar uma fresta nas leis do acaso."

Frank comentou que havia estado no norte.

"Ah. A coisa está animada por lá, não é?"

"Nos últimos tempos, não. No momento, sou só mais um orozquista desempregado."

"Tenho uma vaga na fazenda, se você estiver interessado. Se conseguirmos voltar pra lá. Nós pagaríamos você muito bem."

"Uma espécie de feitor, mantendo os índios rebeldes na linha? Com chicote na mão? Acho que não, Günni."

Günther riu, balançado o caneco de um lado para o outro, espargindo espuma no chapéu de Frank. "Claro, como americano você deve *sentir nostalgia dos tempos da escravidão*, mas no mercado altamente competitivo que o café passou a ser, não podemos mais viver no passado." Günther explicou que antes que a colheita saísse do *cafetal*, retirava-se a polpa vermelha dos frutos do café, bem como uma camada de endocarpo que vinha por baixo dela, e por fim a chamada "película prateada", restando por fim a semente exportável. Essas tarefas, outrora todas feitas à mão, agora eram executadas de modo mais eficiente por máquinas de diversos tipos. A fazenda dos Von Quassel estava sendo mecanizada, com a instalação de motores, geradores de eletricidade, bombas hidráulicas e uma frota pequena, porém crescente, de veículos motorizados, e tudo isso precisaria de manutenção regular.

"Muito trabalho para um *guerrillero* cansado de guerra", opinou Frank.

"Você treinaria a sua própria equipe, *natürlich*. Quanto mais eles aprendem, menos você trabalha, todo mundo sai lucrando."

"E os zapatistas, tem algum deles por lá?"

"Não exatamente."

"E aproximadamente? Melhor você se abrir comigo."

Considerando-se o número de rebeliões contra o regime de Madero que estavam ocorrendo na época em todo país, Chiapas até aquele momento, segundo Günther, estava tranquilo, a violência que lá ocorria era mais dos tipos tradicionais, ou vendetas familiares ou o que alguns chamavam de "banditismo" e outros de "redistribuição", dependendo de quem fosse o roubador e quem o roubado. Desde o ano anterior, porém, uma rebelião séria estava em andamento ali perto, em Oaxaca, tendo iniciado com uma disputa entre Che Gómez, o prefeito e *jefe político* de Juchitán, a cerca de trezentos quilômetros a oeste da fazenda de Günther, e Benito Juárez Maza, o governador de Oaxaca, que no ano anterior havia tentado derrubar Gómez enviando tropas federais para Juchitán. O *jefe* resistiu — na luta que se seguiu, o destacamento de apoio federal foi aniquilado, e por fim foi preciso que os federais utilizassem cavalaria e artilharia para controlar a cidade. Nesse ínterim, o exército chegomista controlou todo o resto da região. Madero, que também não gostava muito do governador, havia convidado Gómez para ir à Cidade do México, com um salvo-

-conduto federal, para conversar com ele. Mas Gómez havia se deslocado apenas uns poucos quilômetros da ferrovia, no istmo de Tehuantepec, quando foi interceptado pela gente de Juárez Maza, preso e fuzilado.

"Isso não levou ao fim da rebelião, de modo algum. Os *federales* estão agora enquistados em Juchitán e umas duas outras cidades, enquanto alguns milhares de chegomistas empedernidos controlam o interior, inclusive, sempre que eles querem, a rede ferroviária. E é por isso que no momento Chiapas está isolado do resto do país."

Foram jantar numa sala iluminada no alto por uma clarabóia antiga, de ferro trabalhado e vidraças castigadas pelo tempo. Pessoas que estavam na cidade havia mais tempo, como os repórteres, se reuniam em mesas menores e reservados, onde ficavam a fumar e beber *madrileños*. A luz, de início dourada, foi diminuindo progressivamente. A chuva chegou mais ou menos ao mesmo tempo que a sopa, caindo ruidosa sobre a clarabóia.

"Só costumo pedir favores quando a situação fica desesperadora", Günther disse, "mas a colheita está em andamento, o meu capataz, disso tenho certeza, é um criptozapatista, e eu só falto enlouquecer todas as noites tentando imaginar o que todo mundo está aprontando."

"Todas as portas estão fechadas?"

"Há uma pessoa com quem eu posso conversar." Depois do café e dos charutos, tendo parado de chover, caminharam pelas ruas úmidas, em meio a motoristas enlouquecidos que subiam e desciam as avenidas a toda velocidade, ônibus e lotações de dez centavos sarapintados de lama, soldados irregulares em carroças particulares, tropas de cadetes montados em cavalos, granjeiros vindos do vale do México conduzindo bandos de perus com ramos de salgueiros pelo meio do tráfego — entrando por fim no novo hotel chique, o Tezcatlipoca, onde um conhecido de Günther, Adolfo "El Reparador" Ibargüengoitia — um dos empresários recém-surgidos, que trabalhavam em meio aos tiroteios, como eles próprios diziam, para resolver os problemas criados pelas revoluções e rerrevoluções —, tinha uma suíte na cobertura com vista do parque Chapultepec e arredores. Homens nervosos com ternos escuros, que pareciam estar, tal como Günther, à procura de um reparador, zanzavam de um lado para outro numa nuvem de tabaco. Em contraste, Ibargüengoitia usava um terno branco feito sob medida e sapatos de crocodilo que combinavam com o terno. Exclamando "*Wie geht's, mein alter Kumpel!*", abraçou Günther e fez sinal para que ele e Frank entrassem. Uma moça com uma roupa que lembrava vagamente um uniforme de copeira trouxe champanhe num balde de gelo, e Günther e Ibargüengoitia foram conversar numa saleta fechada com uma porta de mogno.

Numa das janelas, Frank viu um telescópio montado num tripé, que parecia estar focalizado no novo Monumento à Independência Nacional, um pilar de granito alto que se elevava na Reforma, com uma figura alada e dourada no alto — supostamente a Vitória, embora todos se referissem a ela como "O Anjo" — mais de seis metros de altura e mais ou menos no mesmo nível em que Frank estava no momento.

Frank aproximou a vista do telescópio e constatou que todo o campo do instrumento era ocupado pelo rosto do Anjo — olhando diretamente para Frank, um rosto de ouro martelado, elevado a uma esfera mais apropriada a máscaras cerimoniais do que a fisionomias humanas específicas, e no entanto era *um rosto que ele reconhecia*. Com o outro olho, Frank via O Anjo de corpo inteiro à luz do fim da tarde, vertiginoso com seu peso de bronze e ouro, como se prestes a bater asas sem aviso prévio e olhando fixamente para ele de modo impiedoso, enquanto atrás dele uma montanha alta de cúmulos deslizava lentamente para cima. Frank teve a impressão de que estava sendo alertado para se preparar para algo. O rosto dourado vazio olhava em seus olhos, profundamente, e embora seus lábios não se movessem, ele ouviu-o falar em espanhol, num tom de urgência, a voz ressonante distorcida pelas toneladas de metal, e as únicas palavras que conseguiu reconhecer foram *"máquina loca"*, *"muerte"* e *"tú"*.

"*Señor?*" Quando seus olhos voltaram a focalizar-se, a pessoa que havia falado já não estava mais ali. Ao que parecia, ele tinha ficado encolhido num canto afastado da janela, soltando baforadas de fumaça e desligado do resto do mundo. Levantou-se e viu Günther do outro lado do aposento, despedindo-se do Reparador com um *abrazo*. "Não há como garantir que um bando de *sinvergüencistas* locais não vai tentar roubar a diligência, é claro", dizia Ibargüengoitia, "mas... vivemos em tempos imprevisíveis, *¿verdad?*"

Descendo o elevador, Günther encarava Frank com uma espécie de sorriso nos lábios. "Você estava olhando para O Anjo", ele disse por fim. "Não é uma boa ideia, como já constatei."

Ao que parecia, Ibargüengoitia havia combinado de fazê-los chegar até Chiapas por um navio de cabotagem que saía de Vera Cruz, indo até Frontera, Tabasco, de onde tomaram uma diligência até Villahermosa, Tuxtla Gutiérrez, atravessando a Sierra e chegando à costa do Pacífico. Chegaram ao *cafetal* uma semana depois, montados em cavalos, por volta do meio-dia, e imediatamente o capataz quase arrancou Günther do cavalo, desfiando um longo rosário de crises, e quando deu por si Frank estava encarando uma despolpadora de café estranhíssima, com manual em alemão, operada por dois cidadãos locais que pelo visto não se davam conta de que Frank não fazia a menor ideia de qual seria o problema daquela máquina, e menos ainda de como consertá-la.

O motor estava em ótimo estado, os eixos, roldanas, correias e embreagens um pouco gastas, porém funcionais, os canos do tanque onde os grãos ficavam de molho desimpedidos e a bomba funcionando, portanto o problema ou estava naquela máquina infernal em si ou então no modo como ela havia sido instalada. Depois de uma hora frustrante a desmontar e montar, Frank aproximou-se bem da máquina e cochichou: *"Tu madre chingada puta"*, olhou a sua volta uma ou duas vezes e deu um chute teatralmente furtivo na sacana. Como se caindo em si abruptamente, a máquina estremeceu, entrou em funcionamento e o cilindro ralador em questão começou a rodar. Um dos índios abriu a válvula do tanque e os grãos começaram a fluir num fluxo vermelho com a consistência aproximada de feijão cozinhado num acampamento, saindo em forma de polpa misturada com sementes ainda envoltas no tal endocarpo, prontas para as próximas etapas de lavagem e secagem mecânica.

Naturalmente, houve outros problemas com as máquinas que pré-secavam, secavam, poliam e peneiravam, mas nas duas semanas que se seguiram Frank examinou sistematicamente os cames, as engrenagens e os parafusos de calibragem daquele pesadelo mecânico a que Günther sempre se referia como "o futuro do café", até mesmo aprendendo um ou dois termos técnicos em alemão. De algum modo, toda a colheita de café daquele ano foi recolhida sem incidente, colocada em sacas de aniagem e preparadas para os agentes comerciais.

Fora dali, a tempestade política continuava, e de vez em quando entrava por uma janela. Muitos dos trabalhadores migrantes da plantação eram juchitecos que se inspiravam nos exemplos de Zapata e do mártir Che Gómez. No final do outono, índios Chamula que lutavam pela causa perdida de San Cristóbal, que se rebelara contra Tuxtla, começaram a aparecer no trabalho sem uma orelha, a penalidade por terem perdido a recente batalha de Chiapa de Corzo. Frank encontrou uns dois empregados que estavam realmente interessados em aprender a trabalhar, e em pouco tempo eles estavam executando a maior parte das tarefas técnicas, dando a Frank mais tempo para ir até a cidade relaxar, embora ele não soubesse exatamente o que acontecia quando ele não estava a vigiá-los, pois por mais estranhos que fossem os Tarahumare, em comparação com algumas daquelas tribos de Chiapas eles pareciam pessoas tão comuns quanto professores de metalurgia. Ali havia anões e gigantes, e *brujos* que assumiam a forma de gatos selvagens ou quatis ou multiplicavam-se às dezenas. Frank havia observado tais fenômenos, ou julgava tê-lo feito.

Naquele trecho em particular da encosta voltada para o Pacífico, a cidade era Tapachula — quem queria descansar, pintar o sete ou fazer as duas coisas ao mesmo tempo ia a Tapachula. Frank tencionava passar algum tempo numa *cantina* chamada El Quetzal Dormido, tomando o conhaque de agave de Comitán ou então uma coisa de início horripilante, mas depois de algum tempo até interessante, chamada *pox*, um uísque de milho de fabricação caseira, e dançando com (ou acendendo panatelas para) uma moça chamada Melpómene, que viera das ruínas e vaga-lumes de Palenque, primeiro para Tuxtla Gutiérrez e depois, com aquele faro típico de certos jovens que sabem onde o dinheiro está sendo gasto de modo mais impensado em qualquer dada estação do ano, nas cidades que estão vivendo um *boom* econômico, para Tapachula, onde havia plantações de cacau, café, guaiúle e banana num raio de fácil acesso, de modo que a cidade estava sempre pululando de catadores, sacudidores de árvores, donos de viveiros de plantas, polidores de grãos, *guayuleros* e operadores de centrífugas, nenhum dos quais era dado à moderação.

Melpómene informou Frank a respeito dos gigantescos besouros luminosos denominados *cucuji*. Todas as noites, nos arredores de Palenque, iluminando quilômetros de ruínas ocultas em meio às árvores da selva, eles apareciam aos milhões, emitindo uma luz que brotava de toda a extensão de seus corpos, tão forte que bastava um deles para se ler o jornal, e meia dúzia iluminava todo um quarteirão. "Pelo menos foi o que me disse um *tinterillo* uma vez", sorrindo em meio à fumaça de um Sin Rival. "Nunca aprendi a ler, mas tenho uma árvore cheia de *cucuji* no meu quintal. Venha", e foram até a porta dos fundos, desceram um beco de paralelepípedos e entraram numa ruela de chão batido. Imediatamente, logo à frente deles, acima das copas das árvores, via-se uma luz amarela esverdeada, pulsando. "Eles sentem quando eu chego", ela explicou. Viraram uma esquina e encontraram uma figueira, onde havia, Frank calculava, milhares desses grandes besouros luminosos, acendendo uma luz forte e depois escurecendo, vez após vez, todos em uníssono. Ele percebeu que se ficasse muito tempo olhando para a árvore acabava perdendo o senso de escala e era quase como se estivesse olhando para uma grande cidade, como Denver ou a capital mexicana, à noite. Sombras, profundezas...

Melpómene explicou-lhe como as índias de Palenque capturavam os besouros e os domesticavam, dando-lhes nomes que *eles aprendiam a reconhecer*, colocando-os dentro de jaulinhas e carregando-os como lanternas à noite, ou usando-os dentro do cabelo por trás de véus transparentes. As noites eram povoadas por mulheres luminíferas, que caminhavam pela floresta como se fosse dia claro.

"Esses bichos todos daqui têm nomes?"

"A maioria tem", e dirigindo-lhe um olhar de alerta para que ele não levasse a coisa para brincadeira. "Tem até um que o nome dele é uma homenagem a você, se você quiser conhecer. Pancho!"

Um dos fragmentos de luz destacou-se da árvore e veio voando, pousando no pulso da moça, como um falcão. Quando a árvore escurecia, Pancho também se apagava. "*Bueno*", ela cochichou para o inseto, "não preste atenção para os outros. Quero que você só acenda quando eu disser. Agora." O besouro, obediente, iluminou-se. "*Ahora, apágate*", e mais uma vez Pancho obedeceu.

Frank olhou para Pancho. Pancho olhou para Frank, se bem que sabe-se lá o que ele estava vendo.

Ele não sabia dizer quando que a coisa aconteceu, mas houve um momento em que Frank compreendeu que aquele ser luminoso era a sua alma, e que todos os besouros da árvore eram as almas de todas as pessoas que haviam passado por sua vida, mesmo de longe, mesmo por uma fração de segundo, que existia uma árvore como aquela para cada pessoa em Chiapas, e embora isso parecesse implicar que a mesma alma vivia em várias árvores diferentes, todas elas na verdade formavam uma única alma, do mesmo modo como a luz é indivisível. "Do mesmo modo", prosseguiu Günther, "que nosso Salvador podia dizer a seus discípulos com a cara mais séria do mundo que o pão e o vinho eram indistinguíveis de seu corpo e seu sangue.

A luz, aliás, entre esses índios de Chiapas, ocupa uma posição análoga à carne entre os povos cristãos. É *um tecido vivo*. Tal como o cérebro é a expressão externa e visível da Mente."

"Isso é germânico demais pra mim", Frank murmurou.

"Pense só — como é que eles todos piscam ao mesmo tempo?"

"Visão apurada, reflexos rápidos?"

"Sempre é possível. Mas lembre que há também tribos nessas montanhas que mandam regularmente mensagens a uma distância de centenas de quilômetros, *instantaneamente*. Não na velocidade finita da luz, veja lá, mas num intervalo de tempo igual a *zero*."

"Eu pensava que isso era impossível", Frank disse. "Até mesmo o telégrafo sem fio leva algum tempo."

"A relatividade especial não quer dizer nada em Chiapas. Quem sabe a telepatia existe, mesmo."

Quem sabe. Frank pensou em puxar o assunto na próxima vez que estivesse com Melpómene no Quetzal Dormido, mas ela foi mais rápida.

"Esta noite vai haver uma pequena confusão", disse ela.

"*Caray*, o seu *novio* vai aparecer aqui na cidade!"

Ela bateu as cinzas do charuto em direção a ele. "São os mazatecos outra vez. Uma gangue deles está se formando agora mesmo e vem pra cá. Devem chegar pouco depois da meia-noite."

"Mazatán fica a vinte e cinco quilômetros daqui. Como é que você sabe o que está acontecendo lá 'agora mesmo'?"

Ela sorriu e deu um tapinha no centro da própria testa.

Por volta de meia-noite, ouviram-se gritos e explosões e alguns tiros, vindos dos lados do oeste. "¿Qué porra *es*?" Frank, já um pouco sonolento, perguntou — "Ah, desculpa, querida, o que eu quis dizer era ¿*Qué el chingar*?, é claro".

Melpómene deu de ombros. Frank foi até a janela para olhar. Mazatecos, sem dúvida, procurando encrenca.

Os entendidos em política costumavam rotular os ressentimentos manifestados regularmente por Mazatán contra Tapachula como mais uma rebelião "vazquista", embora as pessoas ali os encarassem mais como conflitos de uma cidade contra outra do tipo que ocorria em Chiapas desde muito antes da chegada dos espanhóis. Ultimamente, talvez ainda mais excitados pelo clima de rebelião nacional, elementos de Mazatán haviam passado dias e noites de ócio elaborando planos para atacar Tapachula, raspar os cofres dos dois bancos da cidade e matar o *jefe* local. Mas seu planejamento, por algum motivo, nunca levava em conta a força voluntária de autodefesa de Tapachula, a qual todas as vezes estava sempre à espera deles, e de vez em quando os punha para correr até Mazatán e ainda por cima ocupava a cidade, para levar a humilhação ao máximo. "Quase como se já estivessem sabendo de antemão", Frank intrigava-se. "Mas quem é que avisa? Você? E quem avisa você?"

Em resposta, obteve um sorriso enigmático, e só. Mas Günther vinha pensando naquilo havia algum tempo.

"É como uma estação telefônica", afirmou ele. "Não, não se trata de 'como' — é mesmo uma estação telefônica. Uma rede de índios em comunicação telepática. A distância, ao que parece, é irrelevante. Por mais longe que eles possam ir, o organismo único formado por eles permanece intato, coerente, conectado."

O inverno chegou ao calendário, mas não à *tierra caliente*. Porém alguma coisa, o encurtamento dos dias, uma escassez de luz solar, estava afetando o ânimo de todas as pessoas do *cafetal*. Alguma coisa estava a caminho. Os índios começaram a se entreolhar de um jeito estranho e a evitar os olhares das outras pessoas.

Uma noite Frank estava sentado perto da figueira de Melpómene, apreciando o espetáculo dos *cucuji*, e a uma certa altura, assim como uma pessoa adormece aos poucos, entrou num transe e, dessa vez sem *hikuli*, viu-se de volta à mesma versão da antiga Tenochtitlán a que o cacto de El Espinero o havia transportado.

Sua missão era uma questão de vida e morte, mas os detalhes de algum modo não eram revelados a ele. O que Frank sabia é que era necessário ir até um trecho da cidade escondido da maior parte dos habitantes. O primeiro passo era passar por baixo de um arco cerimonial — o qual, ele sabia, um dia seria destruído, tal como os espanhóis haviam outrora destruído todas as estruturas astecas de Tenochtitlán. O Arco era de calcário claro, com uma escultura triunfal no alto, uma figura sinistra, toda curvas, tranças, asas e drapejamentos, em pé numa quadriga. Frank reconheceu o rosto de ouro do Anjo da Quarta Glorieta da Reforma, mas compreendeu que era um Anjo diferente. Como um portão, o Arco parecia definir duas partes diferentes da Cidade como tão incomensuráveis quanto a vida e a morte. Quando "Frank" passou por baixo dele, o Arco assumiu uma luz espectral e ficou mais alto e mais substancial.

Frank viu-se numa parte da Cidade em que prevalecia a selvageria e era desconhecida a piedade. Vultos envoltos em capas passavam por ele olhando-o fixamente com um ódio perscrutador. Ouviam-se disparos de artilharia e tiros de fuzil, tanto próximos quanto mais distantes. Havia sangue nas paredes. Pairava no ar um cheiro de cadáveres, gasolina, carne ardente. Frank sentia uma necessidade desesperada de fumar, mas estava sem cigarros. Olhou para trás em direção ao portão, mas ele havia desaparecido. De vez em quando um pedestre lançava um olhar temeroso para o céu, gritava ou corria para um lugar protegido, mas quando Frank levantava a vista ele só via uma sombra a se aproximar do norte, como uma tempestade, cobrindo um trecho cada vez maior do campo de estrelas. Ele sabia o que era, mas não conseguia encontrar seu nome na memória.

Chegou ao limiar de uma grande praça que se estendia ao longe e se perdia na escuridão da madrugada, onde quase não havia vivalma, ladeada por duas construções de aparência oficial, porém sem nome, com fachadas de materiais vulcânicos do local, *tezontle* e *tepetate* — ambos os monumentos, apesar da altura modesta e da ilegibilidade emocional, eram tão intimidadores, com uma intenção talvez igualmente cruel, quanto as pirâmides mais antigas daquele vale. Ouviam-se tiros, mais ou menos incessantes, e Frank não sabia o que fazer. Nenhuma das duas estruturas enigmáticas fornecia qualquer segurança. Ele viu a sua frente a expansão mortal de horas de escuridão que seria obrigado a passar ali, até que os galos começassem a cantar e o céu pouco a pouco retivesse mais e mais luz, quem sabe revelando em silhueta, nos telhados irregulares, vultos humanos que talvez estivessem ali o tempo todo, ministrando as hostilidades.

Quando Frank voltou ao mundo indicativo, lá estava Melpómene com a notícia, vinda da Capital, do golpe de Huerta, e pouco a pouco ficou claro para ele que os dois prédios misteriosos de sua visão eram o Palácio Presidencial, onde Madero se refugiara em meio às forças que lhe eram fiéis, e o arsenal conhecido como a Ciudadela, dois quilômetros e meio a oeste dali, onde os rebeldes chefiados por Félix Díaz, sobrinho de Porfirio Díaz, estavam entrincheirados. Entre os dois ficava o centro da Capital, um lugar de guerra com milhares de mortos abandonados onde haviam caído, a céu aberto, uma situação que se prolongaria por dez dias naquele fevereiro, vindo a tornar-se conhecida como a Decena Trágica. A sombra no céu, todos esses séculos a perseguir os astecas e suas gerações, rumo ao sul em sua longa fuga, por fim veio a pairar acima do vale do México, acima da Capital, deslocando-se para o leste a partir do Zócalo até estacionar acima da penitenciária conhecida como *"el palacio blanco"*, condensando-se por fim, um por um, nos tiros de calibre 38 que mataram Madero e Pino Suárez e instalaram Huerta no poder, e apesar do conflito prolongado e terrível, e da fé tão mal dirigida do povo, havia, no final das contas, permitido que a serpente prevalecesse.

Resolvendo não ficar ali para ver a que espécie de prêmio sua cabeça teria sido posta pelo novo regime, Frank fugiu do México num navio que saiu de Vera Cruz, escondido no porão embaixo de várias sacas de café. Quando chegou a Corpus Christi, estava tão acelerado pelo efeito de respirar poeira de café que sentia-se disposto a ir correndo até Denver. "Fique no Texas", implorou uma dançarina de fandango chamada Chiquita quando ele atravessou correndo San Antonio.

"Meu bem em circunstâncias normais isso seria para mim uma ótima ideia levando-se em conta que o México que já foi minha outra terra *mi otra tierra* como dizemos por lá me fez pensar mais do que nunca em San Antonio terra do Alamo berço da independência do Texas e tudo mais sem entrar nos detalhes de quem roubou o que de quem você certamente compreende que mais cedo mais tarde alguém em algum *saloon* vai puxar o assunto talvez bastando revirar os olhos no espelho mais uma promessa de contas a serem acertadas num futuro próximo podendo ser desde o preço de uma cerveja até a vida de um de nós você entende..." Mas a essa altura ele já havia saído pela porta afora e estava a meio caminho de San Angelo.

Assim que chegou a Denver, foi ao banco para ver se ao menos parte do dinheiro que vinha mandando para lá havia conseguido sair do México, e para seu espanto encontrou uma quantia polpuda na sua conta. Além do salário pago por Günther e das comissões referentes à compra de uma ou duas máquinas pesadas, havia também os dez dólares por dia em ouro que a gente de Madero lhe pagara em 1911 em Chihuahua, aparentemente incluindo também um bônus referente ao acidente de cair do cavalo. Era a primeira vez que Frank estava sendo pago por ser um idiota. Haveria futuro naquilo?

Frank estava num bar na Seventeenth Street uma noite quando esbarrou em ninguém menos que o dr. Willis Turnstone, ex-pretendente decepcionado da irmã de Frank, Lake, tendo acabado de sair do turno da noite do hospital ali perto.

"Reparei que você está puxando daquela perna", disse o médico depois de algum tempo.

Frank lhe contou a história. "Será que dá pra fazer alguma coisa?"

"Se eu não puder, meu sócio certamente vai poder. Ele é chinês, cura tudo espetando umas agulhas de ouro. Você fica deitado, parecendo um porco-espinho, e depois passa a noite toda dançando o foxtrote."

"Agulhas. Deixa eu pensar nisso um pouco."

"Toma o nosso cartão. É logo ali depois da esquina, vem um dia desses que a gente dá uma olhada."

Depois de alguns tragos sociáveis, o médico disse: "Você percebeu que não perguntei nem uma vez sobre a sua irmã".

"Agradeço. Pelo visto, você se recuperou. Pena que não posso dizer o mesmo."

"Me recuperei mesmo. Estou noivo do mais perfeito dos anjos. Eu nem seria capaz de dizer como ela é. Ah, Frank, ela é adorável sob todos os aspectos. Mãe, musa e amante, tudo ao mesmo tempo, dá pra imaginar? Claro que não. Ué, você ficou meio pálido de repente."

"Tem uma escarradeira por aí?"

"Aqui, não, é contra o regulamento da casa."

O consultório do dr. Turnstone ficava a um quarteirão e meio do hospital Mercy, três lanços de escada acima. "É pra espantar os falsos doentes!", riu seu sócio, o dr. Zhao. "Deixe ver a língua. Aha." Pegou os dois punhos de Frank a auscultar vários pulsos. "Há quanto tempo o senhor está grávido?"

"Como é que é?"

"Brincadeirinha!"

A porta abriu-se, e apareceu a cabeça de uma moça com um daqueles chapéus de veludo escuro que estavam surgindo por toda a cidade. "Oi, bem, você... Aaahh! Você!"

"Eu, não", saiu-se o dr. Zhao. "E o seu noivo teve que visitar um paciente. Ah! A senhora se refere a este paciente aqui!"

"Olá, Wren. Você se incomoda se eu não me levantar agora?" Todas aquelas agulhas haviam tido algum efeito sobre Frank. Normalmente, qualquer homem ficaria de coração partido ao ouvir uma antiga namorada chamar outro homem de "bem", e um médico ainda por cima. Mas o que ele estava sentindo na verdade era uma espécie de reflexo estranho de fofoqueiro da cidade, que o fez pensar: ora, ora, Wren e o doutor, será que vai dar certo? etcétera e tal.

"Frank, espero que você não..."

Ele sempre havia apreciado aquela sua falta de jeito de mulher intelectualizada... como se o ciúme fosse uma coisa com que só os personagens de livros soubessem lidar, e quando isso surgia no mundo real, ora, era difícil saber o que fazer... "Me diz uma coisa", ele perguntou, um pouco sonolento, "como foi que vocês se conheceram, você e o seu amorzinho?"

"Tenho que fazer uma poção com ervas chinesas", murmurou o dr. Zhao. "Vou deixar esta porta aberta. Comportem-se!"

"Voltei pros Estados Unidos", Wren respondeu, "fui ao hospital fazer um exame que Harvard insistia que eu fizesse, pra fins de seguro, o Willis estava de plantão, passamos um pelo outro no corredor, trocamos um olhar, e..."

"Epa!", comentou Frank. Ele já tinha ouvido falar naquele fenômeno, porém nunca o observara em ação.

Wren deu de ombros, exatamente como uma indefesa vítima feminina do Destino. "O Willis é bom", explicou. "Um homem bom. Você vai ver. Ele conhece a sua amiga Estrella também. Os dois estão envolvidos num projeto misterioso lá nas minas de carvão."

Ora, agora ela estava falando. Os plutocratas, malditas as suas almas se eles de fato tinham almas, estavam aprontando outra vez, agora no sul do Colorado, onde era para buscar carvão e não ouro que os homens afundavam na terra, arriscando suas vidas e saúde, e os mineiros vinham mais da Áustria-Hungria e dos Bálcãs do que da Cornualha e da Finlândia. Desde setembro, o sindicato dos mineiros estava em greve contra a Colorado Fuel and Iron Company de Rockefeller — desde novembro fora decretada lei marcial no campo de Trinidad. As duas partes em conflito tinham muitos fuzis, e a Guarda Nacional do estado também dispunha de metralhadoras. Os tiroteios e escaramuças eram quase constantes, sempre que as condições meteorológicas o permitiam — naquele inverno, as tempestades tinham sido ferozes e mortais, mesmo para os padrões de Colorado. Famílias expulsas dos alojamentos da companhia estavam passando todo o inverno em colônias de barracas montadas perto de Ludlow e Walsenburg. Stray havia ido lá no início da greve e se instalara numa das barracas por volta de dezembro, indo contra os conselhos de todos que gostavam dela.

"O que não é pouca gente", disse o dr. Turnstone.

"Se incomoda de me dizer o que é que ela está fazendo por lá?"

"Tem uma espécie de rede informal de pessoas fazendo o possível pra ajudar os grevistas. Comida, remédios, munição, cuidados médicos. Tudo voluntário. Ninguém lucra, ninguém é pago, não ganha nem mesmo crédito, nem um muito-obrigado."

"Parece aquela história do México de novo."

"Você já se cansou disso por algum tempo, imagino."

"De jeito nenhum. Agora que vocês conseguiram dar um jeito na minha perna."

"Por acaso, há um pequeno comboio indo pra Walsenburg, e eles estão precisando de mais gente."

"Já estou lá."

"Um velho conhecido seu também vai. Ewball Oust?"

"Ora, ora. Esta semana é mesmo minha, não é?"

Encontraram-se, conforme o combinado, em Pagosa Springs. "Como vai sua perna?", indagou Ewball.

"Continua reclamando sempre que vem o vento do norte." Frank indicou com a cabeça o pênis de Ewball. "Como é que vai a sua terceira perna? Ou será que era melhor eu não perguntar."

Se Ewball estava torcendo para que o assunto de Stray não viesse à tona, não dava sinal disso. "Ah", fingindo inspecionar as amarras de um barril em um dos carregamentos, "mais um grande equívoco da minha lista. Eu não devia ter me metido daquele jeito."

"'Na hora, parecia uma boa ideia.'"

"Ih, começou. Mas agora ela é toda sua, parceiro." Ewball esperou um pouco e acrescentou: "Sempre foi".

"Novidade pra mim, Ewb." Mas quem, tirando a própria Stray, haveria de saber, se não Ewb? Pelo menos aquilo dava a Frank o que pensar.

Sempre atentos para a possível presença de guardas da mina, membros da Ku Klux Klan, detetives da companhia e outras pragas semelhantes, eles conduziram o pequeno comboio, composto de mudas de carroças, pelo passo de Wolf Creek, descendo até o vale de San Luis. Dormia-se pouco à noite, pois certamente haveria cavaleiros à procura deles, embora o luar estivesse cada noite mais fraco.

"Mais uma coisa que você devia saber", Ewball remexendo o pó de café na cafeteira, pensativo, com o termômetro que havia roubado do exército e que usava para obter a temperatura exata.

Frank bufou. "Quer dizer que ainda tem mais."

"A sua mãe. Ela está em Denver, trabalhando pros proprietários de —"

"Ora, só faltava essa." A resposta usual teria sido algo assim como "E a sua, não trabalha na zona?", mas isso iria muito além da troca de facécias permissíveis numa trilha.

"— e ela e a Stray tiveram uma longa conversa, pelo visto."

"Você levou a Estrella pra apresentar aos seus pais."

"Ela não queria, com toda a razão."

"Tem que se cuidar, Ewb, é a tal febre burguesa tentando pegar você."

"Tudo isso são águas passadas. É, acabou, mesmo. E mais uma coisa sobre a Stray — Alguma vez eu já lhe contei —"

"Ewb."

E sem nenhum intervalo, o sol já havia nascido outra vez e o café dentro da cafeteira se congelara durante a longa noite.

A travessia da bacia de San Luis foi tensa. Ao longe, cavaleiros cujos chapéus, capas e montarias se confundiam com o terreno de vez em quando se tornavam visíveis, indo a toda velocidade pela planície descampada, cada um numa direção ligeiramente diferente, os menos cuidadosos trajando roupas escuras que se destacavam contra o tom cinzento do campo, pois qualquer um que estivesse situado numa elevação, por menor que ela fosse, mais cedo ou mais tarde cairia na tentação de encarar aqueles homens como alvos. O que também aconteceria com os cavaleiros mais aventureiros, dispostos a correr os riscos representados pelo vento, a precisão das alças de mira dos fuzis e o tamanho da carga, ou simplesmente o fato de que o terreno elevado estava longe demais — contra a vantagem daquela familiar animação que a gente sente ao se tornar alvo de um tiro mal dado.

Agora ali não havia mais muito gado no pasto como outrora, porque coisas demais estavam acontecendo na região. Onde o telégrafo não era confiável, mesmo assim era necessário enviar mensagens. Havia que pôr Winchesters, Remingtons e Savages nas mãos certas. Pessoas importantes que queriam evitar a ferrovia Denver & Rio Grande, infestada de detetives da Pinkerton, tinham que ser conduzidas por aquelas trilhas onde não havia abrigo.

Foi um alívio passar por Fort Garland, sair da planície e voltar a subir a serra. Foram conduzindo o comboio pelos montes Sangre de Cristo até o passo de North La Veta, numa descida de luz metálica, intensidades amarelas em meio a roxas de nuvens — os Spanish Peaks se elevando adiante do outro lado do vale, e os picos nevados da serra de Culebra estendendo-se para o sul. E lá embaixo, por fim, numa curva da trilha, os primeiros telhados de Walsenburg, os que eram cobertos de terra dando lugar aos de madeira, e mais além, aguerridas e desoladas, as minas de carvão.

Scarsdale Vibe discursava para a delegação de Las Animas-Huerfano do Fórum pela União e Defesa da Indústria (F.U.D.I.), reunida no cassino de um exclusivo *resort* de águas termais perto do Divisor de Águas. Enormes janelas exibiam e emolduravam paisagens serranas que pareciam cartões-postais coloridos à mão por uma equipe ligeiramente daltônica trazida de além-mar. A clientela era, em sua maioria, constituída por norte-americanos brancos, ostensivamente endinheirados — pessoas de férias, vindas da Costa Leste e outros lugares, embora o observador tivesse razão se julgasse reconhecer rostos vistos nos bares dos grandes hotéis de Denver, um ou outro que podia muito bem aparecer na Arapahoe Street.

A noite ia bem avançada, as senhoras já tinham se retirado fazia algum tempo, e assim não havia mais nenhuma necessidade de eufemismos.

"Isso mesmo, nós os usamos", Scarsdale já no meio daquele discurso que se tornara sua obra-prima oratória costumeira, "nós os arreamos e sodomizamos, fotografamos sua degradação, nós os obrigamos a subir em estruturas de ferro elevadas e penetrar em minas, esgotos e abatedouros, a carregar pesos desumanos, colhemos deles os músculos, a visão, a saúde, e temos a bondade de lhes deixar uns poucos anos de vida miserável. É claro que fazemos isso. E por que não? Eles não servem para mais nada, mesmo. Pode-se esperar deles que atinjam a condição humana integral, adquirindo educação, formando famílias, promovendo a cultura ou a raça? Nós pegamos o que podemos pegar enquanto nos deixam pegar. Olhem só para eles — a marca de seu destino absurdo salta aos olhos. A música vai parar de tocar de repente, e são eles que vão ficar de fora, apalermados, quase todos desafinados, jamais inteiramente conscientes, se tivessem bom senso já teriam pulado fora do jogo há muito tempo para procurar um refúgio antes que fosse tarde demais. Talvez, mesmo se tivessem feito isso, não teriam encontrado nenhum refúgio.

"Nós vamos comprar tudo", fazendo o gesto óbvio com o braço, "todo este país. O dinheiro fala, a terra escuta, onde o anarquista se escondia, onde o ladrão de cavalos exercia seu ofício, nós, os pescadores de americanos, havemos de lançar nossas redes com grades perfeitamente retas, com quadrados de quatro hectares terraplenados, protegidos contra pragas, prontos para serem edificados. Onde alienígenas catavam lenha e caçavam ratos em nome de seus míseros sonhos comunistas, a boa gente das pradarias virá em multidões para povoar estas serras, gente limpa, trabalhadeira, cristã, enquanto nós, contemplando seus pequenos bangalôs de férias, habitaremos palácios milionários dignos de nossos *status*, que serão financiados pelo dinheiro das hipotecas dessa gente. Quando as cicatrizes dessas batalhas já tiverem secado há muito tempo, e os montes de escória estiverem cobertos por capim e flores silvestres, e a chegada da neve não for mais uma maldição e sim uma promessa, ansiosamente aguardada por trazer um influxo de gente com dinheiro para gastar em diversões hibernais, quando os fios reluzentes dos teleféricos costurarem todas as encostas, e tudo se reduzir a festivais, esportes salutares e corpos selecionados pela eugenia, quem ainda haverá de se lembrar dessa gentalha sindicalizada, cadáveres congelados cujos nomes, aliás falsos, jamais foram registrados? Quem vai querer saber que outrora os homens brigavam como se uma jornada de trabalho de oito horas, e umas poucas moedas a mais ao final da semana, fossem da maior importância, e compensassem o vento implacável a penetrar o telhado furado, as lágrimas a congelar num rosto de mulher tão gasta quanto o de uma índia envelhecida antes do tempo, o choramingar de crianças cujas barrigas nunca se sentem satisfeitas, cujo futuro, o daquelas que sobreviveram, sempre foi trabalhar para nós, levar e trazer, dar de comer e amamentar, vigiar as cercas das extensões de nossas propriedades, velar pelo nosso sono e nos proteger de intrusos e questionadores?" Teria sido uma boa ideia olhar para Foley, atento no meio das sombras ao fundo. Mas Scarsdale não procurou o olhar de seu velho e fiel capanga. Hoje em dia, raramente fazia isso. "O anarquismo há de passar, é uma raça que vai degenerar e silenciar, mas o dinheiro vai gerar dinheiro, crescer como campânulas nos campos, espalhar-se, iluminar, ganhar força e derrubar todos os obstáculos que surgirem a sua frente. É simples. É inevitável. E já começou."

No dia seguinte Scarsdale, em seu trem particular, o Jagrená, desceu da esfera da teoria para as duras realidades hibernais de Trinidad, a fim de ver o que estava acontecendo na terra e encarar o monstro anticapitalista olhos nos olhos. Ele considerava-se um homem de prática e não de teoria, e jamais havia recuado diante do "mundo real", como costumava dizer.

Ainda a caminho de Trinidad, caminhando de um vagão para outro, Scarsdale abriu uma porta na extremidade de um deles e, no vestíbulo, encontrou — Era um ser, muito mais alto do que ele, o rosto horrorosamente corroído, como se queimado nas bordas, as feições fora do lugar onde deveriam estar. O tipo de presença maligna que, em ocasiões anteriores, o haviam lançado em níveis de temor dos quais, ele sabia, não seria possível emergir sem chamuscar sua força de vontade. Mas dessa vez sentiu apenas curiosidade. Scarsdale olhou a criatura nos olhos, levantando o dedo como se para falar, quando ela passou por ele, seguindo pelo corredor do vagão. "Espere", Scarsdale perplexo, "quero lhe dizer uma coisa, fumar um charuto, conversar um pouco."

"Agora não, estou ocupado." O sotaque não era americano, mas Scarsdale não conseguiu identificá-lo. E logo em seguida a aparição havia sumido, deixando o magnata aturdido com sua própria falta de terror, e sem conseguir imaginar a possibilidade de que aquilo não fosse de algum modo dirigido contra ele, não visasse, como sempre, a sua destruição. Atrás de quem, senão dele, àquela altura dos acontecimentos, a criatura não haveria de estar?

Foley entrou com os olhos cheios de sono, tendo sido despertado por alguma coisa que só ele ouvira.

"Tinha alguém aqui no Jagrená que não era para estar", saudou-o Scarsdale.

"Já passou por aqui umas dez vezes", disse Foley.

"Não faz mal, Foley, está tudo nas mãos de Jesus, não é? Poderia acontecer a qualquer momento, aliás, e para ser franco com você, aguardo com expectativa a hora de me tornar um dos mortos nefandos."

Foley sabia exatamente o que aquilo queria dizer. Em campos de batalha, após o conflito, balas de canhão espalhadas por toda parte, ele havia convivido com milhares de fantasmas, todos eles cheios de ressentimentos, a zanzar, ou plantados nos portões dos cemitérios e em casas de fazendas abandonadas onde sobreviventes semienlouquecidos eram os que mais costumavam vê-los, se bem que alguns deles nem sabiam direito de que lado estavam daquela fronteira quase invisível... Não era o tipo de companhia que ele teria escolhido. De início, julgou que o desejo de Scarsdale de se ver entre eles seria ignorância de civil. Porém não demorou para se dar conta de que Scarsdale os compreendia melhor do que ele.

Depois de fazer a entrega em Walsenburg, Frank e Ewball foram até Trinidad dar uma olhada. Havia milicianos por toda parte, jovens de aparência infeliz, com uniformes encardidos e esfarrapados, com a barba por fazer, mal dormidos, procurando pretextos para atacar os grevistas, que eram gregos e búlgaros, sérvios e croatas, montenegrinos e italianos. "Na Europa", explicou Ewball, "eles estão se matando por causa das trapalhadas políticas de lá que a gente nem consegue entender. Mas é só eles chegarem aqui, antes de dar tempo da gente dizer 'Oi', eles se esquecem desses ódios ancestrais sem mais nem menos e viram irmãos de armas, porque entendem na mesma hora o que está acontecendo aqui."

Por algum motivo, eles vinham para o Oeste e acabavam indo parar naquelas minas de carvão, e os proprietários espalhavam histórias de franco-atiradores da guerra dos Bálcãs e coisa e tal, e guerrilheiros gregos, e sérvios sádicos, e búlgaros dados a práticas sexuais indizíveis, todas essas raças alienígenas que vinham para infernizar as vidas dos plutocratas inocentes, coitadinhos, que estavam apenas tentando ganhar as deles como todo mundo. Mesmo que alguns daqueles mineiros imigrantes tivessem participado de combates na Europa, por que é que vinham para aqueles cânions desgraçados? Não era para ganhar três dólares por dia, nas cidades ganhava-se mais dinheiro, certamente não era para se expor a explosões, desmoronamentos e doenças pulmonares, e encurtar suas próprias vidas tirando carvão da terra para garantir a boa vida de algum proprietário — então por que era que eles iam para lá, em vez de outro lugar qualquer? A única resposta que fazia sentido para Ewball, que agia de modo cada vez mais estranho à medida que se aproximavam de Trinidad, era que alguns deles já deviam estar mortos, vitimados pelos conflitos nos Bálcãs.

"Pros mortos inquietos, sabe, a geografia é o de menos, tudo são coisas mal resolvidas, serve qualquer lugar onde houver contas a acertar, porque toda a história desses povos balcânicos é vingança, e vingança de vingança, família contra família, a coisa não acaba nunca, daí surge uma população de fantasmas balcânicos, gente que foi fuzilada, sei lá, em alguma montanha na Bulgária ou não sei onde, não faço ideia de onde eles são, pra onde eles vão, o que eles sentem é aquele *desequilíbrio* — tem alguma coisa errada que é preciso consertar. E se a distância não tem nenhuma importância, então eles aparecem onde houver uma briga do mesmo tipo, a mesma história de matança toma lá dá cá, pode ser até um lugar na China que a gente nunca ouviu falar, mas pode também ser uma cidade bem aqui do lado, aqui nas profundezas dos Estados Unidos."

"Ewball, isso é conversa de doido varrido."

Em Trinidad Frank percebeu um vulto na varanda do Columbian Hotel, um grandalhão, sério, queimado de sol, encostado no parapeito e olhando para o tráfego na rua com uma expressão de desprezo inatingível no rosto.

"Está aí um sujeito que eu preferia não ter que enfrentar", comentou Frank.

"Sério?"

"Sério. Ewb, que cara é essa?"

"Aquele senhor é por acaso o Foley Walker, o capanga dedicado do seu velho amigo de família, o senhor Scarsdale Vibe."

"Ora, isso dá o que pensar." Frank puxou para baixo a aba do chapéu e pensou. "Quer dizer que o Vibe também está por aqui?"

"Alguém tem de fazer o circuito champanhe e faisão, pra garantir que os plutocratas não vão perder a calma. O Rockefeller não pôde vir, mas aí está o velho Vibe, feliz que nem pinto no lixo."

Encontraram um *saloon* logo adiante e entraram. Ewball parecia encontrar-se num estado de impaciência quase juvenil. "E aí? Vai marcar o seu segundo ponto?"

"Talvez o segundo e o terceiro, se eu tiver que passar pelo Foley. Ele é tão mau quanto parece ser?"

"Pior. Dizem que o Foley é um desses cristãos renascidos em Cristo, por isso ele pode fazer tudo que é ruindade porque Jesus está por vir, e não tem nada que se possa fazer que seja tão mau que Jesus não perdoe."

"Mas você vai me dar cobertura, não vai?"

"Ora, Frank, muita bondade sua perguntar."

Fizeram o registro no Toltec Hotel. Frank sabia que em breve iria a Ludlow procurar Stray, mas no momento a possibilidade de que Vibe se tornasse um alvo fácil parecia ter prioridade. Resolveram rastrear as idas e vindas do magnata.

Fazendo o reconhecimento de terreno, julgaram uma vez ver de relance ninguém menos que a "Mãe" Jones, sendo empurrada para dentro de um vagão de trem e expulsa da cidade, uma atitude que na época chegava a ser cômica, pois ela logo dava meia-volta e retornava, tendo amigos entre os ferroviários ao longo de toda a rede, os quais a deixavam tomar qualquer trem e saltar onde ela bem entendesse. O que Frank percebeu naquela senhora de cabelos brancos era sua atitude de que-se-fodam, um desejo de aprontar que ela conseguira conservar em si, protegido da idade, dos plutocratas e daquilo que seus defensores contratados denominavam "vida", como se soubessem o que era tal coisa — protegido como uma criança, a criança que ela fora um dia...

Um pequeno bando de cães desceu a Main Street rodopiando, como se levados por um tornado em miniatura. Nos últimos tempos, o número de cães da cidade havia crescido como nunca antes. Como se alguém sentisse uma necessidade urgente de retirá-los dos cânions, onde estava prestes a ter início uma confusão a que não era o caso expô-los.

Sempre havia salas naqueles *resorts* de pistoleiros, pequenos e despojados, salas laterais, antessalas para negócios mortais, onde os membros da trupe iam para preparar-se — camarins onde não havia falas para decorar, capelas sem Deus...

Após inúmeras observações cautelosas, Ewball chegara à conclusão de que a melhor hora de tentar pegar Scarsdale era logo após o almoço. "Ele comem no hotel, depois ele e o Foley fazem uma caminhadazinha até o escritório da C.F.I., onde passam a tarde bolando novas maldades. Entre os prédios tem um espaço de menos de um metro onde eu posso ficar esperando."

"Você?"

E foi assim que surgiu a questão delicada de quem atiraria em quem. "Ora, ele é seu, por todas as leis da vingança, não há dúvida", disse Ewball, "quer dizer, se você quiser."

"E por que é que eu haveria de não querer?"

A insinceridade que brotava dos poros de Ewball já começava a saturá-lo. "Sei lá. É que o Vibe provavelmente vai ser fácil de acertar — o alvo mais difícil deve ser o Foley. Dependendo do esforço que você está preparado pra fazer."

"Você quer pegar o Vibe? E deixar o Foley pra mim? Ora, por mim, está tudo muito bem, não vou ficar chateado, digam o que as pessoas disserem depois."

"Como assim, Frank?"

"Ah, você sabe, essas coisas de psicologia, não sei o que mais." Frank percebeu que o sorriso de Ewball já não poderia ser qualificado de simpático. "Uma maneira de vingar seu pai, essas coisas. Conversa fiada da gente lá do Leste, é claro."

Ewball ficou a matutar por um minuto. "Peraí", pegando uma moeda de vinte e cinco centavos. "Vamos decidir no cara ou coroa, que tal."

Duas fileiras de lojas, frente a frente, desciam a ladeira íngreme da rua de terra batida. Onde terminavam os prédios não se via nada acima da superfície da rua, nem o horizonte, nem campo, nem céu hibernal, apenas uma intensa radiância preenchendo o vazio, um halo ou auréola do qual poderia emergir qualquer coisa, no qual poderia desaparecer qualquer coisa, um portal de transfiguração prateada, como se exibido do ponto de vista de (imaginemos) um pistoleiro caído.

Frank resolveu pedir emprestado a Ewball uma Peacemaker .44 em vez de recorrer à sua Smith & Wesson, pois precisava trocar a mola de seu extrator. Muitos anos antes, quando ele e Reef deixaram com Mayva a velha Colt dos tempos da Guerra da Secessão, Frank havia resolvido levar consigo os cartuchos que ainda estavam nela. Ele sempre os ouvia chacoalhar quando entravam ou saíam de alforjes, bolsos de capas, sacolas e bandoleiras, e jamais os utilizou, nem mesmo para matar Sloat Fresno, dizendo a si próprio que só os guardava como memento de Webb. Não que conseguisse enganar a si próprio — guardava-os para Deuce algum dia, é claro. Mas a menos que aquele réptil voltasse à cena do crime, como Frank teria oportunidade de usá-los?

Scarsdale Vibe teria de servir — uma segunda opção, mas não adiantava tentar explicar isso a Ewb, que se recusava a descer daqueles estranhos galhos teóricos dos princípios Anarquistas. Frank estava parado num beco estreito, entre um estúdio de fotógrafo e uma loja de rações, estando Ewball do outro lado da rua, à espera do magnata imperial que havia dado a ordem de matar Webb Traverse dez anos antes.

Eles passaram pela entrada do beco tão depressa que Frank quase não os viu. Saiu atrás deles e disse: "Vibe". Os dois homens se voltaram, Foley sacando o que Frank precisou de um minuto para reconhecer como uma parabélum alemã, minuto esse que foi o bastante para que Frank percebesse que alguma coisa estava acontecendo. Ewball vinha do outro lado da rua, utilizando uma carroça que passava como cobertura, a mão esquerda sustentando o cano de sua arma, quase como se rezasse.

Mesmo numa cidade cheia de Anarquistas assassinos que o odiavam mais do que a Rockefeller, Scarsdale não via necessidade de andar pelas ruas armado. Com seu tom mandão costumeiro, no exato momento em que não devia adotá-lo, ele ordenou: "Bom, agora você está vendo os dois com tanta clareza quanto eu, Foley. Cuide deles". Em resposta, agindo com a naturalidade de quem realiza uma tarefa cotidiana com anos de prática, Foley deu um passo para trás e, girando, apontou o cano de sua Luger para o coração de seu patrão e deu o primeiro tiro. Scarsdale Vibe olhou para ele, como se apenas curioso. "Meu Deus, Foley..."

"Jesus é o Senhor", Foley exclamou, e apertou o gatilho, disparando oito balas que, após o primeiro tiro, já eram redundantes. Como se voltando a seu lar ancestral após uma viagem longa e infindável, o que antes fora Scarsdale Vibe caiu de cara sobre o gelo e a neve suja da rua, em meio ao cheiro e ao cocô de cavalos, e repousou.

Foley ficou por algum tempo a olhar o cadáver, enquanto cidadãos corriam, uns para chamar o xerife, outros em busca de abrigo. "Ah, e mais uma coisa", fingindo dirigir-se ao cadáver, com uma expressão curiosamente alegre no rosto.

Frank, tendo contado os tiros e sabendo que a arma estava vazia, fez que sim com a cabeça. "Diga, meu senhor."

"Espero que vocês não fiquem chateados, mas é que hoje é dia de pagamento, e eu estava aguardando na fila há muito mais tempo que vocês."

Um esquadrão de milicianos vinha se aproximando, e Frank e Ewball, tendo escondido os revólveres dentro dos casacos, não tiveram problema em misturar-se à multidão de cidadãos nervosos de Trinidad. Foley esperava, com um bom humor paciente, vendo o sangue de Scarsdale, quase negro à luz de inverno, lentamente escorrer, formando uma moldura líquida a seu redor.

"É muito constrangedor", murmurava Ewball. "Como é que eu vou aguentar esse vexame?"

"Você queria que fosse você", adivinhou Frank.

"Pior que isso." Dirigiu um olhar profundo a Frank, como se esperando que, após tantos anos juntos, Frank manifestasse algum potencial de telepatia. "O serviço não era só trazer uma carroça com suprimentos", ele disse em voz baixa.

"Pra mim, já foi mais do que bastante", retrucou Frank, não querendo muitos detalhes.

Stray já estava em Trinidad havia algum tempo quando ouviu falar na colônia de barracas em Ludlow. Estava ali desde o final de setembro, quando tivera início a greve. Pouco a pouco, instalaram assoalhos, escavaram latrinas, uma linha telefônica foi estendida até o escritório do sindicato em Trinidad. Após algumas trocas de tiros entre os guardas da mina e os moradores do acampamento, as duas partes começaram a acumular armas e munições. O inverno se aproximava. Os tiroteios prosseguiam.

"Você tem certeza de que não preferia estar na cidade?", disse a irmã Clementia.

"Quero ir até lá numa carroça", respondeu Stray, "só pra dar uma olhada." Só uma olhada. Mas ela já sabia que era lá que devia estar. Mais ou menos na época em que foi morar numa das barracas, o governador decretou lei marcial, e logo quase mil soldados, entre infantes, cavalarianos e pessoal de apoio, sob o comando de um pau-mandado da Colorado Fuel and Iron chamado John Chase, que se autointitulava "general", montaram acampamento nos arredores de Trinidad e Walsenburg.

Stray constatou que a Colônia continha cerca de cento e cinquenta barracas e uma população de novecentas pessoas, famílias em sua maioria, com exceção de grupos de solteiros, como os gregos, que não se misturavam com os outros e falavam sua própria língua. Uma família tinha acabado de ir embora, e Stray instalou-se na barraca dela. Antes do pôr do sol naquele dia ela estava à cabeceira de uma menina montenegrina de cerca de três anos, febril, o nariz cheio de ranho, tentando fazê-la tomar um pouco de sopa.

Na manhã seguinte, ela e sua vizinha, Sabine, estavam levando roupa de cama para a barraca em frente à sua. Stray olhou para os trechos mais altos do terreno e viu peças de artilharia para todos os lados.

"Não estou gostando disto", murmurou. "Isto é um campo aberto pra tiro".

"Até agora ninguém atirou na gente", comentou Sabine, e foi justamente então que alguém atirou.

Não que Stray se considerasse uma pessoa protegida de todo mal. Sempre que estava em campo aberto, à luz do dia, com balas voando, mas nenhuma atingindo o alvo, passou a se acostumar com as pequenas explosões de terra a seu redor, o ruído cada vez mais fraco de um projétil já sem força caindo ao longe. De início, ficava tão assustada que deixava cair o que estivesse carregando e corria para um lugar protegido. No meio do inverno, já era capaz de atravessar todo o acampamento com os braços cheios de pás de tirar neve, cobertores, galinhas vivas, sete litros de café quente numa cafeteira de latão equilibrada na cabeça, e não derramar uma gota. Por vezes quase chegava a ter certeza de que os atiradores estavam brincando com ela. Aprendeu a distinguir os brincalhões dos ruins de mira. Um dia, voltando de uma dessas missões, adivinhem quem ela encontrou.

"Oi, mãe."

"Mas como é que você veio parar aqui?"

"Pela Colorado and Southern. Não se preocupe, não gastei um centavo. Também gostei muito de ver a senhora, mãe."

"Jesse, isso é loucura. Você não precisa estar aqui. O Willow e o Holt precisam de você lá."

"Não tem muita coisa pra fazer lá, não. Tudo que era de mais importante, eu e o Holt, e o Pascoe e o Paloverde, já fizemos antes mesmo de começar a nevar."

"Aqui é perigoso."

"Mais motivo ainda pra alguém proteger a senhora."

"Igualzinho ao seu pai. Cambada de vigaristas. Nunca consegui convencer nenhum de vocês a fazer nada." Ela olhou para o rosto do filho, coisa que fazia cada vez mais à medida que ele crescia, sempre que tinha oportunidade. "Não entenda mal, não é que você seja ele escrito e escarrado, não, pelo menos não o tempo todo, mas só de vez em quando..."

Os holofotes da companhia montados no alto de torres começaram a varrer as barracas a noite toda.

"Mãe, isso está me enlouquecendo. Não consigo dormir."

"Você detestava a escuridão."

"Eu era um garotinho."

De fato, a milícia do Colorado estava dando uma má reputação à luz. A lógica militar era que lançar um holofote sobre o inimigo tornava-o visível e ao mesmo tempo deixava-o cego, o que proporcionava uma vantagem inestimável tanto no plano tático quanto no psicológico. Nas barracas, naquele inverno terrível a escuridão era tão valorizada quanto o calor e o silêncio. Para muitos, passou a ser encarada como uma espécie de compaixão.

Por fim, uma noite Jesse pegou seu fuzil de repetição e saiu para explorar. "Só dar uma olhada", foi o que disse à mãe, que já tinha ouvido aquela frase Deus sabia quantas vezes antes. Em algum momento depois da meia-noite, Stray, que havia aprendido a dormir com todo tipo de barulho, sonhou que tinha ouvido a explosão distante de um único tiro de fuzil, e despertou numa escuridão abençoada. Pouco depois Jesse entrou na ponta dos pés e cuidadosamente deitou-se ao lado dela, os dois fingindo que ela estava dormindo. Stray o havia ensinado a jamais contar vantagem por algo que havia feito, na medida do possível, mas mesmo assim o dia seguinte Jesse ficou o tempo todo com um sorriso besta na cara que a fez lembrar de Reef, quando julgava ter levado vantagem em alguma coisa.

Foi o inverno em que todo mundo comia coelho. Havia cerca de vinte mil homens, mulheres e crianças na lista de grevistas precisando de apoio. O vento ocupava e apoderava-se do campo de Trinidad, e o frio era cada vez pior. No início de dezembro, as tempestades foram as mais feias já ocorridas. A neve acumulava-se numa profundidade de mais de um metro em alguns lugares. Algumas barracas afundavam sob o peso dela. Em meados de dezembro, começaram a surgir os fura-greves, enviados em vagões de transportar gado de lugares tão distantes quanto Pittsburgh, Pensilvânia, embora muitos fossem do México, escoltados por membros da milícia desde a fronteira, e a eles tudo era prometido e nada era revelado.

"Igualzinho a Cripple Creek", observavam os que ainda se lembravam. Dez anos antes, os fura-greves eram eslavos e italianos, alguns deles haviam posteriormente entrado para o sindicato, e agora eram eles que estavam fazendo greve.

"E embora, é claro, seja apropriado quebrar a cabeça de qualquer mexicano mantido em ignorância e enviado pra cá pra roubar o seu emprego", pregava o reverendo Moss Gatlin, o qual, sempre disposto a participar de uma boa briga, estava presente desde que a greve iniciara, "precisamos também compreender o quanto é prática, a longo prazo, a tolerância cristã, se por meio dela pudermos promover a educação do fura-greve boçal, tal como suas próprias cabeças agredidas em Cripple Creek e nos montes San Juan aprenderam da maneira mais dura a lição de que todo emprego, como quer que tenha sido obtido, é sagrado, até mesmo o emprego de um fura-greve, pois ele confere ao empregado a obrigação de resistir a partir daí às forças da propriedade e as fábricas do mal, por qualquer meio que esteja ao seu alcance." Mais velho agora, usando uma bengala, ainda avançando no campo de batalha com seu passo manco, mantinha seu culto regularmente aos domingos nas barracas, e também dava sermões à meia-noite nos *saloons* em que era bem recebido.

No decorrer do mês de janeiro, os milicianos foram se tornando cada vez mais agressivos, como se alguém soubesse o que estava prestes a acontecer. Mulheres eram estupradas, crianças que zombavam dos soldados eram agarradas e espancadas. Qualquer mineiro que fosse apanhado ao ar livre era acusado de vagabundagem, podendo ser preso, agredido ou sofrer coisas até piores. Em Trinidad, a tropa de cavalaria da milícia estadual atacou um grupo de mulheres que faziam uma passeata apoiando a greve. Várias mulheres, algumas apenas meninas, foram cortadas com sabres. Umas foram presas. Graças a Deus, ou à sorte pura e simples, nenhuma foi morta.

Um dia Jesse voltou para a barraca envolto numa animação estranha e remota, o que não agradou sua mãe nem um pouco, pois a fez pensar nos inúmeros pistoleiros malucos de seu passado quando achavam que haviam chegado ao confronto final. "Eu vi o Matador, mãe." Ele se referia a um automóvel do qual muito se falava, com temor, com duas metralhadoras Colt montadas, uma na frente, a outra atrás, que teria sido trazido pela agência de "detetives" Baldwin-Felts para penetrar, controlar e reduzir o tamanho de multidões hostis. O carro já havia passado por ali, espalhando balas de metralhadora, rasgando a lona das barracas e matando alguns grevistas.

Jesse e seu amigo Dunn, numa missão de reconhecimento, haviam encontrado dois milicianos num galpão galvanizado, trabalhando no motor do Matador. Eram grandalhões, louros, receptivos, agindo de modo bastante simpático, porém não conseguiam disfarçar o desprezo que sentiam pelas pessoas que aquele veículo fora feito para alvejar. Dunn afirmava que sabia enganar os adultos, e normalmente andava com um bolso cheio de moedas para provar o que dizia. Mas Jesse percebia que os homens pareciam saber tudo a respeito de Dunn e ele, e de onde eles vinham — bastava olhar para seus rostos vermelhos e olhos saltados para se dar conta de que, se a coisa chegasse a esse ponto, ele não conseguiria salvar sua própria vida, nem de sua mãe, nem a de Dunn, apelando para qualquer sentimento que aqueles adultos tivessem por crianças, mesmo que fossem seus próprios filhos... Aqueles homens estavam fingindo ter uma conversa amigável com alvos potenciais de seu Matador, um nível de maldade que até então nenhum dos dois garotos havia imaginado que os adultos seriam capazes de exibir.

Acabaram descobrindo que havia toda uma frota de Matadores, versões aperfeiçoadas do modelo original, o qual não passava de um carro conversível com chapas de aço dos dois lados. Quanto àquele em particular, os dois mecânicos jamais o veriam em ação, isso estava reservado para os oficiais, mas de vez em quando, para fins de teste, eles tinham permissão de avançar quatro ou cinco quilômetros no campo aberto e arrasar um arbusto.

"Com o fuzil, a coisa é muito pessoal", explicou um dos milicianos, "a gente vê o sujeito em que vai atirar e tem um minuto pra ver quem é antes de fazer o que tem que ser feito, mas esta danada aqui — quando a gente tira o dedo do gatilho ela já disparou dez ou vinte balas, então nem dá para fazer pontaria com cuidado, é só escolher uma zona que você quer arrasar, pode até fechar os olhos se quiser, tanto faz, a coisa funciona sozinha."

Embora os homens não conseguissem deixar de contar vantagem a respeito da máquina em que estavam trabalhando, os garotos achavam curioso o fato de que eles falavam sobre o Matador como se fosse uma pobre vítima à mercê de uma multidão imensa e perigosa. "Mesmo se ele for cercado e levar tiros nos pneus, a gente pode se aguentar lá dentro até chegarem reforços."

"Ou então ir furando a multidão e sair do outro lado", acrescentou o outro mecânico, "e assim escapar."

"Você está com esse pessoal das barracas, meu filho?", perguntou o primeiro abruptamente.

Os homens sempre chamavam Jesse de "meu filho", e aquilo sempre lhe parecia mais ou menos um insulto. Apenas um homem tinha direito de chamá-lo de filho, mas onde diabos ele se metera? Jesse teria que ser muito cuidadoso e não manifestar sua irritação. "Não", disse ele, tranquilo, antes que Dunn pudesse fazer algum comentário. "Sou da cidade."

O miliciano olhou à sua volta para aquela terra árida, marcada de escória, que se estendia por uma distância imensa. "Cidade? Que cidade, meu filho? Trinidad?"

"Pueblo. A gente veio de trem, eu e o meu amigo", indicando Dunn, que ainda não havia fechado a boca por completo.

"Ora", disse o outro homem. "Eu morei em Pueblo uns tempos. Onde é que vocês estudam?"

"Na Central, é claro."

"Vocês estão matando aula, não estão?"

"Eu não conto pra ninguém se você não contar", Jesse deu de ombros.

Antes de ir embora, roubou duas balas de metralhadora calibre .30, uma para si próprio e a outra para sua mãe, acreditando que enquanto aquelas balas não pudessem ser utilizadas ele e Stray estariam protegidos.

Frank estava em Aguilar, à margem da ferrovia entre Walsenburg e Trinidad, no 29 Luglio Saloon — cujo nome homenageava o dia de 1900 em que um Anarquista chamado Bresci assassinou o rei Humberto da Itália —, para se informar a respeito de uma metralhadora, talvez imaginária, uma Benet-Mercier refrigerada a ar, ainda dentro da embalagem, que teria caído de um vagão de carga em Pueblo. Em sua maioria, os fregueses ali eram italianos, todos no momento estavam bebendo grapa e cerveja, discutindo a situação na mina Empire, a qual, como em todo o resto daquela região congelada e paralisada pela greve, era muito ruim, além de perigosa. Do outro lado do salão, um madeireiro calabrês bêbado jazia desacordado no colo de uma jovem com um traje nada elegante, porém atraente, aliás familiar, uma cena que sugeriu a muitos dos presentes, ainda que não a Frank, a famosa escultura *Pietà* de Miguel Ângelo. Percebendo o olhar fixo de Frank, a madona do botequim gritou: "Desculpa, Frank, mas você vai ter que esperar na fila, mas o que é que tem, a noite é uma criança".

"Soube que você estava aqui na região, Stray, só não reconheci você com essa roupa."

"Quando se está a cavalo não é muito prático, mas aqui nessas bandas ajuda parecer uma irmã de caridade."

"Você quer dizer que aí eles não —"

"Ah, atirar eles atiram sim, se der na veneta deles. Mas essa cor cinzenta se confunde melhor com o fundo, e assim você é um alvo menos visível."

"Vim aqui com o tal do Ewball, mas ele já foi embora." Frank achou que era melhor dizer logo.

Com jeito, ela saiu de debaixo do italiano que estava em seu colo. "Me paga uma dose disso que você está tomando que eu lhe conto toda a história sórdida."

"É, o Ewb até falou numa..." e levou algum tempo tentando encontrar uma maneira de se exprimir.

"Que droga, eu sabia", ela exclamou por fim. "Eu parti o coração dele, não foi? Eu vivo dizendo pra mim mesma: 'Stray, você tem que ter cuidado', aí eu vou e faço a coisa assim mesmo." Ela balançou a cabeça e levantou o copo.

"Ele me pareceu meio confuso. Se o coração dele estava partido, não sei dizer."

"Nunca aconteceu com você, Frank?"

"Ah, vive acontecendo."

"Que fim levou aquela sua professora?"

Frank, embora não fosse esta a sua intenção, entrou numa longa narrativa a respeito de Wren e o doutor Turnstone. Stray acendeu um cigarro e ficou olhando para Frank em meio à fumaça. "Mas você tem certeza que ela não... partiu seu coração, nada disso." Por muito tempo, ela havia encarado Frank como um Reef sem a loucura, até que percebeu que ele não era tão fácil de entender assim — surpreendeu-se quando ele matou Sloat Fresno, e também quando soube de seu envolvimento com a revolução de Madero. E agora ele estava ali nas minas de carvão, prestes a explodir. "Você pretende ficar aqui ou vai voltar pra Denver?", ela perguntou.

"Tem algum motivo pra eu não ficar aqui um tempo?"

"Quer dizer, além do fato de que a guerra vai estourar a qualquer momento."

Ficaram um olhando para o outro, até que ela sacudiu a cabeça. "Nada a fazer em Denver, imagino."

"Por falar nisso, como vai minha mãe, soube que você esteve com ela há algum tempo."

"Eu gosto muito da Mayva, mesmo, Frank. Quer dizer, pra uma pessoa que só vejo uma vez a cada dez anos. Você devia escrever pra ela de vez em quando."

"Eu devia?"

"Também nunca viu o Jesse, não é?"

"Tio desnaturado ainda por cima", Frank inclinando a cabeça.

"Não foi isso que eu quis dizer não, Frank." Ela respirou fundo, como se prestes a entrar correndo num incêndio. "A gente está morando nas barracas, você podia ir lá nos visitar."

Frank tentou permanecer imóvel apesar das ondas que atravessaram seu corpo, a pulsar. Mantendo o rosto firme: "É, quem sabe, se vocês ainda estiverem lá...".

"Mas por que é que nós —?" E parou, compreendendo o sentido da pergunta.

"Pensei que você soubesse. Eles estão pretendendo acabar com as barracas todas, antes mesmo do final da semana, foi o que ouvi dizer."

"Então é melhor você ir visitar a gente depressa."

E foi assim que Frank se viu rastejando ao lado daquela sombra de freira à luz amarela intensa dos holofotes, passando por neve derretida recongelada, tendo se lembrado de pegar em seus alforjes apenas um maço de cigarros, uma lata de fumo de rolo e todas as balas que havia conseguido acumular para a Krag e a Smith & Wesson, já com uma mola nova.

Jesse não estava lá quando chegaram à barraca, mas Stray não ficou preocupada. "Deve estar com aquela gente dos Bálcãs que ficou amiga dele. Pra eles agora é Páscoa ou coisa parecida. Até que eles ensinaram o Jesse a se cuidar bem à noite. Ele não está correndo perigo, não. Você pode dormir ali perto do fogão. Quando ele chega, normalmente não faz barulho." Frank tinha um vago plano de ficar acordado pelo tempo suficiente para ver como estava Stray por baixo daquela roupa de freira de hospital, mas pelo visto o cansaço era maior do que ele imaginava. Dormiu até que um galo desembestou em algum lugar, e a luz áspera do dia irrompeu.

Ele havia saído para mijar quando viu a sua frente um rosto saído do passado, um cidadão muito sério que descia a encosta com um uniforme de miliciano, chapéu de aba estreita, perneiras e camisa de combate, uma testa alta, olhos alongados sem pálpebras e boca reduzida a uma fenda, um rosto de lagarto. Nem uma migalha de piedade.

Frank indicou-o com a cabeça e perguntou a Kosta, que estava vigiando do outro lado da vala: "Quem é esse fiadaputa? Já vi essa cara em algum lugar".

"É o escroto do Linderfelt. Quando eles invadirem o acampamento hoje à noite, ele vai estar na linha de frente, gritando 'atacar'. O Linderfelt é o diabo em pessoa."

Então Frank lembrou-se. "Ele estava em Juárez, liderando uns mercenários que diziam ser da 'Legião Americana', saiu correndo na frente, tentou atacar a cidade antes do Madero e depois levou um mandado de prisão por saque. Teve que fugir correndo pro outro lado da fronteira. Eu achava que ele já tinha sido comido pelos urubus há muito tempo."

"Pois agora ele é tenente da Guarda Nacional."

"Faz sentido."

"E os urubus são mais exigentes com o que comem."

O tiroteio havia começado ao nascer do dia, e logo se generalizou, continuando de modo espasmódico ao longo de todo o dia.

Os milicianos estavam no Water Tank Hill com duas metralhadoras. Havia uma fileira de atiradores armados de fuzil no alto do morro. Alguns grevistas estavam num desfiladeiro por onde passava a ferrovia que ia para o leste, bem posicionados em relação aos milicianos, só que estes estavam num terreno mais alto, de modo que durante o dia a situação era de impasse. Todos pensavam no que aconteceria à noite. "Não sei se eles vão se comportar como cavalheiros depois do pôr do sol", disse Frank.

"Eles se transformam em outra coisa", Stray comentou.

Jesse entrou por debaixo da lona da barraca, com um fuzil repetidor Winchester, todo esbaforido. "Tentei chegar lá no desfiladeiro. Rastejando quase o tempo todo. Acabaram as minhas balas. Quem é esse aí?"

"É o Frank Traverse. Irmão do seu pai. Veio pra cá pra participar da festa." O menino pegou um cantil e ficou um tempo bebendo água.

"Ela me falou muita coisa sobre você, Jesse", observou Frank.

Jesse deu de ombros, de modo um pouco exagerado. "O que é isso aí? Parece um Krag velho."

"Se não me engano", explicou Stray, "é um que veio numa das várias caixas que eu vendi pra ele uns anos atrás."

"Às vezes a gente se apega", Frank observou em voz baixa. "O que é bom do Krag é essa portinhola, é muito prático quando tem muita coisa acontecendo, é só abrir assim, a qualquer momento, jogar as balas de qualquer jeito, que elas ficam todas alinhadas e entram aqui uma por uma, cada vez que você aciona o ferrolho. Toma, experimenta."

"Ele quer te vender um", Stray disse.

"Estou satisfeito com o meu Winchester, obrigado", retrucou Jesse. "Mas claro, desde que eu não esteja gastando a munição de ninguém." Pegou o Krag e apontou a arma, pela entrada da barraca, para um grupo distante de cavaleiros, talvez soldados uniformizados, porém não era nenhum uniforme que Frank conhecesse, fez pontaria, respirando com cuidado, fingindo que disparava um tiro — "Pimba!" e que recarregava a arma. Frank não tinha muito a lhe ensinar.

Mais tarde Frank estava cuidando das armas e Stray estava ajoelhada a seu lado. "Eu queria dizer", ele começou.

"Ah, já está mais do que dito, não se preocupe."

Ele olhou-a mais de perto, só para certificar-se do rosto dela. "Uma bela hora pra gente inventar uma história dessas."

"Tem alguma coisa acontecendo aí que era pra eu ficar sabendo?", Jesse perguntou do outro lado da barraca.

"Assim que escurecer", disse Frank, "logo antes de acender as luzes, é aí que a gente vai sair. Em direção ao norte, até aquela ravina larga que tem lá."

"Vamos fugir?" Jesse com um olhar feroz.

"Direto", respondeu Frank.

"Quem foge é covarde."

"Às vezes. Às vezes quem não foge é que é covarde. Você já esteve lá fora. Quem é que é covarde de correr pro meio daquilo?"

"Você acha —"

"Acho que dá pra gente chegar naquela ravina. Depois é não deixar que o Linderfelt pegue a gente."

"Dá uma olhada lá fora pra nós?", pediu Stray.

O menino foi e olhou com cuidado. "Acho que daqui a uns dois minutos eles acendem as luzes."

"Agora é uma boa hora", disse Frank. "Não tem mais nada pra fazer aqui."

"O Dunn", lembrou-se Jesse.

"Onde ele se enfiou?", Stray pegando uma pistola e alguma munição, procurando o chapéu.

"Aqui mesmo", disse Dunn, atrás do fogão.

Todos saíram por baixo da lona da barraca. Um pequeno grupo de cavaleiros passava galopando, um movimento de músculos e couro, e cascos que pareciam armas acumuladas. Podiam ser milicianos, Baldwins, uma força civil organizada pelo xerife, a Ku Klux Klan ou qualquer grupo de voluntários. Estava ficando escuro demais para ver. Carregavam archotes. Junto com as chamas subia uma fumaça negra espessa. Como se o objetivo fosse espalhar não luz, e sim escuridão.

Agora o tiroteio era incessante. A fumaça dos fuzis dos milicianos no alto da serra subia no ar frio. Não adiantava muito saber onde eles estavam, porque logo estariam ali, num daqueles ataques implacáveis, que só ocorriam na escuridão, quando tinham certeza de acertar suas vítimas.

Jesse correu e havia quase conseguido escapulir quando um vulto indistinto surgiu a sua frente e uma mão o agarrou pelo braço e o cano gelado de uma .45 encostou em sua cabeça. "Onde você vai tão depressa, seu cucaracha?"

"Larga o meu braço", reclamou Jesse.

"Você é o garoto que ia lá na oficina." O cano da arma permaneceu onde estava. Jesse tentou imaginar uma maneira de escapulir daquilo sofrendo apenas dor, talvez um corte ou uma fratura que só pediria tempo para sarar.

"Você estava atirando em nós hoje, não estava, meu filho?"

"Você estava atirando em mim", disse Jesse.

O homem encarou-o demoradamente com olhos vermelhos. A arma afastou-se, e Jesse enrijeceu-se, preparando-se para o que viria em seguida. "Eu estou exausto. Estou morto de fome. Ninguém paga a gente desde que a gente veio pra essa merda desse lugar."

"Eu entendo."

Ficaram em silêncio, como se escutando os tiroteios a sua volta.

"Cai fora, seu anarquistazinho", disse o miliciano por fim, "e se vocês rezam, rezem pra eu não encontrar mais você à luz do dia."

"Obrigado, moço", Jesse achou que não fazia mal responder.

"Meu nome é Brice." Mas a essa altura Jesse já estava correndo tão depressa que não dava para dizer qual era o seu.

Abrigaram-se com centenas de outros, ao menos por alguns minutos, na ravina larga ao norte da cidade, esperando que o tiroteio amainasse um pouco para procurarem algum lugar mais seguro. Mas os milicianos estavam tentando tomar a ponte de aço que atravessava a ravina, o que impediria qualquer fuga em direção ao oeste. Os holofotes entravam e saíam da ravina, lançando sombras negras que era possível sentir, como uma brisa, quando passavam. De vez em quando um menino subia a encosta para ver o que estava acontecendo no acampamento, e os pais gritavam com ele.

Frank sentiu uma mão em seu ombro e pensou de início que fosse Stray. Mas quando olhou, divisou-a com dificuldade, em meio às agulhas de neve primaveril que caíam, abrigando Jesse com o corpo. Não havia mais ninguém por perto. Provavelmente a mão de algum grevista morto, atravessando a cortina da morte na tentativa de encontrar alguma coisa da Terra em que tocar, e por acaso encontrando Frank. Talvez até a mão de Webb. Webb e tudo que ele tentara fazer na sua vida, e tudo que lhe fora tomado, e todos os caminhos seguidos por seus filhos... Frank despertou depois de alguns segundos, constatou que havia babado na camisa. Isso, não.

Stray e o menino eram mais ou menos da mesma altura, Frank percebeu pela primeira vez. Jesse estava dormindo em pé. A menos de um quilômetro dali, as barracas estavam todas sendo incendiadas, uma por uma, pelos heróis da Companhia B de Linderfelt. Uma luz avermelhada impura saltava e dançava no céu, e os milicianos emitiam ruídos de triunfo animalesco. Tiros riscavam a noite perigosa. De vez em quando acertavam, e grevistas, crianças e mães, por vezes até milicianos e guardas do acampamento, levavam balas ou debatiam-se contra as chamas, e caíam no campo de batalha. Mas elas aconteciam, aquelas mortes, uma por uma, numa luz a que a história seria cega. Os únicos relatos que ficariam seriam os da milícia.

Stray abriu os olhos e viu Frank olhando para ela. Voltou a vista para trás, e os dois estavam cansados demais para fingir que não era desejo, mesmo ali, no meio do inferno.

"Quando sobrar um minuto", ela começou, e depois pareceu perder o fio da meada.

Frank percebeu a possibilidade luminosa e terrível de que talvez eles nunca mais pudessem voltar a se tocar. A última coisa em que ele deveria pensar naquele momento. "Volta pra casa da sua irmã com ele e chegue lá direitinho, está bem?", ele disse por fim. "É só nisso que você devia pensar agora, todo o resto pode esperar."

"Eu vou com você, Frank", a voz de Jesse arrastada de cansaço.

"Você tem que ir com a sua mãe, pra não acontecer nada com ela."

"Mas a luta ainda não terminou."

"Não. Mas você já lutou bastante por hoje, Jesse, e essas mulheres aqui, e as crianças que estão com elas, precisam de um bom atirador pra dar cobertura até elas chegarem naquele ranchinho que tem logo depois dos trilhos do trem. Depois ainda vai haver muita luta, todo mundo vai ter oportunidade de participar."

Ele sabia que o borrão pálido do rosto do menino estava voltado para ele, e achou até bom não poder ver a expressão nele estampada. "Agora que eu sei como chegar na casa do tio Holt e da tia Willow, porque você fez aquele mapa pra mim, eu vou pra lá assim que nós resolvermos a situação aqui."

Os dois ouviram aquele "nós", não o que eles gostariam de ouvir, mas esse outro coletivo de vultos, mortos em pé, a maioria dos quais mal sabia falar inglês, as coronhas das armas arrastando na terra, seguindo em fila em direção ao leste pela trilha das carruagens, rumo às Black Hills, tentando permanecer juntos.

"Nós vamos pra lá", indicando a serra com a cabeça, "diz que tem um campo de mobilização pra aquelas bandas. Jesse, agora se cuide —", e o menino correu para abraçá-lo com uma ferocidade inesperada, como se conseguisse reter em si tudo, a noite prestes a terminar, o abrigo da ravina, reter tudo aquilo imóvel, imutável, e Frank percebeu que ele se esforçava para não chorar, e depois se obrigava a dar fim àquele abraço, afastar-se e tocar para a frente naquele terrível amanhecer. Stray estava logo atrás dele.

"Certo, Estrella." O abraço que trocaram talvez não fosse tão forte nem desesperado, mas ele não se lembrava de nenhum beijo como aquele, tão sincero, tão carregado de dor.

"Tem um trem indo pro sul a toda hora", Stray disse, "a gente vai conseguir."

"Assim que eu puder —"

"Deixa isso pra lá, Frank. Jesse, você carrega isso aqui?" E foram embora, e ele sequer sabia o quanto lhes custara não olhar para trás.

Aquele verão fora memorável pelas altas temperaturas. Toda a Europa sufocava. As uvas transformavam-se em passas nas próprias videiras da noite para o dia. Montes de feno cortado no início de junho entravam em combustão espontânea. Incêndios varriam o continente, atravessando fronteiras, transpondo serras e rios impunemente. As seitas naturistas foram tomadas pelo terrível medo de que o corpo celeste que cultuavam as atraiçoara e agora planejava conscientemente a destruição da Terra.

O *Inconveniência* fora informado da existência de uma corrente ascendente de ar cálido acima dos desertos no norte da África de extensão e intensidade inauditas. Para alimentar essa grande ascensão térmica, massas de ar estavam sendo puxadas do alto dos Alpes, das montanhas da Lua e da cordilheira dos Bálcãs, de modo que para uma aeronave, mesmo do tamanho do *Inconveniência*, bastava aproximar-se do fluxo para que a antigravidade do Saara cuidasse do resto. Era só soltar-se.

Discutia-se, é claro, a questão do financiamento. Àquela altura, os rapazes estavam praticamente voando por conta própria. O Escritório Nacional havia se tornado tão sovina em matérias orçamentárias que a tripulação do *Inconveniência*, após uma reunião que durou cinco minutos, incluindo o tempo de preparação do café, terminou votando a favor do desligamento. Não estavam sozinhos nessa decisão. Na verdade, havia já algum tempo que a organização estava se transformando numa coalizão frouxa de grupos independentes, tendo em comum apenas o nome "Amigos do Acaso" e as insígnias. Não houve repercussões da parte do comando. Era como se o Escritório tivesse abandonado sua sede, fosse ela onde fosse, sem deixar endereço para encaminhamento da correspondência. Os rapazes estavam completamente livres para definir suas próprias missões e negociar seus próprios honorários, que agora seriam embolsados por eles em sua totalidade, não sendo mais necessário enviar metade ou até mais para o Escritório.

Isso tivera o efeito de aumentar bastante a renda, o que, aliado aos progressos recentes na construção de motores mais leves e mais potentes, permitira que o *Inconveniência* fosse aumentado consideravelmente, e agora o refeitório ocupava mais espaço do que toda a gôndola da versão anterior da aeronave, e a cozinha era quase tão gigantesca quanto o refeitório. Miles, na qualidade de oficial intendente, havia instalado refrigeradores e fogões a hidrogênio do último tipo, e contratara uma equipe culinária de primeira, que incluía o ex-*sous-chef* do famoso Tour d'Argent de Paris.

A reunião daquela noite era para decidir se levariam ou não o *Inconveniência* para a grande corrente ascendente do Saara sem que ninguém os pagasse adiantado por isso. Miles impôs a ordem na reunião batendo num gongo chinês comprado alguns anos antes de uma seita assassina ativa naquele país do Oriente, no decorrer da participação dos rapazes, decisiva, embora desconhecida por todos, no levante dos *boxers* (ver Os Amigos do Acaso e a Ira da Garra Amarela), e foi empurrando um carrinho de champanhe refrigerado, servindo mais uma dose a todos de uma garrafa de doze litros de Verzenay 1903.

"De graça, nem pensar, camaradas do ar", protestou Darby, cujo interesse no campo do direito comercial estava talvez chegando às raias da obsessão mórbida. "Não estamos aqui pra trabalhar a leite de pato. Se não tem cliente, não tem viagem."

"Será que vocês perderam o espírito de aventura?", perguntou a companheira de Pugnax, Ksenija, embora latisse em macedônio. Não muito tempo antes, ao conhecer aquela pastora *šarplaninec* de uma beleza feroz, Pugnax conseguira convencê-la a subir a bordo do *Inconveniência*. Por vezes Pugnax tinha a impressão de que estivera à sua espera por toda sua existência, que ela sempre estivera lá embaixo, em algum lugar onde podia ser divisada do alto, em meio às paisagens que se sucediam no solo, confundindo-se com os detalhes dos campos divididos por minúsculas cercas ou sebes, casas com cobertura de colmo ou telhados de telhas vermelhas, fumaça de centenas de lareiras, montanhas de sombras íngremes, dançando cotidianamente o antiquíssimo minueto com os rebanhos...

A decisão foi unânime — eles se aventurariam a navegar na corrente ascendente, e arcariam com os custos da operação. Pelo visto, Darby tinha votado contra seus próprios princípios legais.

Como ninguém ainda havia medido as forças que estariam em jogo, normalmente nenhum aeronauta sensato se arriscaria a chegar a duzentos quilômetros daquele fenômeno do deserto, e no entanto, tão logo organizaram o Destacamento Especial, os rapazes começaram a sentir tremores na carcaça, os quais em pouco tempo se transformaram num entusiástico frenesi de metal, quase uma sensação inimaginável de liberdade, e a nave foi arrastada para baixo a partir da península balcânica, em velocidade crescente, rumo ao sudoeste, atravessando o Mediterrâneo e chegando à costa da Líbia, diretamente rumo à imensa ascensão vertical que os aguardava em algum momento.

Os que não estavam de guarda contemplavam pelas janelas do Grande Salão, atônitos, a estranha nuvem cilíndrica vermelha que se elevava pouco a pouco, como um astro sinistro, acima do horizonte — areia numa elevação eterna, luminosa e calamitosa, a aproximar-se da proa a estibordo, vazia e silente e jorrando em direção ao céu sem cessar, pura força ascensional aerodinâmica, antiparaíso...

E quando penetraram e foram tragados, Chick Counterfly lembrou-se de seus primeiros dias a bordo do *Inconveniência*, e da observação severa de Randolph de que subir seria semelhante a ir para o norte, e de sua própria especulação de que talvez fosse possível subir tanto que descessem à superfície de outro planeta. Ou, como dissera o comandante na ocasião: "Uma outra 'superfície', porém terrestre... demasiadamente terrestre".

O corolário, Chick concluíra havia muito tempo, era que cada estrela e planeta que vemos no Céu não passa do reflexo de nossa única Terra ao longo de uma outra faixa do espaço-tempo minkowskiano. Assim, viajar para outros mundos é viajar para visões alternativas da mesma Terra. E se subir é como ir para o norte, tendo o frio como variável comum, a direção análoga no Tempo, de acordo com a Segunda Lei da Termodinâmica, seria do passado para o futuro, em direção à entropia crescente.

No meio do calor sufocante da tempestade de areia, Chick, na ponte volante, com roupas protetoras feitas para uso no deserto, examinava o termômetro, media a altitude com um simpiezômetro antigo, porém confiável, salvo dos destroços do primeiro *Inconveniência* após a pouco conhecida batalha do Desconhecido, na Califórnia.

Tendo as condições de visibilidade melhorado apenas um pouco, Chick constatou com desânimo que a coluna de mercúrio do instrumento havia subido, indicando um aumento da pressão atmosférica, e portanto uma altitude menor! Embora o aeróstato ainda estivesse sendo levado por uma corrente de ar ascendente, como Chick foi relatar mais que depressa a Randolph, de algum modo ele estava também *descendo* para uma superfície que ninguém enxergava. O comandante da aeronave mastigou e engoliu meio frasco de tabletes de bicarbonato de sódio com sabor de hortelã e ficou a andar de um lado para o outro. "Recomendações?"

"Ainda temos nossos Hipops, do tempo da nossa missão na Ásia Central", lembrou-se Chick. "Talvez eles nos ajudem a enxergar um pouco no meio dessa areia." Rapidamente vestiu o equipamento em si próprio e no comandante, aquela estranha combinação futurista de capacetes, lentes, tanques de ar e geradores de eletricidade, graças à qual os dois aeronautas puderam verificar que a nave estava de fato prestes a espatifar-se contra uma cordilheira que parecia uma massa de obsidiana negra, cheia de brilhos vermelhos, com uma crista afiada como uma navalha a se estender por quilômetros, até desaparecer num crepúsculo vaporoso. "Elevar a nave!", Randolph exclamou, e Miles e Darby imediatamente obedeceram, enquanto as luzes vermelhas ameaçadoras piscavam, como lava derretida numa convulsão geológica.

Depois que o perigo foi evitado "por uma questão de centímetros", como de costume, Randolph e Lindsay foram para a mapoteca tentar encontrar um mapa da região, tão desconhecida para todos eles, que sobrevoavam no momento.

Depois de uma pesquisa abrangente que se estendeu por toda a noite, os dois componentes da Comissão de Navegação concluíram que a nave muito provavelmente havia chegado à Terra Pitagórica ou Contra-Terra cuja existência fora postulada por Filolau de Crotona para que o número de corpos celestes chegasse a dez, o número pitagórico perfeito. "Filolau acreditava que apenas um lado da nossa Terra era habitado", Chick explicou, "e era o lado que não era voltado para a Outra Terra, por ele denominada Antícton, motivo pelo qual ninguém jamais a via. Sabemos agora que a verdadeira razão era a órbita do planeta, idêntica à do nosso, só que a cento e oitenta graus dele, de modo que o Sol está sempre entre o planeta e a Terra."

"Quer dizer que acabamos de atravessar o Sol?", perguntou Darby, num tom que seus companheiros de tripulação identificaram como o prelúdio a quinze minutos de comentários sobre o discernimento do comandante, ou mesmo sua sanidade mental.

"Talvez não", Chick respondeu. "Talvez seja algo como enxergar através do Sol com um telescópio de altíssima resolução, com tanta clareza que a única coisa que podemos perceber é o Éter que nos separa dele."

"Ah, que nem óculos de raios X", Darby com uma risadinha debochada, "só que diferente."

"Antícton", anunciou Miles, no tom de um condutor de bonde. "A outra Terra. Cuidado com o degrau, pessoal."

Era como nos tempos da Banda Marcial de Gaitas. Estavam na Contra-Terra, fazendo parte dela, e no entanto ao mesmo tempo continuavam na Terra que, aparentemente, jamais haviam deixado.

Como se todos os mapas e itinerários tivessem se tornado ilegíveis de uma hora para outra, o pequeno grupo acabou compreendendo que, de algum modo ainda não esgotado pela geografia, estavam perdidos. Largados pela enorme corrente ascendente do Saara num planeta do qual ainda não sabiam se conseguiriam voltar, os rapazes por vezes quase chegavam a acreditar que estavam sãos e salvos de volta na Terra — já em outros dias constatavam que a República Americana com a qual se consideravam comprometidos por meio de um juramento havia, de modo irreversível, caído nas mãos dos maus e dos idiotas, a ponto de fazê-los concluir que, no final das contas, eles não poderiam ter escapado da gravidade da Contra-Terra. Comprometidos, pelo Memorando da Fundação, a jamais interferir nos assuntos dos "terrenos", eram reduzidos à condição de observadores impotentes, tomados por uma depressão que, para eles, era uma experiência nova.

Suas operações contratadas começaram a render-lhes menos do que outras fontes que nada tinham a ver com o céu — aluguéis de propriedades terrenas, o lucro sobre empréstimos feitos, rendimentos de investimentos de longa data — e os rapazes começaram a pensar que seus dias de aventura global talvez tivessem ficado para trás, quando uma noite, no início do outono de 1914, foram procurados por um tipo suspeito, um agente russo chamado Bakláchtchan ("Trata-se de um nome falso", ele explicou — "os mais ameaçadores já haviam todos sido tomados"), o qual lhes trouxe notícias a respeito do misterioso desaparecimento da velha e simpática nêmesis dos rapazes, o capitão Ígor Pádjitnov.

"Ele está sumido desde o verão", disse Bakláchtchan, "e nossos agentes esgotaram todas as pistas. Ocorreu-nos que alguém atuando na mesma área talvez tivesse uma oportunidade melhor de encontrá-lo. Principalmente com a atual situação do mundo."

"Situação do mundo?" Randolph franziu o cenho. Os rapazes entreolharam-se, perplexos.

"Vocês... não sabem...", foi dizendo Bakláchtchan, porém hesitou, como se tivesse se lembrado de alguma cláusula nas instruções que recebera que o proibisse de repassar certas informações. Sorriu, como quem pede desculpas, e entregou um dossiê contendo dados sobre a movimentação recente da nave de Pádjitnov.

Apesar do "Décimo primeiro Mandamento" adotado pelos aventureiros *freelance* da época, os rapazes aceitaram a missão sem hesitar. O pagamento inicial foi feito em ouro, o qual Bakláchtchan havia acomodado no lombo de um camelo, que aguardava paciente à sombra do *Inconveniência* projetada por uma lua quase cheia.

"E, por favor, mande nossas saudações para o czar e sua família", disse Randolph ao emissário. "Guardamos boas lembranças da hospitalidade deles no Palácio de Inverno."

"Devemos vê-los em breve", retrucou Bakláchtchan.

Na longa viagem que se seguiria, cobrindo praticamente toda a Ilha Mundial, os rapazes não deixariam de perceber que algo de muito estranho estava acontecendo lá embaixo, na Superfície. Mais e mais amiúde era preciso fazer desvios. Seções enormes do céu agora estavam fechadas. De vez em quando ocorriam, vindo aparentemente do nada, grandes explosões de uma intensidade profunda, sem precedentes, que faziam gemer e tremer membros estruturais da aeronave. Miles, quando fazia as compras, volta e meia deparava-se com a escassez inesperada de algum item. Um dia seu fornecedor de vinhos mais confiável lhe deu uma notícia assustadora. "Os carregamentos de champanhe foram suspensos em caráter indefinido. Toda a região de Champagne está coberta de trincheiras."

"Trincheiras", Miles disse, como se fosse um termo técnico estrangeiro.

O comerciante ficou a encará-lo por um bom tempo, e talvez até tivesse continuado a falar, embora não fosse mais possível ouvi-lo com clareza. Miles tinha a consciência, de alguma maneira vaga, de que isso, como tantas outras coisas, tinha a ver com os termos do velho contrato tácito entre os rapazes e seu destino — como se, muitos anos antes, havendo aprendido a voar, ao libertar-se do abraço do mundo indicativo lá embaixo, tivessem sido obrigados a abrir mão, em troca, de qualquer compromisso com ele e tudo que voltasse a ocorrer na Superfície. Substituiu o pedido original por vinho espanhol, e o *Inconveniência* seguiu viagem, voando furtivamente de um ponto a outro do grande contraplaneta, tão estranho e no entanto tão familiar, o misterioso Pádjitnov sempre um ou dois passos à frente deles.

"Mais uma coisa estranha", anunciou Chick uma noite numa das reuniões semanais em que avaliavam os progressos da missão. "As viagens do capitão Pádjitnov", batendo com a vareta no mapa que cobria toda uma antepara do salão do *Inconveniência*, "no decorrer dos anos, correspondem de modo bem próximo aos nossos próprios deslocamentos. Até aí, nada de surpreendente. Mas se examinarmos apenas os últimos meses antes de seu desaparecimento, em todos os lugares onde estivemos naquele ano", batendo nos pontos do mapa um por um — "a Côte d'Azur, Roma, São Petersburgo, Lwów, os montes Tatras — o Pádjitnov também esteve lá. Onde nós ainda não fomos, ele aparentemente não deixou nenhum sinal."

"Supimpa!", exclamou Darby. "Então agora estamos perseguindo a nós mesmos."

"Sempre soubemos que ele estava nos assombrando", Lindsay deu de ombros. "Isso não é nenhuma novidade."

"É diferente", afirmou Miles, recolhendo-se a seu silêncio costumeiro, e só retomando o fio do pensamento alguns meses depois, uma noite, perto da costa da Cirenaica, quando ele e Chick estavam fumando no convés à ré, contemplando a luminosidade do mar. "Os fantasmas são apavorantes porque trazem a nós do futuro algum componente — no sentido vetorial — de nossas próprias mortes? Serão eles em parte, de modo defeituoso, nós próprios mortos, lançados para trás, ricocheteando da superfície espelhada que há no final, para nos assombrar?"

Chick, que considerava a metafísica algo fora de suas obrigações profissionais, limitou-se, como sempre, a concordar com a cabeça e soltar uma baforada sociável.

Foi só alguns meses depois, em meio às névoas pestilentas acima de Flandres Ocidental, que Miles se recordou abruptamente de seu passeio de bicicleta ao sol, tantos anos antes, com Ryder Thorn, que naquele dia foi possuído por um ar trágico de profecia. "Thorn sabia que haveríamos de voltar pra cá. Que haveria alguma coisa acontecendo lá embaixo a que teríamos de dar atenção." Olhou para baixo, como se o desejo fosse o suficiente, seu olhar atravessando a chuva cinzenta e fixando-se num terreno que de vez em quando se revelava por entre as nuvens, como um mar envenenado que se tornara imóvel.

"Esses pobres inocentes", exclamou ele num sussurro tenso, como se uma cegueira tivesse de súbito sarado, permitindo-lhe por fim ver um horror que transcorria no solo. "Logo no início disso... eles deviam ser rapazes, como nós... Sabiam que estavam diante de um enorme abismo cujo fundo nenhum deles poderia enxergar. Porém lançaram-se dentro dele assim mesmo. Com risadas e gritos alegres. Era a grande 'Aventura' deles. Eles eram os heróis juvenis de uma Narrativa Mundial —

estouvados e livres, continuaram a lançar-se naquelas profundezas aos milhares, dezenas de milhares, até que um dia despertaram, os que ainda estavam vivos, e em vez de se encontrarem numa posição nobre, tendo ao fundo o cenário de uma geografia moral dramática, estavam encolhidos numa trincheira enlameada, cheia de ratazanas, cheirando a merda e morte."

"Miles", disse Randolph, um tanto preocupado. "O que foi? O que é que você está vendo lá embaixo?"

Não muitos dias depois, em algum lugar acima da França, Miles estava de guarda diante do dispositivo de Tesla quando uma mancha vermelha surgiu sem mais nem menos no céu vaporoso à frente da nave, e pouco a pouco foi crescendo. Miles agarrou a corneta do aparelho e começou a gritar "*Niezviéstni Vozdúchni Korabl! Niezviéstni vozdúchni korabl!*", que em russo quer dizer "Aeronave desconhecida! Aeronave desconhecida!". Mas é claro que, para Miles, àquela altura já não era "desconhecida".

Uma voz bem conhecida respondeu: "Procurando por nós, meninos baloeiros?".

Era o velho *Bolcháia igrá*, sem dúvida, só que agora dezenas de vezes maior do que originalmente. O brasão dos Romanov fora retirado do balão, que agora exibia uma única expansão austera de vermelho saturado, e o nome do dirigível fora mudado para *Pómnie o Golodáiuchiki*.

"Lembrai-vos dos Famintos", explicou o capitão Pádjitnov, cujo antigo brilho atlético agora parecera se tornar fosforescente, como se sua fonte fosse algo menos material do que o sangue.

"Ígor!" Randolph sorriu. "*Dóbro pojálovat*", e em algum lugar da aeronave russa começou a soar um sino, um modelo reduzido do famoso Sino do Czar de Moscou, que fora dado à tripulação pelo próprio Nicolau II.

"Isso quer dizer 'Hora de rancho!'", o capitão disse. "Seria para nós grande honra se todos vocês viessem almoçar conosco."

Serviram sopa de beterraba e repolho, trigo-sarraceno preparado como mingau de aveia e pão preto, com base no qual fora fermentada uma estranha cerveja com sabor de oxicoco, e no meio da mesa, onde os rapazes costumavam colocar uma jarra de limonada, havia um enorme pote cheio de vodca produzida na destilaria da aeronave.

Tendo havia muito tempo se desligado da Okhrána, relatou Pádjitnov, agora sua nave e sua tripulação iam para todos os lados da Europa e da Ásia Central, e em vez de lançar pedaços de alvenaria enviavam alimentos, roupas e — desde que tivera início uma grande epidemia de gripe a respeito da qual os rapazes até então nada sabiam — remédios, que desciam lentamente em paraquedas para as populações que estivessem necessitadas.

"Alguém nos contratou para encontrar você", Randolph disse do modo mais direto. "Fomos instruídos a notificá-los assim que conseguíssemos. Porém ainda não fizemos nosso relatório. Devemos fazê-lo?"

"Se vocês dizem que não conseguiram nos encontrar, ficam devendo dinheiro a eles?"

"Não, conseguimos eliminar todas as cláusulas que implicavam penalidades", disse o Especialista em Questões Legais, Suckling.

"Se é quem julgamos ser", disse, com uma risadinha profissional, o oficial de informações da nave, Pável Serguéievitch, "eles vão preferir mandar equipe de assassinos. Vingança vale mais do que rublos."

"Nome Bakláchtchan não me diz nada, mas tipo eu conheço bem", disse Pádjitnov. "Não passa de *pódliets* — medroso. Milhares deles nos denunciaram, e outros milhares vão fazê-lo ainda. No tempo de czar, com Okhrána, nossa posição sempre era questionada... Atualmente, creio eu, somos fugitivos, inimigos declarados de quem estiver em poder."

"Qual é a sua base de operação, então?", Chick indagou.

"Como todos bandoleiros que se prezam, temos esconderijo em montanhas. *Chtab* fica na Suíça, se bem que não somos Cruz Vermelha, e menos ainda santos, financiados aliás por especulação com café e chocolate, grandes empresas em Genebra até 1916 quando todos, menos nós, foram presos e deportados. Estamos voltando para lá agora, se você está interessado. Vamos lhe mostrar nosso Alpe particular. Parece montanha sólida, mas é toda oca por dentro, cheia de produtos contrabandeados. Você gosta de chocolate? Nós lhe oferecemos bom preço."

De volta ao *Inconveniência*, os rapazes se reuniram no salão para discutir o que fariam.

"Nós assinamos um contrato", Lindsay lembrou a todos. "Ele continua em vigor. Ou bem nós entregamos o capitão Pádjitnov às autoridades de seu país ou bem o ajudamos a fugir, e nós próprios nos tornamos fugitivos da justiça."

"Quem sabe a Rússia não é mais o país dele", observou Darby. "Quem sabe ele não está fugindo da 'justiça'. Você não sabe, seu idiota."

"Talvez não tenha o grau de certeza que tem o público geral a respeito da preferência da senhora sua mãe pela genitália dos animais do zoológico que são os de maior porte e os menos exigentes", replicou Lindsay. "Não obstante —"

"Iiih", murmuraram os outros rapazes.

De uma estante ali perto Darby já havia tirado um compêndio legal, o qual estava folheando. "Aqui. Trata-se da lei britânica sobre a difamação de mulheres, de 1891 —"

"Cavalheiros", implorou Randolph. Com um gesto, apontou para as janelas, pelas quais se viam projéteis de artilharia de longo alcance, que até recentemente eram objetos de mistério, brilhando com as cores do final de tarde, chegando ao ápice de suas trajetórias e pausando no ar por um instante antes de seu mergulho letal de volta à Terra. Em meio aos sons distantes de explosões repetidas, ouvia-se também o zumbido estridente de muitos aviões militares. Lá embaixo, riscando a terra conturbada, acendiam-se os primeiros holofotes da tarde.

"Não assinamos nada que incluísse isso", Randolph lembrou a todos.

* * *

As duas aeronaves chegaram a Genebra em comboio. O grande fantasma silencioso do monte Branco montava sentinela atrás da cidade. A tripulação da nave russa aquartelou-se ao sul do rio na parte velha da cidade, onde alguns dos homens haviam morado como estudantes universitários nos tempos de antes da Revolução. Os rapazes terminaram ocupando todo um andar de suítes adjacentes, com vista para o lago, no antigo Helvetia Royale, um dos grandes hotéis turísticos da Suíça, que outrora, antes da guerra, vivia cheio de turistas europeus e norte-americanos.

Apesar da gripe e da escassez de produtos, atividades de toda sorte animavam a cidade. Em cada quarteirão abundavam oportunidades de ser abordado por alguém oferecendo um negócio envolvendo carvão, ou leite, ou cartões de racionamento. Espiões, especuladores e vigaristas misturavam-se a refugiados e internados inválidos de todas as potências beligerantes. Desde 1916 estavam em vigor vários acordos entre a Grã-Bretanha, a Alemanha e a França com o efeito de permitir que prisioneiros de guerra gravemente feridos fossem trocados e devolvidos a seus países de origem via Suíça, e os feridos com menor gravidade podiam ser internados sob custódia suíça. Trens de passageiros haviam começado a aparecer após o anoitecer, cruzando o país por vezes em alta velocidade, levando tuberculosos, traumatizados de guerra e retardados mentais. Nas aldeias, as crianças levantavam-se de suas camas, e as tabernas esvaziavam-se para que os fregueses pudessem ficar parados junto aos trilhos vendo os vagões escuros atravessar a cidade. Sempre que os trens paravam para receber uma nova leva de passageiros, ou para receber água debaixo de tanques esféricos, com umas pontas estranhas, feitos de metal verde-escuro, surgiam de todas as partes cidadãos trazendo flores para os prisioneiros doentes cujos nomes eles jamais viriam a saber, garrafas de *schnapps* caseira, chocolates guardados havia anos. Suspeitando que seu país estava se tornando um grande experimento sobre as possibilidades da compaixão nas profundezas da guerra, talvez eles sentissem a necessidade de ao menos estar ali e contribuir com o que podiam dar.

Ao redor da Suíça, por toda a Europa a grande Tragédia continuava a desenrolar-se, iluminada por clarões de fósforo e explosões de obuses, orquestrada para os *ostinati* profundos da artilharia contra os corais em *staccato* das metralhadoras, laivos dos quais chegavam aos bastidores de vez em quando, juntamente com cheiros de cordite e gás tóxico e corpos putrefatos. Mas ali, no cotidiano da Suíça, ficava o avesso da tapeçaria — uma versão humilde e prática do espetáculo mais grandioso que se descortinava além das fronteiras. Podia-se imaginar o drama, ter sonhos terríveis, inferir com base naqueles que chegavam, tendo cumprido seu turno, o que deveria estar acontecendo lá fora. Mas ali, nos bastidores, a atividade era de outra natureza.

Não faltava trabalho para o *Pómnie o Golodáiuchiki*, e o capitão Pádjitnov repassou com prazer ao *Inconveniência* o excesso de trabalho. De início, tratava-se basicamente de transportar carregamentos — trazer via aérea produtos que os suíços estavam encontrando dificuldades em importar, como açúcar, banha, massa... Os rapazes passavam boa parte do tempo aguardando em cidades de fronteira como Blotzheim, mas também faziam muitos voos para o interior do país, redistribuindo feno quando faltava feno e queijo quando o queijo escasseava, o que se tornou um problema crônico nos últimos anos da guerra. Depois de algum tempo, as missões os levaram a transpor as fronteiras do país, trazendo laranjas da Espanha ou trigo da Argentina, do outro lado do oceano. Um dia Pádjitnov apareceu, com o ar mais autoritário com que já fora visto, e anunciou: "Hora de promoção, meninos baloeiros! Chega de transportar produtos — de agora em diante, vocês transportam gente!".

De vez em quando, explicou o capitão, surgia uma *ossóbnaia obstanóvka* — "situação especial", seu termo militar predileto — em que se tornava pouco recomendável realizar uma troca de internos via trem. "Alguma pessoa particularmente importante, que não pode ser repatriada sem causar certo embaraço. Vocês entendem."

Os rostos permaneceram perplexos, menos o de Miles, o qual fez que sim, com ar grave. "Se não tivermos os mapas necessários", disse ele, "você podia nos emprestar os seus."

"*Koniétchno*. Lamentamos nossa nave não poder desenvolver velocidade exigida por *situação especial*."

Pouco depois, os rapazes estavam pairando, alta madrugada, acima de campos de prisioneiros nos Bálcãs. Voltaram à Sibéria pela primeira vez desde o Evento de Tunguska para buscar membros capturados da força expedicionária nipo-americana, e também ajudaram na remoção do governo do almirante Kóltchak de Omsk. Tornaram-se alvos de tiros de toda espécie, desde peças de artilharia de longo alcance até pistolas de duelo, sem resultado, tiros por vezes impulsivos, disparados por quem não sabia muito bem qual era o alvo. Era uma experiência nova para os rapazes, e depois de algum tempo eles aprenderam a não levar aquilo para o lado pessoal, como se fosse apenas uma tempestade ou um mapa defeituoso. Não ocorrera a nenhum deles, até que Miles chamou-lhes a atenção para o fato, que só haviam começado a participar da guerra europeia depois que se refugiaram em território neutro.

Certa manhã, em Genebra, na rua, Pádjitnov, após uma longa noitada nas tabernas do cais do rio, e Randolph, madrugador contumaz à procura de um brioche e uma xícara de café, por acaso se encontraram. A cidade estava banhada numa luz estranhamente circunspecta. Os pássaros já estavam acordados havia muito tempo, porém comportavam-se com discrição. Os vapores que singravam o lago evitavam soar suas sirenes. Os bondes pareciam deslizar com pneus de borracha. Um silêncio sobrenatural pairava sobre os pináculos, as montanhas, o mundo conhecido. "O que é isso?", perguntou Pádjitnov.

"Hoje? Nada de especial." Randolph tirou do bolso um calendário eclesiástico que utilizava para fazer anotações. "Dia de são Martinho, creio eu."

Por volta de meio-dia, o sino da catedral de são Pedro, conhecido como La Clémence, começou a bater. Logo todos os sinos da cidade o imitaram. Na Europa, um tal de armistício havia entrado em vigor.

Uma vez cessadas as hostilidades, as ofertas de contrato que antes haviam rareado começaram a chegar aos rapazes em catadupas. O *Inconveniência* continuava a entrar e sair da Suíça, realizando os mesmos tipos de missões de socorro e repatriação de antes, porém agora havia também serviços civis, mais na linha das aventuras tradicionais dos rapazes. Em particular, espiões e representantes de vendas não paravam de chegar a qualquer hora do dia ao saguão do Helvetia Royale, com as mãos cheias de francos e propostas de uma grandiosidade que o mundo não conhecera antes de 1914.

Um dia, na hora do almoço, no momento em que Darby se preparava para gritar "Não aguento mais *fondue*!", Pugnax entrou no refeitório com um brilho misterioso nos olhos, e na boca um envelope grande, gofrado, lacrado e ostentando um timbre dourado.

"O que é isso?", perguntou Randolph.

"Rff rff rr RR-ff!", comentou Pugnax, o que os rapazes entenderam como "Parece que é dinheiro!".

Randolph leu a carta com cuidado. "Uma proposta de trabalho, lá nos Estados Unidos", disse ele por fim. "Da ensolarada Califórnia, ainda por cima. Os advogados que enviaram esta carta não revelam o nome das pessoas que eles representam, e também não deixam claro exatamente o que teremos de fazer, só dizem que temos que aguardar as instruções assim que chegarmos lá."

"E, ááááh... quanto que eles oferecem?", indagou Darby.

Randolph segurou a carta de modo que todos pudessem vê-la. A quantia, claramente visível, representava mais ou menos o dobro das posses de todos os tripulantes, somadas.

"Alguma coisa criminosa, é de se esperar", alertou Lindsay.

"Evidentemente, essa proposta deve ser sujeitada a uma avaliação moral e legal pormenorizada", declarou Darby, fingindo examinar a quantia mais uma vez. "Legal, pra mim está tudo certo."

A perspectiva de um trabalho bem remunerado na Califórnia — lugar que, até então, era para os rapazes longínquo e mítico — em pouco tempo derrubou até os escrúpulos mais rígidos, como os de Lindsay, embora, na qualidade de consciência autonomeada da tripulação, ele não conseguisse resistir ao impulso de perguntar: "Quem vai falar com o capitão Pádjitnov?".

Todos olharam para Randolph. Randolph encarou seu próprio reflexo bulboso no aparelho de chá de prata por algum tempo, e por fim exclamou: "Diacho!".

O dar de ombros e o sorriso de Pádjitnov foram visivelmente marcados pela ausência de rancor. "Vocês não precisam de minha autorização", disse ele. "Vocês sempre foram livres para partir."

"Mas temos a sensação de que vamos abandoná-lo, Igor. Abandonar —" e fez um gesto um pouco desesperado, como se incluindo todas as populações carentes de almas desconexas, soltas no mundo, órfãos e aleijados, sem-teto, doentes, famintos, encarcerados, alienados, que não obstante era necessário conduzir a um lugar seguro.

"Guerra não terminou. Talvez não termine jamais. Consequências talvez nunca terminem. Minha tripulação passou quatro anos, como formação universitária, aprendendo a lidar com fome, doença, cidades destroçadas, tudo que foi causado por isso que aconteceu. Horror, falta de sentido — porém, para nós foi formação. Sua pode ter sido diferente. Suas obrigações podem estar ligadas a consequências diferentes."

"Consequências americanas."

"*Nebo-továrich*" — uma mão pousada em seu ombro — "não posso — não quero — imaginar."

E foi assim que, no final da tarde, quando as primeiras estrelas surgiam, o *Inconveniência* elevou-se das margens do lago Genebra e seguiu em direção a oés-sudoeste.

"Devemos pegar os ventos oeste que predominam perto da costa do Senegal", arriscou Lindsay, o oficial meteorologista.

"Você se lembra do tempo em que a gente tinha que ir aonde o vento nos levasse?", perguntou Randolph. "Agora é só acionar os motores e tocar pra frente."

"Nossos clientes", Lindsay lembrou a todos, "insistem que devemos ir para a costa do Pacífico o mais depressa possível, sendo que os custos de viagem só serão cobertos pelo contrato até uma certa quantia, acima da qual nós nos tornamos responsáveis pelos gastos."

"Aaargh, qual foi o idiota que pôs essa cláusula aí?", rosnou Darby.

"Você", Lindsay com uma risadinha.

Atravessando as montanhas Rochosas, encontraram no ar uma repetição invisível do terreno material lá embaixo. Fluxos tridimensionais de ar frio acompanhavam os fluxos dos rios que corriam na superfície longínqua. Correntes de ar ascendiam pelos lados ensolarados das montanhas nos mesmos ângulos íngremes em que o ar mais frio descia pelos lados na sombra. Por vezes os rapazes se viam presos nesse tipo de ciclo, e ficavam pairando acima da crista descrevendo grandes círculos verticais até que Randolph mandava engrenar os motores.

Depois disso, tudo ficou difícil, pois o vento queria que eles fossem para o sul, e quantidades incontáveis de pés cúbicos padrão de combustível foram desperdiçadas contra o efeito do vento norte até que Randolph, calculando que já haviam ultrapassado sua cota de energia, entregou o futuro imediato da nave ao vento, e foram levados para o outro lado do rio Bravo, penetrando os céus do velho México. E assim foram conduzidos adiante por ventos de obscura angústia, a firmeza de seus propósitos tão intermitente quanto os relâmpagos que luziam todas as noites no horizonte.

Foi precisamente naquele instante de perplexidade espiritual que foram salvos, sem aviso prévio, ali, ao sul da fronteira, pelo Sodalício das Eternautas.

Como poderiam os caminhos dos dois grupos jamais ter se cruzado? Posteriormente, nenhum dos rapazes seria capaz de lembrar onde a coisa acontecera, durante qual ascensão tóxica, em meio a qual bate-boca, entre tantos que já haviam se tornado rotineiros, eles haviam encontrado por acaso aquela formação voadora de moças, com roupas de noviças em tons crepusculares, a rodopiar, dispersando-se diante da massa da aeronave que eclipsava as estrelas, suas asas metálicas mantendo um ritmo implacável, lançadas de um lado para outro, algumas passando tão perto que os rapazes podiam até contar os parafusos nas caixas de engrenagens, ouvir o zumbido das unidades de força auxiliares movidas a nitronaftol, ficando rigidamente atentos aos nacos de carne feminina atlética exposta. Não que essas asas, com suas milhares de "penas" elípticas perfeitamente fabricadas, mesmo àquela luz mortiça filtrada pela poluição, pudessem jamais ser confundidas com asas de anjos. As moças sérias, cada uma com seus arreios de pelica preta, com uma camada niquelada por baixo dos fardos inevitáveis impostos pelo imperativo de voar, cada uma levando na frente uma pequenina lâmpada elétrica com que enxergar seu painel de controles, reagruparam-se e afastaram-se no entardecer. Será que mesmo naquele momento olhares já foram lançados para trás, em direção à pesada aeronave motorizada?, cenhos franzidos, coqueterias, a antevisão vaga de que seria entre elas, aquelas jovens severas, que os Amigos do Acaso estavam destinados, afinal, a encontrar esposas, casar-se e ter filhos e tornar-se avôs — precisamente em meio às jovens daquela irmandade itinerante, as quais, nos termos do sinistro contrato a que estavam submetidas, jamais podiam descer à Terra, a cada pôr do sol aninhando-se juntas nos telhados das cidades como um bando de tentilhões em fevereiro, tendo aprendido a encontrar, em tudo aquilo que os telhados excluíam, uma domesticidade de fuga e rejeição, em meio a tempestades, ataques de luar, predadores verticais ainda mais sinistros, jamais inteiramente sonhados, vindos de outros mundos.

Chamavam-se Heartsease e Primula, Glee, Blaze e Viridian, uma por uma haviam encontrado o caminho daquela confraria eterista graças aos mistérios da inconveniência — um trem que chegara atrasado, uma carta de amor enviada na hora errada, uma testemunha enlouquecida depondo na polícia, coisas assim. E agora elas se viam diante daqueles cinco rapazes baloneiros, cujo objeto de fascínio imediato era o método de voo das moças. Havia grandes ondas atravessando o Éter, explicou Viridian, que uma pessoa podia pegar, para ser levada por ela, tal como o vento marinho leva a águia-rabalva, ou como as ondas do Pacífico, segundo se diz, levam os surfistas do Havaí. As asas das jovens eram antenas de Éter que detectavam naquele meio, de modo praticamente microscópico, uma lista de variáveis, entre elas o índice ponderado de saturação luminosa, a relutância espectral e o Coeficiente de Reynolds normalizado para o Éter. "Esses dados, por sua vez, vão para um dispositivo de cálculo", disse Viridian, "que controla os parâmetros das nossas asas, ajustando-as 'pena' a 'pena' de modo a maximizar a sustentação etérea..."

"Tinha que ser uma Eterista", murmurou Chick com seus botões.

"O futuro não está na fumaça", afirmou Viridian. "Queimar dinossauro morto, ou lá o que seja, não é a solução, Garoto Gasolina."

Imediatamente ela pôs-se a explicar-lhe a Eterodinâmica que possibilitava o voo das jovens.

"O Éter", começou Viridian, "tal como a atmosfera em torno de uma aeronave, pode produzir sustentação e arrasto na Terra à medida que ela se move no espaço. Desde a experiência de Michelson-Morley que se fala a respeito da existência de uma camada limite."

"Que a superfície irregular do planeta", Chick começou a compreender, "as montanhas e não sei que mais, criam vórtices para que ela não se separe —"

"E sabemos também que sua espessura é proporcional à viscosidade cinemática, expressa em termos de área por segundo — de modo que o Tempo é inversamente proporcional à viscosidade, e assim também à espessura da camada limite."

"Mas a viscosidade do Éter, tal como sua densidade, deve ser desprezível. Ou seja, a camada limite é finíssima, o que implica uma dilatação considerável do Tempo."

Darby, que por acaso estava escutando a conversa, terminou afastando-se dos dois, sacudindo a cabeça. "Parecem o Sidney e a Beatrice Webb."

"Bem como um aumento muito rápido", prosseguia Viridian, "do zero até a velocidade dominante do vento etéreo. Assim, para encontrá-lo com toda a força, não seria necessário afastar-se muito da superfície do planeta. No nosso caso, basta subir um pouco acima do nível dos telhados."

Chick e Viridian viriam a se tornar o mais problemático, ou intermitente, dos cinco casais. Chick por vezes agia como se seu coração ainda permanecesse nos cenários das aventuras anteriores, e Viridian também de vez em quando escorregava no mais-que-perfeito sentimental.

Lindsay Noseworth, o gamomaníaco comprovado, foi o que mais se envolveu, bastando para tal o primeiro vislumbre lateral do vulto indistinto de Primula. "Primula Noseworth", os outros em pouco tempo começaram a ouvi-lo cochichar repetidamente, "Primula Noseworth...". Não havia recanto da aeronave nem momento do dia que estivesse livre desses devaneios maçantes. Era o equivalente sonoro a uma tatuagem de marujo.

Quanto a Miles: "Ah, Glee", ele ralhava com ela, brincalhão, "você sempre caiu como um patinho diante dos sonsos!" (Os sentimentos de Miles, sempre que externalizados, eram registrados, mas não era fácil extrair-lhes o sentido de imediato.)

Nesse ínterim, foi Heartsease que ficou fascinada com Randolph, sempre um tanto confuso (o talento da jovem para a culinária e seus conhecimentos referentes a ervas medicinais, pacientemente aplicados, haveriam de curar a dispepsia de Randolph).

Blaze e Darby formaram um par de "pombinhos" furiosamente apaixonados desde o início, quando o ex-mascote constatou que, vendo-se pela primeira vez na companhia de uma mulher, sequer ficou mudo, nada disso, muito pelo contrário, foi *elevado a uma altura estonteante*, movido por recursos aéreos que aparentemente eram exclusivamente seus. "Terei eu perdido meu bom senso", perguntava-se Blaze, "de estar aqui, desacompanhada, com alguém como você?" O olhar dela fixava-se em Darby com uma intensidade não desprovida de simpatia, emoldurado pelas telhas do lugar onde havia passado a noite a se estenderem, aparentemente, numa regressão infinita, o esplendor corroído do céu noturno aprofundando-se a seu redor, e, era esta a impressão de Darby, ela esperava, embora ele não soubesse dizer exatamente pelo quê. Enquanto fogões invisíveis eram acesos sob seus pés, fumaça de lenha começava a sair pelas chaminés, pregões de meninos jornaleiros vinham das ruas lá embaixo, pungentes como canções. Arpejos de sinos, cada um com seu nome tradicional no dialeto local, fizeram-se ouvir. Grandes discos de aves, cansadas ao final da jornada, inclinavam-se e adernavam acima das praças grandes e pequenas, roçadas pela penúltima luz do dia num momento, imersas na sombra no instante seguinte.

Quando a manhã raiou, já com todas as moças a bordo da nau, o vento havia mudado de direção. Tal como Lindsay havia confirmado três vezes, agora bastariam uns poucos minutos de arco para que chegassem a seu destino na Califórnia.

Foi assim que voaram em direção ao noroeste, e uma noite olharam para baixo e contemplaram uma expansão incalculável de luzes, a qual, segundo seus mapas, seria a Cidade de Nossa Senhora, Rainha dos Anjos. "Céus", exclamou Heartsease. "Em que parte da Terra estamos?"

"Aí é que está o problema", disse Chick. "A tal da 'Terra'."

Ao cruzar o continente europeu, os rapazes manifestaram seu assombro ao constatar quão mais infectados de luz se haviam tornado os terrenos noturnos que passavam lá embaixo — ninguém jamais os vira tão claros, pois as lanternas isoladas e redes esparsas de luz de gás haviam sido substituídas pela iluminação de rua eletrificada, como se pelotões avançados do dia estivessem progressivamente invadindo e colonizando os confins desarmados da noite. Agora porém, finalmente, sobrevoando o sul da Califórnia e contemplando a incandescência que jorrava dos subúrbios residenciais e praças urbanas, quadras esportivas, cinemas, pátios de manobras e estações ferroviárias, claraboias de fábricas, antenas, ruas e avenidas com filas de faróis de automóveis constantemente a se arrastar para além do horizonte, sentiam-se na posição de testemunhas inquietas de alguma conquista final, um triunfo sobre a noite cuja razão de ser nenhum deles compreendia de todo.

"Deve ter a ver com turnos de trabalho extras", arriscou Randolph, "cada vez mais frequentes, avançando pela noite adentro."

"Tantos empregos adicionais", entusiasmou-se Lindsay, "devem indicar uma expansão ainda maior da já prodigiosa economia norte-americana, o que sem dúvida é uma boa notícia para nós, levando-se em conta a fração considerável do nosso capital que lá está investida."

"Isso mesmo, trabalham como mouros pra viver na miséria e morrer cedo", Darby rosnou, "é graças a isso que nós podemos ficar aqui voando, no bem-bom."

"Sem dúvida, Suckling, você tem sido bem tratado por um sistema industrial cujas deficiências triviais, em relação às quais você ainda se sente obrigado a fazer objeções, felizmente hão de permanecer para seus companheiros um tanto obscuras, se não de todo incompreensíveis."

Darby piscou, inocente. "Heeeein, Noseworth?"

"Melhor não dizer. Eu gosto tanto do modo subjuntivo quanto qualquer outra pessoa, mas como você só o emprega no caso de *um vulgarismo consistindo em duas palavras* que não vale a pena repetir —"

"Ah. Então que tal 'Viva o capitalismo'? É mais ou menos a mesma coisa, não é?"

Como se fortificado pela absorção de uma quantidade crítica daquela luz implacável, Miles falou, sua voz quase falhando sob o peso de uma emoção difícil de discernir. "Lúcifer, filho da manhã, portador da luz... Príncipe do Mal."

Lindsay, como Oficial Teólogo da nave, começou a explicar que os Padres da Igreja, no afã de conectar o Antigo e o Novo Testamento no máximo de pontos possíveis, tentaram estabelecer uma correlação entre o epíteto usado por Isaías para se referir ao rei da Babilônia e a visão de Cristo, segundo Lucas, de Satanás caindo do céu como um raio. "O que complica ainda mais a situação é que os astrólogos antigos usavam o nome Lúcifer para designar Vênus quando o planeta aparece como estrela da manhã —"

"Isso é etimologia", retrucou Miles, da maneira mais polida possível. "Mas quanto à persistência dentro do coração humano, imune ao tempo —"

"Perdão", Darby fingindo levantar a mão, "... *doquééquevocêsestãofalando?*"

Randolph, que estava consultando um mapa, levantou a vista para comparar o que estava lendo com a paisagem de luzes que deslizava lá embaixo. "Parece haver um campo de pouso perto de Van Nuys que nos há de servir. Cavalheiros, preparem o destacamento especial."

O cheque enviado pelos advogados acabou sendo devolvido, e verificou-se que o endereço por eles usado não existia. Os rapazes se viram por um momento desocupados num recanto estranho de um planeta que podia ou não ser o deles.

"Mais uma arapuca", Darby rosnou. "Quando é que a gente vai aprender?"

"Vocês estavam todos com tanta pressa", respondeu Lindsay, autocomplacente.

"Acho que hoje eu vou ficar andando por aí", disse Chick, "apreciando as atrações turísticas." Por volta de meio-dia, perambulando por Hollywood e sentindo fome de repente, entrou na fila de uma venda de cachorros-quentes muito concorrida chamada Links, e lá chegando encontrou ninguém menos que seu pai, "Dick" Counterfly, que ele não via desde 1892, mais ou menos.

"Caramba", exclamou o pai, "mas nós estamos muito longe de Thickbush, Alabama."

"Quase trinta anos."

"Eu imaginava que você estivesse mais alto."

"Pelo visto, o senhor está se dando bem."

"Pode me chamar de Dick, é como todo mundo me chama, até mesmo os chineses. Eles têm mais é que fazer isso mesmo. Aquele negócio do estado de Mississippi foi o que fez a nossa fortuna. Está vendo aquele carrão?"

"Parece um Packard."

"Não é uma beleza? Vamos, vem comigo dar uma volta."

"Dick" estava morando numa mansão monumental no West Adams Boulevard com sua terceira esposa, Treacle, que era da idade de Chick ou talvez ainda mais jovem, e parecia dar uma atenção extraordinária a Chick.

"Mais um *gin fizz*, Chick?"

"Obrigado, ainda tenho no meu copo", disse Chick, acrescentando, numa voz mais baixa, "Treacle".

"Por que é que você está fazendo assim com os cílios, gatinho? Você já tem idade pra saber dessas coisas."

"Venham ver isso aqui", "Dick", chamando-os com um gesto para um cômodo adjacente, mergulhado na penumbra, onde uma máquina enorme, dominada por um disco metálico a rodar rapidamente, com quase dois metros de altura, cheio de buracos redondos que formavam desenhos em forma de espiral, com um arco voltaico fortíssimo por detrás, e uma parede inteira recoberta de células de selênio.

"Dick" foi até um painel de chaves e indicadores com ponteiros fartamente iluminados, e começou a dar a partida na geringonça. "Não fui eu que inventei isso não, todas as peças já estavam no mercado, esse tal de disco de Nipkow aí já existe desde 1884. Eu só fiz perceber que isso tudo junto podia funcionar numa espécie de pacote, por assim dizer."

Chick observou com muita curiosidade científica a imagem trêmula que apareceu numa tela localizada na parede em frente ao disco rotativo, e viu o que parecia ser um macaco grande com chapéu de marinheiro, cuja aba estava virada para baixo, caindo de uma palmeira em cima de um velho muito espantado — aparentemente, o comandante de um navio, a julgar pelo chapéu que ele usava.

"Eu pego esta aí toda semana mais ou menos nesta hora", disse "Dick", "embora às vezes eu tenha a impressão de que ela vem, você pode achar estranho, mas parece não ser uma coisa que esteja *sobre* a superfície da Terra, e sim —"

"Perpendicular", sugeriu Chick. Observou que Treacle estava sentada excessivamente perto dele no sofá, havia desabotoado uma parte do vestido e parecia encontrar-se num estado de agitação. E em vez de olhar para os pontos de luz, que se revelavam mais depressa que o olho humano era capaz de acompanhar, surgindo e sumindo com intensidades diferentes um do outro, de modo a criar uma única imagem móvel, ela olhava para Chick.

Chick esperou até o final da transmissão, fosse lá o que fosse aquilo, e pediu licença para retirar-se. Treacle enrolou sua gravata e beijou-o na boca. No dia seguinte "Dick" apareceu no campo de balões em Van Nuys antes do toque de alvorada, acelerando o motor do Packard com impaciência.

"Eu queria que você conhecesse uns tipos."

Saíram do carro em direção ao mar, e mais ou menos na metade da curva da baía de Santa Monica havia um grupo de galpões e laboratórios de ferro galvanizado, bem perto da praia, os quais constituíam nada menos do que um centro de pesquisas operado por dois idosos excêntricos, Roswell Bounce e Merle Rideout.

"Oi, Roswell, por que a espingarda?"

"Pensei que você fosse outra pessoa."

"Aqueles sujeitos mal-encarados de novo, é?", indagou "Dick", com uma expressão preocupada no rosto.

"Você disse que se a gente precisasse de alguém bem forte, tinha uma pessoa que você recomendava", disse Merle.

"E chegou a hora, mesmo", completou Roswell.

"Certo. Pois bem, tem um detetive no centro da cidade", disse "Dick", "que vai saber exatamente o que fazer. Eu já contratei o sujeito. Ele fica de olho na Treacle."

Chick dirigiu um olhar espantado para o pai. Estava prestes a comentar que ela parecia ser uma moça muito alegre e sociável, mas por algum motivo resolveu se calar.

"E se surgir, sabe, uma situação envolvendo armas de fogo?", murmurou Roswell.

"Ele está desse jeito." Merle, cochichando bem alto. "Uma espécie antiquada de paranoia."

"É melhor do que andar por aí achando que eu sou à prova de bala."

"Bom, com ou sem armas, o Lew Basnight é o homem que vocês querem." De uma carteira surrada "Dick" retirou um maço de cartões de visita, e começou a folheá-los. "Anotem aí o telefone dele."

No laboratório, Chick ficou deslumbrado. Era o laboratório com que todo rapaz sonhava! Até mesmo o *cheiro* do lugar era científico — aquela velha combinação de ozônio, guta-percha, solventes químicos e isolante aquecido. As prateleiras e bancadas estavam cheias de voltamperímetros, reostatos, transformadores, arcos voltaicos inteiros ou desmontados, eletrodos de carbono semiutilizados, lanternas de cálcio, pastilhas de Oxone, magnetos de alta tensão, alternadores comprados em lojas ou feitos ali mesmo, bobinas de vibradores, interruptores, engrenagens com parafusos sem fim, prismas de Nicol, válvulas geradoras, maçaricos usados na produção de vidro, células fotelétricas de oxissulfeto de tálio usadas pela Marinha, tubos fluorescentes Aeolight novos em folha recém-caídos do caminhão de entregas, componentes de gravadores britânicos Blattnerphone, e mais toneladas de coisas que Chick não se lembrava de jamais ter visto antes.

Merle e Roswell levaram-nos até os fundos do laboratório, onde passaram por portas com três trancas e chegaram a um pequeno laboratório ocupado por uma máquina misteriosa, cuja segurança os fizera perder sono nas últimas noites, pois ela atraíra a atenção, ao que parecia, de um empreendimento criminoso secreto localizado, os inventores tinham quase certeza, em Hollywood.

"Toda pessoa sendo fotografada se mexe", explicou Roswell, "mesmo se estiver parada. Ela respira, reflete luz, sei lá. Tirar uma foto é como aquilo que os professores de matemática chamam de 'diferençar' uma equação de movimento — imobilizar aquele movimento que ocorre no intervalo mínimo de tempo que o obturador leva para abrir e fechar. Assim, a gente pensou — se tirar uma foto é como calcular a primeira derivada, então quem sabe a gente não podia encontrar uma maneira de inverter o processo, partir de uma fotografia imóvel e *integrá-la*, recuperar sua forma primitiva completa e devolvê-la à ação... quem sabe até à vida..."

"Trabalhamos nesse projeto de modo intermitente", disse Merle, "mas foi só quando o Lee De Forest acrescentou esse eletrodo de grade à válvula de Fleming que tudo começou a fazer sentido. Aí ficou bem claro que com um triodo, um resistor de entrada e um condensador de *feedback*, por exemplo, dava pra montar um circuito que, se você escolhesse bem a resistência e a capacitância, possibilitaria lançar na grade uma voltagem alternada simples — digamos, 'seno de *t*' — e obter como saída menos cosseno de *t*."

"De modo que, teoricamente, a saída", percebeu Chick, "pode ser a integral indefinida de qualquer sinal que for lançado na grade."

"Isso mesmo", Roswell concordou. "Cuidado com esse aí, 'Dick'. Mas enfim, sendo a eletricidade e a luz praticamente a mesma coisa, na verdade são apenas trechos ligeiramente diferentes do espectro eletromagnético, nós pensamos: se dá pra obter esse efeito de integração com a eletricidade, então também podemos fazer o mesmo com a luz, não é?"

"Ora, por *mim* vocês podem fazer o que quiserem", exclamou "Dick" Counterfly.

Para os de temperamento professoral, o próximo passo então seria encontrar no mundo da ótica coisas análogas ao triodo de De Forest, o capacitor de *feedback* e outros componentes físicos do circuito em questão. Mas quanto a Roswell havia que considerar seu caso muito avançado de *paranoia querulans*. Dava para perceber as orelhas dele em movimento, o que nele era sempre um sinal seguro de atividade mental, só que, como Merle já havia percebido, sua mente não funcionava de maneira nada linear. Fragmentos de antigas tentativas de registro no escritório de patentes, modulados por atuações mal lembradas em tribunais, floresciam e borbulhavam como num calidoscópio, de modo intermitente, em sua atenção. Rostos de advogados que ele não via mais com bons olhos, em relação aos quais chegava mesmo a nutrir fantasias de assassinato, mesmo de muitos anos antes, agora brotavam de modo distorcido em meio a seus pensamentos. Isso para não falar na inspiração que lhe proporcionavam, nem sempre de modo explicável, pedaços de ferragens que acabavam surgindo, mais ou menos legalmente, no laboratório. Um dos dois inventores malucos perguntava: "Que diabo a gente vai fazer com isso?". E outro dava de ombros e respondia: "Nunca se sabe", e o objeto era colocado numa prateleira ou guardado num armário, e era batata: um belo dia eles precisavam de alguma coisa que transformasse luz infravermelha em eletricidade, ou causasse refração dupla num ângulo de polarização específico, e lá estava, invisível sob uma pilha de canecos acumulados nesse ínterim, o objeto exato de que precisavam.

Merle então deu a partida num pequeno motor-gerador a gasolina, juntou dois eletrodos de carbono num ângulo reto e depois os afastou um pouco, fazendo surgir um arco de luz poderosíssimo entre eles. Fez alguns ajustes nas lentes. Na parede surgiu uma foto ampliada do centro de Los Angeles, monocromática e imóvel. Merle mexeu nos eletrodos, girou alguns botões, tirou de um cofre embutido na parede um cristal vermelho brilhante, aproximou-o de uma armação de platinoide e cuidadosamente inseriu-o no lugar certo. "Lorandita — trazida da Macedônia antes das guerras nos Bálcãs, puro sulfoarsenieto de tálio, de um grau de pureza que hoje em dia não se encontra mais." Válvulas de alto vácuo brilhavam num tom fantasmagórico de roxo. Um zumbido vinha de duas outras fontes, não exatamente em harmonia. "... Agora observem." Tão de súbito que Chick não percebeu o momento da mudança, a foto começou a mover-se. Um cavalo levantou uma pata. Um bonde saiu do estado estacionário. As roupas dos pedestres começaram a tremular na brisa.

"Você já viu um troço mais incrível que isso?", exclamou "Dick" Counterfly, cuja familiaridade crescente com aquela maquinaria só fizera aumentar seu espanto. Durante os trinta minutos seguintes, Merle projetou outras transparências, uma por uma, nas paredes, que em pouco tempo estavam cobertas de cenas de vidas americanas, claramente em movimento. O efeito combinado era o da população de uma pequena cidade em atividade. Dentro de cada moldura via-se gente dançando, brigando, bebendo, jogando sinuca, fazendo biscates, vagabundeando, fodendo, caminhando, comendo em restaurantes instalados em carroças, tomando o bonde ou saltando dele, jogando baralho, algumas das fotografias em preto e branco, outras em cor.

Desde que haviam desenvolvido aquele processo, alguns anos antes, confidenciou Merle, ele começara a compreender que estava envolvido numa missão cujo objetivo era libertar as imagens não apenas das fotos que ele tirava, mas de tudo aquilo que cruzava seu caminho, tal como o príncipe que com seu beijo desperta e liberta a Bela Adormecida. Uma por uma, em todo o país, conforme o seu desejo, as fotos estremeciam, de início devagar, depois acelerando, pedestres caminhavam até sair da moldura, carroças seguiam adiante, os cavalos que as puxavam cagando na rua, pedestres que estavam de costas viravam-se e revelavam seus rostos, as ruas escureciam e os lampiões a gás acendiam-se, as noites se prolongavam, as estrelas giravam no céu, passavam, dissolviam-se no amanhecer, festivas reuniões de família em torno de mesas terminavam em pileques e bagunça, dignitários posando para fotografias piscavam, arrotavam, tiravam ouro do nariz, levantavam-se e saíam do estúdio do fotógrafo, e juntamente com todas as outras pessoas que apareciam nessas fotos, libertadas, retomavam suas vidas, embora claramente já não estivessem no alcance da lente, como se toda a informação necessária para representar um futuro indefinido estivesse presente ali, no "instantâneo" inicial, em alguma escala microscópica, molecular ou atômica, cujo limite, se é que havia um limite, ainda não fora atingido — "Se bem que, por causa do tamanho do grão", observou Roswell, "é de se esperar que mais cedo ou mais tarde a gente não tenha como aumentar a resolução".

"Talvez seja alguma coisa incluída na natureza do próprio Tempo", Chick especulou.

"Isso está fora da minha compreensão", sorriu Roswell, "nós aqui somos da antiga."

"Tem um sujeito na minha aeronave, o Miles Blundell, que muitas vezes entende essas questões mais a fundo do que a maioria das pessoas. Eu queria falar a ele sobre a sua invenção, se vocês não se incomodarem.

"Desde que ele não seja ligado à indústria do cinema", disse Roswell.

"Não deixem de ligar pro detetive Basnight hoje mesmo", disse "Dick" quando se despediram. "Às vezes ele só precisa dar um telefonema."

"Um bom tiro seria melhor", sugeriu Roswell com um toque de humor na voz.

Enquanto caminhavam em meio à neblina em direção ao Packard, Chick disse ao pai: "Ainda bem que eu nunca tive uma foto sua — senão esses dois iam me mostrar tudo que o senhor andou fazendo esses anos todos".

"Eu digo o mesmo a respeito de você, filho." Quando estavam prestes a entrar no carro, "Dick", como se a ideia tivesse acabado de lhe ocorrer, perguntou: "Será que você gostaria de dirigir um pouco?".

"Tenho até vergonha, mas não sei dirigir."

"Se você vai ficar uns tempos em Los Angeles, é melhor aprender." Deu a partida no motor. "Eu ensino se você quiser. É coisa rápida."

De volta ao campo de aviação, encontraram o *Inconveniência* cercado pelo brilho de frequências de luz elétrica que floresciam naquele instante em meio às fragrâncias noturnas do deserto. Cheiros de comida vinham da cozinha. "Dick" apoiou a testa no volante por um momento. "Eu tenho que voltar, a Treacle está me esperando."

"O senhor não quer jantar conosco na aeronave, pai? Hoje é feijão, camarão e arroz, à maneira da Louisiana. O senhor ficava conhecendo a Viridian — quer dizer, se ela não estiver mais zangada comigo — e depois a gente pode voar um pouco, dar uma volta sobrevoando a região..."

Surpreendentemente, depois de tantos anos de separação, não foi tão difícil quanto Chick poderia ter imaginado compreender o sentido da expressão no rosto de seu pai. "Ora. Pensei que você não ia me convidar nunca."

O escritório de Lew em Los Angeles ficava num daqueles prédios novos e chiques que estavam sendo construídos na Broadway, com elevadores, totalmente eletrificados, janelas que davam para um amplo pátio coberto sob uma cúpula com uma claraboia que deixava entrar tons de azul e ouro de algum modo mais intensos do que as cores esmaecidas, desérticas, que eram mais comuns na cidade. A sala de espera era verdejante, cheia de vasos com palmeirinhas e comigo-ninguém-pode, e era necessário passar por três camadas de seguranças, cada uma das quais incluía uma recepcionista com uma aparência enganosa de sílfide. Essas garotas também trabalhavam nos estúdios de cinema de Hollywood como dublês em cenas que, segundo os responsáveis pelo seguro do filme, poderiam colocar em perigo uma estrela, obrigada, por exemplo, a dependurar-se do parapeito de um arranha-céu ou ficar atravessando uma ferrovia de um lado para outro numa "baratinha" enquanto uma locomotiva se aproxima a todo vapor. Thetis, Shalimar e Mezzanine, cujos trajes elegantes de estenógrafa melindrosa ocultavam corpos perfeitos para o prazer dos íntimos e o desconforto dos estranhos, eram todas ases do volante, tinham porte de arma e um passo tão seguro quanto o dos burros do Grand Canyon, pois sabiam descer a escadaria do salão de baile de um hotel com sapatos de salto alto sem tropeçar, embora por vezes, de brincadeira, a impagável Mezzanine fizesse isso de propósito, caindo de uma altitude de dez metros com um grito teatral só para ver a reação da multidão.

No mesmo quarteirão ficava o prédio da Pacific Electric, com o novo Coles P.E. Buffet, onde Lew costumava tomar o café da manhã, quando tomava café da manhã.

Nos dias em que isso não ocorria, era quase sempre porque a noite tinha sido longa e acidentada, pois Lew havia começado a beber demais, como ele mesmo reconhecia, já com uma idade avançada, mais ou menos na época em que foi promulgada a Lei Seca.

Lew havia prolongado sua estada em Londres tanto quanto possível, mas quando a Guerra terminou, a Grã-Bretanha, a Europa — tudo aquilo parecia um sonho. O cheiro de bife lhe vinha do outro lado do Atlântico, via ferrovia do Erie, e ele se deu conta, com desânimo, de que levara todo aquele tempo para se lembrar de que Chicago era a sua terra. Isso depois de tanto correr de um lado para o outro. Voltou, e descobriu que a White City Investigations fora comprada por um truste da Costa Leste e agora trabalhava basicamente com "segurança industrial", termo que significava dar cacetadas nas cabeças de grevistas ou trabalhadores que estavam apenas considerando a hipótese de entrar em greve, e agora todos os agentes usavam uniformes com dois tons de marrom e levavam cada um uma Colt automática. Nate Privett estava aposentado, morando em Lincolnwood. Quem quisesse falar com ele tinha de ligar para sua secretária pessoal e agendar um encontro.

Não que Lew estivesse se saindo mal. Havia muito dinheiro na cidade, proveniente de algum lugar no estrangeiro, segundo alguns era dinheiro do jogo organizado, segundo outros do tráfico de armas, ou alguma rede de extorsionários — a versão mudava dependendo dos sentimentos que o informante nutrisse em relação a Lew.

Mas bastaram dois anos em Los Angeles para que Lew virasse mais um velho safado da região, queimado de sol, um homem que tinha visto muita coisa, participado de atividades, nos banheiros dos ricos, nas encostas ocultas das dunas das cidadezinhas praieiras, nas favelas, no meio do deserto, em becos de Hollywood cheios de plantas exóticas, que faziam Chicago parecer um lugar tão inocente quanto um *playground*. Ele ainda tinha fé na sua própria vidência improvisada, na sua pontaria e na rapidez com que manejava uma pistola. Costumava ir de carro até um estande de tiro perto da praia, e praticava muito. Ocasionalmente, mulheres de vários pontos da região de Los Angeles, ex-atrizes de cinema, corretoras de imóveis, mocinhas desavergonhadas que ele conhecera em diferentes serviços profissionais, não se incomodavam de passar, como ossos do ofício, meia hora na cama com ele, ou, o que era mais comum, em pé, numa piscina mal iluminada, mas o que o seu alienista, o doutor Ghloix, chamava de uma relação duradoura, isso nunca acontecia.

Lew sabia que outros profissionais do seu ramo, aqueles que atuavam dos dois lados da lei até não saberem mais de que lado estavam, que haviam chegado ao topo, alguns deles, os piores dos piores, agora, já tendo aparado muito tempo atrás os bigodes grisalhos, levando uma vida pacífica naquela costa ocidental, estavam enriquecendo com negociatas imobiliárias apenas um pouco mais legítimas do que os assaltos a trens que no passado constituíam sua principal fonte de renda... bandoleiros mais modestos, embora outrora assassinos de quatro costados, agora levavam existências pacatas em pequenos chalés perto de Pico, com suas esposas jovens e animadas, sempre a preparar tortas, atuando como consultores para aquelas fábricas de sombras que produziam em série filmes que transformavam aqueles tempos de loucura de antigamente em pacotes de entretenimento inofensivo. Lew jamais imaginou que chegasse a ver tal coisa, porém dava por si dizendo isso todos os dias.

"É uma espécie de negro", anunciou Thetis. "Outra vez."
"Alguma coisa contra, senhorita Pomidor?"
Ela deu de ombros. "Eu não me incomodo quando é traficante de bebida. Eles sabem agir como cavalheiros. Mas esses músicos de *jazz*."
"Se não está naquele livro de temas de filmes de Erno Rapée, ela nem quer saber", comentou Shalimar. "Já a Mezzanine vive saindo com esses sujeitos."
"Pra quem já provou preto", cantarolou Mezzanine, com uma melodia de *blues*, "branco é obsoleto."
"Mezzanine Perkins!", as garotas praticando expressões chocadas.
Chester LeStreet trajava um terno cinzento luminoso de lã penteada, uma camisa e um lenço no bolso com o mesmo tom vívido de violeta avermelhado, um chapéu-melão cor de sorvete e uma gravata pintada a mão. Lew, que desde o fim de semana estava usando meias furadas, procurou as sandálias e calçou-as.
Chester dirigiu-lhe um olhar alegre por trás dos óculos escuros de tartaruga. "É o seguinte. Eu toco bateria na orquestra do Vertex Club, na South Central, talvez o senhor conheça?"
"Claro, o bar do Tony Tsangaraki — o caso do Estrangulador Sincopado, dois, três anos atrás. Como vai o grego?"
"Ainda não voltou pro normal, não. É só dar uma batidinha num bloco chinês que os dentes dele começam a fazer contraponto."
"Ouvi dizer que finalmente fecharam o caso."
"Mais fechado que o portão de San Quentin, mas tem uma coisa. Sabe a Jardine Maraca, que cantava com a orquestra naquele tempo?"
"Dividia o quarto com uma das vítimas, se não me falha a memória, mudou de cidade supostamente por correr risco de vida."
Chester concordou com a cabeça. "Nunca mais se teve notícia dela — até ontem à noite. Ela ligou pro clube de um motel lá em Santa Barbara, com uma história maluca, que aquela outra garota, a Encarnación, continua viva, que ela conhece a moça, que não é besta de sair por aí, ó-eu-aqui, mas que agora tem alguém atrás dela. O Tony se lembra do senhor dessa época, e queria saber se o senhor está interessado em investigar."
"O senhor tem algum interesse pessoal nessa história, se não se incomoda de eu perguntar, senhor LeStreet?"
"Estou só fazendo um serviço pro meu patrão."
"Tem uma foto da senhorita Maraca?"

"Foi o Tony que me deu." O jazzista abriu uma pasta e dela tirou o que Lew julgou ser uma foto publicitária, amassada e com furos de percevejos, uma dessas fotos em papel brilhante, de vinte por vinte e cinco, colocadas à entrada das boates, cercadas por pedaços de purpurina colados no feltro. Tecnicamente, era um sorriso, porém tinha aquela rigidez hollywoodiana que, como Lew já havia aprendido a reconhecer, exprimia medo do poder de outra pessoa.

"Uma moça muito apresentável, senhor LeStreet."

O músico tirou os óculos escuros e fingiu examinar a foto por um minuto. "O senhor tem razão. Mas não é do meu tempo, é claro."

"Alguns dos seus colegas daqui talvez ainda se lembrem dela. Eu passo lá uma noite dessas. Primeiro vou ter que ir até Santa Barbara. Ela disse onde que está morando?"

"Royal Jacaranda Courts, na saída da estrada costeira."

"A*h*, claro, o velho R.J.... bom, obrigado, e pode dizer ao grego pra ele não se preocupar."

Foi às vésperas do terremoto, e Santa Barbara ainda não refletia tanta luz quanto depois da reconstrução, que adotaria a filosofia do estilo estuque com vigas expostas. Por ora, a cidade sonhava numa escuridão de vegetação excessivamente regada, ascensões suburbanas cobertas de hera em bolsões de dinheiro velho californiano infestados de ratos, um passado implacavelmente reprimido. Por efeito de um trecho da costa local em ângulo reto, conhecido como Rincón, o oceano ficava ao sul da cidade e não ao oeste, de modo que era necessário rodar noventa graus em relação a todo o resto da população do sul da Califórnia para ver o pôr do sol. Esse ângulo, segundo Scylla, um astrônomo conhecido de Lew, era o pior de todos os aspectos, e condenava a cidade a reviver eternamente os mesmos círculos de ganância e traição dos tempos dos primeiros *barbareños*.

O Royal Jacaranda estava ainda mais decrépito do que da última vez que Lew estivera lá, e sob uma administração diferente, claro.

Um rapaz que provavelmente estava de férias de verão encerava cuidadosamente uma prancha de surfe de três metros de comprimento que ocupava a maior parte do espaço do escritório.

"Jardine Maraca. Você sabe quando ela foi embora do hotel?"

O rapaz consultou o registro. "Deve ter sido antes de eu chegar."

"Vou dar uma olhada no quarto, se você não se incomoda."

"Tudo bem." Voltou à prancha. Um belo pedaço de sequoia.

Do outro lado do pátio, um mexicano, segurando uma mangueira, conversava com uma das camareiras. O quarto de Jardine ainda não havia sido arrumado. Alguém dormira na cama, porém sem desfazê-la. Lew andou pelo quarto, procurando surpresas, porém sem querer encontrá-las. No pequeno armário só havia uns dois grampos de cabelo e uma etiqueta de preço da seção de chapéus da Capwell's. Na prateleira acima da pia do banheiro havia um pote vazio de creme facial. Lew não conseguiu ver nada de fora do comum nem no vaso nem no assento da privada. Porém teve uma ideia. Voltou à recepção, deu ao garoto uma moeda de meio dólar reluzente, novinha em folha, e pediu para usar o telefone. Ele conhecia um traficante de maconha filipino no sul do estado que perscrutava as profundezas de um vaso sanitário como outros videntes contemplavam uma bola de cristal ou uma xícara de chá, e descobria as coisas mais incríveis, a maioria delas sem nenhuma utilidade, porém de vez em quando desvendava segredos que uma pessoa julgava ter mantido absolutamente escondidos, a tal ponto que parecia algo sobrenatural. Policiais da região e também de Los Angeles respeitavam o dom de Emilio a tal ponto que lhe permitiam fazer descontos nas propinas necessárias para continuar atuando em seu ramo de comércio de produtos agrícolas sem ser incomodado.

Emilio atendeu assim que o telefone tocou uma única vez, mas Lew quase não conseguia entender o que ele dizia por causa da barulhada ao fundo. Lew sabia que era provavelmente a mulher dele, mas dava a impressão de uma multidão enfurecida. Naquele dia, ela e Emilio estavam discutindo desde a hora em que o sol nascera, mais ou menos, e àquela altura ele achou uma ótima ideia sair de casa por uns tempos. Chegou ao Royal Jacaranda numa bicicleta velha, deixando um rastro de fumaça de diamba.

"Eu pensava que nunca mais ia ter que ver este lugar."

"É mesmo? Deixa ver se eu adivinho, alguma venda de droga que acabou mal..."

"Não, foi onde nós passamos a lua de mel. Pra mim, é um lugar amaldiçoado."

Assim que entrou no quarto, Emilio ficou um tanto estranho. "Me faz um favor, Lew, pega essa colcha e cobre o espelho, está bem?" Encontrou uma toalha no banheiro e fez o mesmo com um pequeno espelho acima da pia. "São como pulgas às vezes", murmurou, abaixando-se sobre um dos joelhos e levantando com cuidado a tampa da privada, "gostam de pular para um lado e para o outro. Assim a coisa fica focalizada num lugar só..."

Lew sabia que era melhor afastar-se. Foi até a rua, encostou-se na parede de estuque ensolarada, acendeu um Fatima e ficou vendo as camareiras arrumando os quartos um por um, vindo em direção a ele. Meio que atento para qualquer som que viesse de Emilio, o qual parecia — era difícil saber o quê, nervoso, algo assim.

Emilio apareceu a seu lado. "Me arruma um dos seus cigarros paisanos?"

Ficaram os dois parados fumando, ouvindo a manhã frustrar aos poucos as promessas do alvorecer. "Toma", Emilio entregando-lhe um endereço em Los Angeles que ele havia rabiscado, um tanto agitado, num cartão-postal com a foto do Royal Jacaranda. "A única coisa que ficou aparecendo."

"Garantido?"

"Cem por cento, *caballero*. Não vá me pedir pra entrar de novo e confirmar. E é melhor pensar duas vezes, Lew."

"A coisa é feia?"

"Feia, muito feia... muitos corpos." Jogou a guimba numa poça de água de mangueira que o sol ainda não havia atingido. "Dá até vontade de ficar em casa discutindo com a patroa, falando sério."

"Obrigado, Emilio. Me manda a conta."

"*Tu mamá*. Eu aceito dinheiro vivo, agora mesmo — quero começar a me esquecer dessa história o mais depressa possível."

Voltando ao escritório, Lew encontrou Thetis muito excitada. "Tem um maluco ligando pra você, pela voz parece estar em pânico, de dez em dez minutos, como se estivesse usando um cronômetro. Aliás, já está na hora dele ligar de novo", olhando ostensivamente para o relógio de pulso. "Espere aí... já."

O telefone tocou. Lew, com um tapinha paternal no ombro de Thetis, atendeu.

A voz em pânico era de Merle Rideout, que morava na praia e se dizia inventor. "Eu queria ir ao seu escritório, mas estou sendo seguido, de modo que o nosso encontro tem que parecer que foi por acaso. Você conhece o Sycamore Grove, na North Figueroa?"

"Já foi um bom lugar para encontrar garotas de Iowa."

"Continua sendo. Ainda bem que pelo menos nisso a gente concorda."

Lew pegou uma pequena Beretta 6.35 mm, para qualquer eventualidade.

"Pelo visto é alguma encrenca, chefe", disse Shalimar. "Precisa de um guarda-costas?"

"Não, são só duas visitas rápidas. Mas —" Copiou o endereço que Emilio lhe tinha dado no bloco da moça. "Se eu não ligar pra casa antes da hora de fechar o escritório, seria bom uma de vocês dar uma passada lá e ver o que está acontecendo. Levem a submetralhadora."

Merle estava por ali desde antes da Guerra, e a certa altura se deu conta de que pouco a pouco estava se transformando numa fruta cítrica híbrida sem valor comercial. Um dia, pouco antes do início da Guerra na Europa, encontrou-se por acaso com Luca Zombini numa loja de artigos elétricos em Santa Monica. Luca estava trabalhando num dos estúdios, fazendo o que chamava de "efeitos fotográficos especiais", basicamente cenários pintados em vidro, coisas assim, e aprendendo tudo que podia aprender a respeito de gravações acústicas.

"Aparece lá em casa, a gente prepara alguma coisa. A Erlys vai gostar de ver você, e você aproveita pra conhecer todas as crianças — menos a Bria, que está lá no Leste correndo atrás de uma carreira em operações bancárias internacionais, e também de vários banqueiros internacionais."

O cabelo de Erlys estava bem mais curto, ele percebeu, como mandava a moda agora, era o que lhe parecia, com alguns cachos caídos sobre a testa. "Você está com a mesma cara de sempre."

"Para de flertar comigo senão eu chamo meu marido."

"Epa."

Tentando não encarar Merle como um velho maníaco que sorria menos do que deveria, ela lhe passou todas as informações que tinha a respeito de Dally, que estava morando em Londres e de vez em quando chegava mesmo a mandar uma carta.

Nunzi chegou algum tempo depois, freando ruidosamente, numa "baratinha" bem surrada, e um por um Merle foi conhecendo os filhos do casal à medida que chegavam da escola.

"Você nunca se casou, Merle?"

"Ora", estalando os dedos, "eu sabia que estava esquecendo uma coisa."

Ela olhou para os pés, exibidos em sandálias de praia. Beija-flores entravam e saíam da buganvília. "Quando nós —"

"Não, não, não, 'Lys, isso teria sido um desastre. Você sabe. Primeira página, manchetes garrafais, sequelas terríveis durante anos. Você se deu muito bem com o como-é-mesmo-o-nome-dele, o lugar certo na hora certa. Esses meninos também, são todos cem por cento. O Nunzi — quando eu começo a achar que já sei tudo que há pra saber..." Estava sorrindo, um pouco, finalmente.

"Eles estão começando a me dar uma folga agora", ela disse. "Chego a ter um minuto para me olhar no espelho, e aí tenho impressão que estou vendo uma pessoa que eu quase conheço. Mas", ele sabia o que ela ia dizer, "sinto tanta falta da Dahlia."

"É. Eu também. Ela realmente precisava desgrudar de mim àquela altura, foi na hora certa, mas mesmo assim —"

"Nem sei como lhe agradecer, Merle, ela acabou ficando uma moça tão —"

"Ora, que diabo, ela só tem o quê, vinte e poucos anos, ainda tem bastante tempo para fazer muita ruindade, se for isso que ela quiser fazer."

"Ela virou uma estrela do teatro londrino." Erlys pegou um álbum de belbutina com recortes de jornais e revistas da Inglaterra, programas de teatro, fotos publicitárias.

Merle ficou balançando a cabeça diante das imagens da senhorita Dahlia Rideout, surpreso de constatar que ela havia mantido seu nome, apertando bem os olhos, como quem examina algo de modo cuidadoso. "Ora, ora, se cuide, Olga Nethersole", disse ele, em voz baixa. "Sai da frente, senhora Fiske."

Luca entrou com um saco de compras.

"Boa noite, professor", Merle com um rápido sorriso social.

"Se tivessem me falado que você vinha, eu deixava você cozinhar", disse Luca.

"Eu posso descascar alguma coisa. Ou então fatiar?"

"É quase tudo plantado aqui mesmo, vem ver." Saíram pela porta dos fundos e entraram numa horta bem razoável, cheia de pimentões verdes compridos, pés de manjericão do tamanho de arbustos, abobrinhas para todos os lados, alcachofras com sua felpa agitada pelo vento que vinha do deserto, berinjelas brilhando num tom ultravioleta nas sombras, tomates que pareciam ilustrações a quatro cores de tomates como as exibidas nos engradados no mercado. Havia uma romãzeira, uma figueira, um limoeiro, todos carregados de frutas. Luca pegou a mangueira e regou as plantas, usando o polegar para esguichar um leque amplo de água pela extensão da horta. Colheram tomates, pimentões, orégano e alho, puseram tudo num cesto de palha e voltaram para a cozinha, onde Merle pegou uma faca e deu início aos preparativos.

"Cadê o Cici?", Erlys perguntou.

"Recebeu um telefonema lá do estúdio." Cici, Merle ficou sabendo, estava atuando como um dos Li'l Jailbirds, personagens de uma série popular de comédias de um só carretel a respeito de uma gangue de meninos fugidos de um reformatório que andam por aí fazendo boas ações, que de início são sempre erradamente compreendidas como atos criminosos pelos policiais cômicos que os perseguem de modo implacável. Cici interpretava não um garoto italiano, mas um chinês, chamado Dou Ya. O papel do garoto italiano, Pippo, estava a cargo de um negro. E assim por diante. Tinha algo a ver com a natureza do filme ortocromático. Cici havia inventado um estilo "chinês" todo seu de falar depressa que estava enlouquecendo toda a família. "Cici, o filme é mudo, você não precisa —"

"É só pra eu entrar no personagem, papai!"

Cici tornou-se o predileto de Merle entre todas as crianças, se bem que com o passar dos anos ele tentou manter suas visitas dentro dos limites do razoável. Não queria acabar virando o tio Merle, e na verdade não lhe sobrava tanto tempo assim — embora nos últimos tempos o trabalho fosse mais uma fonte de perigo do que de renda, motivo pelo qual ele e Roswell finalmente cederam e decidiram contratar um detetive particular.

Sem ter jamais se considerado cidadão de nenhum estado em particular, Merle costumava frequentar qualquer piquenique estadual de que ficasse sabendo. Quando encontrava alguma pessoa, de onde quer que ela fosse, Merle constatava invariavelmente que havia passado pela região de origem dela com sua carroça ao menos uma vez. Algumas até lembravam-se dele, ou pelo menos diziam lembrar-se. Ele sentia-se em casa em todos os lugares.

Agora perambulava à sombra dos sicômoros, em meio à fumaça que vinha dos fogões, contemplando atento cada um daqueles rostos interioranos, vestindo como se fosse uma suéter velha uma nostalgia que não era sua, mas que, de algum modo obscuro, lhe era útil. As pessoas tomavam refresco de casca de videira e suco de laranja, comiam pimentão recheado, feijão ou macarrão com queijo *cheddar*, bolo de abacaxi, pão recém-saído de fornos caseiros e levado em cestas cobertas com toalhas xadrez. Ali no bosque, preparavam cachorros-quentes, hambúrgueres e bifes em fogueiras a lenha, acrescentando molho de churrasco de vez em quando, abastecendo os canecos em barris de chope, jogando malha, gritando com os filhos, uns com os outros, com ninguém, só por gritar, principalmente quando não estava chovendo, e nunca chovia, e isso era para eles uma das maiores diferenças, não havia trovoadas, nem ciclones, nem granizo, nem neve, os telhados das casas do sul da Califórnia não precisavam ser íngremes porque nada haveria de se acumular neles...

Lew encontrou Merle trocando receitas de salada de batata com um grupo de Iowa. "Tem que levantar cedo, pra cozinhar a batata, deixar de molho em azeite, vinagre e mostarda pelo menos três ou quatro horas antes de pensar na maionese e nos temperos e tudo o mais", enquanto outras filosofias consideravam essenciais ingredientes como *bacon* e aipo, ou então creme de leite em vez de maionese, e àquela altura a conversa tinha virado uma discussão animada, todos que estavam por perto faziam questão de meter a sua colher, mães de família normalmente serenas, que havia muitos anos preparavam refeições para debulhadores famintos, batiam boca aos berros com cozinheiros de restaurantes de beira-estrada que manipulavam mais de duzentos quilos de salada de batata diariamente, para motoristas de caminhão que em matéria de almoçar no trabalho já haviam esquecido mais do que os trabalhadores rurais jamais souberam... e todo mundo que tinha opinião sobre o assunto havia trazido uma tigela de salada de batata, cada um pontuando sua argumentação com uma boa garfada de uma receita específica, praticamente enfiada na boca de algum herege do mundo da salada de batata — "Prova isso aqui e depois me diz se essas batatinhas de casca vermelha não fazem a maior diferença." "Ovo cozido até pode, mas sem usar a clara, só a gema, e misturando bem com a maionese, fica mais gostoso e também mais bonito, e se você conseguir encontrar pimenta verde em grão..."

Apesar de sua aparência de tranquilidade, Merle tomava umas precauções meio amalucadas. Depois de receber instruções cochichadas rapidamente, Lew voltou para o lugar onde havia parado seu carro, foi até um estacionamento perto do escritório, trocou de automóvel, voltou para o outro lado do bosque para pegar Roswell, e por fim deixou o carro perto de uma estação da Pacific Electric, onde tomaram o bonde e nele foram até a praia.

Merle e Roswell tentaram resumir a situação para Lew, mas ele entendeu tanto quanto se eles estivessem falando chinês. Olhou para o equipamento desconfiado.

Então teve uma ideia. "Me diga uma coisa, se eu tivesse, sei lá, uma foto normal de uma pessoa, e quisesse saber onde ela está agora e o que ela estava fazendo..."

"Claro", disse Merle, "é só especificar ano, dia e hora, e aí a coisa acelera, mostra tudo que aconteceu entre o momento em que a foto foi tirada e agora, em poucos segundos."

"Então talvez vocês possam me ajudar", Lew mostrando-lhes a foto em papel brilhante de Jardine Maraca. "Será que funciona com isto?"

"Deixa eu levar pra câmara escura um minutinho", pediu Roswell, "pra fazer uma cópia transparente, e aí a gente vê o que é possível fazer."

E então viram Jardine, muito elegante com uma roupa apertada, de um tecido brilhoso, entrando num Ford de Bigode e seguindo para o leste numa rua que era claramente o Sunset Boulevard, passando por enormes colunas acanaladas encimadas por elefantes rampantes e vários outros cenários gigantescos, até alucinatórios, do filme *Intolerância*, foi até o centro da cidade, virou à esquerda na Figueroa, cruzou o rio, passou por Mount Washington e atravessou o Highland Park até Eagle Rock, entrou em duas ou três ruas que Lew conseguiu registrar e por fim parou diante de um portão de ferro num muro de pedra, com uma placa em que se lia Carefree Court. Lá dentro, em meio a palmeiras e eucaliptos, havia uma dúzia de bangalôs em estilo colonial espanhol em torno de uma piscina com um chafariz que lançava jatos de água em direção a um céu cinzento e indefinido...

Jardine ficou parada por um tempo, como se estivesse tendo uma longa conversa com seus botões, talvez a respeito de alguma escolha que teria de ser feita, a qual estava se revelando mais difícil do que ela imaginara antes.

"E além de desvendar o futuro dos fotografados", prosseguiu Roswell, "podemos também inverter o processo e examinar o passado deles."

"Com uma foto de um cadáver suspeito", ocorreu a Lew, "vocês conseguem descobrir quem foi que matou, e pegar o sujeito no ato?"

"Dá pra entender por que certas pessoas se sentem ameaçadas. Tantos mistérios do passado, como a bomba que jogaram na redação do *Times*, bastava arranjar uma foto da esquina de First Street com Broadway, onde ficava o velho prédio, retroceder até o final de setembro de 1910, logo antes do atentado..."

"E dá pra voltar tanto tempo assim?"

Roswell e Merle entreolharam-se.

"Vocês já tentaram?"

"Foi de noite", Merle um pouco sem-graça. "Pode ter sido qualquer um."

"...só que aí tem um problema", disse Roswell, "que é encontrar o termo constante da primitiva, que a diferenciação levou a zero. Normalmente, quando se olha pra trás o valor tem que ser negativo. Mas se a gente não acertar na mosca, sempre pode acontecer de as figuras na foto escolherem caminhos diferentes dos originais."

Quando então Lew finalmente lembrou-se da bilocação — lembrou que na Inglaterra, muitos anos antes, ele próprio dera por si tomando uma dessas bifurcações. Desvios em relação ao que ele continuava considerando sua vida oficial, a que devia ser. Desde que voltara aos Estados Unidos, porém, esses desvios do percurso, como se não fossem nada mais que sonhos nítidos, foram minguando e por fim desapareceram de vez, e não tendo ninguém com quem conversar sobre o assunto, Lew foi obrigado a se dedicar aos assuntos cotidianos e não ficar muito tempo remoendo a questão. Mas eis que os velhos poderes de bilocação pareciam voltar à tona outra vez, só que era diferente. "Quer dizer", tentando controlar um tremor na voz, fazendo gestos mais enfáticos do que era sua intenção diante da imagem viva de Jardine, ainda a esperar, "dava pra ver uma pessoa vivendo uma vida totalmente diferente?"

"Claro, é só querer." Roswell dirigindo-lhe um olhar de perplexidade que por um triz não exprimia irritação. "Mas pra quê?"

"Agora que já viu o aparelho em funcionamento", disse Merle, "vou explicar o motivo que nos levou a contatar você. Tem umas coisas estranhas acontecendo por estas bandas. Brutamontes parados no beco, sem fazer nada, fumando e olhando. O telefone toca no meio da noite, mas quando a gente vai atender não é ninguém. Carros passam pela rua, sedãs fechados, com vidros escuros, bem devagar, e pela placa dá pra ver que os mesmos carros vêm mais de uma vez. E aí, no meio de um dia de trabalho, alguém faz um comentário referente a cautela, ou preocupação, sempre em voz baixa, sempre sem mexer os lábios."

"Trocando em miúdos", acrescentou Roswell Bounce, "o que a gente não quer é ter o mesmo fim melancólico do Louis Le Prince, que no final dos anos 1880 tinha criado e posto pra funcionar o sistema dele, mais ou menos o mesmo que a indústria cinematográfica tem hoje em dia, filmes em carretéis, com perfurações do lado, movimento intermitente, e tudo o mais — um dia ele toma o expresso Paris-Dijon e nunca mais ninguém fica sabendo dele. A mulher tenta descobrir o que aconteceu, ninguém abre a boca, sete anos depois ele é dado por oficialmente morto, uma ou duas das máquinas dele vão parar no museu, algumas das patentes já estão arquivadas, mas todo o resto desapareceu junto com o Louis."

"E vocês acham que alguém realmente —"

"Ah, desculpe — você acha que é só minha P. Q. em ação outra vez? Pelo amor de Deus, senhor Basnight, o senhor já tem uma longa carreira como detetive, já viu muita perversão e maldade, certamente já teve oportunidade de cruzar com um desses mandachuvas dos estúdios, o que é que *o senhor* acha?"

"Que primeiro eles tentariam roubar — levando-se em conta que 'roubo' aqui nesta cidade muitas vezes inclui pagamento em dinheiro vivo, às vezes um dinheiro bem razoável."

"Mas talvez pra eles", retrucou Roswell, "fazer *a coisa* desaparecer não fosse o bastante."

"Por que é que o senhor acha que eles encontraram alguma coisa? Existe algum registro em arquivo? O senhor consultou um advogado a respeito das patentes?"

"Ha! Se o senhor já conheceu alguma vez um advogado que respeitasse uma moeda caída do chapéu de um mendigo cego, eu lhe empresto a minha avó pro senhor dar umas pedaladas nela."

"Eu só acho que seria meio arriscado."

"Tem alguma sugestão sobre o que fazer?"

"Posso arranjar uns fortões pra ficar do lado de fora, mas mesmo eles não sendo sindicalizados, tudo aqui nessa cidade acaba custando os tubos — por isso é melhor começar a pensar numa solução a longo prazo."

"Mas que diabo, esses estúdios têm um estoque inesgotável de canalhas, todo contínuo é um produtor esperando a hora de se lançar, nunca vamos conseguir matar todos eles —"

"Eu estava pensando mais era em vocês encontrarem alguma forma de proteção legal."

"Se o negócio é milagre, a gente manda um telegrama pro papa", disse Roswell.

Já era quase noite quando Lew chegou de carro ao endereço que Emilio lhe dera. Estacionou a uns poucos metros de um bangalô em estilo de chalé com uma aroeira no quintal, foi até a porta e bateu nela delicadamente. E ficou chocado, até onde ainda lhe era possível chocar-se com alguma coisa, ao ver o *glamour* malévolo do rosto que surgiu abruptamente. Quarentona, apresentável, mas com algo que com o passar dos anos, infelizmente, ele aprendera a reconhecer como um mau sinal. Talvez o melhor fosse dar meia-volta e ir embora, porém em vez disso ele tirou o chapéu e perguntou: "Esta é a casa que está anunciada pra alugar?".

"Que eu saiba, não. O senhor acha que era o caso?"

Lew fingiu consultar sua agenda. "A senhora é a..."

"Senhora Deuce Kindred." A porta de tela projetava em seu rosto uma estranha névoa retilínea, que de algum modo se estendia a sua voz e que, por nenhuma razão imaginável, quando Lew pensou sobre o assunto mais tarde, ele entendeu como um indício sexual, o que o fez experimentar uma ereção ali mesmo à porta da casa — "Será que eu vim ao lugar errado?". Ele viu-a olhar para baixo e depois levantar a vista.

"Isso é fácil de descobrir."

"Seu marido está?"

"Pode entrar." A mulher deu um passo para trás e virou-se, com o princípio de um sorriso que ela, quase com desprezo, não deixou desenvolver-se até o fim, e atravessou, seguida por Lew, a saleta em direção à cozinha. Ah, aquilo ia terminar da maneira mais sórdida possível, àquela altura ele já conhecia todos os sinais. De início, pensava que era alguma coisa nele, talvez um certo fascínio de homem durão, mas depois de algum tempo se deu conta de que ali, na costa do Pacífico, não havia nada de pessoal, era apenas uma coisa que acontecia com frequência. Ela usava as meias enroladas à altura dos joelhos, à maneira das melindrosas. Parou um pouco antes do sol simpático que jorrava à frente deles, inundando a cozinha logo adiante, e ficou parada naquela penumbra ainda com o traseiro voltado para ele, a cabeça inclinada, a nuca exposta sob o cabelo cacheado no cabeleireiro. Lew aproximou-se, agarrou-lhe a barra da saia e puxou-a toda para cima.

"Ora. Onde se enfiou a calcinha?"

"Onde que você imagina?"

"Você bem que podia ficar de quatro."

"Faz isso para ver o que dá, seu filho da puta."

"Ah, é assim, é?"

"Se você não se importa."

Ele não se importava. Aquela ali não ia cooperar, debateu-se o tempo todo, sendo até bem convincente, gritando que isso era uma "vergonha", aquilo era uma "brutalidade", "nojento" oito ou dez vezes, e quando terminaram, ou quando Lew terminou, ela estrebuchou e disse: "Você não está cochilando, não, eu espero". Levantou-se, foi até a cozinha e fez café. Sentaram-se numa mesa de canto, e Lew finalmente começou a falar em Jardine Maraca e no estranho reaparecimento de sua companheira de quarto, Encarnación...

"Você já deve ter ouvido falar dessas orgias", disse Lake, "que o pessoal do cinema faz na praia ou naquelas mansões lá na serra, vive saindo na imprensa marrom."

"Ah, é claro, esses bacanaus de Hollywood."

"Eu acho que é *ais* e não *aus*, mas é por aí mesmo. O Deuce me levou nessas festas uma ou duas vezes, se bem que, como ele explicou, muito conscencioso, a ideia da coisa é não levar a esposa. Parece que a Encarnación costumava frequentar essas funções até que o tal do Estrangulador Sincopado começou a fazer das suas, e aí ela desapareceu."

"Eu soube que ela está de volta."

"Eu pensava que ela..."

"Era uma das vítimas, eu sei, é o que todo mundo pensava. Você acha que seu marido está sabendo de alguma coisa?"

"Ele está chegando agora, pergunta pra ele."

Deuce entrou com passos pesados, o cigarro grudado no lábio inferior, com aquela postura de galo de briga típica dos baixinhos. Lew percebeu que ele tinha no ombro um coldre onde provavelmente havia uma pistola que pertencia à companhia. "Mas sim! O que é que você andou aprontando?", com um sorriso mais alegre do que feroz na direção de Lew. Lew havia se tornado um conhecedor profundo de maridos ciumentos, e aquilo era uma demonstração de indiferença das mais explícitas que ele presenciara nos últimos tempos.

"Você se lembra daquela sua antiga namorada, a Encarnación", Lake saindo da sala, virando-se para trás.

"Belo par de peitos, foi estrangulada em Santa Monica", Deuce remexendo dentro da geladeira, "que eu saiba, continua morta."

"Pois é justamente isso —", Lew foi dizendo.

"Quem mandou você vir aqui incomodar a gente?" Deuce abrindo uma garrafa de cerveja para pontuar sua fala.

"Uma coisa rotineira. Uma longa lista de nomes."

"Quer dizer que você é detetive."

"Não faço outra coisa na vida."

"Eu não garanto nem se cheguei a comer a tipa, essas mexicanas são fogo, dão muito trabalho, você não acha?"

"Quer dizer que você só viu a moça a uma certa distância algumas vezes? No meio de um monte de corpos a se debater, esse tipo de coisa?"

"Pronto, já começou."

"Se o senhor não se incomoda", Lew, indicando com um movimento de cabeça, que ele esperava não ser entendido como uma ofensa, a arma debaixo do paletó de Deuce, que ele não havia retirado, "posso lhe perguntar qual a sua profissão, senhor Kindred?"

"Segurança, que nem o senhor." Lew manteve suas sobrancelhas levantadas, de um jeito simpático, até que Deuce acrescentou: "Lá na Consequential Pictures".

"Um trabalho interessante, imagino."

"Seria até agradável se não fosse esses Anarquistas malucos tentando fundar um sindicato cada vez que a gente vira as costas."

"Realmente, não dá."

"Se eles quiserem abrir sindicato lá em San Francisco a gente não tem nada a ver com isso", prosseguiu Deuce, "mas aqui, desde que aqueles putos irlandeses jogaram uma bomba no *Times*, não tem essa de sindicato, não, e vai continuar assim se depender de nós."

"Tem que manter os padrões."

"É isso aí."

"Pureza."

O comentário arrancou de Deuce uma expressão irritada. "O senhor está se divertindo, não é, senhor Basnight? Quer se divertir de verdade, sai por aí numa noite escura com esse bando de cucaracha soltando bomba. Pra ver o que é bom pra tosse."

"Tem muito disso na indústria cinematográfica, não é?"

"Não gostei desse seu tom de voz."

"Eu só tenho esse. Quem sabe no fundo o senhor queria mesmo era ser diretor?"

Um equívoco. Lá estava a arma de Deuce apontada para ele, aquela pistolinha de cinco disparos, e dava para Lew ver que ela estava toda carregada. Depois de um longo dia de trabalho, parecia que Lew ia descansar para valer.

"É mesmo, e o roteiro é assim: sujeito entrou na minha casa à força, seu guarda, se meteu a besta com minha mulher, aí foi legítima defesa."

"Ora, senhor Kindred, se houver alguma coisa que —"

"Senhor B.? Está tudo bem?"

"Mas que diabo?" Deuce escorregando na cadeira e deslizando para debaixo da mesa.

Era Shalimar, que havia se lembrado de trazer a submetralhadora.

"É só pra ver se está tudo bem comigo", explicou Lew, "ela não dá um tiro em ninguém há, sei lá, mais de uma semana."

1055

"Ora, querido, você esqueceu daquela vez ontem, lá em Culver City."

"Ah, meu quindinzinho, mas a mulher estava correndo tanto que o tiro passou longe."

"Eu vou deixar vocês dois, não é..." Deuce saindo de fininho para o pátio.

Na verdade, ele só havia passado em casa para tomar uma cerveja e fazer a barba depressa, e logo em seguida saiu outra vez, pronto para enfrentar o que quer que a noite bem escanhoada tivesse a lhe oferecer. Lake não sabia mais. Jantou um sanduíche de salsichão, tentou ouvir alguma coisa no rádio, depois foi até a janela, ficou sentada esperando que a luz se esvaísse naquela ampla bacia que, ao longo de todo dia, fora martelada aos poucos até assumir um estado de quiescência aquecida, tal como ela própria. Não botava mais muita fé na causalidade, tendo começado a perceber que o que a maioria das pessoas considerava uma realidade contínua, de um jornal matutino até o próximo, jamais existira. Nos últimos tempos, com frequência não conseguia saber se algo era um sonho em que ela havia mergulhado ou um sonho do qual ela acabava de despertar e para o qual talvez preferisse não voltar. Assim, durante as tardes longas, de céu terrivelmente limpo, ela vivia entre sonhos e fazia suas apostas no Cassino Onírico Universal, tentando decidir qual sonho lhe daria apoio, e qual a levaria a se perder de modo irreversível.

Deuce, por outro lado, quando estava em casa, costumava gritar muito. De início, Lake encarava aquilo tudo de modo literal, ainda que não pessoal, depois passou anos simplesmente ignorando-o, e por fim ocorreu-lhe que, lá a seu modo, Deuce certamente devia estar tentando despertar de sua própria vida.

Uma noite ele passou de um sonho do qual jamais se recordaria para o meio de um outro que estivera se desenrolando durante toda a noite, uma confusão obscura de antros de ópio, estrangeiros debochados, moças com roupas íntimas sumárias, música de jazz cheia de dissonantes intervalos de quarta. Alguma coisa muito cansativa e sangrenta de que ele se aproximou até onde ousava fazê-lo, e aí era como se estivesse escrito num cartaz. Ele sabia que se avançasse mais seria destruído.

Pensou em "levantar-se" e tentar encontrar alguém que lhe explicasse o que estava acontecendo. Porém tinha de ter cuidado porque não sabia se continuava sonhando. Havia uma mulher deitada a seu lado que parecia estar morta. Ele estava sozinho com um cadáver, e se deu conta de que certamente estava envolvido, de algum modo, mesmo que fosse apenas por não ter impedido que aquilo acontecesse com ela. Havia sangue para todos os lados, em parte ainda fresco.

Cada vez que ele se obrigava a virar-se e olhá-la no rosto para ver se a conhecia, alguma coisa desviava sua atenção. Ouvia vozes a seu redor, um inquérito já em andamento, em algum lugar daquela casa, uma dessas estruturas cilíndricas da arquitetura moderna de Hollywood, uns quinze metros de diâmetro, três ou quatro andares, assoalho de madeira, uma escada em espiral dentro da parede redonda de pedra, subindo até o alto, mergulhando na poeira e nas sombras onde deveria estar o telhado, mas no lugar dele o que havia era uma claraboia grande, por onde entrava a luz rósea e suja do amanhecer.

De início, os investigadores, um grupo de jovens californianos sérios, só queriam lhe fazer "umas perguntas". Jamais se identificavam pelo nome, nem diziam para quem trabalhavam, não usavam uniformes nem distintivos nem exibiam documentos, porém não havia como questionar sua sinceridade. Por trás daquela polidez inflexível Deuce percebia que eles o consideravam o culpado — mas, ora, isso era o que ele próprio pensava. Porém, ainda não dispostos a prendê-lo, agiam com calma, seguindo uma rotina, um procedimento. Sem dizê-lo de modo explícito, deram a entender que o cadáver ao lado do qual ele havia acordado não era o único.

"Eu sou policial", ele tentava dizer a toda hora, mas a língua e as cordas vocais se imobilizavam, e quando ele procurava seu distintivo de xerife não conseguia encontrá-lo.

Cada vez que um deles lhe sorria, Deuce congelava de pavor. Eles emitiam uma luminosidade sinistra, como os arcos voltaicos potentes dos estúdios, e ao mesmo tempo de algum lugar invisível, fora das bordas do sonho, ativando-os, fluía um poder talvez ilimitado.

À medida que o interrogatório se tornava mais complexo, o que estava em jogo não era mais o crime, a pena, o arrependimento que Deuce talvez sentisse, piedade pelas vítimas — agora o que importava era sua própria necessidade de impedir que sua conexão com o crime, ainda sem nome, fosse revelada. A coisa certamente fora muito grave. Mas não havia como ele lhes perguntar o que ocorrera. E era possível que toda a cidade já estivesse sabendo. À espera.

Onde estava a polícia de Los Angeles? Ele aguçava o ouvido, cada vez com menos esperança de ouvir sirenes, motocicletas sem silencioso. Mais cedo ou mais tarde o som real de um motor na rua haveria de salvá-lo, e ele seria libertado para as sombras pálidas e a custódia indiferente do dia.

Lake já sonhou mais de uma vez com uma viagem para o norte, sempre para a mesma cidade subártica sob uma eterna chuva gélida. Seguindo uma antiga tradição, as meninas da cidade pedem emprestados os bebês às suas mães, para brincar de parto e maternidade. A fertilidade delas é tão profunda que por vezes basta pensar num pênis para que engravidem. Assim, passam seus dias sempre outonais num faz de conta de vida em família. As mães ganham um tempo livre, os bebês se divertem.

A cidade é cruzada por um grande rio gelado. Por vezes todo ele se congela, outras vezes o fluxo fica cheio de *icebergs* em miniatura, que se deslocam numa velocidade apavorante em meio a ondas que com frequência são tão altas quanto as do mar. Ali há uma certa indefinição entre os mundos acima e abaixo da superfície da água. Um grupo de exploradores segue rio acima, e Lake, juntando-se a eles, é obrigada a deixar para trás um amante ou marido, talvez Deuce, com uma outra mulher, pela qual é bem possível que ele a troque em caráter definitivo... Quando chega a hora de voltar, não é mais possível utilizar a mesma rota pela qual vieram, é necessário fazer um desvio, dia após dia, atravessando um imenso pântano congelado, cada momento que passa aumenta a possibilidade de que o homem não esteja mais na cidade e que dessa vez ele a tenha trocado por outra... não há ninguém com quem ela possa se abrir, os outros membros da expedição são indiferentes, estão preocupados com os detalhes de sua missão... mantêm distância com seus trajes protetores especiais de encerado preto, incapazes de solidariedade, de qualquer forma de reconhecimento humano, e a ignoram... por fim ela consegue voltar à cidade, e o homem ainda está lá. Toda aquela rivalidade era uma ilusão, eles se amam como sempre... Aleluia.

Ela acorda por alguns momentos. Chuva ou vento, uma luz súbita. Deuce voltando de alguma atividade sobre a qual jamais diz nada, lá na serra, ela supõe... A profundidade da hora volta a se impor, a escuridão e o vento mais uma vez balançam os galhos da aroeira do quintal enquanto ela volta à sua viagem ao norte, a cidade cinzenta agora em pânico por conta de uma criança encontrada presa debaixo do gelo... por algum motivo não há ferramentas nem máquinas para quebrar o gelo, é necessário derretê-lo lentamente com sal grosso, que é levado até a superfície congelada por comboios de trenós puxados por cães... dia e noite o trabalho prossegue, a criança claramente visível através do gelo cada vez mais derretido, o rosto virado para cima, indefinido, aguardando, uma acusação silenciosa... finalmente liberada, embora talvez seja tarde demais, pois ela parece de todo imóvel... médicos especialistas entram em cena, há uma vigília constante ao redor de sua casa... as igrejas estão cheias de gente da aldeia a rezar.

Lake emerge de um alheamento silencioso, atemporal, talvez um sonho dentro do sonho, impossível de recuperar, para a cena da ressurreição — sinos a badalar, a população em júbilo, feixes de luz cor de aço cromado descendo sobre as ruas, uma visão de um ângulo elevado, a deslizar, interrompida oportunamente pela cena em que a criança é devolvida aos pais, então retomada para acompanhar um hino para coro e orquestra, primeiro em modo menor, porém logo expandindo-se num refrão em modo maior, meia dúzia de notas perfeitas, que permanecem com Lake quando ela sobe à tona assim que resvalam os primeiros raios oblíquos de sol sobre a planície, a proclamação de uma intenção, de um peso que pouco a pouco aumentará até tornar-se insuportável...

Deuce não voltara para casa aquela noite. Fosse o que fosse o que Lake esperava, ou não esperava daquele dia, ele não ficaria sabendo por ela. Antes Lake pensava que eles haviam escolhido, juntos, resistir a toda penitência imposta pelos outros. Reservar a si próprios o que os aguardava, o destino negro e excepcional. Em vez disso, ela se via sozinha às voltas com o tipo de sonho recorrente do qual, num filme, uma heroína sofredora tem esperança de despertar constatando que finalmente engravidou.

* * *

Um ou dois dias depois, Lew foi até o Carefree Court. Já era tarde, a luz morria, o ar estava aquecido pelo vento de Santa Ana. As palmeiras farfalhavam, as ratazanas aninhadas no alto delas agarravam-se com unhas e dentes para não despencar. Lew foi entrando num pátio crepuscular cercado de bangalôs com telhados de telhas, arcos de estuque e arbustos de um verde cada vez mais profundo à medida que escurecia. Ouvia ruídos de copos e gente conversando.

Da piscina vinham sons de recreação líquida — gritinhos femininos, notas graves emitidas pelas palhetas dos trampolins altos e baixos. Naquela tarde, as festividades não estavam limitadas a um único bangalô. Lew escolheu o mais próximo, respeitou a formalidade de tocar a campainha, mas após aguardar alguns instantes simplesmente foi entrando, e ninguém reparou.

Era uma reunião impossível de se entender de início, mesmo para alguém que, como Lew, conhecia Los Angeles de longa data — damas de sociedade com trajes rejeitados pelas melindrosas, comprados no porão da Hamburger's, melindrosas de verdade usando roupas de figurantes — chapéus hebraicos, trajes de dança do ventre, pés descalços e calçados em sandálias — recém-chegadas da filmagem de alguma superprodução bíblica, velhos ricos com amantes moças, barbados e vestidos em farrapos como se fossem mendigos, parasitas com ternos feitos sob medida e óculos escuros, embora o sol já tivesse se posto, negros e filipinos, mexicanos e caipiras, rostos que Lew reconhecia de fichas na polícia, rostos que talvez o reconhecessem de intimações judiciais antigas que ele preferia não relembrar, e lá estavam eles comendo *enchiladas* e cachorros-quentes, bebendo suco de laranja e tequila, fumando cigarros com filtros de cortiça, falando aos berros um na cara do outro, exibindo cicatrizes e tatuagens, relembrando em voz alta crimes imaginados ou planejados mas raramente cometidos, xingando os republicanos, xingando as polícias federal, estadual e local, xingando os grandes trustes, e pouco a pouco Lew começou a entender, pois não eram aquelas pessoas justamente as que, muitos anos antes, ele passara a sua vida perseguindo, elas e seus primos, na cidade e no campo? atravessando cerrados, subindo leitos de rios, penetrando becos gélidos nos matadouros com o chão coberto de camadas de gordura e sangue de várias gerações de bois, gastando mais e mais pares de sapatos até que finalmente viu a luz, e reconheceu no mesmo momento que sua própria vida não passara de um crime constante — e por ter chegado a essa revelação, que naquele lugar e naquele tempo constituía um pecado mortal, foi, de modo igualmente inequívoco, dinamitado.

Pouco a pouco foi se dando conta de que o que todos os presentes tinham em comum era o fato de que haviam sobrevivido a algum cataclismo que nenhum deles mencionava de modo direto — um atentado a bomba, um massacre talvez encomendado pelo governo federal... "Não, não foi o Haymarket."

"Não foi Ludlow. Não foi a campanha do Palmer."

"Foi e não foi." Gargalhadas gerais.

No centro da turbulência estava um cavalheiro mais velho, com uma barba totalmente branca e sobrancelhas grandes e emaranhadas sob um chapéu preto de abas largas que ninguém naquela sala jamais o vira tirar da cabeça. A luz descia sobre ele de um modo pouco comum, como se ele estivesse em outro lugar, apenas emprestando sua imagem àquela reunião. O homem fez Lew pensar na carta de tarô do eremita com a lanterna, um velho sábio arquetípico que de vez em quando surgia na trajetória que Lew julgava estar seguindo em sua vida, e ficava parado olhando para ele, deixando Lew tão assustado que ele fez o possível para não ter que nem mesmo cumprimentá-lo de modo simpático. Esse homem, ele ficou sabendo depois, era Virgil Maraca, pai de Jardine.

"Às vezes", dizia Virgil, "gosto de me entregar a devaneios sobre o tempo em que essa terra era livre, antes de ela ser roubada por esses capitalistas republicanos e cristãos cheios de desígnios malévolos..."

"Que adianta sonhar?", protestou alguém. "Mais um sonho de velho. Disso já temos até demais. O que a gente precisa começar a fazer é sair por aí matando essa gente, um por um, da maneira mais dolorosa possível."

"Não há o que discutir. É claro que pra você é mais fácil pensar assim."

"A começar com aquela bomba no *Times*... você nunca vai me convencer que não foi o próprio Gray Otis quem pôs a bomba, depois deu uma grana aos McNamara pra que eles pagassem o pato e ao irmão Darrow pra que ele mudasse a contestação. Foi tudo uma tramoia pra destruir o movimento sindical no sul desse estado. Foi desde aquele fatídico dezembro de 1911 que a indústria cinematográfica, as imobiliárias, a indústria petrolífera, as companhias de laranjas, todas as grandes fortunas daqui ou se criaram ou se firmaram à base de salários de fome."

"Mas vinte empregados do jornal morreram na explosão."

"Vinte ou dois mil, o velho Otis estava pouco se lixando, desde que ele conseguisse transformar isso aqui num eterno paraíso de fura-greves, é ou não é?"

Lew manteve um olhar fixo, porém simpático, em Jardine Maraca, que circulava lépida por entre os convidados, sorrindo, bebendo champanhe californiana num copo de suco, estava ali para visitar o pai naquela reunião de marginais... e no entanto havia algo mais do que *déjà vu*, aquela conhecida situação de estar em dois lugares ao mesmo tempo que lhe voltava mais uma vez, ele não tinha certeza se estava relembrando isso agora ou, o que era pior, *prevendo* a cena de algum modo, e assim era levado a preocupar-se com a possibilidade de que não apenas Jardine Maraca estivesse morta mas também de que a coisa ainda *não houvesse acontecido*... Ele aproximou-se sorrateiro. Ela cheirava a cigarro. Sweet Caporal. Numa pontada intensa e abrupta, ela o fez pensar em Troth, sua ex-esposa de tantos anos antes.

Jardine levantou a vista, olhou-o nos olhos, como se a desafiá-lo. Como se, naquela terra temperada e sempre jovem onde tudo era permitido, ela, não obstante, fosse proibida.

"Eu estou oficialmente procurando você."

"A mando de..." Se ela sabia o nome, não queria pronunciá-lo em voz alta.

"Tony Tsangarakis. Aquela velha turma do Vertex Club — eles estão preocupados com você."

"Você não pode ser tão bobo assim. Há quanto tempo você falou com o Tony?"

"Ainda não falei com ele. Mas um senhor de cor chamado LeStreet..."

"Ah..." O gosto dela, por um instante apenas, talvez tivesse se esvaziado de esperança. Mas logo retornou o olhar vidrado de foto publicitária.

"O Chester e a Encarnación já foram casados, por umas duas semanas. Não que ele seja suspeito. Mas ele ainda vai ter que rebolar muito pra se livrar desse passado. Quer dizer, como informante ele não era a melhor pessoa pra você procurar."

"Mas enfim, como é que posso ajudar você?"

"Já está tudo resolvido, lamento dizer."

"Ah."

"A Encarnación só voltou por pouco tempo", disse Jardine, "só o bastante pra prestar depoimento. Segundo ela, foi um segurança de estúdio baixinho chamado Deuce Kindred. A polícia prendeu o sujeito por causa de uma série de assassinatos ligados a bacanais. Uma garota, faz muito tempo, talvez alguém do estúdio tenha soltado uma grana para livrar a cara dele, em troca de obediência canina pelo resto da vida, mas isso vai dar em pena de morte. Os nossos heroicos policiais de Los Angeles são tão corrompidos quanto os outros, mas só quando se trata de infrações menores."

"Você vai precisar pelo menos de uma carona para sair da cidade."

Marcaram hora e lugar, mas Jardine já tinha outros planos. Como os jornais noticiaram depois, ela foi até o campo de pouso de Glendale, roubou o Curtis JN de um piloto acrobata e saiu voando em baixa altitude — sobrevoou uma feira, depois foi vista seguindo a ferrovia em direção ao leste, tirando um fino de torres de energia, telhados de casas, chaminés e outros objetos perigosos, sempre embicando para o alto na hora H. Desapareceu sobrevoando o deserto, criando um silêncio poderoso.

Na vez seguinte que foi visitar Merle na praia, Lew levou uma fotografia de Troth, um retrato antigo tirado em estúdio, em papel de gelatina e prata. Ele guardava a foto dentro de um velho manual de alquimia, e assim estava bem conservada. Sem saber como pedir, nem mesmo o que pedir.

"Eu me sinto que nem o mendigo da história, que encontra um gênio numa garrafa, pode fazer três pedidos, talvez seja melhor você esquecer do que eu falei."

"Não. Não, tudo bem. Vou fazer uma transparência, depois a gente projeta e vê no que dá. Você quer só voltar pra época da foto — parece ser por volta de 1890, aliás eu tenho impressão que lembro desse estúdio lá em Chicago — ou então a gente pode retroceder mais ainda, ou..."

Merle deixou a frase em suspenso de modo tão delicado que Lew mal percebeu que o outro havia lido seus pensamentos. "Aquilo que você estava dizendo sobre a possibilidade de usar as fotos para explorar outras trajetórias... outras possibilidades..."

"É a recalibragem com termo constante, ou R.T.C., o Roswell sai direto do estúdio e vai pro botequim mais próximo, ele não tem paciência com esse aspecto da coisa. Nós ainda estamos aprendendo, mas parece algo intrínseco à natureza da prata. Quando eu ainda era um alquimista aprendiz, um dia estava passando por What Cheer, Iowa, e lá conheci um espagirista da velha escola chamado Doddling, que me ensinou a fazer a prata crescer como se fosse uma árvore. A Árvore de Diana, era como ele chamava, deusa da Lua e não sei que mais. Uma coisa incrível. Pega-se um pouco de prata, faz-se um amálgama com azougue, acrescenta-se ácido nítrico da potência exata na quantidade exata, e aí é só esperar. E não é que logo, logo começam a brotar galhos, igualzinho a uma árvore, só que mais depressa, e depois de algum tempo até mesmo folhas."

"Galhos", disse Lew.

"Você vê com seus próprios olhos — aliás, com lentes, porque é preciso ampliar um pouco. Segundo o Doddling, é porque a prata está viva. Ela tem suas próprias bifurcações da estrada, opções a tomar, igual a nós."

"Não esqueça que a cena é muda. Você não vai ouvir a mulher."

Talvez não... mas talvez...

Em meio a um ambiente técnico tão corrompido por motivações nada elevadas, no mais das vezes mercenárias, para "caminhar contra o Vento Inimigo" (era o termo usado pelas primeiras epopeias da viagem no tempo), de vez em quando havia de surgir uma história de máquina do tempo associada à compaixão, uma viagem no tempo em nome do amor, sem nenhuma expectativa de sucesso, muito menos de recompensa.

Agora, como se tivessem saltado por cima do terrível fluxo do tempo, chegando a um instante atemporal, com a mesma facilidade com que um trem passa de um trilho para outro... Troth continuava viva, de certo modo mais tangível do que na memória ou na dor, eternamente jovem, no tempo em que ainda eram namorados, antes de se tornarem presas do Tempo, tudo isso numa cachoeira incessante como um degelo na primavera, o que ele não demorou nem um pouco para reconhecer como visões aceleradas do rosto e do corpo de Troth, cabelo crescendo até atingir uma massa abundante e em seguida ser preso com grampos, ser solto e preso outra vez e outra vez, uma sequência de uma mulher chegando ao final de cada dia trabalhoso iluminado por lampiões, os redutos da maturidade forrados de guingão, o ruge, as redefinições, os surgimentos e disfarces, covinhas e rugas e realidades ósseas, o rosto de cada ano desabando no do próximo numa queda de tirar o fôlego...

"Nós... não estou entendendo... Foi aquela vez do desastre de bonde? Ou o inverno em que eu tive aquela febre?" Falando a meia-voz, os olhos voltados para baixo, como se praticamente estupefato diante do surgimento inexplicável daquela mulher, quase jovem demais para ser a pessoa da qual ele se lembrava, ainda inocente de sua própria imortalidade. A luz parecia concentrar-se em torno de seu rosto e de seu cabelo dourado. Ele se imaginava aproximando-se dela, atravessando os feixes de luz poeirenta, uma luz menos ótica do que temporal, fosse o que fosse o que estava sendo transportado pelo Éter do Tempo, cruelmente arregimentado numa barreira imaterial que os separava. Talvez ela não soubesse mais quem ele era, o que os dois haviam vivido juntos. Teria sido a voz dela que ele acabava de ouvir? Seria ela capaz de vê-lo naquele lugar, onde quer que fosse, em meio às névoas da matemática, para onde ela havia se transportado?

Merle levantou a vista do painel de controle e levou a mão à aba de um chapéu invisível. "Parece uma das maravilhas da ciência. Mas tendo passado pelo que você está vivendo agora, eu só queria que fosse mais, só isso."

E ao final do expediente, quando todas as fontes de luz pareciam ter recuado para o ponto mais remoto a que podiam chegar, alongando as sombras ao máximo, e quando Roswell saía a percorrer o circuito dos bares clandestinos mais simpáticos, como costumava fazer quase todas as noites, Merle acionava o Integroscópio mais uma vez e pegava uma das fotos de Dally que havia guardado, tirada quando ela tinha cerca de doze anos, no tempo da mina de Little Hellkite nos montes San Juan, parada ao lado de um cano na neve, não apenas sorrindo para a câmara, mas rindo às gargalhadas de alguma coisa que Merle já havia tentado se lembrar do que era, sem sucesso. Talvez estivesse parada no ar, invisível, em algum lugar, uma bola de neve que ele acabara de jogar em sua direção.

Embora normalmente lhe bastasse permanecer no passado que compartilhara com Daly, antes que ela fosse embora, naquela noite Merle resolveu levar a coisa até o momento presente, passando em alta velocidade por uma sequência indefinida de imagens de toda a vida dela desde Telluride, passando por Nova York, Veneza e a Guerra, chegando até aquela noite, só que lá em Paris ainda era manhã, e ela estava saindo de seu apartamento e indo em direção à estação do trem e tomando uma composição e saltando numa *banlieue* onde a uma altitude de dezenas de metros elevava-se abruptamente um transmissor de rádio de um milhão de watts, um artefato da Guerra já esquecido, onde ele julgou reconhecer um alternador Béthenod-Latour e, embaixo da torre, um pequeno estúdio com gerânios nas janelas onde Dally tomou café e comeu um brioche e sentou-se diante de um painel de controle, enquanto um técnico com um daqueles bigodes pontudos que os franceses usam encontrou as coordenadas de Los Angeles, e sem saber como Merle de repente deu por si levantando-se aos tropeções, trêmulo, com uma certeza súbita, atravessando a oficina, pegando o aparelho de rádio, as válvulas florescendo numa névoa anil, encontrando a faixa e a frequência, e de repente a imagem dos lábios silenciosos de Dally na parede entrou em sincronia, e sua imagem começou a falar. Uma voz distante de mulher adulta propagando-se pelo Éter noturno, tão límpida como se ela estivesse ali a seu lado. Merle olhou para Dally, balançando a cabeça lentamente, e ela correspondeu a seu olhar, sorrindo, falando de modo pausado, como se de algum modo pudesse vê-lo também.

CINCO

Rue du Départ

"... ele pediria a minha mão a você", dizia Dally, "porque era esse tipo de rapaz, mas não íamos conseguir entrar em contato com você mesmo se soubéssemos onde você estava..."

Seria como lançar uma garrafa no oceano, só que ela sabia que Merle estava lá. Mesmo tendo uma ideia da possibilidade de ele não estar, levando-se em conta a Guerra e o oceano e o continente norte-americano e o espectro das ondas de rádio que parecia estar mais largo cada vez que ela olhava. De algum modo, os raios emitidos da torre muito acima dela estavam seguindo diretamente até ele, sem se desviar do caminho.

René fumava um Gauloises depois do outro, examinando Dally através da fumaça. Tinha uma vaga ideia de que ela era médium, que conversava com os mortos. Sem dúvida, uma utilização não autorizada do equipamento, mas na verdade ele era novo, e algumas peças eram do exército, e o funcionamento era um tanto instável. Aquelas transmissões extraordinárias não registradas — Mademoiselle Rideout não devia pensar que era a única em Paris a fazer isso — serviam para realizar apresentações, permitir que os componentes entrassem em choque, se anulassem em parte e um aprendesse as expectativas do outro, buscassem valores medianos, se adaptassem, entrassem em ritmo de entrosamento, energia bem empregada e sinais corretamente enviados.

Quando terminou, Dally foi embora dizendo *au 'voir* com um aceno desajeitado, a torre de rádio elevando-se poderosa e abrupta, tal como sua prima, a torre Eiffel, totalmente fora de escala em relação à vizinhança, e inclinando a cabeça um pouco voltou à estação do Métro. Ela não tinha nada a fazer naquele bairro além de comunicar-se com Merle de uma dimensão para outra. Começou a cantarolar a melodia de Reynaldo Hahn, de *Ciboulette*, sobre a suburbanização da paixão, que todos estavam cantarolando no momento, "*C'est pas Paris, c'est sa banlieue*".

Quando chegou a Montparnasse, estava assobiando "J'ai deux amants", da mais recente produção de Sacha Guitry.

"'Jour, Dally", saudou-a uma moça bonita de calça comprida.

"'Jour, Jarri."

Um grupo de americanos parou e ficou olhando.

"Iscuzê muá, mas a senhora não é a tal da La Jarretière?"

"Ah, sim, antes da... Guerra? Era o nome que eu usava quando dançava."

"Mas disseram que ela morreu —"

"E-e de uma morte horrorosa..."

A moça fungou. "Grand Guignol. As pessoas vinham pra ver sangue. Nós usávamos... xarope de framboesa. Minha vida estava ficando complicada... morrer e renascer como outra pessoa me pareceu *uma ideia bem a calhar*. Eles precisavam de um *succès de scandale*, e eu não me incomodava. Uma bela jovem morta na flor da idade, uma coisa que excita a mente masculina, eternamente adolescente. *Mon Dieu!*", ela cantou, "*que les hommes sont bêtes!*", com Dally fazendo a segunda voz.

Na Paris do pós-guerra, a comédia musical estava muito em voga, e depois de algum tempo Dally acabou entrando para, digamos, o *banlieue* dos musicais. No momento, desempenhava o papel secundário em *Fossettes l'Enflammeuse*, uma opereta da época de autoria de Jean-Raoul Oeuillade — sobre o tipo, que já havia se tornado bem popular, da sedutora adolescente, ou vampeta, que bebe, fuma, usa cocaína, e por aí vai — montada em Nova York pelo famoso empresário R. Wilshire Vibe com o nome *Covinhas*, embora Dally tivesse se dado o trabalho de aprender a fazer uma imitação perfeita da estrela, Solange St.-Emilion, cantando a plenos pulmões o primeiro grande número de Fossettes —

Casse-cou! C'est moi!
Ce' p'ti' j'm'en fou'-la-là!
Casse-cou, mari, tes femmes aussi —
Tous les autres, n'importe quoi!

Dally subiu a seu apartamento, quase na esquina da rue du Départ, entrou na cozinha e preparou café. Tinha acabado de contar a Merle toda a história da sua vida desde o momento em que se separara dele em Telluride, e que espetáculo triste... Ela devia estar pensando em Merle, e no entanto, por algum motivo, seus pensamentos agora haviam se fixado em Kit.

Ao lado da janela havia umas prateleiras com um jogo de tigelas e pratos de terracota adquirido numa loja em Turim, um presente de casamento que ela e Kit tinham dado a si próprios. A primeira vez que Dally olhou para aquelas tigelas, sentiu um contentamento imediato. Eram pintadas de um tom realmente alegre de verde — não, era mais do que isso, era como se a cor viesse de cristais incrustados na argila que fossem sensíveis a ondas de rádio, capazes de recuperar a voz de Kit cantando "Não vai ser um casamento chique...", enquanto pensava: É assim que nós somos. Não temos que nos preocupar em ter mais coisas, e depois, em voz alta: "Graças a Deus que você sabe cozinhar".

Casaram-se em 1915 e foram morar em Turim, onde Kit arranjou emprego trabalhando no avião de bombardeiro italiano. E então, um ou dois anos depois, ocorreu a catástrofe de Caporetto, quando tudo indicava que os austríacos iam descer das montanhas e seguir direto até Veneza. E àquela altura nem ele nem ela se lembravam mais do motivo que os levara a se casar, ou que os mantinha casados, e não se sentiam nem um pouco confortados pelo fato de que quase todas as outras pessoas que eles conheciam estavam passando pelo mesmo drama. Punham a culpa na Guerra, é claro, e era verdade até certo ponto. Mas... bem, Dally também havia ficado um pouco maluca, cometendo algumas bobagens. Um dia Dally estava na fábrica quando uma pequena falange de homens de terno escuro entrou por uma porta de metal, e ela reconheceu um deles: Clive Crouchmas.

Como tantas outras antes dela, Dally tinha baixa tolerância — e não sem razão, é verdade — para pessoas complicadas e o trabalho que elas davam. E sabia que as exigências de Clive seriam mínimas, o sonho de qualquer garota. Êxtase conjugal? Casos com outros homens? Isso, para Clive, não era problema nenhum. Bom, era bem verdade que uma vez ele havia tentado vendê-la como escrava branca, mas os dois tinham consciência de que aquele fora talvez seu único momento de paixão cega genuína, todo mundo merece viver isso ao menos uma vez na vida, não é? E no final das contas Clive sentiu gratidão, e Dally achou graça, mais ou menos.

Não era apenas que Clive tivesse envelhecido, pois além disso, na vida de apostas elevadas que ele escolhera, de algum modo havia conseguido terminar o jogo com menos fichas, não o grande perdedor da noite, mas com muito menos do que outrora ele julgava ser o que lhe cabia por direito. Assim, Dally não queria desejar-lhe uma catástrofe completa.

Enquanto sua mulher voltava a encontrar-se com quem não devia, Kit estava ou trabalhando na fábrica ou voando, e de repente, antes que eles se dessem conta do fato, a Guerra havia terminado, Dally viu-se em Paris com Kit na Ucrânia ocidental ou coisa que o valha, envolvido numa grande busca por algo que ele não sabia direito o que era. O que Dally sabia era que lá continuava a haver guerra. Ele sempre lhe enviava cartas, cada uma com selos e carimbos diferentes dos da vez anterior, e de vez em quando dava a impressão de que queria voltar, e Dally não sabia bem se queria ou não que ele voltasse.

A mesa da cozinha não era um lugar para se ficar sentada no meio da tarde. Dally pegou um punhado de francos debaixo de um dos pratos verdes e saiu de novo, no momento exato em que um avião sobrevoou o bairro, falando baixinho tranquilamente com seus botões. Andou alguns quarteirões até o bulevar e chegou ao café do bairro, L'Hémisphère, onde havia constatado que, se se instalasse numa mesa na calçada, não demoraria para que sua vida, seleções de sua vida, se repetissem de formas ligeiramente diferentes, trazendo as pessoas exatas que ela "precisava" voltar a ver — como se aquele café mal-afamado fosse um desses lugares especiais de que falavam os místicos do Oriente. Embora talvez os outros também "precisassem" encontrá-la, por vezes eles limitavam-se a passar como fantasmas, olhando diretamente para ela sem reconhecê-la.

Naquele tempo, havia sempre uma grande população americana passando por Paris, mudando de endereço ou dando endereços falsos. Alguns talvez fossem fantasmas saídos da Guerra com contas a acertar na cidade. Mas em sua maioria eram americanos jovens, intatos, crianças com dinheiro para gastar, mas sem saber o que podia e o que não podia ser comprado, caminhando com passos hesitantes como se pela alameda ladeada por salgueiros escuros de uma espécie de Club Europa de gente mutilada, vitimada por gás venenoso, sofrendo de febres, pessoas que tinham se tornado sócias do clube graças à guerra, à fome e à gripe espanhola. Felizmente não havia telefone no Hémisphère, porque o proprietário acreditava que esse aparelho era uma outra espécie de peste, que ia se espalhar por toda Montparnasse, terminando por destruir o bairro. Em que outro lugar seria possível deixar um recado com Octave, o *barman*, com uma total fé em seu caráter? Assim que constatavam que não havia telefone, os americanos quase sempre iam para a esquina do *boulevard* Raspail onde ficavam cafés mais famosos, o Dôme, o Rotonde, o Coupole e o Select.

Sentada diante de uma xícara de café, Dally podia meditar livremente sobre seu passado, com absoluta confiança de que em todo aquele entrelaçamento célere de desejos sábios e insensatos ela seria interrompida no momento preciso, antes que ficasse demasiadamente macambúzia.

Tão logo eles chegaram em Turim, bastou uma olhada para Kit sentir-se em casa. "Dá pra acreditar nessa cidade? Não tem nenhuma rua torta, pra todos os lados que a gente olha."

Era como Denver. As montanhas estavam próximas e havia energia hidroelétrica por toda parte. "Voltei às origens", ele murmurava baixinho, "é ou não é?"

Kit foi ao endereço que Viktor Mulciber lhe dera em Constantinopla e foi contratado na hora, e em pouco tempo começou a aplicar seus talentos de vetorista a questões como carga alar, estabilidade lateral e longitudinal, e por aí afora... Encontrou uma ou duas caras conhecidas da oficina do dr. Prandtl em Göttingen, homens que haviam fugido da Alemanha movidos pelo medo pacifista do que se aproximava e que se confortavam com o pensamento de que os aviões de guerra italianos só seriam utilizados contra a Áustria, que fora a responsável pela Guerra, afinal. Kit foi recebido com um banho de cerveja cerimonioso e uma instrução solene: "Toda seção de asa que você vai encontrar é igualzinha a um círculo que sofreu uma transformação de Jukóvski. É o segredo vergonhoso do *design* de aerofólios. Não conte pra ninguém".

Numa base ali perto havia uma pequena *squadriglia* de monoplanos Bleriot, veteranos da guerra Ítalo-Turca, na qual haviam sido utilizados principalmente em voos de reconhecimento de terreno na Cirenaica, e alguns ainda exibiam com orgulho os furos de balas causados por disparos de nativos. Em pouco tempo Kit fez amizade com o pessoal de terra, que lhe permitia voar num daqueles aviões de vez em quando.

Um dia ele e Dally tiveram uma conversa de adultos a respeito do tempo que ela andava passando com Clive Crouchmas. Kit havia tido um encontro com esse personagem e não gostava dele, embora na falta de uma máquina do tempo não lhe ocorresse uma maneira de negar a Dally o direito de ter um passado. Mais um sacrifício do esforço de guerra, pensou ele.

"Vem voar comigo, Dal." Sua voz sofreu uma mudança súbita, embora Dally não soubesse dizer exatamente de que modo ela mudara.

"Você está maluco?"

"Estou falando sério. Eu dou um jeito — você entra no avião escondida, já é tempo de você aprender a pilotar, mesmo, quem sabe você não acaba até gostando." Havia uma expressão de súplica em seu rosto que ela não percebeu, um momento de vulnerabilidade de que ela só se daria conta quando fosse tarde demais.

"Os austríacos derrubam os aviões, Kit."

"Mas não a nós. Não a mim e a você."

Mais tarde Dally se lembraria de ter sentido ao mesmo tempo pena e irritação diante daquela exibição de otimismo insensato, e perguntaria a si própria se não teria sido melhor inclinar-se para o lado da pena, se bem que a longo prazo os sentimentos de piedade só teriam servido para desgastá-los mais ainda, mais do que os acessos de raiva e as brigas constantes, que pelo menos eram coisas vitais. Naquela ocasião, ela se limitou a dar de ombros e ir para o quarto e embonecar-se mais uma vez para um "jantar" com Crouchmas, no Cambio, muito provavelmente, ela pensou.

Kit, irritado, foi para a cidade buscar refúgio, como sempre, num bar de cais do porto em I Murazzi, perto da ponte sobre o Pó. Seu amigo Renzo já estava lá, bebendo uma mistura que continha vermute.

Em terra, Renzo sempre dava a impressão de ser uma pessoa um pouco fleumática, talvez até clinicamente deprimida, falava pouco, dormia muito — mas diante de qualquer espécie de aeroplano ele se animava de modo considerável. Quando o avião começava a taxiar, ele era todo sorrisos e empolgação, e quando as rodas se despregavam do chão sua personalidade já havia sofrido uma mudança radical. Renzo havia convivido com várias gerações de *bombardieri*, a maioria dos quais havia durado uma única missão, muitos deles entrando em colapso nervoso antes mesmo de se aproximarem dos alvos a serem bombardeados. "O problema de ficar olhando pra baixo procurando um alvo pra soltar a bomba é que não dá pra ter precisão, e além disso, quando a bomba chegar lá ela vai estar caindo *muito devagar*, enquanto que a gente preferia ter o máximo de energia cinética, *vero?*"

Kit apertou os olhos. "Então você propõe..."

"*Una picchiata!*"

"O que é isso?"

"Um mergulho na vertical, não é descer rodopiando, não, a ideia é ficar *no controle o tempo todo* — e largar a bomba o mais próximo do alvo possível, e aí subir na vertical pra sair de perto da explosão. Você dá um jeito de modificar *mia bella* Caproni pra gente poder fazer isso?"

"Uma 'picada'? Isso é loucura, Renzo, tensão demais nos lugares errados, os montantes quebrariam, e superfícies de controle não iam aguentar, as asas cairiam, o motor estolava ou então explodia —"

"*Si, certo*, mas fora isso...?"

Kit já estava fazendo um esboço e tomando notas. A essa altura, Renzo confiava nele. Kit ajudara a substituir os motores Isotta Franchini de Renzo por quatro motores Packard de cem cavalos-vapor, e dera um jeito de instalar mais duas metralhadoras Revelli na cauda e no dorso da aeronave, um imenso triplano com uma tripulação de cinco homens que recebera o apelido afetuoso de *Lucrezia*, em homenagem à herdeira homicida da família Borgia.

"*Andiamo*", disse Renzo, pondo-se de pé de repente. "Vou lhe mostrar."

"Não naquele Caproni", Kit relutou.

"Vamos no SVA."

"Treliça Warren... não sei se ele vai —"

"*Macchè...*"

Ele tinha razão, é claro. Uma vez no ar, guiando-se pela única luz soturna no alto da Mole Antonelliana, Kit começou a entender o que ele queria dizer. "A gente podia escolher como alvo o Cambio?" Não que os dois ainda estivessem lá, mas a ideia lhe pareceu razoável.

"É muito fácil." Renzo inclinou o avião em direção à Piazza Carignano. "Segure as pontas, caubói!", manejando com júbilo o manche, fazendo a aeronave descer na vertical, provocando um vácuo no estômago.

Desciam a tal velocidade que aconteceu alguma coisa com o tempo, talvez por um breve intervalo eles tenham penetrado no Futuro, o Futuro tal como era conhecido pelos Futuristas italianos, com eventos superpostos uns nos outros, e a geometria se estendendo de modo irracional para todas as direções, inclusive uma ou duas dimensões extras à medida que eles continuavam a seguir em direção ao Inferno, um Inferno que jamais poderia conter a jovem esposa abduzida de Kit, ao qual ele jamais poderia ir para resgatá-la, pois era na verdade o Inferno-do-futuro, tomado em suas equações funcionais, com tudo o que possuía de emocional ou acidental arrancado e queimado...

E então Renzo embicou para cima, fazendo estremecer agressivamente toda a estrutura do avião, de uma ponta à outra, e logo em seguida estavam sobrevoando o rio como se aquilo não passasse de um passeio dominical.

Kit entendia aquele fascínio. Claro que entendia. Velocidade pura. A incorporação da morte ao que, se não fosse por ela, não passaria de um passeio inconsequente.

Bombardeio de
Mergulho!
A gente sente tanto
Orgulho!
Vendo as pessoas
Botando a boca no mundo,
Correndo pra todo lado,
E a gente mandando chumbo, meu chapa,
Subindo na hora exata
E embicando pro alto —
Depois de chegar
Pertinho do asfalto,
Fazendo muito barulho,
Atacando o dia num bombardeio de mer-gulho!

"Você ouviu aquele avião ontem à noite?", ela perguntou no café da manhã.

"Barulhão, não foi? Como foi que o seu namorado reagiu? Ou melhor, não reagiu."

Ela olhou fixamente para ele. "Puxa, mas você é mesmo um filho da puta."

Kit trabalhava de modo intermitente no problema interessante de como escapar de um mergulho num gigantesco triplano, e com Renzo fez *picchiate* mais umas duas, três vezes, a mais notável delas em agosto de 1917, durante uma greve dos operários das fábricas de armas de Turim, inspirada pelos bolcheviques.

"Quero ouvir aquele grito de caubói de novo", sugeriu Renzo, e Kit atendeu seu pedido enquanto desciam na vertical sobre uma enorme manifestação. Os grevistas se dispersaram como formigas num formigueiro, vendo-se no foco de um raio mais mortal que o sol. Kit arriscou uma olhadela para Renzo, que era louco mesmo quando parado, e viu que ali, próximo da velocidade do som, ele se metamorfoseava numa coisa diferente... era um caso de possessão. Kit teve naquele momento uma iluminação gerada pela velocidade. Era tudo político.

A greve em Turim foi esmagada sem piedade, os grevistas foram mortos, convocados pelo exército à força. A *picchiata* de Renzo fora talvez a primeira e mais pura manifestação, no norte da Itália, de uma Certa Palavra que só viria a existir dentro de um ou dois anos. Mas de algum modo, como um murmúrio precognitivo, uma voz sonhada, ela já havia entrado, provisoriamente, no Tempo. "Você viu como eles se dissolveram", disse Renzo depois. "Mas nós, não. Permanecemos unidos, fixos, inquebráveis. *Um vettore, si?*"

"Só porque você conseguiu se safar. Se a gente tivesse batido —"

"Ah." Renzo encheu seu copo mais uma vez. "Isso é pro outro mundo."

Em outubro ocorreu a catástrofe de Caporetto, e Renzo pôs a culpa nos grevistas. "Colocar essa gente nas brigadas foi o pior erro que o exército podia ter cometido. Espalhando essas mentiras venenosas sobre a paz." Ele havia parado de usar trajes civis. Agora andava o tempo todo de uniforme. As águias figuravam com destaque nas insígnias.

Um dia Dally ouviu crianças gritando na rua. Foi até a janela. Uma bela mulher com um chapéu de antes da Guerra estava lá embaixo, segurando a mão de uma menina com cerca de cinco anos, e com eles parecia estar o vigarista do irmão de Kit, Reef, que ela vira pela última vez saindo emburrado de Veneza. Protegendo os olhos do sol. "É a Dahlia?"

Estavam ali como refugiados. A maior parte da luta estava transcorrendo no nordeste, por isso eles tinham viajado para o oeste até Turim, onde Reef ficara sabendo que Kit estava trabalhando, graças a um aviador que ele conheceu num bar.

"O Domenico? Que diabo ele anda fazendo? Eu imaginava que a esta altura ele já estava definitivamente no chão."

"Falou que você deu uma ajuda a ele uma vez, parece que ele estava tentando mijar num oficial superior do alto de uma janela —"

"Não foi a primeira vez, isso é uma espécie de *hobby* dele, nem sei como que ele se lembra que vez que foi."

"Olha, antes que a gente —"

"Não", Kit apertando o irmão num abraço adiado há tanto tempo. "Não. Pode ficar aqui o tempo que você precisar."

Reef havia trabalhado para o exército italiano numa paisagem alpina totalmente irreal, instalando sistemas de cabos aéreos conhecidos no exército como *teleferiche*. "É igual ao fronte ocidental, só que o contrário — na França eles ficavam o tempo todo um tentando flanquear o outro, até que o único lugar aonde se podia ir era o mar. Aqui, nós e os austríacos fizemos a mesma coisa, só que na vertical, cada exército tentando ocupar um terreno mais alto do que o outro, até que quando a gente viu estava todo mundo *no alto daquelas montanhas brancas bem pontiagudas*, congelando no vento, sem nenhum lugar pra ir."

"Só o céu", disse Yashmeen.

As mulheres estavam se dando muito bem, uma encarando a outra não com desejo nem suspeita, mas de modo compulsivo assim mesmo, como se houvesse alguma coisa que a qualquer momento pudesse se revelar.

"Vocês dois estudaram na Alemanha juntos."

"Ele estudava vetores, e eu teoria dos números, a gente quase não se via." As duas mulheres, que por acaso estavam se olhando nos olhos, começaram a sorrir, dando início ao que Reef entendeu como uma cumplicidade que talvez fosse bom observar.

"Mas ele duelou por sua causa."

"*Quase* duelou. O que foi que ele contou a você?"

"Eu posso ter exagerado", Kit disse.

"E foi você que ele salvou daquele exército de húngaros assassinos."

"Não exatamente. Kit, estou começando a ter umas dúvidas.

"É, rapaz, melhor se cuidar com essas histórias", Reef rindo, com um Di Nobili nos lábios.

Para comemorar, foram todos jantar no Ristorante del Cambio, conhecido na cidade como "a velha senhora". Desde o dia em que Kit e Renzo fingiram bombardear o lugar, Kit fazia questão de comer ali ao menos uma vez por semana. Há anos eles não serviam vitela, mas apesar da escassez de víveres Alberto conseguiu lhes servir *agnolotti*, e risoto, e guisado de cogumelos, e talharim, e era época de trufas, portanto algumas foram servidas também, quase como um pedido de desculpas. Todo mundo bebeu muito Nebbiolo. A cidade estava cheia de luz amarela e sombras negras e nítidas dentro das galerias. Holofotes riscavam o céu.

Um dia, saindo do Caproni de Renzo, eis que emergiu dos velhos tempos o velho colega de Kit em Yale, Colfax Vibe, que embora estivesse com trinta e tantos anos, e portanto oficialmente velho demais para isso, havia conseguido se tornar aviador, como se para compensar a isenção do serviço militar comprada por seu pai cinquenta anos antes. A aviação do exército norte-americano estava planejando mandar cerca de quinhentos jovens candidatos a piloto para a Itália, a fim de fazerem treinamento em Capronis, e Colfax estava ali com o objetivo de realizar uma inspeção preliminar. Fora alguns fios grisalhos em torno dos cabelos, não parecia ter envelhecido nem um pouco.

Não demorou para que 'Fax criasse uma divisão de beisebol em Turim. Ele e Kit passaram a frequentar o Carpono, para tomar um *punt e mes*, uma ou duas vezes por semana. 'Fax, de uma maneira muito estranha e pessoal, havia conseguido conformar-se com a morte de Scarsdale, assassinado pelo fiel pau para toda obra da família, Foley Walker, mas não queria falar sobre o assunto, como também não manifestava nenhum sentimento de culpa em relação a Kit.

Diante da intenção da Áustria de tomar Veneza e o Vêneto, os italianos resistiram com tanta ferocidade que por fim Kit teve vergonha de continuar a manter sua neutralidade de engenheiro, e começou a voar em missões militares, às vezes na condição de tripulante sob o comando de Renzo, às vezes sozinho. Durante um tempo, deixou-se seduzir pelo bombardeio de mergulho futurista, com sua estética de sangue e explosão.

"Você podia perfeitamente ter ficado no Colorado", Dally disse. "De uma maneira ou de outra, você está mantendo a tradição da família."

"Como é que é?" Curioso para ver até que ponto ela levaria aquele raciocínio.

"Bombas", ela respondeu. "Bombas na família. Pelo menos o Reef e o seu pai punham as bombas no lugar certo."

"Austríacos", Kit achou que seria uma explicação.

"Seus companheiros de armas. Não são eles que precisam de bombas, até eu sei isso."

"Então me salve."

"O quê?"

"Se eu sou um caso perdido, pelo menos me ajude a encontrar o caminho certo. Me diga."

Ela tentou. Mais tarde, julgou que havia tentado. Mas não demorou para que ele voltasse a falar no caso dela com Clive Crouchmas, e Dally deu o troco com um comentário barato sobre Yashmeen, e aí a gritaria foi aumentando até que a salvação era a última coisa que os dois tinham na cabeça.

Da próxima vez que Kit saiu voando numa missão, quando voltou ao apartamento ela não estava mais lá. *Vou a Paris. Escrevo em breve.* Nem sequer assinou.

Kit passou algumas semanas preocupado, relembrando como Dally ficara abalada ao saber que o navio britânico *Persia* havia sido torpedeado por um comandante de submarino alemão chamado Max Valentiner, um lobo do norte atuando na área do Mediterrâneo, e que uma das vítimas fora uma colega de Dally, Eleanor Thornton, que havia posado para o ornamento que aparecia no capô dos Rolls-Royce, conhecido como o Espírito do Êxtase. Por fim recebeu um cartão-postal de Paris, com o endereço provisório de Dally, e voltou a dormir à noite.

Atravessando um mar que se tornara perigoso e contingente — não mais à mercê da longitude desconhecida nem de tempestades imprevistas, e sim de submarinos, o terror da travessia agora não estando mais nas mãos de Deus e sim nas da marinha alemã, Reef, Yashmeen e Ljubica entraram nos Estados Unidos fingindo ser imigrantes italianos. Na Ellis Island, Reef, pensando que poderia ficar em apuros quer falasse em inglês, quer em italiano, ficou mudo de indecisão por tanto tempo que escreveram a giz um I grande, de "idiota", nas suas costas. Então, alguns minutos depois, alguém com uniforme da alfândega — Reef não teve oportunidade de olhá-lo bem no rosto — saiu correndo no meio da confusão e do tumulto de vozes com uma esponja úmida e apagou a letra, e, graças a isso, Reef, como ele logo percebeu, escapou de ser enviado de volta para a Europa, pois na época pensava-se que um idiota acabaria sendo sustentado pelo governo, onerando os contribuintes.

"Espere", disse Reef, "quem é você?"

"Sou conhecido como 'O Obliterador'."

Reef concluiu que aquilo tinha sido um gesto de bondade da parte de algum criptoanarquista que havia arranjado um emprego público, mas que ainda era capaz de reconhecer e ajudar um fora da lei como ele. Por outro lado, a idiotice talvez fosse um disfarce útil, e talvez não fosse um rótulo muito longe da verdade. Eles estavam chegando ao país no meio da paranoia anticomunista e da campanha de Palmer, e em pouco tempo começaram a se questionar se aquilo tinha sido uma ideia boa.

Seguiram para o oeste, Reef impelido pela sua antiga fé no vetor voltado para essa direção, na possibilidade de encontrar algum lugar, uma penúltima cidade nas profundezas do interior aonde a rede capitalista-cristã ainda não tivesse chegado. Numa estação ferroviária em Montana, um dia, durante uma nevasca, por acaso esbarraram em Frank, Stray e Jesse, que também tinham o mesmo plano.

"A gente pode ir com vocês?", Reef perguntou.

"Claro que sim", Frank e Stray disseram praticamente ao mesmo tempo. "É claro que você tem se preocupar com a minha reputação", Frank fez questão de acrescentar, "sendo visto na sua companhia, sabe como é."

Jesse não parecia nem um pouco surpreso, mas ficou claramente irritado. "Como é que você acha que a pessoa se sente, sendo recebida assim?"

"Eu podia ter feito a apresentação dizendo que ele é o seu tio Reef", disse Frank. "Mas nos últimos tempos não está nada fácil enganar você."

"Mas então eu chamo ele de quê? 'Papai' não dá, é ou não é?"

Frank, que na verdade tinha vontade de dar um abraço apertado no menino, deixou a mão pousada no ombro de Jesse por algum tempo. "Olha, antes eu me contentaria com 'Frank', mas aí você começou a me chamar de 'papai', e eu não proibi você de modo nenhum, porque é bom ser chamado assim. É bom, sim. Talvez você acabe entendendo. Enquanto isso, trate ele de 'senhor', até que ele fique incomodado e diga, 'Ah, me chama de Reef', ou sei lá o quê."

E foi o que acabou acontecendo. Reef um dia conseguiria transmitir a Jesse algumas parcelas de sabedoria paterna, por exemplo como marcar cartas de baralho ou como reconhecer um detetive a serviço dos patrões, e eles passariam alguns dias agradáveis juntos nos riachos da região, se bem que nenhum dos dois era um pescador muito bom, em alguns dias não conseguiam pegar peixes nem mesmo que dessem para manter os cachorros satisfeitos, mas o Umpqua em particular tem o dom de transformar por um passe de mágica um pescador medíocre num mestre refinado, desse modo ajudando Reef e Jesse a aprender a arte da camaradagem silenciosa, o que ambos terminariam admitindo que era mais do que haviam imaginado conseguir.

Yashmeen, começando a perder seu sotaque europeu de mil e uma utilidades, um dia constatou que havia engravidado outra vez, o que as duas mulheres encararam como sinal de que nada na vida de todos eles juntos viria a ser abalado por alguém que mudasse de ideia. Especialmente levando-se em conta que Reef já havia começado a andar de um lado para outro naquele seu conhecido estado de apatetamento. Elas vinham examinando os irmãos dia a dia, atentas para sinais de raiva contida, compreendendo depois de algum tempo que elas duas estavam colaborando para o mesmo propósito. Yashmeen desenvolveu um afeto todo especial por Ginger e a pequenina Plebecula, filhas de Frank e Stray. Ljubica e Ginger tinha mais ou menos a mesma idade, e se entendiam bastante bem, ainda que se atracassem de vez em quando, o que era inevitável. As meninas passavam horas com a bebezinha, às vezes apenas olhando para ela. Os outros olhares eram reservados para Jesse, que de uma hora para outra se viu obrigado a lidar com duas irmãs mais moças. Por vezes elas começavam a rir, e ele não conseguia conter a sensação de que estavam rindo dele.

"Nada disso", as duas mulheres o tranquilizavam.

"A Ljubica quer se casar com você", disse Yash, "mas não diga a ela que eu lhe contei."

"Se o xerife descobre isso...", murmurou Jesse, que por algum motivo estranho não sabia o que fazer com as mãos.

"Ah, isso vai passar", disse Yash. "Depois, se cuide."

"A sua tarefa, na verdade", Stray acrescentou, "vai ser ficar vigiando discretamente quando elas todas começarem a chegar em casa com flores e cheirando a brilhantina e colônia, essas coisas."

"Tarefas e mais tarefas", rosnou Jesse, satisfeito.

Por algum tempo, ficaram na região das sequoias, e depois passaram uma temporada um pouco mais longa numa cidadezinha na península de Kitsap, no alto no último canto do mapa dos Estados Unidos, e depois de lá, só mesmo o Alasca ou a Colúmbia Britânica.

Jesse chegou da escola com o seguinte dever de casa a fazer: "Escreva uma redação sobre o que significa ser americano".

"Oba, oba." Reef tinha no rosto a mesma expressão que surgia no rosto de seu pai quando ele se preparava para mais uma atividade envolvendo dinamite. "Me dá aquele lápis um minuto."

"Já fiz." O que Jesse havia escrito era o seguinte:

Significa fazer o que eles mandam e aceitar o que eles dão e não entrar em greve senão os soldados deles matam a gente.

"Essa frase é o que eles chamam de tópico da redação?"

"É a redação toda."

"Ah."

O trabalho foi devolvido com uma nota 10 em algarismos garrafais. "O senhor Becker estava lá na Cour d'Alene, nos velhos tempos. Acho que eu esqueci de dizer isso."

"A gente devia fundar uma republicazinha só nossa", Yash disse um dia. "Fazer uma secessão."

"É, só que", Stray, que não era muito chegada a suspiros, suspirava, "essas coisas nunca dão certo. É uma ótima ideia enquanto dura o estoque de ópio, mas mais cedo ou mais tarde as velhas mesquinharias atrapalham tudo. Alguém tira toda a água do poço, alguém revira o olho pro marido errado."

"Ah", Yashmeen levando as mãos ao peito, como se estivesse tendo palpitações. "Não, não, não, nós já deixamos essas coisas pra trás há muito tempo, eu espero."

Uma boa e demorada troca de olhares. Ninguém teria dito "a esposa errada". Nesse ínterim, a maternidade e os perigos políticos não haviam atenuado nem um pouco a atração que Yash sentia por outras mulheres, embora as exigências práticas do dia quase sempre a impedissem de ultrapassar a esfera do devaneio. Stray, por sua vez, haveria de lembrar-se de um ou dois momentos de prazer delirante, normalmente em quarto de hotéis bem ao leste dali, com mulheres mais jovens enrubescidas e trêmulas, fingindo-se de indefesas.

Aquele momento se esticava, como se estivesse despertando após um longo cochilo. "Será que vamos fazer uma bobagem?", uma delas perguntava depois de algum tempo.

"Espero que sim", respondia a outra.

"'*Soir*, Dally.'"

Era Policarpe, um velho conhecido de Kit, imaginava ela, do tempo da Bélgica. "Estou só lambendo umas vitrines. Você parecia estar prestes a mergulhar nos seus pensamentos. Isso eu não permito de jeito nenhum."

Ela pagou-lhe um conhaque. Ficaram sentados olhando para o bulevar iluminado. Policarpe trabalhava para um jornal socialista. A morte não havia estabelecido residência em seus olhos, porém os visitava com frequência.

"Nós estamos no Inferno, você sabe", ele disse, num tom agradável.

"Todo mundo acha que nós finalmente chegamos lá", ela retrucou.

Um dar de ombros. "O mundo terminou em 1914. Como os mortos insensatos, que não sabem que estão mortos, nós também não temos consciência de que estamos vivendo no Inferno desde aquele terrível agosto."

"Mas isto" — indicando com um gesto a cidade florescente — "como é que isto..."

"Ilusão. Quando a paz e a abundância mais uma vez forem aceitas como estados naturais, no momento mais langoroso de entrega máxima, a realidade da situação vai ficar clara pra você. Mais que depressa e sem piedade."

Ele olhou para o outro lado da rua de repente, pegando os óculos. "Uma alucinação, é claro. Por um momento, achei que tinha visto o seu ex-marido."

Não era alucinação. Kit havia voltado a Paris de modo inesperado, depois de passar algum tempo em Lwów, a antiga metrópole da Galícia, e até recentemente a capital da efêmera República da Ucrânia Ocidental.

Depois que Dally foi embora, e Reef também se foi com sua família, Kit continuou na sua luta, sozinho, tirando um interlúdio com uma amiga de Dally, Fiametta, que havia trabalhado no mesmo hospital. Até que um dia a Guerra terminou, e a essa altura ele já havia conhecido um algebrista possuído por uma obsessão estranha, chamado E. Percy Movay, que vivia falando sobre um grupo lendário de matemáticos em Lwów, na fronteira selvagem do falecido Império Austro-Húngaro. E foi assim que Kit conheceu o Scottish Café e o círculo de pessoas mais ou menos enlouquecidas que o frequentava, onde uma noite ele se viu diante de uma implicação surpreendente do Axioma da Escolha de Zermelo. Teoricamente era possível, isto lhe foi demonstrado sem sombra de dúvida, tomar uma esfera do tamanho de uma ervilha, dividi-la em diversas partes de forma muito precisa e juntá-las de modo a formar uma esfera do tamanho do sol.

"Porque uma emite luz e a outra não, é ou não é?"

Kit ficou perplexo. "Não sei."

Ficou algum tempo pensando nisso. Zermelo fora professor em Göttingen no tempo de Kit, e tal como Russell interessava-se pelo conjunto de todos os conjuntos que não são membros de si próprios. Era também famoso nos bares pela teoria segundo a qual nenhuma expedição jamais poderia chegar a um dos polos, porque a quantidade de uísque necessária era diretamente proporcional à tangente da latitude. Como a latitude polar era de noventa graus, o valor se aproximava do infinito — Q.E.D. Kit não ficou muito surpreso de constatar que a origem daquele estranho paradoxo era de algum modo associada a Zermelo.

"Mas, subconjuntos que me mordam — vocês entendem o que isso quer dizer, não é? Aqueles místicos indianos e lamas do Tibete tinham razão o tempo todo, o mundo que a gente acha que conhece pode ser dissecado e remontado num número infinito de outros mundos, cada um deles tão real quanto 'este'."

Kit levou algum tempo para localizar a pessoa que falava, e ficou agradavelmente surpreso quando viu, emergindo de trás de um gigantesco caneco de chope, o rosto do professor Heino Vanderjuice, agora estranhamente juvenil, o cabelo negro outra vez, com uns poucos toques grisalhos, a postura curva e hesitante substituída por um porte ereto que conotava retidão e responsabilidade.

"Ora, quem eu vejo, o jovem Traverse. Você estava indo para Göttingen a última vez que nos encontramos."

"É um grande prazer encontrar o senhor", Kit abraçando-o. "Aqui."

"Fora do bolso do Vibe, é o que você quer dizer, aposto."

"Bom, acima de tudo vivo e esperneando."

"Assino embaixo, meu rapaz." Tomaram mais uma rodada, saíram do Scottish Café e foram caminhando, passando pela universidade, em direção ao parque Kliński.

"Com tanta gente morta", o professor refletiu depois de algum tempo, "parece uma falta de respeito com eles — mas acho ótimo o Scarsdale Vibe estar entre eles. Se bem que ele não merece estar nessa companhia. Só lamento não ter sido eu a puxar o gatilho."

Kit parou no meio do gesto de acender um cigarro. "Não sabia que o senhor tinha tentado."

O professor riu. "Tentei uma vez, deve ter sido depois que você foi para a Alemanha. Uma recaída numa espécie de ódio generalizado, me dei conta de como tinha sido fácil pra ele me comprar — me lisonjeando ao me fazer pensar que eu era igual ao Tesla, só que com a polaridade trocada. Uma coisa que estava abaixo do limiar de desprezo do Vibe, mas não do meu. Furioso comigo mesmo, e mais ainda com o Vibe, peguei o meu velho Colt e tomei o expresso matinal pra Nova York. Tinha uma vaga ideia de dar um tiro na cabeça depois de atirar no Vibe. Cheguei até a Pearl Street, encontrei um telhado ali perto, subi e fiquei esperando. Mas aí aconteceu uma coisa engraçada. Eu só precisei subir treze degraus para chegar até onde eu estava, e vi que estava não num telhado e sim no cadafalso de um carrasco, como se eu de algum modo já tivesse executado meu modesto *attentat*, já tivesse sido preso, julgado e condenado, e agora estivesse aguardando a pena capital. Isso é que é uma anomalia no Tempo!

"Parecia ser em algum lugar fora de Nova York, um desses tribunais de interior com uma cúpula dourada bem grande. Havia uma multidão se formando, uma banda militar tocando marchas e canções, crianças vendendo limonada, bandeiras norte-americanas, milho verde, cachorros-quentes, essas coisas. Todos me viam claramente, mas ninguém parecia estar prestando atenção em mim. Então a cúpula do tribunal começou a subir, ou expandir em direção ao céu, até que depois de algum tempo eu me dei conta de que era na verdade o envelope esférico de um gigantesco balão de gás, lentamente subindo de trás da cúpula, onde antes estava oculto. Mais uma vez, era como aquela conjectura da ervilha e do sol, só que diferente. É claro que eram os Amigos do Acaso, não era a primeira vez que vinham me salvar — se bem que na maioria das vezes me salvavam da distração típica dos professores, quando eu ia cair num barranco ou entrar na hélice de um avião... Mas dessa vez eles haviam me salvado da minha própria vida, da coisa barata e desonrada em que eu tinha transformado a minha vida. O jovem Suckling, é claro, fez de conta que aquilo não era nada de mais — 'Iihh, lá vem o velho de novo com essa história — o revólver nem estava carregado' — mas eles me salvaram, assim mesmo."

Uma multidão fluía sem pressa pelo parque ao cair da tarde. Em algum lugar, um acordeão tocava uma *hopak* com inflexões de *jazz*. Meninos corriam para dar puxões nas tranças de meninas e depois fugiam correndo, e casais um pouco mais velhos procuravam as sombras, abraçados. Tempos de paz.

"Os rapazes estão por perto", o professor Vanderjuice correndo a vista, sereno, pelo céu ainda luminoso. "Eu costumo ter uma certa sensação quando eles estão nos arredores. Talvez você venha a conhecer os rapazes. Peça uma carona a eles. Eles levam você aonde você quiser ir."

Outras implicações do que Kit havia começado a encarar como a Situação Zermelo continuaram a surgir. "Nós dizemos que Lemberg, Léopol, Lvov, Lviv e Lwów são nomes diferentes de uma mesma cidade", disse E. Percy Movay uma noite, "mas na verdade cada uma é uma cidade diferente, com regras muito específicas de transição de uma pra outra."

Desde Tuva, onde ele ouvira aquele tipo de cantoria com uma inexplicável dupla articulação, em tempos de perplexidade, onde outros homens se limitariam a xingar ou a levar a mão ao pênis de modo impensado ou começariam a chorar inexplicavelmente, Kit dava por si produzindo no fundo da garganta um único som grave e gutural, prolongando-o até onde seu fôlego aguentava. Por vezes acreditava que, se conseguisse fazer isso da maneira exata, seria transportado para o lugar "onde na verdade devia estar", embora não tivesse uma ideia muito nítida de tal lugar. Após fazer isso por algum tempo, começava a sentir que havia entrado num estado de coisas claramente diferente.

Um dia o professor Vanderjuice desapareceu. Alguns afirmavam tê-lo visto ascendendo ao céu. Kit foi até a Glowny Dworzec e pegou um trem que ia para o oeste, mas pouco depois saltou, atravessou os trilhos e subiu numa outra plataforma, onde aguardou um trem que ia para o leste, até que depois de algum tempo ficou tomando trens e saltando deles, com destinos que lhe pareciam cada vez mais incertos.

Era como a convergência de uma função complexa. Ele caía em si por intervalos breves, e depois mergulhava de novo num regime de fome, alucinação e alheamento mental. Nem sempre sabia onde estava, nem — o que era particularmente desconcertante para um velho Vetorista — em que direção estava seguindo. Por vezes recuperava a consciência e constatava estar subindo o Danúbio, passando pelos Portões de Ferro, junto à amurada de um pequeno vapor, contemplando as muralhas de pedra do Desfiladeiro de Kazan, sendo tragado pelo rugido das corredeiras, enquanto a névoa subia do rio e o envolvia, como o manto protetor de um deus — em outra ocasião estava de repente vendo o lago Baikal, ou então diante de alguma fronteira gélida tão pura e radical quanto o lago, se não mais. O outro lado desse "Baikal", ele compreendia, só era acessível àqueles que possuíam um espírito intrépido. Ir lá e voltar seria como sobreviver ao fim do mundo. Daquele lugar exato da costa era possível "ver" do outro lado uma cidade, cristalina, redentora. Havia música, misteriosamente audível, tonal e no entanto interrompida de modo deliberado com dissonâncias — exigente, como se cada nota insistisse em ser ouvida. E de vez em quando, em breves períodos de lucidez, não conseguia pensar em outra coisa que não fosse Dally, cônscio de que haviam se separado, porém sem conseguir se lembrar do motivo da separação.

Depois de algumas semanas vivendo assim, começou a ser assombrado por uma espécie de sombra emoldurada no ar vazio, um vão de porta transparente, que se aproximava dele numa velocidade que, ele sabia, nem sempre seria possível evitar.

Um dia, por fim, ainda hesitante, Kit resolveu aproximar-se dela — talvez, assustado, tenha perdido o equilíbrio e, tomado de repente como se pela gravidade, caiu na abertura curiosamente ortogonal, exclamando "O que é isso?", quando então, para o espanto dos passantes, adquiriu uma transparência reluzente, reduziu-se a uma espécie de cone gracioso e foi levado até o vértice, penetrando o que parecia ser uma janela minúscula, ou talvez apenas distante, de plasma luminoso. Kit, por outro lado, constatou que seu tamanho permanecera estável, enquanto a abertura luminosa crescia, fluindo a seu redor e envolvendo-o em tons antigos de ferrugem e vermelho, latão a brilhar em meio a uma névoa interior, tomando forma, até que ele se viu num quarto de hotel silencioso em Paris, com tapetes da Ásia Central no assoalho de madeira, um cheiro de tabaco e ganjá, e um sujeito velhusco, de ar professoral, com um fez na cabeça e óculos de leitura, debruçado sobre um álbum de selos suntuosamente encadernado, aquilo que os filatelistas chamam de classificador, no qual Kit viu uma fileira de selos novos, jamais usados, muito bem centrados, de Shambhala, com a goma original das árvores de lá, lançados em séries completas logo depois da assinatura do Tratado de Berlim (1878), com cenas genéricas da região de Shambhala, flora e fauna, montanhas, cachoeiras, gargantas que davam acesso às "terras ocultas" dos budistas.

O homem do fez finalmente virou-se e acenou para ele com a cabeça, de modo estranhamente familiar. "Lorde Overlunch. Encantado."

"O que foi que aconteceu?" Kit aparvalhado. Olhou a sua volta, um tanto atônito. "Eu estava em Lwów —"

"Perdão, mas o senhor estava em Shambhala." Deu a Kit a lupa e indicou-lhe um selo em particular, com uma vinheta que representava em traços finos um mercado com várias figuras humanas, camelos de duas corcovas e cavalos, sob um céu com um efeito luminoso de sol e nuvens.

"Gosto de examinar todos esses selos cuidadosamente com a lupa ao menos uma vez por semana, e hoje percebi uma coisa diferente cá neste de dez dirhan, e fiquei a me perguntar se talvez alguém, algum rival, não havia entrado aqui numa hora em que eu não estava e trocado o selo por uma variante. Mas é claro que descobri a mudança de imediato, um único rosto que estava faltando, o seu, eu já o conheço bem, é o rosto, se o senhor não se incomoda, dum velho conhecido meu..."

"Mas eu nunca..."

"Ora, ora. Um irmão gêmeo, se calhar."

Lorde Overlunch estava na cidade por conta da venda da coleção Ferrary, um grande evento na história da filatelia, ao menos para assistir, mesmo que não chegasse a dar um lance para o selo sueco amarelo de três skillings.

"E procurar uns rostos antigos. Desde que a Dama Espanhola passou por cá, tão perto que se pôde sentir a brisa levantada por seu vestido, tentando não ver o rosto por trás da mantilha negra, temo que todos tenhamos ficado um tanto obsessivos com a questão de quem está debaixo da terra e quem não está."

"E como foi que eu voltei pra cá?"

"É assim que as pessoas reaparecem hoje em dia. Os comboios nem sempre estão a correr. As agulhas dos desvios nem sempre estão na posição correta." Consultou o relógio. "Meu Deus, estou atrasado. Quem sabe o senhor aceita ser meu convidado esta noite no Chez Rosalie. O senhor há de gostar de conhecer minha deliciosa amiga americana, a menina Rideout, uma das primeiras a descobrir Montparnasse depois da guerra. Há uma espécie de marido envolvido" — e então dirigiu a Kit um sorriso claramente amistoso — "muito envolvido, na verdade, pelo que me dizem. O senhor vem, não vem?"

Casais dançavam a Valsa da Hesitação no meio do tráfico, apesar das placas bem visíveis que proibiam expressamente tal atividade. De uma boate ali perto vinham acordes de bandoneon, que estavam por toda parte em Montparnasse naquele ano, entoando um tango melancólico e no entanto inesquecível —

Vege-tariano...
Sou assim e sou feliz —
Ovo? Leite? Não, 'brigado,
Comigo é noz, fruta e raiz —

Cozido é *prohibido*,
Churrasco dá até asco,
Meu coração, sangrar por quê
Por alguém como você?
                        Nunca fui
Muito chegado
Ao tal do chatobriã...
Bife, costela, ¡*adiós*!
Meu paladar não os elege,
Pra eles, não há amanhã! Vege-

-taria-no...
Argentino exilado,
Em matéria de filé
Eu não daria um "¡*Olé!*"
Odeiam-me os gaúchos,
Mas a mim *me gusta mucho* —
E serei sempre, ano após ano,
Vegetari-ano!

Imaginemos para eles um vetor, atravessando o invisível, o "imaginário", o inimaginável, transportando-os com segurança até esta Paris de pós-guerra onde os táxis, ex-combatentes sofridos do mítico Marne, agora só transportam namorados e bêbados alegres, e música que não serve para marchar toca a noite inteira sem interrupção, nos bares e *bals musettes* para os dançarinos que sempre estarão presentes, e as noites serão escuras o bastante para qualquer visão que nelas precisem transparecer, não mais a ser interrompidas por luz deslocada do Inferno, e as dificuldades que eles encontrarem não produzirão o mal, tal como não o fará o abrir e fechar de portas a mais, ou a menos. Um vetor que atravesse a noite e chegue a uma manhã de calçadas lavadas a jatos de mangueira, pássaros que se ouvem por toda parte, mas não se veem, cheiros de padarias, luz verde filtrada, um pátio ainda na sombra...

"Olha só essa gente lá embaixo."
"Tanta luz."
"Tanta dança."
Os Garçons de 71 estavam realizando sua convenção anual em Paris. Todo o pessoal do *Inconveniência* fora convidado. As festividades seriam não no chão, mas a uma certa altitude da Cidade, numa enorme, embora invisível, reunião de aeronaves.
O lema deles era "Presentes, porém invisíveis".
"Os Rapazes dizem que é a ideia supranacional", explicou Penny Black, com olhos arregalados e inocentes, tal como no tempo em que era uma menina, recém-promovida a almirante de uma frota de aeronaves depois que os Andarilhos do Azul se fundiram com os Garçons de 71, "pra literalmente transcender o velho espaço político, o espaço cartográfico de duas dimensões, subindo pra terceira."
"Infelizmente", Lindsay apressou-se a acrescentar, "há uma outra escola de pensamento que encara a terceira dimensão não como uma avenida de transcendência, e sim como um meio para lançar explosivos."
"Dá pra ver como ele mudou com o casamento", comentou Primula Noseworth.
"Pois eu acho ótimo ver vocês, esse bando de vagabundos, finalmente tomando juízo", sorriu Penny. "Blaze, é bom ficar de olho no Darby, que ele é rápido no gatilho."
"Quem, esse moleirão?", fazendo-lhe cócegas num lugar infalível entre as costelas. "Ele diz que eu sou rápida demais pra ele — nunca estou em casa, sempre me metendo em confusão, e por aí vai. Eu disse a ele: leia o Acordo."
Ela referia-se ao documento por meio do qual as moças haviam concordado em atrelar seus destinos aos dos tripulantes do *Inconveniência*, desde que ficasse claro que elas sempre atuariam de modo independente. Elas seriam fragatas, os rapazes seriam um encouraçado — elas seriam flibusteiras e irregulares, os rapazes seriam o alto-comando militar. Os rapazes seguiriam em frente, a maior parte do tempo a bordo de seu dirigível, vivendo uma ilusão de poder executivo, e as moças partiriam da nave em ângulo reto com sua trajetória oficial para viver suas aventuras, enfrentando o Exterior, muitas vezes correndo grandes riscos, e voltando de suas missões como combatentes exaustas para a Base.

Quando então cada um chancelou o documento com seu sinete pessoal, e Miles abriu *magnums* de Puisieulx *brut* 1920.

Um dia Heartsease descobre que está grávida, e então, como um cânone a várias vozes, as outras moças uma por uma anunciam que também estão.

E continuam voando. A essa altura, a aeronave já assumiu as proporções de uma pequena cidade. Há bairros, e há parques. Há algumas favelas. Ela é tão grande que, quando as pessoas na terra a veem no céu, são afetadas por uma cegueira histérica seletiva e terminam não vendo nada.

Os corredores em breve estarão cheios de crianças de todas as idades e tamanhos, a subir e descer correndo os diversos tombadilhos, dando gritinhos e berros. As mais sérias delas estão aprendendo a comandar a nave, enquanto outras, que não nasceram para ser do Céu, estão apenas contando os dias entre as visitas à superfície, conscientes de que seus destinos serão no mundo finito lá embaixo.

O *Inconveniência* é constantemente submetido a reformas técnicas. Como consequência dos progressos da teoria da relatividade, a luz agora foi incorporada como fonte de força motriz — ainda que não exatamente como combustível — e meio transportador — se bem que não exatamente como veículo — comportando-se em relação à aeronave como o oceano em relação a um surfista sobre uma prancha — um princípio de *design* tomado emprestado às unidades do Éter que levam as moças de um lado para outro em missões cujos detalhes elas nem sempre revelam por completo ao "Alto-Comando".

Assim como as velas de seu destino podem ser rizadas em caso de excesso de luz, elas podem também ser estendidas para captar uma escuridão favorável. As ascensões do *Inconveniência* agora não exigem nenhum esforço. Não é mais uma questão de gravidade — trata-se da aceitação do céu.

Os contratos que a tripulação tem assinado nos últimos tempos, sob o controle obsessivo de Darby, tornam-se cada vez mais longos, muitas vezes ultrapassando as beiras na mesa principal do refeitório, e ocasionalmente eles se veem obrigados por contrato a viajar a lugares muitíssimo distantes. Voltam à Terra — se não for a Contra-Terra — com uma espécie de *ulceração mnemônica*, retendo apenas impressões tremendas de uma nave que possui mais do que as três dimensões comuns, atracando, por vezes de modo precário, numa série de estações remotas nas regiões mais elevadas, jamais medidas, do espaço exterior, as quais juntas formam uma estrada que leva a um destino — tanto a nave quanto o porto deslocando-se a velocidades que ninguém sequer deseja imaginar, fontes invisíveis de gravidade passando como se fossem tempestades, tornando possível cair por distâncias que apenas os astrônomos conseguem conceber — e no entanto, a cada vez, o *Inconveniência* retorna são e salvo, no coração luminoso e floriforme de uma hiper-hiperboloide que apenas Miles consegue ver por completo.

Às gerações de Pugnax e Ksenija — pelo menos um filhote em cada ninhada segue a carreira de aerocão — juntaram-se as de outros cães, bem como gatos e pássaros, peixes, roedores e outras formas de vida menos terrestres. Não dormindo jamais, ruidoso como um dia de festa interminável, o *Inconveniência*, outrora um veículo de peregrinação celeste, transformou-se em seu próprio destino, onde qualquer desejo que possa ser formulado é ao menos considerado, ainda que nem sempre realizado. Para que todos os desejos se realizassem, seria necessário que em toda a Criação conhecida, o bem não buscado e não compensado tivesse evoluído de algum modo a ponto de se tornar ao menos mais acessível a nós. Ninguém a bordo do *Inconveniência* jamais observou nenhum sinal de tal coisa. Eles sabem — Miles tem certeza — que ela está lá, como uma tempestade que se aproxima, porém permanece invisível. Em breve verão o manômetro indicar uma queda. Sentirão a virada do vento. Colocarão óculos protetores com vidros escuros para a glória do que virá rasgar os céus. Eles voam em direção à graça.

1ª EDIÇÃO [2012] 1 reimpressão

ESTA OBRA FOI COMPOSTA EM ELECTRA PELO ACQUA ESTÚDIO
E IMPRESSA PELA GRÁFICA PAYM EM OFSETE SOBRE PAPEL PÓLEN NATURAL
DA SUZANO S.A. PARA A EDITORA SCHWARCZ EM MARÇO DE 2023

A marca FSC® é a garantia de que a madeira utilizada na fabricação do papel deste livro provém de florestas que foram gerenciadas de maneira ambientalmente correta, socialmente justa e economicamente viável, além de outras fontes de origem controlada.